本書由全國古籍整理出版規劃領導小組資助出版

國家清史編纂委員會・文獻叢刊

桐城派名家文集

9

方宗誠集

主編　嚴雲綬　施立業　江小角

時代出版傳媒股份有限公司
安徽教育出版社

圖書在版編目（CIP）數據

桐城派名家文集. 第9卷，方宗誠集 / 嚴雲綬，施立業，江小角主編.
—合肥：安徽教育出版社，2014
ISBN 978-7-5336-7883-8

Ⅰ.①桐… Ⅱ.①嚴…②施…③江… Ⅲ.①中國文學—古典文學
—作品綜合集—清代 Ⅳ.①I214.91

中國版本圖書館CIP數據核字（2014）第143591號

桐城派名家文集 ⑨方宗誠集
TONGCHENGPAI MINGJIA WENJI

出 版 人：鄭 可
質量總監：張丹飛
策劃統籌：吳壽兵 錢 江 夏業梅
責任編輯：夏業梅 劉 静 任玉琳
特約編輯：唐元明 蔡宏淑
裝幀設計：何宇清
責任印製：王 琳

出版發行：時代出版傳媒股份有限公司 安徽教育出版社
地　　址：合肥市經開區繁華大道西路398號 郵編：230601
網　　址：http://www.ahep.com.cn
營銷電話：（0551）63683011，63683013
排　　版：安徽創藝彩色製版有限責任公司
印　　刷：安徽新華印刷股份有限公司

開　　本：787×1092 1/16
印　　張：64.25
字　　數：897千字
版　　次：2014年10月第1版 2014年10月第1次印刷
本册定價：530.00元
全套定價：5480.00元

（如發現印裝質量問題，影響閱讀，請與本社營銷部聯繫調換）

國家清史編纂委員會出版委員會

總序

戴逸

二〇〇二年八月，國家批准建議纂修清史之報告，十一月成立由十四部委組成之領導小組，十二月十二日成立清史編纂委員會，清史編纂工程於焉肇始。

清史之編纂醞釀已久，清亡以後，北洋政府曾聘專家編寫清史稿，歷時十四年成書。識者議其評判不公，記載多誤，難成信史，久欲重撰新史，以世事多亂不果。中華人民共和國成立後，中央領導亦多次推動修清史之事，皆因故中輟。新世紀之始，國家安定，經濟發展，建設成績輝煌，而清史研究亦有重大進步，學界又倡修史之議，國家採納衆見，決定啓動此新世紀標志性文化工程。

清代為我國最後之封建王朝，統治中國二百六十八年之久，距今未遠。清代衆多之歷史和社會問題與今日息息相關。欲知今日中國國情，必當追溯清代之歷史，故而編纂一部詳細、可信、公允之清代歷史實屬切要之舉。

編史要務，首在採集史料，廣搜確證，以為依據。必藉此史料，乃能窺見歷史陳迹。故史料為歷史研究之基礎，研究者必須積累大量史料，勤於梳理，善於分析，去粗取精，去偽存真，由此及彼，由表及裏，進行科學之抽象，上升為理性之認識，才能洞察過去，認識歷史規律。史料之於歷史研究，猶如水之於魚，空氣之於鳥，水涸則魚逝，氣盈則鳥飛。歷史科學之輝煌殿堂必須巋然聳立於豐富、確鑿、可靠之史料基礎上，不能構建於虛無飄渺之中。吾儕於編史之始，即整理、出版文獻叢刊、檔案叢刊，二者廣收各種史料，均為清史編纂工程之重要組成部分，一以供修撰清史之用，提高著作質量，二為搶救、保護、開發清代之文化資源，繼承和弘揚歷史文化遺産。

清代之史料，具有自身之特點，可以概括為多、亂、散、新四字。

一曰多。我國素稱詩書禮義之邦，存世典籍汗牛充棟，尤以清代為盛。蓋清代統治較久，文化發達，學士才

人，比肩相望，傳世之經籍史乘、諸子百家、文字聲韻、目録金石、書畫藝術、詩文小説，遠軼前朝，積貯文獻之多，如恒河沙數，不可勝計。昔梁元帝聚書十四萬卷於江陵，西魏軍攻掠，悉燔於火，人謂喪失天下典籍之半數，是五世紀時中國書籍總數尚不甚多。宋代印刷術推廣，載籍日衆，至清代而浩如烟海，難窺其涯涘矣。清史稿藝文志著録清代書籍九千六百三十三種，人議其疏漏太多。武作成作清史稿藝文志補編，增補書一萬零四百三十八種，超過原志著録之數。彭國棟亦重修清史稿藝文志，著録書一萬八千零五十九種。近年王紹曾更求詳備，致力十餘年，遍覽群籍，手抄目驗，成清史稿藝文志拾遺，增補書至五萬四千八百八十種，超過原志五倍半，此尚非清代存留書之全豹。王紹曾先生言：『余等未見書目尚多，即已見之目，因工作粗疏，未盡鈎稽而失之眉睫者，所在多有。』清代書籍總數若干，至今尚未能確知。

清代不僅書籍浩繁，尚有大量政府檔案留存於世。中國歷朝歷代檔案已喪失殆盡（除近代考古發掘所得甲骨、簡牘外），而清朝中樞機關（內閣、軍機處）檔案，秘藏內廷，尚稱完整。加上地方存留之檔案，多達二千萬件。檔案為歷史事件發生過程中形成之文件，出之於當事人親身經歷和直接記録，具有較高之真實性、可靠性。大量檔案之留存極大地改善了研究條件，俾歷史學家得以運用第一手資料追踪往事，了解歷史真相。

二曰亂。清代以前之典籍，經歷代學者整理、研究，對其數量、類別、版本、流傳、收藏、真偽及價值已有大致瞭解。清代編纂四庫全書，大規模清理、甄別存世之古籍。因政治原因，查禁、篡改、銷燬所謂『悖逆』、『違礙』書籍，造成文化之浩劫。但此時經師大儒，聯袂入館，勤力校理，盡瘁編務。政府亦投入巨資以修明文治，故所獲成果甚豐。對收録之三千多種書籍和未收之六千多種存目書撰寫詳明精切之提要，撮其內容要旨，述其體例篇章，論其學術是非，叙其版本源流，編成二百卷四庫全書總目，洵為讀書之典要、後學之津梁。乾隆以後，至於清末，文字之獄漸戢，印刷之術益精，故而人競著述，家嫻詩文，各握靈蛇之珠，衆懷崑岡之璧，千舸齊發，萬木争榮，學風大盛，典籍之積累遠邁從前。惟晚清以來，外强侵凌，干戈四起，國家多難，人民離散，未能投入力

量對大量新出之典籍再作整理，而政府檔案，深藏中秘，更無由一見。故不僅不知存世清代文獻檔案之總數，即書籍分類如何變通，版本庋藏應否標明，加以部居舛誤，界劃難清，亥豕魯魚，訂正未遑。大量稿本、鈔本、孤本、珍本，土埋塵封，行將澌滅。殿刻本、局刊本、精校本與坊間劣本混淆雜陳。我國自有典籍以來，其繁雜混亂未有甚於清代典籍者矣！

三曰散。清代文獻、檔案，非常分散，分別庋藏於中央與地方各個圖書館、檔案館、博物館、教學研究機構與私人手中。即以清代中央一級之檔案言，除北京第一歷史檔案館所藏一千萬件以外，尚有一大部分檔案在戰爭時期流離播遷，現存於臺北故宫博物院。此外，尚有藏於沈陽遼寧省檔案館之聖訓、玉牒、滿文老檔、黑圖檔等，藏於大連市檔案館之内務府檔案，藏於江蘇泰州市博物館之題本、奏摺、録副奏摺。至於清代各地方政府之檔案文書，損毁極大，但尚有劫後殘餘，璞玉渾金，含章蘊秀，數量頗豐，價值亦高。如河北獲鹿縣檔案、吉林省邊務檔案、黑龍江將軍衙門檔案、河南巡撫藩司衙門檔案、湖南安化縣永曆帝與吳三桂檔案、四川巴縣與南部縣檔案、浙江安徽江西等省之魚鱗册、徽州契約文書、内蒙古各盟旗蒙文檔案、廣東粤海關檔案、雲南省彝文傣文檔案、西藏噶厦政府藏文檔案等等，分别藏於全國各省市自治區，甚至清代兩廣總督衙門檔案（亦稱葉名琛檔案），英法聯軍時遭搶掠西運，今藏於英國倫敦。

清代流傳下之稿本、鈔本，數量豐富，因其從未刻印，彌足珍貴，如曾國藩、李鴻章、翁同龢、盛宣懷、張謇、趙鳳昌之家藏資料。至於清代之詩文集、尺牘、家譜、日記、筆記、方誌、碑刻等品類繁多，數量浩瀚，北京、上海、南京、廣州、天津、武漢及各大學圖書館中，均有不少貯存。豐城之劍氣騰霄，合浦之珠光射日，尋訪必有所獲。最近，余有江南之行，在蘇州、常熟兩地圖書館、博物館中，得見所存稿本、鈔本之目録，即有數百種之多。

某些書籍，在中國大陸已甚稀少，在海外各國反能見到，如太平天國之文書。當年在太平軍區域内，為通行之書籍，太平天國失敗後，悉遭清政府查禁焚燬，現在中國，已難見到，而在海外，由於各國外交官、傳教士、商人競相搜求，攜赴海外，故今日在外國圖書館中保存之太平天國文書較多。二十世紀，向達、蕭一山、王重民、王慶成諸先生曾在世界各地尋覓太平天國文獻，收獲甚豐。

四曰新。清代為傳統社會向近代社會之過渡階段，處於中西文化衝突與交融之中，產生一大批内容新穎、形式多樣之文化典籍。清朝初年，西方耶穌會傳教士來華，携來自然科學、藝術和西方宗教知識。乾隆時編四庫全書，曾收録歐几里得幾何原本，利瑪竇乾坤體儀，熊三拔泰西水法、簡平儀説等書。迄至晚清，中國力圖自强，學習西方，翻譯各類西方著作，如上海墨海書館、江南製造局譯書館所譯聲光化電之書，後嚴復所譯天演論、原富、法意等名著，林紓所譯茶花女遺事、黑奴籲天録等文藝小説。中學西學，摩蕩激勵，舊學新學，鬥妍争勝，知識劇增，推陳出新，晚清典籍多别開生面、石破天驚之論，數千年來所未見，飽學宿儒所不知。突破中國傳統之知識框架，書籍之内容、形式，超經史子集之範圍，越子曰詩云之牢籠，發生前所未有之革命性變化，出現衆多新類目、新體例、新内容。

清朝實現國家之大統一，組成中國之多民族大家庭，出現以滿文、蒙古文、藏文、維吾爾文、傣文、彝文書寫之文書，構成為清代文獻之組成部分，使得清代文獻、檔案更加豐富，更加充實，更加絢麗多彩。

清代之文獻、檔案為我國珍貴之歷史文化遺産，其數量之龐大、品類之多樣，涵蓋之寬廣、内容之豐富在全世界之文獻、檔案寶庫中實屬罕見。正因其具有多、亂、散、新之特點，故必須投入巨大之人力、財力進行搜集、整理、出版。吾儕因編纂清史之需，賈其餘力，整理出版其中一小部分；且欲安裝網絡，設數據庫，運用現代科技手段，進行貯存、檢索，以利研究工作。惟清代典籍浩瀚，吾儕汲深綆短，蟻銜蚊負，力薄難任，望洋興嘆，未能做更大規模之工作。觀歷代文獻檔案，頻遭浩劫，水火兵蟲，紛至沓來，古代典籍，百不存五，可為浩嘆。切望後來之政府學人重視保護文獻檔案之工程，投入力量，持續努力，再接再厲，使卷帙長存，瑰寶永駐，中華民族數千年之文獻檔案得以流傳永遠，霑溉將來，是所願也。

二〇〇四年

前言

桐城派興起於清代康熙之際，延續至民國初年，前後達兩個世紀之久。其陣營之壯大，内涵之豐富，在中國文化學術史上，實屬罕見。近百年來，社會變遷，貶之者較多，譽之者亦不乏人，分歧頗大。自上世紀八十年代以後，在解放思想大潮的推動下，不少學人已不約而同地認識到：作爲清代文化學術領域内一種重大的存在，桐城派是一個繞不過去的話題。可以説，没有對桐城派系統、深入的研究，要想寫好清代文學史、學術史、文化史，當非常困難。而且，不少桐城派作家的社會實踐活動，涉及清代社會的諸多方面，如政治、經濟、軍事、教育、學術、文藝等，有些影響至爲深遠；且其詩文中史料甚豐，值得治史者細心發掘。然而，由於種種原因，桐城派所受到的學術關注，還很難説與其重要的歷史地位、影響相稱。很多研究有待於深化，不少的領域還是空白。文獻資料的搜尋、整理則長期停留在分散、零星的狀態。

桐城派名家文集係國家清史編纂委員會文獻組的規劃項目。此項目的確定與實施，無疑使桐城派文獻資料的整理工作邁入了一個新階段。其便利學人，推進桐城派研究的作用，自不待言。桐城派自興起、形成，歷經發展、變化，兩百多年中，直接或間接與桐城派相關聯的作者，可能近千人。影響所及，北達京都，南逾五嶺，東及吴越。文獻遺存十分豐富。我們此次從其發展過程中選擇各個階段的若干代表人物的文集，編纂整理，試圖爲廣大讀者提供一套大體上能體現桐城派不同階段特徵的文獻資料；在以歷史發展綫索爲主的基礎上，適當兼顧地域的因素。本着上述意圖，文集收入的作家爲：戴名世、方苞、劉大櫆、姚範、姚鼐、吴德旋、陳用光、方東樹、姚椿、管同、劉開、姚瑩、梅曾亮、吴敏樹、曾國藩、龍啓瑞、戴鈞衡、王拯、方宗誠、張裕釗、黎庶昌、薛福成、吴汝綸、賀濤、范當世、馬其昶、姚永樸、姚永概，共二十八人。持此一編，基本上可以感知桐城派演化的不同階段的根本特徵，亦能從中窺探清代社會某些方面的情景。

文集分甲、乙兩編。甲編收入姚範、吴德旋、陳用光、方東樹、姚椿、管同、劉開、姚瑩、吴敏樹、龍啓瑞、戴鈞衡、王拯、方宗誠、薛福成、馬其昶、姚永樸、姚永概等十七位作家詩文集。因爲在本項目擬訂規劃時，上述十七位作家的詩文尚未見到整理本出版，所以此次編纂、整理時，盡力求全：在對其已刊刻作品進行校勘、標點的同時，又儘可能蒐集其未刊稿，希望由此提高資料的完整性。乙編爲戴名世、方苞、劉大櫆、姚鼐、梅曾亮、曾國藩、張裕釗、黎庶昌、吴汝綸、賀濤、范當世等十一位作家的文章選集。上述作家，或爲桐城派開宗立派的大師，或爲推進桐城派轉變、發展的巨匠，其詩文本當全部匯録，但考慮到均已有整理本出版，因此本文集以其文選入編，雖然未能以全貌示人，但經過編者認真選擇、整理的文選，當亦能在基本方面體現出各位作家的文章風貌。

國家清史編纂委員會、國家清史編纂委員會項目中心與文獻組對桐城派名家文集的編纂十分重視，給予了多方面的指導與扶持。安徽省哲學社會科學界聯合會、中共桐城市委員會、桐城市人民政府從始至終對整理工作提供各項支持，諸多實際困難得以化解。顯然，若無上述各方面的關心，文集必然很難完成。時代出版傳媒股份有限公司安徽教育出版社一向重視文化傳承，扶持學術，毅然承當了文集的出版工作。在此，謹對一切關心、支持本項目的機構、人士深致謝忱！

桐城派名家文集乃是文化學術界第一次較大規模的桐城派文獻資料整理工程，難度可想而知。而我們則學力有限，每每有力不從心之憾。因此，文集内難免有不少疏誤之處。出版之後，希望得到廣大讀者的積極回應，給予指正。

嚴雲綬　施立業　江小角

二〇一一年九月廿五日

凡例

一、桐城派名家文集分甲、乙兩編；甲編收入姚範、吴德旋、陳用光、方東樹、姚椿、管同、劉開、姚瑩、吴敏樹、龍啓瑞、戴鈞衡、王拯、方宗誠、薛福成、馬其昶、姚永樸、姚永概等十七位作家詩文集，乙編爲戴名世、方苞、劉大櫆、姚鼐、梅曾亮、曾國藩、張裕釗、黎庶昌、吴汝綸、賀濤、范當世等十一位作家選集。

二、凡收入甲編的名家文集均保持其原刻本編次。不同年代刊行的文集或詩集按其刊刻年代先後編排。有輯佚稿者按文、詩分類編年，附於原刻文集之後；年代不明者，酌情處置。

三、每位作家文集前之整理説明，簡要説明作家、著作版本的主要情况。甲編各文集後附録清人所撰寫的年譜、附記、墓志銘等相關資料。

四、底本之選擇兼顧底本完整性與準確性兩原則。若兩者不能兼顧，則以訛誤少、校刻精之本作底本，其殘缺部分以他本配補。

五、凡底本不誤而他本誤者，一般不出校記。

六、底本之明顯的版刻錯誤，如因形近致誤的『己』、『已』、『巳』之類，可以依據上下文予以辨識者，逕改之，不出校記。

七、凡底本之訛、脱、衍、倒，確有實據者，予以改正，并以符號標識。以圓括號表示誤字或應删之字，改正之字置於括號後；以方括號表示增補之字。

八、文中脱漏、殘缺或難以辨識之處用方框表示。

九、底本與他本文异，但義可兩通、難以取捨者，以校記説明。一般虚字有异而文義無殊者，可不出校。

十、文字盡量保持原貌，通假字、异體字一般均依原文，不改爲現代通行體，亦不求統一。過於冷僻之字可酌改爲通行字。文中如有外文詞語之翻譯與現在通行譯法不同者，不作改動，仍存原譯。同一譯名在文集中前後相异者，亦存原譯，不予統一。

十一、校記力求簡短，摘引正文時僅舉所校詞語。校記置於該篇篇末。

十二、文中引文與原書小异但不失其本意者，不改動亦不出校。節引原書文字大异且失其原意者，出校説明，但不改正。

十三、標點符號依照一九九六年中華人民共和國國家標準《標點符號用法》的規定使用。考慮到古代漢語的特點，原則上不使用省略號、破折號、着重號和連接號。

十四、凡直接引用的文字用雙引號表示，若引文中復有引文，則加單引號。古人引書多述其大意或節略其文，凡此等處不用引號。

方宗誠集

點校　楊懷志　方寧勝

整理説明

方宗誠（一八一八至一八八八），字存之，號柏堂。安徽桐城人。先世於明初由婺源遷至桐城魯谼山，再遷龍眠山，又遷古塘，後築室毛谿。方宗誠於桐城派著名作家方東樹爲從兄弟，年紀却小四十六歲。方東樹年老歸里，聞宗誠有志於學，召而教之，歷時十二年之久。清咸豐六年（一八五六）十月，桐城被太平軍攻占，方宗誠携家避居魯谼山中，養親讀書，著書寫作，成俟命録十卷，探究『天時人事致變之由，行己立身弭變之道』（上吴竹如先生，柏堂集外編卷二）。著名學者、山東布政使吴廷棟讀後爲之歎賞，邀其出山。

咸豐九年正月，方宗誠應吴廷棟之招赴山東課其二孫，並主講商河書院，暇時與吴廷棟談文論學，頗爲相得。時安徽戰事未已，曾國藩、胡林翼率大軍謀劃取江南，大力網羅人才，俱致書相召。咸豐十一年正月，方宗誠由直隸啓行，至開封阻於戰事，遂留客河南巡撫嚴渭春幕中，主司章奏，所撰應詔陳言疏、薦舉賢才疏、特保真才以重疆寄而肅吏治疏等，以見識超卓、切中時弊爲人稱許。同治元年（一八六二）正月，方宗誠拜謁曾國藩於安慶，居一月而還。次年春，應曾國藩之邀，助修兩江忠義録，自此追隨曾氏於戎幕之中，以師友相交。同治七年十一月，曾國藩上京入覲，方宗誠亦赴上海校正上海縣志，歲末回皖。翌年初，時任直隸總督的曾國藩疏調八人至直隸任事，五十二歲的方宗誠名列其中，遂於當年八月末啓程赴直隸，其後在保定候補知縣一年。

同治九年，方宗誠到省一年期滿，例應補缺。繼任直隸總督李鴻章奏請補冀州之棗强縣令。同治十年二月，方宗誠到任視事。在任九年，辦鄉塾，興書院，清理積案，整頓祀典，刻印前賢遺著，補修地方志書，興辦義倉，積穀備荒。每遇災荒，及時勘察災情，兼及鄰縣受災情况，如實上報，不避忌嫌，並多次請求李鴻章奏免災區錢糧積欠。雖爲政一縣，謀慮所言皆關國計民生，事關全局。光緒六年（一八八〇）夏，因病乞歸，定居安慶，專心訂正生平著述，精讀諸經、通鑑及宋五子之書。光緒十三年，安徽學使貴恒奏呈方宗誠正學純行，足爲鄉里矜式，光緒帝特旨賜五品卿銜以旌老學。聖旨由安徽巡撫陳彝登門宣讀。次年春二月二十一日，方宗誠病逝家中，享年七十一歲。

方宗誠師從族兄東樹，爲姚鼐再傳弟子，又爲曾國藩幕友，同時又於吴汝綸、姚永樸、馬其昶等人的古文創作有導引啓迪之功。咸豐年間，戴鈞衡等桐城文人多死於戰亂，同輩中唯方宗誠碩果僅存。他潛心發掘鄉邦文獻，致力刊刻友人遺著，鋭意培養文學新人，終於使桐城派在皖省聲勢復振，影響延續。可以説，在桐城派由古代向近代嬗替轉型的歷史進程中，方宗誠起到了紐帶與橋梁作用。不僅如此，方宗誠一生勤於創作，著述等身，留下了柏堂集九十四卷、春秋集義十二卷、俟命録十卷、志學録八卷、志學續録三卷、輔仁録四卷和柏堂雜著十五種四十七卷、陶詩真詮一卷等衆多著作，另撰有吴竹如先生年譜一卷、棗强縣志補正五卷等。此外，還爲方東樹、劉開、曾國藩、戴鈞衡、朱道文等人或編或校或刊文集五十餘種。

方宗誠少承家學，好讀義理與經濟之書，早有經世之志，加之『桐城之文，自植之先生後，學者多務爲窮理之學，自石甫先生後，學者多務爲經濟之學』（桐城文録敘，柏堂集次編卷一）。受此風氣影響，方宗誠自弱冠時起，就與戴鈞衡等二三同志相互砥礪，『爲有本有用之學』（味經山館文集敘，柏堂集前編卷二）。其論文之旨，大致以六經爲根本，以程朱義理爲質幹，以漢代文章爲氣骨，以韓歐八家及明歸有光，清方苞、姚鼐爲門徑，以有物有序爲旨歸，不喜無理無用之文。

方宗誠爲文，修辭立其誠，醇和温粹，托意高遠，自有特色，時人卽以『桐城正脈，今在柏堂』稱之。吴廷棟初見方宗誠，卽許之爲『桐城茂才也，砥礪名節，講求經濟，其古文沈潛於義理，而氣味酣厚，尤卓然成家』（曾國藩未刊往來函稿吴廷棟來函，中國社會科學院近代史研究所資料室編，岳麓書社一九八六年七月版）。通觀方宗誠柏堂集，可知其爲文一以理道爲宗，下筆所言皆切於當世之務。這一方面增强了文章的思想性和文獻價值，便於人們了解世情民風變化之跡，學術風尚變遷之由，名儒巨公嘉言懿行與戰事外交辦理情形，另一方面也不可避免地削弱了文章的藝術感染力，産生了率易穠雜的弊病。

雖然由於個人稟賦與時代風氣的影響，方宗誠未能融義理、考證、文章於一體，取得超邁前人的創作成就，但其多達九十四卷的柏堂集中，仍然不乏後世傳誦的名篇佳作。該集諸體兼備，各具所長。言學精切至當而關於世教；記人、記事不假修飾而自抒性情；書序措辭得體，典雅而有韻致；奏疏慷慨激越，氣盛言昌；書信則娓娓而談，謙和而真切。倘就文學性而言，首推游記與雜記類作品。

方宗誠平生好游，游則援筆作記，文字簡約而摇曳生姿，情理兼具，氣韻悠長。如記桐城山水及故鄉生活的一組文章，若椒園記、侍游圖記、蔬圃永感圖記、頌嘉山亭記、勺園雅集圖後記、觀披雪瀑記（柏堂集前編卷十一）、游龍亭記、朱氏龍井崖觀瀑記、棲賢洞記（柏堂集次編卷十一）、憶舊圖記（柏堂集後編卷十七）皆情景交融，簡潔可誦，讀之如入畫圖，身臨其境。其中蔬圃永感圖記寫母親蒔花藝蔬之勞，發自肺腑，感人至深。如寫母親專注蒔蔬一段：『余母主中饋，終歲未嘗一出游，少暇則入小圃。食時，家人皆食。余妻往請母食，值母方蒔蔬，不答也，宗誠數往牽衣，始反。』寥寥數筆，而人物形象全出。文末又憶：『余僑居他所，歲時至故居，入圃中，敗垣荒草，一桑尚存，余母手植也。倚桑而立，憶昔與余妻牽母衣情事如昨。鄰嫗見余曰：「余往與而母日在此隔墻語，而母或聞余未食，即歸持米來貸余。」言已而歎，又曰：「不見而母於茲七年矣。」悲悼久之。』如此細致入微、悱惻動人的文字，頗有歸有光項脊軒志之神韻，置之歸集亦爲佳作。又如庚辰南歸記（柏堂集餘編卷五），記由棗强縣令任上辭歸途中見聞，或敘師友真情兼憶往事，或記名山勝水兼及民風，字裏行間透出淡淡的喜、隱隱的哀，適與老年淡定從容的心境相契合。再如登小孤山記（柏堂集續編卷十九），由小孤山的上下四旁着筆，極力描寫小孤山『崛然屹立於江心』的剛健挺拔之勢，並由山的孑然不群，想到做人的道理：『夫君子所見者遠，則必居者高；所守者固，則必立者深。』小孤山雖不如泰山之氣象巖巖，『然其砥柱於中流，亘千古而不變者，亦庶幾可比於特立獨行之士與！』寫景歷歷如繪，議論貼切自然，不愧爲近代游記中的佳作。

方宗誠柏堂集初名毛谿居士文集，繼名西眉山人文集，皆以作者自號名集。咸豐初，方宗誠爲避太平軍而移居方氏先世享堂，堂前有半枯老柏，故名柏堂。方宗誠日坐其下，或泣或歌，痛飲讀書，相依以爲命，因又自號柏堂逸民，取所著文編次，復改題柏堂文集。是集爲方宗誠自訂，由其次子守彝陸續校刊，按年代分編，依編別類列目，於光緒六年至十二年間相繼付印。全書共九十四卷，卷帙繁多，刊刻不易，故流傳至今的柏堂集全本僅此一種版本，其刻板原存安慶城内方氏小南門故宅，抗日戰爭初期房屋爲日軍拆毀，刻板連同其他藏書皆失。現存方宗誠文集，多以選本、輯本或稿本形式出現，均不及經作者親自審訂的清光緒中桐城方氏柏堂遺書本精良。

此次點校柏堂集，卽以該版本爲底本，參校他本。篇目編次一依原本。校勘工作悉遵國家清史編纂委員會文獻整理工作通則要求，文字盡量保持原貌。凡底本因分次刻印過程中產生的人物、地點、事物等同名而字异者，如『黄仰范』作『黄仰範』，『游子岱』作『游子代』，『芼谿』作『毛谿』，『蕭敬甫』作『蕭敬孚』，『苗沛霖』作『苗沛林，苗霈霖』，『張洛行』作『張落刑』等，亦不强求統一，以存舊貌。由於點校者水平有限，其中必然存在錯訛之處，尚祈專家和讀者不吝批評指正。

方寧勝　楊懷志

目録

卷第七　書一

卷第八　書二

卷第九　贈敘

卷七　書札……九〇〇

附録……九七七

柏堂集前編

卷第一　論辨

陳良論

聖人之道，不難行於治教昌明之時，而難明於人心蔽晦之日。惟古豪傑之士不爲習俗所移者，始能崛起波靡之中，卓立塵垢之外，坦然由之而無所疑，是以謂之聖人之徒也。

戰國時，謀詐用，功利横，异說喧騰，仁義路塞。周公、孔子之道久否晦於天下。獨孟子毅然興起，明辨而力肩之，闢异端，放邪說，守仁義，崇王削霸，此所謂其道醇乎！醇而功不在禹下者也。其時，有陳良者行誼言論未有所表見於世，而孟子稱之以爲豪傑之士，說周公、仲尼之道，北方學者未能或之先。夫孟子於當時士少所可顧，獨稱良爲豪傑士，良非聖人之徒乎哉？

且夫孟子生於鄒，鄒、魯相望，聖人流風未遠，又嘗學於子思之門人。良，楚人也。楚故蠻夷地，去周公之世七百有餘歲，去孔子之鄉千有餘里，聖人之道無復有存焉者矣，良之無所師承明矣，乃能奮起於百世之下，而爲學於舉國不爲之時，何其識之卓、志之尚邪！彼樂克、萬章、公孫丑諸人得孟子爲之師，考其造就，似皆不逮良遠甚，良非聖人之徒乎哉？

顧孟子之道自漢司馬遷、趙岐，唐韓愈氏表彰，後程、朱數子出，更發明其書，迄今與周公、孔子之道竝昭天壤，稱爲亞聖。即樂克、萬章諸賢亦得從祀孔子廟庭，獨良自孟子沒，後儒者議從祀罕論及之，豈以其身列蠻夷，行誼言論未獲表見於世與？世有大儒出，起而表彰之，俾得從祀克、章之右，於良無與也，而荒陬遐僻之士，當有聞風興起者矣。

賈生論

蘇子瞻謂賈生志大而量小，才有餘而識不足。是不然，且未詳攷賈生之事實也。當漢之初，承秦敝，土宇雖定，而先王之禮樂法制所以維社稷安人民者，悉苟且未當。賈生以爲天下和洽既久，若不爲防微杜漸之策，則積習相沿，將至潰敗而不可收拾，故欲法制度，興禮樂。諸律令所更定及列侯悉就國，其說皆自賈生發之，豈非識時務之至者乎？

是時，孝文雖謙讓未遑，而議以爲賈生可任公卿之位。絳、灌之屬介胄武夫，不知治道，又皆各擁權勢，慮賈生得志，名位出己上，故盡害之，是豈賈生之咎？且夫賈生積學待用，既有年矣，吳公薦爲博士。文帝超遷，一歲至大中大夫，可謂得君矣。而法制度，興禮樂，更秦之法，又皆當時之急務。不於此時畀具其事儀法，以冀君之一行，而欲其優游浸漬，深交絳、灌之徒，此依阿淟涊儌倖於功名者之所爲也，而謂賈生肯爲之邪！及生遷長沙，卑濕，自以壽不得長，乃過湘爲賦弔屈原，以致其惓惓不忘君國之意，而故爲反詞，以自解其傷悼之懷，又爲鵩鳥賦以自廣。觀其言，殆非達天安命者不能爲也，而可謂其不善處窮者邪？

至於陳政事疏乃在宣室召對之後，爲梁懷王太傅之時。是時，文帝復封淮南厲王四子爲列侯，賈生以爲患之興自此起矣，因數上疏言諸侯或連數郡非古制，可稍削之。嗟乎！賈生蓋早知有七國之難，故爲是太息痛哭之言，思致治保邦於亂危未至之日也，惡得謂爲立談之間哉？且賈生因懷王騎墮馬死，無後，自傷爲傅無狀，哭泣至死。此其精忠棐忱，三代而下未可多見。而子瞻顧譏其不知默默以待其變而自殘至此，爲量小而識不足。甚矣，子瞻之疏也！

嗟乎！世多稱賈生之才，而余以爲賈生之識足以見微而知箸。其志在防微杜漸，爲天下籌長治久安之策，而其忠於事主，直能致身委命，不以死生去就爲懷。惜乎孝文仁厚有餘而規模少隘，不能重用之也。

李陵論

李陵之失節無怪也。彼徒知有功名，而不明致身事主之大義也。當其將勇敢五千人，時武帝召爲貳師將軍將輜重，擊右賢王於天山。以陵之勇，隨貳師出，未必無功。乃自負所將者皆荊楚勇士、奇材、劍客，力扼虎，射命中，不屑爲人屬，自請獨當一隊。及帝欲發軍，多予騎，陵又對以無所事騎，願以少擊衆。夫以陵之勇，精兵五千，誠使又有騎爲救援，爲伏兵，則陵未必敗。卽敗，當亦不至若後來之甚也。然陵所以謝之者，徒以隨貳師出，則不得獨成大功。多受騎出，卽成功亦未足奇。欲成奇功於絕塞，不得不爲萬死一生之計，以求自見。嗟乎！陵之心第欲爲一身顯功名耳，曷嘗熟爲國家計慮乎？

既欲立功名，故既敗而猶不肎死。彼白謂奮大辱之積志，庶幾乎曹柯之盟，乃實言也。豈知臣子事君，當以不辱君命爲正。事成則功不必歸己，事敗則以一死謝之，曷可但爲身圖乎？觀陵之說蘇武也，專爲之計校於存亡安危之地，惜其自苦，惜其誰爲，惜其信義安所見，則彼之所以不死者可知矣。

世徒知責陵以失節，而吾謂人臣事君，苟徒欲爲一身顯功名，而不明君臣之大義，則當危急存亡之秋，皆有不可恃者也。蘇武曰：『殺身自效，誠甘樂之。』又曰：『臣事君猶子事父，死無所恨。』嗟乎！斯其所以能爲純臣也與。

霍光論

霍光非純臣也。其事武帝二十餘年，未嘗有過，不可謂不慎。及受顧命立昭帝，政自己出，百姓充實，四夷賓服，不可謂不忠。其後昌邑王無道，光會群臣，稟太后，數其罪而廢之，立孝宣爲皇帝，不可謂無權變之宜，安定之勳。以忠慎之本，而加之以權變之宜，安定之勳，而吾謂其非純臣，何也？

人臣之心，貴乎公而忘私，國而忘家，少有身家之圖，卽不能無害於君國。至一旦有失，而讒人組織其間，亦必反爲身家之害。昔者，伊尹廢立太甲，而天下不疑，太甲不忌。周公負斧扆輔成王，雖管、蔡流言，而天下終不爲之動，何者？其素無愛權貴之心，營身家之念，一志不欺，足以取信於天下後世也。

初，上官桀與蓋主謀殺光，賴昭帝不信，誅桀等。桀之志不徒在光也，不誅且必爲漢害。然桀等既誅，而光出入自備。吏民當見者，露索去刀兵，兩吏挾持。蕭望之諫說光，由是不除用望之。嗟乎！人心機械不可端倪，示以大公至正，坦白無猜，猶不能弭群小之慍，況復以機械待之，則人愈疑矣！

余觀望之所言最得大臣體，光不能用而反忌之。吾故謂光不能無愛權貴之心也，又況昆弟、諸子、諸婿、外孫，黨親連體，皆根據於朝廷。其妻顯私使乳醫行毒，藥殺許后，勸光納其少女代爲后。後顯恐事敗，具以實語光。光大驚，欲自發，不忍，猶與。噫！此何事也，而不忍於妻子邪？春秋時，晉趙穿弑靈公，趙盾不知，特以反不討賊之故，而董狐書曰：『趙盾弑其君。』孔子稱爲良史。以春秋之法論之，顯之弑非即光之弑乎？

且光之所以失者，猶不在此。向使光真純臣，平日一動一靜，無不以君國生民爲念，權勢富貴毫不以介於中，則自能持身清約，齊家以禮，家人相習於忠孝，相安於節儉，亦自不敢萌覬覦之心，爲淫侈之事。顯之敢於弑后，敢於告光也，毋亦光身家念重，有所以啟之者與？夫女子小人之心，其始非遽欲爲亂也，特思淫縱其欲耳，欲不得而後姦心生，而大禍以作。惜乎！光不能豫以清白自矢，而杜妻子淫縱之萌也。管仲相桓公霸天下，其功不在霍光下，而立三歸，樹塞門，有反坫。孔子譏之。況欲以黨親連體，根據朝廷，妻子有弑后之謀，而不加之罪，尚得爲純臣邪？

班史謂『霍氏之禍萌於驂乘』，余謂不然。使光能約其妻子，不致生禍，則宣帝豈忍以嚴憚之故滅其族哉？

匡衡論

匡稚圭深於經術，所奏諸疏多儒者之言。然余惜其寬泛和緩，無當時切要之實策也。古之所謂大人者，惟先格君心之非，而以進君子退小人爲急務。當元帝時，石顯、弘恭專勢作威，患害海內，蕭望之、劉子政、周堪、京房輩反復痛切言之，斥黜至死而不之顧。彼甯以爲名邪？誠知小人不去，則雖有嘉謀遠猷，終不能見之施行，故以此爲急急也。

元帝雖懦弱，然每聞望之、子政言，未嘗不稱歎。使穉圭與望之、子政同心一力，安見小人不可去，君子之道不可長邪？如自度不能，則當去位以明志，乃阿諛曲從，附下罔上，不敢失恭、顯之意，坐使小人得志，而望之、堪等自殺，而不肯一言。其所屢奏者，雖皆聖賢王佐之言，舉皆虛詞，無適於當時之實用。

今夫良醫之用藥也，貴能望氣切脈以治病。不能相病之偏重投之藥石，而漫以說口養體者，雜陳於其前，則亦坐見其人之日就死亡而已矣。明御史吳敬庵劾丁紹軾曰：『方今內有客、魏之交通，外有崔、田之暴橫，人情慘如蜩螗，國勢危若累卵。紹軾絕口不言，僅彈無關輕重之馬世龍以塞其責，真有不可解者。』衡之諸疏，蓋亦若是也已。

嗟乎！漢世重儒自武帝始。然以董子之賢而不能用，徒說公孫宏之曲學阿世。故其後自蕭望之、劉子政一二儒者外，其以儒術進身者，往往持祿保位，被阿諛之譏，衡非其一與？茅順甫以爲衡出處本末不足數，特其少習經術，故於諸疏多可觀。而豈知其諸疏之不敢侃侃正論，惟委曲和緩爲不切要之言者，正其巧於持祿保位也哉！

鼂錯論

吳王之反，蓋自孝景爲太子時，提殺吳太子，激怒畜謀數十年矣。孝文因其稱病不朝，賜之几杖，其謀始無因而發，然欲反之志未或忘也。向使孝文用賈誼言，稍立法度以爲節制，則不獨可以免貽天下患害，即諸國滅亡之禍當亦可以豫弭之。

孝文失之於前，孝景即位，鼂錯謂其即山鑄錢，煮海爲鹽，誘天下亡人謀作亂。今削之亦反，不削亦反。削之，則反亟而禍小；不削，則反遲而禍大。此亦確知事勢之論也。孝景如畏其禍大，則削；如畏其反亟，則不削。焉有既用其計而復誅其人以謝之哉？

且夫誅其臣以說人國者，春秋時固亦有之。然此特大國主盟，惡小國不服屬己而伐之。小國苟誅一人以說之，則是已服屬之矣，故遂可不復滅其國。若夫倍亂之臣，其畜异志已久，不過借討一人以爲名，此卽誅一人以謝之，適足損我之威，而長彼凶驕之氣，何益於國？向使當時無梁孝王、周亞夫，而吳王又用田祿伯、桓將軍之計，則漢之爲漢未可知矣！誅錯豈足以平七國邪？

嗟乎！有天下者能防患於未亂，保邦於未危，不使姦人得以乘隙而起，固上策也。不然，而優柔寡斷，容惡養姦，偷目前之苟安，而貽後世之大患，已不免爲失策。況既有忠臣智士盡心謀國，不惜一日之小患，以圖後世之久安，而事尚未成，卽竄逐隨之，甚且誅殺之，以謝讎敵，而讎敵卒不可謝，此又出於策之最下者矣。如景帝之誅錯，而不致亡天下者幸耳。豈不可爲後世戒哉？

雖然，錯亦有自取之道焉。方錯爲博士時，卽上書言人主所以尊顯功名，揚於萬世之後者，以知術數也。皇太子讀書多矣，而不可不深知術數。嗟乎！此錯之所以取禍也。宋胡仁仲曰：『養太子不可以不慎，望太子不可以不仁。』錯不知養人主之仁心，而教以術數馭天下，挾數用術之心熟，則始以術數加人者，終必以術數加諸我。又安怪其一聞袁盎之譖，遂紿載行市，斬之東市哉！嗟乎！君臣朋友之間，不能相與以誠，相規以厚，而務以詐術相高者，其亦殆已。

魏鄭公論

魏鄭公相太宗，史稱其忠言極諫，爲三代遺直，而儒者多譏其先不死建成之難。余意不然。人臣事君，固宜一心不豫，守見危致命之節。然不當死而死，與當死而不死，其傷義一也。孔子有言：『天無二日，民無二上。』晏子曰：『君爲社稷死，則死之；爲社稷亡，則亡之。』彼建成之爲太子，與其所以謀秦王而速禍者，皆高祖在位之時。鄭公雖太子臣，實高祖臣。而建成又非無罪而死者。建成之死，高祖未嘗蔽罪秦王，徵安得獨死其難邪？

然則鄭公遂無過乎？是又不然。初，隋之亂，豪傑竝爭。秦王親起義兵平天下，功莫加焉。建成恃以嫡長居東宮，非有功德爲人所稱道。且秦王之氣，其必不能屈己以事建成，亦已明矣。當其時，英豪俱歸秦王，陰計立爲皇太子，勢危甚，鄭公非不知此也。躬輔弼之職，而處人父子、兄弟猜忌之間，必宜有以彌縫之，泯其釁而經其變。吾意鄭公當至誠感悟。建成使自知德薄，不足以君天下，而以太子之位讓秦王，則上之可得高帝之心，次之可全兄弟之義，下之亦可以弭秦王之忿。而爲太子立久長之策，豈非善之善者哉？不然，匡之以仁孝，導之以恭儉，戒之以侈肆，則內外大臣將嚮風慕義，願以爲君。秦王雖忌之，亦安得而謀之？不知出此，見秦王功高，陰勸太子早爲計。嗟乎！是啟其骨肉之嫌，恣其豺狼之性，而反令其速殺身之禍矣。厥後，建成遣楊文幹謀變，又嘗召秦王夜宴，毒酒而進之。突厥寇邊，建成薦元吉北討，欲因其兵作亂，而鄭公俱未有一言諫止，粥粥然若愚無知者。夫躬輔弼之職，處人兄弟猜忌之間，大患將興，固宜默默如斯邪？昔者，賈生爲梁懷王太傅。懷王騎墮馬死，賈生自傷爲傅無狀，哭泣至死，世稱其忠。昌邑王荒淫無道，郎中令龔遂數進直言。鄭公有知，當亦不能辭其過矣。

或曰：觀徵之事太宗，則直諫非所難者。蓋知建成之不可諫耳。曰：昔晉將伐虢，假道於虞，宫之奇諫，百里奚不諫。孟子亦嘗稱爲智矣。然百里奚之不諫者，以宫之奇亟諫而不行也。若先未有宫之奇之諫，而奚居君之國，食君之祿，揣其不聽而容默以自安，坐視其君將有滅亡之禍而不救，豈所以爲人臣邪？

嗟乎！鄭公於太宗朝以直諫稱，而於建成時未聞有盡忠補過之節。太宗用之以致太平，建成雖用而不免於廢絕。世多稱鄭公之直，而余蓋有感於太宗之爲君也。

洛蜀黨論

天下之患，莫患於小人植黨以沮君子，尤莫患於君子自分其黨以相攻訐。然小人植黨沮君子，君子退，而天下受其毒，人知之。君子自分其黨以相攻訐，使小人得以乘隙而入，而天下竝受其害，此則雖君子亦有所不及料也。推其禍始必由君子中有奮私矜己者，不能度德服義，協力以濟天下，而首倡异論，啟爭端，於是以類相從，而黨之名立。黨立，則各是其是，勢必至於有所傷。於是君子中之尤持正者，必最爲人所忌疾而去位。正人去，則君側之輔益孤，無以格其非心而薰陶其德性，而小人由是乘間而起，而政治遂因之以墮矣。

宋神宗之世，王、呂、章、蔡之徒立新法，樹黨自私，盡罷斥异己諸賢，天下洶洶，困於煩苛。此小人植黨以沮君子之禍也。哲宗嗣立，太皇太后聽政，進君子，退小人，一時賢臣相繼登用。方是時，司馬公、呂公、韓持國輩相與薦伊川程子於朝，授經筵之職。此豈非千載一時之會哉？蘇子瞻見其以禮法自持，每進講，色甚莊，繼以諷諫，謂其不近人情，深嫉之。又因其行事以鄙語戲之，且上疏詆以爲姦。於是程子門人朱光庭、賈易輩忿不能平，遂劾蘇氏。在二子誠亦不能無失，然而始禍者蘇氏也。由是胡宗愈、孔文仲、顧臨之徒迎子瞻意，連章力詆程子，而程子遂罷經筵之職矣。夫宗愈、文仲輩何足責！獨惜子瞻素號君子之徒，乃竝世有大賢而不能知，反倡异論，啟爭端，使不得久於其位，是誠可怪者也。且程子道德之儒也，子瞻文章之士也，樂放曠，惡檢束。程子初未嘗詆之，誠以其大節多可取者，乃程子能容子瞻，子瞻不能容程子，是奚爲邪？

孟子曰：『人不足與適也，政不足與間也。惟大人爲能格君心之非。』『一正君而國定矣。』夫以程子之學，使得久處經筵之職，則仁義道德之訓浸灌於君心，嚴恭篤棐之容日接於君目，久之自可以涵養氣質，薰陶德性，而啟其辨別賢姦之識，擴其好善惡惡之誠。又何至太皇太后崩後，熙、豐小人復起用事，追貶元祐正人，禍亂天下哉？熙、豐小人復起用事，由哲宗昏暗之心有以召之也。而程子有格心之學，居格心之職，不獲久於其位，誰之咎邪？烏呼！宜亦子瞻之所深痛者矣。

齊桓公論

自古大有爲之君，莫不度德量力，審勢乘時，養其鋒而不輕用，而後一舉可以收蓋世之功。若德不足，而遽欲人懷其德；力不強，而遽欲人畏其力；時未至，勢未盛，而不能舍忍以畜勢，優游以俟時，雖幸而成，必至力竭氣耗，心驕志滿，無以善其後。不幸而敗，則潰散委靡，才立無輔，終其身不可以收拾矣。周自平王東遷之後，上無聖君，下無賢相，夷狄日強，中國之勢靡靡，日卽於衰壞。獨齊桓公起而匡之，天下大其功，而究不知其所以成功之難也。

夫桓公之欲攘楚，蓋自其立位之初，志已定矣。而經營二十餘年，始有召陵之師，又何其迂緩若是也？天下勢而已矣。勢之所在，有可以力支者，有不可以力支者。力不可支，則必聚群策群力，而後足以當之，未可以身試險也。

當是之時，楚之強甲天下，僭王號而輕周室。漢陽諸姬楚實盡之，至於侵陳侵蔡，則禍漸及於中國矣。天王徒擁虛位，曾不能以一旅興問罪之師，列國之君皆自救不暇，夫孰敢當楚者？齊桓心憂之，而又知不可遽以力爭也。於是姑置楚不問，日以用賢富國強兵爲根本之計。外則招攜，以禮懷遠，以德九合諸侯，以結其心，根本固，羽翼成，而猶不遽言伐楚也。救邢遷衛，使諸侯無不服其義。以至江、黄之鄰於楚者，皆歸心焉，而後乃用以討楚。齊之勢既盛，則楚勢雖強，焉得而不屈？此所謂養其鋒而不輕用者也。卽其伐楚也，先惟聲言伐蔡而已，慮楚之有備也。數楚之罪，第曰：『包茅不入，昭王之不復。』而不言僭王猾夏者，慮其不受討也。乘其無備，而以全盛之勢臨之加之；以可受之辭，使其不難於自屈。雖曰功烈之卑，徒事小補，而中國之氣自是一振。楚自是不敢以自恣。此所謂度德量力，審時乘勢而後動者也。桓之所以成功者以此也。

厥後，桓公沒而晉文興，城濮之戰遂大敗楚。楚自後雖強，而與晉國迭爲盟主，不能獨横於中國，使周天子猶得擁虛位數百年，列邦小侯猶得守土奉祀不絶者數十世，皆齊桓經營創霸之功也。

諸葛武侯之仕蜀漢也，先和孫吳，定巴蜀，服南蠻，用賢勤政，愛民養士以固根本，而後興討魏之師，以正篡弑之罪。范文正公之經略陝西也，號令明白，愛撫士卒，使士勇邊實，恩化大洽。既乃與韓忠獻決策，謀復甯夏横山，元昊遂遣使稱臣。烏呼！此真王佐之才也與！

子思之母後嫁辨

記曰：『子思之母死於衛，赴於子思。』說者謂其母後嫁於衛。吾意不然。夫子思之母非他，孔子之婦、伯魚之妻也。禮曰：『婦人從一而終。』又曰：『夫死不嫁，古之道也。』豈賢如伯魚，平日尚不能敬身以率婦；聖如孔子，尚不能修身以化其家邪？雖曰婦人之愚，或有未諳禮義者，然既爲孔子之婦、伯魚之妻，而不能濡禮義之化，是孔子、伯魚之德不足刑於其家矣，烏得爲聖賢！然則爲是說者，匪特誣子思之母也，直誣孔子、伯魚也。惡乎可！

昔宋程子有言：『餓死事小，失節事大。』以失節而生，不如寒餓而死之爲安也。』況孔子雖貧不遽至是，而謂有此事哉？史記世家言孔子年十九娶幵官夫人，二十伯魚生，六十八夫人卒，七十伯魚卒。伯魚卒時，年五十矣。子思之母當亦相若。豈有五十將就木之人，尚不知守禮義而失大節邪？且是時孔子年衰老，僅一子早卒，夫人先逝，子思穉弱。以恒情言，即世俗愚婦，人有不忍捐之以去者。孔子之婦、伯魚之妻何乃至是！故斷之於理義，攷之於事實，揆之於人情，皆可信其爲必無者也。

或曰：『再醮非義之說，前此未明。至程子之論出，而後群知其非義。』是固然矣。然禮『婦人從一而終』與『夫死不嫁』之言，豈亦出程子後邪？程子以爲非義，孔子猶以爲可邪？昔孔子刪詩，序鄘風首柏舟之篇；修春秋，特記紀季姬之卒葬，以褒其賢。易恒之六五象傳曰：『婦人貞，吉。』『從一而終。』是非皆孔子之言邪？

吾觀周、秦以降，婦人守節箸聞者，史傳多有，特至宋以後爲尤眾耳。然則記禮者，曷以有此言？蓋自周衰禮壞，諸儒各以其意修明禮制，往往託於孔氏之徒，以自重其說。先儒所辨非一事也，如孔子、子思之出妻，伯魚之妻之後嫁，皆欲借以明不喪出母之禮耳，而豈知其爲誣聖人之至哉？孟子曰：『盡信書，不如無書。』吾於記禮者亦云。

成王冠辨

傳稱：『武王崩，成王幼，周公踐祚而治。』先儒既論其誣矣。又稱：『成王元年夏，葬武王於畢。王冠，朝於祖，以見諸侯。周公命祝雍作頌。』此託爲孔子之言，而余以爲亦非也。

儀禮有士冠禮，而無天子、諸侯、大夫冠禮。歸熙甫曰：『天下無生而貴者也。天子之元子猶士也。天子爲元子時，以士禮冠。所謂有父在，則禮然也。設不幸君終，世子未冠，則冕而踐祚。斯爲踐祚之禮矣。已奉宗祧，君臨天下，將又責之爲人子、爲人弟、爲人少之禮乎？』又據家語，孔子云：『古者王世子雖幼，其卽位則尊。爲人君治成人之事者，何冠之有？』然則周公爲制禮之宗，豈有自紊其禮制者邪？

且夫冠者，吉禮也。漢高帝崩，惠帝卽位，四年三月而後冠。是雖失儀禮之意，而猶必冠於終喪之後。今武王雖葬，距初喪七越月耳，喪服猶是也。周公乃使成王免喪服，而加玄服以入宗廟，以朝諸侯，不幾於短喪乎？聖人行事，播之天下，爲天下宗；傳之後世，爲後世法。居喪而冠，可爲天下後世法邪？古者喪三年不祭，惟祭天地社稷，爲越紼而行事，不敢以卑廢尊也。非祭天地社稷，未有可越紼行事者。豈成王之賢不及惠帝，周公之聖反不如漢諸臣乎？誣亦甚矣。

或曰：『古者居喪，卽因喪服而冠。』是不盡然。禮曾子問曰：『如將冠子而未及期，而有齊衰、大功之喪，則因喪服而冠，除喪不改冠乎？』孔子曰：『天子賜諸侯、大夫冕、弁，服於太廟，歸設奠，服賜服，於斯乎有冠醮，無冠醴。父沒而冠，則已冠，埽地而祭於禰。已祭而見伯父、叔父，而後饗冠者。』元儒陳氏曰：『父沒而冠，謂除喪之後，以吉禮禮冠者，蓋齊衰以下可因喪服而冠，斬衰不可。』

是故由前儀禮及孔子之言觀之，則王世子雖幼而卽位，無復冠之禮。由後曾子問之篇觀之，則父沒而冠，無因喪服而冠之禮。然則又何疑於周公之事哉？夫不經之事，既託一聖人行之，又託一聖人言之，然則世之居喪而爲吉禮者，皆聖人詔之也。其可不辨也邪？

卷第二 敘

編次許玉峯先生集敘

玉峯先生既卒之明年，其甥劉元佐岱卿輯録遺文二卷，屬宗誠編次。宗誠曩從先生游，亦嘗私録其論學諸書，因檢校之，有岱卿所録而爲宗誠未及見者，有宗誠所録而爲岱卿未之載者。昔程門諸子記伊川先生語，伊川曰：『某在，無所用此。』今先生往矣，不復得聞其言矣，所僅有存者書耳，而書又散軼。然則編次之責其烏可已乎？

編次甗卒，竊嘆曰：學問之道，凡以求得其本心而已。世之學者，多昧於古人立學之意，務外遺内，逐末忘本，好名喪實，舍己爲人。夫既以好名務外、爲人逐末之心從事於學，則凡聖賢所言廣博精微者，適皆足以供其好名務外之資，爲人逐末之用而已。是以學彌深，心彌放，於聖賢之道無毫髮當也。先生生正學久衰之後，慨然以程、朱爲師，實體躬行數十年不倦，蕭然清苦，不求聞知。孔子言古之學者『爲己』。子思論中庸下學之事曰：『君子闇然而日章。』如先生者，可謂『爲己』、『闇然』之君子矣。爰以此意，致書岱卿，願與共守之。書未達，而岱卿凶問忽至。悲夫！

憶宗誠自弱歲後，即獲從先生游，忻然有求道之志，然質性浮薄，未能篤信而允蹈之。其後得交岱卿，岱卿事先生在宗誠後，而宗誠自顧所知所行，去岱卿殆不可度以尋丈者。先生既没，宗誠倀倀無所向，方欲與岱卿共砥，以續先生之緒，而岱卿又没矣。嗟乎！學之成否，倘亦有主於其間者邪！不然以岱卿之志，即得中壽，當未可限其所至。岱卿不没，誠雖蹇劣，亦未始不可觀感以底於小成。兩年之間，既喪余師，又失余友。不特昔日追隨函丈之情事已如隔世，即欲與岱卿時一通書，或終年一接見，相與講守先生遺訓於不墜，而亦不可復得。豈非命邪！豈非命邪！

是編今三月成，岱卿以五月二十日卒，未及一覽，以輔余之不逮。烏呼！是尤可悲也已。先生言行略見宗誠所撰行狀中，茲載於集首，俾讀先生書者取則焉。道光二十四年秋八月，門人方宗誠謹識。

守約軒家書敘

昔鄉先生姚端恪公曰：『爲人祖、父者，冀子孫之成立，往往當食忘餐，臨寢失寐。』痛哉言乎！其真能狀祖若父之心者也。夫人心之精微，口不能言，而口所能言者，亦非文字所可得而傳。故凡父祖之於子孫，雖日提命之諄復之，而其所切切然念之者，猶餘於言之外也。又況遠游四方子孫謹肆勤惰，不得自考察，終歲之間，胷中畜意千萬，又不獲面施其訓誨，而惟以一二書札示之。此真如生而喑者，心所欲言不能達諸口，而藉指畫微示其意於人，其鬱抑可勝言邪！

幸而子孫賢者，則讀其書如見祖若父之容，如聞祖若父之聲，惴惴焉不敢忘其教，雖久而弗違。不幸而不肖則旋讀之，旋遺之矣。甚或見有督責之言，不知反己自勵，以求慰其親於千里之外，而反生怨懟者，往往然也。嗟乎！爲人子孫不能儆省發憤，使祖若父聞而樂之，至諄諄然告誡焉，已難解於不孝之罪，乃復弁髦，其親之言屢告而不知省，使其親鬱鬱至於老死。斯即其後悔悟，深切痛自懟艾，慰其親於九原之下，已不若生前慰之之爲樂矣。況猶有不然者乎？

馬生早喪親，其祖幕游袁江，時時還書戒之。今其祖没已數年，生懼遺書散佚，將録以付梓，而乞敘於余。余讀之皆義方之訓，且多督責之言。蓋是時，是祖年七十餘，猶以貧故遠客西江之上。既傷其子，又念其孫，宜其辭之痛也。昔張楊園先生髫年喪親，其祖勉之曰：『愚而不學益其愚，智而不學失其智。』楊園既長，問學於劉念臺先生。念臺問曰：『有親乎？』曰：『無矣。』念臺戚然久之，曰：『修身所以事親也。』今生不以祖之督責爲諱，而持以示余，且欲壽諸世，其愈於不肖者遠矣。然此豈遂足慰祖之所望哉？生能即祖之言求祖之心，且即其所已言而思其所不能言者，則汝祖之心慰矣，余因是而有感也。

余幼時質性浮薄，父母督之嚴，輒不說。歲月荒怠，碌碌無所成就。今雖痛自怨艾，而父母早世，欲聞一二督責之言，而已不可復得矣。每讀端恪之言、楊園先生之事，未嘗不掩卷而飲泣也。生其與余有同心否邪？

徐庾文選敘

周以前無學爲文章之事。六經、諸子體製不一。要皆明道教，箸法制，記事言，抒情性，故其言上之可以爲經，其次有醇有疵，亦皆足爲身心、家國之用。自漢以來，始有以文名者。然西漢質實，少無用之言，風氣猶爲近古。東漢而降，詞日繁，氣日靡。史臣創立『文苑傳』以箸其人。然昌黎韓氏敘古作者之統，雖班固不得與其列，況其次乎？昭明文選乃取魏、晉、齊、梁與周末、西漢之文，竝收而雜録之，以爲萃文章之英華可也，以爲正宗則非也。

其後陳有徐陵，周有庾信，皆以盛才箸文譽當時，稱爲徐庾體。嘗觀其文，大都遠祖東京，近宗齊、梁，駢字儷句，詞益綺艷。故陳書稱陵文緝裁巧密多新意，而周書論信之文以爲誇目侈於紅紫，蕩心逾於鄭、衛，是何不能起衰振靡，回齊、梁之頹風，而追周、秦、西漢之盛軌邪？宋楊慈湖氏以文人之文謂之巧言。劉忠肅亦曰：『士當以器識爲先，號爲文人無足觀矣。』夫文不能明道教，箸法制，記事言，抒情性，備身心、家國之用，而但習浮靡以爲工，烏能免二公之所誚哉！

且夫文章之隆污與世運爲升降。昔人論左氏之文浮而誇，戰國之文峭而薄。文弊而世運隨之。魏、晉、六朝之文浮靡太甚，故其世運亦衰壞而不可振。韓子所以謂『天醜其德而莫之顧』也。雖然，第以文論，駢偶之體亦當以生氣爲上。徐、庾之文尚有生氣可觀，是又宜其稱盛於一時，流傳於千載矣。

李君某選徐、庾二家文爲一集，屬余爲敘，因備論之，學者覽觀焉。

豢經書室遺詩敘

道光辛丑，王君子輔來訪，示余以其弟夢巖遺詩。時夢巖卒數年矣，語次意甚戚。余既悉夢巖素行，怪天之生才不數，而乃復摧折之，使不克大成就，深爲悼嘆，又以嘆子輔之篤於友愛，能道其弟之賢以傳，於人爲不可及也。

未逾年，側聞子輔復卒。子輔家素豐，而常陰行善事。卒之日，鄉鄰貧者多感泣如喪私親。然子輔每對人言，猶若有所鬱於胸而未克盡遂者，蓋其志意甚廣，將待异日得權勢而大施濟於時。已行者，特其小焉者也，而不意又早死。余嘗慨俗之薄也。可濟人者，無濟人之心；欲濟人者，無濟人之力。今子輔有其志有其力，而天奪其年，使不得展布其心所欲爲以死。而且使有其力無其心者，得以藉口而不爲仁。烏呼！是豈獨子輔之不幸邪？

先是，夢巖從余友文鍾甫、江貽之學爲詩，其遺集，子輔既爲刊行。今子輔從弟鍾英復搜輯子輔遺詩數十首爲合刻之。夫以子輔兄弟爲人而皆早卒，是其受天之氣者薄，而非其所以承天者有缺也。故即生時不工爲詩，死而無詩可傳，而其誼行之留於人心者，猶令人感動唏噓，不忍泯没，矧其有詩如是也。

鍾英刻遺詩成，來請爲敘，讀之益感念不置云。咸豐二年四月。

味經山館文集敘

古之所稱不朽者，曰立德、立功、立言。歐陽子以爲立德立功矣，雖不見於言可也。余則以爲立德立功者，故宜不急急於言，而言之能有立者，要必載德與功，而後其言足以逾遠而不廢。無德則其言爲無本，無功則其言也不適於用。雖使幸而久存，亦徒爲世道之障而已。

堯、舜、三代之書，詩，孔、曾、思、孟之所述作，其言之垂於今者，皆其德之充於身，其功之布於萬世者也。下至周末諸子、兩漢、唐、宋名臣大儒之所爲書，八家之所爲文，德與功雖不足追配古聖賢人，而要皆出之有本，施之有用，故亦可以竝天地而無終極。然則言非能不朽者也，讀其言，可以修身而理性，經世而宰物，則雖欲廢之，而自不可得也。

雖然，古之立言者，莫不本於德與功。而今之所稱立德立功者，則又不過資以爲立言之緣飾。人心巧僞日開，知空言之不足存也，則往往貌爲有本有用之文。觀其平居見於身者，亦可免顯然之悔，尤勢得時夷，亦可箸事功於一二。又或遇好善之君，逢建言之時，亦未嘗不能侃侃陳言，補衮職而取時譽。及至遺大投艱於其躬，則畏懦因循，彌縫粉飾，與其向所言者不類甚。至並其平日之箸於身、見於事功者，一旦而瓦裂焉。嗟乎！使其不遭世變，豈不居然賢傑之士哉？固斯人之不幸，亦可見作僞之不足恃也。

往余既冠，與二三同志砥礪，爲有本有用之學。於時戴君存莊才最茂，用力尤鋭，詩文、經説卓有表見於世，海内賢士大夫多稱道之。而戴君不自信也，嘗取余所論作僞之弊，識於詩卷以警諸心。今者傷遭世之多變，懼舊文之散佚，乃刻以問世，而以書屬余曰：『願有言也。』夫天下事變多矣，思有以振救之，則立言殊非所急。然使果有如古之立言者出，則天下之變固不足靖也。存莊姑因其所已能而勉其所未至，以力挽巧僞之風，則其可以不朽者，將不在於立言也矣。咸豐三年五月。

存悔軒文集敘

桐城在昔多文學之彦，而乾、嘉間，姚惜抱先生纘望溪、海峯之緒，以經術、文章、行誼，倡導後進。當是時，天下承平久。士生重熙累洽之後，無所用其心智者，各以才力争能於文學，於是後先角立蓋數十人。雖未克卒皆有成，而或工爲文，或優爲詩，或以篤行稱，或以政事顯。箸述流傳，又或精於義理，或詳於考證，一時文學之盛，海内歸慕焉。

余生之歲，去惜抱先生卒數年矣。既冠，始志於古。而前時數十人者，已多没世不得見。其存者，又皆散處四方。其後數年，乃各以年衰解官，倦游歸里。故余生雖晚，而得上與前輩接者，猶復數人。自植之先生外，如吴星槎刺史、姚庚甫大令、馬元伯水部、光栗園方伯、朱魯岑文學、姚石甫廉訪、馬公實通守、胡碧波處士、蘇厚子徵君，是數君子者，所趨不同，成就亦异，要各有善可述，有撰箸可存。故余雖不幸不獲生竝姚先生之時，而因師友諸君子，猶得想見三先生之流風於不墜。且因以追思當時，海宇澄清，士争以文章華國，其氣象尤可慨慕也。

張愧農先生始亦聞惜抱之風而興者也。壯歲客江西、河南，晚乃返里，而亦辱與余交。先生爲人長者，嗜古文，常自恨少年以無師之學，迫貧客游，不獲與里中諸君子相砥礪。雖友人爲刻其文集數卷，而時若欿然於心，年已七十，猶日淬礪。每有所作，必以質諸君子而後存。雖以余之年輩學行遠不逮者，亦時降齒德與討論焉。烏呼！此其爲前輩之風義也。末俗浮澆，後生一得自矜，往往輕侮前輩，不肯降辭氣求益。矧其身爲前輩乎！

夫人之得於天者無涯，而才則各有所限。故人之才，有能有不能者，其天也。吾就吾才之所能成者成之，其有能不足矜，其有不能不足歉。矜其能，恥其不能，而因强飾爲己能，於才之限於天者，無毫末之增，而得於天之至無涯者，有邱山之損矣。往者，望溪先生文名天下，一日見海峯文，謂人曰：『方某何足道！如劉生者，乃今之昌黎也。』海峯見惜抱文亦然。今先生學成齒尊，而亦時懷不足，乃至下問於後輩。烏呼！此其所以爲前輩之風義乎！

先生將刻其二集文，屬余校訂，且爲敘。念十數年來所得交於諸前輩者，惟先生最後而最相得，其何敢辭！又念前此諸君子如星槎刺史、庚甫大令，今皆久没不可得見。植之先生、碧波處士、石甫廉訪，又皆以死喪相繼。其餘亦竝衰老矣。迺者，逆賊披猖，士習人心迴非曩昔，日推移於冥漠中者，且不可以臆度。然則吾邑文學，其果能復盛也乎？爰箸一邑之源流，與先生之風義，以告後世君子，使一旦有大振於世者，盪除賊寇，興起人心，俾乾、嘉時雍容文物之氣象復見於今，則非特吾一邑之幸也矣。咸豐三年五月，方宗誠識於馬氏之融齋。

養蒙彝訓敘

昔朱子輯小學，備列立教、明倫、敬身之道爲作聖基，至詳切矣。世之父師以其雜采經、史之言，童子艱記誦，又非應舉之具，遂棄不習。余竊病焉。程子曰：

『人之幼也，知愚未有所主，則當以格言至論日陳於前。久自安習，若固有之。若爲之不豫，欲其純全不可得已夫。』豈惟不可以純全也，嗜欲日滋，習染日深，性靈日汩，則雖於君父之大倫，廉恥之大防，皆將有所不顧。其爲人心世道之害，何所底止！此孔子所以以學之不講爲深憂也。爰録先儒論學韻語，簡明易誦、切實易行者，凡十篇，次爲一卷，俾子弟童而習焉。朱子小學題辭，示學之旨要也，故箸諸首。程董學則、朱子讀書法、陳北溪小學詩禮、方正學幼儀雜箴、張子東銘，皆立教、明倫、敬身之事，故繼之。

夫明倫敬身之事至廣博也，要其操存之實，不外於非禮勿視、聽、言、動四者而已。次，程子四箴所以明守約之旨，然其要則又一言以蔽之曰：『居敬。』居敬之功，豈可須臾間哉？故以朱子敬齋箴、陳畏齋夙興夜寐箴次之。念兹在兹，日夕乾乾，則天君泰然，而百體從令矣，故以范氏心箴終焉。初學既誦習此書，而又附以陳確庵小學日程，以爲檢身之具，務期實踐躬行，不爲口耳之學。由是益講聞乎嘉言善行以實之，六經、五子之書以充之，則异日之下學上達，雖曰存乎其人，而所以養其良知良能，以爲修己治人之本者，則亦庶乎其有助也夫。

人譜補正敘

治亂之機由人心生焉。人心之邪正，係乎學術之明晦。學術明，然後人知求全其本心。本心不失，然後性情醇。性情醇，然後廉恥立。廉恥立，然後氣節盛，而經濟猷爲亦莫不由是而箸。於是，處則爲良士，出則爲良臣。以爲子則孝，以爲臣則忠。以處平世，則可以制治保邦，弭患於無形；以處屯難，則可以經綸大經，臨大節而不亂。且夫在上者，民之所則傚也；士子者，仕宦之階梯也。上之人不養其性情，不顧其廉恥，而欲在下之愚民有性情廉恥，必不能矣。爲士子而不勵氣節，不講習經濟猷爲，而欲其仕宦之後有氣節經濟猷爲，必不能矣。正氣虚而後邪氣乘焉，正道頽而後邪道興焉。是故大亂之生，未始不由人心之先失其正也。孟子曰：『君子反經而已矣。經正則庶民興，斯無邪慝。』豈不信哉？

昔者唐、虞、三代之盛，惟恐民逸居無教，近於禽獸，於是制爲五典、六德、六行以教之。政教明於上，學術明於下。人人皆知仁、義、忠、信爲吾心所自有，孝、弟、節、義爲吾心所當爲，淪肌浹髓，固結而不可解。故雖更衰微之季世，而無敢爲亂民，何則？其心不失也。周之衰也，而孔、孟興；漢之衰也，而氣節之士興；宋、明之衰也，而程、朱、陽明之學大興。當是之時，政教雖不明於上，而學術猶大明於下。故雖國勢微弱，而仁人、志士、忠臣、義民，杖節立信，枝柱於艱危者，猶或數十年，或百數十年，卽不幸至萬難扶持之時，而死忠死義者不可勝書。三代而下未有倫比，則講學之效也。

嗟乎！去外見之賊易，去民心之賊難。去民心之賊易，去士心之賊難。學術不明，爲士者全不思人之所以爲人，心之所以爲心，但知求富貴利達，患得患失，懷土懷惠，無所不至。由是性情日益漓，廉恥日益衰，氣節經濟猷爲日益薄。處則以其卑鄙之學，貽禍後進及其子弟。出則以卑鄙之學，逐貪污之欲，而君上之安危，社稷之利害，生民之休戚，皆與己若不相涉。而智謀才力盡瘁於身家之圖，以致風俗日壞，民心日偷，而釀成無窮之禍亂。亂已形，而泄泄沓沓仍如故焉，肥身保家仍如故焉。卽或有稍知自愛者，而平日學術不明，至此亦往往變易其所守，而終於同流合污者矣。不知忠孝，不知羞恥，無志樹節義，竝無志立功名，怖死貪生，而終亦不免於僇辱。嗟乎！爲上者如此，而何責於下；爲士者如此，而何責於民；素所謂自好者如此，而何責於碌碌因人之輩，則豈非學之不講之故哉？

余少時卽抱隱憂，然恨德薄能鮮，人輕而言不見信。惟所以自淑與所以教生徒者，總期去妄祛私，以厚性情，礪廉恥，講經濟爲實踐之地。雖今逆賊猖披，介在百數十里之近，而此心未或稍變也。

馬生復震志於學，尤喜聽余講説。一日偶取劉念臺先生人譜示之，因其原書多語弊，爲之補正焉。嗟乎！生苟由此求之，爲人之大本得矣。加以實踐躬行，日積忠孝之誠，日務經綸之實，使此心之賊去，則外來之賊不足憂也。無形之賊去，則已形之賊不足滅也。他日，出則倡明此學於上，處則倡明此學於下，以力挽靡靡之士風，而上助聖天子之盛治，則本心不失，庶幾無愧於人之名也夫。

俟命錄敘

江之北有病夫焉。年少非甚尫瘠者，而時抱幽憂之思。父母存，病無以養。父母没，病無以葬。既葬矣，則又病兄弟之未能翕，宗族之未能睦，婚姻、故舊、鄰里、鄉黨之未能任恤焉。讀書於一理之未能會通，一事之未能實踐，一過之未能悔悟，皆如痼疾在身，局促不寧，輾轉反側而無所措。

病夫性迂拙，不能俯仰諧俗，又以家世清貧，數百年來，本無一命之榮禄，故亦不急求功名富貴。然頗關心世道，於國家之安危，生民之治亂，人心之邪正，學術之明晦，蓋無一日不繫於心。安民之略，善世之方，災禍之幾，弭變之策，亦無一日不深心研究其極。而時人或笑其無疾而呻吟，故常隱憂，不敢以告人。

迺者逆賊披猖，蔓延大江南北。病夫於身家之念，久如槁木死灰矣。惟自恨食毛踐土二百餘年，既不能荷戈從戎，效死疆場，又不能抒謀獻策，殄茲醜逆，上以報我皇上高天厚地之德，下以展吾人民胞物與之懷。而親見負國諸臣泄泄沓沓之狀，及世人死亡流離之慘，言之心痛，不言愈痛不可支。於是病夫之病，乃益革矣。

咸豐三年正月十七日，安慶失守，千餘里之内人人驚皇失措。病夫處城市中，安居不動，寂然如無事者，人益笑病夫，不知病夫之病在國而不在身也。國事如此，遑忍爲此身計乎？爰閉户窮居，略以平日所見天時人事致變之由，行己立身處變之道，書之於策，以示子孫。倘賊至被執，不辱以死，後嗣庶有考焉。十九日，病夫識。時年三十有六。

輔仁錄敘

余少好親師取友，而又幸生文學君子之邦，得以親炙薰陶，開拓神智，不至終爲小人之歸而不悟。是皆良師友之賜也。

十餘年來，老成凋謝幾盡，朋遊中亦多中道而夭。其存者遭世多變，離合靡常。而余又以謹守邱墓之故，不獲遊歷四方，徧交當世賢哲，以廣收直諒多聞之益，恐終懈弛至於荒落，則幽冥之中，負良師友多矣。乃以前所聞諸君子之言，散諸筆記中者，彙爲一卷，以當書紳云。咸豐三年八月。

卷第三　書後

書鈔本呂氏童蒙訓後

右呂氏童蒙訓三卷，同里蘇厚子惇元所弆，嘉興朱正甫坤手録點勘本也。考是書：宋長沙郡龍溪學皆嘗有槧本。嘉定間邱壽雋守金華，復取呂喬年家藏本刊行，四明樓昉爲之敘。昉嘗學於伯恭先生者也。紹定時，眉山李埴亦鋟木焉。自是以後，惟一二老師宿儒轉相傳寫。

朱氏此本鈔録精工，而批評點勘子細參詳，真信古力學之君子也。惟朱子小學所引多闕不載，則知其已非全書矣。自功利之習日熾，學者務逐時趨，平日讀書特取爲干禄之具而已，其有補於身心家國而非科舉業之用者，則緘束而不觀。才高意廣之士，又往往溺於記誦詞章，以雜博爲能，浮靡爲工。至先哲之徽言懿行，皆視爲闊迃，屏棄之若不足惜，而獲一奇書新義與名士詩文之類，則藏之如重寶焉。於是此書不特無刊行之人，竝傳寫之者亦罕矣。

厚子性篤古學，搜羅先哲遺書甚夥，而皆能窮其旨趣。一日，以此本示余。余懼不可多得，因叚鈔之，竝録朱氏批評於上。至原書之失誤者，間以鄙見列朱氏之次，而朱子小學所引不見此本者，亦附録卷末。俟世有篤信好古之士，稍去取之以刊行云。

孔子曰：『君子多識前言往行，以畜其德。』又曰：『多聞，擇其善者而從之。』使不能擇善而從，以畜其德，則去趨時干禄與夫記誦詞章之士幾何哉？手録既畢，書此以自儆省。道光二十年十有一月。

書反騷後

余讀屈原書，嘆其憂思君國之意，盤鬱乎心胷，充彌乎天地。抑何深惻感人至此也！蓋其心無可如何而託之離騷，無可如何而託之九章、九歌，無可如何而託之天問、招魂、卜居、漁父辭，卒無可如何而託之汨羅以死。殷憂宛結不可復解，雖已亦有不知其所以然者。

昔，賈生不得於絳、灌之屬，致文帝不能用其才。嘗過湘，爲賦以吊屈原。其言有曰：『瞝九州而相君〔兮〕，何必懷此都也？』『所貴聖〔人〕之神德兮，遠濁世而自藏。』是蓋賈生憂思君國之心無可如何，故反其詞以自廣耳。豈果以原爲不然哉？

若揚子雲之反騷，則何爲者也？史稱：子雲少時好詞賦，擬司馬相如，怪屈原文過相如，至不容作離騷，自投江以死。謂君子得時則大成，不得時則龍蛇，遇不遇命也，何必沈身哉！其言似協於聖人時中之義。噫！雄之終爲莽大夫者，已隱見於此矣。

自古忠臣、孝子、仁人、義士，皆非有意而爲之也。悱惻纏綿之心，百折而不容已，往往前無所師，後無所冀，爲世俗所謂至愚無益之事，即儒者亦或譏之，以爲不蹈於中庸。然其所以能存天地之心，立綱常之極者，正以其愚之不可及也。而貪惜身命者，或且以中庸爲藉口矣。嗟乎！雄所譏大旨不出女嬃、靈氛、漁父之意，原非見不及此也。知其如此，而甘心沈淪而不悔，乃其所以爲純忠也與！

書蕭望之傳後

蕭望之事宣帝、元帝，盡忠謀國，得大臣體，而卒爲弘恭、石顯所陷，死於非罪。漢運遂以不振，恭、顯之姦欺，元帝之昏懦，後世咸知其罪無足論，而吾獨不能無恨於宣帝也。

自古國家無君子小人可以竝用之理。易曰：『係小子，失丈夫。』又曰：『小人道長，君子道消。』甚言小人之不可近也。師之六五曰：『長子帥師，弟子輿尸。貞凶。』此非特行師然也。平居無事，而容一小人於其間，异日之禍皆必至於不可救。史言望之雅意在本朝，及出爲平原太守，内不自得。乃上書曰：『陛下哀愍百姓，恐德化之不究，悉出諫官以補郡吏，所謂憂其末而忘其本者也。願陛下選明經述通於幾微謀慮之士以爲内臣，與參政事。若此不怠，外郡不治，豈足憂哉？』嗟乎！望之可謂通達治體者矣。蓋是時，中書宦者恭、顯等久典樞機，明習文法，與車騎將軍史高爲表裏。望之所謂忘其本者，蓋謂此也。宣帝雖知望之賢而不能專心委任，使中書宦官得以用事，及其寢疾，選大臣可屬者，則又引高與望之、周堪等共受遺詔輔政。夫顧命大事而參以小人於其間，安得而不牽制君子之肘哉？元帝初立，望之引用賢臣劉更生、金敞同心輔政，以爲中書政本，宜以賢明之選。自武帝遊宴後庭，故用宦者非國舊制，白欲更置士人。由是大與高、恭、顯忤。嗟乎！宣帝英明之主也。而當其時，宦者之根株猶未甚盛，誠使重任望之諸賢，決去宦官而無疑，則漢氏宦豎之禍，或不至後來之烈，而奈何不能用也！夫武帝雄才大略，而開用宦官之漸。宣帝英斷，不能急除其弊而又甚之，尚何責於元帝之庸懦哉？

且吾觀元帝雖庸懦，不能深罪恭、顯，而天性仁厚，尊重師傅可謂至矣。使宣帝當時屏去恭、顯諸小人，而專任望之、周堪、劉更生輩，又不使史高得與其政，則以諸君子輔佐元帝，當亦無後來之禍，而奈何不早去也。易曰：『開國承家，小人勿用。』詩曰：『貽厥孫謀，以燕翼子。』宣帝任用法律，恭、顯明習文法，易與帝合，故用之而不疑。貽謀不臧，誰之咎邪？

嗟乎！自古小人，未有不善投人主之好者也。然其所以投人主之好者，豈真有忠國愛主之心？特爲一身寵利計耳。而人主每以爲腹心，卒至禍之速者及其身，緩者及其子孫而不悟。而君子之危言正論，剖心碎首不惜者，無非爲人主、社稷、生民計也。而人主反疏之，卽不然，亦使其與小人雜處而竝列，卒使君子不得盡其志而國隨以危。豈不深可慨哉？

書柳子厚桐葉封弟辨後

柳子厚桐葉封弟辨陳義可謂正矣，然實不知周公所以輔成王之心也。夫大臣之事君也，務格君心之非，而輔幼主，則尤在於涵養其氣質，而薰陶其德性。惡不待其大也，幾微之間，有動於不自覺者，則必匡正輔翼，以遏其端。善不問其微也，天性之偶觸，至情之發露，則必誘掖奬勸以成其美，使之擴而充之，然後足以保四海。

夫周公所以輔成王，其心固若是也。方成王與小弱弟戲時，乃其親愛之心出於至誠，故不覺見之於戲。是所謂『善戲謔兮，不爲虐兮』者也。周公入賀是養其良知良能，將順其親愛之美德也。及王曰：『戲。』公因曰：『天子不可戲。』乃封小弱弟於唐，是又防其流弊而謹之於將來也。夫惟戲而必成之，而後知戲言戲動之不可不慎。向使王與小弱弟戲，周公遽以不可戲入諫，則未免束縛過甚，而無以培養其天真。及王曰『戲』，而不曰『天子不可戲』以戒之，而但言其天性之不可不養，小弱弟之不可不封，以成其美，則是有將順而無匡救，彼將以戲爲美德，而流爲謔浪輕佻之習。

今觀周公一舉，既薰陶其德性，涵養其氣質，而又以格其异日之非心，誠非聖人不能若斯也。子厚之智豈足以知此！且夫聖人之言行，變動不居，因時而施者也。成王戲封小弱弟，故公成之以養其親愛之心。使成王而戲封婦寺，則公自必明正其非矣。此固不可執一以論也。又況其賀而封之也，亦不過成其事實。其言非遽遺之之國，以地以人與小弱者爲之主也，而何疑乎？

宋哲宗立幼沖，伊川程子爲講官，隨事諷諭，以引之於道。嘗聞上在宮中，起行漱水避蟻。請之曰：『有是乎？』上曰：『然。誠恐傷之耳。』因進言曰：『願陛下推此心以及四海。』一日，講罷未退，上忽起，憑檻，戲折柳枝。先生進曰：『方春發生，不可無故摧折。』夫避蟻微善也，折柳小失也，而或獎勸，或諷諫，是卽周公所以輔導成王之心也。蘇子瞻譏爲不近人情，其見與子厚何以异與？

書柳子厚河間婦傳後

余讀柳子厚河間婦傳，始終之貞淫如出兩人，竊悲之，以爲是殆有所爲而寓言也。蓋人之佚情肆欲者，其究往往若此。鄭風之敝至於溱洧所云：於儔人廣衆之中，昏然無復有禮義之心，蕩然無復有愧怍之色，而見之者亦似不復以爲异，群起而效之。嗟乎！彼其初，曷嘗遽至此極邪！將仲子兮首章曰：『畏我父母。』二章曰：『畏我諸兄。』三章曰：『畏人之多言。』夫知以父母、諸兄、人言爲可畏，必其時禮教尚有一二之存，而清議未嘗衰息也。故因此猶知固名節之藩，遏人欲之橫流，而存天理於將滅，乃其後廉恥之心不能勝其情欲之動，始之以父母、諸兄、人言爲可畏者，繼皆以爲不足畏。

至於以父母、諸兄、人言爲不足畏，而人心風俗之敝，其尚可救乎！

嗟乎！人之佚情肆欲其端甚微，而其究未有不至於無所畏憚者也。衛之風人傷莊公之狂惑，始則曰『終風且暴』，繼則曰『終風且霾』矣，又其繼則曰『終風且曀，不日有曀』矣，而其終則曰『曀曀其陰，虺虺其靁』。其狂蕩不止者，其昏惑必日熾。既不能謹之於微，又迷溺而不知反。吾烏知其所終極哉！

書亡友張瑞階筆記後

曩歲戊戌，余從玉峯許先生遊。是時，張君瑞階與吾宗召青、魯生以學行相切劘，余聞而心欽之，顧獨未識君也。庚子春，君惠顧余，余亦詣君，皆不值。越數日，趙介山先生邀君與召青、魯生及余飲，始接見焉。其夏，又遇君於魯生書舍中。

君忠敬篤誠，視余如故交，所論難俱實有心得。後余以雜文、劄記質召青，君攜歸，路遇余，一言而別。他日訪君，謂余曰：『兄志識卓矣，然名心去乎？』余悚然曰：『未能也。』君曰：『吾固疑兄未能也，因極論名之害道，勉以「爲己」、「闇然」之學。』又曰：『昔周濂溪、李延平終身於道，而時人知其爲善人而已。余往歲甫志於學，而群相怪异，蓋由言動之間，客氣未除，震人耳目所致也。』是年秋，君自南闈病歸，余數往問之，憂其久不愈，固請入見。君方隱几端坐，見余入，起立如禮，詢余近讀何書，學有進否。視其氣色，不以爲必不起也。十二月二十四日，聞君病革。明日趨視之，道遇介山、召青、魯生，三君戚然曰：『瑞階没矣！』烏呼！余與君僅五接見，而晤語者四焉，君之教益固在耳也，而今君之没已久矣。悲夫！

君名泰來，號包軒，幼孤，母倪孺人守節教養，饑寒困戹，備極艱辛，卒成就君爲端士。君事母孝。祖母吳性嚴厲，君委曲侍養，惟恐不得其歡心，遭人倫之變，常飲泣内訟，不對人言。少聰穎，能文，每試輒高等，書法亦工，而不屑屑於末節細行。年二十七與魯生論中庸，始毅然興起，盡棄舊習而學焉。居敬立誠，虚懷取善，語默動静，務中規矩，年三十而卒。

是編乃其讀書有得雜記之言，魯生删節以存者也。烏呼！如君之學識過人，使永其年，未必遂止於此。卽吾輩之與君交者，得久聞君直諒之言，獲切磋之益，則其所學亦必不止如今日之所成也。展君遺集，低徊前言，不禁掩卷零涕也已。道光癸卯九月八日。

校刊陳松田先生遺文書後

右陳松田先生遺文十篇，吾師玉峯許先生載入陋室纂鈔者也。無意爲文而詞旨淵厚可味。其言祭祖、刑家、接物之道，尤盡理協情，讀之如與古孝子仁人相接對。論學之旨簡切通貫，詞極平易而規模閎遠，私衷好之，以爲非行道而有得於心者，不能言也。

既讀其遺書，因欲考其行事，徧訪諸搢紳不可得。偶檢邑志載：先生名紀，字封亞，康、雍間諸生。父早卒，事母曲盡孝養。母卒，獨寢處櫬厝所數月，淚滴處草爲之枯。嘗過曾祖攢室，糞田者污其地，止之不獲，大慟至嘔血，亟稱貸營葬焉。或追負於其鄰，鄰訴之先生，窘無計，乃以新製布衣一襲代償之，追負者感愧謝去。自少卽爲治心養性之學，敦實黜華，時人敬信之。夫以先生之言，想見先生之行義，當猶不止於此。蓋其軼者已多矣。然卽其言與行若此，已足爲篤行君子之儒無毫髮愧焉。乃遺文散佚，鄉里好學之士，自許先生外，俱未有見其書道其姓字者，彼其行之一二雜見於志乘中，人又烏知畱意哉！

嗟乎！儒者生平行己立言，自宜不急急求見於世，卽後進之士，亦不必以其一人名字之不傳爲惜。第美言懿行足感乎人心，嘉惠於無窮者，聽其泯滅無存，不重可嘆惜邪！今輯許先生遺書，因取先生遺文附後，亦猶是許先生闡顯幽微之意云爾。道光甲辰五月。

書與竹居棄稿後

右武進孝子與竹湯君遺詩一卷，君子雨生協戎所寄也。君名荀業，字楚儒。嘗隨侍其父緯堂先生之任臺灣之鳳山。適林爽文、莊大田作亂，從父擊賊不勝，遂俱遇害。君文集毁於兵，是編特其棄稿，君夫人楊氏所拾藏者。今協戎編次成集，而以夫人斷釵吟附焉。

余觀自古才人學士，勤一世精力於詞章，没世之後，子孫搜羅編輯，雖其生平刪汰不欲存者，猶珍藏寶貴，不忍遺亡。此賢子孫之用心大抵然也。獨至忠臣、義士、孝子、貞婦之遺澤，則不特子孫寶之，薄海以内，千百載而下，聞其風者皆不覺感動歔欷，慨焉生慕。一旦獲覩其遺集，中心之好視古之詩文名家者，殆尤過之。是可見秉彝好德之良，亘千古而不泯没也。

協戎嘗見余文，因余友劉少塗乞敘。余敢敘君詩哉？且君父子殉難事載國史，忠孝之名在四方，而協戎又以儒雅風流箸聲海内，更無俟余言爲重。獨念鳳山之難在乾隆五十一年冬，迄今纔六十年耳，而當時姦民蠭起，守土吏猶有以死殉孤城者，其中外大臣猶有能抒勝算，出死力以剿賊者，固未至頹墮委靡，望風蹙蹜，致寇勢猖獗，而復甘心喪恥以爲之屈也。乃自今日思之如君父子者，已不啻若古之人矣。道光丙午秋七月。

書江貽之空山夜坐圖後

余少不偕於時俗，獨喜與賢士長者交遊。其在植之先生門者四人焉：蘇厚子先生最長，文君鍾甫、江君貽之、戴君存莊齒相次，而余年最少。憶已亥春，厚子先生訪余古塘舊宅，折行輩交余。其夏應試郡城，鍾甫過余旅舍，一見相契合。余報鍾甫因晤貽之、存莊而未深知，交之密自辛丑、壬寅始。是時，少壯氣盛，各思樹立。鍾甫欲得一州一邑而理之，俾民無凍餒，獄無冤囚。存莊亦自負其才，思表見於世。厚子先生築帶經山莊犕成，思終歲安居箸書，垂示來學。余與貽之則皆欲結茅屋山中，足迹不入城市，薄田數畝供饘粥，無追呼交讁聲，殫精一志，以求聖賢之心，及古今大經大法，而又以其餘力，取左、馬、莊、屈、賈、劉、韓、歐、曾之文，陶、阮、李、杜之詩諷誦之，以擴其識而養其氣。

忽忽八九年間，鍾甫、存莊既困諸生無所試。厚子先生饑驅走吴越，亦不得安處山莊，以成夙志。貽之與余窮益甚，而貽之又甚於余。當初交時，余年最少，而今亦已三十矣。昔歐陽永叔言：『物常聚於所好。』余五人者，非有多求於世，而皆無所得。安在物之必聚於所好邪？

貽之天性和易，不肯矯俗傲世，亦未嘗降辭色干人。喜飲酒賦詩，酒後態度語言多出人意表。其詩清雅曠逸，多可喜者。余嘗索爲書其詩。笑曰：『余詩在胷中未出，此豈吾詩邪！』一日，寫空山夜坐圖示余，明素志也。

嗟乎！古之賢者，隱處澗谷間，詩人美其無戚戚之意。今至欲棲遲衡門，而勢猶不可得。但寄志於圖畫文字之中，其亦可悲也已。然余因此而有進焉。莊子曰：『蟲臂鼠肝，隨天付與。』陶公謂：『縱浪大化之中，不喜不懼。』凡阨於窮而不克振，與有待而後爲者，皆不得謂之能自樹立，不因循者也。古之君子素位而行，不願乎外。大人知命，不曲意變齊同。願與貽之隨所在即作空山觀可已。

書甘玉亭明發圖後

吾友甘君玉亭生數月，喪母；年二十，喪父。及長，恨不及事其親，常汲汲營葬其大父母、父母與伯叔父母，以安其親之靈。一日，於篋中得一卷，泣曰：『此余父母遺容也。』屬余題之。余因取詩人『明發不寐，有懷二人』之旨，名之曰明發圖云。

余之祖母，玉亭從祖祖姑也，故玉亭稱予父曰『伯父』。歲癸卯春夏之間，予家大疫染十餘人不起，惟余一人供湯藥。一日，余父疾大進。玉亭聞，不遠十餘里來視。因爲入城延醫，醫來又爲入城取藥，往返十餘里。依鐙下煽爐火，炳竹出汁和藥。時夜熱，火氣炙人，蚊嘬膚如錐。余戚然不安，泣謝之。玉亭曰：『子無然。茲乃吾所以報伯父也。曩者，伯父爲余大父母營壙地，嘗侵晨徒步入龍眠山中，抵莫始返，目不見地，失足墮溪中，衣履盡濕，余力挽始起，卒使余大父母得安宅兆。而余死有以見吾父於地下者，伯父之德也。』嗟乎！玉亭不及養其親而能安親之靈。

余父母之存也，余生二十六年矣。養未能少致其樂，病未能少致其憂，及卒，微玉亭相，余之抱憾者其有窮已乎？玉亭感余父之德，必圖報之。余於玉亭所以待余父者，竟未有以報也。玉亭於人子無愧，而余益無以爲人矣。

余父母卒，玉亭曰：『親既没，思所以報者三焉：疾求吉壤，以藏親體魄；厚視伯叔、兄弟及親之故舊，以安親心；愼德淑身，以無辱親之名。』嗟乎！斯言也，詩人『明發』之思不是過也。玉亭能實其言，而余則未能從其萬一。兹題斯圖，其得無赧然也邪！道光二十八年九月。

書丁孝子事略後

余友張小嵩謂余，嘗讀書龍眠山中，謁明檀孝子鬱墓，觀其所爲報恩塔記，景仰慨歎，以爲一庶士而開吾邑孝子之首，流風餘韻四百年不絶，非至性能然邪？既聞有妄人侵其墓地，特爲請於邑令厲禁之，後以掩埋暴露之柩。及搜訪節孝貞烈，至邑東鄉，經明金孝子墓，聞其割肝療親事甚具，當時雖格於例不得旌，而到今鄉人猶嘖嘖稱道不衰。

余聞而欽之，謂小嵩曰：『自先王之教廢，鄉舉里選之法壞，六經、四子所言孝、弟、忠、信之道，爲士者祇取以爲文章緣飾，鮮有躳行其實者矣。而窮鄉僻壤，愚夫愚婦，猶知有孝弟忠信之可貴者，則往往以數百年之內，有一二至性篤行之人生乎其地，事迹流傳，隱然感動乎其心。故苟非大不肖至愚極污，雖不能全子弟之職，而猶不肯顯然爲不孝不弟之事。』記曰：『人者，天地之心。』噫！苟非有能立天地之心者，則天地之心之在，凡人不幾乎其息邪！

小嵩又示余丁孝子事略一卷。孝子亦東鄉人，其廬墓盡哀，與檀孝子無异，而其養致樂，病致憂者，視金孝子爲尤，合中庸之行。嗟乎！是豈嘗有所感發而爲之與？肫肫其仁，率於天性之自然。而鄉人之感動嚮慕，不敢顯然爲不孝者，則因此而益多矣。

余於是有慨焉者！朝廷以德善風化天下，凡孝子、悌弟、貞婦，每歲令學官采訪，而猾吏多因緣爲姦利。始猶有給金建坊之典，今則輾轉裁革，於是窮鄉僻壤，至行奇節，多有壅於上聞者矣。故余嘗以爲今之世，雖行鄉舉里選之法，亦徒爲胥吏要索之利竇，士子夤緣之階梯而已。其眞可舉可選者，百不一二獲也。彼懷至性能篤行之人，雖身名寂寞，自有所以不朽者存，然而愚夫愚婦其何以爲觀感之資哉？

小嵩窮居下位，常欲爲朝廷宣揚德化，既與同人搜羅吾鄉節孝貞烈之婦二千五百餘人，援總旌之例，以請於有司。而東鄉又有劉君子發者，孝行與丁孝子同，欲爲之請，猶艱於資未果也。故因讀丁孝子事略而發兹論焉。咸豐三年冬十月。

記張皋文茗柯文後

國朝論古文正宗者，曰望溪方氏、海峯劉氏、惜抱姚氏，而吾從兄植之先生晚歲又並推戴氏潛虚，嘗語宗誠：望溪之學，海峯之才，惜抱之識，性情體態迥乎不侔，而皆克傑。然自存於天壤者，以同得古作者之心也。潛虚生遘屯蹇，没名不耀，其文超妙靈奇，生氣鬱勃，實得左邱明、莊周、司馬子長、昌黎、六一之神。彼自言爲文之術，在置身埃壒之表，用想於空曠之間，遊神於文字之外，率其自然而行所無事。雖未必至，要其才有天授焉。惟憤時疾俗之作，蘊畜淵懿遜三家，而其紀事之文，固夐乎不可尚矣。

四人之外，於國初，則又取慈谿姜湛園，以爲雅馴勝侯、汪、魏。於竝時友，則取上元管异之、宣城梅伯言、仁和邵位西，而於武進張皋文未及與交，而推服之尤深。嘗謂异之受學惜抱，以早卒，未能脱然自成，而淵雅静邃實出同門諸子上。伯言才微不逮，而精詣過之，故其文簡嚴高潔，用意深曲。二子之於惜抱，蓋猶習之、持正之於退之也。位西後出，宗望溪，不喜海峯，其文多醇峻，然其論海峯，以謂麤獷似侯朝宗，則過矣。海峯學古得其神，特迹未化耳。朝宗才雖奇，無得於古，豈可以海峯比況邪！夫謂海峯文有餘而道不足，是也。然自左、馬、韓、蘇不免矣，可以此責之文家邪？要其持論，固學者所當知也。皋文與吾邑王悔生友善，得海峯論文之旨，而超然自悟，多沈鋭潔淨之文，同時惲子居蓋不逮焉，惜其年壽之不終。方、劉、姚三家外，六人者其傑作皆足以名家。

往時宜興儲同人於茅選八家外，增李習之、孫可之號爲十家。可之去習之遠甚，況可以儕八家之列邪？乃謂可之勝持正，尤妄説也。近時，人有論次國朝文家者，以朱梅巖、彭秋士與其間，其識殆與同人無异。先生之論如此。今先生既没，讀臯文文，因附記之。又吾嘗讀惲子居集，載臯文之言曰：『文章末也，爲人非表裏純白，豈足爲第一流哉！』尤三復不置云。咸豐元年。

跋鄧完白山人篆勢拓本

歲丁未，應試皖城，與懷甯江翁同寓柏園道院。江翁居龍山西，與鄧完白山人近。云少時嘗及見之，山人貌奇古，魁偉多力，静默寡笑言，在家無日不臨摹周、秦、兩漢鐘鼎碑版文字。

達官求其書，非盛禮貌不與。而邨老出劣紙索書必應，無一畫苟。或不知寶，重粘壁間，雨澤下注，塵泥滲漬滿。山人笑曰：『暇日，當爲子復書此千年物，余死難再致也。』山人每獨行，遇古松柏，輒盤桓其下，逾時不去。人問之，亦不言其所以然。

懷甯潘予慎、同里劉少塗贈余以先生八分書篆勢拓本。因憶江翁言，乃書其後。嗟乎！以一藝卓絶古今者，其胷中亦必有以异於人人也。

讀文中子

文中子中説十篇，蓋其門人雜記之詞綴爲篇。讀者驟難分曉，故妄畫焉。文中子學識，董子後未有及者。生當末亂之世，而以周、孔之道爲己任，非所謂豪傑士邪？惜乎規模閎闊，而於入道之要、進德之本少所發明，又其詞氣好擬論語。聖人貴傳心，不必其迹之相效也。豈其門人記載之文然與？不然得其心而化其迹，雖宋大儒其孰能加之？

昔者孔子没，門人以有若似聖人。子游曰：『有子之言似夫子也。』烏乎！此有子所以不得爲聖人也。文中子之言亦何其似孔子也，而或者以揚雄氏比之，抑過矣。雄不得聖人之心，而徒襲其迹。文中子雖未化其迹，而已得聖人之心。

卷第四　書一

與吳君書

宗誠頓首，謹白吳君足下：　僕本無所知，又年少於足下數歲。乃足下於某所，見僕所爲文，惠然枉顧。且盡以大刻諸作見示，何謙虛若此！　展讀數日，竊歎足下之才之美，朋儕中罕有及者。如僕蹇劣，更何足言。然承足下先施之誼，不敢默默無以效其愚，惟足下諒之。

僕聞人之爲學，當以實爲重，行爲先，名之有無遲速，聽其自然之數而已。而詩文之名，尤非士君子所宜急急以求之者。古之聖賢，既道明德立矣，而或有時內不得已於心，外不得已於人，箸一書，作一文，亦惟藉以明其道，抒其情而已，初非有急於立名之意也。觀詩三百篇、尚書、大易、周禮、儀禮、大學、中庸，未嘗題曰某某作，某某箸也。孔子删詩、書，訂禮、樂，修春秋、孝經，左氏傳春秋，亦未嘗題曰某某删訂，某某作也。後之儒者，讀其書，嚮慕其人，以爲非某某不能爲，而其名遂暴箸於天下，傳布於後世。古之人何容心哉？

今之學者，一詩一文，大抵多爲立名起見，其真不得已於中而後發者，百不獲一二焉。烏呼！　此所以三代而下，學者雖多，鮮能及古，蓋其用心之所由异也。雖然，吾觀漢、晉以來作者，雖其旨趣務在立名，而其生平所爲書，猶必藏之名山，磨以歲月，固有終其身未肯脱稿以示人者矣。蓋無論士之爲學，急於立名，已爲馳騖於外，即爲立名計，亦必求萬全無弊，而後可以不至於泯没而無傳。若刊行太早，則無識者，既不知古人之不可及者何在，又不知今人之遠於古人者何在，第隨聲附和以貢諛而已。刻之者以好名欲速之心固甚，欲時人之稱許也，而見時人果稱許之。若是則必私自矜放，以爲是真足以名一世矣。豈復虛心敏求，以企及於至善之域？　其一二有識者，雖心不欲隨聲附和，然亦以其書既刻，不復直言其非。且雖言之，而彼以附和者之言中於其心，亦豈肯降志以從善？　歷年既久，公論定焉，究歸於泯滅無存而已矣。

嗟乎！士不幸生三代後，去聖既遠，正學久湮。耳目所聞見，大都庸鄙之夫碌碌無可裁取。於是天資卓犖之士，苟能爲一詩一文以自見者，卽皆自命不群，而不肯虚衷以求道。不知詩文之名，乃聖賢之所不屑措意。而已所爲之詩文，又古之善爲詩文者所唾棄而不欲道者也，乃遂以之自張。而爲之師友者，又多無識而善諛附和，而慫恿之，卒使英特之才不克大有所成就。烏呼！彼庸陋之夫既無足望，而卓犖者又不免以急名自誤其志趨。此所以有心者，恒悼歎於人才之難得而易失，而僕尤不能不爲足下直陳者也。

足下詩文之才，洵拔出流俗。然以鄙意論之，似當更以務實篤行爲重，讀書深造，求自得之學，而不必急急刻詩文以自見。夫果不欲以詩文自見，而其詩文亦益進矣。愛重之至，敢獻狂言！

復劉岱卿書

正月八日，接手書述學使沈公之言，曰：『辨論學術，惟宜昌明其理，不宜有忿争之心。卓識宏論，可以救近世學者之失。』而誠近所見更有説焉。

竊以謂吾輩爲學，宜急於辨人品之真僞，無急於辨學術之异同；宜急於辨吾心之理欲，無急於辨他人之是非。觀魯論一書，凡論君子、小人者數十章。其曰：『女爲君子儒，無爲小人儒。』『古之學者爲己，今之學者爲人。』『是聞也，非達也。』此孔子之辨學術也。孟子一書，凡論義利、王霸者數十章。其曰：『仁義而已矣，何必曰利。』『以力假仁者霸，以德行仁者王。』『墨子兼愛，是無父也。楊子爲我，是無君也。』此孟子之辨學術也。要皆攻邪，不攻偏；攻僞，不攻正；争理欲，不争异同。是故孔子『祖述堯、舜，憲章文、武』者也。然於夷、齊稱其不降志辱身，於惠、連稱其中倫中慮，於虞仲、夷逸稱其中清中權，未嘗以其异於堯、舜、文、武之中道，而一切鄙棄之也。子産有君子之道四，晏平仲善交，管仲一匡天下，令尹子文之忠，陳文子之清，子桑伯子之簡，孔子亦皆稱之，未嘗以其遠於堯、舜、文、武之大道而不節取之也。孟子願學孔子者也，其他則皆曰『姑舍是』。然於伯夷稱爲聖之清，伊尹稱爲聖之任，柳下惠稱爲聖之和，亦未嘗以其异於孔子之時中而深加詆誹也。何也？以其雖爲偏至之行，實已造於正大之域也。惟若臧文仲之知，微生高之直，楊、朱之義，墨子之仁，子莫之執中，鄉原之忠信，陳仲子之廉，告子之不動心，似是而實非者，則不得已必取而明辨之。

然今觀其所辨，雖詞嚴義正，而纏綿愷惻之心溢於言表。初不見有悻悻之形，良由出於義理之正，憂懼之懷，而非有争名忿疾之意也。夫尚論古人原亦爲己之學，苟或稍有争名之意，卽所論全是，已不免於爲人，或卽非争名而出於忿嫉，言之過當，亦足見其心有所忿懥，不得其正，喜怒哀樂之發不中節矣。

今儒者之書，多好辨陸、王、陳、劉諸儒之失。夫諸儒之學不能無偏，卽不能無弊，前賢論之詳矣。學者果真知程、朱之爲是，則當確守程、朱之法而實力行之。豈宜徒取其言爲争辨之具邪？昔，子貢方人，子曰：『賜也，賢乎哉？夫我則不暇。』今人讀書不知實踐，而但詆毁先儒，是亦方人之類耳。如以爲衛道閑邪起見，則今日學者方喻利爲人之不暇，求有一真爲陸、王、陳、劉諸儒之學者邈不可得，又何爲憂其學之害人乎？況吾心之理欲誠僞未能辨析幾微，省察而力剋制之，而徒襲取程、朱之緒論以攻辨諸儒，豈爲己之學邪？子貢曰：『文武之道，未墜於地在人。賢者識其大，不賢者識其小。莫不有文武之道焉。』愚以爲陸、王、陳、劉雖不如周、程、張、朱之粹，然亦莫不有孔子之道焉。

學者苟以朱子之學爲宗，而於諸儒之説但節取之，亦無不可獲師資之益。不知善取其長，徒抉其短，以爲吾確宗朱子，吾恐非朱子之所願也。足下以爲何如？

答劉岱卿書

六月十四日，接讀來書，並附玉峯先生未没時與弟一札，神傷氣沮，不忍卒讀。自今以往，求復見先生片言寸簡不可得已。先生學成德尊得正而斃，固無餘憾，獨東山先生未安窀穸，余輩失所依歸，是爲恨耳。孟子責陳相兄弟師死而遂倍之。夫倍豈必如陳相兄弟哉？不能尊所聞，行所知，如曾子之濯江、漢，暴秋陽，皜皜乎不可尚，則與顯相倍去者，其間不能以寸。願與足下共勉焉而已。

寄示前年冬日記一卷，大旨切實，論理論事亦具有卓識。足下始學之時已若此，今加精進，當更何如也！抑誠有欲就正於足下者，竊以爲學問之道，必須先明規模，定趨向，而後時加切實精進之功，以求至乎其地。大學首明『至善』，使知所止，而後示以條目之功。則知條目者，無非求得止於至善之地也。中庸首明『天命之謂性，率性之謂道，不可須臾離』，而後示以戒懼慎獨之功。則知戒懼慎獨者，無非求全其天命之性也。孟子曰：『君子深造之以道，欲其自得之也。』又曰：『博學而詳説之，將以反説約也。』意蓋亦如此耳。

誠近以爲吾人之學，其規模趨向不過曰求仁而已矣。仁者何？此心之全德也，即所謂至善也，性道也，約也。人盡有心，宜人盡有仁。何以有仁不仁之分？心存則仁，心放則不仁。心何以放？外物牽之，嗜欲累之，私意蔽之，氣質拘之，習俗淆之，學術壞之。故在小人，則放於聲色貨利，懷土懷惠，詭譎姦佞，浮僞刻薄，行險僥幸，無所不至。愚不肖者，則放於昏庸鄙陋，因循怠忽，求安求飽，見小欲速。賢知者則放於索隱行怪，自私用智，務外好名，逐末忘本。又或放於有所忿懥恐懼，好樂憂患；放於克伐怨欲，意必固我；放於行不箸，習不察，由而不知异端，則放於詖淫邪遁，猖狂自恣。是其爲放雖不同，而皆足害乎吾心之全德。此仁之所以不存也。然則求仁之功可知矣。孔子曰：『操則存。』孟子曰：『求放心。』求仁之説莫切於此，而操尤求之之要焉。夫操無他，亦惟於日夜之所息，旦晝之所爲，涵養省察，不使梏亡其本心，如是而已。居處恭，操於居處也；執事敬，操於執事也；與人忠，操於與人也。不恭不敬不忠則放矣。其言也訒，操於言也，出門如賓，使民如祭。操於出門，使民也非禮勿視、聽、言、動，操於視、聽、言、動也。富貴不以道得不處，貧賤不以道得不去，操之堅也。終食之間不違仁，造次顛沛必於是，操之密也。回也，其心三月不違仁，操之熟也。其餘，則日月至焉而已，操之有間也。曾子曰：『仁以爲己任，死而後已。』則知曾子之學在求仁矣。及其有疾，召門弟子曰：『戰戰兢兢，如臨深淵，如履薄冰。』此非其求仁之實際乎？

是故仁不仁之分，止在此心存與放之間。而操與不能操，求與不能求，則又存與放之幾也。

聖人之心渾然天理，泛應曲當不待用力操之而自能存，不待用力求之而自不放。衆人之心雖爲氣稟所拘，物欲所蔽，而本體之明則時有發見之端。惟不能操之，故終不存；不能求之，故終於放。學者則必戰兢恐懼，有所操斯能存，有所求斯不放。常操則不至於放，稍放則又勇於求，此出狂入聖之幾，而學者之要務也。迨至操存之久，而心德既全，則當惻隱時自惻隱，當羞惡時自羞惡，當辭讓是非時自辭讓是非。喜怒哀樂之發自能中節，視聽言動之間自能中禮。事父自孝，事君自忠，事兄自恭，交友自信，應事接物自能時措從宜。外物不能牽，嗜欲不能累，私意不能蔽，氣質不能拘，習俗不能淆，學術不能壞。然非操存之熟，何能及此？故嘗思孔門之所謂『仁』，與大學所謂『明德至善』，中庸所謂『天命之性，率性之道』，名异而實同。而孟子所謂『欲自得』與『反説約』者，亦無非謂此也。明乎此，則大學之所謂格致誠正，中庸所謂戒懼慎獨，孟子所謂深造以道，博學詳説，其言雖殊，其爲求仁之功則一而已。

足下有木訥近仁之資，而又能勤學好問，洵足爲輔仁之友也。先師既没，無可就正，故謹質所見，願與足下共勉之。

復方魯生先生書

兩接手書，知尚旅困金陵，深爲邑邑，而先生顧安之若命，不肯降屈志氣，所以責重宗誠者，意尤拳拳，循讀數四，慚感交並。

宗誠稟質昏懦，少時得師玉峯許先生，慕其苦志卓行，始奮然有所興發。其後數年獲交先生，所以煅煉宗誠者益力。近十年來，從從兄植之先生遊。植之先生少雖博物文學之士，而莫年進德體究入微，專致力於心性倫物之實，所以告宗誠者無一浮虛影響之談。故宗誠自惟入學以來，多獲賢師友之益，而於此理麤有所見，則實本於二先生及先生焉。

先生坦直誠信，與人交盡言無隱。雖遇不足與言者，亦欲引之當道。論説之際，神采動人，求之近世殆少倫比。然居常竊聽，私以爲先生之過亦多在此。昔，孔子自言『下學而上達』，陶公云『卽事如已高，何必升華、嵩』。此言上下高卑，其理一致也。先生之論往往遺下而語上，舍卑而論高，略工夫而談本體，厭繁難而喜簡易，不將開後學以荒經蔑古脱略事爲之弊，而以性道人事離而爲二邪？

往者宗誠妄論先儒學脈，不喜陸、王，深爲先生所斥。因取陸、王書虚心體翫，乃知其言失者固多，而其得者亦間有合於孔、孟教人之旨，雖解説文字間與程、朱不同，而究其修己淑世之心，無非欲以明天理、盡人倫爲極則偏駁，誠所不免直詆爲异端亦過也。先生於陸、王無异詞，而於程、朱論學之旨則間生訾議。鄙意尤所未安。夫秦、漢而後，學絶道晦，非程、朱大儒揭明之，何能使此道昭然如日月之經天，江河之行地！卽陸、王之麤見大原，亦未嘗不由程、朱先發其藴也。學之不講久矣！語及正學，言及先儒，大都笑而不應，甚或疾之如讎。其有才智者，又或耳食一二正言，全不知體之於身，施諸實用。

今先生欲取陸、王之説，直指本體，啓發人心，其用意可謂仁矣。然竊以爲窮理之細，檢身之密，行法之嚴，析義之精，終不如程、朱之所以示人者爲無弊焉。若好爲過高之論，及稍開訾議之端，誠恐聞者於先生精言至論，未必能得之於心，而但襲取一二高談，以爲輕藐先儒之具，甚且資之以掩其狂蕩之失，其弊可勝道哉！渾罕曰：『君子作法於凉，其弊猶貪。作法於貪，敝將若之何？』夫講學亦不可不防其敝也。彼陸、王大儒而不滿於後儒之心者，亦豈不以其好與程、朱爲异，致滋末流之弊哉？

先生所箸繫詞、大學、中庸，分章似皆未盡善。伏惟將易程傳、朱子本義，四書朱子集注、章句，細加研窮，不可輕於立説，貽誤後學。斯道幸甚！

復玉峯先生書

正月七日，岱卿書來，因得接讀手書，論劉念臺先生之學。間嘗卽念臺原書讀之。

竊謂念臺先生之學，以愼獨誠意爲宗。其所謂愼獨誠意者，與朱注大學之慎獨誠意名同而實异，大旨在存養本原爲萬事之本。故其言曰：『吾心有獨體焉。是乃天命之性，而率性之道所由出也。』又曰：『意者心之所存當云性者心之所存。人心空中，四達有太虚之象，故生靈。靈生覺，覺有主，是爲意當云覺有主，是爲性。自身之主宰，而言謂之心；自心之主宰，而言謂之意當云自心之主宰，而言謂之性。心則虚靈而善變，意有定向而中涵當云心則虚靈而善應，性爲定理而中涵。以其寂然不動之中，有不慮而知之。靈體自作主張，自裁生化，故舉而名之曰：獨慎者，慎此而已。若既發矣，誠之奚？』及龘讀其言，無一不與先儒抵牾，細衡之，實非無所見而云然也。蓋彼見吾心虚靈不昧之體，具衆理而應萬事，爲此身之主宰。主宰蔽昧，毫釐千里，不可不時時存養，以爲制事之原。然彼不悟此所見者，乃大學之『明德』、中庸所謂『未發之中』，非誠意之意也。讀念臺集者，於其所謂獨與意，即作吾心之體。大學之『明德』、中庸之『中』，於其所謂慎與誠，即作存養心體，『明明德』、『致中』，與大學之所謂誠意不相纏擾，則亦未嘗不得力也。嘗論先儒之學，惟程、朱守孔子下學上達之敍，其論學大旨，以爲此理本具於吾心，而散殊於事物。事物與吾心二而一者也，故必先即物窮理以求，一旦豁然貫通乎本原，所謂格物以致其知也，是合外内之道也。其後宗程、朱者，往往但知即物窮理，而狃於見聞，膠於文義，馳其心於外，逐其心於物，終其身不能洞本而澈原。

陽明氏出，憤末學之支離，以爲天下之理即在吾心，而以致良知爲教。其所謂致良知者，亦似大學『明明德』，朱子所謂『因其所發而遂明之』之意也，似中庸『致曲』，朱子所謂『自善端發見之偏推而致之，以各造其極』之意，孟子所謂『擴而充之，足以保四海』之意也。陽明所以折權姦於方熾，定大變於呼吸，羽書旁午，從容自在，讒謗交加，毫不動心，未始非平日致良知之功也。是豈得謂之非好學哉？然徒以致良知爲教，而廢格物窮理之功，且牽引經書以就己説，以爲即格物窮理之功。復古本，改朱注，使學者專事心體而略事物，務求上達而廢下學，其弊必至於認心爲性，認心爲理，而任意妄行。此其過矣。

念臺之學之得失亦猶是耳。觀其居身居官，夷險一節，從容就義，亦豈非由平日慎獨誠意之功哉？然不宜以己所見之獨體心之主宰，心之所存，而加於大學『誠意』之意，復古本，改朱注，使學者躐等務高，茫然於進爲之敘，此其蔽也。

後之論者，往往不察其心，而輕加詆議，多過當之言，如辨陽明者，多罪其以致良知爲宗，不知果不廢格物窮理之功，則雖以致良知爲宗，固與朱子無倍也。辨念臺者，多罪其以慎獨誠意爲宗，不知果不廢格物窮理之功，則雖以慎獨誠意爲宗，亦與朱子無倍也。即如象山之先立其大，白沙之主靜，甘泉之體認天理，皆何嘗不有益於學者。惟一廢格物窮理之功，乃生弊耳。是故陸、王諸儒之學，可以謂之偏，不可謂之爲异端。且諸儒之學雖偏，而實能力行以至其極。今之宗程、朱者，亦必能力行以至其極，而後爲賢於諸儒焉。不然，雖所見中正勝於諸儒，究不若諸儒之實有所得也。而況所見未必中正邪！近見如此，惟先生有以教之。此余少時所見，後來細加體究諸儒言，本體實有差也。

【校】

〔一〕朱子四書集注作『偏而悉推致之』。

卷第五　書二

與戴存莊書

存莊足下：前見邑侯刊示團練章程，愷惻詳明，深幸吾邑將有起色。繼乃知出足下之手。又見爲吕侍郎所擬示稿，字字痛切，語語著實，果行之江南北，必大有效也。豈惟吾邑之幸！

自古欲除外患者，必先清内憂；欲成大功者，必先固根本。齊桓公卽位之初，卽志在攘楚。然先必九合諸侯，招攜懷遠，以要結人心，聯合聲勢，使荆楚之氣懾，而後可以一舉而屈之。諸葛武侯爲漢畫討賊之策，在和孫吴以結外援，定孟獲以清内患，然後興北伐之師，以除曹氏之姦凶。而蘇洵氏父子論六國之所以失者，亦惟在合從之心不固，故使秦人得以解散其黨而滅其宗。書曰：『本固邦寧。』語曰：『衆志成城。』使在我者，人人協力同心，則姦宄寇賊亦何從乘間而入！

今皇上洞達賊情，深知政要，令各省團練以本地之勇，救本地之民，誠固根本、清内患之上策也。吾邑地當衝道，偪近省城，外江内河可通舟楫，不能必賊之不至。雖然，今日之賊情，非古之賊情也。今日之賊勢，亦非古之賊勢也。古時之賊，往往得邑據邑，得州據州，經歷險阻，不圖安逸。其首惡者，亦往往有智謀勇略之人。雖我兵有忠義勇敢之夫，死守死戰，而彼賊亦不難於戰勝而攻取。

今粤賊則不然，得邑不據邑，得州不據州，貪輜重之貨，愛舟楫之安。其首惡者初非有知謀雄勇之才，其脅從者並非有戰勝攻取之士，徒以我兵無忠義勇敢之將，而大臣又多庸懦之夫，先事因循，當事畏縮。凡賊所破，皆不守而破，非固守而破也；凡賊所敗，皆不戰而敗，非力戰而敗也。卽如廣西、湖南、河南、江西四省城，苟能固守，賊未有能破之者。六合小邑殺賊數千餘，賊遂遁逃不敢復至。全州之固守而破，乃劉長青、余萬清頓兵不救之罪，非賊之强也。賊衆雖號數十百萬，然皆舊冬及今春虜脅兩湖、安慶一帶及江寧、揚州、鎮江居民，非素嫻弓馬者比。每有侵掠，不過以虛聲恐嚇，使我兵先潰，我民先散，而彼始長驅直入，飽其貪婪而去。使遇古力戰之將，早無遺類矣。被虜之民，或尚念室家欲逃而不得間，或苟延性命欲報而無如何，或利其分給錢財，或貪其美衣鮮食，而又見我兵畏懦不戰，雖從彼而不至於即死。其實非人人心服而甘爲之出死力也。觀竄河南一支，數經殘敗，隨即解散，可知今日賊中情勢，利於水，不利於陸。而我之所以備賊，利於守利於戰，而獨大不利於逃避。欲守與戰，則不得不以團練爲急務，何則？團練者，所以固根本，所以清內患也。

夫民情有善有惡，雖良善之地，不能保無姦民。團練起，則姦民不敢肆而內患息。今邑中已練勇六百矣。誠使四鄉亦各練勇三四百人，日日訓練，使之有勇知方。設有賊警，聽邑中練總統率布置，或守或戰，與邑中練勇俱爲先鋒。其餘各保壯丁，或埋伏深林，或隱藏山谷，以爲救應；或於戰時擁衆呐喊，以助聲勢；或於深夜鼓譟，以作奇兵。使我之氣壯，賊之氣餒。又懸重賞以誘平民之殺賊。吾知賊即至必不久而解散，散而追之，四鄉俱起而響應，則賊有不殄滅者乎？一次殄滅，賊自是必不敢輕嘗。即鄰匪聞之，亦必心寒膽落。此所謂固根本而除外患之計也。不特吾邑之福，使江北諸州縣果皆如是，賊亦何能入境！所患者不肯實行耳。

今議者沮之，其說有二：曰財難，曰人難。夫財，信乎其難也。然以吾觀之，非財之難。桐邑西北二鄉殷實頗多。其地內與城池唇齒相聯，外與舒、廬、潛、懷接壤，賊來必先由此。故團練之重視東南二鄉爲尤急。而今歲又未被栽荒，使殷實之家果肯破除慳吝，當亦不甚竭力。不然，設賊至城閉，而本地無練勇助之殺賊，賊有不四鄉擾亂者乎？設或城破，練勇一散，土匪四起，鄉居者之資財可保無虞乎？觀正月十九日之後，非城中有義勇擒殺土匪，彼鄉中殷實之民，已久破敗矣。平時仗官威，食租税，當此之時，乃曰城池官府無與我事，不思保城即所以保鄉也，衛官即所以自衛也。若此者，非惟不仁，抑不智實甚。是故非財之難而人之難。雖然，人亦不難得也。庸人可與樂成，難與圖始。惟顧目前之近，而不計經遠之謀。第使邑侯大振精神，勤加訓示，奉行者特加奬异，不率者董之以威，而實心訪察篤實公正之人，委以重任，於是愛名者未必不動色，畏勢者未必不心驚。況足下經濟謀猷，爲鄉人之領袖，誠能不惜精力倡而行之，不中道而退，不因難而阻，不務爲美觀而務求實用，則亦未始不可有成也。是故財非難，而難於人之吝嗇；人非難，而難於人之懷私。苟以公心倡之，亦自必有響應之者，豈得徒以人難財難，遂日事粉飾而已哉！

雖然，誠尤有憂者，憂不在外患，而仍在内姦，憂竝不在内姦，而卽在練勇團練不成，固無以攘外寇。團練既成，又何以消内憂？夫鄉勇與兵不同，兵有將，可以嚴立法程。勇雖有長，而同鄉同里，無上下之分，難以調服。況今官所招集東鄉周、章、左、田數大姓，素稱桀傲不馴。雖交命之管轄，而自以爲與之平等，往往不盡率其教。設有賊警，命之雖衝鋒陷陣，安知果可調用邪？或小有剉衄，安知不散布民間爲患害邪？此無他，命之之權不足故也。

足下既與吕侍郎善，何不作書詳言情形，勸吕公或保奏命之、小嵩，不然卽勸吕公札諭二人，統領一切，練勇俱以軍法從事，則二人始有權矣。夫以二人之誠實公正，奮勇殺賊，亦當世之所希也。如再使之有權得以自便，而足下所見及者，又可以密啓直陳，補其偏而救其弊，則邑侯雖庸懦，諸紳雖异心，練勇雖桀傲，皆將不足爲患。是不特於一邑有益，卽他日既奏膚功，二人由此爲國家用，亦不得不謂之爲朝廷得人也。此舉出弟之私衷，惟足下裁度焉。

當今人才難得，如足下之見事曉暢，勇於有爲，誠可謂之國士。然亦有一病，往往遇義感激，興致勃然，稍一棘手，卽意氣消沮。是所謂勇而無剛者，非美德也。天地間事皆分内事。苟我所能言我所能爲，又無他人可以代爲者，則其責在我，不得以世俗顧忌之私而中止也。顧忌中止，則計較之心日重，久之漸使浩然剛大之氣消沮而不伸，其害匪細。人之生世不過數十年，又況遭際時艱，後事莫必若不挺然自立，留此真血性與千秋萬世相見，則亦枉此生矣。平日箸述等身，聲名洋溢，皆於己無涉。惟此真血性，乃歷劫不磨者也。久不見無知己可談，義憤感激，遂發狂言，惟采擇焉。

與馬命之書

命之足下：　前日，偶於城市見邑侯頒示團練十條，愷惻詳明，恩威竝箸。竊以自去歲設局團練以來，雖城中董事諸君日夜焦勞，辛勤訓練，每聞賊警，足下與小嵩奮不顧身，整旅防剿，以致四境安然，賊不敢偪。而鄉間團練尚無成效者，則以前此未有賢父母設立章程，開誠布公，激其忠義之心，作其果敢之氣也。

今邑侯新蒞此邦，帶疾視事，不惜一己之性命，計安合邑之身家。苟具人心，誰不思奮！　迺聞數日内，果有金神墩居民盤詰姦宄送縣。邑侯一言甫出，一令甫行，數十里之外，應如桴鼓。聞此事者，莫不痛恨歡呼，人人欲寢其皮，欲鹽其腦。可見原無不可獲之賊，原無不可用之民。吾邑既得此賢父母爲之紀綱，又有諸君子爲之統率，日後雖有賊警，亦孰不争先殺賊，以奏膚功，上以報我國家，下以作興士氣。此一舉也，誠衆美之所集也。

今者巷議街談，皆謂邑侯不忍殺賊，聽賊詭譎之語，信爲脅從之徒。聞之甚駭。夫既有賊贓，又有賊具，受賊之僞服，稱賊之僞官，此爲脅從，誰爲真賊？　此不忍殺，必如何而後爲真可殺者？　且脅從未久之説，乃出賊之供詞。賊情狡詐，肯言非脅從乎？　肯言從賊已久乎？　使真逃散不欲從賊，何以仍挾賊贓，何以仍藏賊具，何以不去賊服，而仍稱賊官！　釋此真賊不究，而聽其狡猾之詞，未免墮賊之術中，而懈吾民之志意。异日，卽真賊群至，亦必束手不前，裹足不往。甚有姦民窺見間隙，反謂吾邑侯及諸君子畏賊不殺，於是有相從作賊者矣。

曹劌有云：　『一鼓作氣。』管子云：　『下令於流水之原。』此皆古名將良臣决不作迂闊之論。今者，邑侯出令數日，而首先獻賊者，乃四鄉居民之所屬耳目也。若竟置之不論，則不特此鄉解體，他鄉莫不灰心。於是以小人之腹度君子者，或謂邑侯吝賞，或謂邑侯食言。异日雖曉諭諄諄，皆將視爲具文而不之應。一事失信，其餘九事雖愷惻詳明，亦皆抗不遵行，無所畏懼矣。故此舉雖小，關繫實大，乃撥亂之幾，致治之樞紐也。昔者，粵賊初起，亦有探得賊信上報者。鄭中丞仁柔不忍，以致姦盜日滋，當日所不肯殺者，不過數十百人，而今各省傷殘蓋數百萬矣。不忍於凶惡之徒，而獨忍於無辜之受禍，古之仁人豈如是乎？故嘗謂當今之世，抱仁心者必先疾惡如讎，行仁有術，殺惡人乃行仁之術也。即如桐邑自春至今得安恬者，豈非殺戮數土匪之效哉！其中間有可原。然當變亂之際，而以生人之心殺人，即或少過，所救已廣，以爲陰德，此亦莫大之陰德也。

今邑侯之仁，愚所深信，蓋欲希古循良之政，不欲爲嚴酷之行。然嘗思聖王所謂德化者，謂於小民未犯科之前，非於小民既作姦之後。既已作姦犯科矣，而欲用德化，不忍加戮，則彼前所傷害者何辜也！故曾子曰：『如得其情，則哀矜而勿喜。』不曰則哀矜而勿罪。且此數賊者，從賊已久，心如豺虎，一日之德化，果能使彼洗心革面，感吾邑侯不殺之仁乎？彼即感德，亦必不能令他賊不至。況其不然，起解回籍，必且以爲大恥，將恐中路竄逃，要結匪類，搶掠平民，以來擾亂我四境，亦情勢所不可測者。『戎之生心，民慢其政』，此古人所以大懼也。惟毅然殺之，壯我民之氣，悚彼賊之心，賊自是必不敢來，即來而吾民人人有欲殺賊之心，以要上賞，賊亦無所施其伎倆矣。

某閉户讀書，不與公事，惟時抱義憤，志切同仇，非爲身家，實念君國。矧此事關繫大局頗重，不得不言。非一人之私言，乃合邑之公言也。惟足下與董事諸君敬祈邑侯，速殺此賊，以張民威；速頒實賞，以示民信。至其所有諸贓，聽擒獲者分取，禁胥役不得需索，且懸示他鄉以昭鼓勵，四境之内，團練之衆必能奮勇百倍矣。腐儒之見，惟采擇焉。

與邑人論城守書

某謹啓：自舊歲粵賊竄擾湖、湘，吾邑籌備防堵將一年矣。不幸主意未定，章程未立，召募未足，器械未完，而逆賊已破武昌，陷安慶。是時，在我者，戰守未可恃。在彼者，虛實未可知。是以合城倉皇流離，土匪乘機劫奪。縣官逃亡，鄉兵解散。當此之時，實危在旦夕。賴張君小嵩首先痛哭，激發義勇，馬君命之起而佐之董事，諸君亦旋來整理局務，籌資練勇，緝匪安良。城局既振其綱，鄉局因助其勢。群小斂迹，四境安恬，不得謂非諸君勤勞之力也。使竟由此立定規模，守城殺賊，共奮忠義，馴致承平，不特自保身家，亦且功在桑梓。吾儕小人當不知如何感激矣！

今者賊據省城，正宜竭力堅志之候，乃聞局中諸君唯恐人心不齊，資用無出，有藉口脱卸之意，而局外諸君，又或各逞私見，各生議論，或且徒幸賊之不來，或則自恃己之有窟，勢將徹散大局，全無固守之心。愚竊以爲皆過也。夫城池者，合邑公共之城池也；性命者，合邑公共之性命也。苟人人欲保全其性命，自當人人共守此城池。城池不守，性命未有能苟全者也。某思之，既熟慮之甚遠，請爲諸君詳陳之：

我朝深仁厚澤二百餘年，而桐城世族人文尤爲天下之望，忠臣義士史不絶書。可至今日，遺風頓盡。試問局中局外諸君，或身登仕版，或名顯甲科，卽或納粟頭銜，懷才未試，而遠祖近宗亦嘗爲天朝臣子，封贈之榮何自而得？門第之盛何自而來？衣租食税，妻子安逸，車服炫耀，享誰之福？卽至身爲士民，家無擔石，而仰事俯育，安土樂天，子孫繩繩，累世不絶者，伊誰之賜也？今逢國家多難，而我等但圖其私，富者吝財，貧者嗇力。人出己見争鬧氣而不顧大局。城池官府勢將委而去之。清夜捫心，其何以對我皇上！且前此安慶、江寧、揚州、鎮江棄城不守，受賊毒虐，已有明驗。六合、江浦、江西、河南、懷慶、許州固守不破，已有明效。我等人孰無良？何不學伊古以來效死勿去之義民，而學彼棄城而逃之官吏也。保一城，卽爲朝廷振作一城之正氣；守一日，卽爲皇上撑持一日之紀綱。人人如此存心，始不負封贈之榮，始不愧門第之盛，始足報二百餘年食毛踐土之德。此其不可不守者，一也。

祖宗之所以與我者遺體也，而我之所以報祖宗者禋祀也。前聞賊之所過，大家逃散，賊斧祠堂之木主，或投水火，或棄糞壤，聞之切齒，思之傷心。試問局中局外諸君：資財、妻子與祖宗孰重？平日席祖宗産業以養身家，藉祖宗家聲以耀閭里。至此之時，計資財，顧妻子，各爲巢穴，以求安全，而祖宗神主棄置不問，任賊燒毁，任賊斧斤。其城居不去者，亦但僥幸賊之不來，而非有固守之志。設有不幸，祖宗木主受其穢污，他日何以見祖宗於地下！此其不可不守者，二也。

正月之行，猶云我之戰守未可恃，今則練勇數百，武藝嫻習，火藥精良，礮石堆積，干矛鋒利，刀械齊全，蓋諸公耗精勞神將近一年，合城費金糜糧已數萬計，而況堅城一座可當萬夫，帶勇諸公性皆忠義，以戰雖非有餘，以守未見不足。若復各懷私見，盡棄前功，賫寇兵而助盜糧，不能衛人，反以害人，不能滅賊，反以資賊，豈非大違義理，甚失初心。雖曰事關天數，非人所爲，而清夜捫心，亦豈可謂無憾也。試問守志不定，火藥兵器，何以藏之？練勇衆多，何以散之？賊若據城而守，何以安居？賊若一掠而空，土匪四起，何能復制？賊一來即讓，設使至再至三，成爲要道，又將何以各謀生理？故與其事敗而圖之，不如乘今日全盛之時，而圖之之爲愈也。此其不可不守者，三也。

正月之行，猶云賊之虚實未可知。今則自賊中逃出者，莫不謂賊皆虜脅之徒，竝無伎倆，不過嚴其法令，大其虚聲。觀河南、江西固守，殺賊數萬，洵哉賊不足畏也。今我邑練勇，果能一鼓作氣，即可百以當千。況我主彼客，我逸彼勞。來則固守，去則追剿。或先伏勇河干，燒其船艤，搶其輜重。或先伏勇山谷，乘其圍城出救，與城中練勇内外夾攻。又約西北二鄉隨後來助，雖真賊千萬亦必破滅殆盡，而況脅從者多。我既盛强，彼必解散。一次喪膽，永不敢來。此長治久安之策也。古人云：『知己知彼，百戰百勝。』夫賊猶犬耳，人愈退縮，彼愈狂吠；人但堅立，彼必遠颺。若再用術以弭之，便可制其死命。此其不可不守者，四也。

若曰：『人心不齊，財用無出。』是固然矣。自古辦大事，決大幾，豈能必愚夫愚婦之心皆同一氣？惟人心不齊，而己心自齊；人心不固，而己心愈固，則自然一唱百和，如響應聲。故但使局中局外諸君願守者，先立其綱。願出者，聽從其便。百家不去，即與百家共守之；千家不去，即與千家共守之。急立一册，願守者註名，願去者亦註名，而城外居民願入城守者，亦註名入册。不拂人情，各從其志。如此則人心焉有不齊？至於資用，則必公同竭力。願守者，既或出財，又或出力，以保此身家。願去者，卽不出力，亦必出財，以保此屋宇。二三搢紳前輩，或身爲顯宦，或齒爲達尊，或箸述等身，或富連阡陌，既爲一縣之望，必爲一縣之倡。雖年力衰邁，不能勞力勞心，亦當首出倡捐，以副人望，上以報國家之恩遇，下以振鄉邑之頹風，使後進欽爲典型，群情無從异議。又如一二寒儒，素負文望，雖盎無儲粟，身無完衣，亦必竭忱捐助，使中户無從藉口。集腋成裘，如此則財用何至無出？至於要隘之處，集賢關宜請重兵進剿，王家套宜諭東鄉堵禦，至樅陽爲賊出入之區，尤不可不嚴爲防守。宜急請吕公委成邑侯開倉募勇，散給貧民。攔河下樁，阻遏舟楫。此於費既不廣，又爲義所當行。不然，我縣官之倉，竟聽賊封而不問，而樅陽一鎮竟聽其爲化外之民，不特要隘之憂，實亦官紳之恥。愚人不察，以爲不可激賊之怒，不知賊之所以猖狂者，以官民多無正氣也。若我之正氣既壯，則彼之邪氣自消。豈可自餒其氣，而使邪氣乘間而入！此其不可不守者，五也。

夫大亂之生，起於人心。既以人心不公不正而招之，則必恃人心懲忿窒欲以解之。故今無論身處局中名在局外，總宜和衷協力，不可各逞其私。相視當如一家之親，相顧當如一身之病。則以和感和，而戾氣自不得入；以義激義，而邪氣自無可乘。此似迂腐之談，而救亂之方實無有善於此者！若不知修省，不知恐懼，心術善者止思自保，心術闇者時懷忮人。不顧大局，不奮公義，惜財惜力，用詐用貪，吾恐以戾召戾，以邪致邪，不有人禍，必有天刑，不有近憂，必有遠患。故不特如前所云，無以對皇上，無以對祖宗，無以對自心，無以對桑梓。卽爲身家性命之計，亦恐非自安自利之道也。此其不可不守者，六也。

某本無職守，亦鮮才能，徒以上念國家，下憂鄉里，深恐守志不定，棄城如遺，功垂成而復毁，事無實而妄費。故敢平情論事，仗義昌言，伏望諸君熟察之。

復與邑人論城守書

是月十五日，曾肅一啓縣之通衢，言城不可不守者六事，深冀各除意見，共奏膚功，非爲私身之圖，誠恐大局之壞。今已數日，觀者首肯，論者心平。然而城守之志終無定見，城守之事仍無定議者，何也？豈忠孝之説，迂腐之談，不足動諸君義理之心，回諸君利害之見邪？則請專以利害言之。

孔子曰：『人無遠慮，必有近憂。』夫賊之來否，未可定也；來之遲速，亦未可知也。惟一意守城，則賊未來攻之時，猶可各治生理，既解圍之後，仍可共圖安全。平時雖是戒嚴，而警急不過數日。若不以城守爲志，徒以遷徙爲能，則賊一日不滅，必不敢復回故廬。賊一日不來，又不能竟棄舊宇，一家分處，兩地難安。富者傷財，貧者廢業。廢業既多，則可憂之人不必在賊；傷財既廣，則可慮之事不獨居城。卽如租課一事，此時守志不固，私見相持，大局既傾，租税難定。雖使稍有所入，亦將置之何所也。又如屋宇器物，委而去之不難，恢而復之匪易。山中之僦屋而居，豈若世守之業哉？且鄉間豈盡骨肉之親？主人豈皆患難之友？始不過藉宅圖利，繼必至因利生爭。其中弊端不可究詰。又況局中局外諸君，平日雖非作怨之人，抑豈無招怨之事？世風不古，所至皆然。人情之險於兹爲甚。賊方未來，尚且狡焉思逞。賊若既至，豈甘獨受其殃？假若以凶惡之輩爲嚮道之人，雖虎穴可穿，豈兔窟足恃邪！若藉仕宦之聲勢而棄城不守，聲勢已不足畏人。若仗武力之勇夫而棄城不居，勇夫豈果能保我？吾恐受禍之事比城居更慘，罹害之日比城居更長矣！何如共守城池，尚可仗官府之威以自全，尚可藉大衆之力以相保也哉！

某野無半隴之田，城無五畝之宅，可去可處，何懼何憂。況夭壽不二，死生素定。於胷中惟鄉里情殷，患難總期於共濟。深知處今之事，當今之時，惟致命乃可救命，惟舍生乃可全生。救己必在救人，保家必先保邑。鼓其正氣，自可以滅賊。全其仁心，始可以格天。故不惜作趙良之藥言，效賈生之痛哭。惟諸君清夜之中，平旦之際，三思焉！

卷第六　贈敘

送孫硼泉敘

余嘗怪天之生人，宜無不愛也，而何以使之有富貴窘窮、憂患安佚之不齊！　又其甚者，使之至於疾苦顛連無所控告。豈天之於人固有愛有不愛邪？　久而思其故，而後知天雖不能盡人而畀以富貴安佚，而固無不畀之以至誠惻怛之心。使人皆不失其至誠惻怛之心，則凡疾苦顛連者，又何至於無所控告！　習俗之偷也，人人務殖其私妻子，而外兄弟骨肉之親已不能一體視矣。五服九族抑又衰焉，姻黨故舊抑又衰焉，而況於外之人乎？　一二好仁之士，又或身處卑賤，其於人之急難，雖爲之痛心疾首，日夜彷徨，而終不獲引手救。嗟乎！　可濟人者，無濟人之心；　欲濟人者，無濟人之力。余於天道終不能無缺然也。

吾友文鍾甫、何眉岡嘗爲余道孫子硼泉之爲人，硼泉好善性成，其少時讀書塾中，見餓者憐之，因終日不食以自試，至中夜餒極，嘆曰：『吾不食一日已如此，彼常不食者何如也！』故其壯也，推食解衣，破千金之產無所惜。硼泉工書法，家既落，橐筆遊四方，所至争相延致。然得餽遺，遇貧者輒散去，遊歷十餘年而窮益甚。

嗟乎！　硼泉生今之世，立心如此，其窮固無足怪。然使硼泉不窮，則世之疾苦顛連者，猶或有所託庇，奈何使之窮也。硼泉胷無城府，天真盎然，與之處，使人機心客氣俱忘。今將有荆楚之行，因書此以贈之。

贈何君敘

天之降才智於人，其矜重之意，常百倍於富貴壽考。富貴壽考不必得其人而後與也。才與智必十百人之中始畀一人焉，或千萬人中始畀一人焉。是豈天之私此一人，使獨得以才智自恣與誠閔？　夫十百千萬之蚩蚩者不足以有爲，而特寄才智於一二人，使之轉以相輔焉耳。是故才智之出於十百千萬人者，必能自成，以輔十百千萬人之所不及，而始足以承天。今夫蛟龍魚之能變化者，皆水族之絶特，而不可比於常鱗者也。然或終爲蛟，或終爲魚，或化而爲龍，興雲致雨，澤施下物，是豈天之有偏私於其間，亦其所以承天者异也！

余拘守鄉閭，不得交四方賢士，常思與同里之英，礪志勸學，尚友古人。然其所得志業同者，不能及十人而已。甚矣！友之難也。於時，何君獨以才智出同輩之上，余既樂與君交，君亦不以世俗儔類相視，今君一旦欲爲燕、齊之行，嗟乎！君自今離鄉曲之陋，與四方賢士交遊，視余之拘守鄉閭者，不啻如鷃雀之飛集藪澤間也。君之樂固無窮，而吾輩别離之感則何能已乎？

且夫人生聚散無常，念昔與君初交時，同輩之講學論文，肆志於龍眠、浮渡間者，極一時之盛，而君多爲之主。一二年來，君以事牽，吾黨之聚遊不復如曩日之樂矣。今又重以遠别，其能無慨然邪？雖然君之才智，固十百千萬人所倚賴者也，天蓋將使君大成其才智，以爲十百千萬人之所不能爲。余故於君之行也，爲承天之説以贈之。

贈馬晴齋敘

將欲成名一藝，亦必淡嗜好，寡營求，甘寂寞，貧富貴賤，榮辱禍福，毁譽得喪，舉弗以動其心，而惟希繼迹乎古人，專精殫力，究古人之法，而深求其意爲之。愈久不衰，樂之終身，不厭如是，其藝始精，雖然猶非其至也。不見夫太空之行雲乎千態萬狀，變幻不可端倪，翛然而往，翛然而來者，造化之奇觀，而其實無心也。其生物也亦然。長養蕃盛，勃發於其時之不容自已，而因物肖物，流露自然，未嘗先作意於其間。孟子、莊子之文，屈子之辭，陶公、杜公之詩，顔公之書，摩詰之畫，所以爲千古之至者，蓋若是。而藝之精者，豈足以語此乎？

斯道不明，學者日役役外物而不知返，貧富貴賤，榮辱禍福，毁譽得喪，擾擾於中，老死而不悟，其肆志於詩文書畫者，雖自以爲超軼之士，而探其隱微，亦不過巧取世俗名利而已。嗟乎！執藝以求藝，藝雖精，猶不得爲其至，况以之爲獵名利之具乎？吾見其日輾轉於污濁中，求一藝之精不可得，而又何足與論藝之至者哉！

滁州馬晴齋雲自少以畫名金陵，乙巳、丙午間，兩至桐城，與之交。因以向所積於胷者告之，馬君亦欣然道其所得，與余若相契。秋七月，將歸金陵，索余文，以贈其行，因書此以進之。

送戴存莊敘

道光己酉冬，余友戴君存莊舉於鄉。其明年，將試春官，索言於余。余惟國家沿明制，用經義取士。其意本欲率天下學者，沈浸於聖人之經，以明其道，淑其身，而達諸用也。夫其能明道、淑身、達用者，上之人慮不可得而見也，故三年大比，試之以文。蓋將卽其發箸於言者，驗其明道淑身之實，而收其達用之效。

近世學者不明其本，乃專求之文，於聖人之經特苟焉而已。且其所謂文，又不過一時浮靡之文，師所教弟子所受，舍是，無他以也。間有超出之才，不齷齪於此，則争起而誚之，而其所親且時用爲大惑。嗟乎！以是習俗，以是學術，尚望其能明道淑身邪？治一己不足，又何足以達天下之用邪？故其儌幸得志，操衡人之柄者，復用其所以進身者取人，而人亦揣摩時風，投之以所好。任臨民之責者，則事與學相背。惟是引用私人，任私意，循故例，苟蒙上下之耳目，圖一身之得失，其不至喪心戕民者，已足稱良吏矣。而其不得志於時，與嘗仕而退食於家者，則又抱其浮靡之文，挾其鄙陋之學，以授後進，輾轉相導，風氣日靡，學術遂愈變而愈降。嗟乎！聖人作經垂世，與國家所以取士之本心，豈知其末流之失至於此極邪？

存莊少攻舉業，既治詩古文有聲，後又爲經學，所箸書説，貫穿古訓，補正蔡傳，而一衷諸程、朱之理。吾嘗推爲不可少之書。雖治舉業者，或笑之以爲背於時，存莊不顧也。昔韓子論士『在能自樹立，而不因循』，孟子論在外者曰『求之有道，得之有命』。觀存莊之不溺志舉業而亦得舉，信乎士貴樹立而俟命矣。世之人得則自驕，失則自傷，惟恐與時背，然終亦未必得也，不亦惑乎？雖然聖人之經，又非特訓詁章句而已。不沈浸聖人之經，而惟時是趨，陋也。沈浸聖人之經，苟未至於明道、淑身、達用，遂自畫焉，亦猶未免於陋也。存莊能益修其業，終不爲時所惑，則真深於聖人之經也已。

卷第七　行狀

玉峯先生行狀

先生姓許氏，諱鼎，字子秀，號玉峯，晚年更名魯。上世明嘉靖間，由休寧遷桐城。五世祖元英有學行。曾祖淩雲、祖尊星皆有厚德。父懋昭篤孝力行，潛研經術，學者稱東山先生。

先生，東山先生季子也，幼有卓識，嘗讀書金縢篇，能辨注疏謬誤。及長，工詩善書能文章。東山先生慮其流爲名士，授以薛文清讀書録，由是奮然有求道志，詩文書法淡然寡好矣。年三十欲去舉子業，東山先生忻然許之。是時學者，多汩於記誦詞章科舉之習。獨先生朝夕兀坐一齋，俯讀仰思，以攷求至道爲務。語默動静必中矩矱。人咸迂笑之。説之者，東山先生一人而已。

先生力學之初，專精致志，茫乎其若迷，久之而後豁然。存養省察，極其嚴密。慎獨誠身，表裏無間。嘗愛謝上蔡云：『剋己宜從難處剋。』因思未能寡欲，何以入道？當先剋去之。固窮嗜學，不忮不求。雖當極困，無所撓其志。嘗書元儒『清苦守節，卓然自樹於流俗之外』二語於坐側，置陋室。纂鈔一編，於漢、唐、宋、明以來，碩儒名臣論學論政切要者必録之。箸正志録、正學録，以自抒其心之所得。其大旨有曰：『體天道以垂教，其教正。二帝、三王、孔、孟、程、朱皆體天道以垂教者也。何謂體天道？人倫日用各盡其善而已。』又曰：『儒道一王道也，王道一天道也，天道不外乎人心。』又曰：『儒者躬行順日用之常，考道極治平之業。』又曰：『儒者有轉移風俗之具，不因風俗而轉移。』又曰：『道無隱顯，無窮通，故君子入虚如有人，大行不加，窮居不損。』

其論學，有曰：『復性之功，窮理爲最，先慎獨爲至要。』又曰：『崇老、佛，慕空寂，异端也。矜科第，溺文詞，俗學也。必讀書以明吾心之道義，修己以全吾性之倫理。』又曰：『學當極其規模之大，盡其學養之純。』又曰：『易大過「君子以獨立不懼，遯世無悶。」學者須常存此意於心。校量顯晦，便非爲己之學。』又曰：『知道不可須臾離，則分陰不容不惜矣。能慎獨乃爲能惜陰。』

其論教，有曰：『初學，事事必教之務實，以涵養其本原。久則聰明自出，才智自生。若以機巧外飾導之，則人欲日肆，天理日消。有聰明亦必塞，有才智亦必小，誤人不亦多乎？』又曰：『賢人守其分而已，聖人安其分而已。返乎性爲君子，溺於情爲小人。性情合一爲聖人。』又曰：『生今之世，不患道不明，惟患道不行。有能苦心極詣，窮理致知，盡日用當然之，則以求全其本然之性，專以躬行心得爲主，明體達用爲學，則庶幾乎豪傑士矣。』其友方植之先生見之，稱爲純粹深通，光明俊偉，皆由本之躬行，反身理會，推見至隱。學者讀其書，翫其氣象，不特由之可以入道，亦可想見其爲人。

先生之學以程、朱爲宗，深惡近世漢學詆誣宋儒。至陸、王之書，則取其長而防其弊。嘗言陽明以朱子格物窮理之旨爲非，專以致良知爲教，亦得魚忘筌耳。陽明未謫龍場前，物無不格，理無不窮。至是乃悟天下之理卽在吾心，而以向之求理於事物者爲非。不知理之全體統具於吾心而散殊於事物，卽物窮理，下學之功也。悟天下之理卽在吾心，上達之候也。使向未嘗窮事物之理，亦安有此悟乎？又嘗謂陽明、念臺諸公，雖講學與先儒抵牾，然皆實有心得。其論學不可盡從，其實行固可宗也。

蓋先生學術之正，性情之醇如此。故其事親誠孝，孺慕終身。母魏孺人病痿痹數年，常在床蓐。先生貧無以養，授徒於鄉，數日乃得一歸省，歸卽親滌中帬，調湯藥，永夜不寐，侍於床下。夏則爲之扇枕席。母命去，乃潛立户外，不揮蚊蚋，惟恐驚母，聞呻吟聲，卽趨至。母卒，以家貧斂薄，痛自刻責。居喪三年，日食薄糜，夜不張幕。在家則寢於柩側，時時長跪自罰。遠館遇忌日，必於中夜焚香長跪，香燼始起，終其身如是。事東山先生尤致愛敬，自奉極人所不堪者，館穀所入，惟以養親。素患痔疾，館舍離家數十里，十日必一歸省。盛寒溽暑，抱病徒行，不自知其憊也。年近六十，色養如孩提。子婦偶有不順者必自責，以爲無身教。生平不枉道徇人，以供口體之養。東山先生甚安之。人或諷之，不聽也。居父喪亦如母喪，家人以年老敦勸，惟進疏食菜羹而已。

方植之先生以書慰問，答曰：『某思孝爲百行之原。人不能孝，則雖審富貴，安貧賤，非禮勿視、聽、言、動，豈得爲賢？入夏來，夜不張幕，聊以自責罰耳。』先生諭以陽明稍過，卽私之語：『某豈能無私者？謂爲不及則有之，謂爲過則固無也。』時以兩親未葬爲憂，乃竟遘疾而卒，不獲終其所志。疾凡二十餘日，神清氣爽，言動如常。朝夕奠猶躬親焚香稽顙。没前一二日，病不能支，乃已遺命以喪服薄斂，奠無用酒肉。諸孤皆如其言。

先生氣質沈静，不妄言笑。然亦不立崖岸，平居端坐，望之如槁木之枝，及與之親，則極其和藹，應事接物，安詳恭敬。雖當倉卒，無疾聲遽色。或有侮之者，惟反躬自檢，不與校也。不輕論人短，然於邪正誠僞無不致察，與人言依於義。至天人性命之旨，則必其可與言者而後與之言。處宗族朋友中，居常若無甚可否。及遇事持正，則往復論辨不少挫。雖在畎畝，不忘天下，於前世治亂興亡之故，當世利病靡不考究。然其論治必求不倍於古，不戾於今，可以實見諸行，而不爲迂執之談。尤以窮理修身爲出治之本，性不喜言果報。嘗曰：『望報而爲善，是所謂爲人臣子，懷利以事其君父矣。』虚衷取善，後生小子一言可取必録之。讀書有問發爲議論，暢達簡明無枝葉。爲詩歌皆本性情，不事雕飾。與人片簡隻字，無非至性所流露，詞氣肫然，讀之如接其人。誘掖後進，無所不至。然當正學久衰之後，罕有樂從先生游者，故先生之學無傳焉。

宗誠童時見先生於里塾，欽其氣象，時與之親，見正學録一篇，請歸讀之。年二十一始從學焉。嘗以所箸文呈先生，先生云：『學貴優入，不貴速成。孔子曰「古者言之不出」。』又曰：『君子欲訥於言，宜且含畜。閉户就六經，循環理會，有得則記之可也。』又嘗寓書戒宗誠曰：『名之一字，斷不可存諸心。有意近名，則雖視、聽、言、動不愧不怍皆僞矣，況虚名乎！君子儒爲己，所存所發，惟欲全其心性；小人儒爲人，所存所發，惟欲見知於世。毫釐之差，天淵之隔，可不謹邪！』又曰：『兢業之心，不可一時少懈。文王小心，武侯謹慎。顔子時思繹之。』先生之甥劉元佐與宗誠交，志於學，亦請受業於先生。先生喜曰：『無窮之業起於一念之志，志立未可量也。但志不難立而難久。其進鋭者，其退速。故宜主敬窮理，循敘漸進。一日而存百年之志，百年而如一日之心。孟子云「勿忘勿助長。」此爲學之要也。』先生於元佐、宗誠愛之甚殷，望之甚鉅。雖當寢疾，家人言及，喜動顔色如疾去身，方冀質疑問難，底於有成，不幸别未經年，典型云徂。宗誠家去先生六十里，病既未得聞知，及没，元佐以書來，奔赴而先生斂矣。烏呼痛哉！時道光壬寅五月八日也，距生於乾隆壬寅正月十八日，享年六十有一。配陳孺人。子二：長，澤咸；次，貞咸。一孫尚幼。

先生之葬未有期，與元佐約謀葬所。元佐以行狀屬宗誠，宗誠侍先生久，先生言行多所佩記，因敘次大略，以請傳銘於有道能文之士，知非先生之志，亦使來學有所則效而已。道光二十二年八月，門人方宗誠謹狀。

儀衛先生行狀

先生諱東樹，字植之，姓方氏。上世明洪武間，有諱芒者，由婺源遷桐城魯谼。代有潛德。自高祖竹圃府君諱晙，延名儒，以古學教子，累世遂以學行顯。曾祖諱澤，乾隆丁卯優貢生，八旗官學教習，候選知縣。門人姚刑部鼐銘其墓，敘文行特詳，所謂方待廬先生者也。祖諱訓，處士，讓産於兄而不居名。考諱績，縣學生，著屈子正音、鶴鳴集，江寧鄧嶰筠制軍、同里光栗園方伯爲刊行世，稱展卿先生。

先生幼承家範，年十一，效范雲，作慎火樹詩，鄉先輩咸歎异。長，學於姚惜抱先生，好爲深湛浩博之思。四十以後，不欲以詩文名世，研極義理，而最契朱子言。每日雞鳴起，至漏數十下始就寢。嚴寒酷暑，精進靡間，枕上有疑，披衣省覽。舟車塵土之間，憂戚病患之餘，觸事開悟，註時日以記。自天道、治法、物理、人情、修齊之教，格致之方，省察存養之旨，諸儒學術之同异得失，以逮説經、考史、詩文、小學、浮屠、老子、雜家之説，罔不探賾抉微，析非審是，博而有要，約而不疏。嘗言立身爲學，固以修德制行内全天理爲極，而於人世事理亦必講明通貫以待用。蓋天下無道外之物，凡此皆吾性所應有也。惟當知本末先後之次，不可以徧物，喪志勞心，失其大者遠者耳。

乾、嘉之間，海内學者競言考證，號曰漢學，穿鑿破碎，違失大道，尤喜攻詆程、朱，名公鉅卿、高才碩士數十家，遞相祖述。間有心非之者，而讀書未博，入理未精，終不敢昌明其失。惜抱先生嘗箸文辨之，而其風未已。先生懼，乃箸漢學商兑，其敘略曰：『近世有爲漢學考證者，箸書以闢宋儒攻朱子爲本，首以言心言性言理爲厲禁，膏唇拭舌，造作飛條，競欲咀嚼，遂使數十年間，承學之士耳目心思爲之大障。歷觀諸家之書，所以標宗旨，峻門户，上援通賢，下讋流俗，衆口一舌，不出訓詁、小學、名物、制度，棄本貴末，違戾詆誣，於聖人躬行求仁修齊治平之教，一切抹摋。名爲治經，實足亂經；名爲衛道，實則畔道。昔孟子不得已而好辨，欲以息邪説，正人心。竊以孔子没後千五百餘歲，經義學脈至宋儒講辨，始得聖人之真。平心而論，程、朱數子廓清之功，實爲晚周以來一大治。今諸人邊見，傎倒利本之顛，必欲尋漢人紛歧异説，復汨亂而蝕之，致使人失其是非之心，其有害於世教學術百倍於禪與心學。某居恒感激，思有以彌縫其失，輒就知識所逮，掇拾辨論以啓其端，俟後世有真儒出而大正焉。』又曰：『爲漢學者，惟取漢儒破碎，穿鑿謬説，揚其波而汨其流，抵掌攘袂，明目張膽，惟以詆宋儒攻朱子爲急務，不知學之有統，道之有歸，聊相與逞志以鶩名而已。吾嘗譬之經者，良苗也。漢儒者，農夫之勤菑畬者也，耕而耘之，以殖其禾稼。宋儒者，獲而舂之，蒸而食之，以資其性命，養其軀體，益其精神也。非漢儒耕之，則宋儒不得食。宋儒不舂而食，則禾稼蔽畝，棄於無用，而群生無以資其性命。今之爲漢學者，則取其遺秉滯穗而復殖之，因以笑舂食者之非，日夜不息。曰：「吾將以助農夫之耕耘也。」卒其所殖不能用以置五升之飯，先生不得飽，弟子長饑。以此教人，導之爲愚；以此自力，固不獲益。畢生治經無一言幾於道，無一念及於用，以爲經之事盡於此耳矣，經之義盡於此耳矣。其生也勤，其死也虚。其求在外使人狂、使人昏，蕩天下之心而不得其本。雖取大名如周公、孔子，何離於周公、孔子？其去經也遠矣。』書將成，適阮文達公總督兩粤，廣刻漢學書導世。時先生授經幕府，以書上之。

文達始不悟，晚年乃致書稱先生經術文章信今傳後。蓋自先生書行，而漢學家詆誣程、朱之風始漸熄矣。

先生又嘗懼漢學之變將爲空談性命，不守孔子『下學』、『上達』之敘，豫爲辨道論以防其趨。嘗論儒者學聖人之道，徒正不及中，中必純粹以精，而純粹以精，必在於明辨晳。又曰：『人第供當時驅役，不能爲法後世，恥也。鑽故紙箸書作文，冀傳後世而不足膺世之用，亦恥也必也。才當世用，卓乎實能濟世，不幸不用，而修身立言足爲天下後世法。古之君子未有不如此厲志力學者也。』客遊五十年，晚歲家居十一載，終窶且艱，而先生益窮性命之歸，剋己盡分，靡有厭倦。謂儒者之弊，在於講學者多，求道者少；思以道弘人者多，能弘道者少。是以天下皆言學，而學之本日亡。總之起於有我之私，有我而萬過叢生矣。又嘗謂其從弟宗誠曰：『天下萬事萬物，莫非實理所結，必刻礪苦行，精勤勇猛，體諸人倫日用之間，驗於心術隱微之地，期滅人欲於淨盡，而反天理之自然，乃實學也。』先生年躋大耋，神明不衰，自言所學無時不有新益。句容唐魯泉明府宰桐城，雅重先生。移任祁門，延主東山書院。門人文漢光、甘紹盤從。咸豐元年五月二十二日感微疾，遂不入寢室，與門人飲酒論學自若。二十四日時加寅，盥洗，更衣冠，坐講堂，顧席微斜，命正之。遣僕持簡，辭唐明府。門人問曰：『先生受用否？』曰：『心無一事，但覺甚安。』一語不及家事，閉目端坐，時加申乃卒，距生於乾隆壬辰九月八日，享壽八十歲。妻孫氏，乾隆辛巳進士顔孫女、縣學生贈奉直大夫詹泰女。子二人：聞、戌；孫三人：濤、淵如、綏。

先生少補縣學生，鋭然有用世志。凡禮、樂、兵、刑、河漕、水利、錢穀、關市、大經、大法，皆嘗究心。曰：『此安民之實用也，道德義理所以用此之權衡也。聖人從廣大心中流出，一以貫之，偏才僻儒分而不能合，則交相蔽。講用者遺體，講體者不達用，此道術所以衰，政治所以敝也。』然卒困諸生無所試。每逢國家大事必爲遠慮，與公卿交，盡言無隱。道光十一年，桐城大水，邑令楊大縉貪婪虐民，民大噪。令遂以民變愬大府，將調兵。先生在撫軍鄧公幕，急以身家保。撫軍素敬信，事得寢。

十八年客粵，時大臣請厲禁洋煙，下督撫議。先生箸匡民正俗對，陳所以禁之之道，勸制軍鄧公覆奏，不能從。英夷公司領事義律桀傲不受約，居省城夷館。先生力勸制軍殺之，以絶禍本。制軍慮啓釁，謝不敏。然終反復生變者，義律也。方夷人跳梁，東南大帥多退避。先生時時痛心切齒，泣涕如雨，作病榻罪言，論制夷之策。遣人上之浙江軍門，以時方議撫亦不用。文具載集中。

先生十三歲喪母。鄧孺人事祖妣胡孺人，繼妣吳孺人，盡孝養，思慕終身，言及輒零涕。父展卿先生卒，先生客胡果泉撫軍，所慟含斂未親，誓没於外以自罰。將卒，猶遺命門人必薄斂。家貧，曾祖以降三世七喪未葬，先生内自疚，親跋涉，卜兆營葬畢，而後得安寢。又修族譜，立祠規，以敬宗收族。睿皇帝、成皇帝賓天，先生聞，俱哭泣。逾時惜抱先生卒數十年矣，猶常泣思之。族戚、交游、門人中，有疾病患難者，憂戚至廢寢食，與人言淚隨聲落。自奉極菲而遇人則厚，凶歲更減食飲以周困窮，蓋至性醇篤如此。廉介剛毅，不務進取。邑令以禮先者，往答後，不輕造其室。姚石甫廉訪左遷入蜀，資數百金奉先生爲治生計。及聞廉訪使乍雅，歸券於其家。少與新城陳石士侍郎友善，及侍郎典試江南，先生不與試。嘉興沈鼎甫侍郎督學安徽，告撫軍鄧公、方伯佟公欲選拔先生貢成均，先生亦不就試。道光三十年詔舉孝廉方正，姚廉訪前以先生行義告撫軍，先生曰：『吾耄矣，尚堪世用邪！胡爲受此虛名也？』勇於有爲，不計利害。常舉黃忠端公語，曰『有待而營，何事不晚邪』！自客游四方、主講席，及家居時，凡以詩文就正者，既告之法，必進以古人務本之義。遇事據理直論，或面折人非，以此頗爲人所忮。老年，有與邑令謀欲致之獄者，先生不爲動。然由是益困矣。所交盡當世宏才碩學，而尤重實行之士。韶州譚麗亭、同里許先生玉峯闇修無知者，先生推爲君子之儒。

先生之文醇茂昌明，言必有本，隨事闡發皆關世教，上元管异之同謂古稱立言不朽惟先生近之。詩則窮源盡委而沈雄堅實，卓然自成一家。寶山毛生甫嶽生、上元梅伯言曾亮、建寧張亨甫際亮咸推爲不及，諸君皆以詩文箸海内者也。生甫又謂先生學則淹博，理則明粹，沖强守道，百餘年來一人而已。姚廉訪稱先生理究天人，貫穴今古，博大精深，無所不學。又謂先生老而愈窮，見道愈篤，言義理粹密，有過元、明諸儒者。知者咸謂無溢量焉。

先生嘗取蘧伯玉五十知非，衛武公耄而好學之意，以『儀衛』名軒，故學者稱儀衛先生。所箸書已刻者，曰漢學商兑、書林揚觶、一得拳膺録、思適居鈐語、病榻罪言、半字集、考槃集、山天衣聞考正、感應篇暢隱；未刻者，曰待定録、進修譜、未能録、大意尊聞、最後微言、老子章義、陰符經解、文集、昭昧詹言，凡百餘卷。烏呼！先生鴻文博學，名在海内。惟性行隱微之際，有非他人所深知。其孤謀窀穸，以行狀屬宗誠，將乞銘於有道能文之士。宗誠受學雖久，然闇昧無文，不足善言德行，謹撰次大略，俾立言君子采擇焉。受業三從弟宗誠謹狀。

卷第八　傳　記事一

許東山先生傳

先生諱懋昭，字蒼輔，桐城人也。性摯孝，少時，聞日者推其親之壽不能滿七十，乃泣禱於神，願減己壽以增其親。母病亟，刲肱和藥以進。後其父年七十五，母年七十六而終。

先生之學淳固篤實，不事虚言。雖處闇獨，無所欺其志。與朋輩處，或笑謔歡呼，先生獨沈静寡言。言皆詩書文章、忠孝節廉之事，而氣度雍和，無所矜飾，人皆愛而欽之。年四十棄舉子業，研究諸經、子、史，深於易，箸六十四卦會圖。敘曰：『大哉！一氣之流行也。天地其所合萬物，其所造往古來今，皆其所遞及而不可見也。伏羲氏示之畫焉，無乎不可見也。三聖人修之辭，雖各有其趣，而畫皆藴之矣。畫也者，氣也，太極也。太極非畫，合而言之爲太極，分而言之爲陰陽。畫止於六而已乎？論陰陽之流行變化，則加倍之法千萬畫猶不能已，亦不知幾千萬象之不同。試觀天下萬事萬物之不同不已者，非其故邪？而聖人則以陰陽各六畫，而六十四卦見。六十四卦見，而四千九十六卦見。神而明之，存乎其人，而是固可包孕無窮矣。此所謂易也。』先生勤學植行，至老不衰。

邑後進方宗誠常謁見之，時先生年八十一矣。坐不倚，立無跛，氣象從容，與所聞少時無异焉。外孫劉元佐視疾，先生曰：『聞汝有志於學，然願爲其真，毋爲其僞以自欺也。』道光辛丑正月先生卒，年八十三。學者稱東山先生。季子鼎，少以才學聞於時。先生謂非實學，示以薛文清讀書録，又手録宋代名賢言行授之，曰：『學問師法，在是也。』鼎由是窮理闇修，爲時醇儒，世所稱玉峯先生者也。先生所箸有律吕圖、雜説摘新，皆佚。字括便讀刊行，六十四卦會圖、詩文集藏於家。

論曰：桐城自方望溪、劉海峯、姚惜抱三先生繼出，以經術文章倡導後進。嗣後才俊之士數十輩争自濯磨，務爲詩、古文詞，以宏博淵雅箸稱當世。先生僻處鄉隅，獨事潛修，故語見聞之廣，名譽之箸，不能及諸公，而以論夫篤實爲己，無疚於心，則如先生者，豈易及與！豈易及與！

吴蝠山先生傳

先生名庭輝，初名泰臨，字振行，桐城人也。父貽詠，乾隆癸丑第一名進士，官吏部驗封司兼文選司主事。先生天懷廉静，不耽世榮，亦不事機械矯飾。少從其族兄畫溪先生講宋儒學。長，居京師，受業山陽汪文端公之門，與兄侍御賡枚、弟孝廉方正雲驤敦孝友，勵名檢。嘉慶辛未成進士，署四川金堂縣知縣一年，乞假歸養。丁内艱，服闋，營葬畢。戊寅復補四川定遠縣知縣，權合州知州，旋以卓异升涪州。道光庚寅以不肯詭隨大府意，謝病歸里。

先生爲政一本儒術，不馳騁才能以干時譽，惟潔己循法，秉持實心，期實有濟於民，而不徒爲具文而已。退居後，無一語及治蜀事，故政迹多不箸。第聞涪州思其德，先生既歸，相與醵金，生立祠，歲時尸祝之。邑之士大夫適四方者，遇蜀人皆嘖嘖頌先生，問起居，告以康强則大喜。蓋其遺愛在人如此。

先生家法謹嚴，五世同居，不私一財。婚喪從先進之制，厭習俗華靡冠服，獨守樸素之舊。宴客遵司馬温公五簋之約，讀書期躬行，不事箸述，尚詞章。足不入公門，語不及榮利。接引後輩，誨以文行，温温然如老諸生。年逾八十，非甚病，經、史不去手，日鈔四子書及喪禮、祭儀，無一畫苟。祭祀必躬親舉行。後進或問：『先生近讀何書？』則曰：『吾日補讀朱子小學也。』桐城故多禮義舊家，而嘉、道間言老成典型者，群推先生爲最，以謂有萬石君之風。自侍御徵君繼没，而先生巋然爲鄉老。先生没，而故家遺俗，蓋至今猶可想見之云。先生以道光丁未二月二十五日卒，年八十有四。所箸有讀書説、蝠山遺訓。

論曰：孔子云『居上不寬』。寬者，立政之心，而非政之用也。以寬爲用，未有不至百事頽墮，養癰遺患者矣。人皆知先生性慈仁，嘗云：『甯去官，而不忍鍛鍊一人成獄。』遂以此去位。然余聞川省有啯匪，爲良民害，先生所至必力擒治之。定遠張潮良者，嘗一日殺傷數人，前令莫能捕。先生至，潮良聲言此好官，不可累盛德，自詣獄。然則先生豈狃於慈仁者邪！先生没，衆議宜請祀於鄉，未果。宗誠乃次其所行爲家傳。

方其明傳

余友戴存莊爲余言孝匄方其明事甚悉，余愧之慕之，乃爲之傳以自惕焉。

其明窶人子，無妻室，昆弟獨一。母癃老矣，不能躬執爨。其明每爲人傭，必晨起，奉母朝饔而後往。日未旰，即辭歸，奉母夕食。久之，懼母飢渴不時，遂不欲爲傭。日負母行乞，每至人家，先於門外擇淨地，俾母安坐，人與之食則喜，以進母食，既乞水漿飲母，然後自食其餘。謝其人，負母趨去。其後母没，終身不復行乞。舍側一小圃，其明日蒔蔬其中，往往荷鋤立圃中泣。人問之，烏咽不能言，已而曰：『吾思吾母也。』其明既老，戴君昆弟傭爲圃，晨夕或獨坐，群兒往往相譁，曰：『方某泣矣。』衆趨問所苦，則曰：『吾今荷君家厚誼，暖衣飽食，復何所苦，惟念當日負吾母行乞人家，雖飢寒，不去吾母左右，此事不可再得也。』言已，益涕泣不能止。戴君每問其所需，欲厚以傭值，則辭曰：『吾今無事。此他日買山葬母，或可受君惠也。』

昔余讀孟子所論齊人，嘆當世求富貴利達者，大抵皆一時名人，何至無羞惡之心，下與乞人伍邪？及讀劉才甫乞人張氏傳、王汲公啞孝子傳、王丹麓孝匄傳、毛會侯李匄傳，與今戴君所述，又怪後世求富貴利達者，無异昔時。而乞人中何反多賢者邪？是又孟子所不料也。戴君曰：『世亦有務立名義者，然其所爲，或束於分之所在，或有慕於古聖人君子之行。若其明，則不知其然而然也。』烏呼！此其所以爲賢與？

丁孝子傳

丁孝子名德輔，字紉蘭，桐城人也。世居邑之東鄉。父瑚，母吳氏。孝子生有至性。六歲時，從父受學。逢父怒，長跪受責，歸復跪母前，曰：『兒今觸父怒，請母重責謝之。』乾隆五十年大饑。孝子隨父館於外，對食輒涕泣，不下咽，曰：『兒得食，若母飢何？』父每數日使孝子負米歸奉母，而後孝子飽食，時孝子年甫十一。

嘉慶二十五年，父得危疾，寓居樅陽。孝子聞之，星夜奔父所。父告以陳家洲某畜良藥，可治。孝子自家至樅陽，既疾行七十餘里，至陳家洲違樅陽，往返又百四十里。孝子聞父言遽行，取藥歸，父疾果愈。其妹氏居樅陽者，嘗流涕述諸戚黨，曰：『吾兄爲父疾，一日夜行二百里，足筋暴起，血淋漓，可念也。』道光三年父卒。先是乾隆五十九年母疾卒，孝子哀毀不欲生，父戒之，乃節哀以事其父；及父卒，哀痛不止，寢食不離柩側。後權厝宅前山麓。孝子日課徒，夜則奔宿權厝所。又二年，既葬，復於墓旁結草舍，獨居之。風雨寒暑罔間，如是者凡六年。道光十八年，里人狀其孝行以聞於朝，得旨旌其門。

方宗誠曰：余嘗讀歙程孝子傳，父在母卒，孝子以哭泣死。夫死非孝子意也。天性純一，不勝其崩摧而至是耳。然亦豈得謂無遺憾哉！如丁孝子者，母卒，則節哀以安其父；父卒，則致哀以用其誠。是可謂仁孝而協於義者矣。孝子廬墓時，遇毒蛇、厲鬼、烈風雨，不生恇懼。鄉里望見草舍火起，奔至，見孝子燃鐙讀書，無恙也。人多奇之。余以爲至孝通於神明，是固然無疑，故不箸，箸其所以感此者焉。

記鄭孝子尋親事

鄭立本者，徐州蕭縣人。父相德以罪遣戍新疆，時立本四歲。少長，知父事輒慟哭，聞母言：父左手有橫紋，小指缺兩節，遂立意往尋之。

道光八年，年十八矣。鄰人某遣戍庫車。立本白母欲與俱。母曰：『新疆地廣，爾父存亡未可知。』立本固請，母乃質衣，得千錢與之，行至滎陽困甚，吏閔之，均以口糧。九年二月至庫車。山東高魁元者，舊發遣烏魯木齊，流落庫車。立本述父狀告之，曰：『爾父在綏來。余昔於綏來相識也。』立本急欲往而疾作。十年秋愈。是時，以安集延流寓各夷攻圍喀什噶爾，葉爾羌焚掠回莊，用兵道梗。立本乃率小路行數日，迷不得前。卧石上，恍惚一老人蹴之曰：『母在，死關外得爲孝乎？盍速反，遵大路行。』立本驚起，回庫車。十一年五月賊平，乃行。綏來去庫車三千餘里，塗中常斷水。一日渴極，仆於道。騎者過，引置馬上，至溪邊飲以水，得不死。次日復行，渴則飲馬溺焉，因是疾作。十二月始至綏來，詢知其父已於道光三年死矣，立本慟幾絶。自是日代人貿遷。昕夕向荒山尋父冢，二年餘不可得。十四年三月始得之於朱保地中。立本一見父墓，伏地哭，遂病不能起。通州潘遂堂、永平王朝均、王朝文視疾得生。十五年六月，啓墓檢骸骨歸。潘遂堂約内地遣戍者五十餘人贐之。

塞外沍寒，夜尤甚。單身負骨，旅舍多不内宿，乃徹夜孤行。日午疲極，向陽暫卧。一夜過雪山，墮窟中，躍起四望，一處隱隱有鐙光，投之。見二人圍火坐談。立本問道，其人言此地爲北草湖甎瓦窯，多溝澗，深長數十丈，陷者不復出，指雪上微茫轍迹，曰：『循此可無誤矣。』塗中屢逢惡獸怪物，戈壁之地危險非常。官驛常百二十里，此外皆沙漠，罕人迹。故内地往來，必結侶百人，而立本以一身經歷莫能害。

十二月抵家，母子相持慟哭。鄰里駭异，聚觀左手，缺指如生時。立本爲母一一述所遭，聞者皆感動泣下。先是立本將歸，流寓西域者白其事於官，請由驛護送之，立本不可。及歸，邑諸生劉簡、教諭懷甯丁君燮以其事白太守及學使者，咸書匾表其閭，立本亦辭之。丁君爲完娶，養其母焉。

吾友甘玉亭紹盤，丁君門人也，自蕭縣歸，爲述其事如此。道光庚子。

余嘗記徐州孝子鄭立本尋親事。咸豐九年，客山東，見邸鈔：徐州民鄭立本上狀都察院，以都統伊興額前率軍駐徐州，明紀律，賊畏民懷。後奉旨他往，賊日偪，民無所依，且徐州南北要害，非有知兵得民心大將鎮守之不可。都察院上其言，於是復命伊興額駐軍徐州，民賴以安。同治五年，大學士兩江總督湘鄉曾公奉命剿流寇，駐師徐州，廣訪賢士。有言立本尋親事者，公召見之。立本舉孟子『召役往，召見不往』之義以謝。曾公高其義，檄蕭縣令曰：『鄭立本不肯以尋親邀譽，足稱篤行之士，不必强見，以全其名。縣令隨時存問可也。』觀是二者，立本非徒奇孝足稱也。因附誌前記之後。同治十一年秋宗誠補記。

卷第九　傳　記事二

許節婦傳

許節婦張氏，桐城許孟琳妻也，于歸數年而寡，孝事姑，得其歡心。節婦父母，農家也。慮其貧，無子，屢欲嫁之，不爲動。一日，肩輿至門，紿曰：『母病篤，念女甚，急須女歸，一訣也。』節婦倉皇登輿，及至，非母家。痛哭欲自經，而防禦嚴，不獲一物。節婦號且詈曰：『吾不祥婦也，何取爲！且吾欲守義，而强奪吾節，鬼神不容。吾誓死爲厲鬼，以擊殺奪吾節者！』終日哭，不納食飲。媒懼，趣其母家，送歸許氏。先是其舅與夫弟授徒百里外，故母家得乘其間。及舅聞信馳歸，而節婦已潔身還矣，遂守志以終其身。今年七十餘。近舍者咸稱曰：『是嘗偪嫁不從者也。』

論曰：吾始聞玉峯許先生賢孝，師事之。既因先生得見東山先生，益歎其學行之有本也。先生又嘗爲余道其嫂氏之節。嗟乎！一門之内節孝爛然，非一氣之所感召與！彼憂身修而不能化行一家者，可以反矣！

曹烈女傳

曹烈女者，無爲州人也。州有某寺僧不法，與某婦通。鄰童入寺中見之，僧懼童泄其事，與婦殺而埋焉。其父母失兒，徧訪不可得聞。或言嘗見入某寺，後遂未見也。就問僧，僧辭不遜，訟諸官。州牧某性偏而躁。初，嘗爲某縣令，立意欲止訟，遇訟者不加究察，遽施刑，故愚民反多負冤抑，而姦盜日滋。鄰父之訟也，亦被創。然以痛子，故訟不已。牧不得已，詰責僧，僧乃具服。

僧念身爲死囚，不如多所扳誣，以稽時日。於是扳良家子女與通者三十餘人，而烈女亦在誣中。被誣者咸飲泣思死，獨烈女從容白父，欲至公庭自表暴。父不許，旦入城賄吏，忽一女子肩舁至，視之乃女也，父大駭。女意色灑然見牧，召僧面質之。僧寺近女家，故識女，佯笑，曰：『此非曹某女邪？』女曰：『然。』僧曰：『吾所交，惟汝最久且密。』女曰：『果爾，吾身异於人處，汝當知。』僧曰：『昏夜往來，安得知女？』固求入内室，使婦人驗，則女下體有疣贅焉。至是牧始知僧言皆妄，慰遣女歸，而三十餘人之誣亦俱得白。女既歸，嘆曰：『吾所以靦顔至公庭者，非惟自表暴也，蓋欲全三十餘人之名節而救其死耳。今事既明，吾廢人也，何必長存天地間，且可使昏官暴吏有所愧懼也。』遂自經死。

論曰：古之循吏聽訟，必務絶株連之獄。誠知株連一人，則吏役乘勢肆毒，必有亡身毀家者矣，況事關名節之重乎！是獄也，苟非女之俠烈，則被誣三十餘人者，必皆將抱不潔之名以死。嗟乎！爲民父母，至使民抱不潔之名以死，又何心哉！

侯節婦湯烈女傳

侯節婦黄氏，余妻甘氏從母行也。歸侯某數年，生一子而寡。家故貧，夫死益窘。節婦治木棉爲生。食時躳執，爨卽就竈下，治之不輟。夜無膏油，坐月下紡績以爲常。漏數十下，鄰婦睡已醒，猶時聞節婦機聲達户外。天未明，節婦紡已久，而鄰婦猶多未起，以故節婦所治，視他女婦常數倍。鄉里有慶禱事，召優人演劇，他婦女咸出觀游，而節婦惟閉户，自理其業。有田一畝，不能僱傭作，常自伏陌上，以手耨之。卒撫其子以成立，今已納婦生孫，家計小裕矣。

而黄氏之姻有湯烈女者，端重慧美。適里人某爲婦，常扃户，執女工勤甚，非夫在家，扃不啓，鬱鬱似重有戚者，夫問之，不以情告。偶歸甯，父母詰之，亦不言。居歲餘，自經死。死後家人始漸知，蓋爲其舅所爲，非人也。是事也，余妻蓋聞諸黄氏云。妻又曰：『烈女，余未見。吾從母自守節至今數十年，貌常蕭然如菜色也。』

論曰：從一而終，婦人常節耳。然世教衰，讀書知名之士，求無愧常德者鮮矣。則婦人之能不渝常節者，顧不重與！而況兩人所處，又有甚難者邪！余弟妻汪氏其姑行有適張氏者苦節三十餘年，撫其子成立，受室及生孫，而子又死，節婦又以撫子者撫孤孫焉。余鄰人汪氏有女適樵夫段小。段小死，一子在襁褓中，婦因依母氏居，業冥鏹自活。及子長，課以耕，今亦納婦矣。而余繼室之母蘇節婦者，西鄉汪氏女也，儉勤類侯節婦，而艱苦倍之，凶年常茹青草以生。三節婦余所親見，凜然秋霜之色可敬也。因並箸焉。

陳節婦傳

陳節婦李氏，桐城陳仲文妻也。仲文勤學，早卒，是時節婦來歸甫四年，一子東明猶在抱。家窘乏無以爲生，節婦忍死育孤，蚤夜勤女工自給。東明少長，節婦省食飲，俾就傅學，及弱冠屬文，能以授經養母矣。而節婦得痼疾不起，時東明娶婦，已先卒，遺一子亦襁褓中，東明因謝遣生徒就養。凡頭足櫛盥、衣履縫紉、卧起扶掖、飲食承奉、痾癢抑搔，以至中帬厠牏，皆躬親浣滌，無頃刻可去左右。用是益窘艱，東明恒竝日不得一食。

里中賢士夫知節婦高行，及與東明交者，時加饋遺。然每當窘急時，東明必籌錯節婦食飲，不令節婦知。節婦即知之，亦無怨言。曾未嘗教東明往干乞人也。苦節二十餘年，痿痹又十餘年而卒。節婦性慈孝，煦煦然惟恐傷人，雖子婦未嘗出一語詈之。東明授經時，常屬東明勿扑責其弟子。先是，節婦未嫁時，父寢疾，刲肱以進。及節婦病革，東明亦割臂和藥者屢焉。東明字啓之，里中咸稱陳孝子云。

論曰：吾觀古今節孝，後嗣往往昌大。賢如節婦，而東明之所遭至是，是何天之報施有時而不信邪！或曰：天不以富貴之子報節婦，而以賢孝之子報節婦，其所以報之者特异。或曰：彼其厲節於隱微之地者，已自完其心矣。困苦固其所甘，天亦何爲如俗情相酬答也。是二説者，倘可謂善言天道者與！

徐貞女傳

貞女徐氏，桐城人，小字順姑，生四齡，父斐章許字同里吴牧皋先生次子克偉。克偉幼穎异，斐章篤愛之，召至家讀書五年。克偉殤時，貞女甫九歲也。其後女及笄，父母謀爲改字。女聞輒泣涕蒙面，請於父母曰：『兒與吴郎雖未成禮，然固已幼許之矣。又嘗同室讀書，今其狀貌猶記憶，而忍倍其死邪！即父母念吴郎，當亦不忍令兒之改字也。』父母憐之，寢其議。後女積哀，病瘵，乞歸於夫家，未果。臨卒時，諄諄求與克偉同墓，父許諾,氣絶,年二十二,遂合葬小古塘吳氏祖山下。

論曰：幼時,聞里中長老言有吳孝婦者,割肱療其舅之疾。長,詢之,乃吾父執友牧皋先生母也。先生忠信重鄉里,余嘗喜從之游,故述貞女事,屬余爲傳。烏呼!是何與其夫祖母後先相輝映也。方貞女涕泣求毋改字,及死乞歸夫墓時,亦自其天性然耳,豈計數十年後有紀述其事者哉!

二貞女傳

貞女錢氏,生桐城之東鄉。幼許字同里陳氏子曰霞池,未及于歸而霞池卒。貞女聞,誓往守死於陳氏。東鄉俗喬野,鄙諺相傳以爲子死而婦來守,於家不利,未之許,且慮其衣食,終將爲累也。貞女乃毁容,守於母氏。久之,陳氏感女節,迎歸,爲其夫立後,貞女撫之。時貞女年甫二十。後數十年,邑諸生張小嵩道東鄉,聞之,特往存問,告以朝廷旌表貞女,與節、孝、烈婦並重,許歸,爲請於有司,後將奉其主入祠。貞女頗驚訝其言,蓋數十年含茹苦辛,實不知朝廷有旌表貞女之典,亦不知所謂貞女祠也。

先是,東鄉有李貞女者,錢保重聘妻也。聞夫死不嫁。歲大饑,行乞。張君見而義之,爲之請,已得旌於朝。

論曰：昔顧亭林言文無關於經術政理之大者,不作。關中李中孚爲其節母乞傳,顧氏終辭之。余謂此顧氏之過也。夫經術政理之大,有大於維植綱常者與?如二貞女者,雖止爲一人一家之事,而其行足感興懿德者多矣!是其心卽爲樹節立名而然,吾猶將賢之,而況其無所希冀而爲此與!

方烈婦傳

方烈婦姚氏,余門人方宗海妻也。母爲宗海之姑,無子,以女贅宗海於家。烈婦性不慧,而醇摯過人,嘗兩刲肱肉以療其母。字宗海數年,生一子一女皆夭。宗海羸弱多疾,性躁急。婦百事順承,疾篤亦割肱和藥以進。逾數年,病復大作。烈婦質服飾,求醫治百方,又割肱療之,終不起。婦乃刺指血作疏,虔禱於神,願減己壽以代。越月宗海卒。先是宗海疾篤時，烈婦憂其不壽，卽心許從夫以死。至是宗海斂殯畢，而烈婦父母前死未葬，乃急買山，籌祭費，屬親戚爲營葬事。

宗海兄弟五人，父已卒，伯兄子徹亦早死，弟三人奉母以居。子徹妻知婦欲死，勸與已同守。婦曰：『嫂氏有孤女，死則累姑。我無子女，不死反足累姑也。』乃作書謂：『婦不孝，不能終事姑。乞嫂氏與嬸代爲養。』又詩一首，詞極悲壯，皆秘藏篋中。一日，乘間仰藥死。咸豐二年七月四日也，去宗海死時四十九日。方烈婦仰藥未死時，夫世父召青急營救，婦謝曰：『亦各行其是耳。』夫姊夫張君小嵩議爲請旌，婦又謝曰：『吾豈圖名者？』第殷殷乞爲其父母營葬事。婦既死，姑發篋得書及詩，讀之無不感嘆泣下！時年二十三歲。

論曰：余幼喜聞人言奇節偉行，每中心藏之不能忘。然又私恨足迹不越數百里外，不獲親見其事。今夏得姚石甫觀察粵西書，言賊破永安時，有勸知州吳江出走者，不聽，同平樂副將阿爾精阿，衣冠端坐，被難，神色不變。其妻亦同死。屢欲訪，求其詳記之，以爲守土者風，未果也。不數月，乃目見烈婦殉夫事，因先次之，以爲傳焉。

何烈婦傳

烈婦姓張氏，桐城人，監生何衍福妻也。衍福字眉岡。父薇照，浙江龍泉縣知縣。婦父同聲，山東膠州知州。眉岡豪軼負雋才。婦淑慎温恭，常出篋中資，助夫濟人急。又嘗懼其夫宴安，勸之出游，並應順天鄉試，歷五年，至咸豐癸丑粵賊破江寧，眉岡聞之，始急歸，至舒城病死。婦聞，哭曰：『天乎！使夫子此行者，我也。今病莫養於下，死未接一言，夫子無憾我，而我何以事夫子！』越十日，夜服藤黄毒死，時六月二十二日也。藤黄者，眉岡家居時儲以供畫事者也。

先是正月十二日，賊破九江，十七日至安慶，大吏皆逃避。桐城地當衝，逼近省城，知縣莫知所往。邑人士無所恃，紛紛散。婦不得已隨姑避居龍眠山別墅中，臨行以藤黄自隨，曰：『賊果至，則以此畢吾事矣。』後賊稍遠，婦奉姑歸，而仍藏藤黄於篋中，備不測，至是乃以殉夫死。當婦毒發時，或以子弱姑在不可死，勸服藥以解。婦曰：『吾久思之，吾夫有從弟可託也。』爲服素服，目不瞑，服斬乃瞑。烈婦所居地，名楊子巷。往歲，有方烈婦姚氏者，以死殉其夫，與烈婦居相望也。人因謂之雙烈巷云。

論曰：烈婦生長富貴之家，雖寡，不憂衣食，又有子可撫，乃竟一切屏棄割絶，無稍顧慮，其慷慨視古烈丈夫何如哉！烈婦死，有議爲賢智之過，烈婦誠過也。彼爲人臣子，未見賊而逃散者，或委於兵勇之潰，或以退守要害爲詞，或以爲遇賊格鬬，被戕復蘇，於義似有可託以無死者。烏呼！是當謂之依乎中庸也邪？

記某烈婦獄事

胡丈碧波嘗言某烈婦獄事，欲爲之傳，以忘其姓名，未果。烈婦浙人，適士族。舅没姑存，夫少撫於叔父，課讀嚴，新婚不假。一日以事杖之，夫鬱邑處室中，時婦來歸未彌月，婉言以慰之。夫讀書至夜分，不解帶而卧。呼之起，不應，遂假寐於側。及醒，則見夫已縊死，號泣奔告姑。姑與叔父俱來哭，然知其以被責，故無干婦事。斂畢，有爲流言者，謂其死有冤，不由受杖，且詭告其叔父曰：『婦兄善訟，子不訟婦，其兄必反告汝。』叔恐，乃訟婦於官。官窮新婦：族姻中有常來視婦者否？而婦中表兄某適來。官曰：『得之矣。』拘至嚴訊，竟無驗。

初夫叔父訟婦時，其夫木主尚未立，及後立木主，而婦已大歸，未得一見。一日，官令其叔父奉木主至堂皇，謂婦曰：『吾昨宿神所，神言當令汝與夫木主對獄，汝冤否，神具告余，汝毫髮不能欺。』婦問：『主何在？』曰：『在此。』婦既未得歸夫家，久未見夫柩，又未見夫木主，負冤抑忍死，及見主，則抱持哭，踴，首觸地流血，氣遂絶，以水灌之，移時乃蘇。血淚溼喪服盡赤，一堂皆哭。堂下人無不爲隕涕籲冤者。官告其叔父曰：『天下有如此悲其夫，而爲姦邪致夫死者乎？汝誣訟，罪當坐。使汝訟者誰？直言無隱，則貰汝死。』立拘其人至，乃與婦兄有隙，欲借事以泄忿也。重治其人罪，獄乃定。縣治前有池，婦起抱木主投之。官慰解再三，輿送之歸乃已。婦孝於姑，終夫喪。姑卒，婦遂自經死。按：烈婦之夫縊於被叔杖責之後，其爲羞忿，輕生無疑。而邑令傳婦中表兄訊之，幾成冤獄，可謂不明之甚矣！

紀寶坻貞女事

商明環者，寶坻縣民也。妻死，幼女字陳氏。歲洊饑，陳氏子轉徙謀衣食，五年未知所往。有周氏者，爲達官奴，歸，車服炫耀閭巷間，餌媒氏爲子求婚。媒以利啗，明環動焉。乃之陳氏，趣尋其子歸迎女，否則索離婚書，無令過時。陳氏既未知其子存亡，乃聽絶。明環喜，遂字女周氏，卜吉親迎有日矣，陳氏子忽返。

先是明環知女性剛烈，離婚改字事俱未以告女。及陳氏子訟諸官，乃始知之。陳氏子引前媒爲佐，而周氏亦持婚盟至，明環又質離婚書，令兩難焉。計召兩家子，俾女自擇。陳氏子懼女敗盟，意色慘然，而周氏子益自得。時堂下觀者數千。女俯首曰：『自母卒十餘年，但聞夫婿爲陳氏子，不聞周氏也。』令大驚喜，觀者咸歎异鼓舞。令卽日以乘輿鼓吹送女之陳氏。令楊姓，名瑛祖，桐城人，有詩紀其事。乾隆季年也。按：商明環與陳氏離婚，因其婿久出不歸也。婿歸而女已嫁周氏，應斷歸周氏。歸而女尚未嫁，應斷歸先聘者。何爲召兩家子，俾女自擇邪？非正理也。

卷第十　墓表　誌銘

劉孟塗先生墓表

君姓劉氏，名開，字明東，一字孟塗。世居桐城孔城鎮。祖庭灌，父應臺，皆善士。君幼英异。母吴氏守節教養，君念母劬勞，矢發憤自樹立。

時鄉先輩姚惜抱先生，碩學高文，爲海内宗。君年十四，上書自通姚先生，大奇之，挈之學，盡授以詩、古文法。君既得姚先生爲之師，又與當時豪俊交游，於是學日進，名日起，一世賢士大夫皆願識君矣。君爲人豁達不羈，與人談論如縣河。游迹所至，争相延重，而君顧矜持士節，辭昌而氣伸，所言皆文學治術，或以片詞解其紛，或以數千言罄其委，折卒未嘗稍溷以私。相國蔣公礪堂總制兩粤時，君客其幕府。省城外下河火，蔣公聞報，曰：『吾知其中必無孟塗。』蓋地故游士宴樂之所也。事母最孝，每出游，輒依依母前不忍去，行數里猶瞻顧遲迴。謂友人曰：『吾鄉多佳山水，使吾得菽水資奉吾母，龍眠、浮渡間，手一編，日夕諷詠，不去吾母左右，其樂當何如？而顧爲是僕僕哉！』

君詩文天才閎肆，光氣煜爚，能暢達其心之所欲言。姚先生之門，攻詩、古文者數十人，君與吾從兄植之先生、上元管异之、梅伯言名尤重，時人並稱方、劉、梅、管云。乾、嘉間，治經學者，以博綜爲宗，好詆毁先儒。姚先生力障狂瀾，戒學徒不得濡其習。君從姚先生久，故其治經不敢私逞己見，嘗曰：『今世窮經之弊，言宋者，流爲空虚謭陋之習；言漢者，溺於瑣碎紛紜之説。二者相反而不克相成。是以注釋益廣，益離於經，考證雖繁，無適於義。』識者韙之。

少補縣學生，屢試於鄉，不售，一試京兆亦不售，道光四年閏七月十四日卒於亳州志局，年四十一。妻望江倪氏，無子。君喪歸，自經以殉，已旌表如例。側室蔣氏，生一子，曰繼，甫四歲，守節撫育，以至成人。

君所箸書，曰孟塗詩文集四十四卷、論語補注三卷、大學正旨二卷、中庸本義二卷、孟子拾遺二卷、廣列女傳二十卷。君卒後，友人姚伯山太守、光栗園方伯及君子繼鋟木焉。繼葬君於掛車山，其貲亦光方伯助也。道光丙午，里後學方宗誠表。

敦化先生墓表

吾族有篤學，善屬文，窮老不遇，隱於教授，身没而名不章者一人，曰敦化先生。先生爲吾先考從父兄也。曾祖諱晙，例贈文林郎。祖諱澍。父諱楷，例贈修職郎。先生諱元善，字敦化，初贈文林。府君以篤行好古，教子，延里中名宿爲之師，不慕榮利。子孫守之爲家法，遂多以學行顯。長子澤，世所謂待廬先生者也。叔子源，亦有文行，吾曾祖考也。待廬先生有賢孫曰績，世稱展卿先生。展卿先生有賢子曰東樹，世稱植之先生，皆以碩學高文流布海内，然皆困諸生，無所用。

先生少從展卿先生學，爲文守理法，清純而不雜，無世俗塵垢語言，展卿先生父子極親愛之，謂必光顯吾宗。然以試場屋，輒不利。年四十棄去，曰：『吾不能墮家法，趨時好也。』家甚貧，教授以至老死，竟不能具棺斂。先考及植之先生爲麤製絞衾焉。嗟乎！吾家篤學數世矣。德足以成己，道足以淑世，而皆不一遇，以究厥施，徒用箸述空言嘉惠來學，此天下士所共悼嘆也。然雖不遇於一時，猶皆以姓名留人間，不隨世以泯没。獨先生窮困終身，死後詩文又爲人竊去，今竟無一字存，薄棺浮厝野土之上，更歷數十年。微特聲稱寂寞，不耀於遠，即族人且不知先生爲績學士矣，不尤可悲也哉！

先考少從先生游，後又延先生於家，訓宗誠兄弟。暇則與先生縱飲劇談，或相攜持，攀危徑，尋山脈起伏，晡時始反宅。畔有橋橫溪上，先生每日莫坐其側，與野老郵童共話，或興至，高吟所爲文。時先生不應試十餘年矣。行者笑曰：『方先生尚欲爲老舉子邪？』則亦漫應曰：『然。』與人無町畦，里婦田夫叩以事必告，酬以飲食必往，盡醉而反，酣卧木榻上。先考時在，視衾裯焉。

先生爲師善講説，於聖人之經皆支分節解，窮昕夕不懈。近世教者，專授學子以趨時之文，經術蓋苟焉而已。十數年來，罕見有如先生教法者也。

先生没於道光二十一年。先考嘗曰：『汝他日必爲先生營葬地。』先考没，宗誠時識於心。咸豐二年冬，先繼祖妣、先考妣兆域甫成。明年春，又竭力爲世父南陽府君治葬事，將次第及先生，而先生子孫來告，葬期不俟余力矣。余慚負先生無以報，乃揭先生隱行，以表諸其墓之原。先生生於乾隆丁酉年，卒時年六十五。子三人：長，宗楊，早卒；次，宗標、宗周。孫三人：某某。受業從子宗誠表。

吴生壙碣

咸豐三年正月，聞吾友吴君子明有從子康平之喪，往唁之。子明孝友醇實人也。康平幼慧，有至性，雖有父母，而育於子明數年矣。飲食教誨無頃刻違左右，故其殤也，子明雖强自抑，而中情恒鬱鬱以悲。是時九江不守，賊警日數至。子明乃以康平與其長子合葬焉，惟時長子殤十二年矣。越四月，又聞其次子紹泰卒，余門人也。

先是子明二子，長紹修端謹，既早喪，而生又孱弱多疾。當生從余游時，甫十齡。余每與子明及二三執友，日夕論學，生服侍、應對、進退唯謹，無世俗浮傲之習。其後余授經他所，生敬事余如及門時不衰。生質不逮中人，然以耳熟禮義之訓，行身接物，爲學大旨，皆望見塗轍。余執友數人每歎羨子明有子，而余則時念生之孱弱，實用爲隱憂也。今不幸果如所慮。悲夫！

往余嘗與子明太息氣運之薄，理與數常不相應，微特君子多窮戹不遇。愚不肖者，多乘時暴起，甚至使君子中道而夭，或更札其後嗣，鬱鬱以終其身。夫爲君子者，卽不遇而夭札以終，於心何疚焉！而氣運之日衰者，其害將不止一身，則亦不得忍而置之矣。如子明之醇德，而天殘其諸子。生之謹厚，而不永其天年，豈得謂非數之勝於理邪！方安慶失守時，吾邑人情洶洶，逃避或擬臨難以苟免。子明獨閉户不動，謂余如賊至，誓不屈而死，以報二百年食毛踐土之德。生亦願以身殉父，不肯獨避。是其視生死灑然矣。今豈以夭死而悔其道邪！然而愚者，因是必疑賢者爲不可爲；懦者，必却退而不强爲善；其不肖者，且引爲口實，而益肆其無忌憚之行矣！然則生之死不必悲，而余之所悲者，曷有已極乎？

康平與其兄之葬，以賊警，封未固，至是子明乃啓壙，而又以紹泰合祔焉。子明屬余爲墓誌，期促不及待，乃書其行，俾揭諸阡，兼以寫余之悲云。

遵義縣知縣潘君墓誌銘

道光三十年，貴州巡撫疏稱：已故遵義縣知縣潘光泰，前知貴定、安平二縣，遺愛在民，民狀其政績，合詞籲請崇祀兩縣名宦祠，得旨俞允。時君已去兩縣任十餘年矣。君嗣某遂以狀來乞爲銘幽之文。

據狀：君中道光壬午順天鄉試舉人，以揀選知縣。十五年，奉旨發往貴州委用。初任天柱縣，有土豪吳毓靈藉資患害鄉里，無敢發。君捕得之，審實，將上其罪狀，毓靈賂以千金，不可，乃行賂於大府之吏。君固争之，得繩以法。十六年，署理貴定，甫莅任，即興水利爲旱備，教民飼蠶種棉諸法。聽訟勤明，清吏胥積弊。於城鄉創建義學，增設書院學舍、膏火。十七年，補知安平，其爲政大略亦然。二十年，調知遵義。遵義號難治，訟獄甲通省。君爲之七月，清積牘七百三十有九。勸民建義倉，捐穀六千餘石。又建尚節堂、養幼堂。諸務畢興，循聲大起。上官方將擢用，而君以氣疾引假，踰年遂乞休歸里矣。歸五年卒。又五年乃今得崇祀兩縣名宦祠。

始君之少也，與兄孝寬從余世父牧青先生學。余齒穉，不及交君。逮君解組歸，亦未還往。惟嘗於從兄植之先生坐上一遇之，然固不知君之優於政事如此。乃今既没，而得俎豆尸祝於遐方所治之民，德以遠而存，名以久而箸，然則君雖卒，可以無恨矣。

君名群，後更今名，字穉青，桐城人。江南通志所稱木崖先生諱江者，君五世祖也。乾隆壬戌進士，官至浙江杭嘉湖道諱洵者，君祖也。植之先生先友記所云贈直隸東路廳同知諱鴻寶者，君父也。娶胡氏，進士諱承澤之女孫，嘉慶元年孝廉方正諱虔之女。二子：長某，廣東候補，從九品，嗣君兄後；次某，監生。君生於乾隆某年，卒於道光某年，將以某年月日葬於某鄉某原，乃豫爲之銘曰：

澤畱於民永弗諼，骨反幽宅世衍蕃，吾誰與歸觀此原。

卷第十一　雜記

涇縣厚岸王氏義莊記

天下之生如此：其庶也，必盡使幼有所長，老有所終。生者不失其性，死者不替其祀。孤獨矜寡，顛連窮疾，賢智愚不肖，無一不得其所。雖上天好生之德，先王仁天下之政，亦皆有所不能。故曰：天地猶憾，堯、舜猶病。誠事勢有不得徧及也。然生民之在宇内，猶手足頭目血脈筋骨之聯爲一身。人一支節之痛疾，四體爲之不和，而可聽其終不得所邪？是以仁人善士，在一鄉，則起而分任其一鄉；在一族，則起而分任其一族。情親地近，法易立而周，勢易及而不患於隔，備之於豫而持之以久，如是亦足以輔相天道之所不及而濟王澤之窮。

涇縣厚岸王氏雪堂、銘海二君，久客於桐。嘗慨然思一本之親，欲於其宗立家塾，置祭田，具祭器，創育嬰、積穀、施棺之法，且言其族中多好義者將歸而成之。豫乞吾文以記，俟事集而刻諸石。

昔范文正公創立義田，大庇其族人，至今數百年，而吳郡范氏苟非大不肖，無失所者。海内慕其風，倣傚其法者，且數十百家。今王氏義莊成，吾知亦必有聞而興起者矣。孔子曰：『觀於鄉而知王道之易。』王氏之族亦云。

椒園記

椒園在桐城龍眠之西，明季少司馬孫公魯山讀書處也。其前二里許爲雙溪張太傅文端公别業與墓在焉。其上二里許，左有椒子碞，右曰冰碞，最爲龍眠勝境。自雙溪達此，鬱盤窈深。人從曲徑旋折下上，俯仰環顧，峯巖泉石之狀，極變幻之致。然蹊徑罕坦夷，游者往往至雙溪遂止。

余爲童子時，嘗飲椒園茶而甘之。或告余曰：『是孫司馬居椒園時所手植者。』詢之，因得略聞其山水之勝。

道光戊戌，甘君魯斌授徒其中。其秋，余以事訪之，日已西落，群鳥投林，明月出嶺表，巖壑萬千，杳冥渾一。余與甘君汲泉煮茶，露坐，對月縱談至夜分。四聽不聞人聲，風鳴泉咽，蟲吟木脫，俱涵靜意。茹其茶，殊非曩時可比。

明日，怪問其主人，曰：『天下真者，必不輕出以售世。其輕售者，非其真也。此茶僅十餘本，而世之慕名以求者多，土人因得假其名而酬之。其實真者，固在此也。且子不聞陸羽之論水乎？曰：「山水乳泉，石池漫流者上。」今此茶非得此泉，真味亦不顯。』余聞而深契焉。因求示以兩巖之徑，欲探其勝。忽家人以事趨歸，不果游。道光戊戌九月。

侍游圖記

宗誠先世居桐城魯谼之半天峯。大父遷龍眠，又遷古塘，最後余父築室毛溪之上。余父嗜山水。宅面山背野，溪水環帶。立户外四望，名勝地可指數。余父嘗侵晨獨游，及莫腹枵，然猶拄杖嶺樹間。或與友人偕，期數日歸，逮入山忘焉，往往逾歸期。然以治生故，無多暇，歲不得數游，游亦未嘗過旬日也。宗誠成童後，間獲從游。當其時，不解其樂。今憶之，不可再得矣。

宅西北十餘里，有洞曰披雪。兩砦對峙，數十尺中，一澗曲折數里，砦合處縣瀑二道，長數丈。最後者尤奇，自重砦噴薄而下，紛披若飛雪。人坐溪石觀瀑，前後砦合無罅，深窈如洞然。吾師玉峯許先生嘗於鄉賢趙樅江、姚惜抱文見之，詢里人不可得，余父導以入。宗誠獲從游竟日，樂甚。其事約在道光丙申、丁酉間也。

宅東十里曰投子峯，十五里曰谷林寺。戊戌二月，余父攜宗誠與汪丈登投子絶頂，東南眺望可二百里，西北諸山雲煙出没。余父一一指示其處，命宗誠歸以文記之。其稿，友人劉岱卿持去。岱卿亡，遂失之矣。八月，又與汪丈攜宗誠歸自田家，迂道游谷林，晚宿山下草舍。次日，余父欲畱，宗誠獨返。今每思省，不知當日之返何故也。

桐城近治山水，龍眠稱最，奧衍深秀，不可勝窮。而余先宅在龍眠者，雖經三遷，宅故存，祖父母墓在焉。余父一歲數至，宗誠或從或否，不盡省記。余父中年患目疾，五十後日篤，登陟遂艱。庚子春，攜宗誠至黃柏嶺謁祖母墓，歸小憩雙溪，因過椒園訪孫翁及甘君魯斌，遂止宿。明日，孫翁招飲椒子砦山家。椒子砦者，在椒園左近二里許，砦谷深邃盤鬱，登其上，可覽龍眠全勝。游踪蓋罕至。孫翁年八十餘，健步，豪飲，與余父各舉十餘觴，拇戰數巡，又舉十餘觴，時日已西落。宗誠懼歸徑崎嶇，説翁與余父罷飲，而翁與余父固未酣也。月下行二十餘里，倦則就路旁大石坐卧，漏下數十刻抵舍。自是余父未嘗入龍眠矣。

然乘目疾小愈，猶間爲數里之游。去宅西行里許，有玉屏蘭若，其上爲屏風嶺。近治山高者，惟茅公洞、祈雨頂，然皆自屏風嶺來也。一日，余父與黃生陟其巔，宗誠從。俯視二山，皆如奴婢侍立。余父通習形家言，爲指示山勢脈絡，下山憩息，循城西隅諸園亭而返。

憶余父嘗謂吾母曰：『吾以親老、兒子幼弱，不獲爲汗漫游。少時第一渡江，登九華。倘得兒子大，余傳家事，遠游一二年，死不恨。』然余父之願卒未遂。今余父没已七年，宗誠僑居他所，每至先宅四望，情景恍然在目。或至向所從游處，輒悵望歔欷，不忍去焉。

金陵馬雲工畫事，與余交。丁未夏，來游桐城。余請爲作侍游圖，因縷述其事，以識永感云。道光己酉夏，宗誠謹述。

蔬圃永感圖記

余父始居毛溪，屋二楹。後於宅東結茅屋數間，宅西又購屋二楹，稍葺之，爲宗誠讀書之舍。内一小圃，竹數竿，雜植果樹。籬落間，可望見龍眠諸山。

宗誠每清晨坐書舍，則見余母持鍤入，坐地下，蒔花蓺蔬，視燥濕滋培之。花蔬皆有行列。聞人家异本，必求得之，圃中無寸隙地。然余母生平固不喜簪花。花時，與子婦、鄰媪賞翫而已。余母主中饋，終歲未嘗一出游，少暇則入小圃。食時，家人皆食。余妻往請母食，值母方蒔蔬，不答也，宗誠數往牽衣，始反。

余母卒數月，書舍燬於火。時余妻先卒，後二年弟妻亦卒。室空無人，圃廢不治。余僑居他所，歲時至故居，入圃中，敗垣荒草，一桑尚存，余母手植也。倚桑而立，憶昔與余妻牽母衣情事如昨。鄰嫗見余曰：『余往與而母日在此隔牆語，而母或聞余未食，卽歸持米來貸余。』言已而嘆，又曰：『不見而母於兹七年矣。』悲悼久之。

馬君晴齋爲余作蔬圃永感圖，爰附記其略於後。道光己酉夏六月，宗誠謹述。

頌嘉山亭記

自北拱門出，渡河，循溪滑而上，邨墅錯落，竹樹蘙翳。施施行數里，望見一亭欹山，椒人往來其中，如甕口，曰頌嘉山，游東龍眠者恒經此。

庚戌九日，友人張君攜酒招客，飲於亭上。山高不過數十仞，而前敞可眺百餘里。溪水經其麓，有山環向横當，不見其流去。山遠者殆數十，蒼翠深秀，若斷若連，布列如屏几。北嚮則龍眠諸峯，下有曲徑達於幽谷。時大風，雲煙沸鬱，雄深盤屈之勢不可勝狀。張君擬之畫境，以爲前如文待詔，後如黄子久云。

憶往歲丙午，是日游雙溪，探椒園、椒子碞之勝，登其巔，繼又入冰碞、觀瀑碞，踞椒園右山罅中，緣澗蜿蜒入里許，奥窈殆非人境。同游數人，或中道止，惟吾偕馬命之、何眉岡、喬頌南，攜一僕至焉。退而考之，昔人詩文俱未有稱述及者。私矜創獲，以爲天下奇妙之境，類非人人所得而至。乃今登是亭，又知奇妙之境，未始不卽在常人耳目之近，或且日往來其間，而人自忽之耳。偕游之客爲滁州馬晴齋雲、同邑葉瀚池棠、胡伯良純、鄭容甫福照，童子一人，瀚池子。道光庚戌。

勺園雅集圖後記

余友江貽之館於勺園三年，將歸，以所爲勺園雅集圖詩示余。蓋往歲己酉秋，其主人張君嘗集同人燕游於此，既又命工畫事者馬晴齋圖之，以記其盛。今貽之將有遠行，故追述情好，唱歎低徊如此。當晴齋作圖時，余亦座中客也，以謂造化日新，年命潛移，人之生世無時不有變易。君子素位而行，惟見在者足娱樂而不可忽棄，已往者特幻迹也，故獨不欲圖形其間，命晴齋第以意爲之。

今主人遠客燕山，晴齋歸金陵復來，既而又歸矣。

圖中與余最契者四人：文鍾甫、甘愚亭、張小嵩及貽之。鍾甫今歲客祁閶，明年未知何往。貽之、愚亭皆將馳驅，無定所。甫踰一年，已散而不可合並，則异日朋儕回思聚處之盛，坦直相對，意態各別，又未嘗不藉此圖之存也。

人生至足樂之事，當其時或不甚惜，逮事過境遷，始感念不盡者，其不類此也與？張君常屬余敘之，余卒卒未遑以爲，今故記此於貽之詩後。道光庚戌冬十二月。

觀披雪瀑記

幼時讀鄉先生姚惜抱文，始知邑西披雪洞瀑布奇勝。有宋紹聖間游人摩崖題名，鋭意欲一往觀之，未果也。道光丙申、丁酉間，嘗侍先君子、玉峯許先生及張小坪、方情恬往游其中，探幽躋險，俯仰竟日，尋題名，班剥尚可辨。小坪擬使石工鎸名其次，余於時笑曰：『人貴自不敝耳。恃此存名，不亦悲乎？』先君子、許先生頗奇余言。

其後丙午、丁未間，復偕友人戴存莊、胡伯良、馬命之、喬頌南輩三次來游，戴君爲作記。今又數年，馬子謙谷、何生衍祺欲觀其瀑，以余之屢覽其勝也，延爲先導。兒子培初從。計去侍先君子、許先生游時，十五六年矣。許先生卒已十年，先君子卒已九年。碞谷峭邃依然，而景物且隨時變幻，以增泉石之勝。諦觀北宋人題名，亦猶未更剥落，而余向所云人貴自有不敝者，乃至今無一足恃也，得不爲山靈所竊笑邪？

瀑布有二，長皆五六丈許。宋人題名在前碞。姚先生文所謂石潭若甕，瀑墜甕中，飛沫散霧，蛇折雷奔者，亦前瀑也。攀碞循澗，蜿蜒行水石中，深入半里，乃得後瀑，勢更奇縱。往余爲侍游圖記云：水自重碞噴薄而下，紛披如飛雪，人坐谿中，四面碞合無罅如洞然者，謂此也。而姚先生文顧未及之，豈游蹤亦未到此邪？

天下奇妙之境，不可勝窮。以目之所僅見者，遂詫爲异觀，陋矣！聊復記之，以爲後之探勝者導焉。咸豐紀元辛亥秋八月。

記蛾

方子與友夜飲於張氏逸園。有群蛾逼火光飛撲，揮之去，率復至，竟焚溺膏油中。方子惻然，閔其愚，又自悼其不能救之也。童子侍側者曰：『俗傳二祝，詞誦七終，始卽飛去。』試使誦之，蛾始擾攘火光上下，若所甚愛，弗忍捐者，已果棲檠下帖然。方子喟然嘆息，曰：『异哉！天下之至愚者，孰有過是蛾者乎？』

彼其始之趨於火也，嗜火也，而豈知其固死所邪！人方閔之，彼且樂之。乃其於童子之祝，一似恍然覺者，何哉？豈蠢然無知之性，尚有可以感通者乎？或曰：彼惟無知也。若夫有知者之逐於物也，方自足其知，以爲人之愚，不識彼之樂也，是以日趨於焚溺而卒不悟。噫！此則可閔也已。

卷第十二　祭文　哀詞

祭從兄植之先生文

在昔高祖，垂型後昆。屏絶時趨，古義是敦。繩繩累世，孕毓令德。名山之藏，作儒林則。談遷彪固，洵軾繼美。嗣祖有兄，异代同侈。維兄德學，匪惟宗光。今也云殂，終古懷傷。

孔、孟既遠，經燼於秦。漢儒保殘，髮引千鈞。惟其精蘊，晦鬱未申。迨宋洛閩，昭揭其真。道隱小成，辯生末學。新奇自熹，争鳴横作。陸倡心宗，詆爲支離。變至漢學，益恣狂辭。博物鴻名，炎炎震世。趨者若鶩，耳充目翳。兄爲此懼，力障狂瀾。揚觶而語，商兑未安。中有貴勢，不顧雠忌。攘斥觝跂，聲滿天地。餘事作文，醇肆典遠。義理考證，原原本本。緒纘三家，綜貫群言。猶不自信，欲同秦燔。間爲詩歌，精深華妙。微言昭昧，宣泄奥窔。顧云下學，乃獲上達。躬行未能，此皆膚末。既見大意，復暢其隱。服膺拳拳，待定唯謹。凡兄撰述，皆功名教。匪一家言，天民先覺。洎乎衰莫，樂學不違。冥探潛翫，研極幾微。理本大同，小知乖分。狃執門户，於道未聞。兄言爲學，在判理欲。去故與智，何自結束！一貫之傳，信得其宗。鈎玄發微，末由而從。百世而後，其論自定。嗟時之人，安可與證。

兄之内行，匪人所知。浮殯三世，時切悲思。既安厝止，中心乃夷。收族篤親，支遠不遺。鬼方跳頑，聞之則淚。一命未霑，獨深忠義。時在病榻，箸有罪言。伻獻軍門，志灑雠寃。處己中冷，濟人則熱。飢寒不卹，力振涸轍。歲值栽凶，不安食稻。噫天下饑，何心獨飽！盡倫存性，憾無毫髮。如兄之壽，豈殊存没！追維生平，悽心莫釋。終窶且艱，爲諸侯客。倦游而歸，髮無一玄。得侍几杖，十有二年。怡然陶然，薰善振德。乃戹於窮，復違家食。兄徂東山，我止不渝。謂死道路，安宅何殊？一息尚存，必勉於義。可曰耄耋，倦勤人事。視兄矍鑠，覬復來歸。胡七十日，訃音搴帷？講堂之上，危坐正冠。不及家事，笑語心安。堯舜孔朱，此心惟一。

身同此盡，話言遂寂。嗟兄雖逝，常炯精爽。顧吾衰族，其將安放。惷愚之質，敢云亢宗？懼隕祖德，悲填心胷。烏呼哀哉！

劉岱卿哀詞

余年十七八，始識岱卿於玉峯許先生館舍。嗣後余受業玉峯先生，又學文於岱卿尊君悌堂先生，岱卿因與余益親，而余自是愈求友自輔。里中賢者，亦多樂與余交。岱卿僻處鄉隅，余所交諸君子，岱卿强半不相識。後以余故，亦皆願交岱卿。余學識庸淺，所稍得者，大抵獲諸君子之益，而岱卿顧欲求益於余。嗟乎！余何能益岱卿邪！

然自念生平於諸君子，雖虚懷取善，究未若岱卿之於余也。余與岱卿交契密，而禀氣不同。余躁率，岱卿沈静。余好古文詞，岱卿專志實學。余喜辨説於古今學術文章、天下事理當否，往往放言劇論，而岱卿獨默默自守。然每見余一言之是，一文之可取，必熟識而持去，或得余所與論學書，則往復諷誦不去手。

歲癸卯，余遘非常之變，多賴諸君子扶持之力。岱卿亦不遠百里，數來唁余，且爲余經紀家事。嗟乎！岱卿好余至矣！余既未能益岱卿，又未能取岱卿之長以自益。余能無愧於岱卿邪！

岱卿名元佐，年十九爲縣學生。祖以上皆善士。母許孺人性賢淑，而悌堂先生以文名於時。岱卿幼承家範，長從外祖東山先生洎舅氏玉峯先生學，故能抱璞無遺行。然岱卿少遭窘窮，體羸弱，秋氣甫至即畏寒，手足如冰。往者，玉峯先生時與余慮之。道光辛丑，悌堂先生應禮部試。其年春，東山先生卒。逾年玉峯先生卒。又數月，母許孺人卒。岱卿孑處一室，悲哀不自勝。余與諸君子阻遠，不得時時慰問。今正月岱卿至城，畱數日別去，嘆其氣益衰竭矣。六月二十日暴疾卒，年二十八歲。時悌堂先生甫成進士，在京師訃聞。余慟哭寢門之外，往告諸君子，無不駭悼。嗟乎！岱卿竟已於斯乎！因爲文抒哀，且以慰先生之悲。詞曰：

維君之世有隱德兮，而戕折其本支。以余師之固窮積學兮，而晚奪其賢兒！如君之含貞抱璞兮，乃未壯而已衰。是皆人理所不解兮，能無咎天道之無知！夫萬期一瞬息兮，君雖死其奚悲！特承啓之未盡兮，其何以慰夫孝慈？況余冀與君共學兮，君今死而余能勿思？

方子春哀詞

余童子時，子春避囂僧舍，時與余往還，論制舉業。其後子春試不遇，遂屏時文，研究儒先之言。而余二十歲後，亦慨然有志於古。因是與子春往來，問學益勤。

子春性狷介，持身謹嚴，非義之利，一毫不妄求取，聲色之好泊如也。自志學後，每日言行必記，有失卽痛自懲艾，不少恕。余謂友人曰：『子春讀書見理，胷中未能灑然，而其學力之勤苦，檢身之縝密，則非特余愧之，以余所見，識解超卓、襟懷高曠者，均莫之能及也。』

子春常謂其學大旨，在敬立防閑，心求義理，毋昏毋躁，而尤以功利名譽爲深戒。最好朱子、陸平湖之書，而於象山、陽明之言，斥爲近禪，不寓目。余謂子春曰：『人心與理其本無二，有不能一者，由爲氣質物欲意見所錮蔽，而失其本然故也。是以古之聖賢，惟事此心，居敬窮理，所以復吾心體之本然。今如子言是敬爲制外之具，而析心與理爲二，則居敬皆强持，窮理皆扞格矣。』子春聞余言，雖未能盡去舊見，而與余益親。旬日不見則相思，見則余未嘗不以此旨進也。

道光甲辰，子春客金陵，得疾歸。歸二年，而爲學益刻勵，亦時能自悟其執滯矣，而疾已不起，以丙午正月卒。烏呼！吾自二十歲求友，里中所得志業同者，不能十人。而張君瑞階最先逝，劉君岱卿次之，至是子春又棄余以死。是何得之難，而失之易若此！烏呼，可悲也已。

子春名淇，號戒軒，與余不同族。没後，檢其日記，則余向所與言者，亦載其中，是足見子春之嗜學矣。因爲文哀之。其詞曰：

慨俗學之多歧兮，咸馳逐於塵緣。日疲役而不返兮，終其身以懵然。羡吾子之好修兮，獨闇志於前賢。手一編而兀兀兮，常凛凛乎冰淵。以子心之堅卓兮，終將洞乎大原。胡未幾於一貫兮，而中道夭其天年。豈彼蒼之愛子兮，俾解人世之糾纏。抑斯道之屯塞兮，賢者固宜其顛連！

趙健甫哀詞

始余與健甫交，余年二十二，健甫猶未及冠。觀其於世俗之物，泊焉無所嗜；於世俗之人，漠然無所與。宅心慈良而刻意清苦，未嘗輕求取於人，心特敬之。健甫禀氣薄，早喪母。介山先生客江右金陵，健甫皆從。成童後，始歸里。

辛丑、壬寅歲大饑。冬春間，雨雪苦寒，烖民徧城郭，呼號聲達夜，且死傷日積。介山先生約同人，爲粥食之。郭外設粥厰數所。每夜鷄未鳴，健甫卽披衣起，隨介山先生衝風雪，行泥淖中，出郭經理，日午始罷。健甫家窘艱，常一日一食，衣履溼透無可更。到家侍介山先生，講論區畫，必至夜分，積勞數月，遂得痔漏疾，幾不起。其後稍愈，隨介山先生游陜西，風塵奔走中，事事經心，不使介山先生有幾微之累，故疾雖愈，而元氣日損。逮歸，遂得咯血疾，數年不愈。初健甫於儕輩少許可，獨謂余與陳啓之、胡伯良、馬命之無少年浮薄之習，暱就之。余與諸君俱時憂健甫疾，旋復相慰曰：『健甫宜不至夭死者。』烏呼！孰知其不可以常理論邪？

健甫寢疾時，介山先生客金陵。每余入視，謂余曰：『死生命也，吾何恨！獨念親老在外，不得一見。余幼弟學未成，君自知教之，不待余言也。』余許諾，遂無他語。疾革，屬家人無厚斂，且勿以僧道治喪事。時年二十四，以道光丙午歲十一月十四日卒。烏呼！健甫已矣。如介山先生之德而札其長嗣，而余數年來屢失良友，皆情之不可解者，因爲文哀之。詞曰：

嗟子生兮罹百憂，早失恃兮事遠游。忍寒飢兮恥污屈，天真全兮無陷溺。世趨薄兮子慈仁，急人難兮如切身。以斯人兮獲斯疾，彼蒼天兮胡没没！

胡碧波先生哀詞

道光己酉夏四月，碧波居士胡先生卒。誠與植之先生、魯生、命之既往哭，屢欲爲文哀之，輒鬱邑而不成章。始丁酉、戊戌間，吾師玉峯許先生、吳丈牧皋謂誠曰：『城西有胡先生者，君子人也。』吳丈又嘗以誠名語先生，先生遂降齒德交誠，誠不敢當，事先生如父執，而與先生子伯良交。

先生性嗜先儒書，而曉暢於人情、物態、事勢之所必至。既困不得志，因自託於莊生、陶令、劉伯倫之徒。冬一緼袍，夏一敝葛衫。門外車馬聲喧闐，先生獨對妻子談名理説詩，引壺觴，自斟酌。醉則高吟所爲詩句，或酣卧達旦。蓋無時不栩栩然自得也。詩近魏、晉人風味，而耻事干謁，名公鉅卿前，不肯持示一字，以此未由知名當世。每道遇誠，則喜曰：『盍往余家觀詩？』誠對以他往，則立爲誠誦之。誠寡交游，自先生父子外，不過數人。日夕課生徒，暇則造先生，相與登西山劇談，至夜分始返。時不值則他往，再不值則悵悵然而返，爲不樂者久之。

自許先生、張瑞階、劉岱卿、方子春、吳蝠山先生相繼亡後，誠往往出門罕所適。今未數年，而先生又隨卒。先生超然自放，視死生如蟬蜕。卒前數日，自爲挽歌詞，若有前知者。然誠則自是益孤游於世矣。爰爲之詞，曰：

曲士局蹐兮，日摇其精。達人觀化兮，胡殞其生？
遺文三復兮，如聞其聲。望彼西山兮，意緒縱横！

喬頌南哀詞

余之訂交未有奇於頌南者。道光乙巳，頌南試禮部，罷歸，余聞其人狂放，詆程、朱，私心頗不喜。一日，與文鍾甫、戴存莊、馬命之飲於何眉岡學舍。頌南忽來，戒門者勿内，則鬨，然直入索飲。余與諸君不爲禮，昌言古今學術得失，至近世毁宋儒者，則厲聲色訾之。頌南屏息終席。既退，余與諸君曰：『頌南忌嫉矣。』後數日，頌南復來，求納交於諸君皆然，曰：『前日之言是也。』余始爽然自失，詫爲畸士，而頌南亦自是雖狂放，未敢毁程、朱。

頌南性强識，好詩歌古文，外負氣善辯，而中能取人之益。嘗以所箸文示余，余指其病，則立燬。以詩質存莊，存莊戲曰：『非下拜不可。』遽下拜。聞人家經史善本，必往拜索觀。不得，則神形恍惚，如有所亡。忽得之，則驚喜下拜。旁觀者皆狂笑不可已。最愛命之書及余文，每自外歸必强索，不與，亦下拜焉。

余與諸君好直言，友朋中有以此疏絶者。惟責頌南善，雖未卽改，必益加親密。去歲，與余有違言，余乃以書二千言規之，置不辯。入都日招存莊、命之及余飲，思鍾甫客祁門不得見，留書與之，盡歡乃散。今年春，存莊入京師，余又致書問其學，且勸其懲忿克己，無任氣。命之亦以養心齋銘寄之。乃不數旬，聞頌南前死，不及見余書矣。傷哉！

頌南才氣蹈厲，遇事剛果有力。客河南，假得張臯文校閱兩漢書，手自傳寫不懈。家居，得歸震川、劉海峯、何義門、姚薑塢、惠定宇、姚惜抱所校古書善本，皆一一校讎丹黄，將以求文章奥旨。時盛暑，蚊嚌膚，汗被衣席，不輟也。其文在京師，頗爲仁和邵位西所稱。去歲益大進，余録其三。頌南亦録余文四十餘首以去。余嘗與諸君言，以頌南之才而力學古，余輩當退舍。烏呼！孰知頌南之止於此！頌南之卒也，以心疾。其從祖有官御史者，厭苦其疾，急遣歸。歸至景州死，年二十九，咸豐辛亥十二月晦也。手校之書，無隻字存者，所爲詩歌古文，亦未知何往，今惟余録三首而已。烏呼惜哉！

憶去歲六月，聚飲命之書室，頌南謂余曰：『我死，君爲文否？』既而又言者三。余心動，以爲頌南少年，不當作此不祥語譙讓之，而孰知今果死！遺孤始數月，余志异日刻遺文付其子。以頌南愛余文特甚，先爲文哀之。詞曰：

烏呼頌南，天胡毒邪？壽夭其常，奚獨酷邪！老洫陰凝，任所欲邪！如君豪俠，怒斯觸邪。嗟余何從，效忠告邪！誰與論文，同心曲邪？匪惟毒君，亦余梏邪！君靈之歸，保嗣續邪。形骸幻化，無蜷局邪！反其浩浩，何不足邪！涣然涷釋，孰羈束邪？

何眉岡哀詞

咸豐三年夏六月，聞吾友何君歸自京師，道疾，晨起往問之，則已卒於舒城旅次矣。輿尸歸，斂殯於城南僧舍。烏呼！造物之變幻不可端倪，而尤不可深恃也乃如此哉！謂其不生才邪？則如君之識足以窮理，文足以立言，英氣明辨足以建事立功，而又席豐厚之資，處安常之境，不得謂天之無意斯人矣！謂其生才邪？而既畀君以絶异之資，又使君中道而廢卒，至使君不永年以死，若不甚愛惜然者，則又何爲者邪？

初道光壬寅、癸卯之間，邑中才俊輩出，而君與馬命之尤爲稱首，交最深。余介命之交於君，而君復介余以交余友數人，且延余誨其從弟。

君資性超悟，博聞强識，義理文藝一過目入耳，卽得其微妙之旨。下筆灑灑千言，或作小詞，揮毫染翰，皆能無塵俗氣。語言動止軒爽豪邁，尤忼慨好爲義行，以故交於余者，咸傾心於君。旬月之間，必數聚處君學舍也，而命之及余與君尤爲契密。明月之夜，風雨之朝，三人者每持杯酒，披肺肝，出古今文相質，皆隱以第一流人相砥，不屑治世俗之學，故余三人者，時尤被狂名。然吾黨之樂，亦於斯號爲極盛。後數年，君忽以事牽，蹤迹始稍契闊。又數年，君游山東，試順天，不得見者五年。余每獨居無聊則思君，興至爲文，亦恨不得與君一見。朋儕高會，言及君，則悲思罷飲，意興索然而散。而命之與余，明月之夕，風雨之朝，寂寞相對，慨英才之難得，感朋游之多故，尤未有不鬱陶思君者也。乃今又繼之以死，相隔百餘里，竟不獲與君一言以訣。悲夫！天乎？人邪？求其故不得，則惟有痛哭而長太息也已。

君名衍福，字眉岡，國子監生，卒時年三十五。妻張氏，君喪歸十一日，服毒以殉。有子方八歲，資頗慧也。

方君與余初交時，余適遭兩先人之喪，妻及弟婦相繼死，君所以經紀余先人喪者，誼甚厚。又閔余穉子無恃，攜之歸，屬其伯母胡撫之，凡九年，無异其家之子弟也。今君死無以報，欲异日勖君之子以成君之名。又焉知余果克任此否邪？念君生平愛余文，乃爲君妻作傳兼爲詞，以哀君焉。詞曰：

嗟君英少，恥儕俗兮，高視遠舉，不樂拘曲兮。徑情自遂，深固難徙兮，質厚才良，終乃如此兮。顔生之夭，天地齊壽兮，賈傅不長，名垂世宙兮。彼蒼何心，使君無聞兮，悲填胷膈，亦復何云兮！

卷第十三　家傳

先世事實記

昔伊川程子論影祭之失，曰：『一毫髮不類，所祀者非其祖矣。』誠哉是言！非仁孝、誠敬、達天德者，不足以識此義也。余謂子孫之紀述祖德亦然。虛誣扳附，不孝莫甚焉。曩歲道光己亥，先府君述所灼知，命宗誠撰家傳一卷。癸卯，府君没，兹九年矣。乃復約記其信而有徵者，自始祖至先考妣十二世縣於寢，昭示子孫。詩曰：『夙興夜寐，無忝爾所生。』

先世居婺源。明初，有諱芒者，始遷桐城魯谼，遂爲魯谼方氏。始祖妣李氏孺人，生四子。其仲諱憲，配造氏孺人，生四子。其仲諱琇，配尹氏孺人。三世以前，字皆闕。三世祖六子，半山府君諱佑者，其季子也。配徐氏孺人，繼配錢氏孺人。徐孺人生四子，長卽守溪府君諱諒，配余氏孺人，生三子。季卽少懷府君諱枝，配姚氏孺人，生二子。季卽愛筠府君諱一理，配唐氏孺人，繼配姚氏孺人、李氏孺人。自少懷府君以上，至遷桐始祖，凡六世，生卒年月無可攷。愛筠府君，明萬曆己酉歲五月十五日生，康熙戊午歲正月二十八日卒。唐孺人，萬曆癸丑歲八月十九日生，順治丁酉歲十一月十二日卒。姚孺人、李孺人皆無出，惟獨唐孺人生四子。長諱學顔，卽君祐府君。君祐府君，順治甲申歲四月三日生，康熙癸巳八月二十四日卒。配吳氏孺人，順治戊子歲九月二十四日生，康熙丙戌歲五月二十九日卒。一子諱孟晙，卽竹圃府君，宗誠高祖也。自始祖以下，至君祐府君八世，身處隱微，名不耀，故老相傳爲樸誠厚德之家而已，行實無可紀述。族譜惟記墓地特詳：始祖葬魯谼口西眉山，始祖妣葬十五里坊大園。其後三世祖考妣亦葬此，相去約里許。而二世祖考妣則葬魯谼半天峯白蕭樹。四世祖考妣則葬松窠尖，五世祖妣葬其旁，而五世祖則葬半天峯居宅後。葬白蕭樹旁近者，曰少懷府君。葬老墳灣者，曰愛筠府君。葬斯仁紀者，曰姚孺人、唐孺人。葬掛車山管沖口者，曰君祐府君、吳孺人，皆异壙。惟二世、三世、四世爲合祔。凡爲墓地九冢，十三歷祀。且數百碑碣存其旁，冢壙累累然者，族祖妣也，兹不具載。先府君嘗箸有墓地圖一卷。

高祖考竹圃府君，字子雅，居魯谼半天峯，環山種竹樹，故自號竹圃云。先世皆以孝弟力田起其家，至府君嗜讀書，超邁有器識。其時，宗老閑阿先生及耆儒胡莫齋、孫華農子、吴抱雪輩，講朱子學，創尊聞精舍祀朱子，而以吕氏鄉約教於鄉。府君慕之，命長子澤師事閑阿。閑阿先生者，諱日新，字洗齋，一字漢良，行誼見吴景還孝廉直、胡襲參司業宗緒文集。澤既獲師閑阿，又多與海内英俊友善，相切劘，文行高潔，爲世所稱。姚惜抱先生鼐實從之游，集中墓誌所謂待廬先生者也。其孫績、曾孫東樹，益大其業。雖窮老諸生，學行、撰述爲宇内有識士君子所欽慕，卓然足傳法後世，而好古篤行之原，實自府君開之。府君精通醫術。嘗過舒城，某士人家死於疫者數人，士人亦病殆，忽張目，見二豎，曰：『行矣！桐城方先生且至。』其一曰：『何在？』曰：『某橋騎白馬者，是矣。』『是正人，不可邇！』倉皇自門隙出。士人驚，遣人詣橋下，果見府君策馬來，迎至家，一藥而蘇。士人贈府君詩有『醫治鬼神驚』之語，事載邑志。所箸醫書皆佚。府君生康熙壬子歲二月十五日，卒乾隆庚午歲三月十五日。以長子澤優貢生、八旗官學教習，候選知縣，例贈文林郎。葬魯谼老墳灣愛筠府君墓傍。

高祖妣江孺人，康熙甲寅歲七月十一日生，乾隆己未歲九月二日卒。例贈孺人，葬魯谼賀家園。張弼宸孝廉輔彬撰墓誌，文載集中。孺人生四子：澤、澍、源、洪。諱源者，吾曾祖考也。洪早卒，婦胡氏守節六十二年，道光十五年欽旌節孝，載邑志。

曾祖考振川府君，一字紹川，竹圃府君第三子也。少從伯兄受學，弱冠後得喀血疾，乃屏科舉業，游心詩、古文詞，性孝友，嘗走千里視伯兄疾。家貧，客金陵最久，後以病歸。書笥留旅舍，逮没，遂散佚。惟待廬先生篋中存詩文各一册：詩曰非非吟，文曰紹川遺文。徐樗亭大令璈纂桐舊集，文鍾甫聚奎、戴存莊鈞衡選古桐鄉詩，俱附刻待廬先生詩後。邑志附竹圃府君傳中。生康熙乙酉年六月二十一日，卒乾隆乙亥年五月二十日。

曾祖妣汪孺人，德範無所考，惟知外高祖字揚譽。生康熙丁亥年八月二日，卒乾隆丙午年五月九日，與振川府君合葬西眉山始祖墓左。生五子，先祖，其季也。

祖考繼善府君，諱護，字曖邨。幼失怙，依伯兄以生。年十五，諸兄异財。府君棄舉業，治生計以養母。山田僅二畝，早夜勤力，漸積饒餘，始有室。事母汪孺人篤孝養，而好倡爲善義行。乾隆五十一年大裁，以粥振餓者。里人或稱貸難償，則焚其券。橋梁毀修之，棺胔暴露者，爲殯葬焉。事載邑志。府君初自魯谼遷居龍眠。唐時，有張侯孚卿者，禱雨在塗，雨驟至，没於水。夫人王氏聞侯死，奔投北山觀野崖下，尸逆流入龍眠山口，與侯尸會。邑士民合葬焉，立廟祀之。嘉慶庚申，洪水衝没。府君感侯勤民死，不可廢廟祀也，鳩鄉人復之，又創立茶亭於側。遷居古塘，古塘近縣治。猾胥廢舊章，興徭役以害農作，皆憚勢，莫敢發。府君不忍，列其弊上之大府，竟得除，乃復以舊章勒碑，使里人執爲定例，吏胥莫敢恣。性厚重，有智略。望之者咸敬畏，與之語藹如可親。遇糾紛難解事，數言立决。治家儉樸，居心慈仁，常以深心曲成人事。人有片善，獎勵不去口。見不善者，先痛斥之，復解顔勸勉，以感動其心。先繼祖母朱孺人、先母金孺人，常述府君之教，曰：『衣食者，天所生以養人者也。人者，天心所重者也。三者不知惜，是絶天地之心。』又曰：『人雖無事，切不可惰游。或潛思孔、孟之言，以收心明理；或習熟藝事，以利用安身，皆益也。』其敦實類如此。府君生乾隆辛未年二月九日，卒嘉慶癸酉年八月十三日。繼祖妣朱孺人嘗謂宗誠曰：『府君之卒也，先寢疾十日矣。至是日早起沐浴，衣冠端坐，待子孫俱跪膝下，各訓數語畢，三咽而逝。』葬東龍眠楊家沖口。

祖妣甘孺人，生乾隆己卯年六月五日，卒乾隆壬子年閏四月二十二日。生二子，先府君，其季也。孺人卒時，先府君甫三歲，不克省識孺人之所行。惟嘗聞其以儉勤惠慈，助繼善府君作家而已。先府君每思其狀不可得，則淚下不能食。葬西龍眠黄柏嶺楊緑灣。

繼祖妣朱孺人，初甘孺人卒，先府君育於外氏，逾三年，孺人始來繼先祖室。見府君愛憐特甚，急爲釋去朽敝不潔之服。晝則和調食飲，夜則在視寢處。凡衣履補綴、頭足櫛沐、嬉戲之節，疾痛疴癢之變，皆孺人勤勞顧復十有餘年。先府君幼謹默，時時依孺人，不知爲繼母也。遇先妣亦善。先妣生子多不育，爲是常痛心，飢飽寒燠賴孺人竭力調養。先祖考没後，家庭遭人倫之變。先考妣困苦慘戹，幾亡其身。烏呼！不有繼祖母，蓋未必有先考妣矣。宗誠在諸孫中最所鍾愛。家貧不能日具甘旨，苟有之，必分賚。不受則怒棄，亦不食。讀書逾夜分，亟呼使寢，不應聲至，遂大不説於心，蓋惟恐或傷身也。性愛蠲潔，服物不必垢汚，即勤浣濯。衣裳稍新者，櫝藏之，先考妣强勸之服不聽，曰：『汝不見世有嚴寒而無衣者乎？得新棄故，不可訓也。』年躋大耋，行不杖，喜聚諸孫、鄰婦，談古事，以爲笑樂。孺人後先祖二十五年以道光丁酉歲二月八日卒，距生於乾隆戊寅年九月二十二日，享壽八十。寢疾時，先府君適謀爲宗誠娶婦。前期三日病少間，親迎日猶扶持至孫婦室，觀奩器，道吉祥語。次日孫婦贄見，猶升堂受拜，由是族戚皆慶。乃俟宗誠婚事畢，復寢疾，二日而没。烏呼痛哉！孺人在時嘗道其生平，命宗誠爲文記之，爰涕泣而爲之誌。

先府君諱松，字春生，號鶴棲，繼善府君季子也。幼喪母，育於外氏。外王母年老寡居，目雙瞽，家計窘艱，雖竭力撫鞠，而常不免於飢寒。逾三年，繼母朱孺人始來歸。府君幼循謹，不好嬉弄。嚴寒時，常潛爲父母温席。朱孺人愛之篤，年八旬，猶喜爲諸孫道之。所居龍眠張英烈侯墓側，每父母病，則至侯前敬禱焉。父疾亟，刲肱肉以進。事兄有讓産之義。雖所遇有極難堪者，終身厚親之，而不忍爲人言。告不肖子曰：『不藏怒，不宿怨，余深愧未能也。』又曰：『兄弟或有不是，必己處之未能善。豈可但歸咎於兄弟邪？』生平自奉極菲，然族戚故舊有急難者，必爲排解。貧困者，必稍周恤之。從母卒數十年，其子貧，不克營葬。從母兄老病無所歸，養於家數年，卒具棺衾以斂，與從母並葬之。又育其子十餘年。兄子貧，無才不能自給，教養備至。病則勤醫藥，一夜數起，卒亦具棺衾以斂。是時家計窘窮，凡所施於人者，皆稱貸於人者也。常念外王母之德無可報，每歲祭於其墓，而厚卹其子孫。年五十戚里欲稱觴，府君思父母早喪，朱孺人雖享高年，而貧不能致孝養，悲涕不自禁，賦詩一章，痛自刻責以謝之。每遇歲時伏臘，未嘗不自傷父母之未盡孝養，兄弟故舊之不能厚恤也。幼讀書，既通大義，以貧不能卒業。然雖日治生計，夜猶讀書。凡岐黄、堪輿、星日、雜家言，皆究其旨，尤喜讀感應篇及陳文恭公訓俗遺規。或於稠人中，聞一善言善行，見一佳文，必熟識之不能忘。中年得目疾，以不能觀書爲憾，每使不肖子陳説經史大義、古人言行，及不肖子所爲詩文。閒居月下，尤喜誦陳情表、瀧岡阡表、秋聲、赤壁二賦，以寫幽憂之思。少有才識，善論斷。處鄉里正直自持，争是非者，得府君一言卽决。遇地方利害所在，必爲請於縣令。有豪强奪人墳境，必持正抑之，貧人祖墓賴保全者數家。嘗以族譜未修爲念，道光己亥，與族人議重纂之。始祖以下墳墓十餘所，皆親跋涉其地，手自繪圖栞之。祖宗以來篤行文學之士，節烈貞淑之婦，一一舉其行實，使不肖子爲家傳。又常念伯祖待廬先生以文名天下，其孫、曾能世其學，而振川公子孫未獲大顯於時，故教不肖子必以義方，而不徒責以科第時文。里有玉峯許先生者，篤行闇修，時罕知其賢，獨命不肖子從之學。後每聞不肖子與賢師友游，讀聖賢書，則喜而不寐。常訓不肖子曰：『到處留心皆是學也。』又曰：『汝學爲古文詞，議論宜忠厚，不可過刻。』又曰：『縱有才智學問，總宜含蓄不露。觀子與人歌一章是何氣象！』間聞不肖子辨論古今人物賢否、天下事理得失，則戒之曰：『言易行難。爾當其時未必然也。』又常曰：『爾性躁急，宜極力變化，使和平。不然則所學何事！』其與人言，亦惟以存心修德、福善禍淫爲訓。不肖子聞之甚熟，不能盡識也。烏呼！府君幼遭閔凶，幾於凍餒。中年遇家庭之變，艱屯憂患，痛不忍言。後又爲不肖子所累，夙興夜寐，麤衣糲食者數十年。不肖子省事以來，未嘗見府君一日安逸也。迨不肖子甫成人，而府君忽焉已没，竟不獲少致一日之養。烏呼慟哉！不肖子生爲負罪之人，没爲負罪之鬼矣！府君生於乾隆己酉閏五月九日，卒於道光癸卯五月三日，享年五十有五。

先妣金氏孺人，母甘孺人與先祖母，兄弟也。先祖母早喪，甘孺人愛憐吾父，因許字焉。家貧甚，常一日一食。未及笄來歸，中饋之事皆親操作。年十八殤一子，嗣生一女即長姊也。又生子三人俱殤。又生子二人，即不肖宗誠、宗譜。又生女五人，殤者四，存者一。當先大父既没之，後遘人倫罕有之變。先府君雖處家庭如繫縲紲，艱屯困戹，慘不忍言，意欲委曲維持，聚處如初，而終不獲成其志。孺人寢不安，食不飽，屢遭横逆，死而復蘇者數次。蓋與先府君共處患難中幾十年而始解。至今鄰里言之，尚爲嘆息。孺人性儉樸，惡衣食人不能堪者，孺人未嘗屏棄。間有一臠之味，必以供先繼祖母與先府君，否則蓄以待客，或分賜諸子，强之食，弗聽。蓋自歸先府君四十餘年，僅免飢寒而已，無一息安逸也。外王母卒數十年，子孫貧，不克葬，孺人日以爲憂，夢寐間，往往號泣驚寤。先府君爲營壙地，撫其子孫，孺人始稍安然。每念及外王父母生平之困，未嘗不涕泣自傷，恨身爲女子無以報。其待從子從女，曲盡恩義，疾病死喪，憂勞過甚。人或言其父母所施，則曰：『此其父母過也，於子何與？』教不肖子最嚴，有失，輒令跪責之。延師課讀，常典服飾爲贄。性尤慈善，有以疾苦告者，必多方應之。每逢大雪，或歲時伏臘，必呼鄰里貧婦，貸以錢米。年幾六旬，不自暇豫。每當暑月，經營家計，衣汗盡溼。隆冬盛寒，手指皸瘃無完膚。烏呼！孺人自幼疲勞，又嘗遭横逆，疾痛時發。不肖子庸陋無才，不能順體親心，以盡孝養。迨癸卯四五月間，合家大疫，俱瀕於危。嗣遭先府君喪，孺人以積勞久病之軀，一旦逢此大故，肝腸寸裂。越二十一日，冢婦甘氏死，於是心神傷瘁，一病不復起矣。烏呼慟哉！天下有父母俱存之人，不數旬而爲無父無母之人哉！孺人生於乾隆丁未八月二十九日，卒於道光癸卯六月十日，享年五十有七。

西眉山阡表

咸豐二年冬十二月，宗誠始克奉先繼祖妣朱太孺人之柩，安厝於魯徂之西眉山。先考妣祔焉。宅兆由遷桐始祖諱芒公墓而上百數十武偏左，下適曾祖考振川府君墓亦數十武偏右。

先是道光八年，府君營生壙小龍山中，曰：『他日以葬我母，吾夫婦死，即以祔，以志我雖死，體魄猶不欲離我母也。』十七年二月繼祖母卒。先考早衰，繼祖母卒後，益盲於目，家窘艱無以爲生，常泣語小子曰：『吾力恐不能葬吾母矣。人性之偷也，墓祭厚於所生，而疏於無出之祖妣。吾精神耗竭，旦暮且死。死，汝必以祔繼祖母而葬。不然，子孫賢孝不可必，安知數世後，繼祖母之鬼不終餒乎？是我不能葬吾母，又不能永吾母祀也。吾之辜則大矣。』後命宗誠啓小龍山生壙，視燥溼，不吉，則又泫然，曰：『吾目力既竭，登險陟遠皆不勝，其能復爲吾母營葬地乎？夫風水之説不可惑，然亦不得不審，防水、蟻之患，是亦曾子所謂「慎終」也。子思論葬曰：「附於棺者，必誠必信，勿之有悔。」孟子曰：「比化者，無使土親膚。」又迺況於使水、蟻侵吾親膚乎？吾昔之爲吾母營生壙，蓋慎之也。汝他日別卜兆域，其可也。』已而又曰：『世人惑風水之説，得吉兆，則必葬其所生。其繼祖與妣之無出者，往往不慎其事，以爲非吉凶所由生也。嗟乎！是其心豈復存人理邪？汝無溺於俗，而陷我爲非人也。』繼祖母卒後七年，先考卒，又三十七日先妣卒。是爲二十三年五六月間也。越十年至今經營稱貸，始克集事以慰先考心。繼祖母姓朱氏，年三十餘來繼吾祖繼善府君室。撫子婦有恩，無异己所生者。

先考諱松，字春生，例授登仕佐郎，性孝友。繼祖母不樂就吾伯父養，府君遂獨奉祖母二十餘年，得其歡心。事吾伯父委曲承意，析爨時，讓其産大半。伯父後貧，益質己産厚卹之。其所施報者，不念也。宗誠嘗爲繼祖母誌，偶言及，則大怒曰：『是暴爾伯父之過也。』立燬之。伯父晚年，亦轉友愛，府君卒之歲，伯父親攜持至城觀劇，顧提其食飲，异於平時。府君樂甚，謂小子曰：『我死，事爾伯父無怠也。營葬祖母畢，伯父後死，亦必爲營葬事。』先妣孺人姓金氏，與先考辛苦作家四十餘年。先考所以能施濟於人者，多得孺人力。

宗誠往歲記先世事實已詳，兹故不具。獨以先考眷眷不忍離繼祖母之意，與今所以祔先考妣於繼祖母墓者表於阡，俾後嗣有所省焉。先考子男二人：長宗誠，縣學生；次宗諧。女二人：長適從九品銜高執中，次適縣學生趙又良。孫男五人：長培初，次培隆，次培康，次培□，次培□。咸豐三年四月，男宗誠表。

元配甘氏權厝誌

妻姓甘氏，父蘗齋君，諱泉，例授登仕佐郎，廉介好施與，與余父爲内外昆弟。兩家深悉家法，因以子女締姻焉。締姻未數月，蘗齋君没。逾年，妻季父與其叔母没。又逾年來歸，而吾祖母遽棄養。其後數年，余屢遘家變。妻之母與嫂與兄又相繼逝，其他戚黨亦數遭喪。蓋自締姻至今甫八年，而妻無一年無傷悼憂鬱之事。寢疾在床蓐，又丁吾父之大故。耳聞目見無非慘怛之聲，悲痛之狀。烏呼！雖欲不促之死，其可得邪！

妻生性孝謹寡嗜，好喜聞徽言懿行。外舅嗜飲酒歌詩，縱談古今善事。每至漏數十下，子婦倦聽，妻獨隨其母黄孺人侍奉唯謹。余繼祖母喪，以未及侍養，哀戚甚，至若與祖母常久處者。然余家中落，父母衰老善病，余不才，不能供旨甘，服勞苦，妻常以爲憂。余性躁急，家庭骨肉間多所違背，事吾父母嘗忤其意，妻未有不力諫之。事余極敬，余自外歸，雖病甚，未嘗不憑几起立也。當妻病篤時，余母先寢疾甫愈，而姊氏病，既而余弟與兩甥病，又數日，余父亦病。一家之中病者五六人，皆危甚。其存者兩三人，愁苦無人形。妻雖病篤，猶時扶持至翁姑室，問諸病狀。每聞疾革，則涕泣曰：『天胡爲不速死余！』烏呼！此所以既没，而益重吾母之悲思也。

妻之没，距吾父之没二十一日。没後七日，余母復病，病十日而卒。蓋自吾父至吾母之没三十七日，遭三喪焉。余不孝不才，體素羸弱，自病至喪，身親執事。雖余父余母之大變，皆未能稍致其哀，長爲終天之恨，又何能有心悼吾妻邪！然念吾父母之養非得吾妻，則余不孝之罪更無窮矣！而又隨吾父母以没，悲夫！妻生於嘉慶甲戌五月二十五日，距今道光癸卯五月二十四日卒，年三十。子一，培初，甫六歲。六月二十五日，余奉父母之柩權厝李氏山麓，因爲室其側，以殯吾妻焉。銘曰：

汝既生離憂患兮，而復死於艱貞。汝固無慚於余兮，余對汝其能無怦怦。今殯汝翁姑之側兮，汝其代余事死猶事生！

弟妻汪氏權厝誌

弟妻汪氏，汪君道新女也，年二十三歸吾弟進之。是時，吾家方窘艱，余妻甘氏盡推其服飾以聘。孺人歸，亦因以相讓，余父母頗賢之。

道光癸卯五六月間，余父母、余妻相繼病没，盜乘喪穿窬者再。其秋又罹火菑。余與余弟雖憂勞經營，然常處外，而身親震驚之禍，日受凍餒之戹者，惟孺人最深。余父母没，余以貧故，授經人家，不得守禮制居喪，次朝夕之奠，親臨者，一月中不過數日，餘皆賴孺人。余妻死，遺五齡子，孺人視之無异己所生子，痛疾寒飢，唯恐一及其身，凡二年未嘗一扑責也。余每思异日有以報之，而孺人遽没矣！蓋自歸余弟年餘，而遭家變居喪，喪畢之三日而卒，乙巳十月十三日也。

孺人卒後，余家無主中饋者矣，而孺人之朝夕奠遂常闕。一子培隆，方孩提。嗟乎！余所以育之者，其又能如孺人之撫其從子邪？孺人以卒後數日，權厝於鄧家灣余祖母之殯宫，余志欲葬之，而力未及，因爲銘以誌焉。銘曰：

慎守婦常，屢罹禍殃，繼以夭亡。銘是殯宫，載德弗忘。

卷第十四　附試論

執虛如執盈入虛如有人論

物有盈虛，道無間於盈虛也；地有隱顯，道無間於隱顯也；事有大小，道無間於大小也。是故欲求道者，必無論物之盈虛、地之隱顯、事之大小，一以敬心主之而無毫髮之間，斯可以入德矣。禮記少儀曰：『執虛如執盈，入虛如有人。』此非徒教弟子之言，實作聖之要旨也。

夫人之情，莫不謹於大而忽於細，慎於群居之時而肆情於獨處之地。當其見大賓，承大祭，猶或言行修飭，不敢隕越貽羞。及其應細微之事，處無人之地，則怠忽放蕩，有不自覺其發露者矣。嗟乎！人之本心不可須臾失也。是以古之君子，必戒慎乎其所不覩，恐懼乎其所不聞。夫惟致謹於不覩不聞之地，而後天理渾全，而人欲之萌無自而起。若不能謹於不覩不聞之地，徒矯飾於共見共聞之時，此以欺人且不可，而可自欺乎？又況人欲無涯，其始不能謹小慎微，凜於幽獨中者，其終必至當儔人廣衆之前，至大至艱之事亦皆放蕩怠忽，而不自知其非矣，可不謹乎？

夫文王大聖也，詩人美之曰：『不聞亦式，不諫亦入。』畢公大賢也，書稱之曰：『克勤小物。』衛武公世稱睿聖者也，作詩自警曰：『相在爾室，尚不愧於屋漏。』曾子、子思諄諄於『誠意』、『慎獨』之訓。程子亦曰：『灑埽應對，與精義入神貫通祇一理。』此皆聖學之真脈，與少儀所言相發明也。自正學不講，學者不復以主敬爲功，凡聖賢所示切要之言皆泛視之。雖朱子載之小學，而學者終莫之行也。道之不明，不亦重可慨哉！

一陰一陽之謂道論

孔子曰：『形而上者謂之道，形而下者謂之器。』道與器雖有形而上下之分，而究非截然而分爲二也。道卽器之主宰也，無道則無器。子思所謂『不誠無物』是也。器卽道之發見也，離器則不可爲道。子思所謂『道不遠人』，孟子所謂『形色天性』是也。是故道也器也，名之不得不分者也，而其實則混合而無間，須臾而不可離。故又曰：『一陰一陽之謂道。』周子太極圖説亦無非發明此理而已。而通書首章復引此以論誠語道之原，不亦微乎？

請因其説而申之：夫陰陽者氣也，形而下者也。道者所以爲陰陽者也，形而上者也。形之大者，莫若天地，此陰陽之氣之動静升降而可見者也，而道有外於天地者乎？形之小者則爲五行，爲男女，爲萬物，此陰陽之氣之發箸流行而可言者也，而道有外於五行、男女、萬物者乎？陰陽有分屬，而道統乎陰陽也；陰陽有偏至，而道全乎陰陽也。離陰陽以言道，是但知形而上者也，而不知形而上者，卽在乎形而下者之中也。

釋、老所以去人倫、逃禮法，以山河大地爲見病，世界乾坤爲幻化也。囿陰陽而昧道，是但知形而下者也，而不知形而下者，有形而上者爲之主也。管、商、申、韓，百家衆技所以執法術、泥象數，而百姓所以終身日用而不箸不察也。又或偏於陰或偏於陽，而不知道之全體統貫乎陰陽，而偏陰偏陽不可以爲道。此仁者所以見之謂之仁，知者所以見之謂之知也。是皆昧夫道之大原者也。夫道之大原不明，則學術之岐日出。孔子此語，周子特表而明之，其旨深哉！

一陰一陽之謂道論

盈天地之間氣也，卽盈天地之間理也，然理不可見而氣可見。不可見者所以爲可見者之主，而可見者亦卽爲不可見者之器，未可分而爲二也。鄙可見者爲麤迹而必求其微妙，而不可見者以爲道，則將高而入於虚無，視不可見者爲高遠，而但執夫有形。而可見者以爲道，則將拘而泥乎象數。是皆不知大道之原者也。

今夫天斯昭昭之多及其無窮也，日月星辰繫焉，萬物覆焉，人皆知其爲陽也。今夫地一撮土之多及其廣大，載華嶽而不重，振河海而不泄，萬物載焉，人皆知其爲陰也。而抑知天之所以無窮者，孰運動是？孰推行是？地之所以廣大者，孰綱維是？孰主宰是？是徒知爲陰陽而不知所以爲道者，不外乎此也。推而言之，日月星辰，人皆知其爲陽之成象於上也。華嶽、河海，人皆知其爲陰之成形於下也。野馬、塵埃、生物之以息相吹，萬品之流形而融結，人皆知其爲一陰一陽之進退消長而無端也，而不知其爲道之於穆而不已，燦然而不窮者也。

斯道也，聖人於易箸之曰：『一陰一陽之謂道。』而周子通書復引之以證所謂『誠之原，誠斯立』之義。然則世之離陰陽以言道，離道以言陰陽，與泥乎陰陽以言道者，其皆不足與知大道之原也與！

不動心論

夫心者，身之主也。虛靈不昧，具衆理而應萬事。故人之所以爲萬物之靈者，在此心；所以爲百行之源者，亦在此心。學者必明此心之理，使無毫髮之疑；存此心之理，使無毫髮之歉。然後可以當大任，臨大節，萬變紛紜，處置裕如，而毫不爲其所動。

雖然，不動心之道有辨：有聖賢之不動心，有异端之不動心，有勇士之不動心。勇士之不動心，以氣爲主，如北宮黝、孟施舍之養勇是也。以氣爲主，此心已爲氣所役，雖曰不動，害心已甚。至於告子之不動心，則自以爲精矣微矣。然其言曰：『不得於言，勿求於心。不得於心，勿求於氣。』是但固守其心，矯揉造作，而不知心之所以爲體者，天理也。不得於言，勿求於心，則天理不能明矣；不得於心，勿求於氣，則天理不能存矣。理不明，則所謂不動者，冥然無覺而已矣；理不存，則所謂不動者，悍然不顧而已矣。是异端之學也。

且夫心者，氣之主也；氣者，心之輔也。黝與舍以氣爲主，是舍本而求末，舍内而務外。告子專守其心，是有本而無末，有内而無外，而不知内外本末固一以貫之之道也。故雖曰不動心之速，而皆不得入於聖人之道。

惟孟子之學，以『知言』『養氣』爲主，是即孔子『明善』、『誠身』，顏子『博文』、『約禮』之旨也。蓋知言則吾心之天理日明，養氣則吾心之天理常存。理明而此心復何所疑？理存而此心復何所懼？所謂不動者，乃曾子所謂自反而縮也。由孔子而上至於堯、舜，由孔子而下至於顏淵、曾子，雖所造有淺深，而宗旨無或异。此其所以爲聖人之正脈也與！

後世有爲黝、舍之學者，高之則可爲氣節雄勇之士，而卑之則流爲刺客游俠之徒，是所謂君子有勇而無義則亂，小人有勇而無義則盜者也。有爲告子之學者，高之則可爲易簡堅定之儒，而卑之則流爲棄君臣、去父子，以求其所謂清静寂滅之旨，是所謂窮高極微而不可入堯、舜之道者也。嗟乎！不有孟子，則學術之歧，豈待後世始紛紜而莫定哉！

富貴福澤所以厚吾之生論

士生三代而下，莫不以干富貴福澤爲事，而不知進德修業以入於道，抑知富貴福澤非人力所可强爲者也。人之生也，因乎氣運。有得氣之厚者焉，有得氣之薄者焉，有得運之通者焉，有得運之窮者焉。氣得其薄者多貧賤，氣得其厚者多富貴，運值其窮者多憂戚，運值其通者多福澤。故張子曰：『富貴福澤，所以厚吾之生。』而豈人力所能强爲者哉！

古之聖賢，知天之以富貴福澤厚其生也，於是乎修省恐懼，内以治其身心，外以施於民物。富而不驕，貴而不僭。福澤而不以自恣，而且推天地所以厚吾生之心，以厚天下人之生。富而不欲獨享其富，貴而不欲獨享其貴，福澤而不欲獨享其福澤，立人達人，博施濟衆，使天下無一民一物不遂其生而後吾之生以厚，而於天地所以厚吾生之意亦無忝焉。是豈以富貴福澤自私自利者，所可同日而語邪？

且夫以富貴福澤自私自利者，其終亦必不能自厚其生也。何者？天之氣運不能有厚而無薄，有通而無窮，故不能盡人而與以富貴福澤。其以富貴福澤厚此一二人之生者，正欲其懷民胞物與之念，而推其富貴福澤以厚斯人之生。若徒以富貴福澤自肆其心之所爲，則必天怒而人怨之矣。是天所以厚其生者，適所以害其生也，不重可慨哉！

或者不察，以爲富貴福澤非天之所以厚我，乃天之所以禍我，必欲棄富貴福澤，而後可以入道，是又矯枉過中，非大公至正之論也。觀西銘之言，可以悟矣。

歸奇於扐以象閏論

聖人之學本於天。其行也，一順乎天道之自然，而不以一毫己私人爲參焉者也。常人之行，不免出於智計力取。人愈巧而去天愈遠。是以聖人制爲卜筮之法，使人欲有所爲，既先謀及乃心，謀及衆人，又必謀之卜筮，然後爲純任乎天道也。

夫卜筮之法，聖人立之，而實本天道以成之。天道之有太極，以爲萬化主也，筮之法，大衍之數五十，其用四十有九，存其一不用，而用以之通非數而數以之成象，天道之太極焉。天道之有陰陽也，筮之法，分其四十九策而爲二，以象陰陽焉。天道之有三才也，筮之法，就所分之中取其一，懸於左指之末，配所分而爲二者，以象三才焉。天道之有四時也，筮之法，分揲其左右之蓍，皆以四爲數，以象四時焉。

然而天道非以閏月定四時，則歲不成。歲不成則人道不立，故筮之法，非積其所揲奇零之數歸之於扐，則卦亦不成。卦不成，則吉凶不可定，而人事亦不立。故歸奇於扐者，所以象天道之積歲餘以爲閏也。天三年而不置閏，則春之一月入於夏，子之一月入於丑，積之至於三失閏，則春皆入夏，十二失閏，則子皆入丑。其名實乖戾，寒暑反易，農桑庶務皆失其時。故必以每歲餘日置閏月於其間，然後四時不差，而歲功得成，允釐百工，庶績咸熙。此聖人之所以順天道以成治化也。惟筮亦然。歸奇於扐者，象天道之積餘分而成閏月也。一變之間，凡一掛兩揲兩扐象五歲也。五歲之中，凡有再閏，再閏之後，又從積分而起，故筮法再扐之後，又必從掛一而起，以象天道之五歲，再閏也。是故四營而成易，十有八變而成卦，卦成而天道之吉凶昭焉，人事之從違判焉。此聖人之所以使人去私心私智，而一順乎天道之自然也。是故聖人之所爲也，先天而天，弗違後天而奉天時。後世不知聖人作卜筮以前，民用之本皆出於理勢之自然，而非以人之智力與乎其間，乃用其智計以妄臆於鬼神，是盍不即夫子繫易之詞而翫味之乎？

柏堂集次編

卷第一　敘

斗垣詩集敘

余所歷多屯困之境，而獨幸交游契合，類皆君子之朋，相與切磨身心，講明經世之略，又以其餘力共習爲詞章，以淑性陶情，發抒事理，紀載古今忠孝貞義之奇迹，趨時應舉之文，非所好也。以此亦多不獲遇於時。世之善投時好者，往往迂笑之。然方是時，國家承平久，上下恬熙，士之畜才學、負經濟者，俱無所可用。余與二三迂拙之徒，因得以暇日，安於經生文士之業，相與絃誦，撰述於寬閒寂寞之鄉。雖見迂於時人，亦極吾黨聚游之樂也。

咸豐元年，皇帝嗣承大統，慮科目取士，不足盡賢能之選，用祖宗故事，詔開制科，敷求孝廉方正之士。於是吾友文君鍾甫與吳君子明、蘇君厚子、馬君命之俱被薦舉。子明、厚子以年衰辭不就。而是時粵賊已蠭起，鍾甫與命之素抱忠義之懷、澄清之志，不欲以書生終，遂慨然就舉，未及入都，而岳州、武昌、安慶、江甯俱陷，餘賊逼鄉里。鍾甫與命之乃日夜憂泣，思所以保衛之法，而權位不屬。向者趨時之輩，又隱情惜己，乘機逐利，從而阻撓之，志復不遂。於是子明以罵賊殉節，厚子窮餓於空山，命之方圖起義師於舒、六之間，而鍾甫母老無期功之親，年逾四十，未有子息，不得已，遂奉母避居魯谼山中矣。

嗟乎！世未嘗無才也。當其平居，勵志力學，非不卓然，冀有所樹立。而時方承平，鬱抑於科舉，無由展其經綸之實。逮庸人鄙夫釀成禍亂之原，雖聖主憂勤，旁求俊哲，而終限於資格，不得遽乘勢效尺寸之用，徒令志士守死善道，或甘窮餓以立節，耳聞目見，束手卷舌而無可如何！當此之時，不特用世之志虛，雖欲仍與朋好相砥，以安經生文士之常，而亦不可復得。其可悲也哉！

鍾甫學行卓越，於四人中尤爲有肆應才，居鄉客遊，屢佐邑令，禦大災，捍大患。其性情肫摯，急人之難如饑寒切身，屢受困憊不計也。一窮諸生，而憂樂常在天下。故知者尤惜其不遇，及應制科，而中阻於賊，知之者益惜其遇之不早也。

余避亂柏堂，與鍾甫所居最近，得復展其詩集，因思向者承平之時，雖處困窮，而有朋遊聚居之樂，至今竟如夢幻，相與泫然者久之。鍾甫詩多少時作，雖稱於時而非其志，故所存絕鮮。余爲校訂既畢，將俟异日鏤版以行，懼後世誦其詩，不知其人，爰爲敘之如此。咸豐三年十二月，方宗誠識於魯谼之柏堂。

柏堂文集自敘

余少承家學，喜研窮義理，攻詞章。質薄才庸，不足以纘先緒。而師友之見之者，咸謂於斯理頗有發明，文事雖未工，抑其末也。力勸余收拾成編，無任散佚，因勉强裝池爲帙。始余自號毛溪居士，因以名集。以先人敝廬斯在也。先人存，教督於斯；先人沒，權厝其側。後雖僑居他所，而每過故居，景物依然，情事恍如在目，故魂夢時依依焉。迨往歲壬子，奉先人柩葬魯谼之西眉山，因又自號西眉山人，改題其文曰西眉山人文集。歲月如邁，學殖日荒。忽忽生世三十八年，逢時不祥，離此大亂，避居柏堂之中。柏堂者，吾先世享堂也。介窮巖斷壑荒煙蔓草之間，有柏一株，亭亭特立，其幹已半枯，不堪任梁棟之用，然固數百年老木也。日坐其下，或泣或歌，痛飲讀書，相依以爲命，因又自號柏堂逸民。居閒無聊，取所著文編次之，復改題曰柏堂文集。其自道光戊戌至咸豐癸丑十月以前作者，爲前編；避亂以後作者，爲次編；書牘爲外編。非敢言文也，第使子孫讀之，知余雖顛沛流離之時，尚不忍墜先世之業云爾。咸豐五年歲次乙卯春王正月，宗誠自敘於柏堂之石室。

清流峽詩敘

余避地柏堂二年，鬱抑無聊，往往與二三學子，躋危崖，窮澗谷，飲酒放歌，思以少解須臾之沈憂。而柏堂前半里許，有峽焉，介兩山之麓。左右大石嶙峋，一眠一立，長數尋。水流峽中，石潭承之，清光照人。復自潭口漫流石上，石中窪如刳。竹樹以承屋溜者，然水經溝中，委折下注，清音泠泠然。潭旁眠石光潔，可坐以群飲。

咸豐五年二月十四日，馬盈甫、文甫兄弟邀余及群從飲其上。是時，逆賊據城已十有七月矣。昔明之季世，流賊蹂躪豫、楚間，英、霍、灊、舒多爲賊窟，而桐城尤當其衝，賊往來攻之，數年不能下。聞之長老言，其時民之竄伏於山谷者，百不一二全也。今逆賊據城中，而吾輩猶得偷生至今，不遽填溝壑，且能與二三子讌游於此峽者，誠非意料所及，然是豈賊之性有仁暴之不同與？

蓋明之初，治天下矯元世寬縱，立法多從嚴厲。其後世世，權姦柄政，益肆行恣睢。萬曆、天啓之朝，人主昏庸不事事。大璫嚴刑峻法，以荼毒賢士大夫。觀之史傳所載：立枷、廷杖諸制，與東廠詔獄非法之刑，實令人心惻也。曾子曰：『堯、舜帥天下以仁，而民從之；桀、紂帥天下以暴，而民從之。』當是時，民習於殘忍者深，見朝廷刑人、殺人備極慘毒而恬以爲常。故一旦聚而爲亂民，其虐害生靈亦迥异於尋常之酷。

我世祖皇帝創業垂統，盡變明世之暴政，列祖列宗因之，皆務以寬仁，休養生息二百餘年，以迄於今，每議一法，刑一人，輾轉逾時，甯失不經，而不忍士民罹無辜之禍。是誠所謂好生之德，洽於民心者也。故今雖有一二姦人倡邪教，惑眾爲亂，而從之者類多由迫脅畏死，或志不過掠金帛，自非亡命凶人，爲之攻城、陷陣、殺人以聲威，其餘猶鮮屠殺者。蓋其平時，終年逾月不見朝廷有非罪殺人之事，涵濡王化，至深且久，雖不幸從而作賊，而本心終不能盡昧焉。不然，人之無良，至爲悖逆之行，亦可謂元惡大憝矣，而豈復有不嗜殺人者哉！

夫觀水者，必窮其源。登山者，必尋其脈絡之所由起。然則吾黨亂離之際，而猶得苟全性命以爲此遊者，其可不知所自邪！

同游七人。盈甫、文甫屬余爲峽命名，而已倡爲詩，族孫深甫、和甫和之，族孫山如、兒子培初爲文記其事。余因推原今日憂患之中，而所以尚得朋遊聚處之樂，皆聖天子累世寬仁之流澤者長也。語曰：『國將亡，本必先顛。寬仁不失，邦本固焉。』吾見賊之必終滅，而吾黨不得終老於崖壑也已。敘其詩以俟之。

編次馬徵君遺集敘

烏呼！此吾亡友馬命之徵君遺集也。命之專事心學，不喜箸述，偶有所作亦不自珍重。其諸經義，以余嘗錄藏之，故得獨全，其他詩文稿本，城陷時，君子復震攜之以逃，寄藏龍眠山中。今君家書籍在城者，盡爲賊所蹂躪。其家先攜至唐家灣者，亦燬於賊火，無隻字存矣。而此稿以藏人家獨免。是殆君精誠所結，又其所發明者多聖賢之蘊，故鬼神潛佑默助而豫爲護惜之與？然鬼神能護惜其文，而不能護惜其人，竝若陰助群小之凶燄而摧折之，使不得一展其才，以稍伸其志事，則又何爲者邪？

余既爲傳，以明君學行大節，與其困心衡慮，抑鬱不得展之志。復編定其集爲六卷，每類皆按年以次先後。烏呼！後之讀者抑揚諷詠於其間，亦可想見君大節之所自矣。咸豐五年八月，方宗誠識於柏堂。

續輔仁錄敘

咸豐三年八月，宗誠彙記十餘年來師友忠告之言以時觀省。迨十月十四日逆賊入桐城，宗誠避亂空山，倏已兩年，念師友之前沒者，既長已矣，存者數人，又多以殉節遇害，其餘天各一方，亦無因緣相見。暫或一遇，以及往來書札，得其一言，皆拱璧也。至於亡友遺稿，其有巨集者，固自足存於千古。一二精言至論，散見筆記之中，與詩文之僅存者，忍聽其湮滅乎？因復纂集之，備省覽焉。荒山寂寞，偶一展讀，不啻諸師友之來前也。

咸豐六年正月。

斯文正脈敘

道之顯者，謂之文。孔子所云『斯文在茲』者，蓋卽指斯道而言也。言道，則懼學者隱然而莫見；言文，則使學者燦然而易明。其實一也。古無有離道而謂之文者，蓋自天地之廣大，萬物之繁賾，鬼神之幽隱，帝王之典章制度，書之所載，詩之所歌，以及吾身日用之常經事理之當。然峙勢之變化，凡耳之所得而聞，目之所得而見，口之所得而言，身之所得而踐者，皆文也，而道即在是也。君子博學於文，即所以求明夫斯道也。古無有離道而謂之文者，亦豈有外求道，而別有所謂博文者乎？

自周人尚文，末俗之失，乃有專以威儀言詞爲文者矣。自周末諸子各自爲書以明道術，秦、漢以後文章之士興，於是有專以文字爲文者矣。專以文字爲文，故文日浮而道日晦，文日多而道日裂。於是老、莊、佛之徒出，反得以其所謂杳冥、昏默、虛無、寂滅者爲道，埽除文字。雖三代聖人載道之文，亦皆視爲土苴、糟粕、塵垢而粃糠之。習其說者，厭世俗之文浮僞而支離，而樂其道之玄虛放誕也。遂以其道爲真，有以高乎聖人之經，於是斯道之燦然而易明者，蓋隱然而莫見矣。

韓、歐崛起，超然有見，於是箸文而非之，誠可謂振古之豪傑也。雖然彼所謂文，究猶不過周末諸子立言之意。其所謂道已成，究猶是道之淺焉末焉者耳，而非孔子所謂斯文在兹者也。孔子之所謂斯文在兹者，孟子後蓋絕之千有餘年，直至周子、程子出，而後其統始續，朱子益擴而大之。宋、明以來，大儒群衍而明之，於是聖人所示道體之精微，學問之旨要，然後復明於世而有當於人。人之本心其所發揮，雖以之配六經可也。豈非孔子所謂斯文在兹者乎？

余不敏，少嘗有志於斯，而茫然無所見，因取周子以來大儒之文，次爲一編，朝研而夕究之，發其旨趣，以會其歸，名之曰斯文正脈。既以自礪，即以示學徒。後之學者果以是爲先入之主，而復廣求諸先儒之書，以上通六經之旨，則内可以明其心德，養其性情，以立天下之大本，而外可以經綸天下之大經，參贊天地之化育。下焉者，雖或不能與於斯文之統，而孔子所謂斯文在兹者，亦或知所嚮方，而不至爲浮僞、支離、异端之文所眩惑也已。咸豐六年春正月，桐城方宗誠撰。

古文簡要敘

文之事本一，而其用三：曰晰理，曰紀事，曰抒情。理之原具於人心，而散見於事事物物。不有文以晰之，則自身心性情之近，以至家國天下之遠；自日用行習之常，以至患難死生之變；凡夫喜怒哀樂之節，視聽言動之宜；子臣弟友之經，出處進退取舍之義；牧民禦眾之方，制敵禦侮之策；致治保邦，移風易俗，禁姦弭亂之訏謨碩畫，所謂裁成輔相以左右民，與夫息邪距詖，以承先聖之統者，其理千條萬緒，變變化化，不可端倪，是是非非，混淆雜出，皆將無以明諸心而處其當。至於上古以來，聖君賢臣平地成天之績，良將循吏撥亂反正之功，暴君污吏、小人憸士惑世誣民之事，國家興亡治亂之由，以及忠臣義士、孝子貞婦之畸行苦節，高人逸士之流風餘韻，可以廉頑而立懦者，苟非有文以紀之，則又何以昭法戒，而使後之人多識多聞，以畜其德？且夫人生而靜者，天之性也。感於物而動，而情生焉。君臣、父子、夫婦、昆弟、朋友之交，違順苦樂之境，存亡聚散盛衰之遇，操心慮患，怨慕離憂，呼天向隅之鬱積，非抒之以文，則又何以發憤宣悲，寫人情之所難言，而泣鬼神動天地？是三者，文之大用也。

雖然，有其本。今夫日月、星辰、風雲、雷雨之成象於上，變化而無方者，天之文也，而天非有心而文之焉。山峙、川流、草木、蕃庶，鳥獸率舞之成形於下，變化而不窮者，地之文也，而地非有心而文之焉。詩以道志，書以道事，禮以道行，樂以道和，易以道陰陽，春秋以道名分，爲經於中，變化而不可易者，聖人之文也，而聖人非有心而文之焉。至誠之道充於中，而以時發見於外而不得已也。是故學者不可不求其本，理明於心，事曉暢於心，情出於心之正，動於心之自然，而皆非有所穿鑿而矯飾，則發爲晰理之文，自能辨是非，判疑似，別真偽，不徇一己之私見，而當於人心之所同。然讀其文者，可以啟聰牖明，沃心發慮，開物而成務。發爲紀事之文，則自能謹闕文，具本末，刪繁提要，詳略有倫，紀其事而並傳其神，誌其人而並狀其氣象，後之讀者，雖在千百載之下，而如生千百載之上，親炙其人，目見其事，感動興起於不容已。發爲抒情之文，則自能道故舊，述今昔，敘悲歡離合之迹，傳幽憂宛結之思，或含畜而深婉，或沈鬱而頓挫。令讀其文者，不覺一唱三歎，唏噓欲泣，情爲之篤而氣爲之厚。有本者如是，是豈徒剽賊古人，揣句讀，摩音節而爲之者哉！

六經尚矣！周末諸子，秦、漢以來文章之士，號爲善晰理、紀事、抒情之文者，雖有駁有醇，而要皆各有其本。雖然文章之本具於心，而第求之於心，則又不可。昔者，伏羲氏繼天立極之聖也，然其作易也，必仰以觀於天文，俯以察於地理，觀鳥獸之文與地之宜，近取諸身，遠取諸物，於是始作八卦，以通神明之德，以類萬物之情。孔子至聖也，祖述堯、舜，憲章文、武，信而好古，敏以求之，然後刪詩、書，定禮、樂，繫易傳，作春秋，以詔萬世。孟子大賢也，知言養氣，深造以道，博學而詳說之數十年，然後敘詩、書，述仲尼之意，作孟子七篇。蓋文之事有本有法。本具於心，而法備於古，忘本者不可矣。師心自用，不知法古，則又無以明理於心，曉事於心。厚其心之性情而言之，可爲天下後世法。法不備，則用不周，亦理勢然也。

嗟乎！文之敝久矣。余嘗惡夫三代而下，文之多離夫道也。取周、程、張、朱以來大儒之文十餘篇，可以上配六經者，列爲一書曰斯文正脈。蓋欲學者反求其本，而不可溺於文。本明，則所以爲文之法具載於書，而不必更言之以失於贅。

今友人張君宗翰以爲文之法，學者亦不可不知也。而泛觀古人之文，則又博而寡要，且懼夫貪多務得，而遂溺於文，取韓、歐八家之文，命余簡取之，以爲初學法。余因取其晰理之明辨而不支者，紀事之詳簡而有體者，抒情之篤厚而不欺者爲一冊，以復於張君。雖然，此法也，而非本也。君第遊心於斯，藉以明其理，曉其事，厚其情，而不溺其心於文焉，而文將不可勝用矣。咸豐七年五月。

歸樵集敘

際隆盛之時，處文物之地，席豐厚之勢，華衣鮮食以養體，使令婢僕以適意，絃歌揖讓以習其儀度，道古評今以昌其言辭，筋骨無所勞，心志無所苦，嗜好無所拂，如此成學宜易矣。然而俊才美士，往往陷溺其中而不克自振，禍患興，烖害至，傾覆流離，險阻艱難之備受，隉於人，困於天，岌岌乎身無所復之，口無所控訴。父子兄弟凛凛然莫必其命。以視向之所處，幾若遊萬仞之山，而墜於百尺之深淵。然古之志士仁人，以及文章之士，其德業之盛，技藝之工，反多成立於此時。何哉？無紛華以眩其目，無靡曼以蔽其耳，無驕淫詐巧以蕩其心意，而又日閱歷乎天道之循環，人事之變化。物窮則反本，動忍久而才智自生也。

里人張君，少習爲詩而未成，及避亂舒南山中，遂專力於詩，飢寒勞頓不廢，積之至數百篇。今年春，歸寓桐之西山，又作詩二卷，曰歸樵集以示余，且屬爲敘。始君居城北，有小園，饒花木之盛。累世積古書至數萬卷，畫數百軸，多前賢校讎、題跋，手墨燦然，里中知名士時往觀之。而君尊人尤好余，常招至小園縱飲，論詩文甚樂也。間携酒肴，招遊龍眠谷林之間，繪圖賦詩，優遊不倦。今城陷數年，不惟君家之園亭、書籍俱没於賊，卽龍眠谷林亦迥非曩日之舊。君之尊人墓草宿矣。一切俱歸夢幻，獨君之詩益多而日精。嗟乎！外物不可保，而惟得於心者可以歷世變而不磨，不於斯可見邪？

君家既素封，今詩日進，而窮乃日甚。君雖不以此廢業，而常有不平之鳴。余觀天地之化，春夏之交，百物蕃庶，氣象萬千，焕乎若不可遏，然此乃元氣之所以散也。秋冬之際，草木黄落，肅殺嚴凝之氣塞乎兩間，對之愁慘生焉，而不知此正天之所以斂其元氣，元精歸根而復命。然則前日之豐亨不足念，而今日之窮困固無足憂也。君其益養其心，而日昌其學焉可矣。咸豐丁巳秋九月。

編次戴存莊遺集敘

余既爲亡友馬命之編訂遺集，其明年戴君存莊復客死於懷遠。訃聞，余慟哭寢門之外。先是君以城陷，籌餉請兵謀恢復，屢上書當事，畫滅賊策。賊恨之，搜尋甚急。余匿君柏堂數日始辭去。其後君妻妾俱駡賊殉節。君以書招余往計事，余復與族孫和甫唁君於舒南山中。是時，君雖遭家禍甚酷，而意氣慷慨激烈，不以妻妾故稍陵夷也。聞其言，讀其詩文，甚壯之。

君少以文名於時，及壯而爲經學，講用世之具。亂後積義憤，益以氣節自勵，喜爲感時論事、表章忠義節烈之文。中年好余文特甚，每有所作，必是正於余而後存。余之於君也亦然。故雖隔千里之遠，在戎馬烽煙之中，值顛躓流離之際，而文字往來相質問，無旬月間也。

君遭難後，舉其生平未刻之書，盡以付余，曰：『吾家不可保，留子柏堂中，或可幸存也。』後君室爲賊燬，藏書萬卷無隻字存，遺集竟得至今無恙。今編定遺文三卷、遺詩四卷、草茅一得三卷、續得一卷、尺牘二卷、公車日記二卷、雜記二卷、書傳疑纂六卷，他已刻者不具論。

初君之學嗜詞章博雅，命之好心學，兩不相知。余則兼取二君之長，而二君以余言，亦遂交合無所間。君長余年四歲，而命之之生也後余二年。然余體尪弱，家窘窮，無心用世，思垂空文以明古昔聖賢之學。而二君處順境，又皆强壯，果於有爲。余方謂吾輩所學，庶於二君可見之施行也。且自計衰孱之軀，必先二君以死，一二遺文將待二君編訂以行於世，嘗戲以託二君，不謂二君死而余存，慟哭空山之中，徒爲二君討論遺集也。其殆莊生所謂不才之木，故得獨全其天年者邪！咸豐八年夏五月。

朱魯存先生遺集敘

天道惡發泄而貴斂畜。晝之有夜也，時之有秋冬也，草木之有零落也，人之有貧賤、疾病、憂患也，歲之有水旱烖祲也，國之有衰，家之有難，世之有兵亂流離傾覆也，皆懼夫發泄太甚，窮大而失其居，致飾然後亨則盡，故時斂畜之，以爲生生之本焉。人處其中，或逆天，或怨天，或委之於天，而不知其所以然。君子知其然也，讀書稽古，存心養性。用則行，舍則藏。遯世不見知而不悶，務一意植其本，固其實，而不輕爲發。其不得已而有所發，亦旋發而旋斂焉。斂以貞其元，發以亨其利，亨利施於物，而貞元藏於中。其斯以爲君子儒乎？

吾邑朱魯存先生少具高識，胸懷曠遠，視世俗名利泊如也。好爲經世之文，年三十不遇，焚棄之。翫心高明，不事箸述。間有所作，未嘗示人。年五十時，客游湖、湘間，稿没於水。又二十年，積所作詩文數卷，咸豐三年城陷，又燬於賊。先生俱不以介意，翛然自得。蓋其爲學務養天真之趣，有陶淵明、邵康節之餘風。雖好古愛文，特以遊其心，而不以爲心累也。自遘賊禍竄山谷，亦間有吟詠而無存稿。余時時拾而藏之。其後授經邑之東鄉，與友人方魯生講論倡和無虚日。蕭生敬孚從先生游，隨得而隨録之，又搜尋先生昔年殘稿數卷，先生卒，屬余編次。

烏呼！天道惡發泄而貴斂畜。發泄太盡者，天必剥爛，以反渾樸之氣，翕聚以凝真實之性。而如先生之學，務斂畜而不輕發，貞元藏於中，而亨利未施於物，故天於先生九死一生之餘，窘其遇而昌其壽。又畀以良友賢弟子，相與日夕講論倡和，發先生之所自得者，以嘉惠來學，先生雖欲斂畜之而不可得也。夫惟斂畜之不得而後發焉，斯其爲達天知道者與？

先生行誼，具余所撰傳中。茲因編遺集成，復發此義以告敬孚，俾讀先生集者，知其本原之所在也。咸豐八年五月方宗誠撰於桐城之東鄉。

桐城文録敘

桐城文學之興，自唐曹孟徵、宋李伯時兄弟，以詩詞、翰墨名播千載。及明三百年，科第、仕宦、名臣、循吏、忠節、儒林，彪炳史志者，不可勝書。然是時風氣初開，人心醇古樸茂。士之以文名者，大都尚經濟，矜氣節，窮理博物，而於文則未盡雅馴，以復於古。鬱之久，積之厚，斯發之暢，逮於我朝，人文遂爲海内宗，理勢然也。蓋自方望溪侍郎、劉海峯學博、姚惜抱郎中三先生相繼挺出，論者以爲侍郎以學勝，學博以才勝，郎中以識勝，如太華三峯矗立雲表。雖造就面目各自不同，而皆足繼唐宋八家文章之正軌，與明歸熙甫相伯仲。烏呼盛哉！然余又嘗總觀桐城先輩文，三先生外，其前後及同時者，無慮五六十家。雖不足盡登作者之堂，而其各有所得，堪以名家者復數人。其餘或長經術，或優政事，或論學論文、紀忠紀孝，亦足以廣見聞，備掌故。

今夫言天文者，以日月爲明，而恒星之熹微，亦未能或遺也；言地文者，以海岳爲大，而泉石之幽窈，亦未能或略也。今世之言人文者，以唐宋八家、明歸熙甫爲斗極矣，而李翺、皇甫湜、孫樵、晁無咎、唐順之、茅坤之撰著，亦未嘗不流布於後世也。然而文勝則質喪，巨帙重編而於事理無關切要，徒亂學者之耳目，紛後人之心志，則又不可不精別慎擇，以定其指歸。

曩者康熙間何存齋、李芥須輯龍眠古文數十卷，大抵多明人之文也。咸豐壬子春，余與友人戴存莊論吾桐之文，以我朝爲盛。然物盛則必反其本，然後可以久而不敝。天地之氣運流行，不能自已，畜久則必盛，盛久則必靡，亦理勢然也。去其靡以救其敝，豈非鄉後進者之責與？因相與取諸先輩文，精選得數十卷。大約以有關於義理、經濟、事實、考證者爲主，而皆必歸於雅馴。其空文無事理，或雖有事理，而文鄙倍者不録。按時代以分卷次，其大家或數卷至十餘卷，其足名一家者，或數卷至一卷，而雜家則數人一卷以附之。自城陷後，藏書之家多被焚掠。心所知者，尚有數人，無可訪問。存莊又被賊禍，客死懷遠，自傷孤陋，無同力者，深恐此書中廢，使數百年文獻無徵，則亦古之網羅放失、保殘守缺者之罪人也。避地魯谼，友人方宗屏爲訪得數人文補入之。今年授經東鄉，蕭生敬孚又爲訪得數家集，皆爲補選，於是遺逸者蓋鮮矣。

夫學問之道，非可囿於一鄉也，然而流風餘韻足以興起後人，則惟鄉先生之言行爲最易入，而況當兵火之後，文字殘缺，學術荒陋，使聽其日就澌滅，而不集其成，删其謬，俾後之人有所觀感而則傚焉，其罪顧不重與？昔者，孔子編詩而附魯頌，删書而附費誓，因魯史以作春秋，其惓惓於宗國文獻如此，是亦學者所當法也。

今纂集麤成，將有山左之行，因以稿本歸敬孚，而屬其益加搜訪、校訂以成之。爰書其義例於左云。咸豐八年秋八月，柏堂逸民方宗誠撰。

桐城之文，明三百年至錢田間先生漸就博大。蓋由深於詩、易、莊、屈，又務經濟，尚氣節，故議論文多實際，而記事文多奇氣。雖未盡雅潔，而已開方、劉、姚之漸矣。矧其行誼，又足爲後學之師表乎！今首録田間文五卷。

田間同時遺老之文多散軼矣。其有存者，文事雖未工，亦往往足以裨學識，廣國聞，惜不得盡見之也。今附録方位白、方素白、陳滌岑、潘木厓、錢雁湖、楊嘉樹文一卷。

士君子窮則求志守道，垂諸文而爲後世法；達則輔仁行義，澤及萬物，而不必以文爲名。然陳謨議政之言，果有關於國計民生，是雖非文家，要亦天地間之巨文也。惟近世官文書多通俗字句，不可不加擇別。今附録姚端恪公文一卷，張文端公、文和公文一卷。

我朝論文家者，多推望溪、海峯、惜抱三先生，而三先生實各極其能，不相沿襲。望溪先生之文以義法爲宗，非闡道翼教，有關人倫風化者，不苟作。且行身方嚴，出語樸重。論者謂取鎔六籍，方駕韓、歐，非過也。吾師植之先生曰：『先生之文，静重博厚，極天下之物賾而無不持載，「泰山巖巖，魯邦所瞻」，擬諸形容象地之德焉，故能直接八家之統。』今特録方望溪文十二卷。

望溪同時友戴潛虚先生，文頗得司馬子長、歐陽永叔之生氣逸韻。其空靈超妙，往往出人意表，惟藴畜淵懿，沈深高潔遜三家。而憤時疾俗之作尤多，用此不逮古作者。先生又以文字得禍，未能深用力如望溪，而名亦遂湮没矣。今附録潛虚文六卷。

潛虚同時友方百川，最有高識。望溪實受業焉。惜其文，卒時俱自燬棄矣。今附録方百川、劉古塘、胡莫齋、周聘侯、江磊齋文一卷。

文以理爲主，而説理之文易迂腐、鄙俚、平淡，少奇氣古味，是一病也。康熙間，桐城文學大興。望溪長於經，潛虚長於史。而其時，潛德隱行確宗朱子之學，以期至於古立言者，則有孫麻山先生。其文理正氣醇，韻長詞雅，才不及潛虚而高潔過之，博不及望溪而超逸過之，洵由窮理而有心得也。亦以文字牽連死，故文不傳。今附録麻山文二卷。

望溪同時後進吳生甫、胡襲參亦有文學名，雖皆未得文章之旨，而有可取者。今附録吳生甫、胡襲參、胡雍則文一卷。

望溪門人在桐者，張莘農最有文名。苦心精鍊，而未能得古人之意，然其精鍊不可没也。今附録張莘農、葉書山、方引除、方弢采、左雒三、馬伯逢、馬相如文一卷，方恪敏公奏議一卷。

海峯先生之文，以品藻音節爲宗。雖嘗受法於望溪，而能變化以自成一體，義理不如望溪之深厚而藻采過之。望溪初見，卽許爲今之昌黎，其傾倒極矣。吾師植之先生曰：『先生之文，日麗春敷，風雲變態，言盡矣。而觀者猶若浩浩乎不可窮，擬諸形容象太空之無際焉。』今特録劉海峯文八卷。

海峯同時友姚南青、方待廬，最爲知文，惜抱實受業焉，而其文固未成家也。今附録姚南青、方待廬、張弼宸、周汝和、方午莊、陳松田、馬一齋文一卷。

海峯門人在桐者，以王悔生文爲最。雖步趨海峯得其形貌，而雅潔可誦，記傳尤有精采。惜其詞勝於理，少實際也。今附録王悔生文一卷，張汲華、疏晴墅、李寶樹、許寶符、吳絅庵文一卷。

惜抱先生文以神韻爲宗，雖受文法於海峯、南青，而獨有心得。吾師植之先生曰：『先生之文紆徐卓犖，樽節隱括，託於筆墨者，淨潔而精微。譬如道人德士接對之久，使人自深。因望溪之義法而不失之慤，取海峯之品藻而不失之滑耀而浮。經術根柢不及望溪，才思奇縱不及海峯，而超卓之識，精詣之力，則又過之。蓋深於文事者也。』今特録惜抱文十卷。

惜抱同時友及後進，雖不皆以文名，而各有撰箸，論理紀事亦皆有可存者。今附録汪稼門、錢白渠、吳畫溪文一卷，許春池、胡雒君、方展卿、左良宇、章子卿、姚彦印、方墨卿、許問臯、左祖山文一卷。李海帆、吳理庵、吳正行、吳朝第、張睦生、朱歌堂、張勖園、吳士表文一卷。

惜抱門人在桐者，劉孟塗之才爲最，光氣熤爚縱横。雖不免浮詞客氣，亦惜其學未成而早卒耳。今附録劉孟塗文一卷。惜抱家學，伯子庚甫才筆超軼出塵，雄氣過於惜抱，惟未能沈精致力，以延先緒，惜哉！今附録姚庚甫文一卷。

自惜抱文出，桐城學者大抵奉以爲宗師。然其才氣之盛，學問之正，博大精深，未有如植之先生者也。少學於惜抱，而不爲其說所囿，能自開大以成一格。然務爲窮理盡性之學，真知文之精意，而未嘗專用力，故簡潔涵畜不及惜抱。至其佳者，直追劉子政、曾子固、朱子，惜抱不及也。嘗謂文不關於世教，雖工無益，故其爲文，務盡其言之理而足乎人之心。上元管异之稱其無不盡之意，無不達之詞，知言也。今特録植之先生文六卷。

植之先生同時友才最大者，惟姚石甫先生，雖親炙惜抱而亦能自出機杼，洞達世務，長於經濟。植之先生稱其義理多創獲，其論議多豪宕，其辨證多浩博，而鋪陳治術，曉暢民俗，洞極人情，先生自謂其文博大昌明，誠有然也。文事雖未精而有實用。今特録姚石甫文五卷。附録馬公實、徐六驤、光律元文一卷，馬元伯、姚伯山、汪鐵庸、胡克生、張愧農文一卷。

植之先生同時友又有朱魯岑先生，志識高邁，學行文章獨往獨來。雖不盡合義法，而奇氣精理過人遠矣。今附録朱魯岑文一卷。

桐城之文，自植之先生後，學者多務爲窮理之學，自石甫先生後，學者多務爲經濟之學。植之先生友許玉峯，門人蘇厚子、後進張瑞階、方魯生、馬命之皆宗主理學者。今附録許玉峯、蘇厚子文一卷，張瑞階、方魯生、馬命之文一卷。

植之先生門人中，以戴存莊才氣爲大。其始尚才華，繼好論理論事有關實用之文。文雖未精而有實得，惜年四十而卒矣。余編桐城文録，義例多與存莊手訂。今録存莊文二卷終焉。

右文録七十六卷，爲人八十有三。標名家以爲的，所以正文統也；廣取諸家，所以擴學識也。而要之以去浮文、資實學爲主，則余區區編輯之意也。又採集諸先生行誼爲傳，冠於卷首，所以備學者之師表及考核云。

卷第二　書後

書湯雨生將軍遺詩墨蹟後

道光丙午，武進湯雨生將軍，寄其先公楚儒先生及母夫人遺詩，屬余敘，所謂與竹居棄稿也。余書其後遺公。公復寄其祖緯堂先生詩一卷、炙硯瑣談一卷，又書舊作詩數首報余，此幅是也。

公以文儒襲雲騎尉世職，仕至副將。嘗輯古兵法，名秘書七種，傳播海内。遭時清平，無所用其武，遂以風流文雅聲聞遠邇。晚歲退居江甯，名益重。得其詩詞書畫者，争以爲寶翫。余每欲因試事，至金陵親公風采，而家窘艱迫，欲營葬親，數謝科舉，竟未得與公一見。每展公此幅，未嘗不興懷也。

咸豐三年二月十日，江甯陷。公故有園在城北，名獅子窟。城破時，作詩一章，自明忠孝子孫，不可辱衣冠，拜闕，自經死。家人多從之，惟二孫存。初緯堂先生知臺灣鳳山縣，死林爽文之亂，楚儒先生隨侍死之。今公父子又若是，四世忠孝。論者推爲江南第一家云。余於是益恨未獲見公，因書其大節，戒子孫慎守此幅，毋徒視爲文人墨寶也。

書馬公實通判遺集後

余少性耿介，喜親師友，而獨於先達之門未嘗輕至，惟一謁見吳蝠山先生而已。其餘馬元伯水部、姚石甫廉訪、馬公實通判，皆先遇於吾從兄植之先生坐上，意皆殷殷。向余聆其議論，知其皆君子，然終未嘗遽晉謁也。歲癸卯，吾父母没，通判因植之先生，敬致賵賻，余辭不敢受，而中心感之深。逾年，君母夫人卒，特往弔以報之。自是間時，始一往還。

君爲人坦直，學問該洽。與弟幼白篤友愛，而敦宗族，念故舊。遇事是是非非，好賢疾惡，無所顧忌。故余嘗論吾邑前輩學行之美，以爲蝠山先生廉静寡欲，水部渾厚，廉訪通儻，與君之伉爽，自喜皆得古人之一體者也。君詩文宗法姚惜抱先生，清雅有韻，尤長於掌故。

所箸書甚多，殉節録附記、龍眠雜志最關世教，然君不敢自足，故皆未刊行。

里有張愧農先生，年七十餘矣，與君交最篤，而時以文質於余，余敬其老不廢學，因自忘年與學之卑陋也，有所見輒直陳，不敢隱。君見之歎曰：『此真古所稱直諒人也。』又見余所爲文，歎曰：『理足氣盛，直似古人。』因張先生告余，亦欲以文質焉。余慚謝不敢當，而君越數日，盛衣冠過余，揖出其文八卷，固請直之。時君年近七十，負文學名已久。余年甫踰三十，名字不出於里巷之間，奉君文，猶恐不能句讀，敢言審正乎？輾轉不甯者數日。然感君下交之誠，且不忘君之嘗致禮於吾先君也，亦敬以施於張先生者施之。是時，余方與戴存莊纂桐城文録，因手鈔四十餘首藏之，而歸君原本。君見之喜甚，盡依余言竄易，猶恐其未當也。適余授經元伯先生所，君復親就余質正，至再至三，必余曰『可』，乃已。嗟乎！此一節也，豈非古人哉！

以余所見如君謙虚之度，好學之衷，忘其年之老，名德之尊，學問之博，而下問於無知之後進，惟往者蝠山先生之箸儀禮喪服、植之先生之箸大意尊聞、石甫廉訪之箸康輶紀行，於余皆然，是皆古人不可及也。數年之間，蝠山先生没，植之先生繼之，廉訪又繼之。今君與水部又遭亂，不屈死。吾邑前輩之遺風殆盡矣乎！君所箸諸書燬於賊。今惟文集稿本尚存。然君與余審正之全本，則與身俱盡矣，惜哉！咸豐五年夏。

書馬命之手札後

烏呼！此吾友馬命之絶筆也。先是咸豐三年，賊禍將及於桐城，命之奉父命，與張小嵩團練鄉兵爲守禦，而當事者意不合。命之憤懣，寢不安，食不飽，泣謂余曰：『以近日人心，余久知其必有大戹也。余之爲此，固知其不可爲而爲之。然亦不料其真不可爲如此！』數以書與當事者，極言逃避不守之害，且曰：『余此時心已無家，惟老父一人，放念不下耳。』當事者不爲動，迄城陷，君奉父命，携子之舒城將投軍，而父以被執不屈死。余聞之，以書促君赴廬州，急招其子歸依余。時君阻土寇不得行，故復余此書，咸豐三年十一月事也。後君至霍山，聞復有一書與余，使者失之，竟未見。但聞其每寄家書，必曰：『存之前促余復讎報國，此志未伸，亦無顔作書問訊。』其後數月，並家書亦不寄，而此書竟成絶筆矣。

四年夏，命之起義兵，小嵩馳往見之，歸謂余曰：『命之真鐵心人也。余與居數日，未嘗一詢及家事。告以其妻子之流離，兄弟、諸子之困處，皆默不答。但哭曰：「此俱尋常，惟不能保護老父，至受傷以死，是可痛耳。」問其計，曰：「吾惟一死而已，不願生也。」』余聞之惻然，猶與小嵩日夜望君捷音至，而君遽殉節矣。悲夫！余與小嵩及友人方魯生、戴存莊謀所以求君骸，未果，因爲君編遺集焉。後數月，君夫人方氏聞其喪，數日不食不得死，吞金數日亦不死。烏呼！是亦可敬也已。

咸豐五年八月。

書徐司馬殉節詩後

里有孫某被賊脅至廬州，逋歸云：『賊入舒城時，知縣鈕福疇先棄城走，惟團練使者吕侍郎與一幕僚盡節池中。行轅外，遺詩一首黏壁間。』因爲余誦之，且言末書『鏡溪』二字，不知何人。余曰：『此徐司馬啓山號也。』司馬，六安人，積學礪行。道光己丑進士，工部主事，出爲東河同知，因公詿誤。嗣復官，以通判歸里。吕公奉命至安徽，夙知其賢，奏請入幕爲草疏。

嘗隨吕公至桐城，與余友馬命之、張小嵩、戴存莊意氣極相得。見余與邑人論城守書，稱道不已，寫其稿，告小嵩曰：『將寄回六安，以鼓勵余鄉人。』未行前一日，命之、小嵩以余所箸俟命録貽吕公。君見之，次日以書報二子曰：『昨得俟命録，盡夜與侍郎挑鐙讀之，驚歎不已，天生斯人，可使之獨善其身乎？恨行色悤悤，不能親謁此君，拜於牀下。兩君與之同世同里，豈無意邪！望速示以姓名，俾山得寤寐思之。』兩君將以余名告，余慚謝不許，乃已。然自是信君與侍郎必能杖節守義也矣。

君未死時，小嵩以城陷，往依侍郎，且請兵圖恢復。時舒城無兵，君知城必陷，與侍郎誓以死報國。小嵩亦涕泣請從，君不可，命小嵩至六安，請兵於江撫軍，而自與侍郎持竹竿，量池水淺深，從容言笑，形色不變，小嵩涕泣而別。其後小嵩歸，常述以語余。今讀其詩有云：『笑指瓊源館，清流付此身。』猶可見其從容就義之氣象也。余久欲訪君生平，次爲傳不得，姑即所知者附記於此，以誌景仰云。

書唐魯泉明府墨蹟後

烏呼！此唐魯泉明府讀書心得之言，手書之以付其門人甘君玉亭者也。明府既殉節祁門，玉亭檢出示余，且言：『明府性端嚴，言笑不苟，喜静坐默識，而不事箸書作文。偶發議論，皆實從身心事物中體驗而出，尤以名節自勵。余前佐治祁門，與明府言及當世官方不肅，以爲吾師能挽回氣運信美矣，否則當自盡厥職。明府云：「我久欲告退，不忍耳。敢愛身乎？」道州何子貞編修遊黄山，過祁門，明府與言時事皆大哭。編修謂余曰：「余自楚至此行數千里，所見好官三人：黄州徐太守豐玉、鄱陽沈明府衍慶及君師耳。」其後二公皆陣亡，而明府亦果殉節。去歲皖城不守，余致書明府云：「官箴大壞，氣節陵夷，省會重地，竟未有一委身報國者！祁門如臨大節，吾師宜振奮精神，以爲當世法。」明府復書，深以爲然。嘗贈余詩有曰：「君鄉忠毅墳前木，好作人間水上篙。」蓋其以身許國非一日矣！』余聞玉亭言，太息泣下。既又訪求死節之詳，竝桐城、祁門善政，次之爲傳。而玉亭復屬余跋此卷後。余細翫之，其言皆有關於學術治理之要。嗟乎！明府所以大節無虧者，蓋由其平日省察操存之功有如是也。

今之居官者，方其未達，則專爲應試之文。及其既仕，則惟事簿書、錢穀，利欲熏其心，聲色汨其志，全不知讀書窮理，存心剋己之爲務。有言及之者，不以爲迂，則以爲狂，又安望其能弭禍於平時，臨難而不苟免也乎？

先是明府官桐城，頗重余，余不肯往見。後余應試皖城，明府已去任。聞余至，屏騶從過余，復邀余及余友文鍾甫、江貽之、馬命之，會飲於江樓，談論極樂。後又屢過余。其忘形下交如此，亦可想其胷中之不俗矣。及宰祁門，延吾從兄植之先生主講東山書院，事之如師。先生没，斂殯如禮，遣玉亭送柩還家，屢贈買山錢，促爲營葬事。諸與余書誠懇如家人。烏呼！今之世尚有賢令尹如明府者乎？展讀此卷，回思往事，淚未嘗不雨下也。因詳記玉亭之言與明府平日下交之誼於此，以補傳之所未備云。咸豐七年秋。

書柳子厚論語辨後

傳稱：孔子没，諸弟子思慕，有若狀似孔子，弟子相與立爲師，師之如夫子時也。他日，弟子有所問，有若默然無以應。弟子起曰：『有子避之，此非子之位也。』故柳子厚論語辨引之。竊謂此語乃傳聞之過，記者之失，不可信也。

學者當折衷於孟子，孟子載：孔子没，子夏、子張、子游以有若似聖人，欲以所事孔子事之。曾子不可，曰：『江漢以濯之，秋陽以暴之，皜皜乎不可尚。』是蓋諸子始有此意，原本於好學之篤，慕道之誠，自傷聖人不禄，失所依歸，故欲得一似聖人者而師之以講所聞耳。及聞曾子言，乃知聖人之真，不可以形似求，而其事亦遂止矣。且此本出於諸子之意，非有子之意。

有子賢者也。觀論語記有子之言，皆合於中和之旨，氣象温厚，令人可以想見。藉令諸子真以有子爲師，有子必遜謝不敏，豈有抗顔受諸子師之之禮？諸子既師之，又叱避而退，躁率輕忽至於如此，尚得有聖賢氣象也哉？然則傳所載，蓋卽孟子之言，而傳會過之者也。子厚善讀古書，何於此而獨不能辨與？

讀五代史

自孔子作春秋而亂臣賊子懼。故秦、漢以後，如王莽、曹操、曹丕、司馬昭、六朝五季之君，其敢親加刃以弑君篡國者，鮮矣！於是假禪代之名，文篡奪之實，自謂如此乃可以欺後世矣。而不知孔子早慮及之，曰：『臧武仲以防求爲後於魯，雖曰不要君，吾不信也。』以防求後謂之要君，則擁兵逼君以求禪者，欲不謂之篡君得乎？孟子亦嘗早論及之，曰：『子噲不得與人燕，子之不得受燕於子噲！』與之受之且不可，而況擁兵以逼其與我哉！又論堯禪舜之事而斷之曰：『若居堯之宮，逼堯之子，是篡也，非天與也。』於是王莽、曹操以下諸人之罪定矣！是卽孟子之『春秋』也。

人心之變愈趨愈僞，而聖賢明照萬世，洞悉隱微，先立論以遏其趨，此孔、孟所以爲萬世之先覺而立人極者與？

書顧亭林先生文集後

亭林先生與友人書謂：學者當行己有恥，博學於文。此先生爲學之大旨也。觀其立節砥行，通經致用，洵無愧於其言。然矯明儒空言心性之過，而遂以言心言性爲厲禁，此又其學之蔽也。

夫堯、舜以來，聖賢相傳之學，莫非求全其心性而已。孔子曰『行己有恥』，亦恥其或虧於心性也。又曰『博學於文』，亦所以求明夫心性之理也。外行己博學而空言心性，其害爲過高而無實。然使不知求心性之大原，而第曰『博學於文』，則亦不過博物之君子已耳。第曰『行己有恥』，則又不過狷介自守，不屑不潔之士已耳。逐末而忘本，治外而遺內，語用而不及體，將不勝其支離矯飾之弊。豈孔、顔之所謂哉？

管、商、申、韓之論治，荀、揚之論學，其原皆由不明心性之本。然而但務制於外，故不勝其弊。明儒自白沙、陽明以後，末流之失在空言心性，非學者不當言心性而必以爲厲禁也。夫舍多學而識，以求一貫之方，置四海困窮不言，而終日講危微精一之説，是爲不務下學而欲上達，不求實際而事清談，先生譏之，是也。然使不求一貫之旨，而終身於多學而識，不知危微精一之功，則雖憂四海之困窮，明德未明，又何以爲新民之本？見有溺於井者，遂從而塞之，而不知其爲日用飲食之不可離，先生之言毋乃類是與？又謂但當箸書，不當講學，爲去名務實之意。是但見講學之弊，而不知箸書之害，其務名去實更甚。

國朝二百年來，學者多流於支離雜博，與程、朱爲水火，其大旨皆祖先生之説，心性之汩没，日甚一日，或亦先生立言過當，有以啓之者與？子貢論棘子成曰：『夫子之説，君子也。駟不及舌。』信哉！

書惜抱先生文集後

近世學者，尚考證，倍朱子，其風肇自國初諸老先生，至乾、嘉間尤熾。惟姚惜抱先生卓然獨立，不爲風氣所揺，且嘗箸文非之。雖其學問該博不及諸公，而守道之正，持論之平，則其時海内諸儒所不及也。

然於古文尚書，必祖述百詩閻氏，力辨其僞，則愚所不敢信。夫生千載之後，其僞與否，雖不敢知，而其理之精，義之確，詞氣之正大愷惻，光明俊偉，可以修己治人，守之無疵而行之無弊。即後人作之，其益人如此，聖人復起，不能廢也，而況乎後人決不能爲也。

先生嘗謂學問之事有三，義理、考證、文章是也。吾則以爲古人之學義理而已，考證、文章皆所以爲精義明理之助。義理者，本於天，成於性，具於人心之所同然也。今觀古文尚書所載謨訓、誓命，不當於義理之安，而協於人心之正者，鮮矣！而必執左證以黜之，亦獨何哉？

書王文公集後

王介甫送孫正之敘曰：『時然而然，衆人也；己然而然，君子也。己然而然，非私己也，聖人之道在焉耳。』介甫之立新法以爲宋害，史載之詳矣。其文學世多好之，而此篇尤爲有識之所稱道。余以爲是邪説詖辭，蓋其立新法害政之根本也。

夫君子之學，不隨時爲苟同，亦不從己以立异，務在剋己復禮爲仁，使天下歸仁，乃所謂聖人之道在焉也。苟第曰『己然而然，君子也』，未盡剋己之功，而曰『己然而然，非私己也，聖人之道在』，是豈非勇於自信，果於自是，而陷於剛愎自用也哉？但知君子有窮困顛跌，不肯一失詘己以從時，不以時勝道，而不知君子必窮理精義，虚中審是，亦不敢失詘道以從己，不以己害道也。但知君子得志於君，則變時而之道，如反手然，而不知君子欲行道於時，必先剋己以遵道，去己之私意私欲，如農夫之務去草然。然後乃能得志行道，如反手也。

且夫君子之爲政也，亦曰順時以爲治而已。時當因則因，當革則革，不必專謂變時而之道也。記曰：「禮，時爲大，順次之。」易曰：「隨時之義大矣。」中庸曰：「君子時中。」孟子曰：「孔子，聖之時。」必曰變時而之道，則未免執乎己私也。己私未剋，而因執之，則必有不當變而變者矣。

嗟呼！學者之所患惟己而已，己不能剋則從時，固失於詭隨，變時必失於拂戾。鄉原曰：「生斯世也，爲斯世也，善斯可已。」漁父曰：「不凝滯於物，而與世推移。」是詭隨者也。介甫曰：「己然而然。」不肯一失詘己以從時，務變時而之道，是拂戾者也。然則如之何而可也？孔子曰：「君子之於天下也，無適也，無莫也，義之與比。」孟子曰：「大人者，言不必信，行不必果，惟義所在。」適也，莫也，必信也，必果也，皆所謂「己然而然」也。義之與比則非剋己之盡者，孰能與於斯哉？介甫知不及此，而以「己然而然」爲聖人之道，自以爲術素修志素定，而不知偏執己私而不能剋，則術非聖人之術，志非聖人之志矣。生於其心，害於其政。後之君子可以鑒哉！

卷第三　書

答徐晉生書

晉生足下：前復書想已達，承示尊公殉節事實，詳確可據。誠前作傳時，僅據魯生先生楚遊日記，故不能如斯之詳。然傳狀體殊詳略正，亦不必同也。且嘗觀史記列傳之法，皆各如其人物之大小以爲權衡。如留侯世家、淮陰列傳，則但敘其大謀略、大戰功，而楚漢之所以興亡者，俱繫乎此。曹參、樊噲等傳，攻一城，拔一邑，略一地，皆詳載之，以其人之所長止此，故不可略而不書。而天下之所以存亡，實不係其人爲有無也。

誠向爲金黄州、陳廣濟、唐祁門作傳，惟摹寫其臨危不避之節，欲使後人讀之，猶覺凛凛有生氣，可歌可泣，以愧世之棄職而逃者。此乃爲一節之士作傳之法也。至尊公平生志略皆能見其遠大，非徒一節之士可比，故誠作傳，每段必以天下大局，起峯巒，勢闊神遠，拔地倚天，蘄與尊公神情意氣相肖。至田家鎮十五日，止載其所以布置周密，及所以棘手敗事之由，令後世讀者至此歎想於不已，憤懣不平之氣不覺勃然而生。而其每日戰禦之事，則不必盡載，以致文勢尾大不掉，與通篇運量不合，精神不固。此乃爲古大臣名將作傳之法也。

今足下撰事實甚詳，此事實之體則，然於傳體則有所不可。且使尊公平生止此一節，則傳自宜於此獨詳，然一事愈詳，其人物愈小矣。唯足下察之。

馬命之久無消息，廬州收復事，今又寂然，念之焦甚，相隔數十里，豺虎當道，未知何日得與足下暢敘也。前承過譽以爲今之奇偉非常之士，誠何敢當！然不可以不報悻直之言。惟鑑察不宣。

與邵位西書

任子仲夏，戴存莊自都中歸，接讀賜書，獎與過甚，兼詳示以文章指要，慚感交集。比復一函交存莊，覓便寄呈，未知達覽否也。

是後氛祲南來，變局日非，南北道梗，無由探知先生宧迹所在。癸丑，吕侍郎來桐，言在山東被求全之毁，又有罷官南歸之説，後皆不得確耗。每念生窮鄉下邑，既不得脱離家累，徧交海内英賢以廣學識，復遭時難，音問末由，洵可悼嘆。

敝鄉逼近江濱，爲南北衝途。官紳富民無肯固守城池者，一二志士仁人，又皆以無勢與權，不能展布，以致成瓦解之局，受蹂躪之慘。宗誠避居深山，惟有北望長號，呼天飲泣而已。兩載以來，學業荒棄，心同廢井，文章一道全未研窮，惟於海内諸忠節，時時畱心，訪問事實，私撰傳狀、紀事之文數十篇。又以見聞所及，竝私衷所藴畜與所以自處者，箸俟命録數卷。居恒竊嘆天下之治亂由乎人心，人心之邪正係乎學術，百餘年來，正學不講，士習日靡，氣節經濟全無可恃，以致釀成潰濫之勢。

先生節義高天下，文章經術直欲合韓、歐、程、朱而一之。此非宗誠一人之私言，實天下後世之公言也。顧以權勢卑微，又性行難與時合，無由展澄清之志，此所關係，豈獨在一身之通塞哉？然而士生於世，無論窮達，要當以人心世道爲己任。雖無官守，無言責，時當韜晦而獎勵後學，扶持正氣，以暗爲宇宙旋轉氣運，興起人心，此固天之所以任先生者也，是豈可得而辭其責與？

敝里至交不過三四人，今馬徵君三俊以起義兵陣亡，文鍾甫徵君、戴存莊孝廉又以籌餉請兵爲姦人所忌，遠走臨淮袁副都幕府。存莊家被害尤甚，妻妾皆被執殉節，去歲存莊又卒於懷遠矣。惟蘇徵君厚子尚安處山莊如故，然窮餓悲憤，形容益枯槁矣。此吾黨之俊傑，而素爲先生所重者也，今皆如此已矣，能不悲哉！

廬州破後，久不得徐毅甫消息，念甚。君子道消，善人不禄。自亂離以來，數年之間，凡稍有氣節經濟者，多已不得其死，陽氣漸衰，陰氣日盛，究不知盪平在何日也。家兄植之先生學行久爲先生所敬。往歲戴存莊曾以行狀乞爲傳誌，伏求暇時成之，俾可信今傳後，感且不朽。平定無期，何日得相見也，臨楮神馳。不宣。

答魯生先生書

得書鍼砭，感愧無似。傳曰：『人之相知，貴相知心。』竊嘆先生交誠十五六年，而尚有不知余心者。誠於納忠好善出自天性，雖行道之人，鄙野之夫，一言足取，終身感佩不忘，何況友朋之規切邪！所撰輔仁録一書，凡先生誨我之言，無一不載其中。今來書反覆深恐同於朱、陸之辨，轉致參商。噫！亦何不知余心如此？

夫理者，天下之公理，學者切身之要務。故學之不講，聖人以爲憂。問之弗審，辨之弗明，子思以爲弗措也，何有轉致參商之理？朱、陸之辨太極圖説，乃陸子自以爲是，不肯虚衷體味朱子之説耳。誠之學雖兼取陸子，然豈以此事爲法哉？彼今之宗陸、王者，不務求其立大本，致良知之實功，而專學其辨朱子，誠則何敢然也，惟亦有不敢不詳陳者，陳之似近於辨，不陳則是非不明，非學問求益之道。惟先生教之。

前書以誠治小嵩斂事，及爲朱魯岑先生謀生計，爲有忿忿氣象，思之誠然。此蓋氣質太偏，好善惡惡之心過甚耳。然謂是逐逐於事物，役役於心體，則不然。事物與心體果有二乎？凡義所當爲之事，不避利害毁譽而必爲者，正欲力去自私自利之心，以全此心體耳。倫常中無所憾，則心乃安。而或掣肘不能成，則私心缺然不樂，因而忿忿。此誠爲心體之累，然實非役役於心體者也。

且誠亦未嘗以言心體卽墮老、佛也。但平日所見，以爲心之爲體非他，仁義而已矣。渾然一理之謂仁，泛應曲當之謂義。於人倫庶物之中，肫然而莫解於中之謂仁，截然而各當其分之謂義。外仁義以爲心體，外人倫庶物以求明其心體，此异端之學，所以得罪聖人也。

先生以爲佛之錯只是棄倫理，説心體則精密透徹，爲儒家所不及。誠不敢以爲然。孟子曰：『生於其心，害於其政。』先生亦思佛之所以棄倫理者，何也？正由其不知仁義是心體。明物察倫卽是明心體，故必棄倫理以求心焉，蓋徒見此心虚靈不昧之體，而不知具衆理而應萬事者爲心體也。惟不知具衆理而應萬事者之爲心體，而徒以昭昭靈靈者爲心體，故棄倫理者，恐其累己之心體也。將心認作一物，雖禪家所深斥，而實則躬自蹈之。蓋聖人所見心無一物者，以凡事凡物莫非本心天理之流行，故卽物窮理、卽事盡心，而無有遺事物以求心之失。佛氏所謂本來無一物，了了見無一物者，以凡事凡物莫非此心之障，故必人空法空，以求其所謂真空焉。其言似是而實非也。若真於心體精密透徹，又焉有不知棄倫理卽爲心體之缺陷哉？而先生乃謂古之大聖大賢終身爲之不厭者，豈徒察人倫、明庶物而已乎？此則誠所不敢知，亦所不敢言者也。夫堯、舜之惟精、惟一，文王之緝熙、敬止，孔子之洗心、藏密，皆是窮理盡性，以至於命之實事，皆卽於人倫庶物中，而精之、一之、熙之、敬之、洗之、藏之，與佛氏棄倫理以明心見性者，大不同也。奚得援此以爲比？

竊疑先生之學，自謂取佛氏之長，而實有墮空之弊，觀心述之末，空紙一張，可見也。所以平日用功，專務求此心空蕩無物，而不肯以事物累心。時難孔急，生靈塗炭，人心波靡日下。君子既無權位，則泉石遊觀之樂原不妨有，而君臣之義，身世之戚，要自有不可解於心者，何可視同蠻觸之相爭邪！孔、顔之樂乃是自省此心，所存所發純乎天理，無纖毫私意私欲存其間，故仰不愧天，俯不怍人，而坦蕩蕩也。若不於存心處事求其純全天理，而第於山水中尋樂，視逆賊之殘害、我兵之勝負如蠻觸。然卽此一言，豈不敗壞名教乎？道梗寄書甚難，遲鈍之罪，伏惟諒察。

卷第四　說

英才說

草木之精氣發而爲英，絢爛靡曼，采色奪目，爲蠭蝶之所聚，婦孺之所嗟，詩人文士之所賞歎。然使不斂而爲實，精氣泄，根本傷，則不待風雨之所飄摇，霜雪之所侵摧，零落於污泥之中，踐踏於雞騖之足，已爲行人之所棄置而不復顧。嗟乎！吾甚惜夫天地之真精妙合，而凝者之僅以英華箸也。

孔子曰：『歲寒，然後知松柏之後彫也。』周公繫易於剥之上九曰：『碩果不食。』夫松柏之與碩果，其精氣豈與百卉殊哉？凝固於根柢而不輕泄之而爲英。雖發爲英華，而旋卽斂之以就實，不與衆卉争絢爛於一時，以説庸俗之目，此其所以後彫與不食也。夫惟後彫，而後可以當巨室之任，利舟楫之用；惟不食，而後能含天地生物之性，應時而發生，生而不窮。烏呼！此其與貞元會合同一，無終極者也，而何風雨霜雪之懼乎？

人生於世，庸愚者猶草木之枝葉也，其賢而智者則英也。孟子曰：『得天下英才而教育之。』既曰英才，而猶必教育之，何與？今夫一歲之中，其英華絢爛者，盈天地間皆是也，而卒之能後彫與不食者，至少焉。一世之中，其以英才自負者，無地而不有也，而卒成其才者，亦至少焉。嗟呼！吾甚惜夫天地之真精妙合而凝爲人，而於人之中，又得其賢且智者，亦僅與草木同以英華敗也。

吾避亂柏堂，馬生復震、方生來復、張生家驥、族孫濤，俱從余學，余因爲此説以示之。咸豐六年五月。

尚友說

余嘗疑一鄉皆稱原人，與鄉黨自好之士，二者宜有异焉，而不知其所以异。久而思之，而後知自好者，不同流俗，潔修自愛而已。若夫鄉原令色巧言，閹然媚世，甯自失而不敢失人意旨，充其類，雖亂臣賊子，亦皆將有所不敢違，而無特立不懼，至死不變之節。孔子謂爲德之賊。雖過門不入而不憾，其所以絶之者深矣。然孟子又嘗言：『一鄉之善士，斯友一鄉之善士。一國之善士，斯友一國之善士。天下之善士，斯友天下之善士。以友天下之善士爲未足，又尚友古之人。』是知行冠乎當時，學繼乎往哲。古之所稱大人者，第於一鄉之善士起，不於一鄉之善士止。向使一鄉之善士，第自好其所爲，而不思求友好古，以擴充其所未至，則雖潔修自愛，終猶未免爲鄉人而已。但知硜硜自守，勝於鄉原爲足，賢而不知，卑陋自安，未能追配古人爲可恥，則亦安足貴哉！

余自咸豐癸丑冬，避亂柏堂。里中後進之士，以余有一日之長，多相從問學。丁巳冬，授經東鄙。有蕭生敬乎者，奉其師朱先生遺言，以詩爲贄，貌恭而慤，言樸而直。讀其文，博辯馳騁，而有志於古善士也。當盜賊横行之際，向之自許才士者，多隨流逐波以去矣。而諸子竄身草野，苦節清修，誓餓死不污塵垢，斯不亦難乎？乃復能求友好古如此。烏呼！其可畏也已。

今夫天地之心無時而窮，故陽不生於春氣發動之時，而生於堅冰既凝之際。陽之生也，愈潛滋暗長於下，而重陰沍寒慘烈之氣愈偪塞於上。然惟其寒愈酷，而陰亦將衰矣。何也？寒愈酷，則陽愈含畜貞固，鬱抑而不輕發，於是乃一發而不可遏。今諸子之志於學，其陽氣潛生之機乎？雖然陽之生也，必健行不息，至於六陽畢出，而後生物之功遂。若一陽二陽浸長而忽止，畜之不厚，發之不暢，終無以成造化之功。人之學也亦然，必由友一鄉之善士，以至尚友乎古人，然後可以德修於身，功業建於當世而不朽。

余特鄉之善士也，今將北渡大河，東登泰岱，遊京師，偏交一世之賢豪，觀古聖賢之遺迹以自廣。諸子其無自晝而務尚友焉，庶幾可爲天地之心也已。

讀書説

咸豐戊午夏，余授經邑東鄉馬氏之寓齋。有章生者，叩余門，禮甚恭，意甚篤，聽其言，蓋將有志於學也，顧戚戚以生處僻壤，無書可讀爲憾，而欲請益於余。余問其家舊所藏何書，則曰小學、四子書、六經而已。余曰：噫嘻！天下之書有過於小學、四子書、六經者乎？小學、四子書、六經之中，尚有未明之理、未盡之事乎？

夫學問之道，非炫多鬬靡之謂也，所以求明體達用而已。體者何？吾心仁義禮智之性是也。用者何？卽吾心仁義禮智之性發而爲惻隱、羞惡、辭讓、是非之情，見之於父子、君臣、夫婦、昆弟、朋友之倫與夫日用事物之微而已。非有他也，是其體也用也，人心之所同然也。聖人先得我心之所同然，故其體無不具而用無不周，性中情和，盡倫而盡物。既修之於身，施之於事，而因垂之於言以示天下，後世之人使皆知所以明其體而達諸用焉。此書之所由作也。

今夫日月者，其示人以明昭昭矣。日之方中而不知其明，反自傷無爝火之用，不亦惑乎？然則學者不必他求也，第卽聖人之書，反而求之於心，使其心無一理之不明，推而見之於事，使其事無一理之不當，必使聖人之書不作空言，而皆備於吾身，箸於天下。又因其已言而悟其所不能言，則凡經中之一言，有終身行之不盡者矣。而奈何猶以無書爲憾邪！

且夫六經之用廣矣大矣！莊周曰：『詩以道志，書以道事，禮以道行，樂以道和，易以道陰陽，春秋以道名分。』是故六經者，明道之書也。而四子書者，又六經之精蘊也。大學者，又四子書之綱領也。小學者，又大學之始基也。堯、舜、禹、湯、文、武、周公之書，至孔子而集大成。孔、曾、思、孟、周、張、二程之書，至朱子而集大成。雖自周、秦以來，群儒之言、諸子百家之説，無不有可取者，而究其精微之蘊，義理之本，則小學、四子書、六經已足以括之而無餘。循序以致其精，反躬以踐其實，斯道之妙固有不待他求而得之矣。仁義禮智之性，非求之小學、四子書、六經，無由而明；惻隱、羞惡、辭讓、是非之情，非求之小學、四子書、六經，無由而當；父子、君臣、夫婦、昆弟、朋友之倫以及日用事物之微，非求之小學、四子書、六經，無由而盡。於是，處則以之修諸身，出則以之教諸人。見之於政事，則政事和；箸之於詩文，則詩文乃能淑性而載道。而又何不足之有哉？

昔明道程子少厭科舉學，慨然有求道之志，未知其要，泛濫於諸家，出入於老、釋者幾十年，反求之六經而後得之。横渠先生少喜談兵，又訪諸釋、老之書累年，盡究其説，知無所得，反而求之六經，始涣然自信曰：『吾道自足，何事旁求也。』許魯齋先生少泛濫諸家，未得道學之要，及見姚樞受小學、四書集注，讀之奉如神明，敬如父母，遂成有元之大儒。然則生其可以知所從事矣！

卷第五　贈敘

送馬君之山西敘

昏夜同行，陷荆棘之叢，一舉步絓衣刺足，欲撥治則手無斤斧，茫焉無所措，而又虎豹哮其西，豺狼跳其東，耽耽焉伺其出而飽其肉，進退俱不可，思困守以俟天日之明，庶幾有見而振之者。俄而密雲蔽沈陰，霖雨終日夜，不能辨昏曉。於是相與號呼，盡氣喀血，無或過而問焉。久之，有仁者聞之，率其儕挾弓矢疾馳而至。望救者感泣嘆呼，以爲旦夕可出，命可續矣。虎豹豺狼懼，不免聊試一嘷焉。矢石未施而已鹿奔鼠竄而去，獨仁者以其身鬬死。後之人遂益用爲戒，棄之如异域而不敢一至。嗟呼！同爲覆載之民，而此獨窮困至此，亦酷極矣哉！

有黠而健者曰：『與其奄奄坐守於此以待盡也，曷若犯危難，出萬死，而冀倖其一生之路乎？』卒乘虎狼之卧，奮身越荆棘而逸之。其愚者、弱者與飢餓不能行者，羨其出，傷己之不能從，益相與大號焉，目無淚，喉無聲，足不能踴，但拳胷哆頤，張目作哀憐之狀而已。而逸者行既遠，幸其獨生，方啞啞然笑也。君子曰：『之人也，智者也，然而未仁。』夫仁者之視人在患難也，雖甚疏遠，猶痛疾之迫其身，不惜出死力以救之，况同居患難之中而己獨出焉。不求所以振之，而第矜一身之得全以爲己智，則是諸人前者之困猶未爲甚，而今之困乃真酷極矣哉！

余與二三友人避亂山中，欲竄身而無所。今馬君獨慨然有山右之行，出荆棘之林而趨康衢之道，去豺狼之窟而遊冠帶之堂。馬君樂矣！然吾願馬君毋獨樂其樂也。其以吾儕小人號之痛，望救之殷，哀控於大力者之前，急出絶技，運奇謀，以來翦夷夫荆棘，驅戮夫豺虎，掃廓夫陰霾，俾同遊於光天化日之下，而無棄之如异域焉！其可乎？

送綏敘

昔王子安少負才名，裴行儉以爲士先器識，後文藝，譏其浮躁淺露，非享爵禄之器。竊嘗深味其言，而猶惜其論之卑，識之陋也。夫子安，仲淹之孫。仲淹生隋世學絶道廢之時，承其祖博士先生江州府君六世以來之學，修身箸書，稽仲尼之心，天人之事，帝王之道，昭昭乎誠所謂豪傑之士也。子安乃不能服先人之義，續未竟之緒，沾沾焉以文辭自矜，陋矣。何徒傷其不享爵禄也哉！

且夫文辭者，天地之精英也。精英含畜凝固，則元氣日磅礴而深厚。發泄盡則元氣灕，元氣灕則人心薄，而世數亦因之而降。是故文士之多浮藻之盛，乃世運之大不幸也。仲淹嘗言曰：『今天下言政而不及化，是天下無禮也；言聲而不及雅，是天下無樂也；言文而不及理，是天下無文也。王道何從而興？』旨哉言乎！使子安知此，何文藝之足云！

綏，植之先生孫也。吾族自高祖竹圃府君，以儒者之學教子，其後世承其緒，愈衍而益明。待廬先生、展卿先生皆以經術文章箸名當世，植之先生尤集其成。綏之孩也，最先生所鍾愛，常常稱贊之。余嘗謂先生，昔吳幼清之祖喜誇其孫，當時號有譽孫之癖，先生殆是也。然幼清卒能不負其祖之譽，篤學修行以見於世，爲有元之大儒，使後世稱其祖有知人之明。綏乎！吾願汝之爲幼清，而不欲汝如子安之沾沾以自小也。余與綏避亂柏堂，今將去余而客遊，因書此以送其行。咸豐六年正月。

贈宗屏敘

天地之初，至渾穆也。由渾穆而漸開，始於樸素，極於文明。至於文明，而渾穆之氣薄矣。由是而支離、而蔓衍，而紛華靡麗，而雕琢粉飾，逐末忘本，月异而歲不同，窮大而無所歸，文之敝於斯爲極。物極則必反。人心喪，廉恥衰，爭奪興。於是棄文尚武，重利輕義，舉數百年之禮樂、文章、聲明、文物、絃歌、揖讓之風，冠裳之會，蕩然廢棄而無存。人知蕩廢者，文明之衰，而不知文明者，已爲渾穆之薄，而蕩廢之漸也。而文明蕩廢之餘，又將爲渾穆樸素之始。

歷觀古今世數之盛衰，國之存亡，家之興敗，循環反復，恒必由之。君子見微知箸，初不待扶持於禮義消亡之後，而常殷憂於文明方盛之時。昔者，孔子見周末文勝，常思從先進，證夏、殷，禮寧儉，喪寧戚，與其不遜也寧固。删詩正樂，於國風思治之後，而繼以豳風七月之章，周、魯二頌之終而附之以商頌，皆欲反文明於渾穆也。陶潛曰：『汲汲魯中叟，彌縫使其淳。』其深知夫子之心者哉！向使孔子當日得行其志，用唐、虞、夏、商之質，而損益乎周之文，使不至流於偏勝焉，則亦何至有七國兵争之事，而秦氏焚書坑儒之禍，亦必無自而起。人知焚書坑儒，秦氏之罪也，而亦知由周末文勝之弊之所致邪！

吾桐地名始見於春秋，宋、元以前，雖間有聞人，然大抵渾穆樸素之氣未散也。至明而文明大啓，當是時，宗屏之祖斷事公於成祖篡位之時，以忠烈開吾邑之首。其後明善先生繼何省齋講學之後，恒懼文之日勝也，倡明實學以正時趨，子孫後進世守爲法，故終明之世，吾邑學者多尚廉恥，重禮義。仕則直己守道，以循吏、忠節箸名史册；處則敦仁讓，礪名檢，修行孝弟於家。正氣固於内，斯邪氣無隙而入。獻賊之禍徧於江淮，桐以孤城當其鋒者八九年而卒完固者，其本在是也。

且夫畜之深者，發必暢；積之厚者，澤必長。浮華太過者，其根氣必傷；藻采太盛者，其昭質必剥。斯固造化流行之自然，而亦人事得失之感也。明之時，吾邑文明已啓，而先正立節崇實，不使文之流於過磅礡鬱積，迄於我朝而遂大發，爲人文科第仕宦，既爲江南北之冠，而望溪、海峯、惜抱三先生出，海内論者，又以爲天下文章在桐城焉。物盛則趨之者多，而假託以依附者亦必衆。末流之弊，無其内而飾其外，逐其名而喪其實，務爲發泄，而不知畜積以厚其基。正氣虚，外邪遂得以乘之。此亦天道之無可如何也已。

咸豐三年，粵賊入桐城，余與宗屏避亂魯谼山中。每言及禍亂之由，未嘗不嘆息焉。宗屏與余不同宗，而少同學，志相得，常念吾邑文學之衰，思异日有以救之。吾謂今日文明蕩廢之餘，正可爲渾穆樸素之始，則所以扶持而挽回者，不僅在文也。昔者，忠烈公有從容就義之詩，明善先生有明倫崇實之論，願與宗屏日三復焉可已。六年夏六月。

送甘玉亭敘

昔孔子去魯曰：『遲遲吾行。』獨於昭公去國之時，遽適齊，爲高昭子家臣。定公立，始反乎魯。夫魯，爲孔子父母之邦。當是時，君孫於外，强臣擅政於内。孔子何不居魯，陰圖爲君討賊，以靖國家之難，而鬱鬱以去，抑何恝然如是也？蓋聖人之心所經綸者，在天下之大經，立天下之大本。急功近利，見少欲速之謀有所不屑爲，居位任職敬君之事，死君之難，成敗利鈍之説，自不得淆於其中。無位與權，則必潔身去亂，養晦俟時，不失身於亂臣，而亦不輕其身以犯凶人之毒。此所以爲聖之時也。卒之畱其身以繫民望，出遊諸侯之國。三家雖强，而終不敢行篡弒之事。昭公雖不復，而定公卒得繼統以爲君。豈非孔子去魯之力與？不然，徒以身試險，一擊不中，則身死，而三家愈以無忌，魯之爲國尚復有望乎？

且夫君子之居於世也，亦視乎天之降大任於我者何在，取而任之而已。昔者，微子遭亂，以宗祀自任，故去而之國。比干以臣道自任，故直諫而死。而箕子是時獨明洪範九疇之理，以爲先王道統之傳在是，不得不任而守之，幽囚爲奴，忍辱不死，以期傳道於後世。蓋天之所以大任余者在是，則不得不以是自任，而或輕身以就死也。是以孔子稱之曰仁，而繫易傳又曰：『箕子之明夷，利貞。』何者？以世情觀之，偷生者多，則能死者重。以道觀之，則守道者重。徒死而不中於道者，又何足爲有無邪？

吾友甘玉亭少負四方之志，桐陷後，眷眷父母之邦不忍去。常取文文山零丁洋、正氣歌諸篇，三復焉以寄意，而陰圖義舉，身蹈危機，卒不獲成其志。今將遠行，而猶豫未忍也。余因發孔子去魯、箕子明夷之義，以示之則焉。

卷第六　傳

徐觀察傳

公名豐玉，字子逢，號石民，桐城人也。父鏞，嘉慶己巳進士，官順天府尹、山西布政使，終太僕寺卿。公少負經世才。初任貴州平遠州知州，歷威甯、黄平二州，擢安順府郎岱同知，署思州府，升湖北黄州府，復擢授湖北督糧道。公智勇兼人，洞達當世之務，執大義，不爲上官屈。所任盜賊斂迹，獄訟希少。去則士民泣送數十里外。其治黄平，有劇盜保禾聚黨據險，日肆掠。大府慮激亂，不敢捕。公至，詳陳利害，不聽，其後盜劫公車，巡撫懼，事聞乃奏，令候補知府胡公林翼統兵剿之。未幾，胡公去，遂以委公。當是時，廣西姦民李世德、淩十八、洪秀全、楊秀清輩，各以邪教惑衆作亂。巡撫鄭祖琛故文儒，畏懦，賊勢將蔓延。貴州省治極邊，苗夷獷悍難治。公懼因循久，盜勢積重，亦必大爲民患，乃練民兵，親帥入山剿捕，以計盡得盜首誅之。事竟，巡撫抑公功，士庶多不平。公曰：『吾爲地方除害，豈以人命博升階邪？』時張公亮基撫雲南，署雲貴總督，入覲，過黄平，得實，密疏薦之。故公一歲洊升至黄州府，涖任未數月，而粵賊數萬犯長沙。

先是道光三十年，上初臨政，盛怒鄭祖琛釀禍，褫職，起林公則徐於家任之，林公道薨。復使李公星沅、周公天爵、鄒公鳴鶴，皆無效，特命大學士賽尚阿公節制諸軍，賜遏必隆刀，期殄賊。久之賊益肆，而兩湖總督程矞采防堵衡州，復退縮，賊遂由全州犯湖南境。全州知州曹燮培、都司武昌顯固守，提督余萬清、劉長清頓兵不救。賊由是連陷州縣，直至長沙，是爲咸豐二年八月也。時上已罷賽尚阿、程矞采，命兩廣總督徐廣縉督辦兩廣、兩湖軍務。張公亮基撫湖南，既深知公才，奏調公。公至，分守西門，晝夜巡察不懈。九月三十日南城圮，公仍督守西城不動。徐廣縉奉命後，逗遛不前。十月賊始解圍，至岳州，提督博勒恭武棄兵走，賊遂直下攻武昌。公隨廣縉至岳州，力請統大兵進援，不聽。十二月武昌失。

公復謁廣縉曰：『事急矣！武昌失守，賊必順流直下，江西、江南將不保。公盍移節黄州，截賊下流，無使猖獗？大臣任事當爲國家計利害，不當計一身生死。』亦不聽。三年春，賊果東下。兩江總督陸建瀛防堵九江，復敗走，安慶、江甯俱陷，而廣縉亦卒以逗遛得罪。是時奉特旨，擢公湖北督糧道，張公署湖廣總督，奏請以公權漢黄德道。賊甫東下，城中無官吏，土匪肆行。公至，誅其魁數人，民始安。

賊之東下也，沿江焚掠。上命分別緩徵。廣濟知縣蔡閏琛不奉令，且加賦。姦民宋關佑等因率衆譁於縣庭。黄州知府邵綸至縣彈壓，調黄梅知縣鮑開運兼理廣濟事，殺數人，民遂變，戕鮑與邵，聚衆數千。張公檄公及按察使江公忠源、提督阿公統兵剿之。公聞變，白張公曰：『小民爲昏吏迫，非作亂也。方今粤賊披猖，急持之，反與賊合成巨禍。某請往，誅其首戕官者數人，足矣。』至則曉諭，使解散。被寇者免徵，未被寇者納賦，爲首戕官者縛獻。宋關佑等懼罪，煽惑愚民，謂兵至無老少皆屠之，不如抗拒，糾衆數萬，不從者焚其廬。公與江公率兵勇先，遂擒數十人，誅其酋，餘給示使歸，諭鄉民無恐，無助賊。一夜，賊圍營。公命營中燭盡滅，謹守無譁，而營外炬火光如晝。賊不見我軍虚實，而我兵洞見賊，俟賊逼營，兵勇出擊，殺數百人，賊大驚潰，首逆多就擒，餘始解散。居民俱復業。自二月，粤賊據江甯，復陷揚州、鎮江據之。提督向榮奉命剿賊江甯，提督鄧紹良剿賊鎮江，爵帥琦善、提督陳金綬剿賊揚州。夏，揚州賊分竄鳳陽、歸德，攻開封不剋，遂渡河北竄，餘賊擾河南。鎮江賊突出襲，燒大營，而江甯之賊亦分竄江西，將復擾兩湖。江公奉命援江西。張公遂特疏遣公駐兵田家鎮，總理湖北防務，使漢黄德道張公汝瀛副之。

田家鎮者，扼賊竄兩湖之要害也。岷江至荆州始闊，至武昌會漢水始大，至田家鎮江面極仄。鎮在江之北，後有大山曰黄金塔，鎮之上小山曰老鼠山，再上曰磨盤山，鎮之下大山曰羊子山，有沙紀長入江中，與南岸半壁山對。半壁山陡絶，其下水勢迅疾，上無緣路。船至必順旋流過北岸沙紀，乃得上。公列營諸山，又於沙紀札木筏，夾棉絮竹片中，作城其上，礮不能穿。而沿城鑿穴，列礮位。賊船至沙紀，礮轟擊無不碎者。半壁山後爲湖，通興國州，其入湖曰富池口。公欲營於半壁山，而兵單不可分，乃遣都司某駐兵瞭望。公治兵有紀律，恩威竝行，大將皆凜凜。日削木牌千百方，書告諭納江流中，脅從來歸者給路資，於是投誠四散無算。始江公赴援江西，與巡撫張公芾爲固守計，傷賊甚衆。賊百計攻之不能破，遂分擾府州縣數十，掠糧數百艘，接濟江甯。自九江以下，賊船上下無敢過問者。公常慨兵興以來，各省防而不剿，非善策，又以賊之得上竄者，一失於梁山不守，一失於安徽巡撫棄安慶，退駐廬州。擬疏極言其非，乞張公代奏其所設施，慨然欲以滅賊自任。而張公亦深心倚之。八月，賊知江西終難破，燬壘解圍，復踞安慶。其渠魁統衆西上，九江不守，白帆蔽江，遂至富池口，攻田家鎮。公遣兵戰，連獲勝，賊泊小池口不敢上。九月朔，賊分路登岸。公督戰急，都司董某兵適至，賊大奔，追殺數百人。次日，公出木筏攻戰。賊退駐富池口。是時，公所統兵勇僅二千餘，餉不繼，又水戰，礮船不足，屢請於督撫。時張公已改撫山東，欲督兵來援，而巡撫崇公欲棄田家鎮，畱張公城守，張公争之，乃使署按察使唐公樹義統兵二千，同知勞光泰統礮船二十四，接應田家鎮。唐公旋奉檄防江北，遂屯廣濟。先是賊分船入湖，破興國州，又由小池口擾黄梅境，以分我兵勢，至是皆聚富池口，專力攻田家鎮。荆門州知州李公榞者，忠勇士也。時奏檄從戎，以爲不直擣賊營，終難破賊，追賊至富池口，力戰死之，而賊遂乘隙據半壁山之險。越二日，江公至自江西，謂兵單賊衆，宜退回省城，公不可。時大風，賊船乘隙過木筏，公以礮擊沈之，餘船據半壁山上流，公遣千總周鵬舉迎擊。次日，復大風，賊船乘勢蠭湧上。公與張公督戰木筏上，而船之越半壁山者，掠小舟，渡北岸，奪礮船。周鵬舉棄船走，賊遂燒營，及田家鎮。公回大營督戰，而木筏火起，兵勇潰，張公死之。公躍馬出營，手刃賊，賊來愈衆。僕某曳公行，公怒叱之，遂自剄墜馬，賊衆戕之，九月十三日也。

自賊起廣西，大吏皆以防堵爲名，不會剿。及賊至，又以退守爲辭，無敢與賊力戰者。逮賊據江甯，長江險要棄不守。大吏第擁兵自衛而已，公獨以書生統孤軍，遏賊全鋒，力戰十餘日，鋭意欲爲上游保障，乃竟賫志以没。悲夫！公年甫四十有一。没後，賊遂復攻武昌，濱江州縣多被害。其據安慶者，復入桐、舒，破廬州。安慶不守，退駐廬州之不善，卒如公言。

公神寒骨重，辭氣樸誠，暇則吟古人詩，從容有儒將風。每述殉節諸臣，及大吏逃遁失機事，慨然流涕，曰：『臣事君以義，顧名計子孫，死節已非純臣，況忍辱偷生者邪！』其調守長沙，謂妻子曰：『汝輩各自礪，吾此身不爲家有矣。』公之受知於張公也，或謂公宜以世俗門生禮見，公曰：『張公爲天下求人，某豈得爲張公私哉！』卒不可。張公汝瀛，字仙舟，山東樂陵人，以舉人由教習揀發廣西知縣用，軍功累擢至漢黄德道，樸直好問，遇事真實。雖與公同官，自知才不逮，計聽言從，虚心以圖，共濟殉節，時年五十六，亦張公亮基所識拔者。江公、李公皆然。故時稱張公知人云。公一子曰宗亮。公殉節後，賜謚勇烈。

論曰：吾每讀邸鈔，竊歎史臣之頌堯也曰：『其仁如天。』今吾聖主之仁，則又包乎天地之外也。國家承平久，文武恬嬉。而粤賊之興，聖主之所簡用者，皆必其素有名譽、事功之可紀。及其無效，重不過罷職遣戍，以示懲儆，或仍使之戴罪以立功，自博勒恭武、王鵬飛而外，未忍遽置重典也。其死難者，不特如烏都統、曹刺史、武都司輩之真能盡忠效死，爲之哀悼不已，厚予恤廕，即蔣文慶、陸建瀛亦猶以其死也，沛殊恩焉。於乎！寬仁如此，有人心者忍負之哉！然則公之殺身報國，固其所也。

金太守傳

公名雲門，字吉予，號菊軒，徽州休甯人。少好學，宗朱子，以其説講行於家，中道光癸巳進士。氣象端凝，接人以誠。歷仕知縣，有惠政。嘗爲浙江雲和縣俗多溺女，公閔之，申嚴法禁。分俸錢，以倡募商民，日出錢三四或一錢積。公所遇貧不能育女者，給錢其母，戒期察驗，瘦則減其錢。民感焉，薄俗始變。丁艱服滿，選湖北知縣，洊擢至安陸府知府。咸豐三年，署武昌、黄州二府。時遭粤賊殘破後，埋尸數千，有腰牌姓名者，誌其冢，撫恤民隱甚至。尤以百餘年來學之不講，釀此大患，慨然以礪臣節振士氣爲己任。

七月，賊之擾河南者，復竄入黃州境。先是二年冬，賊至黃州署，知府劉某棄城走，至是都司某欲逃，示意公，公答曰：『吾生爲黃州守，死爲黃州守耳。』九月，賊攻江西不剋，復上竄，既破田家鎮，黃州庫無餉，城無兵。公念戰守無可恃，徒令賊屠吾民無益，乃慷慨矢以一身報國衛民，謂其友桐城方士超曰：『天位乎上，地位乎下。惟忠孝節義之氣，足以支柱於其間。四字滅，天地反覆，人道同於禽獸矣。予忝守土，不能殺賊衛國，又不能干城救民，死且有餘罪，敢復愛死以玷臣節。』遂從容作書數十，賦絶命詩二章，促幕賓曰：『無官守，可速去也。』十六日，賊將入，公冠服拜闕，辭祖，手刃，儀門外井側端坐。父老環跪，請去。公曰：『吾不能保全父老，反使父老憐余，速去，無相累。』父老知公終不出，議負之而趨。公急躍入井中。賊至，出其尸，將割截。父老號曰：『此吾清官也，吾等求之去，卒不肯，盡忠死何罪？』賊乃相詫曰：『是好官邪！』爲覆席，置井側。

始公以朱子學教家，家人多化之。武昌陷時，公防守通城。妻黃恭人及二女居武昌者，皆死節。公弟瑾畬正衣冠，坐尸側。賊至索金帛，脅使降。叱曰：『吾兄金某，清官也，安得金？吾恨不能殺爾，安有降爾理？』公嘗知崇陽，以捕巨盜，活脅從者數百人，民感之。一賊崇陽人，忽驚曰：『是吾前縣官金公弟邪！』爲其儕述公崇陽惠政，相率去。

公殉節時，年六十。子早卒，二孫，長曰述祖，次曰邁祖，皆幼，瑾畬困武昌時，所百計保全者也。瑾畬，名人銘，陷武昌，一月不去冠服，賊亦不殺。至今人咸稱之。公死事聞後，賜謚果毅。

論曰：自宋程、朱大儒倡明正學，宋、明之世傳其學者，高可以窮理盡性，開物成務；其次亦多不失爲君子之徒，歷變亂而不渝其節。當時君德昏庸，政刑乖錯，用小人執權勢，而君子之道不行，以致失國。世之論者，乃以爲講學之過，令書院不得聚徒講學，而卒之化行一家，取義成仁如公者，依然講學之力也。然則講學何負於國哉！

廣濟知縣陳君傳

君名肖儀，字勤泉，江西弋陽人，年十九筮仕湖北，由縣丞擢知縣。咸豐三年九月二十七日，殉節廣濟，年已六十矣。

先是粵賊入江西，署兩湖總督張公亮基疏請以督糧道徐公豐玉、漢黃德道張公汝瀛統兵扼守田家鎮。及田家鎮破，徐、張二公死節，賊撲省城，餘賊登岸肆掠，濱江州縣多被害。廣濟去鎮七十里，故無城垣，召募鄉兵多望風走。君知事不濟，持刀端坐，見賊擁入，數其罪，大罵之，目眦盡裂，抽刀自刎，未殊。賊縛君，曳於市。子恩藻奮臂擊賊，賊立殺之。君罵聲不絕，賊鑿其齒，血淋漓，猶噴血叫讓。賊復剜其頰膚，盡見骨，淩虐三日，而激昂慷慨之氣終不衰，賊遂解其體爲五。遠近聞者悲憤，賊去，競斂焉。

始賊舟往來江上，姦民覬覦官庫，訛言時起。九月三日，有小隸夜撾門，倉皇報曰：『土匪入矣！』官役盡走。小人備肩輿，請急避。君厲聲叱曰：『吾守土官也，何所避！』疾呼賓友曰：『諸君無死義，可急去！』冠服，坐堂上不動，恩藻侍側。時擔囊盈門外者千百人，見君不去，大失望，天明逡巡遁。田家鎮破後，按察使唐公樹義在廣濟。一夜，兵譁亂，合署駭散，君復端坐如前日。自賊起粵西，蔓延數省，所陷州縣以百計。守土者，賊來先遁。賊去，靦然握符篆，治民事。大吏飾辭爲解脫，國家仁厚，不忍嚴加之罪。官吏遂奉善逃爲上策。君常慨曰：『身爲朝廷官，力不能禦醜類，甯不能舍一死以答君父？』教其子曰：『吾不願以功名富貴傳家，但欲汝世守忠孝足矣。』君爲人剛直闊達，政有便於民，必白諸上官。不從，則詳陳是非利害，侃侃辨論，必從乃已，故歷任有政績。

先是君遭母喪，扶櫬歸，舟泊塘角，會夜火發江中，舟焚，四面皆烈燄。君以身伏柩上，隨江流下，得不死，柩亦無恙。一時稱奇孝云。君之殉節也，桐城縣學生趙又良親見之，爲余述其事。又良，耿介君子也。

論曰：吾家桐城城堅，民殷富。明季流賊數圍困，卒保以全。民至今頌前令楊公爾銘、張公利民之德不衰。今粤賊蔓延桐，更調縣令數人，每聞有警，皆挈篋棄城走，故民無守志，致爲賊所據。而如君之效死不去者，又無城可憑依，天之位置人，何若是乖舛哉！

安慶二典史傳

張寶華，字子秋，江甯人也，爲望江縣典史。縣境濱江。咸豐二年冬，粤賊陷武昌。寶華謂其妻曰：『賊勢必下竄，予職卑任輕，縱殺賊，無能爲役，獨不可以罵賊死乎？爾何以自爲計？』其妻曰：『君死職守，余則殉君耳。』時官吏逃遁成習，視爲固然。僕婢驟聞其語，皆笑之。初武昌未破，時上命爵帥徐廣縉馳赴湖北，爵帥琦善馳赴湖北、河南交界之地，兩江總督陸建瀛馳赴九江上游，江西巡撫張芾馳赴九江，協力會剿。及武昌破，賊竄九江，陸建瀛退回江甯，賊遂陷九江，犯安慶矣。餘賊入望江，知縣衛君選殉節。寶華聞賊至，急與妻冠服，望北闕拜以謝，又望東南拜辭其祖。妻自縊。寶華繫印於身，守獄門，罵賊死。僚友王泗，華陽鎮巡檢，亦以罵賊死焉。咸豐三年正月某日也。寶華妻死後，有賊欲脱其服飾，尸忽以足亂擊之。賊大驚走，立死，聞者异之。余聞之望江倪豹岑主事云。

平源者，直隸大興人也。咸豐三年正月，署懷甯縣典史。先是安慶大吏以粤賊故備兵防堵，然皆粉飾虚文，實無城守志。陸建瀛之退自九江也，至安慶，使人謂巡撫蔣公曰：『賊至矣！公等速爲計。』於是一城皆遷徙。十七日賊至。布政使李本仁、署按察使張印塘、總兵王鵬飛、參將賡音泰、知府傅繼勛、知縣許垣、總理軍需局務同知劉丙、知縣周葆元皆去。巡撫出巡城，遇賊轅門外，死之。源聞警嘆曰：『一城盡走，如君臣之義何？予職雖卑，然不欲與諸公同生也。』冠服，坐堂皇。賊至大罵，死之。或曰死於獄門。

論曰：賊之圍桂林也，桂林固守焉；其圍長沙也，長沙亦固守焉。及攻武昌一月，城雖破，然大吏尚多有與城俱亡者。獨至安慶，城棄不守，文武吏多莫知所之。六屬之中，二典史一巡檢以死節聞，悲夫！

二義士傳

方先甲，字慎之，上元廩貢生。其先桐城人，明四川都司斷事諱法謚忠烈公之裔孫也。能文章，負俠氣。家貧客遊，而輕財好義，議論慷慨，有大略。潘中丞鐸，少時貧，不能赴禮部試，君舉幕遊所得金，盡以贈之。中丞貴，延之節署，而君周恤故舊，揮灑自如，負責以萬計。咸豐壬子秋，粵賊入湖南。中丞時爲湖南布政使，守長沙。君爲送眷屬歸江甯，寄居宗老人巷，一妻兩女一幼子。癸丑二月，江甯陷，君闔室自盡。或曰幼子亦死，或曰託孤他人，負之出。其女名八姑者，字子佩，先爲絶命詩一律，至今人傳誦之。

方君恩露，字雨培，亦桐城人，寄籍上元。道光壬辰科副榜貢生，與先甲皆忠烈公之裔孫，禮部侍郎望溪先生諱苞者，其五世祖也。少師事先甲，能詩，好古文，重然諾，不苟言笑，江甯人稱爲端士。家貧，授經以養女兄弟孀居者，舉家賴以全活。粵賊至江甯，君先期送母及妻子出城，已復入城居守。城陷，約所居磨盤巷人與賊鬭，不果，見賊遂大罵，死之。

論曰：城亡與亡，守土者責也。二君士人，於義可以無死。然力既未能遠避，而城陷於賊，亦豈可受辱以偷生哉？聞當時士大夫之里居者，往往被賊掠爲服役，或擊柝，或荷戈，以從其後，或幸而逃，或終不得脱，卒至於死。然則二君之所守者，正矣！

義士吳方二君傳

吳君調鼐，字子明，桐城人，國子監生。自少爲學，能謹守先儒之説，言動不苟，視世俗榮利浮名泊如也。嘗就試皖城，父病，家人匿不言。一日，吏唱名將及矣，始聞之，時風雪苦寒，遽提筐，徒步歸，視湯藥罔懈。有姑早寡，饒於財，欲分贈君，君固辭，爲請諸其夫家，立族孫後之。待兄弟諸子、族姻故舊，皆極恩誼。咸豐元年，舉孝廉方正制科，辭不應，賜六品服。嘗慨人心日偷，俗尚奢靡，禍亂之萌將自此始，思有以矯之，非端士習明學術不可，故日與其友趙介山、方魯生、馬命之輩，崇實黜浮，務爲根本之學。然時方乂安，聞者多迂其説。三年，粤賊入安慶，自春徂秋，桐城數聞警。當事者日籌經費，備守禦，而陰各爲避地計。余謂君曰：『子無城守責，盍速去諸？』君曰：『人心不變，禍未已也。與其死於道塗，曷若死先人敝廬中，猶不失爲正邱首邪！』十月十四日桐城陷，賊至其家，遂遇害。先是賊以兵脅降，君罵曰：『吾大清國讀書人也，何可降爾賊？』故及於難。傳其語者多迂笑之。時年五十有七。

方君曜，字東泰，桐城人。明四川都司斷事忠烈公諱法十七世孫也。父璋嘗爲四川富順縣丞，有厚德。君性不諧時，居城市數十年，日閉關讀書、飲酒，不甚與人相接。以國子監生應鄉試，不售，遂棄去。事親孝，嘗刲肱以愈祖母之疾。粤賊入桐城，殺掠數千人，已而出僞令曰：降者無死。時君父死未期，君衣斬，懷木主，避書室中，賊掠去，强戴以紅巾。君怒擲地下，大罵。賊殺之於張文端公賢良祠，年四十九。

論曰：余避亂山中，聞桐城潰後，賊殺掠數千，而求其以不屈死者，得二義士事。子明，吾友也，其死久在意中。東泰素爲不合時宜，故亦能舍死，而不點污其祖。又聞有某生者，賊掠至邑西市柴巷，脅使降，生不言，引頸，按以手，示求速殺狀。賊牽去，將戕之，他降者皆從旁勸。生忽大言曰：『殺之爲快！』遂死。有余某者，自言陷賊中，親見之。嗟乎！權勢位望，宜與有城守之責者，多見幾而作矣！其不及避而陷於賊中，遂託降志辱身，不惜玷其先人，偷一日之生者，亦不可勝計。而效死不去，舍生不屈，乃在此素不知名之人。悲夫！余故爲連類而書之。

二孝子傳

鄭君連，字韓浦，桐城人也。嘗爲浙西主簿。事親以孝聞，丁外艱歸。一日，宅東市肆不戒於火，延燒及其門。時君父殯於寢，君號泣呼救，而火勢烈。頃刻，門左右屋俱焚，柩不得出，衆謂君姑避。君曰：『親柩在，何忍避？若火入室，則匍匐伏父柩，以身脂膏凝柩上，庶免柩灰燼。』遂伏柩上不出，已而西北風起，室竟獲全。咸豐三年十月，桐城陷於賊，君不屈被害，雜衆尸埋河沙中。四年三月，邑人黄南山、楊玉林、劉伯秀輩，啓衆尸棺斂之，改葬高阜，尸多糜爛不可辨，而君面如生，其孫因得奉之以歸殯。知君者，以爲孝德之報也。

方君性連，字小恬，桐城人。父僡，舉人，句容縣教諭。世父賜豪，舉人，清溪知縣，無子，以君嗣。君生母周氏賢，事嫡守小星之分。家貧，延師教子，極其誠敬。君性介，不苟取，而事母最孝。咸豐三年，逆賊入桐城，君適在鄉，聞之急入城。人曰：『賊已入，不可往矣。』君曰：『老母在，生當負以出，死則同死耳。』入城負母，將趨出，而賊群至，遂被害。二十八日，賊去桐城。其族人爲入斂，見君以一手蔽母，五指與母耳俱斷，一手猶持母，面相向卧階下。

論曰：賊據城時，有先挈家避山中者，外人日洶洶來，謂賊且至，其人不以爲意。一夜賊果入其家，始倉皇避去，遺其父被執以死。吾傷夫人性之薄，見害而不顧，其所生何論君國哉！作二孝子傳。

朱主事傳

君名麟祺，字卧雲，江甯六合人。父京昌，國子監生。君中道光丁未進士，用刑部主事。

咸豐三年正月，逆賊入安慶，據江甯。先是二年冬，賊出湖南，上特命侍郎呂公賢基歸安徽，團練鄉兵爲守禦。呂公奏請給事中袁公甲三、荆宜施道趙公畇、前工部主事徐君啓山及君襄焉。是時，賊甫東下，廬、鳳、潁、亳間，撚匪乘機四起，聚黨多者至數千人，與逆賊遥相應和，勢洶洶成巨寇。侍郎周公天爵疏請身任其事。君先駐宿州團練，旋奉檄剿捕，於潁州、盱眙、天長、來安、懷遠、臨淮諸集鎮湖山間，所殺獲甚多。江以北，撚匪之不遽成巨禍者，推周公首功，而君與袁公及太守金公亦與有力焉。金公者，名光筯，時爲壽州知州也，先是襄辦團練諸員。呂公奏以袁公與君等防北數府，而安慶六屬邑則委於趙公。然六邑團練徒虚名，實無一能備賊者。八月，賊復入安慶，呂公聞，移節桐城，徐君從。時團練粉飾已久，而賊又逼近，民心涣散。呂公名團練大臣，實無一兵相隨，居月餘，終亦不能振作而去。十月十四日桐城陷。是時，君來廬州，聞之卽馳赴舒城。呂公因委君與漢中鎮總兵恒興，進駐桐城北峽關防剿。君日夜營謀，製備攻城具，將設伏運奇，刻期爲收復桐城計。未數日而賊已至。君見賊，遽督勇前，賊少却。恒興者，前與按察使張熙宇守集賢關，退居桐城之逃將也。至是望賊而退。賊見君勢孤，遂大進。君率武生侯昭、勇目袁光佳、侯紹宗拒戰，死之，十月二十八日也。君死之次日，賊入舒城。吕公與徐君從容投池水死，而恒興、張熙宇旋以逃故伏辜。

論曰：吾聞之張勳云：君喜談禪，寡世俗之好，行篋中時備一册，記當世忠節事及其詩文，諷誦之。每有戰，必奮勇争先。乃年未四十，未得展其才志以没。悲夫！彼世之望賊而逃者，無他，畏死耳。然如恒興、張熙宇輩，終亦不免於天誅死同，而視君之死何如哉？

祁門知縣唐君傳

君名治，字魯泉，江甯句容人也。中道光乙酉江南鄉試舉人，以大挑知縣，分發安徽。君爲令，不以才先人，然清廉篤實，無聲色服食之好，所至勤政愛民。嘗權知桐城縣，歲大水，君先時請帑勸分，誓於神，不沾一錢，亦不假手吏胥。延邑中公正士，按口賑施，民得實惠，而君髮鬚一月盡白。次年大水，君益拮据振濟。當是時，江南北被水州縣以百計，而惟桐城少餓莩之民。

君尊禮賢士。邑有名儒方先生植之，窮老家居，前令疾其直，嘗以事誣之，欲致之獄不得，則多方毁於大吏以窘之。君至白其冤，後以師禮事焉。調任祁門，益以興利除害爲務，創義倉，積穀數千石，以備水旱。修復東山書院，而以禮延方先生爲諸生師。嚴緝盜賊，獄訟希少。

君淡於宦情，常欲退休，然念時方多難，不忍也。言及國事，則泫然曰：『與其死於家，曷若死於國，以報君父！』咸豐三年二月，粤賊據江甯。安徽改省治廬州，巡撫棄安慶不守，賊船上下無所顧忌。君上書陳利害，不用。祁門無兵，依山爲城，甚卑陋。而徽州以富名，賊久覬覦之，欲犯徽，必道祁。君屢言於太守，請以兵守險。太守不能行其謀，而祁之姦民前苦君嚴緝者，遂爲賊嚮道。四年正月二十四日攻祁門，君先作書寄家人言：『城存與存，城亡有死無二。』身率鄉兵，冒矢石，嚴守半日，礮轟擊數十人，城陷後被執，勸之降，不可。淩虐數日，亦不屈，乃以禮遇之，終不食飲。賊告以黟縣令率民進金事，君發怒，戟手大罵，遂與大洪司巡檢鍾君先後遇害，尸沈於河。鍾君名普塘，紹興人，賊欲説降之，笑曰：『吾年逾六十矣，即不知羞恥事而降爾，能再活六十餘年邪？』祁門人傳其罵賊尤烈云。

論曰：賊躪安徽，守土吏殉節死者，惟蒙城縣知縣宋君維屏，全家以忠烈聞。其餘鮮不聞風棄城走，或預託防堵出城，賊去，復靦顔位民上，竊國家之禄。其甚者如廬州知府胡元偉、六安知州宋培之、銅陵知縣孫潤、舒城知縣鈕復疇，屈身降賊，受辱如奴隸，而不忍一死。嗟乎！死固若斯之難也。君生時，同僚多戲之以爲愚，及今觀之，其殆孔子所稱愚不可及者夫！

廬舒二義士傳

鍾繼昌者，舒城人也。以資得州同銜，年少，有俠氣。咸豐三年十月三十日，逆賊入舒城，知縣鈕復疇先數日棄城走，民無恃，被賊迫脅，供雞豚。繼昌念其族高祖邦期，當乾隆時，以知府陣亡金川，詔祀昭忠祠，子孫承世職罔替，慨然謂其族曰：『吾忠孝之家，不可爲賊辱。』率族人團練以拒，賊不敢犯。鄉民有供賊者，執而戮之。賊自入舒城後，旋破廬州，陷六安，掠英山、霍山，渡河北竄，復分賊入無爲州、巢縣、廬江，或據城而守，或大掠自棄去，横行數月，不聞有一將一兵攻復一城者。繼昌與前訓導金上珍，獨陰畜死士圖恢復。巡撫福濟聞其名，密授機宜，約日圍城，檄某官及合肥義勇爲助。及期火城門，援梯四面上，賊中大讙亂，多中槍礮死者。廬江、桐城守賊聞之皆震動。忽天大雨如注，火器不能施。六安、合肥援賊至，鄉勇驚潰，繼昌與金訓導遂被執。始賊圍廬州，知府胡元偉陰降賊，城之破，元偉有力焉。及繼昌敗，元偉爲賊説降，繼昌罵曰：『吾忠臣子孫，豈效爾降賊邪！』訓導故元偉屬官，亦大罵，遂俱被害。賊怒繼昌尤甚，刳腸胃而支解之。咸豐四年春某日也。

吴廷香者，廬江人也，字奉璋，號蘭軒，咸豐二年優貢生，舉孝廉方正。三年冬，逆賊破廬州，旋入廬江，知縣徐某棄城逃。廷香避之山中，常泫然曰：『吾不死於賊，終當殺賊以報國。』盧江爲江北僻壤，不當衝衢。自四年春，提督和春奉命圖復廬州。夏，提督秦定三奉命圖復舒城，皆去城數十里，名圍城，實不據賊要害。賊援皆由盧江進，往來不絶。廷香念，不斷賊援，不分賊勢，舒、廬雖常獲小勝，終無收復理。乃往舒營，請兵襲城不可得。遂歸募金，招鄉兵千人偕前邑外，委熊允升密約居民爲内應。八月三十日殺賊數十人，盧江復。是時，和提軍統兵勇數萬人，秦提軍統兵勇數千人，皆無功。盧江復，廷香請分兵守城，不至。賊四路來攻，熊允升督勇戰敗之。賊遂焚掠遠鄉，以絶城中餉道，巡撫福濟命何觀察桂珍募勇往，而以三河巡檢沈某權邑令。觀察先因剿撚匪至霍山，沈某與婁某、蔡某率勇駐湯池，不進，固請之，始入城，燬民房，登城以守。然是時，城中無糧，廷香與允升力支軍食十餘日。賊衆來攻，外援不至。婁某、蔡某俱欲潰，縱勇掠居民。廷香登城，椎胷泣曰：『吾志欲報朝廷，今反得罪鄉里，死有餘恨矣！』九月二十五日沈某走，盧江復陷。廷香拔刀自刎，左右奪刀，勸之行，廷香厲聲曰：『出城一步，非吾死所也。』遂巷戰而死，年五十餘。

論曰：吾嘗翫易：陽生於下，剛浸而長，則爲復、爲臨、爲泰、爲大壯、爲夬之象。今逆賊凶横，而以余所聞見，草野士民多有欲殺賊報國者，如六安之朱武舉殿甲起義於蘇家鋪，桐城馬三俊起義於霍山，與二義士皆卓卓箸耳目者。又聞同繼昌起義時，有王大虎者，亦被執，使降，大言曰：『我王某何如人！得與金、鍾二君同死，不亦快乎？何降爲！』而盧江復陷時，又有諸生鮑雲鵬力戰死，諸生吳澗盤駡賊不屈，備受慘毒死。其後宿遷臧公圍桐城，又有諸生張勳從戰死，是皆稟陽剛之質也。陽氣生於下，爲群陰覆壓而不申，雖不得遽爲泰、爲大壯、爲夬，然固已有復之機矣！君子見微知箸，所以百折而不悔也。

馬徵君傳

君名三俊，字命之，桐城人。其先祖有諱孟禎者，仕明萬曆、天啓朝，爲剛直名臣，事具明史列傳。祖宗璉，嘉慶己未進士。父瑞辰，嘉慶乙丑進士，官工部都水司員外郎，皆以經學顯。

君少沈毅，有至性，初從其師方魯生士超，講明心學，後又從名儒方植之先生遊，得其微言，闇修深造，淡於嗜慾，忘懷勢利，於時俗之名不好也，雖没世之名亦然。然負俠氣，喜飲酒、擊劍，好讀屈原、莊周、太史遷、賈誼、劉向、朱子之文，至仁賢不遇，忠義空立，俗流失世敗壞，未嘗不廢書而流涕也。見讒巧醜正，姦邪蠹國，庸臣鄙夫，唯阿瑟縮釀禍亂，則又氣結語鯁，恨不生其時，拔劍而殪其人。間飲酒言及，往往憤懣不能終席焉。常自以義理遏抑之。爲經義、詩文粹然深醇，然幽憂之思，悲憤之意，亦時不覺其流於詞也。屢困鄉舉不悔。咸豐元年，始以優行第一貢太學，又舉孝廉方正制科高等。

方是時，粵賊披猖，文武將吏貪財惜身，不顧國患。君本無宦情，其應舉欲以順親，非所好也。至是忠憤鬱積，乃始慨然有澄清之志。三年正月，安慶失守，訛言賊旦夕至桐。人惶懼失措，知縣某莫知所往，姦民蠭起，十百爲群，官兵往來境上，亦多乘亂爲患害。時獨縣學生張勳慟哭，誓死以待。君奉父兄命，亦急起而坐鎮之，擒殺姦民爲倡者十數人。又用張君謀，立法，勸富民給散貧者，亂始定。賊既陷安慶，盡趨江甯上游，諸帥皆遠避，置安慶、蕪湖不堵截。君知賊之必回竄也，日夜居明倫堂，訓練鄉兵，非省親不入私室。大盜十餘人，夜越獄，君親率勇擒之。又時與張君往來四鄉，聯合團練聲勢。桐本無守營兵，君所練勇止三百人，而當是時，桐城團練之聲聞於江南北，號數萬。五月，賊復竄安慶，攻江西。七月賊竄太湖。君皆與張君揚兵堵境上，賊莫測虛實，不敢至也。時知縣某已解任去，繼之者皆無城守志，惟粉飾敷衍，幸賊之不來而已。君獨與張君日夜勤勞不懈。八月，賊攻江西不剋，回據安慶，修守備，桐人大恐。時巡撫李嘉端駐節廬州，前按察使張熙宇駐集賢關，皆畏安慶，不敢至。

君上書撫軍，以爲『制寇之道，必先能進攻而後可退守；守禦之策，亦必先據要害而後可保城池。全州不守，禍及湖南；岳州不守，禍及武昌；小孤不守，禍及安慶；而安慶又棄不守，然後禍及江甯、鎮江、揚州，以及大江南北。此明驗也。今賊據安慶，此其意必在廬州。夫前之置安慶而退駐廬州，已失計矣。今賊欲窺廬，必由桐、舒，而桐城逼近省城，尤爲要害之地。桐城能守，則舒、廬聲勢乃壯，人心乃固。桐城不守，則逆賊凶燄必熾，虛勢必張。是以三俊前此不量輕弱，每有賊警，卽與諸生張勳率勇出堵，非徒欲保此區區一城也，誠以桐城地勢關係北路最重，故欲冒險以遏賊勢。且三俊統觀近日賊情賊勢，大都利於水而不利於陸。我之所以禦賊者，大都利於守，利於戰，而獨不利於退避。自粵西起事以來，賊之所破，多不守而破，非固守而破也；賊之所敗，多不戰而敗，非力戰而敗也。觀桂林、長沙、南昌、開封四省城，苟能死守，賊未有陷之者。六合小邑殺賊數千，而賊不敢至。江浦、含山、許州皆以守而得全，不大可見乎？全州之守而破，乃余萬清頓兵不救之罪，非守之過也。今江北全勢完固，虛實未爲賊覺，而安慶之賊，又皆江西敗殘之餘，且未齊集。伏望明公於此時親統重兵，或委一奮勇將弁，乘其未備，迅速進攻，而分兵守桐，以爲接應。如安慶敗，則退保桐城，以爲舒、廬之障，使賊鋒於桐一挫，再圖進取，猶可爲也。若此機一失，俟其休息，窺破我兵怯懦情形，竄桐、舒以入廬州，則北匪搆結，勢難阻遏，非惟廬州莫保也，河南北、山東西、畿輔之地，恐又將受其禍矣』。

書上，撫軍遣總兵恆興會熙宇堵剿，而皆擁兵不進。先是當事者，本無城守志，畏君嚴正，不敢泄及是，明示令人遷徙。邑士民有上書誓死願守者，知縣譙讓之。君與張君以正義争不得，涕泣反覆深明遷徙之害，而同事者亦不信也。時吕侍郎賢基以團練駐節桐城，君白之，亦不能禁。君年少分卑，無可如何，惟日涕泣而已。張君欲率勇至集賢關，助官軍攻安慶，亦不得。越月，熙宇、恒興棄關逃，君固請吕公嚴劾之，而自統兵進攻，或卽以其兵守桐城。吕公以奉命團練，未受命統師也，謝不能而去。十月十四日，賊大至，熙宇、恆興所統兵尚千餘人，皆遁走，城不可閉。獨君與張君率鄉團數百人拒之，遂敗潰。賊果屠殺數千人，遷徙之家多受害。後月餘，賊遂入舒城，陷廬州，渡河而北，蔓延千里，一一皆如君料也。

初君入局卽自矢死守，曰：『吾不求利禄，不計勳名，但欲爲國家蕩寇平氛，使共覩光天化日耳。如其不幸，轉溝填壑，得攄抒熱血忠腸，不亦勝於鬱鬱而生哉！』因作輓聯以自誓。其友方宗誠曰：『君無官守而有父兄在，義未可以自主也。』及城陷，仲兄星曙遇害，伯兄建勳奉父避居邑西唐家灣。君遂奔父所省視，而土人懼賊，不肯容，父兄亦促之行。君不得已，泣辭去。後數日，父被賊執，不屈死。君聞之，哭曰：『吾志欲保城，亦所以保吾父也。逮城不能守，原欲與城俱亡，徒以父在不忍，乃又迫於勢，不得保全父，不忠不孝，罪大惡極，即後能復讎報國，亦何面目入人世乎？然自是，是吾效命之秋矣。』當是時，賊燄張甚，舒、廬又旋失，君孤身往來楚、豫之交，數月無可藉手以報君父者。四年夏，遂與前任桐城知縣成福、六安參將慶麟，招集義勇於霍山，上書撫軍福濟，欲助官軍殺賊，撫軍義之。時賊多據廬州，桐、舒、潛、太之賊不過數百人，安慶之賊亦不踰千人，皆無備，而大帥第擁兵廬州，不知乘虛擣賊。後五月，提督秦定三統兵圍舒。君曰：『此其時矣！』因張勳説秦提督急攻舒，而已以義兵襲桐，約慶麟以義兵襲潛、太，三路期會，攻其不備，則賊勢必分，心必亂，勢不難於剋復。然後進兵以攻安慶，絕廬州之援，則廬州亦自易於剋復矣。廬州復，而後以全軍截江。此君平賊之計也。於是又白撫軍，以爲事成不邀功賞，事敗則以身死之。撫軍獎與，益至君急於復讎，遂先進兵中梅河以俟，而秦提軍性持重，不肯進攻。君既孤軍深入，又憤欲殺賊，不肯退，行至周瑜城，援絕餉匱，姦民搆賊夜襲營，力戰死之，六月二十一日也。

初桐、懷失守後，久不聞官兵聲息，及聞君起義檄，多鼓舞，思爲內應者，而賊亦震恐，不敢居城，乃竟不果成功而卒。賊因是大修守備，將吏益恇怯，遂終年不剋復。

君學既精醇，而狀貌魁偉，舉止端凝，言論從容中理，又有武力，能挽强弓，舉數百斤刀石，指麾如意，故時稱其有文武才。惟性渾厚，與人誠實無欺，人欺之亦不盡覺，嚴氣正性，而應變達機非所長也。以國難家讎憤積胷臆，遂奮不顧身，不擇人而與圖事，故以齎恨終，知之者莫不傷焉。君殉節時，年三十五。事聞，上閔恤甚至，特旨與其父兄俱優恤，並於殉難地方建立專祠。君死後數月，張勳亦隨宿遷臧公戰没於桐。

論曰：學之不講久矣。君以忠信之資，聞道甚蚤，使得大成其所學，豈可量哉！乃竟摧折困鬱，並不能稍伸其忠孝之忱以死，亦獨何與？或曰：孝子之至，莫大乎尊親君。雖不獲削平大難，殺賊瀝血，以告於父兄之前，而捐軀報國，使父兄之節因君而彰，血食萬祀，流譽無窮，豈非大孝也哉！

宿遷臧公傳

公姓臧氏，名紆青，字牧庵，江蘇宿遷人。中道光辛卯舉人。自少倜儻好談兵，所結交多不羈之士。當英夷入寇時，公見武備廢弛久，人不知兵，寇至多受殘害，因立法團練鄉兵凡萬人，備守禦。靖逆將軍聞公名，聘入幕府。公主戰，將軍主和。奏公名，議敘同知銜。公曰：『無功而受賞，不可，且以和受功，不亦恥乎？』卒辭去。自是，海内咸知有臧牧庵者。

咸豐三年，逆賊陷安慶，據江甯。淮南北撚匪乘舋爲亂，聚黨多者至數千人，與逆賊互作聲勢。侍郎周公天爵奉命治之。周公夙重公，因疏請公練勇剿匪，且言公才可大任，聽自成一隊。公素有威名，撚匪畏之如虎，稱之曰『老虎兵』，所至撲滅解散，多願歸附效死者。周公薨，副都御史袁公甲三繼其任，亦深倚重之，積剿匪功奏賞四品銜。

四年冬，遂疏請命公統兵勇來桐城。先是，桐以三年十月城陷，士民先後乞救於舒、盧兩營者，幾一年不可得。袁公時駐兵臨淮，念桐人請救之殷也，又欲取安慶以截江路，遂以人心向化，機不可失，奏請進剿。天子以臨淮南北扼要，不允。於是乃復疏請公行。當是時，曾侍郎國藩已剋復武昌，破田家鎮，順流東下，使提督塔齊布、羅觀察澤南由陸路進攻廣濟、黄梅。上既先允袁公請，復以曾公故，命公速進兵接應潛、太。時提督和春統兵圍廬州，提督秦定三統兵圍舒城，皆久無功，上切責之，令速破賊，以圖會剿。公既奉命至六安，又得曾公書，相期會，於是遂疾馳至桐，兩敗賊於大關、吕亭驛，追至城下，十一月六日也。公以兵少不能安營，又以舒、廬圍師率離城十餘里，不斷賊出入餉道，以故久無功，遂自率兵勇一千圍南門，參將劉玉豹、同知李安中各統兵勇五百圍東門。南門賊衝，故己獨當之。公治兵有紀律，愛之如子，其勇精悍敢戰，而不妄取民間一錢一粟。初賊以土匪目官兵，煽惑民聽，及見公之兵，而民皆大説，簞食牛酒，日接踵至。公宣示固辭，以吾來未爲民除害而先擾民，可乎？民益喜，多懷義憤，欲助之攻城者。時攻城之具未備，城堅不可猝下。賊既敗於湖北，又懼公破城後，與湘兵成夾攻之勢也，悉力來援。十二日，公迎擊於天林莊，大敗之。十四日，又迎擊於掛車河，七戰，賊七北，追至陶沖驛。凡至桐殺賊甚多，獲軍裝器械無數，而我兵無一死傷者。然當是時，公以孤軍深入舒、廬，大帥頗忌公，不爲接應，又不急攻城以壯聲威，賊益得專力於桐。劉參將、李安中皆怯懦，無能當賊者。方公之追賊陶沖驛也，參將同行，屢請班師，公曰：『寇未窮也，而遽班師，賊反撲，我師有遺類乎？』李安中亦屢催公回營防守。越日，公歸，悄然曰：『此老賊也，不乘勝直追，雖敗而不散。諸君不能戰，不能攻，又不能守，事事須吾一人，吾其敗矣！』安中與公有隙。公性剛直，亦不能俯仰以和衆也。十七日清晨，賊援猝至。公性過於鎮静。先時有報賊來者，公不聽。及是，急出戰。劉、李遁走。城中賊突出，焚營。公與邑諸生張勳督勇殊死戰，殺賊三四百人，以無接應兵，賊伏起，遂俱戰死。是日，劉、李退走百餘里。次日，又走二百里。賊益肆，凡桐人助餉團練之家皆受禍。公死後，舒、廬大帥益持重不敢進，賊又得悉力拒曾公於九江不得下。兩湖總督楊霈守北岸亦退走，賊遂乘釁攻湖北，武昌復陷。公死時，年五十九。桐人雖重受賊禍，然念公之來，秋毫無犯，身先士卒，無不感泣思公者。袁公、曾公尤悼嘆，如失左右手。事聞，上閔恤甚至，賞加三品銜。

論曰：公至桐，余與友人方士超往見之，鎮静從容，以其所箸易學相質，宛然儒將也。忠義奮發，急欲削平大難，竟以孤立不能成功，惜哉！公死後，余與友人犯難尋其尸，見胷面間被二十餘創，可悲也已。烏呼！自賊陷安徽，將吏習爲退避。能守者，惟撫軍江公。能戰者惟公，而皆死。而致二公於死者，皆居然峩冠博帶以生，而反歸咎於死者以自解，免其不忠之罪焉。悲夫！悲夫！

義士張君傳

君名勳，字小嵩，桐城人，縣學附生。祖同冠，父錫祺，俱長者。君性伉爽負氣，家貧甚，好倡舉義行。嘗曰：『大丈夫遭亂世，則當卓卓箸功烈，死忠死孝。今幸承平，無功業可建，忠節可立，亦當處而爲鄉賢，出而爲名宦，生爲人望，死則千秋，俎豆學宫之旁。』每聞人言忠臣、義士、孝子、貞婦、循吏，則喜動顔色，贊歎如不能出諸口。里有孝子丁德輔、陳貞婦者，僻居遠鄉，君皆親往拜之，歲時至餽。又嘗搜羅桐城節孝貞烈婦女二千餘人，無力上聞者，彙請旌表，箸總旌録四卷。倡瘞枯骨千棺，立法施舍，義櫬數百。歲饑，集資爲施藥、育嬰、恤嫠諸善行甚備。與族人某，倡振族衆積倉穀，所全活甚衆。

咸豐三年正月十七日，安慶失守。桐人訛言賊將至，闔城驚潰，土匪四起。君獨慷慨泣曰：『我國家深仁厚澤，養士民二百餘年。桐城科第人文素爲天下望，我張氏受國恩尤渥，可聽其一旦陵夷若此！』獨正衣冠，入學宫痛哭，誓死招鄉兵，激發忠義。見者咸感泣。俄而馬徵君三俊亦至，因與君練勇剿匪，安撫貧民以定亂。其後每有賊警，皆親率練勇至，四境防堵，經營不懈。然當事者終無城守志，始賊入安慶復棄去，大吏遠避，不能守。八月，賊復據安慶。君單騎往謁前按察使張熙宇於集賢關，請乘賊未備急圖之，已願率鄉兵以助。熙宇不答，旋復棄關來逃。十月十四日賊至，熙宇又擁兵先遁，衆驚潰，獨君與馬徵君拒賊南門河，遂敗走。時吕侍郎賢基駐節舒城，素重君，因往請兵，隨朱主事麟祺堵賊大關，圖收復，不勝。復奉吕公命之六安，請兵於撫軍江公。方是時，賊勢鋭甚，欲北竄。江公兵不足，命君歸，伺隙爲内應。四年五月，聞馬徵君起義兵於霍山，秦提軍定三奉命圍舒至六安，君往爲徵君畫計，遂見秦提軍，曰：『舒城小，可擊。桐城堅，可襲而不可破。當今賊衆據廬州，舒無備。公宜馳駐城下，急擊之，馬三俊由間道襲桐，某歸約桐義士爲内應，賊勢分心亂，不數日兩城可悉得，由是合兵守禦，斷廬州之援。此公立功之候也。

遲則賊濬濠增埤，以死守之，剋不易矣。』提軍不聽，君遂歸。後果如君言。

當是時，據守桐城之賊不過二百餘人，無防備。君歸，暗籌餉，要結義民甚衆。七月復至舒營請兵，終不得，而賊勢漸熾。十月聞宿遷臧公紆青統兵來桐，君往六安迎之，謂公曰：『桐近日賊勢與前大不類，若兵單寡援，恐不勝。宜先助攻舒，舒破，與秦軍合進，然後爲勝算。』又數以書勸秦提軍遣弁迎之。提軍信讒言，不可。臧公亦不肯往也。十一月十七日，遂隨臧公督戰，死之，年三十五。

君爲人信義，慷慨敢言，不顧利害毀譽爲趨舍。初，張熙宇之聞賊而逃也，上大府狀，皆曰：『屢與賊戰，勢不敵。』大府多爲蒙隱。君至舒，臚列其實，吕公以聞，熙宇始與總兵恆興以罪死。臧公初至桐，是時桐人受賊禍逾年，忽聞官兵擊敗賊，皆喜相慶，雖婦孺無不登高以望有泣下者。而同知李安中以爲是皆賊黨觀望，意在助賊，具文書，將啓副憲袁公，臧公亦惑於其言，君爭之不得，乃以身家保，意氣激烈，侃侃不撓，臧公爲之燬其書乃已。君與馬徵君始不相知，久之兩心折焉，卒俱以身殉國難。君於桐多義行，桐人尤思之。君二子：家驥、家駿，皆幼。是日，隨君死戰者，又有吳文謨焉。

吳文謨者，字翼甫，桐城人。年少負義氣，與馬徵君子復震爲交友。徵君死，文謨不告其子，獨冒險往尋其尸。邑老儒朱魯岑先生，有道士也，城陷後不得出，文謨嘗自荷蔬，犯難入城省視。及出，貧甚，故交顯達無顧之者，文謨嘗解衣衣之，固辭乃已。性好善，見賢士敬事之，如師弟子禮。張君重其人，遂隨張君奔走請兵不倦。殉節時，年二十有一。

論曰：昔明之季，桐以一孤城，當賊數十萬，衝突圍偪，七八年不得破。至今邑人猶頌諸生王雯耀、邱山輩協守之功不衰。然當是時，縣令則有楊公爾銘、張公利民，武弁則有潘公可大、張公韜、張公寶山、竇公成，大帥則有史公可法、黃公得功，縉紳中則有方公孔炤、姚公孫棐，互相戮力，出奇計，故二君得成其名。今君與馬君，豈才不如古人哉？運謀效力，百折不回，而徒以死節聞。悲夫！君死後，余與甘玉亭、黃南山及君族人宗翰、慶堯、幼青謀得其尸斂之，衣冠焚燬殆盡，而寸膚無焦焉。异哉！

張子彬傳

張開運，字子彬，桐城人。咸豐三年，賊入桐，開運被脅居城中，久乃得出，因是與賊中僞官多相習。六年八月，提督秦定三奉命統兵勇來桐。十月，巡撫福濟、壽春鎮總兵鄭魁士復統大兵至，駐軍東門外，連營五十餘，與賊營相持久不下。是時，桐大饑，士民助餉者數百家，費巨萬。邑人黄某、趙某二十五人，謀結僞官爲内應，以開運與賊多相習，推爲謀主。開運亦身任之。凡守北城門司火藥局，及城上更棚擊柝之賊，皆日招與飲，乘間游説，以功利歆動之。月餘，皆大説，許可者百餘人。開運遂先後白巡撫與總兵，期黑夜以大兵攻城東南，而伏兵城北。内應者，俟東南戰酣，爇火藥局，啓北門，導伏兵入。内應者，亦皆許躬爲殺賊以自效。巡撫不信，乃説内應者，送僞官二人質於大營，於是福、鄭二公皆報可。既而皆不果，屢失期。内應者多咎開運。乃復往返大營陳説，足爲之腫。其妻生子使告之，開運曰：『但得祖宗有後，足矣！不歸視也。』然所謀卒不遂。

先是福、鄭二公與秦提督不相能，令開運無與秦公言。未幾，福公旋廬州。開運不得已密白於秦提督，提督大説，約以二月四日。乃先二日，鄭軍飢潰，秦軍亦旋潰。賊入大營，得開運所上軍門狀，遂被執。閏五月某日，殉難於南城門外。内應者亦殺二人，凡同謀二十五人之家，與諸助餉者皆受禍。開運被執入城時，慷慨自任，臨難前一日，以書與友人，託以老父與妻子，且言：『人孰無死，死得其所，何憾焉！但恨不得杯酒與諸君作別耳。』其勇於赴義如此。賊既殺開運，乃登高臺，以其所上軍門狀二千餘言，高聲誦之，以曉衆人，且嗤諸軍之無能爲也。

論曰：吾聞廬州剋復時，武舉人沈光慶及黄冠某先詣軍門約内應，及期，内應者與賊鬭殺甚急，而大兵不至。内應者於城上求救，呼聲震數里，於是大兵始入城，遂剋復。奏聞天子，嘉撫軍福濟、提軍和春功，其餘諸將進秩有差，内應者亦獲賞焉。開運殆聞風而興起者邪，乃竟不獲成功而死。悲夫！

釋常泰傳

常泰名麗和，舒城馬氏子也。父貧，鬻爲僧，嘗於金山寺坐禪半年。初不識字，至是聞經語輒解。間作偈，多通悟之言。性直戇峭冷。士大夫之赫奕者，不輕與接見，以此被忌怨不悔，而獨喜從賢士遊。然率意孤行，當其心有不喜，則見於言面，不知矯飾周旋，以媚人取說，然與人交始終無所間。尤明於君父之大倫，父母死，買山葬之，爲兄娶妻生子，以延父祀。自爲僧至死數十年，每伏臘必望空祭祖，待父黨母黨，皆節飲食，全活之。

咸豐三年春，安慶失守，常泰盡散其穀與貧交，爲避亂之資。嗣後桐城破，邑老儒朱魯存先生貧病，陷賊中。常泰爲經理其三喪，出城屢資助之，不使人知。馬命之殉節周瑜城，常泰常使人訪其骸骨。初，賊之據城也，盡收僧田租稅。他僧有跪求於賊酋者，得半留。僞職某素知常泰，使人示意，答曰：『吾甯餓死耳，肯屈膝於賊邪！』有僧以樹木被戕害，訟於賊酋，常泰曰：『吾輩雖曰爲僧，然服皇上水土，亦當知皇上之恩，奈何以樹木故而棄大義！』又一僧進供於賊，求保寺宇。常泰聞之，嘆曰：『彼，賊也。寺中物被劫掠，則可。若自進供之，是降之也，不可。』常泰初主大甯禪院，後避亂舒城山中。秦提軍之圍舒也，桐城義士請兵於舒者，皆館飧於常泰。又以所積百金充軍事用。嗣遭大荒，受飢寒不悔。八年八月某日病卒，年五十餘。

論曰：儒者之論，皆以棄人倫爲佛氏罪。乃余深觀今世之所謂儒，特不棄夫婦一倫耳。君臣、父子、兄弟、朋友之間，其真能篤恩誼者幾何哉？然則專罪釋氏者，妄也。常泰雖不幸習於佛，未通儒術，而其所行如此，可以爲儒者之風也已。

卷第七　傳

王遯齋先生傳

先生名化，字高山，姓王氏。世居桐城之東鄉。康熙間布衣也。少窮經，屢試不售，遂隱居，研易以終其身。自號曰遯齋，又曰天山人。所箸曰安甑新書，據元會運世之説而衍之，於人生年、月、日、時，本先天而列其定分，本後天而究其推行。蓋先生之創獲也，常自以爲此窮理之一節。

又其説曰：『太極生兩儀，六加而六十四，又六加而四千九十六，又六加而二十六萬二千一百四十四，變變化化，無有或同。此所以理則一，而分則殊；性則同，而質則异也。』又曰：『消息盈虚，大之極天地之蟠際，細之盡人物之紛紜，微之在幽深綿邈之中，顯之在形聲動静之表，莫不有太極之理，兩儀之氣，鼓舞動静於其間。』又曰：『天有不見之章，地有不動之變，物亦各有知能之良。獨人降衷則一，稟受自殊，知開物誘，淑慝相縣，不思不求，遂無以明理致知，盡性而立命。』蓋其由象數而推見大原如此。先生生不求知於世，世亦無有能知之者。

道光間，修縣志，竟佚其名，蓋没百有餘年。里人方君魯生深於易，始訪求其子孫，得其書，爲敘其旨趣焉。先生所著尚有四書、易經等説，皆藏於家。

論曰：吾邑自明以來，多以經學、文章名天下，而窮易者鮮焉，惟明方中丞公孔炤周易時論、錢田間先生澄之易學最箸於時。乾隆間纂修四庫全書，得箸録存目，而豈知復有遯世不見知如先生者乎？嗟乎！荒陬僻壤，寂寞之鄉，固多有隱君子哉！

吕敬甫傳

君名緝熙，字敬甫，壽州安豐人，遷居六安。父錫疇。世積善，人稱積善吕氏。君幼穎悟，志趣越儕輩。既長，讀司馬温公、程、朱諸儒書，及國朝方望溪侍郎文，益奮然興起。或勸以應舉求仕，則曰：『學不足，無暇及也。』是時，正學輟講久，謗議群興。君怡然受之，曰：『吾生平隱過多矣。或天假人言，以示之罰乎？』篤行潛修不怠。太倉王學博寶仁、六安徐工部啓山皆好古學，一見知君賢。嘉興沈公維鐈、順德羅公惇衍視學安徽，首重君，諭士子讀書勵行，以君爲則。而羅公兩至六安，撤防後必造廬訪焉。所箸書名求志編。

其論學曰：『學者心欲下而志欲高。心不下，不能求益。志不高，不足任道。有願學孔子之志，而又有詢於芻蕘之心，則無患學之不進矣。』又曰：『鑒以空而明，心以虛而靈。有成見者，心之蔽也。讀書觀理，無往而不窒矣。』又曰：『道無定體，學無止境。君子之心，安有自足時乎？』又曰：『負意氣而爲善，久則必衰，難則必阻。』又曰：『饔者炊其下，而覆其上，懼其洩也。好名之念，德之洩也。君子慎之。』又曰：『廉讓，美德也。以己之廉，形人之貪，則人惡之。讓而過情，則人厭之。君子弗爲。』又曰：『盛氣以責人，人亦盛氣以應我，兩相持而言不入矣。善責人者，使人說其言，忘其責，故從之也輕。』又曰：『將有施於人，必思其反也。將有責於人，必察其情也。』又曰：『爲善必思其所繼，立法必計其所窮。』又曰：『分人以財，必與以可受之名，斯爲厚之至。』又曰：『同氣也而避嫌，執友也而言恩，皆薄道也。』

其論治曰：『爲治莫先於正君，莫要於舉賢，莫重於立教，三者得而天下平。』又曰：『真才難，全才愈難，擇而用之則不足，教而用之則有餘。君子之用人也，裁其所已能，增其所未有，去其所不可，故君子之門多才。』又曰：『教士重而取士輕。教法立，雖取之不善，其得人也猶易。教廢，雖取之不苟，其得人也終難。』又曰：『用人者擇於先，非防於後。防其我欺，是使之欺也。不以誠待人，而望其誠於我，豈可得乎？』又曰：『法立則弊生，法密則弊巧。恃法以禁私，未有能濟者也。』

論立言曰：『古者爲文以明道，後世爲文以說人。以文說人，其人可知，其世亦可知矣。』又曰：『凡言無關於法戒，妄言也。有其言而無其行，亦妄言也。服古未深而說經，辨義不精而論事，皆妄言也。其日省而戒諸！』

羅公甚推其書，以爲似明儒吕氏。君爲學勇於自信。嘗謂周、秦諸子之精語，有宋儒所未及者，輯諸子述醇一書。又謂宋賢語録辭不雅馴，欲潤色二程書，爲二程法言，皆未免賢智之過。然性好善，聞异才必親訪之。有來學者，飲食衣服與共，兄弟親戚一體視之。財物未嘗計公私，有餘輒以濟窮困，義舉必身先，謂門人曰：『爲善則智慧生，不爲善則障敝生。吾於道麤明，善之力也。』道光二十九年卒，年四十有九。

門人程鴻萬，字翥秋，六安諸生，有學行。咸豐四年，粵賊入六安，鴻萬避亂山中，晝夜哭，疽發背卒。論者謂不愧先生弟子云。

論曰：余少從友人方子春所見君求志編，始知君名。其後君卒，六安王學博郵致其書於吾友戴存莊，存莊命爲訂正。君書多格言，惟論性則誤，曰：『理者，氣所爲也。無氣則無命，無氣則無性。天命之謂性，命之以氣也。率性之謂道，率之以氣也。』乖謬往往如此。余惜君早死，慮後之人因其謬而並棄其是也，故節取其言，以箸於君傳云。

蘇厚子先生傳

先生名惇元，字厚子，桐城人，國子監生。五世祖紹眉，好學，宗朱子，國初隱居不試。父堃，敦善行。仁和邵員外懿辰誌其墓特詳。先生天性孝謹，少失怙，客游養母，極孺慕之誠。母卒，哀禮交致，不入内聽樂、食肉、飲酒者三年。葬祭必精考禮經、國制，爲安厝録、家祭約儀、宗祠規儀，敬謹遵行。其後廣之爲四禮從宜一書，修於家，以正習俗之非。

乾、嘉間，海内學者以博綜爲聲，號曰漢學，力毁程、朱，獨耆儒方植之先生箸漢學商兑明辨之。先生年三十即心好朱子學，名其堂曰儀宋，復師事方先生，博究儒先之言。凡少异程、朱者皆不取，最後篤好張楊園先生書。以爲自宋以來，得朱子正傳者，西山、魯齋、敬軒、敬齋、整庵、當湖六人。楊園書純正平實，介乎諸儒之間，而精詳親切殆尤過之，體用兼備，巨細畢舉，因纂訂年譜，奉爲儀刑。經學、文章宗方望溪侍郎。以爲學不足以修己治人，則爲無用之學；文不足以明道析理，則爲虚浮之文。有行而無學，其行無本。有學行而無文章，則無以載道而行遠。宋以後，文之合韓、歐、程、朱爲一，而純正動人，有心得之實者惟望溪，於是又編輯望溪年譜二卷。

先生爲人嚴正守禮，家甚貧，一介不妄取與。嘗佐治粵東，有關吏持重金，屬爲請事，先生峻拒之。里居，值道光戊申、己酉水災，佐邑令籌畫拯救，鄉里因得實惠。嘗慨天下政事之美敝，風俗之淳澆，士習之浮實，皆由於學術之邪正。學術正則能陶成人才。取德行之士，以任官爲政，則教化端而風俗淳。風俗淳則國治天下平矣。後世法敝，棄本取末，不察其德行而考其文藝，其文又爲無用之空言，故弊不可勝述。箸有選舉私議藏於家。雖不可盡行，要之以務實學求實用爲本。

道光三十年，詔舉孝廉方正，里人以先生應，固辭不就。論者以是科先生爲不愧云。咸豐七年九月十六日，先生卒，年五十有七。所箸又有逐敏録、欽齋劄記、文集、詩稿、尺牘、題跋、課蒙津指，藏於家。二子：求莊、求敬，俱縣學生。

方宗誠曰：余弱冠時，從玉峰許先生聞宋儒學。先生長余年十七歲，聞之，先施下交焉。見余所箸甚稱道，而深勵以力行，尤諄諄以無染雜學爲言。余欲以師禮事之，先生不受而切劘甚至。今二十年，碌碌無所成就，而先生卒矣。悲夫！

朱魯存先生傳

先生名道文，字魯存，桐城縣學生。性豁達，少有經世志。年三十棄科舉，翫心高明，不求名譽。於造化之源流，萬物之終始，國家興衰、治亂、存亡之故，人事之變，聖賢修心治世之要，老、釋玄妙之旨，無不有以究其精微，而通其奧眇。既明其所以然，遂一順其自然。窮通得喪、死生禍福，不以動其心。視世之智名勇功，蔑如也。喜飲酒歌詩，工文章。好獨游，翛然意遠，得吟風弄月之致。間發悲歌慷慨之詞，然事過輒忘，不以累其胸次。沖養有道，遯世無悔。識者以爲有陶靖節、邵康節之流風。

先生雖不慕聞達，然於世事常憂深慮遠，見之於未然。英夷既撫之後，先生時慮夫狡焉思啓之徒，不察國家懷柔輯寧之深心，但見朝廷優容包含，妄意我武不揚而生覬覦。雖天子留心武備，屢飭督撫、提鎮治器械，勤訓練，又遣重臣觀兵江淮，特加黜陟，而爲有司者，終居安忘危，以修飾虚文爲觀美。故深願朝廷有以激昂歷年久安因循之氣，而隱寓夫神搜霆擊制馭不測之威權，庶幾可以折姦萌而銷禍本。詩文之中三致意焉。其後果有粤賊造亂之事。

先生又嘗與友人書，以爲亂之所生有已然，有未然。其已然者，必剿絶之，並有以善其後，使其亂不至於再作。其未然者，當有以銷弭之，而不使其厝火積薪，以至於不可撲滅。是其事皆取辦於良有司，而大吏得總其綱而通其變，是以人君之務，莫亟於得人。內慎擇輔臣，輔臣賢必能擇庶長，庶長擇佐寮，以次得人而內職修。外慎擇督撫，督撫賢必能擇監司，監司擇守令，以次得人而外職舉。方今天下，雖未有目前之急，然而民愁兵懦，公私乏匱，綱紀陵夷，風俗薄惡，苟有心於世道，亦皆隱憂。竊嘆欲事更張，是宜激昂久安怠惰之氣，而去姦任賢，由內及外，與天下更始。又以爲兵以義興，以氣奮。不可以小勝而喜，喜則驕，驕則輕敵，而或懈於防。不可以小不勝而懼，懼則怯，怯則畏敵，而不能復振。惟置勝負於度外，而始終震疊以要其成，乃至仆而愈奮，危而復安者，氣盛故也。然非紀律嚴而賞罰明，則亦無以肅軍政，而大作行間之氣。今國勢既弱且貧，人心之涣散，不相維繫，士大夫庸懦貪污，全軀保妻子，鮮知有忠義名節之可貴。亂或息也，憂方大耳。知者歎爲深識之言。

先生壯歲客游，老始歸里。母趙孺人年九十餘，先生色養如孩提。咸豐三年，粤賊入桐城，先生以貧故未能遠徙。城陷，冢婦倪氏及孫女數人投井死，一子三孫俱被掠。先生見賊不屈。夫婦皆遇害，移時復蘇，坐地下大吟曰：『上天生我，上天殺我，一聽於天，有何不可。逆賊焉能殺我哉？』躬至爨下，烹食以養母。血肉淋漓，不覺其痛。母卒，有賊感先生孝，奉錢二萬，先生不受。賊舁入房中慰留之，先生與夫人相將出，閉之户外，賊亦歎息咨嗟而去。先生雖遇艱危而氣益增。既出城，日不再食，冬無緼袍，偃蹇窮山中，意豁如也。氣象和粹，曾未見有蹙容，皓髮朱顔，飄然出塵表，望之疑爲神仙中人焉。生平不欲人知，人亦無有知其深者。晚與同里方潛、方宗誠爲忘年交，稱莫逆。其學精通老、莊，而歸重於程、朱，嘗戒人勿務空高，毀聖學以害名教。咸豐七年十月二十九日，先生卒。慟母斂薄，遺命身没無厚斂。門人馬建勳遵遺命，爲製棺衾焉。二子三孫俱不在側。先生所爲詩文多燬於賊，今存者若干卷。

論曰：吾往讀尹和靖、趙江漢兩先生傳，見其淳德碩學，遭世亂全家俱燼，孑身流離，竊嘆天道之不可究詰也。既觀其遺書，世變而心不動，身九死而行不悔，是殆天之以禍患顯其學邪？易曰：『碩果不食。』語曰：『歲寒，然後知松柏之後彫。』吾於先生見之。

三隱君子傳

烏呼！孔子曰：『古之學者爲己。』豈不信哉！余少從玉峰許先生游，見陳松田先生遺文一卷，深厚純粹，皆躬行心得之言。訪之士大夫，竟無有一能知其名字者。檢邑志考之，但記其一二仁孝事，而學無聞焉。竊嘆以彼之學行，使其生平稍以文章箸述自炫耀，何至泯泯若是哉！

吾從兄植之先生嘗爲余言：吾家世守朱子學不變，其原出自方閑阿先生。蓋康熙間，里中以朱子學導後進者，惟閑阿與其友胡莫齋先生。莫齋以傳其子雍則，而閑阿以傳於其徒孫華農子與吾伯曾祖待廬先生。待廬先生既師事閑阿，又與莫齋、華農、雍則相師友，故論學宗朱子。其弟子姚惜抱郎中爲得其傳。

當乾、嘉間，海内漢學昌熾，詆毀程、朱，而惜抱獨持正論以障狂瀾，以待廬先生之言，先入爲之主也。待廬先生既有文名於時，又有惜抱銘墓文，植之先生族譜後述表其學行特詳。而獨閑阿、莫齋、華農三君子者，箸述不見於世，邑志皆不傳其名。烏呼惜哉！其後讀待廬先生、吳生甫孝廉、胡襲參司業文集，始稍得三先生名字梗概，益心嚮往之而恨不得其全也。今年避地邑東鄉，蕭生敬甫於書賈殘帙中，得莫齋大學指南、華農子文一册，斷爛顛倒，爲補綴之以示余，於是始悉其學行之正焉。烏呼！吾桐以文學雄天下，而三先生獨守真儒之言，修諸身以教來學。生不求名於當時，没無表見於後世，卒之後學賴其傳。雖异説淆亂之時，而正學一脈綿綿延延，至於今不絶，乃受其賜者不知焉。有其功而無其名，豈非爲己之儒哉！

然吾桐多賢士大夫，藏書之富甲於天下。自城陷後，煨燼散亡，殘缺殆盡。雖向之巨帙重編，有大名於時者，今或不見其隻字矣。而三先生微言至論，向之人所棄置不復理者，今反以亂而顯。三先生之文顯，而其一時往來講學諸君子潛德隱行，師友淵源，亦因之以顯。是雖天道顯晦之運，非人力所能爲，而子思子所謂『君子之道闇然而日章』者，不益於斯足信乎？余往歲既爲松田先生刊遺文而書其後，今因編校華農子集，乃采三先生言行大略，作三隱君子傳。

閑阿先生，姓方氏，名日新，字漢良，自號洗齋。桐城自明嘉靖間，何省齋先生唐以正學開後進，聞風興起者蓋數十人。延及明季，愈遠而漸失其真，或歧於釋、老，或騖於雜博，或降爲講章之學。先生生國初康熙時，獨與其友胡莫齋先生門人孫學顔講學於老石山房。一宗宋五子之正，躬行實踐以率學者，而以藍田吕氏鄉約教於鄉，鄉人多化之。其後莫齋先生卒，又與門人方澤及莫齋子雍則、吴子易光，講學於南山尊聞書舍，同祀子朱子。方澤所爲同仁堂記特詳，澤即世所稱待廬先生者也。同仁堂者，雍則所築，以承先志，亦先生講學處也。先生既學宋五子之學，以大其源，間喜博觀古今詩文之變，所爲詩渾厚博大，不拘一體。待廬先生稱其少猶有悲時閔俗、慷慨不平之意，老而學養益深，真味洋溢，有非尋常詩人所能道者，惜其集不傳。道光間，里人文聚奎、戴鈞衡篹古桐鄉詩，僅得數首而已。

莫齋先生，姓胡氏，名國釴，字鉉五，一字夏采，安慶府學生。少以文行爲時所宗。一日，得吕氏所刻程、朱書，讀而好之，慨然肆力聖賢之學，不復有仕進意。其教人，主於内外交修，文行竝進。凡所講貫必舉義理，歸之於身心。嘗言：昔之讀書者，必殫心聖學之源流，聖功之次第，孳孳矻矻，翫索研窮，以求盡夫大學綱領之實，悉致夫大學條目之功，然後窮可獨善，達可兼善，盛德大業，以一身備之而無難。今之學者，窮年累月沈酣於虚誕之詩文，而未能實見諸行事，即使言至道，究何補於身心？因箸大學指南，取程、朱立教讀書之法，以挽時趨。

當明季心學之後，高明之士往往淫於佛氏之說。先生箸論非之，以爲吾儒之學，内聖外王，是以帝王無佛、老之教可以治天下。無儒者之教，則三綱不正，五常不明，雖與之天下，不能一朝居也。蓋佛氏雖自謂定能生慧，然收視反聽束縛其心，於天命之精微，人事之蕃變，未能窮源竟委，處置得宜，空虚寂滅，自信靈通，要不過如暗室之鐙，僅照四壁而已矣，安能與日月比明哉？且佛氏始生窮陬，异域之俗，愚夫愚婦耳不聞詩書之訓，目不覩政教之經，放溢爲非，無所顧忌，於是佛氏起而倡爲因果禍福之說，欣動而震恐之。其意亦欲使蚩蚩者，有所慕而嚮善，有所畏而背惡，未始不可助聖教王化之所不及，但其爲說多荒唐怪誕，僅可以誘异域無知之人。若既生中國命爲儒者，則當明義理，不問禍福。今乃惑於其言，是以希賢希聖之人，下同於愚夫愚婦，何自待之薄也！至於深求佛、老者，每謂由其道可以明心見性，修身立命，不知吾儒之學，成己成物，參天贊地。若果探其本原，具其功用，何所不足而欲求助於彼？且吾儒說理隱者使顯，佛者說理顯者使隱。儒者既師聖人，正恐終其身殫精瘁慮，尚不能窺見聖道之萬一，而乃背其師而學佛，自謂深通佛理，不知重得罪於吾儒。是猶有膏粱至味嘗之而不知其旨，猥欲乞他人之殘羹膾炙，亦惑之甚者矣！又嘗曰：『今之浮屠，佛氏之罪人也。今之學者，孔、孟之罪人也。若但闢佛，而不務躬行，以求實得於心，則彼佛者轉而相詰，其何以自解？其論陸、王之學，以爲象山言主静，陽明言致知，自不如朱子論學兼動静知行爲無弊。何者？專言主静致知，則與禪學收視反聽參悟機鋒者相似，此所以有流失也。』

先生嘗慨學不講則道不明。後世因黨禍之作，小人乘隙而肆詆譏，上之人乃厲禁之，是因噎廢食也。不思耆碩名儒倡明聖學大道爲公，初何有彼此之見？黨之立也，大約從學者各爲標榜，是非毁譽，致啓争端耳。究竟朝廷之上，正與正類，邪與邪類，講學有黨，即不講學亦何嘗無黨。然則居今日而欲明學術，私講或自立門庭，公講則無分畛域，是在名卿宗匠司文柄者，令郡邑各學循月課之例，每月召集諸生，取經書、性理、史鑑，共徵其信，質其疑。所講有卓見粹論，足以發明學術治道者，劄而記之，彙呈學使者裁定。即以講學之勤惰，立言之是非，爲學官之殿最，諸生之優劣。誠能實力行之，將見身心性命理無不明，經濟事功道無不備，人材之盛可覩矣。

先生孝友性成。未三歲失恃，及長事父與繼母，得其歡心。從父兄死，撫其孤女，無异己所生子。居家謹禮法，喪祭一遵古制。後進以禮來者，教之必盡其誠。年六十二卒，子六人，其四曰田，字雍則，能承先生學，又從孫華農子游。

孫華農子者，名學顔，字用克，一字爾堯，號周冕。嘗築華農精舍於麻山，讀書講學，不求仕進，故友人稱曰華農子，學者又稱麻山先生。少師閑阿先生。聞宋儒之學，後又得吕氏所刻程、朱書，益服膺不倦。性狷潔，一毫不可浼以非義。生平未嘗應科舉，惟以力踐聖賢之言爲務。友人有以時文勸之者，答曰：『道學不明久矣。先達之士，苟有志於振興斯文，則天理人欲不宜竝立。學文以苟一時之名，爲榮身肥家，親戚交游光寵計者，人欲之甚者也。立志不污，期以講學明理，躬行實踐，求造乎聖賢之閫奥者，天理之至者也。天理人欲相反之，幾正猶冰炭薰蕕之不可同器而貯，安有事出於爲人欲之甚，而可以曰無害於天理之至者哉！』又嘗言：『時會所遭，雖不能禁學者不以時文請業，而轉移之道，惟須於此中擇其器量深宏，識趣高遠者，漸加講貫提掇，使知此道人人可求而得，或亦可以爲倡明之助乎！』先生之學，確守朱子而不喜陽明。嘗論陽明之教，雖亦曰去人欲，存天理，亦曰集義，但其所指皆此心靈覺之妙用，而非天命之真也。彼惟不知物我一理，纔明彼即曉此，爲合內外之道，故以程、朱格物之説爲義外。其言曰：『致吾心良知之天理於事事物物，則事物皆得其理，是以事事物物之中本無有理，必將吾良知內之天理安放於事物之中，而後得其理，則安見不以私意爲天理邪？』

先生家甚貧，不謀生産，遊歷四方，以講學會友爲事。嘗言：『學道而遇饑寒，正可藉以驗吾學之所得力必於此，而不亂吾心，屈吾志，隳吾功，然後有以爲上達之基。』又言："『君子之持身也，其窮與達爲斯道盛衰之所關，使時當否剥，而一二憂心世道之士，復與孳孳世味者同酣豢於豐饒佚樂，而無以佑啓其衷，恐未必有當於天心，而無愧於聖賢也。』又嘗以爲古人爲學，既知此理皆備於己，未有不戒謹恐懼，從人倫日用樸實施功者。若但悠悠忽忽託之空文，縱使參之經傳，質之聖賢，無一不合，亦何得於己邪！人欲易熾，天理難明，恐終不能免於懈弛之患也。其學之近裏如此。

晚年以楚、浙之獄波累，繫西臺八九年，猶以存心養性爲功，無尤怨之意，後竟論死。待廬先生爲經紀其喪以歸。先生不溺志詩文。其文皆性情學養之所流露，雅潔純粹，雖近世以文名家者不能過之。今存稿二卷，蓋獄中手訂本也。

論曰：國初時，吾桐倡明程、朱之學者，實惟三先生爲最。其後莫齋没，華農以牽連得禍，於是學士輟講者百有餘年。一二篤行之儒，亦止修於身而不敢明於口也。學術晦而士習靡，心性昧而浮文熾，亂之所生，厥由於此。然則學之不講，所關豈淺鮮哉！

卷第八　傳

金烈女傳

金烈女，休寧人。父雲門，道光癸巳進士，後以黄州知府殉節者也。女幼慧，能詩，激烈有英氣。黄州嘗以『吟風弄月』戲命其孫屬對，女從旁應之曰：『立地頂天。』黄州出而嘆曰：『惜哉！女子也。』方粵賊圍長沙，湖北巡撫於武昌備防守。女隨母寓居會城，嘆曰：『胡不統重兵往駐岳州邪？岳州失，武昌殆矣。』時以當道大吏偷生誤國，恨不能效木蘭從軍殺賊，悲憤之意屢形之於詩。賊之攻武昌也，黄州先奉檄防守通城，而賊由蒲圻入，女隨母黄恭人及長姊困危城中。城陷，將自裁，叔父瑾龠止之，女大言曰：『叔父，何説也！吾第與賊一面卽辱矣！』指其父二孫、姊一子曰：『保此血脈者，叔父之責。吾隨吾姊奉母於地下耳。』乃爲母與姊整冠服，皆縊，然後從容自縊於旁。咸豐二年十二月四日也。年二十二。所箸詩曰紉蘭集。

論曰：乾道成男，坤道成女，此天地常經也，故丈夫之德貴剛健，而女子之德貴柔順。陰陽乖錯不和，則陰常勝，陽剛之德往往抑鬱而不申，故爲丈夫者，多陰柔之行，鬱之久無所洩，而女子或反得之，以成其奇節。噫！此豈世道之小故哉？

秦烈婦傳

秦烈婦畢宜人，鎮洋畢尚書沅之女也。歸江寧秦學士大士之孫、中丞承恩之子。夫曰耀曾，以舉人仕止郎中。咸豐三年二月，粵賊破金陵，宜人呼其家婦女及左右鄰婦人至而告之曰：『吾家世受國恩，於義當死。爾等雖非宦族，然皆朝廷百姓也。平日享國家成平之福，今寇亂至此，可愛死乎？且一爲賊擄，辱必不堪，有求死不得者矣！雖悔何及！』於是服命服，扶杖赴水死，從之者數十人。其後不死者，爲賊所得，閉女館，跣其足，服勞苦之役，而使粵賊悍婦督之，蹂躪至死不可勝計。宜人死時，年近八十歲。

論曰：死生之義大矣！忠臣烈婦第求不降不辱已耳，豈爲受國厚恩而後然邪？然固有世受國恩，又曾爲達官致仕爲鄉老，而猶爲賊服役者矣！宜人死殊足貴，而吾於其告鄰婦之言，尤不禁反復而咏歎也。有味哉！有味哉！

四烈婦傳

朱烈婦倪氏，桐城老儒朱魯岑先生冢婦也。夫名兆麟，卒時僅遺一女，婦慟甚，絶粒數日，家人苦勸乃復食。守節養姑十餘年，足未嘗出户。咸豐三年十月十四日，逆賊入桐城，恣殺掠，婦念舅姑在，不忍先自裁。忽二賊至門索金帛，舅不應，被數創，暈於地，姑救之，復被戕。時尚有祖姑年九十六矣，與賊相争，賊尋去。婦曰：『吾本欲奉祖姑、舅姑以老也。今不幸遭此，賊倘復至門，吾寡婦人其可支乎？』乃先命其女縊死，而自投於井。其從女亦從死。娣葉氏死而復蘇。

鄭烈婦邵氏，大興人。父葆槎官於蜀，與桐城鄭主簿連爲僚友，相善也，因以女妻其子。婿曰中彦，縣學生。主簿以丁憂歸里，家貧甚，而中彦旋卒，婦所以上事舅，下延師教子，備極苦艱無怨色。子四人：長，福申；次，福照，同爲學官弟子。粤賊陷桐城，主簿家居被害，賊復以刃脅烈婦第三子降，謂婦曰：『命爾子降我，免爾死。』烈婦駡曰：『吾所生子能教之從爾作賊邪！』賊怒殺之，三子福泰亦大駡不屈死。有王君者，陷賊中逃出，述所目見如此云。

翟烈婦余氏，其夫翟成章，山西人，爲贅婿於桐城，早死，一女一子皆幼，或勸婦改適，婦曰：『吾寧餓死耳。』攜子女行乞市中，常低首無聲，得食，飲啖必避人。其女稍長，則閉置家中不出，惟使其子攜之以行乞，於是者十餘年。婦知書能詩，嘗自陳其困於安慶、江寧，大吏有憐其節，遺以金者，乃得安居習業焉。粤賊陷桐城，至婦家，見其女欲污之，堅拒不可，則紿之曰：『莫夜來。』賊去，母女俱投井死。

桂烈女者，張氏婢也。主亡數年矣，里有貴家子欲娶之，誓死不從，而侍養主人之母，最孝謹。粤賊陷桐城，入其家，見主母年老，相率去曰：『明日復來。』女曰：『是非安土也。吾先欲留此身養主母，今若自污其身可乎？』乃盛服拜辭主母，將投池，主母止之，則泣曰：『願放吾一生路也，遲則求死不得矣！』急赴水死。主母有婦葉氏，先一日亦自經於池中。

論曰：賊之入桐也，男婦老弱以受刃橫藉死城郭者二千餘人，其懼污自盡及不屈死者，亦往往而是也。余聞四烈婦死事尤詳，又皆述於親見者之口，故先箸之。嗟乎！彼有城守之責者，平日竭民之脂膏以鮮衣而美食，乃賊至先去。獨使無告之民罹其凶鋒，是誰之咎也？

戴烈婦傳

烈婦姓李氏，桐城舉人戴鈞衡妻也，淑慎有賢行。咸豐四年冬十一月，宿遷舉人臧紆青奉命剿賊，戰没於桐。鈞衡以先籌餉請兵，又獻策軍門，屢敗賊，爲僞職姦民所忌嫉。烈婦知禍必及，促夫遠避，曰：『君宜留身奉二親，我婦人易處耳。』初烈婦生三子，皆慧而殤。聞邑有劉氏婢將嫁，親往視之，愛其舉止重厚，爲夫買焉。夫既避之舒，烈婦乃携劉氏及二女，往依夫友姚氏。賊日蹤迹鈞衡不可得。二十四日夜，姦民導賊數十人，突至烈婦所，執之。仲女年十六，詈賊甚，賊怒，斫傷棄於道。烈婦及劉氏、幼女執入城，使婦女嚴守之。烈婦佯與諸婦女言，縮手衷衣，忽血自口中噴沫出，仆地。蓋烈婦前知有賊禍，時藏剪刀於身，至是始得刺喉死。有姚氏婦亦執入城，後釋出，歷歷言之，且曰：『烈婦死，一賊欲褫其衣，一賊怒曰：「此烈婦也，剥衣，吾殺汝！」』其義烈動人如此。

烈婦既死，諸婦防劉氏益密。劉氏亦陰受烈婦誡，保護幼女，不忍遽死。初賊僞令嚴其黨：有犯姦淫者，殺毋赦。後忽改令，許娶妻爲羈縻守城計。時劉氏幽囚兩月餘，不櫛髮，亦不言。至是賊某使謂劉將娶之，劉大駡不已，賊怒殺之東門外，臨難時猶駡不絕口，曰：『吾今可以下報女君矣！』烈婦幼女，賊中有敬烈婦者出之。

論曰：烈婦及劉氏之死，人或咎其夫籌餉、請兵及入營獻書爲自招殃禍。然吾聞見所及，粵賊竄擾以來，士大夫圖安而反得危，懼禍而終得禍者，固不少矣。彼顧身家，戀妻子，而不思奮忠義者，果遂可以倖免乎哉？

二烈婦傳

張烈婦姓趙氏，揚州人，膠州知州張同聲之妾也。遺歸桐城，以書屬家人，曰：『欲嫁則嫁之。』婦執不可，曰：『吾雖賤妾，義不可以二也。』家居數年。粵賊入桐城，婦先期避之山中。咸豐五年，膠州卒於官，訃聞，婦盡取所有服飾，分寄膠州諸子，僦五嶺僧舍，設膠州位祭奠，哭盡哀，然後仰藥死。

婦死年餘，又有曹烈婦殉夫事。烈婦姓方氏，廬州人。姑與夫皆執賤役傭於縉紳間，婦亦傭於人，有美色而能自守，不苟言笑。咸豐六年，夫病篤，屢目婦。婦知夫不起，慮夫卒後家貧甚，逼其嫁也；又慮賊踞城，日往來山中，婦無夫終不可自保，遂自經，與夫同日死。

論曰：二烈婦賤妾僕婢之流，夫死無子，卽改適，亦豈有非之者哉！乃皆守死以明志，當濁亂之時，而皭然不染於污習。烏呼！可謂賢矣。吾聞桐陷時，婦女之義不受辱，投水自經死者數百人。又有被賊驅入女館者，防甚嚴，錐、刀皆去之，女取鐵鑪蓋鋸其項，不殊，血淋漓地下，於是數婦女互相鋸也。又聞湖北復陷，賊掠其婦女至桐，將以配賊，有婦五人先入城，閉之空室，欲自經不得一物，乃裂衣紐爲帶，互相絞以死。烏呼烈哉！而皆不得其姓名以傳，悲夫！因傳二烈婦附箸焉。

廬江二貞女傳

戴孝廉存莊嘗爲述劉、何二貞女事，云得之廬江徐某，欲爲傳，未果而卒。余懼其無傳也，因次其語以終存莊之志云。

劉貞女者，父名保和。幼字同里周文蔚之仲子，未嫁也，文蔚仲子殤，女年甫十一，家人不以告，十三歲始知之，遂自易素服，告其母誓不改字。年十六，周氏迎之歸，入門拜舅姑，次日適夫壟，慟哭幾死。自後獨居一室，閉其門，雖族戚婦人至，罕得面，隔牖答語而已，是爲咸豐元年事也。

先是道光中年有何貞女殉節事。何貞女者，夫曰王某，未嫁而夫夭。夫之家告女之父母，曰：『可改擇婿矣。』女初不知也，越一年，母以告，女泣曰：『兒命薄如此，改適何爲？』遂不食。母涕泣勸之，且日防其死也。不得已，乃强食飲如平時。母卒爲改字，將嫁前半月，女之叔母具酒食召女，女佯爲腹疾狀，謂母曰：『兒痛不能行，即往亦不能食。母往赴之，毋拒叔母意。』母信之。女遂閉門自縊死。女之父母貧，將藁葬焉。王氏族媚相與議曰：『有烈婦如此，而忍聽其藁葬邪！』相與具棺衾，迎歸葬其夫之墓側。

論曰：女教至今日稍陵夷矣，而草野之中，顧常有負烈性，抱奇節，歷九死而不回者，彼其初未必讀書史，聞古節烈之行也。而士之讀書史，聞古節烈之行，或且號爲工文章，爲人紀載貞烈之事，而臨大節顧不如，亦獨何哉？

卷第九　記事

記馬元伯先生死事

咸豐三年冬，余避亂柏堂。有趙君者過，余問所自來，則陷賊中甫得脱，告余曰：『子知馬元伯水部之所以死乎？城破時，余被賊酋侯玉田脅爲治文書。一日，見賊酋林天九者來謁侯，告以破唐家灣之事，曰：「向言世竟無忠義人，今不然也。余搜山，圍馬宅，衆驚走。一老人倨上坐，余怒曳之起，問姓名，植立，大言曰：『吾前翰林院庶吉士、工部都水司員外郎馬瑞辰也。』勸之降，曰：『吾受國家恩，罷官鄉居數十年，無以報，故聞亂命二子團練鄉兵，家人以我老避之山中。今城陷，仲子死，少子往從軍，吾恨多矣，尚降爾邪！』余曰：『不降則必殺。』應曰：『可。固不畏死也。』余復反覆諭之。怒曰：『汝自奉賊爲主，我自有我之主也。』遂大罵，卒擁出，火其室，燒其背，罵愈厲。行一里，罵聲不絶，乃殺之。是豈非義人邪！」侯賊亦贊歎。余聞之，私爲泣下。今過子，素知子與水部父子久故，且能文章也，子其志之。』

越數月，遇余龍眠別峰庵，又述以請，且曰：『余與水部無戚好，生不相往還，與其子孫亦無故，所以諄諄者，以其罵賊不屈狀，賊中敬而述之，而可無傳乎？』先生生平多厚德。余擬書其事以寄先生子三俊，狀大府，而三俊又以起義師戰死矣。余哀悼，每執筆不能成章。

今春，族孫綏過先生死難處，又聞土人爲言，是夜避賊草樹間，聞先生罵賊聲甚烈，指血迹視之，猶殷殷然石上。念先生父子死事既上聞，得賜恤予祠祭，無待余言爲重。惟三俊啓撫軍時，猶未得先生被執不屈狀，故書之以示後人，且箸趙君之義也。先生博綜經學，箸有毛詩傳箋通釋，已刊行。

記馬命之遺言

余於道光壬寅歲得交馬命之。是時，余年二十四，命之少余二歲。余方殫心箸述，君相見，戒曰：『學問之事，明體達用而已，勿愛箸述之名。名心存，實心亡矣。』余厭薄科舉，每應試愀然不樂。歲乙巳，命之勸余曰：『此處有争名攘利心，卽爲争名攘利事。如無争名攘利心，盡職而已，何污我之有邪？』命之學宗程、朱，而亦兼取陸、王之説。余講學之友，惟與命之最相契。其精言至論不一而足，然往往渾然相忘。所獲益於命之者，今僅能記憶其一二而已。嘗曰：『人當立於風氣之先，不可隨風氣旋轉。』又曰：『人必有不可一世之概，又必有不敢不可一世之心。』又嘗曰：『凡聖賢之言皆舉一隅而已，在人思而自得之。』又曰：『讀書當知聖人未言之前、既言之後，蓋有如許之説不出者在也。』又曰：『讀書須會聖人一腔悲閔之神。』又曰：『聖人於説不出處與説不盡處，往往極唱歎之神，非深求聖人之心，但滯於語言，無益也。』又嘗曰：『東漢之末文繁氣痿，至韓、歐諸家力返狂瀾矣。然比之西漢以前，終多閒文字。』又曰：『詩惟十九首，陶詩意味深長無閒語，杜公卽不免多閒詩矣。故詩文不可多作，必胸中含蘊充足，遇有萬分不得已之情事，自然流出乃佳也。』又嘗曰：『凡事自後觀之，莫非命也。顧事前必須謹始慮終不可，但聽其自然。』

命之生世族而自處如寒素，視勢位若浼。郡守栗公觀風拔命之文第一，歎爲國士，欲命之一見，不往也。所爲應舉文理本心得，而尤深於六經，秦、漢以來文章之奥妙。凡應歲科試，觀風月課數十次皆第一，而鄉試輒不售。余間勸之稍從時以説親，答曰：『得失有命，若先存一投時好之心，斯爲不安天命矣！异時爲官，又安能不變塞至死而不變邪？』其古文古詩，力追秦、漢、魏、晉。自唐、宋以降，詩文皆不甚誦讀，亦未嘗多作。書法始好顔魯公，繼好北碑，繼好先秦古文。於國朝書家，初愛劉文清，繼獨好鄧完白山人，而其精神氣魄妙悟筆力，直有超出二家之外者，惜乎其早世也。

命之性情篤厚而義氣嚴凝，與人交表裏如一，虚衷樂善，而見人一有不善，卽直言以相告戒。言不見聽，往往至於流涕。朋友有急，常傾身救之，事過則忘，未嘗形於色辭也。與余交尤篤，余之心，命之知之。命之之心，亦惟余知之最深，故既次君傳，以表其忠孝大節。復書一二遺言，以附於集後。咸豐五年八月。

記陳節愍公殉節三河事

廬江吳小軒爲言：咸豐六年三河賊營之破也，實陳鎮軍智泉之功。先是，賊於三年破廬州，四年入廬江，就三河市鎮砌石城，而外築數營以據要害。五年冬，廬州民内應，官兵復廬州。六年提督和春統兵攻三河，久不下。公曰：『賊之不得破也，以我兵立營避其衝，使賊糧餫救援往來不絶，是自困也。』遂單騎周視營基。次日，親執大旆，率兵勇千人，於賊壘之間立一營，以塞其隘。賊懼，發大礮對旆轟擊。公伏馬上，手執大旆不動。兵士見公旆植立，人伏馬上，以爲避礮也，且戰且築不息，須臾營成，始知公中礮死矣，旆猶在手握甚固。賊糧道斷，求援不通，數日大敗潰。事聞，賜卹謚節愍。人皆知公忠，而不知公之功也。

公某邑人，卒年未三十，雄勇有智略。初逆賊楊秀清之作亂也，公與張家祥俱被脅從，後皆自拔投官軍，積戰功，保至湖南岳州城守營參將，洊擢至總兵官。家祥即世所推名將張國梁者也。公性至孝，其父嘗與之書曰：『汝初陷賊，而後從戎，皇上不殺汝而用汝，不數年官高如此。若不以死報國，非吾子也。』公時執書以泣，故卒殉國難。

小軒，吾友蘭軒徵君子，以徵君起義師殉節，世襲雲騎尉，有至性。

記江壯節公死事

公名忠信，字誠甫，湖南新寧人，前安徽巡撫江忠烈公之族弟也，隨忠烈公擊賊，剛果异常，積功官至湖南候補參將，加副將銜。咸豐六年八月，提督秦定三統兵勇來桐城，營於欄杆山十里鋪。月餘未得攻城術，而賊來益衆，遂被圍十有八日。是時，公隸壽春鎮總兵鄭魁士麾下，從鎮軍復巢縣有功。鎮軍帥兵來桐會剿，至則圍已解矣，遂駐軍三十里鋪，不急進。公念是時大兵齊集，當乘勢擊賊，不可濡滯失機，乃請獨率偏師逼賊壘。賊出戰敗走，公追賊首將生擒之，賊中大譁亂，而公忽中火鎗死，年二十七。公卒後，諸將益不敢遽進，而賊勢日多，七年二月大兵盡潰。先是，公士卒得公尸歸，面如生。余與友人文鍾甫、張季彝爲備冠服以歛焉。

論曰：秦提軍之始至桐也，是時城中賊數百人，聞廬江復，軍威振，恐懼思逃，而提軍持重不進，以失事機。其後鄭鎮軍剋復巢縣至桐，兵勇數萬人，賊又震恐，而鎮軍復不知乘勢大進。公以偏裨奮勇獨前，其死也宜哉！而或反以過勇爲公咎，悲夫！公生平戰功吾不盡知，故特記其死事。

記曹綬卿死事

曹綬卿，六安人。父遠榮，字向春，以練鄉兵助秦提軍定三剿賊，復舒城，積勞，奏賞四品銜。遠榮爲人未讀書，然義俠，六安人皆服之。嘗被賊執入舒城，脅使降，不從，幽囚月餘，越城逸，六安人益重焉。吾友戴存莊嘗以文記其事。所練鄉兵精悍敢戰，提軍倚之如左右手。當是時，六安義勇之名冠江北，賊多畏之。

咸豐六年八月，提軍統兵至桐，遠榮以剿撚匪旋六安，命綬卿從行。提軍營於欄杆山，綬卿與六安吳天成、舒城孟雲霞各營於十里鋪，俱當賊前鋒。九月二十九日賊圍營，綬卿與吳、孟三營固守以擊賊，提軍亦出兵力戰，所殺傷賊蓋千餘人。無何賊來益衆，日夜圍之，以絶我糧道。是時，舒、廬、六安、桐城歲大饑，兵勇日食糠秕糟粥不繼，然俱以死守。遠榮聞之，親率鄉兵來助，凡被圍十八日乃解。事聞，遠榮賞三品銜，綬卿以縣丞用。

當賊圍營時，而總統鄭鎮軍魁士已剋復巢縣、無爲州，亦統兵至桐，留六安舉人李元華守無爲州。十一月，撫軍福濟檄李元華復潛山。賊遂由江南復竄無爲、巢縣、廬江、桐城，大營前後受敵，糧益窘。綬卿率其鄉兵，將立營於孔城以拒賊，通糧道，遂至樅陽募人餉軍。十二月二十八日，賊由安慶來圍其營，綬卿力戰不勝，自焚死，鄉兵從死者數百人。賊遂由廬江、孔城繞大營後，糧道盡斷。二月二日，鄭、秦二軍潰，賊復陷舒、六。綬卿家受禍尤烈云。

記從兄立三死事

咸豐六年十月，秦提軍之被圍於桐城欄杆山也。是時歲大饑，糧道斷絶，文徵君鍾甫乞糧千石於廬江未至。余時避亂山中，因與從兄惟一議，急以家糧，率里人由間道餉軍食。又團集鄉民持械阻隘，以禦大營後路之賊。數日廬江糧至，提軍固守，擊賊敗之，營得以全。

七年正月賊大至，糧道復絶。惟一同里人奉軍令，購米以應軍食。二月兵潰，賊肆掠，團練助餉之家無不被害者，賊索惟一甚急。其弟立三曰：『兄宜遠避，留身以養母，且撫諸子。弟可代死也。』賊問惟一何之？答曰：『吾卽惟一，餉官軍者，我也！』賊虐之不悔，遂被害於城東門外。是時，團練助餉之家雖皆受禍，而死者惟兄一人。

兄名宗建，字立三，少力農，而篤友愛，及是能以死代其兄，無怨色，鄉里難之。事聞，奉旨旌卹。

記陳長湖死事

陳長湖者，河南商城人也，以善火鎗名於時。咸豐三年，撚匪圍商城。長湖率鄉兵二百人駐城中，城有闕丈餘，賊率衆乘隙入。長湖親背火鎗擊走之，賊不敢進。長湖左股爲礮所傷，有鐵丸没入肉裏，長湖手自拔出，忍痛巡城上。鄉兵氣皆百倍，奮力殺賊八百人，餘黨驚散，商城始全。長湖少工技巧，土人呼爲陳三木匠云。自是陳三木匠之名聞四方，賊不敢犯。然是役也，縉紳大族皆以城守功上聞，長湖不得與焉。

七年二月，鄭鎮軍魁士、秦提軍定三兵潰於桐城，賊遂北竄，而撚匪亦益肆。三月圍固始，知縣張曜倚長湖如左右手。一日，曜出擊賊，長湖爲前鋒，率所部死士三百人突入賊隊，賊敗走，長湖追之。賊後隊至，敗賊遂反攻長湖，曜懼不敢進，賊乃圍長湖數重，三百人俱力戰死之。往見友人戴存莊言其事，後交固始張瑞生，復爲余道其詳。

嗟乎！鄭、秦二軍之飢潰於桐也，死者數千人，居民被殺掠者無算焉。時余匿山中，日訪問有能力戰而死者乎，無聞也。乃獨聞長湖死撚匪事，因涕泣而記之。

記劉孟塗先生軼事

咸豐五年春，余訪朱魯岑先生於龍眠寓舍。友人劉少塗邀余及先生飲談，次及諸前輩懿行，先生因述少時與姚石甫及少塗尊人孟塗友善：

『一日，石甫有失檢，孟塗痛責之。時方三人相對飲，石甫忿而出，忽又反坐。孟塗又責之，石甫又忿而走，至中塗忽又反，孟塗責如初，加厲焉。是時石甫已成進士，箸書作文日有名，年少氣盛，被友責不已，不能忍，忿然出曰：「自今請與子絶交矣！」遂去不顧。余謂孟塗曰：「子不已過乎？」孟塗曰：「所貴乎友者，爲能責善勸學也。今石甫成進士，箸書作文日有名，年少氣盛，其行不及檢，苟無友以責之，异日將肆然民上矣！學業不自此隳乎？故甯石甫絶我，我不可阿石甫也。且石甫亦必不我絶也。」言未既，石甫果復反，笑而請曰：「吾思之，子言良是，自今請再責我，我終不忍絶子矣。」復坐飲，盡歡而散。』

余聞之太息。嗟乎！石甫先生之受善，孟塗先生之直諒，今豈得有此風乎？

少塗又爲余述其先君遺事。先生幼孤無依，隨母吳孺人就育於外氏。時吳理庵先生授經里中，先生貧不能從遊，且甚幼。日於學舍外竊聽講論，理庵先生异之，詢知其爲孤兒也。召至家授讀，以女字之。女夭，又字以次者。先生用是得成其所學，爲名士。理庵名士鼒，字待揆，能文章。前輩之憐才如命，曲爲成就如此，亦可風也。

孟塗先生年四十一卒於亳州。母老，子幼，僑居望江其友。光方伯栗園自直隸謝病歸，一日清晨，造先生故廬，時先生季父卧未起，方伯直入卧室，問何人，自稱曰：『光二來。』蓋方伯未貴時，朋輩相呼之稱謂如此。先生季父大驚，急出見。方伯以白金四十，請爲先生母壽，徒步至先生厝室，哭盡哀，良久乃去。往反人皆不知也。後先生母自望江歸，方伯同姚石甫廉訪、馬元伯水部迎養於家，事之如母，而依廉訪家尤久。廉訪妻方淑人事之如姑，而視少塗如諸子。然先生之葬也，亦方伯之力焉。是皆前輩之風誼不可及也。

余曩爲孟塗先生撰墓表，未及知此，今因少塗言補記之，以風世焉，亦以見先生之文章直諒信於友朋，故既没而人不忘之如此也。咸豐七年八月。

記六安尹孝廉死事

君名寶銈，字堯堂，六安州舉人。性伉爽，尚氣節。咸豐四年六安陷，君與興義師，謀收復有功。秦提軍之攻舒也，六安曹遠榮率鄉兵助之，君佐其事，以功奏賞知州銜。

七年二月，秦軍潰於桐，退至六安。君與知州某議守城。是時歲大饑，城中乏糧，賊將至，提軍復先去。君作絶命詩，懷團練册，正衣冠，至明倫堂，結繯其上。邀知州金某、守備趙某，及邑紳士數十人，謂之曰：『吾六安往年之陷也，知州宋培之降賊爲僞監軍，辱極矣。賴諸君起義師收復，始雪此耻。今不幸城將復陷，諸君能死即死，否則疾出城，留身以爲後圖，斷不可屈身於賊也。』時諸人不欲死，又羞先去。君曰：『幾不可緩。』遂獨投繯死。教諭徐某歸爲人言之。其後金知州、趙守備，亦以起義師陣亡。先是，君之師徐鏡溪司馬殉節舒城，至是君與師後先輝耀云。

記湘鄉李公死事

公名續賓，字迪庵，湖南湘鄉人。咸豐二年，曾侍郎國藩奉旨團練。公以布衣領鄉兵，隸羅觀察澤南麾下，屢立戰功。先後以曾侍郎及湖北巡撫胡公疏薦，官至浙江布政使，加巡撫銜。

咸豐五年，羅觀察陣亡於湖北之洪山，公代領其衆。羅公治師有紀律，與同甘苦，每戰以身先，智仁勇廉，故所至剋捷而民無擾。及公爲將亦然，曾公、胡公俱倚重之。八年，以賊據九江，久不下，命公圍之殲焉，復回軍武、漢，進剋麻城、黄安、太湖、潛山。九月三日至桐城，時楊提軍載福、都統多隆阿、鮑鎮軍超分帥水陸之師圍安慶，公攻桐以分賊勢。初六日，桐城復，殺賊千餘人。先是七月李方伯孟群圍舒城，敗走，廬州復陷。朝命公進取廬州，公遂急進兵攻舒城，三日剋之，追賊至廬江之三河。三河地勢阻水，多溝澗，不利馬戰，賊堅拒死守，公攻之十餘日，破賊數千，惟一石營未下。初公之舒，留總兵趙克彰守桐，使知府張家駒督辦團練。賊陳玉成者最慓悍，軍中號爲『四眼狗』，八月陷江浦，九月陷六合，十月率衆救三河，沿途掠人民數萬。公與戰，屢敗之。初十日，公統大兵追擊三十里，遇伏兵潰。公回營固守，力戰死之。時舒城守兵千餘，聞之棄城走。賊至桐，趙克彰、張家駒皆潰，兵及團勇死者數百人。安慶官軍聞桐潰，左次宿松，以遏賊上竄之鋒。於是公所剋潛山、太湖俱復陷。

往年秦、鄭二帥之圍桐也，兵勇數萬，閲五月不能破其城外三營，而焚掠居民數十里。士民助餉者以巨萬計，卒以大潰，民受其害。公至桐不取民間一錢一粟，持大體，寬脅從。軍中皆用長夫，不役使平民。兵至三日，即破營剋城，閭閻無擾，不矜不伐，見士民用客主禮，其兵與民亦相親如兄弟，以故公死而民感泣思之如父母焉。

論曰：公固賢將也。將復桐、舒後，當以重兵守之，與攻安慶之兵爲犄角聲援。俟安慶剋，然後合兵前進，大功可成矣。當是時，淮南諸軍不能南下會剿，獨屢請公提孤軍疾進，以致功敗於垂成。悲夫！

卷第十　墓表　誌銘

吴牧臯先生墓表

先生名犖，字伯斅，一字牧臯，桐城縣學生，爲人介而和，篤而恭，雖童孺、厮卒、市井、田野之夫，皆敬讓以相接。人有暴戾之氣，倨傲慢易之節，見先生則自化，不敢形於色辭。家貧，以善畫遊公卿間。不計生産，得一金，遇窮者輒散去，然必假以事與之，而不言其所以然。或知先生長者，飾爲畏寒狀，先生輒解衣以授，後雖覺，不悔不變。有祖墓爲豪强所侵，先生聞於令，不得直。先君子洎執友數人，爲詳陳其實於令，得復，故先生每歲必拜謝。其没者，必祭於其主。道遠者，必出郭門，望其家頓首欷歔而後去。先君子寡交遊，中歲以後，與先生及玉峰許先生最相得。

余性質剛戾，先君子每舉先生言行氣象以相戒。先生亦嘗勖余曰：『世士虛憍，稍有志，卽往往傲睨一世，不知學以古人自勵特分内事耳。傲則師心自用，不取善於人，其與無志奚以异？』又曰：『文所以明理適用，不可爲忿世疾俗之論。觀聖人憂世之言，何其微婉而深至也！』余幼孤學無師，稍長，心所師事數人，玉峰先生、從兄植之先生，而先生亦其一也。匡居一室，常如坐三先生於上，而侍立其側者。憶初昏時，行冠禮，先君子請植之先生命余字，而先生、許先生實爲大賓，皆耆年碩德，儀觀秀偉端重，爲後進師表，列坐一堂之上，諄諄然訓余以成人之道，衆賓嗟歎以爲榮。余雖蹇劣，然終不敢自暴棄者，則以先君子與三先生之言時在耳也。

道光壬寅許先生卒，癸卯先君子卒，咸豐辛亥植之先生卒。余每思先君子及諸先生不得見，則就先生廬問起居。先生患痿痹，聞余至，必召坐牀下談論，移時不倦。今先生没，先君子之執友於是盡矣。先生卒於咸豐四年正月。時余以避亂山中，不得聞。今故書其所習於先生者藏之，异日買石，以表於墓上。

張愧農墓表

咸豐三年，粵賊入桐城，余避亂魯谼。老友張愧農先生避地龍眠，病甚。余每往訊起居，必扶杖送余，意殷殷以其文字相託，又時以近箸，命季子來質問，往反至再三，得當乃已。時余方與友人戴存莊纂桐城文録，因取先生文數首附之。逾二年先生卒。子某來言，爲卜葬地，既得卜，則又泣拜，曰：『知先君者，莫如先生，敢乞文以表諸阡。』余與先生之交，既箸於先生集敍矣，至其隱行，有非人所知者，因不敢辭。

先生名遇春，字愧農，自號五九居士，張氏桐城右族。先生少好學，補邑學弟子員。客遊養親，兼習詩古文，箸有存悔軒文集、續集，俱刊行。性狷潔，一介不苟取，與人不妄合。事親尤孝，嘗痛祖母、父母没，貧不克葬，捐嗜欲，減衣食，以求宅兆。既爲術者欺，葬不吉，啓視果下濕，愈痛自刻責，每日呼天拜禱，月以億萬數，卒得吉卜以葬。避亂山中，恨老不能擊賊，受賊困，又日呼天拜禱以百數，祈速死，卒以鬱積疽發背而死。嗟乎！爲子孫而思葬其親，爲臣民而不忘其君，此亦人性之常，無足奇者也。然世嘗有登高第，躋膴仕，退老於家，日宴遊園林山水間，箸書作文，冀以永後世，而祖若父没數十年，猶不急營葬者，城陷，藏金竟爲大盜積，而猶忍辱以偷生者。先生一窮諸生，而篤於内行，明於大義，不自慊如此。烏呼！是可不謂今之君子也乎！

先生妻胡氏。子二：長某早卒，婦童氏守節；次某。女一，有孝行，嘗割肱肉以瘳先生之疾。

先生嘗託其文於余，曰：『余文待子而傳也。』夫文之傳否不足論，因揭先生摯性以表於阡。咸豐七年八月。

戴存莊權厝誌

咸豐五年十月十八日，吾友戴君存莊病卒於懷遠。訃聞，余慟哭失聲深巖幽谷之中，隨所坐地爲之濕。烏呼！余避亂柏堂甫二年，始聞吾友馬命之殉節於舒，哭之，爲之傳，編次其遺集。未幾，而吾友張小嵩復隨宿遷臧公戰没於桐，吾與存莊會哭於僧舍，屬余謀尋其尸斂之，兼爲作傳，教育其孤與弟。乃至今而又哭吾存莊焉。天生才之難，才而足以用世則尤難。是三君者，匪徒一邑之才，天下之才也。乃人多忌嫉摧折之惟恐不力，而天又若陰助其虐，以速其夭亡，使雖欲謀一邑之安而不可得。而不才如余者，世無所可用，徒留其身以哭吾友焉。烏呼！其何以爲懷邪！

初桐陷後，命之既起義師陣亡，小嵩日奔走舒營，圖收復。君亦與文君鍾甫、徐君晉生籌餉，結義民，請兵於各大帥，久之不得，君發憤上書撫軍，極言用兵之道在神速，設伏出奇，宜乘間分兵襲桐，以斷舒、廬賊後，不宜坐擁重兵於一隅之地。又箸草茅一得，謂今日之事最要四端：一嚴軍令，一求將才，一明賞罰，一籌大局。軍令不嚴，高官厚賞，不能得其死力。將才不求，大帥一人不能衝鋒肆應。賞罰不明，雖有軍令將才，人心不可得而固。大局不籌，雖有目前剋捷，賊勢不可得而滅。賊不急滅，設再有不軌之徒，乘間竊發，或兵燹之後繼以凶荒，則事有難爲者。又論嚴法令，明教化，勵氣節，改科舉，破資格，久任使，肅軍政，省例案，節財用，禁奢侈，皆按切時務，反覆至數萬言，上之副憲袁公，袁公極重之。及臧公之敗也，賊聞君曾籌餉請兵，又入營獻策，掠其家，夫人李氏、妾劉氏被執殉節。君聞之益慷慨報國，遂走臨淮見袁公。當是時，舒、廬駐重兵，與賊相持久不下，袁公復以被議去。君不得已乃復上書所知大府，以爲自古用兵，未有不先嚴軍律而能殺敵制勝者。當今大計，宜急請皇上大震天威，起用從前箸有成效，爲天下人心共向者數人，重其事權，嚴其責成，速圖會剿。俾之自請將官廣求奇才，開言路以收群策群力之效。蓋君性伉直勇言事，又義憤所積，故奮不顧身，且忘其越位犯分也如此，而卒鬱鬱得疾以死。烏呼！悲夫！

君少有异才，思以詩文名世，壯歲遊方植之先生之門，乃奮志爲通經致用之學。嘗箸書傳補商，貫穴漢、宋，多前賢所未發。道光己酉科中江南鄉試第四人。庚戌、壬子兩上公車，皆勤訪當世人才賢否、民生利病，深思所以整齊之方，制治防微久遠之策。有公車日記數卷。

今天子新卽政，鋭意求治，詔許直言。君因條舉數端，分别邪正，指陳利弊，先後上書於呂侍郎賢基、陳給諫壇、羅通政惇衍、曾侍郎國藩，其言多關政理之大，乞其陳請以振士氣，慰天下望。陳給諫據以入奏。其後罷斥誤國數大臣，由君發之也。呂侍郎奉命團練安徽，君又十上書論事宜。其在懷遠，聞亳州土賊張洛刑[一]聚衆稱逆，復上書撫軍，謂不速剿，後又爲巨患。袁公之被劾也，君亦上書撫軍争之，且爲鳳、潁二郡人士作書辨其冤。烏呼！君之才其見於言者如此，雖皆空談無施，然其志則亦可悲矣。故余嘗論余執友數人，使以命之爲太學師倡明工學，鍾甫、小嵩膺民社，而君爲言官，余以散才左右其間，必皆有卓卓建立於世者，乃竟不得稍伸其志以死，今惟鍾甫存而齒已衰。烏呼！天乎！是豈吾一人之不幸，亦豈吾一邑之不幸已哉！而吾黨之孤則尤爲可悲也夫。

君名鈞衡，字存莊，號蓉洲，姓戴氏，卒時年四十有二。子三先殤，以兄子心杰爲後。心杰奉君喪歸，權厝於龍眠山。請余爲誌，余既爲君編遺集成，因拭淚爲之銘曰：

鬱抑侘傺心煩冤，志恢土宇奉至尊。陳詞無路叩帝閽，皇皇霸上又棘門。充耳莫聞氣潛吞，顛沛不悔炎炎言。婞直亡身赤心存，紀辭伐石壽乾坤。

校記

[一]刑，實為『行』。

趙介山先生權厝誌

咸豐六年正月四日，趙介山先生疾革於魯谼寓舍。晨起，命具沐，薙髮，更衣冠，躬親焚香祭祖，拜起，從容禮畢，復植立，整冠服，齊手足端坐，告别諸視疾者，時加辰而逝。余先時私爲市良材，徐君晉生使來致賻賵，得入斂如禮。

先生爲學不言而躬行，篤信朱子而最惡佛、老家言。操守廉正，不可以一毫非義干，而時存濟人澤物之志。里有水旱疾疫，先生日夜皇皇，於外倡同志出錢米藥物振貧乏，訪察惟恐或遺。家日不再食，衣履敝盡，索責者填户，置不問。歲時令節無儲粟，得一區必分人以半。尤殷殷成就後進，嘗興復培文書院，招余入肄業，揚言於衆曰：『吾第欲後進中得方某二十人，則人才斯有起色。』余聞之顔忸怩不甯，而先生敬愛余日篤。余僻處鄉閭，邑中賢士大夫重余不棄者，自先生之言始。先生自少留心經濟。客遊關中、河南、江右最久，遇相知入仕者，必告以民生利病，政治風俗之美惡。

咸豐三年，逆賊據安慶，吾友馬命之、張小嵩議城守，欲率勇集賢關助剿，苦無資。先生聞之曰：『不進攻，則必不能退守，策良是。』乃稱貸捐助以激勸巨室，無應者，且或姗笑之，先生曰：『事無可言矣。』乃走避山中。其後賊至，姗笑者卒多受害。自避亂入山，裹足不近城市，遇人卽訪問官軍勝敗以爲欣戚。日登崇山，涉澗谷，爲二親求改葬地。將卒，語無他及，惟曰：『吾葬事未善，有餘憾耳。』烏呼！先生其可謂生順而死安也已。

先生名獻，字元叔，縣學增生，卒年六十有九。子三人，皆能承其志。長某；次又良，縣學附生，俱先卒。季子駿良先生以後其弟，客於金壇。而先生竟無主其後者，立從孫某爲長子後，以承重焉。余擬爲先生營葬事，先權厝於其祖墓之側。銘曰：

不戚其貧，不私其身。秉性堅確，惟廉與仁。曰篤不忘，惟君與親。宗邦淪喪，大雅埋輪。烏呼天兮！奚復不憖遺此老成人？

卷第十一　雜記

游龍亭記

余避亂魯谼既二年，魯生、玉亭屢過余柏堂，趙介山先生亦時自龍井崖至，因相與携酒，往觀卧龍寺之瀑。寺久廢，瀑小無奇，乃循環深入，左右折旋二里許，忽得一亭。魯谼之山多崛然而高峭，然而直少迴環，秀麗之態可供人媚說。

亭所據獨當崖壑之勝，前有龍井，故土人作亭以祀龍神者也。大木千章，葱蘢回合，水流其下，衆響琮然。瀑數重深落澗底，望之奇幻，而不聞轟然激搏之聲。面勢深曲而開朗，靈秀之氣襲人襟袖。然居萬山之中人，以其外之崛然峭然也，不知其中藏之美，故遊者鮮焉。於是命兒子培初汲泉煮茶，拾敗葉暖酒，人各盡醉而返。

介山、魯生因述其壯歲客金陵、武昌所遊山水園亭之勝，而余亦回憶往歲與魯生、玉亭及亡友馬命之，大雪登大觀亭、白鶴峰故迹，今皆已成夢幻。

嗟乎！士當平世經歷乎江山之遠曠，覽夫宇宙景物之大，如兹亭之僻處崇山中，美好不外見，名聞不彰，宜其不足當好事者之一盼。乃自今思之大江南北名勝之區，其不爲逆賊之所踐踏者鮮矣！其名愈盛，其受污必愈烈。而此亭獨以幽僻險遠，得保其真。佛釋氏所謂淨土者，其在斯與？其在斯與？咸豐五年二月記。

朱氏龍井崖觀瀑記

魯谼諸山出龍眠之背，形勢高峻，多嵯峨大石，又無茂林叢翠、名園古蹟相爲掩映，故雖雄渾愈龍眠，而遊者絶鮮。然其中幽峭靈幻之區，亦往往有殊异者。

由余柏堂而西，緣溪行二里許，兩山益偪側，無田塍人蹤。溪中石磊然，人行石上。四山插天如扃深苑。又數百武，忽聞雷聲殷殷震山谷，駭視山上，日影皦然，又如伐鼓淵淵聲，疑其間有浮屠、老子之宫也。溪盡登山，數步一曲，攀草樹而上，乃見水源自山椒懸崖千尺，噴薄轟奔而下，其狀如翔龍，如舞鶴，如雲下垂，如雨雪集霰，如白魚噓沫，如珠玉之相擊撞。桐城之瀑，蓋未有或奇於此者。

崖之上豁然中開，有朱氏茅屋臨水居，綠竹古木猗蔭檐外。回顧所來之徑，山之對峙者數十重，如城闉然。趙介山先生避亂居之，自稱小桃源。余宗魯生、甘玉亭、胡伯良、徐晉生每過訪余，則相與遊觀，驚爲絕境。

往余城居時，聞邑人嘖嘖道石門瀑布之奇，前輩摩崖題名至今猶有存者。及往觀之，瀑甚小，崖壑俱無奇特。今見此瀑埋没於深山幽谷之中，數千百年以來，無有知而賞翫之者。流俗之見聞隘陋而謬爲品題，耳食者隨聲和之，而遂不求其真，往往如此。然石門之瀑，不因虚譽之溢而美以增。兹瀑之奇异，不因前世無知之者而損其勝。物貴自有其實耳，浮名之有無，又烏足爲輕重也。咸豐五年二月記。

棲賢洞記

余所居柏堂之左有小溪焉，水自半天峰重崖飛瀑而下。每陰雨，煙雲四起，余從户外望見瀑如游龍，夭矯雲際以下，吸於溪潭，奇縱之狀最可愛翫。瀑之旁有石洞如矮屋，可容數人居。

咸豐四年十一月，宿遷臧公戰没於桐城，賊怨義民之助官軍也，聲言將肆掠。余先以上策軍門，懼爲姦民所指目。而朱魯岑先生時避居龍眠之雙溪，亦以薙髮不容於主人。余聞，急迎之歸。每晨起具饔，則携襆被，扶先生以坐於洞旁石上。四山環蔽，人聲不聞，仰觀飛瀑，翛然意遠。相與論造化之微，究學術之奥，古今興衰治亂之機，人事之變，與夫六經、莊、屈、秦、漢以來文章之要眇，時其得意狂笑長吟，與溪瀑聲相應和。因歎自有宇宙卽有此山，而前之世亦曾有高賢逸士於其中坐論嘯歌如先生者乎？微余固不足以發先生之微言，而非遭時亂離，無所容其身，則亦何緣棲先生於此！是固世之不幸，而又安知非余與兹洞之大幸也與？後數日事稍平，先生辭余去。余時時猶造先生寓，問起居。今先生遠館荒江之上，每念先生不得見，則獨詣洞口静坐，恍惚與先生晤語時也。

先生年今七十餘。壯歲遊四方，謂余曰：『余於山見太華，於水見洞庭，一邱一壑，雖有奇异，無足觀矣。』又爲余述道光初客關中，適朝廷命將出師，平定張格爾回疆之亂，獻俘京師，道潼關，親往見之，因歷歷言張逆形貌之陋，及其時大將軍威之盛，令人想見之焉。先生精神强健如壯時，前歲賊執之不屈，被刀斫不死。意者天留一老，以再觀此賊之成擒也夫。今命洞曰棲賢，所以志兹洞之遇也。咸豐五年三月。

卷第十二　祭文　哀詞

祭蘇厚子先生文

嗚呼！學術披猖，禮教滅裂。士棄準繩，步趨橫決。同塵合污，靡甘守拙。無文而興，厥惟豪傑。先生之少，能自得師。訥言慎行，無敢驅馳。説經鏗鏗，不尚玄奇。文思載道，禮必從宜。近憲張方，遠宗關洛。老列莊佛，概從删削。揚馬浮誇，陸王簡約。謂异程朱，亦屏勿索。恬淡甯静，篤於内行。紹先啓後，執古爲衡。一介取與，義凛神明。固窮立節，出於性生。誘掖後學，循循規矩。講道談藝，洞開門户。指迷逮津，先入爲主。因流溯源，良工心苦。

昔余初冠，志希前賢。聞名願見，室遠地偏。一日先生，千里言旋。藹然先施，引與忘年。道義文章，曾無齟齬。評余記録，薛張之侶。在杭有邵，在家見汝。識卓理純，他莫之許。帶經山莊，先生所居。招余講論，携手同車。見其二子，贈我圖書。德善養人，春風吹噓。我於先生，以師禮事。先生辭謝，引説古義。但相切磋，不在名位。垂二十年，肫肫懇至。昊天不惠，忽降妖氛。晦蝕日月，濁亂典墳。金蘭之契，一朝乖分。百里之間，春樹暮雲。自我不見，於今四歲。今夏往謁，驚猶隔世。憂國勤家，精神日敝。臨別無言，執手隕涕。

吾鄉先達，好古通經。二百年來，海内儀型。方姚之後，餘光未冥。何期今日，竟爾飄零。猶賴先生，巋然居里。橫流之中，尚存正軌。君子道消，哲人復萎。烏呼哀哉！吾其已而。荒山聞訃，肝裂心摧。斯文義法，將何取裁？所謂伊人，誰從溯洄？緘辭奠斝，以寫余哀。

孫磵泉哀詞

吾友孫磵泉病卒於山東既逾年，余避亂山中始得聞。磵泉別余遊幾十年矣。余交磵泉在道光乙巳之歲。先時，余館友人何眉岡學舍，眉岡爲余言磵泉之孝，竝述其慷慨多義行。是秋九月，余兩先人禫祭，磵泉隨吾友江貽之、戴存莊、馬命之、滁州馬晴齋來致祭吊。余父執趙介山先生、老友吳子明亦在焉，未及接談而去。明日報礀泉，與久語，果磊落恢奇信義人也。

礀泉居樅陽江上，去城百二十里，非事不至，又嘗客遊，以故久不相見。礀泉素愛余文，告余將爲荆楚之行，索爲敘以送之。

後數月，余以試事自安慶歸，約友人方魯生、馬命之迂道訪礀泉。時大風雪，夜將中，維舟叩門通姓字，君驚起，歡呼若狂，置酒劇飲，暢笑言達旦。君家去貽之數武。次日，復招登白鶴峰觀雪，尋陶士行惜陰亭故蹟，與貽之備酒餚迭爲主人。礀泉素豪飲，工行草書。家苦貧，喜傾身濟人急難，故眉岡常稱其有俠士風。魯生、貽之、命之亦皆喜飲酒，談道論文，各極其盛。是日酒酣，君徘徊亭廡間，忽見故貪吏某所書楹帖，怒髮上指，目直視，戟手罵曰：『天下禍皆此輩之爲之也。』手裂之，余輩固拉不能止。曰：『此地可容此污穢之物邪！』自是遂別去，不復相見。然每得礀泉書，猶未嘗不言此樂也。常思异日礀泉歸，諸友學有成，重相聚遊處，其樂當更有異。乃今礀泉既客死，而吾邑又久陷賊中，回思向之與礀泉同來致祭於兩先人者，及登白鶴峰觀雪者，今惟魯生、貽之、余三人存耳。眉岡年尤少，亦先礀泉數年卒於逆旅，而白鶴峰已爲賊燬，無片瓦之存。烏呼！礀泉使幸而不死，他日歸故鄉見之，其髮上指當更甚，而又烏得有前此之樂邪？然則礀泉今之死於外，目不見濁亂之人，足不履污穢之地，是固礀泉之福也，而又何悲邪！而余與二三友人之生，則誠有可悲者耳。因爲文告礀泉之靈，且抒余哀焉。詞曰：

與子别兮江之滸，氣淩雲兮震牖户。賢豪聚處兮不常，淚如雨兮瞻東魯。得正邱首兮皇之輿，何必歸來兮依故土。地下相聚兮多良朋，悲余獨相望兮永千古！

趙眉徵哀詞

余兄弟二人，女兄弟亦二人，皆適士族。妹之夫趙生眉徵尤賢而貧特甚。生幼奉其尊君介山先生之教，又嘗從余遊，敦信義，勵廉耻，常思得志大施濟於人，而非其道也，一絲粒不妄取。憶從余遊時，猶未成童，恒終日不得食，腹中有聲如車輪，余憐其飢，則强顔曰：『適已食，且飽甚。』讀書聲愈厲，氣愈壯。嚴寒單衣敝履，假之衣，則曰：『余性畏熱，不寒也。』强之則面發赤，頭頸强委之而去。詩文喜孤行己意，不苟同於人。雖古人，亦若不滿其意者，曾不模擬一語。其行事也亦然。余因愛而以妹歸之。然生性落落，恒閉户，寡交遊，心所敬者必真君子，然亦不甚與親暱，其於余也亦然。

自城陷，余避亂柏堂。生奉父挈家依余居甚近，始時相過從。生性有玄悟，與言性命之理，天人鬼神之奥，皆豁然以解，甚樂也。惟及時事，則慨然流涕以悲。習醫一年而精，曰：『生自是無志於世，惟持此養親濟人足矣。』余嘗戲謂生曰：『昔魏叔子避亂山中，集同志講學不懈，以恢宏其志氣，砥礪其實用。時人稱之曰易堂諸子。而叔子則尤推其姊壻邱邦士品節爲世不可及。余學視叔子無能爲役，而子則可謂余柏堂之邱邦士也。』余抑鬱無聊，恒賴與生放談，以偷活人世，乃今天又奪生以去，使余外念世事，而内顧吾妹之煢獨無所依。介山先生又癃疾日益甚，没將無主其後者。烏呼！德必有鄰，爲善者必有後，今其果然也邪！

生名又良，縣學生，卒年二十九，咸豐五年五月十二日也。是時賊居城中，縉紳士死者，不敢用冠帶，不敢立主。生卒時遺言必薙髮，余從之，親爲生製冠服以斂，而書其主曰『大清文學趙某之位』。烏呼！生其可以無恨矣。因爲詞以哀之。詞曰：

愍余匿迹兮山之阿，望北極兮淚滂沱。賴同心兮晤言，破啼爲笑兮悲且歌。豺狼在邑兮棘蔽畝，終離殃兮死網羅。良農俟時兮乘勢非，種必鋤兮植嘉禾。日月光華兮復旦，回春陽兮樂太和。惜人命兮苦短，子不待兮其奈何！

卷第十三　附詩

四十感懷

弱冠事詩書，生質頗不群。父師導先路，鋭志附青雲。歷艱世味淡，三十謝垢氛。道術天下裂，妄思理其紛。鑽研窮旦夜，一一涇渭分。時事屢顛沛，未敢忘斯文。日月不我與，念之心如焚。忽兹四十年，精力非昔云。見惡雖幸免，恐已終無聞。

孔道有不惑，孟云不動心。孜孜願學志，一脈相攀尋。奈何逐虚影，抱卷徒呻吟。撫兹雙鬢短，霜雪漸欺侵。箸書雖盈尺，祇以供藝林。名輝百世下，孰如不愧衾！往者難可諫，來者慎自今。涕泣拜禹言，珍惜此寸陰。

列子居鄭圃，四十人無識。當其始學時，食豕如人食。形立獨塊然，雕琢朴復得。以兹悟修理，成之在淵默。躍冶金不祥，炫採德之賊。況今已中身，馳外殺心力。屏迹遁荒邱，幸無强仕職。出位發謀慮，反己詎不惑。大易垂明訓，嚮晦入宴息。

我友數巨子，三人最莫逆。謂魯生先生及命之。年齡差比肩，月日似接迹。魯生先生以十月十二日爲生辰，命之十一日，余初十日。迴憶十年前，稱觥互主客。清興滿園林，高言貫群籍。時勢一朝异，生死千里隔。馬君忠孝資，義聲箸竹帛。方子脱羅網，遠舉振六翮。顧我抱兹獨，用陶公句，亦四十時詩。徒然守咫尺。緬懷素心人，出門悵所適。

到東鄉官塘喜晤蘇强甫蕭敬甫馬生復震並懷族子鍊秋和甫山如兩族孫

我來自城隅，人煙慘蕭索。巍巍雉堞中，豺虎恣威虐。當時百萬户，今日牆赤脚。豈惟居靡定，神鬼亦焦灼。宰木無餘蔭，佛宇空岩壑。龍眠第一境，太傅布亭閣。繞隄萬株樹，生前手營作。風流逾百年，游士日繹絡。日昨山下過，丁丁聞斧鑿。行行百里外，陡覺天宇廓。雖無漢官儀，桃源成邨落。古木枝虬龍，根與石蟠礴。俯仰事流憩，乃知生人樂。況得一心侶，放談慰寂寞。奚必愛吾廬，即此欣有託。所嗟同禍者，何時盡雀躍。

得魯生先生山左書並見懷詩原韻寄之並呈吳竹如先生

斯道昭白日，世變如江河。所賴障狂瀾，力揮魯陽戈。昔我同志友，切磋相經過。說心綴道論，宗旨各無多。立言或有偏，辨難慎唯阿。一旦舍我去，離索將奈何！

離索亦無妨，人生似虛舟。操持苟不慎，百歲空髑髏。念今遭時難，義憤雜窮愁。君幸有羽翼，登彼蓬萊洲。我猶巨壑鱗，深恐罹其鉤。衆星共北極，仰觀涕泗流。

生逢堯舜君，致身苦無地。贊化思立言，未敢同兒戲。方令氣節頹，厥根在德棄。絕學輟不講，時勢工趨避。偶聞前賢名，張目相驚悸。所以負寄託，生民罔可恃。

正學日微茫，爭鳴殆百家。奔流汩其源，散亂如蓬麻。豈無可取者，銖金雜泥沙。至理會一心，奈何事紛挐。好玄騁高妙，又恐毫釐差。卓哉古聖賢，慎定指南車。

人心易流蕩，念之時於邑。豈無夜氣清，居下徒惡溼。浩浩洪波中，拯溺賴舟楫。昌言導先路，歧誤反爲賊。罅漏不在多，一孔黃河決。便便唯謹爾，平實斯至極。

憶我交君初，年甫逾三七。論難十九年，此心如一日。修塗白黑分，未敢混朱漆。我始好辭章，因君本原識。君無文字見，狂論間溢出。俯就與仰企，自足終自賊！

別馬君

曩讀月蝕詩，曠世猶墮淚。何期及吾身，斯道遭顛墜。茲鄉盛文物，詩禮存古義。陰霾忽蔽天，荆棘生平地。與子俱竄居，蹤迹萍浮寄。境阸志不降，各欲張漢幟。橫流撐孤舟，未免形顦顇。風雲幸會合，道同心不貳。君思秉明燭，我更助陽燧。鬼怪與山精，終當事斂避。鯤鵬在北溟，將奮垂天翅。念今與子別，萬言難盡意。惟争日月光，無復愁魑魅。

寄懷張君

昔歲竄荒山，風煙慘城市。播遷約結鄰，磊磊多奇士。偉哉忠義堂，趙介山先生稱余柏堂爲忠義堂，以諸友之所聚也。不亞聚星里。狂狷仰朱趙，方魯生稱朱魯存先生爲狂，趙介山先生及其子眉徵爲狷。論學數方子。方魯生先生、召卿先生及余族子鍊秋，時相去不遠，月必一聚，以論學談詩文。舊交文戴張，顧我常不鄙。謂鍾甫、存莊、小嵩、宗翰時至柏堂，論請兵收復之事。吾宗有諸孫，英少亦足喜。深甫、和甫、山如皆植之先生孫也，時從余講學。馬張後來傑，相依問經史。命之子復震、小嵩子德駿，皆依余讀書講學。意得各忘年，虎尾謹素履。蕩蕩洪波惡，濯濯襟懷泚。吾子亦軒昂，胸藏多块壘。厨下絶炊煙，推解恒忘己。布衣憂時難，涕泣常拊髀。余本荆軻徒，君亦漸離似。興來屬諸君，深岩共浮螘。俠氣意縱横，慷慨占傾否。宿雲蔽白日，昏迷逾三祀。蔓滋益難圖，曠野盡虎兕。窮愁增顛沛，逆旅復遷徙。存者俱四方，魯生之山左，召青之河南，深甫之直隸，和甫之山西，鍾甫、復震移居東鄉，君之浙江，宗翰、鍊秋、山如、德駿亦將遠行。死者長已矣。趙介山先生父子、朱魯岑先生、戴存莊俱棄世，張小嵩殉節。我獨困陷井，居游與鹿豕。譬如大海中，孤舟岸難艤。羡子出自穴，湖山去學仕。不忘冰雪交，尺素遺雙鯉。人生有聚散，心知無彼此。明年登泰山，我亦脱泥滓。南北背道馳，室遠人自邇。又或嚴陵瀨，釣臺溯芳趾。與子再會合，破涕望桑梓。吴竹如方伯招余之山左，邵位西員外招余之浙江，故又將爲嚴瀨之游。

示馬生兄弟

天顯爲弟昆，一氣通呼吸。遭家況不造，荆棘相出入。虎口脱餘生，對之當烏邑。言色互仁讓，所争在卓立。常棣與角弓，法戒昭篇什。小忿忘親愛，不懲存固執。須知九泉下，隱隱含悲泣。同室既操戈，外患百端集。鬩牆誰禦侮，顛墜悔何及！語諄聽藐藐，從師虚負笈。殷勤肝膈言，滿紙淚痕溼。

哭魯存先生

天不遺一老，斯文直墜地。蘇君既坐化，厚子先生前一月歸道山矣。伊人復世棄。安時處惟順，死歸生原寄。薪盡火常傳，幽明豈二致？顧我猶倍情，悽惻久墮淚。非盡忘所受，是真知禮意。方今人心喪，形魂構巧僞。茶然馳疲役，終身鬬名利。先生當英少，卓爾超塵累。成性本激烈，沖養日和粹。冰壺秋月懷，流水高山志。窮老氣益壯，險夷履不貳。刀斫如東風，曾未礙胷次。惟念及君親，慷慨垂涕泗。耽學雖老、莊，名教髮無肆。竝行憂與樂，天人理乃備。遁世少見知，遇我心如醉。三人最莫逆，謂魯生先生及余。忘年結高誼。晦盲否塞中，詩酒聊相戲。有時發悲歌，放談罔所忌。嫠婦念宗周，居亂望平治。臭味休戚同，歷紀歲周四。方君忽遠役，皇輿騁麒驥。先生反其真，顧我將奚置？聞在海上山，願奮摩天翅。瓊臺與瑶島，執筆趨歡侍。先生有句云：『樓臺處處今無恙，雲水迢迢昔所依。』抑或睨舊鄉，憐我形顑頷。翩翩下大荒，儵然接夢寐。

別蕭生敬甫

哲人既云萎，奇才不世遇。念子年方少，卓然心獨樹。好古若性生，識超力亦固。師承能自得，衣鉢有真付。生爲朱魯岑先生高弟子。富貴藐浮雲，田園安行素。吾久聞子賢，君亦時余慕。相見各論心，言下生妙悟。文章本小道，於學非先務。源濬流自沛，華盛根乃蠹。余志切時難，逝將披雲霧。與子各一方，天涯暫去住。相約俟河清，終結煙霞痼。

別馬生復震

徵君我弟昆，視汝情猶子。念舊恒鬱鬱，見爾輒心喜。少年聞道蚤，與語契微旨。不違復啓余，剥膚常見髓。子有家國恨，談兵誓雪耻。聞鷄歌慷慨，戀母行復止。余豈枯槁徒，亦久忘生死。暴虎與憑河，輕棄未爲是。男兒當大節，出世須傾否。遭逢堯舜君，願言肅綱紀。陸李經世才，朱王皆前軌陸宣公、李忠定、王陽明之論平賊，朱子之論恢復奏疏封事，真命世才也。正本固其基，小醜游魂耳。

願汝廓其懷，動忍增礪砥。無爲匹夫諒，溝瀆聖所鄙。會當與爾别，後晤難屈指。言盡意不申，默默兩相視。

寄懷張宗翰

與子乖隔百里餘，一日不見三月如。况復别離已三月，風煙阻絶雙鯉魚。我心落落少知己，君獨與我情猶水。感舊肫誠發悲歌，君與小嵩至交，小嵩殉節，君兄弟與余經營後事，每言及小嵩不覺泣下。憂時慷慨共浮螘。避地相違止一山，一月十日時追攀。秋風吹我入東里，高山流水琴音艱。豺狼在邑虎曠野，傷懷蒿目待傾瀉。龍眠深處不日來，殷勤爲我洗杯斝。

馬秋槎大令以硯鏡贈其師魯存先生先生卒又轉以貽余作此謝之

昔時常以人爲鏡，今喜得鏡如見人。音容雖杳神可會，拂拭不使留纖塵。試一開篋展晤對，朱顔皓髮今何在？但見窮愁老大身，面目可憎生慷慨。感君念我形孤單，使我與影相交歡。了知形影俱幻象，本來無物奚悲酸！至人用心常若鏡，不逆不藏順以正。我今願以鏡爲師，勝物不傷安性命。

寄懷文鍾甫

故人俱凋謝，念子淚痕積。當時師門中，謂植之先生。結交皆金石。意氣横九州，豈惟文章伯。遭逢家國難，卓爲凝霜柏。馬張真烈士，仁成血流碧。命之、小嵩俱陣亡。戴生草茅論，哭庭不反魄。存莊箸草茅一得論平賊之略，屢於秦提軍、福撫軍、袁都憲上書言事，客死懷遠。義難動公卿，節但感巾幗。存莊以臧木庵孝廉統兵來桐，入營籌餉，且上書言計，爲逆賊所忌。兵敗後賊執其妻李氏、妾劉氏，妻罵賊自刎，妾被囚不屈，遂遇害。長女亦罵賊被斫，死而復蘇。事聞，敕祀貞烈祠。更有蘇子卿，雪窖昭潔白。身死未歸漢，遺恨留方策。謂厚子先生箸書，苦節而死。吾子本畸人，熱念鬱肝膈。拼命救桑梓，三年行役役。洪流忌孤撐，成功敗一夕。君城陷後，籌餉請兵者三年。秦提軍來桐，被賊圍十八日。君日夜經營，糧餉不匱，始擊敗賊，營得以全。鄭提軍至桐，時有忌君者，讒之百端，事遂棘手難支，以至於大敗。世事多反覆，人心好横逆。貪亂不悔禍，强援終何益。況君有老母，飽更飢寒迫。慎勿輕絶裾，審時順所適。大鵬積厚風，再奮圖南翮。

題觀善堂講會詩卷示章伯俊馬惠甫

吾學愧顓孫，君師真子夏。尊聞日高明，奈何問復下。譬如已升堂，出門忽適野。感子意殷殷，不敢作喑啞。況今氣運頹，學絶英才寡。余懷勤樂育，奚忍舍梧檟？意廣先篤信，守正宜瀟灑。損過補不及，中庸爲陶冶。語高深未造，久之成虛假。規模太狹隘，亦復傷大雅。持歸問子師，與我同心者。謂蘇君强甫。

冬青行

柏堂之前有古柏，半成枯槀半寒碧。枯槁無心競榮敷，寒碧經冬翻潤澤。四山黯慘劫火焚，賊陷桐後，凡山中古木盡斫伐，以爲薪炭，幾無孑遺矣。特立亭亭聳高格。臃腫雖非梁棟材，鬱盤聊伴煙霞客。更有冬青迴絶塵，窮崖對植若爲鄰。不隨楓柏鬬紅紫，不同桃李豔陽春。臭味又殊桂可食，無用得飽天然真。莫嗟脆質非良器，也作金剛不壞身。我生百事少稱意，況經亂離謹避地。居游木石與鹿豕，遭逢罔兩偕魑魅。若無二友共歲寒，堅貞誰與同氣類？醉攀嘉樹作悲歌，箸葉爲枯皆涕淚！

小住龍眠為趙介山先生及其仲子眉徵營葬事畢感德抒情述為此詞

死去萬事休，何與榮枯事。王僧虔戒子曰：『鬼祇愛深松茂柏，無與子孫榮枯事。』堪嗟愚癡子，祖骨媒名利。淹滯常百年，陰陽拘衆忌。炎烝寒栗烈，朽魄如刀刺。應潛齋先生曰：『停柩之害甚於葬衰地，土内冬煖夏涼，土外冬寒夏熱，故人子必急於葬其親，地理至微而難見，天理至顯而難逃也。』地理倘可圖，天道皆足棄。所以古達人，但正首邱位。先生臨化時，與我談精義。魂氣既反原，形魄宜歸地。生死順大造，衣冠守名器。先生卒時，薙髮，冠戴，拜祖，端坐而逝，又託余爲早葬。有子事遠役，寡婦孤兒累。族衰門户單，親戚罕倚庇。靈柩寄空山，悽愴生涕淚。我本貧窶子，感君知己意。憶昔方年少，忤俗遭詬詈。君獨國士待，斯文重託寄。東風蘇窮途，噓拂敦古誼。懷德生未酬，念往心敢貳？爲乏買山錢，食忘寢不寐。龍眠形勢勝，峯回川組媚。杖履百年遊，幽室一朝閟。維嶽果降神，亦望及令嗣。

余既營葬介山先生畢復為亡友張小嵩營葬並買數山葬其曾祖父母祖父母叔父及其夫人張孝婦凡七喪因賦此以告其靈

從來奇士重報國，義在難復盡私職。張良昔日爲韓仇，弟死不葬顧不得。但思成仁重泰山，那計委命填溝洫。我朝深仁邁前古，耕鑿猶宜識帝力。況君江南第一家，世承天寵受王食。妖氛一日從西來，氣象愁慘晝昏黑。大將奔潰棄專城，書生涕泣呼殺賊。自言一命雖未霑，畏死實傷忝祖德。三世未葬不復念，以忠作孝舊自刻。舊，常也，見淮南子注；刻，責也，見後漢書注。君既精忠動天地，我猶晦迹竄南北。君臣朋友義固同，後死之責何由塞！首收毅魄脱虎口，繼取爾子代燕翼。今復營成馬鬣封，四代孤魂安兆域。願君正氣作鬼雄，上叩天閽誅邪慝。埽蕩陰霾洗甲兵，無使日月久晦蝕。

得徐晉生書以其先公行狀見示喜其病起作此答之

徐君濁世佳公子，英氣奇才世莫比。承家自誓惟忠孝，潔身不肯污塵滓。遭逢國難與家仇，驅馳常恐肉生髀。乞師屢效包胥哭，破賊恨志霽雲矢。三年舌戰成空華，一腔熱血付流水。痌瘝在抱尚未瘳，手足奈復痿不起。昨來寄我文萬言，開緘未讀淚先泚。當時妖賊來江介，衝突上下如豺豕。豈無大將擁旌旄，進不盈尺退百里。尊公大節昭日月，爭光豈特輝桑梓？善述昔有劉伯繩，明劉念臺先生殉國難，其子伯繩撰年譜，張楊園先生稱爲文集之外可以單行。如君論撰差可擬。蠅頭細字既能書，沈痾去體尤足喜。鯤鵬待風翼暫垂，松柏有心寒不死。願君醫身更醫國，顯揚原不在文史。

送張宗翰之河南

古道不復作，中塗縱流潦。側足靡所之，泣歧呼蒼昊。與君混蓬蒿，意氣式相好。欣賞賴奇文，飲酌惜素抱。患難同臭味，形容忘枯槁。奈何一朝别，使我心如擣。鸞鵠有遠志，豈甘依豐草！逝將怒羽翼，隨君入瑶島。中有仙人侣，笑言意浩浩。非欲遺世立，庶挽狂瀾倒。

張生德駿故人小嵩子也小嵩殉節後吾召生與小嵩從弟居余柏堂讀書三年今生之甘肅省其祖父而余亦將之山東離别之情兩莫能已爰書五言五章送之願生毋忘余言也

朔風送沍寒，萬木少顔色。水澤腹堅冰，栗烈向人逼。春風一朝動，枯槁潛滋植。乃知天地心，復亨先剥蝕。時運有否泰，生意無休息。但抱貞固性，凝陰何能賊！

歲寒有松柏，結根在巖阿。任彼霜雪侵，鬱葱不改科。當其春夏時，品庶乘陽和。紅紫争炫耀，士女謔且歌。獨抱冷淡心，含章堅節多。無榮故無萎，盛衰理則那。

草木變榮枯，日月互盈蝕。惟彼忠孝人，浩氣天地塞。子有名父兄，行爲當世則。義憤死未伸，精魂猶鬱抑。繼述賴後賢，泄沓忝先德。奮身青雲間，無徒傷孤特。

昔有王子安，年少才逴躒。請纓慕終童，乘風懷宗慤。省親去南海，作賦滕王閣。至今千載下，名字猶的爍。想當趨庭時，顧復亦可樂。文章雖小道，説親勝珍錯。

我無時俗念，尚志友千載。況今遭世屯，守先欲後待。吾子童稺年，英英著文采。侍立深山中，講肄索真宰。如何一朝分，東西隔山海。願終守吾言，未死無遂倍。

寄懷召青先生

與君久離别，蓄言殆千萬。自從竄榛棘，窮年坐塗炭。國事杳弗聞，生計那可論？豺虎滿道路，舉足心内憚。時復來深山，未見背已汗。頭人而畜鳴，飲泣不敢嘆。信知天網恢，孽作終難逭。譬如風雨晦，雞鳴總未旦。念我困陷井，羡君登霄漢。在溺望手援，無爲空扼腕。

昔我弱冠初，結交老蒼半。道光庚子，趙介山先生邀君與魯生、瑞階及余五人共飲，講學終日，始訂交。道同忘輩行，學術互疑難。一事中未安，如金必鍊鍛。志期斯民康，文欲士林冠。屈指二十年，鬱鬱違素願。五人半已死，趙介山先生、張君瑞階已棄世矣。存者各星散。魯生先生客山左，余居故里，而先生久客河南。安樂情難堪，況復遭離亂。與君千里隔，相思邈雲漢。要言積忠誠，無忘金石貫。

遣興

天體雖明旦，品物咸包容。無私日月照，不言雨露濃。雷霆間震怒，發蒙非降凶。豈以人有憾，仁德或疏慵。大化鬱甄陶，群生變時雍。咄哉小量子，撫劍冠上衝！

地德善承天，專一能持載。江海匯衆流，含藏多污穢。農夫把鋤犁，大凷任破碎。鷄鶩日踐踏，寬厚性皆耐。人非仕此間，藐爾身安在？無爲木石心，不念託仁愛。

伯寮亦聖徒，史遷詎妄語？奈何與德讎，食穢同厠鼠。想當問業時，進退必以旅。愚性下難移，聞善終齟齬。信知道有命，不隨人廢舉。惟傷誨者心，諄諄歷年所。

邢七附程門，亦覊知檢點。得師古賢哲，仁義與磨漸。縱或惡成性，决當夢覺魘。奈何德不酬，翻報以傾險。大哉伊川言，如日纖雲斂。知天信孟子，焉用故人貶？

古人不可及，遭命趙岐注孟子，三命行善，得惡曰遭命。惟反己。世情混白黑，焉辨非與是？友信少者懷，天經人之紀。但期抱赤心，誓可質生死。迷途難與言，窘步棄平砥。幽懷日望之，庶幾能改軌。

同蘇強甫游東園

才人有顯晦，好山亦同然。自我竄澗谷，如坐井中天。入耳豺狼聲，舉目慘風煙。馬君卜安宅，招我邑東偏。欣見習俗古，恨少溪壑妍。蘇子性好游，尋幽得層巔。蹊徑旋九折，竹樹隱數椽。禪關晝常寂，古佛形猶全。自賊至，江南千餘里佛像禪院無不燬者，惟邑東鄉得全。憩陰坐磐石，解衣濯清泉。面勢目遠豁，九華列我前。迴觀更深曲，山山孤雲還。我聞隨之來，果可媲龍眠。奇蹤一朝闡，淹没已萬年。從來靈异地，得人斯足傳。轉思亦何必，名盛集腥羶。但葆天真性，無爲名實先。

讀孟子

我讀孟氏書，用意何深厚。仁居百世上，誼感千載後。不用致爲臣，此心未嘗剖。出晝猶望之，情如絲在藕。王驩羞與言，亦復含其垢。但自存禮義，何忍顯人丑。横逆三自反，藏疾比山藪。臧倉工讒言，信天夫何咎？不愠人不知，惟矢心無負。譬猶巨鐘縣，任持寸莛扣。赤日麗中天，不識傷矇瞍。浮雲幻去來，一切惟虚受。人徒慕浩然，此意誰尚友！

寄懷馬秋槎大令

百年喬木蔭朱門，風雨飄摇慘斷魂。每感知心傷季子，謂命之。便思操杖就元昆。論交頭白餘杯酒，望闕忱丹積淚痕。俯仰無慙惟一事，蕭然短髮對君恩。

遭時多難意縱横，師友淵源仗老成謂朱魯岑先生。念舊典型空宿草，感君風誼倍傷情。月明林下誰同步，風雨聲中獨舉觥。且解愁顔開素抱，好畱白髮待時清。

弔劉烈婦

烈婦姓吴氏，夫劉為鄰死後三日，自經以殉，年二十。時咸豐七年七月十六日也。

百年終一死，況乃無百年。何如保真常，甘將身命捐。貞婦義殉夫，烈士志扶顛。人殊理則一，勢變情靡遷。胡爲衣冠子，不及巾幗賢。婦生託農家，僻處荒江邊。但習機杼聲，豈聞柏舟篇？矧兹遭時亂，節義沈深淵。孤鴻性自貞，精金質自堅。譬如污泥中，濯濯立青蓮。短命雖不幸，正氣畱坤乾。感此礪我心，凛凛慙高天。

與玉亭別五月矣歸自東鄉三速其入山久不至憮然賦此

與君雖异姓，情親如同産。交游多邦彦，知心具隻眼。我志喜曲成，君行矢直簡。仁一何必同，好我無擇揀。世情常反覆，朝濟夕設版。君獨有始終，好音懷睍睆。綢繆二十年，忽焉隔笑莞。念與君別離，不復戀栖棧。奇文無與欣，孤鐙闇論撰。憂天寐不甘，望闕淚獨潸。昨者得君書，心神頓竦戁。豈徒攝威儀，觀摩增瑟僩。我今志四方，分將南北限。世事且難料，後會豈易綰。胷中茅塞深，日望來削剗。

將之山左留別長姊

靡至抱長悲，況復寡兄弟。如荼多苦心，人謂甘如薺。有姊久別離，中心懷愷悌。少同嬰家患，老共驚戟棨。不念己顛連，憐我貧且瘠。流離忽會面，喜極翻淚涕。我倚兄弟親，出言多觸抵。顧我猶孩提，全廢長幼禮。男兒志四方，無使肉生髀。懷安實敗名，觀天坐井底。念將復遠別，相對目如眯。懷德無以酬，願言固根柢。人心感天和，不久甲兵洗。

柏堂集續編

卷第一　論

續貞女論上

余嘗讀歸震川貞女論，竊歎其爲害名教之詖辭也。彼謂『女子未有以身許人之道』，『男女無自相婚姻之禮』，是也。然必父母未嘗以女之身許人，或雖許之而未嫁，而女子不待父母之命，自往歸之，則誠奔也，非禮也，喪其廉恥之防者也。若父母所許字之，夫死，女不願一身而再許人，或爲之守，或爲之死，是正重廉恥之防，守禮而篤者也。奈何比於無父母之命而奔者哉！

夫謂聘則父母之事，嫁而後夫婦之道成，是也。然亦未有父母既受聘於人，而女子不自知其身之爲誰屬者，雖知其身之所屬，而未嫁而死，則未成夫婦之道，順父母之命，而己無與焉，是純守乎女道者也，固不得以爲非禮。然而人之稟氣不同。其剛貞者，以既知身之所屬，遂不欲再屬於人。雖違其父母之命，而爲之守，爲之死，似乎過禮。然而其爲之守，爲之死者，非他人，乃即父母以已許字之者也。豈得以爲奔而害廉恥之防哉？

夫謂陰陽配偶，天地之大義。終身不適，是乖陰陽之氣，而傷天地之和。此特論其常理耳。聖人制禮必適中爲節，使人人可以守其常而不失，故使女子未嫁而夫死，必强人人爲之守，爲之死，而非出於女子中心之誠，然則洵有乖於陰陽之氣，傷天地之和矣。若秉性純一者，其氣清，其欲淡，其性厚，而摯其義嚴而篤，彼自守其貞一之性，不可以有二，是得陰陽之純，合天地之正者，不可强人人而能之，而又豈得以其難能者爲非禮哉？

嗟乎！聖人制禮所以防淫，君子立言所以正邪。以貞女所爲，聖人所不敢必之於中人者，而君子必立論以非之。甚矣，小言之破道也。

且夫女之不更二夫，與臣之不事二主，一也。已嫁而爲夫守，爲夫死，是委贄。爲臣而守節，不事二姓者之類也。許字未嫁而爲夫守，爲夫死，是未嘗委贄。爲臣而守義，不屈於二姓者之類也。昔伯夷、叔齊未爲商臣，而不履周土，不食周粟，餓死於首陽之下，天下稱之。如歸氏論以貞女爲非，則夷、齊將不得爲義士乎哉！

續貞女論下

或曰：歸氏引禮記曾子問篇以爲證，然則孔子之言非與？曰：聖人之言仁至義盡，注疏失其文義而曲解焉，歸氏又從而誤引之，非孔子之本旨也。

曾子問曰：『昏禮既納幣，有吉日，女之父母死，則如之何？』孔子曰：『婿使人吊。如婿之父母死，則女之家亦使人吊。婿已葬，婿之伯父致命女氏，曰：「某之子有父母之喪，不得嗣爲兄弟，使某致命。」女氏許諾而弗敢嫁，禮也。婿免喪，女之父母使人請，婿弗取，而後嫁之，禮也。女之父母死，婿亦如之。』竊嘗循觀其辭，明白曲當，深歎聖人之心何其恩義兼盡，而時措從宜如是也。乃注疏與陳氏集説皆誤解焉，以爲父母死，女子別嫁。

余試一一辨之：夫所謂『致命女氏』者，致愆期之命也，非致還其許昏之命也。所謂『不得嗣爲兄弟』者，言此時不得成夫婦之禮也，非謂繼此之後亦不得成夫婦，而使之別嫁他人也。所謂『女氏許諾』者，許諾其愆期之命也，而『弗敢嫁』者，待以終喪弗敢强嫁之也。弗敢强嫁以成其婿仁孝之心，故曰禮也。『婿免喪，女之父母使人請，婿弗取』，謂始免喪，餘哀未忘，不忍遽爾，從吉也。非婿終守前説不取，而欲其別嫁也。而後嫁之者，嫁此婿也。而後云者遲之，又久之，辭也。女之父母死，亦如之。蓋卽内則所謂有故二十三年而嫁之，禮也。非謂致命婿家，辭不嫁此婿也。如注疏之説，是父母生所禮聘之人，父母没，而致命絶之，且堅絶之，是逆民也。聖人顧以爲禮而箸之於經乎？且不孝有三，無後爲大。女有家，男有室，禮也。今謂父母死，遂致命絶之，其終不娶邪？是不孝也。其將別娶邪？是不義也。至女之父母死，而遂絶女於婿，更爲敗常而亂俗也。害教之言，莫此爲甚。歸氏不能辨，而又引以斷貞女之非，愈失愈遠。其於經義不亦疏哉！

卷第二　敘一

校錄大意尊聞敘

吾師植之先生以綜貫天人之學，洞達古今之識，雖窮老於時，而德日進，業日修，未嘗稍倦。其所箸述皆本之窮理力行，不爲空言，務欲使學者明體達用，以正人心而扶世教。

乾、嘉間，海内學者尚博綜，號爲宗漢，而詆誣程、朱。先生砥柱中流，明辨其非，不遺餘力。所箸漢學商兑一書，流布海内，大義炳然。其衛道之心，論者謂與朱子雜學辨、陳清瀾學蔀通辨同。其精粹是大有裨於道教者也。而其終身之筆記，則又有待定録百餘卷，屬草稿未定。先生没後，門人蘇厚子惇元、戴存莊鈞衡嘗欲編校，未及而卒。宗誠亦有志於是。遭亂流離窮山荒谷之間，與其子孫負荷藏匿，不敢失墜，然編輯之力，則未遑及也。

惟大意尊聞三卷，屢次校訂，以示學徒。是書先生之家訓，所言自小學以至於大學之事，格致、省察、尅治、存養，以至於成德之功，居身接物，齊家、訓俗、教學，以至於治平之業，無不有以探其原而窮其弊，篤實親切，不闊不膚。蓋是時天下雖承平，而學之不講已久，人心風教日卽於偷。先生游歷四方五十年，覩習俗之日頹，人才之日衰，而深憂亂之將起，變之將至也。故時時推其本實，極其流失，以教戒諸孫，蓋不啻大聲疾呼，垂涕泣而道之也。宗誠年二十四歲，先生卽命爲校正。當時未經事變，以格言視之而已。今歷世難更憂患，重加尋味，然後知其言無一不切於當世之故焉。

烏呼！使天下父師、官長皆以此正其身，導其家，治其民，教其從學之士，則可以弭患於無形，消禍於未然，亦何至世事敗壞至於如此！而卽今敗壞之後，其所以反人心而固邦本者，仍不外其所言也。世之論者，或以正學爲迂腐，無關於撥亂反正之計，是惡知本原之所在哉？

余客濟南，將復有保定之行，因取是書重校以示諸生，講明而篤守之。倘他日得歸，復取待定録而編校之，則余之願其畢也夫。咸豐九年秋，三從弟宗誠謹識於山東藩署後園。

教女彝訓敘

教女之道，莫備於女誡、女範，及陳文恭公教女遺規等書。後世女子知書者，往往愛以詩鳴，而於詩尤喜柔麗怨思之作，導欲增悲，而不知反諸性情之德，踐諸倫常之地。彼惷愚不識詩書者，無論矣。而知詩書者，又多誤入於此。此女教之所以衰也。

夫詩可以興、觀、群、怨，即女子亦何不可學夫詩？余往歲嘗取詩三百篇中，足爲大法大戒者三十一篇，分爲十二類，以正女教，古詩烏鵲歌一首附焉。使天下父母及爲夫者，皆以是教其家，講明而諷詠之則，所以養其德性，和其心思，端其本善，其則者深矣。

嗟乎！有女教而後有妻道，有妻道而後有母儀，有母儀而後有賢子孫，人才之盛，治化之原，實由於此。可不重與？可不慎與？

春秋傳正誼敘

學者窮經，所以明體而達用也。顧經詳三代之典常，而史具後世之事變，故史者亦可補經之所未備。然而詩、書、春秋，即經中之史也。讀史而不斷之於經，則熟於後世之機變功利而昧於義理，以害其心術之微，則其見於經濟事業者，必不免有背於道而大害於世教。

曩余於詩、書二經，若有見於三代治亂之要，既嘗箸爲經説，以示從學之士，使知窮經必得聖人所以經世之心，而不可徒溺於章句訓詁而無用。

今爲諸生講授春秋三傳，見其中有可法可戒而未盡者，與其似是而非者，皆一以義理爲權衡而折中之，使知讀史雖主於達用，而要不可不知其本原之所在也。董子曰：『正其誼，不謀其利。明其道，不計其功。』是誠明於春秋之義者乎！昔稼書陸子著戰國策去毒一書，今春秋傳，學者所必讀之書也，然不爲之明義理之歸，以正其識趣，則其爲毒也豈少也哉？咸豐十年正月，敘於直隸按察使司之書齋。

編次拙修集敘

道之大原，出於天而備於聖，故惟聖人繼天立極，制作可爲天下後世則，自非聖人不苟作也。昔者，孔子生二帝、三王、群聖人之後，修明六經以闡斯道，猶恐人之以爲作而效之也。其言曰：『我非生而知之者，好古，敏以求之者也。』又曰：『述而不作，信而好古。』誠以古之聖人既作則於前，後之學者苟或不知信好，而欲附於作者之流，則將作聰明以亂舊章，爲斯道之大蠹。

孔子没，一二巨子各立一説，以争鳴於世，大抵皆欲以作自任而不肯附於述。异學日興，天下從風而靡，道之晦裂，實由於此。孟子於是思閑先聖之道，其自任曰：『入則孝，出則弟，守先王之道，以待後學。』蓋以能守而後能閑，能入孝出弟而後能守，兢兢於守之一言，而竝不敢自居於述，此道之所賴以不墜也。夫先儒謂述之功倍於作，余亦謂守之功不亞於述。蓋生聖道大備之後，惟在述而不在作，而生异説喧騰之時，則又不在於能述而在於能守。是非見道真、信道篤者，不知此義也。

三代而下，學絶道晦千有餘年，至宋周、張、二程數子出而道復大箸。朱子生於其後，闡明四子、六經及數先生之書而力行之，未嘗自創新説，是蓋孔子信而好古，述而不作之意。而其時象山陸氏獨自立一宗，以别於周、程，與朱子爲難。明之陽明王氏祖其説，益張大之，號爲心學。雖其言亦依孔、孟，而實不免自居於作，以蹈師心自用之弊矣。故羅整庵、張楊園、陸稼書三先生起而辨之，程、朱之學不絶如縷，是其所造。雖未知於朱子何若，而其兢兢確守朱子之言，閑之極嚴而踐之甚篤，則亦孟子守先待後之心也與！

霍山吴竹如先生自壯爲學，卽遠述程、朱，近守張、陸，以居敬窮理，反躬實踐爲宗，而尤嚴於義利誠僞之辨。平居未嘗議論先儒，而於理氣心性，佛、老、陸、王疑似之間，則析之極其精，而衛之極其正。深以近名爲大戒，故生平不事箸作。間有讀書札記，與家人朋友論學之書，亦不自收拾，且多散軼於兵燹之中。

余少卽慕先生。咸豐己未，先生屏藩山左，招余授經署中，日夕相講論，竊歎先生之學，其好古守道之心，實得孔、孟相傳之家法。偶見先生殘稿，亦無不精實平正，卓然有當於聖人之心，因爲搜羅放失，萃而編之，次爲十卷。既成，乃敘其大旨如此。昔程子嘗曰：『生平接人多矣，不雜者三人。』若先生之所守，其亦可謂不雜也已。後之知道者，讀先生書，當無疑於斯言。咸豐十年四月。

校訂歸田自課二錄敘

學問之道，不以窮達殊。窮則隱居求志，修身見於世。達則行義達道，利澤施於時。是以古之人，學優則仕，仕優則學，其無一息之閒。於學者正其斯世斯民之心，無一息之或忘也。

大學之書，所以爲自天子以至於庶人之法也。夫庶人豈有天下之責哉？而其始入學，必舉欲明明德於天下者以爲教，則古人之學非徒自私自利可知矣，且非特不自私自利也，亦豈徒自成而已哉！子思曰：『誠者非自成己而已也，所以成物也。成己，仁也；成物，知也。性之德也，合外內之道也。』此聖賢之學，所以無窮無達，而要必以明體達用爲歸，用不用時也。而必求明體達用者，道也。吾道既盡，則用不用可以俟之於天。不然未明體而求達用，非也。不能達用而自以爲明體，則亦豈聖賢之所謂體哉？聖賢之所謂體，以天地萬物爲一體也。明天地萬物一體之義，而後其學非自私自利之學，用則施諸人，舍則傳諸書，而可爲天下後世法。否則雖不懈於學，而與聖賢學問之道不相似也。

嗟乎！學之不講久矣。士子自入小學以至大學，不過工浮文，取科第，謀廩禄。其高者，則務記覽爲詞章，立説著書，思垂空名於世，淺深不同，要之皆自私自利之見耳。又其上者，忠信廉潔以自守，而執德不弘，規模狹隘，無明明德於天下之志願，而但欲成一己以爲高。嗟乎！使天下學者皆如此，天下豈不可長治而無亂乎？然天下必不能長治而無亂，則使天下之學者僅如此，又將何以有致治保邦之才，撥亂反正之具邪？

安肅徐笑陸先生，自秦中太守解組歸，十餘年閉門讀書，闇然爲爲己之學，大抵以孫夏峯和合朱、陸爲宗，兼取北方學者顏習齋、李恕谷之實行實用，而不襲其攻詆程、朱之弊，尤以求仁、慎獨、行恕、養和爲先。其言治則自君德、六官，出治之本，輔治之方，究極時弊，而參酌古今，以爲補救之策。竊歎先生之學，得古人明體達用之遺意。讀其歸田自課、論學論治二書，雖間有小疵，而固不害其爲大醇也。

先生甚不以講學爲然，蓋懲後世口耳之習，而深矯炫耀之失。先生可謂君子儒矣。然吾以爲學不講，則不明。以之成己，將何以擴充其未知未能？以之成人，又何以振人心、育人才而興世教？昔孔子以學之不講爲深憂，蓋以此也。

余客保定，先生屬其門人周君以所箸相質，且請敘，余既爲校正數十則，因書此以質之。

春秋名賢列傳敘例

曩余避亂山中，爲諸生講論左氏春秋傳，兼及公羊、穀梁二傳，以爲是書不精別淑慝，慮無以定賢否而決從違，因命長子培濬取傳中名賢事言，纂爲列傳若干篇。去取義例多散見論贊之中，大旨皆余指授也。書未及成，去年兒侍余出游山東。其冬余來直隸，兒留館膠州，余攜其稿藏篋中欲爲整理。今年兒改館於濟甯，書來欲取以續成之。未及寄去，而是秋九月十六日，兒遽以病没矣。余傷其有志於學而早夭也，復取是書閱之。時從子培聰從余在直隸，因教以體例，命爲補輯其缺漏之半，而爲正其論斷之或失者，共爲三卷，藏於家。俾後世子孫讀三傳者，既盡其全書，然後取是編參觀之，亦庶幾知所折衷也夫。咸豐十年冬十一月。

春秋世變之始，後世之變往往皆春秋之所已經。其時名賢最多，議論行事多可爲萬世法。漢、唐、宋、明以來，名臣言行亦往往效其所爲，以定國是，平大難。惟其書駁雜不純，非別白而論定之，則賢否混淆，徒開人機詐之心，引人於功利之路。其可以爲前事之師，後車之鑒者，反雜亂於中而不能辨也。太史公作史記列傳，止載管、晏數人，又多記其軼事，而大節目反不箸焉。雖意在網羅放失，不欲重出左氏之言，然非所以立百世去取之則也。又其甚者，憤激身世，偏宕不中，伍子胥以臣讎君爲之立傳，而申包胥之精忠義烈，安君父而復社稷者，反不列於傳焉。是豈可以立教乎？

余嘗考之左氏所載名賢，可取者得數十人。石碏、公子友、辛伯、蕭叔大心，皆定亂之臣也。公子彄、季梁、宮之奇、申繻、御叔、公子目夷、富辰、蹇叔、申叔時、魏絳、師曠、屠蒯、女叔齊、醫和、晏嬰、鮑國、公子叔發、史鰌，皆直諫之臣也。衆仲、北宮佗、仲孫貜，則知禮之士也。師服、辛有、内史叔興、甯嬴、士燮、劉康公、劉定公、閔子馬、逢滑，則深識之士也。至若禦侮之臣，則有鬬廉、曹劌、蔿賈、欒王鮒。守禮之士，則有公子完、箴尹克黄、公孫青、宗人釁、夏虞人。濟變之臣，則有吕甥、展喜、燭之武、欒豫、公孫申、厨人濮、茅夷鴻、欒茷、沈諸梁、公子申。其薦賢以安國家者，則有鮑叔牙、胥臣、祁奚、罕虎若而人。其才足以匡時者，則有管仲、狐偃、趙衰、公孫僑若而人。若夫急子、壽子、太子申生、公子慶忌，則賢孝之子也。介之推、公子欣時、韓無忌、公子黑肱、季札，則介節之士也。甯俞、矦獳、公孫嬰齊、解揚、逢丑父、沈尹戌、王孫由于、鄖公辛、公子結、申包胥、單穆公、劉文公、子家羈、公冶，皆忠智之士也。鄭賈人弦高、狼曋、臾駢，則義俠之徒也。其餘叔仲、彭生，雖未能濟變，而死節足法焉。董狐、齊太史申鮮虞、司馬奮揚、申豐、杜洩，雖他無所表見，而直節足誌焉。王孫滿、仲孫篾、游吉、蘧瑗、欒喜、羊舌肸、叔孫豹、薛宰子服何，安國之臣也。申叔豫、公子歸生，直諒之友也。是數十人者，其行事雖不能盡純乎道義，而或識足以見微知著，或才足以傾否濟屯，或忠足以安邦家，或義足以動鄰國，或不幸君不見用而守節不二，視死如歸。雖三代下，名臣無以過之，固不得以其未盡純於道義，而不取之以爲法也。惟其言行可録而大節有虧者，則不箸耳。

至楚鄧曼、晉齊姜、衛定姜、晉叔向母曹僖、負羈之妻許穆夫人、齊杞梁妻、宋共姬、楚季芊、紀叔姬、晉季隗、莒嫠婦、衛莊姜、晉趙姬、郤缺妻，其賢亦足爲列女之式，因附箸焉。

校訂省身録敘

咸豐辛酉九月，余友蘇菊邨明經以省身録見示，屬爲删訂。菊邨家鄢陵，地近河洛，爲明儒薛文清公寄籍之鄉。其學遠宗二程，近宗文清，專壹而不雜，是書乃其切己體察所記，氣象與讀書録頗相近。洵哉！其爲德人之言也。

今天下之人，無論學與不學，莫不以身爲重，而實不知其身之所以重，與所以重其身之道。人身之所以重者，以其有五性焉，仁、義、禮、智、信之不存，而不知省覺焉，是自暴其身也。以其有五事焉，貌、言、視、聽、思之不修，而不知省察焉，是自棄其身也。以其有五倫焉，子臣、弟友、夫婦之道之未盡，而不知修省焉，是自賊其身也。而其所以自重其身者，不過任其血氣心知之性，縱其耳目口體之欲，人人自私自利，而不知反身以循理，天下之禍遂由此潛滋暗長，以至於横流而滔天。至於滔天而猶不知各自省焉，此天下之禍所以終無已時也。孟子曰：『湯、武，反之也。』又曰：『湯、武，身之也。』人人各反求諸身，此存理遏欲之大閑，亦卽撥亂反治之大本。是以孔門論傳道之賢，必首推顔、曾。顔子之學在於尅己，曾子之學在於省身。尅己而後能天下歸仁，省身而後知己之所在與所以尅之之道。是省身者，又尅己之先務也。

且夫省身者，非徒省一己而已。以是身而居於家，則一家之身皆吾身也；以是身而居於國，則一國之身皆吾身也；以是身而居於天下，則天下之人之身皆吾身也；以是身而居於宇宙之中，則前有千古後有萬年之人之身皆吾身也。家國天下千百世之人之身皆爲吾一人之身，一有未盡必皆引爲吾身之責。惟恐吾身一有未當，則家國天下千百世之人之身皆將取則焉。是所以責吾身者愈周，而省吾身者愈密。省之密，則所以自重其身者始至矣。

菊邨窮經求道數十年，淡泊寡營，蕭然物外，一似獨善其身者。乃觀其書，則自身心之近，以至於家國天下千百世之遠，無不考究其理而力踐於身，明道統之歸，辨學術之异，讀之令人深警於心。

余游中州，與菊邨心交幾一年，時以道義相切劘，而未獲相見。今余將游楚北，菊邨促余爲敘是書以刊行之。余願菊邨卽是書之所言者益加省焉，而讀菊邨書者，亦卽其所言反而省諸其身焉，必使一一皆爲躬行心得而不徒託空言，内以治己，外以治世，斯真爲二程、文清之正脈也夫。同治元年正月望後二日，桐城方宗誠謹敘於襄陽道中。

删訂兒培濬劄記敘

往余避亂魯谼，日爲諸生講授四子書，兒培濬退，即劄記所聞與所疑者，以爲請益之資。數年來輯成數卷，計數百餘條，多可喜者。其後，余授經邑東鄉。兒家居讀書，復劄記數十則寄以請益。余手批還示，兒皆篋而藏之。隨侍山東，其本留於家。逾年，賊入山焚掠，余書籍幾盡。兒卒後，余急還書家中索之，蘇生子獻、次兒守彝理殘編得此稿。其論孟劄記不得見，蓋燹之矣。

當避亂山中時，每清晨起講授四子、五經，午後讀史、漢，唐、宋諸家古文，陶、杜、蘇、陸之詩，夜則坐月下背誦之。中間復躬樵汲蒔園蔬，間亦登山臨水以寫其趣。余與兒無須臾不樂。賊至則暫避退，即講誦如初。余所言者，他人或不解，兒往往能領其意。烏呼！豈料其止於此！余既編其詩文遺稿，今復得此，因删訂而附録之。同治元年秋中日，識於湖北撫署之後樓。

讀易筆記敘

易之爲書，廣大悉備，而夫子論假年學易，則曰『可以無大過』，是知易者，聖人原天道以明人事之書也。

夫道外無事，事外無道。故曰：『天生烝民，有物有則。』又曰：『君子之道費而隱。』聖人懼人之離費而索隱，陷於异端之虚無也。又懼人日用不知，行矣而不箸，習焉而不察，滯於物而失其則焉。是故立象以盡意，設卦以盡情僞，使人即人事以求天道之所以然，體天道以盡人事之當然。雖時地位之不同，而莫不有自然之天理流行乎其間，順之則吉，悖之則凶，小違之則爲悔且吝。是故易者，聖人格物、致知、誠意、正心、修身之大凡也，致中和、位天地、育萬物之節目也。

程子易傳明義理，朱子本義兼言象數，皆得聖人作易之本心，卓越千古。余每體翫二書，隨其所得記之以備遺忘。至朱子本義卦變之説，余嘗疑之而未得其解。後見湘鄉羅忠節公澤南所箸周易附説深明其義，已足破後世之疑矣，今不復贅云。同治三年宗誠識。

讀論孟筆記敘

四子一書集群聖之道之大成，集注一書集漢、唐以來儒者傳説之大成。三代以上論道論學與治之言，折衷於孔、孟之書而是非立判矣。三代以下論道論學與治之言，折衷於程、朱之書而醇疵立見矣。

然程、朱發明聖學之言極精粹者，尤莫備於集注之中。後之儒者，或言心宗，或主漢學，往往好爲异論。自余觀之，蓋皆未嘗取其書而深體潛翫之也。夫程、朱之於孔、孟之經，真能深思力踐而有得於心。其見之於言者，亦真能發聖人之藴以教萬世，雖訓詁名物之小者，間有疏略，然亦僅矣。後賢據所見以補其遺，或質其疑，以俟後之君子參酌焉，於義未爲不可，而遂自信其説，肆爲詆諆，其於聖人之道不已大背而馳乎？

余潛心論孟集注有年，咸豐間避亂山中，嗣後客游山東授經之暇，皆以其所偶得者，隨筆記之，歷今十餘年，成讀論孟筆記三卷。又以其所疑而待質者，爲讀論孟補記二卷。非敢謂於聖賢經傳有所發明也，姑存之以驗异日之進退云爾。同治四年冬，桐城方宗誠識於皖城客舍。

讀大學中庸筆記敘

大學、中庸二書，論、孟、六經之總匯也，天德王道一以貫之。朱子論大學曰：『外有以極其規模之大，内有以盡其節目之詳。』程子論中庸曰：『放之則彌六合，卷之則退藏於密。於戲！至矣盡矣，無以加矣。』

章句一書集傳注之大成而折衷於至當，殆周子所謂發聖賢之藴教，萬世無窮者其在斯乎？後之儒者，或未能翫索研窮而妄加詆毁，多見其不知量也已。余讀章句及或問、語類，間有會通於心者，因筆記之以示生徒，亦聊以誌一得之見，以待質於君子云爾。或者不知，以爲欲發明傳注，輔翼聖經，則是重余之罪也夫。

詩書集傳補義敘

書經一書，二帝、三王、皋陶、伊、傅、周、召治身治世之大法備矣。而三代治亂興亡之要，莫不令人洞悉其所以然，尤足以爲有國有家者之鑒戒焉。

詩經一書，正雅變雅備見周世盛衰之由。其十五國正風變風，則各國治亂興亡之故，亦莫不具於斯矣。觀之古，而後世之事變亦莫能外也。

朱子詩集傳、蔡氏書集傳，大體純正無疵。余反覆翫味有年。間嘗引申其義，以發二書之大綱要旨，至集傳中偶有所疑，附記於後，以質世之君子，然皆必其關繫世教人心者，然後爲之疏通證明，固不敢爲微文碎義以破道也。同治四年冬，宗誠識於安慶寓舍。

禮記集説補義敘

陳氏禮記集説，後儒多譏其疏略，少所發明。然今世頒之學宫，通行宇内者，是書也，且大體簡明，未可盡非。余少時讀之，間有補義。後讀前儒説禮之書，有足資補正者亦輯録之，但必其關繫經義之大，然後爲之疏通辨明。其細碎無足重輕者，則置之勿論也已。至其中尚多有未補正者，俟异日學稍有進，隨得而隨識之，以質後之君子。同治四年宗誠識。

編次少宰王公奏議敘

自古國家當中興之運，必有碩德重臣訏謨於内，忠亮之士、賢智果毅之將宣力於外，然後能剷除姦凶，削平禍亂，以成底定之功。然而天之愛人國也，亂之既厭，固已豫儲人才，持危扶顛，以拯生民於水火。而方其未亂之始，尤必生識深慮遠之人，使之正色立朝，危言極論，不顧死生利害，以期弭姦孽於初萌，固不待火之燎原，水之大決其防而始争救之也。惟其時禍尚未見，或已見而未甚，則其言雖切而難於見用，或用之而已後其時，故其禍不可以遽止。然而天卒眷戀其國家，而開中興之運者，何也？蓋觀其人君之於諫臣，雖一時未能盡從其言，而終禮貌之榮禄之，或優詔答之，曾未嘗以言爲禁，則即此已足養正氣而培國脈，以上繫乎天心，而碩德重臣、忠亮之士、賢智果毅之將，所以甘委身致命，卒爲之輔成中興之業也。

我朝平天下，積德累仁二百餘年，郅治之隆邁於往古，而優禮大臣，容納臺諫，則尤爲漢、唐、宋、明之所不及。咸豐初，文宗顯皇帝慨然有意於三代之治，詔中外大小臣工皆得進言，一時忠謨讜論，莫不有犯無隱。文宗往往手詔褒嘉，驟加擢用。一二年後，諸賢多以外任去，左右言者漸稀。時獨歙縣王子懷先生爲侍御史，抗直敢言。當是時，粤賊方興，而捻匪、回逆及夷人之禍尚皆未起。先生於是自君德、人才、兵政、餉事，下至圜法之利害，各省之形勢，小民之困苦，無不昕夕籌度，盡瘁殫誠，先事而爲之防，後事而爲之救。一言之不效，則再三言之。而於警天戒，卹民隱，振興人才，爲有用之實學，尤反覆至千萬言。文宗嘗虚心聽納，不數年擢至卿貳。先生益感激恩遇，發憤忠諫，天下之事知無不言，久之自以爲國大臣，而言不足補於世，思慮過甚，得心疾，始毅然辭位以去。然其忠愛之念，痌瘝之懷，固無須臾不在君國也。

今皇帝嗣位，首奉兩宫皇太后懿旨，正二三誤國者之罪，復詔起老成碩望大臣以爲輔弼，於是先生受命，復出爲都御史、吏部侍郎。是時内姦既去，粤賊漸平，夷人已就撫奉和約，天下之人皆以爲已治已安矣。先生獨憂盛危明，復數上言以深杜漸防微之慮，而於警天戒，卹民隱，振興人才，爲有用之實學，仍反覆懇切以陳之。蓋十餘年來，忠言至計始終一節，出處進退介然不苟，未有如先生者也。豈非天心眷戀我國家，特留元老以佐中興之治哉！

先生天性篤，棐似司馬温公之爲人。同治四年，以丁繼母艱，回籍僑居安慶，宗誠因得讀其奏議四卷，爰爲編次而録存之。先生每與余言及國事，泫然泣下，思先帝則哽咽不能出聲，以爲諸所陳奏，皆由文宗皇帝之至仁如天，能容受狂言，故敢稍竭其愚誠以報也。宗誠聞之，益歎我國家中興之運，其培之也厚，其享之也必久，而先生忠誠之德尤爲不可及也。夫後之讀斯集者，毋徒惜先生之言不盡用，而思先生之所以能言，則真知先生之心，而亦可因是以上見天心也已。後學桐城方宗誠謹識。

校訂養性齋經訓敘

昔者孔子刪詩、書，定禮、樂，贊易，作春秋，以垂萬世經常之道，其文可謂博矣，而其平居教弟子，則又必提要以爲宗。於詩，獨取魯頌，「思無邪」以蔽三百篇之旨。於書，歷舉堯、舜、禹之相授受，商湯、周武爲政之大經大法，而皆本於「執中」之一言。其他雖不盡舉，而讀書之必知要可類推矣。

余嘗讀大學、中庸二篇，而知聖門學者之於經所習雖博，而其所守皆甚約也。夫詩、書之文，自天地之大，以至事物之細，古今治亂之迹，風俗貞淫之故，人事經權之宜，罔不備載。而曾子、子思之所引申以傳大學、作中庸者，則皆其篤實之論，精微親切之言，他不泛及焉。是知古人研經，博其文以盡理之全，尤必約其文以握理之要，所以涵泳於心者，固不事泛濫而無歸也。近世博學之士，殫精畢力於訓詁名物之末，而不求其切要者，以反諸身心，推之政事，專事穿鑿附會，以爲箸書立名之資。其於經也，不亦遠乎？

觀察閩陳公心泉先生，自少即志於存心養性之學。咸豐末來守安慶，政暇即窮覈書、禮二經，取其精實懇要者，發揮而旁通之，屬余爲之校正，既卒業，竊歎其書於聖賢德行政事，實能洞見其本原所在。故言之精切而有味，平實而可行，是真得聖人作經之心，而與古賢窮經之法如合符節也。嘗歎漢儒之守章句，宋儒之明義理，其解經雖精麤不同，然皆能實得於心而致之於用。朝廷論大事，決大獄，往往執經以斷，而不徒爲空言，故其時學術治道非後世所及。嗟乎！世教之興，豈不賴經學之士無昧其本原也哉！若先生者，可以法矣。同治四年二月，桐城方宗誠謹敘。

編次夏氏三書敘

婺源爲朱子之故鄉，德澤涵濡，漸以成俗，大都尚禮教，重經學。及於我朝治道昌明，人文蔚起，皖以南窮經好古之士，鴻博淵雅，箸書滿家者殆數十人，而婺源汪雙池、江慎修兩先生，尤爲醇實精博。於訓詁名物、典章制度之詳，能廣考參稽，補程、朱傳說所未備，而於性命義理之精微，則確主程、朱之言，以闡發其蘊奥，躬體力行，出處進退取與之際，又能篤守經訓。信乎其爲通經之大儒，而非徒一鄉一國之士已也！

乾、嘉間，號爲漢學之徒者，往往有其博而不能有其精，甚且議論偏詖，矜其一得而詆誣程、朱，大貽學者心術之害。其宗宋儒之學者，又或但習膚淺之説，硜硜自守，而遺其精實博大、明體達用之全規，反授世儒以口實。斯二者，皆不足與於真儒之數也。孔子曰：『由也，升堂矣，未入於室也。』漢儒如伏、毛、許、鄭之於經，譬之則升堂者矣。至宋程、朱特由其説而精求之，以至於入經之室者耳。今慕升堂者，深詆入室爲非，而慕入室者，謂可不由升堂而至，是皆未得其門而互鬨於市者乎？

當涂夏弢甫先生，自少讀書宗朱子，爲婺源學官十餘年，精研古訓，博學無所不窺，尤篤於詩、禮二經，大抵能合漢、宋儒者之長而通其蔽，有似於汪、江二先生之所爲。其所箸檀弓辨誣實有功於孔子，述朱質疑實有功於朱子，三綱制服尊尊述義實於古聖制禮以維繫綱常之意有所發明。先生撰箸諸書，皆以輔翼世教爲心，而是三書尤多前儒所未發。曩余於近世儒者撰述，最服膺吾師從兄植之先生漢學商兑、湘鄉羅忠節公人極衍義、西銘講義、吾友方魯生性述，皆確有當於聖賢翼道之心。今見先生是書，實可與之抗行，因勸先生取諸全集，別爲一書，以單行於世。古者學術淆亂之際，必有通儒爲持平之論，而明析其是非，於以衍正學於不墜，使後學有所準繩。先生殆其人與？

且夫天下之亂，先由邪説之盛行，而异教中邪説之興，又必由吾儒中先有好爲邪説以淆正道者，而後异教中邪説得以乘間而入。然則辨學術之邪正，定經訓之從違，非拔本塞源之道乎？後之君子讀是書者，當以余爲知言也矣。同治五年八月五日，桐城方宗誠撰於蕪湖舟中。

陸象山先生集節要敘

金谿陸象山先生爲有宋之大儒。世或以其論學與朱子牴牾，從而排之拒之，與老、釋同科。又或説其易簡之言，以爲是真得孔子之心傳而力主之，以與程、朱之學爲難。余竊以爲皆非也。

夫人之氣質，苟非德備中和之聖，皆不能無所偏。質有所偏，則其識有通有蔽，而其言行不能無所得失。師其得而竝取其失，不可也。然因其有所蔽而失，而竝其通而得者亦棄之，豈遜志希賢之道邪？且夫尚論古人者，亦第觀其大本而已，大本不正，則其他雖有一二言行可取，君子必推其極而論之，以防流弊於無窮。大本苟正，則其他言行雖有偏陂，君子但辨其所偏，以正學者之宗尚而已，而於其大本之正者，固不可誣也。

昔者孔子之所深惡者，鄉原也，小人也。孟子之所深拒者，楊、墨也。其他時賢蓋未嘗不節取之。孟子之於伯夷、柳下惠，雖曰：『隘與不恭，君子不由。』而其清與和，未嘗不稱之曰聖，且推爲百世之師。固不以其隘與不恭，而竝其清與和而棄之也。特慮人師其清與和，而於其隘與不恭，不知擇別，以生流弊，故不得不明辨之耳。朱子之於陸子，亦若是焉已矣。朋友切磋，互相論難，欲共適於大中至正之途，夫豈有爭勝之心哉？及其不能遽合，則曰各尊所聞，各行所知，以息爭端。至其踐履之篤實，居家居官之政事，又未嘗不屢稱之以示學者，何其心之公論之平也。陸子之於朱子，雖講學未能合一，而其尊重朱子，則亦未嘗不同是。何也？學之偏全、大小、純駁，雖有不齊，而其大本之正則初無二致，而豈可排之拒之，與釋、老同絶邪？

余嘗翫其遺書，考其年譜，如謂心卽理也，注腳六經，以樂記『人生而靜』之説爲老氏之學，以周子『無極而太極』之説爲非，譏有子爲支離，伊川爲蔽錮，比朱子於子夏，如是之類，皆不得不謂之偏蔽，前賢論之盡矣。宗陸子者，猶必力主是説，誠可謂不善學者也。然論者因其偏蔽之失，而竝其篤實親切正大精微之論、卓絶之行而棄之，甚或欲屏黜之，使不得與從祀之列，則亦過矣。夫孔子之門，惟顏、曾爲傳道大賢，其餘七十子之徒，皆有通有蔽有得有失。程、朱之學，顏、曾之正脈也。陸子之學，比於其餘七十子之徒，不亦可乎？

同治五年，余自武昌歸安慶，不揣闇昧，取先生集爲節要一編，存其醇而去其疵，以爲學先生者之準則。今方伯新建吴公見而韙之，取付剞劂，命宗誠敘其大意如此云。六年正月，桐城後學方宗誠謹識。

校刊游定夫先生集敘

新化游子代刺史，權知和州。其爲政務以興廢舉墜，化民敦俗爲先。既嘗修理游定夫先生墓於含山昇城鄉，捐俸買田以奉祀事，復得先生裔孫文遠所刻廌山集，欲付剞劂。蓋不特使其士民過墓生欽，以無忘前賢遺愛，又將使學者讀先生書，考其言行，而求其學道愛人之所以然者。書來屬余爲校正脱誤，既卒業，竊惟先生之學，親受於兩程夫子之門，與楊、謝、尹、吕諸公俱稱高第弟子。其所箸論、孟、中庸諸解，朱子皆取入精義、集注、章句、集略之中，而詩義、易義，歷朝欽定諸書亦頗采其説，頒之學宫以爲典憲。所録二程先生語，朱子編次遺書俱纂取之，而其政事絶人又屢見於諸儒之所稱述，信乎其爲體立用行之醇儒也已。雖其立言間有小疵，爲朱子或問之所駁難。然嘗卽先生之書翫之，蓋第本其躬行心得之言以説經，故間與經之文義不相應。朱子注經，必其不背於聖賢之本意，故凡自率其胷臆之説，不得不剖别之，此釋經之體則。然若舍是而觀先生之言，則足資感發者固已多矣。

且夫六經、語、孟諸書，漢、唐儒者第汩没於訓詁名物義疏之中，不復深求其義理，以致之於身心家國之用。自二程夫子起，始獨有得於章句箋疏之外，而見聖賢立言之本心。先生及同門諸子互有以發明之，於是經之體用始箸。朱子繼起，乃合漢唐之訓詁、宋諸儒之義理，擇之極其精，語之極其詳。由是聖賢之經義，始如日月經天，江河行地，布帛菽粟之切於人生日用而不可離。譬之農焉，朱子則陳列修治而爲之疆畝者也。然非始有既勤敷菑如先生輩者，則朱子一人，又豈易芟柞而耕穫之哉？

文遠本缺誤既多，余爲博考旁稽，盡録先生全文，使學者可以考見先生之所得，又附注朱子論難之言，以折衷經之本旨。其他有可徵信者補之，疑者闕之，而舊本卷首及附録之間文，盡爲删削以歸簡約。

烏呼！先生生當道學未大昌明之時，能奮然興起，立雪程門以求至道，而施之於政事，雖其所言未盡純，固不失爲豪傑之士也。今程、朱之書既行，孔、孟、六經之旨既已昭明，而學者不知體諸身、施諸用，徒摹擬於文義之間，以求不失聖賢之旨，雖言之極其肖，實不异優孟之衣冠也。讀先生書，可以蹶然起矣。同治六年，桐城方宗誠謹識。

按先生墓誌云：『箸論語、孟子雜解各一卷。』其後朱子編輯論孟精義采入之，又爲論孟或問以論定其得失，其極純無疵者，則入於論孟集注中。今先生裔孫文遠所刻廌山集，蓋從論孟精義中録出者。余觀朱子中庸輯略，於先生之言頗有删節，則精義中，亦未知盡先生之全文否也，然無可考，姑仍其舊，而附注朱子或問論游氏之言於下，庶學者知所折衷云。論語雜解題辭。

墓誌云：『論語、孟子雜解各一卷。』今所存孟子雜解止八則，疑多遺佚，然不可考矣。孟子雜解題辭。

先生所箸中庸義一卷。宋新昌石氏子重曾編入中庸集解中。其後朱子删集解爲輯略，又爲或問，以明諸家之醇駁，及中庸章句成，乃以輯略、或問竝附諸後，故中庸敘竝舉三書也。輯略行，集解遂微，元時已罕見本書。惟宋衛正叔湜禮記集説載其全文。吾友獨山莫子偲友芝嘗於集説中鈔出，復取輯略及真氏集編、趙氏纂疏所引，校其文句，補脱存异，以還石氏之舊刊之。今觀游先生裔孫文遠所刻廌山集，其中庸義一卷，蓋從輯略中鈔出者，故凡集解中所引多不載焉。余按：莫氏校刊中庸集解敘云，輯略之成已不盡出朱子手。而今世流傳又唯吕信卿所刊唐荆川宋本。其中或問所駁先儒諸説多所芟節，有竟削不存者，亦有或問斥其記録失真而仍載書中者。四庫全書提要已謂其故不可得詳，因細考之，尚有章句引用而亦芟棄者，有或問竝出可否而存此删彼者，有以張、楊語爲程子語者，有遺脱語句，其義不完者。意雖朱子門人，當不率陋至是，必唐、吕私有增損，抑或苟且就雕致懵學者，非得石氏本書，亦誰從覺其非哉？又考真氏所引輯略在今本外者，尚四十餘條，言皆大醇，非應删者。私意真氏所引爲唐、吕刊落者，必猶有若干條。輯略既非完本，則集解愈足珍惜云云。故余今校訂先生中庸義，即據莫氏校刊中庸集解本，全録先生原文，竝取朱子中庸或問論游氏者，節録於各條之下，庶使學者得見先生之全書，竝可由朱子之言，以折衷義理之至當云。中庸義題辭。

先生墓誌云：『詩二南義一卷。』今文遠刻本詩二南義止二則：一論詩綱領，一辨小敘文王受命伯周皆與二南無涉。疑先生詩二南義蓋久佚，文遠特取他書所采論詩語以當之，實非詩二南義也。然今既無可考，不得已仍其篇名而不去，以附於易說之後，亦猶詩存邶、鄘篇名之意而附考其實於此，俾後之覽者無所疑焉。詩二南義題辭。

朱子編二程遺書目録卷四，原題游定夫所録，則其爲先生書無疑也。其卷五、卷六、卷七、卷八，目録下注云：『此後四篇本無篇名，不知何人所記，以其不分二先生語，故附於此。』則是四篇本與先生所録不相連，朱子編遺書特以類相從耳。明云不知何人所記，則未嘗以爲先生書也。先生裔孫文遠刻本俱入集中，似未可信，今故刊去之。但取遺書第四卷入集云。又按：朱子二程外書目録卷八題曰：『游氏本拾遺注云游定夫察院家本』，未嘗明言爲先生所録，而文遠刻入集中。今亦不敢決其非先生記也，姑仍其舊云。録二程先生語題辭。

墓誌云：『文集十卷藏於家。』今文遠刻本止文八首，詩十三篇，則遺佚者多矣。遺文題辭。

校刊游默齋先生集敘

游子代刺史校刊游定夫先生集既成，將以默齋先生遺文與詩附焉，又屬余爲編次。先生名九言，字誠之，諡文清，嘗與朱子、張南軒、定叟兄弟交游，學行屢見推重，諸公集中與往復論學書可考也。宋史本傳謂其所箸有漢唐精義。默齋遺稿今刺史所得之本，卽定夫先生裔孫文遠坿刻本也。所載漢唐精義僅二條，議論正大，足以立萬世臣子之防。然史傳既載其書名，則意其原書必不止於此，蓋遺佚者多，今不可得而見之矣，惜哉！其他遺文，俱有義法可觀，非苟作者，而游氏世譜尤爲詳覈。惟世譜中未敘及定夫先生父子、兄弟，僅送游子正敘稱察院爲某伯祖，而亦不詳其親疏服屬。余意既不載於世譜，則亦未必爲親族矣。

文遠本附載游氏名賢甚夥，而體例蕪雜。刺史特以先生曾從朱子講學，能紹定夫先生之遺風，又其書可備文獻，足資後世考證，故特爲刊行。夫表章前賢之言行，使後學有所觀感興起以爲師法，此儒者大道爲公之心也，故亦樂爲之論次云。同治七年二月，桐城方宗誠謹識。

校刊儀衛軒文集後敘

右植之先生文十二卷，附外集駢體文一卷。先生初不欲自存其文，雖門人嘗爲鈔録，得二百四十八首，而未有刻本，亂後遺書多散燬。去歲，閩（淅）[浙]制府盱眙吳仲宣尚書函取漢學商兑、書林揚觶二書，任重爲刊行。合肥李少荃宫保、沅陵吳桐雲觀察、歙程尚齋都轉，亦各以書來命宗誠爲先生編次文集，贈資鋟版。宫保且許爲先生盡刻諸遺書。宗誠無似，於先生之學不能窺測一二，感諸公誼不獲已，因發先生遺文，先選録百有三首，與同里友人鄭容甫福照、先生孫濤校訂繕寫。

先生少承累世家學，宗法朱子，詩古文則嘗受學於姚惜抱先生之門。然先生氣質剛毅，生平以明學術、正世教爲心，研經考史，窮理精義，宏通詳確，而一歸於醇正，言必有宗，義必有本，不欲爲無關繫之文，故其文茂實昌明，而不盡拘守文家法律。嘗自言其文，於姚門不及管异之、梅伯言。又嘗以爲吾固深知文，然實無暇致力於此。今節相湘鄉曾公亦以先生言爲不欺，然謂先生之學則遠非二君所及，固自成爲先生之文也。

爰付剞劂，數月工竣。先生行事，宗誠嘗爲之狀，門人蘇惇元厚子爲之傳，容甫復爲纂次年譜一卷，於先生學行考之尤詳，今取附集後云。同治七年閏四月，門人從弟宗誠識於安慶寓舍。

校刊廣列女傳敘

廣列女傳二十卷，桐城劉孟塗先生開所纂輯也。先生少孤，母吳氏守節以教，俾至成立。先生長，博學多文，因欲修明女教以彰母德，乃取劉向列女傳七篇，更其義例，而增輯史傳百家所記賢女足爲後世儀範者以爲是書。自皇后、王妃、公主、母儀、女範、節婦、烈婦、孝女、貞女、奇女、坿録，凡爲目十有一。每傳皆效向爲頌義以繫於後。卷帙多者分爲上中下篇，亦用班注向書分七篇爲十四篇例也。惟向書善惡竝列，以謂王政必自内始，故列古女貞淫所以致興亡者，以戒天子，其意主於納忠。先生是書，則因母夫人之賢明節孝，而興表潛闡幽褒德勸善之思以慰母心，故但列懿美而不載惡行，其意本於錫類之孝。要之足助政教，裨風化，旨趣初無异也。

至所采取諸書，間或删易本文，又間引及小説家言，於箸述之體似未盡善。原先生之意在於廣取善行，以明女教而已，固不必其盡出於正經正史也。且向列女傳所載固多有與經、傳乖异者，疑亦未始非出於稗官野乘，而其引經文亦間有與原文增減不同者，古人引書類多若是。先生殆亦因循其例意乎？

是書先生未有刻本，卒後，稿藏番禺張南山維屏家。先生子繼既長，始取以歸，嘗屬余爲校勘。道光丙午刊於金陵，咸豐中燬於賊。今新建吴公撫安徽，繼奉是書上謁，公閲之甚喜，任重爲刊行，復命宗誠爲校字，謹以所知者補脱訂譌，而其未詳者則從闕如之義。

先生母吴孺人、妻倪儒人節行義烈，具見時賢誌傳中，前刻附是書之末，今仍其舊云。同治七年夏六月，桐城方宗誠識。

校刊儀衛軒詩集後敘

右植之先生詩，曰半字集者二卷，曰考槃集者三卷，皆先生手定本。附録數首，則哲嗣聞所補遺也。亂後版燬。合肥李少荃伯相既以資爲校刊文集，復命宗誠編次其詩及他遺書，任重爲梓行。

先生論詩之旨，具於昭昧詹言一書，自來言詩之精蘊未有先焉者也。顧自以講解太絜，嫌近於陋，不欲播諸世，惟篤學好古之士傳鈔録而已。生平自信其詩特深，以爲逾於文。上元梅伯言曾亮、寶山毛生甫嶽生、建甯張亨甫際亮皆推尊之，以爲不可及。謹識之以俟後之知言者論定云。同治八年春三月，弟宗誠識於安慶客舍。

校刊文徵君遺詩敘

吾友文鍾甫之詩，曩嘗校訂而爲之敘矣。其後余客保定，聞鍾甫之亡，又爲之誄而哭之。

同治元年，余由武昌反安慶，將往吊之，詢其母與妻，則又已云逝矣。下無子息，旁無袒免之親，悲歎久之。爲言其學行於節相曾公，公遂以貲屬友人甘愚亭爲營窀穸，大書豐碑以表其墓上。愚亭亦君石友也，既奉節相命，因推本君仁孝之心，葬君之母於其祖山之側，而以君夫婦附焉。

君生平艱苦力學，善爲詩文，通算術、音學。余近年既編校師友遺書，次第及君。乃前所敘之詩已失其稿，徧訪僅得亂後藕孔餘生集一卷。感君孤窮於世，又遭亂，義憤抑鬱以死。爰取以付梓，他日如續得詩文，當爲補刊於後，庶使君苦學積行不泯没於世云。同治八年秋七月，同門弟方宗誠謹識。

兩江忠義録敘

咸豐十年夏，今節相湘鄉曾公以督師大臣奉命總督兩江。是時，兩江所轄地安徽全省陸沈，江蘇亦半淪於賊，而江西則僅存會垣未被蹂躪而已。公駐節祁門，環前後左右之賊殆數百萬。公忠義奮發，履險蹈危，選將練師，激厲士氣，籌畫軍食，度勢相機四出攻剿。十一年秋克安慶，同治三年夏克金陵，因以餘力助剿鄰境，東南郡縣遂皆恢復，無一遺孽存者。

先是公駐師祁門時，念自賊竄擾兩江，士女殉難者衆，非及時旁求博訪，疏請旌卹，恐久之日就湮滅，不特無以振人心，維風教，抑且慮忠憤幽鬱之氣苑結不散，將無以感神人而召天地之和，乃設立官局，遴員采訪，分別彙奏，無或沈滯。又命取所已奏者，析府、縣爲忠義表，臚列名氏無使遺失，而其事蹟稍詳者，則命宗誠撰爲忠義録一書，以省别不以府、縣分，隨奏報之。前後箸録以待將來通志史傳之所采輯。

烏呼！粵逆造亂十有餘年，流毒十有六省，加以撚匪、回逆之所殘賊者，殆不止以千萬計也。即兩江轄地士女死難者，亦不下數百萬人，而此數百萬之中，或舉家無孑遺，或閭井爲邱墟，或流離轉徙無以爲歸，又或椎魯不識詩書文字，雖設局訪求而終無由上聞者，固已多矣。其幸而達於上者，蓋不過千百中之一二人也，而此千一百一之中，又往往僅存其姓名年月而已。至其所以死事之詳，義烈之蹟，無緣得聞。其或稍稍詳者，又不過千百中之一二人也。烏呼！是可閔也已。然則其幸而稍有事蹟者，又烏可不爲之紀録而聽其淹没不章也哉？夫人當義憤激烈之時，死生不之計，身家不之卹，慘毒萬狀不以亂其心，豈復有意於後世之名？然而今必録其事以傳於後者，是則主持風化，崇奬節義之心所不容已者夫！

宗誠奉命撰述麤成，而公移節畿輔，奏調宗誠之官直隸。將行，因以所撰述者略分卷次，而定其義例於左云。同治八年，桐城方宗誠識。

兩江所轄曰江南、江西，總督節署向駐江南，故是録省別以江南居首，而江南又分安徽、江蘇，爲上下江忠義。設局始於安徽，維時奏報者，亦安徽爲冣先。故録江南忠義，又以安徽爲首，次江蘇，又其次則江西云。

舍生取義，人情所難，而況當危難之際，或全家自焚，或闔門自盡，或父子、夫妻相率而入於清波，或祖孫、兄弟宗族相率而没於戰陣，或子殉其父，妻殉其夫，僕殉其主。雖有可生之路而決不肯獨全，是尤人情之所難而可閔惜者也。録全家殉義士民若干卷。

孔子曰：『事君敬其事，而後其食。』又曰：『見危授命。』故凡有守土之責治兵之任者，固當有死事之義矣。若夫士民居鄉亦有守望相助之道，或助官爲防禦，或團練以殺賊，則所謂謀人之軍師，敗則死之，謀人之邦邑，危則亡之，亦義也。歐陽五代史特爲死事者立傳。録戰守死事士民若干卷。

孔子曰：『危邦不入，亂邦不居。』此言權位不屬者，當知見幾而作之義。然人所處時勢不同，往往有明知其危與亂，而勢不能不居，義不能不入者，或祖宗邱墓不忍離，或父母老病不能去，或貧困未能遷徙，或鄰境無可遯逃，或衆方議守禦，無先去以爲民望之理，則亦惟抱守死善道之志，以俟命焉而已。迨至事無可爲，生無可倖，或罵賊捐軀，或自盡全節，或甘心絶粒以善其終，斷不肎降屈以貽羞辱，是皆所謂臨大節而不奪者也。録不屈死節士民若干卷。

婦女之德，不專節行，而守身爲第一要義，故歷代史志列女傳節烈爲尤詳。或詈賊全貞，或冒刃保節，或預飲藥自經於事先，或甘蹈火投巖於俄頃，或備受慘毒，剖心決脰，九死而不悔。是雖千載以下，讀之猶有足感人者。録殉節婦女若干卷。

凡殉節者，人名邑名必詳。婦女必詳其夫之名，夫名不可得者，繫於子，繫於孫，無子孫則必繫於舅，繫於父，或不得已亦必繫於兄弟，要不可無所繫也。殉節年月時日或詳或略，惟府、縣失守剋復之月日必詳。

兩江忠義，江蘇、江西亦分立官局，已各自采訪編纂，表傳成書矣。安徽京員曾設局都中，采訪上聞者二千餘人，亦箸有昭忠録三書，皆各自單行。此録專以節相設局奏報者爲斷限，蓋猶志以地斷之義云爾。异日，志局史館合取而兼采之可也。茲不能備箸至兩江名卿大夫宦游外省殉難者，如由局奏聞亦即箸録。其不由局奏報，事蹟未得其詳，而精忠大節卓然可傳者，史館自有專傳，不至湮没，茲不具云。

張楊園先生全集補遺敘

桐鄉張楊園先生學行爲近世大儒。其全集，没後門人姚璉大也輯爲四十八卷，海甯范鯤北溟既刊行而燬，學者惜之。其後秀水朱坤正甫官蕭山教諭，率諸生重鋟木焉。餘姚陳梓古民又節存其文鈔爲四卷，葉夢麟取以梓行，今皆罕見其書。世所流傳者，海甯祝洤貽孫刪節之十六種，嘉興朱氏所校刊也。

先生之學實程、朱之正宗，其書與明薛氏、胡氏及我朝之陸氏同。其醇正精實，雖元魯齋許氏、明整庵羅氏、涇野吕氏，皆若有所不逮也。蓋先生生明易代之際，闇然潛修，真知力踐者數十年，不求名位，而亦非有意於箸述。其言皆躬行深造，自得於心不獲已而後發之，故精警悱惻，無一不切於彝倫日用，足以感人之性情。雖辨論學術治道，是非邪正，一毫不爲調停假借之詞，而氣象誠篤温和，協於君子不争不黨之義。學者雖生千百載下，讀其片語單詞，皆可見其爲德人之度也。而涵泳久之，允足以銷融氣質，薰陶德性，故余嘗推近代真儒，陸氏之外，則惟先生。近則湘鄉羅忠節公，其書皆深嗜而篤好之。顧陸氏書海内風行，亂後猶有重刻其全集者。忠節諸書亦已刊布於世，獨先生書屢刻屢燬。祝本版藏平湖屈氏，粤賊之亂亦久不存，斯誠後學之不幸也已。

今永康應敏齋方伯欲重授剞劂，因徧求遺書，於祝本之外，復得姚氏原輯殘鈔本十二册，與宗誠商榷當從何本爲善。余考祝本最爲精約，然不及范刻姚本之詳，乃今觀姚氏此鈔，又多爲范刻目録所未載者，則范刻亦尚非全書也。今既不得范氏元刻與此本參校，而此鈔又殘缺不全，則不如重刻祝本，而節録此鈔中精切之語。祝本所無者，爲補遺一編附諸其後，庶幾使世之學者讀祝本而具見先生精言要義，已足發聖賢之藴教，萬世而無疵，讀補遺又可見先生生平一言一行，隨所流露無不合於道法，則其居敬窮理、存養尅制之功無須臾間，尤足以爲師法矣。先生行實具於姚大也、陳古民所述年譜。道光中，桐城蘇惇元厚子纂輯重編，較前譜尤得要領，今亦取以附集後焉。同治八年夏六月，桐城後學方宗誠謹識。

卷第三　敘二

古今孝烈傳敘

孝，庸行也。以其爲天經地義人心秉執之常性，民生日用之常經，無論所遇或常或變，而皆必有道以處之，而不可失此，其所以爲庸行也。夫豈同於衆人之所爲而可謂之庸行哉！世人習聞胡廣之中庸，往往以古賢人倫之變，奇節偉行，謂非中庸而不肯述。不知遇有常變，則道有經權，權不失道，而本於秉執之常性以出之。初非有所矯飾，則自世人觀之以爲奇异，而自知道者觀之，固處變之庸行也。中庸一書，孔子傳道之心法也。而其論孝不取問安視膳之常行，獨表舜之大孝，武、周之達孝，豈非以三聖人所處皆人倫之變，而所以處之者仁至義盡，時措從宜，合於道之中庸也乎？若以世俗中庸之說論之，則舜之不告而娶，武、周反文王服事之忠而爲征伐，不孝之至者矣！何以爲大德？又何以爲善繼善述哉？然則聖人之所謂中庸可思矣。且古書所稱爲孝者，大抵皆處變而得其正，其處常者，聖人不及焉。何也？處變而不失其孝，則處常可知。聖人故舉以示人處變之方，且使處常而不能盡孝之庸行者，更足以生其感愧。若夫處常之庸行，則人人可以自勉，聖人固有所不暇稱述也。

銅梁黄君静軒，好古能文，尤以表章忠孝節義爲己任。嘗箸古今孝烈傳一書，讀之令人興起。夫論孝而必取其最烈者，非好奇也。蓋見時人習爲胡廣中庸之論，雖處倫常之變，而但爲庸碌苟且之行，故集此書以愧之，且非獨以警人子也。孝則必忠，孝則必弟，倫常之全實基於此。其用意可謂知本者矣。

静軒屬余爲敘，余因爲發明中庸之義，使讀者知所取裁焉。咸豐十年十二月，桐城方宗誠謹撰於直隸按察司之東齋。

大學臆說敘

大學一書，明體達用之學也。論、孟、六經所載二帝、三王、皋、契、伊、傅、周、召之爲治，孔、顔、思、孟之爲學，其理無不統貫於大學之中。諸子百氏、歷代史志所言可擇而取者，亦莫不具於大學。其反乎此而别爲一道者，皆其不可措諸身而施於天下國家者也。

自孔、孟以前，大學之道常行於世。孔、孟以後，大學之道僅藏於書。遭秦火後，脱落錯簡，漢儒雜收之於禮記之中，不復知其爲天德王道之要。程、朱大儒出，始尊信而表章之，正其篇次，分爲經傳，補格致章，以爲明善之功，而列其書於四子、五經之首，使學者知道之統宗會元焉。是以大學之道，雖未盡用於世，而實由是始大明於世。此程、朱之功所以繼孔、孟而爲百世師也。

後之儒者不務守其成説，求明體以達於用，而每好逞偏見一得，别立宗旨，或尊古本，或改朱注，或專重致知，或偏主誠意，或力争格物，或單提知止，而究其所言大都皆務新奇而詆程、朱。流及近世漢學之徒出，益肆猖獗，至謂大學本非孔氏遺書，仍欲與中庸歸之戴記。異論争鳴於斯爲極，大學之旨日晦。其墨守章句者，又皆不過爲講章帖括之用而已，於聖賢所以示人體用一源之學，茫如也。噫！其可慨哉！

夫正學明，而後邪説不得而興；正道尊，而後邪教不得而入。吾儒中异説喧争，此异端中之邪説，所以日熾也。吾儒中亂道者蠭起，此姦民中之肆亂者，所以日横也。邪教亂民相與鬨於天地之間，而我不急明正學，尊正道，徒欲日與之角力，以收盪平廓清之功，吾見其難也。無已，其惟反經乎？孟子曰：『經正，則庶民興；庶民興，斯無邪慝。』果自上至下能確守大學之道，程、朱之教身體力行，期於明體而達用焉。仕則施諸世，舍則垂諸書，正學一明，邪説未有不漸弭者也；正道既尊，邪教未有不漸息者也。蓋在我者，先有撥亂反正之具，而後可成除暴救民之功，不然終膚末也。

鄢陵蘇菊邨明經，自少讀書，淡於仕進，好求身心性命之旨，所箸大學臆説確宗朱注而發揮之，今將刻以問世，屬余校訂，且請敘於余。余維天下亂賊四起，邪教横流，學者多廢詩書，以爲不足事。其有一二潛心性命之學者，世皆以爲迂儒無用，非當今之所宜。蘇君是書，其無乃爲世訴病乎？然而體立用行，無治亂之時一也。

吾願有心世道者，讀是書而知制治之本，弭亂之原，不以爲無用焉，斯得之矣。咸豐十一年五月，桐城方宗誠謹撰於河南撫署之後園。

顧端肅公奏稿敘

論治者，貴防禍於未然。譬如火焉，燎原而始救之，無及矣。然燎原而救之，其能撲滅者，世必以爲大功也。燎原而救之，不能撲滅，而身與之糜爛者，世亦以爲至忠也。有人焉於未燎原之時，而知其必有燎原之禍，欲乘其始然奮起而滅熄之。其熄之，世未見其禍，亦未見其功也。其不能熄，世未見其功，亦遂不知其忠矣。是以雖其識之高，其言之足以行世而垂遠，反不如救火於燎原者之智勇爲尤箸焉。尚論古人者，能不興表微之思與？

明自中葉以後，朝政之壞，莫大於任奄宦；刑法之濫，莫甚於用廷杖；邊患之興，莫大於棄地以資敵。終明之亡，其端在此。太康顧端肅公佐當仁宗朝，海内乂安。公爲通政使、右都御史，風節挺然。嘗請毀内書堂，以防奄人擬旨、預政之漸，請禁徙開平以嚴邊，備固藩衛，請止廷杖枷責，以隆臣禮，正國體，惜人才，皆於弊之初生，而卽知其禍之所流極，愷惻詳明，痛哉其言之！向使其時君用其言，豈復有後來之禍哉？明之天下，當不至崇禎甲申三月而遽亡也。

公之集不見於世，諸疏亦未采入明史本傳。邑明經李濬及項城布衣王詵桂，嘗搜羅放失，得公奏議四篇竝公之傳。屢失其稿，而今復得之。豈鬼神呵護其間，使公之忠誠不没於世，以爲後之人臣法與？抑使世之爲人君者，知先幾之言不能用，遂馴至大亂，以底於滅亡爲可鑒與？李君將刻以行世，屬余敘其顛末，因太息而書之。咸豐十一年夏，桐城方宗誠撰。

練勇芻言敘

兵，凶器也。正用之，則爲除殘去暴之資；不正用之，則爲作姦犯科之具。戰，危事也。善習之，則爲撥亂反治之用；不善習之，則爲辱國殃民之階。昔孔子論行三軍曰：『臨事而懼，好謀而成。』夫懼，豈畏懦之謂邪？軍之勝負，民之死生，國之安危繫焉！固不可以不栗栗危懼也。古之治兵者，戰戰兢兢，無倖心，無懦氣，運謀決策審之於幾先，防之於事後。賊未至而常如大敵之臨，練習以待之，使兵識將意，將悉兵情，然後賊至而應，始可以從容而不亂。若平時無慎重其事之心，訓練之方全不知習，一旦受專城之任，當凶狡之寇，其不至敗潰遯逃者鮮矣。矯其弊者，又惟事浪戰輕進，不知審顧，練之不精，習之無素，而又謀之不臧，徒抱一必死之志而已。其終能有成乎？而且曰：『成敗利鈍非所計也。』夫一己之成敗利鈍，誠不可計也。君國民社之成敗利鈍，亦豈可不深思而遠慮哉？此諸葛武侯所以必以小心謹慎爲根本也。

我國家承平既久，偃武修文以養育元元，恩至渥也。久之而姦民乘釁，逆燄鴟張，幾徧天下。湘鄉王壯武公鑫以諸生從軍於湘、鄂之間，所至有功，没於王事。其所箸練勇芻言，至今楚軍奉爲律令，以故楚師雄傑，常挫賊鋒。

咸豐十年冬，新繁嚴公自鄂藩奉命巡撫河南。次年春，又奉督師勦匪之命。覩軍政懈弛久，亟思整飭戎行，乃取楚軍營制及練勇芻言付梓，頒示諸軍以爲訓練之法，務成勁旅，以昭果毅。上可爲國家肅綱紀，下可救生民於塗炭，公之心知所懼矣。刻成，屬余敘之。余謂公曰：『昔子路治賦，不外於使民有勇知方。夫有勇，由練以成者也；知方，由訓而能者也。而其根本，則在於戒懼而不敢肆，好謀而不敢疏。是書所言皆本此以立法也。將士能不以此書爲迂，則於平賊也，其庶幾乎？』公曰：『然。』遂命書於卷首。

鄢陵文獻志敘

咸豐十一年，余客中州，聞中州之以正學倡導於世者，時則有今相國倭艮峯先生、李文園都憲、王子涵觀察，出處進退，介然不苟。其後又知有鄢陵蘇菊邨明經，觀其所箸諸書，淵雅精確。其論學，一本於程、朱而不雜；其論文，一衷於義理而不支。而訪其生平，淡泊明志，奉節母篤孝，守己與人，一歸於忠信仁恕。恨不獲與之交，相與切劘學業，然心常嚮往之矣。

菊邨近撰鄢陵文獻志數十卷，將刊行，因李君又哲以質於余。余讀其書，於輿地、人物、政典、學校、職官、選舉、經濟、金石、大事雜事，有圖，有表，有志，考證詳核，體例懿雅，洵志乘之善則也。

夫古之君子，達則必有所建立於上，窮則必有所修明於下。是故生乎其世，必於其一世之事，博考而詳識之；生乎其地，必於其一地之事，博考而詳識之。不惟今人與居、古人與稽，己之學當如是也，亦使官斯土者，於其時典章制度，其地之風土人物皆有所考，而得因地制宜，因時立教之法焉。昔孔子居魯，即本其二百四十年之史而修春秋；編詩，特附魯頌於三百篇之末；刪書，取費誓以附於二帝、三王訓誥之終。其生乎魯，而即惓惓於魯之文獻如此，豈有私於魯哉？亦即魯以風乎天下，使爲士者皆知詳習其國之故也。不然後世學者皆將安於固陋，不知廣討國聞，則必如杞之不能徵乎夏，宋之不能徵乎殷，數典忘先，雖有良法美意，流風善俗，而文獻無徵，後之人何所取法邪？

夫論學，以孔子爲斗極。菊邨嘗興復文清書院，刊其遺書，以教其鄉之後進。又纂中州文徵，於國朝二百餘年名臣碩儒高文典策，俱搜羅選擇無遺。今又爲此志，是皆孔子所望於後世學者之事也。余遊於此，因菊邨書得覩中土文獻之全，豈不幸哉！

抑余有感焉。夫正學之興廢，繫世運之盛衰。剥之必復者，雖天道之自然，真賴剥之時，有上九一陽，碩果不食，而後足爲來復之本承者。世運之剥極矣，而諸君子之守正學者，終始不渝。今朝政清明，艮峯、文園諸公既得大用，以行其學於上。菊邨雖不出，而立説箸書，明其學於下以和之，用行舍藏，各定其分，而皆於世道有所埤益。其世運復盛之機乎？余不敏，因敘於志首以驗之。同治元年正月。

陳楓階先生家書敘

咸豐十一年，王師既克安慶，制府曾公念撫遺黎，施政教，非得賢太守不可。維時閩陳公心泉以御史出守江西。曾公薦其賢，疏請移守是邦。

自粵賊蹂安慶九年，百度俱隳，士氣凋喪，風俗人心益敝。公來潔己勤民，助大府宣揚朝廷威德，教士勸農，懇切周至。越二年，安静休養，人民大和，衆廢漸興，文教蒸起，融融然日有生意。而公猶沖然不自足，禮賢敬士，公暇即窮經稽古，間以所心得者，箸之於文。宗誠嘗受而讀之。蓋確然於先儒訓注之外，而獨有會於聖賢立言之本意者，爲大且多。其辭氣和易平實，不立异，不苟隨，尤可想見公性情學養之有自也。宗誠於公爲部民，未敢輕出入公廨。公時時下顧，以所箸見示。一日，復以封公楓階先生家書示之，雒誦再三，起敬起慕，於是益歎公性情學養之果有自也。昔孔子論教弟子之道曰：『入孝出弟，謹信，愛衆，親仁，有餘力則學文。』而朱子輯小學，不外於立教明倫，敬身稽古。朱子之言非即推明孔子之法乎？

今觀先生家書，首勖養志之孝，中惟以甘貧，求己積德力行，擇交好古，無染時趨，勿苟富貴爲言，而惓惓誨公者，尤在名臣言行録一書。是時公年方成童，而先生所以養其德性，宏其經濟猷爲者如此，是豈非能用孔子、朱子之道教其家者邪？宜乎公之器識深遠，不以今日施於政教者爲已能，而猶孜孜於經史、先儒之論説而不置也。雖然是書非徒一家之訓也，推而放諸四海，爲人子者皆可法也。公既實守其訓，以惠吾皖之民，他日位愈進，施愈宏，吾知公之德業無窮，則先生之教澤，亦即與爲無窮也夫。同治三年四月。

四言蒙訓敍

古者，小學訓蒙士多有韻之文。曲禮弟子職間有存者，可概見也。後世風氣日薄，小學之教不修，古書之流傳者，人多視爲簡奥。是以程子有言，教人未見意趣，必不樂學，嘗欲作詩略言教童子之節令，朝夕歌之，庶幾有助。蓋以有韻之文，發明爲人之理，於童子入學之始，俾其易誦而易明，習慣自然，少成若性，則於子臣弟友之職，孝弟忠信之行，言動威儀之則，必有手舞足蹈，而不自覺其謹飭者矣。此先王養蒙之道也。惜乎程子有是言，而未及爲其書。

朱子因小學不明，無以立大學之基，始采輯古經史傳足爲立教明倫敬身之法者成爲一書，信有埤於作聖之功矣。顧初學苦其語句參差，往往不能以句誦之，不欲何有於行，於是師弟相傳受者，非徒記故實，即誦習浮誕之詞。此人心所以日敝，而人才所以日靡也。余嘗憂之，爰輯先儒論學韻語，簡明易誦，切實易行者十篇，都爲一卷，曰養蒙彝訓，冀稍有補於世，而未及刊行。往者，嘗讀湘鄉羅忠節公小學韻語，歎其足資初學，實爲朱子功臣，而又惜其傳之未廣。

同治三年冬，客金陵。同里疏幹之蓼逵以所箸四言蒙訓質正於余。蓋用程子之意，以推明朱子之書，與羅忠節書若合符節，而其條分縷晰，尤爲親切不膚，真養蒙之善本也。夫天下之亂極則治，理之常也。然治之本必在乎正人心，治之機必在乎興人才。而所以扶翼人心，培育人才之端，則又在乎學術明而師道立。疏君是書用意誠深切矣。使天下爲父師者，舉取以教子弟，俾其童而習之，漸漬濡染，久道化成，其爲益於人心風教，豈有既乎？

讀陽明先生拙語敘

自象山、陽明之學興，崇其説者大都倍畔程、朱，其流弊不可勝言。迨顧、高、劉、黄、孫、湯諸公及李二曲先生，則務爲和同。惟羅整庵、張楊園、陸清獻、陳清瀾、張清恪、張武承、陳定齋以及近世之羅忠節，則專宗守程、朱之言，而嚴辨陸、王似是之非，不遺餘力。嘗考諸君子之學，雖宗尚不同，而立身制行，則皆不苟隨流俗，蓋毅然欲以道自任，以聖爲歸者也。特見道有淺深純駁之殊，故立言不免有精麤同异之辨。讀者平心以觀之，精心以析之，而以公其心以取之，斯得之矣。

夫象山、陽明之學，舍居敬窮理，而以立大體致良知爲言，其似是而非之間，誠不免有毫釐千里之判，然其中亦多有心得之妙，務反求而不喜外馳，非盡無善可取也。若宗之者執其非以爲是，而辨之者又或立言太過，雖其是者亦屏絶以爲不足觀。其爲和同之論者，則又不辨是非，而徒爲一切籠蓋之説，是皆未能析之精而得其公與平者也。夫論學而析之不精，則不能審其是而歸於一。

然而立言或過，而不得其公與平，則微特無以服天下後世之心，卽反之己心不已非擴然無我之全量乎？

同治二年，余自武昌反安慶，獲交石埭楊君仲乾，觀其氣象，讀其書，竊歎其爲好學君子也。君自壯歲窮經，後乃宗二曲反身之學，讀書務求實踐，時以成己成物爲心。當粵賊據徽、池間，君攜家流離江右，顛沛造次，無一日廢學，嘗箸讀陽明拙語數卷，取其是，析其非，雖精深謹嚴不及整庵、楊園、清獻諸大儒，而和平中正，不爲一切和同之言，亦不爲深文過當之論，則真君子之用心也已。君不喜文詞，惟與友人講學論事，則見之於文，愷惻周摯，曲盡事理。

余居安慶三年，與君切磋尤至，嘗謂君之學得古人爲己之意。夫爲己者，卽子思所謂尊德性也。尊德性而不道問學，則雖能致廣大，而不能盡精微極高明，而不能道中庸，先儒論此詳矣。然吾又以爲問學之不精，則所尊爲德性者，恐得其似而非天命之性之全體。雖自以爲致廣大而實不免於偏，自以爲極高明而實不免於蔽。此虞書所以貴精一也。世儒每以陸子爲尊德性，朱子爲道問學，不知朱子之道問學，乃真尊德性也。苟非深造而自得之，豈易爲偏滯狹陋者道哉？

君是書有益學者，以余將有濟甯之行，屬余敘之，余因以此言質於君，且以質之天下後世之學者。同治四年十二月。

重刊惠山記敘

無錫惠山爲東南名勝之區。其泉石、峯隝、池澗、寺觀、祠廟，古蹟勝覽備載於邵文莊公惠山記一書。其歷朝文人學士題詠，又具詳於惠山集，亦文莊手輯也。隆、慶間，版燬無存。文莊卒後三百四十餘年，八世族孫吟泉令君合記與集而一之，重爲付梓，又輯正德以後名蹟與詩文爲續編以附之。咸豐間，粵逆陷無錫，版復燬。今天子卽位之元年，合肥李公督師吳中，逾二年肅清蘇、常，因建昭忠祠其上，以祀水陸諸軍之死事者。又二年，吟泉孫文燾重刊惠山記，並取昭忠祠碑記補入祠廟類中，因李公弟季荃觀察請余爲敘。

余維宇宙間有形之物，不能無廢興存亡者，天也。

而能使廢而復興，亡而復存者，則人之爲之也。人道之極，可以贊天地而參化育，故能與天地竝立而爲三才。觀古之忠臣、義士、孝子、慈孫，於君國土地之危亡，祖、父之德善學問文章日就湮滅，而獨能致身竭力扶危定傾，繼志述事，以復其盛而纘其緒。然則世嘗謂天之所廢莫能興者，猶未覩其全矣。

今觀文莊惠山記既燬而復修於吟泉，再燬而重修於文肅，竝能推廣其義而補其所未備，世濟其美以光前人，豈非孝子慈孫之用心也乎？夫爲子孫者，當述祖宗之業；爲臣子者，當輔君以興國家之業，其義一也。使人人皆如邵氏子孫之用心，則雖世世有興而無廢，有存而無亡，可矣。又何有不能興廢而存亡者哉？

惠山之勝既詳記中，其書體例之善，余未及見，故不箸，獨箸邵氏之世德作述相承，以爲世法焉。

行年錄敘

桐城自明以來，仕宦於四方者，往往以政績箸聞，而方氏爲尤多。其最貴而以賢良名宦祠畿輔、載史傳者，則恪敏公爲尤稱賢。其興直隸水利，治永定河，創立義倉諸政，至今民猶賴之。爲總督二十年，家無餘財，於桐城及江甯皆建祠，置田以贍養族之貧者，故時稱其有范文正公之風。昔宋張子箸西銘言：『富貴福澤，所以厚吾之生。』余謂天之所以厚吾之生者，豈有私於吾邪？必能體天地生物之心以爲心，推天所以厚吾之生者以厚同人之生，然後有當於天心而俯仰無愧，且非獨富貴福澤然也。人之才氣聞望，苟拔出乎一鄉，必功德能被於一鄉。拔出乎一邑，必功德能被於一邑。推之其高彌甚，則其所及必彌廣。所以盡己之分，亦所以稱天之施也。非然，天厚於我，而我第自厚，焉不幾有負於天地之心哉？

方君麟軒，恪敏族孫也。自爲縣令至牧守，以能名，箸行年録一卷，自敘其歷仕諸政，及置義莊、義塾，以教養族人，因王君某請敘於余。君之意豈欲以是誇多於人哉？人受天地之中以生，歷日成月，歷月成歲，歷歲成世，必自省所爲，有不虛此歲月日時者，而後爲不虛生此一世也。范文正公每夜就寢，必思一日所行，與飲食之費相稱與否。稱則安於心，或不然即不能成寐，必思所以補其職者。君之是録，殆亦自省之意乎？

夫古人爲善，必日有積，月有累，故謂之積功累仁。易曰：『善不積，不足以成名。』又曰：『積善之家，必有餘慶。』吾願君日加積累焉，而不以前所行者自慊，則所以報天之厚吾生者，其將無窮也夫。同治五年正月，宗誠撰於大通鎮舟中。

胡雅堂先生崇祀鄉賢録敘

昔謝靈運述祖德，世疑其誇。而孔子稱武、周之達孝，以其善繼述而已。初不以其能言祖宗之德行爲美也。蓋祖宗之德行果及於人，則自然乎於鄉邦，不待子孫之撰述，惟能善繼其志，善述其事，使祖宗之德行不自我而墜，則自能積厚而有耀，愈遠而彌存，是則賢子孫之所以報其祖、父者。

夫永康胡雅堂先生，居平有德於鄉，既没，群請於有司，以其行義奏聞於朝，得旨入祀鄉賢祠。今伯子月樵觀察，裒集其行略奏狀爲鄉賢録，以傳於世。夫人之行出於子孫之撰述者，或疑於私出，於鄉邦之公論，則鮮不得其實。讀斯録者，足知爲善不必邀名而自無不箸。而祖宗之所以貽穀於子孫，子孫之所以繼述乎祖宗者，宜務敦實德而不可徒飾虛文。虛文雖美而終虧，實德雖隱而彌顯也。先生行事可法可傳，固宜没而祭於社，而觀察之所以崇大祖德者，不更有在乎？

抑吾尤有感焉。古者論王道必始於鄉，故重鄉舉里選之法。孔子論觀人之道，必曰：『鄉人之善者，好之。』又曰：『宗族稱孝，鄉黨稱弟。』然後可爲士之次。是知人之立身，不可以一鄉一國之善士止，要必自爲一鄉一國之善士起。若行不齒於鄉邦，則雖名滿區宇，恐不免致飾於外，以欺遠人，非根本之行也。觀先生是録，可以興矣。同治五年正月，桐城方宗誠撰於大通鎮舟中。

握機八陣心法輯注敘

儒者之言曰：天以春生萬物，以秋成萬物。聖人法天，以仁育萬物，以義正萬民。蓋天生民，有欲欲則爭争，而不以義正之，則不能各遂其生，而有害於天地好生之德。是故天生民，必作之君師以養之正之。

兵者，以義正萬民之一端也。易首乾、坤，而次以屯、蒙。屯者，君道。蒙者，師道也。又次之以需、訟、師。需者，養之以恩，而訟與師，卽所以正之以義也。唐虞之仁至矣，而昏迷不恭者，不能不以師加之。然則兵者，豈聖人之所得已哉？有師則不可以無律。其律明，則足以禦寇而行其義。其律不明，則反以爲寇而害於仁。是以師之初六，曰：『師出以律，否臧凶。』孔子繫之傳曰：『失律，凶也。』觀書『甘誓』、『允征』、『湯誓』、『牧誓』、『費誓』諸篇，其律之嚴爲何如乎？此聖人之師，所以爲義之盡而仁之至也。

歙汪仲伊宗沂好儒家言，而喜講求乎禮樂兵農之術。嘗慨世之用兵者，多不能神明於古法也，因取握機八陳心法而注釋之。首風后所傳十九言，次太公增衍三百六十五言，又次則李衛公問對引逸義，諸葛心書演八陳，馬隆述八陳，逐字搜櫛，如指諸掌。大約論師之律變動不居，要不外於奇正相生。或謂聖人之師必以正，今謂必間之以奇，得無近於譎與？是不然。天下之事有常有變，則道必有經有權。兵者，所以制凶人。凶人之心譎詭萬端，則所以備之者，亦不能守常而無變。正以制其常，奇以防其變，亦猶是經權之用也。聖人行師之本必出於正，而所以用奇之道，亦必軌之於正耳。豈不用奇哉？正爲奇經，奇爲正緯。無奇則正不能以獨成，是宋襄之仁義也夫，豈聖人之所謂仁義邪？

汪生是書注釋精審，雖言兵而實救世之仁心乎？雖然是書所言者法也，而所以用是法者，實在乎人。有其人，則不必盡循是法，而自能變通以趣時。不得其人，則雖立是法，亦終不能一日守。故師之象曰：『丈人吉。』九五爲用師之主。周公繫之辭曰：『長子帥師，弟子輿尸。貞凶。』然則行師之道，法次之，任人爲本。同治五年正月二十日，桐城方宗誠撰於三山峽舟中。

重刊歷陽典錄敘

古之君子爲學務實得諸己而有濟於時。窮則不得已而箸於言，達則以其措諸躬者，見之於政事之間而無所爲書。惟於經則抱殘守缺，發明藴奥；於史則網羅放失，闕疑紀實，表幽潛，垂法戒。此則無窮達之异，一也。

郡邑通志亦史家之流。然史紀一代之事，政繁體鉅，其義例在紀其大，而不能纖悉必具。地志所載止一方疆域、形勢、城池、田賦、學校、營制、風俗、人物，一切因革損益，原流本末，皆可以博考詳稽，爲一方之典策。使官斯土者，得有所據，以敷因地制宜之政。生斯土者，得有所考，以知前賢之事蹟，而爲興起效法之基。是亦濟世之君子所必盡心者也。後世郡邑志乘皆官主之纂修者，學識意見不同，體例間多蕪雜，故博通之士，往往徵文考獻，成一家言，既無瞻徇俗情，又言皆有本，故尤足以信今而傳後。

和州陳子犀府丞嘗纂輯歷陽典録一書，於郡邑沿革、山川、古蹟、職官、人物、史事、藝文，博稽經史子集以及稗官野乘，凡五百八十餘種，間附辨論，淵博精鑿。經始於乾隆乙未、丙申間，補輯於道光己丑，蓋統前後五十餘年始成，洵一方之文獻也。粤賊之亂，版燬無存。新化游子岱刺史來牧是州，既政修人和，百廢具興，爰搜得典録殘帙，爲修補而重刊之，命余敘其顛末。

余惟書之傳否蓋有天焉。往者，吾鄉馬公實通判輯龍眠識略，以補桐城志書之遺而正其誤，精博不孫典録，未付梓而通判殉節，稿本亦燬於賊。今陳先生此書既得傳布於生前，復得刺史爲刊行於兵燹之後，不誠歷陽人士之厚幸也哉！讀是録者，覩前賢之事蹟，與鄉先生、賢刺史之殫心國聞，當必有興起效法者夫！

姚惜抱先生年譜敘

乾、嘉間，姚惜抱先生以碩學醇文爲海内倡。數十年來言古文家法者，大都推桐城姚氏。顧先生非文人也，其仕止進退，一審於義而不苟，恬静之操，高亮之節，實足以風範百世，而又皆率其性之所安，初無矯激近名者之所爲。

其論學宗主程、朱之義理，而兼取考證家之長。嘗慨當時學者，以專宗漢學爲至，攻駁程、朱爲能，倡於一二專己好名之人，而相率而效者，遂大爲學術之害，故力持正論以救之。然心平氣沖，粹然德人之言。從其學者濡染漸多，而風氣遂爲之一變。

至其論文之旨，則以内充而後發，理得而情當爲貴。嘗曰：『氣充而静者，其聲閎而不蕩；志章而檢者，其色耀而不浮。故爲學之要在於涵養而已。聲華榮利之事，曾不得以奸乎其中，而寬以期乎歲月之久，則必有以蓋乎今而達乎古。』由斯觀之，先生豈直文人而已邪？

讀其文，固可想見其人，而因其文名之盛，遂以掩其德之醇與學之粹。烏呼！殆亦失之未考也已。先生學行大略散見史傳，及門人所爲傳狀、誌表、敘跋之中。鄭君容甫少好先生學，懼宗先生者不悉其文行本末，因徧覽諸家文集及先生家藏手稿，取其有徵而足信者，次爲年譜。於先生出處之概，取舍之宜，論學論文之旨要，尤博考而詳載之。俾讀先生書者，知其本原之所在，其用意可謂善矣。

先生之學上承望溪方氏之緒，而門人中傳其學者，則以方植之先生爲最博且精。往者，吾友蘇徵君厚子，既輯有望溪年譜已刊行。今容甫撰先生年譜成，又撰次植之先生年譜一卷，附其集後。噫！抑何勤也！世多以文章推桐城，觀是數譜，則諸先生之爲法天下而可傳後世者，文章猶其末焉也已。同治六年夏五月，同里方宗誠敘。

遜敏録敘

余幼僻處鄉隅，家無藏書，少師友淵源之漸，以兹汩没，不知振奮。少長，得見玉峯許先生而師事之。先生示以小學、近思録，朱子、薛文清遺書，韓、歐、曾諸家之文，始稍知所嚮方，而先生旋歸養，不獲常見。既逾冠，一日，蘇厚子先生自粤歸，訪余於毛溪之上，招至其所築帶經山莊。縱觀所藏書，且言爲學塗轍甚備，而尤以張楊園、陸清獻及望溪方氏爲切近師資。余之知三先生學，自先生言始。

先生爲余從兄植之先生門人。余請事以師禮，辭，而切劘甚至。先生又見余以其二子，余因是得游於先生父子間。逾數年，植之先生復歸自粤。余與友人文鍾甫、甘愚亭、戴存莊俱受業，而方魯生、馬命之亦常執經問難於其門。當是時，吾黨好古篤學之士號稱極盛。先生時適越，未幾亦歸，自是遂常相聚處。余所業必請正於先生，而先生所箸楊園、望溪年譜、四禮從宜、欽齋劄記、詩古文，亦必俛就余商搉。先生持身處事守禮法，論詩文箸述必以義法爲宗，矩言規行。同門之士無不憚其拘方，而又欽其有執也。

桐城自望溪方氏、海峯劉氏、惜抱姚氏三先生起，以經學、古文倡後進。末流之弊大都尚文雅，而鮮研究義理之書。獨玉峯先生及先生初爲於舉國不爲之時，窮理篤行，卓然不遷於流俗。逮植之先生歸里，及門講習者益多，而後學者始知當從事於根本之地。先生論學最嚴謹，植之先生尤稱之。自許先生卒後數年，植之先生繼之。逾時而粤賊亂起，蔓延江淮間。命之以起義旅死綏，存莊及先生及鍾甫又相續以義憤苑結死，獨魯生、愚亭存，而已頹然衰老矣。大難雖平，老成凋謝，新學之士無所師承。

余方將編校師友遺文，次第及於先生，而先生伯嗣强甫客游歸，已刊遜敏録四卷，乞余弁言。余讀之，不特如見先生學識之正，持守之堅，而數十年師友講論切磋之益，聚散存亡之感，與夫世道治亂盛衰之所以然者，皆不禁感觸而隱痛於心，烏能已於言乎？

先生少孤貧廢學，年二十後始工書，漸爲詩古文，三十後乃宗法宋儒，自周、程以來儒者書無不博覽窮搜，而深究其是非同异也。是書先生從劄記中録出，嘗命余爲之校訂，斥旁蹊，明正軌，平近易知，切實易行，洵足爲學者法程。有志於學者，可以考焉。同治七年閏四月。

楊勤恪公家塾邇言敘

同治丁卯，祥符劉公由給諫奉命備兵鳳、潁。越明年，權按察使於安徽，因念按察使所司全省刑名之要會也。古之治刑者，在唐、虞之際，首推皋陶，爲明刑弼教。其後，論刑法極爲愷惻詳盡者，莫善於康誥、吕刑二書。康誥推其原，必曰：『明德慎罰。』吕刑論三后之恤功於民，必以伯夷降典爲首，而皋陶次之。夫伯夷典禮，非刑官也，而論刑必本於此者，豈不以治民之道，必先降典禮而民不從，然後士師制百姓於刑之中，乃不爲罔民之政也乎？後世德化既衰，而禮教亦不復重。隋、唐以後，用文取士，士子遂日趨於文，於古聖賢詩、書、禮、樂、六藝之教，全不知躬行其實以爲修身齊家、化民成俗之本。噫！弊也久矣。夫士爲四民之首，士不知守禮法，而何怪於農工商賈之相率而效尤。公卿大夫皆以士爲始基，爲士而不知以禮義宅躬，則他日之進而爲公卿大夫，又何能仁民澤物，以上報乎君國？是故古者，典禮之教必自士始，誠以彝倫之所以敘，風俗之所以醇，政治之所以善，其幾皆繫於士所關爲甚重也。

劉公爲政，深有志於明刑弼教之意，而尤思以修明典禮爲先。嘗取懷甯楊勤恪公家塾邇言，頒賜書院肄業之士，屬余爲敘其意。余觀勤恪此書，皆彙輯前賢嘉言及其先世彝訓，分門別類，自孝親忠君以及存心積德，爲目四十有九，言近指遠，切於人生日用之常，蓋真有助於禮教之書也。

古者家有塾，黨有庠，術有序，國有學。爲人上者，果能修明禮教，使自家塾以至黨庠、術序、國學之士，皆知以禮自持，謹言慎行，辨尊卑，定名分，則閭閻之民耳濡目染，庶可以成善俗而致刑措。記曰：『安上全下，莫善於禮。』不其信矣乎？

吾願皖人士讀是書者，仰思鄉先生修身立言，足以爲法於後世，因是師其德而考其行，謹其身而善其俗，期不負劉公修明禮教，不欲遽用刑威之意，是則公所厚望也夫。同治七年四月。

重刊闡孝編敘

歙縣方菱塘先生育五月而孤，母吴孺人勵節教養，迄於成立。先生善體親心致孝養。既没，鄉人狀其行以聞於朝，詔旌其門。先生叔子水云，匄四方賢士大夫紀詠其事，彙爲闡孝編。咸豐中，粵逆俶擾宣、歙間，版燬無存，舊印本亦罕全者。亂定，季子可齋徧訪得之，將重付梓人，屬余爲敘其顛末。

余聞先生居喪廬墓時，宗族鄉黨難其行，擬爲請旌。先生聞之，謝曰：『吾職分所當爲，而可藉以沽名邪？』固辭乃已。然則人之行患不誠耳，真誠之極，其精神自足以動物，而與天地神明相感通於冥漠之中。孝子無沽名之心，而身没之後，人心好德之彝，自有不容已者，一二言行見於簡編，雖兵燹酷烈，廬井邱墟，而終不能以澌滅。莊周所云『古之真人，入水不濡，入火不焦』者，其果有异行邪？蓋卽此庸行而至誠以出之者也。讀斯編者，可以觀矣。同治七年秋九月望，桐城宗後學宗誠撰於金陵節署之東齋。

程氏性理字訓敘

釋詁釋訓始於爾雅。其後，又有廣雅、方言、小爾雅諸書，及各經傳注箋疏，六經故訓大概具於是矣。然古義雖詳，而文多佶屈難讀，又於義理鮮所發明。迨宋儒陳北溪先生作字義，於天人性命、陰陽鬼神、倫常典禮，凡切於人生日用者，皆本諸經史及程子、朱子所闡發，條分縷析，曲暢旁通，其義多足補爾雅詁訓之所未備，而篤實切己則尤過之，信乎其爲功於讀書窮理之學也。惟其書衍説詳明，可供翫索，而不可以爲課讀之書。

易曰：『蒙以養正，聖功也。』天人性命以及倫常典禮，凡切於人生日用之理，世士見之，往往仰之如天，駭之如神，幾若深隱而不可窮者。何哉？蓋幼而未嘗習聞其説，及長而忽覩之無惑乎？疑其迂遠而不肯究其義也。若童而習之，朝誦而夕熟復之，則异日讀聖賢之書，其於天人性命之旨，陰陽鬼神之原，倫常典禮之用，自知其如日用飲食之不可離。何者？習之既熟，斯日涵濡於不覺也。

宋儒程氏達原箸性理字訓六篇，其詁釋義理，與陳氏字義大略相似，而作爲四字句，尤便誦讀。其於造化人事天德王道之大義，簡明確鑿，不蔓不支。其意蓋欲童蒙入學之初，卽讀此書，使先曉性理名目以爲根本，有補於小學之教甚鉅。

永康應公備兵上海，極愛之，命工刊行，以教家塾。黨庠之士俾先習熟於口耳，而後可浸灌於身心。將由訓詁名物之近，以造至於通經致用之極，於養蒙之道，蓋深有助也夫。同治七年。

永康應氏家譜敘

古者天子世天下，諸侯世國卿，大夫世其家，其別子爲祖，其繼别子者爲宗，於是有大宗有小宗。雖支遠派分，蔓延數十百世，而宗緒粲然不紊。即士庶人之家，多同井聚族而處，死徙不出其鄉，故亦莫不有宗法。宗法明，而後尊卑有等，親疏有倫。雖人各親其親，各子其子，要莫不知尊祖敬宗收族之義，以敦孝友任睦之行，此所以宗法明而王道易行也。

宗法之失，蓋自周末、秦、漢之際始，周之末季，列國分争，天下雲擾，人不安其居，宗族離散而世次失。秦改封建爲郡縣，公卿大夫不得世其家。漢徙豪右，實關中大姓去其土箸。仕宦者，父子兄弟异壤，往往離其家族而散居。宦學之方，商賈四達，人皆輕去其鄉土，於是宗法蕩然亡矣。宗法亡，則惟賴有譜法以維持於其間。然自世本書亡，雖古帝王姓氏多不可考。漢、魏人碑文所述氏族之始，博古者多以爲不足據。宋、齊、隋、唐最重譜牒，而大抵矜門户，崇郡望，其所言姓源，率依託謬妄，荒渺難憑。是故譜雖盛，而三代之宗法仍無有存焉者也。

至宋歐陽文忠公、蘇文公創通義例，始就今日所確而可知者，斷以爲譜，推其本同箸爲大宗，合其近屬聯爲小宗。凡爲族譜，其法皆從小宗大宗。雖遠而得姓受氏之本，及歷代有德之賢，後人不可不知，則略録於後敘而不以入譜。烏呼！此其擇之精而義之盡，誠仁人之用心也與！自二公譜法行於天下，於是凡爲譜者，莫不奉其始遷之祖以爲宗。雖一邑一州同姓氏者數十家，而支分派别，有條而不紊。尊祖敬宗收族之義，因是得以稍存乎其間。是故天下不患宗之亡，而患無譜法。二公之法，實贊王化於無窮也。

永康應氏蓋本於春秋傳：應，武之穆也。後世遂以國爲氏。東晉時，有諱詹者，從元帝渡江，仕至鎮南大將軍，常持節鎮婺、括二州，卒葬永康。子姓蕃衍，遷徙不常。至宋嘉、熙間，有曰九二者，復自括之縉雲，遷永康家焉。後有靈芝生於墓，衆以爲祥，名其地曰芝英。是爲芝英，應氏始遷之祖。明成化間，始有譜，迄道光庚子重修者屢矣。咸豐辛酉，粤逆擾永康，逼其邨，有曰紹周者，負之以趨，得脱兵燹。今敏齋觀察以其本屬族人重修之。應氏爲永康右族，歷世多名賢達人。其譜法本諸歐、蘇，而稍變通其意，大旨以爲紀載宜備，所以溥親親之恩；義例宜嚴，所以立善善之教，蓋仁以篤之，義以正之。不特譜法爲然，而譜法尤必本於此，而後可以維持宗法於不敝。觀其譜之善，而應氏之世多賢哲可知矣。

抑吾有感焉。自古宗法之亡，亡於世變，而譜之散失亦於世變爲最多。往者，桐城姚惜抱先生爲族譜以歷世久遠，爲文益繁，因少變歐、蘇之體，依古世表之法，率橫列而註歷職、生卒、妻子於其下，以爲文册輕簡易挾而藏，乃傳久之道。後之深識遠慮者，當有味乎其言。同治戊辰秋九月，桐城方宗誠撰於金陵節署之東齋。

卷第四　敘三

古歷亭雅集詩敘

濟南大明湖古歷亭，世傳即杜子美、李北海讌游之地。環湖萬頃蘆葦，荷蕖掩映紛披。雖在城隅而煙波無際，恍如十洲之浮於海上也。面勢千佛山，若屏障環列，與湖光遥通一氣，直不知有城闉之隔，山左名勝實爲第一。

乾隆時，高宗純皇帝嘗巡幸龍章玉藻，巨碑豐亭矗立其間，歲月歷久，軒廊將圮。福州陳公弼夫都轉是邦，懼古蹟就湮，無以興都人士懷古之思，且御碑所在不肅修之，亦非推廣皇仁同樂於民之至意，爰命工人經營，興作軒亭廊序，稍易舊制，豁然改觀。亭成，游人雲集。時道州何子貞編修主講濼源書院，公招之同游，聞誠避亂來濟南，亦命陪末坐焉。或謂方今逆氛蔓延，海内多事。青、齊雖曰樂土，而修廢舉墜事有大於此者，興作園亭，以樂游人似非政要。余謂不然。夫民氣樂而後太和生，民氣苦而後乖戾作。古之善爲政者，必先惠養其民，使民知有生人之樂，而後不肯爲作姦犯科之行。若政治迫促，使民無所游息安樂，以解其鬱湮之氣，於是始有輕生敗倫，陷於大惡不可禁者矣。

公總鹺政於此三年，政善民安，賊不入境，公因以其暇修理茲亭，爲士民游觀之所，既使人仰御碑而生尊君愛上之心，瞻古蹟而興起不朽之志。又使人曠覽湖山風月之勝，以宣暢其和心達於四境，和氣薰蒸，戾氣日散，則雖陷於賊中者，聞其風亦將慕吾民太平之樂，而不終狃於姦宄，以自蹈於死亡之苦。是公今雖不膺平賊之任，而充其所爲，亦將爲平賊之助也。

且夫修廢舉墜者，貴治之於未然，而不可徒救之於已然。茲亭今雖未圮，懼其將圮而修之，則易爲功。待其已壞而後理之，則必事倍而功半。逆氛之蔓延由是故也。編修以爲然，游歸作詩紀之，命誠爲敘。咸豐九年六月望日，桐城方宗誠撰於山東藩署之嘉樹軒。

抱獨山人詩敘

族子鍊秋，植之先生冢嗣也。少能詩，才氣橫肆，有不可一世之概。嘗游粵東、山左、中州，恣觀山川人物風景之盛，故其詩多壯麗絢爛之作。讀書目數行下，每執筆數千言，汩汩不窮。然性孤介，寡結納。自家居以及游歷四方，未嘗以其詩呈於達官貴人之前，尤不欲與一時知名士相馳騁，喜游觀山水，與田父野老交歡。生平不理生計，雖窘急，室人交謫，使乞憐親故，然見人坐移時，仍不語而反。故人皆推鍊秋長者，而初不知其能詩。鍊秋所自得者，生平既不求人知，人亦無有能知之者，因以『抱獨』自號云。

鍊秋與余始亦不相親。咸豐三年，避亂山中，朝夕聚處，以文行相砥，鍊秋喜甚，命諸子從余游。每作詩言懷必見示，幽寂平淡造於自然。蓋其境愈困，養愈醇，與少時作迥然一變矣。然讀其詩，而憂世望治之隱，安貧樂天之懷，閔己傲物之氣，俱雜然而陳，令人洞見其身世之所遭，又皆即景託寄，不明言其故，深得詩人之旨。鍊秋嘗謂余曰：『聞一生抱獨，今叔父知聞，其爲敘之，及聞之見也。』

今年春，余別鍊秋游山左，鍊秋扶杖送余山下，殷殷不忍去，益以此諄屬焉。夏五月復以書促余，蓋鍊秋年已六十，余年亦逾四十，相越數千里，余不能遽歸，鍊秋不能遠出，所以益難忘情於此也。念始入山中時，余居去鍊秋里許，每數日必往，與鍊秋諸子論學至三鼓。始一人循山徑，越深溪而返，往往聞鬼嘯虎嗥不懼也。時里中諸友皆相依其中，匿迹銷聲，各勤所學，以俟官軍之恢復。乃年復一年，屢勝屢潰，賊益肆虐，民無安處。諸友及鍊秋諸子皆遠去，余亦東游。惟鍊秋一人窮老山間，鍊秋於是真爲抱獨矣。然鍊秋每遇蕭然寂寞人所不堪之境，而詩境亦愈深。他日賊平，余歸而讀之，則余與鍊秋之望也。今姑敘其梗概如此云。咸豐九年八月五日宗誠撰。

兒培濬遺文敘

烏呼！ 此吾兒培濬客山東時之遺文也。兒五齡失母，余父母亦以是年卒，三十七日遭三喪焉。時余授經友人何眉岡家，憐兒無恃，招隨余讀書者九年。徐左江、馬命之又招居二年，兒無一日離余也。

當是時，桐城文學極盛。余師友大都經明行修、博學好古之儒，如從兄植之先生、姚石甫廉訪、朱魯岑文學、吳蝠山刺史、馬元伯水部、趙介山文學、方魯生上舍，吳子明、蘇厚子、文鍾甫、馬命之四徵士，戴存莊、喬頌南兩孝廉，胡澍生、甘愚亭、陳啓之、胡伯良四布衣，日夕往還論學，兒常依依在側，氣貌敦厚，咸心愛之。

避亂以後，顛沛流離，兒窮經學古不懈，每夜必至三鼓，暑月即偕諸友諸弟坐卧竹榻上，或水石之間，背誦經書古文聲朗朗徹山谷。咸豐甲寅冬，臧牧庵孝廉之敗於桐也，存莊竄至余家，時夜漏數十下，賊烽四偪入谷口，聞兒讀書聲，嘆泣曰：『此天人也。余此生焉得有此樂？』是日余外出，越日，存莊猶爲余道之，言已而嘆。蓋存莊是時無兒也。余避亂之室名柏堂，爲諸賢聚晤之所。介山、魯岑兩先生，魯生、鍾甫、愚亭、啓之、伯良及張小嵩、江貽之、徐聿修、張宗翰、趙眉徵、馬盈甫，皆時來講論，而魯生尤旬月必至，至必命酒劇飲，感時論事，或泣或歌，兒酬應其間，侍坐終日夜，未嘗少失禮。聞諸賢議論，往往見於詩與文，以寫其懷，諸賢莫不器之，以爲必可有成也。

余愛山水，嘗攜兒至龍眠谷林游觀，窮幽險皆至。造訪諸賢，談論或飲酒，數日始返，兒未嘗不在側也。兒又與吾族孫和甫、山如、馬生心鍇、蕭生敬甫，相砥礪爲古學。家貧，遭凶亂，饑寒困頓，兒體弱不堪其苦，然以余衰病，間有酒肉必以奉余。井臼之事，念繼母艱難，必以代余。剋己爲人，嘗以濟急扶危，使兒受凍餒，兒樂之不怨也。賊搜山，則攜諸弟隨余奔避，常賴以免。

余避地柏堂五年，吳竹如方伯招余至山東，余猶欲忍死以待剋復。洎戊午李迪庵方伯死三河，念久無剋復期，慮終不免於賊禍。己未春，始命兒隨侍至山東。余授經方伯幕中，及秋，兒掌書記膠州，冀積館穀，挈全家以出於險，兒自是始與余別。別兩月，余隨方伯之保定，兒遂與余永別矣，痛哉！

兒館膠州兩月，改泰安，又兩月改濟甯，意緒不順，又以與余別，時懷悲思，然問學益力。在膠州，師事魯生。在濟甯，游宗滌樓觀察、姚紹泉司馬之門。諸君皆篤行古道者，見兒文行甚愛之。余年衰目疾，方冀兒成立，可延先世學問一脈。遭世屯難，每見兒文輒爲之解懷。王子懷侍郎之搜羅殉節士女也，兒以所知者作文寄京師，侍郎與余書稱爲有子。烏呼！孰知兒之棄余如此之速也！

余家世無登仕版者，自伯曾祖待廬先生、從父展卿先生、從兄植之先生，世以學行重於世，故余先人嘗勉余力學，而不望以科名。余性質昏惰，時懼不克負荷先人世業，而重望吾兒之成，而今竟短命死，先人之澤懼將自我而斬焉，余其何以對先人邪？烏呼！悲夫！

今年夏，曾滌生制軍、胡潤之宫保俱招余南歸，兒聞之，歷陳余病皆中，勸余改，不然不可以處亂世，余喜甚。時英夷擾海疆，入京師。余方將回車過濟甯，與兒爲楚游，而竟不得一見而卒也。悲夫！兒卒以九月十六日。其山中經說、詩文、筆記，今未知存亡，此編則其作於山東者，因稍稍删訂，命從子培聰先爲兒鈔，輯爲二卷。烏呼！今而後尚欲得兒一文，以解余憂也邪！

兒制行謹飭，無聲色之好，存心篤厚，尚廉恥，一毫不苟取於人，而常懷濟物之志，於理不宜夭死。今卒時年二十三，僅一女，尤可悲也。豈非余之不德而竊浮名，波累於吾兒邪？

今欲攜兒柩回里，而桐城猶陷賊中。紹泉司馬爲兒權葬濟甯，以待時平而遷焉。其高誼足感，而余以兒生出，竝不得以兒死歸，吾其何以爲心邪！余師友今皆散亡。其不死者亦飄泊四方，不得合併，喜兒知學可與言而又早夭，他日卽得歸故鄉，窮居獨處亦復何樂？而況孥累之重盡以遺余。天下滔滔，無所安處，飢軀走四方，欲得復如前日之困居山中與吾兒講論，聽吾兒深夜讀書聲，其何可得邪？吾父母在時，止一孫最鍾愛，余前妻亦止此一子。今余雖尚有二子，皆幼穉，亂靡有定，其成立未可知。烏呼！余其已矣，情不能解，聊書於此編之首，以鳴吾哀。咸豐十年嘉平月祀竈日，柏堂居士識於直隸臬署之東軒。

重編兒培濬遺文敘

吾兒培濬既卒，余在保定檢其出游後兩年之文，屬貴築黄子壽太史敘而存之，余亦撰有遺文敘矣。今春至濟甯，撫冢悲哀，檢其篋，得吾兒避亂山中時所作詩文數卷，手筆具存，余昔所訂正也，益悲思不能置云。

兒性質端厚，有信義。自幼讀書鈍拙，與時人所習不相入，而聞古聖賢理道之言，及韓、歐陽以來大家文學，則恍然若有會心。避亂時年十六，余所寓柏堂在深山窮谷幽寂之鄉。故人馬命之、張小嵩殉節後，其子弟孤窮無依，余招至與兒共讀，吾師植之先生諸孫與焉。數子皆英少，好古尚氣誼，日夕聽經至三鼓，吟詠之聲徹山谷。吾兒音尤清越，與溪泉聲相應和也。

余家無半畝之田，三四年中，余雖至困，然每閲吾兒及吾師吾友子孫之文，皆將有與古爲徒之概，亦幾忘身之在虎穴矣。咸豐七年春，賊始搜山，余攜諸生及吾兒遠遯得脱。因急爲小嵩營葬七喪，使人送其子弟之甘肅。九年，余挈吾兒游山東，薦馬生入制府曾公營中，而植之先生諸孫一游晉中，一客山左，一猶在里養親未出，分散不得合並。余雖居幕府，不復如曩時講學窮山之樂矣。又重以吾兒之死，撫其遺文，情事歷歷如昨。烏呼！能不悲與？

余性淡泊，能刻苦，自幼無多求於世，惟畜書萬卷，日望鄉里剋復，得登祖宗邱壟，架茅屋數椽於其旁，與吾兒授經治生，講學論文以娱老，自以爲如此，似亦非天所靳惜者。乃竟奪吾兒以去，而柏堂藏書，去歲冬又爲賊蹂躪焚燬過半焉。人與書俱亡，而吾衰病獨存。嗟乎！吾固獲罪於天矣，而能不爲吾兒慟心邪！

兒之文最見重於會稽宗滌樓觀察，既卒，觀察極悼嘆，爲詞哀之。余因復合前後所作，編爲四卷。其論語筆記藏於家者，意必燬於火矣。痛哉！兒學未成，文固不冀其傳也，獨輯而藏之，以寫余之悲思云。咸豐十一年夏六月，柏堂居士識於河南撫署之後園。

李月亭新樂府敘

詩三百篇，無楚風見於傳者，惟右尹子革能誦旂招之詩，以諷楚王，狂接輿有鳳兮之歌，以傷時政而沮孔子。其後荀卿之賦，屈子之騷，遂爲千古辭人之宗，而十五國後反無能企及之者。豈天地之精英鬱久，而發其光乃愈遠與？抑諸君子忠君愛國之忱，閔時嫉俗之隱，磅礴而藴積，故其感人爲最切與？夫古者，詩以道性情，非有所不得已於中，則不苟作，故處泰交之世，則多和平之音，遭屯困之時，則多閔憂之什。是以三代以來，必采詩以觀民風而覘時政。後世采風之使雖不行，而騷人逸士猶往往即所遭之憂患，播之詩歌，令千百世後讀之者，如目覩其時事，使凡誤國殄民者，雖善掩飾於一時，而終不能掩於學士文人之口。此詩人之所以有關於風教也。

同治初元，余游楚北監利。王子壽比部以所爲漆室吟示余，皆亂後感時紀事之詩，忠憤溢於言表，洵騷些之遺音也。

宜都李月亭明經與比部交善，亦以其詩來質。先是咸豐二年武昌破，月亭困居城中十餘日，始脱於難，因爲新樂府數章，以誌當時僨事之由。余讀之不禁感泣而哀吟也。憶余往歲避亂山中，其地名柏堂，下有冬青一株，與古柏對峙而立。余性不工詩，然身世所遭有不能已於懷者，遂爲冬青吟百餘篇。當時空山寂寞，仰天孤鳴，惟引古柏冬青爲同調。今讀月亭詩，恨其時不得與月亭相酬答也。

然君子之立言也，與時爲遷移。今嗣天子在上，誅姦鋤佞，登賢進良，其將有泰交之象乎？願與月亭更爲和平之音，而不必作騷人之吟詠也已。桐城方宗誠撰於武昌節署之西軒。

計芾邨文集敘

三代而後，論才之大，無過諸葛武侯；論學之正，莫如朱子。然吾觀武侯非徒才也，其淡泊明志，甯静致遠之功，所以養其學者深，故其才之見於世者大。朱子之學，人知其得道統之傳矣，然余觀其所上封事，於當時撥亂反正之故，無不探其原而握其要，使其時實見諸用，不特可反南宋偏安之局，雖復三代之盛而無難，惜其不用。故天下但見爲傳道之儒，而不知其爲命世之英也。

彼王景略、陳同父之流，皆以王霸之才自雄。景略無武侯淡泊甯静之學，不能安於草廬，而效用於羌戎之國，出處不重，無足觀焉。同父與朱子交游，而不肯潛心於義理之中，徒以救時爲急。讀其所上諸書，非無富强之略，然第言其末，不知其本，使其得用，國氣雖可稍振，亦終不能成致君澤民之功。一不見用，遂顛躓狂放，不能自檢束，鬱鬱以至於死。是皆昧於内外之辨，學術不純，無道德以養其心故也。

鄖陽計芾邨少負氣節，講求經世之用，蓋有慕於王景略、陳同父之遺風。今年春，應皖撫唐公聘來安慶，與余及石埭楊仲乾交。一日，聞仲乾論爲學之要，幡然改曰：『吾今而後，知向之所學皆外也。』遂日翫味四子書而内省焉。繼又欲辭唐公歸故山，不復馳騁當世之務。將行，以所爲文屬余敘之。

余維昔者漆雕開不急於仕，夫子説之。夫漆雕開豈不以天下國家爲心哉？蓋學焉而後深知不足也。今君歸道襄陽，武侯之故廬在焉。而四子書者，又朱子所終身從事者也。君果致力於斯，則將來達之於用，必有不同於人人者矣。爰書此於卷首，以爲他日驗焉。

張慕蘧詩集敘

余少居里中，喜交疏儻奇士。遭咸豐癸丑之亂，諸友多以身殉義，其餘或守節窮餓，稿死山谷；或以義憤，奔走呼救於四方。獨余一人竄身深巖巨壑之間，寂寞箸書，以當痛哭而已。未幾得同志友一人，曰張君慕蘧，信義磊落之士也。

是時，余寓居魯谼，君避地龍眠之雙溪。山徑險巇，一月中必數往還，飲酒縱談窮日夜。君尤喜余説經論文，往往率諸子諸甥環坐以聽。見余所箸經説、日記、古文，皆手録成帙幾尺許。賊搜山，他物多屏去，獨所鈔余書必隨襆被負以趨。余嘗笑問：『君何嗜之篤若是？』君亦笑應之，而不能自道其所以然也。余所交諸友君最後，而患難中最密且久，極游處之樂者亦莫如君。余性剛直，喜任事，嘗見忌於時人。惟君相信，以心終始交合無所聞。其氣類之不孤邪？抑人情嗜好之偏，固有不可究詰者邪？

君喜爲詩，凡生平所閱歷倫紀身世之際，交游之誼，山水之情，舉皆寓之於詩。余素不工詩，而君顧喜以詩質余。蓋自戊午之春，君出游河南，始與余別。己未後，余客燕、齊，歷河洛，與君不相見者數年，而君之以詩寄質者，無間也。余偶獻所疑，雖不當，君必改而從之，而猶不敢自信爲然，常反復質問，其虛衷如此。

同治甲子，江南首逆殲除，朝命亟開科取士，於是君南歸應舉，與余相見於金陵。君旋中第二人，將與計偕應禮部試，過皖，復相見於皖，因得盡讀君別後詩。雖離合不常，而君性情之真，氣誼之篤，流露於楮墨間者，固無或异也。方余與君困處山中時，各抱守死善道之志以求遂，其篤信好學之心如是而已。豈料復見天日之明若是哉！

今幸及是，而馳驅離散，求復如前日聚首窮山讀書講學之樂，反不可得。故易象於困曰：『困，亨於習。』坎曰：『有孚，維心亨。』於屯曰：『動乎險中，大亨貞。』而於豫，則戒之曰：『鳴豫，凶。』曰：『盱豫，悔。』自俗情言之，孰不以困與坎與屯不若豫之爲境順邪？而自知道者觀之，則處豫之危，有甚於困與坎與屯者。嗣自今願與君常不忘山中之所講習者而已。君屬余敘其詩，即以是言書於集首。十二月晦日。

許若秋詩譚敘

道光丁未，許若秋明經訪余於安慶郡城，時余年三十，明經甫逾六十也，譚笑飲饌，豪情風發如壯時。明經生平喜爲詩，自言其少年客金陵，謁吳穀人司業、姚惜抱郎中，賦詩投贈極樂，因爲余按節誦之，令人想見乾、嘉時天下隆平，文人詩歌觴詠游宴之盛事。自是別去不相見。

遭亂，明經屏處湖山間，余客游燕、齊、豫、鄂。賊既滅，余以曾節相命來歸，寓居郡城。明經復來訪，計相隔十有八年矣。明經年已八十，然健步履，不需杖而行。余隨其後，顧喘汗不相及。自朝至日夕，譚今昔事，亹亹不倦。客去，枕上爲詩文，鐙下作行草書，神明不衰，與初交時所見無异也。明經嘗曰：『人須時有春氣，則生機洋溢，物莫之傷。』余觀古詩人之旨趣，雖不一，而大要以温柔敦厚爲歸，其殆善養春氣者與？然則明經之歷少壯而衰而老，中更世變而康强和樂如一者，非深有得於詩教邪？

明經示余以詩譚三卷，蓋其六十歲前，游歷天下名山水，及所交賢士大夫燕樂之作，皆摘取佳句，竝敘其事本末。以遺後人一披覽之，不特明經生平歷歷如見，而數十年人物風流及當世好尚，皆可想像而得之也。因屬明經補其後二十年詩句於中，以及一時治亂反復之事，則此一編者，尤盛衰得失之林也夫。同治四年秋七月。

卷第五　書後一

讀論語

孔子書，惟易十翼、春秋是其所自作，其餘皆七十子之徒以及晚周學者，得諸講論傳聞之所記也。夫人之爲言，必智足以知聖人，而後善言聖人之德行。必理明義精，性情純粹無偏倚，而後能志聖人之言，一如聖人之口出，神理畢見，而不滯於語言文字之間。當孔子時，七十子之徒聞聖人之教者，蓋莫不退而爲書。然識有通蔽，學有淺深，才有工拙，故所記不能有醇而無駁，甚有不得其意，而竝其詞亦失之者矣。如戴記之所載，春秋三傳之所引，以及家語、孔叢子之所箸録，其醇者固爲孔子之言，卽其駁者亦未嘗不原於孔子，而不善記之者失之也。又或學者轉相傳述，愈遠而愈没其真。而周末諸子箸書自鳴道術者，不能擇而取之，以爲己證，甚有緣飾以就己意，張大之以重其書，此其所以益駁也。

論語之書，其始蓋亦與諸説相雜，而曾子之徒如子思者，獨能於其中辨其精麤醇駁，擇而次之以成書，又取其要以爲大學、中庸。其言皆如聖人脱口而出，其書首尾次第皆有義理意味可尋。是非顔、曾、冉、閔之徒不能記，非曾子之徒子思輩不能論次者也。其餘如戴記、三傳、家語、孔叢子之所輯録者，雖有嘉言，而義理終不出論語、中庸之外。是蓋曾子之徒子思輩之所刪棄，而後儒復綴輯以爲書耳。夫群言淆亂，折衷於聖，至聖言淆亂久，又當折衷於論語、中庸之理而後可與！

或曰：何以知論語、大學爲子思子之所擇取而論次也？曰：此以理斷之而已。論語於曾子獨稱子，則其爲曾子門人所編次可知。曾子門人如公明儀、公明宣者雖賢，然惟子思得道統之傳，所箸中庸，與大學、論語之理若合符節，又親孔子之孫，故斷之曰：記之者諸賢，擇取而論次之者，子思也。

書顧亭林先生年譜後

亭林先生謂：『古今安得別有所謂理學者？經學卽理學也。自有舍經學以言理學者，而後邪說以起。不知舍經學，則其所謂理學者，禪學也。』竊嘗卽此說而深維之。夫六經之書，皆載堯、舜以來聖賢德行政事。學者修己治人之理，明體達用，內聖外王之道具在於是，則謂經學卽理學，誠至論也。

然惟程、朱數子之經學足以當之。若漢、唐諸儒之注疏、正義，其補於經訓者固多，其穿鑿細碎而背理本者亦殊不少，不得謂經學卽理學也。程、朱由六經而洞達本原，後世儒者得其微言，而因不知上窮夫六經，誠不免墮於空疏之弊。然謂邪說禪學由是而起，則有不盡然者。禪學之病，正由不肯窮理之故，非徒在於不窮經也。夫理者具於吾心，而散殊於天下古今事事物物之間。聖賢之心純乎天理，而又通達天下事物之理，內以修己，外以治人，皆無非循乎理之自然，盡其理之當然，爲法於天下，可傳於後世，夫是以謂之經焉。後世不知經爲明理之書，而專事訓詁名物制度之末，傅會支離。程、朱者起，提要鉤玄，發揮精蘊，使人於六經必反求其理，而無陷於買櫝還珠之弊焉，此萬世中正之則也，而理學之名遂由是而起。末學之士聞其精微之說，不反求其原於六經，高明之徒甚或以六經皆我注脚，荒經蔑古，空談性命，陷於邪說詖行，其病乃由不知窮理而徒求於心。使其窮理，則經者義理之會歸，烏有不反而求之六經者哉？

先生不知其爲不窮理之弊，而但以爲不窮經之弊，立說偏宕，於是承學之士務明經學，而不求其理，溺於訓詁名物文義小學，而凡古聖賢明體達用，內聖外王之大經大法，全然不省，以爲是經學也。經學日多而理益晦，理益晦而經學亦名存而實亡。蓋先生生明之季，但見舍經學而言理學者，邪說由此興，而烏知近世舍理學而言經學者，邪說之橫流亦更甚哉！然則如之何而可也？則必由程、朱之理以窮堯、舜、禹、湯、文、武、周公、孔、孟之經，卽堯、舜、禹、湯、文、武、周公、孔、孟之經，以求明乎吾心與天下事事物物之理，則庶乎經學理學一以貫之也夫！

跋二曲集後

顧亭林先生博物宏通，上下古今，靡不辨訂。李二曲先生曰：『堯、舜之知而不徧物，急先務也。吾人當務之急，固自有在。若舍而不務，惟騖精神於上下古今之間，正諺所謂抛却自家無盡藏者也。』竊以二曲譏亭林，是也。而其所自爲説，則亦未免於非。

夫學問之道，不外乎孔子博學於文，約之以禮之一途。大學曰：『致知在格物，物格而後知至。』中庸曰：『明善』，『誠身。』孟子曰：『博學而詳説之，將以反説約也。』此論學之要旨也。蓋天下之理具於吾心，而要不可但求之於心也。必博文格物，以窮其理之當然與其所以然，而反之於身心，以求得所安焉。然後能體用一原，顯微無間，豁然而貫通。

亭林博物宏通，上下古今，靡不辨訂。余觀其所箸，講用者多，而明體者少，且又不免細碎支離拘迂之失，是博文而未能約禮，詳説而未能反約。然約禮反約之功，究不能舍博文詳説而別有在也。

二曲承陽明之學，故不免是内而非外，重本而輕末，而豈知内外本末固一以貫之之道哉！此所以惟程、朱之學爲孔、曾、思、孟之正脈也與？

書閻潛邱集後

閻百詩，南雷黄氏哀詞云：『余髮未燥，卽愛從海内讀書者游，博而能精，上下五百年，縱横一萬里，僅得三人：錢牧齋宗伯、顧亭林處士及先生焉。今皆云亡。蓋至是而海内讀書種子盡矣。』又潛邱劄記與戴唐器書云：『十(四)〔二〕聖人者，錢牧齋、馬定遠、黄南雷、吕晚邨、魏叔子、汪苕文、朱錫鬯、顧梁汾、(顧亭林)〔顧甯人〕、杜于皇、程子上、鄭汝器，更增喻嘉言、黄龍士，凡十四人，謂之聖人。』

竊謂百詩取人不倫不類，如此可謂失是非之公矣。牧齋身事二朝，人品污下已甚，雖博雅能詩，節取可也，而乃推爲讀書種子，推爲聖人，不亦妄乎？雖自謂聖人，乃唐人以蕭統爲聖之聖，非周、孔也。然與黄黎州、顧亭林、魏叔子比列，則亦擬不於倫矣。明姚廣孝稱方正學爲讀書種子，黎州、亭林庶足以當之。牧齋讀書中之蟊賊也，謂爲種子，是何异以荑稗爲五穀邪！潛邱爲我朝儒林之傑，而妄許人如此，學術之偏可不慎與？

書宋元儒學案後

黄黎州明儒學案，支分派别，可備一朝之文獻。惟議論宗旨偏袒陽明，未得其正耳。

宋元儒學案乃黎州未成之書，全謝山補輯之。近何子貞太史得其稿，與慈溪馮雲濠、鄞縣王梓材校訂刊行，爲書百卷。余嘗讀其全编，學案林立，雖條分縷析，源流詳明，而采取駁雜，多未精當。又於宋儒之中，不特定一宗，意欲埽門户之見，廣大無所不包，而不知正路，岐途百出，使學者莫識其所趨，如涉大海犯風濤，而莫知其所當止，則終將没溺於洪波巨浸之中而已矣。

又其甚謬者，以朱子所劾之贓吏唐仲友，因其一二文字流傳，亦爲立一學案。且謂當日不過兩賢相戹，其意多袒仲友，而以朱子爲誣。意此必後之编次增益者，祖述紀文達之論而爲之，黎州、謝山當不至若是也。不然，何其議論之偏駁，變亂是非乃至於此邪？即此知是書之不盡善，而讀之不可不審矣。學者第取其博贍以備考焉可也。

書孟子要略後

朱子六十三歲，成孟子要略一書，世不傳。道光戊申，漢陽劉蕉雲傳瑩，於金仁山先生孟子集注考證中搜出之。湘鄉曾相國前爲禮部侍郎時，刊於都中，竝爲釋其旨趣。昔程子謂學孟子無所依據，學者須先學顏子。余觀孟子一書，大抵首論王道，中論古事，終論性學。不善學者，讀之一似茫無津涯，靡所從而入。程子之論所以示人親切著己之功也。朱子是编，蓋卽推明程子之論，故其首卷言人性善，欲之存心養性，以復其初；次卷論孝弟之道；三卷嚴義利之辨；四卷辨王伯之方，明治道之要；五卷尚論古人，與孟子爲學要領。學者由是而翫索之，則明體達用之本，天德王道之全，具是矣。

往者朱子與東萊呂氏，懼周、張、二程之學後之人不得其要也，爰爲近思録一編，使學者知所持循。是書次第與近思録相似，而更簡約，通乎此，則讀近思録尤爲易入。

前賢示人爲學之旨，無非切近篤實，而放之則彌六合而有餘，於以經綸天下之大經，立天下之大本。讀者可不深思而篤踐也哉？

書曾子注釋後

儀徵阮文達公取大戴禮曾子十篇爲之注釋，簡而明，詳而有要。以爲曾子修身慎行，忠實不欺，而大端則本乎孝。故表章之，以救空疏寡實之弊，用意殊深遠矣。惟矯之太過，謂其學與顔、閔、游、夏諸賢同習所傳於孔子，絶無所謂獨得道統之事。

愚竊以爲不然。夫聖人之教無不同，而學者功力之淺深，則不能無獨得，故子貢自道曰：『聞一知二。』而稱顔子曰：『聞一知十。』是不得謂其與游、夏同科，無所謂獨得者也。觀顔子，則曾子可知矣。且子貢曰：『夫子之文章可得而聞，夫子之言性與天道不可得而聞。』孔子亦曰：『中人以上可以語上。』則聖人之傳道於門人者，大端雖同，而其精義入神之藴，亦自必擇人而後語，『剋己復禮』之訓獨語顔子，『一貫』之訓獨語曾子與子貢，而惟曾子豁然而無疑，其後傳大學，卽本『一貫』之旨而發揮之，能謂其無獨得道統之事與？

阮氏又曰：『所謂「一貫」者，事君親處世皆以忠恕行之。此聖賢讀書立身之實，曾子非有獨得之心、頓悟之道也，以孔子之道萬殊，皆本於一，曾子默識而貫通之。』此理實入於禪，是尤不然。夫『一貫』之訓，曾子與門人共聞之者也。然門人不解何謂，而曾子獨知其爲忠恕之道，此非曾子獨得之心、頓悟之道之明驗乎？曾子所以能頓悟而獨得之於心者，由平日於人倫庶物之間，隨事精察，身體力行，萬殊之中各盡其實，特未知其爲一理之流行充滿而無間耳，唯其真積力久，故一聞夫子之訓，卽默識而貫通，而知其爲忠恕之道也。其獨得其頓悟，其默識而貫通。後世之爲禪學者，雖嘗竊取其説而實不同。蓋禪之學，但悟其一心而舍實理，是正不知曾子『一貫』之傳者，故棄天理於心外，而判人事與心爲兩途。雖亦名爲默識貫通，而實則悍然而罔顧，冥然而罔覺，但任其私心以起，滅天地而已。

無論曾子無是學，即程、朱所以發揮曾子之學者，亦無是説。阮氏之旨蓋欲陰詆程、朱之論，故特表章是書，欲以駕於大學之上，且於大學疑非曾子之書，而極言曾子無獨得道統之事，是皆所以陰詆程、朱也。學者讀此編，取其篤實詳明，而無惑於是數言焉可已。

書汪氏述學後

江都汪容甫中述學一書，實事求是，博物洽聞，説經考史，亦有足資後學之考證者，惟其是非好惡，多謬於聖人。如大學一書，則謂其與坊記、表記、緇衣伯仲，於孔氏爲支流餘裔。宋世禪學盛行，士君子入之既深遠以被諸孔子。又曰：『標大學以爲綱，而驅天下以從之，此宋以後門户之爭，孔氏不然也。』其言肆妄，洵無足辨。

又孟子辨楊、墨，而容甫極力表章墨子之書，謂孟子之言爲過，喜新好异，非真詆大學、孟子也。其病由於欲自立一説，以駕宋儒之上，而不肯折衷於程、朱，故波及於大學、孟子，以爲拔本塞原之計也。其爲人作誌，遇毁宋儒者，皆贊歎不去口，而於宋儒則詆爲愚誣之學，與釋老、神怪比倫。甚矣！其失是非之心也。

尤可异者，論昏姻之禮，成於親迎，不重受聘。錢塘袁氏女、秀水鄭氏婢，婿不肖，二女守禮，不更受聘，而汪氏詆以爲愚，謂其本不知禮，而自謂知禮，以隕其生爲可哀。且引傳而申之曰：『一與之齊，終身不改，不謂一受其聘，終身不二也。烈女不更二夫，不謂不聘二夫也。』恃其辨才，騁其博學，離經畔道，傷名害教之言，出於高文碩學之徒，世儒震其名，莫敢以爲非。余故不得已而明辨之，俾學者讀汪氏書不可不知所擇也。

書尚書今古文注疏後

陽湖孫氏星衍箸尚書今古文注疏，删去孔壁古文，所采傳注，皆自唐以上及我朝漢學諸人訓釋，其宋、元、明三朝儒者説經之言，一字不入，可謂篤於信古，而不精於窮理者矣。夫讀書必窮其理，果其理當乎人心，豈可斷以爲僞而棄之？宋、元儒者説書，真有能發聖人之精義，而爲漢、唐諸儒所不及者，豈必專以博古爲能哉？

其敘文引尚書大傳：『孔子謂顔淵曰堯典可以觀美，禹貢可以觀事，咎繇可以觀治，洪範可以觀度，六誓可以觀義，五誥可以觀仁，甫刑可以觀誡。凡此七觀皆在二十七篇之中，故漢儒以尚書爲備，又以爲法斗七宿。四七二十八宿，其一斗也。』其説迂遠可笑如此，而孫氏信以爲然，何其識之蔽也！聖人删書，所以記四代治亂之迹，以爲天下萬世法戒。其篇次多寡，亦視其書之關係當存與否耳，豈必其數符於二十八宿與斗邪？是何异兒童之見也！

且書大傳孔子之言，亦未可信。如堯典何不可以觀仁、觀義、觀治、觀事邪？咎繇何不可以觀度、觀誡邪？凡此七觀，每篇皆然。豈聖賢之經一篇僅足作一事觀邪？此決非孔子之言也，而孫氏篤信之至。禹謨、伊訓、説命之類，真有益於修身治世，不倍於聖人之道，而反不信，非所謂失其是非之真者邪？

讀荀子

世但以言性惡，詆子思、孟子爲荀卿罪。是不然，荀卿立言之旨蓋在勸學。其論學之要在明禮，由禮救世之心甚篤也。卿生戰國之末季，無禮無義，相争相殺，不仁而鮮耻，人道幾無以异於禽獸。卿見之，稔意以爲是皆人性之本然也。

古之聖賢莫不明禮，由禮好學，敦行不倦。其教人也，以禮義廉耻、致知力行爲大宗。卿不知其爲因人性之固有，而使之反其本然，反疑聖賢特矯爲而然，以變化其性之惡，因以是爲立言之旨，曰：『聖人之性亦惡也。其善者皆人力之爲之也，僞也。』意重人爲，非故詆性爲惡。所謂僞者，人爲之意也。子思曰『率性』，孟子曰『性善』，與卿言不類，故皆以爲非。

雖然，余觀卿之言，仍不能離性善之旨。離性善之旨，則其所謂人爲者，終不可得而通。如曰：『凡禹之所以爲禹者，以其爲仁義法正也。然則仁義法正有可知可能之理，[然]而塗之人皆有可以知仁義法正之質，皆有可以能仁義法正之具，然則其可以爲禹明矣。今以仁義法正爲固無可知可能之理邪？（則雖）［然則唯］禹不知仁義法正，不能仁義法正也，將使塗之人固無可以知仁義法正之質，［而固無可以］能仁義法正之具邪？然則塗之人，且內不可以知父子之義，外不可以知君臣之正。［不然］今塗之人［者］皆內可以知父子之義，外可以知君臣之正，然則其可以知之質，可以能之具，其在塗之人明矣。』果如卿言，塗之人有可以知仁義法正之質，有可以能仁義法正之具，塗之人皆內可以知父子之義，外可以知君臣之正，是非性善而何邪？聖人惟因人有可知可能之理，而教之以仁義法正，父子君臣之道耳，非率性而何邪？

卿又曰：『塗之人可以爲禹，則然，塗之人能爲禹，未必然也。雖不能爲禹，無害可以爲禹。』夫可以爲禹，非性善之本然邪？可以爲而不能爲，乃囿於物欲，蔽於氣習，於可以爲之本性固無與也。故曰雖不能，無害可以爲。又曰：『小人可以爲君子，而不肯爲君子。君子可以爲小人，而不肯爲小人。』夫小人之可以爲君子者，性善之故也。其不肯爲者，不率其性，而戕賊其性之故也。君子不肯爲小人者，不戕其性，而能率其本然之性也。然則性之非惡明矣。其善者皆順其性之自然，而非僞爲明矣。卿之言不亦自相矛盾也邪？且人惟其性之本善，故必明禮。由禮勸學以修身，而不可失其性之本然。若以爲人之性惡，須明禮，由禮勸學修身，則人將曰：吾性本惡，而何爲如是，化性以起僞也。故余嘗以爲荀卿救世之心甚篤，而立言之旨反疏。

且彼所謂僞者，意專重於人爲，謂禮義者生於聖人之僞，意以聖人制禮義，所以變化人之性耳。而後世小人緣此，遂以道學爲僞而禁之。一言之不審，遂流爲千古學術治道之害，荀卿有知，當亦自悔其失言也哉！

書逸語後

乾隆時，嘉善曹廷棟於諸經外，采輯諸子百家記述孔子之言行，約文見義，爲逸語二十篇，其例皆倣論語，篇以類分，自修己，及乎治人，與夫所以爲窮理格物之助者悉具。其注則倣朱子四書集注，訓詁義理，兼蒐詳證，於每章之末載書名，以明其所自出，義例絶善。信乎有益於學者，博古敦行之書也。阮相國元取大戴禮曾子十篇作注疏，簡要而明當。是書殆尤過之。

夫孔子之言行載於大學、中庸、論語者，最精粹矣。諸子百家所述，則多後人附會及傳聞失實之辭，然其合於大學、中庸、論語者，固可取以相參也。後世儒者格言懿行，尚足以啓發乎人，何況爲大聖人之逸言遺行乎？惟其中尚有駁雜而未盡去者，如説苑：曾子曰『夫子見人一善，而忘其百非，是夫子之易事也』，則與好而知其惡之理相戾。樂緯：子曰『身不得利不能安』，亦與罕言利之旨相違。説苑：子曰『衆言不逆，可謂知言矣』。夫知言必明其是非，而不可淆亂，但謂之衆言不逆可乎？荀子：子曰『入而行不修，身之罪也；出而名不章，友之過也。故君子入則篤行，出則友賢』。夫君子之友賢以輔仁也，豈爲章其名乎？博物志：子夏曰『商聞諸夫子和而同於物，物無得而傷夫』。易曰『君子以同而异』，論語曰『君子和而不同』，是故君子和而同於理可也。若但和而同於物，能不懼其流乎？縱物無得而傷，能不懼其失己乎？三朝記：子曰『臣事君而不言情於君，則不臣；君不言情於臣，則不君。有臣而不臣猶可，有君而不君，民無所措手足』。尤非孔子之言也。夫臣事君，而不言情於君，是欺也。既謂之不臣矣，而乃曰『不臣猶可』，豈聖人所以立教乎？韓非子：子曰『與其使民諂下也，甯使民諂上』。夫諂之一言，無時而可用也。諂下固不可，諂上亦豈可乎？況爲人上者，有使民諂上之心，則非出於刑驅，卽出於違道以干譽，用權術以要結民心，非聖人之論也。史記：子曰『弗乎弗乎？君子病没世，而民不稱焉，吾道不行矣。吾何以自見於後世哉？』乃因史記作『春秋』。是説也，蓋馬遷託言以見志爾。若孔子之作春秋，明王道也，豈憂己無稱而欲以是自見於後世哉？至於家語載子夏問泄冶之事，子曰：『泄冶之於靈公位在大夫，無骨肉之親，懷寵不去，仕於亂朝，以區區之身欲去一國之淫昏，死而無益，可謂捐矣。』詩云：『民之多辟，無自立辟。』其泄冶之謂乎？蓋謂其不知見幾早作，失亂邦不居之義耳，非謂既居其位而不當諫也。今注云『泄冶之諫，未能當理』，豈所以爲訓邪？

余愛此書取之甚約，語之甚詳，有益於學術治道也，故於其未精者，條辨之以附於後云。同治五年五月，宗誠識於濟甯幕府。

書劉練江先生集後

明寶應劉練江先生永澄仕萬曆朝，崇正學，尚氣節，操履篤實。有集七卷，多感激時事，慨乎其言之讀史一册，極推朱雲、龔勝，而深誚孔光、張禹，謂其貌假中庸，無可非刺，而行真『鄉原』，貽害國家，尤爲切當濟時之論，誦之使人興起。惟謂以輭熟之人，而講中庸之道，祇自賊而已矣，則未得爲衷論也。

夫中庸之道，豈柔輭無氣骨之謂哉？子路問强，子曰：『和而不流，中立而不倚。國有道，不變塞；國無道，至死不變。』其强如是，是乃所謂中庸之道也。三達德曰知，曰仁，而終之曰勇。非勇，不足以成知、仁，故曰果能此道矣，雖愚必明，雖柔必强，極之至於至。聖之德，不惟曰『寬裕温柔，足以有容』，而又曰『發强剛毅，齊莊中正，文理密察』，必如是而後中庸之道盡。子曰：『天下國家可均，爵禄可辭，白刃可蹈，中庸不可能。』極言均天下，辭爵禄，蹈白刃者，能合中庸之難，非謂天下不能均，爵禄白刃不能辭與蹈，而别有所謂中庸之道也。是故講中庸之道，不過如洪範剛克柔克之意而已。

知日明，行日篤，則氣質矯强者，所守必益堅。卽氣骨柔輭者，果其講中庸之行，則理明義精，自然生剛大之氣，足以配道義而不餒，何至如孔光、張禹，之所爲也。孔光、張禹，所謂小人反中庸者耳。先生斯語，殆有激之言，徇俗譏詆，而猶未深究夫中庸之本義與？同治七年冬十月朔，識於金陵節署之東軒。

卷第六　書後二

書拙修書室記後

右吳竹如先生文一首，論學之切言也。昔孔子語學者曰：『下學而上達。』下之爲言，意味深長。拙修云者，卽下學之意也。

學者之病，無論賢知、愚不肖之資，而德不加進，業不加修，其弊皆由不肯下，不肯拙，所以賢智入於輕浮淺露，甚至猖狂妄行。愚不肖者，終於蹇劣而已矣。

抑思孟子學孔子者也，論學之極詣，雖曰美大聖神，而原其造端，致力之功，則必自善信充實，始光輝化神，特其充實之至耳。孔子自敘所學，極於『知命』、『耳順』、『從心』，而其始基，則在『志學』、『而立』而『不惑』，卽至於『從心』之境，亦必曰『不踰矩』。以後世談高說妙者觀之，豈不拙甚矣哉！

程、朱論學必主於居敬窮理，其言大學，必以格物、致知、誠意爲明善之要，誠身之本。自陸、王論之以爲拙矣，而豈知是固孔、孟之家法也哉！

今先生以拙修二字爲學，愚不肖者可以仰而企，而賢智者亦當俯而就充之，卽是誠之者人道，誠者天道之旨。學者當日三復焉。

書孫貞女傳後

余爲吾鄉孫貞女傳，推本於其七世祖母方夫人之節，而猶未及詳其所以然。蓋嘗聞之長老，考之故籍，方夫人之曾祖明善先生，承里中何省齋、趙鋭庵、戴恒庵諸先生講學之緒。當明中葉，無善無惡之言盈天下，始於王氏，而極之至於李卓吾。先生獨提性善爲宗，箸論闢之，修身教家，一以敦實明倫爲大介。顧端文公極推重之，謂爲中流砥柱，語具小心齋劄記可考也。

先生家法：男女自幼必講誦孝經、小學、四書，每晨起，必温習孝經一篇而後治事。終其身如是。其後子孫守之五世，以理學箸名吾邑，政績氣節，箸述文章，流布海內，欽定四庫全書總目俱采其書，世所稱方中丞孔炤、方太史以智，其孫、曾也。而女孫三人皆以貞節箸。長諱孟式，爲張忠烈公夫人。次諱維儀，許字姚氏，爲吾鄉女宗，世所稱清芬閣老人者也。清芬閣爲姚端恪公伯母，公之應召而出也，清芬閣深責之。其風節至今傳播人口。三諱維則，適吳氏，皆才節俱備，詳見明詩別裁。

方夫人則中丞之女而清芬閣之姪也，幼教育於姑，習聞先訓，故孫公殉節後，夫人能守其節義，較然不欺。自是以後，吾鄉二百餘年，女子之以貞節孝烈聞者，遂不下萬數。烏呼！學術興而後有節義，節義立而後有風俗。是豈徒生性然哉？禮俗一成，有不覺其濡染而然者矣。

近世以來，譏講學爲迂闊，不適於用。修身無本，治家無法，流而不反，吾安知其所終極哉？故因孫貞女而復箸其本原之所自如此。夫以明善先生一太學生，而振起一鄉數百年之風氣，世之君子其亦可以興矣！

黄忠節公墨蹟跋尾

嘉定黄忠節公未嘗以書名家。今觀其所書羊叔子讓開府表，效歐陽率更體，而骨力堅勁，鋒芒峭立，奇傑之意，範圍於規矩之中而不過。世之善學率更者，不逮也。豈非嚴毅之氣養之有素，自然流露於楮墨之間者與？

夫君子之於天下也，非退讓不足以立功，非剛毅不足以立節。讀叔子此表，可以知其功名之所自出。展公此書，亦可以知公大節之所由樹矣。

友人貴築黄子壽太史藏是本。咸豐庚申春，以示余與獨山莫子偲孝廉。敬觀久之，爰題其後。桐城後學方宗誠謹跋。

書薛文清公讀書録後

余家無藏書。弱冠後，從玉峰許先生游，始授以薛氏讀書録。編者今忘其姓名，蓋仿近思録例也。歸而手録之。余之知宗程、朱之學而不紛於歧途，自此始。

其後友人徐宇陵宰秦中，復以公全集遺余，受而盡讀之，識以朱筆藏於家。咸豐十年冬，賊掠山中，余書多燬，今不知其存亡矣。而少時手録之本，前已授門人張家驥攜之甘肅之鞏昌。十一年夏，余客大梁鄢陵，蘇菊邨源生嘗刻儀封張清恪公所編公是録，特以寄，余獲之如復臨師保焉。

方許先生授余此書時，固以程、朱之正學望余也。乃今年逾四十，猶一無所得於中，撫前賢之遺編，悼先師之不見，遭時喪亂，漂泊無歸，又安知終能成少時之志否邪？

書小學論後

國初，自康熙間，聖祖仁皇帝尊崇朱子之學，於時湯文正、陸清獻、李文貞、熊文端、楊文定、蔡文勤、朱文端、張清恪諸公贊襄其間，表章先儒之書無所不至。學校之中一以程、朱之説爲宗，試士四子、五經，義有不合於程、朱者，考官不得録，而又取性理、小學命題，使發爲議論，以觀士子所學之真僞淺深而定去取。其所以扶持正學、培養人心者至矣。故其時，士敦實行，守繩檢，醇篤樸厚，足以存國家之元氣，而出而問世者，亦尚多修身有本，治家有法，經濟權變，有猷有爲，而不致誤國以毒民。學術正而風氣之厚，世運之隆因之，理固然也。

道光丁未，順德羅椒生先生視學安徽，至卽頒示學者以爲學規則，而尤重朱子之實學，先舉成例，以小學論試士，而後及於詩賦、時文。公首場聚六皖之士，得余卷卽降席，詣余座問難久之。是年，公所取士獨偉余與友人馬命之也。

余性不慕科第，以父母存，不得不思爲博士弟子，及是入學而父母已亡，遂絶意科舉，日營葬親之事，與馬君益切磋於心性經術之中。馬君試屢躓，始以優行貢太學，又舉孝廉方正制科，後殉節舒城，雖未大成，其所學究無愧聖賢之教。而余遭亂流離，不能專力於實學，偶展舊作，深懼無以繼前賢而報知己也，爰書其後以自警云。

書舒自庵觀察集後

咸豐己未春，余至山東，布政使吳公告余曰：『有靖安舒自庵觀察避亂於此，極慕君，見君所箸俟命録文集，俱手録之，致書屬余爲刊行，而勸君去其犯時忌者。』

因出觀察手書示余。余因詢觀察生平學行政蹟甚詳。吳公又曰：『觀察年八十，好善不衰。每見余，則問方君何久未來，望之甚殷。今君來，而觀察前十餘日卒矣。』余聞悽惻久之。

逾月，觀察子梨叔刺史以遺集來求余爲删訂，竝乞爲家傳，曰：『此先公志也。』余謹爲編定，復取其要入輔仁録中。道義之觀摩，固不以死生幽明間也。

觀察，循吏也。其文於公牘尤善，愷惻詳明，洞悉情弊，而居身、治家、處鄉里皆有法則，可比明儒呂新吾先生、國朝陳文恭公之書。余既取觀察論事之大者箸於傳中，今復記其知己之感於此云。

書楊湘筠敘交文後

余客保定，貴築黄子壽自太原聞余來納交。其後因子壽獲識獨山莫子偲、湘陰郭筠仙、邵武楊湘筠，皆時彦也。湘筠之賢，又早得之於吾友洪琴西。及夷人入京師，乘輿播遷，湘筠避地保定，始獲交焉。

湘筠性忠義，言君國事未嘗不隕涕。每念鄙夫姦人欺君弊國，髮上指，目直視，議論慷慨，凜然不可干，而平居吶吶然如不能言者。爲郎官二十年，出無車馬，冬無裘，家無一宿之糧，堅忍狷介，纖毫不可加以非義。子壽嘗稱與湘筠處，直可使頑廉而懦立也。先是，湘筠爲户部郎中兼鐵錢局監督。尚書肅順執利權，擅威福，勢焰熏灼，無敢論其罪者。湘筠獨上書，摘其蒙蔽聖聰誤國殃民罪，不容於誅，意欲因論鐵錢事揭肅順罪，爲朝廷去姦佞以救禍於未然。而朝論以湘筠郎官訐大臣，議鐫一級調用。其同鄉里者鳩資爲捐復，湘筠不可，曰：『吾既不能去之，不願復與同官也。』益陽胡文忠公聞其賢，疏薦之。湘筠聞，即以病告，曰：『佞人不去，吾可仕乎？』湘筠精算學，善治方書。居京師藉醫爲生，雖寠甚，不以一語乞求於人。吾每與論事論人皆有特識。其學問浩博，靡所不究，然不以立名也。湘筠上書後二年，而夷禍作，肅順誤國之罪始大驗。今上初立，回鑾日，奉兩宫皇太后懿旨首加顯戮，其病國之政皆除之，又詔復湘筠官。由是四海頌聖明，而湘筠之深識偉節，益大箸於天下。閩人以直諫名者，道光間惟陳給諫慶鏞。湘筠與爲姻親，其直節亦後先相輝耀云。

子壽性和易，學識通博，而涵養粹然。年少官翰林，見之如未嘗登科第也者，箸書百餘卷，與交久如未嘗有學也者，虚衷好善，見人一語是必録之。恬退不愛爵禄，然於國家用人行政是非利病，無不究其本原所在。咸豐初，詔求直言。時粵賊漸熾。子壽在翰林爲封章，因掌院學士上之，所論皆經世之要。後有旨，凡屬官奏事，必先呈長官閲之。子壽遂請假退居，養親十年，跬步不離左右。余在保定，見其母夫人卒，築廬權厝之所，時往居宿，哀泣動人。其尊人宦游山西，奉使海口。子壽時策蹇，冒寒暑，犯寇盜，往來定省。間嘗流涕爲余言：『恨無兄弟之親，不得剖此身爲二，一侍老父，一依吾母魂魄也。』又貧無力歸葬。時湘筠亦以身屯道梗，不得返葬其親，與子壽言，俱大哭焉。子壽爲人深藏不市，其所箸書及奏疏未嘗示余，亦不爲余言也。獨見余所爲古文辭，多手鈔之。子偲、筠仙之訪余願納交者，皆於子壽見余文也。

湘筠之别也，爲文勉余，子壽復書其後。今湘筠窮羈京師，余别子壽來游鄂，子壽復奉親之秦、蜀。亂靡有定，三人者苦不得合並。展讀此卷，不盡悽然，聊記於此，以誌交誼云。同治元年六月，宗誠謹識。

書嚴中丞撫豫奏稿後

咸豐十一年，新繁嚴渭春中丞巡撫河南。是春，宗誠自燕入鄂，應胡潤芝宫保之招，道中州。公聞，遽以書與胡公，請留參幕府，因得與聞公政事之詳。

河南地處中原，與楚、皖、燕、齊壤相接，爲畿輔、秦、晉之藩屏。自髮逆、撚匪滋蔓楚、皖，河南腹地常受兵。當事者類粉飾虚縻，不以求將練兵、察吏節餉爲事。蓋自總兵邱公聯恩陣亡後，無忠勇箸名將才，每月餉需七萬金，而所養皆冗員疲卒，虚濫之數，軍屯無營壘，行無帳幙，不能制賊而徒以擾民。大帥時奏捷以邀功，相習成風，恬不爲怪。

公至，首察經費不敷，遂以選賢察吏爲興利之本，節浮用，核實數，汰冗員，裁疲卒，爲裕餉之源，而尤以選將練兵爲安内攘寇之要，屬宗誠爲創抽丁守城法以固防禦，立豫軍營制。刊行王壯武練勇芻言以明紀律，頒布勸賊解散、勸兵士愛民歌謠，以肅軍政，撫民心。是年適山東教匪、會匪蠭起，屢渡河，擾河北及開封、洛陽之郊。逆練苗沛霖假尋讎爲名，實懷不臣心，日使其黨侵蝕河南地，而内地姦民陳大喜作亂於汝甯，李占標作亂於河北，楊立等搆賊襲城，作内應於陳州。撚逆名目尤衆，時竄擾歸德、南陽、開封、陳、汝、光之間，粤逆陳玉成上竄黄、隨，復窺伺豫境。環豫之賊增往歲十倍。公精力過人，日夜籌計，先破積習，劾懦將，汰疲弱，旋疏調副將楊飛熊、楊長春等入豫，分募精兵，訓練不懈，餉需不增，而加練勁卒七千人。於是分遣將士剷李占標，征陳大喜，誅楊立，敗苗黨於沈、項，備粤逆於三關，屢擊退撚逆出竟。而山東之賊竄河南者，敗之於祥符老君塘。其竄河北者，又大敗於新鄉大楊隄，斬獲幾盡。

先是天子以河北財賦之區，特遣四品京堂聯捷爲防河大臣，秏餉擾民，賊至則遠徙。公嚴劾其罪，請裁撤之，而以剿賊自任。及大楊隄一捷，河北遂以肅清。苗沛霖之叛也，欽差大臣勝保掩飾其罪，以爲非叛，由諸帥激之使然，公獨屢疏其叛狀。時朝議以勝保往撫，公獨劾其養癰遺患，驕縱自恣，爲腹心之害。又屢與江督曾公、皖撫李公籌商會剿，朝議未之從。後皖撫翁公爲殺其讎以説之，而苗沛霖卒陷壽州。公之不畏强禦，奮然以國事自任如此，然亦以此取忌於時，賴公廉潔直清，雖衆誹於上，無由得其瑕釁，惟以爲剛愎自用而已。公性機警明決，敏於事，好獎廉吏，而惡貪酷甚嚴，所劾四十餘人，章上之日，大都協於輿論，所保薦多賢能吏，至今民猶頌之。歙縣王子懷侍郎、湘鄉曾相國皆不輕許可人者，獨嘗稱公有知人之明也。

公雖巡撫一方，而志慮嘗周於天下。始至，即屬宗誠爲草選將練兵以保豫疆兼籌全局而顧根本一疏，欲乘關中無事時，網羅將才，招集義士，練成一軍，西與楚師爲犄角，南固豫、皖之籓離，留此完善之區，養其精鋭之氣，以爲京師保障。内固軍實，外寇至，庶足爲守禦控制之備。又嘗疏言三晉，表裏山河，關中形勝，沃野千里，尤不可不得賢督撫經畫鎮撫，養民力，簡軍實，儲將領，謹蓋藏，以固中原之氣，無使庸臣誤之。又疏薦真才數人，以重疆寄，皆未行。不一年而陝西之亂作。今上登極，誅鋤佞邪數人，朝政一清。宗誠因言於公曰：『朝廷去邪勿疑，誠爲中興之根本，然非起群賢而用之，則小人終乘間而入。』於是爲草疏，薦老成碩彦之臣家居者二十二人，請召起，以收群賢畢進之效。又爲應詔陳言十二事，公皆欣然上之，奉旨留中，而所薦諸賢皆先後召用。上深知公清勤，勇於任事，而忌者毁之不已，乃調公巡撫湖北，仍以勝保督皖、豫軍，主撫苗沛霖。公去未數月，髮逆、撚匪竄豫，莫敢當其鋒，遂由豫入秦，致啓回匪之亂，而苗沛霖之就撫於勝保者，雖有其名，實懷二心，爲國家憂。其力戰於河南箸名者，仍公所留之將才也。

公爲人樸直，謝絶苞苴。豫撫故事，得河漕陋規，公皆不受糧道。某以意探之，欲以動公。公疏請罷斥，吏治爲稍變。尤重節義，始公官湖北，創立節義局，采訪應旌表者得數萬人。至河南復用其法，得奏聞者亦幾萬人。修聖廟、先賢諸祠，命宗誠爲立學規，頒示通省士子。名義之際不稍假借，有某太守卒於任，某知縣卒於家，群僚乞以軍營病故奏聞，公毅然不可，時或以爲刻，蓋積習皆然，不知其非也。官廨所需舊皆祥符縣供應，公獨却之，曰：『卹吏乃所以卹民也。』囿中花皆稿死，曰此豈蒔花時邪？』公爲政務精覈，不慕浮名，所行事多不以告人。

余從公入鄂，暇時爲公編訂奏稿。明年將去鄂，因揭公之大節書之，且以誌知己之感也。同治元年十月後五日，桐城方宗誠謹識。

邵位西文集書後

道光己亥，蘇厚子徵君自越歸，訪余，閲筆記雜文，謂曰：『少年識解超卓，真誠動人，惟見仁和邵位西及君耳。』繼示位西文數篇，讀之警服，深以厚子之言爲擬不於倫，乃手録而弆之。後君官京師，余因友人喬頌南以文相質，君還書稱爲清醇不雜，而於吾桐山水人物之盛三致意焉。是時亡友戴存莊歸自京師，持君文示余，益得讀之以爲快。咸豐三年，桐城陷，余避居山中，聞君降官歸。有鄉人至杭者，以余所箸俟命録質正君，君極稱歎，以爲是維持學術世道人心之書也。致吳竹如方伯書，有『古之君子，今之義士』之稱，且欲爲余刊行其書。余亟復書止之。

君與余生平未相見，而論學論文極相契。念余陷亂中，欲招至杭州未果，故又託余於吴公，深慮余之死於賊禍也。吴公言君爲人質直。在刑部時，大學士琦善以枉殺熟番案入獄，君擬十九事將詰問，執政者左袒琦忌君，次日撤去君名，不使與爲問官。其後出之東河，因事降級，皆根於此。而友人黄子壽編修又爲余言，方粤賊之興，朝議遣相國賽尚阿視師，君上書執政，極言不可者七，執政尤惡之，然君之言卒皆驗。

君家居養親。杭州陷，奉母先去，幸無恙。其後母卒，既葬，賊再至，君固守城中，猶日夜與伊遇羹孝廉窮經不懈，箸有禮經通論、孝經通論。伊君亦篤學君子也。城陷，伊君守節餓死，君以不屈殉難。妻子逸出，今依節相曾公於安慶。節相，君石友也，爲延師教育二子。

余見君子，詢君文集一字無存者，因以所藏三十餘首歸之。先是，君曾以禮經通論之半十有九篇，示海寧張銘齋孝廉。張君亦寄至君子，合爲一編，寄至淮上漕督吴公爲刊行。始余得君文，因厚子、存莊二君與君爲至交，余與君固未相見也。今二君遘賊禍，憂鬱以死，藏書散亡略盡，而余所録君文獨存。銘齋與君亦通書而未見，而君之禮經通論亦藉以存其半焉。是殆有天幸於其間邪？

君論學宗朱子，論文宗方望溪，經學宗李安溪。其禮經通論多前人所未發。所箸尚有尚書通論及他文數十百篇，余所未見，海内或猶有藏之者邪？同治二年，桐城方宗誠跋於安慶旅次。

書張嘯山哈孝匃傳後

余讀莊子德充符所稱：兀者、惡人、闉跂支離無脤、甕盎大癭，才全而德不形，以爲是特周之寓言耳。豈果有是人邪？

及今觀哈孝匃事，始知不惟古有之，今固有之，特人不能得之於形骸之外耳。夫儒者之言，有曰：人與物賦形氣之正者，其性亦正，偏者則其性亦偏。今孝匃不全乎人之形，而性獨全，則知人性固非盡形氣所得而拘也。

孝匃生平至窮極陋，自以爲不足比數於人久矣。而一時賢士大夫皆傾心焉，歌詠傳述，反似欲借其人以爲詩文增重。孟子云：有天爵者，豈不信哉？同治三年四月，桐城方宗誠謹識。

唐寫本説文解字木部箋异書後

右唐寫本説文解字木部之半，獨山莫君子偲得之於黟縣宰張廉臣，因爲箋异一卷。湘鄉曾相國爲刊於安慶，其足補正大小徐本，夥至數十事，莫君既自爲之引，而江都劉君北山、南匯張君嘯山復補訂，以跋於後，凡莫君所闕疑者，二君俱焉。其説既無以加矣。

或曰：昔諸葛武侯當干戈擾攘之際，志在經世讀書，但觀大意而已。而陶元亮隱居讀書，不求甚解，是又更世變沖淡忘懷者之所爲也。莫君是書，無乃非今學者之所宜急與？余曰：不然。昔孔子生周、魯文盛之後，先代遺文墜佚，而嘗致嘆於杞、宋之無徵。由是推之，使二國文獻猶存，雖其末節碎義，其必詳稽而訂正焉可知矣。蓋古聖賢垂世立教之心不可見，惟託於文字以傳，文字廢墜，卽古聖賢之心不可得而見也。是以兩漢儒者之學，其窮理精義，論者以爲不如宋大儒之深粹而純。然當秦火既焚，苟非漢諸儒抱殘守闕，網羅放失，傳注箋説，爲之採考於絶續之交，則二帝、三王、孔子之經且將散軼不存，而後儒窮理精義之功將何所施！卽武侯之大意，又何從而觀之也。夫淵明無濟世之志，故放意高曠爾。武侯急於救時，亦不暇及此。豈以拾遺補闕爲不當哉？

莫君客安慶，當粵賊蹂躪之後，文字殘滅幾盡。君獨購求遺書於煨燼之餘，得數十萬卷，日爲考正補綴，是卷特其一耳。相國方欲振興文學，以洗甲兵之氣，故先刻此卷，以發學者好古之思，是卽孔子證文獻，漢儒抱殘守闕，網羅放失之遺意也。讀者其體斯意焉。同治三年四月。

記戲鴻堂帖殘石搨本後

華亭董文敏公戲鴻堂石刻，初歸郡人大齋施氏，繼爲王横雲山人所藏，久之復流轉於沈氏之古倪園。世所傳佳者，不出是三本也。

同治癸亥，合肥李幼泉都轉從其兄少荃宫保，治軍吴淞，既剋城，得百餘石於賊壘中，攜歸安慶，摩本校觀十存五六。或謂都轉宜取舊搨本補刻之石。都轉不可，曰：『甯缺無全，第存其真者可已。』

余於宫保第中，獲覩寶物，詑爲眼福，竊嘆自有此石三百餘年，興衰治亂如煙雲變幻，而此石獨以千古法物，名人精神所聚，雖遭亂殘缺，終若有鬼神呵護其間。然則天地中可以久存者，固自有在，而非如世人之所云也。然昔蕭何入關中，諸將争取貨寶，而何獨收圖書。都轉其亦善取者與？爰誌其本末，俾後有考焉。

書湘鄉相國入覲册卷後

同治七年秋，湘鄉相國自江南奉命移節京畿，將入覲。公於東南數行省有救焚拯溺之功，駐節安慶、金陵，敷德於兩江孑遺之民尤深且久。士民婦孺聞公且去，皇皇然如嬰赤之戀慈母，不可爲懷。公素以善作人聞天下。凡海内經文緯武、撥亂致治、英偉奇特之才，以及經生文儒、耆宿髦士，下逮一技一藝之長者，皆莫不樂就公陶鑄，親公如家人父子，心説誠服，纖末無間。然公亦尊禮任使，各得其宜。

及今將去，文武將吏以至四方賢俊平日受公教育者，皆不遠千里或數百里，肩摩踵至，請益三月無虚時。公皆開誠接之，如師弟之相傳受。公故工行楷書，求者必應，無不人人意滿。公亦自念人才之難得，盛聚之不可以常也，命各書一册以獻，藏之行笥，庶以展他日之思。蓋微獨東南人士戀公，即公之愛我人之心，固亦依依不能舍也。易之道：上下不交爲否，上下交爲泰。公於東南其有泰交之象乎？

抑又聞之泰之初九曰：『拔茅茹以其彚，徵吉。』公秉兵柄十餘年，舉賢策能，以成戡亂之勳，此之謂矣。而九二言治亂之道，則曰：『包荒，用馮河，不遐遺，朋亡，得尚於中行。』九三言保泰之道，則又曰：『艱貞无咎。勿恤其孚，於食有福。』是皆公今日所處之時位也。夫六五『柔中虚己』以下應剛中之大臣，非以含容之量，施剛果之用，深思遠慮，斷以大公而必行始終，勵艱貞之節，不足以任寄託而塞天下之望，又不第如泰之初而已。謹書其辭於諸賢册卷之末，以爲公頌禱云。孟冬長至後十日，方宗誠謹識。

卷第七　書一

與魯生先生書

去歲夏季，奉書後，以家累未得來東。開歲八日啓行，二月十四日至東省，謁見竹如先生，乃知先生前十數日始往膠東也。心性之交不在形迹，然久離而不得一合，深用悵然。竹如先生持示先生辨論心性諸書，始雖不離舊説，既乃折衷至是，終則日就精微。朱子贊張子勇撤皋比，一變至道精思，力踐妙契。疾書先生，其近之矣。顧猶不自信，以心性説、周子書注劄記留示，宗誠細翫數日，精深微妙，獲益無窮。其一二未安於心者，謹別録以求是正。

夫學之不講久矣。然誠以爲不講之害在一時，講之而不得其真，不踐其實，不求其源，不會其通，其害則在於後世。且講學盛行之時，間有一二人講之稍誤，其害猶小。何也？人未必以其所講爲法也。惟正學衰息之時，而一二人開之一有誤焉，則後之承流踵謬者，其差豈止毫釐千里邪？且與後世好辨者以口實。將始雖明而終復晦，不可不慎也。

今讀先生後來諸書，於心性之辨極明。愚意既真知程、朱性卽理之説爲至當，則宜實致窮理盡性之功不息，而久自能義精仁熟，以至於命。所謂但知下學而自然上達者，此也。上達無工夫，至命亦別無工夫。若既知性之卽理，而不致窮理盡性之功，惟時欲形容最上一層，是卽助長之弊，索隱之病。夫索隱之隱與費而隱之隱，所爭正自無多，只爲離費而索隱，則其隱乃隱僻之理，而非中庸之道也。顔子仰鑽瞻忽之時，亦深知道之無窮盡，無方體矣。然尚未於實處體察而力行之，故雖極意探索，猶屬虛見，及博文約禮竭才之後，然後真見道禮之卓然，而猶曰欲從末由者，蓋造詣至此，惟在默識心融，乾乾不息，俟其自熟而已，非可强湊泊也。非是直下承當，便可爲一間已達也。況使博文約禮之功稍有未盡，則所謂卓爾者，仍屬虛見，而可遽直下承當乎？古人所謂直下承當，如請事斯語之類，乃承當工夫，非承當道體也。

道體在心，不待承當，只須用功熟耳。

先生神無生死之説，以爲不可偏於求心，亦不可偏於守理，必求明夫性理心神合一不二之體，直下承當不可不自信。竊以易言『一陰一陽之謂道』，蓋指造化所以然之理而言也，『陰陽不測之謂神』，蓋指造化之理之妙而言也，故又曰神也者妙。萬物而爲言理之妙處卽是神，非理外别有神而待於合也。人之理卽造化之理，人之神卽造化之神。故孔子惟曰立人之道曰『仁與義』，以上合天道之陰陽而已。子思惟曰盡其性，以盡人性，盡物性，然後可以贊化育，可以與天地參而已。孟子所謂『過化，存神』，聖而不可知之謂神，亦是就此理之自然，不可方物，不可擬議者，而言存神，謂存此渾融天理之妙耳。聖而不可知之謂神，乃聖人義精仁熟至於其極，不可思度耳。中庸曰『至誠』，如神亦謂誠至，則自明與造化之神無异耳。重在誠，不重在神，皆非以性理之上，别有所謂神而有待於合也。且此皆聖人分上事，非學者分上事。學者惟有窮理盡性不息，而久自能神化。貪言神化則必不能窮理盡性。今謂性理不合之心神仍是拘蔽，專言性理仍未見本心之全量，此非躐等務高之見乎？吾恐將來學者，聞此心性影子，而貪於神無生死之一言，仍不肯下學窮理以求復其性，卽或有窮理盡性，亦不過以窮理盡性爲借徑，以求其無生死之神而已矣。豈聖人之學邪？

近與竹如先生日夜講明，讀其答先生諸書，無一不精通平實。若先生之書，精通則有之，平實則未也。所辨之理仍是總匯之理，而非隨事精察而力行之理。所言窮理仍是窮原頭儱侗之理，而非卽物而窮其理之謂，則辨心辨性終落空虚也。夫立言平實而不精深，使人學之猶不失爲君子；若精通而不平實，使人讀之心馳於高妙，其終未有不歸於异端者。

且信心一説，尤爲害道。孔子惟言『信而好古』，未至七十不敢言『從心』，以其不能『不踰矩』也。古人只説信道篤而自知明，不曰信心。漆雕開曰：『吾斯之未能信。』夫子説之。今曰信心，又曰直下承當，其貽害不亦大乎？總之道理不患不高妙，惟患不切實；不憂不精微，惟憂不中庸。誠於道體體認最麤，尚祈有以教之，幸甚！

再與魯生先生書

三月十一日，接奉手書，竝毋不敬齋全書自敘，先生以道自任，諄諄勖誠去名譽文字之見，讀之深感於心。敘中歷敘所學之迷悟，剖析精微，實有進於往者。惟覺立言尚未盡善，敢以所疑質之，未必當也。

敘前歷引濂溪、明道、横渠、朱子，皆先深入佛理，而後悟其非，以歸於孔、孟之正，所以引起自己數十年之功亦然。竊以周、程、張、朱之前，佛、老之説盛行，孔、孟之道不箸，諸賢以豪傑之資奮然有志於道，不得其門，故不免先誤入焉。此諸賢遭時之不幸也。其後反而求諸六經，始有見於道之真，因嚴辨之，細入毫芒，不容淆混，蓋深懼後人之不知其非，而誤入之如己也。深欲人之確守聖教而篤行之，不可躐等務高，陷入於异端也。

今先生乃曰惟其入之既深，是以剖析疑似最細，不入虎穴，焉得虎子？若以此爲諸賢之幸者，又以己之所學亦同於諸賢；若以此爲接道統之傳者，其餘自朱門諸儒，以及有明、國初諸大儒確守程、朱者，皆以爲未透；若深惜其不先從佛、老入手，是以謂其於向上一事茫然未之聞，竝疑由程、朱立論太謹，防之太嚴之故。此種語意，雖是斥佛之不可從，仍似不免爲佛張幟。何也？自孔、孟後，直接道統者，唯宋五子，而五子皆先從佛入，然後悟其非而歸於正。今先生之以道自任者，其所學次第亦然。然則雖從佛入，但後歸於正，卽可爲傳道之大賢，則學亦何妨從佛入也。況以其餘諸賢不知佛氏之學，雖確守程、朱者，只得謂之醇謹寡過，反不如先從佛入者，一旦歸於正，卽可爲大儒，然則人更何爲而不從佛入也。且確守程、朱者，卽確守孔、孟之道者也。確守程、朱不得爲知向上一事，而先從佛入，而後悟其非以歸於正者，乃直接道統之傳，然則是程、朱、孔、孟之道爲偏枯，而必先從佛入而歸於正，而後爲大徹大悟也，則仍是佛、老高於孔、孟、程、朱之見也。名爲闢佛，不仍爲佛張幟乎？

夫程門高第弟子駸駸入佛者，以當時佛學久行，入人心髓，故程、張辨之雖明，終難化其舊習，非因伊川防之太嚴之故。朱子之論尤謹，門人醇謹寡過，以及有明、國初諸賢確守程、朱者，正以其見道真，信道篤，過於程門諸子處也。先生生程、朱之後，剖析疑似細入毫芒，而始猶不肯爲之下，而必從佛入者，正其見道不真，不如朱門諸賢以及有明、國初諸大儒處也。今雖悟其非而歸於正，而終存一藐視前賢之見。若自以爲直接程、朱，此種語意非聖賢遜志之氣象也。且既以朱子門人醇謹寡過，又惜其於向上一事茫然未知。竊嘗讀西山、九峯、勉齋之書矣，心性之辨極明，何謂茫然未知向上也？孔子曰：『下學而上達。』上達者，上達天理耳。又曰：『君子上達。』謂君子循理，故日進於高明耳。然則謂朱門諸賢不明心性，不循天理邪？則其書具存，其行可考，似不得而誣之也。謂其醇謹寡過，確守朱子爲明於心性之辨，循夫天理邪？則所謂不知向上一事，又何所指也？有明、國初大儒確守程、朱者，誠向佩服薛、胡、張、陸四先生，其守理而未能化則有之。謂其以拘迂矯揉爲敬，其書具存，其行可考，未之見也。先生能實指之乎？以誠觀之，諸賢所造實由可欲之善，有諸己之信，充實之美，深造而有得焉，特未至於大與化耳。實能擇善而固執之，特未至於從容中道耳。不得直以爲向上一事茫然未知，下語太重，將令後之學者必舍此而別求向上一事也。

夫性卽理也，敬卽所以存天理也。知性既真，則其主敬持敬也，自不敢或放，戰戰兢兢，戒慎恐懼，整齊嚴肅，人見之未有不以爲拘迂者，氣質難化，渣滓難融，卽已行之亦未有不先拘苦矯揉者，必至於堯之欽明安安，孔子之恭而安，乃可免於拘迂。然此非可强爲也。强爲安安，卽入放蕩。諸大賢之間有拘迂者，正其見之真，守之嚴，不得以爲認敬字不真也。〈敘〉中所引涵養主一敬而無失，卽未發之中之説，固先儒敬字精粹之義。然專以此論敬，太近自然，恐仍爲异端之所假借，而學者仍無所持循。

凡此皆立言未圓，亦是求高求深求精微之過。竹如先生亦覺如此，未知先生以爲何如？伏祈精心察之，賜教爲幸！

復魯生先生書

是月七日，接手書、字説及復竹如先生書，反覆過千百言，謂近於中庸，戒懼慎獨，覺有體會，實致其戒懼慎獨之功，則可以幾於無欲而静虚動直。静虚動直則一，一則誠，語語歸宗，得爲學之要旨。

惟匡生心郛，字説有云：『戒懼者，防物感之入吾郛而亂性。慎獨者，杜人欲之出吾郛而畔性。畔者不使出，亂者不使入，而心郛固。』竊疑於戒懼慎獨之旨似未盡合也。戒慎不覩，恐懼不聞，謂君子之心常存敬畏，雖事物未交，覩聞未及之時，而戒懼一念不敢稍忽，所以存天理之本。然本既立矣，然後能物來而順應，是戒懼者正存心養性之功，所以立物感之本，清物感之源，非防物感之入吾郛而亂性也。莫見乎隱，莫顯乎微，君子必慎其獨，謂君子之心既常戒懼，而於幽暗之中細微之事，迹雖未形，幾則已動。人雖不知，而己獨知之者，尤加謹焉。所以遏人欲於將萌，而不使其潛滋暗長於隱微之中耳。是慎獨者正操存省察之密，所以拔人欲之根，塞人欲之原，非杜人欲之出吾郛而畔性也。且性之德合外内之道也，静存動察，直内方外，廓然大公，物來順應，非若块然一物在此也。學者果能體認吾性之理，而敬以存之，則凡事至物來，莫非天理之周流；感物生情，莫非天理之發見。而何爲物感，何爲人欲，斯乃所謂無欲則静虚動直也。豈可以性爲？若块然一物在此，畔者不使出，亂者不使入也哉？數語似有未瑩，尚祈有以教之爲幸。

又易言：『仁者見之謂之仁，知者見之謂之知。』見之之字，卽承一陰一陽之謂道而言。惟其皆真有見於道，所以謂之仁謂之知也。然曰『見之尚未能體之』，體則一，見則二，見則各就氣質所見，故未能於道渾全而無偏，體則道全於身而氣質俱消融渾化矣。是仁知之偏，仍在見之中也。然究竟是見道，所以謂之知仁。今來書乃以佛氏見心未見性爲知，儒者見性未見心爲仁，亦恐未合佛氏既未見性焉得爲知，至其見得明覺之體，説來驚天動地者，是索隱行怪，非知也。後儒於性之卽理，或説得原原本本，而於心之全量，多未能洞徹者，是體道之功有未至，不可以爲與佛氏分得仁知之德也。此皆學術要害，更祈審之。

與孫君書

昨承賜書，慚感交並。誠少承家學，淡於榮利，奮欲求道，非有立名之見也，特率其才性之近然耳，稱譽殊非所望。細讀來書，一論知人，一論講學，一論立言，一論處世之道。是皆有感於時，有激於中，慨乎其言之。誠鄙淺之識，何足以辱下問！而中所知者，義不可默，惟鑒察焉。

來書謂君子小人不容竝立，而古今來有德有位之君子，惑於德化誠感之説，只自礪其學，容小人於流品之中，小人則從中窺伺，或阿諛取容，或假託求進。君子初亦明知其爲小人，而勉强周旋之，繼則以君子之心度小人，謂我以德化，以誠感，彼必不忍欺也；以嚴勸，以法惘，彼必不敢欺也。有不知其爲小人，而反愛其才引用之者；有雖知其爲小人，終焉不能屏除小人，反從而挾持之者，是豈君子無灼見與？然固終日格物窮理以致知者也，反覆推尋真得小人之情狀，然以是爲君子惑於德化誠感之過，與格物窮理之無用，則大謬矣。夫知人最難，然舍格物窮理之學，無他道也；用人最難，然舍德化誠感，嚴諭以勸之，執法以惘之之外，無他道也。容小人於流品之中，或明知其爲小人，而勉强周旋之；或以君子之心度小人，以爲必不忍欺不敢欺；或知其爲小人，而愛其才引用之，此由格物窮理之功有未至。故於小人之情僞未能周悉，於用小人之弊，未能推其所從生而究其所終極耳，非格物窮理致知之學爲無用也。至小人得以從中窺伺，或阿諛取容，或假託求進，君子或知其爲小人，終焉不能屏除，此由德有未實，誠有未至，與人以窺伺之端。若德已實，則不好諛人，何得以阿諛取容？若誠已至，則理必明，人何由以假託求進？寇萊公、魏元忠之事，皆由平日格物窮理之學未極精細，而又欲以術牢籠之。功名生死之念又撓於中而不能去，所以欲用小人，反爲小人所挾持，此正其德與誠之不足，非惑於德化誠感之過也。夫以格物窮理爲學，以德化誠感爲本，至於激勸操縱駕馭之法，則全在於嚴諭以勸之，執法以惆之。古之進君子退小人，以及變小人爲君子，其道皆在於此。今之用人者，誤在以嚴諭爲具文，舍執法而徇情，故人不能激勸。若真有誠心愛民憂國，激濁揚清，則舍嚴諭與執法之外，亦竝無他術。足下欲掃此六者而別求焉，恐非根本之論也。雖然今之世，又有難爲者，君子小人不容竝立，是固然矣。然安能得盡君子而用之？以科舉取士，以援例入官，以保軍功受職，始既敗壞人才，繼益害人心術，根本如此，而又加以例案之拘牽，事權之不一，有明知其爲小人，而彼執進身之具以來，十百成群，能盡不用之乎？有明知其爲君子，而或既未得科第，又不能援例，又無軍功之保舉，能引而用之乎？有可爲大任之才，而或限於資格，有小知尚不足恃，而偏儼然人上，法例如此，能以一人一旦起而變更之乎？此雖有知人之識，好賢惡不肖之心，亦無可如何者也。然則今之有德有位之君子如之何？則亦仍加窮理格物之功，以益致其知人之明，仍盡其德化誠感之道，以益去其私累之蔽，而加以嚴諭執法以操縱之，信賞必罰，不爲具文。如此，或可小補而已。而欲君子小人不竝立，則非自廟堂立政，改弦更張不可也。

來書謂國家以時文取士，未仕之先，不得不攻時文試帖者，勢也。科名既得之後，出而筮仕，由牧令以至封疆卿相，均有專司，則政治之利弊，風俗之异同，民生之疾苦巧詐以及治亂安危之數，皆當一一講求。彼以詩文書畫消遣者，非也。卽高言心性，無實德實政之及於民者，亦非反覆推論真得講學之實用，然以是爲言心性之過，則又謬矣。夫國家雖以時文取士，然未嘗禁士子以窮經考史爲明體達用之學。士子未達時，卽當求所謂格物、致知、誠意、正心、修身之功，而實致力焉，且兼講明乎齊家治國之道，理明於心，因以發之於文，以應朝廷之試，而得不得則聽之命焉，此士子之分也。如此而得，由牧令以至卿相，益加講明焉，體行焉，德日益進，業日益修，必期有補於時，有濟於世，此居位者之分也。總之，皆完其心性内之事也。今足下乃謂未仕之先，只能攻時文試帖，則隱居以求志之說，何謂也？科名既得之後，於政治、風俗、民生當一一講求，不當高言心性，則新民必本於明德者，又何說也？夫心性不得謂爲高，卽實德實政之及於民而具於中者，是也。子思曰：『成己，仁也；成物，知也。性之德也，合外内之道也，故時措之宜也。』政治之利弊，風俗之同异，民生之疾苦巧詐以及治亂安危之數，是皆吾心性所具之理一一講明，是卽明吾心性之理也。使實政實德及於民，是卽推吾心性之用也。其不能講明乎此，而無實政實德及於民，正由不知心性爲合内外之道也。未用盡心知性存心養性之全功，所知者偏，所守者隘，非不當言心性也，卽如足下謂辨别庶類，甄拔才俊，使非心性中真能去私去蔽，則所辨别甄拔者，不免有意見情僞攙其中矣。此心性之功固不可少也。心性苟不廢弛，又安有百事廢弛之弊乎？

來書謂太上立德，其次立功，其次立言。今之放言高論者多矣。必如之何而立言始能與立德、立功竝垂不朽？此尤切實推勘之論。竊謂孔、孟之書，惟勉人以謹言，未嘗有立言之説。自叔孫穆子『三不朽』之論起，以立言與立德、立功竝重，於是諸子百家争鳴於世者紛紛矣。既思以立言垂不朽，則言必易而行必輕，所以有坐而言，不能起而行者，有無補救無裨益，徒託空言徒爲大言者，是皆立言二字之害也。今之學者，惟當以孔子慎言二字爲主，讀書格物窮理致知、誠意正心、明體達用，務求實得於己，不可求知於人。果其於此，理真有所見，記而存之，以待考驗，可也。果其於此，理真能力行，記而存之，以待就正，可也。其或於學術之邪正，世道之污隆，撥亂反正之方，博古通今之學，雖未能盡見之於行，而苟有真積於中，則亦不妨修明之以詔學者，是皆爲己之學也。非有立言之見存，則皆不得爲空言也。是故學者當求德足於己，功及於人，而不可但有立言之見。其或不得見於世，則修辭立誠，仍是求德足於己，功及於人，而已豈可外德與功而爲無本無用之空言邪？

來書謂存誠去僞，修己之學也。生性放曠不羈，率真成性，不僞爲謙退，不僞爲周旋，故或病爲狂，或病爲略，欲隨流俗爲轉移，恐漸入於詐僞，欲不與世推移，則憂讒畏譏，慮難免於今之世，此亦格物窮理之一端。竊謂存誠去僞，學問之道，舍此無别有處世之方。然須知所謂誠者，天命之本然，真實無妄之理也。所謂僞者，人心之私欲也。君子存誠之學，必須明理循理，純一而不雜於人欲之私，乃可謂誠。放曠不羈，率真成性，此氣質之偏，非天理之正也。夫理有當謙退者，有當周旋者，順理而行之，豈得爲僞？當謙退而不謙退，當周旋而不周旋，自以爲率真，不知實不能變化氣質，任其一己之偏而已，非中庸之所謂誠也。人之處世，無論窮達，要在盡其理之當。然而安於義命，狂與疏略，是不盡理之當然也，憂讒畏譏是不安於義命也。理所當盡，雖難免於今之世，亦不能畏之而不爲。理所不當爲者，雖可幸免於讒與譏，而亦不可爲。推足下之意，蓋以矯情爲僞，率真爲誠。夫率真不可爲誠，必率真以循理，而後可爲誠也。矯情亦不得爲僞，矯情而不合理乃爲僞也。若理之所在，私情不願而能矯以從之，豈得爲僞乎？且止當去其情之僞，不當於其事之當然者而不爲也。是四者，鄙見如此，謹質之足下以爲何如？

誠尤有進者，竊以學問之道，當責己重而責人輕，我輩無知人之權，且莫論人之爲君子小人，先須辨己之果爲君子，而不爲小人，則得矣。我輩有講學之責，且莫論人之講學當何如，先須自問講學之真與不真，實與不實而可矣。我輩無立言之學，且無論人言之真僞，第於古人今人所立之言，窮其理而取其益於己者，斯可矣。我輩有處世之道，且無論人之病我罪我，先求己所當爲者爲之，當乎天理，無取病取罪之道，斯可矣。責己重則德進而業修，責人重則矜誇而躁妄。愛敬之至，敢獻狂言。

與黄子壽太史書

與足下交一年矣。孤陋寡學，深得切磋觀摩之益。今將別去，而有一事畜之胷中，二十年未嘗輕與人議，可否今願就足下質之？

考三代以前，聖賢之流多生中土。春秋戰國時，楚以多材，號爲大國，雄於南方。然聞聖賢之道者蓋寡，孔、孟之徒幾徧列國，而楚人未聞有慕而從之者。蓋三代時，楚遠在蠻方，聖王之教澤所不及。春秋以後，楚地大兵强，漸通中夏，然但思與上國爭衡角立，而不知求明先王之道以行之。故雖以子文、叔敖輩才不世出，亦皆不能脱功利之習。其他超然出於功利之外，以求道爲志者，又多自爲一端而异於聖人，如老聃、莊周、許行之流，豈非异常之士哉？以不聞聖人之學，囿於地，狃於習，故雖欲求自表异，而卒不可與入堯、舜之道。則甚矣，豪傑之士之難得也。

誠嘗求之周末，於楚得二賢焉：曰陳良，曰屈原，蓋皆聖人之徒也。當戰國時，聖人之道不絶如縷。況楚自開闢以來，未有言先王之道者，功利横流，异端昌熾。陳良獨説周公、仲尼之道，北學於中國。孟子稱爲北方之學者未能或之先。夫以北方學者，涵濡聖人之言既久，尚皆不及良，則良之成就可知矣。當時良之言行風采必有傳者，故孟子生於鄒，猶得聞而慕之，以爲豪傑士。惜乎其時學絶道晦，門人惑於异説，師學不傳，遂至於後泯泯也。然每讀孟子數言，令人氣爲之增，神爲之往。竊以爲以聖賢之學開南方者，實自陳良始，可不思所以表章之乎？

當春秋戰國以後，君臣大義不明。中夏且然，何況於楚？屈原獨正道直行，竭忠盡智，信而見疑，忠而被謗，皭然泥而不滓，死而不容自疏。推其志也，上可接殷之三仁，而下開數千年忠臣義士之首。遺文疾痛慘怛，令讀之者無不生纏緜愷惻之心，而長忠義之氣。且堯、舜、三王之道，戰國時無述之者，楚之人更不知矣。原之書獨曰『三后純粹』，曰『堯、舜耿介』，曰『湯、禹儼而祇敬，周道論而莫差』。一篇之中三致意焉，非真知聖人之道乎？其事君也，曰『舉賢才而授能兮，循繩墨而不頗』，曰『皇天無私阿兮，覽民德焉錯輔』。以君德賢才爲重，則得王道之大醇也。其自處也，不曰『民生各有所樂兮，余獨好修以爲常』，卽曰『苟余心之端直兮，雖避遠其何傷』，不曰『善不由外來兮，名不可以虚作』，卽曰『懲違改忿兮，抑心而自强』。不曰『内惟省以端操兮，求正氣之所由』，卽曰『寤從容以周流兮，聊逍遥以自恃』。曰好修，曰端直，曰懲違改忿，曰端操正氣，曰不虚作，曰從容，是皆聖學之切要也。不曰『忽奔走而先後兮，及前王之踵武』，卽曰『伏清白以死直乎，固前聖之所厚』。不曰『依前王以節中兮，喟憑心而歷兹』，卽曰『孰非義而可用兮，孰非善而可服』。不曰『指蒼天以爲正』，卽曰『舍五帝以折中』。不曰『竭忠誠以事君』，卽曰『一心而不豫』，『重仁襲義兮，謹厚以爲豐』。曰德，曰仁，曰義，曰中，曰正，曰忠誠，曰壹心，是皆聖道之精微也。至謂『蘇世獨立，横而不流』，『秉德無私，參天地兮』，則所謂獨立不懼，遯世無悶之君子不過是焉。又謂『道可受兮而不可傳』，『其小無内兮，其大無垠』，『超無爲以至清兮，與太初而爲鄰』，則非有聞於大道者，烏能言之灑然如是邪？惜乎世人第以詞宗稱之，而不知實戰國時之中流砥柱，且躬行聖道之人，而非尋常之忠義可比也。

竊嘗以爲陳良乃聖門之狂，屈原乃聖門之狷，而皆可謂無文猶興之豪傑，以之奏請從祀孔子廟廷實無愧焉。或曰：良無箸述。是不然，從祀以德不以言，孔、孟之門無箸述者多矣。林放、公明儀不過名字見於孔、孟之書，而皆得從祀。如良之賢，爲孟子所極贊，萬章、公孫丑諸賢似皆不及。今諸賢得祀，而良反不得從祀，豈非憾與？或曰：學宫從祀以講學爲主。原忠義之士，一節之長，於例不可。是又不然。夫學者，所以明人倫也。人倫盡於身，方可爲聖人之徒，豈專以講學爲重哉？我朝從祀前儒，如諸葛武侯、陸宣公、韓魏公、文丞相、陸樞密，皆以其精忠大節，合於聖賢之道，從祀學宫，以爲法於後世，豈專取講學者哉？況原乃開萬世忠義之首，而其書又多明道之旨乎！武侯之從祀也，以『鞠躬盡瘁』數語，文丞相之從祀也，以衣帶銘數語，而原實兼之無不及也。或又以原之書多怨懟，是更不然。孟子曰：舜之號泣，怨慕也。孝子之心爲不若是恝。又曰：小弁之怨，親親也。親親，仁也。夫原之怨，亦若是而已矣。是正其仁義根於心，成於性，纏緜固結，而非凡人所可及者。可以此議其從祀與？

是二賢者，私心慕之，恨不得以此議上達，且奏請之例必歸本省大吏，足下如以爲然，回楚時，語胡、駱二中丞，以爲何如？夫古今議從祀者多矣，而皆未及此二賢。誠得大君子表章之，於人心世教，或亦不無所補。維足下察焉。

再與黄子壽書

昨得復函，以誠所論陳良、屈原二賢當奏請從祀，深以爲是。然又謂陳良信無議矣，但恐部議以朱子楚詞集注敘抑揚其詞，必據是以駁屈原。誠亦素慮及此。

然嘗思之三代前，從祀諸賢必折衷於孔、孟；三代後，從祀諸儒必折衷於程、朱。此定理也。配享之賢，必其道合乎中庸，爲聖學之的傳而不可濫。及從祀之賢，則以立德立功立言有關於性情倫紀綱常之大，或狂或狷，或賢或智，第取其可以廉頑立懦，而不必盡爲道統之歸。此定則也。是故聖門如冉求、宰我、申棖嘗見責於孔子，公孫丑之徒嘗見責於孟子，皆不廢其從祀。彼得聖人大賢爲之師，尚不免有踰閑之舉，違道之論。原生於蠻方亂世學絶道晦之日，無聖賢以爲師表而性情倫紀綱常之地，乃能幽獨不欺其心，九死不變其志，可以微文末節苛求之乎？

朱子以爲不合乎中庸，特論道之極則以示學者耳。謂其不知求周公、仲尼之道，而馳騁於變風變雅之末流，特以其未能如聖人之致中和，故忠而至於過，哀而至於傷耳。是深痛之而非貶之。蓋朱子以道統自任，箸書垂教，自必示以中正之則，而不能不指其小失，使學者知所以裁之。然而稱其出於忠君愛國之誠心，足以發人天性民彝之善，而增夫三綱五典之重，不敢以辭人視之，則所以尊之者亦至矣。且傷夫後之讀其書者，或以迂滯而遠於事情，或以迫切而害於義理，使原之所爲抑鬱不得伸於當年者，又晦昧而不見於後世，而自謂能見古人於千載之上，而死者可作亦足以知千載之下有知我者，則其所以往復流連愛慕之者亦至矣。

必謂朱子有抑之之詞，遂不可以從祀，則如董子、文中子、韓子、歐陽子、司馬温公諸賢，朱子亦皆有不滿之言，而於文中子直謂其自納於吳楚僭王之誅，於韓子直謂其敝精神靡歲月，讀其書往往出於諂諛戲豫，放浪而無實，卽所原之道亦徒能言其大體，而未見其有探討服行之效，又嘗譏其未免乎貪禄之私。則二子所犯之過，似皆不及原遠甚而皆從祀，何也？歐陽濮議、温公疑孟及以魏爲正統、揚雄爲大儒，朱子皆深以爲不然，而皆從祀，何也？至謂原之文或出於跌宕怪神，此則韓、歐二子皆不能免，而左氏春秋傳尤多犯之，以蕪穢聖經而從祀，何也？

誠以從祀不似配享，第取其大，不苛其細，必盡得中庸而後祀焉，則所從祀者，宜寥寥矣。若平心論之，原之行雖未盡合乎中庸，原之言雖未盡可爲典則，而自顏、曾、思、孟、周、程、張、朱數大賢之外，實多有不及原之賢者。如能反復陳奏得行，實足以振綱常之氣，在今日尤多埤益。卽或不行，而此議留於天壤間，亦或使後世有行之者。君子立言不必盡爲一時也。

誠又嘗思聖廟配享從祀，尤有可議者數事，如周、程、張、朱五子實接孔、孟之心傳，皆當升之堂上，以竝四配十二哲及從祀諸賢儒，皆當稱先賢先儒某子之位，不當稱名，其或慮同姓無分，則以其謚法或號加於某子之上以別之，似亦可也。既以賢儒祀之，而稱其名於木主之上，甚非禮制。從祀兩廡位次自上而下，東西相對。今各處錯亂，或後來所增唐、宋先儒，而學官竟置之末座。誠在山東瞻仰府學，曾請竹如方伯釐正。昨在保定瞻仰縣學尤大駭异，以湯潛庵先生爲東廡首座，其他無不倒置者，則他省大略可知矣。此亦必宜改正者也。足下將來出山，遇可言可行之時，或取鄙説加之意焉可乎？率復。

與魯生先生書

前奉書計已達，誠擬歲内卽行，以後南北相去遠，寄書維艱，時事不可知，相見未知何日。誠精神衰敝，兒子早世，家累益重，奔走無常，亦未卜能長久於世否。惟各求所學卓然自立於天地，不負此半生講論之功可耳。

先生窮深極微，學養日粹，當今恐無其匹。惟不肯去所箸心述，而堅執心無生死一言，以爲佛、老不識性，儒者多不識心，故留心述以爲人識心之資，箸性述以爲不識性者之明燭。足見先生任道之宏，救世之切。

然誠以爲儒者不識心，則仍使求之堯、舜、孔、孟、程、朱之書，而反驗諸心焉可也。何必使參之佛、老而後爲識心乎？參之佛、老而後識心，吾恐必不識性。若真知灼見堯、舜、孔、孟、程、朱之所謂性，則必不能與佛、老之所謂心者相參也。何也？蓋堯、舜、孔、孟、程、朱之所謂性與心，二而一者也；佛、老之所謂心與性，離而去之者也。堯、舜、孔、孟、程、朱之所謂性，卽天理之具於吾心者是也，所謂心卽存此理明此理者是也。佛氏以理爲障，而必空之以識心，以覺爲心體，以靈爲心用，似乎聖賢之所謂明德。然於己心所具之天理則頑然無知，何得謂覺？於己心所當行之理則悍然不顧，何得爲靈？今取其覺，取其靈，以爲雖不識性，而實識心。不知既不識性，則所謂心者已蔽昧矣，何得爲識心乎？學者苟真知吾聖人性卽理也之旨，則必不取離理以爲覺以爲靈者之説爲識心也。是豈可以相參者！參之則心性成爲兩物，而儒、佛仍混爲一途。然則先生心述與性述與其兩存，不如從竹如先生之言去之，以歸於一是也。

至心無生死之説，雖似近是，而要之心之所以無生死者，亦以此心所具之天理而言，非謂此心之神也。維天之命於穆不已，至誠無息純亦不已。理之具於心者，無毫髮間斷，生順死安，無復遺恨，是乃所謂心無生死。若理有一念之違，一事之失，一時之間，則心卽有一念一事一時之死矣。生且不生，何況死後哉？然則先生主張心無生死之説，不必求之於心之神也。當念念存養省察，無常無變、無晝無夜、無順無逆、無壽無夭，而皆不使有一理之不明，一理之或失焉。理常存而不亡，則卽謂心無生死可也。是則惟堯、舜、孔、孟、程、朱之心而後可以當之。若佛、老之心當其生也，滅棄天理是其心死也久矣，而豈得以完養心神爲心無生死，而取以爲儒者之助哉？

抑誠更有請者，學者之辨心性，當辨吾身之心性，而不可徒辨儒、佛之心性。既真信性之卽理，則必凡事凡物，隨時隨地，窮其所當然之天理而守之，而不雜於人欲意見之私，乃真爲知性復性。既以爲心無生死，則當操存省察，須臾不離乎道，使此心常爲萬事之主，一身之綱，不至於出入無時，莫知其鄉，然後乃真爲盡心存心。不然縱辨之極精，而於身稍有未實，則雖自命儒者之學，而已犯佛、老談空之弊矣。

誠與先生講論二十年，自反全無所得，雖略見心性影子，而究未嘗實體諸身。今復遠別，意甚耿耿，馳驅兩省，所交氣節文章博古好善之士，尚有二三人，而真求明心性者，則自竹如先生及先生外，未之見也。今此一別，欲復如龍眠柏堂之互相討論，其可得乎？兒子培濬資本中人，然志氣不同流俗。去年與誠別後，益自刻勵。

每來書竝所作文，頗有卓見，蓋在膠州得先生教育兩月，在濟甯與宗滌樓觀察談論，又感激時艱，憂誠衰病，是以益發憤自立，不料九月十六日病卒矣。前奉書久未見答，豈尚未到邪？

與張性淵書

性淵足下：僕來大梁，偏訪諸賢，以求輔仁之益。然大抵所見多氣節經濟文章之士，至義理心性之微，學術源流之别，與夫用工所從入正路歧途，毫釐千里之差謬，曾未有與僕深談者，默默自守，幾於汩没。獨足下與于絅齋一見相契合，問難之際，實足以開鄙人之神智，而大發其狂言，足下不以爲异，虚衷若谷，甚矣，足下之好學也！惜僕淺薄，尚不能取二君之益，又何能益二君哉？然感盛意，有不可不質於足下與絅齋者。

今天下靡靡，日入於衰壞，病根皆生於士大夫不知講學以求至道。其一二講學者，又或得少自足，務外爲名，而無篤實闇然爲己之真意，始也不遜志於今人，繼且不遜志於古人。但主其先入之言以自封，而不知道固無窮盡無方體也，所以學術日益卑，功烈日益陋。孟子曰：『地醜德齊，莫能相尚，無他，好臣其所教，而不好臣其所受教也。』顔子所以爲大賢者，其功在剋己。孔子所以爲至聖者，其道在毋我。禹之所以爲神聖者，其德在於不矜不伐。舜之所以爲大知者，其原在於舍己從人，樂取於人以爲善。孟子曰：『所惡執一者，爲其賊道也，舉一而廢百也。』是故學者，必先具闇然求道之誠心，而加之遜志剋己以取善，然後可以入道而成德。

至於爲學次第，不外於知行必於古人立教之言。先自堯、舜、禹、湯、文、武、周、孔、顔、曾、思、孟之經，周、程、張、朱之傳注，窮源竟委，研極精微，誦於口，識於心，蘊之爲德性，行之爲事業，而後所守者正，所畜者大也。自董、韓以降，及於近儒孫、湯、張、陸之書，必皆博采兼收，精思而慎擇之。書所謂『德無常師，主善爲師；善無常主，協於克一』，孔子所謂『多聞擇其善者而從之』，然後所守者不雜，而所執者不偏隘也。自左氏之傳，司馬遷、班、范、歐陽氏之史，司馬温公之通鑑，朱子之綱目，真西山之大學衍義，馬貴與之文獻通考，邱瓊山之大學衍義補，諸葛武侯、陸宣公、范文正公、司馬温公、韓魏公、兩程子、李忠定公、岳忠武王、朱子、王陽明諸奏議書說，以及歷代名臣碩儒論治道兵事之言，必皆博考精思，審時度勢，以古準今，然後有體有用，而不爲迂腐拘墟之學也。此致知之大要也。孔子曰：『道不遠人。人之爲道而遠人，不可以爲道。』子思曰：『君子之道費而隱。』離人求道，舍費求隱，是异端之學，非聖賢之道也。聖賢之道不外中庸，庸德之行，庸言之謹，慥慥篤實，是爲用功之真際。朱子曰：『道者，日用事物當行之理皆性之德，而具於心，無物不有，無時不然。』若不窮其日用事物當然之理而力行之，以求全其性之德，而但求之於心，則是後世心學之流弊，微特非聖人之教，卽陸、王亦不盡如是也。觀其修身齊家、事君愛民、忠教仁義之大節，經濟之大用爲何如，豈但求之於心而已邪？此力行之大要也。

夫學古人者，貴得其所長，不可徒從其所短。孔子曰：『回之爲人也，擇乎中庸，得一善，則拳拳服膺而弗失。』是則拳拳服膺，必先擇乎中庸而後可也。又曰：『誠之者，擇善而固執之。』固執之先必能擇善，而後所固執者爲不謬。此朱子所以解致知在格物爲窮理也。窮理而後能盡性，物格知至而後能意誠心正身修。不然，雖曰爲善去惡，恐其所謂善者，猶非善也。理具於心，而不可謂心卽理。必窮理而後心明，必循理而後心正。理與心合乃聖人成德後之心，而不可認吾此時之心卽理也。認心卽理，而不用格物窮理之功遏欲存理之實，則卑者必入於固陋，高者必入於猖狂。此孔子自十五『志學』，『而立』，而『不惑』，而『知命』，而『耳順』，七十年知行竝進，而後敢曰『從心』，然猶必曰『不踰矩焉』，未敢但云『從心』也。顏子剋己復禮爲仁，久之而後能其心三月不違仁。如心卽理，則心卽仁，又何不違仁之有哉？

君子之道，譬如行遠必自邇，譬如登高必自卑。孔子曰：『下學而上達。』貪高遠而未盡下學之功，則自以爲上達者，終屬虛見，非真達也。下學上達非二事，亦無二，候下學一步卽上達一步，故朱子曰『但知下學而自然上達』，此聖學之真脈也。中庸論性道極精微矣，而實不外於喜怒哀樂，子臣弟友之間達道達德之際，未有舍人事之理而貪言高遠者也。天道人道雖竝言之，然非二事，天道指其本原而言之也，人道指其用力之實而言之也。盡人道卽是天道，豈可分而爲二邪？『上天之載，無聲無臭，至矣。』然非别有一無聲無臭之道也。蓋謂道竝無聲臭，卽在此人倫日用事物之間，人能盡此道，而至於渾化無迹，是謂不顯之德，是謂無聲無臭。佛、老以道别作一無聲無臭之物，所以歸於虚無也。後之儒者，舍理而言心，舍窮理循理而講學，其弊往往至此。

足下與絅齋生今之世，懷高志，負卓識，毅然欲以聖人爲歸，則不可不慎擇其途。曾子曰：『士不可不弘毅。』大學始基教人，卽曰『欲明明德於天下』，必具此規模而後可謂弘。至其進學之功，則必從格物致知誠意正心修身起，有此造詣，然後可謂毅，而尤須以中庸末章闇然下學，爲心以造，至於達道達德，無一之不誠爲究竟，是乃爲聖學真血脈也。勿存見小欲速之規，勿爲道聽塗説之學，勿作躐等務高之事，勿懷厭動求静、厭繁求簡之心。异日學成，用行舍藏，必將於世道大有所賴，是則區區之所望也。愛重之至，敢獻芻言，祈與絅齋裁之。

復吴桐雲觀察書

得手書，知殘孽入閩，足下欲往佐左公。士遇知己得大展其才志，此其時矣。駐軍之所當以訪求人才爲先，不必其果有大才也。但能知順逆之義，固窮守節，或讀書明道理解文學者，皆天地精英所聚，搜羅而愛惜之。是卽爲天地扶持正氣，暗中亦可銷滅賊禍也。委敘集外文，自慚蕪陋，未能承命。惟集中文有欲獻疑者，不敢不盡其愚。

夫學問自孔、孟後，得北宋以來數大儒倡明闡發，然後其道大光。惜其時君不能用，故退而講學箸書，明天理，立人極。由宋及元、明，至我朝，學者宗之。其真能守其説者，大抵爲臣必忠，爲子必孝。或爲循吏，或爲名臣，或爲名儒，或爲獨行之士，得之雖有精麤，成就雖有大小，而實皆由北宋以來，諸大儒倡明正學之功也。

明之陽明講學未醇，而事功彪炳，能以儒術見之於用。其學雖不宗伊川及朱子，而於周子及明道先生常服膺之，是其事功之本原，亦未始非得力於北宋大儒也。

特諸儒未見大用，故事功不箸，陽明幸而見用，故得獨成其名。

今足下與田鼎臣書謂：陽明一灑北宋以來數千年空談理學之弊。何不考之甚邪？夫周子、張子及明道先生皆沈滯下僚，伊川先生以布衣老，始一遇而旋卽棄黜。向使神宗以任荊公之專任明道，則不但無新法之害，而觀其上殿諸疏，請修學校，尊師儒取士，論王伯、論十事諸劄子，所以輔君德養人材之法，雖復三代而無難。使伊川久居經筵，培養哲宗之德性，而生其知人之明，則後來紹述之禍可以不作。朱子當孝宗、甯宗初立，所上諸封事，何一非切時之務？使當時用爲執政，則不但可返南宋偏安之局，而其設施舉錯，雖漢、唐極盛之治亦必不能及焉。惜其不用，使世不見真儒之效。然卽其所已施者，固亦非他人所可及也。且夫空談理學，謂能言不能行耳。北宋以來，諸儒皆有實行可師，不得誣以空言之弊。若世不能用，乃世之過，於諸儒無與也。大行不加，窮居不損。豈可以事功成否論聖賢之優劣哉？

又金陵被難記敘，歸咎於其民不能團練自守，亦非事實。世固有不肯團練以致受禍之地，而非所論於金陵。當日，督撫、大將先棄長江數千里之險於賊，退縮奔潰，不敢一與爭鋒，致賊得直抵城下，民卽自守何益？況民未嘗不固守十日也。

又與黃翔雲書中有一二露才揚己語，此不徒文字之疵，乃關德性之厚薄，涵養之淺深。與足下久故契深，故敢直言之。望不以爲罪，幸甚！

復夏弢甫先生書

去歲客安慶，於友人所見大箸景紫堂集，歎其精博，因假歸，讀之窮日夜。説經考史無不允當，深服其爲有關學術世教之書。宗誠游歷數省，所見時賢箸作罕有及此者也。自念與先生生同時，居同方，志趣、術業、宗向皆無不同，乃以避亂遠游，南北間隔，不獲親謁函丈，深用爲恨。崔孝廉歸，承賜大集一部，欣喜過望，當卽肅函致謝，藉通姓名於左右，不謂其復浮沈也。昨讀惠書，謙抑之衷益深景仰。

大箸中檀弓辨誣，考核精當，實有功於聖門。惟檀弓之誣，先儒皆以爲記者傳聞之誤。今先生斷爲有心誣衊之言，似未敢信。果其有心誣衊，何以其中又有尊崇聖門之語邪？至盡歸罪於檀弓，尤覺未安。此書篇首有檀弓『免焉』一段，記者因以名篇，古書多用此例，安見其卽爲檀弓所箸邪？欲辨聖門之誣，而加檀弓以誣聖門之罪，竊恐又誣檀弓矣。夫論道貴平情核實，不可稍涉臆斷，以快一時之口辯。道者，天下之公道。學者，天下之公學。立言垂世，必當乎天下之公論，然後卽於人心之安，否則開攻擊之端。此古人所以貴從善如流也。

述朱質疑，精審之至，毫無疑義。學者卽讀此一書，不獲讀其全集，而朱子一生師友淵源，出處節目，立朝治民之盛德大業皆覺次第井然，真大有益於道教者也。尤可貴者，將朱子四十以前溺於佛、老之誣，反覆明辨，實爲前儒所未發。此不止爲朱子之功臣，竝可使後世好佛學者無從藉口，可謂拔本塞源之書也。三綱制服尊尊述義實得古聖人制禮之心。是三書者，竊以爲百世不刊之作。其他亦多至論。

嘗歎我朝皖南經學卓絶千古，而宗誠尤佩服者，汪雙池、江愼修、吳殿麟三公，以其學行皆醇正無疵，非僅博雅也。先生諸書實堪繼武。婺源爲江、汪二公里居，其遺書未刻與已刻而版燬者，能爲搜羅而表章之，尤覺有益後學，先生能任其事否？家兄植之先生漢學商兑，亂後版燬，舊印本頗難覓，如得之卽奉寄。

答莊中白書

奉到手函，謙光下逮，令人愧悚。足下好學多聞，鄙人智識短淺，何能窺其涯涘！前寄聘卿書中，偶獻所疑，以爲友朋切磋之助當如是耳，非敢妄生議論也。

讀來教乃知足下之學，由史而經，由詩而易，而易學又由漢之孟、京、虞、鄭，而歸於程傳。其心得之妙則尤在於董子『道之大原出於天』一語，以爲與孔、孟、程、朱之道直可一以貫之，進學之功如此。誠前書疑足下爲雜，實蠡測之見也。

雖然亦有說。曩在貴寓，足下偶示以講易文字一二篇，矜爲獨得。鄙意嫌其多近穿鑿，不似程傳之有當於日用，故因有博雜之疑。夫道之大原出於天，聖人之書無非明天理也，而人之所以希天之功，則全在乎卽人事以窮其天理之當然，卽天理以見諸人事之實際，所謂精義入神以致用也，利用安身以崇德也。若不能致用崇德，雖使精義入神，見於文字之間者，可以取名於後世，而究無當於身心家國之實用。卽如來書所云：『久而徵者宜，莫如日五行七政，視爲順逆，反求諸身，黄中通理』數語，不皆求精之過乎？問學之道，致廣大而盡精微，又必極高明而道中庸，始爲至善。過於求精，或往往失之鑿。董子大儒也而不能，及周、程者，亦以其間有鑿之弊也。

足下天資高，精力果，然窺其箸述，聽其議論，似尚未得虞書精一之旨。雖不願以漢學自隘，而究未能脱漢學之藩籬。程子易傳之精實，雖自謂已知之，涑水通鑑之大法大戒，雖自謂亦已周覽，然恐尚未加體究。何如更取二書研窮數年，以求明體達用之實學，而雜詩及漢易姑暫輟焉，似當更有進詣也。

宗誠齒未衰，氣血已耗，學不加益，然一念尚不甘自棄，願與足下共砥礪於修途。師弟之稱，幸勿再施。

與汪仲伊書

仲伊明經足下：得賜書謬以師弟之稱相加，不敢當，不敢當！

足下自敘爲學大旨，以禮、樂二者爲宗，所箸龠書原欲藉器以明道，以爲理學無空言，如龠管琴徽細究皆有至理。洵論學之精言。鄙人前疑足下爲博而雜，未免輕於立論也。

雖然宗誠所疑爲雜者，非指大箸禮、樂二書，乃謂六壬奇門術數之學，似可不必致力耳。夫大學論明、新之功，必以致知在格物爲先，若舍格物以求致知，則必蹈於懸空想像，由是誠意正心、修身齊家、治世之道，必皆將有所不能盡。顔子之學始而仰鑽瞻忽，亦尚不免憑空思索。孔子導之以博文約禮，然後能如有所立卓爾。蓋索之於虛，誠不若徵之於實，然後有真得也。

然而其所謂物者，要不外於身心家國之事物；所謂文者，要不外乎詩、書、禮、樂，天地民物之文。形而上者謂之道，形而下者謂之器。器卽道之昭箸也，道卽器之主宰也。舍器以求道，則入於虛無；泥器以昧道，又流於術數。所謂器者，內而身心，外而事物，大而天地日月，遠而古今世變，莫非器也，莫非道之所形也。窮理者，當由本及末，由麤入精，然後可以明體達用，而爲明德新民之實學。若身心、事物、天地、古今之理尚多未究，詩、書、六藝、諸史之大經大法尚多未考，而先取象數之學研窮之，雖曰理數相關，龠管琴徽皆有至理，然究覺致遠恐泥，未必有成己成物之實用也。矧六壬奇門又其旁出而愈支者乎？其中豈無妙理？豈無實用？然觀古之帝王聖賢名臣大儒，所以經世宰物者，未嘗取用於此也。

足下英年美才，精心果力，不專志於經史之大端，而秏精神費歲月於此，此誠所以欲進一言也。古人切磋之意貴以相反而成。詩人取譬曰：『他山之石，可以攻錯。』誠請爲他山之石，可乎？往者，宗誠亦好博覽，其後始知精一之學，而年力已衰，至今一無所成，以此益歎好學之士，少時精力不可誤用。惟諒察不宣。

與潘子昭廣文書

前在金陵，承先施竝示大箸存養說、性道淺說、死生說三篇，具見留心本原之學，悤悤一談，未獲繼見，深以爲歉。然雖頃刻相接，竊瞻氣象之清和，言辭之謙遜，非真力學而有得者不能。至今光風霽月之度猶在目前也。別後雒誦大箸，頗覺近裏箸己。當今之士，孰肯用存養之功，求性道之歸，爲死生不貳之學者？足下可謂志士矣。

然微嫌其於孔、孟、程、朱之書，似未深究其義理之精微而致力於日用行事之實，輒欲自立一說以補救古人，不知實未得古人之真際也。三篇之中，大旨以覺言性，以空譬性，以光明爲性體，是皆染佛氏認心爲性之誤，而不知性爲吾心之實理，覺乃吾心之靈。明覺可言心，不可言性也。義理之在吾心者，本真實無妄，故存之爲仁義禮智，發之爲惻隱羞惡、辭讓是非，見於五事爲恭、從、明、聰、睿，著於五倫爲親、義、序、別、信，是皆真實之理，得於天而具於心，以箸見於萬事。豈可以空譬之哉？佛氏以空爲性，此其所以滅絶倫理而不顧也。光明者，心體也。性不可以光明言，以光明爲性是异端。知覺運動爲性作用，是性之説也，且既誤認空覺光明爲性，故卽以空覺光明者爲未發之中，謂佛氏致中不致和，而不知佛氏特致虚寂耳，非致中也。謂義理之性乃得天之理，卽佛氏所謂無生滅者，而不知無生滅者，釋氏自私自利之心耳，非義理之性之謂也。性體有所未明，所以論存養之功以敬爲偏，而欲補救之以寬。蓋既認性爲覺爲空爲光明，故疑涵養用敬之言爲拘爲苦爲汩没性靈，而必以寬補之，然後可以從容自在，還其空覺光明之體也。嗟乎！是説也，微特不知性，抑亦不識敬之義矣。

夫敬也者，豈拘苦之謂哉？特常存敬畏，使此心不放，爲致知力行之主，庶幾不離乎道耳。敬之中原自寬和，不待以寬補其偏，以寬補之必至流爲放蕩。何者？誠知性爲吾心之義理，義理偶失，卽不可爲人，烏得而不敬畏以存之哉？敬以存之，則理得心安，俯仰無愧，仁義禮智隨感而見七情五事五倫之間，時時戰兢自持，恐懼修省，不致有差，則豈不泰然無累，寬然而有餘裕哉？故敬則自有寬之效，而寬不可以爲學也。書曰：『御衆以寬。』寬之一字，所以待人，非所以持己。持己之道，堯曰欽，舜曰恭，禹曰祇，湯曰聖敬日躋，文曰緝熙敬止，武曰敬勝，周公曰敬作所，成王曰敬之敬之，孔子曰修己以敬，皆單提敬之一字以爲主也，何嘗與寬竝言哉？曾子曰戰戰兢兢，子思曰戒慎恐懼，孟子曰必有事焉，千聖相傳，祗有此學。此程、朱居敬之旨所由來也。惟居敬則不敢不窮理，惟居敬則不敢不力行，故曰敬者，所以成始而成終，豈待以寬補之哉？總之，明於性道之真詮，則知敬爲存養之要，道能以敬爲存養，則自能盡性守道，生順而死安。孔子曰：『未知生，焉知死？』又曰：『朝聞道，夕死可也。』孟子曰：『夭壽不貳，修身以俟。』皆不外於存心養性盡生人之道而已，無所爲超生死之説也。超生死者亦佛氏之旨也。

足下有志於聖賢之學，何不專取孔、曾、思、孟之四書，朱子之四書集注、小學、近思録，以及六經所載堯、舜以來聖賢之道，細心研究，身體而力行之，久之行道而有得於心，自然寬兮綽兮，與天地同其大也。何必舍先儒躬行心得，喫緊爲人之旨，而急欲自立一説，豈不始於誤己，終於誤人也哉？ 夫人心易放而難存，即兢兢業業，日守涵養用敬之言，猶必有寬。 然自放之弊，況先以寬爲學，其放失何可勝言！ 某於學未有所知，特心服足下篤信好學，虚心下問，不敢不直陳之。 伏維諒察。

卷第八　書二

上曾節帥書

宗誠少處鄉隅，學疏才拙，加以境遇窘窮，不能應科舉，游四方，是以於天下英傑未得一親謦欬。然實留心當世之故，每聞一大賢君子讜言偉行，必私心竊識，奉爲師資。往年於邸鈔中得讀執事奏議，皆關國家根本之計，私與朋輩竊歎，以爲斯言果能施用，將可坐見德化之成也。嗣後粤逆竄擾，禍延江淮，敝鄉旋陷賊中。宗誠避處窮山，隔絶天日。逮臧牧庵孝廉統兵來桐，始聞執事督師東下，已大破田家鎮，威聲所播，士民企望，計可不日會合，以拯生民於水火。宗誠亦得隨父老後，軍門拜謁，仰瞻丰裁。不料臧公屢勝之師忽焉敗没，執事又阻於江西。望救之民如中路嬰兒之離絶其母，日復一日，危困遂至於今。其間非無大帥之遥臨，而未能殲賊，反張賊燄，以失民心，徒深浩歎。去年冬，李迪庵方伯奉執事調度，提勁旅西來，如從天降，逆賊望風遁逃，已成破竹之勢。小民久困，方幸永離虎穴，長戢干戈，不料將星忽隕於三河，各路城池因以復陷，殘黎失恃，雖婦人孺子無不感泣哀思，祝其更生。蓋被賊之地，久受賊困，中加兵殘，無所仰望，奄奄待盡。自李公入境，紀律森嚴，愛民如子，秋毫無所犯，愚民方知有朝廷之恩德，大帥之威仁。旋聞皆執事造就之將，練習之兵，知麾下定多熊虎之士，於是益仰首西望，如百穀久枯之待膏澤矣。

宗誠遯迹既久，前年秋，卽爲吴竹如方伯所招，以家累未得遠離，延至今年春，不得已棄家而出。竹如先生視如骨肉，孤身在外，暫得依歸，而家室流離，死生莫卜。秋間，聞江西、湖南肅清之後，私心喜説，料執事定振旅直下，收功金陵。前月，讀與竹如先生書，果已與胡中丞四路前進，歡欣鼓舞，感激涕零，恨未能趨赴行轅，望塵而拜德也。

夫以肅清數省之兵，剿窮蹙負嵎之寇，水陸齊會，慮無後顧，所至不難剋復。惟是自古名將用兵，必先規取要害以爲根本。根本既得，則不急進取，必布置得人，防守周密，而後以攻則氣鋭，以守則力堅。況逆賊窟穴金陵、六合、浦口、蕪湖、東關、三河、廬州、安慶，要害之處皆以死守，中間往來竄逸，以窺我瑕，釁機械變詐，尤爲難防。今執事與胡中丞欲進取金陵，所以必先規取安、廬以爲根本，而規取安、廬，所以必先分兵襲桐、舒，以撓賊勢，兼以蔽障英、霍、灊、太策應，安慶、廬州兩路之師折衝，勝算無逾於此。

然宗誠不憂執事不能破賊，而惟憂既得之後，敝省大府其將何以守之！執事奉命討賊，勢不能久駐以治地方之事，而以百戰攻取之城付之懦帥，委用懦吏，大軍一去，是諺所謂前去後空者也。萬一他處困獸衝突而出，不又危乎？見在進取安、廬，以湖北爲根本，可無慮也。安、廬既得，則安、廬即爲敝省之根本。根本之地，鎮撫豈可無人！往年安慶之陷，廬州之破，及去年廬州之復潰，無他故也，以蔣、李、福三中丞全無固計，根本之地虛耳。前年秦、鄭二帥兵潰於桐，去年三河兵潰，賊皆全力上竄。而宗誠決其不能犯湖北者，深信胡中丞根本之地實也。今以殘破之地，居積弱之後，當新復之日，任防守之責，此非有才略過人者，曷克勝任？然則執事可不爲敝省長久計乎？昔袁午橋副憲之在臨淮也，威名甚箸，且能留心吏治人才，敝省之人無不望其總一省之政，乃以被劾入都。撚匪遂以大熾。向使早用爲巡撫，糜爛當不至此。今翁中丞書生也，屢潰屢退，遠駐壽春。於安慶、廬州諸屬人情形勢全不熟悉，在營需次人員亦多不諳兩府情勢，不知於執事收復之後，其將何以固根本，使執事無後顧之憂邪？夫安、廬既得地當要害，勢必有大帥大吏以爲鎮撫，而桐、舒、六、霍、廬、巢諸屬，亦不得不急擇良吏，恩威竝用，和同紳士，以辦防剿而撫窮黎。內氣固則外邪不得而乘，正氣虛則姦徒又可乘間而入，此自然之理也。然必先有賢大府，而後有賢守令，有賢守令，而後善用賢紳士，此又自然之勢也。今用舍之權，操之自上。執事受命討賊，分難越俎，然而根本之計，不知能與胡中丞籌有轉圜之妙用否？不然則所以和衷共濟，使之歸心聽計，全無主客之分，一切可惟執事調度者，亦自必有道也。如是，則剋一邑固一邑，剋一郡固一郡，甲兵之洗可企足待矣。

夫攻取之計，團練之法，守禦之方，執事胷有成竹，非愚儒所敢知也。惟陷賊既久，略知情形，常思善後事宜，先以布置得人爲本，而所以安人心固民氣者，亦有數端。雖似無切於近功，而或有關於本計，欲藉執事重望，出示曉諭，俾地方官紳得以施行。

一曰崇獎節義。安徽自陸制軍、蔣中丞敗潰之後，各縣人心瓦解，士民直不知有節義之重矣。自江中丞固守廬州，力竭盡節，然後官紳士民漸知大義，或以守城殉節，或以起義陣亡，或以請兵遭禍，或以助餉遇難，或以團練拒賊而死，城池未復，漸就湮没。雖全省肅清之後，可以訪明彙奏，而究不如執事兵到之日，卽首先示諭各地紳士，凡於義士、義民、貞女、烈婦，速卽確切報明。爲之疏請旌表，免其家捐輸徭役，以示矜恤。又或有老親、寡妻、孤子、貧困顛連者，遺骸未葬者，令官紳籌資安全，無使失所。其殉節已經上聞者，卽飭地方官擇地爲祠，立主以彰忠義。又訪有讀書守義之士，甘心窮餓，不污賊命，與前者大兵到日實曾效力之家，因以被賊毒禍者，亦令官紳報明予獎，以扶正氣。至賊陷城之後，凡屬貢舉生監或充賊官，或應賊試，盡行斥革，不得考試。其有與賊爲婚者，禁止平民以後不與爲婚。其嘗助賊殘害忠義之家，則必嚴加之罪。如是，則士民耳目一新，心志一振，可以激廉恥而生義氣，庶後來有所畏效矣。

二曰寬散脅從。攻城之日，先須立數大旗，許以投誠免死。城破奔投旗下者，審實遣散，不留軍中。其仍向賊方奔走者，則先伏兵殲之，無使逃佚，復聚爲害。至搶獲偵探，必殺其姦黠，以嚴防禦。其餘有審係迫脅者，可給予告示，令回賊中勸使解散，以摇脅從之心。其他賊所久據之地，必脅居人以充僞職。其中實有不肖之徒，藉賊爲利，助賊爲虐者，亦有爲身家之累，不得遽逃者，大兵入境，先須一味寬大。諭其但能助團助攻助守，免其罪戾，有功者一體保賞，使之不懷疑懼爲賊耳目。城破之後，訪明一二確爲窮凶極惡害民已甚者，必正軍法，以平士庶之心。其餘限日繳銷僞印。出資出力，聽公正紳士指使趨公。兵吏不得需索士民，不必報復。惟逾限不繳僞印，負固不肯趨公者，則一經紳士控告，必加重罪，以示之準。如是，則畏威懷德，閭閻無擾，而公事易辨矣。

三曰嚴令固守。凡剋復之後，必使守禦堅凝，守之不堅，賊或再竄，傷元氣，失民望更甚。往年大兵復城，城中全不辦守，所得賊糧聽兵竊賣，所餘屋宇聽兵拆燬。無怪再有賊竄，潰散常數百里也。夫南方向來有城無池。今賊所踞多爲深溝高壘，藉資憑恃，加以近年數省米穀豐稔，但須擇賢守令，重其事權，嚴其責成，急與紳民力辦城守，練兵積穀，毋得任爲空城。大兵前進，或有殘匪竄入，一面固守，一面分兵回援，賊無城可據，始易殄滅。即我兵偶有挫刃，亦可退入城中以圖再進。守一城者必重賞，失一城者必顯戮，毋徒爲革職效力軍營之具文。如此，則已復者之城守既堅，而未復者之兵氣愈壯矣。

四曰籌費團練。大兵收復一城，即不能不急辦團練以助守衛，而團練之費勢不能不取於民。然民受賊禍既久，未能撫卹，而即責其出資，誅求刻削，徒失民心。念自逆賊據城以後，民之財力半歸於賊，半歸於僞職，以及爲賊使用之人。此時元惡固在所必誅，其餘既蒙寬恕，必諭公正紳士秉公，罰使出金，以爲保護地方之用。次則收取各地公款，再有不足，然後按田出費以助之。如是，則人心平，而公費亦可無絀矣。

五曰奏收僧田。自賊破陷城池以後，各地庵觀寺院焚毀幾盡，佛像無存，僧道反俗，其田租皆歸賊收。剋復之後，此款正可爲將來無窮之利，即以桐城而論，各鄉庵田每年租穀約三四千石。若大兵剋復，即諭令紳士察明，暫助一時，團練城守及爲修理學宫、忠義諸祠之用，以後此田租入即永積爲義倉。僧徒存者量人與粟，使足自給而已。蓋地方困賊既久，窮民最多，一旦遇有凶荒，帑藏空虛，萬難振濟。富室凋殘，何能勸分？惟有以此項田租立法，盡爲義倉，擇各地公正紳士，豐年收積，凶年給散，分存各鄉，不經胥吏之手，則取之無盡，用之不竭，比常平、社倉更爲得力。蓋常平、社倉皆必散而復收，無租入以爲永利也。若此事行之十年之後，元氣必復。不然民窮太甚，一有荒年，勢又不能不生意外之患。天下事有當承平不能更張者，乘大亂之後而更張之，則易爲力。此似無補於一時，而畜積足恃，實可銷後來無窮之禍矣。

六曰招集流亡。灊、太、桐、懷田地尚未大荒，六、霍、舒、廬則荒田多矣。大兵剋復，應即出示招集流亡。其實無主之田，或尚有主而力不能耕種者，即招外邑人民耕種，完糧納税，以充軍食。有主者分與租課。如此，則公私兩便，而民氣漸復矣。

七曰簡省獄訟。地方無官既久，平日定多積怨。官兵一到，每事報復。當此團練兵差喫緊之時，官紳士民宜專力團練，以防後來之患，獄訟滋多，官未能問，徒爲吏役所魚肉。蓋書吏差役失業既久，一旦得勢，直如餓虎出山，誘人興訟，常置保衛地方大事於不問，而專於閒事興波作浪，以撓大計，尤可惡也。大兵所到，望即示諭各處紳士庶民，一切仇怨俱宜解釋，專辦團練以衛身家。惟有匪民姦徒及命盜之案，則必當時控究，其餘争端，各延紳士和解，無許興訟。不可和者，亦俟賊遠之後，再聽告理。而猾吏蠹役必飭地方官嚴行懲治。如此，則同心合力，而團練可齊矣。

八曰勸化積習。凡遭亂之地，雖屬氣數，實亦人心風俗之壞有以召之。平日驕奢淫佚，姦詐險惡。其士子專務浮華，而不爲實學。其富室專務吝刻，而不存忠厚。其貧民專争末利，而不守本分。及至守城之時，又復各存私見，惜身保己大義懵，如富者惜財，貧者惜力，以致遭殺身亡家之禍。失守之後，更多濡染惡習，以强爲勝，以惡爲能，以掠取爲常行，以寡廉鮮恥爲恒事。詩書之不習，禮義之不知，若不急行勸化人心，不悔禍天，心終不厭亂也。夫當承平之時，習安已久，雖有勸諭，視爲具文。今當亂賊大創之後，又當大兵收復之期，沐鴻恩而懾威聲，若能愷惻宣諭，指其從前召亂之由，閔其中間被亂之苦，勸其盡改前非，與之更始，以銷戾氣，迓天休，竝飭紳士，家諭户曉，愚民未有不感泣心動者也。往見執事起義檄文，間一爲愚民誦之，多有感激泣下者，安見良心之不可動哉？

凡此八者，皆於攻取大計無當也。然而振廉恥，定人心，固民氣，爲後來守禦之用未必無補。前此舒、廬、桐收而不能守者，未嘗非但爲目前剥削之謀，而不爲長久根本之計。執事以命世之才，負中外之望。迂儒之見，不徒望執事戡一時之禍亂，而望執事開百年之太平。復一邑卽振起一邑之人心，剋一郡卽保養一郡之元氣。方今天下多故，執事所討者賊也，而宗誠所憂者，官箴士習人心也。本原之地不清，逆賊雖平，禍終未已。私心竊望執事急平殘寇，早立朝端，則所以正本清原，其任更有大者，天下幸甚！萬民幸甚！

前見執事與竹如先生書，稱宗誠制行端粹，望宗誠近裏箸己，讀之汗下，且感且慚，謹以山中所箸俟命録十卷，恭求鑒正。不宣。

上曾節帥書

去夏辱賜書保定，教誨慇慇，並荷招致幕府，感激無已。時竹如先生遠出，未可啓行，當卽肅函致謝。今春，因去秋胡宮保兩函邀入楚中，許以主講書院，可爲挈眷避地之計，是以南旋，藉欲晉謁我公，奉爲師範。不料行抵大梁，撚匪梗塞。嚴渭春中丞留司章疏。曾因湖北委員奉上一書，並桐城亂後殉節士女諸傳呈請彙奏，未知達否？見聞楚師大振，江北漸就肅清。想金陵、蘇、常，剋復之期當不遠矣。南方底定，則北撚亦孤。夷人懾我軍威，當不敢再有反覆。執事功在社稷，固非徒皖江士民世世當俎豆馨香以報也。

都中自九月三十日乘輿入京，兩宮皇太后垂簾聽政，仁明英斷。今上渾厚端默，回鑾之初，當將誤國諸臣分別正法，恭邸入軍機，議政務，留意人才，賞罰用舍當天下之公，朝野見聞，無不説服，中興氣象昭然可見矣。天下之福！萬世之福！惜胡宮保先薨，未及見也。

昨閲邸鈔，兩次降詔求言，凡内外文武大臣，於用人行政皆許密封入奏，竝責從前諸臣不肯直言。竊謂此機不可失也。宗誠於詔旨未下之先，曾擬薦舉人才一疏，嚴公復參酌而上之。然其中多疏漏，且猶非治本所在。治本在君德，而君德在輔導。況今皇上沖齡，尤宜得賢師傅，以輔養聖德。前者董御史元醇所奏三策，皇上俱極稱贊，已行其二，惟師傅尚未簡派。竊念李蘭生太史，雖謹飭有學，然惟此一人，恐尚不足當帝王之師。今聞倭艮峯先生已蒙内召，補左都御史。竊謂大臣中德學兼備，老成碩望，足以涵養聖德而懋勉聖學者，無逾於艮峯先生矣。昨接吳竹如先生來函，亦以爲然。伏惟執事德行學問，向爲中朝之望，又自起義師救民剿寇以來，實爲我國家砥柱，名德位望，一進言必見信於吾君。今奉明詔，自必有嘉謨入告，或者以輔導聖德爲首務，而舉艮峯先生當師傅之任乎？此非我公不能見其大，言其深也。

昔者先帝即位之初，執事請行日講一疏，庸人阻之，未得實行，以致後來之顛躓。世人但見執事今日治兵滅賊爲千秋偉績，而宗誠以爲此特執事之小者耳。向使當日日講說行，君德修，朝政肅，君子日進，小人日消，則賊必不至如是之肆，執事亦無今日可見之功，然不見之功澤流愈遠矣。今海内仰望執事者，但以滅賊爲重，而宗誠獨竊以乘此機會，扶植根本，望執事也。至見在小人雖退，而君子猶未盛長。由人才久衰，故一時難收其用。執事藥籠中物，此時大可薦舉，以共圖活國濟民也。古之薦賢者曰：『明明揚側陋。』必能不拘官閥資格，凡真知者皆薦舉之，然後可以盡天下之才，且可以激勵天下未成之才。執事以爲何如？

苗逆陷壽州，意圖汝、潁、光、固以爲根本，然後可以侵吞中原。今雖懾於執事軍威，懼擣其老巢，故不據壽州，亦未敢遠出。然日使其黨羽脅團領旗侵蝕豫境，賈方伯不足有爲，必彭中丞提勁旅直擣三河尖，趨固、潁州，成提軍由六安趨固、壽州，與豫軍聯爲一氣，又須到處解散其練，明諭但誅苗逆及羽翼數人，以離其黨，庶可銷弭中原之害。嚴中丞忠勤廉直，鋭於任事，惟河南積疲已久，無箸名將才，非楚、皖、豫兵力合並，不能大舉也。

再皖省安慶、廬州、六安諸屬雖經收復，而人民凋殘，田地荒蕪。聞兵亂之後，廬舍、耕牛、田器、子種，俱無從出。不能興種，則民食不足，軍食不濟，而盜賊仍恐叢生。伏望執事令江楚成熟地方商賈，運子種至皖發賣。其田器、耕牛不足之處，令民種包穀旱粱。其無主之田，許富民開闢。至僧寺道觀之田，急飭地方官紳清理，招人興種以爲公田，每年存積租課以備水旱，下濟民食，上省國帑，不勝大幸。

宗誠爲眷屬所累，暫羈於此，計來年當可上謁也。

臨楮依戀，不盡欲言。

上曾節相議江南不可分闈書

竊以江南自昔爲人文淵藪。十餘年來，粤逆盤踞金陵，長江上下，南北兩岸數千里，民人受其蹂躪，士氣因以凋喪。近數年間，賴我公秉節鉞，選將練兵，知人善任，凡所位置莫非俊傑，凡兹調度動合機宜，始能撥亂而反正，轉危以爲安。又於修明武備之暇，振興文教，尊賢重士，樂育人才，意在培養善類，以期漸復國家之元氣。今東南數省遞告肅清，民困獲蘇，士氣亦寖以振奮。蘇、皖兩省士子幸脱兵戈之禍，而懷抱利器久，鬱鬱不得一試者，夫孰不欲乘時進取，而仰贊執事治化之成。

乃近日傳聞：江蘇紳士有建議鄉試分闈之請，不知信否，群情駭然。想執事總理庶政，主持大局，其是與非，自有卓然定見，權衡於其間，原不待某等妄參末議。然某等細察形勢，博訪輿情，竊見其决然不可者，約有數端，謹爲執事陳之。

一曰舊制不必改也。前者執事初剋安慶，念安徽失陷既久，而金陵、蘇、常剋復無期，因欲創建貢院，俾兩省次第舉行鄉試，以興群士好學之心，化甲兵乖戾之氣，此特一時權宜之計，非欲爲千百年長久之規。然終以贛江木筏兩度漂流東去，不果興工。此其中雖蒼蒼者默爲主持，而執事之鑑空衡平毫無成心，必不以分闈爲然從可知矣。今則上下江所屬州縣全行收復，止餘金陵一城。就軍事論，則大功垂定，必以剿除首逆爲先，而試事非其所急。就試事論，若不待金陵剋復，先行分闈鄉試，則既非執事藎忠體國救民水火之心，若待金陵剋復之後補行鄉試，則自有數百年之舊規，奚取乎分闈創造？且夫改弦更張之舉，必有大利害存乎其間。今聖主纘承大統，正當沖齡，苟非萬不獲已之圖，皆宜杜漸防微，未可輕言改易祖宗之舊制。況東南數省大亂之後，當興復者不知其幾，而分闈考試猶非必不可已者也。

二曰地利不可失也。金陵龍蟠虎踞，氣象宏闊。我朝定制兩江總督駐節金陵，上下江貢院即合建其中，誠以金陵爲適中扼要之區，亦以其據江山之全勝也。惟其江水清淑，地脈雄厚，甲乎天下，故發爲人文亦極天下之選。今若兩省分闈，蘇城或可創建貢院，然去淮、徐已太遠矣。安慶城小，萬不能容八府五州之士，且其形勢爲潛嶽之邊支，不足以收鍾毓之秀。設分闈後，安徽貢院獨建於金陵，則地方官供給差使，不能不分畛域。設江蘇貢院獨建於金陵，則當日貢院基址乃兩省公地。往者號舍頽壞，徽商不惜捐金鉅萬，獨力修葺，上江人士豈肯以數百年公業舉而棄之？方粤賊踞金陵時，兩省同受其禍，忠臣義士助餉戮力東征者，兩省皆竭盡脂膏。剋復之後，兩省相與共享其成，斯平允大公之道也。天下之氣，聚則厚，散則薄。兩江受賊禍之後，似宜及今力圖萃聚，以固正氣，豈可自爲判渙？聖人序易：『師之後，必繼以比。』程傳曰：『相親輔，然後能安。』意深遠也。況上江録遺考棚，各郡縣會館公所，各大姓賓興試資産業，俱在金陵，將來皆望修復，亦斷斷不忍輕棄。往者，桐城張文和、歙縣曹文正兩公，不主分闈，老成之見，後賢未必遠過之也。

三曰財力不易籌也。金陵未復，舊日貢院之存與毀殆未可知。然地基一切如恒，兩省合辦非若獨力之難，因仍修復亦較創始爲易。安徽陷賊十年，受禍爲天下最。各府縣文廟、衙署、書院、考棚、忠義名賢祠宇，及各族宗祠、義學，至今無力興復。即如安慶省會重地，府儒學尚爲邱墟。若復棄數百年貢院之成規，而在安慶相基址，引江水庀材，鳩工大興土木，勢必不能。即能之，落成亦在數年之後。國家武功底定，選舉一途，豈宜過遲設？蘇省人士獨因其舊，事半功倍，可以先行鄉試，殊非輿情所安。若必欲剋期分建，則各縣派捐操之太切，尤非所以恤民隱。況兩省合闈鄉試，相承已數百年。鄉大夫、鄉先生宦游交際，率以道德文章相砥礪，其情誼之聯洽，兩省直如一省。今一旦分而爲二，即使財力十分充裕，尚覺此情難恝，何況其勢實有不能也。

四曰公論不可違也。考前此湖、廣分闈鄉試，以有洞庭之險横亙其間，是以楚南公論不願就試楚北。今金陵界兩省之中，下游府縣應試皆不過五百里内外，上游亦然。又皆有長江内河可通，並無阻礙。鳳、潁、徽、甯去安慶爲遠，去金陵爲近。安慶江水直下，少泊舟之港。城池狹小，少安寓之居所。不便者不可勝數。且士子讀書稽古於草茅之中，亦必登高涉遠，曠覽江山文物之盛，始足以廣胷襟而增學識。與其使兩江人士各守方隅，何如兩省英才傑士三年一聚，互相觀感，争自濯磨之爲愈也。如曰南闈從前號舍較少，士子往往以額滿見遺，不得與觀光之列，則請修復貢院之日，多購民地，拓其規模，度此時隙地極易，非若往日欲增號舍之難也。如曰南闈中額較少，不足以盡攬群英，則請剋復之後，以兩省捐輸總數援例，奏請分别廣額，亦事之易行者也。謹按欽定科場條例、太學題名碑録、兩湖通志，雍正年間，湖、廣分闈，鄉、會中額並未增加。有請分闈可爲廣額地者，亦考之未審爾。魯人爲長府，閔子騫曰：『仍舊貫，如之何？何必改作。』竊謂今日分闈之議，亦正類此。

恭惟執事人倫師表，多士歸心。今日之事，實兩江文教興替所關，不忍緘默，僭呈末議，伏惟鑒察。

與曾沅浦中丞書

沅浦中丞執事：春間，偕寶蘭泉侍御晉謁元戎，暢聆教誨，覩軍容之盛，不啻入亞夫之營，而我公鎮静從容，行所無事，指揮談笑，又不啻親接謝太傅、羊叔子之丰裁，生平仰止之懷於斯大慰。固深知首功之成，非公莫屬也。拜辭回皖時，憂藎勞太過，以致玉體違和。然念我公倥偬少暇，故不敢以蕪箋瀆陳鈞鑒。惟每謁見節相，必敬問興居，以慰下忱焉耳。

是月十九日清晨，得知十六日午刻大兵剋復金陵，闔城驚喜相告，雖婦人孺子無不舉手加額，頌我公英謨偉略文武兼資。前既拯皖人於水火之中，今又登吳人於衽席之上，從此首逆殲除，東南之民可以永享昇平之福矣。

宗誠竊獨以爲天下有衆箸之功，有不見之功。恢復安慶、金陵，此特衆箸之功也。方我公初駐節金陵，吳越、皖南莫非賊窟，而我公避易就難，棄末伐本，獨爲擣穴搗渠之計，以二三萬疲病之卒，當數十萬凶狡之寇，如坎之一陽陷於二陰之中。當是時，不知者，或且以急功近名議之，卽宗誠在鄂時，上節相書亦謂當左次無咎，而公識定力堅，不疑不懼，卒能擊退圍賊，而牽制城中百萬窮寇，如死囚之相守，不敢竄出一人以救吳、越，故兩省之師得以成功之速。議者或且以金陵收功獨遲爲疑，而不知其速成者，亦莫非公之扼其吭而制其命也。此不見之功也。況洪逆首禍十餘年，分使徒黨竄擾十有六省，而撚匪、會匪、練匪、苗逆、回逆亦皆因之以起。即夷人之跳梁海上，震驚京師，亦以洪逆不可制，無暇與較，挾此以脅中國。今首逆一除，彼必驚大朝有人，漸漸可以威服，而隱銷無窮之禍。其他賊之在楚北江右者，聞之必多潰散。而撚逆之在豫、皖，回逆之在雲南、甘肅，苗逆之據貴州者，將來亦漸可分兵勦之。中興之局定於此舉。此我公贊助節相，成安社稷萬世之功，而淺人之所不見者也。夫自古惟不見之功畜德最深，而慶流後世者亦永遠無極。

宗誠迂腐下士，衆人所祝膺封侯之賞，箸竹帛之勳，不必爲公瀆，惟祝公益加含畜，以養德福於無窮而已。前在大營，聞公與蘭泉侍御言，欲俟金陵事畢，即上章解兵辭官。大功成而不居，非深知聖人易象『勞謙』之義，念不及此。宗誠叨侍末座，竊歎公之識量何其宏闊而深遠也。惟念聖主沖齡，四海尚未永清，或仍欲仗我公勳業顯赫，以鎮撫東南兼可懾服奸夷，則爵賞之加一辭之後，又似不可堅辭。蓋君臣之義相與以誠，古大人之心，先天下之憂而憂，必待後天下之樂而樂。今時方艱難，猶非我公樂志林泉之日也。金陵城北山水極佳，如節相命從至金陵，再拜謁軍門以謝大德。

謝曾節相保薦書

四月二十二日，奉到札諭，荷知遇之隆！於金陵功成，敘録勞績，與賤名於其中。奉旨以知縣留江蘇補用，聞命之下，慚悚莫名。

宗誠少誦詩書，原有意於仕進，每觀古循吏名臣之事蹟，亦未嘗不心慕其人。遭家不幸，二親即世，家貧如洗，自傷後雖獲禄，不能逮養。由此始絶意進取，專以授經營葬爲事。又念先世本無仕宦，惟多好古力行篤學之儒，遂亦不自揣量，欲爲窮理之學，究心經史文章，冀纘先緒，以慰兩親幽冥屬望之心，如是而已。遭亂出游，未變斯志。

曩者客吳竹如侍郎臬司幕中，承執事召歸從戎，已略陳微志於左右。嗣以我公勳德學問卓然可師，故應命南旋，踵門上謁，蒙執事列諸養士之末，而月廩餼之。每進見瞻仰德輝，竊聽緒論，不特忠誠雅量，深識遠謨，可宗可法，即公事餘暇，論學論文亦皆足以起懦氣而開益神智，所以相從三年，未受一事，終不以素餐爲恥者，良欲親承德教以資薰陶，故小廉有所不事也。惜器淺識薄，終不克少有所樹立，甚孤德意。復蒙薦拔，能勿汗顏？

夫人雖至愚，生當大賢之時，得登其門，荷其提撕，又幸逢君明臣良，天下中興之盛際，亦豈不思自效以報天地高厚之恩？況執事之於我江南，有再造之德，祖宗邱墓，子孫支緒，莫非賴執事出水火而登衽席，始能繼絶而存亡。苟有微長，義當竭力，趨事赴功，以求報稱，不當畏懦退縮，坐享承平，俾我公獨任賢勞也。而縣令一官，最爲親民之職，尤士君子關心民瘼者之所願爲。惟宗誠自反聰明才力實於入仕非所長，而性情氣質亦與作官不相似，學問閱歷又不善變化而擴充之。若不量而後入，一出無小補於民生，慮累執事知人之明，而貽平生箸書立言之恥，此私心所深懼也。

且出處之義亦似有不安於心者，宗誠本意以德學奉我公爲依歸，既非參贊幕府，又未奔走戎行，無籌餉之勞，乏陳事之策。雖濫厠采訪忠義局中，與軍事相附麗然。宗誠在局，不過檢閱文卷，作傳記小文字，以備异日志乘之采擇已耳。乃同以軍功得官，似覺義有難安於心，實未能自慊。蓋聞士之自處與上之薦士，不同古大臣之薦士也，第見其人有片善微勞足録，即急登諸薦剡，冀爲國家收得士之用於一時，而士之自處則必於幾微之界擇之精而審之詳，不安於心者，即不可見於行。是又宗誠所不敢不勉者也。

承我公教育三年，義理指歸恐未能折衷至當，伏候訓示爲幸。

上曾節相書

宗誠頓首，謹上宫太保相侯執事：竊以執事勳德彪炳乾坤。今天子南服敉安，復任以北方數省軍政。誠念固根本，安國家大計，非執事莫屬也。執事知人善任，經綸變化，自必洞合機宜。宗誠迂疏寡識，精力早衰，不能奔馳戎行，從事左右，深用爲恨。謹就管見所及，爲執事陳之。

竊謂撥亂反治之道，必知前之所以亂，而後知今之所以圖治。轉敗爲勝之機，必知彼之所以敗，而後知我之所以取勝，其要在反其所爲而已矣。

一曰務持重。夫帥與將不同，將以衝鋒爲能，帥以調度爲重。僧邸追賊往往身先士卒，彼負兼人之資，又有駿馬數十匹，隨地更易士卒匹馬。單騎困乏無可更，則追奔不及，所以或遇賊伏，或賊反鬭，常至敗衄。執事此行似宜擇一重鎮駐節，選將練兵，養精畜鋭。然後偵賊所在，分兵以擊之，務出萬全以蘄大創，不可急於一戰以損威聲，所謂立於不敗之地以制勝者，此其要也。

二曰薦賢帥。用兵之道，以一人總其綱領，而又必有群策群力以輔其成。往者粵賊據武昌、安慶、江甯，執事起義師東征，長驅直下，已成破竹之勢，然一阻於江西，再阻於皖南者，以其時下游諸督撫無共濟艱難之才，此剿彼鬆，此進彼退，不能成犄角之勢也。其後胡公撫鄂，李希庵中丞撫皖，左公撫浙，李少荃中丞撫蘇，又有沅浦中丞及彭、楊二公各領重兵，以分水陸攻剿之任，執事特總持其綱，是以馴致於成功。是諸賢者，莫非執事之所推薦也。此執事所以有大功於天下也。北省用兵十年，始終無知兵督撫，故將帥中如邱聯恩、伊興額及僧邸，號稱忠勇，追風逐電，而各督撫不能會剿，以助犄角之勢，所以久而無成。執事此行，由淮、徐進至濟甯，其防河之任，當奏請責成直、東、豫三省督撫。其防淮之任，當責成漕督、皖撫。其西竄之路，當責成豫、秦、鄂三撫。見在惟直督劉公、秦撫劉公尚名知兵。東撫有操守吏才，而於兵事非所習。至豫、皖、鄂三撫，則未盡知兵者也。執事今進兵東北，竊計勳威久箸，賊必避而之西，而豫、皖、鄂三省邊界又受其擾。執事追剿則力疲，不追則頓兵於此，聽賊肆擾於彼，義又不可及，移兵往剿，而賊又必去而之他。故非各督撫會剿，賊終不易滅也。使得知兵大帥，分任三省軍事，各駐邊境會剿，而執事調度其間，以健將追擊之，務使賊無可竄，庶幾易滅，而北方根本之地，始可固矣。所謂同心戮力乃克有成者，此也。

三曰求人才。大帥以集思廣益開誠布公爲先，執事前所以成功，實用是道。僧邸忠國之心有餘，知人之識不足。幕府既鮮良佐，將弁亦罕真才。分位過高，人既不敢進言，彼亦無虚衷求言之意。經略數省已經五年，而所至曾未留心采訪人才，所保薦者，亦未聞有真堪大任之選。夫人才隨地而生，要貴有大力者，振起而激勵之，矯揉而變化之，故自古大賢所居涵育薰陶積久，卽成爲風氣。執事往者供職京師，延訪英傑，天下賢士歸心，及倡義湖、湘，而忠貞魁偉之士奮焉興起，楚才遂爲天下最。駐師安慶，任李公爲蘇撫，而淮南武健碩膚雄勇之士，亦皆忠義勃發，奮志功名。然則北方數省，風氣樸厚，謂無人才，吾不信也。而至今未見有一箸頭角者，豈非其大吏大帥無遠謀深識，爲國求人之實念與？宗誠往游河南一年，訪求學問篤實留心時務之士爲友，卽得數人，皆有志節才識。由此推之，卓犖奇偉之士，必多有抑鬱於下，爲人所不及知者。執事德學勳業，足以風動天下，望更鼓舞作新，使北方才俊振興寖成風氣，則不特一時軍務可以資益，而爲國家收得人之效，其規模自遠矣。

四曰鼓練氣。北省地勢不同於南方，平原曠野無險可扼。民非團寨，不能保身家而謹蓋藏。然而前人堅壁清野之法，卽可藉此以爲用。往游山東、河南，見圩寨星羅碁布。其寨長，亦往往有忠義智勇出衆之才，保護鄉里，戰守足恃。惜各省督撫、大帥皆不知激揚獎勸，故不能聯其心力，收其全功。今以執事威德，如所到宣示圩寨，獎其已往之勞，勵其將來之氣，令其互相聯絡，互相應援，賊至則固守，賊去則截擊，不事他調，不許遠追，專以精兵爲游擊鵰剿之師，而藉團寨爲防守助威之用。有功者特加保賞。如其中有奇才，更可拔置戎行，以資造就。如此則遠近聞之，必可使民氣一新，而威聲大振矣。

五曰示解散。賊中種類大約有三：一種箸名賊首，真爲倍逆之人；一種脅從已久，無籍可回，卽逃回，又恐本籍不容，無可藏匿；一種則隨時虜脅之人耳。往者勝帥統兵，專事招撫，然既重保其首逆，仍使帶勇，又不散遣其黨羽，仍使相從，所以屢招而屢叛也。今宜於賊所未到，及料賊必到之地，徧布告諭，明示利害。其箸名叛逆決不姑容。其脅從雖久，有籍可回，如肯來投，給資令回本籍。其能捡首逆以來歸者，必加重賞。如脅從未久逃回者，令各州縣及圩寨無得傷害，給資以歸。如此則賊勢可孤，而民心亦罔不感激思奮矣。

六曰慰民望。北省用兵十年，而將帥多無紀律，勝帥爲甚。僧邸雖軍令嚴肅，然下情不能上通，州縣差徭之繁重，士卒兵馬之繹騷，小民困苦無可控告。今執事駐兵所在，宜宣示行軍紀律，務使小民耳目一新，心志一振，望之如時雨，歸之如流水。往者幕游河南，勸嚴中丞刊布執事愛民、解散二歌，其時士民讀之罔不感泣。何況執事今日親率師北行，號令所頒，有不愛之如父母，而畏之如師保者乎？民心既安，賊氣自餒，邪正不容竝立，此行師之根本也。

夫用兵之機權，非迂儒所得而言也，而憂世之微忱，則迂儒所得而同也。凡兹六者，皆無與於行兵大略，且亦久在執事燭照之中，而宗誠冒昧上陳，非欲有補於高深，聊以報教育知遇之德而已。惟執事裁之。

上李宮保書

前在金陵，拜讀鈞函，往復循環，曷勝感激。十一月，自游西湖返金陵舟中，肅呈謝啓，計已久達節下矣。十二月，由金陵返皖，欣聞大師連捷，首逆駢就誅捡，此中原人民所共慶幸者也。執事功在國家，威震華夷。前既底定東南，今復肅清西北。以十餘年橫擾五六省之流寇，聚中外之兵力，歷數大帥不能制，今未及一年而撲滅之。撚匪既平，則畿内馬賊聞此聲威，當必漸次斂迹，而夷人之窺伺海疆者，覩此氣勢，或亦不敢萌猖獗之心，安内卽所以攘外。正氣壯則邪慝者不得作，理固然也。

然則執事實隱有計安社稷之功，不徒粵逆、撚賊之平賴執事之力而已。數年來，内外之氣不甚相通，故以節相曾公及執事之竭智盡忠，力任艱鉅，勳勞事業顯見於天下，而尚有掣肘於其間者。竊以此番大功既成，當請解兵入覲，庶幾陛見之日，可以具達内外之情形，而通君臣上下一體之氣。且前者粵賊之平，朝廷不免欣喜或過，視天下若無可患者矣。今者捷書到京，恐更喜樂太甚，而漸少憂勤惕勵之心，是尤可懼也。陛見之時，能將外間生民之困苦，帑餉之空虛，伏莽之潛滋暗長者尚不計其數，人心風俗之澆薄，士習官常之未見振起，凡可憂之事不妨一一陳之，則所以格君心而匡天下者，其功更大。

設或朝廷知以畿輔爲重，舉以任之執事，是尤爲天下之福，則望執事直任而不辭。以得勝之兵，乘大捷之勢，剿滅馬賊，分駐要害，固根本，示形勝，使夷人知我毫不可動摇，則自有消沮退藏之意，將來换約之時，可以操縱自如矣。天下既平，如得曾公久任東南，執事久任畿輔，則國家安固之基，可以永世無極，故望我公直任而勿辭也。伏維鈞鑒，不宣。

上曾節相書

宗誠去冬揚州叩送行旌，旋赴上海，爲應觀察商訂志書體例、書院章程。歲杪回皖，北望節鉞，曷勝馳依。正月回桐省墓。二月十八日在廬江閱試卷，接奉馬制軍札諭，始知正月十七日仰荷我公恩遇，於奏調人員疏内列入賤名，奉諭旨以知縣發往直隸補用，拜讀之下，感悚難名。

宗誠性拙才疏，自少無一長足供當世之用。雖草野愚忱，遭逢時變，亦常關心國事，念切民艱，而學識固陋，器量淺隘，性情拘迫迂直，實非有辦事之才。前者過承我公保薦，私衷感激，亦屢欲乘時上進，稍報特達之知，乃中自忖度，於州縣事理毫無把握，是以甘心守拙，不敢冒昧求仕，上玷執事知人之明。不然執事之於我江南有再造之德，而於宗誠以養以教，尤有父兄師保之恩，苟具人心，豈不思奮？況宗誠先人畢生勤苦，今雖禄不逮養，亦未始不思博得末秩，庶可上邀封贈之榮。凡此情事皆常輾轉於心而莫釋者。無如才具淺薄，不得不量而後進，深慮一入仕途，不能爲榮，反貽羞耳。近年精力益頹，聰明益減，遇事輒忘，不能强記。目疾時發，風沙火日皆所深畏。州縣爲親民之官，事上使下伺候奔走，案牘會計瑣屑紛繁，微特非性質所安，即精神亦恐不濟。至聽訟對簿笞杖呼號之聲，尤素心所不欲見聞者也。左右思維，念不仕無以仰答我公之知，仕而不能有爲，尤慮無以仰答我公之知也。厥罪維均，或請受其輕者，可乎？

宗誠依戀之情，屢思上謁以親德輝，矧蒙寵遇尤當馳謝。擬家事布置有緒，即行束裝，趨承訓示。伏維臺鑒。

卷第九　贈敘

送楊湘筠敘

易以陽爲君子，陰爲小人。夫一陰一陽之謂道，陰陽合德爲聖人，偏陰偏陽皆弊也。而一以爲君子，一以爲小人，何哉？陽性剛，陰性柔。剛之發爲仁、爲直、爲果、爲毅、爲真摯、爲坦白，愛人而任事，好善而嫉惡，如青天白日之無不可見，如長江巨川之一往而不可遏，如高山大陵之峻極而不可俯。稟斯氣者，其植志行身，可以扶危持顛，廉頑而立懦。斯不謂之君子得乎？陰之發爲曲、爲媚、爲輭懦、爲貪殘、爲深險，内荏而色厲，貌恭而心很，如狐媚善變，人受其毒而不覺，如鬼蜮含沙射影而人不及防，如機械陷阱入之而不得出。其當大任受深知，可以惑主剥民，蠹政而敗國。斯不謂之小人得乎？

且夫陰陽之性不特剛柔之分，亦明暗之所由异也。明則雖有時而過剛，而終能變化其氣質之偏，以成中和之德。暗則蔽於欲，狃於私，矜於忿而不可化。故自古君子變而爲聖人者有之矣，未有小人肯變而爲君子者也。何者？以其既昧於義理之是非，又昧於事勢之利害，但遂其陰柔之性以苟安於目前，一激動之反逞其陰鷙之氣，以與君子爲難。至於與君子爲難，而小人之患成矣。是以聖人作易，必扶陽而抑陰。夫扶陽而抑陰者，豈待其患之既成而後抑之邪？亦制之於幾先而已。故曰：『繫於金柅，貞吉。』幾先不能制，至於内陰而外陽，内柔而外剛，内小人而外君子，雖其數猶足相敵，而其勢已不可禦。則聖人惟曰『君子儉德避難，不可榮以禄』而已。是豈君子至是而失其剛哉？知幾而退斂，然自克一順乎時義之當然，而不敢遂其過剛之性，以陷於血氣之勇。此正所以爲剛德也與？

邵武楊君湘筠，今之剛者也。爲郎官十餘年，清介至未嘗具車馬，當事任不可屈撓，嘗憂權佞蒙蔽爲國大患，欲乘其勢之未極，發憤上書，人皆爲之危。以聖明在上，僅鐫一級。其後，鄂撫胡公舉人才以君名薦，君見事之難爲也，卽日移疾去官，困處京師不能歸。

湘筠上書後一年，夷人犯京師，乘輿播遷，權佞之禍果驗。湘筠避地保陽，遇余相得也。將别，爲文勉余，而問余以所處，余曰：聖人言『學易可以無大過』。夫無過，則中焉而已。中必隨時以處宜，而不可執於一，陰柔非也。陽剛之過，非其時而用之，則不可以爲中。古之君子在位言位，在職言職，過時則忘焉。雷霆之擊妖物也，雖有中有不中，然過，則雲陰散而杲日出矣。不以一不中而時殷殷焉，累太虚之體也。宋鄒志完當章惇專政之日，以言事得罪。其友田晝曰：『願君無以此自滿，士所當爲者不止此。』志完茫然自失，謝曰：『君贈我厚矣。』余學不及田晝，無以處君，姑與君論易。

送敖靜甫主政入都敘

六經無真文，真文始見於莊子，所謂真人真知是也。真與僞反，故解者以真爲卽聖經之所謂誠。而余以爲是大有辨焉。莊子之所謂真，主心而言也。人心之喪也，膠形骸，縛情欲，汩聰明，魂交形開，日與機械，巧僞構結而不可解。於是周深閔之，示以真宰真君，欲人去知離形，而反其真焉。虚無以爲體，因循以爲用，甘於不才，無弊弊焉。以物爲事而一切因其固然，視聖人之仁義禮樂，皆若梏其天真，而開人以作僞之漸，高則高矣，抑亦超世遠舉者之所爲邪？若夫聖經之所謂誠，則主乎性以爲言，而不離乎達道達德人倫日用之實，故其存誠之功，不外乎庸德之行，庸言之謹而極之。至於經綸天下之大經，立大本，贊化育而後爲誠之至。故曰：『萬物皆備於我矣，反身而誠，樂莫大焉。』苟於吾性所具有所未知未能，則雖心不爲物累頹乎？其順淡乎？其歸一任乎？其真而實去誠也愈遠。何者？誠必盡其性而無虧，而真則第虚其心而無物耳。故以真爲入道之資可也。若但率其真而不求自明，而誠之實詣，則豈足以開物成務，經天下國家之變哉？

余客中丞嚴公幕二年，交望江倪豹岑郎中、開縣李雨亭太守，最後交榮昌敖靜甫主政。三君子者，性情才猷不必同，而皆純任天真，一無矯飾。郎中之恬靜，太守之簡重，主政之醇樸，或以爲有似於莊子之真人。余觀其守己爲人，蓋皆以誠爲本者也。夫以誠爲本而擴充之，出處進退，經世宰物，一順乎理之自然，而無容心焉，此雖莊子之真，亦可以包蘊於其中而自無其陋。此聖道之所以爲大與？

三君子有濟世之責。今主政將供職京師，索余贈言，余以真與僞相反者，主政既已知之矣。而真之與誠相似而不同者，世儒皆未之辨焉。學術之微，所關甚重，是不可不明析之也。因書此以質之。

贈黃仰範敘

余嘗怪孔子慨聖人不得見而思善人有恒。夫善人有恒，去聖人遠矣，而孔子顧流連往復思之不置，且深慨其不得一見。何與？及讀孟子書，論美大聖神而先之以可欲謂善。然後知善人者，固作聖之初基也。夫善根於心，成於性，宜無人不可爲，而亦與聖人君子同爲不可得而見者，抑又何邪？豈非世教衰，學術壞，人心風俗日卽於偷薄而至然與？周子曰：『師道立，則善人多。善人多，則朝廷正而天下治。』然則欲救天下之亂，而反人心風俗於太和之天，非多得善人不可也。

廬江黃君仰範，好讀書，喜陰行善事。雖遭亂離，歷顛沛，而嘗以扶植善類爲心。余宿欽其爲人。今年夏同寓皖城，往還論學者兩月，益悉其性情，洵所稱善人者也。

君愛余文特甚，手鈔數十首以歸。余謂文章末也，君具希賢希聖之質，當由可欲之善而充實之，以至於盛德而有光輝，使薰其德者善良。庶可反人心風俗於醇厚之域，是則聖賢之所重望者夫。

送朱子欽敘

節相曾公駐師安慶，幕下文武士多英傑才能之選。公既知人，善造士，休休焉如有容，而四方德行經濟文章之彦，雖非思效用於公者，亦皆欲仰公風采而樂其陶成，相與來游而聚處於斯，既得公爲依歸，又各以其類爲儕，講習琢磨，有麗澤之益，一時傳爲盛事，謂皖爲君子國也。

同治二年，余自武昌反安慶，賢豪長者皆不棄而樂與余交，而其年之少於余，志相同、學相契者，復得三人焉：靈璧張鏡堂自雲南學政丁艱歸，過皖徒行訪余者再，樸重果毅，肆力窮理之學，讀其書，洞徹本原而達於治道。然猶不敢自以爲是，蓋篤學之英也。遵義黎蒓齋以諸生應詔，陳時政侃侃萬餘言，天子嘉之，以曾公善造士，命以縣令來江南。余聞謂必有不可一世之概，及與交，温厚篤謹，吶吶然如不能言，其亦奇士也哉！最後又得交金華朱子欽郎中，觀其所上節相書，醇雅篤實，識時務之要，世之號爲經濟文章者，殆無以過。然虚中好善，粥粥然若無能，其與鏡堂、蒓齋所學不盡同，而不以所得自封則一。甚矣，游於皖者之多君子也。

今夫天下未嘗無才也。患在識趣卑陋，不知所以養其才。既驕且吝，視天下事若無難，非己莫屬，而不知氣之浮者，不足以任重而致遠也。是故君子不可一日而無學，學而後知不足。夫惟時自以爲不足者，授之以事，而後能毅然當之而有餘。是故惟學可以擴其才，惟道可以成其學。才而不學，才不足恃也。學不知道，學不足據也。鏡堂之學務治經，尤以孝經爲天德王道之本。蒓齋好史學，古之名臣如諸葛武侯、陸宣公、郭汾陽、范文正、岳忠武、李忠定、王文成輩數十人，皆手録其本傳而時誦之。郎中好讀李二曲書，以收攝身心爲本，講求時務爲用。三人者學不同而同有志於道，故皆能不自足其才，而思所以擴充之。其所就豈可量哉？

余幸與三君交。惜鏡堂前以憂歸靈璧。今郎中居安慶帀月，奉節相命將之江西。余友六安涂朗軒、石埭楊仲乾，招同義甯陳右銘、溆浦向伯常、石埭陳虎臣、涇縣洪琴西，餞於江上。郎中索言於余，余無以應也。孔子曰：『君子不器。』又曰：『君子胡不慥慥爾？』請爲郎中誦之。

送郎小唐司鐸靈璧敘

古者君師之道不分，而設官授職教養，則各有專司。後世内置卿相，外置督撫、監司、守令，明政刑以治民，而自太學以及府州縣學，又各立儒官以教士子，大君總其成焉。是其制猶古也。

然而教士之制同，而士不如治古之隆者，其故何哉？古者立學所以明人倫，後世立學所以崇文教，而文又不遠求諸古，各惟其時是趨，時愈趨，學愈下。是豈朝廷立法之不善哉？毋亦官失其職，無豪傑之士以轉移之者與？夫朝廷之法於儒官禄雖微，而禮貌之甚優。大府所以接待之者，不與守令等。然以其禄之微不足以養也，故士多不屑爲。爲之者，類多闒茸衰老，計無復之，與諸生相視如贅疣，枘鑿而不相入，雖趨時之文，亦鮮所質正也。學使者至，儒官爲諸生進名册而已。其新入學者，禮宜執贄來見，稱弟子，而較錙銖如賈人，行過是不相見如故也。失職之中又失職焉。若是，雖求文教之興不可得，又遑言造士如治古之隆也哉？昔唐陽城爲國子師，進諸生而教之曰：『學者，所以學爲忠與孝也。』維時薰其德而善良者數十百人。明曹月川先生爲霍州學，倡明正學，屏斥佛、老，遂開薛、胡之首，爲有明一代儒宗。士患非豪傑耳，何古今之足云！

貴池郎小唐善爲文章，負氣節。當粤賊竄皖南，小唐時伺賊動静，報帥府，洞中機宜，屢挫其鋒。賊知之，殘其家，死者數人。後避居安慶，聞吾友石埭楊仲乾講心性之學，棄其前所學而學焉。所居窮巷敗屋中，衣食不給，而讀書不輟。嗟乎！今之世若小唐者，儻亦可謂傑士與？

同治三年夏，奉檄司鐸靈璧，將行，余因舉古名臣大儒之事以貽之，小唐愼無謂，古之教不可行於今也，本諸身而興起學者之心，斯眞豪傑之士也矣。

送竇蘭泉先生入都敘

道光三十年，顯皇帝初登極，羅平竇蘭泉先生由吏部郎遷御史，時英夷既就撫，天下宴然，以爲無事矣。先生獨深念治本，當以進賢去不肖爲先，遂首上疏條舉天下大政，九劾首輔，及蔽賢誤國數大臣，而力言少穆林公之賢。旋以繼母老，告養歸里。未幾，先帝起用林公，諸人皆罷斥，由是海内讀詔書而泣，翕然頌聖明，殷殷然望治焉。先生實有以發其機也。居滇數載，逆回亂，先生不肯附群議，賄地招撫以遺後患，大吏忌之。先生避亂蜀中，又數年箸書講學，寂然無復仕進之意。當是時，天下群盜横，英夷、逆回就撫之不可信，卒如先生料。

今天子卽位，召起天下碩德舊臣以圖中興。於是先生年六十一，退居十五年矣。同治二年冬，奉命復出，下巴峽，歷湖、湘、鄂、岳之間，至安慶，邀宗誠偕觀金陵營壘，登鍾阜以覘賊窟，訪吏治民生、人才士氣、軍儲將略，與夫江山之形勝，國計之盈虛，箸書數十篇，將至京師，以爲獻言施行之助。

方先生之告歸也，年未及五十，京察一等，記名部堂官，又顯薦於朝，天下方承平，人皆阻之曰：『上行且大用矣。』先生曰：『母老，可貪官乎？』浩然而去，不復顧。今先生還朝，人又阻之曰：『公年已逾耆，箸書講學足成千秋業，且流離數千里外，無家室，僅一子方穉蒙，棄之而仕，無乃僨乎？』先生曰：『此何時也？大亂未靖，天子方沖齡，不我用則已耳，豈可自戀六齡子而不一覲沖主乎？』於是又浩然而去，不復顧。夫古之君子論出處之義，曰難進，曰易退，然此特言其常耳。若夫時事艱難，朝野望重，國脈人心之所繫，則進固有不必難，而退固有不必易者矣。

往者宗誠從吳竹如方伯，問先生學行，方伯曰：『先生守義介如，潔身不苟。』余疑先生義則潔矣，然義之過，或恐害於仁乎？今觀先生之出藹然忠孝之思，而後知義之盡者，乃能仁之至。潔身不苟者，始可以展胞與之懷。彼悻悻自好以爲義者，不得爲仁，亦非所以爲義也。

先生在道光朝，其時正學輟講久，獨先生與唐鏡海太常，及今大學士倭公艮峯，節相曾公滌生，侍郎吳公竹如、前殉節英山何丹溪觀察，相與講明朱子之學。諸公大節夷險如一，皆實能行其所學，終始不渝。今值聖天子在上，孜孜圖治。諸公以三世耆舊，柄用於朝，先生又出而助之，後世數中興碩輔與倡正學之功，其在斯歟？其在斯與？

送游子岱刺史敘

昔太史公以奉法循理之吏，不伐功矜能，百姓無稱，亦無過行，特創立循吏列傳，加於儒林、酷吏之前。夫酷吏務一切嚴削，以齊倍本多巧、姦宄弄法之民，去先王仁政日遠，其後於循吏宜也。儒林守先聖之業，述六經之旨，而乃列之循吏之後，何哉？蓋遷所見儒者，大都博而寡要，勞而少功，故以爲不如循吏之實能見之於政，施之於民，爲有濟於世也。雖然儒林不能爲循吏者，世固有之。循吏而不本於儒林者，自古及今未之嘗聞。子皮使尹何爲政，子産曰：『吾聞學而後入政，未聞以政學者也。』此子産之所以能爲循吏首與？周成王董正治官，其言曰：『學古入官，議事以制，政乃不迷。』孔子亦曰：『學而優則仕。』又曰：『君子學道，則愛人。』由是觀之，不能爲儒林之傑者，必不能爲循吏之所爲。其出不能爲循吏，而徒以儒林箸者，其所爲儒決非孔子所稱學道之君子儒，可知也。

新化游君子岱，以刺史需次安慶，與余交，循循恭謹，可畏愛。聽其言，觀其行，知爲篤學志道之儒也。尤愛與余論學，一言當，往往爲數日喜。余以君將膺民社，每遇君，必述古循吏之所爲。

今夫世之所謂循吏者，吾惑焉。習常蹈故，以徇俗例爲無過，是循弊也，非循理也，是廢法也，非奉法也。無功無能，固不得與有功而不伐、有能而不矜者同年而語。其無過者，苟且取巧，以避大吏之詰責而已。若是者，民之無稱無可稱耳，豈民無得而稱之謂邪？因循姑息以圖目前之無咎，而釀成事端，反授酷吏以殺人之柄，元氣愈喪，風俗日漓而大亂起矣。是豈學道愛人者所忍出此！夫欲奉法，必先明於國家之法；欲循理，必先窮極事物之理。使其表裏精麤纖微曲折無不盡，然後能措之經權常變而無不宜。由是興事立功效能於國，而學養日深，自無矜伐之迹，是真循吏之所爲也已。

同治四年秋，君奉檄牧和州。將行，與余别，無以贈君也，因獻言曰：學優而仕，君既已知之矣，已能之矣。仕優則學，請復爲刺史君誦之。

送馬雨農先生入覲敘

古大臣之事君也，入則有嘉謨嘉猷，輔導君德以爲治本，出則以居賢德善俗，樂育人材，用致之於朝廷。是道也，内之卿相，外之督撫、監司皆所宜。然而於督學使者之職爲尤宜。蓋督學使者，以臣道而兼師道者也。周子曰：『師道立，則善人多，而天下治。』故非能盡乎師道，卽不能無虧乎其爲臣，抑必臣道克盡，足爲法於天下，而後其師道立。所謂大人者，正己而物正，其以是與？

且夫天下之治，人才重矣。然才本於學，學術明而後人才出。自宋、明以來，養士之制甚備。郡縣皆立學，專設儒官以教之。又特命侍從、卿貳、重臣爲學使試官，以別優下而定黜陟。然典試者，與士不相接且日淺，惟學使三年一任，號爲宗師。果得其人，士風常爲之丕變。而郡縣學之外，又各建書院以造士，延名卿大夫之退居者以爲之師。其法之美，制之備如此，然而天下常有乏才之患者，何哉？倘亦師道有未立，而學術猶有未明者與？然則制治之本原可識矣。

咸豐十一年，大理馬雨農先生，以侍讀學士奉命督學安徽，學正而守介，性篤而氣和，方有意於明學術，爲士子倡。未及行，而以丁內艱去官。節相曾公延主講敬敷書院。時大理久淪於回逆，先生欲歸無計，不得已乃留爲諸生師。

先生之教，重行而後文。文必以先正爲宗，根柢於經術。其論學歸本人倫，以爲天下無倫外之人，卽無倫外之學。倫不可一日絶，學卽不可一日廢。以故從其學者，大都循循敦行檢，不徒事浮文。先生猶不自足，虚衷好學不懈，遇事咨訪，一言可取皆識之不忘。孝弟忠敬出於篤誠，德器涵養日卽於温粹。夫以言教者，入人淺；以身教者，其入人也深。使天下爲師者皆如先生，而學術有不明世，猶有乏才之患者乎？吾知其必無是矣。

同治四年，先生服闋，將入覲，諸生各爲詩文，以矢無忘先生之教。宗誠與先生游處久，相知尤深。竊謂古大臣之使於外也，諏謀度詢必咨於周，固所以廣聰明作興人才，亦所以爲使歸之獻也。先生奉使來，時盜賊徧江南。今幸肅清，而所以弭亂之本，開治之原，與凡官方吏治、士習民風、兵謀將略、盛衰成敗之所以然，平日親歷而周咨者，今使歸，天子將臨軒而問焉，當必更有嘉謀嘉猷入告，以輔導吾君成郅治者。是誠足爲當世師，又不獨皖人士之感其教澤也已。

贈單伯平先生敘

國朝山左守朱子之學，以治經勵文行者，濟陽則有張蒿庵，安邱則有劉直齋，昌樂則有閻懷亭，濰縣則有韓理堂。余皆嘗讀其遺書而嚮往之。及游濟南，訪求四先生流風餘韻，邈不可得，又未嘗不歎齊魯古聖賢之鄉，卽顏、曾、冉、閔之徒不世出，而學行如四先生者，固不應寂無其人也。久之，乃聞吾友方魯生道高密單先生之爲人。先生自少篤志力行，好古人之道，闇然不求炫耀於世，爲博士數十年，固窮績學。余嘗見其與魯生論學書，衛道侃侃，而詩辭書翰懿雅淵藴，心竊好之，以爲四先生之餘風固猶未墜，而相隔數千里末由一見，又時時隱用爲憾也。

夫人第欲爲時俗之學，則第日與時俗之人處足矣。苟有志於希古之人，則不惟誦詩讀書而已。又必徧求當世賢豪長者、耆儒碩德以爲師友，然後足以開發其固陋，而振攝其神明，以庶幾大遠於流俗也。

先生不求知於世，世亦鮮有知先生學者。官棲霞，僻處海隅，與世曠然若不相聞。朝邑閻公巡撫東邦，謂治道以風化爲先，乃延先生主講會城，且薦其學問行誼於朝，刊其説經諸書。同治五年，余自家奉節相曾公命來濟甯，復于役青州，道濟南，始見先生，望其貌龐然以清，聽其言温然以樸。因與論爲學要旨，而謙抑自下，若不知其爲耆宿篤學之儒也。昔子思子作中庸，其論學要歸在於『君子闇然』一語。夫闇然未有不日章，然方其闇然之時，固不計其日章之效也。使爲其日章而後闇然，則猶未免於作僞。蓋闇然日章乃天道自然之理，而非君子之所以豫存諸心者也。若先生之見知於閻公，與閻公之敬先生，皆相遇於淡漠之中，無所爲而然者。是豈不足爲學者法而端風化之源與？

余是行也，沿大江，溯長淮，泛微山南陽之重湖，浮運道入黄河，旋登泰山，謁孔林，復循山而北轉，而東渡汶水，涉淄、濰，歷四先生講學之地，而式其舊廬，瞻望伯夷孤山，齊桓公、管仲之故墟，至琅邪，上超然臺以望渤海。其於人也，過金陵訪汪梅邨，道淮安訪丁儉卿，居濟甯晤宗滌樓，至諸城謁吳竹如先生，皆海内耆舊，余久故也。而先生以十餘年之神交，今始得一見。既欽閻公爲政，能以風化爲本，又以余此行得釋十餘年之宿憾爲幸，因書此爲先生壽。六月三日阻濰水，撰於旅舍。

送陳心泉觀察入覲敘

太虛之中有浮雲焉。其倏忽變幻能使天宇之闊，日月之明，爲其所障蔽，而陰霾沈晦之極，能使山川失其象，人物失其形。然吾嘗登泰山，方其在麓也，密雲覆蔽，若將陰雨然者，所見不及百步之外，及陟其半回視之，而雲之縹緲無端者，僅如洪河巨濤之洶涌於其下，而天日之清明於上者，固無或异也。登其巔而仰觀焉，天宇之闊，日月之明，更毫髮不能爲之隔塞。須臾，大風起，東北雲惝恍失所憑依，任其飄蕩而不知所之，山川城郭、人物衣冠之在下者，仍歷歷不爽其形象也。然則人特患不能置身萬仞之巔耳，何浮雲之足云！凡人心之廣大如天，然其明則如日，而貴賤榮辱、升沈得喪、毀譽是非之無定者，其倏忽變幻於吾前則浮雲焉。夫浮雲之蔽天日，特以欺在下之人不見耳，而天日之真體固不能蔽也。然則貴賤榮辱、升沈得喪、毀譽是非之無定者，又豈足以累有道之士之心哉？

觀察陳公心泉先生，初以御史出守江西。節相曾公知其賢，調守安慶，久之擢分巡安廬滁和道。安慶首郡，安廬滁和新設首道也。以公德學足爲僚吏率，故特薦之。

公素明心性之學，恬淡甯静而又通經致用。其爲政，務惇大成裕以養元氣，敬賢訓士，潔己惠民。民愛之如父母師保。然未幾有不說公者，蜚語上聞，上命解任入覲。公素位而行，無所動於中，而皖人士則不啻若子弟之將離父母師保也。微獨皖人，凡天下之慕循良者，皆若不慊於心，忽忽不樂如浮雲之障太空焉。

余適自登岱歸皖，謁見公，喜公安之若素，不以毀譽得失動其心。又幸今天子聖明，昭昭然如天日之在上，浮雲因不足以蔽之也。公入覲，其以王道之大，帝學之要，吏治之污隆，民生之休戚，凡所以端本澄源，撥亂反正，綏内攘外，制治保邦之具敬陳於吾君吾相之前，斯有以慰天下之望也夫。

敘交一首贈張廉卿

同治壬戌，余客楚北，交興國萬清軒，君子儒也。其冬，因清軒獲友武昌張廉卿。廉卿好古敦行，於學靡不窺，而尤深嗜左氏、莊周、司馬子長、韓退之、王介甫之文，昕夕諷誦，以究極其能事。清軒則專守朱子學，造次必於禮，研經考史，博觀北宋以後儒家言，手鈔至數十百卷，無一畫苟，而獨不屑爲文辭，宗尚之殊如此。然秉忠信，安恬退，介然不汩流俗，而與物以和，不傲睨自喜，篤内修而不事表暴。兩人之性行初無异也。

古之君子論交，曰『和而不同』，又曰『以同而异』。惟异，然後可以長善救失，補己所不足，而裁成其有餘。後之君子之結交也，中無主，則唯阿以隨人。有所主於中，則一得自矜，而好人之同乎己。夫好人同己，爲學與政之大蔽也。天下之理一而已，然必合衆不一者，而貫之以成其一，非謂僅守其一，而遂足以概天下，而況可屏去天下之不　者，欲盡人以同己之一乎？

余於學亦不盡同乎二君之所爲，二君亦不以余之不盡同而棄余。見則相與賞奇而析疑，不見則無日不思。蓋各以性之所近者，爲學而互相資其所能，不必强人同己所不能，亦不必盡舍己所學，而唯人之隨。是則余與二君亦無有异也。易曰：『同人於宗，吝。』若是者，其有合於出門之交乎？其抑猶未邪？

余別二君歸皖七年。今歲秋，廉卿來謁湘鄉相侯於金陵，不期而與余同居使院兩月，沖淡坦夷，嗜學如昔。讀其文，日進於古而未已，而余則頹然，志業衰退。見廉卿欲强自策勵，從之而未能。廉卿歸，語清軒，其又將何以振余之惰也！

卷第十　傳一

楊文軒傳

楊文軒者，湖北武昌人，以千總爲巡撫某公巡捕官。咸豐二年冬，粤賊攻武昌，將以浮橋渡江，士卒請出城毁浮橋，巡撫不可。或言當駐兵洪山，無使賊據，得俯攻城中。巡撫令營洪山，不二日復棄之，後果爲賊所踞。有陳姓者貴族也，請毁家犒師，出殺賊。巡撫不應，專治守於城中。

及城陷，巡撫將以身殉。文軒引至其家，則已置櫬庭中，結環其側，曰：『此某報國之具也。請大人先，某願侍於九原矣。』巡撫意决，文軒爲引帶縊之中梁，俟氣絶，再拜慟哭，爲殯斂，然後自經於旁。

論曰：余避亂山中，即聞文軒事，頗疑之。後游嚴中丞幕中，中丞仕湖北久，以爲信。然又見浙江楊利叔所著菰蘆筆記，得其詳，以問於楚人，皆一詞也。文軒其賢矣哉！順德羅椒生尚書謂余曰：某撫軍究爲加人一等也。往英夷犯廣東，脅總督入夷舶中，巡捕官某勸之投水，不從，卒爲國辱。然則某撫軍固可與爲善者哉！

王大令傳

君名恩綬，字樂山，一字佩綸。先世自金壇遷無錫，遂爲無錫人。父鼎汾，候選縣丞。母趙氏。世有積德。君幼端重，性孝友愛，敬父母，能曲得其歡心，侍疾治喪，竭誠盡禮。爲文章必本至性。遇事果敢，勇於有爲。少以文行，爲巡撫林文忠公所知，常親爲講論。道光己酉，以恩貢生中順天鄉試舉人，慟父母不及見，悲涕時涔涔下也。庚戌科考，取教習，補左翼。宗學漢，教習三年。時惠親王爲稽察本學大臣，謂此職人皆視爲具文，其能引誘後進如恐不及者，王教習一人而已。每祇領御賜等物及俸米，必感激自慚無以報。

咸豐癸丑，粤匪竄天津，京城戒嚴。或勸君不宜居内城，君力持正論不爲動。教習期滿，奉旨以知縣用。

是時，湖北已再陷，被賊害甚烈。督撫以揀發請旨下，赴選者視爲畏途，多方規避。君曰：『時事多艱，正人臣效忠之秋，豈可爲趨避計乎？』整冠束帶而往，遂入選。奉旨發往湖北委用。

乙卯二月，行抵湖南，聞武漢有警，或勸君暫住以待，君不可。十六日抵武昌，城閉不可入。時胡文忠爲布政使，督兵城外，留君隨營，君矢志進城，遂率仲子及僕二人縋城入。巡撫陶文節公恩培、武昌知府多山皆贊歎，命君出城，仍至胡公營。君執不可，同登陴守禦。十七日城陷，有勸君去衣冠者，君曰：『何哉？』聞陶文節公殉節黄鶴樓，單騎往哭之。賊大至，偕多公率兵巷戰，同時殉節。仲子及二僕丁貴、吴福壽皆死之。

君剛方廉介，不經營衣食，家貧，好行善濟人，尤以忠義自矢。當賊陷金陵、鎮江時，君致書所親曰：『大夫死衆，士死制，吾輩身居庠序，不謂之士不可也。制當死乎？當走乎？』及赴楚復與其伯兄曰：『大丈夫遇此時勢，與其老死牖下，何如埋骨沙場！』伯兄知君性激烈，勸之曰：『萬一有警，不可不死，亦不可徒死。』君曰：『不甘心徒死，必折其角而後死乎！』其立意較然如此。殉節時年五十二歲。仲子名燮，字理堂，寄籍宛平，入縣學生，辛亥挑取内廷謄録，以宣宗成皇帝實録告成，議敘從九。性誠孝能曲體親心，處兄弟之間恩義備至。君入武昌城時，命回湖南，不可，遂從君守城死，年二十八。事聞，俱贈卹入祀昭忠祠。

論曰：自粤賊作亂以來，守土吏借符檄出城者多矣。既脱一時之禍，又爲异日免議之地，其計不亦巧乎？求有當危急之時而入城固守者，寥寥也。況如君本非有守土之任者哉！余客河南時，聞有謂君爲迂者。嗟乎！非迂孰肯舍生以取義邪！

三忠傳

世焜，字顯侯，滿洲正白旗人，未詳其姓氏所出。曾任江蘇常州知府，以愛民稱。咸豐四年，知揚州，時當粤逆蹂躪後，市井蕭條。公至，辟草萊，招流亡還定安集之，民氣少蘇。城中無官廨，公借居蔣氏園，園有桂甚茂，公顏其廳事曰『三十六桂軒』，而跋其後曰：『百物凋殘，此桂獨盛。吾願揚民之復生，欣欣向榮亦如此也。』其時，賊踞城南四十里瓜州鎮，官軍壁壘林立，以扼其北向之道。五年春，鎮江、江甯之賊渡江至瓜洲，官軍同時潰散。公知城不能守，毅然不肯去，率鄉兵二百人登城。城破巷戰，一賊自屋内用火鎗擊公馬，仆，公墜地被執，勸之降。公紿賊曰：『釋吾民之被掠者，然後吾可降。』賊以爲信，然公俟民去遠，即自刎死，三月一日也。公無子，一妾一女，當賊入城時，有老婦引入旁舍夾壁中，日饋食飲。賊破城十三日而退，老婦送至大營，官酬以金，不受，曰：『吾以報吾賢仁太守之德也。』公殉節之地名梗砍子街頭云。

德克登額，號静庵，滿洲人，亦不詳其姓氏。通滿、漢文，始在家訓蒙爲生，繼以筆帖式改武。粤賊起，從將軍都興阿公、都統舒保公至湖北，先後立戰功，洊擢以副都統記名。咸豐七年，從攻廣濟。公守營壘不得眠者七晝夜，牙盡脱。爲人善，涵養沈静寡言。無事則下帷静坐，坐必直身，不稍倚。雖溽暑，不去長衣。待友朋最誠信，然諾不輕許。舒公性峻直，公遇事必委曲言之，期於有成。心極恬淡，無嗜好。嘗言賊平即回家授徒，暇則垂釣於黑龍江上。又常語同人曰：『吾世受國家豢養之恩，得一日授命疆場，則吾事畢矣。』同治元年秋，粤賊由豫入鄂，公隨舒公援孝感，與邑令韓體震守城被害。是爲閏八月二十六日也。公有母無子，僅一女。舒公同治二年亦陣亡。

韓體震，字省齋，河南夏邑人。以貲任山東德州州判，改湖北知縣，歷任光化、江夏，以清勤得民心。咸豐九年冬，丁艱去官，不名一錢，冬僅一裘。其妻猶衣棉也。同治元年服闋，權知孝感，僅四月，粤逆合豫撚犯楚疆。孝感自經屢次殘破後，城缺不完，君謀修葺之，招鄉勇二百人爲城守計。君故與都統舒公善，因請入援駐城中。舒公僅馬軍五千人，始解鞍，而賊覘兵少，由城缺入，舒公急上馬堵擊，追出十里外。君與副都統德公復守城。賊後隊至，君率勇巷戰，手刃數賊，賊愈多，一勇牽君退，君叱之。從子某泣挽之，君又叱之去。身受十傷，刀矛鎗子無不備，猶大呼殺賊而斃。先是，賊警至，城中居民盡室以行。君不令妻女出城，城破，女被獲，舒公救出之。君殉難後，舒公復入城擊賊，城旋復。孝感民言及君殉難事與平日愛民之政，無不泣下者。是秋賊所陷城，曰隨州、應山、應城、孝感，惟君稱守土職云。

論曰：余游楚，與蔣文若太守交。太守刺荆門，以書告余十年來死事，諸人深知而確見者，惟世公、韓君其死最烈，而居官亦毫無訾議。武人中尤欽德公之爲人，述其事，命余作傳，以爲是扶正氣之一端也。余文不足行遠，感太守樂道人善，因綴三忠事論次之。

沈大令傳

君諱衍慶，字子符，號槐卿，池州石埭人。祖賡飏，父作舟，俱縣學生，重行檢。君生而聵，祖父附耳授之書即成誦，年二十中道光乙未進士，丙申補行殿試，用知縣，分發江西。鋭意有爲，尤善折獄。每以小几對簿，準情度理，衆心洽然。代理金谿四十二日，即有政聲。權興國，有蕭姓争繼，已控大府提訊矣。君初下車，進而語之曰：『吾欲爲一决何如？』兩造皆稽首。君判以孤子無生父之命，禮不爲人後。又别無應繼之人，因援無子祔食例，以田租之半永存爲祭産，則不繼而祀自不絶。以其半分給周親。於是一邑服其明。數月間，清積牘三百餘。歉歲，土匪藉禁米出境，據河行暴，客貨至抽釐，違者覆其舟。君廉得其情，督役捕治。俗以人命爲奇貨，旋控旋賄和。君痛懲之，欺詐寖息。丁外艱，服闋，署安義，補泰和，尤以除暴安良，興學善俗爲務。民初以抗糧成習，及君治之，皆踴躍輸將，上官嘉其能，移任時民號呼泣，留者不絶。其在興國、安義也亦然。以敘加同知銜，調鄱陽。鄱陽，江西繁要地。君既涖任，拓芝陽書院，廣育嬰堂、養濟院，施藥餌、棉衣、棺木，置義冢，凡興利除害事無不備。鄱陽素稱盜藪。君親訊漁户，編名册，置巡船，梭巡其中，獲盜則嚴治如法，舟行肅然。邑兩遇水災，君先設棚山阜以移民居，捐廉作餅與粥食之。常敝衣雜諸匄中，以察厚薄多寡之數，弊蠹一清。振帑下，按户造册，無濫無漏。數月中衣不澣，食不飽，衝波冒險無稍停，全活民以數十萬計。上官命緝私鹽，君以大荒民窮，藉負販爲生，持不可，屢受詰責不顧。麥秋至，君乃微行要隘，遇販者告以實，民感之皆復業。文宗顯皇帝登極下詔，旁求人才，巡撫費公開綬、學使張公芾薦君治行第一。咸豐元年入覲，回鄱陽，萬民夾道以迎。

當是時，粤逆竄據永安，沿江大吏多泄沓，以爲去賊數千里也。君獨憂其必下竄，慨然曰：『上不能爲國分憂，下不能爲民保命，朝廷何賴此臣子乎？』刊鄉守備要，編十家牌，傾囊爲倡，製器械，造戰船，練丁壯，十日一大閲，賞罰必信，鄱勇遂爲章江最。二年賊果東竄。三年正月十五日大雪，訛言賊至，民震動。君短衣佩印，挾弓矢，縱馬出城，見有掠市肆者，發二矢，斃一人，生擒四人，疾呼曰：『良民歸舟，不用命者，殺無赦！』衆鳥獸散。君訊知爲糧艘水手播謡言惑民，欲乘機劫掠也。治之如律，民心以安。是年春，金陵失守。提督向榮下攻，君解糧二萬石濟之。五月賊復上寇南昌，巡撫張公芾調君救援，君星夜率勇往見，密訂破賊計。六月二十四日大破之。又料賊必乘虚襲鄱陽也，迂道回。時樂平令李君仁元兼理鄱陽不肯去，君曰：『吾土也，豈可累子？』李君亦曰：『君不負我，我可負君？』遂共籌守備，甫一日而賊至。值久雨，秋潮大至，浸饒城數尺，坍處可通舟，向之木樁塞河者已茫無津涯。賊帆乘風蠭擁上，君親帥勇，然礮擊沈之。復大雨，火器無所施，水益闊，賊船由上游逼入東門。君涉水迎殺，梟黄衣賊首標之竿。賊退，轉由北門鳧水入，李君截鬭，君馳助未及，而李君遇害，君益怒，奮力殺賊。賊來益衆，君負重傷，鏖戰死之，七月十四日也。賊退，家人尋君尸，面如生，裹衣徧鈐鄱陽縣印，蓋自賊東竄時已備之矣，年四十一。事聞，贈道銜，予專祠。

君爲人孝友信義，好尊禮賢士。自幼慷慨，立名節。在官慕陸清獻公之爲人，常讀其書。方賊之未回竄也，君料其不忘江楚，與人書曰：『郡中無城可守，然裹糧坐甲，惟敵是求，斷無因噎廢食之理。』每懷鄉先生金正希、吴次尾之遺風，不禁拔劍欲起也。救援省城，自撰楹聯：益以取義成仁，擔荷綱常自勵。卒能不負所言。生平論事有深識，不爲苟且一時之計。道光二十二年英夷議和，君上書大府，力陳制夷之策，而決和議之不可恃，侃侃數千言。不十餘年而其言皆驗。其文藏集中。所箸有槐卿遺稿六卷、槐卿政蹟六卷。子二人：芝修、棠修。

論曰：余曩聞君治行之詳，竊歎循吏者，弭亂之原也。以君之才，使得大用於粵西賊未起之地，則所以銷患於無形，而止患於方來者，其必有道，何至斯民之不幸若是邪？及讀君論和議書，又歎歷官之政績，皆不足爲君道矣。孔子論臧文仲曰：『知柳下惠之賢，而不與立。』吾於君亦云！

李太守傳

君名槱，字紫藩，甯國宣城人。父宣範，山西盂縣驛丞，以循良幹濟，洊擢至松江知府。君少有文學，習知吏事。父卒，入貲爲縣令。

道光二十七年，選授湖北公安。邑故濱江，多水患，適連歲江漲。他守令例請以工代振，而老弱俱無所得食。君獨以振務爲先，水始至即貸數千緡，載餅餌蘆席偏給之。親稽户口，於四鄉設振局，收養棄孩千數百人，次年春夏歸其親黨，嚴治攘奪，閭里肅然，士民懷之，而隄工亦次第修築。咸豐元年調孝感。二年調鍾祥，時大水壞隄，君方勘工謀振，而粵寇自湖南竄武昌，全省震驚，土寇四起，君擇邑之壯丁千餘人，部伍而訓練之率以徇，有不逞者立擒治之，境内無敢爲匪者。君復率以治鄰邑之盜，屢獲其魁。襄陽巨匪郭大安聚衆數千，道府剿捕不利，撫之不服，挾衆南奔，將投粵寇。君聞之設伏於道，出不意戮其渠，而解散其黨。天門巨盜自稱蓋天王，爲暴尤甚。君乘大霧，率所部擒之以歸。群賊無一得逸者。

三年春，粵賊大掠東行。湖廣總督張公亮基聞君賢，擢知荆門州。其夏，粵寇林鳳祥等北犯，其黨敗回，自汜水掠，而南陷湖北之黄安，趨麻城。張公檄君將兵千人，會合漢陽同知張曜孫、都司董玉麟迎擊之，敗賊於鵝公頸馬案山辛家沖，賊大潰。君獨追至羅田，僅餘三百人，由英山竄安慶，君復追之，聞賊殲始反。過宿松，適縣有警，君爲擊賊於下倉埠，敗之。其不分畛域如此。

八月君回鄂。未至，適江西賊上竄蘄州之田家鎮。田家鎮者，全楚之門户也。時張公已以君前擊賊功奏請，以知府升用矣。至是復檄君防守田家鎮，後路鎮將督糧道徐公豐玉、漢黃德道張公汝瀛調君救援，君念後路緩而鎮急也，疾赴之。九月賊至，君四戰，賊皆敗走。又念第防御終無以制勝也，初十日提兵出擊，副將張金甲當先，水師繼其後。及戰，金甲逡巡。君獨率所部迎剿，賊敗，君追之，金甲仍不前。賊反鬭，君奮勇搏戰，斬殺數十人，賊復敗，君益追至富池口，距後軍遠，賊分襲君後。君傍江以就水師，水師懼，轉櫂而去。君陷泥淖中，所部二百人皆鬭死。君手刃數賊，罵不絶聲，賊支解之。越三日田家鎮陷，賊上竄。事聞，奉旨優卹贈道銜。公安、孝感、鍾祥之民聞之，皆痛哭如喪所親。

君內行純篤，爲政主於清勤，常以平旦坐廳事，闢署門，聲訴者就而治之，中夜乃歸寢。赴鄉懷餅爲食，不事行厨，恒坐邨廟中或大樹下決事。鄉民環觀，親之如父母。其在孝感也，清積牘三百餘。在鍾祥巡行四鄉，未反署，大府調君署江夏，民聞，數萬環府乞留。及君反，謁見攀留者，日數十百人，又伺於城門，肩輿出必驗視，唯恐君之去也。有幕賓出，貌似君，群譁然以爲君行矣，傾城老幼擁之不得前，君出而慰解之，乃散。

後君没，孝感士民請祀之於名宦祠。閱七年，子雯奉君母來楚，公安、孝感民爭迎奉之。其得民心如此。殉節時，年四十一。後蒙特旨，賜謚『剛介』，祀專祠。子四人，長雯，襲雲騎尉世職。

論曰：余始聞友人方魯生於黃州見君，稱君忠勇，有古烈丈夫風。及游楚北，益得君治行之詳。嗟乎！亂賊之興也，由吏之不職使然。使得君輩數千百人，徧布天下守令之中，則民將敬愛之不暇而忍作賊乎？未究其用，徒以力戰捐軀，烏呼惜哉！

南陽鎮總兵邱公傳

公姓邱氏，名聯恩，字偉堂，泉州人。以世襲男爵，初爲直隸副將。咸豐四年，河南撚匪起，粵逆復上竄湖北，逼豫疆。用薦擢公南陽鎮總兵。公居心忠純，時以殺賊自任，臨敵果勇异常，賊畏之，號爲邱老虎云。

在南陽五年，馳驅戎行，日夜無休暇。息縣李世林投誠，餘黨丁心田聚衆擾烏龍集，巡撫英桂令公往擒之。湖北游勇倡亂，破樊城，撲鄧州，衆萬餘人，勢猖獗，南陽告急。公先以積勞患嘔血疾，駐固始，聞之卽旋鎮，簡精兵先挫其鋒，復聯鄉團以助聲勢，民乃安。

五年正月李世林敗死，其下易天幅擁衆逃歸，結汝陽巨匪王黨、羅苗義、息縣匪朱明義、林其賢，北逼馬鄉，傷官兵，南戕烏龍集。州判，遂破息縣，圍光州，據光山。巡撫調公圍攻數日，嚴守關隘絶其援，賊宵遁。公窮追大破之，諸匪皆授首。河北連莊會姦民滋事，巡撫自督剿，而以三關防堵事任公，駐信陽。時公舊疾發，兼中風，痺力疾，奮勵如平時。是年冬，張落刑、龔瞎子等倡亂，蒙、亳、歸、陳震動，他將剿撲數月無功。上命巡撫往督師，巡撫檄公先由間道赴歸德。

六年正月會兵進戰。公常居前敵，屢挫之，後遂有渦水、雉河之捷。七年春，張、龔二逆圍固始，都統勝保擊敗之，賊竄擾三河尖、方家集，分賊擾光、息。都統駐軍洪河北，專防北竄，南路無兵堵禦，人情洶洶。公率千餘人至光州，知州鄭元善更簡精鋭兵勇二千人屬公。公進駐詹家營，距方家集二十餘里。方家集，賊老巢也。五月六日公分軍四出，自居中，直擣賊壘，賊傾巢出衝中軍，公督戰良久，無不一以當百破之，乘勢入賊壘，殺賊數千，尸浮河而下者累日。二逆由此膽落，不敢窺南岸。十六日賊遁三河尖。都統由河北追剿，公取道淮南，進紮橋溝集，賊遁正陽關，公復追至，連戰皆捷。初公之破方家集也，角子山撚匪乘隙作亂。督兵者數失利，巡撫檄公西征，都統以賊雖敗竄，公去恐復熾，光、息紳民亦惴惴，恐公去，乞留。至是正陽關剋復，東賊遠而西賊愈熾。九月公奉檄往剿，時都統德楞阿敗賊於確山，公乘勝追擊，連破之。賊西竄入泌陽、嵩縣諸山中，出入無常。公陟險縋幽，搜剿數月，群盜平。自公去光，冬十二月，張、龔二逆結粵逆數萬，圍固始七十餘日。巡撫以公剿西匪得力，不可中止。

八年春南陽賊平，遂飭公來光。時固始圍已解，而粵逆又自皖竄楚，破麻城，公駐軍沙窩坊虎頭關，策應光山、商城，賊遂未敢入豫境。十月，撚匪孫葵心竄周家口，巡撫調公往破之於槐店。十二月賊擾三河尖，巡撫恒福新莅任，命公剿辦。公分兵至光防禦，得安堵。公自平丁心田後，凡汝、光間邊疆有警，上自士大夫，下逮鄉里婦孺，莫不嘖嘖望公來，公來卽傳之以爲慶。賊聞之，弱者遠竄，强者戒備益嚴，則皆曰：『邱老虎至矣。』公面方而黔，微有痘斑，顧視懍懍有威，而内含慈惠，身材中人，丰采綽然。每行軍所至，將士如雲，人爭識之。當是時，皖境皆賊，豫與皖鄰，無高山大川以爲之阻。自公至，豫賊雖屢擾邊，而不能深入爲民害。前巡撫英桂深任公，故公得盡其才。

九年春，賊自甯陵、睢州竄入豫，公連破之，追至五溝營，賊分爲二。其東竄者，公分兵擊於商水南殲之，而自追其西，然孤軍獨進，無有與公夾擊者。公方剿賊不遺餘力，而恒福劾公以自謝過，公不自明，發憤追賊至舞陽北舞渡。薄暮馳百餘里，人馬皆未食。時黑夜，猝與賊遇，彼此難辨。公督戰急，賊少卻，追至殺虎橋。公聞其名，嘆曰：『人謂吾虎也，今當死於此矣。豈非天乎？』未幾，賊大至，圍之如重壁。公潰圍出而復入。屬從者多受傷，勸公退守，公殺所乘馬示無退志。天色昏暗，悲風四起。賊死戰公，公力盡，猶手殺賊十餘人，竟戰隕於北舞渡。時年四十有六。

公卒後，繼公督師者，多不知兵。賊遂徧竄河南郡邑間數年，民大困。公治兵嚴紀律，尤以愛民爲心，不以供張累州縣，州縣有以米錢犒士卒者，則欣然俵分之。兵所駐境上或逾旬經月，商賈居民幾於不知有兵者。前防堵光州，時天沍寒，出錢十緡，屬一弁爲市舊羊裘，弁獻狐裘，錦其表，不取值。公曰：『吾非以儉博名，念士卒口糧幾何，而導之靡，勢益不給，起而攘奪，甚於寇賊，而事不可爲矣。』卒以己錢市羊裘乃安。時度支匱，軍餉薄且絀，公常節縮俸錢以給兵食，而未嘗向人言也。然士卒或不法，輒嚴治之，故軍中畏其嚴而樂其恩。行軍數年，雖無事，未嘗解衣卧，時時訓練，務使緩急可恃。其勤奮持身，仁義率下，公忠體國，數年如一日。每戰剋捷，所向有功，非偶然也。嘗與人談及時事，誓不與賊兩立，其許國之誠如此。遇難後，降將廢卒多泣下，汴東南數百里士民道祭，罷市而哭。越十餘日，始得公尸，身被重傷，而顏色如生然。

浙江巡撫羅公傳

公名遵殿，字有光，號澹邨，宿松人。少孤，節母延師課之，始有立。天性孝友，有兄貿遷於外，歲暮，母憐之，公卽奔馳百餘里，偕度歲除。道光辛未舉於鄉，乙未成進士，以知縣分發直隸，署南樂、肥鄉，補唐山，調清苑，皆有治績。擢知冀州，未受篆，擢浙江湖州府。

時海氛甫熄，湖屬漕務棘手。公日詣倉市，開誠布公，愷切宣諭，事卒以辦。又捐建書院於歸安，以正士習。捕獲巨寇百餘名，數月湖州治。凡四載，移守杭州，未數月，擢湖北安襄鄖荆道。襄陽古重鎮，爲南北要害，習俗强悍好鬬。是時海内無事，人不知兵。公見世事日非，憂危時形於色。無何粵匪起，流毒東南。公撫循士民，簡練武備，以故武昌三陷，漢陽四失，而襄境獨不被兵。其後恢復武、漢，亦以此爲之基也。咸豐六年，擢兩淮鹽運使。巡撫胡文忠公以武、漢未復，乞於朝留之。是歲大饑，冬間散遺川、豫、皖南之卒，黠者遂煽土匪作亂，蔓延荆、襄、鄖、宜四府，公率五百人固守旬餘，以待援軍，次年五月平之。七年春，擢湖北按察使。八年，遷布政使。時楚境肅清，皖、豫多警。文忠常率師東征，駐行間籌度軍儲，整飭吏事，多倚公以辦。九年夏，奉命撫閩。入覲，文忠疏請代撫鄂、滇帥，乞往滇黔，皆不允。召對六次，備蒙温旨，陛辭後，中途奉撫浙之命，九年十月履任。

自粵賊踞金陵，浙省供給甯國一軍，藉以堵禦門户。前巡撫胡興仁不願餉鄰省，又與甯鎮將鄭魁士不和，劾之，易以他將。魁士武人，闇大體，然善戰守，得士卒心，實遏賊不得入浙。魁士去，而賊時有窺浙心。公至，見吏治軍事頹墮，深以爲憂，嚴舉劾，察營伍，籌畫布置，昕夕焦勞匪懈。然將吏泄沓久，病公所爲，多毁之。十年春，賊由甯國境竄入浙，杭州城大兵單，飛章乞援，皆不至。二月二十七日，賊以地雷裂城三十餘丈，城遂陷。方賊之始至也，公知城不可守，集家人諭之曰：『吾與城存亡，義也。汝等其各自爲謀。』妻徐氏憤然曰：『作君家婦四十餘年，尚不我知邪？愧未能助君殺賊耳！何用生爲？』次女陳穎秀之妻，及族子宗傑妻周氏皆故孀居，亦感泣誓同死。自是日夜登陴守禦，城陷，俱仰藥未發，復同趨西院自經以殉。

公清節過人，兵事非其所習，又適承前人頽墮之後，受事未及三月，狂寇突來，於是浙人皆咎公。事聞，上以公素有官聲，實心任事，既優卹矣，而御史高延祜奏請收回成命。其後節相曾公白其冤，得賜卹典如初。公自守令至巡撫，不名一錢，俸所餘，即以助族人，未嘗購半畝之田。徐夫人亦儉素，恒著布衣。殉節後，家屬幾無以爲生。子二人：長忠祜，候選員外郎，次某。

彭氏三死事傳

彭雲漢字寶臣，湖南衡陽人，與彭瑞益爲從父昆弟。瑞益字榮耀，皆從今太子少保兵部右侍郎彭公雪琴於水師，擊賊湖、湘、江、鄂之間。

始逆賊洪秀全、楊秀清自粤西下竄，據金陵。節相湘鄉曾公奉詔治鄉兵剿賊，念非創設舟師莫能制，乃拔侍郎諸生中，及今陜甘總督楊公厚庵於偏裨，竝爲大將，典水軍，雲漢、瑞益爲侍郎族兄弟行，俱奮迹起從之。

咸豐七年九月，官軍攻九江久不下，舟師縣隔外江内湖不得合併。侍郎謂楊公曰：『九江賊恃湖口爲援，不拔石鐘山，九江終不可得。』遂密約李忠武公續賓，帥陸軍由八里江潛濟，出賊不意，撼其城，内外水師夾擊兩晝夜，礮震肉飛。時雲漢、瑞益俱以六品軍功爲左營哨官，殊死戰，恨不以一當百，遂於初八日中礮子死。次日侍郎剷梅家洲賊城，燔石鐘山賊巢，殲悍逆萬餘人，攻剋湖口，於是水師三載阻絶者，内外得合。遂衝突長江數千里，賊船不通，江、皖、吳、楚城池始以次復，由石鐘山先奪其隘也。而前水軍陣亡者數千人，侍郎乃請旨建祠石鐘山，雲漢、瑞益與焉。

彭蔭槐者，雲漢族子也，字必貴，亦以從軍功得儘先外委。苗沛霖叛於壽州，蔭槐從總兵王吉率水師軍臨淮。同治二年十月十日戰没。事聞，亦入祀昭忠祠，與雲漢等俱世襲雲騎尉。

論曰：余讀宋史彭汝方、彭乘龍、震龍諸傳，及今聞雲漢等事，何彭氏忠義後先相輝映也！當侍郎治水軍時，惟以忠憤鼓勵其士卒，不顧死生成敗，迄今十有餘年，東南告靖，偏裨走卒多得膺節鉞之榮，而三人竟先死於王事。士貴各成其志耳，得失固自有命哉！

卷第十一　傳二

朱少香傳

朱啓鴻，字少香，廣西臨桂人。道光丙申進士，授吏部考功司主事。以家貧，資斧不繼，呈請降補外官，選授湖北枝江縣知縣，時年二十餘。性恬静，鄙奔競，十年不得調。

咸豐二年，粵西賊日熾。督師者久無功。君每接鄉書，皆言賊勢猖獗，而閲省鈔則惟見以捷聞，因發憤爲書，痛言大帥掩敗爲勝，蒙蔽聖聰，將釀成巨禍不可救。又言象鼻山臨桂門户，不宜使賊踞，得窺我城中虚實，願帶兵數千往剿之。若不效，願先以全家監禁爲質，乞湖北巡撫龔裕代奏。巡撫謂君越職言事，劾之。上以君籍隸廣西，或情形熟悉，降旨交廣西巡撫勞崇光委用，諭旨未到，賊已竄至湖南矣。時龔裕以規避得罪去職。常文節公爲巡撫，君又上言湖北防堵，宜力守岳州，使賊不得越洞庭湖而下。湖中漁船客船熟知水性，宜招爲水師，不可棄以資賊。常公不能用其言，僅調集兵餉守城中。其後賊果收湖船，破岳州，武昌不守。

是時君在枝江，勸辦團練，復選胥吏年少者，教以技藝，預爲備賊具。既，奉赴粵之命，遂解任，往勞公。以廣西肅清無所用，疏令回楚，奉旨交署湖廣總督張亮基察看。覆奏未至，張公已改撫山東。武昌旋失，君遂告病養痾於宜都之聶家河，芒鞵布襪，杜門謝客。知縣景君欲見之，搥門幾碎，堅不可。胡文忠公爲巡撫，聞而賢之，欲招致軍營。君以鬱憤久病已不支，後漸不能食，日惟飲酒。咸豐九年卒，年四十餘，鬚髮蒼然。

君病中箸搔痾集，言時事於廣西地利最詳。作令時，待士最優。性簡默，與人對坐，常終席無一言。其没也，貧無以斂，胡公率屬吏賻之。

論曰：余曩聞朱君事，奇其人。及客河南，遇君門人殷君，始詢得其詳。殷君曰：『君作書時，不告於家人所親知之，泣勸不爲動。』夫人至欲舍全家以赴國難，即所言未當已足重矣，而乃以爲越職！其職任疆事者，又以身家念重而不肯爲，然則職分中尚有人乎？以君之才識，而鬱悒以終，豈不悲哉！

閻省齋傳

閻淑震，字省齋，河南項城縣學生。年少篤行，與同邑曹學禮，鋭意爲劉念臺、孫夏峯慎獨養性之學，固窮礪節，力探本原。嘗箸洗心譜，其敘曰：『吾人不幸處窮鄉僻壤，欲脱然自拔於流俗，非尚友古人，其何道之由？夫尚友古人者，非拘陳迹嗜糟粕已也。以古人之性情陶鎔吾之性情，循循於忠孝節廉之行，超超於勢利紛華之外，不與衆人争一日之短長，不與天下校無益之是非，不與吾身計目前之聲名，澹然闇然與物無競，不入俗而亦不戾於俗，焉斯可矣。』其礪志如此。咸豐十年春，捻匪入項城境，淑震遇賊不屈死，年二十餘歲。

論曰：河南爲二程子之鄉，國朝初，孫夏峯、湯潛庵、耿逸庵，先後講學於此，故其流風至今未墜也。太康張性淵以省齋遺詩見示，讀之深有慨於心。其感興詩曰：『面牆實鬱鬱，中情思奮發。』又曰：『窮達各有道，義命定不移。』烏呼！是足以見君之學矣。年未壯而遽以節死，惜哉！

孫太史傳

君名樹，字友琴，姓孫氏，明忠烈公燧之裔孫。世居餘姚，遷山陰。曾祖某游汴，家焉，遂爲祥符人。君少穎悟，事親有至性。咸豐辛亥，舉於鄉。丙辰成進士。己未殿試入翰林，爲庶吉士。

君嘗負經世之志。癸丑粤賊破金陵，陷揚州，中原騷動。君知必犯豫，議守邊，當事者不聽。五月賊圍汴。君出金四千爲守城資，圍乃解。甲寅蒙、亳盗起，張納刑、龔德等攻陷永、夏、虞城。朝廷詔舉行鄉團，州縣吏奉行不力。君嘗極論之，以爲鄉團之役，利於官利於民，而獨不利於賊。然而州縣吏往往惡團如讎者，貪心蔽之，遂輕聽反間而不悟也。時則有太康令祝塏率柘城寶鉦商人賈太徵、永城王相廷、蕭九毅等倡舉義團，敗賊於張橋，復永城、夏邑，進剿雉河集，焚賊巢，幾擒渠魁。會主撫者中賊先入之言，撤團練事，祝令禍且不測。君曰：『此天下安危機也，不可不辨。』白其冤於學使張公，爲疏於朝，且薦其才，事得解。自此保障東南，力挫兇鋒者累年，且戰且耕，而國家正賦得以無虧，内地編氓安處鄉閭，巷舞衢歌，不驚烽火者，諸義團之力也。

君嘗選授閿鄉縣教諭，訓士以敦品勵節爲先。閿鄉逼近潼關，君以秦中富甲天下，爲賊所覬覦，遂託爲游山，徧視險要，作潼關論、河南大勢論。又與項人王丹君爲堅壁清野議，人多笑之。其後言皆驗。或難君曰：『鄉團果可平賊乎？』曰：『勸鄉團者，意在衛民。使草茅豪俊皆得自奮於功名，則民不化爲賊，賊可使復爲民，縱不復爲民，而殺一賊即少一賊，無路孳生，終有時殲其醜類。揚湯止沸，固不如釜底抽薪之爲愈也。』然則鄉團果皆能戰乎？曰：『此視乎離城之遠近，受禍之淺深，風氣之强弱，是在賢有司因勢利導，以濟兵力之窮，簡正兵以爲之主。正兵角之，鄉團犄之。正兵衝之，鄉團襲之。正兵尾之，鄉團要擊之。其勝也同薦章，其敗也同卹典。中原之地其有瘳乎？』又曰：『今寨堡已成，民情可用。第寨自爲寨，不相聯絡。恐賊併力攻一寨，則諸寨瓦解。』因爲聯寨議數十條。君多病，然每有賊警，必力疾登陴。時時以國計民生爲念，曰：『天下事尚可爲，惜當事者不力求其本原耳。』辛酉十月二十五日卒，年三十六。卒之日，猶驚呼其僕覓刀殺賊云。

論曰：余游河南，交太康李又哲，蘭儀邊農友，祥符王秋鈴、許汝濟、孫雨農，皆時彦也。諸子時爲余稱太史之才，而惜其言不用。太史卒，汝濟爲狀，屬爲傳，余因論次之如此云。

陳獻清傳

君名壽熊，字獻清，一字子松，世爲江蘇吳江人，補蘇州府學生。少孤，能自樹立。嘗作座右箴，言入孝出弟之方，居敬窮理之旨，朝夕觀翫以資警省。讀書好爲深沈之思，遇疑義連夕不寐，期必達而後已。以貧不能葬其親，與其友吳江沈曰富應省試。舟次大江，涕泣酹江流爲誓，歸集同志倣桐鄉唐灝儒、張楊園先生法，爲葬親會而稍變通之，因是獲葬其親者數十家。曰富亦能文章，砥名節者也。

君少與交游，既壯，又友平湖顧徵君廣譽，益治經學，遂棄舉子業。自漢、魏及國朝諸儒解經之書，皆究其底藴，別其得失。後又受業於婁縣姚先生椿。先生爲桐城姚惜抱先生門人，私淑寶應朱止泉先生之學。君既學於姚先生，自文章經術反而證諸吾心之理，而體驗益深。姚先生没，君授經吴、淞間。當是時，數百里内爲醇儒之學者，咸推顧徵君。徵君務持謙退，未嘗爲學者盡言。君則誘掖後進惟恐不及。學士大夫漸尊嚮之。

先是咸豐三年，賊陷金陵，賴提督向公榮、張公國梁先後堵禦，故蘇、松、常數府得無恙。十年三月江甯大營師潰，張公戰死，兩江總督何桂清自常州退蘇、松，賊遂下竄，莫敢爲守禦計者。君居吴江之黎里鎮，與里人謀練鄉兵捍之。四月吴江陷，賊來犯鎮，鄉兵擊殺數十人，賊退，益繕守具，爲持久計。相拒兩月，屢卻賊，人心益奮。無何賊大至，鄉兵無援，始潰。副貢生馮經、國子監典簿徐泰吉、太學生陸鏡人及其弟某皆死之。君被重創未殊。長子婦葉氏及次女某投水死。君友人淩君泗迎至乘塔，醫治得痊。賊退，君歸。初，黎里未破時，有以款賊爲説者，君厲聲言：『吾輩雖無民社，然能死死之，否則去之。若藉口計全鄉里，腼顔迎賊，不特棄君父之倫，直不知人間羞恥事矣。』及兵敗，事乃有不可言者，君憤不欲生，遂作書別故舊，絶粒五日而卒，是爲十月二十四日也，年四十九。

君爲學宗主程、朱，闇然自修，不侈講學名。貌樸素若無能，至名義所在，未嘗稍貶以徇俗。嘗言數十年檢攝此心，至今日始能不妄用。又言於死生之際，視之淡然。蓋其平日之所養如此。所箸有周易集義、周易正義舉正、周易本義箋、讀易學、啓蒙私記、讀易、漢學私記、冬官補亡、考工記釋、詩説參同契注，及詩文集若干卷。又嘗注王西莊光禄蛾術編，補緝吴枚庵所撰國朝文徵，皆刊行。四子某某。

論曰：昔兩漢尚經學，宋與明多講求心性之儒，故當世變，節義遂爲千古冠！甚矣，學之有關於世教也。君學養有本，豈徒以節見哉？君門人秀水陶模能守君學，家陷於賊，竄身窮鄉，讀書勵志不少挫，且撰君行狀以表其師之學行。烏呼！即是可覘君之教澤也。

宗義宗智傳

宗義、宗智者，河南内黄人，宗飛之二子也。飛，一名芸閣，嫻武藝，嘗團練鄉兵，能公平，鄉人信服之。後其叔父超犯法連飛，繫獄當絞。

咸豐十一年三月六日，山東鄆、鉅賊竄河北，偪内黄。内黄近楚旺，漕糧屯聚之所也。城高不滿丈，難守禦。於是飛二子欲殺賊以贖父身。邑人素服飛之得鄉兵心也，爲請於知縣黄見三，且各以身家保其出獄，集團助剿。二子喜父之出獄也，俱求爲鄉兵前鋒。越數日，賊分竄楚旺，攻縣城，勢猖獗。飛率二子督鄉兵五千人，趨至西關禦之。二子首入賊隊，力戰死。飛受重傷不退，鄉兵皆奮勇殊死戰，賊始敗走。其竄楚旺者，飛亦先調鄉兵擊退之。漕糧完，城圍解。

邑人上其功竝其二子死事，巡撫嚴公疏請免飛罪，卹其二子焉。是爲三月九日事也。

論曰：賊起粤西，蔓延天下逾十年，惟湘鄉曾公率鄉兵轉戰數千里，力與之角，而賊燄始衰。其所部今多爲名將名臣，豈忠義經濟之士湖湘獨多與？抑無人振興而提掇之，斯正氣不作與？余游齊魯、燕趙、陳宋，聞其以鄉兵捍賊死綏者不乏也。然振興無人，懷才抱异者多湮没而不顯，如飛二子以死戰代其父，飛以將死之身，一出獄，即立功鄉里，以表見於時，不猶爲幸事也夫！

馮福基傳

馮福基者，山西代州人，安徽灊山天堂巡檢馮焯之子也。粤賊據安徽，天堂介桐城、霍山、灊山之中，山深多險要，賊所不至。咸豐七年間賊始入焉。時福基年十四歲，聞警，匿母他所，身藏利刃欲殺賊，爲賊所獲。因日伺隙刺賊不得，間常飲泣，隨至湖北黄梅境，竊市毒藥置飯羹間，與賊共食飲之，賊不覺，毒殺賊十七人。福基泄憤而死。安徽巡撫李公續賓聞之，嘉其節，爲請於朝，得旌卹焉。

論曰：賊之所至，專務脅從其壯者爲兵，蠢者役使之，士則使掌文書。從之者，始由懼死，繼或甘心屈辱，或不得已從戰陣，受勞苦，染疾疫，而終不免於死亡。其能乘間逃者已幸矣。卒未聞有以殺賊顯名者也。余往讀柳子厚童區寄傳，嘆古今人之不相及。今見福基事，不又爽然自失也乎？

趙孝子傳

孝子名深彦，湖州歸安人。祖炳言，湖北巡撫，有政聲。父景賢，以守湖州功授福建糧儲道，未之任，城破殉難，謚忠節。

先是咸豐十年，粤賊竄浙江，嗣後皖南、浙東西郡縣多陷。湖州前後左右數百里皆賊烽。忠節激勵官民固守以待援兵，而地勢懸隔，兵不得達。曾相國既剋安慶，急遣將力攻甯國、廣德以通援，師未及拔，而湖州已以糧盡被陷，是爲同治元年五月也。

忠節守城三年，至是始失。時深彦居其叔父景庶湖南道庫大使署中，年甫十二歲，日憂念其父不置。及聞湖州陷，謂父必死，號泣不欲生。六月七日夜，潛起服毒以殉。

論曰：趙公城守之節，雖張、許無以過也。然猶讀書稽古數十年，君臣大義久固結於其心而不可解，故雖非有守土之責，而義氣直貫金石而不摇。若孝子者，可以無死，乃率性而行，必與父爲存亡，又出於童穉之年，是何肫肫其仁若此哉！

馬公實傳

君名樹華，字公實，桐城人。其先世本六安趙氏，來爲贅婿於馬氏，遂蒙其姓焉。六世祖孟禎，明太僕寺卿，事載明史列傳。曾祖翩飛，乾隆元年舉孝廉方正，學行爲儒林所推。

君幼好學，博聞强記，中嘉慶丁卯副榜貢生，私淑同里姚惜抱先生。爲詩古文，長於掌故，好旌别淑慝，凡古今忠孝節烈事蹟，搜討尤勤。明季殉節諸臣荷我朝賜謚予祠祭者，均載入勝朝殉節録矣。又詔如有遺佚，許隨時呈報。君用是博覽傳記、野史及名人文集，采輯爲一書，曰闡幽彙記，以補殉節録之遺。又以邑志爲文獻所關，義例不正大，無以成章；事蹟不徵實，無以傳信，因取前志稿，援古證今，糾謬訂誤，易義例而推廣之，以存其實，爲龍眠識略十二卷。

道光辛巳就直隸州州判，署江西銅鼓營同知，丁外艱歸，服闋，援例進通判，以母老告近，權河南清化通判，補汝甯府汝南通判。當官勇任事。時林文忠公爲方伯，以講求吏治爲心。君言天下之患，莫大於上下相蒙。今世論治者，以勤修政事爲妄動，以坐聽敗壞爲鎮静。積習相沿，此所以未見實心實政也。因極陳是非之公，因革之宜，文忠甚重之。

數年，棄官歸養。與弟樹章敦友愛，修族譜，建宗祠，捐義莊，貧有養，教有師，婚嫁有資，喪葬有助，毅然欲以范文正公及鄉前輩方恪敏公爲法，嘗謂弟曰：『人生餘於德者，必盡化導之義。餘於力者，宜盡扶持之方。餘於財者，務求周卹之道，是皆分内事也。』以故君兄弟孝友之名聞於四方，蓋終身無間云。

君箸書甚多，不肯校刊。懼先世遺書散佚，乃輯馬氏詩鈔七十卷，太僕奏略四卷，翊翊齋遺書四卷，懷亭瑣記四卷，嶺南隨筆三卷，校訂精密，以次刊成。

咸豐三年安慶陷，君避居邑西唐家灣。十月十四日桐城陷，二十一日夜賊入山，君被執，挺身罵賊，遂遇害。所箸可久處齋詩文集十六卷藏於家。是日同君殉難者有唐履泰焉。履泰名禮撙，聞賊至已走避矣。其父使歸視君，遂遇賊，不屈死。

論曰：君爲人伉直坦率，無他腸。名義之際，不少假借。生平箸書，最重節義，臨大節而不奪，固可信其必然也。余與君交久，於君孝友睦婣之行，尤不勝歸慕云。

葉瑞廷傳

葉瑞廷，桐城人，居邑西鄉張天坂，讀書知大義，有豪俠氣。咸豐八年九月，巡撫銜浙江布政使李公續賓既剋九江，遂率楚師復太湖、潛山，進攻桐城，月之六日剋之，遂下舒城，攻三河，命總兵趙克彰卽補知府。張家駒駐守桐城，諭鄉民團練助官軍，爲善後計。鄉人以瑞廷負膽勇，舉爲團長。先是，里人屢舉行團練皆虚文，罕有真實籌辦者。瑞廷既受事，卽實力部署，編伍成，焚香誓衆曰：『勿視爲具文。余軍法是遵，非兒戲也。』以故部伍整肅，械幟精明，爲諸團勇冠。

十月十日李公殉節三河，賊復竄桐城，勢甚張。趙克彰檄鄉團助之禦賊。瑞廷奉檄，拜辭其祖以行，至城，列陣於東門外烏石岡，與官軍對壘。瑞廷執刀陣後，令曰：『奉命助官軍殺賊，上報朝廷，下保身家，在此舉也。先退者齒此刀！』當是時，賊衆我寡，又新失大帥，兵氣餒，城中空無人，不可守。趙克彰先潰，瑞廷没於陣，城復陷，十月十九日也。

瑞廷既死，失其尸。其母及妻慟甚，竝於是年死，僅存遺孤三人。是日團勇同死者三十人焉。

論曰：昔，孔子稱童汪踦能執干戈以衛社稷而死，有成人之行，不可葬以殤禮。瑞廷一鄉民，無官守，以死報國。議者或譏之，不知既爲團長，即官守也。則雖謂一布衣，而有士大夫之行，不亦可乎？

候選訓導胡君傳

君名澤順，字梅平，涇縣附貢生，捐職訓導。少聰穎好學，無所不窺。年四十後益就平實，讀書以隨在自反爲歸，不馳逐聲譽，重義輕財，尤喜振孤窮之急。

咸豐三年，安慶陷於賊，甯國、涇縣議團防。君奉父命，前後輸金幾三千，不邀議敘。所居涇東鄉，又毁家財助鄉人，講求捍禦之法甚具。嘗謂時事孔棘，惟有固守忠義二字，衛鄉里報國家爲分内事，以是任諸己，亦以是教諸家，勖其宗族里黨，以故人心感激，屢蹶屢振，賴以安堵者數年。而君生計日窮，嘗以麥粥療饑，然處之泰然，人不覺其貧也。

十年正月二十八日涇防失守，諸子請避賊。君自以受職爲儒官，即力不能磔賊，亦不願與之竝生，於是恭讀聖諭廣訓，危坐廳事以待。賊入門，擄其子，凝然自若，賊以刃逼之，乃執巨梃鬬賊，受五傷，賊始舍之去。次日人見之，頭面及衣皆血，一赤人也。三月十四日賊復至，諸子泣請行，君曰：『行將焉往？吾已受國恩，死耳，一定之理可違乎？』十六日賊至家，君與鬬，受重傷。賊退，家人環跪，欲負傷而逃。昏迷中猶張目視諸子，責以不遵守吾訓，乃爲姑息之愛，將致我不能得正而斃也。十九日見賊，復大駡，遂遇害，年五十一。是日，長子婦朱氏投水死焉。先是，賊掠其二子，五子貞吉亦以不屈死。

君所箸有四書一得録、周易觀翫録，已刊行。同治元年，節相曾公以君殉節事聞，得旨予專祠。

論曰：孔子云『危邦不入，亂邦不居』。君以儒官，在籍無守土之分，去之於義無傷也。乃自君視之若大不義者，然使其當官任職，豈肯委而去之以偷生邪？烏呼！是誠可謂篤信守死者矣。

太學生吴君傳

吴君名枏，字石僊，涇縣人，國子監生。父芳培，仕至左都御史、兵部左侍郎。君爲人剛方，遇事果決。幼隨父任所，於古人忠孝大節凜然於心，輿圖兵略一切濟世之具，靡不研究，困於諸生，無所試。

咸豐三年二月，粵賊陷金陵，涇爲賊上竄之路。君奉大府命團練鄉兵，助官軍防勦。吴氏於涇爲右族，君遂於族中設立總局，糾合茂林、永定、思齊三都，制備軍火器械，募練數千人，吴氏子弟尤多。四年七月援勦黄柏、萬級、雲嶺各隘，會復石埭，追勦青陽，閏月援甯國，復援灣沚。八月出防蕪湖、魯港，燬賊船，殺數百人。是時，君義勇之聲箸於江南北鄰縣，聞君所在皆捐穀餉軍，賊畏之不敢嚮邇。五年正月堵勦箬坑，馳援石埭。五月復會勦石埭。八月赴繁昌援，出防南陵，所至陷陣先登，鄰邑防勦事宜亦咸咨決。

君自以世受國恩，分應敵愾，每論功退讓不居，以此人心感奮，隨所在團集。六年三月十七日勦太平郭邨，聞太平陷，遂由滄溪移駐龍門隘。時賊大衆抵青陽，分竄萬級、雲嶺、芝麻、高濂、五嶺隘口。君調勇分堵之。是時都鎮軍守樵嶺，君與約先復太平，後併力進擊青陽，期二十二日三路會勦。及期，都鎮軍馳赴厚岸，游擊徐某新至，未能進，賊遂竄越黄華嶺，涇縣被陷。君時搜賊太平，星夜馳回灣灘，籌剋復。二十六日進攻，君奪南門先入，巷戰至晚，賊死拒，君受重傷。時已不寐者九晝夜，猶復力與賊持，手射殺賊數人，鄉兵奔救之。賊由北門潛遯，城剋復，而君以力竭傷重死。子弟義勇從殉者數百人。

君自團練義兵四年，涇雖被賊，尚無恙，鄰邑皆賴之。自君死後數年，賊始盤據皖南，民大困，十不存一。君殉難時年六十七歲。

候選教諭王君傳

王君名汝貴，字金門，合肥人。世有文行，父朝選。君少嗜學，篤行過人。嘉慶戊寅副貢生。道光壬午就職教諭，以親老不赴選，授徒養親，弟子成名者百餘人。晚年篤志宋儒之學。

咸豐三年春正月，賊陷安慶，巡撫李嘉端駐節廬州，檄君辦團練。先是安慶陷，皖北千里震動。君既受命，乃招流民，練壯丁，編保甲，儲米粟，人心爲之一固。嘗謂人曰：『國家養士二百年，獲效正在今日。吾人讀書數十年，致用亦在今日。勿諉爲异人任也。』或曰：『賊若入境，畜髮全軀若何？』君怒叱曰：『薙髮而生，戴髮而死，何以見先人於地下！』十月賊陷桐、舒，廬州大震。時巡撫以罪去。十一月十日巡撫江忠烈公忠源至，方嚴飭守禦。越二日清晨，賊已蝟集城下。江公文武才，智勇絶人，應變達機，殺賊甚衆，人心始定。君奉諭守大東門，督民夫塞水關，一夜而工竣，遣練勇李榮升等隨江公親兵踰城擊賊。榮升有膽力，每遇賊奮勇當先，連燒賊營，獲渠魁，竟以深入被殲。江公惜之，然以是知君之能用人也。賊穴地道攻城，江公傳令取棺盛土塞之，里人匿空棺，君曉之曰：『事亟矣！不從公令，城且破，無死所矣，何棺爲？』衆皆諾。先是，江公至危城中，兵不滿千，餉需告匱。君振臂呼曰：『江公善守，江西有明效，此長城可恃也。』由是荷戈者雲集，富商巨室争毁家輸軍，簞壺相屬於路。江公疏言廬郡紳民萬衆一心，爲君及一時倡義諸人發也。堅守月餘，城陷，復完者再。而賊以數萬環攻，旌旗蔽日，金鼓聲震天，黄霧陰霾連日不解。是時，陜甘總督舒興阿奉命援廬州，駐軍六十里外，不進。城中鉛藥垂盡，勢不支。十二月十六日五鼓，西城忽有聲如雷，有頃，北城火起。江公命各抽練勇禦之，君方巡守東門，率勇奔赴至演武場南何氏宅旁遇賊，勇丁許之坦、范國祥等三十人皆戰死。

君被執，訶之跪，君駡曰：『我在籍候選教官也。賊當爲我跪，我豈爲賊屈乎？』賊怒脅以刀，駡益厲，遂被害。有鄰人蔡九者，逃入何氏竹箔下，竊窺之。次日又見賊舁衆尸，擲大窖中，獨君尸挺卧地下，力舁不動，賊舍去。既而逃出，告君子往斂之。

君爲人沈博淵静，平居退然如不勝衣，及臨大節則義形於色。所箸有經籙集，古今體詩文悉燬於火。里人感君義，附祀岐王墩江、吕二公祠。後巡撫福濟爲請卹於朝。君殉難時年六十歲，子三人。

縣學生胡君傳

胡君名浚，字深如，黟縣人，縣學生。讀書有氣節。咸豐五年正月，賊陷黟，破芊棧嶺。徽州府勇目方建國、章名輝二十五人死之。賊以計劫文士。君時卧病起，髮長，特薙髮至賊所，唾賊面，罵曰：『我大清秀才胡先生也。爾何甘心悖逆爲？抑知往者吴三桂、耿精忠、張格爾、策布坦妄，其力百倍爾，終撲滅。教匪林清黨與半天下，蠢動七八年，卒正法。卽粤匪李沅發、蕭朝貴等亦皆不獲逃天誅，況區區餘孽竊金陵一城，能移漢祚乎？今乃敢窺伺我黟，我已設守險要，府兵至，爾輩殲此矣。其速悔悟歸順，或可貸一死也。』言未卒，賊使人送胡先生出，曰：『是狂疾，勿留也。』君怒叱曰：『爾病狂喪心，反謂我狂疾邪！』時賊欲要結愚人心，未加害也。君行至迎靄門，持大梃，詫而入，遇賊便擊，君力大且憤怒，傷賊甚多，梃折力盡，死於迎靄門。賊得君首，歎曰：『胡先生真大清秀才也。』乞者在城親見之。

二月，禮部郎中余毓祥遣其子監生余肇元以徐兵備之，師至，賊由六都焚民房數百間而遁。有吴正貞者死之。賊既遁，乞者出，乃爲人言胡先生不屈事也。

汪學鑑傳

汪學鑑，字寶霞，黟縣人。少習賈。爲人賈，遷於常州，勤謹端愨，數十年不易主人。好讀書，每讀史至可憤嘆事，未嘗不慷慨激越也。自粤賊陷金陵，常州戒嚴，籌防籌餉，學鑑每慫恿主人捐金以倡，且謂之曰：『我輩久享昇平，皆蒙國家之德。今不幸值多事，擁厚貲而不急國難，是狗彘不仁也。』

咸豐十年春，逆賊竄出，金陵大營潰。三月二十五日陷溧陽，主人以眷屬託之，避於丁家橋。四月六日常州陷，宜興繼不守。學鑑病，遣主人眷屬遠避，獨留丁家橋，命其子隨團丁拒戰。子以父病有難色，學鑑頓足搥胸曰：『我年踰六十，死乃分内事，所以未卽死者，以與主人交久，欲得其存亡消息耳。爾當志切同仇，勿以我爲念。』五月團丁失利，賊燒殺甚慘，以學鑑老病未之害也。學鑑反婉言勸其反正，不從，則譏言以聲其叛逆。或勸之無蹈虎口，學鑑不謂然也。初六日，賊又至，學鑑急起很罵，觸賊怒，推於門外。學鑑益忿，手搏之，因遇害。賊焚其寓宅，十五日始他竄。

子歸尋其尸，挺直如生，暴烈日中久無一蠅蛆。見者傳爲异事，年六十有二。生平然諾不苟，無疾言遽色，事父母以孝稱。

内閣中書銜教諭趙君傳

趙君名起，武進人，道光庚子舉人，揀選知縣，以團防功，欽加内閣中書銜，卽選教諭。祖翼，乾隆辛巳一甲三名進士，貴州貴西兵備道，有文名。君爲人清正。咸豐十年三月金陵大營潰，四月二日賊竄攻常州。先是，總督何桂清駐常州，聞金陵潰卽退走，士民乞留守城不可，由是文武吏俱先期散。君以世受國恩，義憤激發不肯去，遂約前廣東澄海知縣李彤勛兄子浙江候補知縣禄保，與紳耆籌議，激勵鄉團登陴固守以待援。凡四晝夜，殺賊無算，外援不至，而賊來日益多，初六日城陷。君歸，命妾蔣氏率合室婦女自沈於園池，遂整衣冠，端坐廳事。群賊至，有識君者，以君居鄉稱盛德，勸令自全。君大聲叱賊，引刀自剄。子縣學生曾寅以身衛父，刃賊數人，遂被害。禄保以拔貢生，中道光己亥舉人。是日城陷後，赴保衛局駡賊被禍尤烈云。

其沈於池者蔣氏外，曰劉氏，君長子前福建候補同知達保妻也；曰汪氏，三子附監生曾愷妻也；曰劉氏，五子曾寅妻也；曰湯氏，六子候選通判曾錫妻也。又君從子從九品銜曾乾之妻呂氏，縣學生曾晉之妻呂氏，孫從九品銜承銓之妻余氏，達保女五姑，曾愷女登姑、次子湖北候補知州曾裕之女三姑、細姑，曾裕妾顧氏，凡死十三人。君孫承銓者，亦曾愷子也，從九品銜，見祖父、叔父被害，母赴水，亦不忍獨生，沈於池。

陳鼎霈傳

陳鼎霈，定遠人，監生。咸豐九年五月間，撚匪結髮逆攻定遠。先是，撫軍翁同書駐兵於此數月矣。及是，將移屯壽春，定遠令周君佩濂苦諫不聽，竟拔去。周君遂與紳民約死守，鼎霈與焉。嬰城二十餘日，城陷，時六月十八日也。周君聞變，顧謂其兄義宜去，曰：『親老無從死也。』奮擊大駡殉節。

鼎霈先約族人防守西門，聞東城地雷聲，遂各持械奔救，猝遇賊，巷戰死。從昆弟附生鼎選死於西門董公墓，監生鍾第受五傷，死於宅旁。同力戰死者，曰附生鼎煜、鼎璜，監生敦培、德培、裕培，文童吉培、寅培、壯培、憲培、山尊、安均、端培、忠培、鍾奇、鈞戴、鈞諮、全才及坦，凡十有八人。其不能戰而全節者，則有附生衷培年八十，附生興培年七十，皆曰：『吾老矣，不能爲國殺賊，其將以守死對聖賢可乎？』於是與興培之子附生鈞泰、從子附生鈞亮、孫駿生五人，同縊於明倫堂。附生宗培、廪生鼎璥，子鍾璧聞之，亦曰：『吾輩諸生，死學宮乃其所也。』於是三人亦同赴明倫堂，至牌樓遇賊麕至，齊聲大駡，拾磚石擊之，遂俱殉節。合肥例貢生蔡祥，陳氏婿也，亦同時駡賊死之。州同銜驥千與其子監生敘培，候選縣丞念培，從子從九嘉培、受培、慶培，六人相與語曰：『吾父子聚而生，當聚而死，以明吾一門全節之義，且既不能殺賊，亦無使此身污於賊手也。』於是以髮相結，共死於塘中。其守城駡賊死於城隅者，則又有候選縣丞鈞恬、監生鍾熙，文童鈞藻、文培、理培、沛生、鈞調、鈞籌，凡八人。

當是時，城中婦女死節者尤多，而陳氏爲尤烈。河南候補道鼎雯之妾貤封安人王氏，先自盡於後園草舍。鼎雯有子婦方氏守節二十餘年，當城未破時，卽密縫衣裙自書姓氏於帶，以防非常。至是以駡賊受傷，因自刎不殊，乃奮身投塘死。族中節婦鈞祐之妻方氏亦以駡賊死之。又有李氏者，鼎雯之子候補知府鍾琪之妾也，舉火自焚，曰：『無使賊得踐吾體。』有宋氏者，監生秉楨之婦也，閉户仰藥而卒。其女三姐年十六，見母死，遂與從九鼎年之幼女四姐投塘中，四姐甫四歲。知縣用候選縣丞秉傑之女大姐年甫十六，罵曰：『吾與坐而待死，毋甯殺賊以死之，爲烈也。』手執厨刀，見賊來，劈傷其臂，賊擊之傷數十，浴血而罵，齒舌俱碎，賊斷其喉乃已。鈞恬既死於城隅，妻徐氏亦罵賊被害。全才既以巷戰死，妻楊氏遂自縊以殉。興培既盡節學宫，女大姐遂投井中，曰：『吾父不辱聖賢，吾亦不可以辱吾父。』以縊死者，尚有鑄培之妻何氏、鈞祐之妻宋氏。死於井者，尚有鼎璥之妻方氏，湖北候補從九藝之妻方氏，蓋相約也，附生鈞欽之妻張氏、女大姐，附生一籌之女，適淩氏子婦方氏，亦俱死於井中。其持杖擊賊者，則有節孝盛氏，玉龍之妻也，年八十見賊至，擊之，又以頭撞賊。賊以其老不殺，盛氏乃率其孫婦方氏，同壯培之母施氏、端培之母張氏、嘉培之母劉氏、德培之母周氏、立政之母唐氏、孔培之母武氏，曰：『吾輩年逾七旬，雖賊不能污，然與賊共生一城卽污也。何如死於塘中，借清水以洗此恨邪！』遂同死。德培女九姐、壯培女大姐、鍾桂女大姐皆從之。鼎雯家有女媪數人，失其姓氏，皆投井死。鼎雯孫汴生從子金鑄、從孫彭壽，俱三四歲，從乳媪死之。凡男婦死節者七十七人。

陳氏於定遠爲巨族。自咸豐三年，髮逆陷廬州，與定遠壤相接，陳氏以募勇助官兵守禦者，毀家財巨萬。後有土匪圍城，陳氏守陴出戰陣亡者數人，城得全。及是以撫軍退駐壽州，城始陷。撫軍駐壽州，久之復陷於苗霈林之亂。

侍讀銜内閣中書鍾君傳

君名淮，字小亭，江都縣人。父大志，道銜，候選知府。叔父大念，候選州同。父命君爲之後。節母周氏姑適王氏者，亦少寡。君事之以孝聞，嗜學好義。道光丁酉科中順天鄉試舉人，援例爲内閣中書，加侍讀銜。補漢票籤中書舍人，充國史館校對、玉牒館謄錄。以本生父病，乞養歸，遂不仕。

所居佛感洲，瀕江，恃隄爲障。君竭貲保固，人賴以安。己酉，江水大漲，數百年未有。君奉母避居揚州。賃舟楫，賫餅餌餱糧，約同志沿江上下濟災民無算，遂上書當道請設粥廠十，别男女，第老弱，招同人分任其事，自晨至夕，盛暑烈日中無少暇。不足，則於古道院自設一廠振之。又念世族子弟不忍其雜處也，設局於安定書院，勞來安集。冬水涸乃遣歸，多所全活，倡之者君也。君因謂防患貴於未然，遂興修江都儀徵圩岸，親督率之，工實且堅，洲迄今無水患。

咸豐三年，粤賊竄據金陵，揚城將不守。君歸洲，謀曰：『洲地居瓜州東，爲賊衝要。賊至當保，聚以拒之，不克死之，無靦顔偷生爲也。』未幾，賊入揚州，據瓜州。君禦賊之意益奮。都統琦善率軍至，聞君名，乃以江州鄉團統於君。君不辭，募勇二千人，乘賊不備，營虹橋。虹橋去瓜州八里，爲東路門户，自是東路得安枕無恐。軍糧器械皆傾家以濟之。君少習武事，膽識過人，臨陣爲士卒先。迭攻瓜州皆出奇制勝，斬馘禽生，焚賊巨艦。賊來偪，輒戰卻之，賊甚畏憚。然慮經費不貲，非亟破瓜州，不能與賊持久也，遂約艇師水陸夾擊，以五月二十九日進攻。其時賊營羅列江岸，君攻其北，艇師乘風直上攻其南，賊死甚衆，將不支。忽反風，艇師下退，賊由南面出兜我軍後，衆不敵，促君行，且俟後圖，君曰：『我退賊必追，虹橋將不守。我當以身禦之，力戰而死。』家丁徐嘉明以身蔽君，格鬬甚力。殉難之夕，有素受恩養者，潛入瓜州尋得君，面如生而腸腹無完膚。事聞，詔加知府銜賜卹，後又奉旨依禮部議，入祀京師昭忠祠，並入祀陣亡地方府城昭忠祠。六年奉上諭，附祀提督雙來、瞿騰龍揚州城外雙忠祠。君殉節時年三十九。一子毓麟。

論曰：吾聞揚州未破時，郡人江壽民出款賊，以爲賊必不至，即至亦不害民也。闔者信之，不設備。而賊遽至。江壽民無地自容以死。等死也，與禦賊以死者，何如哉？君矢志捍衛鄉里及死，而東路實賴以全。嗟乎！使君早有專城之寄，或寄專城者皆如君，天下事豈至是邪！

伊孝廉傳

君名樂堯，字遇羹，姓伊氏。曾祖宰卿，祖榮敷，自浙江慈谿徙居錢塘，世有隱德。父邦達，謹厚好施，有詩集。母俞氏、繼母邵氏。

君少與仁和邵員外懿辰爲交友，俱以通經名於時。浙撫與學使者至必優禮之。咸豐元年，將舉君孝廉方正，辭不就。是年舉於鄉，典試者爲吕文節公賢基，以君所對策呈御覽焉。五試禮部，不第。按察使段光清入覲，文宗皇帝問杭通經學古之士，以君對，文宗曲詢其家世，稱歎久之。十年夏歸自京師，湘鄉曾公欲聘至軍中，以母老辭。十一年冬十一月賊再陷杭州，數受賊刃不屈，奉繼母出，乞食山中，安貧守約，不改其素志。同治元年正月十九日，竟以寒餓致疾卒，年五十有三。

君事繼母以孝聞，撫諸弟友愛，皆人所難。與人交，分財讓善。本仁厚，謙謹和易，出於至誠，士無賢不肖皆敬慕之。蓋以所得於經訓者，爲日用行習之準。故敦倫秉義，卓然爲鄉里矜式焉。

君既以通經知名，而四書文亦冠絶一時。從游者日益衆。君卽於此寓講學之意，令人體之身心，驗之行事，婉委曲暢，學者多觀感興起，潛移默化於不自知。平居動必以禮，恂恂若無所能，及講論經史疑義，古今政治成敗得失，則抉幽發微，皆有獨得之見，而合於人心之所同。然其嗜讀書若饑渴之於飲食，孜孜矻矻，常終夜不就寢。造次顛沛，未嘗少違。方賊圍城時，旦夕莫必其命，猶與邵員外窮經不變也。於六經仁義之旨，程子、朱子之書，漢、唐先儒解經之説，與夫近世爾雅、説文之學，皆研精覃思，貫串融洽，用以抉摘群經之疑，審訂先儒未定之説，每豁然而得其理解，確然而不可以易。所爲古文辭亦根據理要，樸茂淵懿，然多散棄不自存。辛酉夏，讀表記、坊記、緇衣、祭義、冠義、昏義諸篇，反復究論，怱有所會，於是分析其章段，推闡其精微，奥旨宏綱，昭然若揭，未及成書而君卒矣。

越中張楊園、陸清獻而後，正學衰替垂二百年。杭州惟潛齋應氏爲性理之學，麓泉趙氏多説經之文，而君與邵員外則講明義理，究切遺經，舉一切偏蔽乖謬支離破碎之説，皆能辨其穿鑿摧陷而廓清之。而言行大節又能不背於聖訓，乃君以守節餓死，而員外亦先以駡賊殉難於城，所箸尚書通義、孝經通考皆嘗經君討論，俱燬於賊。惟禮經通論存其半，遺文數十首，漕督吴公棠刻之於淮安。君所箸書未編集，今皆散佚，不可得矣。惟嘗校定周易程傳本義音訓及詩傳、書傳音釋，五經補綱正訛補脱，有功來學。所編孝經指解説注及所箸孝經辨异指解補正，皆已梓行於世，稱善本焉。

君卒，濶葬城西四鄉大巷山之原。娶侯氏，事姑以孝謹稱。子二；女一，適邵員外子順年，城陷赴水殉節。君門人袁鳳桐曾狀君之行云。

鳳桐字廉伯，一字敬民，年少濳心正學，人皆以爲迂，獨邵員外與君稱爲後來之傑，遂從君游，學日進。性孝，父卒於外，奔喪持柩歸葬，旬日必數往墓次慟哭。城陷，母投水死。鳳桐被賊掠，屢自經，賊拒之，因逃之滬上，慟母鬱積成疾，乃作君行狀成，付門人邵順年而卒。

論曰：余與君曾通書論學，而未嘗相交，於邵員外亦然。員外殉節後，遺文不存。獨余曾藏得數十首檢付順年。今吳公所刊行者是也。順年以君行狀屬余爲傳，余不獲接君言論，讀君狀，益慨慕久之。然念君篤實好古力行，而天之所以戹之者如此！其至每執筆愴然不可爲懷，今始據狀次之，而順年已卒矣。鳳桐顛沛至卒，猶能狀其師之行，是可紀也，故附箸之。鳳桐之行誼，蓋得之於順年。

朱伯韓先生傳

先生名琦，字伯韓，廣西桂林人。父鳳森，嘗知河南濬縣。嘉慶十八年，滑縣賊起，箸守城功，有循績。先生少篤學，慕其鄉陳文恭公之爲人，毅然思以志節勵當世，不務躁進。其論學旨要，謂欲觀聖人之道，斷自程、朱始。欲爲程、朱，斷自去其利心始。所箸辨學三篇，孟子説、貨殖傳書後三致意焉。

道光辛卯舉鄉試第一，乙未成進士，官編修，改官御史。時天下承平久，上下習爲容默，士氣委靡，而言官尤不稱職。先生獨抱隱憂，箸名實説，其略曰：『天下有鄉曲之行，有大人之行，鄉曲、大人，其名也。考之其行，而察其有用與否，其實也。世之稱者：曰謹厚、曰廉静、曰退讓，三者名之至美者也。而不知此鄉曲之行也，非所謂大人者也。大人之職在於經國家，安社稷，有剛毅之大節，爲人主畏憚，有深謀遠慮，爲天下長計，合則畱，不合以義去，身之便安不暇計也，世之指摘不敢逃也。今也不然。曰吾爲天下長計，則天下之釁必集於我，吾爲人主畏憚，則不能久於其位。不如謹厚、廉静、退讓，此三者可以安坐而無患，而其名又至美也。夫無其患而可久於其位，又有天下美名，士何憚而不争趨於此？故近世所號爲公卿之賢者，此三者爲多矣。當其峩冠襜裾，從容步趨於廟廊之間，上之人不疑而非議不加，其沈深不可測也。一旦遇大利害，搶攘無措，鉗口撟舌而莫敢言，而所謂謹厚、廉静、退讓，至此舉無可用。於是始思向之爲人主畏憚，而有深謀遠識者，不可得矣。且謹厚、廉静、退讓三者，非果無用也。古有負蓋世之功，而思持其後挾震主之威而唯恐不終，未嘗不斤斤於此。故可以鎮薄俗，保晚節。後世無其才而冒其位，安其樂而避其患，假於名之至美，僩然自以爲足，是藏身之固莫便此三者。孔子之所謂鄙夫也，其究「鄉愿」也，是張禹、胡廣、趙戒之類也。甚矣！其恥也。』遂數上章陳天下大計，與蘇廷魁、陳慶鏞，時號『諫垣三直』。其疏畱中，世不傳。

先生自以不能遂其志，卽不能稱其職，亟告歸里。未幾，粤賊禍起，其言皆驗。家居，團練鄉兵，助大府籌守禦。會賊中梟將張家祥慕義來歸，群帥疑而未敢許也。先生識其忠果，可大用，以全家保之。後果爲名將，死王事，卽世所稱張國梁者也。先生以守城勞，議敘道員，候選，再入京師。居踰年之江蘇，復之杭州。咸豐十一年總理杭州團練局。賊圍城，督守清波門，城陷死之。

先生工詩古文，以上元梅伯言郎中爲師友。箸有怡志堂文集六卷，詩集八卷。先生論事，每持大體，務卹民。方用兵時，籌餉日亟，一切苟且之政競進，或嫌其言爲迂闊云。

論曰：道光間，諫官多不言事。自先生與蘇、陳二公侃侃廷諍，而後風氣漸開。然禍機已萌蘖久，不可卒制矣。先生歸咎於謹厚、廉静、退讓三者。自余觀之，特假其名而貌爲其似耳，又烏嘗有謹厚、廉静、退讓之實也哉！

卷第十二　傳三

姚毅圃先生傳

先生名長林，字岑豐，廬州廬江人。生六歲而孤，母徐孺人苦節自誓。先生孝謹性成，母所教督未嘗稍迕其意。乾隆乙巳，歲大饑，母染時疫。先生年始十四，侍疾終夜不寐，有所需呼之立應，晨起入市求醫市藥，每枵腹行四十餘里，凡五十日始愈。有弟甚幼，無以養，先生日貸米於外，親負以歸，母與弟既食而後食。其終身孝友無間，多此類。母年八十餘，猶時舉其事以語人也。

先生少好學，精通易理，兼習古文辭，爲諸生文名甚廣。從游者日數十人。累試不第，怡然以訓徒奉親爲樂，益篤志於洛、閩之學。跬步必於禮，晝所爲，夜必書以自省。雖當盛暑，居暗室必正衣冠。間有撰述，旋廢棄，不欲以爲名。

凡族黨中孤苦無依者，宗祀廢絶者，孝子節婦湮没未上聞者，先生皆竭力經紀，賙其衣食，恤其死生，俾各得無憾。力不能逮，則告於族姻朋友共成之。人感先生風義，無不應。數十年無一日間。雖盛寒暑，人所畏憚不前者，先生不顧也。束脩所入不以治生計。生平未嘗言人過失，善無大小津津樂道之。教人必以禮法，子弟或有過舉，及鄉里素行桀驁者，輒惟恐先生之或聞之也。先生心仁氣和，然遇義勇爲。學者稱毅圃先生。

咸豐二年，年八十，卒於山東濟甯州。子繼勉，道光丁未進士，今署兖州府同知，能承先生之學。

論曰：余少從玉峯許先生游，粹然儒者也。友人文鍾甫爲言廬江姚先生德行，與許先生大相類。余心欽之，欲一往見，未果。問之廬人，得先生行事之詳，益未嘗不想慕其人。先生文行兼優，不嗜名利，近於古之爲己之學。然世儒爲己之過，又往往恝然於世，陷於楊子『爲我』而不知。若先生處獨善之地，而懷兼善之心，吾師乎！吾師乎！

劉茮雲傳

君名傳瑩，字實甫，號茮雲，湖北漢陽人，以舉人官國子監學正。少讀亭林顧氏、慎修江氏書，慨然以通經史、立功業爲志。尤熟於德清胡氏、太原閻氏方輿之學。凡字書、音韻、天文、推算、古文家之説，皆刺得大旨。日夜鉤稽不懈，久之稍損心氣，幡然改曰：『吾力勤於考據，而理道之藴未能尋求情殷於民物，而倫常之間，動多乖失，疲精喪志，長傲增驕，其弊與習舉業，志富貴利達等。』於是日繹先儒書，毅然欲以盡倫復性爲事，尤以審於辭受取與爲基。

初君官太學，繼室鄧氏之父資之數千金，以遂君迎養二親之志。然心常不自安，一日盡反其金，移疾歸養，將家居教授，從政於門内，庶浩然其自得也。箸明性、明教、明治三篇以詔學者。首言人之所以异於禽獸，以其得性命之正而已。性命之實箸於五倫，愚不肖者日用而不知，賢知之過，又好高而失實，此所以違禽獸不遠也。中言二帝三王之立教皆以明倫，學校之勸懲，朝廷之舉錯，悉不外是，是以其時風俗醇厚。三代而下，惟漢置孝弟力田科，舉孝廉方正，猶存此意，故其風俗近古。自唐以後，專以詩賦帖經取士，天下悉趨於詩章、記誦兩途，不復知先王立學本意。苟長於詞章記誦，則雖不孝不友，無禮無義，皆可以掇巍科取高位，而長民輔世卽委之如是之人，無怪乎風俗薄惡，而凶荒盜賊不絶於史策也。終謂帝王之治通乎神明，光於四海，不過盡人倫之實推之天下，使各盡人倫之實而已。後世不乏有志治平之士，或徒以事功爲意，而忽於家室彝倫之近，亦見其推之無本，行則必躓而已矣。君於先儒獨宗宋五子，及元許魯齋、明薛敬軒、吳康齋、胡敬齋，國朝張楊園、陸稼書先生之學，粹然一軌於正。

居家數月，爲日記一編。其於身心情性，事父事兄，日用細微之故隨在檢察，有不至，自責絶痛，雖病革不怠。將卒，爲遺令，考之禮經，核之國家會典，以權度於天理人心之宜，不欲使一事牽於習俗而留餘憾。時，道光二十八年九月也，年甫三十有一。所集有孟子要略，曾滌生侍郎刊行於世。兄子世墀、門人洪汝奎爲鈔遺集，桐城方宗誠編爲四卷，藏於家。

論曰：正學輟講久矣。乾、嘉以來，好學之士，卑者，溺科舉詞章；高者，以漢學考證馳騁當世。爲務身心倫常之理力窮而務盡者，鮮矣！道光間，乃有唐公鏡海、吴公竹如、倭公艮峯、竇公蘭泉、曾公滌生、何公丹溪諸先生，相與講修於京師。君與曾侍郎最友善。始爲博綜之學，繼乃粹然爲醇儒。讀其遺令，臨死生之際而不惑，毅然欲修身以俟之。可謂篤信好學君子矣。

舒觀察傳

公姓舒氏，諱化民，字以德，自庵其號也，江西靖安人。先世多潛德，鄉人祀之於薰德祠。公少好學，家貧鮮藏書，常手鈔吕氏呻吟語、陳文恭訓俗遺規，心體力行，終身不懈。中嘉慶丁卯科鄉試舉人，丁丑大挑，以知縣用，歷任山東費縣、長清、歷城，以卓异升德州知州。道光辛丑舉治行第一。奉旨簡放蘇州府知府，歷升浙江督糧道、杭嘉湖道，署浙江按察使、鹽運使，年七十致仕。

公爲政務，興利除害，愛士養民，尤以敦風化爲先。所至編行保甲，修義倉、義學，捐試資，行賓興禮。詳立規條，爲經久之計，必使士民沾實惠而不爲具文。新文廟、名宦鄉賢祠，刊畫圖孝弟録，訪舉節孝，幽隱必至，爲立總旌坊，嚴禁吏胥需索之弊。嘗言爲官當作久於其任之思，歷一地有一地應爲之事，事未辦、與辦而未成者，抱歉實多，何敢作遷擢想也。其調長清也，先是長清自正月至六月不雨，民心皇皇，大府以公善撫，字檄往治之。公入境行二十里，大雨沛然，歲乃大熟。由是濬河築隄，積穀興學，謀久遠之利，民至今德之，請祀名宦祠。任歷城首邑，時公務繁劇，而留心民事如一，訟獄多親聽之。其後知蘇州亦然。在德州，訪停喪未葬者三千餘，嚴立限期，禁奢靡拘忌。無子孫者，族姻營葬。無資者，官爲葬之。事畢以狀上大府，請下其法於他州邑。在杭州，俗尤浮靡，停喪者三萬餘。公倡捐開局，設官整理，未卒事，告歸，猶醕醕勸諭士民無終懈，又白大府奏請箸令，凡服除未葬者，仕宦不得補官，儒生不得應試，所以教孝教忠者皆在是事，雖未行，而公之敦本善俗，多此類。

公性寬仁，然不爲姑息之政。德州有土豪封姓，積惡不悛。歷任官莫敢治，公擒之，按治如律。知蘇州未一月，英夷闌入寶山。有土寇聚衆行劫。公曰：『外患未至而内亂，是引盜入室也。』請大府梟其渠魁四人，境賴以安，夷務平。公時護理糧儲道，以江南漕賦甲天下，而蘇、松、常、鎮、太尤甚。今既遭夷警，轉徙流離，又苦催科之急，非所以恤民也。白大府奏請減十之二三，其後蘇、松二府得如所請。在浙江，時海防屬巡道兼轄南豐，沙漲趨北岸，塘身冲潰。公冒暑雨，晝夜巡視圖方略，累月而塘成。

公論治尤以人才教化爲重。聞有遺才弊俗，必肫肫爲大府言之。嘗曰：『人才者，國家所倚賴，民生所共安危者也。平時去一忠誠可恃之人，异時卽少一緩急可恃之人。』又謂安民必先察吏，而察吏爲尤難。循良之與冗闒賢否判然，惟中才介於可賢可否之間，策以上進而精神可期振興，聽之波流則行徑日就卑鄙。此中陶鑄，全賴上官周資博訪，得之有意無意之間。遇切要之事，於公牘外，別下教諄切告戒屬吏，奏記許其自抒議論，條陳所見，或加宏奬，或教其所未及。如是，雖中平之才，亦將爭自濯磨以供職分。又謂古今政治，無過興利除害兩端。當隨事之大小，時之緩急，乘機度勢爲之。而欲厚風俗，興禮教，舍振拔士氣無由。近世儒學一官成備員矣，誠得有品學者示之典型，必有鼓舞而振興者。書院爲儲畜人才之地。誠得碩士通儒，聘請分主講席，甄陶培養，豈不可育英才？

又謂爲上者不可有嗜好，多一游藝之心，卽少一體國之力。繁華絢采之習尤宜痛戒。先自我躬作則，而又多方曉諭，惜民財力乃可以厚民風俗。不然，其害始在百姓，終必國家受之。粵賊跳梁，公謂治盜賊如治痰涎，養良民如養津液。善醫者，不遽使痰涎化爲津液，當無使津液化爲痰涎。中外文武大小官司其所行順理與否，皆足以弭賊，亦皆足以致賊也。又曰：『天下事無成而不毀之理，所貴防於未然，及早圖之，則事半而功倍。至於敗壞決裂，往往經年累月，勞民靡費而不可收拾。』嘗欲奏請陣亡官得追封先代，俾忠臣報君卽以報親，而因忠以遂其孝，復藉忠臣之孝，以勸爲子之忠。論事持大體，通時務，多如此。已所不能行者，皆以白大府，居位去官如一日也。持躬節儉，禄入多捐爲祭田，餘則散族親之孤寡窮獨，或老不能自存，没不能棺葬者。粵匪圍江西靖安，土匪將起，公急訪族中貧者數百人，給資使治生計。又立祠規，有入匪黨者，罪無貸。土匪肆掠，公言於邑令置之法。又勸鄉人富者給散貧者，亂始定。

年老避亂山東，猶日讀有用之書，勤求民瘼。嘗自謂形體已瘁，志氣已衰，獨好才喜士，憂閔生民疾苦之心猶未死也。所箸有厚德録節識、呻吟語節識、備忘録節識、祖訓釋義、文集雜箸若干卷。咸豐九年正月卒，年七十八。子四人：孔懷、孔授、孔安、孔恂。孔安以舉人剿賊立功，今爲山東知州。

論曰：孔子云：『善人爲邦百年，可以勝殘去殺矣。』又曰：『善人教民七年，亦可以卽戎。』今人每以善人所爲多迂闊而遠於事情，非救時之才，而烏知勝殘去殺與卽戎，固非善人不可哉！公存心立政，真可謂善人也已。使天下親民之吏皆如公，盜賊又何自而起邪？公所設施多可爲循吏法。余讀其上大府諸狀，知公之所畜積，其仕猶未足以盡之也。既編公集，復次之以爲傳焉。

循吏張君傳

君姓張氏，名聰賢，字愛濤，桐城人。太傅文端公之五世孫也。中乾隆壬子舉人，嘉慶辛酉成進士。丁外艱歸。乙丑補行殿試，授翰林院庶吉士。戊辰散館，以知縣用。是年選陝西甘泉縣，調補長安數年，以卓异升同知直隸州。君遽告歸終養，丁内艱，服闋，道光壬午復權知長安數年，始補潼關廳同知，嘗兼權同州府事，以辦軍需，賞加知府銜。

君性樸素，裘馬不飾，居官十餘年，未演劇飲宴。惟以振起士習民風，興利除害爲己務。在長安最久，善政尤多。閔民不識詩書，創義學二十餘所以訓蒙士。時親考課，行賞罰。縣多弊俗，君設立規條，撰通俗詩句，擇素行公正者爲鄉約長，多方化導。犯者，約長先以理斥，不變，然後白君懲之，弊俗遂革。實行保甲，匪人不得匿。境内回民舊有禮拜寺，月朔咸集。君因其俗，時往爲講説孝弟忠信廉恥禮義之事，而剖析是非，寓反經以正邪慝之意，回民德之。縣志不修百餘年。君懼節孝義行久益湮没，捐俸設局，采訪四載告成。凡入志者，俱給匾額以示風勵。婦女由是皆知貞節之爲重。有王氏夫死，家人强使改適，投井死。鄧氏女未嫁，夫死，亦誓死不渝。君聞，以鼓樂導歸夫家，率邑士往拜之。志成之後，又訪得如例者二百餘人，具載縣册，俟後之修志者，得有所考，亦先表其門閭。尤以課士爲先，謂士者，民之表也。前後十餘年，未嘗稍懈。

縣舊有蒼龍河，年久淤塞，每秋潦，山水衝突，計傷長安三十四社，民田萬五千畝。鄠縣八社，民田五千畝。咸陽五社，民田三千畝。上流居民築隄爲防，而下流民以受害興訟，君親循視河道，勸居民各邨分段開濬河身，以興築沿河高岸。移書咸、鄠二縣邨民亦然。其離民遠者，不便撥夫，則捐俸以濬，一年而工竣，河患遂息。君又慮日久事廢，記章程，丈尺勒石以昭久遠。諭居民立會期，每歲三月，各清河底淤泥，以覆堰上加培築。樹株蘆葦礙水道者，盡搜掘之，俾無阻滯，以爲永利。居民至今設位瞻拜，名其河曰張公河。

君卒於潼關廳任，道光十一年六月也。次年，長安士民以狀申大府，奏請入祀名宦祠。子四人：延齡，舉人；怡齡，太學生，後官夔州通判；佳齡，舉人；華齡。

論曰：余嘗從馬元伯工部、朱魯岑先生問鄉前輩遺事，皆稱君質直，有古人風。避亂時，與怡齡、佳齡游，重氣誼，尚節概。益知君之以清白貽謀者遠也。最後得長安士民所記君政績上大府狀讀之，雖古循吏無加焉，因次其事以示後世云。

管异之先生傳

君名同，字异之，姓管氏，江甯上元人。祖霈，潁上教諭。父文鬱早卒，母鄒氏守節事姑，教子成學。嘉慶初，桐城姚郎中鼐主講鍾山書院，以古文倡天下，君從游久，苦力孤詣，淹貫群言，好爲深湛之思。姚先生少許可，獨推重君。道光乙酉中江南鄉試舉人。主試者新城陳侍郎用光，不敢待以門生之禮。

君容端氣肅，論篤行方，遇人和易，不露圭角，而中自嚴厲，有志經世，不獲用。嘗箸擬言風俗書，其略曰：

『天下之風俗，代有所敝，承其敝而善矯之，則俗美而世治且安。承其敝而不善矯之，則俗頽而世危且亂。我朝之興，承明之敝，明之時大臣專權，今則閣部、督撫率不過奉行詔命。明之時言官争競，今則給事、御史皆不得大有論列。明之時士多講學，今則聚徒結社者渺焉無聞。明之時士持清議，今則一使事科舉，而場屋策士之文及時政者皆不録。大抵明之爲俗，官横而士驕，國家知其弊，而一切矯之。是以百數十年天下紛紛亦多事矣。顧其難皆起於田野之姦，閭巷之俠，而朝廷學校之間安且静也。

『然臣以爲明俗敝矣。其初意則主於養士氣，畜人材。今夫鑒前代者，鑒其末流，而要必覩其初意。是故三代聖王相繼，其於前世皆有革有因，不力舉而盡變之也。力舉而盡變之，則於理不得其平，而更起他禍。何者？患常出於所防，而弊每生於所矯。臣觀朝廷近年大臣無權而率以畏懦，臺諫不争而習爲緘默，門户之禍不作於時，而天下遂不言學問，清議之持無聞於下而務科第，營貨財，節義經綸之事漠然無與於其身。蓋國家之於明，鑒其末流而矯之過正，是以成爲今之風俗也。夫臣民之於君，非骨肉也，其爲情本易涣也。風俗正，然後倫理明。倫理明，然後忠義作。平居則皆知親其上而不相欺負，臨難則皆能死其長而不敢逃避，相繫相維，是以久而益固，永而彌昌也。今自公卿至庶民所懷如是，幸而承平，亦既骫法營私，無所顧戀矣。一旦有事，其爲禍安可復言？滑縣之寇，鼠竊狗盗，何足以云哉！揭竿一呼，從者數萬，入京邑，戰宫庭，而内臣至於從賊，非狂寇之智足以大致吾人也。吾之人漠然不知有倫理，稍誘脅之，遂相從而唯恐在後焉耳。

『臣聞之：天下之安危繫乎風俗，而正風俗者必興教化。教化之事有實有文。用其文則迂而甚難，用其實則不迂，而易移風易俗，所行不過一二端。而其勢遂可以化天下不爲難也。今之風俗，其敝不可以枚舉，而蔽以一言則曰：好諛而嗜利。惟嗜利，故自公卿至庶民惟利之趨，無所不至。惟好諛，故下之於上階級一分，則奔走趨承，有諂媚而無忠愛。教者，以身訓人之謂也；化者，以身率人之謂也。欲人之不嗜利，則莫若閉言利之門。欲人之不好諛，則莫若開諫争之路。今國用不足，競言生財。夫生財不外乎節用，若其他，非害政之端，卽無益之舉耳。近者，皇上憂念，庶務菲食惡衣以儉聞天下。然臣意以古較今，則猶多可省，宜講而行之，而在口不言利事。有言利者，顯罪一二人示海内。夫如是，則天下皆知上之不好利。往者，皇上新卽大位，嘗使吏民率得上書矣。既而言無可采，遂一切罷去。夫言無可采，其故有二：一曰爵之太輕，故奇偉非常之士不至；一曰禁忌未除，故言多瞻顧依違，不敢盡其説。今宜損益前令，令言官上書，士人對策，及臣僚之議乎政令者，上自君身，下及國制，皆直論而無所忌諱，愈戇愈直者，愈加之榮。而阿附逢迎者，必加顯戮。夫如是，則天下皆知上之不好諛。夫上不好諛，則勁直敢爲之氣作。上不嗜利，則潔清自重之風起。天子，公卿之表率也。公卿者，士民之標式也。以天子而下化公卿，以公卿而下化士庶。有志之士固奮激而必興，無志之徒亦隨時而易於爲善，不出數年，而天下之風俗不變者，未之有也。天下之士囂囂然争言改法度。夫風俗不變，則人才不出。雖有法度，誰與行也？此當今之首務也。』

又擬籌積貯書、洋貨議，皆按切時弊以立言。洋貨議者，以自中國與西洋交易，洋貨日至，皆奇巧無用，而中國之財安坐而輸於异域，其蠹國病民爲害甚深。因箸議以爲欲謀人國者，必先取無用之物，以賈其有用之財。故表餌交關互市之事，古之人常致意焉。洋之欒與吾貨，其深情殆未可知。就令不然，而中國之困窮固由於此，則安可不爲之深慮也！先生卒後數十年，果受其敝。

君既無所用於世，遂以文名家，雄深浩達，簡嚴精邃，曲當乎法度。其詩締情隸事，創意造言，論者以爲得蘇、黄之朗峻。所箸因寄軒詩文集、七經紀聞、孟子年譜，俱刊行。文中子考、戰國地理考、皖水詞存，存於家。道光十一年先生卒，年四十有七。子嗣復，縣學生，能文，精算學。

論曰：乾、嘉中，海内學者以廣博宏通相矜放，而言古文獨推惜抱姚氏，從學知名者數十人，君實得其傳焉。然讀其風俗、積貯二書，洋貨芻議，言之於數十年之前，而弊發於數十年之後，可謂識時務之俊傑。窮老不用，徒以文名，惜哉！

胡東潭家傳

君名笴，字克生，號東潭，桐城人也。幼穎异，六齡母卒，遺言命君毋習浮華。君時識之不敢忘。年二十喪父。謹篤能文，後益講求經學。每鷄鳴起，必取本經反覆尋繹之，然後研究先儒義疏，教人先行後文，務爲有本有用之學。事兄敦友愛，處族黨盡任卹之義。兄病，日夜省視，館舍離家數里，風雨罔間。父母忌日倍極哀思，常爲諸子詳述言行、形狀、嗜好，俾時存諸心目之間。歲饑，勸分積穀振窮。

桐城東南濱江，時有水災。君嘗募衆修隄，爲捍禦事前。或毀之，君曰：『但期實濟於人，毀何傷？』爲之益力，其後保全甚，衆率皆服。邑令請帑救災，下寓工於振令，君曰：『寓工於振公隄宜然。若以饑民振帑興有業之隄工，未爲平允。惟借振興工，豐年取償業户爲存公裕後之計乃當。』粤賊竄楚疆，君箸守望要略，刊布鄉人。飛蝗入境，君刊蝗可糞田養畜説，身率衆撲滅之。又作文，哀籲方社田祖及古捍災禦患之百辟卿士，蝗去不爲害。君以諸生終，而不忘君國民物，多此類也。嘗曰：『家國天下之禍皆起於利，利中於心，雖父子兄弟不相卹，他何卹焉！今逆民之貪亂無厭，由貧民之貪利無厭也。欲弭天下之亂，必止天下之貪。非有爲政於天下者率天下以義，天下之貪不可禁也。雖然天下之本在國，國之本在家，有能以義爲政於家者，天下之禍亦可漸息矣乎？』論者以君立言制行得於經術爲深。

所箸禹貢考、洛誥考、周易温故所知録、四書温故所知録、詒翼堂文集藏於家，中庸繹蘊刊行，中庸脈貫、易雜卦説，尤能得前人未盡之藴。咸豐十年卒，年七十有二。子四人，次子爾梅，同治甲子科舉人，餘皆諸生。

論曰：吾邑鄉先生多尚經學。錢田間、周筆峯、錢白渠，其最箸者田間易學，箸録四庫全書，欽定周易折中頗采其言。筆峯書亦多行世，白渠經疑載龍眠叢書中。

君居去三先生甚邇，其亦三先生之遺教乎？而能篤其孝友睦婣任卹之行，其尤可貴也已。

楊樸庵家傳

君名摛藻，字錦園，號樸庵，池州石埭人。父志翹，邑廩膳生，以失察應試生去學官弟子籍。君日夜勤奮，覬顯揚以安親心。道光丁酉舉於鄉，明年成進士，用刑部主事，迎父就養京師。二十五年遇覃恩，誥封如君官。君曰：『吾所以發憤進取者，爲吾父耳。今當歸，無令吾父日念吾兄嫂，令兄嫂不得同事吾父也。』卽請假歸養不復仕。性潔清自好，辭受取與之義辨之尤嚴。居刑部時，鄉人乞舉節烈。故事，非至戚官京師，不得徑達禮部，由縣上達費不貲，因詭言姻戚爲之請，以爲常。君曰：『此苟道也。如節烈何？』獨不可。且箸論以明其非。丁外艱，未闋，旌德江氏以多金請君文爲母壽，謝曰：『居喪大事也，一日服未除，不敢與聞外事，奈可陷吾於惡乎？』又有以重賄求爲親點主者，亦不往。咸豐六年，副都御史張公芾督辦皖南軍務，以君治團防衛鄉里有功，欲疏薦之。君辭曰：『焉有一邑之事，衆人爲其實，一人尸其名？公欲勵人心，適以涣人心也。不可。』先是四年，學使沈公欲保之，亦固辭。其不苟如此。久之，張公始奏補員外郎，節相曾公保加四品卿銜，不使君知也。

君居京師有文名，從游者多貴顯，然君未嘗有所求。欽差大臣勝保嘗受業君門，及柄兵，故舊子弟多依以得官，君獨不與通書。時其來書，答之惟勉以忠孝大節。其略曰：『古人行事不必同而皆起於一念，一念誠智勇因之，一念縱壞敗因之。願夙夜憂懼，不可少有怠心，一身成毁，萬世美刺在此時也。至僕之所處，勿以爲念。』勝保不能從其言，卒至於敗。

君時文高古奇縱，守成、宏、正、嘉及國朝李安溪、寶東皋諸家義法，而鎔鑄以成其體，於聖賢經傳本意得之爲深。歸田後，歷主講皖南書院。然君與諸生言必策以學行，謂文特游藝之一耳。其本在志道，據德依仁，舍本逐末非先王立學之意。又取魯論中要義爲學則，曰：『行己有恥，學之始基也。言忠信，行篤敬，學之實際也。

居處恭，執事敬，與人忠，學之內外交修也。』論者以君不立講學名而躬允蹈之。曾公重其賢，延總理忠義局務，主講安慶敬敷書院。同治二年七月十三日病卒，年六十有四。

君病氣逆逾半年，晝夜端坐，神氣不亂。友人至，猶款愜周詳。嘗曰：『吾死無所恨，惜未見粵逆之平耳。』遺命子孫無越義取利，毋使氣淩人，毋干與分外事。臨卒命易衣冠，曰：『無以褻服歸泉下見吾父母也。』君性情和易而耿介不戾俗，亦不詭隨。卒之後，學者莫不思之。妻孫氏。子二人：長文會，次文潤，孫四人。

論曰：吾客山東，吳竹如方伯盛稱君爲人謹篤君子也。及歸安慶同居節相所，始交君，惜君以疾篤不常見。見君所爲文而已。安徽兵亂十餘年，老成幾盡，惟君巋然爲鄉老，及君死，學者益無所矜式矣。悲夫！君長子以狀乞爲家傳。君宦日淺，治刑名團防事，皆人所能爲，故不箸，而以文稱君者，亦非深知君也，故備載其性行以爲學者型焉。

夏先生傳

夏先生諱鑾，字德音，號朗齋，太平當涂人。父沛霖，太平府學生，以質行聞。先生生十月而孤，母李氏賢，守節教養。幼穎悟好學，年二十三補縣學生，旋食餼。嘉慶丙辰詔舉孝廉方正。時大興朱文正公巡撫安徽，以先生學行應詔，固辭不獲，受六品服。戊午科復以優行貢成均。己未考取八旗教習。辛酉補正藍旗教習。

先生性篤孝，不忍一日離母。教習三年，夢寐間常號泣，以期滿，引見用知縣，請改教職歸養。甲子選授徽州府學訓導，迎養數年，遽告終養旋里。方請改教職，時朱文正公亟止之，不可，謂人曰：『真孝子也。』及告終養，士林攀留不得。新安老儒程易疇先生稱歎曰：『凡師之教以孝爲先。夏先生一去，士皆興起於孝，身雖去，教愈光也。』其迎養郡學時，嘗中夜爲母煮粥，火燎其鬚，諸生傳爲美談。庚午居母憂，喪葬一秉禮經，服闋，再補原缺。先後在徽十有餘年。

先生之學凡三變：少攻辭章，後乃專意治經，然不事箸述，務篤行。五十歲後專嗜程、朱之書，語默動静造次必於儒者。論近世學脈以陸清獻公爲得朱子正傳，其餘雖湯文正之篤實，李二曲之苦節，皆未脱姚江藩籬，病近時漢學諸家穿鑿義理，大爲學術之害。訓士子必以篤信朱子，躬行小學爲宗。毛西河、袁子才諸書尤深戒子弟勿畜。其學之正大如此。

先生爲人師，務培植經明行修之士。績溪胡竹邨培翬爲諸生時精研儀禮，先生雅重之，勸從名師講授，故胡氏儀禮之學以成。歙江晉三有誥好音學，先生示以顧氏五書，遂通古韻，以音學名家。前後所舉優行如歙汪萊、程厚，黟汪春臺，婺源戴揚休、王士傑，皆學行端粹，箸述有傳於後。又嘗屬婺源人舉江慎修先生崇祀鄉賢爲後進法，刊朱子示子帖、童蒙須知、陳文恭公五種遺規節要以貽學徒。徽州修府志，手定體例，於節孝尤盡心校讎。誨士極嚴，有屈辱必爲言於上官。嘗謂士習不磨礪則駁而不純，將成風俗之憂。士氣不培養則屈而不伸，無以爲四民之望。人以爲名言。

尤以仁讓儉約爲士子倡。郡故有兩紫陽書院，日久廢弛，爲經理得復充裕。慮學宮圮敗，捐學租定爲歲修之資。嚴冬不忍獨衣裘，倡捐緜衣給貧者，久之得二千金，遂爲永利。歲旱籌千金歸拯戚里，而家食止於充饑。先生好施與，於宗族尤厚，婚嫁喪葬必成其事。無業者給田與耕，俾不爲非。倡捐義田義倉，積穀育嬰，皆變通古法以籌久遠。嘗曰：『嗇於己謂儉，嗇於人謂刻。儉固美德，然豈可流於刻哉？』其居鄉也，謂讓之一字可終身行，處人骨肉間委曲調護，遇大事不隨俗委蛇。每曰：『鄉原最害事也。』郡守延修儒學，鳩工庀材，不二年而成，節其餘創建考棚，及三忠、八蠟等祠，且存千金爲歲修資，得久無圮。早歲創行挽潮溉田法，人倣之至今獲其利。生平所爲善行甚衆，喪其先業不悔，亦不以告人。嘗言興利除弊不盡屬之長官，鄉先生與有責焉，惟公與誠庶克濟耳。又言論語『以約，失之者鮮』，非僅儉約之謂也。約於取名，則無粉飾之習，而所務者皆實行。約於取利，則無豐腆之望，而所得者皆義取。交游約可無奔競之風，讀書約可無浮濫之失。故先生處族黨，則能以德意化其族人，數十家無争者。處鄉則化行於鄉，數十年無訟獄，亦無蒲樗之戲。爲學官薰其德，而善良者尤多。

先生既没，徽人士請入名宦祠。越四年，當涂人士復請祠鄉賢，入祠之日，會者數百人。

先生生於乾隆庚辰，卒於道光己丑年，七十歲。子四人：忻，道光乙酉舉人，仕終婺源教諭；炯，廩監生，考選州吏目；燠，增貢生；燮，道光辛巳舉人，江西知縣，皆有學行。惟炯先卒。

炯字仲子，一字卯生。少承父學，兄弟互相師友，體弱而好書，雖病必置書枕畔。初嗜國朝閻、顧、江、戴諸家之學，長治諸經注疏，旁及六書、音韻。謂聖賢大經大法具載於禮，箸禮志一書，窮源竟委，草創未定，遭父喪，乃體翫宋、元、明以來諸大儒之言。嘗謂朱子之學由博反約，尊德性，道問學，未嘗偏廢，得明體達用之全。自明儒開心學之宗，其弊始至於荒經蔑古。黄黎州明儒學案持論偏頗，有意用譎殊乖講學之道。我朝經學昌明，人才輩出，迨其後舍本逐末，瑣碎支離，經學變而爲小學，使天下聰明才辨之心思汩没於象形，得聲讀爲讀，若之内而無裨於心身家國之用，甚且啓浮薄之習，長驕矜之氣，爲賊經害道之尤，是亦學術之一變也。由是自宋、元以迄近代諸家之書，無不發其旨趣，辨其誣謬，粹然一軌於程、朱之正。

又言天下之理，雖具於人人之心，而不證以古人之所得，則仍然一人之心，非百世同然之心也。諸經文義奥衍，不考漢人之訓詁，何以悉其名物制度；不究宋儒之義理，何以知其廣大精微；且治亂盛衰不考之通鑑綱目，何以知歷代之興廢，政治之得失，人物之臧否。經、史爲群籍之精華，近思録爲經、史之權度，是故程、朱之教，孔、孟之教也，卽堯、舜、三代以來群聖相傳之教也。又曰：『宋儒非不研經，但必反諸身心性命，學問始有歸宿。』又曰：『窮經以致用也。用之於家，則自收束身心，整齊内外，人情物理知明處當，事事皆有實際。用之於國，則自農桑、水利、風俗、學校，以及奉公守法，潔己愛民，事事皆有實心。如是而後可爲通儒，而後可以謂之學者。』其言切於時弊，關於世教，多此類也。

炯事親孝，兄弟友愛，治家宗陸梭山正本制用篇、張文端恒産瑣言，謂治生之法，惟儉可以明志，讀書謹干謁，居官絶苞苴，皆由此始。嘗志爲經世之學，箸選法河事、鹺政私議諸篇。論者以爲多可見諸施行。又言督撫，學使風化之本，苟能講明正學，登高而呼，則世道人心學術必蒸蒸焉隆，古之治可復矣。然困於諸生，無所試。嘗一應舉順天，不售。道光壬午制科考職得二等，授州吏目，遂歸養親，專力於學。丙午卒，年五十二。有夏仲子集行於世。

論曰：周官云『儒以道得民』。今之學官溺厥職矣。其殆荀子所謂賤儒者乎？及觀夏先生之爲師，行爲世表，學成家法，生推爲儒宗，没則俎豆而尸祝之，又何其與古之以道得民者無以殊也！余與先生伯子弢甫先生交，讀其書，因得悉先生之行與仲子之善承家學，因箸此以爲後世法焉。

汪養園先生傳

先生姓汪氏，諱桂月，字秀林，嘗翫孟子存心養性之旨，因自號曰養園。先世由休甯遷宿松，遂爲宿松人。高、曾以下多仁孝謙讓之行。高祖妣張氏、曾祖妣張氏，皆苦節。父家順、母何氏尤敦禮義。先生纘承世德，自少卽篤行孝弟，志爲聖賢之學，一言一動必依準繩。事親愛深氣和，曲致敬養，居喪謝絶僧巫，三年不入内寢，雖盛夏縗服不釋。女弟早寡而貧，爲育其遺孤。伯叔曾祖後式微，身任喪葬。歲時勤修其墓，分二子以爲之後。族戚貧弱者爲婚娶焉。

家貧授徒四十餘年，從之游者甚衆。先生之教，大要以主敬存誠明體達用爲歸，而尤以人倫日用切近纖悉，爲求仁之實際。其言曰：『爲子止一親，爲臣止一君，爲官止一民，爲人止一心。心定静則身安，身鎮静則家治。國有與立，賢是也。賢才有所本，教是也。』又曰：『忠孝皆至性，人可勉而能。然其至則必自明善誠身始，是故有性情，不可無學問。有學問，不可無涵養。不然躁氣未除，貽悔多矣。』先生平易近人，肫誠懇至，故隨人質性高下皆能使有所成。與人交，善則曲爲誘掖之。不善必忠告改而後止。尤善處人骨肉之間，嘗有兄弟不和者，謂其兄曰：『五倫之間有諍子、諍臣、諍友，父曰嚴父，師曰嚴師，獨兄弟無有以諫諍嚴爲詞者。斯干之詩，曰「式相好，無相猶」。孔子以怡怡屬兄弟，是但宜盡吾天性之真愛，未聞以督責爲義者也。』而與其弟言，則又曰：『世俗多以兄弟爲平等，浸至犯上而不自知。五倫初曰五教，堯之命契，不曰兄弟，而曰長幼，且申之曰有序，誠恐後世之視爲平等也。孔子曰「所求乎弟以事兄」，未能固以事兄與事父事君爲一例。子游問孝，子曰「弟子服勞」，言子而及弟，且總承之曰「曾是以爲孝」，則孝固兼弟言之，未有非悌弟而能爲孝子者。』其引申經義，誘人各盡其道，類如此。居鄉見人災患如疾痛在身，聞呼號聲，撫摩慰遣，淚隨聲隕。凡大義舉無不懇懇款款力請於大府，告助於朋儕。然雖倡導於前，經理於終，而善名則一歸之於人。故誠意所孚莫不勇於從義，風氣爲之丕變。嘗曰：『君子之道隨事自盡，隨遇自安，隨在自得，豈不易知簡能哉？』

生平樂聞己過，而喜道人之善。邑先輩有德行文章者表章尤力，仁心爲質，而臨財則一介不苟。訓其子曰：『存心當爲天地立心，生民立命，而要必以餓死事小，失節事大爲守身之基。度量豁如，有犯不校。』嘗曰：『見己不是，善之根也。見人不是，惡之門也。』又嘗曰：『貧困憂患橫逆，皆陰陽勝負攻取之常，不可惡也。君子責己而不責人，責心而不責命。』又曰：『盡道之常而後可以應變，得性之常而後可以化險。』又曰：『以君子待人則人樂爲善，以衆人自視則自能下人。』又曰：『天非理莫能回，命非理莫能造，氣數非理莫能挽，盡其義理而無毫髮之遺憾。君子之所以自主者如是而已。』所箸有養園隨筆、亦寄齋文存，皆體驗有得之言。先生少以文名，嘉慶庚辰恩貢生，道光辛巳舉孝廉方正，固辭，以母命勉就徵。巡撫孫公考取一等，仍以母老不赴廷試，授六品服。咸豐辛亥卒。同治元年邑人以先生學行與石主事廣均俱請祠鄉賢。主事，先生門人也。

越一年，先生長子維誠曾仕湖北松滋縣，有惠政。卒，其士民請祠名宦，傳者以爲盛事。維誠由拔貢生中道光辛卯舉人，任青陽訓導。咸豐元年舉孝廉方正，仕湖北知縣，以功保升同知直隸州知州，學行政績見余所爲墓誌中。

論曰：余少卽聞先生淳德至行而未詳，及游楚，與松滋大令交，讀先生遺書，考其行事，真慥慥君子也。當乾、嘉間，天下學者厭薄宋儒之言，務以廣博宏通相矜放。先生獨不溺於記誦辭章，亦不空言心性，而肫肫然致力倫常日用之間，爲後學所矜式。古之所謂鄉先生没而可祭於社者，先生其無愧與！

魯通甫傳

君名一同，字通甫，姓魯氏，世爲江蘇山陽人。及君始遷清河。父長泰，淮安府學生，以書畫名淮海間。君少穎异，爲詩文倜儻嚴整，通達事理。中道光壬午副榜貢生，乙未恩科舉人。

君學熟於史而尤留心時務。當君少壯時，海内方承平，而君獨以爲憂，謂今天下多不激之氣積而爲不化之習，在位者貪不去之身，陳説者務不駭之論，容容自安，風烈不紀，恐一旦猝有緩急，相顧莫敢一當其衝，今之隱憂蓋在於此。夫習氣牢固於下不可破，則上當有以激之，尊勸敢言之士，設不諫之刑，廣上書之路，削頌諛之章，起廢退之人，示天下無拘禁，以震動一切之耳目，則方正之士來，庸懦之風革矣。

又嘗論天下之患，蓋在治事之官少，治官之官多。官多者非事之利也，胥吏之利也。重府之權以統州、縣而立道，按察於布政使得詳察所屬專達於天子，其鹾漕軍政興革之大者，設總督若巡撫一人主之，而地方之事不得撓布政使之權，布政使者亦不得越府而苛責州、縣，則州、縣之事減。今天下之弊，蓋在於知府擁虚名，以容與於屬吏、上官之間，其實無所能爲，法令不行，吏治之不古，皆此之由也。知府者親民之首也。誠重知府之權以制所屬長吏，統轄不甚遼闊，耳目易周，情僞易悉，賞罰與奪，朝發而暮至，門鑰未峻，百姓呼號易達。佐貳丞尉詳察而周知。苟得其人，委以數百里之地，卽事必舉，親民之官多，治官之官少，胥吏之數減，長吏之權伸。彼州縣者以趨承上司之力治吾民，以申詳反覆之精明治吾吏，必將公務修舉，耳目清明，文法簡易。其識深謀遠，多按切時弊以立言。然老於公車，知者惜之。

粤賊初起，文恬武嬉，人不知兵。君嘗言今日當事之治軍，患在國容多而軍容少，國容主於詳雅，軍容貴於簡質。虚文足以費日，盛禮足以隔情，宜省事以惜日，變容以作氣，分部以明分，推心以收威，變節以防猝，練民以歸兵。總此數端，皆以軍容改易常調，逸者漸而趨勞，脆者漸而趨堅，紛者漸而趨一，恩勢固結，膽氣自倍。其後湘鄉曾公、益陽胡公，治軍暗與此合，而賊果滅。

又言今日之憂不在已被賊之省，而在未被賊之省；不在已殘破之州縣，而在未殘破而先自殘之州縣；不在已從賊之民，而在未從賊而岌岌思爲賊之民。經營天下大勢，當先注意於此。惜其時無能用其言者。今制府吴公棠，時方宰清河，最重君。當賊據金陵、揚州，勢洶洶將北竄。君爲吴公明部分，决機宜，傳檄鳳、潁、淮、徐、滁、泗、宿、海，辭氣奮發，指誓天日，期共滅賊。河北大定，自是鄰境皆賊，而淮、徐間未失寸壤。論者以爲吴公屏障清、淮之功，而贊成者君也。

君既不獲大用，遂以詩文名世，所箸通甫類稿、邳州志、清河縣志皆刊行，兩志尤爲海内所推服云。同治二年，年六十卒。子四人，葵、賁，府學生。

論曰：天下常患乎無才，而當承平時有才者，則莫不衆嫉之以爲狂，而惟取氣息奄奄者，謂是有涵養，能治大事。烏呼！此正氣所以衰，天下事變所以生，而卒無能善其後者也。湘鄉相國每與余論君之才，而嘆其不遇。夫不遇於君何損？獨惜其以有用之才，而僅以箸述終也。

石主事家傳

君名廣均，字方塀，一字棨生，姓石氏，安徽宿松人。先世有名玉修者，以孝行旌。父葆元，翰林院編修，曾一典試貴州，即乞終養歸里。君稟質醇實，性行和易，樂爲善而不矜名。里有耆儒汪養園先生，講學宗朱子及吕新吾之説。君内稟庭訓，又從事汪先生，與其門人子弟賢士往來，益以問學相切劘，故終其身嗜善不倦，歷盛衰治亂之變未嘗貳其行。

中道光丙戌進士，用兵部主事。時新貴多務華飾競聲援。君獨衣冠如寒素，每出乘蹇驢車，雖舉主不輕投一刺。供職數月，遽請歸養，時年甫逾三十。自是終日侍親旁，不求仕進。傳受家政不使一事攖親心，睦婣任卹之行，皆能推廣其親之所欲爲。篤學好禮如出天性，邑中義舉毎樂爲之倡。凡修學校培植文教者，所費以巨萬計。邑濱江，道光間水災尤劇。君公私拯救亦以巨萬。或曰：『頻歲勸分力憊矣，宜少減。』君慨然曰：『一人減，人人效之，如民命何？』拯益力。

咸豐癸丑，粤賊竄江南，君初助縣官爲守禦，後屢遣人迎犒官軍，密團練鄉兵以待，及城剋復獻壺漿。是時家燬於賊，猶破産不惜，曰：『義分所在，行吾心所安耳。』先是，編修君捐立義莊贍族人，君復增捐田租千石。其他善行，鄉人類能道之，不勝書也。

辛酉春，君避亂楚北，節帥湘鄉曾公駐師東流，素重君，以舟迎之至。七月卒，年六十八。

初編修君卒，君繼志述事，有德於鄉，鄉人感之，請祠編修君於鄉賢。及君卒，鄉人追思君德，復請與君之師汪先生同祀鄉賢祠。所箸書有内訟齋隨録、亦園詩鈔、人譜詩箴皆刊行，未刊者有帝鑒芻言、臣鑒、詩規、示孫録若干卷。子繩幹，癸丑舉人，候補内閣中書，蚤卒。孫三：長祜，光禄寺署正；長裀，同治甲子舉人；長祐，縣學生。

論曰：昔孔子言『富而無驕易』，而深歎好禮之難。朱子以安處善樂循理爲好禮之實事，君蓋慕此而興焉者也。守義介如仁心爲質，不樂仕進，而藴其所有以施於家邦，上貽父母令名，下積德澤於子孫，没而父子俱祭於社，以爲法於後世。孔子所稱善人有恒者，其君子謂邪！

王魯園先生傳

先生姓王氏，名璪，字魯園，懷甯人。先世明初以武功顯襲世職。四世後多以文學知名。父贈公有厚德。先生天性純篤而穎异過人。十齡時，徧抹寺院題壁詩皆當師喜。贈公大怒曰：『是浮薄行，不可長也。』自是守身謙謹异常。高祖以下五世同居，贈公誨以無任氣，宜深涵養。先生識之，終身孝友睦婣無閒言。逮事祖母方太恭人，常依依如孩提。母程恭人病瘍，頃刻不違左右，遣之去則飾辭以慰母心。

自少爲文務根柢，不趨時詭遇以求速成。年十七，爲學使山陽汪文端公所知，試冠其曹。嘉慶戊寅中式順天鄉試，復出文端之門。道光壬辰成進士，用户部主事，司山東鹺務、江蘇貢賦兼帶廣西銅運，補雲南司主事，洊升廣東司員外郎中，兼管捐納房，所處皆世俗所謂腴地也。時屢更制，吏因緣爲姦，司事者多獲譴。先生素清正，洗心釐剔，無敢干以私，亦無有議其刻者。處職二十餘年，無纖毫詿誤。

咸豐四年，以京察一等授湖南寶慶府知府，權衡州。衡爲楚、粵門户，水陸交會。外禦粵寇，内平姦民。常先事而爲之防，所屬七縣迄無一失。始賊陷郴、桂，治兵者濫殺不辜，欲窮搜以邀功。由是餘匪隱聚山谷間，謀投粵寇。先生剴切宣示予以自新，令各歸取族鄰保狀，永免牽累。讀者感泣，誓爲良民。後先生去任月餘，兵勇有謀亂者，獲數十人鞫之，衡西無一從者。故衡人益追感不忘。然時當大亂，當事者多主嚴覈，而先生務持寬平，意不合，遂乞假去職。先是，以平姦民功，屬吏皆超遷，大府擬疏請加先生道銜，辭之，曰：『以民命博薦擢，非所願也。』

生平以仁民澤物爲心。通籍時家居不履公門。惟歲大祲，嘗助邑令振貸，徒行鄉里察户口，別等差，汰浮冒，期實惠及民。總修邑乘實事求是，而於節孝及事關倫紀者，尤審慎焉。安化陶文毅公撫安徽，汶上劉玉坡制軍守安慶，咸推重之。官京師時，每安徽饑，卽倡同鄉官輸金助振，竝條列利弊情形、防患備荒諸策，與官皖者言之，多見施行。尤喜振孤寒之士，教育成就數十人，而官内外二十餘年，未嘗寄一錢家中以爲生計。守衡未逾兩載，軍務繁興，公費多裁充兵饟。先生念書院、育嬰堂爲教養所繫，加意經理，得無廢壞。去之日，士民攀轅泣送者數百人，製匾公堂，頌其德，曰穆如清風，又曰學道愛人。知者咸以爲無溢美也。貧窶無能爲歸，乃之河南，歷主周南、宛南書院，最後節相曾公延歸主安慶敬敷書院，盡心教士，士心歸之。

同治六年十二月十一日卒，年八十有三。妻朱恭人有賢行，前卒。子五人：希傑，優貢生，官懷遠訓導、壽州學正；支蟠，優貢生，道光某科舉人，官高陽縣知縣，皆有政績；支釧、支鈖皆縣學生，早卒；今惟紹曾一人存，湖北候補州判。孫存者十一人，曾孫五人。

方宗誠曰：先生外和而內剛，跬步必於禮法，待人肫誠仁恕，而事所不可，則侃侃教戒無唯阿，京師人多以道學目之。然先生實未嘗講學，蓋生質醇厚出於自然，洵所謂老成人也。余少所交多耆宿，皆久凋謝。近十餘年來，所見吾鄉先進，惟吳竹如侍郎之正學，王子懷侍郎之清節，與先生之質行，竝爲後進典型。先生與二公交最久，王公先卒而先生繼之。今惟吳公一人存耳。先生居平不近利，尤不矜名，獨卒前數日謂余曰：『子知我者，其爲我家傳存族譜中！』烏呼！其可悲也已。

汪儉庵家傳

君姓汪氏，名紹墉，字槿成，世居歙縣西溪，唐越國公華之裔孫也。世有厚德。君兄弟三人，以孝友箸聞。少服賈蘭溪，弟畹腴有聲庠序。君力行儉約，廓先業，獨任家事，不以紛弟讀書之心。每資遺弟應鄉舉必有贏餘，使得分潤族之貧者。侍母疾晝夜不交睫，及卒，哀毀得疾，泄血如湧泉。兄病卒復然。居父喪，委頓苫塊間，幾不起。鄰人不戒於火，君哀籲天誓隨父柩爲存亡。家人亟出柩，火亦竟熄。

徽地少土多山，俗率厝親淺土，瓦甎周棺，有停喪至數十年者。君傷之，杖而起，相視原野，卒卜兆而安厝之。既以食指繁，兄弟异財，而同居弟性亢爽，好交游，歲所費不資。君歲節用，積私財置他所，計鉅萬金。疾革屬其子，曰：『吾所爲畜此沾沾者，非較錙銖，務貨殖以私子孫也。慮汝叔父好翰墨，樂友朋，不治家人生產，久將無以應耳。』君卒後，諸子遵治命歸金叔父，固辭不受，再三言，始取其半，曰：『吾以終先兄之讓德也。』每言及輒泣下。生平行事不自以爲功，常假人名成之，故甚費而人不知。

教子不務時趨，命從績溪胡文甫、當涂夏弢甫二先生游，爲根柢之學。二先生者，皖以南博學篤行耆儒也。由是子孫多以通古今學發聞。先生卒，年五十七，國子監生，援例授州同知。子二：運釗，候選布政司理問；運鑣，候選州同知。孫十人，曾孫八人。

論曰：君之孫宗沂，王子懷侍郎女夫也。以曾節相及侍郎命從余游，篤學好古，久之乃知其祖父所教漸積使然也。宗沂以其父所爲君狀請爲家傳，余惟君孝友至性，有似於漢書之獨行君子，故樂爲撰次之。

三孝子傳

左樹德，字華平，桐城人。所居在邑之東鄉。幼有至性，承父母意唯謹。時其怒也，輒跪而請責焉，怒解而後已。或賜果食，則以讓於女兄不先嘗。族黨咸驚异之，曰：『孩提若此，他日必爲孝子。』稍長益恭順。冬夜慮親衾薄，必爲温寢處，歲以爲常。父嗜甘泉，每疾作必飲豹子瀧水始得愈。適天旱，泉竭。樹德拜而泣，泉湧出如平時。父母病，不解衣而侍。及卒，既葬，則移苫凷廬墓旁，三年護視如生存。鄰里欽其孝，且哀其貧，贈以衣衾，不肯受。歲大饑，日餐藜藿。有持米鹽贈之者，辭再三不獲，則受之以周里之貧乏，而自食藜藿如故也。咸豐十一年，粵賊掠東鄉，邨鄰遠遯，獨樹德守墓不忍離。賊感之，與以錢米皆固辭，賊歎息而去。邨廬多因以不燬，曰：『無傷孝子所居也。』樹德少讀書，終身課童蒙爲生。

去樹德所居十數里有劉桂枝者，農人也。生平不識詩書而天質醇孝，家貧無田以耕，日傭於人以爲養。父卒時，年甫十二，即能竭誠致哀，承母訓，未嘗有一言之忤。終其身不與人争是非，唯恐致忿言以辱其親。每奉旨甘必親，侍湯藥晷刻不違左右。園有桃，母手自栽培，遇花時賞翫極歡。咸豐六年冬，母篤疾，思及桃華，桂枝卽詣園中禱祀焉，數日果得數萼以供母，母喜，病旋瘥。十一年居母喪，寢苫枕块，朝夕哭泣，幾毁。葬後廬墓所三年，饑寒不計，鄉鄰感歎焉。

先是二孝子名未聞，時共傳有王孝子事。王孝子者，亦東鄉人，名靖，字樹蘇，性純篤而資魯鈍，讀書未成。父使耕。靖日勤農業，夜侍寢畢，輒諷誦以求説親心，居常愉色怡聲，凡親之所欲惡，無不善承其志。母卒，以父在堂，日則强爲笑語，以解父之戚容，夜視父安寢，卽赴母墓跪拜哭泣，雖烈風驟雨、嚴寒霜雪中，三年罔間。咸豐九年，賊猝至其家，執其父，靖挺身求代。始賊往來東鄉，久聞有王孝子也。至是知爲孝子父，感而釋之。生平課徒養親，得時食必持歸以獻，親未食，不敢嘗。父卒，坐卧墓側，問視無异生時也。爲學不尚浮文，嘗書顔子『剋己』、曾子『省身』二語於座側以自警。邑令李蔚聞三孝子事，式廬致敬，皆表其門，見者以爲無愧云。

方宗誠曰：吾避亂山中，聞友人方魯生道王孝子事甚詳。魯生講明心性之學，不輕許可人者，獨於孝子親跋涉而拜謁焉。後寓居安慶，又聞鄉人來言左、劉二孝子也。當咸豐中，江南北大亂，賊踞城以百計，朝廷文教不通，彝倫汨亂極矣，而三孝子各自飭於王化所不及之地，是豈知數年之後海宇清夷，其孝行得以上聞哉？顯聞不知計，而曾不以治亂二其行，至使醜逆遇之，亦若格其凶頑之氣，然則人性之善不於此可識與？

卷第十三　傳四

孫貞女傳

孫貞女者，桐城人。父穎昌，廣東開平知縣。明季以楊龍友監軍死難，謚節愍，諱臨，七世女孫也。幼隨父之任所。時廣東陸路提督碭山王兆夢有孫曰秉淳，其父湖北候補縣丞名廷寶，以幣聘女，穎昌許字之。秉淳將贅於官廨而病卒。女年二十一歲，時魏方伯元烺内升侍郎，聞女賢，欲爲子聘之。父母探女意，泣不允，自是乃不忍奪其志。當是時，女從父任所久，居紛華靡麗之中而獨寂然，貞其金石之志。聞者莫不欽之。

道光二十二年歸夫家，爲夫立主。時舅已卒，繼姑無子，乃依其伯舅參將名廷賓者於金陵。廷賓卒，無所倚，遂歸事其母。時父卒數年矣。家中落，女以十指佐母甘旨焉。後復奉母避亂桐城山中，轉徙河南依其族兄長熹，侍母不違左右。母倚之如丈夫子，茹苦含辛至今二十餘年。

方宗誠曰：曩余讀孫節愍事略與其夫人方氏孝子遺訓，往往泣下。當明之季，君亡國破，公以諸生從戎，卒殉國家之難。方夫人自經不死，餓數日氣不絶，吞金如故。因崎嶇亂賊之中數千里，奉公遺骸歸葬，上事姑，下教諸子成立，自是世有顯人。二百餘年之後，乃今復有貞女相輝映焉。烏呼！懿哉！固貞女之天性特殊，抑亦公與方夫人之流風遠也。嗟乎！世之爲子孫而不能繼其先德者，聞貞女之節行顧何如邪？

二烈婦傳

張烈婦劉氏，桐城縣學生張聰讓之妻。父魁，舉人，知浙江龍泉縣，升直隸州知州。聰讓少失怙恃，庶母桂氏撫育之成人。烈婦年二十六而寡，育孤守節，事桂如事姑。桂病爲齋戒祈壽。咸豐三年十月，賊將至桐，桂病亟，家人勸婦避，不可，託孤於姻家曰：『庶姑病不能遠移，余亦無獨去之理，萬一城陷，隨姑死。願爲我畱一綫以延先夫祀，足矣。』十四日賊入城，桂幸免，婦獨遇害。僕婦周氏逃出，述其事甚詳，曰：『賊始欲殺桂，婦曰：「請殺我，勿傷吾姑。」因泣謂桂曰：「婦不能事姑矣。願天祐我姑無恙，待幼孫長成，代我孝養。」』時桂昏迷罔覺，後聞僕婦語，常泣下焉。始婦在室時，事父母亦盡孝養，母病喘，晝夜侍湯藥不離左右，歸甯亦如之。一子今存。

吴烈婦葉氏，桐城人。父贊清，道光癸未進士，刑部主事。夫調瑄，監生。父早卒，無子，婦延母孝養於家。粤賊陷桐城，夫攜其妾與子之臺灣，婦留養母，避居邑東鄉。咸豐九年秋八月，賊入東鄉大掠，婦被執，懼污，大罵賊，賊怒捶擊之，婦亦擊賊，罵愈亟，賊怒衆戕之，受重傷死。先是，婦以妾故，不得志於夫，及是以死爲夫守清白，聞者欽之。

論曰：吾客保定，鄉人來告余以吴烈婦之節。客河南，復聞張烈婦死難之詳，因竝箸之。嗟乎！當張烈婦死節時，郡邑守土吏棄城逃者，至今多靦然民上也。吾在保定，值夷人入京師，欲求仗節守義以死禦强敵者，寂然未多聞，而適聞吴烈婦與賊抗拒，至互相擊搏以死，可敬也哉！可敬也哉！

孫烈婦傳

烈婦姓常氏，河南祥符人，孫友琴太史妻也。明季有舉人常惺者，流賊犯汴時，倡守城，事載守汴日記。其後賊決河灌汴城，汴人存者七姓，常氏其一也。烈婦爲其六世孫，父啓心教之讀，過目輒成誦，性端静寡言，及歸太史，經理家政無廢事。太史無子，爲買妾王氏，甚愛之。太史疾，謂王氏曰：『我將死，汝年少勿自誤也。』王氏曰：『主人謂妾不能守乎？請先死以明吾志。』遂飲鴆卒。烈婦哭之慟，曰：『夫在，吾不能偕汝死也。』既葬而太史痊。

咸豐己未，撚匪陷蘭儀，轉掠杞、洧、新、密間，烈婦適自閿鄉歸，至中牟，傳言賊且至，難民塞途。烈婦納匕首於袖，謂其僕曰：『賊至若逃，爲報主人。余畢命於此矣。』賊旋南竄，故不及。太史入都散館而病勢甚危。烈婦聞之，晨夕禱天願以身代。太史歸而病益劇，烈婦夜不解帶，日見太史食，則食。疾革，謂烈婦曰：『子將若何？』對曰：『從君死耳。』太史卒，烈婦爲具棺斂，盡禮，謂人曰：『余天地間贅人耳，上無翁姑，下無子女，安庸食言以負亡人？惟繼嗣不定，不敢遽死。』遂請諸親戚議，以兄公之子之瀚爲夫嗣，時烈婦不食者三日矣。子婦跪請，僅日進薄糜。朝夕奠，必手調食品，凡太史平日所嗜無不供。一日，佯爲備葬事且製素衣，爲卒歲計，晡時撫棺，與子婦語謂諸子曰：『善事汝父。』奠畢，蒙被假寐。先是，烈婦每奠必慟哭，淚盡繼以血，是日獨語言自若，家人异之，侍牀下不去。烈婦曰：『余倦甚，汝且休，明晨有事須早起也。』黎明家人入省，顔色如平時，撫而問之，已溘然逝矣。其所飲藥，蓋於太史未卒時藏之也。牀側一笥緘甚固，啓之，斂具悉備，是爲咸豐十一年十一月十一日也。

初烈婦未字時，侍父母疾，寢食幾廢，晷刻不離左右，言及病，輒嗚咽不能聲。父母卒，哀毁骨立。及嫁，侍翁姑疾亦然。其事太史也敬，常曰：『夫，天也，而可慢乎？』能知大義如此。其卒也，去太史之卒二十七日云。

論曰：婦人殉夫，儒者或議之以爲過。余謂不然，亦觀其時義何如耳。人君與社稷爲存亡，人臣與土地爲存亡，婦以夫爲天，則與夫爲存亡，不亦可乎？惟上有翁姑可事，下有子女可撫，則不當急於一死耳。若烈婦之所以死其夫者，夫豈有遺憾乎哉？

節孝蘇母王孺人傳

孺人姓王氏，許州人，歲貢生候選訓導諱鳳苞之女，年十九歸鄢陵蘇氏。夫諱立誠。孺人通孝經、毛詩，明於大義，生一子源生，歲甫周，而夫得咯血疾不起。孺人抱子立牀下，夫瞪目直視，孺人泣曰：『後嗣君無慮。』乃瞑。時舅及繼姑尚存。孺人上事親，下所以育子者，瘁心力，俾舅姑忘子之亡，舅姑没，遺幼女，教育成人如姑在。

課子尤嚴，偶戲游，責之曰：『汝不讀書，何以對汝祖！』時談先世遺事以訓之，尤以擇交爲諄諄。一日，見有行不謹者過門，乃大忿恚，召源生跪而杖之。鄰媪走相解，曰：『若孤子也。』孺人哭曰：『若惟孤子也，不教後且不可教矣！若祖若父以屬於我，今若此，我何以見先舅先夫於地下！』言已益大哭，乃掖源生起，爲述遭遇艱難，門户衰替，一不慎將墜厥宗，語絶慟。源生自是知守身之義。長好古能文，積書萬餘卷。孺人喜曰：『能酬汝祖、父之志，吾無憂矣。』

孺人性寬厚，惡言人過失，嘗戒源生曰：『言而非，則傷忠厚，卽是亦招怨尤。』又曰：『疾惡太嚴，何以容衆？宜改悔，無任氣。』源生舉道光丁酉科拔貢生，復中庚子科副榜貢生，候選教諭，篤行誼，淡仕進，窮經考道，毅然爲宋五子之學，皆孺人有以啓之。

孺人守節時年二十七，又四十四年以壽終，咸豐二年六月二十八日也。先是，道光壬辰粟恭勤公爲河南布政使，檄學官采訪節孝，孺人與焉，奉旨建總坊旌表如式，源生復博求海内名人作爲詩文，有貞壽堂贈言一卷。

論曰：吾觀古之名賢，大抵得於母教爲多，而以節孝之母成其子之賢者，尤可貴也。遠者不述，近世如劉念臺、張楊園、李二曲、顧亭林、李剛主、尹元孚、張皋文，碩學鴻文，彪炳海内，子以母而成其賢，母以子而顯其節。然則人子求所以揚其親者，必有道矣。源生學行不減昔賢。故特箸孺人之所以教者以爲後世法，其他懿行皆不具焉。

楊母吴恭人家傳

恭人姓吴氏，武進人。明學士中行，其先祖也。歸楊氏，夫曰某，生一子傳第，甫襁褓，夫卽客游四方，數十年不歸。恭人年十七，家極貧，養親教子盡鬻嫁時衣，嚴冬夜繡，血涔涔盈指，度足一日食，方就寢。傳第幼讀書其旁，告之曰：『汝能勤讀，吾無恨矣。』恭人性方整，而待人極寬，遇人疾苦視如己事。好讀史，是非得失，持論多中。三族疑難事輒以咨恭人，然後行。舉止端嚴，言動皆可爲法。教子非敦品力學者，不得與通。傳第少以文學知名，及長官京師，猶時以立身行己擇交之道諄諄寄諭之。

咸豐十年，常州陷於賊，恭人避亂鄉間，每聞警，卽先偕子婦、孫女坐池側，相戒賊至卽赴水死。十一年傳第客河督幕中，迎養恭人於河南，寓黑堈口下南同知工次。黑堈地僻。咸豐三年粤賊圍汴梁數日，無一騎至黑堈者，且濱河有警，則艤舟北渡，恭人安之。八月五日撚匪撲省城，城門閉，傳第隨河督城中，欲歸省母不得。賊竄黑堈，恭人以罵賊殉節死，傳第恨不欲生。既殯斂其母，以三女託友人，以葬母事屬從弟，以書與河督託其從弟，且勸與大帥急謀剿賊，爲母撰行述成，遂仰藥死，十二日也。

先是傳第欲以身殉母，以爲爲人子不能先事預防，陷母死地，罪通於天，無可生之理，友人以無嗣阻之，則曰：『生子如我，何須有子也。惟以立後事託之從弟而已。』傳第字汀鷺，道光己酉舉人，咸豐壬子會試，挑取謄錄，充宣宗成皇帝實錄館謄錄官，議敘知縣，援例納粟得議敘候選知府。事聞，奉旨賜卹。

論曰：余少時聞傳第名，今夏客河南與傳第始一見，而未結交。及傳第殉母後，讀其與友人書及恭人行述，志力堅定，母烈子孝，可敬也。然傳第之孝，自行其心之所安，而不可爲法於後世。余故不爲傳第立傳，而傳恭人之賢，亦以終傳第之志與？

張貞婦傳

貞婦姓盛氏，名明鋸，字耆姑，江西武甯人。父翎，監生。貞婦幼讀書，明大義，髫齡時，許字同里張氏。夫名英濬，監生，年二十，病垂危。貞婦聞，請於父母曰：『兒既爲張氏婦，宜往視之。』不許，則號慟，曰：『吾雖未嫁，然身已屬張氏久矣。夫未病，嫁期由父，不敢專也。夫病垂死，不使我往視湯藥，恐終無盡婦道之日矣。爲人婦而不得盡一日婦道，何如死？』父聽之，入夫門覘病良劇，淚滴藥鑪間。夫家促之歸，不從，曰：『夫病起，吾歸以待可也。今若此，吾又何歸？』越日夫卒，貞婦哀慘不忍聞，求行廟見禮，所親阻之不可，卒衣麻衣，奉夫主拜於祖堂，水漿不入口者四日。既而泣告太姑曰：『婦死今日，分也。然不爲夫立後，其如夫祀何？』比嗣子既立，遂忍死事太姑，以課子爲事。

居常惟手列女傳，時觀覽，或讀近時節孝傳，必爲泣下焉。所居雖同懷弟，無敢輕入者，其守義凜然如此。

居三年，病作，不藥不食，終日飲水，焚香坐一室，有問疾者輒謝之。逮除夫喪之夕，哭盡哀，謂嗣子曰：『爾父既去，母豈久生？爾其讀父遺書，守母遺訓，足矣。』除喪九日而卒，咸豐三年九月七日也。婦守貞時年甫十八歲。初，貞婦先世有祖姑名善才，未嫁夫死，守貞於母家，婦蓋得其遺教云。

論曰：吾嘗讀武甯盛氏一家詩，及盛於野先生字雲巢集，何其族之賢才衆多也。武甯初無爲古學者，自於野先生起而風氣始開，詩書之澤，刑於家邦，惠於後學無窮焉，則其後有貞婦之賢，曷足异哉！

節孝楊母鄭孺人家傳

孺人，吳江鄭氏，父培，候選州同，年十九歸秀水縣學生楊君錫圭，生子一而夭，夫亦旋卒。孺人慟欲絶，奉舅諭撫孤以後其夫，乃忍不死。既而嗣子汝鏊授室生孫矣，孺人始稍慰。而嗣子復亡，孺人復撫其二孫讀書有成，以慰其夫焉。

初孺人來歸時，姑性嚴，孺人善承志意，室無閒言。嘗侍疾三月不離側，倦則倚榻假寐，幾失明。夫没權厝祠堂中，孺人絶肉食，語及輒泣，葬畢乃如常。嗣子亡，孺人理家政至老不以分二孫誦讀心。楊氏世業故中人資，數遭變，孺人拮据治之，竟復初，且多方以濟人之急。兩孫先後補博士弟子。孺人惟以績學勵行、養性情、擇交游爲訓，不以科名責望也。長孫既生子，孺人復育之，於内寢時告以傳記忠孝事，卒前七日猶然。生平無故不出門，巫尼以佛事告者絶不應。咸豐元年十月三日卒，年六十六。

先是大吏以孺人節孝聞於朝，得旌如制。孫象濟，孺人卒後中浙江己未科鄉試舉人，既狀孺人之行，以請誌銘於平湖顧徵君廣譽，請表墓之文於監利王主事柏心，皆今世有道能文者也，復請宗誠爲家傳，因論次之。

論曰：孔子傳易以爲『妻道也，臣道也，皆無成而代有終也。』故夫死從死易，而代夫事親與撫孤成立，以終其夫之志事爲尤難。若孺人者，撫子不成，復撫其孫，而卒教其孫以有成，其與人臣託孤寄命百折而不回者，何以异哉？

馬烈婦傳

烈婦姓張氏，桐城人，舉人馬康晉之妻。咸豐三年十月粵賊入桐城，恨馬氏團練鄉兵有名，搜其家室。二十一日遂破唐家灣。唐家灣者，在邑西掛車山中，去城六十里，巖谷阻深。康晉先避居於此，然其地多富室，故土匪導賊入焉。是夜烈婦聞賊至，啓後户，同康晉出，避坐山上草樹中，賊搜獲康晉，執以行。烈婦持康晉手甚堅，與賊奪，賊力大，曳之去，烈婦不肯釋，牽而隨之，至危巖足墜，烈婦懼累其夫，遂釋手墮巖下，死年甫三十，無子。康晉被脅數月，始逃歸。

論曰：君、父與夫三綱也，故臣之於君，子之於父，妻之於夫，常則有相成之道，變則有相死之義，是固天之經而民之行也。禍亂之興，臣子不顧其君父，而苟且以偷一己之生者有矣！烈婦舍生以衛其夫，綱常之重賴之以存，可敬也哉！

節孝左宜人家傳

宜人姓左氏，長沙人。祖諱本有，舉人，官衡陽教諭。父諱光南，增生，貤贈儒林郎，翰林院庶吉士。宜人年二十歸同邑劉君琴川，諱紹謹。先是，贈儒林君授琴川經，見其居母喪，年甫十三，哀毀至絶食飲，器其有至性，以宜人字之，家甚貧，生子成業歲未周而夫病，彌留屬曰：『養親撫孤，胥惟子是賴矣。』宜人於是忍死，以終事舅，教子成立。

咸豐中，成業以從提督楊公水師東征勞，得官安徽候補知縣加同知銜。宜人守節時年二十八歲，越二十餘年，戚黨議爲請旌於朝，宜人謝曰：『婦女守節，不幸事也，但願子成人，可以下報吾夫足矣，忍以夫死榮吾名哉？』又嘗訓成業曰：『貧乃士之常，勿以養薄爲歉，戚戚然致喪所守。』遭亂，家益窘。時成業遠游粵東，宜人戒其婦曰：『婦人重節操，非深歷險艱不能見。劉氏兩世惟爾夫父子存，爾夫在外，汝惟當保護爾子，他無以爲念。』以故宜人子婦皆賢，宜人之教也。

初節婦女兄弟三人，幼者適巴陵楊氏亦早寡，撫從子爲夫後。每歸甯，宜人指兩家子謂曰：『吾與妹未死者，以若輩未成立耳。妹有姑侍養，所處尤難。然凡爲節婦者，當深知守節之難，而不可畏其難。堅忍圖存，爾與我今日事也。』兩人以姊妹相師友，俱有賢聲。宜人卒時，年七十有七。子一即成業，孫一。

方宗誠曰：昔，曾子論人才可以託孤寄命，而臨大節又不可奪，斯爲君子。然才與節兼者自古難之，況婦人乎？若宜人者，可以謂之君子女矣！宜人行義甚高，而其訓言尤可爲世法，故備箸於篇。

彭太夫人家傳

彭太夫人王氏，贈光祿大夫衡陽彭公鶴皋之妻，今兵部侍郎雪琴宫保之母也。世爲山陰人。父維則幕游江南，挈家寄居安慶。父卒，事母篤孝不忍離，年三十始歸贈光祿。

時贈光祿爲懷甯三橋鎮巡檢，後調合肥梁園鎮巡檢，清操自矢，愛民息訟，廉俸外不取絲粟於民，而孝友睦婣任卹，力所能無不盡，太夫人實左右之。性嗜書，明大義。夫弟仲季未有室，太夫人鬻嫁時衣飾爲完娶以娛姑心。姑卒，贈光祿將奔喪歸，時太夫人母王太夫人年老矣，畱太夫人於皖，泣辭，曰：『女豈忍與母離？念未能事姑生前，於其没也，又不從夫奔喪以補前愆，焉用婦爲也！』久之諸兄弟死，贈光祿已先卒。太夫人乃遣子迎王太夫人至衡陽，孝養以終其身，遺命諸子曰：『吾夫不幸先没，既祔祖塋而葬，我後死不獲祔吾夫，當依吾母也。异日吾子孫春秋時祀，或可上及吾母以報鞠育之德乎？』

先是贈光祿家窘艱，游京師十餘年，供事實録館。始獲議敘一官，積俸託所親爲購田廬，丁艱歸，所親匿契不以聞。太夫人易禮服，治姑葬事，向所親索升斗，禁不與且加横逆焉。贈光禄氣結發痰疾卒。諸子泣血有忿言，太夫人執其手，慟絶復蘇，泣曰：『汝宜自立，不可蹈非常之禍。』子讀書稍懈，又怒而泣曰：『吾不隨汝父地下者，冀汝輩成立耳。今若此，吾何以對汝父？』一日，所親投其子於塘，遇救得生。族衆怒欲控之官，且爲追還其田。太夫人不可，曰：『吾夫官雖微，然曾坐堂皇斷人獄，且又孝友，今骨未冷，吾攜子跪公堂下，訟所親以争田廬，何面目見吾夫九原邪？當令吾兒謹避之耳。田廬外物，吾兒倘不肖，雖得之終必棄之，義不爲也。』於是命宫保肄業石鼓書院，次子學賈以脱禍。已惟勤女紅，節米鹽以爲生，無怨言。

宫保微時，嘗爲人理質庫營養。粤賊犯郴、桂，至耒陽，近城二十里，烽火四逼。太夫人自家手書戒之曰：『古人受千金託死且不苟，汝毋輕棄以虧信義。』賊退，始召之曰：『吾前實病不肯言，今喜汝不負信義，可歸視吾病矣。』其篤守大義若此。

咸豐壬子八月二十四日卒，年六十有七。方病革時，呼人理髮，易衷衣，命宫保扶之坐，戒曰：『汝生平好用血性，宜以義理繩之。』語畢而絶。後宫保以諸生應今相國湘鄉曾公招，治水軍十餘年，成大勳，洊擢今職。太夫人累荷覃恩，誥贈一品太夫人。子二人：長玉麟，卽宫保；次玉麒，議敘道銜。

論曰：吾觀古名臣之生，其先必有潛德陰行鬱積而未發，且多艱貞苦節，處人所不堪之境，氣屈抑而不獲伸，久之乃篤，生英傑以爲國家之楨，非偶然也。觀太夫人之行，不其信與？粤賊之興十餘年，以功勳節義卓越古今者，不能及十人，宫保與焉。烏呼！考太夫人之所以教，與天之所以報太夫人者，可以興矣。

程烈婦傳

烈婦姓胡氏，績溪人。父雲衢，太學生。年十八歸於程，夫曰光輔。是時粤逆擾徽州，光輔從父、兄避居安慶，旋遷金陵，習賈，未幾兩兄病卒，父命更讀書。婦事舅孝謹，日勉夫勸學，以纘父、兄之緒，敬兩姒少寡守節，家事煩碎，多一身任之，不以爲勞。

同治六年夏，光輔歸徽州應童子試，入縣學返寓，染痁疾，誤食醫方，疾革，謂婦曰：『爾將何依？』對曰：『君必不死，我惟與君相依耳。』婦侍疾帶不解，日飲薄糜。及夫卒，遂絶食飲，泣拜舅前，自謂：『婦不孝，不能終舅養，年少無嗣，恐畱身反爲舅累，惟乞爲夫立後，死無恨。』家人驚悼，延親戚勸之再三，婦答曰：『吾既許吾夫，義不食言也。』時天溽暑，人不堪。婦渴餓，靜默容節如平常。將卒前二日，沐浴更衣，拜夫主，復拜辭祖宗及舅，轉拜兩姒，託以孝養舅，撫遺孤，自是遂閉目不語，六月六日亥時卒，年二十一。自絶粒至卒凡七日，室中時覺异香濆溢，久之始散云。安徽、江蘇兩省人士咸敬异，以狀請節相曾公爲特奏，聞於朝，得旌。

論曰：烈婦之死，固孟子所謂可以死，可以無死者也。然天下事理惟介於兩可之間，則易游移而不能堅持其心。若烈婦從容不迫，視死如歸，雖告以聖賢之時義，而終不能變其從夫之志，豈非易之『恒其德貞，而婦人吉』者邪？君舅衰齡連喪三子，氣息奄奄，無生人意味，見烈婦守義殉夫爲門户光，心雖慼，亦用以少慰焉。烏呼！豈非孝與？

金節母家傳

節母廬江馬氏女，父曰維農。年十六爲副室於金，夫曰楨，國子監生。温厚孝讓，不苟言笑，處内外親族無違言，逾二年生子維棟，又二年夫病篤，焦勞侍側，飲食倶廢，炳爇禱神祇，願代以身，凡十二晝夜，迄無驗。及没，欲身殉，以孤方呱呱而啼，遂忍死撫育之，終身不飲酒茹葷，浣濯縫紉井臼之事皆躬操作，足不履户外者三十年，卒撫其子以有立，家以日裕。

方維棟幼時，人皆謂節母止一子，宜愛憐之，而節母督之甚嚴，常泣勖之曰：『汝穉齡失怙，當倍自策勵，無虛歲月，忘乃父地下望汝成人之志也。』及維棟長，人或謂節母止一子，宜多畜金錢以畀之，而節母教之衣食出入無妄費，無苟取，與諸從子析居，悉使推膏腴地而取其瘠。歉歲命出藏粟貸鄉人，多賴以全活。後或不能償，弗與較。其仁厚多此類。咸豐丙辰某月卒，年六十有六。維棟，國子監生。節母没後數年，鄉人念其苦節善行，具狀上聞，得旌表如例云。

論曰：吾見守節之婦類多稟剛決之性，而於子則往往能愛而不能勞，此於承夫之義未備也。夫地道無成而代有終，父未能親教其子以成立而齎志以没，則其責專在於母焉。若節母者，其庶幾無愧兹道也已！

節孝左母璩宜人傳

宜人姓璩氏，桐城人，世居龍山之阿。許嫁左氏，夫名行恕，字仲言，家奇窮，生一子，歲未周而仲言疾革。宜人刲肱救之，卒不起。念孤幼，舅姑頹齡，不可以身殉，遂茹苦含辛，代夫養二親，教育幼子，讀書成人爲諸生，後以諸孫貴，得贈其夫奉直大夫，已爲宜人。年九十餘，見玄孫始卒。知者皆以爲節孝之報云。

始贈奉直卒時，有謀遣宜人再適者，宜人知之，竊抱其孤以逃獲免。有方翁者，念其節苦堅，時周錢米焉。久之，宜人義不受，晨無米則僞炊煙出屋上，使見之可無餽也。其勵節如此。

夫弟行格，性孝友，自贈奉直没，負米供炊爨，妻死不繼室，撫兄子無异所生。宜人感之，子長命兼祧，而以第五孫德沛爲其孫以報之。宜人一子名其哲。六孫，某，户部候補主事；宜似，山東候補知州；某，山東某縣知縣，後改河南某縣知縣。

論曰：吾嘗游龍山，其勢盤鬱雄峙，石骨嶙峋，不可攀躋，有類於忠臣義士貞婦之不可屈撓也。左氏在明有忠毅公，精忠大節箸史册，而孝子節婦彪炳志乘者不絶書。宜人殆稟山川之正氣，而又習聞家法者深與？余初聞龍山方氏述宜人節行，復訪之宜似得其詳，宜似請爲家傳，爰書之如此云。

金貞女傳

金貞女，懷甯人。父曰陶安。許字同里王君立人，未嫁而患痺。陶安遂辭王氏婚，請別擇配，曰：『無誤婿大事也。』立人不可，年二十二矣。母爲買妾，辭不納，曰：『男子三十而有室，古也。如其時婦不愈，請唯母命。』越四年，貞女痺疾起，將嫁矣，而立人病卒，貞女聞，誓以身殉。家人守之嚴，勸俟立後，乃忍須臾死以待，居常廢食後二年卒，葬於母氏之黨。

其後立人弟思樂以子璪爲兄後，璪成進士，訪求得其墓爲封樹立碑焉。璪貴後得誥贈立人中憲大夫、貞女恭人。

初貞女墓在金氏屋側名蝌形，鄉人傳其墓不加培而巋然自若，或取其土及聽牛羊踐履，輒有疾病災殃，殆貞節所感爲明神呵護云。

論曰：余與封中憲嗣子魯園先生爲忘年交，得知其先世軼事，微獨貞女之賢，抑贈中憲之義不可及也。方其守貞以没，豈復知有嗣子賢孝成名，身享封贈之榮？雖有嗣子，不可必而卒，守其在己之義以終，斯所爲不可及與！

節孝徐孺人傳

周節母徐氏，懷甯人，父曰有年，幼即知以禮法自閑，年十七歸桐城周君思立，賢明盡婦道，生一子光霽，而夫遘疾，日侍湯藥，夜泣禱空庭，冀以身代。夫卒，慟絶水漿。然念舅老子穉，無以慰夫泉下心，遂忍死，終舅養，撫其孤以成立。其艱難勞瘁有人所不能堪者。

孺人守節時年二十四，光霽甫四歲。舅性端嚴，以生平積學未獲及身顯揚，遂欲以望之孫課讀，頃刻不假夏楚之威，往往流血被面。節母時茹聲飲泣，然終不爲子求寬假也。子歸，仍收淚切責之。其後舅没，瞿然曰：『吾子如廢學，其何以承先人緒乎？』亟延師教之。里閈中有文行可益子者，來家塾，必爲具鷄黍優禮。或見其母子煢煢，肆欺淩，節母惟專心持家教子，不與計曲直。曰：『但望吾子才，他可不必較也。如不才，即人不欺侵，生業可保乎？』久之，光霽補博士弟子員，孫愛蓮復相繼入學。

節母年六旬，戚黨爲稱觴，始欣然謂光霽曰：『自汝父没，余無生人趣久矣。於禮不能夜號，恒欲啓關赴水死，回顧汝在牀，不忍也。今汝幸成立，余其可以下見汝先人而無憾矣。』聞者莫不心惻。節母性慈祥，好施與，里嫗號寒者，常以嫁時服贈之，族子貧，質衣以助其衣食。至今言之，猶有感念泣下者。咸豐六年三月卒，年六十有六，守節四十有二年。子一人。孫三人，曾孫七人。節母卒後數年，愛蓮以選拔貢成均。鄉人皆曰：『節母爲善之報也。』

贊曰：吾桐多巨族，考其先類常以節教箸聞。固其奇節苦行，足以感天地，泣鬼神，抑其善教子孫之效也。吾見有節行甚高而子孫不才，推其故由以姑息爲愛，是其節無愧矣，而於孝猶未盡焉。若節母者，其可以爲女宗也已。

卷第十四　記事一

記樂提軍死事

咸豐十年七月二日，英吉利犯大沽，直隸古北口提督樂善死之。先是八年，僧親王奉命駐兵大沽，以堵禦英吉利、法郎西諸夷。九年五月大敗夷人於海口，夷退聲言必報復。是時鄭親王端華、怡親王載垣、户部尚書肅順俱以戰守非計，雖勝而愈恐，陽主戰而陰令直隸總督恆福主撫，許夷人由北塘入議和，不設備。僧親王亦以馬兵足恃，有輕夷心，使副都統德興阿駐兵新河以待之。德興阿者，前統兵江南不救六合，致温觀察紹原於死者也。總督舉而用之。

初僧親王鋭意欲固守，以公勇悍，檄調至大沽。公至即以關防交。僧親王擇其卒，願留者聽，願去者亦聽，於是願留者千餘人。入即閉營門，誓死不去。至是年六月夷船至，由北塘登岸。二十六日攻新河，次日攻唐兒沽，德興阿望風走。朝議屢遣大臣文俊、恆祺往議和，夷益驕，許和以誘我，而我兵和戰不決，益怯。七月二日夷人攻大沽，時公守石縫礮臺擊敗之。相持一日，夷益進，而我兵無後繼者。礮及火藥局火起，兵多受傷死。公知不可守，遂自刎，投於河。從死者，副將、守備各一人。

先是公以德興阿兵潰，知夷必來犯，請僧親王多發馬隊與之，僧親王留固大營不可。公死，夷人氣張甚。總督奉命勸僧親王棄大沽，退至通州，海口全失。夷人遂入天津，至通州，犯澱園，入京師。數月取和而去。是役也，夷去國越海數萬里，入我內地，守禦大將數十人，惟公死守其地，夷人敬之，斂其尸歸於天津。

公治軍紀律嚴整。初從勝保剿賊河南，當咸豐六七年間，屢箸戰功，嘗由歸德追賊至六安，解固始圍。後以勝保剛愎多耆欲，不欲隸其麾下，旋以母喪回旗，遂奉僧親王檄至海口，而勝保軍遂不振云。

論曰：吾客保定，適見夷人内侵及京師，震驚乘輿，得力戰死者，樂提軍及其麾下二人而已。又聞夷入通州西倉，監督貴倫、玉潤自經死。犯澱園，内務府大臣文豐投水死，員外郎泰清全家自焚死，是皆可謂不辱臣節者，因附箸之。

記天津石太守事

太守名贊清，字襄臣，貴州人。知天津府數年，潔己愛下，深得民心。咸豐八年，英吉利至天津，制軍某走，太守聚水二甕於堂階，曰：『夷如入脅，則與吾妻死此矣。』未幾，相國桂良與議和而去。十年，英吉利、法郎西入天津，總督以下多受辱。夷分住官舍，惟贊清倔然不屈，夷令其去，曰：『取吾頭以往，官舍不可讓也。』夷驚訝之。

一日，夷以五百人持兵入署，扶贊清坐肩輿，導入夷館，曰：『非敢相難，聞有兵欲燒吾船，故假君爲鎮耳。』贊清不食，後數日民情洶洶，夷恐，命之去，贊清不可，曰：『吾如何來，當如何歸也。』夷復命五百人前導，肩輿送之，常首屈一指稱之曰：『此好官也。』夷居天津數月，贊清終不離衙署，迄夷人入京師取和歸，贊清皆不與聞。

記周蔭芝司馬死事

周憲曾字蔭芝，浙江仁和人，爲直隸臨洺關同知。咸豐三年夏，粵賊由揚州北竄圍懷慶，天子命直隸總督訥爾經額總統防剿事宜。七月賊解懷慶圍，竄山西。八月總督奉命回直隸防守固關。二十六日駐臨洺，次日賊猝至，時士卒俱先分遣追賊，總督無兵自隨，急調守關吉林兵七百人與賊戰，敗潰，總督走，廣平賊遂入擾畿輔。先是憲曾銜參聞賊至石牌邨，潸然淚下，衆哂之曰：『何怯也。』憲曾曰：『非怯也，吾死志久定。特患賊入關，畿輔未知何如耳。』賊至衆走。憲曾公服坐餉鞘上，罵賊死。妻蒯氏、妾郭氏、幕友何戴筐皆殉難。

賊旋破沙河，知縣王衡身中七刃，妻妾亦同死。破欒城，知縣唐盛罵賊不屈，賊縛之柱上，死尤烈，典史陳虎臣死於城上，皆後憲曾數日事也。銅梁黃啓愚時從戎幕，後爲余言之。

記彭福壽死事

咸豐三年，粵賊林鳳祥、李開芳之北竄也，有僞先鋒二人曰黃草波、小秃王，驍騰猛健，爲賊中冠。自廣西至江南，冲鋒陷陣所向無前。

蜀人彭福壽者，以善長刀，從軍臨洺關石牌口之戰也。黃草波率十餘賊突官軍陣，福壽出不意，奮長刀仰砍，割取其首，餘賊皆遁去。有戲稱其首者重十八斤。河督文一飛嘗言黃草波狀貌非常，生平所罕見也。

黃草波死而小秃王乃孤。其後小秃王犯天津得勝口，率衆力戰，每欲跳濠直過，卒爲官軍所遏，莫能逞其凶。然善避鎗礮，礮火至則躍起高丈餘，莫能傷之。時天津知縣謝忠愍招雁户，排槍擊賊，以兩槍連發被擊死。二賊死後，林、李勢始衰。

福壽勇氣無敵，每步行取賊首，奪賊馬，後於獨流葡萄窪刺一驍賊，奪馬欲行，稍遲，爲數十賊攢刺而死。人共痛惜之。銅梁黃啓愚云。

記甘南薰死事

甘南薰，桐城人，家貧不知理生業，日遊城市中，尤好觀山水及星相、堪輿家言。自賊破城後，裹足不至城市。望見賊則隨口訕駡，而不呼其名，狀如顛。賊亦以顛目之。每聞某地官兵勝，則大笑狂喜。身無衣履，妻子號寒與饑不恤也。對家人鄰里亦時作顛狀，如不識人，而所慢駡皆有故，然人以其顛也，不忌焉。咸豐八年十一月十九日逆賊復陷桐城，見其薙髮執之，遂大駡被害。知者始以爲非顛云。

記任隨成事

任隨成者，濟源人，一名瑞成，素以穴煤爲生。因鬬毆傷人論死，繫懷慶獄。

咸豐癸丑，粵賊圍懷慶，三發地雷，未得入城中，防守愈嚴。然時惴惴於地雷之再作也。知府余君炳燾、河内知縣裘君寶鏞，謀求能破賊地雷法者，隨成聞之，請效力，因出之於獄，竝釋各囚，令立功以贖前愆。凡出城黑夜斫營及置毒井中，乘風縱火燔賊所踞民房，因之功居多。隨成專防地道，每於昧爽時驗之。謂草上無露，則下有地道，遠近曲折，一目了然如其言。於城外橫掘深塹以待，隧道至立破，賊計無所施，衆心益定，圍解。

余君上言大府，諸囚皆免罪，以隨成勞最，擬請以千總官之。辭曰：『小人一朝之忿觸法網，自謂此生已矣。今免罪戾，幸甚！尚敢偷榮入仕籍邪？』余君察其誠，以六品軍功請。裘君詢其無家室，賜金與婢歸濟源。

論曰：賊起廣西猶不善攻城，致湖南得掘煤者數百人，用以穴地道，故所向城池多被陷。聞此數百人者，由湖廣總督某禁掘煤，無所歸，遂爲賊用。向使當時大帥得如余、裘二君者，收而用之，或守城，或攻賊，厥功豈不偉哉！

記江忠烈公軼事

余讀湘陰左季高制軍、郭筠仙中丞所爲江忠烈公行狀，備載公濟世大略。惟公巡撫安徽時，守廬州月餘殉節，雖狀其戰守甚悉，而所以經畫安徽之深心善策，備見於與旌德吕文節公一書，而行狀顧未之詳。及讀公遺集亦未載，問之公弟達川方伯，始知未見公此書也。

初咸豐二年賊至湖南，巡撫安徽者爲蔣文慶，籌防安慶幾一年。三年春，賊至不守，城立陷。賊旋去安慶東下，陷金陵、揚州、鎮江，又北竄歸德、平陽，進逼畿輔。繼撫安徽者爲李嘉端，駐節廬州。五月賊復上竄江西，以安慶爲傳舍。時忠烈公援南昌。固守數月，擊敗賊，賊始退。三江大吏知守城自公始。賊見江西不得破，回據安慶。十月入桐城。是時，李嘉端駐廬州幾一年，安慶、桐城不設防，而廬州城守亦無備，至是以病去。初六日，公奉巡撫安徽之命，帶病卽行至六安，病益甚，聞桐城已失。吕文節公以團練大臣駐舒城，然無餉無兵，團練僅具文，不足恃。廬州前後千里虛無人焉。公念廬州失，賊必全軍北竄，乃急趨廬州。先致書文節曰：『妖氛搆禍，逆燄滔天。自粵而楚而江淮而豫、晉，餘賊且竄入近輔，普天率土罔不痛心。忠源一介書生，三載戎行，寸功未建，遂以臬司襄辦軍務。茲復奉命巡撫安徽，封圻寄重，彌懼隕越。況淮南自古號爲重鎮。今賊以金陵爲窟穴，而出没長江，進踞皖城，則合肥實北出之要路，非獲大君子教言指畫，恐滋罪戾以負重任。竊以爲今日情形，求人、練兵、措餉爲三急務。安徽一省之中，豈無志節超越，誠足以化頑感物，智足以洞機知變，廉足以理財激俗，勇足以治軍殺賊之人？四者而一有焉，無論其科第爵位之高卑，歷試而任之事，則殄寇安民之責，不恃一人區區之見以自封，而士大夫樂見其長者，或駢集而與我共濟時艱矣。若夫尋常趨承員弁，捭闔幕紳，舉世以爲才，而致人才敗壞者，抑豈無人？先生物望所歸，其於桑梓人士當早已鑒别於胸中。忠源雖不才，竊願以得人爲理政，卽戎拯民報國之要，斷不至見而不舉，舉而不先。惟望大君子一一密指其良楛，則忠源進退有所依循，庶乎旬月之間，能與不能判若黑白矣。此急欲請誨者，一也。

『忠源自奉襄辦軍務之命，所帶楚勇不滿二千人，五月中旬，忠源入洪都，兵勇僅三千，陸續檄至大營及湖、貴之兵勇始逾一萬。洪都圍解，經張小浦中丞截留之外，而所帶又止數千。賊竄至田家鎮，忠源以九月十二日抵其處，兵勇濟江而北者，僅數百人。田家鎮潰防後至廣濟，收集張、徐兩觀察之潰勇，而與唐子方方伯合軍，亦止四千餘人。十月六日賊自漢口退出，忠源已疊奉赴廬之命，急進武昌，與吳甄甫制軍、崇荷卿中丞商議，欲將原統兵勇帶赴廬州，乃賊去武昌僅百餘里，風順湖口頃刻卽至，斷無可撤之理，於十一日僅以親兵滿千前進安徽，見在之兵除調在他省外，諒所存亦不多。江南之地爲賊所阻隔，其防兵尚恐難自固藩籬，而江北岸之防剿通籌，其要隘之處如安慶可剋復，卽須於裕溪、柵港、東梁山三處置防。古人於東關濡須口爭之不已者此也。守安慶約須二三千人，三處之守約須六七千人。守合肥約須三四千人，又必得有精兵健將往來馳擊於陸路，則自滁、和而北竄鳳、壽之道，自太湖、廬江而北趨潁、亳之道，庶可迎截，又非五六千人不給也。合計在二萬人内外。安慶江北岸見在之兵必不足也，兵不足非招勇不濟。竊聞廬州北境及鳳、潁多健士，此時如以招勇之法部署之，擇其明知道理者爲之首領，獎以大義，激其固有之天良，俾囂悍化爲勁旅，以爲國家用，夫豈不善？

特患貪生畏死，不知兵機者爲之將，則坐廢而無成效矣。第安省招勇舊日之章程，豪傑之名姓，人才之能否，非新至之人所能具知，先生以濟時艱爲己任，諒已久與廬州士大夫經營措置，胸有成竹，是所急欲請誨者，二也。

『安徽一省，正雜錢糧及漕米尚能催徵八九否？鹺茶諸務尚有可興之利否？外此不能不取給於捐輸。捐輸之有名無實，及觀望不前，總由於董勸者之不得人，不得法，而乾没侵吞者比比也。十室之内必有忠信。苟比州比縣咸舉樸誠公正廉明之士君子董而理之，俾捐輸之人曉然於董理者之不欺爲之。上者保舉議敘亦據實不欺，必無觀望之患矣。其富紳猾商甘心輸賊而不肯助義者，雖懲之可也。斷不得一切苟且爲煦煦之仁，取説於民蠹，而不顧事之有濟與否，大君子於地方豐瘠，民情向背，紳商頑狡，必有把握在心，何以俾大義克明，浮謗不生，必有處之適平適允者，是所急欲請誨者，三也。』

公先以此書寄周公天爵，後復寄吕公，吕公得此書，寄示桐城戴存莊。未數日賊陷舒，吕公殉節。公力疾趨至廬州，越日賊至，公固守月餘，殺賊數千，城先既無備，外援至復不前，城遂陷。然賊氣亦因是大挫。山東、河南始有備。次年春，賊北竄盡敗死，由是不敢窺中原，公之功也。存莊嘗以此書示余山中，余謹藏之。

嗟乎！使公早得巡撫安徽數月，必進守安慶，扼蕪湖，決不使賊得復上竄江、楚、粤、蜀數千里之間，盡受荼毒。使公於廬州陷後，始巡撫安徽，則廬州必早復，復亦不至再陷，而廬、鳳、潁、亳健士得公以招勇之法部署之，獎以大義，俾囂悍化爲勁旅，則後來撚匪之禍可以不作，乃不自我先，不自我後，以積勞重病之軀，繼惰帥疲兵之後，守寬大無備之城，當兇悍猝至之賊，致公所以籌畫者不得一展，繼公巡撫者如福濟、翁同書，亦皆無幹濟才，皖省糜爛，遂爲天下最，而撚匪之害且徧及於豫、鄂、齊、魯、燕、秦之郊。烏呼！豈非天哉！豈非天哉！余爲公部民，傷公之死，因記公此書以寄達川方伯藏之，所以補行狀、遺集之未備也。

卷第十五　記事二

記吳貞女守貞事

吳貞女者，桐城人，幼許字仁和沈皖生。皖生父卒官廣西，與其叔兄錫矦奉母流寓保定，年甚少，體尩多病，而敦品力學不懈，以貧無以養，遂至陝西爲觀察某掌書記，咸豐九年五月瘵疾卒，年二十八。

皖生性孝，錫矦懼母慟悼，不敢告也。十年九月貞女忽至。先是女隨父之任臺灣。粤賊據江南，道梗，久不得皖生消息。今春其兄挈女自臺灣航海北上，適天津，夷務决裂，畿輔不靖，遂改由山東煙臺登岸。卜居周郵，久之事平，始啓行將至保定，道中忽聞皖生之變，兄欲回車爲改字，女矢死不可。入門拜姑嫜，錫矦不得已，始告母以皖生死，母哭，女亦哭慟幾絶。立主，成禮。聞者哀之。

皖生父名敦治，以舉人官廣西昭平縣。貞女父名湛恩，臺灣嘉義縣丞，候補知縣。皖生名梅元。

論曰：女之事夫，猶臣事君，義也。身受國恩，有官守言責，或爲封疆大吏，平居氣盈志得，及聞變，則棄其所守如遺。而貞女生未見其夫，夫没，尚未及其門，中途聞變，則其死也久矣。雖聖賢亦不責女以爲夫守也。乃貞女較然立意，矢志不欺。聞其風者，其亦可愧也哉？

記汪貞女事

貞女，桐城汪稼門尚書之女孫，均之上舍之女也。幼孤依母兄，居小龍山中。字同里劉氏，未嫁而安慶陷於賊。夫家遠徙山東。咸豐十年，始遣使歸取之，未行而夫死，使者不知也。十一年夏至河南，夫家復遣使託辭命女返。女不可。時桐城陷賊久，亦未可以歸。使者又不欲以女行。

余客河南聞之，念女之無依也，又念尚書爲吾邑賢公卿也，往告女姻家客豫者，使婦人迎之歸，俟賊平，然後返於母氏。女不可，因明告之，女曰：『余固知其必有變也。雖然，余幼字劉氏矣，今既出母氏門，即爲劉氏婦，但歸劉氏，吾事畢矣，其他不計也。』色不變，言論如常。或謂其夫家貧甚，置不答。次日，姻家復往遲其行，女曰：『此事吾自主之，雖吾父母不能預也。』辭甚峻。時天溽暑，撚匪擾河北。女不顧，登車而去，至夫家變服成禮，矢守以終身。

尚書在嘉慶間，由縣令洊任督撫數十年，所至有政蹟，清節箸於天下，論者稱貞女洵不忝其祖云。

記蕭孝婦事

余與開縣李雨亭太守同客武昌節署。久之，聞其有賢女名本根，妻同邑蕭德樹。姑病痿痺，數年不離牀蓐。夫讀書於外。婦侍湯藥致其憂，與小姑同室居。一日出小姑於外，私以翦刀割臂肉，和藥療姑，姑尋愈。後數月乃卒。婦體素弱，因是血氣益虛秏。諸姑見者皆曰：『嘻！何憊也。』始察知婦有割臂療姑事，咸相歎异，稱爲孝婦。

婦雖貴家女，守儉素如寠人，性温淑，姑族素賢之，至是益以爲賢也，欲白有司請旌於朝。太守自安慶移疾歸聞之，曰：『不可，割肱非經也。子若婦至性勃發時有之，然初非以爲名也。請旌之，是失其初心也。且夫孝豈一端而已哉？吾懼夫浮慕乎孝者，不務爲終始愛敬之行，而徒以一旦之毁體滅性，媒孝名也，不可。』遂止。

嗟乎！世之爲臣子者，不能竭力致身以事君親，而反因君父之難以爲利與名地者，其亦聞此義也哉！

記王母方太夫人節孝事

歙縣王氏有節母方太夫人，贈公諱槐康之妻，今吏部侍郎子懷先生祖母也。年二十八而嫠，忍死，孝事祖姑與姑，皆年逾八九十，育二孤成立，孫喪母又撫之，至成進士顯於朝。父母貧，竭力夜作，積所業爲養。旬日無以奉，則淚潸。然生事卒葬，盡瘁殫誠，雖女如子。自爲嫠足不出户外，一舉動詳審再三，行不履人迹，不與人共釜爨飲食，自外至者不下匕箸，雖兄嫂之室不入焉。年六十，有司以節孝旌門，太夫人曰：『吾操行數十年，第懼無以質神明耳，曷知此？』侍郎登第歸，太夫人色喜曰：『吾始望若讀書，念不及是，終願汝識義理，恪共乃職，以無忝先人，其他非吾願也。』以故侍郎立朝清直，有古大臣風，出處進退一準乎時義之當然而不苟，太夫人之教也。

侍郎嘗徧求海内賢士大夫詩文，褒揚其行義，所致蓋數百篇。吾友瑞安孫琴西太守，稱太夫人以爲古之所謂中庸，三代以上大賢可以行之，若以中人之資，當人心惡薄之時，則惟持之過激而後適得其平。吾以爲其論美矣，而義未盡也。夫中庸之道特事理之至當，人倫之極則，初非有過高難行之事，亦非徒循常習故而可以託於中庸，太夫人之行曷嘗持之過激邪？男女之別，天理人倫之至必如是，而後盡中庸之量耳。

夫中庸之學始於慎獨，終於闇然而日章。觀太夫人之操行立節，與所以教子孫之言，惟期無疚於神明，而毫無務外之見，卒之聲名矜式於朝野，福德流貽於後裔，是極人道之誠，而天道之誠不期而與之會，而豈太夫人之所計及哉？烏呼！是雖爲士君子之法可矣。同治四年正。

記節孝狄孺人事

衡陽彭宫保爲余言：其鄉周氏有節婦曰狄孺人。夫名祥麟，字霞軒。世故富室。祖若父各娶繼室，分异諸子姓，家漸衰。祖若父没，兩世繼室畜私財，奴婢侈衣食，視夫子姓困乏，無憐恤心，且日怒詈之。孺人爲霞軒繼室，家無儋石儲，甘淡泊，惟日勵夫以學。正士來，令幼子出拜，侍側聽講論非是，則令子答以父外出，惟恐曠夫學業，累清操也。繼祖姑，其初妾也，無子，尤悍戾，非人情。霞軒恭順唯謹，孺人體夫意，受淩辱，屏息以聽，第背人飲泣而已，不敢有違言。

道光甲辰，霞軒應鄉試中副榜貢生。其冬以咯血疾卒，無以斂，乞貸於繼祖姑，不應，加欺淩。孺人哀毁欲身殉，遇救解免。諸與霞軒同學者爲成禮焉。自是益孤苦無依，日以女紅撫育二子。久之繼祖姑死，既葬，族姻爲析私財，孺人始有田數畝以生，益令二子學。長子祐將成而夭，孺人銜哀慟，教其次子祜讀益勤，補學官弟子籍。孺人年逾五十，有司爲請旌如例。烏呼！歐陽永叔有言：爲善無不報而遲速有時，豈不信然哉？

當孺人與霞軒共處艱屯時，其所遭殆非人理所宜有，及霞軒甫成名而没，孺人備嘗險阻，教育其長子將成名而又早夭，豈非天理之不可究詰者哉？乃由今觀之：剥之必復，困之必亨，天人之理，終不能以毫髮爽者，顧非百折不磨如孺人，不能身見及此耳。彭公與霞軒友，同治丙寅余客公戎幕，屬余書其事，且以勵其後人云。

記柯貞婦事

貞婦姓徐氏，江蘇人，不知其所居邑。幼貧，父母鬻爲婢於和州汪氏家。既長，許嫁於柯，未及期而柯某病没。時貞婦年十九，聞之懼主家之不能容，將爲改字也。伺主無人，裹白巾髻上，急奔其夫喪，慟哭成禮，誓死不去柯氏門。

先是柯兄弟二人。兄早卒，嫂林氏守節不嫁。及是柯某又死，姑垂老，内外無期功之親。貞婦乃與嫂撚絮作燭心以鬻，晝夜勤苦，養其姑以壽終。久之積所餘，葬其夫若姑，竝營數畝以爲生。今年四十餘，猶日撚燭心不輟也。貞婦性嚴冷，不妄笑言。和州之人無老幼男婦皆稱之。

同治四年冬，新化游君子岱牧是州，聞其賢，購布二疋敬遺之，樹二松其門，名之曰貞柯，以旌异其節。試士詩，即取種松爲題，貞柯爲韻，州人相傳爲盛事云。

方宗誠曰：夫人至爲婢賤甚矣，乃苦節高行，至爲閭黨所欽，賢士大夫所稱歎，且欲流傳其事以爲風化之宗，是豈貞婦之所計及者哉？孟子曰：『人人有貴於己者弗思耳。』吾於貞婦益信。

蘇府君墓表

君諱求恒，字成矩，姓蘇氏。祖暢實，歲貢生。父俊，國學生。蘇氏在桐世多正人長者，好以先賢格言講行於家。君幼承父教，無聲色貨利之好，聞忠信仁厚之言，輒正色以聽。父母有微疾，瞻依莫敢違離。母性嚴，偶怒，君戰慄伏地不敢語，怒已，始起。嘗飲酒侍父側，父曰：『氣薰人。』君聞即絶飲。每歲秋冬積米穀，春夏賤糶之以濟人饑。煢獨者尤軫恤焉。初娶汪氏孺人，生二子一女，卒。繼室汪氏孺人生一女始三歲，一子始十月而君卒。

孺人上事姑，俯育前子女竝己所生子女，倍極艱辛。嚴出入，慎笑言。族鄰罕見其面，聞其聲者。夫所遺財產多推與前子。己惟日夜勤紡織，茹苦食淡，責其子讀書勿懈。後其子能授徒治生，即責以祖宗葬祭大事，不使推讓。臨卒，猶諄諄告語曰：『汝未娶，然當以娶妻爲後，卜葬爲先，不然汝父早卒，汝祖考妣浮厝土上，目不瞑也。汝兄貧，嫂死，諸子幼，汝宜撫之。』又曰：『家雖窘艱，然一介不義不可取，莫染小人之習。』其明於大義如此。

君卒於道光十年。繼室汪孺人卒於咸豐三年，年五十二，守節二十三年，以節孝得旌於朝。所生之子名其琛；女，宗誠繼室也。宗誠少遭家難，孺人獨偉視余，以女歸之，命其子執弟子禮，受教甚篤。余感孺人知方，冀奉孺人隨其女以養，不料賊烽將至，各星散去，而孺人遽卒矣。余前已助其琛葬其祖父母於祖山側，又冀賊平，助其琛買山葬君與兩孺人，以成孺人之志，乃潛伏數年，賊虐益肆，不克遂其志以出。時憾於心，因先爲文述其行，俟他日其琛葬畢，買石以表於墓上，亦所以解余之憾也。咸豐九年八月五日，甥方宗誠撰。

王君崇峯墓表

王君光裕，字耀宗，號崇峯，桐城人。父大榮，有厚德，艱於子，年四十八矣，忽生君。里人皆驚歎以爲忠厚之報也。

君幼孝謹，不恃愛而驕，從師就學知發憤，以貧故，棄儒力田，家日豐。有從兄弟欺侮之，禮待如常，謂人曰：『祖宗視子孫無親疏，人體祖宗心亦當無親疏也。』鄉里饑寒者濟之，昏喪力不足者必助以財，然廉於取。嘗拾遺金追而反之。受人之託雖難爲，必委曲以求其成，不中輟。人有相争者質於君，君必察其詳而和解之。以是族里無長幼聞君至，咸竦然起敬。性質樸，新衣不肯常服。人或假之無吝色。視聽行止必依於禮，遇婦女於途，卻而不前，曾未嘗逆以目。生平敬祖宗，每朔望必衣冠敬禮，春秋謁墓必追思淚下，常以不逮事王父母爲憾。又常執譜牒示子孫，使不忘孝。

思妻戴氏賢，五歲時與群兒遊，或笑之卽閉門習縫紉，自是終日不踰閾，既歸君，割肱以療姑疾，遇翁姑祭日，必齋戒親治祭品，終其身如是。子孫讀書暮歸必命背誦。見鰥寡孤獨殘疾者，則指示曰：『天下最慘者莫如此，願矜恤之。』每述先人事，卽淚涔涔然欲下也。

君卒於道光十二年，年七十。孺人卒於道光二十六年，年八十有二。親屬子、孫、曾、玄百餘人。鄉里稱盛德焉。

君既葬，其曾孫鎔，力學好善，述其行乞爲誌。余嘗慨少時所接先輩，大抵樸厚有長者風，至創業剏家多後福者，其性情尤近仁厚剛直，有渾古之氣。近數十年來不見此矣。是足見人心世道之盛衰，與治亂存亡一氣相感召也。君力農治生，未嘗知詩書之精義，而所爲可風如此。此古所以有孝弟力田之一科與？自是科廢，世之文士仕進者，鄙農田爲樸野，考其實，視此何如哉？余因掇君樸行，足爲士人法者箸於篇，令鎔他日刻石，以表於墓上。同里方宗誠撰。

慶孝子墓表

咸豐辛酉，余客中州，含山慶式如孝廉以其兄愚泉孝子行述，乞爲表墓之文，余辭不獲，讀之喟然歎曰：『有是哉！余固不能已於言也。』

孝子生有至性，事祖母、父母終其身極孺慕之誠，疾病生死罔聞，而推之以待伯叔、兄弟諸子、族姻、鄉黨、師友、故舊、以及孤寡鰥獨之人，無不致愛致力，睦婣任卹，不使稍有餘憾於心，一言一動皆依於禮。故自門以内，以至教授弟子，悉皆觀感而化，遠近無閒言。嘗曰：『人貴時存滿腔惻隱之心也。』年四十七以父喪哀毁而終。先是母卒，孝子慟不欲生，父戒之，乃進食飲。及父卒，晝夜哀號，曰：『吾母卒，吾卽欲相從。然念猶得事吾父。今父没，何以生？爲得侍兩親於地下，吾心安矣。』慟甚不能食，凡十五日而卒。

昔朱子論屈原之忠，忠而過者也。屈原之過，過而忠者也。孝子其亦可謂過而孝者矣。世之論孝者，喜誇尚奇絶之行。余觀孔子之言曰：『所求乎子，以事父，未能。』而卽繼之曰：『庸德之行，庸言之謹，以是爲慥慥之君子。』蓋人之能致修於庸德庸言者，則其事親也，雖或有畸行，而皆出於天性之自然，非有所矯飾。若庸德庸言之地無可取，而但爲一二奇行以驚世而動俗，是意氣所發，未免名譽之見存，聖賢不貴也。

孝子之毁，雖過中，而其生平言行肫肫然無不本於性情之厚。烏呼！是誠可爲君子也已。孝子事迹之詳已見行述，故不具，特論其可以風世者表於其阡。

孝子名之源，字導岍，含山縣學廩生，以子貴，誥贈奉直大夫、工部主事。敕旌孝子祀本邑孝義祠。曾祖森，邑庠生；祖昂；父炘，太學生，貤贈奉直大夫。子二：錫綸，咸豐壬子進士，授工部主事；首恒，優廩貢生。孫四：某某。孝子，工詩文，有血性吟一卷，式如所編輯也。桐城方宗誠表。

陳啟之墓表

陳啓之，名東明，桐城人。明季有名朝棟者，以講學爲鄉里師，没祀鄉賢祠。國朝有名焯、名鬳鑑者，皆進士，有文名，啓之，其裔孫也。少孤窮。母程氏守節。啓之始以授經養其親。其後母痿痺，動止需人，而啓之妻没，一子方孩提，無兄弟之親，傭老婦侍養不能當母意，乃散生徒，身任婦職，自櫛沐、烹飪、浣濯、縫紉、扶抱、抑搔，内外奔走，一身而百役，靡不爲也。其衣食資毫末無所入。友人知君賢孝多助之。然時時匱乏，必竭力使母無缺，而已終歲不得飽。母愛憐其子，又委曲將養。其子以承歡心，未嘗一致母忿怒，母夜數起，不可緩須臾，啓之常坐臥牀下，冬無衾，夏無帷，聞聲卽起，負如厠，如是者十餘年。母至死，咳唾溲溺，未嘗一點污於身。鑪火不絶，欲食飲卽至，而已身未嘗有敝緼袍，又屢割肱以療母疾，以是人稱陳孝子云。

啓之雖至窮，然性清介，人助之則受，未嘗乞憐，其族中富室不相顧，甚或怒罵之，以爲無能力食，而以養母市名也。啓之但唯唯，未嘗怨尤。久之母卒，仍授徒。一子方成立，可授經相養矣，而復夭死。啓之饑寒久，貌清癯，至是得心疾，又數年竟以孤窮死。悲夫！

余與啓之交近三十年，啓之養母時，余同友人文鐘甫、戴存莊、馬命之、張小嵩、何眉岡時爲之經紀，始終交合無間。自粤賊陷桐城，命之、小嵩先後殉節，鍾甫、存莊亦以義憤鬱積促其生。諸君死而啓之益困，然獨得潛身遠害，以待天日之明，余意天或者阸其境，而獨永其年以相酬邪？

同治二年，余客安慶，啓之來視余，居旬日去，及冬余復寄金助之，而啓之已於是秋死，不得見矣。烏呼！啓之死無所憾，獨余執友數人咸以忠孝成仁自立於天地，雖死不泯，而余块然僅存，豈天欲以綱常民彝之重任之諸君，而獨以紀載諸君之事傳於人者屬之余邪？然則後死之責，固有不敢辭者矣。往歲諸君卒，余既爲之傳誌，因復述啓之孝行，俟他日歸，立石於其阡。同治三年歲在甲子首夏，方宗誠表。

項雁湖幾山兩先生墓表

余少側聞浙瑞安項氏有兩先生：曰雁湖、曰幾山，兄弟相師友，文學行誼箸稱天下，而友悌至行尤爲當世之所希。雁湖不得見，幾山嘗一遊桐城，博識而讓，敦行不怠，君子也。雁湖名霽，字叔明。幾山名傅霖，字叔雨。祖昌基，温州府學生。父灴，歲貢生。母戈氏、李氏、林氏，生母某氏。

雁湖嗜古學，喜遊歷名山水，爲詩歌古文，不屑治舉子業，而教幾山應舉以振家聲，自理生計，不以攖幾山胷次。幾山事兄恭，每事必請命後行，自幼至長恆相勵，爲有用之學。雁湖性慈仁，歲洊饑，必經畫拯救以靖民志。幾山守禮不踰尺寸，然宗族鄉黨義所當爲者，必承兄志任之，不以爲難。幾山中道光壬午科舉人，十上春官，不知家人生産，每歸則多購古書，與雁湖辨證校閲以娱其心。辛丑四月禮闈榜將揭，心動悒悒數晨昏，自疑科名得失素澹定，何至是？逮歸杭，見家書，始知其爲雁湖卒之時也。雁湖於其時亦適得幾山書，披閲數四，溘然而逝。幾山歸，陳所購古書大慟，卜兆域，謂子弟曰：『他日，當使吾體魄與吾兄相依也。』往者，吾鄉方百川、靈皋兄弟相友愛，生則互以道義文章切劘無間，没則相約同穴，不忍骨肉魂魄相違離。至今讀其言有足感動人者。觀兩先生性行，何其與方氏兄弟合也！

雁湖雖絶意仕進，然於古今治亂興衰之源，民生利病之故，瞭如指掌。雖好爲詩文，然不以市名，與人言不争辨是非，待其退，取書傳貽使閲之。其人每感歎，以爲如飲醇醪也。

幾山自始學至疾革，未嘗一日去書，博通經史，旁涉天官、曆算、陰陽、風角諸雜家之説，然亦謙退，不箸書，藏古籍數萬卷，悉加丹鉛，所書斷章殘稿皆端楷不苟。凡事以古禮法自閑，雖期功之喪必玄素，不隨流俗，教人讀書，必遵元儒程氏日程，無求速化，生平不輕臧否人物，卽對邨農野叟無倦容。晚官富陽教諭二年，以學術風化爲己任，見諸生必整衣冠，授以文行法度，忠孝節義搜訪必詳。咸豐戊午三月卒於家，年六十一，去雁湖卒時十八年矣。

雁湖娶某氏，生子某某。幾山娶某氏，生女二。以雁湖子琪爲嗣。辛酉七月琪承父命，葬兩先生於縣西三十五都四石山烏石寺側。以書因先生甥林君用光屬爲文，以泐諸石，爰述兩先生落落大者，表諸其阡。桐城後學方宗誠謹撰。

彭嗜亭墓表

君姓彭氏，名某，字嗜亭，一字筴庭。先世明嘉靖間，由南昌貿遷於亳，遂世爲亳州人。居三世，有曰紹元者，始以廩膳生貢於鄉，官上海教諭、商南知縣，政蹟載州志。自是至君考端儀，六世皆有聲庠序間。

母李氏生君，七歲知學，應對進退如成人，有過，父母譴責之，永矢弗忘。少長憂親老無以養，遂潛心於學，讀書往往涕隨聲隕，或立其几案間，移時不覺也。弱冠應試取第一名，爲學官弟子。困鄉舉二十餘年，學使者檄舉優行，州人士以君『清節獨操，束修自勵』對，乃食餼，時年已五十矣。

居平授經爲生，訓士必先德行而後利達。雖農夫、牧豎、里胥、閭俠、商賈、傭僱之徒，莫不殷殷勸誘，以爲人皆可以爲學，苟其自力，於人紀而無虧，於職分所當爲。雖學士大夫無以過，聞其言者，多感激有成。嘗謂言有不可，對人是爲詐言；行有不可，對人是爲詖行。以是自律，亦以此律人。然惡惡雖嚴，而見善行則稱之不去口。里巷閒片語足法佩之終身。尤嚴於取與之際，或賄君乞爲干謁，卻之，人曰：『君食菲，何自苦爲？』君曰：『吾福薄，恐貽禍也。』其人默然消沮而去。所箸有詩若干卷，已刊。道光丙午夏病卒，年六十九。子四人：長澤樽；次澤柳，歲貢生；次澤樹，次澤林，皆州學生。澤柳少嘗從吾鄉劉孟塗開游，能詩文，善篆隸法，先權安慶府學教授，今爲廬江訓導，狀君行請爲墓表，訪於人，皆曰其言信，乃撰次之，以表其阡。桐城方宗誠表。

文鍾甫權厝誌

咸豐九年冬，余客保定，家書至，報友人文鍾甫之喪，飲泣數日，食不甘，寢不安枕者久之。始余未弱冠，聞里中稱才俊而好古者，必曰文、戴。戴謂吾友存莊也。嗣後馬命之、張小嵩，又各以學問氣節自勵，皆先後游於吾師植之先生之門，鍾甫尤稱有經濟才，不幸遭亂，命之、小嵩殉節，存莊以義憤遘禍，鬱死於懷遠，而今君又繼之。悲夫！君名聚奎，後更名漢光。父某，以好善罄其貲。母倪氏有淑德。

君少貧廢學，父命習賈以養，君日坐街衢，夜讀書爲文，無所師承。體尫多疾，又常日不得一食，夜深嘔血，和湯飲之，讀不懈。里有方先生林聞而奇之，爲告於吳先生階樹，招爲弟子，不受贄，並濟其困。君遂以文名閭巷間，授經爲養。嘉興沈鼎甫侍郎督學安徽，取爲學官弟子，次年首拔之，得食餼。三應鄉試皆薦而不售，遂不復應舉，與存莊爭以古學相切劘。咸豐元年，詔舉孝廉方正。時君主講祁門，里人以君應，考取一等第四名，大吏奏聞，賜六品服。其後秦提軍定三攻賊桐城，君爲籌餉濟軍，提軍上其功，奉旨以光禄寺署正補用。

君性伉爽，雖貧而豪。授經所入皆以濟急扶危，自族姻、師友、鄰里，以及不相識之人，告以困，無不應，值窘乏，籌畫廢寢食必致其情，而身常衣垢履穿，雖嘔血疾作，藥餌亦不忍多服。嫻於辭令，善排紛糾之難。里人欲争訟，往往不之官府，而就君爲解釋者數十百家。道光戊申歲大饑，君畫策籌捐，舉才賢助邑令，多方振貸，民少失所。次年復大水，饑民千百爲群劫富室。君勸里人某曰：『曷不首倡捐三倍其舊，以爲德於民？』某如言，捐者踵至。又勸邑令告富室，必皆以某爲例，數日得金鉅萬。君立法分鄉振貸，使民安其居，無入城。或不韙君言，於是災民聚城中，日數千至不絶，無所得食，大譁亂擊，富室屋多碎。官諭之不能止，勢洶洶，闔城震恐。君急至，呼父老二人慰之，曰：『汝聚衆在此，無能識別。明日與路資各歸其家，月按户册給散，何如？』災民素知君名，皆喜曰：『文君善人，不我欺。』立散去。君急畫策如約，邑賴以安，而民亦少流離者。

自賊陷桐城，君避居山中，不畜髮，常陰籌餉，請兵圖剋復。咸豐六年春，秦提軍已復舒城，駐兵屯鋪不肯下。有吴金錦者，招勇至大關，名爲義兵，實縱掠，數十里被其害。君請撫軍置之法，復稱貸以散遣其衆。八月提軍至桐城。是時歲大旱。軍行乏糧，多劫奪。君勸捐支應軍食，劫奪者，請提軍治之，乃稍安。九月賊圍官軍，絶糧道，大掠鄉里。君急走廬江，借糧千石，日夜由間道以兵護送，十餘日不絶。賊敗退，營遂以保。君數月未嘗安寢，嘔血數升，其救災時亦如之。未幾，鄭鎮軍魁士至桐，以讒言不説君，君歸山中，官軍遂大潰。九年秋，賊野掠。君奉母驚逃，鬱積久，遂嘔血而死，時七月十五日也，距生於嘉慶戊辰十月四日，年五十有二。

君性孝，自高、曾以下，單獨一身，又無子，每夜卧學舍。夢中恆呼母，在母前常嬉戲如孩提之容。今母年八十，而君先齎志以没。嗚呼悲夫！

曩歲余將遠行，君聞，道梗止之，曰：『吾自信我死，君必能爲我養母。君死，子幼誰爲育？我衰病日至，力不能，慎無輕身也。』今君卒，余在數千里外，欲爲君養母，而不得負死友之知矣。余其何以爲心邪？

君工詩古文，精算學，所箸書多散軼，惟遺詩十餘首，存余輔仁録中。權厝於某山之麓，余志他日歸爲營葬未敢必也，先爲文誌之，以鳴吾哀。計去傳命之、小嵩時五年，去誌存莊時甫四年也。悲夫！銘曰：

才高氣盛身病孱，盎粟無儲施不慳。扶危濟急淚雨潸，口善戲謔面慘顏。數定變亂如轉圜，熱血沾襟積朱殷。從井救人叢憂患，嗟乎！惟吾知子艱，銘之百世庶不刊。

兒培凝壙誌

同治二年二月三十日，季子培凝殤於安慶，既反葬桐城。余哀兒不幸遭禍亂夭死，因記始末，待异日刻石於家之旁。

兒少端重，生二年而桐城陷於賊，隨余避居魯谼山中。余課伯仲二子經，兒亦喜從旁立聽，因是漸授之讀，月下聞諸子吟誦聲，從余質問，往往有思意。丁巳賊始搜山，余每匿兒石洞中，而攜伯仲二子遠走重崖之陰得脱。戊午秋，官兵剋桐城，旋失之。余挈家月夜行四十餘里。兒方七歲，足酸痛，余抱以行力不勝，兒復自走，忍而不言，其情可念也。次日復走避六十餘里，賊蹤充斥，余與兒伏田塍竹樹間望見之。余師友遺書懼喪失，必攜以行。兒每與其兄爲余負戴也。己未春，余攜長子培濬之山東，兒隨仲子守彝送余山麓，余别兒去里許，兒猶立門首以望余，長子亦回顧山下不能舍。烏呼！孰知長子後一年卒於濟寧，其兄弟遂不得再見。今又三年而吾兒復隨之以夭邪！

先是余外出，擬謀貲脱全家於險。庚申春作書迎之，適兒病痘瘟不果出。及冬賊大至，深山窮谷皆徧，兒病後體尫，每日五鼓起，隨其母與嫂與兄攀危崖，行十餘里以避賊。日晡反宿人家，飢飽寒暖不時，遇風雪行泥淖中，露立終日，夜歸無可易之衣，又飢疲思臥，且爲次日避地計，不暇計燥溼，如是者兼旬。賊後益盤踞山中不退。兒與母與嫂一日走稍晏，遇賊，俱投危崖下，幸不死，遂冒大雪奔舒城山中。是年旱蝗，山中人不相識，無所得食。時直隸、山東、河南皆被賊。余屢遣迎兒者，道梗不得達。兒身無絮，夜無衾，日不得一飽，積勞久，遂得耳漏疾，山中無真藥，醫者又不良。遷延五月餘，迎兒者始至，又數月始得行，行數月，始與余相遇於河南許州途次。是時，余隨豫撫嚴公入鄂，遇余兒不相識，余初與長子二人出，今一人歸。兒之母與嫂皆勞苦無人形，見余不見吾長子，大悲慟。余見吾兒之病不可治，又不勝悲憤也。居鄂一年，醫不效。今年節相曾公召余反安慶。余憂兒不能久存於世，念長子權厝山東不得歸，不忍復葬吾兒异地，又是時桐城已剋復，遂決計歸。歸月餘而兒夭死。悲夫！

兒好讀書，在襄陽舟中，見余授仲子經，耳不聞，忿哭不食者數四。其衣履必整束，用物弆巾笥，井井有條。病耳三年，又泄痢年餘，每夜數起皆自持，衣衾無點污。其耳雖不聞，能知人意中事，懼傷其母心，未嘗道一死字。卒前數日，見木工，告其母曰：『爲余製小榼子。』不言棺也。又時念其舅氏，及舅氏不期而至，甫一日而兒遽死。死前一日中夜，臥余牀不去，若不忍離者。悲夫！

余家初無半畝之田，亂後時欲挈家遠行。而族姻故舊無一登仕版可依以爲生者，性又耻干謁，不欲以貧累人，致吾兒久受賊困。今以虛名遊幕府，兒不至饑餓，而又不得共處以生。烏呼！能無悲與？

余去家五年，問之家人，所居百里中，居無廬，田無耕，病無醫藥死者十數萬，無尺寸之木以爲椑，往往爲犬所食，而皖之南尤甚。人相食死者，數十日之久猶掘而烹之。其間更有不忍聞者，亦不忍書也。吾兒雖没，猶得父子相見，保首領以没於牀下，歸體於祖山之旁，是猶得天之厚者也。烏呼！其又何悲？六月望日，柏堂居士誌。

署理松滋知縣汪君墓誌銘

吾郡有篤學醇儒起家爲循吏者一人，曰宿松汪君諱維誠，字訒夫，號省吾。少承其父養園先生之教，績學篤行，以天地民物爲己任。居家則信孚於鄉，篤於友朋，薰其德而善者數十百人。凡義舉無不倡，尤以培民氣，厚風俗，崇節孝，考文獻，興學術爲重。嘗司訓青陽亦然。以是力於己，卽以是教於人，諭諸生曰：『時有古今，學無同異。漢世尚功利，而有正誼明道之董江都。宋初尚辭章，而范文正獨抱先憂後樂之志，是在人自立耳。』君辭和氣温，言動有法，職分所在果敢有爲，盡其實不競其名，任其事不營其利。遇大災大患，挺然周旋其間，而深厚不伐。以故同事者説服，聞教者心醉。

咸豐元年，詔開薦舉孝廉方正制科，青陽、宿松人士皆具君行義上大府，以聞於朝，君力辭徵辟，賜六品服。時君以丁憂去任矣。先是大計之歲，上官有以君才學俱優精求吏治薦者，君傷禄不逮養，無意仕進。遭亂後益以守死善道自矢。撰畢命詞縫衣帶中，箸歷朝節義録八十四卷，寓激濁揚清之意。又箸讀史卮言，發明歷代興衰治亂之所以然，而於痛切時弊者尤三致意焉。

楚師圖皖駐宿松，君曰：『賤如庶人，亦具有家國天下之責，況此恢復之事，尤有君臣之大義存焉。』激勵士民竭力供億，事賴以濟。湖北巡撫胡文忠公知其賢，告制府官，公疏薦以知縣調用之楚。君辭不獲，委權松滋縣，篆二年。君爲政不喜煩苛，務潔己愛民，一意教養。俗好訟，婦女靦顔入公庭，君諄切告諭如家人父子，訟至立斷，無或冤滯。又搜求貞節湮没者，申請旌表。厲禁逼嫁孀婦，以明廉耻。修書院，振士習，冀以移易風俗，獄訟一清。邑濱江恃長隄，向所修多不實。君至集貲董成，裁汰浮用，一錢不入公廨，工歸堅密。後川水發，完固如初。其未及修者，諭居民遷高阜。凡禦災之具皆豫，又備快舟，救起鄰邑災民數千。民感之頌功德者成群，立石其上，曰汪公隄，而君時歉然。每水旱，泣祝於神曰：『守官不德，願罰吾身，勿波累吾民也。』楚有邪教煽惑鄉愚，誦經不肉食，往往爲亂階。粵匪之興也亦以此。君時申禁戒，又豫整團練，以備非常。一日邪教倡亂，焚殺平民，君聞，乘其初起不備，星夜往剿之，不二日卽平。君常曰：『仁則有容，義則有斷，寬而不縱，德教之謂也。』論者謂君洵不負所言。君俸入多捐助軍食。每因政務歷鄉邨，輿馬飲食之費皆自擕。去任之日，送匾額及爲詩文紀述德政者數百人，沿途餞送，越境始返。君屢乞歸休，上官重之不許。同治元年十一月十一日卒於武昌寓舍，距生於嘉慶四年十月五日，年六十有四。

君好學性成，寢食不問，所爲文主於闡理率性，維持風教。宿松以學問文章名世者，康熙朝有朱太史書，嗣後惟養園先生學行爲一邑宗，而君繼之，既立德立言，又以政績顯。世之淺者以儒學爲詬病，而儒者入政又多不善行其學，以取譏於時。若君其可謂經權悉當矣，而治僅及一邑，時僅及二年，不獲使世大見儒者之實用。烏呼惜哉！

余游楚，君訪余，論學數月極相契。卒時命諸子必以所箸書相質。諸子復述君行，乞爲銘幽之文。烏呼！其何可辭？

君曾祖諱升殿，祖諱家順，父諱桂月，恩貢生，道光元年舉孝廉方正，没祀鄉賢祠，世所稱養園先生也。君道光乙酉選拔貢生，辛卯中本省鄉試舉人，丁未選授池州府青陽訓導，咸豐八年以知縣奏調至楚，加同知銜。十年以平土匪功保奏補缺，後以同知直隸州知州用。娶胡氏，子二：慰曾，廩貢生，候選訓導；念曾，國學生，出嗣君弟後。孫四人。慰曾以某年月日葬君於黄梅縣某山之陽。銘曰：

賊民之興官溺職，教化不聞事剥蝕。厝火積薪日孔棘，猶以文具相絢飾。不然操切持之力，激成事變翻隱默。問誰思患豫爲塞，古稱勞來與匡直。格苗之本在振德，世儒但解習文墨。真儒之用久衰息，君修於家獻於國。智仁勇備真足式，牛刀一試日已昃。出處無瑕歸兆域，伐石鐫銘百世則。

署福建按察使前汀漳龍道桂公墓誌銘

同治癸亥冬，閩浙總督左公宗棠、福建巡撫徐公宗幹，以故署按察使桂公超萬潔己勤民，奏請宣付史館，入循吏傳資觀感，得旨俞允。國史未立循吏傳數十年矣。於是海内稱盛事，吏治蒸蒸，争自濯磨。公子連理、連珊述君行，因吴竹如侍郎請爲銘，義不可辭。

公諱超萬，字丹盟，池州貴池人，曾祖向陽，妣章氏。

祖朝玢，妣谷氏。考以興，妣梅氏，欽旌節孝。本生考以和，妣章氏。三代諸生，以公貴贈通奉大夫，妣皆贈恭人。公幼岐嶷，念母苦節，勵志顯親，工爲文。嘉慶戊辰舉於鄉，梅太恭人告夫墓曰：『吾事二親終，撫嗣子成立，可相從地下矣。』公念母言慟，益刻勵，曰：『他日必爲循良吏，庶有以對吾母！』丁丑大挑二等，旋丁母憂。道光甲申選潁上教諭，己丑署英山教諭，癸巳成進士，以知縣用，年五十矣。分發直隸，親老，告近，改江蘇。甲午攝陽湖，乙未補荆溪。丁本生祖父憂，服闋，例歸直隸候補。丙申補欒城，庚子調萬全，攝豐潤。辛丑擢務關同知。癸卯代理宣化府，旋擢揚州府。乙巳調蘇州，戊申擢蘇松常鎮太糧道。己酉移福建汀漳龍道，庚戌以病乞歸。咸豐末，避亂轉徙復至閩。同治壬戌，徐公以公素箸政聲，精力强，可任以事，奏聞留閩。癸亥奉旨署理糧儲道，未之任，權按察使，八月二十一日卒於官。

公持躬廉謹，悃愊無華，所至盡心民事。初莅江蘇，過丹陽，見糧艘厲兵謀鬭，遣急足，冒雨報丹陽令。時林文忠公爲制府，得預爲防。文忠知公勤能，自此始攝陽湖，多善政。奉使句容，聞丹徒趙貞婦王氏冤，言於按察使裕靖節公，論姦人如律，貞婦得旌。在荆溪，文忠以公通達治理，善體民情，薦公治官事有日記，文忠尤服其判語，可入資治新書。知欒城五年，除盜賊，懲健訟，濬洨河，勸種樹，均徭役，修書院，立義學，創硃問墨供法，製更鋪傳籤牌，民以大和。有習天主邪教者三世矣，公諭以孝弟忠信，立悔改。鄰蝗入境，有蟲黑大如飛蟻，食之殆盡，人以爲循政所致。時大吏有齮齕林公者，以公爲所獎譽，遷怒公，日使人偵釁，皆曰：『桂某治行第一，不可動也。』攝豐潤一月中，清積案三百餘。是時英夷有警，君馳往黑沿子澗河兩海口，募鄉兵，令習刀矛鳥槍者互資，益募漁人善擊鳧槍者數十人，教以陣法。其後粤賊李開方竄天津，知縣謝忠愍公子澄召擊鳧人伏水次擊敗賊，畿輔得安，公遺法也。

公少遊學揚州，見習俗奢靡，常有斲雕爲樸之思。及知揚州，身率儉約，胥吏毋得衣帛，教廠營兵禁無博，婦女止游觀，修學勸農，訟至立決，民有重見包孝肅之謠。蘇郡田賦之重甲天下，而弊端尤甚。公知蘇州，謂舍均賦法無以甦之也。請大府定均户新章，悉心體察，一如欒城時均傜役。蓋北人苦差傜，蘇人苦賦税。故公仕於北，則首均傜役。仕於蘇則首均田賦，急民困也。先是欒城人爲之語曰：『無利不興，無害不除。』至是蘇人又爲之語曰：『有客必見，有案必問。』或問公見客何裨於治？公曰：『首郡大府耳目宜留心屬吏賢否，民間疾苦，若謝客何由周知邪？』歲災大吏議徵全漕，公以去就争之，民力以紓。福建汀漳俗强悍多械鬬，兵民互訟，往往成巨案。公初觀察其地，謂不可徒以刑威也。乃爲詩歌，俾各姓族長士子誦之，以期化導。勸營與縣和衷，軍與民相衛，以勤捕緝，靖紛争，俗爲少變。公生平勤治案牘，所至一清。歲除前一夕猶聽訟不輟。權福建按察使，年八十矣。念閩治廢弛久，鞫訊常至日昃，鋤豪雪冤，不遑退食，枕上猶體究獄情。盛暑不倦。提督某治兵不律，公白大府劾之，官吏無不憚其剛方，而服其公允。公歷官所至，必謁廟焚疏，曰：『不欺心，不賣法。』卒之日，遺書左公，神志湛然，語不及私故與。徐公尤深惜之。

公生於乾隆甲辰正月二日。娶姚氏，繼娶吴氏，皆封恭人；側室葉氏。子四人：連瑆，附貢生，福建試用縣丞；連瀚，監生；連璸，廪生；連珅。孫三人某某。公長於文學，所箸惇裕堂文、養浩齋詩、宦遊紀略，皆刊行。公卒後，欒城人士狀治績上大府，疏請入祀名宦祠。銘曰：

維君有民寄之吏，匪使剥膚資以治，官曠其職爲民累。日擊剥之民滋僞，卓哉桂公勤撫字，害爲民鋤興必利。用之已遲才則試，没葬桐鄉遺愛至，億萬千年觀此誌。

義士翟君墓誌銘

君諱藩，字南屏，號德庵，寧國涇縣人。生平慷慨負奇氣，大義所在，不苟隨流俗，禍福死生切己，不以動其心。咸豐三年春，粤賊去武昌入安慶，陷江寧、揚州、鎮江，逆燄稽天，震撼千里。愚民見其時將吏之不足恃也，又見賊有納貢免屠之説，怵於凶威，咸思爲苟免計。其明理者，雖痛心疾首，亦隱忍不敢正言其非。君於其時獨直己危行，疾聲大呼，明禮義，激廉耻，曉利害，且力言賊之必終滅，以壯其氣，爲文反覆至數千百言徇於邑中，由是人皆有敵愾之志。君因聯絡諸邨，畫保衛策。四年秋，賊屢犯境不克入，竄至東壩，君急遣子增榮率衆往援。君家本中資，復散以募敢死之士。偕邑義士吴桐，進攻蕪湖魯港，破其巢，賊渡江夜遁。君復進剿別賊於繁昌、荻港之間，積勞遂成疾。當是時，涇邑團勇之名聞四方，吴桐最箸義聲，然倡之者君也。桐嘗稱君膽識絶人不可及，而君固未嘗自以爲功。五年春石埭失，君病垂危，猶命增榮往剿之，增榮不可。君怒曰：『賊不滅，吾目不瞑也。其速殄賊成吾志，雖死不恨。』增榮涕泣受命行，君始卒，正月二十五日也。

君没數年，賊始大至，皖南郡邑俱陷。人民存者十無二三。又數年始剋平。由後言之氣數所在，非人力所能争也。然君終不以氣數自委，毁其家，瘁其身至死，復以淬礪其子，雖异日之成敗皆所不計，以一布衣無尺寸之柄，而砥柱於横流頽波之中，豈非義烈出於其性者與？

君娶查氏。子三人：高榮，先君卒；增榮，縣學生；紹榮，監生。君卒後，吴桐等以君行義上大府。同治三年，增榮將葬君於□山□原，以狀屬余銘。銘曰：

剥復之交，陽氣不伸。卓哉烈士，奮起濟屯。挺挺勁節，竹箭松筠。鬱爲毅魄，其目猶瞋。未安宅兆，以俟廓清。邪不敵正，天定勝人。赫赫王師，江國維新。既成義壟，百世明禋。伐石銘詞，以風臣民。

封振威將軍浙江提督鮑公墓表代

蜀地踞天下之脊，山川雄峻奇特，有拔地倚天之勢，故自古多恢奇异士，而名將爲尤多，歷代光於史册。入國朝，以卒伍偏裨立武功任專閫者，常數十人。獨奉節鮑封公有信義磊落之才，混迹行伍中，未獲箸功烈於世，而畜積深厚。嗣子春霆遂大以勳名顯。

公諱昌元，字某，生平好武而尚義，曾投效夔州協標，充當馬軍，奉上無私，急公自愛。當是時，四海承平，公無由以功名顯，遂務積德修行於家邦。事母孝，與兄友愛。一日出門，見有自經者，急救之得生。詢之，知爲鄰人子，貧無以自存，公遂罄所有濟之。或盜公財，公知之輒爲之隱，惟恐人彰其過，致喪其廉耻冉從。叔母死，貧無以斂葬，公竭力營之，具服致哀極，盡其禮。其他厚德多此類。然不以告人，故人亦不盡知也。公生於嘉慶己未三月十五日，卒於道光十八年十一月十一日，葬縣城北臥龍岡。

公前因無子，以從兄封武顯將軍諱昌鳳公第四子超爲後，卽春霆也。後復生一子繼高。春霆慟公負才德未以功名垂竹帛，思奮揚武烈以光大前人。咸豐三年，遂以卒伍隨湘鄉曾公、益陽胡文忠公，剿賊湘、鄂、江淮間，屢立奇功，八年得授綏靖鎮總兵。九年遇覃恩，誥封公武顯將軍。後爲浙江提督，晉封公振威將軍。今春霆隨曾公督師肅清江南北，攻剋數十城，威名箸於朝野，天下數名將者指再三屈，卽及春霆，與蜀中箸名史册者後先争焜燿焉。烏呼！公雖未遇，可以含笑於九泉矣。

夫古之論達孝者，必曰善繼善述，而繼述之道不在乎富貴之烜赫，而在以忠孝顯名而揚其親。蓋富貴之養止及於一時，而忠孝之傳可昭於百世，後之人將因吾之忠孝，而推本於先世之德畜積使然，是之謂達孝也。春霆其益勉之！公名德之垂，將視春霆勳業之隆替爲遠近也矣。春霆既葬公，以書屬爲表墓之文，余因箸公之潛德，且以勉春霆誌交誼也。

封振威將軍浙江提督鮑公暨封一品夫人鮑母劉夫人墓表 代

吾友鮑春霆以書述其本生考妣封公、夫人之行，屬爲文以表諸阡。余與春霆生同鄉，長同宣力於國，且相善也，義不可以不文辭。

按狀：公諱昌鳳，字某，四川奉節縣人，幼穎异，性和平，然見義勇爲，雖居貧，力田服賈以治生，而好濟人之急。鄉里有善舉往往竭貲以助，而施於人者不索報也。以故慈祥慷慨之名播於里黨間。夫人姓劉氏，爲公同縣人，性慈良，持家儉勤，食貧克孝，常助公陰行善事。

公有子四人：長，繼泰；次，占彪；次，繼學；次，超，卽春霆也，公以後其從弟封公諱昌元。公生於嘉慶丙辰九月十五日，卒於道光十一年九月二十日。夫人嘉慶丁巳八月二十一日生，道光十七年十二月九日卒。咸豐八年，春霆由武功授綏靖鎮總兵。九年恭遇覃恩，誥封公武顯將軍，劉夫人誥封夫人。春霆感激聖恩，益竭力宣勞，督師剿賊江南北，威名遠箸，擢授浙江提督，晉封公振威將軍，晉封夫人一品太夫人。

余惟自古奇傑偉人名臣碩輔，其先世必多潛德隱行，爲善於人所不知之地，雖其子孫亦不能具道其詳。又多庸德庸言，爲好奇炫异者之所不載。及其畜之厚發之箸，往往令人因其後嗣之昌，功名勳業之震耀，爲想像其先世之行必有不可及者，此固人心秉彝好德之常，而亦天道特用此發其幽光，以興起人爲善之志，而爲子孫者，亦因是可知立身行道，揚名顯親，乃爲孝之大也。春霆所述公、夫人之行無侈詞，而專以戮力報國者顯其父母。於乎！公其可謂有子矣。

公與夫人之卒也异時，故葬不同壟，余因古者婦從夫之義，故總敘公與夫人之行，俾春霆立二石，各表於其墓之上，以昭示來兹。

卷第十七　墓表　誌銘二

黄母左淑人權厝誌

貴築黄琴隖觀察之妻左淑人有賢行，以咸豐十年三月卒於保定寓舍。時貴州苗氛未靖，乃以六月檢殯於保定城南之原，其子翰林院編修彭年述其事略，命桐城方宗誠爲之誌銘，宗誠受而讀之。其事姑孝，相夫敬，教子慈而義。居貧能甘，履險如夷，處貴盛，恭而有禮，仁及親黨，而居身持家一如寒素時，事皆足爲婦範母儀。宗誠自顧文行不足以壽淑人於金石也，乃固辭，而編修請益力。

始宗誠客保定，編修奉淑人自太原來省觀察公於天津，不謁官府，閉户侍養讀書，而獨願與宗誠交，恂恂然如儒生，呐呐如無所能，令人不知其爲貴介。公子文學侍從之選也。心竊异之，又歎其以始冠之年入翰林，而不急仕進，乞假歸養，謝絶時俗人所尚，而篤信好古，切劘義理經濟文章。凡古今大儒名臣言行，皆紀録之以爲法守，於忠孝節義事蹟尤三致意焉。私謂如編修之所學充而實之，异日必爲國家偉器無疑，因是深服觀察公義方之教。及今讀淑人事略，而後知編修之植志行身，恬退不苟，實亦淑人有以養成之也。

淑人疾革時，語編修曰：『汝以事親家居善矣，然男子志在四方。久則與婦人女子何异！』又曰：『仕否聽汝所志，其善體吾言。』烏呼！即是而淑人之賢可思矣，烏可以無銘？淑人之行，編修述之已詳，而編修之學行不懈，其文必傳於後世，故不復申敘，而獨載其所以勉成編修之志行者，以爲爲人父母者法焉。

淑人，湖南長沙人。祖諱本有，舉人，官衡陽教諭。父諱光南，諸生。觀察公名輔辰，一子即彭年。四孫某某。淑人卒時，年六十有五。銘曰：

坤厚載物，母德之宜。貞静專一，見美周詩。懿維淑人，德與福竝。夫秉監司，子班侍從。淵哉淑人，處貴若常。相夫匡國，訓子行藏。莽莽平原，棲神於兹。我銘其幽，無愧厥辭！

馬淑人趙氏墓表

咸豐十一年，大理馬雨農學士奉命來視學安徽。時全省陷於賊，逮肅清，將試士矣。而學士丁母周太淑人憂，越七旬元配淑人趙氏卒。先是大理爲逆回杜文秀盜據有年，不得遽反葬，乃權厝太淑人於懷寧之北鄉赤土磡，以淑人祔焉。學士既述太淑人懿行，請銘於羅平竇蘭泉侍御。

一日，復謂宗誠曰：『恩溥之得奉吾母以天年終，躬親視含斂者，妻趙淑人之力也。方大理亂，余供職京師，聞之驚悸，不能奮飛以救吾母，賴淑人經畫，奉母挈子女倉皇出險，轉徙萬里，爲時幾兩載，卒保護吾母至京寓無恙。逮余奉母來安徽，撚匪梗河南，粤逆阻湖北。余以朝命犯難行，淑人奉母畱衛輝，昕夕在視，俾母無驚，事平乃奉以至皖亦無恙。淑人性孝謹，侍吾母未嘗一日離。自余游學迄通籍，皆淑人家居代起居無失禮，顧恆德不足异。惟兩遭顛沛流離，能使吾母履險如夷，宴然就官舍，俾余不致大負疚於神明，是可念性。請爲文以表於阡。』

余惟易道始乾、坤，而坤六三文言傳曰：『地道也，妻道也，臣道也。地道無成而代有終。』則妻道之必能終其夫之事，臣道之必能終其君之事，而後足以配三才，而立人極可知矣。軍興以來，寇賊竄擾徧天下，人臣之不辱君命，轉危爲安，克保全土地人民以還之君上者，不數見也。若淑人之相其夫，以事其姑艱苦備嘗，有濟無害，豈非綱常所賴以常存，而坤德藉以增重者與？

淑人家世及他行，學士既述其略，茲不具，箸其大者。淑人生二子三女。長子殤，次子柄常，業儒。長女殤，次、三存。淑人善教子女，雖幼，皆循謹溫惠，有德器。淑人有造於馬氏甚大，而與學士同患難，不得一日同安樂，此學士所以每思其德而弗忘與？同治四年，桐城方宗誠謹撰。

柯貞婦墓表

新化游子代刺史治和州，以正倫理，厚風教爲先。未數月寓書宗誠，屬爲紀柯貞婦事。

貞婦者，常州徐氏女，三歲鬻爲和州汪氏婢，十九許字柯士賢。未嫁夫夭，貞婦聞，戴白巾奔其喪，誓死不去。先是夫有兄早卒，嫂林氏守節。貞婦自是日與嫂撚燭心養姑，姑亡，營葬竝葬其夫，守貞不嫁二十餘年。刺史聞，式廬致敬，種二松表其門閭。刊予文以示州之士，於是和人咸知貞節之足貴也。

衡陽彭雪琴宫保治水師於濡須，見余文敬异之，贈白金屬刺史爲買田園。刺史亦以金成其事。同治六年九月某日貞婦病卒，刺史率同官爲治喪具，備禮文，葬州城小南門外寶塔岡，又率同官躬拜其墓。江淮大亂久，喪禮廢壞不修，於是和人益知貞節之貴，而禮儀之可則也。刺史又乞余文表其墓道，且曰：『余向者持彭公金與貞婦，不色喜，逾時爲買田往取其金，則貞婦未嘗啓封。有貸於貞婦者，貞婦將卒索錢買棺。負責者欲貰棺與之，貞婦不可，曰：「异日汝或不能償，是余負人棺也。」』余聞而益异之。易曰：『婦人貞吉，從一而終也。』又曰：『見金，夫不能躬，無攸利。』聖人既以『從一而終』明夫婦之正義，而又推明世俗委巷之情，其所以不能從一而終之由，蓋莫不始於見利而動。若貞婦視大府賜金如不見，及將死而不欲人貰棺以斂其身，此其精義致用，雖士夫或有愧焉。爰揭其高行以表於阡，亦以助刺史之風教也。

卷第十八　碑記

重修二程夫子祠記

開封府城外有二程夫子祠，其旁祠屋三楹：曰褒忠，曰名撫，曰報功，皆祀河南先賢及官斯土有功德於民者也。歲久不修，軍興戍卒益殘燬，甚有析木主以爲薪者。

咸豐十一年，新繁嚴公撫中州，祠后土，過之怵然不安於心，謂僚屬曰：『豫當天地之中，河嶽鍾靈，伊古以來聖賢輩出。二程夫子得孔、孟以來千載不傳之學，繼往開來，德業盛大，固不可不尊崇其祀以重儒宗，其餘忠烈名臣鄉賢奇節偉行，亦皆足以師表人倫，風範百世。今雖軍旅孔殷，豈可視俎豆禮樂之事如弁髦，聽其隳壞而不爲之所？』皆欣然曰：『諾。』遂捐廉俸，鳩工修理，嚴禁軍民無得妄入。時宗誠客嚴公幕，工成屬宗誠爲文，泐諸碑。

余惟自古治亂之迹，視乎理道之存亡，天理民彝不絶於人心，世雖小亂而終可以復治。然則撥亂之要，亦在乎復天理民彝之在人心者而已矣。程夫子之言曰：『有天德，然後有王道。其要惟在慎獨。』吾願入斯祠者，仰瞻二程夫子之遺範，而思其立教之言，蘊之爲德性，行之爲事業。出則實心實政，禦災捍患，遺愛在民，没世而不忘。處則表正鄉邦，興利立功，以遺無窮，所謂鄉先生没而可祭於社。遭際時艱，則志在持危扶顛，臨大節而不奪，成敗利鈍有所不計，而惟一心爲國百折不回，以振宇宙綱常之氣，人心常存，世運自隨人心而轉。

夫修祠爲治之迹也，而所以修祠之心，則必共以諸賢爲法，使天理民彝不絶於人心，是亦諸賢之所重望於後人也夫！

重修開封府儒學記

三綱五常不可一日絶於天地間，故古之聖王必以學校爲重，學者所以明人倫也。人倫明於上，小民親於下，天下所以久安而長治。無學則賊民興而邪慝起，觀亂之所由作，不卽可知致治之源乎？

昔者，三代之學盛矣。當是時，人皆習於禮樂而亂不興，故享國最爲長久。漢革秦弊，首以太牢祀孔子，求遺經，招學士，守經訓，敦氣節，而漢祚昌。唐重文學，宋崇儒術，詔天下皆立學。明重六經、性理之教，故其時雖有治有亂，而學術猶明，士氣民心固結而不散，藉以享國者皆數百年。秦、晉、六朝、五代之時，專以干戈智力相角，三綱不正，五常不存，乘世衰微，争雄竊位，人道同於禽獸，故皆不久殄滅矣。觀往知來，至理所在莫或爽也。

我朝開基之初，卽以崇儒重道爲本，教士專用四子、六經及宋五子之書，頒布學宮，『列聖登極』必皆御書四字，以隆孔子之德，升朱子配食堂上，以定學者之宗。自太學至天下郡邑之學，有興無廢，祀典所載於前代不減有加，教化浹洽既久，綱舉目張，故享國者二百餘年矣。雖其後苗莠不齊，承流宣化者，或奉行不實，以致亂賊縱横，干戈四起，而朝廷尊崇聖道，隆禮學宮之意終未變更。烏呼！卽是可卜我國家承天之休永無紀極，而爲臣子者可不奉宣德意，修廢舉墜，以隆至道而致平成！

開封府儒學，以軍興久未歲修，門廡將圮。咸豐十一年，新繁嚴渭春中丞撫中州，以是爲治本，不可以不先率屬捐修，竝及附祀諸祠，所藏書版皆爲整理，從祀主位，正其紊亂，務樸無華，數月工畢。公時奉命督師陳州，以宗誠客幕府，屬爲文記之。

烏呼！天下擾攘或以武事爲重，修學明教當在治定功成之後，余以爲似矣而未盡也。夫亂之起由於人心，人心之不正由於廢學，學所以明人倫也。使爲士者皆知重學，而明乎父子君臣之道，則達而在上，自能有公而忘私，國而忘家之誠，經濟自裕，氣骨自礪，亂如之何而不平？窮而在下，亦將有守分安業之心。上下辨，民志定，亂如之何而不息？今以聖人之學宮而聽其廢壞，世將視學爲贅文，人倫其何由而明？人心其何由而正乎？是助亂也。

抑吾重有憂者，天地之間，邪與正不能竝立，正道虛而後邪教得以乘隙而滋生，亂民之害在一時，而邪教之害且流極於後世。今外方邪教入矣。惟大明吾聖人之道，使學者相與講明三綱五常之實，以存於世。人心既正，則爲邪說誣民者，終將消沮而不得行。此尤嚴公修學之微意也。吾願凡入學者，皆凜凜於古昔聖王立學明倫之意，而不負聖天子尊崇正教之心，馴至海宇清平，文教大興，邪說者不得作，其斯爲長治久安之策也與？

鄢陵創建朱子祠堂碑記

中州自河南二程夫子得不傳之學於遺經，一時學者宗之，自北而南，至朱子集群儒之大成，其道遂箸於天下而傳於後世。歷元及明，學者非程、朱之說弗尚也。中州儒者如許魯齋、曹月川、薛文清守之尤兢兢云。其後陽明王氏之說興，由南而北，程、朱之真傳幾爲所掩。獨中州涵濡程、朱之道久，顯然與爲難者，尚無其人。夏峯孫徵君先生崛起北方，避亂河朔，惡學者之紛争，一以和合朱、王之旨爲宗。其奇節偉行，居德善俗，又足以風動乎一世，於是中州之學大都以夏峯爲師，而不純乎朱子以上溯二程夫子之所傳矣。其間惟儀封張清恪公論學一本程、朱，然力不足以勝之。余嘗謂朱子之學，至陽明而一變，至涇陽、景逸、念臺、夏峯、二曲而又一變，諸君子生陽明之後，能不爲其說所囿，必兼取乎朱子，是固豪傑之士矣，而有奮乎百世之下，毅然卓然一宗朱子而上溯乎二程者，不尤爲振古之豪傑與？

吾友鄢陵蘇菊邨，少好朱子學，既嘗興復文清書院，刊行張清恪所選薛文清遺書，又於書院之西創建朱子祠，取『志仁』以名其堂，率同人共爲修己利物之事。

嗟乎！朱子之學至今日而晦極矣。前此和合陽明之說者，猶不失爲君子也。自漢學之徒興，務爲雜博穿鑿支離，而朱子之學晦。詞章之徒出，務爲華靡浮誕放蕩，而朱子之學晦。功利之徒起，務爲機械巧詐，見小欲速，而朱子之學愈晦，而且顯爲攻訐肆爲無忌憚之言，學術亂而世運因之有由然也。其他若科舉之徒，雖日讀朱子之書，立言不敢稍悖，而識之陋，志之鄙，則更有甚焉。是以朱子之學名存而實亡。朱子之學亡，而古聖人相傳之正脈於是乎亡矣。

夫欲繼古聖之正脈，非朱子之學無由入，而欲明朱子之學，非志於仁無由成，故朱子嘗作仁說以示學者。程子尤以識仁爲學之基。入斯祠，登斯堂者，其皆志於仁焉，斯可爲豪傑之士與？

祠作於咸豐元年冬。同治元年，菊郵書來屬余記其顛末，余因述中州學脈之源流正變，與朱子之學之所從入以諗學者。桐城方宗誠謹撰。

金陵重建大程夫子祠堂碑記

明道程子於宋仁宗末年爲上元主簿，本學道之誠，施愛人之政，其治績具載史傳行狀，後世思其德澤，建祠堂於江寧郡城之南，咸豐癸丑燬於賊。

同治甲子，節相湘鄉曾公既剋金陵，籌善後策，莫宜於正學術，飭吏治爲先，仰思明道程子盛德光輝，體用純備，足爲百爾君子之所師法。乙丑春，率屬興建祠堂於舊址，加恢擴焉。正堂祠程子，兩廡以高第門人附祀，前爲講堂，其外爲垣爲門，旁爲守祠人之所居。規模宏肅，瞻其宮墻，入其門，登其堂，欽愛景仰之心，不禁悚然以起。六安涂君宗瀛權守江寧，董治斯役，既成，屬余爲文以記。

余曰：民生之困悴，由官方吏治之衰，而吏治之不興，又原於學術之不正。然而世亦間有宗法正學者矣，及用之世而寡效，試之一官一邑而無裨於時，遂來流俗之詆諆，以爲聖賢之學固若是，其迂遠而闊疏也。嗟乎！是果得爲聖賢之學邪？觀明道程子承濂溪之傳，啓洛、閩之首，當時君若相未能真知而大用之也。然偶一用之，則隨所在而無不效。同其學者如伊川、如横渠，傳其學者如上蔡、如龜山、如朱子、如勉齋、如西山，以及我朝之陸清獻、湯文正，用行舍藏，無不足法於天下，其政教所設施，初非有尚智術計功利之心也，然而道德之積，箸爲事功，自然有濟於民生，有補於君國，流風餘韻，且能使千百世以下之人睪然，想像其徽烈是真儒之學也。孟子曰：『仁之勝不仁也，猶水勝火。以一杯水救一車薪之火，不息，則謂之水不勝火，是又與於不仁之甚者也。』世之不知正學者，無足言矣。宗正學而不求其真，不用其極，反貽流俗人之口實，何以异於孟子之所誚哉？節相既撥大亂，首新此祠，以爲學術吏治倡，凡百君子其可不勖？

抑余尤有感者，自古治亂之機甚微，知幾之士必觀於邪正之氣之消息乘除，以善其扶陽抑陰之用，正氣固，斯邪氣不得而乘，不然一時之盛，有治象而無亂形，而其邪氣之隱伏於中者，將潛滋暗長，而馴至於不可制，是有心者之所深憂也。講明程子之學，修諸身而施於世，使天下皆知道學之非無用，斯正教昌而正氣興，陰邪之氣自可日卽於消弭而不獲逞，此又節相修是祠之微意也夫！

金陵普育堂記

江寧府治故有普育堂四：曰老民，曰老婦，曰育嬰，曰殘廢。粵匪之亂，堂燬不存。同治三年，湘鄉相國奏令其弟沅圃中丞攻剋金陵。相國自安慶移節江寧，制府覃敷善後之政，招集流亡，百廢具興，助牛種勸農，修書院造士，行保甲法以詰姦安民，卹宦裔士族以維廉耻禮義。又令江寧守六安涂君朗軒復建是堂，以收養難民之無告者。鳩工庀材，計人給室廬米薪，内外整肅，條理燦然。太守屬巴州廖君綸、桐城甘君紹盤，分任其事，罔不竭忱殫力，宣布朝廷德意，以佐相國愛民之心，由是孑遺之民，生氣盎然以興。太守屬宗誠記始末，且曰：『此本古人發政施仁，必先四者之意，願子之宣其義也。』

余惟鰥寡孤獨古所謂無告之民是也，而遭世亂離之後，則無告者，又豈止於此哉？推仁人利民愛物之心，必大生廣生，無所不周，而後有以滿其量，然而發政施仁，則不能無緩急輕重，先後多寡之序以爲之節。所謂義也，義以制仁，實所以全其仁。昔，孔子謂博施濟衆，堯、舜猶病！夫堯、舜之病人知其仁之至也，而不知其爲義之盡。天下惟義之盡者，爲能仁之至。使不論本末大小，以權其緩急輕重、先後多寡之數，概欲博以濟之，則必有宜施而不能施，當濟而不得濟者矣。

天地有春生，不能無秋肅。王者欲休養生息，不能無禮樂政刑。秋肅者，所以凝固其春生之氣，而禮樂政刑，所以維持休養生息之心於不已也。然而天地必以春生爲本，王者必以休養生息爲先。分雖有制，而心實無窮。是又爲人上者，所宜加之意也夫。

太守奉相國命，既善養其民，又將率諸君修復清節堂、義學，以區別其間，不惟養之，而又思有以教之，以端風化，其法良其意美也。昔者光武中興漢統，既平大難，一以吏治民事爲心，明、章之世，循吏箸史册者甚衆，而漢祚因是得以久長。然則扶國家以贊元化者，其在斯也與？其在斯也與？

永康胡氏義田記

余讀人理馬雨農學士所爲永康胡氏七烈傳，竊歎忠義之氣雖本性生，而至於父子、兄弟、夫婦之間，皆能以身殉義，臨難不苟，則意其家庭詩禮之教，涵濡薰陶必有其獨至者與？抑其先世積善之久，故天厚報之，使忠義節烈萃於一門，以爲邦家之光與？及與月樵觀察遊，見所定義田法程，然後知其封公及太淑人之所貽謀者，固非流俗人之所及也。

封公諱仁楷，字良直，誥贈中議大夫。太淑人姓施氏，居平喜陰行善事，尤好培養士氣。道光十五年捐田爲邑士歲科試卷之資，又助義塾一，曰培文書院。咸豐四年疾亟，慮經費不給，施太淑人捐田益之，承夫志也。計共捐田畝百六十有三，積德累仁久而不懈益勤。其善氣所薰蒸，固宜其子孫男婦，皆知忠孝節烈之爲重也。

或曰：積善之家，必有餘慶。以封公、太淑人所爲若是，宜以富貴顯赫大其門閭，而乃死亡相繼如此，豈非天道之無知與？余曰：非是之謂也。夫天之報施善人也，或及其身，或及其子孫，畜之愈久者，發之愈遠，固不可以世俗耳目之近妄測之也。且富貴顯赫之盛，所以報之於一時；忠孝節烈之稱，所以報之於千百世。孰厚孰薄，智者必能辨之，而況忠孝節烈之後嗣，天必又報之於無窮邪！

觀察屬余爲記義田顛末，余懼妄疑天道者，其説無以勸善也。因發明其所以然，俾爲善者無滋懼焉。

七烈者，鳳岡、鳳韶，贈公子；宗壽，鳳韶子，贈公孫也；鳳鳴、鳳雝、鳳恩，贈公兄誥贈武功將軍仁柳子。其一盧氏，贈公子鳳標妻，事蹟具學士傳中。鳳韶父子既死義，妻王氏復以身殉。今觀察捐其遺田二十餘畝，爲邑士鄉、會試資，上承封公、太淑人之志，下推亡弟之德澤於一鄉，胡氏之積善不懈如此，是可風也，故附箸之。同治四年，桐城方宗誠記。

和州游定夫先生墓碑記

宋儒游定夫先生登元豐五年進士。徽宗時，以監察御史出知和州，卒葬含山昇城鄉車轅嶺。今其地曰察院嶺，蓋以先生故得名。和州誌詳載之矣。惟志表載先生知和州爲元豐時，與墓誌、年譜不同，豈失之未攷邪？傳稱先生所至有惠政，民愛之如父母，去則見思愈久而不忘。伊川程子嘗稱其德器粹然，問學日進，政事亦絶人。朱子論述先賢，謂先生清德重望，皎如日星，流風餘韻，足以師世範俗。然則先生政績，雖世久遠不可考，而固可想見其概矣。

昔孔子言：『君子學道則愛人。』書曰：『學古入官，議事以制，政乃不迷。』世之以不學入政者無論矣。嘗有學古而號爲政事之才，然終不遠於俗吏之所爲，何哉？則以其所學未明夫君子之大道也。故或愛民而失之姑容，或惡惡而失之嚴酷，或一意休養無明作有功之心，近於黄老之所爲，或欲興利除弊而不能爲久大之規，徒局於一時急功近利之見，是皆非議事以制，而於聖賢愛人之道未之有聞者也。

先生初從河南兩程夫子游，受其微言至論而躬行之，其爲政實得古人明德新民之意，故令人没世不忘如此，然則世嘗謂政不必本於學，學不必衷諸道，甚且以道學爲無用而詆諆之。遂使真儒之學不獲見於天下，豈非斯民之不幸也哉？

先生墓故有垣與碑，其旁有祠，咸豐中燬於賊。同治五年，新化游子代刺史牧是州，糾僚吏士民修易之，又捐俸買田以永春秋祭祀，謂余素慕先生者，屬爲記其顛末。余惟先生之學見於遺書，其醇德至行箸於先儒之所紀述，至其所以治和之政績，則史傳未之詳。然而流風餘韻，至千百年猶令人過墓生欽，而奮然興起，有不知其所以然者，此儒者之設施，所以異於尋常循吏之所爲也與？五年三月，桐城方宗誠撰。

安慶奎星閣藏乾坤正氣集記

天地間邪正不容竝立。正氣盛，則邪氣不得而乘，久之且消沮閉藏，變化陶鎔而漸歸於無有，所謂赤日當空，群陰自退而伏也。正氣衰，然後邪氣興焉。邪氣盛，則正氣雖不變而從邪，然孤陽不能敵群陰，徒存浩然剛大之氣，配義與道，扶人極而立人倫，而究不能救天下之禍敗，雖然邪終不能干正也。正氣百折而不回，邪氣詭隨而巧變。當邪氣之興，正氣之撓敗摧殘，雖若不能不爲之屈，然屈於一時而伸於萬世，其所以扶人極而立人倫者，固無時不塞乎天地之間也。彼邪氣者，固已不逾時而消歸於無，何有之鄉矣。詩曰：『既剋有定，靡人不勝。』豈不然哉？且夫邪正之氣，雖關乎世運，要必有大力者，以主持於其間。上有主持乎正道者，斯正氣日盛。苟其心稍從於邪，則邪道日進，而邪氣卽乘隙而興。甚矣！主持世運者之好尚不可不慎也。

道光間，桐城姚石甫觀察與長洲顧湘舟輯古忠義詩文爲乾坤正氣集一書。湘舟自刻詩集，而以文集屬涇縣潘芸閣河督校刊，於是益加搜訪，自周楚屈原，至明季殉節諸臣有集者，得百有一人，爲卷五百七十有四，又人爲小傳以弁其集首，版成未印，而賊氛猝至，藏書歸灰燼，惟此版獨存。噫！非正氣之不磨於天地者，何能與於斯？

新建吳公從湘鄉相國治軍有年，江南既平，奉命陳臬於皖，旋權布政使，念邪逆之興，乘正氣之虛而入也。今粵逆雖平，而邪說詖行未盡廓清，則布化宣猷當以培養正氣爲要務。既創建奎星閣於郡城之巽方，又印行乾坤正氣集百部分布天下，而藏其一於閣上。俾登斯閣者，覩是集，而諸忠之正氣凜然存焉，吾人之正氣亦聳然樹焉。由是人人懷忠君愛國之心，勵取義成仁之志，則雖有邪氣，無間可乘，久之且消沮閉藏，變化陶鎔，有不自覺者矣。周子曰：『天下勢而已矣，勢輕重也。極重不可反，識其重而急反之，可也。』孟子曰：『君子反經而已矣。經正則庶民興；庶民興，斯無邪慝。』觀公之藏是集也，其得撥亂反正之本原也哉？公既印行此集，而顧氏所刻正氣集詩版已燬復爲之刊行云。同治五年十二月，桐城方宗誠謹撰。

廬江吳公祠碑記

文宗皇帝御極之初年，循祖制特開制科，詔天下舉孝廉方正之士。於是安徽舉者凡數十人，而吾友廬江吳君蘭軒廷香洎桐城馬命之三俊皆與其選。君與馬君，故石友也。先同以優行貢太學，至是兩郡人士，復各以其德行學業舉聞於朝，天下知兩君者，咸謂是科得兩君誠不虛，兩君誠無愧斯舉也。

君與馬君益明經修行，方將大展其才志以報國家，而粤賊蔓延已躪及江南矣。時承平久，文武恬嬉，畏懦退避，習爲固然，君與馬君獨首倡義憤，各團練鄉兵禦賊，逮城陷，馬君起義師霍山，進攻舒城，戰没周瑜城下。君亦購間賊中，以其所募卒與鄉兵薄廬江城，拔之，孤軍無援，苦守一月而城復失，時咸豐四年九月二十九日也。始君起義時，或危之，君故美鬚髯，神采灑然動人，掀髯笑曰：『如若言，亂將誰拯！』及城復陷，急自裁，或奪刀勸速行，君厲聲曰：『復城守城，吾義盡矣。出城一步，非死所也。』巷戰死之，去馬君起義陣亡時四閱月也。

當天下糜爛之初，賊烽方鋭甚，馳突七八省，莫可誰何！氣節陵夷，幾不可振。君與馬君以書生興義師，豈不知其必不足以勝之哉？然甘心赴死而不辭者，誠欲奮孤忠，申大義，以激勵頑懦衰薄之氣也。易之剥象：『上九曰：碩果不食。』夫剥之一陽，亦終無不剥之理。然剥於上，則復於下，雖剥盡爲純坤，而復之一陽，已潛伏於其中，由是而爲臨、爲泰、爲大壯、爲夬、爲純陽之乾，皆此一陽之所滋長也。是以古者中興之運，文武智勇之英傑，奮起以著功名，人皆豔稱之，而不知其先國運顛危，必有一二忠誠志節之彦，守死不回，以固國家之正氣。由是人心漸奮，國勢漸振，而文武智勇之英傑，始得以致旋轉之力於其間。

君殉節後，其子長慶與馬君子復震，方年少，能繼志事，奮力從戎，轉戰江淮、吴越、齊魯、燕趙，助平粤逆、撚匪，以成大功，而淮以南，文武智勇之英，遂數十百人相繼而起，著滅賊勳，以贊成中興之景運。是皆君與馬君精忠奇節，倡起義師，有以振作於其先也。然則一時之績雖未成，而人心由之以興，世教因之以振，其功不尤偉與？

馬君之死事也，既奉旨勅建專祠。君殉節事聞，亦荷勅賜祠祭，世襲雲騎尉。長慶以功官至提督，誥贈君振威將軍。今皇帝同治七年，復念君死節之難，追贈四品卿銜。先是長慶從復廬江奉君遺骸以葬，建祠於廬江城中，春秋官紳致祭，額曰吳公祠，巍焕顯赫，稱君正大剛明之氣象。

余以主講廬江，三謁君祠，念君生平，常依依不忍去。長慶乞余爲文，以記君與馬君之學行大節。余既嘗爲之傳矣，惟念君之大節猶人所知也，其振起人心世教，以潛挽國運之功，人所不及知也，因復表而出之，以泐於碑。同治八年九月，桐城方宗誠撰於蕪湖舟次。

卷第十九　雜記

登千佛山記

余客濟南，游覽名勝之地三，曰趵突泉、大明湖、千佛山，而趵突泉余獨無取。其泉三穴出池中，池水盈盈，泉湧沸，高出六七寸，横列整齊，相離各尺許，似人爲穿鑿而成，非盡天然之奇。且地近喧囂，余嘗一游焉而已。泉在城之南，其北城内大明湖，爲諸水匯注之區，煙波草樹，蔽隔城市如在曠野間。遥見千佛山，奇偉深秀，如畫屏遠列，泛舟其中，蓮葦紛披，水清洌，游魚出没可數，無异南方湖山勝處也。

千佛山出城南五里，望之不甚高聳。自下而登，蹊徑曲折。回觀城郭，平原境象。移步變易，山多大石，壁立十餘仞。佛宇亭榭，依倚爲垣，各踞其勝。面臨大野，鵲華河、濟，山水環繞，雄遠之觀，又江南不可多得者。

咸豐己未秋八月，余與何子永、吴執夫攜諸生往遊半日，坐山上古亭，飲香茗，縱談易理而返。山巖多鑿石供佛，故曰千佛山，又曰歷山。相傳以爲虞舜耕稼地也。古聖賢居遊之所，後人往往扳以爲重，今無從考信，不足置辨。惟佛宇旁有堂數處，像設虞舜，以二女夾配焉。此則近於褻矣！齊魯爲聖人之鄉，名賢大儒歷代生於是，與官兹土者不乏其人，何以未加釐正？余故附記之，以爲欲明道教者告焉。

登小孤山記

小孤山介宿松、湖口之間，崛然屹立於江心，石壁嶙峋，孤峻聳直，江流遇之，劈分爲二，環繞旁趨。蓋江、漢自大别合流而東，至此數百里，天特設是以畜上流之氣，而啓下游之門户也。自前世用兵，往往以此爲防江之要區。山勢壁立不可登。有僧架屋其間，疊石磴爲道，曲折可上。兵燹之後，爲賊所踞。咸豐七年，衡陽彭公雪琴率舟師敗賊，奪而歸，命工新修，以快遊人之登覽。

同治元年，余由武昌歸安慶，舟行欲上，而風甚利，不獲泊舟其下，深以爲恨。明年春，復反安慶，與長沙黄曉岱太史、皮篠林主政約共登臨。是日大風雨，又頗以爲憂，將至山麓，風息雨霽，遂相與維舟，循磴道，委折攀躋，汗背酸足，直登其顛。

山不甚高大，以踞於江中，四顧無所倚附，又其形峭直，無曲阿坳堂可以容樹木之蔭翳，園亭之宏麗，蓋微特不倚附於物也，即物亦不得而倚附之，故其名爲孤焉。然江岸遠近諸山對之皆如拱揖，不敢與抗。登其上，望風帆之上下，聽波浪之奔趨，風景勝概昕夕百變，若皆爲兹山所有也。以孑然巨石立於驚飈駭浪之中，當夫風起水怒，力與山石相擊撞，聲聞數里，日肆其浸淫剥蝕者，不可以數計，而曾無損於分毫。雖盜賊縱横，焚燬摧殘，而本真未之或失，若是者，豈非堅剛之性，磐石之固，根據於水中者，數千百尋而未有紀極邪！是殆天之元氣所凝，而非猶夫人力砌疊而成者與？

夫君子所見者遠，則必居者高；所守者固，則必立者深。往余遊濟南，登泰山，觀日出，歎其巖巖之氣象，以爲非至聖大賢不足以形容。以兹山況之，誠藐不可追。然其砥柱於中流，亘千古而不變者，亦庶幾可比於特立獨行之士與！

余既歸安慶，太史將旋楚南，屬余記此日登臨之樂，且以贈其行。余聞楚南衡山、洞庭，其雄傑闊深，又非兹山之比，惜不得隨太史一往遊焉。太史歸，務盡覽其勝，書以寄余，一洗余之陋也。同治二年三月。

重登泰山記

咸豐九年，余客濟南。友人方魯生主講膠州。其秋，特往反二千里，邀余爲泰山之遊。

自麓至絶頂，躡危磴，折旋而升，旁及黑龍潭、王母池、經石峪、後石隝，窮幽峭皆至。維時山下霧雨，上晴日。余登孔子崖，南望城郭原田，無一有。惟陰雲白黑相間，仿佛長江洪河數十道，風御之以行，若波濤洶湧。然泰山之陽，盡平原。其陰則濟南諸山，蔓延起伏，以及於海上。回視之密雲覆被，汪洋浩渺，與天無際。初不知其中有千巖萬壑在也。俄而風播雲漾，諸峯出没，隱見如大海之浮島嶼，低昂靡定，忽近忽遠，縹緲變幻，不可端倪。余與魯生詫爲奇觀，以謂山之勝境有盡，而此則天助神奇，以快登臨者之心也。宿山上，四鼓起觀日出。雲斂諸山，呈露原野如畫，極目千里。余曰：『兹非由鴻濛而變爲文明之象乎？』復捫崖，考古搜尋奇异。下山過岱廟，觀秦碑、漢柏、唐槐，自是與魯生别去不得見。

同治五年春，余居安慶，將應節相湘鄉公召，于役徐州。先一月，魯生自蜀歸里，過余，爲敘二酉三峽之奇，示其所爲歌行。余因回憶兩人登岱觀雲之樂，以爲此生無緣再至。而魯生妻子寓青齊，又將復爲泰山之遊也。健羡者久之。正月十二日，余别魯生赴徐未至，而節相移師濟甯，爰沿江泝淮，泛重湖以達於沛，至則隨節相浮運入黄，周覽南北形勢扼塞之要。

四月十六日，遂登泰山。文武賓佐僚吏士民登陟俯仰，各適其趣。余徘徊坐卧日觀、天柱諸峯，望西北群山，崒嵂巃嵸，環列拱侍，如弟子千百人追隨於先生長者之側。又如大將雄視獨立，而百萬之師擁侍以行也。其東南闊遠平曠，數百里縮小僅如苑囿，徂徠諸山猶几席之列於庭户間，泰安城形方大如棋枰，人物衣冠之盛藐乎其不可覩也。余嘗歎『泰山巖巖，魯邦所瞻』，孔子登之而小天下，然方其在下睇之，块然一山耳。固不見其有中藏之美，亦不覺其巍然高矗於雲表也。及旁搜深探，奇特之境，殆不可勝窮。登其巔，曠觀天地，無有遠邇能爲之隔塞。循階而上，如排天閶然，絶無險巇不可攀躋之域，而徬徨四顧，自無或得而踰焉。遠絶塵囂，肅然凝静，而陰陽晦明，春秋冬夏，凡造化之巧變，皆可攬而有之。烏呼！此其所以爲大觀也。或者必以宇内靈奇之境，以及危險不可至之山相與比絜，豈非莊生所謂游方之内者乎？是役也，余擬之彭城不期而獲重至乎？

此魯生之歸也，固將復游青齊，便道登岱，而爲里中學子所遮留行止之，不可豫期，其移易常在須臾之頃，是有天焉。淡漠以與之相遭可已。曩者之游，魯生有文與詩記之。今同游者亦多爲詩文，劖刻山水，各極其致。余故第言大略，以志余幸，且追敘向之所見，爲今同人所未及者，以與同人樂之也。五月一日，撰於濟甯戎幕。

楓葉晚紅圖記

咸豐辛酉，余客中州。時苗沛霖假團練名，懷叛志，陰使其黨蠶食豫疆。固始張瑞生以布衣攜一子一僕，匹馬犯危險，走千餘里，籲大府遣兵圖之。余義其人，因與交。嘗揚於豫撫嚴中丞，及今節相曾矦，謂其有俠烈之氣，機警之才，守正而不阿，忠於所事而不欺，蓋君子之徒也。嗣後數年，苗逆伏誅，粵賊、撚匪相繼夷滅。瑞生隨侍節相於金陵，余亦時往來幕府。瑞生乃圖其生平所經歷爲四册，其犯難請兵者，曰楓葉晚紅圖，紀其時道中所見也。以余悉其顛末，屬爲記之。

夫人忠義之氣，見幾之識，蓋莫不同，然惟計校利害之私有以間之，遂至於委靡泯没而不獲振。然世又嘗有當大義所在，不難出身入險，慷慨激發。及事定時夷，回思往昔，不覺怵然，悚惕於其心。遇小利害，僅如纖毫比，可以坦然由之而無疑者，而猜嫌億度營擾於中而不去。若是者，何也？一時激烈之性，無學以繼之。斯義理不足以養其心故也。

瑞生始當粵、撚合圍固始，時號數十萬，曾冒萬死，不顧一生，縋城而出，以請援師，卒助邑令固守卻賊，以解全城之戹。其後秦中大亂，慨然受嚴中丞之託，孑身詭行，入西安，出嚴公子於險。其蹈義不計利害，匪直圖苗逆一事也。

今以縣令來江南，雖精悍如故，而幡然喜讀書，親德行文學之士，虛懷請益，每觀古聖賢言行氣象，則反己自懟，若不可爲人者。然則瑞生其進已乎？昔，孟子論用世之道，在於不動心，而不動心之本，則又必在於知言集義，以養其浩然配道義之氣。瑞生果進乎此，則前日之舍命不渝者，又不足道也已。同治七年八月，桐城方宗誠識於金陵節署之東齋。

卷第二十　哀詞

蘇懋甫哀詞

道光己亥，余年甫逾冠，妄意學古，蘇厚子先生自浙歸里，聞之，過余芼溪之上，降齒德交余。後又招至其家，信宿所謂帶經山莊者，縱觀其所藏古書，因得見其二子。時仲子懋甫未成童，命呼余曰先生，循謹端愨，可畏愛。及稍長，與兄強甫俱爲學官弟子，且能繼志好宋儒學，衆皆歎謂厚子先生有子也。

吾鄉自望溪、惜抱以文學爲海内宗，故近世語古文者必曰桐城，而力守朱子之學，以淑身導世，期與古大儒比竝，則自吾師玉峯許先生、從兄植之先生兩人始，厚子先生亦崛起而應之其後。吾鄉知進求儒者之學，而不專溺於詩文者，遂十餘人。兩先生既没，厚子先生衰病，遭亂隱處窮鄉以守死，其十餘人者，又多中道而夭，或散在四方，正學幾乎復墜矣。

懋甫於時獨隨其兄強甫授經鄉塾，結同輩十餘人，行陳確庵大學日程，言動應接，細巨必記，居烽火危亂之中，饑寒交迫而討論不懈。余方謂續前輩墜緒者將在於是。是固氣運剥復之幾，不徒爲厚子先生有子幸也。咸豐七年，厚子先生卒，懋甫兄弟居喪，謹守禮制。次年懋甫以家貧，客游杭州，依其父執友邵位西員外。今年六月，余在濟南，邵君書至，報懋甫前一歲死矣。稱其賢而傷之者甚至。余聞之，驚悸悼慟不知所云。嗟乎！剥極則必復。以吾鄉之氣運剥既極矣，而一二篤信之士，艱難困苦，以守天地之微陽者，復摧折之如此，天心其謂何邪！夫一邑之喪亂，猶不足憂。賢才喪亡斯真可憂也已。

悲夫！余與懋甫往還近十年，亂後始不得相見。懋甫卒年二十九，浮厝西湖之上而不得歸殯。一子亦夭，尤可痛也。因爲詞以抒余悲，詞曰：

嗟君英异出塵俗兮，身罹喪亂志鴻鵠兮，淵源家學善繼續兮。母老求養千里託足兮，慟父念母結衷曲兮，烏烏之情竟不遂所欲兮。天道與善今獨何酷兮，君子知命中人安勖兮，思之不得令我躋局兮！

徐聿脩哀詞

余始與君相識，因許玉峯先生。其後於胡碧波處士、徐宇陵大令所復數相晤，知其爲謹樸長者，而未深交。趙介山先生、蘇厚子徵君不輕許可人者，於君則嘗稱之，曰：『是安貧存心於爲善者也。』吾友甘玉亭、胡伯良、馬盈甫、族子鍊秋皆狷介之士，亦爲余道君之行，余自是深有意乎其人。君亂後避居東鄉，余避地柏堂，遂以子女約爲婚姻，互相過從。每與之論立身居心治家處世之道，無一不相契也。

君性介特不詭隨，善治方書以活人，往往有奇效。自賊據城中，醫術之有名者，皆爲賊所致，醫亦利其貲而爲之用。君獨遠走深山，課童子數人自給，有以醫求者謝不往。謂余曰：『吾豈可使賊知而役之乎？醫以生人，若活賊，是助虐也。』所處境甚困，而常有超然自得之趣。惟念及族戚朋友之窘艱者，則蹙然若不可爲懷。

咸豐九年秋，賊掠東鄉，君病不及遠避，賊執之索金，君遂大罵遇害。始余與君交，以爲謹厚畏慎。惟每言及賊，則目怒聲厲神色變，常以此异之。及是果以不屈死，時七月十一日也。君死義，無可悼。惟余及諸友之情有不能已者，因爲詞以抒哀焉。詞曰：

何君之抱璞含貞兮，不捷徑而窘步。既轗軻以中身兮，復崎嶇於末路。惟崛强之成性兮，視生死如旦暮。信取義以成仁兮，夫何惑而何懼！思故人之不見兮，對南風而涕注！

趙野卿哀詞

余與野卿交，因文鍾甫。始余聞野卿名，野卿亦知余。一日，余造鍾甫，野卿聞之，特相過，招至家，飲酒談論竟日夕。野卿爲人介特自喜，不詭隨，有所爲輒自行其意，視時友人皆睥睨之，不與謀。人亦以其好獨斷，雖見其誤，不告也。是日酒後衆客去，余因以所聞告之，野卿矍然曰：『某某何以皆是余！』余曰：『此面諛耳。其與余言不然也。』次日歸，復以書謂：君有忠信之質，宜益以虛心，不可好自用所短。野卿自是以余爲直諒友，遂深交焉。

野卿篤學能詩，無師承。喜天文家言，嘗夜登屋觀星，復下取圖以驗。性尤好善，居里中刻己濟人，糾衆倡舉義行甚衆。雖遭變亂，家窘困傾覆流離，無一日安寢，而善義之行仍皇皇如不及，每有所聞不得爲，則焦然於心，蹙然見於其容。野卿於余友人中，才學差不逮，而篤實不近名利，則諸友人多自以爲不如，以故余甚重之。

咸豐戊午秋，余將有遠行，特過友人徐聿修及鍾甫、野卿，時以避亂散居，相違各數十里，談論信宿而後别去。己未冬，余客保定，聞聿修、鍾甫之喪。庚申夏，得家書報君亦於其年冬十月卒矣。三君存心持己皆近古人，余皆得而友之，乃别一年而皆死。君與鍾甫皆有老母，而君二子幼，貧甚，無以自存。余不得歸而事育之。烏呼！其負吾友多矣！因爲詞望風而哀之。詞曰：

謂余之出兮，徧求友乎四方。何終歲之别兮，多故舊之云亡。外未有所得兮，徒增感乎内傷。思他日之歸處兮，形睘睘乎故鄉。恨前日之未阻余兮，致千古永相望。

吴雋士哀詞

咸豐己未春，余至山東，得問學切磋之友三人：六安涂朗軒，霍山吴雋士，南陵何子永。雋士爲方伯竹如先生從弟也。與余昕夕居一室，賞奇析疑，誼尤深摯。

君性質温厚而嗜學，始竹如先生守河間，君往省，聞其論學語，遂有志於道。歸霍山，適粤賊陷城，君顛沛崎嶇山谷中，窮理省身，尅己不懈。每有疑於所行必録，以質朗軒、子永，互相糾繩，至明晰而後已。得竹如先生一言一書，皆記於册。時誦之如對嚴師，其於友人言亦然。及與余交，見余所箸書與文，益心喜，嘗手録數帙置之案側。余間見其日記，無非反身切理之言，然君常祕之，不以示人也。君爲人沈默，内明而外晦。余性淺露，論學好極言其原委，辨析其是非。君每聽之，呐呐然如不能出諸口，余退自思，未嘗不愧德器之去君遠也。

其冬，余隨竹如先生至保定，君往諸城相宅。今年夏，君書來詳言諸城山水形勢，民情風俗，且以近所得示余。余方欲异日卜居與君結鄰，得商訂别後所學之進否，而君凶問忽至。烏呼！余生平問學之友幾盡矣！幸於數千里外，得與君切磋，而既不獲久與君處，又一旦棄余以逝。君精神斂畜貌敦厚。余嘗曰當得大年，而竟止於此！昔人云：物之腐者，近之則必腐。其信然也邪？抑氣運之駁得其清者常少，而少者其數常不贏，雖天亦無如之何也邪？君以庚申六月十四日卒，年甫四十有七，一子先二日殤，妾某氏有身。余既傷君之篤學而早逝也，又自悼獨學無友，雖後死亦恐終於無成，因爲詞以寫哀焉。詞曰：

謂名不可早成兮，而君止於儒生。謂德不可炫耀兮，而君闇然於内行。彼蔓草之日滋兮，雖芟柞而猶榮。何蘭蕙之數溉兮，芳未吐而隕英。物受命各有極兮，非天道之不平。傷氣類之日孤兮，鬱哀思而内驚。

周志甫先生哀詞

曩余客保定，涇縣洪琴西述都中賢者，亟稱興化劉融齋太史、邵武楊湘筠户部、績溪周志甫明經。

時志甫客鄂撫胡文忠公幕中，未之見也。後二年，余以節相曾公召，至安慶上謁，志甫、琴西先在。因琴西得交志甫，貌篤而行恭，氣和而情摯，望之知爲古之君子也。徽州自雍、乾以來多經學鉅儒。君承其緒，於諸經注疏，及先儒各家之訓類能記誦，而别白其是否。道光季年，尤喜講求西洋夷人輪船機器之制，以爲防禦之用。咸豐中，客京師，徒行至天津海口覘之。喜結交天下賢士。王子懷侍郎嘗稱之曰：『與志甫游處者，無一庸俗子也。』與人交，死生無貳。桐城徐芷卿學博卒京師，君故人也。時桐城久淪於賊。徐君貧，無親戚在旁，君力反其喪，沿河達江，入浙至徽州，權厝於績溪，然後以書告其子。閩某孝廉之卒也亦然。

余訪君時，君次日謁他客，過余寓不入，次日特來報余。琴西曰：『君每訪友必專誠，不便道過也。』烏呼！即是可見君性情之近古矣。余與君凡數往還，未幾余返客武昌。及秋忽得琴西書，志甫没矣。君貌厚重，有壽徵，寬仁坦誠。居安慶，其鄉之顛危失所者多依之，君必爲籌畫，衣食不給，弗計也。昔詩人稱『豈弟君子』，多以福禄壽考頌之。若君所謂豈弟君子非邪？何詩言於君有弗驗也！

道光間，績溪講經學者四人：胡文甫拔貢、章可儀大令及弟其儀明經與君，皆耆年碩德，能守其鄉先生遺緒。曾公設忠義局盡招致之，以爲皖南文獻典型，乃與君先後不數月皆卒。烏呼惜哉！曾公斂其喪而歸之，延師教育其子。琴西命余傳君之行，余不得君之詳，因就所知者，爲詞以哀之。君名成，歲貢生，卒年五十有八。詞曰：

悼人心之不古處兮，致氣運日以頹。剽浮華而逐巧僞兮，如奔瀾之不可回。矧皇天之降亂兮，經術愈委於污萊。賴老成之未盡喪兮，存遺獻於秦灰。何天之莫憖遺兮，任世道之崩摧。問天而莫余告兮，聊抒文以嗚哀。

姚紹泉哀詞

余鄰邑廬江有忠信篤學之君子二人：曰吳蘭軒徵士、姚紹泉司馬。蘭軒與余久故，紹泉相知十餘年而未相交。咸豐己未游山東，始通書，論學甚殷。君爲人質實，守其父毅圃先生教，不急功近名，以道光丁未進士爲縣令山東，擢同知，淡泊寡營，與人落落。公暇卽讀先儒書，不爲詩文。上官授以事，勤於職，出入常步行，食不兼味，守己廉，接物厚，去官之日無歸隱之貲。

君官兖州府同知，時寓居濟甯。余長子培濬爲州牧掌書記，君畱宿寓中教以讀書爲人甚切直，及病勤醫治，卒視棺斂葬埋。爲收拾其遺文，一如喪所親焉。以書勉余素患難順受其正之道。是時君與余猶未相見也。

辛酉春，余至濟甯始晤君，君時欲告歸，以廬江陷賊不果。每與余論時事，則曰：『世道如斯，當以挽回氣運爲上策，支吾目前日殺賊幾何，受降幾何，於世道人心無益也。』是年廬江復。同治壬戌夏，君卽告歸，過余武昌客舍。次年余反安慶，方欲作書告君，而君鄉人吳小軒至，告余以君卒矣。小軒者，蘭軒子也。

君素無田園，冀歸家授經以自養，乃宦遊十年而歸，歸一月而病卒，無斂葬之用，妻子無一隴之植，片瓦之庇而爲生，卽是而君之賢可知矣。始蘭軒與余交，未幾以起義兵剋廬江殉節。君與余交，復未久而又棄余，年皆始逾五十也。君常欲以轉移世運爲心，乃耆舊凋殘人，見忠義之士與廉吏之不可爲也。未知世運之果可回焉否邪？因爲詞以哀之。詞曰：

世多趨利若鶩兮，君獨棄之如遺。刊浮華而歸本實兮，時凜凜於獨知。守先訓於弗墜兮，忘子姓之停炊。人既靳其迂拙兮，天又中壽而奪之。烏呼古之廉吏兮，今竟如斯！

胡伯良哀詞

余弱冠後始有志於學爲人，父執吴牧皋先生謂余曰：『城西有胡伯良者，少年謹篤人也，可與友。』亦以余名語君，遂訂交焉。

余時好文辭，君務篤行孝弟，窮先儒四書講義，手録成帙。一日訪君，至書室，見壁間大書『勿謂無人，有屋漏在，』則余邇室記中語也。其他掇取余志學録列座右者數十條。余大驚，愧能言而不能行。而君顧取以自勵，用是益憚君不敢大爲非義之行。

君家至貧。父碧波先生，詩人也，年五十餘病卒，遺父母喪未葬，深用爲恨。君發憤繼志，日授徒養母，夜歸究心形家言，五鼓起入山相視，復馳至館中，如期授弟子經，往返一二十里以爲常。母病痿痺數年，君課徒，日必三反侍湯藥，夜坐牀下，爲撫摩抑搔，母命去則暫歸私室，觀書史，不時立户外側聽，聞呻吟即入，或終夜鼾睡無痛苦聲，乃就寢。天未明即起，飲食皆手自烹調，惟恐母之不下咽也。久之母卒，妻雙瞽，一弟先夭，弟之妻少寡，依以爲生。又遭亂避居山谷中，躬樵汲負荷，卒苦身勞思，買山葬二親及大父母，又爲父刊遺詩以傳於人。烏呼！君其可謂刻意立行之士矣。

君初不爲文，而好余文特甚，家居二十年，無旬月不相見。咸豐九年正月，余出游山左，君來送余至山下始別，遂不相見者五年。戚友來書，皆言君近好古文，心异之。同治二年，余返安慶，君果寄古文二卷令爲訂正，余爲更一字即大喜。七月君忽至，初別余時，君未有髭鬚，至是則已皤然半白矣。居月餘，論學甚樂，而君忽病，醫之久無效，遂死余寓所，九月十五日也，年四十七。君止一子，余見其病革，呼以來得爲君視含斂焉。

君窮困終世，顛沛疾苦萃於一身。晚欲學文未成而卒，天之所以戹君者至矣。然君事親則竭其力，文猶人而行過之，所以對天者，固無憾焉，又何歉乎？余既歸喪桐城，念君生平懷不能已，因爲詞以哀之，詞曰：

憶昔與君游處兮，恒朝聚而夕隨。疾世士之儇薄兮，倶老成之是師。君獨至性之純一兮，歷艱險而如夷。既内行之無怍兮，卽瞑目其奚悲？恨結鄰之未遂兮，遽幽明之永違。羌獨學而無輔兮，善孰勸而過奚規！日月忽其不再兮，行易顛而難持。子庶幾其終免兮，嗟余後死之可危。

方生來復哀詞

方來復，字見之，吾友魯生長子也。少從余游，氣尪弱若不能出聲，讀書艱記誦，然謹篤，不好弄，能解經傳大意。余避亂柏堂，與生隔一山，峻絶，月必三數至，聽講授，往返二十餘里，氣喘體乏以爲常。余間踰嶺視生，亦必爲講授而後返。余所選斯文正脈、人譜補正及他詩文，皆手録而時誦之。當是時，寇賊縱横，百餘里之内無絃誦聲，惟生隨余讀書，宴然無异平世也。時余長子培濬頗好學，與生懽然意相得。余每念時事則容蹙，惟見生來，與吾兒侍立聽講論，則恬然，無一足攖其懷。

咸豐七年，徒步隨其父至山東。時魯生箸心述成，復箸性述，與吴竹如方伯往復辨心性書數十通，及其他説經論史講明理道之書曰述餘者，總數十大帙，多生爲繕寫。余屬生録副本遺余，字畫不能工，而首末端楷如一，無草率脱誤。性醇篤，事親處兄弟，自幼至壯無忤色，無違言，以父母年老，家窘艱，始廢讀，習爲牧令理度支。素有咯血疾，同治三年冬竟卒。妻張氏，吾友包軒女也。一子殤，惟一女存。

先是魯生既客游山東，逾三年，余亦至，生隨其父自膠州來視余濟南，因是與培濬得復相聚晤，未幾别去，余與生遂不獲繼見。次年培濬卒濟甯，魯生聞以詩哭之，寓書唁余於保定。又數年余歸寓安慶，而魯生至自蜀相見喜甚，獨以不見吾兒爲恨，已而問生，則前一年卒於膠州矣。兩人不勝其相吊也。是時粤賊既平，余與魯生同經顛沛，雖衰暮，猶幸同歸故里，得復登拜先人隴，而生與吾兒竟永辭故土，不復見有今日之樂。往者魯生至柏堂，與余講學，吾兒執杯盤侍立其旁。余訪魯生亦然。今此樂不可再得，死生無足异，獨稟賦清者其受氣多薄，非世運之小故也。余兒前已歸葬，生尚旅殯膠州，爰爲詞以紓悲焉。其詞曰：

學雖未成兮，其人已賢。年之不永兮，其天則全。大化遷流兮，何有促延。念世變之無恒兮，翻羡生之解懸。山之東兮，同此乾旋。海之隅兮，同此垓埏。魂氣無不之兮，隨風月而無邊。骨肉既歸復於土兮，又奚必乎樅陽之滸龍眠之巔？

卷第二十一　附擬疏咸豐十一年冬擬稿請豫撫嚴渭春中丞上之

薦舉賢才疏

奏爲朝政清明，寰海悦服，根本既正，隆平可期。請召起老成碩德之臣，以收群賢畢進之效。謹竭愚忱，臚舉所知，仰祈聖鑒事。

竊臣近讀邸鈔，欣知皇上回京之初，卽奉兩宫皇太后懿旨，立將載垣、端華、肅順革職拏問，明正其欺罔跋扈之罪，博采群議，置之典刑。又將平日阿附媚諛諸臣革職薄懲，昭示臣子事君之道，激勵忠義廉恥之心，而又下寬大之詔，不究其餘，惟勖其後，仁至義盡，振古爍今。現在老成典型，既皆引置左右，一堂師濟，昕夕贊襄，仰見我皇上威比雷霆，明竝日月，好惡協天理之正，舉錯當民情之公，是誠古帝王制治保邦、端本澄源之盛治也。命下之日，朝野歡呼，中外鼓舞，不動聲色，已可措天下於泰山之安！朝廷肅清，軍威自振。江西、湖北、安慶，不數月間，剋復府州縣數十。山東、河南、四川，皆屢獲大勝，賊勢披靡，是皆我皇上福曜照臨，有以大作行間之氣。正氣既盛，斯邪氣自衰。天助人歸，鼎興氣象已昭昭若揭矣。

臣竊有請者，伏讀泰卦初爻，周公繫之辭曰：『拔茅連茹，以其彙徵，吉。』蓋當泰運之初，必群陽畢升，衆賢咸進，然後可以成天地泰交之象。君子道長，則小人道消。此古賢后財成天地之道，輔相天地之宜，以左右民之機要也。臣受任封疆，原不敢攙言朝政，然臣荷先皇帝特達之知，值聖主大有爲之日，賢才進用，繫四海之觀瞻，臣職兼右副都御史，分可盡言，義難緘默，不盡知者不敢陳也，其真知灼見者不敢隱也。昔，孔子以知賢不進爲竊位，孟子謂『不祥之實，蔽賢者當之。』臣戰戰兢兢，不敢不懔，謹就所知，爲我皇上一一陳之。

伏聞前任大學士翁心存、户部左侍郎羅惇衍、户部右侍郎王茂蔭、都察院左副都御史張芾之數臣者，學問正大，志慮忠純，直節亮工，超邁流俗，曾仰荷列聖倚畀之重，皆能不負隆恩，克盡厥職。今雖退歸伏處，猶每念不忘君國，未便任其閒散，如蒙特旨起用，必能竭忠盡智，黼黻皇猷。又如前三品頂戴太常寺少卿李棠階，河南進士，品端養粹，正學所宗； 前鴻臚寺卿田雨公，山西進士，言表行坊，端嚴純粹； 前春坊中允李惺，四川進士，耆年清德，訓型閭里，學問淹通，品行貞介； 前任御史竇垿，雲南進士，直節守義，學有本源； 前任給事中蘇廷魁，廣東進士，忠孝性生，危言危行； 前翰林院編修劉熙載，江蘇進士，樸質清端，志趣恬静； 前翰林院編修郭嵩燾，湖南進士，沈酣經史，通達政體； 前翰林院編修黄彭年，貴州進士，純孝性成，澹泊明志； 前翰林院編修車順軌，陝西進士，篤實端方，清修不懈； 前翰林院庶吉士陳鼐，江蘇進士，廉介質實，學有根柢； 前户部郎中楊寶臣，福建人，清節孤忠，不避權貴； 前刑部員外郎邵懿辰，浙江舉人，忠直篤實，學行兼優； 前刑部候補主事王柏心，湖北進士，孝介孤高，著述淵博。是諸臣者，好學力行，留心經濟，砥礪名節。當官之日著有清望，見或告歸本籍，或閒居京師，而操守端嚴，不干進用。如蒙特旨召見，量材器使，必能各抒所學，贊襄郅治。又如前任江西廣饒九南道沈葆楨，福建進士，識略冠時，才堪濟變，曾守危城，著有成效； 前直隸候補道王檢心，河南舉人，清修實踐，勤政愛民，歷任江南州縣，至今尸祝； 前安徽候補知府李宗義，四川進士，孝行純篤，歷著循猷； 前四川候補知府牛樹梅，甘肅進士，力紹關學，以德化民，歷任牧令，士頌民歌； 前陝西西安府知府徐棟，直隸進士，學守貞介，悃愊無華。是數臣者，才德俱優，堪勝外任，未盡其用，告歸家居。如蒙聖恩録用，必有實心异政，宣布朝廷雅化。

夫用賢者，主上之權也。進賢者，臣子之分也。臣與諸臣多不相識，而諸臣抱負實海内所共知。想在聖明洞鑒之中，固不待於臣言者。然臣區區愛國之心，若過於拘泥，於天下人才知而不陳，其何以仰承聖天子維新之政，而報先皇帝特達之知邪？且夫國運之盛衰，視賢才之多寡，而賢才之多寡，視用舍爲轉移。臣非謂天下人才盡乎此也。第舉臣所知，而凡爲大臣者，亦將各舉所知，竝請明降諭旨，凡懷才未遇、抱道未出者，皆飭廷臣疆吏訪察真實，各舉所知，務使才不虚生，野無遺賢，則天下之士爭自濯磨，棫樸菁莪之化再見於今日矣。

抑臣更有請者，自古哲命之貽端在初服，從來臣工之肅，必本皇躬。昔周成王沖年繼統，元聖輔政。當時海宇初定，頑民未平，成王日新又新，克承大業，開八百載之昇平，後世稱爲守成令主。我聖祖仁皇帝亦以沖齡繼世，當時逆藩叛民，竊發數省。聖祖任人行政，仁如天而智如神，致四海晏安，蠻夷率服。加以懋勤聖學，緝熙光明，修法立制，創垂至今二百餘年以開億萬世無疆之業。臣惟古稱達孝在於善繼善述，願我皇上時念先皇帝仁明英斷，夙夜憂勤，與諸臣宏濟艱難。乃逆賊未平，天壽未永，人神共慟，朝野含悲。欽惟我皇上聖德日新，擴充善政，遠法周成王，近法我聖祖，敬天勤民，知人善任，用賢勿二，去邪勿疑，由慎始以慎終，本正己以正物，繼中興之業，立不朽之規，上慰先皇帝在天之靈，下副四海臣民之望。天下幸甚！萬世幸甚！臣愚昧之見是否有當，謹附驛具陳，伏乞皇上聖鑒訓示，謹奏。

應詔陳言疏

奏爲恪遵諭旨，敬陳管見，恭摺奏祈聖鑒事。

竊臣恭讀邸鈔，欽奉諭旨：『朕以沖人未堪多難，重賴兩宮皇太后萬幾日理，王、大臣等黽勉翼爲，何敢不博采讜言，虛公攬納，期以施行措正，上理日臻。矧當各省軍務未竣，民生多蹙，凡爲臣子均當竭誠抒悃之時，豈宜醜正惡直，苟安緘默？用特諭：中外臣工九卿科道有奏事之責者，於用人行政一切事宜，皆得據實直陳，副朕側席求言之至意等因。欽此。』又因恭親王奏請求言，申諭：『中外大小臣工，嗣後於朝廷用人行政，如有所見，務當切實直陳，毋得稍存畏匿隱忍之見。我兩宮皇太后方詢切芻蕘，以求治理，即恭親王奕訢正欲與諸臣精白一心，同襄郅治，亦得虛衷參酌，盡其多方延攬之誠，爾諸臣其盡忠納誨，陳善閉邪，竭爾股肱耳目，匡予心膂，毋負諄諄申命，爰咨爰度之懷，實有厚望焉。將此通諭中外知之等因。欽此。』

仰見我皇上聰明天亶，好問察言，樂取於人以爲善，舜之所以爲大知者，無過於此。是誠念祖宗締造之艱，先帝付託之重，兢兢業業，務欲君臣一德，内外一心，固非徒循賡言之故事，博納諫之虚名已也。中外臣工，苟具天良，何敢負清問之殷，忘邇言之獻！臣愚昧之見未必有當，謹擇時務之切要者十二事，爲我皇上敬陳之。

一、慎簡輔導，以養聖德也。自古帝王雖生知安，行必加困，勉之學力。堯、舜、禹精一執中之傳，君臣相師，交戒互警，務求心德純明，然後能成知人安民之功。成湯、太甲以伊尹爲師，高宗以傅説爲師，武王以箕子爲師，成王以周公、召公爲師。君與臣講求至道，懋昭大德，緝熙光明，然後能發政施仁，開數百年之盛治。蓋天下之化成，必本主德，主德之隆替，全在學修，而學修之是非，又必在於師保之不負所任，師保得其人，然後能講明乎二帝三王之道，明德新民之功，辨别乎用人行政之方，制治保邦之略。如不得其人，則雖有聖智之資，而輔導未得其正，或惑以功利，或誘以權謀，或悦以浮文，或進以小慧，又或導之以百家异端之説，引之以流俗卑陋之規，爲君者得其先入之言以爲主，馴至嗜慾日開，紛華日染，後雖有聖賢之説，忠直之言，皆不能入矣。昔宋哲宗沖年嗣位，宣仁太后召用賢臣司馬光、吕公著等爲相，以大儒程頤爲講官，故元祐初年之治比於真宗之盛。其後程頤被人毁謗引退，哲宗無賢師輔導，日就昏庸，遂復退君子，用小人，舉元祐初政盡取而更張之，墮宣仁中興之業，宋之國勢遂以不振，此可見輔導之任，關乎君德之昏明，宗社之安危也。臣伏讀邸鈔，兩宫皇太后以皇上沖齡踐祚，亟宜典學以端蒙養之基，博訪老成端謹學問優長之員，用資輔導而裕性功臣。仰見皇太后深知政本在皇上之一心，故急以博訪輔導爲第一要務。書曰：『能自得師者王，是之謂矣。』臣伏思帝王之學與儒生不同，惟在乎稽古正學，明善惡之歸，辨忠邪之分，曉然於趨道之正，出治之本，存理遏欲之要，撥亂反正之機，而亦必其識足以明理，德足以誠身，通達治體，洞澈民依，浮辭雜技之學，皆不必事也。則欲爲黼座求輔導之臣，而又有清修重望，端正和平，皇上親之近之，足以涵養氣質，薰陶德性者，然後可以當之，非是不敢舉也。伏查左都御史倭仁學正養和，人倫表率，自幼篤志力行，即以慎獨誠意爲宗。先皇帝卽位之初，倭仁曾上切直之言，深蒙諭旨嘉納，『令大小臣工須以國計民生爲重，剴切直陳，以倭仁爲法等因。欽此。』由是任以卿尹，敭歷中外。倭仁恪恭厥職，進修不懈，德日粹而望日隆。仰見先皇帝知人善任，獎予忠直。倭仁亦能不負所知，始終一節，體用兼賅，實可勝師傅之任。夫流俗之病在以聖人之道爲迂腐，抑思二帝三王之道行於時而天下治，孔、孟、程、朱之道不行於時而天下亂，然則聖人之道乃救時良策，非迂論也。救時不本於聖道，則皆雜霸權謀，雖補苴於目前，流弊究不可殫述。倭仁之學，雖不敢言及孔、孟、程、朱，然能誦其言，守其法，躬行實踐，忠君愛國，著有明效。若用爲師傅，日爲我皇上開陳善道，則以聰明睿知之資，日聞乎古聖先賢之訓，涵濡既久，心體力行，擴而充之，則二帝三王之治不難見於今日矣。

一、精辨賢否，以嚴黜陟也。自古行政莫先於用人，而用人莫切於君子小人之辨。方今寶籙初膺，勵精圖治，百爾臣工視九重之好尚爲轉移。君子道長，則小人道消。若一辨之不精，使小人得容於其間，終將潛滋暗長，招朋引類以爲朝廷之害。夫君子小人不難辨也，要在先正皇上之一心，志氣清明，義理昭著如明鏡在上，物自不能遯其形。大抵君子忠信，小人佞巧。君子恬退，小人躁進。君子方直，小人柔輭。君子疏節闊目，坦懷相與；小人矜心作意，專習儀容。君子愛惜人才，小人排擠异己。君子秉公持正，小人徇欲撓私。君子導君於恭儉憂勤，小人引君於般樂驕侈。君子圖遠大，以國家元氣爲先；小人計目前，以朘削民膏爲事。剛介不撓，無所阿附者，君子也。依違兩可，伺候人主之喜怒以相趨避者，小人也。憂深慮遠，防禍於未然者，君子也。依阿淟涊，導人主遂非長傲者，小人也。趨死不顧利害，勇於擔當以爲國家者，君子也。見利則趨，見害則避，取巧以圖身家者，小人也。進憂危之議，竦動人主之敬心者，君子也。動言氣數，不畏天變，以滋長人主之逸志者，小人也。公私邪正，每每相反。昔倭仁於咸豐初，曾爲先皇帝條分縷析，愷惻詳明。先皇帝降旨褒嘉，天下傳頌。今願皇上懋勤聖學，天理日明，去忌諱，樂匡直，罰唯諾，黜緘默，考二帝三王以來聖主賢君之事以爲法，取歷代名臣庸臣奸臣之行以觀人，則小人自不能容於其間，而君子始無掣肘，可以盡力於國事，此治天下之要機也。臣尤有進者，君子不難知而難親，小人不難知而難遠。自古英明之主，豈盡不能知人哉？ 良由知其爲君子，而厭其拘板，嫌其剛方，屏之於外，使嚴氣正性不得接於吾前，然後可以任吾所爲。 知其爲小人，而喜其輭媚，不拂吾之意，引置左右，然後可以濟吾之所欲。 又自信吾之才可以駕馭彼，必不能爲吾害。 馴至庶事叢脞，無可倚重之人，而一二正人又折於小人之寵任威權，奉身引退，安於隱默，而小人益剛愎自恣，由是君遂真以其人爲可恃，受其所制，被其所愚，言聽計從，利歸於彼而害歸於國。 後雖悔悟無及矣。 然則人君欲求知人之實效，尤在以真能親君子，遠小人爲至要與！

一、振興實學，以育人材也。 天下之事需人而理，而人才之盛視乎學術。 今天下有乏才之患，非乏才也。 實學不明，無以造就而陶成之也。 昔堯、舜、三代之世，立學專明人倫敬敷五教，無後世浮文末藝之習，故其時人才篤實，體明用達，非後世所及。 西漢重經學，舉孝廉。東漢重循良，崇節義，而經學、孝廉、循良、節義之士，遂彪炳於乾坤，漢祚賴以扶持，墜而復續。 唐、宋、元、明以來，專尚辭章，浮文盛而實學衰，士風日降實由於此。 猶賴一二講學大儒，倡明聖道，風行天下，流傳後世。 習其學者，往往明理守義，窮達各有建樹。 學雖不明於上，而猶明於下，故人心風俗賴以維持。 我朝稽古右文，科舉取士，循明代之制，以四子、五經、諸史爲本，原欲士子涵濡聖經，博考史册，爲有體有用之學也。 乃沿習既久，盜襲浮藻，鮮事實修，甚有四子、五經精義未明，諸史法戒未曾考鑒，歷代大儒名臣全體大用之書，直有終身不知其名目者，但剽竊杜撰以取功名，工摹書翰以登清秩，無怪乎處無實德，出鮮實用也。 今天下教養人才之地有四： 曰翰林院、國子監、府州縣儒學、書院，而造就人才之官有五： 曰翰林院掌院學士、國子監祭酒司業、直省學政、直省正副主考官、府州縣儒學教授等官。 應請皇上明降諭旨，飭令翰林院掌院學士、國子監祭酒司業等官務求德學純備，言表行坊，可爲人師。 凡教習庶吉士及肄業諸生等皆必令之窮經考史，博究歷代名臣名儒脩身治世之大經大法以爲根柢，而於吏事、武備、天文、地輿、兵刑、錢穀，各因其才分所近而習之，務期有實德實用，勿徒爲剽竊杜撰之文而已也。長官隨時訓誨考察，其有經明行修才堪濟世者，隨時明列所長，具奏以待察用，而不徒課其文詞，看其書法。用之有效者，賞及長官。無效者，罰及長官。又請明降諭旨，令各督撫、學政，飭各府州縣儒學教授等官必身率諸生，講明實學。教士之法，必以綱常名教氣節經濟爲歸。其講學勤奮訓士有效者，各直省督撫、學政隨時查明保舉。其廢職不修，教士無法者，隨時參劾。昔宋臣胡瑗始爲湖州教授，以經義、治事二者教士，成就至數百人。宋廷取其法施於太學，頒行天下，擢胡瑗爲太學師，開宋世講學之首，伊川程子實出其門。是國子監堂官、儒學教授一官，最易成就人才之明效也。至如各直省學政、正副考官取士衡文，尤須明降諭旨，飭其以正大精實之題，取正大精實之文，不可割裂聖經，專取浮藻尚小巧誇新奇，務以真文求真才，上應國家之用。昔宋臣吕祖謙知貢舉閲文，而知陸九淵爲名儒。王應麟知貢舉閲文，而識文天祥爲忠臣。此考官善拔取人才之明驗也。學政爲日最久，徧歷各府、州、縣考試，與士子相親，尤須諄諄教以正學，竝當留心訪察人才。其有懷德抱道未經大用者，無論曾仕未仕，搢紳布衣，許其臚列所學，實德實用，隨時薦舉，於科舉之中寓選舉之法。昔明臣薛瑄提學山東，首揭白鹿洞學規開示學者，延見諸生必先詢其學行，而後及於文藝，親爲講授，遂開明世三百年講學之盛，成就至數千百人。此學政一官能造養人才之明驗也。而各直省督撫、司道亦必督率地方官，修理書院，延訪賢哲，講明道德，以共成養賢育才之盛，無徒視爲具文。我朝定制歷聖登極，必特開保舉孝廉方正一科，應請敕各督撫督同司道地方官，盡心選舉，務求真實，勿濫勿遺。皇上親試而用之，毋徒成故事，而不收其實用，總期才本於德而後爲真才，德本於學而後爲成德。若才不本於德，德不本於學，縱有小聰小明，不過掩飾一時，終至於欺君而誤國。夫士者，民之表也。士風正則民風隨之。果自翰林院掌院學士以下等官，皆以倡明實學，成就人才爲心，學術既明，國家收真才之用，而尚不能撥亂反正者，未之有也。

一、澄汰官方，以清亂源也。天下之大，非一人所能理，故必百僚師師以勤庶政而奠民生。官不得人，則庶政荒而民生蹙，此亂之所由生也。知亂之所由生，卽知亂之所由止，必在於官勤而後事治，官清而後民安矣。今天下入仕之途有四：曰科目，曰議敘，曰捐例，曰軍功，四項人員，内則布滿於部曹，外則布滿於府、州、縣。其中英才傑士勤政愛民，固自有人，而庸陋卑污、姦貪險詐、委靡不振，但顧身家，罔恤國計者，亦復不少。捐例、軍功流品尤雜，不嚴加甄别澄汰，以之居於民上，非陋劣以釀亂，卽貪酷以激亂。當此軍務紛繁，元氣凋喪之日，苟非内外庶官清廉自矢，貞固有爲，仰副聖天子維新之政，則亂源終何由而弭？若專恃將帥防剿，而官方不飭，則賊民日興，恐此剿而彼生，此防而彼竄也。應請皇上明降諭旨，飭令内而宰相、六部、九卿各堂官，外而督撫於司員屬吏，必先勤加訓誨，務期盡滌舊習，咸與維新，以襄郅治。其有供職勤能盡心謀國潔己愛民者，隨時訪察，開具事實保奏。其有廢職曠官蠹政害民者，亦隨時開具事實參革。不得徇情濫保，亦不得見好姑容。若長官不以整飭官方爲心，一經發覺，卽治以曠職之咎。至各省統兵大員於實有軍功者，固當保薦，以勵忠勤。然必確查勳績，不可冒濫。至保舉道員、知府、知州、知縣等官，皆有地方人民重責，一不勝任，流毒無窮。應請明降諭旨，敕各省統兵大臣，於凡保舉軍功以道、府、州、縣用者，必審明其人，將來能安地方勤民事者，確具切實考語，如後犯有貪污枉法之事，必坐各大臣以濫保之罪。武官如提、鎮大員所關亦重，必真有忠正勇敢之蹟，曉暢軍務，堪當一面者，然後可以覈實，列諸薦剡，不得冒濫通融，以貽後來之禍。夫京察大計，軍政年終甄别定例非不嚴也，然第循例而行，其中猶多蒙混，惟當此朝政清明，天下望治之時，令各部、院堂官、各直省督撫、統兵大員，於文吏武將中，秉公考察，嚴行訓飭，隨時甄别，取其勤而去其惰，崇其實而黜其華，賞清罰貪，奬恬抑躁，拔用剛介不屈之士，毋用圓滑傾巧之流，務使賢否分明，吏治清，官方肅，天下其有不長治久安者乎？

一、開武備館，以裕將略也。夫將者，以忠信廉恥爲本，質樸厚重爲幹，謀勇兼優爲用，而後可以勝任。歷觀古名將制勝之道，率由講習古法，熟諳韜略，特善變通以運用之耳。我朝承平日久，文臣在翰林者，但習詩賦楷法。在部屬者，止嫻簿書例案。武臣則僅習弓馬槍械，而於太公穰苴、左氏春秋、孫、吳各家之説，以及歷代名臣名將忠義之事，經武之略，留心者間有其人，餘多視之如弁髦，言之如冰炭。一旦任之以事，故碌碌未有奇策。其膽識素優者，尚可勉强支持，功過參半。其才質稍下者，勢不至僨事不已。夫兵凶戰危，上關國家之利害，下繫生民之存亡。自非秉賦絶倫，焉能不學而至？自粵西用兵以來，將帥多倉皇失據，貽誤大局，豈盡不願立功名哉？良以素不知兵故也。曾國藩、胡林翼等在翰林時，留心經濟，文武兼資，故自練兵湖、湘，轉戰數省，立功最偉，麾下得人尤多。此可見武事不可不素講，將才不可不早儲也。臣愚以爲應請特旨，開武備館，發内庫所藏兵家各書、地輿全圖等類，以及歷代名將名臣各集收存其中。於見任閣部、九卿、翰、詹、國子監衙門諸員中，其有砥行立名，器遠識宏，樸直沈毅，膽略超群，欲習武事者，由各堂官公舉，仍食本俸，就武備館潛心究學，互相講習，俾知天下郡國利病，山川要害，古今將略，並簡派大員中有韜略學守者，總司其事，而時考察其才其學，果有所得，即奏請派往公忠直諒統兵大臣營中，學習歷練，兼資籌畫。其將帥未曾讀書明理者，命其人往與講論古人忠義之事及雄才大略，以相資助。果立奇功著實績者，即命洊升將帥之任。蓋天下不能有治而無亂，故宜預儲戡亂之才，誠使經濟之士群聚館中，留心兵事，熟求古大臣忠孝節義之蹟，紀律訓練之宜，出奇制勝之策，而又與各老將帥磨礱，則有勇知方，自必勝於尋常萬萬矣。若文臣不求知兵，而兵事盡付之。近日行伍出身之輩，或由帶勇立功，或由投誠專閫，或由軍營夤緣擢用，异日流毒不可勝言。衆著之髮、撚有限，而未萌之髮、撚正無終窮也。是固今日所宜遠慮者也。

一、整飭京營，以重根本也。我朝威德播於寰宇，京師重地從無震驚。太平既久，京營之兵向未經戰守之事，故亦不免於柔脆疲弱。今天下雖漸清平，而賊烽究未滅絶。諸國雖云就撫，然逼處内地，不可不暗爲之防。我氣盛則彼氣衰，我計疏則彼恐乘隙而動。應請飭下統帶京營旗兵大小各員，務須實力整頓，日日訓練，講求戰守之法，内以作京畿之干城，外即震懾各國使愈知恭順。是或亦重本之一道與？

一、慎簡大僚，以重屏藩也。見在湖廣、兩江、四川、安徽、湖北用兵之地，官文、曾國藩、駱秉章、彭玉麟、李續宜等久著威名，忠勤卓越。沿江數千里自必能竭力盪平，以固東南之藩。而西北如山、陜數省乃畿輔近地，又爲完善之區，賦税餉需所自出。山、陜鞏固，則畿輔自得永安。況三晉表裏山河，關中形勝，龍興虎視，沃野千里，尤不可不得其人經畫鎮撫，養民力，簡軍實，儲將領，謹蓋藏，以固中原之氣。天下事最患庸臣誤之於前，而後使賢臣救之於後。兩湖、兩江近雖稍有起色，而元氣已虧，則十年以前庸臣誤之之故也。西北重地，豈可不早爲之所乎？

一、彰善癉惡，以礪節義也。逆賊竄踞安徽、江南數省州縣最久，脅制民人納税服役，此固迫於無可如何。唯有舉、貢、生、監往往始欲保全身家，受其僞職，繼或從中取利，藉賊淩人；又或應賊試，充賊官，廉恥不知，節義何在？若賊滅之後，聽其衣冠頂戴復列士林，則名教掃地，忠孝禮義之風，終不能振起矣。應請明降諭旨，飭令各督撫，凡收復之後，其地方舉、貢、生、監，曾受僞職應僞試者，盡行斥革，以明大義而端士行。其平日殉難盡節者，固當查明，彙奏請卹矣。而其中士民，有守節不屈受害不變者，或曾經籌餉請兵團練殺賊者，皆當查明嘉獎，使士氣大伸。蓋賊邪氣也，乘正氣之虚而入。若收復之後，不急明廉恥節義，則正氣不復，邪氣終有時而乘。此所以周之頑民既平，而畢公以旌别淑慝，表厥宅里，彰善癉惡，樹之風聲爲要務與？

一、預籌蓄積，以復民氣也。逆賊竄踞江南北州縣數百，蹂躪擄掠，民不聊生，加以大兵戰守經時，雖漸收復，而財殫力痛，不可勝狀，一有凶荒，見當帑藏空虚，萬難議振，富室凋殘，何能勸捐？飢困者多，民情易動，又不免生意外之虞。臣查逆賊所踞之地，僧寺道觀焚毀幾盡，佛貌神像蕩滅無存，其田地租入，剋復之後，正可收爲將來無窮之利。應請旨諭江、浙、安徽各督撫，飭令各州縣官，於大兵剋復之後，即督同紳士查明各處已廢庵觀寺院之田，盡爲合邑義田。每年租入，擇令公正殷實紳士管理收存，以爲義倉。不經吏胥之手而出入存案。取官時稽察。遇有凶歲即出以振散。豐年仍自積存。之無盡，用之不竭。比常平、社倉更爲得力。蓋常平、社倉皆必散而復收，無田畝租入以爲永利也。古之善爲治者，曰惠而不費，又曰因其勢而利導之。今以廢寺觀之田取爲義田義倉，以救沿江數千里亂後之民，而培養其元氣，上省國帑，下濟民生，不亦因勢利導之一法乎？

一、嚴究服制之案，以重倫常也。近日刑名積習，皆以救生不救死爲心，反以能救人爲陰德。此習牢不可破，而尤足壞人心術風俗者，莫過於服制之案。我朝刑名講求最細，有案關倫紀而實有可原之情者，特旨准刑部夾簽聲明，蓋服制之案皆係立決凌遲，一經夾簽，即特旨改爲監候。不數年即可減免。如胞姪胞弟之毆死胞伯叔胞兄，實因叔與兄毆詈其父兄，而弟姪自護其父兄，其初因有可原之情，故特旨施此法外之仁，乃後之辦案者欲救其弟姪，即先坐其兄與伯叔以不孝不弟之罪，依樣葫蘆，竟成成例。小民何知只見毆死胞伯叔胞兄皆可不死，反不若平人尚有時而抵償者，法紀日弛，性情日乖，肆無忌憚。夫作亂本於犯上，犯上之案不加重咎，其何以重倫理而絶亂源？應請旨飭令刑部及各直省督撫、臬司，認真申飭屬吏，於倫紀重案細心研鞫，不聽老幕之言，不受猾胥之技，苟非真實情有可原，不准故出其罪，使殺人者必死，而犯上者必誅。人人皆知尊長之重，則倫紀明而民情正，是亦清理亂源之一道乎？

一、嚴禁淫靡，以惜物力也。臣前讀邸鈔，欽承上諭：『總管内務府大臣，所有應行添製金銀器皿以力守節儉爲要，一切服御用物，有可以節省裁撤者，著隨時奏聞等因。欽此。』仰見兩宫皇太后及我皇上深念度支告匱，閭閻力竭，躬行節儉，不肯稍涉紛華。臣望皇上始終持此一心，久而不變，以身作則。竝請嚴飭中外大臣，皆仰體聖德，黜奢崇樸，率屬化民，儉以養廉，惠以利物，不寶金玉而寶善人，不重珠寶而重粟布，而凡奢侈過度者，皆許參黜。至都中戲園尤壞風氣，優伶頑童充斥京師，公卿大夫宴會淫侈，恬不爲怪，實爲士習官方之害。見當遏密八音之時，臣愚以爲宜乘此時，請旨永行厲禁，革除戲園，以絶侈靡之源，杜荒嬉之漸。蓋天地之運，樸實者乃能久長，精華太竭，浮靡太甚，則本根損而元氣虧。昔大禹以游佚戒舜，周公以無逸訓成王，漢之文、景，唐之太宗，宋之真、仁，皆以節儉率天下，故當時民氣完固，享國最永。我朝歷聖開基，無不以恭儉仁慈爲本，故國脈之厚异於尋常。今皇上既力崇節儉，竝請嚴飭天下臣民，一概反樸歸質，而絶淫戲之復萌，天下其有瘳乎？夫今世上下皆知憂貧矣，皆思理財矣，不知理財之法先在節用，開財之源不如節財之流。天地之生財有盡，而人心之奢欲無窮，不知上下杜奢防侈，而欲民殷國富者，未之有也。

一、永開言路，以通下情也。歷聖卽位之初，皆命臣工上書言事，既而言無可采，或偶有一二荒謬瑣瀆不知政體者，經宸訓批斥，遂人懷畏懼，循爲故事。但於詔旨初下之日，群言竝進後，仍甘爲含默，絶無納誨之人。夫天下事變日生，君德當日進而無疆，庶政當日新而愈廣，所言之事不必皆當，而進言之心總覺無他，故言路當常開，不可暫開也。下情當常通，不可暫通也。先皇帝卽位之初，詔求直言。倭仁、曾國藩、吕賢基、羅惇衍、王東槐、王慶雲諸臣皆有陳列，遂受先皇帝之知。其後諸臣或立節，或立功，不負委任，此言路開而人才出之明效也。伏乞皇上好善之心始終不倦，忠懇戇直者必加顯榮，阿附逢迎者必加顯戮。又推廣言路，内自部院僚屬，外自督撫僚屬，苟於軍國大政實有所見，皆許其呈請長官代奏。本朝定制原有此例，宜乞諭旨申明之，則進言者廣，而人才亦因此可以考見。至士子鄉、會、殿廷諸試策問，於詢經考史而外，尤當按切時政要務出題以試之。聖祖仁皇帝原有此制，務使士子之留心經濟，酌古準今者得以上陳，不致流爲空疏杜撰之學，瓠落而無用。易之卦象以上下交爲泰，上下不交爲否。上恩不得下究，下情不得上通，則爲『屯其膏』。然則傾否保泰濟屯之機，其在斯乎？

以上十二條係臣拘墟之見。臣受恩深重，職任封圻，分内之事，日夜凛凛，猶恐遺誤滋多，何敢妄論天下大事！惟生逢聖哲，遭際艱難，欽承降詔求言，則上自君德，下至人才，内而京畿，外而封疆，以及風俗人心，民生國計，凡數十年以來積弊，及今日所以救弊之方，自當竭誠殫思，盡言無隱，不敢以瑣屑猥雜無關大體者上瀆宸聰！是否有當，伏乞皇上聖鑒訓示。謹奏。

特保真才以重疆寄而肅吏治疏

奏爲特保真才，以重疆寄而肅吏治，恭摺具奏，仰祈聖鑒事。竊臣前讀邸鈔，疊奉諭旨：『以爲政之要首在得人，直省督撫及統兵大員責任實屬重大，但得品學端方通達治體者，分任其事，則上行下效，僚屬等自必滌慮洗心，惟在廷臣虛心延訪，留意真才，共矢公忠，弼予郅治等因。欽此。』仰見我皇上深知政本，慎選疆臣。伏讀之下，欽佩無已。

臣竊惟天下吏治之弊，其大端在貪與欺。貪則病民，欺則罔上。其端自大吏開之，而群吏效之。貪詐欺飾，積習成風，牢不可破，一旦潰決，遂至不可收拾。是以欲擇封疆大吏，必以二者爲衡，苟能不貪不欺，在辦賊省分，自能選將練兵，節餉禦寇。在無賊省分，自能激濁揚清，興利除害。雖人之才分各有不同，但使以誠慤居心，以清廉礪節，則正氣固，而百邪自無由入矣。

臣查有見任大理寺卿鄭敦謹操守端嚴，綜覈精實，前在河南藩司任內，正身率屬門絶包苴，至今吏畏民懷，嗣官山東學政，志操清潔，始終不渝。又查見任直隸按察使吴廷棟，誠慤無僞，方正不阿，深識遠謀，有爲有守，前在山東藩司任內，奉公潔己，不染一塵，清正之聲至今載道。是二臣者，其德行聞望，早已孚信於衆人。其清節亮貞，又可挽回乎風氣。雖於用兵省分或非所宜，若畀以節鉞，使治安静之區，整頓地方，培養元氣，行見綱舉目張，民安吏懾，實足以保全完善，漸致富强。今天下糜爛十已七八。有賊省分，督撫得人，澄清可冀。無賊省分，督撫得人，治安可長。其事雖殊，而爲功則一。

臣受恩深重，知賢不敢不進。若所舉不實，臣甘任其咎，庶上副我皇上，慎重疆圻，求賢若渴之至意。謹陳所知，伏乞皇上采擇施行。謹奏。

卷第二十二　附擬教令同治二年爲鄂撫嚴中丞作

鄂吏約

從來氣運之隆污繫乎風俗，風俗之厚薄視乎吏治。吏治者，所以維風俗而固氣運也，故善圖治者必端其本，善除亂者在清其源。大僚重考課之經，斯四海被和平之福。不佞起家牧令，遭際時艱，忝沐殊恩，迭膺疆寄，雖才非大受，而志切匡時，常擊楫而興悲，亦枕戈以待旦，所願集思廣益，開心見誠，同寅協恭，和衷共濟。鄂省當江、漢之沖，西通秦、蜀，北達河、淮，南扼沅、湘之喉，東踞吳、越之脊。用兵十載，始就廓清。然俗敝民疲，鄰烽未靖，非綏內不足以攘外，雖居安猶不可忘危。治盜必先治民，正己乃能正物，是故官聯宜敘也，官箴宜守也，官方宜肅也，官邪宜儆也。豈徒居位食祿，旅進旅退已哉？凡我同僚，須念朝廷所以授職之心，黎庶所以急公之故，無非望其保民衛國，宏濟艱難！況今宵旰憂勤，萑苻充斥，閭閻茹苦，士卒冲鋒，吾儕各具天良，詎忍坐觀饑溺，而不思爲民除害，爲國培元邪？天道循環，無往不復。古來寇亂之際，其平日圖富貴，耽安樂，而無益人世者，幾見能自保哉？晉駱統曰：『天下皆饑，何忍獨飽？』宋范文正公曰：『先天下之憂而憂，後天下之樂而樂。』余雖不敏，願與諸君以實心行實政，本淑己以淑人，仁厚以立治基，明敏以求治理，强毅以任治術，貞固以成治功。上行下效，大法小廉。平時養元氣以靖內憂，臨變鼓正氣以扞外侮。然後上不愧吾君之臣子，下不愧吾民之父母矣。夫舉不酬功，大吏之咎也。罰不後時，大吏之責也。諸君果能竭誠奉職，國而忘家，余斷不忍蔽賢隱才，使久屈於下位。如或自便身圖，罔恤民隱，余亦必奉公執法，不稍事夫瞻徇。茲將吏治切要者，剴切申明，條列於左，諸君子尚其勉之！

一、操守不可不嚴也。居官之道，首重清廉。清則能明，廉則能正。不清則利欲薰心，理之是非，人之邪正，情之虛實，事之利害，皆不能辨。必有以直爲曲，以曲爲直者矣。不廉則小人得而餌之，且得而制之。居大僚即受制於屬員，居牧令即受制於門丁、書役。己不能正，何以正人？惡積於上，而怨叢於下。害歸於民，而利飽於中，己所得者不過一分，民所受累者不止千百也。近來州、縣官甫經到省，即探聽某缺肥，某缺瘠，巧爲趨避。既抵任，一聞蠲免之詔，或偶值散振，先存一含混侵蝕之心，爲清償宿逋之地，居心殊不可問，更有口不言錢。遇案輒罰，名爲充公，實則入己，其去婪贓又幾何哉？不知貪墨致富，不過爲一時宫室之美、妻妾之奉己耳，究之賄賂公行終必敗露，徒自損其德行，壞其名節，且使子弟入於驕貪，不知艱苦，必將淫佚放蕩，無所不爲。宦橐雖充，豈能久保？況今寇亂四起，金錢充牣之家，往往受禍最烈，而以貪致富者，尤爲衆人側目，與其爲身名之累，子孫之災，何如清白自矢，身名俱泰邪？

一、關防不可不密也。大凡厠名仕版，豈皆甘受污名，不願爲清官者乎？但一行作吏，動静語默，環而伺者不知凡幾，稍不留心，則投間抵隙，百弊叢生。內而子弟、官親、幕友，宜防其干與公事，在外招摇。外而書差、門子、約保，宜禁其倚勢嚇詐，藉端訛索。門印簽押須擇質直樸拙者爲之，不可假以絲毫之權，並不准與刁生劣監交通往來。如紳士因公來見，必當延入公所，與之討論是非，虛心采納，而不攬入私室，既免壅蔽之患，兼杜句結之端。然必勤慎自持，躬理庶務，人始不能乘間作弊。苟非然者，處處是弊，防之不勝防矣。

一、僕從不可不減也。大凡州、縣官委署方定，同寅莫不共薦家丁，甚至輾轉相託，不知其性情，並不識其里貫者，此通病也。不知多一人即多一費，多一人即多一弊。迨人浮於事，無從位置而閒散之，徒動生觖望，拂意而去，散布謡言。長吏不察，信以爲實，而官之聲名因以壞矣。是在未出省時，酌量缺分煩簡，以定人數多寡，簡缺毋過八人，煩缺毋過十二人。派定專司，黏單壁上使衆曉。然其無名者，自不能隨赴任所，且人少，則約束易周，防範易密。不然廣收濫用，有不爲地方之害者乎？至於差役之數，尤必嚴查卯簿，不許過多，更不准有白役之名寄於總役之下，但能裁革一二蠹役，即可保全無數良民。此皆正本清源之要也。

一、聽訟不可不勤也。居官者欲得民心，先自聽訟始。積訟不斷，刁詐者得以欺弄愚懦，拖累殷實，使貧者曠日，富者傷財。訟師、猾吏居間射利，而民之元氣秏矣。是在爲牧令者，勤於聽斷命、盜重案，准其隨時喊稟一切。婚姻、田土皆於三、八日放告，斷不准傳辭，以絶鬭詐之蔽，亦不許攔輿，以杜搭臺之風。每逢告期，親自收呈，虚衷研詰。理屈辭窮者責擲不准，卽有理而非大不得已者，亦必委婉勸解，告以利害，勿任争訟。如遇原告遞辭，而被告適亦來訴者，卽將兩造之辭提出，令兩造之人立於堂下，俟收辭事畢，傳至照辭質訊，登時可了省卻無限葛藤。其真有疑難冤屈者，卽行出票傳人，載入差票簿中，按程計日，寬以限期，不許延擱於中取利。逾限者立懲原差，不稍寬假。至於人證株連，此弊尤宜痛革。每呈到手細閱，不干緊要人證，立予删除勿傳。傳到者於取具供結之後，立卽省釋，不許畱難。又如牽涉婦女之案，非必須到案者，不可輕傳。傳到卽問斷，斷不可輕押，以全人之廉恥。總之，聽訟一事，隨准隨審，隨審隨結。既結以後，洞開大門，目送兩造俱出，不准衙役私押，則訛詐之端絶矣。至於骨肉親戚涉訟，總以婉勸爲主，或責令其族長姻尊調處，免傷天性之恩。惟欺孤獨、侮鰥寡、訛富室等案，官必爲之主持，一一置之法，雖權要亦所不避。每日新案卽爲掃除，以清案牘。其從前滯囚積案，尤須隨時清釐。查明承票原差，勒限送案。違者重比兩造。自願和息者，亦准銷案。如是庶無畱獄矣。

一、命案不可不慎也。人命重件，衡情定罪，固以供證爲憑，而尤以尸傷爲準。一接報呈，卽刻下鄉相驗，愈速愈妙。速則尸未發變，傷痕易辨。金刃手足，他物比對要符，且必親手揣按，勿避臭氣。庶尸親心服，不致翻控，有蒸檢之慘。其地主鄰右無辜牽連者，當場開釋，免得入城受累。至下鄉之先傳諭地方，先予以示：不准搭蓋尸廠，預備公館，所有夫馬火食概係本官自備，不准書役訛詐分文。驗畢回至中途，或猝呼某書役名，未來者必是在後需索，務加重懲。總之，下鄉則令書役隨後，而本官居前。回署則令書役向前而本官在後。雖有技倆無所用之。至若定讞，則當平心静氣，逐細研鞫，不可失入，亦不可失出。苟徒泥於救生不救死之説，一味開脱生者，或至漏網，死者不免含冤。惟不設成見，持法以平，務使供證相符，情罪相當，而後生者死者兩無所憾。所有相驗之法，悉載洗冤録中，公餘之暇，最宜潛翫南豐劉廉舫所箸庸吏庸言『相驗』一條，尤可師法。

一、捕役不可不懲也。大凡捕役，其始類皆爲盜，甚有既爲捕役，而故態復萌者。以爲盜之人而授以捕盜之權，是以盜捕盜也。以盜捕盜，則盜不可捕，而盜風轉熾。故欲弭盜，必先治捕。每報一案，隨卽出票偵緝，立限必嚴，另註簿籍。或五日一比，或三日一比。務期賊贓俱獲而後已。設有賊無贓，必須細細研詰。如果所供之贓與所報之贓一一脗合，卽是正賊。至誤買賊贓在所不免。其有必須追贓者，則於出票之時，用硃筆註明，只准取贓，不許帶人，以省拖累。如一案而牽連十數家，是曰開花，非挾嫌妄扳，卽捕役教唆。官只就案了案斷，勿按名簽傳，致墮術中，竝將該捕立予重杖。若夫窩藏之家，固宜根究，以清盜源。然必贓據確鑿方可懲辦，否則恐係株連，如此則捕役之技窮，而盜風亦稍息矣。

一、徵收不可不實也。國家賦税本有常經。見當鄰氛未靖，鄂省兵餉每月不下五十萬兩，勢不能不取之民間。惟當於催科之中，仍寓撫字之意。查鄂省各州縣漕南二米，經前部院胡文忠公奏定章程，刊立碑記。地丁錢糧等款，亦經各州縣開呈徵收數目，責令各照向章經徵。計除批解外，皆有贏餘，足敷辦公。爲民牧者，尚忍格外浮收乎？是在開徵之先，徧張曉諭，漕南二米、地丁各款，均遵照刊立碑記及向來定章辦理，而又限以時日，告以大義，使之自封投櫃，毋待拘追。如下鄉催徵，凡遇公正紳耆，不妨以需餉孔亟，令彼轉相誥誡，早爲完納。至户書、漕承、里差，尤當隨時密察，嚴爲防範，往往有本官潔清自愛，而百姓仍不免追呼之苦者，由書差之舞弊耳。嗟嗟小民，誰無天良？如此而猶有抗糧不繳者，吾不信也。

一、蠹弊不可不杜也。天下事，利所在，卽弊所叢。惟田賦一項，其弊尤鉅。查向來鄂省各州、縣，或不屑句稽，或厭薄簿書，養尊處優，一任户糧總，上下其手。始則謂徵册散失，而欺隱田糧。繼則謂版券煩重，而擅用活券。飛灑詭寄，無弊不作。於是有揑造枉緩者，謂某垸水沖沙壓宜緩，某户逃亡故絶難徵。官欲自顧考成，不得不爲之籲稟。不知所謂水沖沙壓者，半皆成熟之區，而真沖真壓者，未被其澤。所謂逃亡故絶者，實多見存之户，而實逃實絶者未除其名。迨裁已辦成而弊恐敗露，則又有挖徵之名以混之，又有急公之説以掩之，且更有例裁名目，謂某鄉民情頑梗，從未完納錢漕，每歲必藉裁以資彌補，而黠紳劣衿遂得起而挾制之。種種蠹弊殊堪髮指。余以爲欲除其弊，約有數法：一曰謹丈量。徵册雖失，田畝自在。當此時而欲舉一州一邑之地，概施丈量，談何容易！且亦不易籌此經費。惟擇最刁甿之地，訪察公正紳耆數人，切實勸督，隨時抽丈，擇尤示懲，逐一註明。是無册者可有册，而瞞糧隱户之弊可除矣。一曰嚴推收。凡買成契以後，立限投税過割。違者照例罰半入官，仍科以隱匿之罪。勒令房書隨時推收，不准刁難。或責之保正、鄉約循環來報，或責之隄頭、垸長隨時舉發，而飛灑詭計之弊可除矣。一曰清户柱。一户而歧爲數十花名者，意在避大户之實，則應併而一之。一田而數易其姓者，每多冒老業之名，則應確而易之。總之，户名即可變易，而田地斷難搬遷。執田以求人，執人以查糧。是有田者即有糧，而捏裁枉緩之弊除矣。大抵鄂省大小衙門皆有底缺，世守其業，換官不換吏，州縣户糧書一項爲尤甚。初則勤苦，自立版册，親操執以追索，尚能年清年款。一二傳後，驕惰日形，沈溺煙酒，一切徵收等事委之各鄉各里各圖之黠者，爲之催納，坐享其肥，而總吏絶不過問。久之而債累日深，生計日絀，竝其世傳之底册輾轉售賣，而册書、户書、里書、里差之名所由起，權益寖大，房科之籍僅擁虚名，鄉、團之册轉成實户，甚至以册爲遺嫁之資，問册爲相攸之具，膠庠之彦竄名里胥，簪笏之紳入卯銀匠，以公家歲入常經任其流失，敗壞至此良可慨夫！是在諸君子抖擻精神，隨時隨地留心，力挽頹風焉可也。

一、隄塍不可不固也。查鄂省自辛卯以來迭遭水患，故隄工遂爲鄂省之巨政。自大吏以及守令無不加意講求。軍興以來漸覺無暇及此，兼之水勢不大，修防未免稍松，不知隄工一事修補於乾旱之歲，得力於霖潦之年。若不思患豫防，隨時整飭，一旦水勢浩大，措手無及，田廬漂没，民其爲魚，誰職其咎？該守令有隄工者，到任以後，務各周歷履勘，細加體察。官修者親爲經理，爲民修者嚴加督飭。單薄者量爲培厚，低矮者酌爲加高。務使夯築堅實，功歸實用。一屆伏秋，二汛水勢泛漲，親臨工次，督率汛員，密分段落，晝夜梭巡，必使水勢异常無虞潰决，乃爲無負厥職。其有赴隄夫馬火食，皆宜官自預備，不費隄局半文，自絶影射侵漁。諸弊若視爲故常，草率從事，修不如法，防不盡力，設或有誤，翫視民瘼，咎有攸歸矣。隄費關萬民性命。官修者或入私囊，民修者或歸中飽，絲毫侵蝕殃及子孫，可不慎哉！

一、倉穀不可不儲也。常平倉及社倉義倉收儲穀石，原以備凶年，平糶及振濟之用。從前間有州縣虧短缺額。社長侵蝕肥己者，無不隨時追賠。自粤逆竄擾後，倉儲爲之一空。其未被賊擾之處，州縣官竟視倉穀爲畏途，或慮交代之時，盤糧折耗，彼此推諉。或懼賊氛猝至，搶掠燬焚，責成賠償，率皆藉辭折變，碾濟兵糈，或出陳易新，盈餘取之閭井。或出實入折買補不能隨時，徒有良法美意而廢墜不舉。設遇凶年，民食何賴？第值庫款支絀之際，未能請款采買，是在賢牧令捐廉倡率，切實勸導好義紳富，因地制宜，成此善舉。先建倉厫，再議儲備。常平倉則官爲句稽，社、義倉則紳自經理。出納維謹，毋使缺額，縱遇裁荒，亦有所恃而不恐。此爲目前急務，望諸君子毋畏煩難，黽勉行之。

一、學校不可不興也。居今而言謹庠序，修學校，敦詩書，明禮義，鮮不謂其迂者。然試思昔日之文教昌明，民情何以樸厚，今日之禮樂廢壞，民俗何以澆灕，蓋民風之變，士習之偷也。士習之偷，學校之壞也。士習不正，則日後居官何以率民？居鄉何以爲子弟法？予前撫豫疆，凡學宫及名賢名臣忠節鄉賢名宦各祠破敗者，率屬修理，嚴禁兵丁踐踏。又立學規頒布通省，以教諸生。書院課試於舉業之外，另課詩、古策論，以觀其實學實用，率屬印行陳文恭公五種遺規，分散諸生，使之奉行。今調撫兹土，亦願爲牧令者於案牘之暇，整頓學校，誘掖獎勸，如名師之教子弟，如慈母之愛赤子，於考課文藝之時，諄諄告以孝弟忠信之道，潛移默化，而學術人才自漸可磨礪而出矣。其有文行兼優之人，不妨薦舉以待獎勵。士心既得，士氣既振，而小民亦必觀感興起，有不知其所以然者，倘遇烽煙告警，知義者多白赴義者。衆人謂令之所急者，整兵戎，不必講學校。吾謂修學校，卽所以理兵戎。經正則庶民興，庶民興，斯無邪慝。古人之言，豈欺我哉？

一、勸課不可不勤也。近來俗敝民刁，間有圍逼衙署，挾制官長之習。非循良之吏，施信明義以結其心，何能居德善俗？是故爲令者，聽訟已畢，卽乘衆人耳目俱在，愷惻勸導，示以法戒。稍有餘暇，卽當輕騎減從，親至鄉邨，與紳民接見，訪求民間疾苦，及地方善惡邪正。其公正紳士特加尊禮，以樹風聲。鄉間細小之訟，卽使之勸解消化，無令到官。其訟棍地痞列名榜示，風之使改，令其懷德畏威，不敢爲惡。或擇其尤者，懲治一二以儆其餘。其秀而文者，則文藝外兼勖以品行。質而願者則力田外，竝勉以孝弟，而復察其土，宜可植桑者，則教之養蠶。相其水利可溉田者，則令之開堰。凡遇教讀之師，治經之暇，勸其以朱子小學及諸儒所箸有益身心之書，教戒子弟，以培養人才，悃悃款款，日以教養百姓爲事。民亦必諒官之心，兩相團結，一旦有事，有不可倚爲干城腹心者乎？

一、游民不可不禁也。自來盜賊之起，多出於游惰之民。其始父母溺愛，任其游蕩，一無職業，惟日以賭博煙花爲事，放僻邪侈，積習成性，既不能安貧，卽不能守分，小則爲竊，大者爲盜，而背畔之事將無所不爲矣。故居官者，於四境之民必查其有無恒業。每於聽訟之暇，或因公與民相見，則必諄諄告誡曰：子弟無論賢愚，宜先讀書。讀書不成，農工、商賈、醫卜、星相，須令各執一業。蓋有恒業，斯有生計，自不至入下流也。若見有藉賭博煙花嘯聚者，卽嚴行禁止，而於公門以內，僕從、胥吏之游惰賭博者，尤必嚴察，以清根本是爲至要。

一、邪教不可不禁也。自來奸民聚衆作亂，必先創立邪教，煽惑愚民，眩以禍福。愚夫愚婦不知其情，樂其誕而受其欺，以爲習其教卽可獲福也。於是舍本業，棄家財以從之，惑之既深，從之既衆，其中有一二不安本分，行悖亂之事者，則一倡百和矣。自世教淩夷，异端蠭起，或假宣講聖諭之名，妄談休咎，或藉持齋茹素之事，蠱惑鄉愚，流弊既久，浸爲亂階，此人心世道之憂也。是在爲官者嚴行禁革，不稍寬假，平日愛民以結其心，教民以正其習，告之以孝弟忠信爲根本，安分樂業爲生計。自士子以至平民，自衙役以至保甲，諄諄告誡，勤勤訪察。凡習邪教者皆必絕其根株，則可杜寇亂之源，塞梟張之漸，而要必興起正道爲根本。正道既立，邪教未有不息者也。

一、保甲不可不實也。保甲昉自周官，歷代行之輒著成效。蓋十家牌挨户編聯，田土錢糧，年歲生業，無不備載。計田土而貧富可稽也，清錢糧而徵收可辦也，辨年歲而壯丁可選也，覈生業而游民可禁也。凡夫弭盜賊，興學校，察邪教，備饑荒，以及緝要犯，恤孤寡，育嬰孩，禁賭逐娼等事，無不因之推廣。然近代以來，奉行鮮有成效者，因地方官疲於案牘，不能不假手書差，而一切工料、飯食、夫馬之資不無費用，大約書役取給於約、保，約、保集之甲長，甲長索之牌頭，牌頭則斂之花户。層層索費，在在需錢。而清册門牌任意填寫，以至邨多漏户，户有漏丁，徒費民財，竟成廢紙。此辦理不善之由，誠有如南豐劉廉舫所云者，賢牧令真講吏治，務須以劉廉舫庸吏庸言爲主，勿假手書役，傳諭各衿耆，公舉老成端重衆所信服之人，仿周官比閭族黨之意，推爲保正，按甲分之大小，分別段落。每保正一人先給草册一本，竝日給飯食錢文，令將所管段落各户丁口，查照劉廉舫所定章程，分別填註册內，填畢呈驗，查覈無訛，然後填給門牌。其牌頭、甲長聽保正舉報，即時批准，絕不令書役干預。本官仍不時輕騎前詣各鄉，及因公相驗履勘之。便隨意抽查，或於審理辭訟時，向兩造查詢，其有不符者隨時更正，如是則不至有保甲之名，無保甲之實矣。賢牧令其勉力爲之！

一、郵政不可不肅也。驛站之設，原爲遞送公文，不容稽延。軍興以來，各省奏章、部文及軍營來往文移札稟，有關軍需糧餉、調遣兵馬等項，皆註有限行里數。向來州縣官接遞此等公文，一有延遲知干吏議，必向上下站通融時刻，爲邀免處分地步，然與其央求他人，何若操之在己！馬匹必期足額，喂養不可尅減，小費尤不可吝惜。管號丁書須識文字，明利害，勤實可靠者，始可派司其事。遇有限行公文，到站立刻掛號馳遞，不可壓前等後，稍事稽畱，更不准丁書私送。本官拆閲，彼其意不過欲知近事，不知洩漏軍情，縱脱要犯所關尤重。其尋常公文亦隨時遞送，不可稽遲。衝途州縣或於適中之處，安設要站。或添設步撥以省馬力，而速郵傳之處，悉由各牧令斟酌情形，量爲辦理。

一、求才不可不急也。爲政之要在於得人。居官者，於需次之時，必畱心人才。見幕友中有品行端方，公事嫻熟者，與之訂交。一旦請與共事，然後能實心商辦，卽或偶執偏見，亦必能婉轉就正。若習氣太深，驕樂佚游之友，不可邀請，以誤公事。到任後，於地方紳士以及同寅中，尤須暗中訪察，果有德行學問望重一時者，必登門請見，待以師友之禮，以資切磋。其有志氣不凡，才華英邁可以造就者，亦必優以禮貌，力爲延攬以成其才。又或才堪濟世，心地忠誠，及夙諳韜略，武藝絶人者，卽薦之當道，以待舉用。或敦行孝弟，門内無慚，可爲子孫之法者，卽據實稟報，奏請旌表。當今時局艱難，非人才不能挽回。但取人之法，皆必細考其實行，不可徒采其虛聲，致累知人之明。

一、節義不可不重也。禮義廉恥國之四維，而忠孝節義卽所以撐持天地之氣運者也。孝子貞女節婦烈婦，在通州大邑之中名門右族，尚有爲之請旌式閭者。若夫山僻小邑以及窮鄉貧士之家，田野編甿之户，其節孝貞烈操行更苦而湮没愈多。非地方官勸諭紳士極力訪求，何能發潛闡幽以彰風教？如有呈報者，不准書吏需索使費，隨卽申詳以便彙題。然後可使義行昭箸，聞者奮興。其尚存者如係孤苦無依，更宜賜金周卹，竝勸令其族戚收養以重高節。鄂省被賊竄擾以來，士民婦女，或力戰殉難，或駡賊捐軀，或懼辱自盡，凡此皆正氣所鍾，綱常所繫。丙辰、丁巳間，余在武昌府任内，捐廉延紳，創立節義局，手定條款，分途采訪，隨時據詳奏報，分別旌卹。歷任武昌太守如冠九、李午山及見任之黄虎卿連翩接辦，計已奏報數十次在案。但恐尚多湮没，願爲守令者勤求博訪，造册送局，務使無一夫一婦之義湮鬱不彰。至忠孝節烈之裔，或有寡婦孤兒無所依靠者，各地方官倡助金錢，令其族戚與地方公正紳士收養。義骸未葬者設法殯葬。如賊所過地堅守團寨竝能殺賊者，事後地方官宜據實稟報，或給匾額，或賞功牌，以彰其義。正氣既伸，邪氣漸弭，此皆撥亂反正之大機也。

一、形勢不可不熟也。爲州縣者，必於所屬之山川險要、城池關隘、邨莊集鎮路徑，令工繪圖，某處至某處若干里，詳細註明，常懸於心目之間。各邨各團之紳董皆有簿籍，俾得隨時訪記其賢否，至與鄰境相通之關隘及鄰匪出没之途徑，皆必周知其情形，而後能會商合辦。爲府、廳、州者，亦必以一府一廳一州所轄州縣山川關隘道路繪圖，常時省覽，胷中了然，庶有把握，竝望各屬皆以方尺厚紙，繪所轄地方全圖貼説寄呈，以便察閲。

一、防守不可不重也。當此多事之秋，固守城池最爲緊要。況鄂省屢經兵燹之餘，失守之地官民俱困。前車可鑒。今雖全境肅清，而鄰烽未息，是不可不思患預防也。無事州縣固宜稽察奸細，整頓保甲。其距鄰烽較近者，則當預計垛口，派定户丁以爲臨時上城之用。尤在地方官平日實心愛民，勤於聽訟。差徭賦税不事苛求。勤求民隱，興利除害，以結民心，而又時時勸導紳士同心合力。其有品有才者，優以禮貌。其常助官兵拒賊者，立與奬勵。官民聯爲一心，城鄉聯爲一體。賊在鄉，城中出兵勇攻之。賊撲城，城中固守，鄉民合力助之，總期固守以待大兵援剿，賊有不殄滅者乎？

一、識見不可不廣也。識見不廣，何以通達政體，周知民隱？古人學古入官，胷藏經史，然後能體立用行。今則仕途雜進，豈可苛求？加以政務紛繁，而尚欲其畱心文史難矣。然擇要讀之，書不必多而時加體翫，未爲不可。如歷代名臣傳、循吏傳，朱文端、蔡文勤二公所編，簡而有要，皆吾輩之師資也。元濟南張希孟牧民忠告、明吕新吾先生實政録、我朝陳文恭公從政遺規、居官法戒録、汪龍莊學治臆説、佐治藥言、劉廉舫庸吏庸言、徐笑陸牧令書等書，皆淺近易行，切要易讀。而我朝所定律例會典、通禮、洗冤録等書，尤屬仁至義盡，凡需次人員以及實任各官，豈真刻無暇晷乎？與其摩挱金石，徒負光陰，沈溺詩酒，深妨政務，何如常讀此諸書之有益於吏治身心也。至於用兵之道，如陸宣公、李忠定、王文成諸公，尤爲命世之才，其所布置皆具於集中。有心濟世者，尤宜熟讀而精思之。

一、才識不可不擴也。人之資性有長於治軍者，有長於理財者，有長於斷獄者，有宜於安静之地而爲良吏者，有宜於煩劇之區而爲能吏者。然而秉性過剛，或傷操切。居心太厚，或近優容。尺有所長，不免寸有所短。在大吏固貴用之不違，其才始能各得其用，而在有才之人，尤貴勤學好問，讀書窮理，尅己去私，補偏救弊。加之以閲歷世變，熟察人情，必使識見益深，志慮益遠，有可經可權之學，斯有可常可變之才，而後有可大可久之業，不以一得自矜，一長自滿，則才之所成，豈可量哉？

一、躁進不可不戒也。人之富貴升降早遲，自有一定之命，何必强求！君子盡其在我隨分盡職，不必暮夜干求上游，自知器重。若徒夤緣求用，縱遇好諛上官，得遂所求，清夜自思亦屬可恥。若遇清正上官，反有因干求而棄置者矣。近見有一種小官，專好鑽營，與長官之門印交結往來，以通聲氣，甚有稱兄道弟，金蘭訂交者，不知居官所以求榮也，非以求辱也。與此輩交通，縱得一缺，辱孰甚焉。且此種小人，本無伎倆。居官者不自貴重，與彼交結，彼愈妄自尊大，内竊長官之風聲，以賣其權。其實我能自重，彼固不能爲害，亦竝不能爲益也。況我真嚴氣正性居官有名，彼小人者，未嘗不畏之。如使不法，我更可得而制之。出處進退，士人之大節，安得不慎？

一、言路不可不通也。余雖鄙闇，喜聞己過，從善如流。各府、州、縣離省稍遠，凡有民間利弊，吏治勤惰，以及余所爲有不合者，皆不妨直陳。諸葛武侯所謂願諸君勤攻吾短，私心實願學焉。而諸君亦須下采民言，博訪周諮。凡遇父老諸生皆必殷殷下問，俾下情得以上達，惟聽言必察實而後可行，不可輕聽而妄舉耳。

以上二十條，不能盡居官之道，然於致治之要，已思過半矣。無高遠難行之事，無矜奇立异之談，上哲固不待煩言，中材亦可以跂及。要其所以行之者，不過曰實心而已。州縣爲親民之官，事雖叢雜，總宜躬親，尤貴耐煩，萬不可厭薄簿書，假手丁胥。果能勤勤懇懇，爲國爲民，於閭閻疾苦，地方利害，熟思審處，博采輿論，以求實際，不憚勞，不避怨，不耽目前之逸樂，不爲粉飾之虚文，卽才具非優，終有明效，誠感金石，信格豚魚，實心之謂也。若無真實不欺之心，務爲飾智驚愚之舉，縱才堪肆應，久之情見勢絀，公不見諒於人，私亦無益於己，名實俱喪，庸有濟乎？不佞服官十餘年，心思才力不逮古人萬一，所自信者不浮不僞，日有孜孜以愛子孫之心愛民，以謀身家之心謀國，止此一念上答主知，毀譽得失皆不暇計。凡所言者，本之躬行心得之餘，非徒取快一時之論，願與諸君子講明而切究焉。

論書院諸生

爲曉諭諸生講明學術，以正士習事，照得學校書院皆培養人才之地，興學教士，爲民生吏治之基。學古乃可入官，用行必由體立，非可苟焉而已。中州河洛名區，歷代聖賢輩出。本部院莅任，方始當國家多故之秋，欲致太平，先儲真士。欲儲真士，先正士風。欲正士風，先明學術。有真學術而後真治術出焉。此撥亂之源，保邦之本也。本部院望治情殷，求才心切，諸生其務爲真士，上以備國家之取用，下以正鄉邑之典刑。本部院旋將課文以觀人。諸生卽可因文以見志。今特就平日所聞學問之要道，開列於後，諸生其采擇焉。

一曰立實心。人之天性，仁義禮智根於心本無不實，迨氣拘物蔽，嗜欲日深，天機乃淺，不求實際，惟尚虛文，虛僞日久，則天機日漸銷亡矣。處無實心以爲學，出卽無實心以爲政。在家無實心以愛親，在國又焉有實心以愛君與民哉？亂之所生實由於此。子思曰：『誠者，物之終始。不誠無物。』是故君子誠之爲貴。諸生勉之！

二曰敦實行。孝弟忠信人之本根，禮義廉恥國之四維。本根不立，四維不張，亂斯起矣。夫有文無行，君子所恥。諸生爲學，事事當求實行。處則實修孝弟忠信以教家，出則實行禮義廉恥以範俗。心性必求實得，而無徒託空言。才能必求實濟，而無徒誇末俗。詩文必求實有根柢，而無徒騁浮華。如是，則窮可以師表人倫，達可以兼善天下，而禍亂弭矣。諸生勉之！

三曰講實學。學問之道莫實於大學一書，以明德新民爲規模，以格致誠正爲根本，以修齊治平爲究竟，如此方爲有體而有用。諸生爲學必真求己德何以明，民德何以新，遇一物必窮其應物之理，有一知必擴其未知之途。意之誠不誠，心之正不正，身之修不修，皆必自反自剋，而無苟且以偷安。家之何以不齊，國之何以不治，必皆窮其原委，究其利弊，研之於經，驗之於史，反之於心，審之於當世之故，而思所以補救轉移之道，如是方爲實學，而有濟於世也。諸生勉之！

四曰務實用。人之爲人，固宜篤實而不浮，尤忌迂腐而無用。天下多難，士子皆將有斯世斯民之責，則經濟尤須講求，如教養之方，禮樂兵刑之具，用人行政之略，緝盜禦寇之謀，練軍籌餉之策，在在關於國計民生。苟不於平素詳考古法，揆度時勢，周知人情，訪察地利，明其義理，悉其利害，一旦入仕將何以濟？賈太傅曰：『臣謹稽之天地，驗之往古。按之當今之務，日夜念此至熟也。』先儒尹和靖曰：『今國步方艱，事皆繁劇，宜先俊傑以濟艱難。』此皆深識時務之言。諸生勉之！

柏堂集後編

卷第一　論議俱上李節相

繼統論上

天子者，代天理物者也。三皇謂之皇，五帝謂之帝，三王謂之王，亦稱天子，亦稱天王。自秦以後稱皇帝，皆上主天地、宗廟、社稷、百神之祀，而下以臨御百官，總理萬幾，養育教化億兆黎民者也。五帝以上官天下，三王以下家天下。官天下傳諸賢，家天下傳諸子，傳賢之世亦有傳子者。子賢傳子，卽傳賢也。世世傳子自禹始，禹非私天下也。啓賢能，敬承繼禹之道，而其時又無堯、舜、禹之大聖，勳德足以服民者可以傳之。禹治水之功敷於四海，明德遠矣。天命祐之，人心歸之。禹雖嘗欲傳之益，及禹崩，天下朝覲、訟獄、謳歌者，不之益而之啓，啓惡得而不起以承父之統？逮啓之終，益無聖賢可傳，由是世世相承，遂爲萬世不易之典矣。韓子曰：『傳之人則争，未前定也；傳之子則不争，前定也。前定雖不當賢，猶可守法；不前定而不遇賢，則争且亂。』『與其傳不得聖人而争且亂，孰若傳之子，雖不得賢，猶可守法。』故曰『堯、舜之利民也大，禹之慮民也深』。何者？天子者，代天理物者也，必其上能主天地、宗廟、社稷、百神之祀，下能臨御百官，總理萬幾，養育教化億兆黎民，而後可以爲天子。聖帝明王傳賢傳子，其心皆以爲民而已矣。傳不當而啓争端，以害於民。傳子固私，傳之人亦私。三代而降，人心不如皇古矣。傳之人則釁端多，傳之子則釁端少。是故傳子者萬世之常經，百王之大法。

傳子者，傳統也。何謂統？統如絲，然緜緫緜絡而無斷可續也，故謂之統紀，亦謂之統緒。天子者，生則踐祚，死則入廟，故生爲帝統，死爲廟統。生得統於帝，而後死得統於廟；生不得統於帝，則死不得統於廟。是故開創者謂之創業垂統，繼體守文者謂之繼統。非創業垂統者，不得稱爲皇帝；非繼統者，不得稱爲皇帝；非創業垂統者之祖、父，不得追尊爲皇帝。是故舜格於文祖而爲天子，承堯之統也。其於父，生則以天下養，死則宗廟饗之，而未聞追尊瞽瞍爲帝。禹受命於神，宗而爲天子，承舜之統也。於其親，雖曰致孝乎鬼神，而未聞追尊伯鯀爲王。惟湯亦然。書曰『奉先思孝』。然未嘗聞其追尊祖若父爲王也。古之人至誠，配天至孝，不誣其祖。祖若父未爲帝王而稱之爲帝王，是亂帝王之統，誣其祖而以不誠欺天也。然則契何以稱玄王曰契相？堯、舜敷教明倫，開萬世五常之宗，天之祐商，以有天下，功德實自契始，是商創業垂統之祖也。故商頌稱玄王，而湯之祖若父則不敢以追王爲孝，此所謂惟聖人爲能饗帝，爲其以誠事帝；惟孝子爲能饗親，爲其以誠事親也。所謂夏尚忠，殷尚質者，此也。至於武王滅商，始追尊文考爲『文王』，周公成文、武之德，始追王太王、王季，所以然者，以三后雖未及身爲王，而王業之興自三后始。書曰：『太王肇基王迹，王季其勤王家，我文考文王克成厥勳，誕膺天命以撫方夏，大邦畏其力，小邦懷其德，惟九年大統未集，余小子其成厥志。』孟子論太王之事，曰『君子創業垂統，爲可繼也』，是亦以太王爲周室創業垂統之君。不然武王、周公雖達孝，必不敢以王爵爲尊，而以不誠事其祖考。故曰『事死如事生，事亡如事存，孝之至也』。後世開創之君追尊祖考爲皇帝，實自武王、周公追王始，而非開創之君斷不敢以此爲例。何者？開創之君與前朝雖正統相承，而改姓易廟。前朝之統已絶，故可溯其有天下之由，而追尊其先爲皇帝，自立太廟，竝不亂歷代相承之帝統、廟統也。

漢世祖光武帝當漢統中絶，崛起南陽，討滅群盜，以踐帝祚，雖曰『中興』，而功實同於開創。自立七廟，追尊南頓君以上爲皇帝無不可者，然而不行此禮。何也？蓋以漢世帝統實創垂於高帝，中篡於王莽，已討賊而平之，以繼其統，不得自比於開創之君。若自立七廟，追尊南頓君以上爲帝，則是自成一朝興王之業，而絶高帝以下相傳之統，且南頓君以上本無周三王肇基之實，而以子爵父，以孫爵祖，微特以不誠事其親，抑亦以不敬事其親。不敢以不誠不敬事其親，尊親之至也，故先起高廟於洛陽，四時合祀高祖、太宗、世宗；繼立四親廟於洛陽，祀父南頓君以上至舂陵節侯，固亦可謂中禮矣。繼又自以昭穆次第當爲元帝後，尊孝宣爲中宗，祠元帝以上於太廟，成帝以下於長安，徙四親廟於章陵，於禮似謙讓太過。然不敢紊帝統與廟統之心，則固不悖於前王而可爲後世法。不獨此也。太丁者，殷湯元子，太子洩父者。周桓王之父未立而死，則在殷、周帝紀與殷、周廟位中，皆以太甲繼仲壬，桓王繼平王，而太丁洩父不得與此，豈太甲不念父桓王好禰祖哉？生未得統於帝，死未得統於廟，禮道然也。明乎此，而後知天子之統不可以妄干，非創業垂統者不得稱皇帝，非繼統者不得稱皇帝，非創業垂統之帝之祖、父，不得追尊爲皇爲帝。皇帝者，天子之尊號也。生未嘗代天理物，上承天地、宗廟、社稷、百神之祀，而下以臨御百官，教養群生，則雖天子之父，尚不敢尊之爲帝以亂歷代相傳之統，而況其他乎？是故漢宣帝以武帝曾孫，昌邑王廢，霍光奏請太后詔入以嗣昭帝後，承祖宗，子萬姓。宣帝立，止追謚戾太子、戾夫人，悼考悼后，置園邑。其後又追尊悼考爲皇考，立寢廟，而未敢追尊爲皇帝。何者？承昭帝之統，固不敢追尊本生，以亂帝王之統而陷祖、父於不義也。然則帝王傳統，不亦重哉！

或曰傳子者，傳統也。不幸而無子可傳，帝統不幾絶乎？曰古之傳統，有傳子，有傳弟。夏、周傳子，傳子之窮，然後傳弟，如周匡王無子，立弟定王是也。殷商傳弟，傳弟之窮，然後傳子，如中丁傳弟外壬，外壬傳弟河亶甲，至河亶甲無弟，然後傳子祖乙是也。傳子者，適長子爲正；傳弟者，母弟爲正，無則傳同父之弟。是以禮運曰：『大人世及以爲禮。』世者，父子相繼爲一世；及者，兄終弟及。公羊傳曰：『一生一及。』生即世也。至漢成帝無子，立定陶王欣爲皇太子。帝崩，太子即位，是爲哀帝。宋仁宗無子，以濮王子宗實育宮中，後立爲皇子。帝崩，皇子即位，是爲英宗。明武宗無子，皇太后以遺詔遣官迎興世子厚熜入嗣皇帝位，是爲世宗。是三帝者，無子可世，亦無弟可及。漢成預定兄弟之子爲太子，宋仁預立兄弟之子爲皇子，及崩，而太子即位。皇子卽位，名正言順，則與傳子無殊。明武未預立嗣子，亦無兄弟之子可立，由是通無子之窮，而立弟又通無弟之窮，而立同曾祖之弟，是亦與兄終弟及無殊。雖無預立爲皇子之文，而皇太后以遺詔入，卽君命也。入嗣皇帝位，卽嗣孝宗、武宗之帝統廟統也。以武宗於世繫爲世宗兄，不得以世宗繼嗣，故楊廷和曰『當考孝宗』，此亦名正而言順也。然則世宗者，奉皇太后以遺詔入嗣皇帝位，自當繼孝宗之嗣，以繼武宗之統，始合於天之經、地之義。乃其始入也曰：『遺詔以我嗣皇帝位，非皇子也。』興獻后聞朝議考孝宗，恚曰：『安得以我子爲他人子？』是豈知大義之言哉！夫世宗於孝宗，所謂兄弟之子猶子也。以兄弟之子入嗣大統，繼統卽應繼嗣，非繼嗣不得繼統。世宗於武宗，君臣也，卽興獻王妃之於孝宗、武宗，皆有君臣之義，臣子之身，聽之君父。君取其子入嗣大統，而可曰：『安得以我子爲他人子邪？』不考孝宗而考興獻，由是邪佞之徒乘間而入，帝統廟統因之以亂。以爲開創乎？則世宗非開創之君也。以爲嗣皇帝位乎？則殷太甲以適孫繼統而不敢追尊其父爲王，漢宣以皇曾孫繼統而不敢追尊其祖若父爲帝。卽世祖中興，本非繼元帝之嗣，而猶以高祖以來正統相承，不敢追尊四親爲皇帝，以亂高帝相傳之統。夫太甲、宣帝、世祖皆賢君也，天下後世未嘗以不追尊所生爲不孝也。蓋孝在以義事親，以誠事親。親非皇帝而稱爲皇帝，則是不誠。親非創業垂統之君，又非繼統之君，而稱皇帝以亂大統，是爲不義。陷親於不義，不孝之大者也。孔子曰：『生，事之以禮；死，葬〔之以禮〕，祭之以禮。』可謂孝矣！而況大統可紊亂乎？夫天子者，代天理物者也。入嗣大統，當以能承天地、宗廟、社稷之祀，臨馭百官，教育萬民爲孝，不當以非禮追尊所生爲孝。漢哀帝不聽師丹之言，天下並不聞以哀帝爲聖主。宋英宗謙讓不敢尊其親爲皇爲后，天下後世多以英宗爲明君。蓋舜之大孝，首在德爲聖人。武、周之達孝，惟在善繼善述，不在隆以虛文也。又況非禮之稱乎？

曰：入嗣大統，於其本生之祀如之何？曰：昔漢定陶恭王爲成帝庶弟，宋濮安懿王爲仁宗庶兄。成帝取恭王子入立爲太子，而恭王無別子，乃立楚孝王孫景嗣恭王爲定陶後。仁宗取安懿王子入立爲皇子，而安懿王自有王子，即以王子宗樸嗣安懿王爲濮後，是固仁至而義盡也。哀帝欲隆私親，師丹疏引禮：『「父爲士，子爲天子。祭以天子，其尸服以士。」子無爵父之義，尊父母也。爲人後者爲之子，故爲所後服斬衰三年，而降其父母服期，明尊祖而重正統也。陛下既繼體先帝，持重大宗，承天地、宗廟、社稷之祀，義不得復奉定陶共皇祀。』正名定分，聖人復起，豈能易哉？何者？統承先帝而復隆本生，是絶先帝之統繫也。宋英宗詔議崇奉濮王典禮，司馬光奏：『以爲人後者爲之子，不得顧私親。仁宗皇帝深惟宗廟之重，於宗室中簡推聖明，授以大業。陛下親爲先帝之子，然後繼體承祧，立有天下。濮安懿王雖於陛下有天性之親，顧復之恩，然陛下所以負扆端冕，子孫萬世相承，皆先帝德也。臣等竊以濮王宜準先朝封贈，期親尊屬故事，尊以高官大國。』考之古今，爲宜稱。中書議以濮王當稱何親，名與不名。王珪等議以濮王於仁宗爲兄，於皇帝宜稱皇伯父而不名，是亦名正言順。聖人復起，豈能易哉？韓琦、歐陽修以爲不然。修引喪服大記，以爲爲人後者，爲其父母降服三年爲期，而不没其父母之名，以見服可降而名不可没。若本生之親改稱皇伯，歷考前世，皆無典據。進封大國，則又禮無加爵之道。竊以修之言似是而實不合經義也。天之生物，使之一本。國無二統，人無二本，是以公羊傳曰：爲人後者爲之子。爲之子，則必稱所後者爲父母矣。禮曰：爲人後者爲其父母降服三年爲期。所後者何人，後大宗也。古者，大宗無子，必立其兄弟之子以承大宗之祀，故爲所後者服斬衰三年，同父母之服也，而降其父母服期同伯叔父之服也。既降同伯叔父之服，自應改同伯叔父之名。記曰：爲人後者爲其父母期。乃記禮者窮於辭，不得不曰爲其父母。若曰爲其伯叔父母，則辭旨不明，非謂爲人後者，仍稱其父母爲父母也。仍稱其父母爲父母，則不得降同伯叔父母之服。既稱所後者爲父母，又稱其降服者爲父母，非二本乎？既可以二本，又何爲降服？夫古之聖人，非令人薄其所生也。萬物本乎天，人本乎祖。家無二尊，父母雖尊，不能尊於祖，故後大宗則爲所後者服斬衰三年，而降其所生之父母服期厭於祖也，又況旁支入繼大統？天無二日，民無二王，尊無二上。所生之父母，乃所後者之臣子也，是惡得而不降其服，易其名？仁宗既立英宗爲皇子，英宗自必稱仁宗爲皇父，仁宗崩，自必稱爲皇考。濮王於義自不得與仁宗竝稱爲皇父皇考也，稱皇伯父而不名，雖於前世無據，而實得古聖人制禮之精義。王珪之議出於伊川程子，此程子所以爲傳道之儒與？時韓琦在中書，上言請明詔中外，以皇伯無稽，決不可稱。今所欲定者，正名號耳！至於立廟京師，干亂統紀之事，皆非朝廷本意。既而皇太後手詔中書，宜尊濮王爲皇，夫人爲后，皇帝稱親。帝下詔謙讓不受尊號，但稱親，即園立廟，以王子爲濮國公，奉祠事，仍令臣民避王諱。烏呼，是亦可謂擇乎中庸，權衡至當也已！

至明世宗之事，所不同者，在未預立爲孝宗子。然皇太后以遺詔遣官迎入嗣皇帝位，嗣位即嗣統也，非以之繼嗣，烏得曰嗣皇帝位。楊廷和等議以宜如定陶王故事，以益王子厚煊主後興國，其稱號宜如宋英宗濮安懿王故事，稱孝宗曰皇考，興獻王曰皇叔父，亦正論也。世宗大愠，以爲父母之名不可互易，由是張璁遂上疏請尊崇所生，立興獻王廟於京師，繼且追尊爲興獻帝后矣，又繼尊興獻后爲興國太后矣。如此亦可以止矣。乃繼則桂萼進邪説，請改孝宗爲皇伯考，又繼則稱本生皇考恭穆獻皇帝，本生聖母章聖皇太后矣，又繼則更定大禮，稱孝宗爲皇伯考，昭聖皇太后爲皇伯母，獻皇帝爲皇考，章聖皇太后爲聖母，去本生字，又繼則立世廟，章聖皇太后有事於太廟世廟。於是張璁、桂萼之徒皆大用，削楊廷和籍。凡争大禮者或死或貶，善類爲空。在諸臣雖亦有執之太過之處，然止别立興獻廟於京師，尊爲興獻帝、興獻后，如漢定陶恭皇、定陶恭皇后稱本生，如宋英宗之稱親，猶或可也，乃稱孝宗爲皇伯，則所謂嗣皇帝位者，嗣誰之位乎？去本生而尊興獻爲皇帝，是亂帝統矣。先議入太廟，後立世廟，是亂廟統矣。遺詔迎入嗣皇帝位，原以嗣孝宗、武宗之統也。如此則是奪皇帝之位，而絶孝宗、武宗之統矣。不惟身犯不義，抑且致其親於不義，是可以爲孝乎？夫商太甲、漢宣帝、漢世祖、宋英宗不越禮以尊其親，天下皆稱守成之賢君，中興之令主，享國久長，天眷不絕。漢哀帝、明世宗自以爲尊親至孝矣，而實皆季世之君，衰亂之政，不三數傳而國祚遂亡。後世繼統者，可不以爲鑑哉！

或曰：期之喪，達乎大夫；三年之喪，達乎天子。爲人後者，爲其父母期，公卿大夫以下可也。天子絕期服。然則宗親入嗣大統者，於其本生父母，雖期服不將終歸於無服乎？曰：不然。天子絕期服，絕旁親之期服也。至於本生父母之期服，乃由三年之喪而降，當仍以三年之喪爲例。三年之喪無貴賤，一則爲人後者爲其父母降服，三年爲期，亦無貴賤。一降爲期者，所以繼帝王之正統，降爲期而不與他期服同絕者，所以安大孝之心。聖人制禮之精，其仁至而義盡也夫。

或曰：公卿以下皆得請以其官爵封贈其親，入嗣大統者，反不得追尊其本生之親，可乎？曰：公卿以下得以其官爵請封贈其親者，天子之命也。天子可以封贈其臣，而不可以子爵其父。君封贈其臣，臣之榮也。子爵父，非所以尊本生父也。且封贈其臣，無偪上之嫌。天子而隆其私親，追尊其本生父母，則紊亂繼統之義，豈聖君大孝所敢出此哉！

繼統論下

我朝自太祖、太宗創業垂統於朔方，世祖、聖祖纘太祖、太宗之緒，復創業垂統於中夏。嗣後聖聖相承，父作子述，深仁厚澤，誕敷中外，好生之德，洽於民生，正統相傳，至於我穆宗毅皇帝，歷世十，歷年三百。自古帝王仁民之德，未有如我朝之厚者也；自古帝王受天之命，亦未有如我朝之篤者也。我穆宗毅皇帝以沖齡卽位，仰承兩宮皇太后之懿訓，任賢無貳，去邪無疑，命將出師戡平十餘省之禍亂，振生民於水火之中，登四海於仁壽之域，天下大定，龍馭上賓。德成而不有，功成而不居，自古中興大業，未有如我穆宗皇帝之恢宏者也；自古中興令辟，亦未有如我穆宗皇帝棄臣民之速，令薄海內外悲思不忘者也。時兩宮皇太后以我穆宗皇帝未有儲貳，降懿旨以醇親王子承繼文宗皇帝爲子，入承大統爲嗣皇帝。俟嗣皇帝生有皇子，卽承繼穆宗皇帝爲嗣。我兩宮皇太后當大故猝乘，不震不驚，通經達權，知明處當，執兩用中，措天下於泰山之安，所謂協於義而協則禮，雖先王未之有可以義起，非聖哲之資神明於古帝王制禮之精義，烏能權不違經，變不失正如此哉！

蓋禮有世統，有廟統。世統者，生倫之序也；廟統者，人君歷數相授之次第也。國語曰：『工史書世，則取生倫之序而書之。』如虢仲、虢叔、王季之穆，魯衛、毛聃、文王之昭之類是也。又曰：『宗祝書昭穆，則一以人君入廟之先後爲次第。』如桓王繼平王，則祖爲昭而孫爲穆；定王繼匡王，則兄爲昭而弟爲穆；孝王繼懿王，則兄子爲昭而叔父爲穆；夷王繼孝王，則從孫爲昭而從祖爲穆。一昭一穆，無敢紊亂。若是者何也？則以古者天子七廟，三昭三穆，無論兄弟群從，倫次不齊，而一限以四親兩祧之世數。穆宗皇帝承文宗皇帝之大統十有三年，以繼體之君爲中興之主，而未有儲貳。兩宮皇太后矯明世之失，明降懿旨以嗣皇帝承繼文宗顯皇帝爲子，入承大統。蓋以生倫之序，當繼文宗之世統，以人君歷數相授之次第，當入承穆宗之廟統。俟嗣皇帝生有皇子，即承繼穆宗皇帝爲嗣。蓋以生倫之序，當繼穆宗之世統，以人君歷數相授之次第，當承嗣皇帝之廟統。古無有繼嗣繼統之分，非繼嗣者不得繼統，非繼統者不得爲繼嗣。天子之繼嗣與公卿、大夫、士、庶人殊。公卿、大夫、士、庶人繼嗣者，主其祀也，天子則惟繼統者得主其祀，苟非繼統，又何取乎繼嗣？嗣皇帝今承繼文宗皇帝爲子，以承穆宗皇帝之統，將來皇子生，承穆宗之嗣者，即承嗣皇帝之統；承嗣皇帝之統者，即承穆宗之嗣。嗣皇帝以一身而承嗣即承統，將來皇子自必亦以一身而承嗣即承統。兩宮皇太后之懿旨，固如日月經天，江河行地，亘萬世而不能變易者也。

伏讀邸鈔，光緒五年吏部稽勳司主事、前河南道監察御史吳可讀以一死泣請懿旨，預定大統之歸。其憂深慮遠，杜漸防微之心，可謂忠且篤矣。惜其於歷代傳授之典故，多未考明，而誤會我兩宮皇太后前此之懿旨也。自古天子無立嗣之事，立嗣者皆爲承天地宗廟之統而代天理物者也。懿旨以嗣皇帝承繼文宗爲子，入承大統。承穆宗之統，非承文宗之統也。雖穆宗之統即文宗傳授之統，然文宗之統已有穆宗承之矣。嗣皇帝入承大統，特以倫次當繼文宗，不得曰大統受之於文宗也。若以爲承文宗之統，則穆宗皇帝十三年之大統，前何所受？後何所承乎？此吳可讀之誤會懿旨所宜申明者一也。懿旨俟嗣皇帝生有皇子，卽承繼穆宗皇帝爲嗣。承嗣者承統也，非有二也。然承穆宗之嗣者，當承嗣皇帝之統，不得曰承穆宗之統。穆宗之統已有嗣皇帝承之矣。若曰承穆宗之統，則嗣皇帝所承今日之大統，又將何所承乎？夫嗣皇帝今日之大統，承穆宗之大統也。將來皇子繼穆宗之嗣者，卽繼嗣皇帝之大統者也。是爲天經地義，不待言而明者也。此吳可讀之誤會懿旨所宜申明者二也。我朝世世相承，皆不預立儲貳。懿旨但言俟嗣皇帝生有皇子，卽承繼穆宗皇帝爲嗣，而不言大統之歸者，守歷聖相傳不預立之法也。然自古天子之子，有不承大統者矣。天子所嗣之子，未有不承大統者。是又不待言而明也。此吳可讀之誤會懿旨所宜申明者三也。我朝最重法祖列聖，皆不預立儲貳，此萬世不可變之大法也。前者兩宮皇太后懿旨，俟嗣皇帝生有皇子，卽承繼穆宗皇帝爲嗣，此亦萬世不可變之懿旨也。我朝聖聖相承，皆子以及子。嗣皇帝生有皇子，承繼穆宗皇帝爲嗣，將來卽承嗣皇帝之統。嗣皇帝之統承於穆宗皇帝，承嗣皇帝之統卽承文宗、穆宗以來相傳之統。子以及子，孫以及孫，亦萬世不變之大法，不待重言而明者也。吳可讀乃以死泣請，非誤會前此之懿旨乎？雖然，憂深慮遠，杜漸防微，不愛其身而愛君國，洵可謂忠篤也哉！洵可謂忠篤也哉！

元儒劉静修先生應請從祀文廟議

謹按：雍正二年上諭：『先儒從祀文廟，關係人心學術，典至鉅也。』道光九年上諭：『先儒升祔學宮祀典甚鉅，必其人學術精純，經綸卓越，方可俎豆馨香，用昭崇報。』咸豐十年，大學士軍機大臣遵議從祀章程，應以闡明聖學，傳授道統爲斷除，箸書立說，羽翼經傳，真能躬行實踐者，准各省督撫奏請從祀。同治二年上諭：『祀典至崇，必其學術精純，足爲師表者，方可俎豆馨香，用昭勿替。』

竊考元集賢學士謚文靖劉因，祖籍直隸容城，當宋南渡之後，南北道梗，載籍不通。元史稱：因三歲識書，長而深究性理之學，日閱方策，思得如古人者友之，作希聖解。初爲經學，究訓詁疏釋之説，輒歎曰：『聖人精義，殆不止此。』及得趙復所傳周、邵、程、朱諸書，即曉然曰：『我固謂當有是也。』常評其學之所長，則曰：『邵至大也，周至精也，程至正也，朱子極其大盡其精而貫之以正也。』所箸易繫辭説見於元史。今雖散軼而所傳四書集義精要二十八卷、静修集三十卷，俱收入四庫全書。

伏讀欽定四庫全書目録，稱盧孝孫采朱子語類文集編四書集義一百卷，讀者病其複雜，因乃摘取精要以成是書。又稱因文在許衡、吳澄之上而醇止不減於二人，北宋以來講學而兼擅文章者，因一人而已。孫奇逢采其言行冠理學宗傳元儒之首，又列入北學，編其集，先與楊繼盛合刻爲兩賢集，後與楊繼盛、孫奇逢合編爲三賢集，而楊、孫二賢皆私淑。於因是其學問源流、言行本末，實與學術精純，羽翼經傳，傳授道統之諭旨相符。至元史所稱因愛諸葛孔明『静以脩身』之語，表所居曰『静修』。丞相不忽術薦於朝，徵拜右贊善大夫。後復詔爲集賢學士，皆以疾固辭。元帝稱歎：『古有所謂不召之臣，其斯人之徒與！』則其經綸卓越，雖未見諸施行，固已可以想見。明儒薛瑄稱其有鳳翔千仞氣象，又稱其足以廉頑立懦，百世之下，聞其風者，莫不爲之興起。又曰静修不屑就，其意微矣。近儒孫奇逢稱其生有元之盛，闡明絶學，復能高蠱之上九，時與許平仲、耶律晉卿稱三大儒，而大義凛然，體純學粹，先生一人而已。薛瑄、孫奇逢皆從祀文廟之大儒，其言自足徵信，兼考之元史所載孝友廉介，細行大節，無一虧缺，則其真能躬行實踐，足爲師表與！諭旨、議定章程亦復允協，是以當時君相推重學士，尊從元臣李世安等累章請與許文正同祀。明禮部尚書王沂、翰林學士宋褧等亦嘗以從祀請。成化元年助教李伸亦請從祀。弘治元年禮部尚書周宏謨等議薛瑄與元儒劉因竝祀。正德間容城張紹烈復以是力言宜准楊時例從祀，以格於時議，曠廢至今。

伏思元儒從祀者如金履祥、許謙皆學有師承，許衡則從姚樞興起，獨因生於金、元之地，奮然自立，以開北方之正學，真可謂豪傑之士，無文猶興，其出處一節，雖吳澄猶若不及。議者不考其本末，謂因渡江賦爲幸宋之亡，不知因祖父以來爲金、元人，於宋實無故主故土之誼，渡江賦深心隱痛，蓋王景略不欲滅晉之意，孫奇逢嘗箸文辨之，公論已明，無可疑議。考其言行，載在史傳，表章於歷代從祀諸大儒，而我高宗純皇帝欽定書目，稱其文爲北宋後一人，迴在許衡、吳澄之上，醇正亦不減二人。今二儒既已從祀，則因之可以從祀，實與歷奉諭旨所議無不相合，況邦畿之地，維民所止，以粹然醇正之大儒，而久不崇明禋實爲缺典。如得奏請，實足以興世教而振人心，竝以見我國家重道崇儒，昌明正學，遠邁前古萬萬也。謹議。

卷第二　説 為河内蔣生講義

欲明明德於天下説

古之欲明明德於天下，朱注云：『欲天下之人皆有以明其明德。』竊疑大學本文何不曰『古之欲天下之人皆有以明其明德者』，而曰『欲明明德於天下』。是不可不深長思也。

夫天下之人同此心卽同一明德，無有二也。譬如日焉，天無二日，人無二德。日食則宇宙間萬物皆昏，日落則宇宙間萬物皆暗。赤日當空，無纖雲之蔽，則舉世宙間光明洞徹，容光必照，下民之動作行止，無不得所。此億兆衆庶之明，皆赤日之明也。人人有一赤日而實同此赤日一明，斯無一不明。夫明德亦猶是焉耳。人人有明德而實同一明德，特患無一明明德於天下者，斯天下人之明德皆不能明矣。

堯、舜、禹、湯、文、武之爲君，皋陶、伊、傅、周、召之爲相，聰明睿知，能盡其性，實能明明德於天下。創制立法，布政敷教，皆本其明德而推行之，是以天下之人，無知愚賢否，無不遵王之道，遵王之路，皆知父父、子子、兄兄、弟弟、夫夫、婦婦之大義，熙熙攘攘，親賢樂利，日游於光天化日之下，而不知其所以然。是所謂一明而無不明也。孔、曾、思、孟、周、程、張、朱之爲學，雖不得君相之位而亦是。聰明睿知，能盡其性，實能明明德於天下，删訂纂述，垂範立教，亦皆本其明德而推行之，是以後世讀其書，聞其教，學其學者，爲君則仁，爲臣則忠，爲子則孝，出則爲名臣循吏，處則爲樸士醇儒，遭亂則能爲節義。其次亦多知自愛謹身寡過，愚夫愚婦亦多知孝弟忠信名節之爲美，是亦所謂一明而無不明也。

中庸言至誠『能盡其性，則能盡人之性；能盡人之性，則能盡物之性』。夫性一而已矣。人物之性皆己之性，不能盡己之性，何能盡人物之性？人物之性未盡，仍是己之性有未盡也。不能明明德，何能使天下之人皆有以明其明德？不能明明德於天下，則明德之功仍未止於至善也。然曰『欲天下之人，皆有以明其明德』，則是新民意多，曰『欲明明德於天下』，則是以明明德爲主，而新民之意在其中，卽止至善之意，亦在其中。此經文立言之妙，有非朱注所能盡者，此亦如孔子曰『吾道一以貫之』，曾子則曰『夫子之道，忠恕而已矣』，不知是，則渾然之言固未易發明也夫。

格物致知説

學問之道，先知後行，而實則知行竝進，不能相離。大學格物致知，知之事也；誠意、正心、脩身以下，行之事也。實則格致之功，必兼知行，而後物能格，知能致誠、正、脩之功；必兼知行而後意能誠，心能正，身能脩，齊家以下類然矣。夫誠、正、脩、齊、治、平，行必兼知用功；人知之格物致知，知必兼行用功。人或不知，反以朱子格物窮理之解爲支離，由是心學、漢學异説紛起，而大學之始功不明，是皆未熟思朱子之説也。

夫格物致知，朱子主卽物窮理爲解，實精當不可易，是言先知後行，而其功必知行竝進，非輕行而重知也。天生烝民，有物有則，欲盡其物之則，必先窮其物之理，是先知而後行也。然窮理之功，必知行竝進而後物可格，理可窮。譬如學書焉，觀法帖，致知也。但觀而不日事臨摹，則古人之筆妙終不能明。是必觀帖與臨池兼致其功，而後知書之知始至。吾嘗登泰山，涉黃河、江海而入京師矣。人欲知泰山之高，黃河、江海之大，京師之壯麗，考之於書，索之於圖，問之於經歷之人，致知也。然但考索詢訪而不力行以求身到目見，則其高大壯麗，祇能知其影響大略，言之確鑿而心終茫然，何如親到者之知，乃真知之至也！身心性情之理，家國天下之務，人倫庶物之宜，詩書六藝之文，皆物也，皆宜格也。非讀書稽古，親師取友，講論切磋，不得明此致知之功也。然不殫精竭誠，力行於其中，亦祇能知其影響大略，而終不能究其精微之藴，何得爲知之至？是知格物窮理之功，必知行竝進，而後物可格，理可窮，而後知可至也。

朱子『格致』章，或問有曰：『或考之事物之著，或察之念慮之微，或求之文字之中，或索之講論之際。』其注中庸『道問學』曰：『析理則不使有毫釐之差，處事則不使有過不及之謬，理義則日知其所未知，節文則日謹其所未謹，此皆致知之屬也。』然則朱子解格致，何嘗偏重知而失之於支離與？至其論尊德行，則又曰：『不以一毫私意自蔽，不以一毫私欲自累，涵泳乎其所已知，敦篤乎其所已能，此皆存心之屬。』觀諸此，可知朱子講學之精密，大學八條目之功，雖先知後行，而實自始至終皆必知行竝進，學者可不深思哉！

脩己以敬説

子路問君子，子曰：『脩己以敬。』而子路少之。子又曰：『脩己以安人。』子路猶以爲未足。夫子告以『脩己以安百姓。脩己以安百姓，堯、舜其猶病諸！』然後子路乃不敢復有所言。

夫子路賢者，何至不知脩己之爲要，以敬爲脩己之要而少之邪？蓋不知己之爲體甚大，其爲量甚遠，脩己之功至廣博繁賾而無窮期也。其操之之要，雖一言以蔽之曰『以敬』，而其實則放之彌六合，推之四海而皆準焉。故己雖主一身而言，而其本量實與天地萬物同體，故曰『天地萬物皆吾一體』，又曰『萬物皆備於我』，又曰『宇宙内事皆分内事』。仁義禮智，己之性也，不以敬脩之，則性失其中；喜怒哀樂，己之情也，不以敬脩之，則情失其和；視聽言動，己之容也，不以敬脩之，則容失其禮；親義别序信，己之倫理也，不以敬脩之，則倫理失其則；明物察倫，應事接物，處常應變，己之經綸權度也，不以敬脩之，則經綸失其正，權度失其宜。是故脩雖主於一身，而實立萬事萬物之本；敬雖主於一心，而實操萬事萬物之原。己在一家，則一家之齊與不齊皆己之事也；己在一國，則一國之治不治皆己之任也；己在天下，則天下之平不平皆己之責也。一家一國天下之任有未盡，即脩己之分量有未盡；一家一國天下之人有未安，即脩己以敬之功有未密。

然則脩己之事，終其身豈有窮已乎？堯、舜、禹、湯、文、武之爲君，臯陶、伊、傅、周、召之爲相，其所以安人安百姓之事，皆其脩己之事，皆一敬之所充周也，皆一己之所發用也。所謂堯、舜猶病，蓋時懼己之不能脩，非病百姓之不能安。百姓不安，由脩己之分有歉，以敬之功有間，仍當凜之於一心而已矣。舍敬何所以？舍己何所脩？然則『脩己以敬』一語，不誠至極而無以加乎？彼但認一身爲一己，以謀一身之事爲脩己之事者，其亦不知己之全體與本量也哉！

忠恕説

聖人之學非可驟幾於一貫也，初學者必先於忠恕習之。欲明一貫之道，而不先用盡己推己之功，則事事物物之理未能精察而力行之，將何以真明一貫之道也？夫天地之間，不過人、己二者而已。故學者之始，必先求盡己之心，而又以己之心度人之心，施諸己而不願，亦勿施於人，是乃所謂忠恕也。如己之心有未盡，則無以爲推己之本；己之心有未推，又無以全盡己之量。二者兼盡，然後一貫之理以明，所謂忠恕違道不遠是也。積之既久，由勉强而進於自然，則始而盡己之忠，終可以至於中心之忠；始而推己之恕，終可以至於如心之恕。忠恕也，道也，一而已矣。

先儒言有聖人之忠恕，有學者之忠恕。竊謂道無二，忠恕亦非有二也。初學之忠恕，終可以爲聖人之忠恕，在時習焉而已。曾子之言，豈非示門人入道之門哉？

剛者説

天以陽剛爲德，故其發育萬物也，至誠而無息，生生而不窮。人禀天之命以爲性，亦必體天之德以爲德，故易曰：『天行健，君子以自强不息。』中庸引詩曰：『維天之命，於穆不已。』又曰文王『純亦不已』。於穆不已，天之剛德也；純亦不已，聖人之剛德也；自强不息，君子之剛德，所以希聖而希天也。

人之初生，莫不有天性焉。其後漸長而漸失之，滅天理而窮人欲，屈於萬物之下而不能伸於萬物之上者，何也？失其剛德故也。是故聖人之道，必使人克去己私以全天理。其去私欲之法，一則曰剛克，一則曰剛制。是非剛不能克其私，非剛不能制其欲。又曰剛健、篤實、輝光，日新其德，是非剛不能全其天理也。昔者禹、稷當平世，三過其門而不入，思天下有溺者，由己溺之；思天下有饑者，由己饑之，必期至於天下平而後已。其禹、稷之剛乎？伊尹耕於有莘之野，而樂堯、舜之道，非其義也，非其道也；一介不以與人，一介不以取諸人，非其義也，非其道也，禄之以天下弗顧，繫馬千駟弗視，何其剛也！及湯聘之以爲相，思天下之民，匹夫匹婦有不被堯、舜之澤者，若己推而納諸溝中，其自任以天下之重如此，是伊尹之剛乎！大學三綱領曰：『在明明德，在新民，在止於至善。』明德、新民，不止於至善而不已，非天下之至剛，不足以與此！中庸論强曰：『君子和而不流』，『中立而不倚』，『國有道，不變塞』，『國無道，至死不變。』亦非天下之至剛，不足以語此！孔子論仁曰：『富與貴，是人之所欲。不以其道得之，不處也。貧與賤，是人之所惡。不以其道得之，不去也。』『君子無終食之間違仁，造次必於是，顛沛必於是。』曾子論弘毅曰：『仁以爲己任，死而後已。』亦非天下之至剛，不足以及此！孟子論大丈夫曰：『居天下之廣居，立天下之正位，行天下之大道。得志，與民由之；不得志，獨行其道。富貴不能淫，貧賤不能移，威武不能屈。此之謂大丈夫。』是亦非天下之至剛，不足以至此！甚矣，剛德之難而可貴也！子曰：『吾未見剛者。』又曰：『吾未見好仁者、惡不仁者。』自吾觀之，二者一而已矣。『好仁者，無以尚之』。非剛而能之乎？『惡不仁者，其爲仁矣，不使不仁者加乎其身。』非剛而能之乎？剛，天德也，必純乎天理而後得爲剛，是固非悻悻自好者所能託。悻悻自好，乃出於氣質之强，意氣之雄，是適足爲天德之累而惡得託爲剛。

然則如之何而後可爲剛者也？則亦曰：『君子終日乾乾，夕惕若。』言有教，動有法，晝有爲，宵有得，瞬有養，息有存，居敬以立其本，窮理以致其知，反躬以踐其實，以期至於『爲天地立心，爲生民立命，爲往聖繼絶學，爲萬世開太平』。庶幾其可爲剛者乎！

良知良能説

天生人而降之衷，所謂秉彝好德之良也。是良也，本於天，具於心，成於性，而要必慮而後有知，不慮則無所知焉；學而後有能，不學則無所能焉。孟子言：『孩提之童，無不知愛其親［者］，及其長也，無不知敬其兄[也]。』知愛知敬，其良知也；愛親敬兄，其良能也。是固不待學而能，不待慮而知者也。然是特言愛親敬兄本然之善耳。

抑思善雖本於天，具於心，成於性，而非慮，則愛親敬長之理，知之終有所不明；非學則愛親敬長之道，行之終有所不盡。何者？知愛知敬，固良知也，而氣拘物蔽之後，有不良之知以害其良知；愛親敬長，固良能也，而氣拘物蔽之深，有不良之能以害其良能。故必讀書稽古，格物窮理，以致其良知，然後知愛知敬之心日精日明，而不至爲氣稟物欲所拘蔽；必誠意、正心、脩身、剋己，以養其良能，然後愛親敬長之心日充日實，而不至爲氣稟物欲所牽移。且可由知愛知敬之心擴而充之，而凡人心所固有之理，皆無所不知；由愛親敬長之心推而行之，而凡人倫所當盡之理，皆無所不能。是皆學慮之功也。

孟子曰：『親親，仁也。敬長，義也。無他，達之天下也。』夫仁義具於吾心，何以能達之天下哉！亦曰：慮之深，學之至，斯能盡仁義之量，極知能之用，四達而不倍也。彼陸、王二子，執孟子『不慮不學』之言以立教，而不知發明『慮之學之』之功，是豈得孟子之旨哉？

周子太極圖說

易繫辭傳曰：『易有太極，是生兩儀，兩儀生四象，四象生八卦。』周子因之而作太極圖，其上一圖太極也，其下則陰陽之動静，水、木、火、土、金之流行。乾道成男，坤道成女，萬物化生四圖，而總名之曰太極圖，不分而名之曰太極陰陽五行男女萬物圖。何也？蓋分而名之，則是太極等於一物，而在陰陽、五行、男女、萬物之外矣。渾而名之，則是太極雖超於陰陽、五行、男女、萬物之上，而實不外於陰陽、五行、男女、萬物之中。

其上一圖，渾然太極，本體之象也；其下四圖，燦然太極，流行之象也。其上一圖，形容不雜陰陽、五行、男女、萬物之太極也；其下四圖，形容不離陰陽、五行、男女、萬物之太極也。其上形容統體之太極也，其下形容物物各一太極也。明乎上一圖爲太極之本體，則知上天之載無聲無臭之義矣；明乎陰陽動静爲太極之流行，則知一陰一陽之謂道之義矣；　明乎水、木、火、土、金爲太極之流行，則知四端、七情、五倫、五事、九容、百行，無往非道之所發用矣；　明乎成男成女、萬物化生爲太極之流行，則知道不遠人，遠人不可以爲道。有物有則，格物卽所以窮理，盡人之性，盡物之性，卽所以盡其性，卽所以參贊化育之義矣。

中庸言『大本達道』，又曰『君子之道費而隱』。太極圖之上一圖，猶所謂中也者，天下之大本也。太極圖之下四圖，猶所謂和也者，天下之達道也。上一圖隱也，下四圖費也。然不分名爲太極、陰陽、五行、男女、萬物圖，而總名爲太極圖，則所謂『君子之道費而隱』也。離費而求隱，則爲索隱，乃老氏所謂『有物渾成，先天地生』；佛氏所謂『有物先天地，無形本寂寥』者，豈聖人性道之旨邪？　孔子曰『形而上者謂之道，形而下者謂之器』，不曰有形爲器，無形爲道，而曰形而上，形而下。其善形容道體者。夫周子之圖，其默契孔子之旨也哉！

卷第三　敘一

校刊漢學商兑書林揚觶敘

漢學商兑四卷、書林揚觶一卷，吾師植之先生所箸也。先生生乾隆中葉，當是時，天下承平，儒學甚盛，通經博古之士，探奇索賾，争以箸述名於時。然多濡染西河毛氏之習，好攻詆程、朱，排屏義理之學。雖其考證、名物、象數、訓詁、音韻之間，亦多有補前賢所未逮者，而逐末忘本，搜尋微文碎義，而昧於道德性命之大原，略於經綸匡濟之實用，號爲經學而於聖人作經明道立教之旨反晦焉。細之蒐而遺其巨，華之摘而棄其實，豈非蔽與？且亦未曠觀於古今治亂升降之故矣。

夫堯、舜以來，天下治亂之循環變化不齊，要視乎道之明不明，教之正不正而已矣。堯、舜以前，文明未啓，儒學未興，自堯、舜命伯夷典禮，夔典樂，契敷五教以明人倫，於是道教始行。迄於夏、商、周，皆本堯、舜之道教以治天下。道存則興，道亡則廢；明其教則盛，昧其教則衰。至周之末季而衰廢極矣。孔、孟起而明之，删詩、書，訂禮、樂，贊易，作春秋，去利，明仁義，尊王黜霸，息邪説，放淫辭，閑先聖之道以正人心。雖其學未得賢主而用之，使其道教獲大明於一時，然猶賴其述經垂訓，炳如日星，故堯、舜之道教猶得以存於後世也。戰國時，异端雜出。及秦焚詩、書，廢先王法制，孔、孟之經亡，堯、舜之道教亦亡。漢興百餘年，始知崇儒重道，修明群經，以經術飾吏治，於是自漢及唐，治天下雖不能盡法堯、舜之道教，而猶得依放孔、孟一二遺言，重經義，尚名節，右文學，是以天下雖不能大治，而俱獲小康之效，則孔、孟之道教爲功於天下也。然而漢、唐諸儒於孔、孟、六經之旨，得其麤而昧其精，采其華而不既其實，异端曲學又百出於其間，以淆亂之。至五代而晦塞益甚，孔、孟之道教亡，即堯、舜之道教又泯没矣。宋興，復重經學，尊孔、孟，後百餘年，周、程、張、朱諸子崛起而昌明之，其所傳注諸經，實能發揮孔、孟之微言要義，异端曲學剖析幾微，由是孔、孟之經始能昭昭若日月之明而無或蔽。孔、孟之經明，卽堯、舜之道教復明於世。當其時，雖未獲大用，而世之儒者多宗之。元起北方，甚崇程、朱之學。至明與國朝盡用其傳注，布於學宮，爲天下學者師法，天下之享治平者，遂往往數百年不衰。然則程、朱諸子傳注諸經之功，真足以贊孔、孟而輔堯、舜之治，妄儒曲學逞其私智小辯，毀程、朱之傳注，卽畔孔、孟之經而大悖堯、舜之道教者也。雖其中非無一二微文碎義可取，而其爲世道人心之害，則曷有窮乎！

先生自少卽深嗜程、朱之學，其後游歷天下，於書靡所不窺。道光甲申授經阮文達公幕中，適文達延海内淹雅之士修皇清經解，先生因箸是書以救其弊。其後戊戌復爲刊誤補義二卷，皆先後刊行。天下學者讀是書，豁然以明，攻詆程、朱之習爲之一變。粤賊之亂，版燬無存。同治六年，宗誠與先生孫濤取刊誤補義以校正原書，仍其次第，編而合之，以寄盱眙吳仲宣尚書。時尚書總督閩浙，讀其書，深佩其有補於道教，任爲校刊，攜其稿至蜀中，次第梓行。

先生行義，具見宗誠所爲行狀中，兹不箸。特發明是書之旨趣，實關乎天下治亂之本，後之學者可以考焉。同治九年夏，宗誠謹撰於保定舊道署。

編訂麻山遺集敘

康熙間，桐城有孫麻山先生，與其師友方閑阿、胡莫齋講習程、朱之學，矩言規行，動止不苟。其後雍正初，以文字之禍牽連被逮，没後箸述散軼不傳。郡縣志至無有先生姓名，又無論學術行誼矣。惟同時諸家之書，間有稱述之者。先生於余伯曾祖待廬先生洎余曾王父振川府君，俱有師友姻戚之誼，故余從兄植之先生家藏有先生遺詩一卷，兀奡奇崛，不類世俗人語言，讀之知爲介特之士也。

咸豐中，桐城陷於賊，蕭生敬孚於人家殘帙中得先生遺文以示余，中有西臺文數篇，似先生在難時手稿，義醇詞雅，氣象紆徐而勁直。其論學之書，於天理、人欲、義利之辨，學術邪正之分，尤毫髮不容假借於人。先生嘗有言曰：『古人之處患難，固有操心危慮患深，而學問日以精明，德業日以純固者。』觀先生居禍患中，身困而心亨，神閒而氣定，是亦可見先生之所養矣。

余既爲校訂，復爲三隱君子傳以附於後。令先生族孫海岑觀察將刻以行於世，書來屬余重爲編次。爰删其一二無甚關繫者，定爲二卷以待刊云。同治十年冬，邑後學方宗誠識。

編次求闕齋文鈔後敘代

右曾文正公文七十五篇，桐城方宗誠存之令棗强編次以貽余者。余師公二十餘年，所見公文尚不止此，是編特存之所鈔録而敘輯之者也。

公功在社稷，德在士民，事蹟在國史方略，流風餘韻在天下後世，豈藉文傳哉？然公之文非徒文也，乃其德行、學問、勳業之篤實光輝而發箸之於文者也。公治軍後奏議千有餘篇，皆關國故，自當别録。惟官卿貳時四疏，實公忠謨碩畫、豐功偉烈之所本，其經綸事業早具於此，所謂『坐言而起行』者也。文字醇古質直，無异漢、唐名賢諸疏，故取以冠於首； 檄文一篇，義正詞厲，振起天下忠義之氣，以成撥亂反治之功，故次之； 其記、箴、原、敘，則又公生平志事、學術宗旨之所在； 其家志五首，則公之摯性内行與夫一門忠孝奇節具焉。觀其體之立，而後知其用之所以達者，非無本也。神道碑、墓表、祠記、家傳，則一時精忠大節與夫東南數省十餘年之兵事成敗利鈍，瞭然如指諸掌，而一二先達、同志諸友學行、術業、文章、箸述，又皆藉之以傳。卽一二庸德庸言，亦皆足以敦薄夫而厚鄙俗，可以爲後世師法，而文之精審縝密，又無一浮溢之詞，洵孔子所謂『修詞立誠』者與！公生平手書最夥，公子自必次第成帙，此所録止數篇，然公之出處守義，以及論學論文之旨要，具見於是，故以之終於是編。

蓋公之學，其大要在淵源經術，兼綜漢、宋，以實事求是、卽物窮理爲主，以古聖人之仁禮爲宗，以程、朱之義理爲準，以唐杜氏、宋馬氏及國朝諸老之考據爲佐助，持論最爲平允。其言治，必本於君德、人才，而皆歸之於學術； 論兵必本於忠君愛民，求才訓士，不尚奇謀，不計利害毁譽； 而論古今成敗之迹，則又皆歸之於命，不以己之成功而訾他人之無成者爲非。氣象渾涵博大，固非一德之可名，一才之可稱述也。

爲文上法六經、史、漢，而下兼取唐、宋以來及近世方、姚諸家之長，創意造言，直抒其心之所得，不依傍一人，摹擬一語。而其詞氣之和厚微婉深至，議論之平正通達，不煩不苛，則又本於平日克己之仁，待物之恕，知命達天之識。其氣之浩然直達，渾然流轉，則又本於賦性之剛毅，所謂得於天地陽剛之氣者爲大且多。昔宋蘇子由稱歐陽文忠公，以爲天下之文章莫大乎是，其殆公之謂邪！

自來箸書之士，往往論古多苛，而持躬則恕，説理精卓，而麤者或不能踐一二焉。言政言兵，援古證今，亦似有經世之才，而施之用則罔見實效。若公則所言者，皆一一見之於行，而所行者，莫非其平日所以陳於君、告於友而見諸文章者也。烏呼懿矣！

公生平雖雅好文詞，然曾不自足，以爲無可存者。既薨，海内思公不得見，咸欲得其文字而讀之。余因取是編，先爲刊行，俾慕公者讀其文，而知公德行、勳業本原之所在，則所以師法公者可以思矣。同治十一年秋七月。

校補大易闡微録敘

易之爲書，四聖人作之於前，以明天地人物，微顯隱費之理無所不盡。其後，周子作太極圖以溯易之源；邵子衍河圖、洛書、先天、後天諸圖，以推易之數；程子作傳以昌明易之理；朱子合三先生之説，融會而貫通之，作本義啓蒙，以究極易之占。要之，無非使人爲格物窮理，盡性至命之實學也。自漢以來迄於今數千年，説易之書充棟，雖純駁、精麤、大小、偏全不一，要不能出四先生之範圍。

乾隆初，棗强劉獻白先生琯淡於名利，喜窮經而尤深於易，箸大易闡微録一書，其意雖主於發羲圖之所以然，而實則仰觀俯察，近取諸身，遠取諸物，即天地人物之理數，以明河洛、先後、方圓諸圖之無所不包，亦千條萬緒無一而或有紊亂也。其言有曰：『天地者，理一而已。理存而氣行焉，氣行而象呈焉，象呈而數定焉。數起於象，象原於氣，氣本於理，理寄於氣，氣寓於象，象分乎數。』又曰：『人多輕言數，數非可鄙也。不知性命之當然而一於數，溺於利害禍福之説，乃遂可鄙耳。』然則先生之學，所自得者深矣。欽定四庫全書存目摘其一二命辭有不雅馴，又譏其自謂『聖賢所未發』爲自命太過，是亦誠有然者。然先生生窮鄉下邑，無所師承，獨能不囿於俗學，而潛翫四聖人之經，探賾索隱，發揮旁通，以成一家之言，亦可謂之能自樹立，不因循之异士矣。

先生以諸生終，名位卑微，其書未獲行遠，版已半燬，雖邑人罕見之者。宗誠令棗强，常思得窮經學古之士與之講論切磋，惜去先生之世已百餘年矣。久之，始見先生是書，而又惜其不傳也。爰以貲命先生族孫鴻林補刻其版以行於世。學者果能讀先生書而不局於其言，復廣求周、邵、程、朱之言而翫索之，以上窮四聖人作易之原，必思於天地人物微顯隱費之理，無所不通，而又力踐於出處語默日用行習之間，無往而非易焉！斯則先生之所望於後人者矣。同治十二年冬，桐城方宗誠謹撰。

校刊日知堂集目錄敘

右日知堂集五卷，棗强鄭司直中丞端所撰也。公以文儒起家，歷仕中外，洊至開府，正己直言，不事唯阿，政績著於朝野，而尤以輕徭薄賦，慎刑明罰，卹民隱，培元氣爲心。國初名臣大都類此。至今讀其書、疏，猶可想見當日聖主賢臣仁育天下之盛德，雖千載下猶將思慕無已也。

公嘗布政安徽，余郡民實受其賜。今余宰公鄉，訪公遺書，得公子知寵、知芳所編是集，刻版已燬，因取而論次之。原本六卷，今去其無甚關繫及文體未雅馴者數篇，定爲五卷。又以公之事蹟別箸事略，出貲屬貴築黄生再同爲校刊之。非徒欲爲法於公之鄉人，亦使後世讀公之集者，知我國家創業垂統之初，其時大臣無不深知政體如是也。公所撰尚有朱子學歸、政學録，見於四庫全書總目，此公學行、政事本原之所在。今庶幾猶有存焉者耶。同治十二年冬十一月桐城方宗誠撰。

棗强縣志補正敘

棗强縣志始作於明嘉靖乙卯，知縣羅廷偉自以草創未備，名曰邑略。至萬曆甲午，知縣郭維甯與邑人宋室因邑略而益輯之，於是邑志規模始具。嗣是萬曆丙辰，知縣王鶴齡、邑人陶萬象三修之。國朝康熙戊申、己酉間，知縣胡夢龍、邑人江瀓四修之。越十二年庚申，知縣董廷榮復因胡志與江瀓續輯。迨乾隆十七年壬申，知縣單作哲以舊志未能雅馴，重纂述焉。又五十餘年，嘉慶壬戌，蕭山任銜蕙作宰斯邑，時胡志僅存，單志亦多闕略矣，遂開局采訪，延陽湖楊元錫爲主纂修。單志以地里、建置、賦役、職官、選舉、人物、藝文、雜稽爲綱，而各繫以子目，首末條貫，文雅而事覈。任志易以紀、圖、表、志、略、傳、記、録八者爲經，亦各繫子目以緯之。二書皆稱精善，而任志爲尤詳。

同治十年，大學士合肥李公總督直隸，疏陳重修畿輔通志，檄府、州、縣各修地志，竝先以舊志獻通志局備參考。宗誠時令棗强，訪求舊志，僅得一單志朽蠹之本，胡志已無可覓矣。惟任志版本具存，體例詳贍，校勘亦復精好，上之通志局，稱爲直隸州縣志之最，且以其删除八景之陋習，下郡邑依以爲式。蓋任志本於單志。單君高密宿儒，又嘗從游桐城方望溪侍郎，明箸述之體要，故其爲志，博考詳稽，微若不足，而義法謹嚴，文體精潔，則任志有不逮焉。楊君博學有文，長於考據，變通義例，事與文倍加詳覈，而終不若單志之精簡。二者蓋亦互有得失。歷今七十餘年，中更世變，政事人物日滋多矣。若不及今搜討編纂，久之更慮文獻無徵，何以示後？然又念任志版既完善，必從事更張，非仍舊貫之道。昔宋施宿撰嘉泰會稽志，其後二十五年，張淏僑寓紹興，以事物沿革今昔不同，因彙次嘉泰辛酉後事作爲續編，復於前志補其逸遺，廣其疏略，正其譌誤。所分門類，不用以綱統目之例，但各以細目標題。明張愷撰常州府志續集，凡見於舊志者不録。鄒衡嘉興志補亦然。

爰仿其例意，與邑人士博訪旁搜，兼稽檔册，補記嘉慶八年以後之事實，竝以單、任二志互相校閲，擇善而從，徵引古籍，正其遺誤，而修明禮教，維持風化之意，亦略見於斯。從違去取，謹以俟後之君子云爾。同治十二年，歲次癸酉冬。

編輯儀衛軒遺書敘

余師從兄植之先生，生而好學，老而彌勤，剛大之氣，宏毅之力，常以負荷至道爲己任。其學網羅百家而確宗朱子，專以窮理剋己、求仁盡性爲日用行習之功。乾、嘉以來，諸儒學識之精博純正，用力之刻苦篤實，未有能及先生者也。所箸諸書，多關世教，而晚年之學，益以檢心改過，謹獨慎宜，期至於孔子之明辨，晢周子之定之，以中正仁義無欲爲宗，洵所謂醇乎醇者矣。

其書未刊行者多，已刻者亂後盡遭殘燬。宗誠歷年編輯，屬友人鄭容甫福照洎先生孫濤爲校録之。漢學商兑、書林揚觶，盱眙吳仲仙尚書刊於蜀。文集、詩集，合肥李少荃伯相刊於皖。大意尊聞，宗誠前已刊行。是皆原書全本也。其餘各書力難盡付剞劂，且亦間有語意重出之處，又或其言博奥繁賾，非初學所能知，不揣愚陋節而録之，輯爲遺書以傳於世，取其簡而易以刊行云爾，非敢於先生之書有所去取也。原本仍歸於濤，俾世守之云。同治十三年秋七月，受業三從弟宗誠識。

校正千樹山房授經偶記敘

同治十年春，余來官棗强，志欲效宓子賤之治單父，求可以父事兄事者相與切劘，且以爲邑人矜式。不能得，則上而稽諸前人，始獲見康熙間鄭司直中丞、乾隆間劉獻白茂才遺書，因校而刊之，竝爲敘次言行，以立後學之準則。然終慨其不獲竝吾世而與之交，既又思以一邑之衆，經明行修、嗜學不倦者，當終不至無其人也。殆如澹臺子行不由徑，非公不至，苟非好賢如子游者，固未易得而見之與？

久之，乃聞崔符亭孝廉之賢，往訪之，年七十餘矣，龎然其貌，肫然其言，土室蓬門，蕭然自得。問以學，則質實有根柢，信乎其爲君子人也！自是遂與往還，切磋以經術。又久之，君始以其辨正經書中俗解之譌記爲一册，質於余，讀之多可喜者。

君僻處鄉隅，無師承，未能博觀古人載籍，然其所言，亦皆有根據，與逞臆說者迥殊。因與河内蔣一齋爲校正之，而稍編其次第，鈔存敬義書院，俾邑後進之士覽觀而興起焉。書曰：『若稽田，既勤敷菑，惟其陳修，爲厥疆畎。若作室家，既勤垣墉，惟其涂塈茨。』夫學特患無開先者耳。崔君是編，幾乎勤敷菑、垣墉之義，踵是而起爲疆畎、涂塈茨者，亦庶乎旦莫遇之也邪！光緒三年正月六日，桐城方宗誠識。

柏堂讀書筆記敘

古人讀書，所得往往隨筆記之以備遺忘。有專發明義理者，如真氏讀書記、薛氏讀書録之類是也；有專考證、訓詁、名物、史事者，如何氏讀書記、王氏讀書雜識之類是也。

宗誠學識孤陋，淺見寡聞，不足以與於前人述作之列。惟少時從玉峯許先生游，先生命以讀書所得，不可不記之以待質問，因是凡讀經、史、子、集及先儒傳注皆有所記。卷帙既多，因將說經諸書别爲次第，其讀史、鑑、子集，以及論文章之本原，剖先儒之疑似，竝生平師友規過輔仁之語，以及所記師友言行，復編次之以爲讀書筆記云。光緒四年秋重陽後二日。宗誠識。

校刊讀詩日録敘

棗强劉仲肩先生箸有讀詩日録，世不傳，惟稿本藏家中，邑人士俱未之見也。光緒三年秋，大饑，或持入市將易粟，余聞而急索之，得其書，矜卹其後人，録副本爲之校訂，而歸其原本於家。

先生說詩，時世本之小敘，訓詁采之傳箋，義理則取之朱子。雖於集傳閒有論辨，而不害其爲大醇；雖原本蠡吾李氏書而於其疵謬亦加駁正，不拘守一先生之說。蓋博觀詳考，融貫以成一家之言，於宗小叙諸家中最爲善本。先生之言曰：『六經之作，以敘彝倫。說經者苟不悖於彝倫，則一彼一此，君子固無偏執。』亦可謂善說經者矣。

先生名士毅，乾隆癸酉科選拔貢生，是年中順天鄉試舉人。邑志載其嚴氣正性，孝友端方，殫心經史，靡不條貫。嘗作誠意正心說，謂『無事之先，當閑邪存誠；

臨事之時，當澄心静慮』。箸書與宋儒間有同异，而志在翼經，學者多師之。惜乎其久而不傳也！先生是書成於乾隆十四年至今百餘年間，人往風微，學絶道晦，舉一州一邑之中，幾至無一窮經之士。余故請貴築黄子壽編修重校而刊行之，庶或讀先生書，有能接武而興起者夫。光緒五年正月十日，桐城方宗誠識。

校刊春秋疑義録敘

余既爲劉仲肩先生校讀詩日録成，復取其春秋疑義録讀之，竊歎先生之説春秋，正而通，精而博也。其説多依左氏傳爲根據，而於其失之誣者咸棄不取，非偏守一家之言，於四傳之中多辨正胡氏之説，然皆關於三綱五常之大，往往以經證經，以傳證傳，博考先王之典，會通諸經之旨，而非穿鑿附會，空疏無據以爲言。其文辭詳贍正大，不爲巧曲新奇之語，吕氏博議殆不及也。是書成於乾隆十年乙丑，後四年成讀詩日録。又後四年癸酉，始以選拔貢成均，旋舉於鄉，終未得官而卒。烏呼惜哉！

其時棗强復有劉獻白先生瑄，潛心於易二十三年，戊寅成大易闡微録一書，以諸生終。當時之盛，下邑窮鄉尚有研經篤行，不見知於世而不悔者如此！然獻白先生書及身刊成，四庫全書猶得存其目。而先生之學竟湮没百餘年而人不知。今以饑饉之歲，子孫將以其書易食救死而後出之，豈精氣不可掩，天故借此以發其幽光邪！子思子曰：『君子之道，闇然而日章。』信夫！後之學者可以興矣。光緒五年正月十日，桐城方宗誠謹識。

恭刊聖諭十六條附律易解敘

書曰：『惟天生民有欲無主乃亂，惟天生聰明時乂。』又曰：『惟皇上帝降衷於下民，若有恒性，克綏厥猷惟后。』蓋古者，君師之道不分，仁以育萬物，即義以正萬民，故堯、舜治天下，既平水土，又深慮民飽食、暖衣、逸居、無教，於是始命契爲司徒，教以人倫，曰：『父子有親，君臣有義，夫婦有别，長幼有序，朋友有信。』此五者，天下之大經也。又命皋陶爲士師，明於五刑以弼五教，惟恐民之不軌於正，賊其德而罹於刑，故教之詳且切也。如此，夏、商因之，至周而教法益密，命司徒修六禮以節民性，明七教以興民德。又立六德六行以爲民極，設八刑以爲民威。漢、唐以後，世運有升降，治道有隆污，然教之人綱舉不外是。守之則治，失之則亂，順之則昌，逆之則亡。然則天下豈可一日無教化也哉！

我聖祖仁皇帝繼前聖而立極，特頒上諭十六條，曉諭薄海内外，俾人人咸知崇仁講讓，革薄從忠，本末鉅細，無微不至。其綱領條目之精詳，更有過於堯、舜、三代者，亦世變使然也。世宗憲皇帝推衍其文爲聖諭廣訓，往復周摯，命士子童而習之，竝命官師朔望宣講，務使群黎百姓家喻户曉，以幾於道一風同之至治。

今皇帝御極之七年，吏部侍郎胡肇智以其師夏教諭炘所繹聖諭十六條附律易解進呈御覽，天子嘉之，以爲有輔於世教。令武英殿刊刻，頒行天下。我皇上愛民之切，化民之誠，真與列祖列宗一道同揆，凡爲臣子，可不宣揚聖化，以廣皇仁？

宗誠謬承薦舉，來官直隸。雖位卑職輕，然宰一邑，即有父母斯民之責，深懼不能訓化黎民，無以宣布聖天子之德意。因念此書簡明直捷，警切動人，其摘取律例附之篇中，尤足使民畏罪懷刑，不至陷於回辟而不覺。爰狀大府，請付梓散布閭閻，冀使人人皆得涵濡聖教，沐德澤於無窮，庶於化民成俗，刑期無刑之道，或少有補云。

棗强書院義倉志敘

余宰冀州之棗强，既創建敬義書院，兼作考棚、義學，買地畝以充師生束脩、膏火之資，籌款生息以爲鄉、會試士子旅次資斧。經營數年，始克蕆事。繼又創建義倉二處，積穀萬石以爲備荒之用，亦經畫數載始成。締造艱難如此！蓋莫非余心神之所運，邑民膏脂之所結也。懼其久而不能守，或爲人侵蝕，無可稽考，既刻入縣志，申請大府存諸案牘，復將書院地畝、義倉廒數、穀數編爲一志，刊布士林，庶幾人人可以譏察，不使廢墜，以無負余教養士民之苦心云爾。光緒五年十月既望，知縣事方宗誠識。

卷第四　敘二

晚香齋詩鈔敘

詩之爲教，本人情，通物理，其言温厚和平，長於風諭，故孔子曰：『不學詩，無以言。』又曰：『誦詩三百，授之以政，不達；使於四方，不能專對；雖多，亦奚以爲？』朝鮮使者李敬之鴻臚博雅多文，通習國故，嘗以使至京師，中華文士往往與之交。

同治九年冬，復奉其國王命來請頒朔於朝。使事畢，與余相見於貴州黄子壽編修座上，置筆硯相問答，源源不窮，辭爾雅有體要。觀其人，貌古神清，尚禮讓，温然可敬愛。將别，持所爲詩三册見示，多友朋唱酬，及來使時登臨古蹟，流覽山水之所作也。

余嘗讀古皇華之詩，曰：『駪駪征夫，每懷靡及。』其諏謀度詢，必咨於周。蓋古之人臣奉君命出疆，其虚衷請益，惟恐有一之不當者如此，斯其所以能專對而不辱也。鴻臚以藩服名卿來游上國，不自滿假，而出其詩以質正於中土之士大夫，其猶有古使臣之遺風與！余知其得於詩教者深矣，抑余聞古者卿大夫盟會燕好，必歌詩以見志，且相贈處。誠請誦大明之七章曰：『上帝臨女，毋貳爾心。』又請誦小明之四章曰：『嗟爾君子，無恒安處。靖共爾位，正直是與。神之聽之，式穀以女。』鴻臚其懋之哉！安徽桐城方宗誠謹敘於京城之興勝寺。

瑞竹堂詩集敘

黄君仲和，宣、歙間詩人也。同治初，余自武昌反皖，寓居郡城。君先以避亂來客於此，築室余忠宣公墓東曲巷中，前臨大江，旁倚大觀亭故址，其北則龍山，鬱崒穹嶐，連亘數十里，可時登臨以覽江南北諸山，雄秀之氣如供几席，故雖居近廛市，而門庭蕭寂若世外人。

君静默，寡交游，常坐一室中，把卷吟哦，然喜與余游。余每出郭觀江山之奇曠，未嘗不造君廬也。君喜爲詩，所刻瑞竹堂集，於皖以南兵事及一時賢士大夫、貞女烈婦之義行偉節，皆紀之於詩，以存其概，足以備後人之考鏡，而立言和厚，無奮怒激越之音，洵有得於古風人之遺。

君爲人澹然寡營，與人樂易誠信，無崖岸町畦，於世人所爲機巧虞詐，渾然不識也。曾一爲學官，卽謝去。雖爲詩，而不逐時名，自率其性之所好耳。粤賊之興，躪十五六行省，而據皖爲最久。皖八郡五州皆徧，而江以南荼毒尤深，居人百不一二存。君先棄去學官，未與難。有子六人，皆從君遷徙不常，無一與賊相遇者。莊周氏所謂『其天全者，物固不得攖而害之』。君殆其人與！

君寓皖以後，復爲詩若干篇，常質於余，且請爲敘。余諾之而未遑以爲，君歸黟。余奉檄來直隸，兒子守彝復以書來爲君請。今年，余客天津，每倦游思歸，再過君舊廬，登大觀亭吊忠宣之墓，以觀江南北諸山之勝。或乘春秋晴日，渡江登九華、齊山、黃山，訪君於黟。讀君與余別後之詩，而未知何日也。因先爲敘以歸之。同治九年冬閏十月，桐城方宗誠撰於天津道署之西齋。

汪桐坡詩文集敘

咸豐庚申，余客直隸，得讀吾鄉汪鐵鏞先生文，而爲之敘。越十年，復游保定，又得讀先生伯子桐坡司馬文。其解經博贍而有斷制，紀事質實而多徽言懿行，可以厚人倫，美風俗。論經藝、詩文、詞賦，皆有典則，不詭隨流俗。駢儷之文亦富麗質重，多可喜者。

余與鐵鏞先生未獲見，司馬則嘗一遇於皖城，貌端厚，語言樸重，望之知爲君子。讀其文，絶肖其爲人，洵所謂表裏如一，文行兼至者也。世之文士，務爲巧言麗詞以相誇耀，經術之不聞，正論之不知，傳誌紀載則好新奇駁雜之事，如傳奇小説之所爲，而庸德庸言、孝弟睦婣、任卹之行，則以爲不足述。

烏呼！觀文詞之華實巧拙，而世變因之。如司馬父子之集，固可以鎮薄俗也已。司馬哲嗣五峯大令屬爲校正，余刪汰數首而歸之，知言者當不以爲妄也。

仁和沈氏詩輯敘

余少讀吾鄉劉海峯先生文，即知仁和沈椒園先生，乾隆間一學者也。咸豐庚申，余客保定，與沈君錫侯交，孝友温恭，有文行，可敬愛，久之乃知其爲椒園先生之玄孫。淵源有自，故能不墜其家學。辛酉，余游豫、鄂，旋馳驅戎幕於皖、吳、淮、濟之間且十年，與錫侯音問闊絶，蹤迹不相聞。同治庚午，余奉檄復至直隸，隨節相曾侯來天津，邂逅錫侯，若平生懽。始知其以母老入資爲鹽官，需次久矣。砥行好文，無异曩時，因得讀其家藏椒園先生詩文全集，竝椒園先生所刻其師勞余山先生遺書。余山先生深於易理及宋儒之學，椒園先生師事之。又從吾鄉方望溪先生游，講經學文章，故其學識深醇，文詞精潔，詩尤恬淡清雅，得風人之正音。信乎，學問之道不可無師承也！

椒園先生祖、父、兄、弟皆以能詩聞於時，子孫亦多承其業者。顧兵燹後，遺文半灰燼，錫侯懼先德之就湮，既寶其遺書，又從杭郡詩鈔中得椒園先生祖、父、子、孫詩若干篇，竝節録小傳於首。又自選其祖若父詩若干以附於後，名爲仁和沈氏詩輯。錫侯之用心可謂仁且篤矣！

往年，錫侯弟皖生有文行，早卒。聘妻吳氏，吾同邑人，守貞不字。錫侯命余記其節，今錫侯復命余爲其先世詩敘，余既欽錫侯之學能繩其祖武，又余自少即私淑望溪先生之文，與椒園先生同其淵源，故樂爲書之。

江待園詩鈔敘

樅陽，桐城之南鄉，而於古則别爲縣，介龍山、浮山之間，後枕龍眠，前帶大江、池陽，九華諸峯如列几席，重湖環繞，雄遠秀傑之氣甲江以北，故其鍾毓而爲人文者亦多且奇。明季錢田間先生以文章氣節箸聲海内。其經學，康熙時欽定詩、易二經既皆采録，乾隆間復箸録於四庫全書。其後劉海峯先生尤以詩文名家，紹望溪方氏之後，而啓惜抱姚氏之先。國史文苑特爲立傳，皆樅陽産也。海峯之後，詩學極盛，而最箸者則王悔生灼、朱歌堂雅、張勛園敏求。勛園後死，尤爲一時風雅之宗師。

往吾友文鍾甫、戴存莊與江君待園俱爲勖園高第弟子，待園所居尤近。勖園老病，蓋無一日不相從左右也，故其所習聞於勖園者尤深。然待園胷次坦夷，毫無矯飾，處境至困，而曾無忮求尤怨之心。其爲詩，沖澹容與，格高氣空，揮灑自如，不事彫琢，深得天地自然之趣。雖學於勖園，淵源於田間、海峯，而自有其性情，不爲形似。勖園卒後，又游吾從兄植之先生之門，嘗稱其詩『雄傑之概，陵轢一切』。先生固不輕許與人者也。余生平不善爲詩，然與待園交三十年，而篤嗜待園之詩。待園尤工書法，亦能明古人運筆之妙而變化之，氣清神逸，意思閒遠，與其詩相近，是又諸前輩所不逮也。曩者，益陽胡文忠公極賞待園之詩若書，屢招致之。及往，而文忠病，未幾薨，不得一見。後湘鄉相國曾文正公洎今相國合肥李公亦奇其才，客而館之。李公傷其窮老不遇，薦於朝，得爲學官，而待園之詩若書遂馳名於吳、越、荊、楚間矣。

同治壬申夏，待園渡海來謁相國於天津。癸酉春，將歸，過棗强訪余，別五年矣。其詩江南朋輩已爲刊行，因得盡讀。其避亂後游歷吳、楚之詩，益瑰瑋雄俊，殆杜子美所謂『艱危氣益增』者，故其詩愈窮而愈工邪！因歎吾鄉前輩流風蓋數百年，今則前賢既往，卽曩時之友如鍾甫、存莊者，亦皆早没，而唯余與待園尚在人間。余學殖荒落，無足重輕於世，而覩待園之詩，天殆特留碩果以爲吾邑江山潤色邪！

抑吾聞田間、海峯，雖生於樅陽，而足迹幾半天下，故其學不爲一鄉之善所囿。海峯老爲學官於徽，徽之學者經其指授，多以詩文成名。退居於家，則惜抱姚氏既以其所聞於海峯者爲一世文章之宗，其餘後進之士，亦多發名成業，至於今不絕。前賢之居德善俗如此。待園歸老樅陽，且將爲學官於他郡邑，其亦以海峯之所以淑世者自任也夫。待園索余敘其詩，卽書是於集首。同治十二年三月。

龍潭丁氏族譜敘

往者，衡陽彭雪琴宫保洎今相國合肥李公，俱各以文儒從曾文正公，倡率義師，繼膺簡命，秉節鉞，開府東南，芟夷大難，立不世之勳。及天下既平，則又皆以敬宗收族爲心，捐資修譜，俱屬宗誠爲考定譜法。宗誠謂二公曰：『譜以紀實，當以近而可信者爲宗，其得姓受氏之祖以及歷代名人，則但考其淵源而不可以入譜，恐其非吾祖而或鄰於誣也。』二公以爲然。於是皆斷以始遷之祖爲一世祖，自是而下，支分派别，有脊有倫。

蓋古之君子，進則舍身忘家，輔世長民，而不及其私；退則修内政，立家法，敦宗睦族，而不忘其祖。其義一也。若夫以一人之身，而兼修家國之政，既致身報君，撥亂世而反之正，而於王事靡盬不遑，啓處之中仍以尊祖敬宗爲懷，稽古徵實，以立譜法，是豈非忠孝兼至、仁義俱盡者與？

合肥丁樂山方伯少以書生懷大節，當粤逆之亂，淮南北群寇四起，即能立堡捍禦以衛鄉族。後從李公贊畫軍事，平吴、越，復率鄉兵數萬人從平撚逆於齊、魯、燕、趙之間。功成，解兵歸農，將承其先祖之志，創修族譜，以治家政。適曾文正公總督直隸，知其賢，奏遣治軍於保定。未幾，奉簡命備兵天津。天津爲夷舶輻輳之區，中外交涉釁端易起，而江、浙、閩海運艘亦聚集於兹。加以連年水災，饑民數十萬環在境内，非深識大體、仁心爲質而智勇兼資者，不足以鎮撫之也。公隨李公駐天津，任大責重，雖欲告歸，修政於家，時有所不能，義有所不可，乃令族子功烈竝延六安陳君子勳歸里，爲詳稽博訪，考實徵信，以成族譜。復録其世系大略，函質宗誠。烏呼，何其慎也！

考丁氏得姓受氏之始，本於齊丁公後，世多居濟陽。元季有避亂遷居無爲者，其後世有諱士雲者，由無爲之獨山，遷合肥之龍潭河，遂爲龍潭丁氏之所自始。今二百餘年，歷十餘世，尚未有譜，故公承祖父榮禄公之命而創修之。雖淵源濟陽、無爲而斷自士雲公爲龍潭丁氏之始祖。烏呼，是其用心取義，又何與彭公、李公如一轍也！

宗誠以庸才爲末吏，公忘貴下交，以譜來質，且屬爲敘。宗誠即欽公始能奮迹從戎，毅然爲天下除大患。及今盡瘁事國，又上承祖命，爲敬宗收族之謀，有合於仁義忠孝之道，而其譜以始遷之祖近而可信者爲宗，尤有當於古法，且可爲天下後世則也，於是乎書。桐城方宗誠謹撰。

綱目續議敘

昔朱子因司馬温公通鑒、目録、舉要歷及胡文定公舉要補遺四書，别爲義例，增損隱括，表歲以首年，而因年以箸統，大書以提要，而分注以備言。既成，名曰資治通鑒綱目。其義主於明天道，定人道，昭監戒，箸幾微而已。指意條例皆所手定，而其以蜀漢爲正統，書『莽大夫』揚雄死，正周末諸侯僭王之名，而糾通鑒以漢丞相亮出師討賊爲入寇之謬。諸如此類，洵足伸春秋之大義，而立萬世綱常之準則矣。

惟其書功緒甚廣，多出於門人之編纂，朱子雖曾爲點勘整頓，而又嘗謂苦無專一細密之功，所修未必是當，見於與張敬夫、吕伯恭諸書者屢焉。黄勉齋所爲行狀亦謂綱目僅能成編，每以不能修補爲恨。大賢之不自是如此，然則後之儒者有能修補以彌縫其憾，豈非前賢之所深賴哉！是故徐昭文之考證，汪克寬之考异，皆足爲是書功臣。尹起莘之發明，劉友益之書法，以意逆志，間有得焉，而亦多有牽合迂謬以爲之説者。甚矣，通學之難也！自是而後，明張自勳、國朝芮長恤、陳景雲、朱直輩各箸書以補正其遺失。我聖祖仁皇帝尊崇朱子之學，升諸十哲之次。既命儒臣纂其全書，而於通鑒綱目復加御批，折衷至當，尤足爲後世法程。

蓋義理靡窮，觸類引伸，固有愈研而愈出者。同里胡君子和，少喜讀史，於綱目尤反覆研求，因朱直綱目議尚有未盡，復箸續議六十八條，皆本朱子凡例以正門人編纂之譌，雖似駁辯之文，而實則因朱子格物窮理之學以通之者也。其大者，如謂莽、操、懿、昭輩自加之爵，宜如綱目書戰國諸侯王之例，削而不書，而直書其名。獻帝時，漢與魏不宜竝稱，凡所書魏始建宗廟社稷，以世子丕爲王太子，宜直書曰『操始建』，操以而已，且其子亦不宜稱世。又謂王莽篡漢，皆漢諸臣爲之厲階，不當專罪元后。如加莽爵邑尊號錫命，有主名者當書某某等奏請太后，無主名者當書群臣奏請太后。是數説者，誠足寒權姦之膽，誅從賊之心，大有裨於名教也。在朱子爲未發之覆，而實皆朱子之説有以啓之，可謂善學朱子之學者矣。是書雖續朱直之議，然直之詞意峭薄，不類儒者氣象，其爲史論初集近於毒詈，欽定四庫全書總目已譏其非。胡君則但明其理，而不爲激烈之詞，是尤足善也已。同治十三年夏。

續天津縣志敘代

同治九年，余以湖廣總督復奉命振旅勦逆回於陝西。至秦數月，天子以天津邊海重地，番舶往來，民夷雜處，爲畿輔守禦之要害，非文武重臣威服德懷，慮不足以勝其任。時大學士曾公移節兩江，遂命鴻章來總督直隸，裁三口通商大臣，歸柄總督，特授爲欽差大臣，駐節天津。既莅任逾月，邑人吳觀察惠元以其所修續天津縣志來質，且請敘。

余惟天津去京師二百餘里，實畿南之屏蔽也，其地勢下，在古爲九河尾閭，凡西北大川咸匯此入海。近者海運歲行，通商事起，南北中外商賈輻輳，故尤號爲難治。顧其人情風俗，輕生赴鬭，猶有漁陽、上谷之遺。往歲，咸豐癸丑秋，粤逆北竄至城西，知縣謝忠愍公子澄親率津民劉繼德等數千人大敗之，斬其渠，京畿得無恐。其後，撚逆屢犯，津民應募者皆奮起而擊退之，故他郡縣多被殘，而天津完善無恙。庚申秋，海疆不靖，時石侍郎贊清守天津，獨抗節不撓，居民千百人衛之，轉危爲安。蓋其民情，富者多好倡爲善義行，其貧者就死不悔，得賢大府鎮撫之，則皆能親上死長，勇於赴義而不屈，習使然也。其士大夫仕於他行省者，亦往往多忠義才傑之倫。

曩者余奉文宗皇帝命團練於鄉，時金剛愍公光筯牧壽州，繼守廬州，備兵廬、鳳、潁、六、和、泗。江淮大亂，公獨以善擊賊名，忠勇武略爲江南北良吏之冠。今考邑志，蓋自昔箸義烈如金公者固多有之，非一時，亦非一人也。然則津民之知大義，屢能爲國效死力，捍災禦患，屏衛京畿者，豈非官斯土者與其鄉之賢士大夫，有以振作於上而致然與？

邑志始修於乾隆四年，迨嘉慶間邑士蔣君玉虹博采旁搜爲續志，未成而卒。今吳君復網羅放失，以續成之，體例與今之凡爲志者同，而獨於海道、鹽法、水利、營田及凡義舉之規制，皆詳載之，以爲後法，其用意可謂善矣。夫民無常行，惟上所導。率之以好利，則爲暴者多；率之以好善，則趨義者衆。是則官於兹邑者與其鄉之公卿大夫，皆與有責也夫。

卷第五　書後一

陸桴亭先生志學録跋

余少讀桴亭先生思辨録，竊歎其學以大學爲宗，規模之巨，節目之詳，洵有合於明體達用之旨，非小儒所能及也。今讀先生崇禎十四年日記，名曰志學録者，凡二卷，則又見其格致之精，省察之密，尅制之嚴，躬行之勇，尤足爲後學法程。

是時天下已有亂亡之象矣，中原流寇充斥，士大夫方各植黨援，争門户，馳逐虚聲而鮮務實濟。獨先生與盛寒溪、陳確庵輩躬修於吳中。維時越中則有張楊園、應潛齋，北方則有孫夏峯，關中則有李二曲，衡陽則有王船山。諸先生雖學不盡同，而大要則皆内自檢治其身心，外念切乎民物，而實講求經世之務，故其箸書立言，皆足以綱維世教。其秉性守義，砥廉礪節，皆足以訂頑立懦，風範百代之人心。聖學不明於上而猶存於下，誠所謂剥復之交、貞元之會也。

及乎我朝，文正、清獻兩大儒遂繼起而益恢廓之，隱居求志，行義達道，俱充實而有光輝。而李文貞、熊文端、張清恪、楊文定、蔡文勤、朱文端、沈端恪、陳文恭諸公，皆能篤好正學以見諸設施，贊襄至治，是不得謂非明季諸先生有守先待後之功也。

夫儒者之道，自世俗觀之，或以爲無所可用矣。然有闇修於邇室陋巷之中，而其效見於天地民物，有固守於世衰道微之日，而能開物成務，致後世之承平，要非豪傑剛毅之士，不能不惑於流俗之論耳。觀先生是録，可以法矣。同治九年冬，余客天津，吳縣吳清卿庶常出示此册，讀之深警於心，因附識數語，與清卿共勖焉。

書韓理堂先生文集後

濰縣韓理堂先生之文，純正平易，宗法方望溪先生，而氣味之質厚精實不能及也。其學與昌樂閻懷亭爲至交而齊名，然閻先生修詞之功過於先生。嘗讀其西磵草堂文，造語取境廉悍幽奥，足以名家，而亦無一背理之言，蓋儒家而兼優於文事者也。先生則理勝於詞，其學人之文與？至其中日記數卷，正大精純，則非閣先生之所及矣。同治九年閏十月，宗誠讀於天津道署。

潛室劄記跋

潛室劄記，祁州刁蒙吉先生箸。先生名包，字用六。其學以高忠憲爲師，專心致志於四書注、小學、近思録諸書。嘗曰：『孔子爲生民未有之聖，四書爲生民未有之書，集注爲生民未有之注，小學所以培其根，五經所以植其幹，近思録所以發其華，廿一史所以暢茂其枝葉。』又曰：『得小學之旨，然後可以肆力於四書；得四書之旨，然後可以肆力於五經；得五經之旨，然後可以肆力於諸史。』於易主程、朱傳義，嘗曰：『程傳其至矣乎！説易者，固有深於程傳者矣，或失則鑿；固有淺於程傳者矣，或失則支。深而不鑿，淺而不支，舍本義，其誰與歸？』又曰：『讀太極圖，識性之源焉；讀西銘，識性之量焉；讀定性書，識性之體焉；讀顔子好學論，識性之所以復焉；讀敬齋箴，識性之所以養焉。』又曰：『程、朱所以接孔、孟之傳，惟在進修有序。象山、陽明皆以穎悟直捷爲事，而不復斤斤進修之序，豈所語於孔、孟之傳哉！』又曰：『文公説書，以理會聖人立言之旨爲主，即偶有不合聖人之旨，斷無有不合聖人之理。文成及慈湖、龍溪諸公，往往不得聖人之理，又安望其得聖人之旨哉？』其論學大旨如此。

是書多躬行心得之言。其孫承祖，雍正時爲上元令，梓行。相國鄂文端公、編修黄越爲敘，盛稱之。余反復其書精確醇正，在北方之學，蓋過於鹿忠節、孫夏峯、顔習齋、李剛主諸書也。貴築黄子壽編修纂畿輔通志藝文志，命論定於此云。

方斷事公絶命詞跋

休嗟臣被逮，是報主恩時。不草歸降表，聊吟絶命詞。生當殉國難，死豈論官卑！千載波濤里，無慚正學師。

聞道望江縣，知爲故國濱。衣冠拜邱隴，爪髮寄家人。魂定從高帝，心將愧叛臣。相知當賀我，不用淚沾襟。

右桐城方斷事公絶命詞二首。公諱法，字伯通。少孤，事母孝，中建文己卯舉人，考官則方正學先生也。官四川都司斷事。永樂初，諸藩表賀，公不署名，遂被逮。舟次望江縣華陽鎮江中，具衣冠，拜祖，自沈於江。妻鄭氏懷其爪髮，歸葬龍眠。事附載明史正學先生列傳。二詞刻華陽鎮祠碑。

余幼時聞先父喜誦此詩，後見潘河督錫恩所刻乾坤正氣集，顧嗣立所編乾坤正氣詩集，自周屈原以至明季忠義詩文，鮮不備載，蒐羅可謂富矣，而獨未見公二詩。因録於此，以誌景仰，後之續編正氣集者，可以補載之云。同治十三年四月，同邑後學方宗誠謹識。

鹿忠節公認理提綱書後

明季北方講心性之學者，以定興鹿忠節、容城孫夏峯爲最賢。雖其學皆宗陸、王，而各有躬行心得之實，忠孝大節，卓然底柱於中流，固非談空説妙者所可比竝也。忠節所箸四書説約，夏峯所箸四書近旨，其中頗有警切動人者，而駁雜之弊亦多有之。是卷認理提綱乃冠於説約之首，其論不出認心爲性與謂心卽理之藩籬，然以闇然無私、實心盡職爲歸，則固與明季講心學者异矣。曾文正公謂余此卷喫緊爲人，鞭辟近裏，讀之令人興起。余因翫味而别白之於此云。同治十三年夏六月，宗誠謹識。

吕忠節公孝經本義跋

孝經古文本不足信，今文分十八章甚是，而命名則非。至注疏本，皆鮮精要。自朱子刊誤出，而後儒各以意見删節分合之，似皆未得本經之旨也。

明吕氏此注，用朱子大學中庸章句、論語集注之體，每章每節先音注訓詁，次發明義理，精約而詳盡。於每章之下，記今文、古文之异同，仍今文之分章而去其標題名目，揭全經之旨要而融會貫通焉。洵千古孝經注第一善本，倘得頒之學官爲天下法，豈不善與？

夏用九先生强學録跋

右强學録四卷，河内夏用九先生日記，其門人武陟任匯川先生依近思録例分類編次者。義理正大，然往往不免有與其類不甚比附，亦有意重語復者，有其言自相矛盾者，又有其理古人發之已盡無庸贅出者。因復擇其精切至當不易之語，而以朱筆識之，以便觀覽，非敢於先生之書有所去取也。光緒三年夏，宗誠讀於棗强敬義書院。

先生是書，不能及張楊園先生之精粹温純，亦不能及陸清獻之堅卓剛大，然明白爽朗，切實爲己，不入於玄虛，亦不涉於博雜。論道既不歧於异端，論治亦不淆於功利。其學蓋可與張清恪公之困學録、刁蒙吉先生之潛室劄記、汪雙池先生之讀困知記、讀近思録相類，若劉直齋、桑弢甫、彭魯岡諸先生書皆不逮焉，亦可謂之名儒也已。當乾隆時，先生特起講學於河朔之間，確守程、朱之正。其門人武陟任匯川若海受之，再傳則河内李文清公棠階，而任先生之子渠生名蓮叔亦好學，蓋師友淵源之所漸云。宗誠再識。

節録汪龍莊病榻夢痕録跋

病榻夢痕録，蕭山汪龍莊先生所自爲年譜也。余少時讀先生佐治藥言、學治臆説而好之，以爲切近篤實，足爲吏治之師。同治九年奉檄至直隸，於友人唐君所復得是録，吴仲宣制府蜀中重刊本也。讀竟具見先生學行本末，而於其引經斷獄諸事尤所服膺。爰節録而存之，以爲法則云。孔子曰：『聽訟，吾猶人也。必也使無訟乎！』夫無訟，不易言也。聽訟而能協於天理之正，即乎人心之安，使無情者不得盡其辭，亦庶幾可以絶訟之端也。

夫先生政蹟，見國史循吏傳，阮文達公研經室集有循吏汪君傳，蕭山王宗炎晚聞居士集有汪君行狀可考云。同治十二年八月，桐城方宗誠書於冀州棗强官舍。

節録姚惜抱先生論學語跋

桐城姚惜抱先生，乾、嘉間以古文名天下，論者謂直接史、漢、八家之傳。然余考其學行，非徒文足法也。其生平行己立身，進退出處，毅然守義而不苟；其論學主於義理、考證、文章三者不可缺一，而尤必以宋儒程、朱之説爲準繩。

是時，海内高才碩士皆尚考證，滅裂義理，以攻駁程、朱爲能，獨先生力持之，戒學者勿濡其習。所論讀經考史之功，修己處世，教人取士之道，皆與聖賢之言如合符節，而又皆本之心得，不蹈襲陳言，洵足爲學者之宗師也。

因讀其文集、尺牘，節録其中論學語各若干條，俾學先生文者知先生本原之所在也。先生學行，國史有傳，邑後學鄭福照撰年譜甚詳，兹不具云。同治十二年八月，宗誠識。

節録姚薑塢先生論文語跋

桐城姚薑塢先生，博綜群書，不事箸述，凡讀經、史、子、集百家之言，皆精心校勘於上方，糾繆正譌，拾遺補闕。從子惜抱先生嘗欲鈔輯爲一書，未成，以授先生曾孫石甫廉訪。且告以編校義例，欲少而精，不欲多而蕪。其語絶善。廉訪後延余從兄植之先生爲校訂成書，所謂援鶉堂筆記也。

余讀之，尤喜其論文之言爲最精妙，洵能發前人未宣之藴。同時方望溪侍郎、劉海峯學博所論不能過也。惜抱先生蓋深得其旨，故能卓然成一家言。因節録爲一卷備翫味云。

先生名範，官翰林院編修，國史文苑傳以先生附惜抱先生之後。邑後學方宗誠識。

節録姚惜抱先生論詩文語跋

右惜抱先生論文粹語，余從其尺牘、文集中録出之以時觀翫者。蓋先生自幼習聞其世父薑塢先生講授文法，又嘗親見劉海峯先生，得其論文之旨，以上溯史、漢、八家及明歸氏、桐城方氏之傳，而高識邃學，深造自得。世之欲學文者不由是而進之，譬猶行榛棘而棄康莊，欲至國都不可得也。故節録其言，以附薑塢先生論文之後云。同治十二年九月。

節録王懿思先生四書參注跋

深澤王懿思先生名植，康熙間循吏、名儒。余曩讀其嘗試語及陳炎宗所爲先生傳，洵可謂忠信之長、慈惠之師也。四書參注則其學問根本之所在，較孫夏峯、鹿忠節之書，尤爲正大精純。蓋其學專宗洛、閩，故能擇精而語詳如此。其解仁、義、性、道諸條，極爲通貫，因節録而編次之，備研索云。先生嘗輯有濂洛關閩三書正蒙初義、皇極經世全書解，又箸有韻學權衡文集各種，皆藏於家。同治十三年夏六月。

衛道編跋

右衛道編二卷。三原劉九畹先生紹攽纂，首卷取范蔚宗西域傳贊、宋景文李蔚傳贊，朱子釋氏論、讀大紀，李安溪朱陸析疑以及先儒論佛氏之言，辨王氏之説。又自爲鬼神論、神仙論以附之，所以闢异學也。終之以論讀朱子書明所宗也。二卷取周子太極圖説、張子西銘、明道程子定性書、伊川程子顏子所好何學論、朱子齋居感興詩，所以明正學也。又自辨陳同父之非以附之，懼异説之害正也。每篇中皆有細注，後復附以按語，引伸而發揮之。其言皆潔淨精微，確乎體道而有得於心，與剽襲陳言以衍説者不同。蓋自國初陸清獻公講學明辨之外，未有如先生之窮源竟委，純粹以精，撥雲霧而豁蒼昊者也。烏呼！亦可謂醇儒也已。

先生生康、雍之間，乾隆時嘗舉博學宏詞科，又舉經學，一爲晉令，大計上考，移疾歸。主講蘭山書院。其書成於乾隆二十五年，無刻本，傳之者絶鮮。孟縣和勉齋鈐以寫本，因河内蔣一齋寄以示余。讀之愛翫不已，惜其傳鈔久，體例不清，因爲之分次第以便觀覽，而去其注中引用未確者數條，録存之，令一齋檢校其誤字，以待有大力者刊之，公諸世云。光緒三年正月六日，後學桐城方宗誠謹識。

輯録忠義節烈絶命詩文跋

余生平喜表章忠孝節烈事蹟，而尤好誦其詩文以激勵退懦之心。同治初，寓安慶，應節相曾文正公命，修兩江忠義録，每遇諸忠節絶命之詞及臨危授命時致友與家人書，未嘗不反復而隕涕也，常思別輯爲一編，於風教或有所裨。

同治九年秋，天津知府張光藻以夷事赴刑部獄，天下冤之。至京師，諸大臣寬其禁，不令入刑部，寓居逆旅待讞。部議亦不深以爲罪也，遣戍黑龍江。余往送其行，兼爲合肥相國李公、提督劉公餽兼金爲贐。友人黄子壽編修招余居興勝寺，因得借浙江忠義録讀之，其節烈之行多足感動人者。而所載詩文，亦往往不減采薇、易水、烏鵲諸歌辭。寓中無事，因鈔輯之。他日歸，當徧采各省忠義詩文，以續其後。光緒四年七月補識。

節録列子跋

昔方望溪先生删定管、荀二子。余嘗欲竊取其義以删老、莊、列三書，然以識解庸膚，未敢遽自信也。

老子言道德，其端固與聖人殊，而其尚慈儉不爲天下先，以功成身退爲天之道，聖人復起，不能易也。莊、列恣肆蔓衍，辭氣與老子不類，而實皆推闡老子之旨，亦如孟子七篇，文不與魯論同，而實皆卽孔子之言發揮旁通之也。其寓言取譬多足醒人之神智，語多奇佹而理有至精，讀者不以辭害意，則善矣。

咸豐辛酉，余自直隸旋里，車中讀列子數周，惜其不醇，而又愛其通徹多可取者。同治元月，寓安慶，乃節録其不背於聖人者而翫味之。老、莊二書仍未之及，然卽此推之，其所當去與取，固可以隅反矣。往余嘗節録陸象山先生遺書，其白沙、陽明諸儒書俱未暇及，蓋亦此意也夫。光緒四年七月。

文章本原跋

古者，道與文一，就其理而言，謂之道，就其箸於外而言，謂之文，無別有文章一事也。史臣紀堯之德曰『欽明文思』，紀舜之德曰『濬哲文明』，禹謨曰『文命敷於四海』，孔子稱堯曰：『焕乎其有文章。』其畏於匡，曰：『文王既没，文不在兹乎？』不曰『道在兹』而曰『文』，文之與道，豈有二哉？是故四教首曰『文』，謂由文而進於行、忠、信也。教弟子終曰『文』，謂『行有餘力，則學文』，以輔其行也，非以文別爲一事也。

及子貢稱孔子曰：『夫子之文章，可得而聞；夫子之言性與天道，不可得而聞。』斯言也，文章、性道歧而二之，是子貢未明乎性道之時也。若明於性道，則性道、文章一而已矣。聞文章即聞性道，又何有得聞不得聞之分乎？門人各就其所學而成之，或德行，或言語，或政事，或文學，於是有四科之目，是乃其學之偏未能渾然集大成耳！非聖教别有文學一門也。文與道一而已矣。後世學文者多不知有道，惟昌黎之文、少陵之詩，探原六經，故能獨立於千古，然究止窮六經之文耳。至文與道爲一之理，終未見焉，況不及二子者乎？

咸豐四五年間，余避亂柏堂，授長子培濬及諸生經，間以其文之妙指示一二，以博其趣，且使明夫道盛則言文，無別求文於道之外也。積久成文章本原三卷，雖惟説尚書、語、孟，而他可會通矣。諸生傳寫久，遂多流傳。次子守彝取而刻於柏堂讀書筆記之中，爰書其本末如此。光緒五年七月。

説詩章義跋

昔朱子論學詩大旨曰：『章句以綱之，訓詁以紀之，諷詠以昌之，涵濡以體之，察之情性隱微之間，審之言行樞機之始。』烏乎，學詩之道盡於此矣！夫風、雅、頌比、興、賦，體裁雖殊，要非深明其章句訓詁，不能知其言之有敘；非善於諷詠涵濡，不能知其言之有物。孟子曰：『不以文害辭，不以辭害意。以意逆志，是爲得之。』然非素講明夫文辭之法驟，亦不能以意逆志也。吾師儀衛先生有昭昧詹言一書，詳論漢、魏、陶、阮、謝、杜諸家詩法。余以爲當進探源於四始六義。同治、光緒之間宰棗强，爲兒子培蔭説詩一部隨筆記之，言甚淺近，然於章句訓詁之中，諷詠涵濡之際，求其有物有序之旨，以養情性，謹言行，則庶或有一得云。光緒五年夏六月。

讀思辨録記疑跋

昔朱子撰雜學辨，於司馬温公大賢之書，皆必剖析其是非而毫不爲之假借。非攻訐前儒也，慮後世重其人而誤從其言耳。

太倉陸桴亭先生思辨録一書，以大學爲規模，正大精博，實爲羅整庵、張楊園、陸清獻之亞，雖孫夏峯、湯文正似皆不逮焉。然其所論性理、政治，亦間有可疑者。往者霍山吳竹如先生嘗辨正數十條，載於拙修集中。湘鄉劉霞仙中丞亦箸一書，以記其所疑，皆至精粹。

光緒二年，余宰棗强，奉旨以先生從祀孔子廟庭，因復假得先生全書讀之，間亦竊附己意於所疑各條之後，以質後之君子，知者當亦諒余心焉。五年六月宗誠識。

吳竹如先生年譜跋

余少有意問學，即聞霍山吳竹如先生之爲人，心竊嚮慕之。其後授經先生山東、直隸官舍，日親其德，讀其書，見其言行、政事，氣象威儀。與其親故游處最久，又得聞其孝友恬退之至性，學問師友之淵源，出處進退秉禮守義之大節，深識遠謨忠言至計，事君之誠，仁民之篤，啓牖後進之勤，以及學術之正，守道之堅，克己之密，待物之恕，無不知之真而見之悉也。既嘗爲編訂其書曰拙修集者十卷。先生既卒，復彙輯其生平事言爲年譜云。光緒元年冬十二月桐城方宗誠識。

節録許玉峯先生集跋

宗誠幼承庭訓，知爲人以孝悌忠信儉慈爲本，力學勤業爲務，然家貧無書，僻處鄉隅，又乏師友足以考道問業。年十六，於董氏學舍中見一先生，布衣幅巾，沈静木訥，坐立言動，模範别於他師，心竊嚮之。問其門人，知爲玉峯許先生也，遂依依不忍去左右。逾時，見几上一册，敬閲之，乃先生所箸正志、正學二録，益愛翫不能已，固請假歸鈔而存之，於是始知有志於學。

先生生平不言而躬行，闇然不求人知，人亦無有知先生者。先生見宗誠有嚮學意，因誘而進之，遂以所藏小學、近思録，程子、朱子、薛文清書，史、鑑，韓、歐、曾、王諸家之文賜余讀之。閒又示以所爲詩、古文及所纂經、史、子、集格言懿行，於是乃少知爲學之途轍。先生對他人多沈默，惟宗誠至，則終日言，亹亹不倦。宗誠亦喜問難，先生因令以讀書所得所疑日記之，或爲論説書記以發抒心之所欲言。每以質於先生，先生靡不批隙導窾，竭兩端而告之也。宗誠之知窮經考史，徧觀先儒之書，而以朱子爲宗，又慕效史、漢、八家文體，而不喜爲空言，必以義理爲歸，實用爲主，皆先生所啓發也。宗誠以先大夫命奉先生爲師，先生初不許，久之乃受拜。

先生没後，宗誠與先生甥劉元佐輯録遺書，友人文鍾甫、戴存莊、馬命之爲刊行，後燬於兵燹。同治五年，宗誠復校刊於安慶。今總輯生平師友遺書，因取先生二録並節録訓語，冠於是編之首，俾後之人知宗誠淺學淵源之所漸云。光緒三年正月五日，宗誠識於棗强官舍。

節録植之先生遺書跋

吾家世業農，自高祖竹圃府君以儒起家，延賢師，教子以正學。嗣後伯曾祖待廬先生洎吾曾祖振川府君，皆以篤行好古聞於時。而待廬先生尤淹雅，善爲古文辭，門人姚鼐爲墓誌，所稱論學宗朱子者也。

植之先生爲待廬先生曾孫，纘承家學而益擴大之。

文章、箸述流播海内，皆足以正人心，維世教。宗誠初入塾時，先生游粵東，不獲常從之游。迨歸里，家居不出，年將七十矣。聞宗誠先從玉峯許先生，有志於學，召而教之。自是得侍先生十二年，時爲辨别程、朱所以爲孔、孟正傳，陸、王、陳之所以异，高、顧、劉、孫之所以爲和同，黄、顧、閻、毛之所以爲雜駁。又以其所箸大意尊聞示宗誠曰：『此窮理致知之實功，尅己守身之切務，而亦處世接物用世之良規也。』且命爲校之。宗誠删節數條，先生深以爲善，因是得讀先生全書。

先生没後，遭兵亂，書之已刊者盡燬。宗誠爲重校詩文集、遺書及漢學商兑、書林揚觶，合肥李相國、盱眙吴尚書爲次第刊行。而大意尊聞數種尤切於日用，宗誠既校刊於安慶，今編緝師友遺書，復取而節録之，以第於許先生之後。先生之言非一家之言也，而宗誠之編録於此者，則以誌家學之所自云。光緒三年正月五日宗誠識。

節録蘇厚子徵君遜敏録跋

右遜敏録四卷，吾友蘇厚子徵君惇元箸，其子求莊刊於江西。余既嘗爲之敘矣。今輯録師友遺書，因節録爲一卷。徵君所箸有張楊園先生年譜，前已刊行。同治間，錢塘丁松生大令復刊於浙，永康應敏齋方伯又附刊於楊園全集之首。其方望溪先生年譜，戴存莊孝廉附刊於望溪全集之末。四禮從宜徵君在時亦已刊行，皆有關世教之書也。惟欽齋札記毁於兵燹，文集、詩集、尺牘俱藏於家。光緒二年五月宗誠識。

節録方魯生上舍毋不敬齋全書跋

右節録毋不敬齋全書數卷，吾友方魯生先生所著也。先生初名士超，後更名潛，字碩存，與余俱本徽州方氏而在桐城不同族。少窮困，習舉子業，有聲，性剛直，慕漢汲黯，嘗思得志於時，必效其爲人。所爲文似黄忠節，應南北鄉試，十薦而不售，專以教讀爲生。年三十餘，與友人張瑞階泰來交最篤，始相勵爲性命之學，窮大學、中庸之旨。先生尤好翫易，著易義數十卷，已而盡焚棄之。性有玄悟，博學，無所不窺，於周、秦以來子家儒者之言，皆究極其旨趣。佛經、道藏亦皆博覽遐搜，窮高而極深，探玄而索隱，而不純宗孔、孟、程、朱以立言。

桐城陷，避入山中，著心述及心述餘數篇，自以爲獨啟聖賢之祕鑰矣。後游山東，適霍山吳公爲布政使，先生以書就正吳公，與論難，數往復，乃大説服。復箸性述及性述餘數篇，又自以爲大棄其舊學矣。最後從吳公居京師，見倭文端公，復與講論，學日進。四川學使延至蜀，襄校文事，一年歸。自訂所箸爲毋不敬齋全書，既成而卒，年六十有四，同治七年也。

蓋先生之學，始以心爲宗，繼以性爲宗，又繼則以心性合一爲宗。吳公、倭公皆稱其心精力果，而猶惜其未能盡洗舊習也。然先生少靡師承，讀古人之書，奮志興起，窮思力索，以求爲希聖希天之學。雖至窮極困，亂離顛沛，而終不爲俗學之所遷移，亦可謂异士矣。

余少於先生十歲，初不相知，自玉峯先生歸後，乃日就先生考道問業。先生視余如弟，切劘甚篤。余間與先生論學不合，致書反復辨難，而中心契洽甚深。始余從玉峯許先生、植之先生游，繼得交蘇厚子徵君及先生，則介在師友之間。徵君爲學專篤不苟，近於古之狷；先生則近於古之狂，善講説，能啟發人，又好直言人過。自先生没，友朋間無復有以直言糾余者矣。今編師友遺書，因取先生集節録之，以次於許、方、蘇三先生之後云。光緒三年春正月五日。

節録姚石甫廉訪識小録跋

識小録、康輶紀行，桐城姚石甫廉訪箸。先生爲學，以惜抱先生所論義理、考證、文章三者爲宗，而尤究心於經世之略。自少嚮慕賈生、王文成之爲人，重氣節，敦信義，詩文、撰述英爽磊落，有古烈丈夫之風。然先生氣高當世而心降於卑幼，好賢説士，喜奬誘人才。

道光間英夷犯順，先生以臺灣道擊陷其舟，獲其酋，和議成。先生因得罪，出刑部，降官知州。歸桐入蜀，余始獲謁見。先生跋余文，所以敦勖期望之者甚厚，在蜀數年歸，以康輶紀行稿本示余，余校訂十餘條，先生不以爲妄也，悉削去之。未幾，文宗卽位，以先生與林文忠公盡忠盡力，爲時相所蔽，手詔罷時相，旋起用文忠及先生。治軍粵西時，文忠公已道薨，先生年亦衰，然應詔卽行，不以爲難也。

馬命之者，先生故人子也，性質直，偶聞先生一言之失，上書切論之。次日，先生延諸故人飲，卽陳其書座上，諸故人皆竊議命之言過當，失卑幼禮，先生獨大賞贊之。越日，命之復盡意極言，先生益盛稱之不去口，以爲此子英氣非恒人也。其後命之果殉家國之難。先生在粵西論軍事，獨與武壯公鄔都統相契合。時江忠烈公忠源以縣令從軍，年最少，先生獨异之，以爲英才君子也。其後二公果立大節，爲世所推。

蓋先生讀書，善知人論世，不爲迂腐無用之學。其生平說經考史，皆本諸閱歷險艱，體驗有得之言，非徒如文人之故爲新解奇論也。

餘爲先生校康輶紀行，時先生年六十餘，余年未及三十。今編師友遺書，因節録此書及識小録中數十則，以備觀覽。距先生卒，已二十餘年，余年亦逾六十矣。德之不建，言之無文，負先生昔日之獎誘也，傷哉！光緒四年七月，宗誠謹識。

節錄邵位西員外忱行錄跋

右忱行録一卷，吾友仁和邵位西員外官樞垣時，討論經籍及論文書事所記者。余之知位西，因蘇厚子徵君；位西知余，因戴存莊、喬頌南，故常通書論學，其書今載位西遺文中也。

位西殉節後，遺書散佚，余以所藏位西古文編次之，後刻於淮上。錢塘丁松生亂後搜求古書，於上海得位西此録手稿，乃屬位西友人高伯平、張銘齋爲審擇九十餘條，說大學者居多，刊於杭州。伯平以贈余，翫味久之，深服其精正。惟嫌其按日記前後編輯，無甚倫類，間猶有文碎者。因復加抉擇，易其次第而編校之。體用兼賅，多前儒所未發。其言爲學次第，皆有塗轍可循；所論家國天下之道，則感觸時艱，有慨乎其言之也。惜乎其他論文、論事諸條，以及所箸尚書通論不獲見矣，悲夫！光緒二年十月，宗誠識。

節録唐魯泉大令筆記跋

右句容唐魯泉明府筆記，余既爲其門人甘愚亭編輯之，以刊於金陵，且書其後。而明府政蹟、節烈，余已爲之傳。又纂集一時名人傳跋附刻集中，所以表揚之者至矣。

憶明府宰桐城時，與吾師植之先生最相善外，此則馬元伯員外、馬公實通判，吾友蘇厚子、文鍾甫兩徵士，戴存莊孝廉、馬命之明經。其門下士，則江貽之學博、甘愚亭刺史最所識拔，大都砥行立名之士也。今則惟愚亭存而年已近七十矣。

余謬爲明府所知，歲月易逝，德業不修。今輯師友遺書，因節録明府筆記中最切要者二十一則，以供翫索，猶仿佛當日親其色笑而聽其議論之篤實也。明府宰祁門時與余書甚夥，亂後皆不存矣，惜哉！光緒四年八月，宗誠識。

節録吴竹如侍郎拙修集跋

余少即聞霍山吴竹如先生，正學清德，爲時所推。咸豐七年，先生布政山東時，余避亂窮山，致書先生問學。先生復書極相洽，且招余往。九年春二月至山東，爲課二孫。其冬，先生降調直臬，復偕至保定按察使署，因得就先生觀摩者二年。

先生爲學以朱子爲宗，而於理氣、心性、佛老、陸、王似是而非之間，明辨以晰毫髮無所假借，然寬厚簡重，恭默寡言，亦不以箸述立名。惟友朋後進中有來問學者，始爲剖(折)[析]其疑似，終必歸諸實體躬行，不喜爲空言也。生平以辨義利爲大介，出處進退，當官應職，皆守朱子『論是非』、『不計利害』二語以爲準程。自壯至老，嗜學無倦。余見其在官時，每日黎明起，至三鼓不離書室。事至則應，不稍留滯。應已，復執書史潛翫之。事至，復應。其於仕學通貫爲一，雖案牘紛煩，賓僚冗雜，而神閒氣定，鎮静從容，若超然事爲之外者。終年不見有疾言遽色，詢之所親，蓋終身然也。事有拂逆，務反求諸身，凡（百）［事］盡分，不求人知，潔廉而不以爲名，仁厚而不以爲德。仁和邵位西員外、湘鄉曾文正公皆以爲生平師友徧天下，未見有如先生之德之粹者也。

其居官務持大體，而不喜苛細，其論政必以端本爲先。文宗朝嘗兩召見，侃侃論列，文宗爲之動容。穆宗朝金陵告捷，上疏請益加儆懼，詔嘉納之，留弘德殿以備觀覽。

同治五年，年七十餘，始乞歸。先生外官監司，攝巡撫，内官卿貳數十年。告歸之日，故里無田廬足以資生，流寓山東之諸城。余特往謁之，見先生賃草舍以居，日食菽粟，而安之如素履也。山東、江蘇、安徽各巡撫延主書院講席，不肯往。鄉湘、合肥兩相國延至金陵，餽金不受，欲爲置田廬亦不敢言。請寓居空書院中，仍日讀書考道而已。諸大府及海内嚮學之士，皆相就請益。先生不立講學名，惟因事論事，隨所問而告之，薰德者誠服，聞言者心醉。寓金陵數年，同治十二年卒，年八十一歲。時曾文正公已先薨一年矣。先生卒後，直隸、山東士民皆請奏祀名宦祠。六安、霍山士民亦請入祀鄉賢祠。

先生生平不箸書，其劄記、書牘皆躬行心得之言，然不存稿，隨手散佚。余客臯署時，始搜羅編次爲十卷。嗣後先生因隨所得而綴入之，最後寓金陵，復自審訂。涂朗軒中丞官上海道時，爲刊於金陵書局。余從先生問學最久，先生寓金陵，余猶時時往就之。迨筮仕直隸，始與先生別。今編師友遺書，因取先生集，節録其最切於己者以備觀覽，而敘先生學行大略於此，其詳見年譜、神道碑，兹不具焉。光緒四年八月五日，宗誠謹識。

節録宗滌樓觀察楡巢劄記跋

咸豐九年，余館山東布政使吳公署中，日相與講學者有霍山吳儁士、六安涂朗軒、南陵何子永，皆久居吳公門下。其以書相論難者，則方魯生先生。時主膠州講席，亦吳公所陶成也。時會稽宗滌樓先生爲運河道。先生中朝耆儒，出官於外，年已六十餘矣。樂善篤學，終日不倦，喜爲古文辭。其文簡潔澹宕，無矜才使氣之習，讀之知其學養之深純也。

余與先生不相識，先生一日於姚紹泉司馬所見余文，致書來訂交。其明年，余長子培濬館濟甯，余命以先生爲師。先生敦勖之甚至，未幾，培濬病卒於濟甯。余時館直隸臬署，不得秏，賴先生與紹泉視殯斂焉。繼又以先生力得歸骨於皖，有始終之義。先生悼培濬年少，篤好古學而早夭，爲作辭哀之，今載集中。十一年正月，余自直隸將反皖，過濟甯，始與先生相見。先生雖篤老，神明清健不衰，問其近學何如，則曰體翫四子書，箸有四書體味録。余聞而心欽之，歎其年愈老而學愈篤切也。同治五年夏，余從曾文正公至濟甯，見先生，年七十餘，嗜學好古，精爽仍如昔時。文正公亦敬异之。余居濟甯兩月歸，先生亦去官返里，逾數年卒，年八十矣。卒後，會稽士民呈請入祀鄉賢祠。

先生爲學以和同朱、王爲宗，所箸有恥躬齋詩文集，已刊行。今節録其中切要者數則，以備觀感。四書體味録則不知其存亡矣。光緒四年八月，宗誠識。

編校李文清公遺文跋

右河内李文清公奏疏三首，書說一首，蓋同治初元奉特旨召用時所上；敘四首，則公道光間爲廣東學政、咸豐間主講河朔書院所爲也。公之學，以孫夏峯爲宗，務躬行心得，不事空言，生平日録最多，奏疏、書說、雜文亦不止此數篇，乃公門人蔣榛田致淑先後訪余棗强以示余者，惜乎不得見公之全集也。然觀三疏一說，公之盡忠謀國、深識治體已略可概見。讀四敘，則公之學問淵源、所以修己教人者，亦可以考其本末矣。倭文端公臚陳豫省情形疏，上議政王書，亦與公商搉爲之者。其所爲公墓誌銘，雖以公之立朝政績宜載國史，於法不宜詳，然美盛德之形容，誦其詞，固可令人心嚮往之也。故以附於此編。

宗誠生平未獲與公接見，而心契甚深。咸豐十一年，余客豫撫嚴公幕中，時公主講河朔。余致書問學，竝以所箸俟命録、大學說及雜文就正於公，復教曰：

『接手書，反覆讀之，如侍左右。棠階雖麤知向學，實未有得先生殷殷下問，若無若虛，懇款不已，若以棠階爲與聞乎道者，而不知其中無所有也。連日快讀大箸數種，忠孝之思，任恤之誼，論學之平允，任道之真切，藹然流溢於楮墨間。尤難者，流離困頓之中，無一日廢學，所謂載德與功，與古之立言者相頡頏，所關於世教甚鉅。誠非苟作，此自由躬行心得發而爲言。然更箸一鞭，尤願嚴辨乎隱微欺慊之幾，以力達於人倫庶物之際，步步踏實，必至内省不疚，猶戰戰兢兢，不敢自足，方爲無負所言。至論事慷慨激烈，雖義憤所蘊，不能自已，然於聖賢之氣象有不相似者，毋乃向來躁急之氣質猶有未盡化者邪。涵養深沈，惜不貲之身以待將來之用，則棠階所望之大規之切者也。嗟乎！世風靡靡，未有所底。先生獨奮然自拔於流俗之外，趨向正，志力堅，確然與古聖賢爲徒，從此勉勉不懈，必能大成。守先待後，以任斯道之傳。微先生，其誰與歸？棠階老矣，因循作輟，學不加進。而讀先生之書，亦不覺眉色飛舞，神與俱振，猶欲策風燭之末光，以追隨於後。倘天假之年，稍有進益，則所獲於先生者豈淺鮮哉！』

又書楹聯贈余曰：『躬自厚而薄責於人，行不得皆反求諸己。』竝爲一跋以致勖焉。

今上登極，余爲嚴公草疏舉賢，首及公。公奉特旨召用，時中外仰望風采，不啻司馬文正公之入朝也。公與余書曰：『受恩愈重，報稱愈難，不惟無德以堪之，竝恐無此福分以受之，卽恐懼修省，不敢不勉！而職分難盡，工夫不實，上無以答吾君，下無以對斯民，中無以對朋友。愛我如先生，其將何以教之也？』余有所知，因條舉以對，公多采取行之。夫以中朝碩望，海内大儒，而誠篤温恭至於如此，不足見公之學養哉！惜乎輔政不滿四年，生平所學尚未盡展於世，遽薨於位。朝野傷之。公既薨，倭公道益孤，未數年亦薨矣。公與文端公及霍山吳公，皆近時名臣，天下稱爲三大賢，余皆得親其教益。公薨之明年，吳公告病回里，寓居金陵，越數年亦薨。因讀公遺文，不盡愴然感也。同治十三年春三月，後學桐城方宗誠識。

節錄蘇菊郙明經省身錄跋

咸豐十一年春，余應胡文忠、曾文正二公之聘，自直隸返皖，道開封，阻於賊，遂爲嚴渭春中丞留司章奏，因以訪求中州一時賢才。時太康李又哲明經授經城中，重節義，能文章，究心經世之略。余聞，往與訂交，日夕相講論。由是得盡知中州之有學行者，而學行之士亦多願與余交。西華于絅齋、太康張性淵皆不遠數百里，相就講問所業，河内李文清公、内鄉王子涵觀察、陳州知府祝爽亭太守皆以書札往復相切磋。

鄢陵蘇菊邨明經，又哲石友也，好讀朱子、薛文清之書，篤學守道，孝義卓然，所箸大學臆説、省身録、鄢陵文獻志、文集、書札，皆因又哲求正於余。余所删訂，無一不虚衷以納之也，然終未得相見。嗣後余隨嚴公之湖北，又應曾文正公召，反安慶，客金陵，最後奉旨至直隸。十余年中，菊邨猶時通書信相問難也。於呼，其亦可謂好學也已。菊邨事節母孝，頃刻不離左右，故無宦情。母卒，學使景公舉菊邨及又哲、絅齋之賢，詔俱以訓導用，使培養士子。菊邨獨因多病不能就。同治十年卒，年六十有二。菊邨學行，見余所爲傳及諸書敘中，茲節録省身録中論學最切者，以附於師友遺書之列。每披讀之，如與菊邨相晤對云。光緒四年八月七日，宗誠謹識。

節錄王子涵觀察闇修記跋

右闇修記四卷，内鄉王子涵觀察箸。觀察名檢心，道光間舉人，初爲縣令江南，仁心惠澤，傳頌到今。後以道員需次直隸，與上官不合，遂見幾而去。家居教授，闇然不求人知。同治初，大臣有薦賢者以觀察名與，詔入都。觀察故與倭文端公、李文清公、吴竹如侍郎講學，相友善，及是，復相聚京師，重講舊聞，抗論天下大政。諸公皆欲觀察仕，以足疾不能覲天子，居數月，醫治未痊，遂歸里不出。

余客山東時，聞竹如先生道其賢。咸豐辛酉客河南，嚴渭春中丞論中州碩學清節，必推李文清及觀察爲首。余心慕之，奉書問學，以俟命録及諸文質正焉。觀察賜書極相契，以所撰箸數種貽余，此記其一也。余讀之，深有得於心，雖論學兼宗陸、王，而實歸於程、朱之正，所言存養省察之功，親切篤實，不馳騖於高遠；論臨政治民之道，主於德禮教養，而不雜於功利，不專於政刑，蓋皆由躬行體察而箸之於書，固與夫模擬揣度以爲言者异也。惟於陸、王論心性語不能割棄，往往牽强以爲之説。又其所記稍失之繁，重復寬泛之病，亦間有之。每欲爲删節，因循未果。今官棗强，政事餘暇，因取而節録之備翫味云。光緒二年五月，桐城方宗誠識。

節録曾文正公遺書跋

咸豐九年，余館霍山吴公山東藩署時，鄉湘曾文正公治師江表，函屬吴公，命余往。余以不諳兵事謝之。次年，公將圖安慶，余感公誼，又以桑梓之邦不容默，上書言前人敗潰之由，不固守收復之地，而但務進取爲不可，内陳善後八條，且以避亂山中時所箸俟命録質正公。公復書，餽贐，促歸里。余又辭謝之。未幾，益陽胡文忠公亦以書促余反。十一年正月，乃啟行，至開封阻賊，遂留客豫撫嚴公幕中。同治元月，嚴公聘至湖北，遂謁公安慶。公留居一月，遣師船送還武昌。及冬，復召余。明年春，乃歸安慶。由是從公最久，四五日必一見。見則暢論極談，或留與對飯，直如弟子侍先生，函丈中不知其爲達官偉人也。金陵既復，公移節金陵。余往，必留居幕府，不授以事，終日讀書談藝而已。或時問余近見有人才否，對以見某某，則甚喜，退則往往召而用之。公奉命剿撚，駐徐州，召余。余未及行，公移師濟甯，余遂謁公濟甯。居兩月，從至清江。公移節周家口，始别去。

公鎮静從容，喜怒不形於色。所部師告大捷，見公不問亦不言；即有敗失，不問之，言亦不及，如置身事外也者，但默運籌策於中而已。終日黎明起，治文書，接僚屬，事事躬親，處分無壅。而客至，笑語問及家人瑣屑，閑暇如無事人。讀書屬文，作擘窠大書，仍日不間，舟車行陳之間亦然。在安慶時，見其日誦毛詩，常曰：『余於詩，諷咏而已。其不可解者，不强解也。』又曰：『余於孟子子路人告之有過一章，日必三復之焉。』在濟甯舟中，見其日讀禮記，雖盛暑不廢。嘗言『聖王所以平物我之情，而息天下之争，内之莫大於仁，外之莫急於禮』。又言『先王之道，所爲修己、治人、經緯萬端者，何歸乎？亦曰「禮」而已矣』。故平生於文獻通考、五禮通考尤所服膺。其論學術，於程、朱、陸、王以及近代漢學考證家言，皆務持平，博綜兼收而不失之雜，特立一宗而不失之偏，嘗謂：『君子之言也，平則致和，激則召争，辭氣之輕重，積久則移易世風，黨仇訟争，而不知所止。』其於文章，則以姚惜抱氏義理、考證、詞章三者兼至爲程，而要以心術正大潔白爲本。

公自周家口反金陵，余與武昌張裕釗讀書幕中。一日，公指心謂余二人曰：『此中不光明，不足以言文事也。』公口不言功伐，治軍時言者或劾公，公曾無一言之辨，謂余曰：『言路不可塞，言官之氣不可沮也。』凡進言於公者，皆容納之。或行，或不行，曾不形於言。余從公久，所進言多切直近迂腐，公無不優禮答之。最後辨天津民教相争事，外人多咎公，余上書尤切。公復書深用自疚，移節金陵後，致余書，猶引爲愧怍，曾不以余爲不曉事，而其所以審時度勢，操心慮患之隱，忠君謀國之誠，與其所以維持補救之方，使天下宴然無事者，終無一語自白也。公生平不爲高論，專以勤廉敬恕自治，亦以此教僚吏，温温然如老諸生。不面折人過，或以書進規，或令他人轉告之，雖於子弟門人皆然。

余初見公安慶，將反鄂，公撰楹聯以『斂氣、宏學識』爲訓。石埭貢生楊德亨，公與爲布衣交，問公：『方某何如？』公曰：『論語「益者三友、三樂」，存之有其五。所少者，樂節禮樂耳。』又曰：『衛武公切磋、琢磨、瑟僩、赫喧，存之赫喧而未能瑟僩，是其所宜致力者。』余聞而深警之，何其訓言之明切而深至也！始公召余，欲官之以知縣，疏留江蘇。余上書辭謝，公亦不强。及公督直隸，陛見奉命奏調人才，公遂疏調京曹一人，江南舊僚吏七人，而以余名與。奉旨發往直隸，余又上書辭謝。公不許，使人致兼金，促備行裝。不得已，遂來謁公保定。繼復召至天津。公回江南，陛見，從公入都，請隨公歸江南，不許。由是遂與公永别矣。

公生平不箸書，所爲文自以不稱意，戒子無刊。薨後，余爲李公編次之，刻於京師。嗣後，江南、湖南俱有刻本。東湖王定安編其讀書所記者爲十卷，皆非公意也。嗟乎！公之德如諸葛、韓、范，而學問文章則過之；文不亞歐、曾、王，而勳業則歐、曾、王所不逮；博學如杜、馬，而洞澈大原又杜、馬之所不能也。然公自視若無有德行、勳業、文學，時歉然以爲一無所成，孜孜然造次顛沛必於是，至老死而不休，是尤人所不可及者。夫今編師友遺書，因節録讀書記、日記、文集中數則，以時觀翫。去公之薨，已八年矣。感公知遇陶成之德，因誌其顛末於此云。光緒四年中秋前二日，宗誠謹識。

節録萬清軒處士雜箸跋

往讀邸鈔，見鄂撫胡文忠公舉隱逸疏，盛稱興國布衣萬清軒斛泉之學行，心甚异之。客河南，詢嚴渭春中丞，亦亟稱其賢，深以不得與交爲憾。及隨中丞至湖北，居武昌節署，所相與講論者，則有開縣李雨亭宗羲、金陵汪梅邨士鐸。雨亭恬淡寡欲，篤於仁孝；梅邨博學敦行，精於輿圖。二君雖不講宋儒性理之學，而其篤信自守，則皆近於有宋君子之行誼也。先是湘鄉李肅毅公代文忠爲湖北巡撫，素知清軒賢，延主武昌書院。未至，嚴公代李公，亦延致之。余因是得與清軒往返論學者一年。

清軒爲學，確宗朱子，以居敬窮理爲程，尤以小學、三禮爲立身治世之本。自少不求聞達，家貧，惟以隱居教授爲生。道光間，湖北學使龍公、杜公，漢陽知府趙公聞其行，特創崇正書院於漢陽，延清軒以小學訓士。亂後避居深山，日食不給，而手鈔經史、先儒書數十百卷，端楷無一畫苟。賊日往來山中，清軒危坐讀書自若。賊亦异之，不爲害也。顛沛流離之中，造次必中於禮。烏呼，是可知清軒之所養矣。

胡文忠公撫鄂時，與清軒初未相見，既舉其賢，復延致戎幕中。李肅毅公亦延致戎幕中，欲薦以官，不受，令主黄州書院。清軒以黄州書院因亂久廢，不欲素餐尸職也，辭謝之，至是始來武昌。清軒爲人介而和，雖確守程、朱，而於名物、訓詁、制度皆必博考而精覈。雨亭、梅邨學不同，而與清軒亦皆契合無所間。是年九月，望江倪豹岑文蔚邀清軒、雨亭、梅邨及余五人者，相與登黄鶴樓，謁胡文忠祠，煮茗相對，意氣融融相得也。然是時，士子没溺於俗學久，少相從問學者。清軒不安其食而去。明年，余亦返皖矣。久之，上海道應公聘主講龍門書院，清軒亦不樂就而歸。應公布政江蘇，復延至書局，爲校刊張楊園先生全書。余以曾文正公辟，往直隸。應公招，過蘇州，因得與清軒繼見，蓋別已八年矣。獨山莫子偲時亦客蘇州，邀余及清軒、吳縣吳清卿、王樸臣同飲於書局，見清軒神明不衰，而鬚鬢已大半白。

今別又十年，子偲已亡，未知清軒之存否，爰取清軒平日雜記及諸與人書節録之。官暇披閱，如與清軒相講論也。光緒四年八月，宗誠識。

節録江省吾司馬讀史卮言跋

同治壬戌，余客武昌節署，交樸學之士三：江甯汪梅邨長於史志、地理，興國萬清軒確守宋賢義理之訓，武昌張廉卿篤嗜司馬、韓、歐、王之文。學不同，而其立心制行皆君子也。

時又聞有宿松學人汪君省吾宰松滋，有惠政，惜未得見。其夏，君來省垣，亦未獲與之交。一日，君於友人所見余文，攜歸。數日，投刺來訪，且以其所箸質於余。其言曰：『吾始聞先生善古文，以爲文人耳，何必求與之交？繼聞先生非徒能古文，蓋毅然有志經世之用，心竊嚮之，然猶謂可遲遲其來也。今見先生書，始自信得先生之深，而恨來見先生之晚。』因是時往來問學，契合無所間。凡余所爲經説，皆手自校訂。君之書，余所獻替者，無不以爲當於心也。未半載，而君病卒，年六十餘矣。卒之日，猶屬其子再請余審訂其遺書，爲誌其墓。

君爲人，體癯而神清，貌恭而言粹。自幼即爲存心養性之學，常抱濟人利物之志，而不喜爲空談性命之言。居鄉在官，能令人薰其德而良善。

益陽胡文忠公聞其賢，辟至湖北授以官，果异於衆人。卒後一年，松滋士庶請入名宦祠。所箸書曰讀史卮言、歷代節義録，實能以聖賢義理折衷至當，有裨於學術治道。今君卒已十餘年，余嘗欲助君子刻遺書，未果，因復節録之以附於師友諸書之次云。光緒五年正月六日。

節録陳心泉觀察遺書跋

同治元年春，余自鄂反皖，時閩陳公心泉守安慶。先是，公以御史出守江西，節相曾公剋復安慶，知公賢，特奏調公來撫殘黎，公整躬率屬教士卹民，諸廢具興，擢安廬滁和兵備道，剔姦潤枯，所澤益廣。其後，以不得於巡撫喬公去位，吏民謳思，恨不再見此忠信之長，慈惠之師也。然公處之夷然，神益怡，氣益静，閒居期年，學養益深。今節相李公疏稱其賢，令襄助剿撚北方。功成，入覲，簡放湖北督糧道，未二年卒。

初公在京師時，聞邵武楊湘筠員外言余至皖，遂以貴下賤，與余及石埭楊仲乾論學，爲忘形交。公之學，兼宗陸、王而以程、朱爲歸，以孔、孟所言忠恕孝弟爲本，不爲高論，而期於躬行。研究經訓，皆有深造自得之趣。嘗以贈公楓階先生訓語，屬余爲敘。又以養性齋經訓、書禮二種及易理蒙訓雜箸質於余。余間貢所疑，公未嘗不心契也。

公名濬，中道光丁未科進士。官翰林時，從倭文端公問學。改御史，敢言。居外任，不競能名，而遇事循理盡職，操守廉潔，純乎儒者氣象也。安慶剋復後，曾公爲總督，馬公新貽、何公璟、張公兆棟相繼爲布政使，李公文森爲按察使，公爲道府，吏治烝烝，皆謹守曾公法度，遺民得休養生息者數年。及諸公遠仕，猶賴公撑拄其間，姦弊未興，公去而蠹政日滋矣。編公遺文，不禁慨然流涕云。光緒二年冬十一月。

節録楊仲乾明經遺書跋

同治二年春，余自武昌歸安慶，節相曾文正公開幕府於行臺，敬禮賢士，凡士之有節行道藝者，無不容納之，如巨海之下百川，而四方士之來歸者日不絶，亦幾如百川之赴海也。常謂余曰：『石埭多君子，子識之乎？楊樸庵摛藻、陳虎臣艾、楊仲乾德亨皆是也。』又以余名語三君，因是得與三君子交。

樸庵、虎臣不講學而躬行，仲乾則喜接引後進，與人言，亹亹不倦，始篤好陽明之書，繼讀李二曲言，略知其非，遂參觀程、朱之説。其爲人也好善，故亦時以爲善誘人。常十數上書節相，言兵民利病而不求禄仕。其心浩浩然隱以師道自任也。余以湘鄉羅忠節公、霍山吴竹如侍郎、長白倭文端公書俾之讀，乃恍然自失，曰：『學問正宗在是矣。』未幾，竹如先生假歸寓金陵，君乃挈家之金陵，卜鄰竹如先生左右，時就請業。每得一言，必終日尋思。示以書，則反復潛翫，盡棄前所學而學也。時君年六十餘矣，恂恂然如童子之從師，尊所聞，行所知，如遠游者之得所依歸。文正公嘗稱其有移山之志，馮河之勇，雖横渠之撤皋比，不能過也。

君性篤而貌恭，其氣粹然，其言藹然，造次顛沛之中，猶自刻苦以仁其三族。曾文正公薨後，竹如先生卒，君始移居蕪湖，逾二年卒，年七十有一。所箸書藏於家，余往嘗爲君校訂諸書，君曰：『是不足存也。』今編次師友遺書，因節録之於此云。光緒五年正月六日。

節録郭遠堂中丞嘐嘐言跋

右嘐嘐言一卷，侯官郭遠堂中丞所箸也。同治二年，余寓安慶，時金陵、蘇州未剋復，公以蘇松糧道居安徽，爲節相曾公理營務，與余不相知。一日，因其年家子徐生見余文，極稱道之，以爲所言皆切於當世之務，而可見諸施行。要其立言大旨，則一以理道爲宗，如大河之水之託始於崑都崙，而挾千七百一川以東注也；如草木之萌而葉，葉而華，華而實，其元氣未嘗不稟乎本根也。韓子云『氣盛言宜』。吾以爲非專恃氣也，有理以爲之帥也，遂跋諸文尾。枉駕過余納交，由是論學極相得。余每索讀所箸，深祕固拒，不以示也。

同治六年秋，余游西湖，過蘇州，時公爲江蘇巡撫，延余與獨山莫子偲燕飲。一日，子偲與余皆以薦舉知縣江蘇，雖不爲官，然固公屬吏也。公送迎必至堂下，施以大賓之禮，且以所箸詩文、經説見示。公詩文皆儒家言，而嘐嘐言一册，則由體驗身心、閲歷事故而得者，於修身處世之道尤爲深切箸明。與明儒吕氏呻吟語頗相類。

今編師友遺書，因節取之以爲涉世之助云。公名柏蔭，由翰林出爲甘肅鞏秦階道，仕終湖北巡撫。光緒二年冬十一月。

節録竇蘭泉侍御銖寸録跋

右銖寸録四卷，同治三年春，竇蘭泉先生過安慶以貽余者。今節録爲二卷，用備省覽。先生雲南羅平人，名垿，道光乙酉拔貢，中本省鄉試第一名舉人。己丑成進士，官吏部主事，擢郎中，改官御史。時長沙唐鏡海太常講明程、朱之學，長白倭文端公、霍山吳竹如侍郎、湘鄉曾文正公、師宗何文貞公皆官京師。先生相與友善，俱時從唐先生講學問業，切磋道義。

先生之學以集義爲宗，篤實力行，自一言一動以及一念之微，必嚴於理欲之辨，小而應事接物，大而患難死生，必講求一至當之義。嘗謂：『棄富貴而就貧賤不難，處之不失其道爲難；死不難，必求合於義爲難。』其官吏部，日搜剔部中弊端，守正不苟，胥吏不能欺。官御史時，適值宣宗成皇帝賓天，文宗踐祚，先生首上疏劾首輔及前辦夷事誤國數大臣，而薦林文忠公之賢。旋以繼母老，告養歸里。一日，文宗赫然震怒，手詔數輔臣誤國之罪，褫其職，起用林公及一時正人，並貶斥數大臣，中外説服。先生實啟之也。家居養親，箸書講學數年，繼母喪，服闋不起。回匪反，上命爲副團練使。巡撫議撫回，回要索省城正街，巡撫與之，先生不可，遂劾以『激烈』褫職。先生因挈家避地蜀中，尋奉旨以先生守雲南城有功，復原官。穆宗卽位，河南巡撫嚴公舉中外賢臣在籍者二十人。以先生與，召入都。是時天下寇亂未靖，先生子方數齡，流寓蜀中。先生曰：『此何時也？沖主在位，敢自念幼子乎？』於是自蜀沿楚、鄂下皖、吳，徧觀江、淮形勢利弊，訪將吏賢能，諏問閭閻疾苦，凡大政事當興革者數十端，作文以備入覲之顧問，蓋毅然欲大有爲也。及入都，大臣無爲上言先生之賢者，召見，以知府發往貴州差遣。先生年六十餘矣，受命卽行，至貴州一月而卒。

先是，先生過安慶，時金陵猶未復，曾文正公爲總督，駐節安徽，深知先生賢，欲疏畱其襄助。又念先生奉召入都，上必將大用之，義不敢畱也。後乃大悔，深惜之。先生過安慶時，文正公畱居幕府，與余及楊仲乾輩講學一月。先生又邀余同舟至金陵，觀水陸諸軍進攻形勢，同居曾沅浦中丞幕中，往返月餘，講論極樂。見先生胸中浩然豁達無滯礙，未明而興，終日讀書作字，議論偉然，精神煥發，不謂别去竟不獲繼見。

先生在蜀所箸尚有讀小學一書，是録蓋在滇所箸，感激時艱，立論間有偏宕，而探賾抉微，實多痛切之言，故節録之以爲學修之助云。光緒二年夏四月。

節録夏弢甫學正述朱質疑跋

當涂夏弢甫先生，皖以南碩儒也，爲婺源學官。與余初不相聞，同治二年，余從友人所讀其景紫堂全書，始知先生之學兼綜漢、宋，長於詩、禮二經，而尤深於朱子之書，義理、訓詁、名物、制度、説文、小學皆能博考精研，深造自得。所箸檀弓辨誣、述朱質疑，尤有功於聖門。惟檀弓乃禮記篇名，非檀弓所記也。歸獄檀弓，爲小誤，因致書質正。先生見余説，則大喜，復書受過，補刻余書於卷首，以正書名之非。時先生年七十餘，虚懷如此，可師也已。嗣後，與余爲忘年之交，每有所箸，不遠數百里，函命商榷。余爲更一字，則又大喜。余宰棗强，先生年八十餘矣，相隔二千餘里，猶時時以手書問學，且託以身後之傳。余復書以年老不宜箸書，但時取四子書並朱子集注，默識而涵泳之，可以養心，亦可以養德。傳乃後人之任，非先生所宜繫念也。先生深以爲然，因是日翫易大象，箸有易君子以録。

先生之學，可謂由博而反約矣。湘陰左節相治軍婺源時，最重先生學行，疏請加四品銜，擢潁州府教授。吏部侍郎胡公肇智，先生門人也，以聖諭十六條附律易解、檀弓辨誣、述朱質疑三書進呈穆宗毅皇帝，以先生耆年篤學不倦，降詔褒嘉，命武英殿刊刻，頒發天下榮之，而先生益不自慊，撰楹聯云：『道脈守紫陽，僅能管窺，弗能躬行，而今已矣！書函呈黼座，褒以篤學，勵以不倦，得無愧乎？』烏呼！即是可知先生之所得矣。

余往年勸先生自撰年譜，已成，惜未得見，故不能爲先生傳。今編師友遺書，取述朱質疑節録之以備觀翫。光緒四年中秋前一日，宗誠謹識。

節録單伯平學博經説跋

自胡文忠公薦舉隱逸萬斛泉以崇風教，於是各省巡撫、督學諸臣往往有以篤學之士上聞者。高密單伯平先生自少明經修行，爲棲霞學官數十年，僻處海隅，闇然不求人知。朝邑閻公敬銘巡撫山東，訪知先生學行，疏聞於朝，延主講濟南書院，尊禮之，欲以矜式國人，且爲敘其所箸經説而刻之。閻公故文忠所薦拔也，故能步趨文忠之政事如此。

同治五年，余從曾節相濟甯戎幕，之諸城省視吳竹如先生，道濟南，因訪先生於講舍。先生年八十矣。貌篤而行恭，神清而氣健，談論極歡。自諸城反濟甯，復過先生，先生贈余詩一章，手自繕寫。余亦於青州道中爲文贈先生，因得讀先生説經諸書，理正詞純，考訂精實，洵有道之言也。

余官棗强，猶以書與先生往返問道。未幾，先生卒。所交海内宿學之士盡矣，因取先生書節録之，以附於師友遺書之後備省覽云。先生名爲鏓，卒後祀鄉賢祠。光緒四年中秋日，宗誠謹識。

節録劉融齋司業持志塾言跋

持志塾言二卷，余友興化劉融齋司業箸。司業名熙載，好古敦行，氣象温厚木訥。在翰林時，曾召入上書房。廉介清苦，不染時趨。督學廣東一年，力除積弊，以俗習難挽有不能行其志者，遂告歸里。應敏齋觀察延主上海龍門書院講席，日以正學教弟子，有胡安定經義治事之風。

曩者，咸豐十年，余客直隸，聞黄子壽太史、楊湘筠員外道司業之賢，吳竹如先生亦稱説之。既而余奉胡文忠公辟，將之湖北，聞司業亦以文忠公疏薦其賢，招之往，中心喜幸，謂可相與晤言矣。乃中道爲捻逆所阻，余留客河南而司業避亂秦中，不得相遇。同治六年，余游上海，始獲見於書院中，與論學極相得。七年，余爲上海校正縣志，復與司業聚晤月餘。司業以此書見示，喜其篤實切近，足爲學者法程。而辨正其言心性近於陸、王者數條，司業甚以爲然。

今官棗强，兒子守彝以司業刻本寄至，凡余前所辨者皆已刊而去之矣。若無若虚，不存成見，洵足爲人倫師表也。司業篤於禮教似張横渠，文法亦似之，義蘊尋繹不盡而間有拙鈍滯晦者，因復節録其最親切之語爲一卷，備省覽云。光緒二年五月，宗誠識。

節録倭文端公讀儒粹語編筆記跋

右倭文端公評駁儒粹語編十三則，余從河内田勵齋致淑録存者也。公先與河内李文清公、内鄉王子涵觀察切劘心性之學，俱由陽明、夏峯之言以入。後與吳竹如侍郎志同道合。時侍郎方爲刑部主事，公日夕相講習，始專宗程、朱之言，久而彌精，老而愈篤，名益尊，位益貴，而下學爲己之功益勤懇而不已。

余嘗讀其日記，蓋與薛文清公讀書録氣象尤相近云。惜當時未鈔存，然即讀公此十三則，已足見其學確乎爲孔、孟、程、朱之真傳，所以開示後學者，至切近而篤實矣，剖析精微，鞭辟近裏，潛翫而體行之，亦庶可以不畔矣夫。同治十三年三月，宗誠識。

節錄倭文端公遺書跋

右長白倭文端公日記，六安涂朗軒宗瀛爲上海道時所校刊者。憶往歲，余客吳竹如先生山東布政使署中，見公日記三卷，莎車行紀一卷，蓋公在奉天時寄質於吳公，吳公手鈔而存之者也。後居河南巡撫幕中，讀公爲學大旨一卷。客金陵，涂君時知江甯府，示余以公日記一卷，帝王盛軌、輔弼嘉謨二卷，謂是會試時所手録者。及來棗强，河内田勵齋以公讀儒粹語編筆記示余，永平武酌堂郎中亦以手寫公日記一册寄余，因皆録而藏之，然終以未見全書爲憾。今得涂刻此本，余友廖穀士編修又貽余京都所刻公遺書，取而校之。凡前所見帝王盛軌、輔弼嘉謨、爲學大旨，涂本已具，日記則吳公、武君所鈔，亦皆見於涂刻中。所少者讀儒粹語編筆記而已。其餘講議、奏疏、雜稿、吏治輯要，涂刻有之，京都本惟有四種，爲學大旨、吏治輯要與涂刻同。嘉善録、莎車行紀則涂本未有。其他涂所刻數種，又京都本之所無也。二本合之，當爲全書。然余嘗聞竹如先生云公日記甚多，意涂刻尚非全本，奏疏、書劄尤未必得其全也。

公之學，確守程、朱，德器粹然，純一不雜，於先儒中似許魯齋、薛文清，於竝時諸儒則惟與吳公爲最相契合，蓋皆以反躬實體，真知允蹈爲入德之門。其所記者，皆其所行道而有得於心之言，不可以言求之者也，又何多乎哉！

先是余館山東時，公以侍郎兼奉天府尹。吳公以余俟命録寄公，公嘉與之，鈔存數十則，將留爲靖獻之助。

同治九年，余隨曾文正公入都，三謁見公。時公以首輔爲帝師，終日輔導弘德殿，日將晡始出。余往，公尚未歸門者，先請余入坐廳事，見公門庭肅然，僕隸皆氣息嚴整，如公在也者。諸孫讀書聲敬一，亦如公在也者，心益欽之。未幾，公至，延余坐賓位，問對移時，語默動静，從容中禮。余告退，必送至車前，固辭不獲，俟登車，揖而後反。三見皆然。

次年，余來棗强，公薨於位。公與吴公學最契，而所以致力不同。公日必有記，存心發慮，一言一動，必省察而剋制之，不使有一毫之自欺。吴公則時以義理養其心，凡事必於義利之介體勘入微，不稍自假，終日窮理讀書，默識心融，而不爲日記。至其守正不阿，剋己無私，純乎以孔、孟、程、朱之言涵養氣質，薫陶德性，則二公固未始有异也，故世無論識與不識，皆以倭、吴竝稱焉。公之日記，每讀之令人心沈氣斂。余故節録之以備翫索云。光緒四年八月中秋後三日，宗誠謹識於棗强喬蔭棠枝之館。

跋王琴航觀察家書後

右深澤王琴航觀察權延建邵道時家書三篇，觀察以積勞卒閩中，其弟榕泉學博裝池爲册，以示余者。初，觀察以孝廉選授福建海澄縣，署上杭，擢永春州，權守漳州府，皆以威惠得民心。咸豐丙辰權延建邵道，以順昌土寇滋擾，大府檄統軍駐順昌剿撫，將竣，丁巳二月，江西髮逆竄杉關，邵武、光澤繼失。公聞，急回延平，而城内人民已遷徙盡矣。公誓以身許國，故作此三書上其父母與兄，一諭其子。觀其詞，惟念二親不置，無復有私慮也。

先是觀察守漳時，屢請假入覲，便道省親。又上書學使者，乞代白大府，有『報國日長，報親日短。如不可爲子，將何以爲臣』之語。大府不可，故此與兄書中深悔不能引身早退，以致有傷堂上之心也。然又曰：『不可爲子，必求可以爲臣。』公忠孝大節，不洵足令讀者頑廉而懦立哉！是書自註丁巳三月十一日，時賊破邵武，直抵建甯。建甯去延平百餘里，公集同官言：『延平，省垣門户，宜急籌守登陴，人心始有固志。』復督兵會諸軍攻，復邵武、建甯，疾作不懈，久之病益劇。賊已退，始解任寓省垣，八月二十九日卒。

嗟乎！公其可謂不食所言矣。世言忠孝不能兩全，非也。孔子曰：『事君不忠，非孝也；戰鬬無勇，非孝也。』記曰：『死而不吊者，三畏厭溺，彼畏死之徒，以親在爲辭者，不忠甚矣！其又可解免於不孝之罪乎？』榕泉與余爲心性交，同治壬申正月，余自棗强訪榕泉於其家，因屬余識於册末云。

邵位西員外遺詩跋

右邵位西員外遺詩五十五章。同治庚午冬，余游京師，客貴築黄子壽編修寓中。適新城陳洛君持位西遺詩二册見示，則位西官章京時手書也。位西名懿辰，浙江仁和人。咸豐十一年十二月朔日，殉節杭州。浙江巡撫馬公新貽既以位西學行大節奏聞於朝，竝請宣入國史館列傳，湘鄉曾相國爲撰銘墓之文。

宗誠與位西心交有年，時以道義文字相切劘，而生平未獲接見。位西殉節後，箸述盡燬於兵燹。余因檢所藏位西遺文三十餘首編校之，以付其子順年。寄至淮上，位西石友高伯平以呈吳仲宣漕督，遂爲之刊行。後復得禮經通論之半刻之。仁和丁松生復於上海故書堆中，得其筆記手稿二册，屬伯平簡其説大學語爲一卷，亦爲刊行，所謂忱行録也。

位西學宗朱子，經學宗李安溪，文宗方望溪，皆卓然足以名家。詩非其所長，然固非時俗人所能爲也，況其爲忠義儒者之遺墨乎！爰鈔存之，時諷詠云。同治十二年秋，桐城方宗誠識。

河内李文清公説帖手稾跋

河内李文清公同治初年上恭親王説帖手稿，其門人田勵齋徵士致淑寶藏之。十三年，余官冀州棗强，徵士過訪，留數月，因見此册。

余與文清公未相見，而論學相契甚深。公嘗貽余手札二，楹聯一，批余所箸經説數條，皆肫篤親切，温然德養之氣象流箸於楮墨間，與此相類，其爲真蹟無疑。

當公在政府時，忠言嘉謨，外人不得聞，然天下仰望治平者，皆推爲中興賢輔。公薨至今十餘年，乃月异而歲不同矣。因裝存此册，以誌景仰。桐城方宗誠識。

文清李先生言行録跋

右李文清公言行録，公門人孟縣和鈴所記也。曩歲咸豐辛酉，余客中州，文清公時主講河朔書院。余致書問學，公復書親切肫摯如故交，而自視欿然，若虚若無，讀之洵爲德人之氣象也。其年冬，武陟毛旭初閣學與余遇於撫署，言公德行粹然，學養深純，雖浮躁淺露之夫對之，則氣自斂，心自静。後晤霍山吳竹如先生，詢之良然。

今官棗强，去公薨十年矣。其門人河内蔣榛、田致淑先後過訪，因得讀公奏議、書敘數篇，略見公學問所宗嚮與立朝議論大節，已編録爲一卷。今和君以從游時所記公言行，因蔣生寄示，展翫久之，不异親坐春風中也。孔子論學曰：『庸德之行，庸言之謹。』書曰：『細行不矜，終累大德。』公爲學不矜奇立异，而惟涵養於庸德庸言之間，中州儒者自夏峯、睢州後一人而已。

和君字勉齋，孟縣歲貢生，其學雖從公游，而確守程、朱之正，不和同陸、王之説，嘗致諍於公，公亦不辨。於乎！公之學養之醇於斯可見。而和君其亦可謂善學者哉！因復鈔存之，時展翫云。光緒二年夏四月，宗誠謹識。

書游子代贈蔣一齋册頁後

同治四年春，游子代太守以知州入覲，奉朝命至安徽，枉駕過我，接談之際，見其質樸剛果，志卓而力堅，時時留心民生吏治，且篤信古人之道，貌恭而色和，與物無忤，而中自守不苟，知其必能爲循良也。權知和州，政果异。湘鄉相國薦達於朝，及移督畿疆，復奏調至直，以爲吏治之師。知深州、灤州，政績復大箸。今合肥相國李公又首舉其治行，於是天子特詔擢守永平。既二年，永平士民安之，皆稱爲百餘年來所未有也。

君不立講學名，而獨喜聞余與楊仲乾講論，嘗手録余語於册，置座右。今復書所爲詩及余語以示一齋，其與人爲善如此，殆詩所謂『豈弟君子』者邪！

顧念余論學之言爲君所取，而自反實未能踐之於身，與君同爲湘鄉相國所薦揚，而政事尤不逮遠甚。讀此卷，愧恨無窮也。

跋鄭司直先生輓詩後

光緒丁丑，河北數省大祲。余宰直隸之棗强，日巡郊垌，譏災民，嘗振撫。友人於市肆購一册貽余，則邑先達鄭司直中丞輓詩也。

中丞端，清達主知，箸述采入四庫，卒後百八十六年，遺書版燬，後進無能道其學行政蹟者。余至，始爲校刊其日知堂集，又從黄子壽太史所，録其朱子學歸，因撰事略白大府，請於朝，得祠於鄉。

今復得其門人徐永言所爲輓詩，益見公性行大節，水流溼，火就燥，氣類相感，固有如是者邪！徐君書峻整，趙州張菊坪見而愛之，爰爲書公事略於册後，以誌景仰。戊寅陽月朔，宗誠識。

跋方望溪先生墨蹟後

右望溪先生手書陸士衡賦一節，末記壬申冬十一月，書於長安寓中。考先生年譜，康熙二十八年己巳，安徽學使宛平高公素侯歲試，拔先生第一，入桐城縣學，招居使院讀書。三十年秋，從高公如京師，館高公所。壬申三十一年也，時先生年二十五歲，作高公壽敘，舉蘇明允上富鄭公書爲壽，懼公循致高位，碌碌無所成。高公揭先生文於壁，觀者皆駭，先生請撤之，高公曰：『吾正欲使諸公一聞天下正議也。』先生是時在京師，與慈谿姜西溟宸英、北平王崑繩源論行身祈嚮，先生曰：『學行繼程、朱後，文章在韓、歐間。』西溟見先生文曰：『此人，吾輩當讓之出一頭地者也。』時先生未舉於鄉，志氣已卓越。若此書法，非先生所尚也。然觀此册，挺拔清健，圭角方廉，無柔媚圓孰之態，亦可見先生質直行方之一端矣。欒城聶之濬屬趙州張菊坪乞余爲其先人傳，寄此爲贈。余鄉大賢之手澤也，謹考覈而藏之。時光緒五年己卯，去先生作書時百八十有八年。

跋孝經寫本後

往吾鄉方明善先生治家，命子弟、女婦平旦起，必敬讀孝經，然後各習其業，事其職。以故其子孫多爲名臣名儒，女孫曾亦多明節義，以賢孝箸聞者。其家法足式也。

余曩歲請馬命之徵君書先考妣行述一册，又請大理馬雨農學士、望江倪豹岑郎中、歙汪仲伊明經各書孝經一部，藏家廟中，時時展誦。今兒子培蔭於書市購得空誥軸一卷，不敢褻也。爰請趙州張菊坪進士爲書孝經其上，與先世誥命軸同供奉之，庶俾子孫世世瞻仰聖訓，追思祖德，以不忘報吾君、吾親之意也夫。光緒五年冬至後七日，宗誠識。

跋游子岱太守手書册頁後

右二册，乃余同治間與新化游公在皖時講學論治之書，公手録而弆之者也。古人之交，本有以文會友，以友輔仁之義。余生平多賢師友，每得一語之箴規，一事之足法，必謹識之，不敢忘。而於同志之前，亦喜效直諒之益。然事後思之，所録師友箴規、言行，究未能見賢思齊，聞義而徙，而所效直諒於友者，反諸躬亦未能實踐其所言。噫！不幾蹈客氣自欺之咎也邪。故常於離群索居時，喜取師友言行以自考鏡，而亦間取己之所言觀之，以發其内愧之心也。

余與游公同以曾文正公辟至直隸。公牧深州，守永平，治行稱最。余出宰棗强，與公不相見者，八載於兹矣。今年春，余以先大夫訓語長卷乞公題識，公亦寄此册命余跋尾。展翫久之，公之虚衷謙德，洵可師法。而余學殖荒落，政事無异於恒人，讀公所録，幾不知其言之出於我矣。公蓋知余學業之日頽，故以此册警余之惰，所謂以人治人者，其此意也夫。

書蓮池詩册後

咸豐己未冬，余從霍山吳竹如先生自山東改官直隸，始至，寓居古蓮池。嗣後遂常游其中，因得徧覽亭閣泉石之勝。逾年，貴築黄子壽編修自山西來納交，以德業相切劘，極文史談讌之樂事。又次年，余去保定，編修畱主蓮池講席，遂得獨有園亭之勝境。時四方多難，余既去直，爲豫、鄂、皖、吳、齊、魯之游。編修未幾亦去，游秦、蜀，卜居湘中，不相見者十餘年。每憶蓮池游從之樂，未嘗不悄然以思也。

同治己巳冬，余自家奉曾文正公薦辟，復來直隸，居舊道廨，又得日夕游觀蓮池。暑時，每挾策登萬卷樓，獨坐展誦，以避市囂。是時，編修居職史館，不得見。庚午冬，始獲晤於京師。逾年，編修應合肥相國聘，纂修畿輔通志，來居蓮池，再主書院講席。同纂修者亦多一時淹雅之士。而余已出宰棗强，迫吏事，不獲從游於其間。蓮池之勝，朋游文史之樂，又爲編修所獨擅矣。於是通溝渠，治亭沼，引一畝泉灌荷植竹，蒔四時花蔬，修君子長生館，以爲觀蓮之所，其勝蓋大倍於昔時。盛衰興替，罔不由人，凡事類然，而茲其細焉者也。

光緒庚辰，余乞假將歸，編修招來蓮池，居館中一月，復與友人贈詩畫册以寵其行，日夕聚語，樂甚，獨余思之蘊結而不怡於懷。方余初至保定，居游蓮池時，逾年而有大沽海防之變，英夷入澱園，逼京師，文宗皇帝巡幸木蘭。迨余去直游汴，而事始靖。其再來，宦學保定，讀書蓮池樓上，而天津華夷雜處，忽因訛言起釁，致興大獄，中外重臣，曲意求全，生民始得稍安，而余已去蓮池，出宰下邑矣。

今之謝官來居於此也，雖園亭朋從之樂逾於曩時，而又日聞俄夷以據我伊犁地不歸，將開釁端。天子屢遣大臣與議，兼籌邊防，而事機之伏尚未有定。夫人生進退去就之際，關係天下安危，此奇傑鉅人之任也。若余生天地間，直如蟣蝨在衣縫中耳。去處居游，何與於天下治亂之故？乃每寄寓蓮池，而變故之來往往相值。及余去而事復宴然。編修則常於無事之時，獨享園亭之樂，是豈余之祜薄，不得享受此泉石幽靜之福，故與不祥之事適相感召邪？抑或造物者因余無實學而竊浮名，故不使與良朋聚處，以庶幾德業之有成邪？然則余固不得久戀於此，以累編修園亭朋游之樂也已。

跋劉滄州印存後

右劉滄州印册十二幀，子壽編修所得於大梁市中者。册後題崇禎庚辰、辛巳、癸未、甲申者凡五幀，下署『織滄州劉夢』五字。甲申以後，題乙酉、丙戌、丁亥、癸巳者凡七幀，但有甲子而不紀改元，末易署『滄江劉夢』而不直署滄州，且不冠之以織，其用意隱微深痛，視淵明殆尤過之，蓋明季遺民之所爲。考國朝滄州詩鈔並滄州志載：夢，原名佚，字無逸，號遜之，晚號患骨，別號蓑落道人。明季諸生，隱居不仕，博覽經史及宋儒書。書法瘦硬，畫山水，以草勢成之。善篆隸，愛摹刻古印。詩蒼涼悲惋，有騷雅遺風。今觀甲申以後印册中，有『患骨』數章，其署名筆法果瘦硬，具見剛毅不屈之節。乙酉幀中有『忠孝傳家』一章，與志所言相類，其爲逸民無疑矣。

志又載：其妻亡，不再娶。有妾通翰墨，早卒。止一僕，菜羹麤糲，常宴如。順治甲午卧病，有數卒排闥入辱之，遂自經。而未詳其所辱之由。其或以生今反古，衣冠言語有不與時合者邪？然觀其苦節之貞，意必抗節不辱，一瞑而萬世不顧者矣。

署名稱『劉夢』而印章中皆『夢曷』二篆，不知何故。箸書皆散逸，今惟元旦雪賦、紫茄二律刻國朝詩鈔第一卷中，據編者云得自先生所箸韻典稿末者。編修今纂修畿輔通志，列先生於明季人物卷，用章先生之貞志云。光緒庚辰，編修以此册示余，時去第一幅之庚辰已五易，蓋二百四十一年矣。桐城方宗誠謹識於古蓮池君子長生館。

卷第八　書

復劉崑圃太守書

今春親教，後未及奉書，乃蒙以貴下賤，惠餞教所不逮，反覆維誦，慚感交集。執事實心實政，惠澤及民。今讀來書，始知學有本原，尤非時人所及。惟引姚江言『良知之外，更無知；致知之外，更無學』。以爲直捷了當，於接人處事爲宜，非體驗功深，曷能知此？然宗誠竊謂良知者，本心之明；致知者，擴充之功。必於天理人欲，事事分得極清，無毫髮之含混，然後可以爲良知。若但認一心之靈明，則是知覺運動之知，非知是知非之良知也。必於格物窮理，事事考究，以期止於至善之地，而無一毫之假借，然後可以爲致知。若但致一心之靈明，不知隨事觀理，虛心窮理，則恐認一己之意見以爲良知，而發之於接人處事，未必能得至善之所在也。故論學終當以程、朱之言『格物致知』爲無弊，而良知之説，第可取爲興起警動之助而已，不可奉爲明新、止至善、致中和之極則也。執事以爲何如？

至謂『人無論學問用事，氣質用事，法律用事，但求其真，去其僞，於事必有所濟』。此尤爲近裏著己之言。然竊謂此以取人則可也，以之處己似尚未盡善。蓋真與僞，乃心術之大介。不真，自無可言矣。然苟學問不得其正，氣質不得其中，法律不得其理，縱使出於真，實非由作僞而措之政事，見之施行，必不能無貽害身心、家國之處，烏得但以其真而遂謂有濟也。故學問必須有本末，氣質必須善變化，法律必須審天理、人情之當否。然後爲出於天命之真性，否則自謂爲真，安知非性情之偏執，意見之偏私哉？

至謂『一行作吏，則所接多俗人、俗言、俗事，皆與所學不合』。竊以爲天之生民，有物有則，凡俗人、俗言、俗事皆物也。與之相接，總以真誠待之，以道心察之，以義理審處之，是即所謂則也。朱子謂『即物窮理』，則凡遇俗人、俗言、俗事，皆可用『即物窮理』之功，深思當何以處何以應，如是又安有雅俗之辨哉？鄙見如此，又未知執事以爲何如？尚乞折衷至當，以開愚蒙，幸甚！

上李節相書

頃讀邸鈔，欣知明年春皇上親政，普天同樂，想必有浩蕩之仁恩敷於四海，明公必將入覲天顔，且必有大謨遠猷贊襄帝德，以新天下之耳目，振天下之人心，此非庸愚小臣所當與聞者。惟管見所及，不揣僭妄，謹以陳於明公之前，惟裁察焉。

竊以同治初元，我皇上御極之時，正天下擾攘之際，未及十年，海宇澄清，廓然成中興之業。凡文武勳臣剋復一省城，肅清數千里者，莫不上承天眷，褒以五等之封。惟胡文忠公力争上游，剋復武昌，籌兵助攻江西，親帥將吏進圖安慶，其時尤難，其功甚偉，不幸薨於金陵剋復之前，未得與封爵之賞。今皇上親政之始，似宜首請加恩從前文武功臣及死難忠臣，以勵臣子貞一之志。而胡文忠一人尤宜請與各勳臣剋復省會者同膺爵賞，褒故臣之忠，正所以砥純臣之節，古人所謂千金買駿骨也。在朝廷，行之足昭崇德報功之典； 在明公，言之亦足見推功讓能之心。此鄙意所欲陳者，一也。

朝廷之上，第一難得忠直之臣知無不言，言無不盡，雖其所言未必盡可采用，而爲人臣子能於國家之事盡忠竭慮，不求名利，專以計安社稷爲心，實可爲人臣之表則。宗誠竊見咸豐時王子懷侍郎奏議四册，凡君德、人才、兵事、財用，無不殫思竭忱，反復盡言。今聖主親政，似宜首請加恩從前忠直之臣，以鼓臣子敢言之氣。凡如王侍郎者，宜請特恩賜謚，竝以其奏議事迹宣入史館立傳，垂型後人。此雖部臣之職，非疆臣所宜言，然明公今日職雖疆臣，實則首輔，固無一事不可言者。此鄙意所欲陳者，二也。

方今天下，禍亂雖已肅清，而非講求吏治人才，無以清亂源而立治本。見在各省大吏固皆簡用得人，而從前賢大府如閻丹初侍郎、沈幼丹中丞、嚴渭春方伯皆精於吏治，勤求民隱，似宜奏請特旨召用，以奬賢良。其他明公所深知者，似皆可密陳之，庶盡以人事君之道，竝請皇上宣諭天下督撫，明保循良，以端風氣。賢臣濟濟於上，庶吏治烝烝，人才日出，而治道可久矣。此鄙意所欲陳者，三也。

自古治世之道，以厚人倫、美風俗爲先。欲厚人倫、美風俗，莫如抑奔競利禄之徒，崇敦倫飭紀之士。《書》曰：『旌别淑慝，表厥宅里。』樹之風聲者，此也。前年，曾文正公督直隷，設禮賢館延訪士子，意甚善也。惟司事者不得其人，所舉者未必盡賢，而真賢未肯自就，甚孤德意。以宗誠所見，直隷士子，大抵樸陋者多，有學者少，惟深知足爲士林矜式者四人。新城進士王振綱，壯年高第，篤志養親三十餘年，不求仕進，温恭篤厚，仁孝性成，實爲人倫之師表。欒亭舉人史夢蘭，幼孤，好學，守節母之教，年二十餘登乙科。節母不願其仕，卽仰承母志，讀書養親數十年，頃刻不違左右。博學多聞，文行竝茂。深澤舉人王肇晉亦少年登科，不求利禄，事親至孝。兄弟四人相爲師友，極其友愛。尤好爲善舉義行，一門仁厚，箸於閭里。其學問博洽，而於正經、正史、大儒之書，尤能穿穴洞奥，身體力行。廣平刑部員外郎武汝清，登第甚早，亦以母老不戀仕途，教授於家，孝養終身。其爲人，守正不阿，頗箸風節。是四人者，洵直隷士子中之賢者也。明公如能表其孝行，疏請賞加京銜以旌揚之，似亦振起人心、移風易俗之一助，竝請詔各直省大吏皆訪求賢哲，以振士氣，厚人倫。此鄙意所欲陳者，四也。

列聖登極皆有豁免積欠錢糧之宏恩，誠以積欠在貧民者，斷難徵收，徒授胥吏以追呼之柄，需索之資，而實無補於國計，似宜請皇上普行蠲免同治十年以前民欠錢糧，雖於民間無大實濟，而普天之下究無不歌頌皇仁於無疆矣。此鄙意所欲陳者，五也。

迂拙之見，知無當於高深，然古人有言：『泰山不讓土壤，河海不擇細流。』惟明公裁之。

上李節相書

敬陳者宗誠，忝司一邑，不能盡當爲之職分，何敢妄論天下大政，以取越禮犯分之愆？惟胷中憂鬱有不能已於言者，又感明公豁達大度，曾不以言罪人，而於宗誠尤加優异，雖所言毫無足取，亦常以度外包容之，用敢越職陳言，以備采擇。

竊以軍興以後，雖獲四海永清，而民間元氣凋耗極矣！直隸地瘠民貧，加以水旱偏災，差徭繁重，盜賊所在多有。幸遇明公德威丕著，仁義兼施，振卹災黎，嚴治匪類，窮民賴以安全，畿輔賴以鎮定，寬大仁厚之氣，固宜有以感召天和，潛消災沴。乃自去年至今冬，雪不降，春雨不時。入夏以來，亢旱尤甚，麥秋既已不登，秋穀不得播種，且不止一邑一郡已也，舉直隸全省皆然。亦不惟一省已也，關外、山右、河南、山東皆然。以根本之地，虛耗之民，何以堪此！

我皇上閔念民艱，去冬至今屢屢設壇祈禱，明公及司、道、府、州、縣以下官民，亦無不誠心以求而神靈罔應。間有陰雲之布，終無雨澤之施。尤可怪者，雷電不作，風霾時形。天人一理，此其中必有故焉。事天以實不以文。側身修省，施德行惠，愛民如子，疾惡如讎，好民所好，惡民所惡，此事天之實也。設壇祈禱，此事天之文也。易曰：『天地交，則爲泰；天地不交，則爲否。』天氣下降，地氣上騰，陰陽和而後雨澤時，萬物育焉。天地之不交，陰陽之不和，是必有戾氣隔塞其間故也。戾氣者何？在上則政事爲之，在下則人心爲之。自古君明臣良之世，惟是使上恩得以下究，下情得以上通。若君雖明，而臣不良，或大臣良，小臣不良，又或有良，有不良，於是朝廷雖有愛民之心，立愛民之法，而中間爲臣工所壅蔽，致君上之仁恩不得下究，下民之困苦不得上通，此天地之所以不交而爲否也。洪範庶徵曰：『蒙，恒風若。』今春夏以來，天氣未嘗無下降之時，地氣亦未嘗無上騰之時，然往往不俟其交，卽遇狂風以散之。是或朝廷用人行政，賞善罰惡有蒙蔽於其間者，使上恩不得下究，下情不得上通，故致陰陽不和，而膏澤不降與？易曰：『洊雷震，君子以恐懼修省。』又曰：『雷電皆至豐，君子以折獄致刑。』夫天之有雨露，所以養萬物也；有霜雪，所以成萬物也。雨露，仁也；霜雪，義也。仁以育萬物，義以正萬民。不正不足以成其育，不義不足以成其仁。無霜雪之肅殺，何以能成雨露之仁愛？故大學傳曰：『惟仁人放流之，屏諸四夷，不與同中國。』此謂惟仁人爲能愛人，能惡人。不能惡人，卽於仁人之道大有歉也。一冬無雪，或者朝廷過於仁愛，有當惡而不惡，當肅殺而不肅殺者，以召致之乎？鼓萬物者，莫疾乎雷，雷所以震動萬物之生氣，使之達也，故曰：『雷以動之。』雷者，天地之怒氣，而實爲天地之仁氣也。無雷霆之怒，斷不能成天地之仁，故曰：『天之無恩而大恩生，迅雷烈風，莫不蠢然。』今自春以來，雷電不作，故雖或有油然之雲，終不能成沛然之雨。或者朝廷行政有貪暴殘民之官，當大震雷霆之怒以行刑罰，而偏於仁愛，不肯行刑，以致此乎？

夫天人之理至微，宗誠豈敢妄測天心，而明公則有燮理陰陽之責者也。聞之京師輿論，皆以前提督成禄在甘肅妄殺數百人，實足以傷害天和，感召戾氣，朝廷辦理此事過於仁厚。緩妄殺數百人者之罪，反以參劾妄殺之直言不諱者爲非，刑賞未公，人心之直道難泯。人心所不服，即天道所不順。傳曰：『吾之心正，則天地之心亦正焉；吾之氣順，則天地之氣亦順焉。』天、地、人爲三才，君與相尤與天地爲一體。參贊化育，位天地，育萬物之任，非聖天子與賢宰相之任，其誰任哉？夫致中和，可以位天地，育萬物，非迂言也，亦非空言也。致中和，必有致中和之實德實政，當殺而不殺，當速殺而不速殺，是必朝廷偶然錯誤，失之不中不和耳。果能翻然悔悟，大震雷霆，不受蒙蔽，不護前非，成禄之當立決者即立決之，吳可讀之忠直當褒即褒嘉之，是即致中和之實德實政也。民心愉説，天心有不豫順者乎？

曩者仁宗睿皇帝時，京師旱，詔減釋軍流，不雨；釋安南黎氏二臣，亦不雨。仁宗手詔赦洪亮吉，是日沛然大雨，遂頒諭言天人感應之理至捷，誠臣工弗以言爲諱。御製得雨詩有『亮吉原書無違礙』之句，有『愛君之誠，實足以啓沃朕心』之注。仁宗大公無我，順天應人，毫不存成見，實足爲萬世法。今旱象如此，恐爲禍亂之幾。京師輿論如此，可見民心直道之公。諸臣皆知之，而皆無肯言之者，是即蒙之象也。諸廷臣蒙蔽如風，致下情不得上達，皇上不震雷霆之怒，所以上恩不得下究，此時尚不過陰陽不和，將來恐致天地否塞，且以畿輔之地，虛耗之民，如果竟成全省大旱，亂民爲亂，猶可治也。災民爲亂，何以治之？

迂腐之見，欲求明公或密陳，或明言，忠義精誠，必能感動我皇上爲仁宗睿皇帝之所爲者。謹昧死以陳，又嘗思天澤不降，上下之氣不通，陰陽之氣不和，宜疏請皇上施浩然曠大之仁。凡自同治十三年以前民歉錢糧全行豁免，蓋民間積歉徒飽胥吏追呼之欲壑，而實無埤於司農，何如下愷惻之詔，施之於民，以感召太和之氣乎？又各省府、州、縣官，原以通下情於上，推上恩於下。府、州、縣官不得其人，則國家雖有良法美意，而恩澤不得下究，閭閻雖有疾苦冤抑，而阻絶不得上通。似宜疏請特旨嚴諭各直省督撫、藩臬，專心留意人才，勤政愛民者，必不次超遷，以鼓勵之；貪暴怠慢者，必全行斥革，以懲創之。而督撫、藩臬，亦當各矢公忠，無存私見，掃除積習，勿喜逢迎，實心爲朝廷分別賢否，激勵人才，壹意爲百姓訪求循良，培養元氣，不可以鄉里故舊之私，意存偏袒，稍事瞻徇，是亦致中和以召和氣之一端也。

直隸麥既未登，早穀未種，貧民皇皇待食。即令十日之内得雨，亦祇能補種晚穀。可否祈明公訪明南省何地豐稔，招致米商由海運津，俾民間得以買食。又祈奏請如有姦民藉荒聚衆殺奪者，許地方官訊明後卽行正法，以遏亂萌。愚昧妄言，伏求鑒察。

再上李節相書

本月朔日，妄有陳言，深慮以出位見罪，乃於十一日奉到鈞函，過蒙鑒宥，采以入告。雖諸葛公之開誠布公，集思廣益，無以過之。惟於天人之理，感應之神，似有未深信者，故疑洪亮吉之遺，遇赦而雨，爲適逢其會。宗誠竊不以爲然也。天下譬如人之一身，嗜欲飲食，寒暑失宜，氣血凝滯，而後病生焉。善醫者，窮其受病之源，順其理而調其氣，以和解之，銷導之，甚則攻治之，而效立見，不得謂皆適逢其會也。天、地、人，一氣而已，而冥漠之中，實莫不各有條理以主持於其間。無理則爲亂氣，人失其理則人氣亂，而天氣隨之。乾爲父，坤爲母。大君者，吾父母；宗子，其大臣；宗子之家，相也。故天、地、人，雖皆一氣，而惟君相之氣與天地尤易感通。譬如父母與衆子孫，雖休戚相關，究惟長子與家相之言是聽。其家道之隆替，家運之盛衰，亦皆惟長子與家相能主持之。衆子孫但同其禍福，究不能主持其事也。然則綱維治道，斡旋氣運，非君相是望而誰望哉？

且夫綱維治道，斡旋氣運，貴操其本，不可徒救其末。操其本者易，救其末者難；操其本者速，救其末者緩也。仁宗遇災而懼，側身脩省，不肯怙一時之過，奮然立改前非，卽此至誠爲民一念，非卽吾之心正，而天地之心焉有不正？吾之氣順，而天地之氣焉有不順者乎？誠所謂操其本也。孟子曰：『其爲氣也，至大至剛，以直養而無害，則塞乎天地之間。』夫天地之間有正氣，亦不能無邪氣。邪氣之來，乘正氣之虚而入，故主持世運者，必能知言養氣，明夫道義而無所疑，然後能配夫道義而無所懼。不疑不懼，然後能以直養其至大至剛之氣，以塞乎天地之間，如是，雖有邪氣之萌，自不能敵浩然之氣，而銷歸於無有矣。若先於道義未能無疑，天人感應之理未能深信，則不能不生計較。計較生，則毁譽利害之見動於中，不能無所懼。懼則至大至剛之氣餒，餒則浩然之氣不能塞乎天地，又何能感通天地乎？古稱至誠格天，至誠感神者，不疑不懼，無計較之私，一以直養之而已矣。稍有計較，卽非至誠。

來諭謂『天地陰陽爲戾氣隔塞，推究其故，當非一端，未必盡由成某一事』。洵爲平情之論。然既推究其故非一端，卽當盡陳於上，以啓沃帝心，庶幾遷改，以感通天地，不得但救其末已也。夫雨澤之降，始於地氣上升。地道也，臣道也，一也。易言『小畜密雲，不雨』，謂陰不能畜陽，故陽亢於上，而膏澤不得下降。明公首輔元勳，功在社稷，名齊方召。知天地不交，陰陽不和，恒陽恒風，必有戾氣隔塞壅蔽於其間，而不敢盡情上達，是卽陰不能畜陽，地氣不上升之過也。以明公忠貫日月，功震華夷，豈肯出此不過計較有益無益而後行耳？夫事求可，功求成，委曲以濟功名者，三代以後之名臣也；陳善閉邪，責難於君，成敗利鈍，皆非所計者，三代以上之純臣也。

宗誠職分雖卑，而志量甚遠，內憂一邑之旱象，外念全省之災黎，望明公爲三代以上之純臣，不徒欲明公爲三代以下之名臣。區區迂見，敢再陳之，不勝惶悚之至。

答吳摯甫書

承示大箸祔祧議，此非愚賤所敢與聞也。唯就文論之，尊意主增龕之議，極合時措從宜之道，而文中立言，則似尚有未盡當者。

蓋上古清廟一宫，乃聖王制度未備之時也。至虞、夏、商、周，以貴賤爲等差，以親疏爲隆殺，創五廟、七廟之制，與禘祫、祔祧之禮，則於尊祖隆親，天理人情，洵爲仁至而義盡。始祖不祧，自二世以下至七世，親盡則祧，子孫隆於所生，仁也。服制，父重於祖，祖重於曾，高五世以上無服，則升附新主於七廟之中，而以親盡之祖祧於太祖廟之夾室，義也。且以祧主入太廟夾室，是以子孫祔於祖父之廟，非棄之也，亦仁至而義盡也。又七廟之制，各自爲廟，雖祧七世以前之祖入太廟夾室，而太祖之於祧主，仍是世世相承，卽七廟未祧之主，亦是世世相承。不形，其爲缺少；不見，其爲間斷。於尊親敬祖之道，無一不盡。若東漢以後，同堂异室之制，近於簡質。雖若舍七廟之繁華，遵一宫之遠旨，如晉群臣所云。然實不如三代文質得中，禮義咸備也。何者？七廟之制，各自爲廟。太廟居中，群廟以左右分昭穆，則尊卑有倫，男女有别。禘祫時享之祭，以及新主入廟，遠祖遷祧，則又疏數有序，親疏有倫。天子之尊，豈得同於士庶？雖極尊崇之度，不得以爲繁華。若同堂合室，於禮多所未盡，何得以爲周室七廟不如魏、晉一宫之爲善乎？立言似未當也。惟後世廟制，既不同三代，則祧禮自不必泥古。

今者穆宗毅皇帝升祔大典，因議者以太廟神龕已滿九世，或欲别立穆宗之廟，則是不以穆宗入太廟也，萬無可行之理。或請創立世室，祧太宗文皇帝入世室，則必如三代七廟、九廟之制，然後可行。今同堂合室而忽祧一代，則是間去一代也。將來龕滿，又將何祧？祧世宗乎？不似中間少一代先帝乎？且古者七廟、九廟分享，雖祧一代於太祖夾室，仍從太祖之祀，臣子之心無不安者。今同堂合室之制已久，春秋時享久合食於太廟之中，忽然祧去一代於世室，恐非神靈之所安也。神靈不安，而臣子之心可安乎？况三代之制，創自祖宗，殷制創於成湯，周制創於周公，成文、武之德以制斯禮。七代親盡，後王遵始祖之制，以祧親盡之祖，非子孫之意也，亦非臣子之議也。成、康、昭、穆在日早知有七世以後親盡，則祧之禮於神靈無所不安，況成、康、昭、穆於後世爲祖宗，於文、武則子孫也。子孫從先祖之制，禮無不順也。

今則同堂合室已久，章皇帝、仁皇帝竝未制有祧禮，而二百餘年以後之子孫、臣子，忽議祧文皇帝入世室，則是子孫、臣子援古制以裁制祖宗之祭祀，於禮不順，於心何安？文皇帝生前不知有此制，章皇帝、仁皇帝生前亦不知有此制，而忽於八世之後去文皇帝，豈得謂非僭妄乎？

今閣下主增龕之議，意思深遠，極爲至當。但文中止宜就事論事，言今制不同於古，不可泥古而不宜於今，不當尊魏、晉之制，以爲勝於三代。君子立言似不可不慎也。惟閣下察之。

卷第九　贈敘　壽敘

送田勵齋徵士歸里敘

昔子游在聖門，以文學稱意，其所與居游者，類皆儒雅風流，而拘方之士非所尚矣。乃其爲武城宰獨重澹臺滅明之爲人，且以滅明之行不由徑，非公不至，文采不見於當世，與子游亦宜若不相入者，而何乃相契如彼其深也。孔子曰：『道不同，不相爲謀。』又曰：『君子以同而异。』子游、滅明所學之術業不盡同也，而其志於道也則同。道同，則安得不聲應而氣求邪？且夫古人之論交也，必有不同，而後可以輔其同，譬之水火之相濟，金木之相攻，而後可以達材而成德。以水濟水，助之溺而已矣；以火濟火，助之燄而已矣。金攻金，木攻木，曷以成致用之器哉？滅明因子游而得聖人以爲之師，子游得滅明而益成其弦歌之治，洵所謂相得益彰者與！蘇子瞻文章政事卓越千載，然以伊川程子之大賢，深詆而迂笑之。烏呼，此其所以爲文人之雄，而與聖門文學之氣象大相戾也！

余官棗强，亦深有慕於滅明之賢，求之不可得。久之，得深澤王小泉孝廉、河内蔣一齋布衣，不遠數百里或千餘里相就，講學數月而後去。一齋又爲余稱其同門友田勵齋，余益嚮慕之。其明年，勵齋亦不遠千里而至，貌恭而色毅，行謹而言篤，君子儒也。先是，河内李文清公講學河朔，二君皆嘗從之游。一齋學務高遠，於人世智名勇功及一切日用之事，往往鄙夷不屑。而於道之大原獨自喜，若有會於心。勵齋不謂然也，特於朱子小學、家禮，凡彝倫風教所關兢兢持之，不肯從俗苟且。又嘗留心當世之務，欲推而致諸用。同治初，詔舉孝廉方正，邑人以君應。時文清公在樞府，欲官之，格於常例，未果，而君亦不欲求仕矣。然天地民物之念，猶時隱然動於中也。每語余以治術，余或從或否，君守其說益堅，蓋其篤於自信如此。雖然，勵齋與一齋論學不必同，而同歸於安貧以求道。余與勵齋論治不必同，而同期於學道以愛人。君子亦仁而已矣，豈以苟同爲貴哉！

余生平好文學，勵齋則質多而文少。夫文勝則質喪，聖學之所深棄也。言之無文，學之不講，則非惟不足以行遠，且恐抱一己之見，而不能博觀聖賢之成法以會其通，亦道之蔽也。余與勵齋各省其所偏而自剋焉，可矣。

贈蔣一齋敘

古今重特立獨行之士，然非孤峭之謂也。鳥獸不可與同群，吾非斯人之徒與，而誰與？聖人豈和光同塵也哉！天地如此其大也，民物如此其蕃也，要不外於五倫，曰君臣，曰父子，曰兄弟，曰夫婦，曰朋友。其不在五倫之中者，要皆由五倫而推之也。故曰民物即曰仁民愛物，曰老安，曰少懷，曰事賢友仁。又曰尊賢而容衆，嘉善而矜不能。其在上位，則亦曰舉善而教不能。觀天地之化育，合聖、愚、賢、不肖，有知無知，有能無能之物，無不在太和涵濡之中。知天地之化育，則知聖人之度量矣。孟子曰『伯夷隘』，『君子不由』。夫以伯夷之『不念舊惡，怨是用希』，其清至於非君不事，非友不友，而孟子猶以其隘也，不得與於見知聞知之統，誠以其與天地萬物一體之仁不相似也。彼雖成爲清之聖，而由而學之，其弊必至如楊朱之爲我甚。至如釋氏之棄君臣、父子、夫婦之大倫，以求其清淨無爲寂滅之性，莫非由此而歧焉。孔子不與荷蕢丈人、沮溺之徒，亦猶是也。差之毫釐，謬以千里，學術可不慎與？

一齋特立獨行之士，而性情類於孤峭自喜，蓋伯夷之徒也。昔者魯男子善學柳下惠，吾願生善學伯夷，其可乎！

送蔣一齋歸里敘

一齋少不事科舉學，與河内李文清公居同里，而從游於其門。其學能外形骸，屏文飾，脱屣功名富貴，不局於章句辭華之末，而於本原之地，獨有會心焉。讀書善悟，時能默識於語言文字之外。文清公既薨，無所歸依，來訪余棗强，時至時旋，皆負笈徒步獨行，往還恒二千里，如是者五年矣。今年，復來講問數月而歸，蓋徒行計在萬里以外也。

其始之來也，岸然以道自負，視天下如無人焉者。日居官廨讀書稽古，暇則相與論難，窺其好學之心，幾於天下之物莫有能加之者。久則抑然自下，屢至則更若一無所有者焉。不拘於形骸，而能整束其形骸；不局於章句，而能翫索乎章句；會心於本原之地，而不脱略於語言文字之中。始視天下如無人，今視天下如無己。烏呼！其進邪？否邪？

古之善教者，能令人虚而往，實而歸。今一齋之於余，則實而來，虚而歸。余其能無孤一齋萬里之行也哉！光緒六年三月。

節孝史母王太宜人八十壽敘

同治己巳，湘鄉曾相國總督京畿，既肅清吏治，乃復設禮賢之館，以敷求部下德行才學之士。於是欒亭令以史君香崖學行薦，相國降手書招之，香崖以侍養壽母王太宜人，辭不至。敦促再三，於是香崖念相國勳德今古偉人，而禮賢甚盛舉也，誼不可不一上謁，以答相國德意。維時宗誠亦以奉相國辟至自江南，聞其賢，特造訪焉。觀其貌，聽其言，讀其所箸書樸重而温恭，博雅而有典則，信乎其爲北方之賢者也。

香崖既見相國，即固辭，曰：『夢蘭生六月而孤，五歲始能言，賴吾母王太宜人礪志節，鞠育以成立。方其孩也，一語一笑，一動一趨，凡有涉於暴慢傲忽者，靡不申警而嚴斥也。稍長讀書，或勤或嬉，文字佳惡不齊，太宜人雖甚愛憐，而又無時不糾察之，弗姑寬也。逮夢蘭領鄉薦，五上春官不第，以史館議敘，例得官，將謁選人，時吾母年甫逾六旬，夢蘭年始近四十。母呼而諭曰：「窮達有命，不必强同。汝承先人緒，足衣食，富文史，但得常侍余左右，余日聽汝讀書，課諸孫佔畢聲，勝見汝禄養多矣，無慕外榮而傷天屬之至樂也。」夢蘭自是絶意進取，不敢一日離。即有事出，不踰旬日，誠不忍吾母倚閭之望也。今吾母年八十矣，夢蘭敢復騖名於外，以貽吾母思子之憂乎？』相國聞，益賢之，且以敬太宜人之賢不可及也。

香崖復請於相國曰：『吾母之節，禮部議旌如例矣。而吾母則終身歉然，不以節孝自居，平日不持齋，不信巫，不問星卜，惟日課諸婦織紡，訓子孫積厚德以爲常，尤不喜事浮華。方七十壽時，夢蘭欲製錦屏稱觴，母讓之曰：「汝以此爲孝邪？抑以余必待此爲榮也？」夢蘭自是不敢請。今某年月日爲吾母設帨之辰，欲求公書四字以賜，歸懸之聽事，爲吾母壽。公之德也，夢蘭之幸也，當亦吾母之願也，敢固以請！』於是相國手書堂額，以歐陽母爲況，香崖拜受而歸。

既逾月，復遣使持書幣，執禮甚恭，謂宗誠曰：『吾母之壽，既得相國之重賜矣，敢復請先生文，庶幾吾母之節與所以教夢蘭者，皆得載先生集也。』宗誠慚懼不敢承命。既又念昔北方之賢者，有博野尹公元孚，初以節母之教而成其賢，復以元孚之賢而彰其節母之德。吾鄉方望溪侍郎嘗爲之文，是則香崖所當效法者也。余文豈足壽節母哉？重香崖之請不敢違，請卽以元孚之所以壽其母者爲香崖勵，因以爲太宜人壽，當亦太宜人之所樂聞者乎？

伯姊高安人七十壽敘

光緒乙亥冬十有一月爲吾伯姊七十壽辰。鄉俗：每前一年，族戚稱觴上壽。宗誠別吾姊六年矣，吏事拘牽，不獲躬親拜祝，於是爲文敘情述德，令兒子守彝代余晉一觴焉，亦聊以慰吾姊之念余云爾。

吾母產子女十二人，多不育，今其存者四人而已，而吾姊長余年十有三，長吾弟十有六。時家貧不能傭僕婢，余與弟之少也，保抱提攜，胥吾姊是依。自頭足櫛沐，衣裳浣洗，雖至穢污不潔，吾姊不以爲嫌。及稍長，飲食烹飪，衣履縫綴，雖至碎細煩雜，吾姊不以爲苦。吾父母遭家不造，心常憂鬱，然以吾姊之能代母事，亦稍減其沉瘁焉。逮姊嫁而吾母之勞乃益甚，吾母每思姊，則大慟。吾省姊，見姊思母亦然。今憶之猶惻惻然心如割也。

姊之初于歸也，家小裕，事姑如事母。其後水災壞隄，乃大窘。姊夫遠出，養姑撫子女皆姊一人，昕夕紡織以爲生。姑卒，乃歸居余家。余父母之没也，姊得親含斂焉。嗣後姊夫歸，吾姊益勤治家事，家復小裕，是以遠近無不稱吾姊爲善持家者。今年雖七旬，精神猶健，教子撫孤孫，猶不肯一日安逸。觀其狀，大耋可期也。

獨念誠少受吾姊提攜之德，長同吾姊居貧履困。今以虚名出佐幕府，遂得以微才列名於朝，作宰於畿疆，屢蒙覃恩，推及兩世，祖父母、父母歷膺四品之封，吾姊思親之心亦可以稍慰。顧余禄不逮養，一弟一妹分散江、皖，不得合並。惟吾姊居故鄉，而六七年不獲省視安否。雖吾姊不以是罪余，余能無歉然於懷乎？惟祝吾姊善自遣，節勞加膳，含飴攜孫，不復以家事自勞。他日歸，得重侍左右，優游於田間，隨拜先人之壟，亦庶幾可補此日之憾。吾姊其許我乎！

卷第十　事狀　事略

張勇烈公事狀

公姓張氏，名樹珊，字海柯，安徽合肥人。始祖龕，明時由江西遷廬州，數傳至公高祖從周，始居周公山。曾祖世科，太學生，曾祖妣楊氏、章氏。祖傑，祖妣李氏。父蔭穀，廬州府學生，妣孫氏，繼妣魯氏、李氏。祖若父，以公兄樹聲官，誥贈資政大夫。又以公攻剋常州功，奉特旨賞給三代正一品封，曾祖、祖、父得誥贈建威將軍，妣皆一品夫人。公少讀書，通大義，因感世變，習騎射，不復事章句。

咸豐三年，粵逆入皖，父建威公奉縣檄團練鄉兵，命公兄弟任其事。時土匪蠭起，捡治數人，里中以安。四年，同邑刑部郎中李公文安奉旨團練回籍，公與兄樹聲往從之。五年春，擊賊巢湖，以親兵二十人爲軍鋒，破賊千，生捦僞户部五尚書，斬之，於是以善戰聞於時。冬，從破巢縣賊營。六年八月，剋來安；九月從今山東按察使李君元華剋無爲；十二月攻剋潛山、太湖，遂助守太湖。

先是，粵逆悍黨與提督秦定三、鄭魁士等相持於桐城，至是回擾潛山，潛山復失。及太湖弁勇惴惴，公所部纔五百人，意氣閒暇，日增壘浚濠以待賊至。開壁急戰，斬賊目數人，又追賊敗之於新嶺下。時當歲除，無日不戰，戰則身先挫鋭，賊氣大靡，因乘夜襲之，遂遁走。逆酋陳玉成最驍悍，渡江奄至。七年正月，以全力撲公，公下令嚴備勿譁。群賊排進如堵，始鎗礮齊發，前賊應聲倒，後賊曳尸踵上，如是者四五次，始解去。既而參互我營之間，築壘十餘，置竈晚炊矣。時各營糧藥皆匱，消息隔絶。有勸公潛師夜走者，公叱止之，靴刀帕首，夜率敢死士百餘人，緣河隄竹叢中蛇行而進，直薄賊營中堅，賊巡隊數千沿隄林立，公令驍勇者數人一躍登岸，執旗亂颭。賊驚懼，不知所爲。公乘勢躍馬大呼。隄賊倉皇走，營賊不辨虚實，遂俱潰，委棄輜重山積。公令曰：『拾遺者斬！』於是軍士人人自奮，公往來盪决，呼聲震山谷。賊自相踐殺，尸骸枕籍。陳玉成遁回，脅饑民沿江上竄。巡撫福濟檄元華赴援無爲，公拔隊從。比至廬州，則桐城大軍已潰，無爲、潛山、太湖、舒城、六安相繼復陷。公功未甄敘，而威名由此大箸於淮南矣。是時，皖省糜爛，賊所至，誘脅鄉民充僞官，蓄髮納糧，抗者焚殺。公里居，與兄約束練衆，敢從賊者戮之，遂率以鏟肥西匪寨，敗撚匪張洛刑於官亭。

八年七月十五日，廬州復陷，巡撫翁公退軍保定遠，賊氛大熾。公與兄謀曰：『練勇散處，可遏小寇，不足禦大敵。』乃築堡於殷家畈，阻河環山以爲險。逆酋陳玉成兩圍公堡，皆敗之。遠近歸者萬計，堡舍不能容，則分置兩堡於東偏而捍衛之。於是公邑人今直隸提督劉銘傳、山東布政使潘鼎新、甘肅涼州鎮總兵周盛波及其弟廣西右江鎮總兵周盛傳、江蘇徐州鎮總兵董鳳高，均以公制寇有方，相率築堡，峙糧儲械，簡丁壯，惠農商，百餘里相望，與公聯爲一氣，歷四五年。賊來則戰，去則耕，近則守，遠則出擊，屹立賊藪中，晏然無恐。公又嘗率練勇從復霍山，解六安圍，援壽州，攻剋三河城隘。論者謂此爲淮軍勁旅之所基，而不知勵同仇之志，作敢戰之風，實公有以倡之也。帶練勇數年，巡撫歷敘公功，洊擢以都司補用，賞戴花翎。

初逆賊起粵西，徵兵四集，莫能制，蔓延六七省。今大學士曾公國藩以侍郎丁憂在籍，奉命督辦團練，遂創募勇之議，是爲湘、楚水陸各軍之所自始。既剋湖北，平江西，復安慶，進攻廬州、金陵。時蘇省江以南盡淪於賊，所存惟鎮江、上海、寶山、松江四城。蘇紳至安慶乞師，曾公以湘、楚各軍勢分則力弱，於是議募淮勇，而以今協辦大學士李公鴻章統之。李公知公兄弟等忠勇可任，手書召之，公兄弟遂從至上海。凡前與公築堡捍衛鄉里者，皆應募，各以其名爲幟，卽今所謂樹軍、銘軍、鼎軍、盛軍者也，是爲同治元年三月。時賊酋李秀成僞號『忠王』，擁衆百萬。公等僅十一營，抵滬上，背海面賊，於兵家言爲絶地。李公旋奉命巡撫江蘇。五月，賊圍松江，以圖上海，分踞泗、涇，以扼援兵。公從李公禦之於滬西，而賊圍程學啓等於新橋，游氛逼上海。公與兄進策曰：『賊勢雖盛，然氣驕而散，宜乘其離巢遠，植根未固，急擊之。』李公曰『善』，乃命公從兄會諸將攻剿，與程學啓内外夾擊，遂乘勝進攻泗、涇，毁賊壘數十，松、滬復安。程學啓者，亦由安慶從李公，其所部曰『開軍』，後以提督死事嘉興，謚『忠烈』者也。六月，公兄回廬召募，樹軍戰守事一以委公。七月十三日，與攻青浦，剋之。李秀成遣悍黨撲上海之北新涇以斷松、青通滬之路。公與程學啓等回援，賊圍之七寶鎮數重，我軍壁立不動，擊敗之，毁賊營十餘。八月初，新涇圍解，賊奔嘉定。李公命會諸軍進攻之。九月二日，公奮勇以雲梯擁入，剋其城，進據江橋。時蘇、崑、杭、嘉諸賊以青浦、嘉定相繼失，懼我軍之乘勝進攻也，合賊十餘萬，鋭意擊我四江口水陸四營，以爲復陷嘉、青，窺松、滬之計。公與程學啓、郭松林等進攻以援之。賊迎拒，乘賊半渡，突擊，大敗之。然賊衆且悍不退也。二十一日，李公率劉銘傳至，公進曰：『賊阻江以守，我軍非逼賊衝，築一二壘，則進戰無地。』即夕率隊潛伏賊營旁，盡夜而壘成。李公喜，命詰朝會戰。公率軍冒煙直入，學啓等大軍繼之，四江口之圍立解。由是滬上軍聲大振，蘇、常各境之賊聞風惕息。十二月，常熟、福山賊以城降附。已而福山復叛，通蘇賊攻常熟，常熟降賊乞援。滬距常熟三百餘里，中阻太倉，前軍攻之未下，援師不能達。公乃與劉君秉璋、劉君銘傳、潘君鼎新、吴君毓芬等議，由輪船航海而進。李公嘉之，同率所部三千人以往。

二年正月，抵福山上游之西洋港，登岸進攻。適賊援大至，我軍病多傷亡者。時西洋港口淺狹，軍糧船不能入，寄泊海中，或風潮一作，則飄入賊巢，否則駛歸大海。潮退又擱淺沙中，或爲賊所焚。非急剋福山，得口門，則我軍無自立地。公乃與諸軍議曰：『危地則戰，古無他策，請滚營進戰，可乎？』衆曰：『善。』公首率樹軍進據蘆浦港，距賊營里許。諸軍次第進，營壘未成而賊來撲，别賊率悍黨萬餘撲蘆浦先立之營，營内不及百人。公先令所部游擊董鳳高守之，曰：『鎗礮非中不發。』賊屢撲不動，遂分犯銘、鼎二營。是時，公已擊退新營之賊，乃回軍援之，斃數悍賊。賊鎗中公右臂，左右驚問，公曰：『無恙也。』大呼奮擊，賊始潰。各營更番遞進，距賊壘不及半里，公會諸軍日日攻擊。二月，常熟援賊至，相持未下，而常熟城中乞援者日不絶。先是，公兄召募歸，畱守皖中。及聞公被創，率新軍由輪船駛至。常勝軍戈登亦至。常勝軍者，西洋人爲李公用者也。水師提督黄翼升亦率所部來會。十八日，攻剋福山、石城。是夜，公與各營潛襲大義橋等處，賊營悉平之，常、昭城圍立解。李公疏稱公等以福山危險之舉引爲己任，竟能由險入深，以寡撼衆，會同諸軍解此重圍，爲蘇軍一大轉局，功不可没。公前已洊擢至參將，賞給悍勇巴圖魯勇號矣，至是，得旨以副將儘先補用。福山既剋，公從兄駐軍守之。

值太倉、崑山相繼復。五月初移駐常熟大河鎮，爲進取江陰、無錫計。先是，大河鎮以西，自江陰、顧山起，至無錫城，連亘數十里，賊營密布，意圖接應江陰内賊竄常熟。而李秀成復渡江，合逆衆，水陸分路内犯。公從其兄會劉銘傳、郭松林、周盛波分路進攻，梟河渡港，更番苦戰。顧山以西賊壘悉平。七月，劉銘傳、周盛波久攻江陰未下，統領李鶴章檄公與郭松林繼之。是時，城賊死守，外賊十餘萬分道來援，沿河木城十餘里，石壘木栅百餘，掎角其間。公至，議與郭松林密由山後繞其背。劉銘傳督所部依山前進，直搗其中。周盛波等由城下横穿其右。東南援逆果大潰，死者山積，諸壘盡拔，惟水師攻西岸失利。公時已回營，見之立率勇西援，各軍卻退者乘勢回擊，鏟壘焚舟，援賊淨盡，遂同諸軍分門布守。公扼南門之沖，斷賊去路。八月朔日，城賊懼有内應者，遂剋之，賊鮮得脱者，以公扼斷去路之力也。是時，公兄從李公擊退東路蕩口竄賊，江陰、常熟全境肅清。李公遂檄公從兄進駐張涇橋，與盛軍、松軍相掎角，期以規取無錫，截斷蘇、常要路。松軍者，今湖北提督郭松林所部也。公軍既屢敗賊，捦斬千人，毁其石營土壘、輜重舟楫，追至城下。賊懼甚，忽聞李秀成合七僞王之衆，竝洋人白齊文水陸賊十餘萬，以來攻撲大橋角，守兵請援。公從兄奉檄而馳，時賊圍守兵甚急，舟師多被擊沈者。見公軍至，整隊以待。公命所部劉克仁等分路進攻，公兄弟從旁鈔擊，火入輪船，藥艙如雷震，礮船被焚，陸賊争渡踐踏，各軍乘勝蹙之，捦斬溺死者以萬計，時九月一日也。秀成敗退，以爲無錫官軍一日不撤，則蘇、常咽喉一日不通，金陵、杭州亦難孤立，密約僞護王陳坤書自常州出犯江陰，擾我北路。僞侍王李侍賢由溧陽、宜興出擾我西路，而自率賊八九萬，船千餘，連營來犯，聲稱必竄常熟，鈔我後路。營壘相接，縱横六七十里。統領李鶴章檄諸軍分道進攻，樹軍由嵩山左路進。十月初，公率所部與賊相值，猛擊之，賊隊大亂，遂毁秀成營二十餘，追至茅塘橋。時銘、松、盛三軍所攻壘尚未下。公與諸將議曰：『兵家要訣，拊背扼吭。若頓兵堅壁之下，苦攻折鋭，非計也。今左路賊已擊退，願率所部營中右二路間，使賊不得相合。』十三日營成，賊大驚。各軍三面環攻之，夜復暗繞賊後，奪賊前營。賊後壘節節敗潰，死者逾萬。時蘇軍程學啓亦剋滸關，秀成奪氣，援賊皆退走。李公督程學啓、戈登諸軍急攻蘇州，令其弟鶴章率諸軍急攻無錫。公與盛軍逼東北城而壘，賊來撲，會諸軍夾擊敗之，諸軍營壘皆定。二十四日，蘇城賊窮蹙乞降，秀成乃率死黨入太湖，搆結常州賊，水陸分進，以援無錫。城賊死守，傍運河城河周築土城，各門均立四五營護之。時銘軍專擊外援，公同諸軍分圍城賊。十一月朔，公兄弟激勵將士攻破亭子橋，前營賊驚懼。次日，公從兄先剋東門土營四，各軍皆一鼓登城，遂拔無錫。李公以無錫一軍斷蘇、常要路，擊退援賊，使攻取蘇城之軍不被牽制，功甚偉。疏上，公由總兵得旨以提督記名簡放。方是時，議者以將士過勞，宜稍休。公與諸軍請於李公曰：『賊勢正窘，而常州民不聊生，宜急進蹙之以救民。』約銘軍竝進。時守常賊酋陳坤書擁衆十餘萬，誓與城存亡，以爲金陵掎角。官軍既抵城下，各奪賊十餘壘。公與銘軍隔城東北隅一大賊壘，乃併力剋之，惟東門附濠兩石壘不下，公怒，自率隊連攻之。適奔牛賊壘降銘軍。奔牛爲西路要區，群逆復争，守將被困。公命部將會諸軍急援之，圍解。

三年二月，賊十數萬冒雨越江陰，犯常熟、福山，聲言直竄蘇、滬，以冀北解常州之圍，南緩嘉興之攻，勢張甚。公兄與劉銘傳等率隊回剿，公方疾留守，賊夜犯，皆擊走之。三月，公兄回營，李公親抵常州，環視城西及運河左右，賊壁如列星。西北通丹陽，西南通金壇，衆十餘萬，乃檄公與諸將先攻外賊，以斷其援。援絶而附城石壘一潰一降，遂合圍。李公以不速剋城，慮生他變，令公於城東附濠數武外修築長墻，蔽護諸軍，移礮進擊。四月六日剋常州。時浙江巡撫曾公國荃圍攻金陵，未幾亦剋復。李秀成伏誅，江南悉平。是役也，以公從兄與銘軍先抵常州城下，又與開軍踴躍先登，奉特旨賞給三代正一品封。十月又奉旨以廣西右江鎮總兵補授。

四年正月，公統樹軍駐鎮江。三月撚匪任柱、賴汶光等竄運河東岸，擾及海、贛。公奉檄赴淮、徐剿撚。四月，僧忠親王戰亡於曹州。上命大學士兩江總督曾公復爲欽差大臣，督辦剿撚事宜，而以李公署兩江總督。時親王新敗，徐方震驚。李公以公兄備兵徐海道，檄公軍佐之。公内修軍政，外佐其兄，修團寨，緝土匪，徐境乂安。初，金陵既剋，楚軍、湘軍多散遣。及曾公奉命北征，乃議用淮軍從，以公所部爲親軍。九月初，撚逆由豫竄曹、濟，圖犯運河。公奉檄援山東，賊回竄，追擊於魚臺之谷亭，樹軍剿撚戰事由是始。十月，公由魚臺追賊，一日已行六十里，聞鼎軍被圍，急往援，與鼎軍夾擊，敗走之。先是，曾公鑒僧忠王追賊疲敝，疏於東、豫、江、皖四省要害，設四重鎮。江蘇則徐州，山東則濟甯，安徽則臨淮，河南則陳州之周家口，均駐勁旅。賊來則戰，去則守，爲以逸待勞之計。顧逆撚奔突靡定，是年冬，南竄豫、鄂，廷旨屢飭追賊，曾公乃檄銘軍爲游擊之師，逐賊入鄂，而以公軍移駐周家口以扼回竄之賊。時撚衆馬步數萬，樹軍僅六營，無騎兵。曾公令募馬步三營以助之。豫中連年苦兵甚於苦賊，公至日，嚴部伍，勤訓練，聯堡寨，安居民，豫人感之。

五年三月，公兄奉命爲直隸按察使。公聞賊衆二萬將北趨，急拔軍，禦之於沙河，乘賊不備，橫斷其首尾。賊衆踵至，公分軍三路，直冲橫擊，賊不支，乃竄趨周口，攻撲營壘。時公弟樹屏以副將留守。公回顧首尾夾剿，賊大挫，追奔至淮甯北而還。自是，撚匪析爲二枝，分竄齊、豫、皖境上，均在沙河以東。五月，聞賊欲合攻周口。周口一鎮，跨沙河東西爲兩寨，夙稱繁富。自曾公設四鎮，西路軍火、糧餉全貯於此。是時，寨東賊氛甚劇，公令各營嚴備，而自率精鋭渡河進剿，追殺十餘里，賊夜遁，越沙河而西。時剿撚各軍皆步多馬少，疲於奔命。

劉銘傳因建修守沙河之策，冀蹙賊於沙河之西，不令東竄。七月，公率所部會諸軍築牆濬濠，布置嚴整。而豫軍所守不慎，賊乘釁東竄，沙河之防因以無成。公慮賊之過運河也，以追勦請，曾公許之，遂爲樹軍游擊之始。八月，曾公由濟寧抵周口，旋疏請令李公駐徐州或清江，主持東路軍事。湖北巡撫曾公國荃駐南陽或德安，主持西路軍事。九月，公追賊至鄢陵，聞賊圍許州，遂晝夜兼程行一百三十餘里，忍饑苦戰，乘夜進擊，遂解許圍。時豫撫議守賈魯河，曾公檄公率部回周口，旋聞張總愚竄秦中，任柱、賴汶光等合竄東境，河防之議又寢。公自周口東發，仍作游擊之師。十月謁李公於徐州，極陳馬賊飄忽，步隊鈍滯，慷慨激發，請增馬隊二三千，誓滅此賊。以餉絀，未如所請。時銘軍追逐任柱等於魚臺、金鄉之間，李公令公與諸軍會勦之。十一日，擊賊於豐縣南，敗之。十二日，追擊於豐西，又敗之。是夜，乘勝急追，賊方憩息，不爲備，斬獲千餘。十三日，追至豐北，賊方攻寨，聞官軍至，急竄走。公軍自是與銘軍日躡賊，賊饑狂奔，我軍亦迅進，行塵相及，日有搶斬。二十五日，賊由曹州竄定陶，遂急馳抵定陶。時已二更，兩軍東西進擊。二十六日黎明，復追賊至曹縣，殲斃不可勝計。賴汶光僅率數十騎南遁，餘黨數百名棄械乞降。是時，群賊將竄渡運河，公與銘軍日行百里，又往往夜戰，使賊一日不息，一寨未破，賊是以不得渡運河而東。十一月，公旋軍周口，時曾公奉命回任江督，李公督勦撚之師。公拔隊追賊，抵汝甯，聞賊由光、固竄鄂中。十二月，鄂將郭松林敗績於臼口，賊燄復張。公自黄岡追至棗陽，逆衆又竄擾黄、德之間。鄂撫曾公駐節德安，檄援兵甚急。或言賊悍且衆，不可輕發，有寓書阻公者。公曰：『援師無中途需次理，且湘、淮兩部休戚相關，可徘徊瞻顧乎？』束書不顧，率所部疾進，至德安。賊衆數萬。公以游擊日久，雖挫賊氛，恨未撲滅。見賊屯楊家河東岸，緜亘十餘里，遂分部夾進冲撲過河賊，死傷無數。弁勇中見賊酋有騎白馬遁者，識其爲任柱也，指以告公。公怒髮上指，督隊迅追，冀痛勦而生磔之。不意賊衆分路回鈔斷我軍，公督親兵苦戰，屢陷賊陣，被圍垓心，昏夜莫辨，親兵二百餘人傷亡將盡。公猶大呼衝突，手刃數賊，墜馬被害。是夜大霧，公部之爲賊斷者，皆分據邨莊拒戰，賊退，德安圍解，公軍獲全，十二月二十二日也。次日黎明，得公尸，三軍之士哭聲震野。李公疏公死事，且歷陳公忠勳，天子震悼優卹，敕本籍及立功之地均建專祠，賜謚勇烈。節相曾公又疏稱其忠貞遺愛，復奉旨於陳州周家口建立專祠。七年，撚逆蕩平，天子追念前勳，諭同忠親王僧格林沁、副都統伊興額等各賜祭。八月，以李公復疏其忠，加贈太子少保銜。

公孝友忠義，根於至性，平居呐呐若無异於人。遇危難，則傾身赴援，不少退避。其始，以親年衰，遭世亂，不忍違棄鄉里，治團築寨，身捍大敵。迨親没既葬，乃佐其兄治軍江南，一戰弗從，意弗得也。當蘇賊猖獗，群情震悚之秋，往往義氣勃發，奮臂争先。嘗以救拔諸軍出圍，身受數創。既剋，回營解衣就卧，袖中乾血片片墜地，當苦戰時負痛而不自知也。故雖一偏裨，而忠勇之名聞於九陛。及其統軍而北也，亦知步卒四千不足制騎賊數萬，而念宵旰之憂勤，中原之涂炭。時以忠果血誠激勸所部，追逐千里，迭挫狂氛，卒以身殉王事。生平淡於營利，遇大捷，他將攘臂論功，公則默無一語。治軍秋毫無犯，士卒未食不先食，未飲不先飲，有疾者雖厮養必親診治。曾公稱其仁愛惻怛出於篤誠，故人樂爲之用。没後所部守公遺法，從平撚匪，凱撤後，猶人人痛思公不置云。

公以道光丙戌年七月初八日生，殉節時年四十一。公兄弟九人，長樹聲，今直隸按察使。公居次，妻吳氏，繼妻黄氏，側室王氏。長子雲逵，嗣子雲翔，女一。公功績忠節，例得登於史官。公兄命宗誠狀公行，因采諸章疏，參以見聞，稍加論次，上之史館，謹狀。同治九年夏。

鄭司直中丞事略

公諱端，字司直，姓鄭氏，直隸棗强人，世有厚德。父芋，縣學廩膳生，明末土寇毁其家，事平，得諸盜名，或謂宜訟之官。芋曰：『爲貨財而致罪數十人於死，不可。』始艱於嗣，至是連舉六子，公其長子也。少穎异，有經綸天下之志。順治丁酉舉於鄉，己亥成進士，選授翰林院庶吉士，益篤志問學不懈。辛丑改授工部都水清吏司主事。康熙丁未，擢員外郎，奉命巡視三楚蘆政，清釐夙弊，人弗能欺。戊申升户部山東清吏司郎中。己酉典試江西。庚戌升貴州提學道按察司僉事。邊荒之地，復經兵燹，人不知學。公明科條，絶請託，激揚造就，人文漸興。辛亥丁父憂，及服闋，王文靖公熙、魏敏果公象樞交章以明習韜鈐薦。丙辰補陝西神木道僉事，屬滇、黔用兵，羽書旁午，事無留滯。時制府尊嚴，藩臬而下率長跪伏謁，公獨遵庭參三揖之制，同列震駭，公守之毅然。丁巳以前任事撤回工部。旋丁母憂，服闋。壬戌補浙江分巡臺州巡海道，署糧儲道。

公在工部時，前後差兩窑除扣減工匠銀之積習，及署理糧儲，革除陋規，以恤弁丁運解之苦。巡撫趙公舉爲兩浙廉明第一。乙丑調陝西分守涼莊道，修守備，嚴邊防，政事之暇，葺理學宫，親與士子講論，邊人師之彬彬如内地然。丁卯升湖南提刑按察使，明慎用刑，訟獄衰息。戊辰晉安徽布政使，凡軍民苦累必推求變通之法，請大府疏陳之。故事，賦有奇羡，不歸庫藏，以留佐公需爲名。公悉令付簿入歲會。自爲監司以來，凡公用皆以身任，不派取屬吏絲毫。聖祖仁皇帝南巡，聞公清廉，特御書『端清』二字以賜之。至今里人稱公曰『端清公』，蓋即以御書爲公私謚也。次年，擢偏沅巡撫，皖人不忍公去，捐金立長生位。公不可，遂各爲詩歌以頌公之仁明。

先是湖北兵變，上命將軍某往討之，公以迎候應對守禮制，失將軍意，欲以令箭提餉窘公。公先一日已稽舊例，封應支諸款以待。將軍大駭，及散餉，聞滿兵讙呼鼓舞，稱自公蒞任，銀米以時，無毫髮缺失。統兵所過州縣，亦稱頌無异詞，乃大悔曰：『吾幾失人。』歸，薦於上，遂有是命。公益勤求民隱，舉賢劾貪。時湖南官役俸工未給全數，公奏以爲初登仕籍者，與以俸薪，則無謀食之憂；庶人在官者，給以工食，則有代耕之養。若令枵腹從事，必至假公濟私。又以兵火之後，地丁缺額五十餘萬，公疏稱：『非清丈，固不能窮豪强欺隱之源，塞良善包賠之累。惟舉行此法，必在農隙之時，方不至妨工廢業。』且請減造魚鱗圖册，舉行朱子之法，條陳利弊，洞悉民情，雖格於部議，識者韙之。又念廢員歸旗之限極嚴，其中亦實有不得已之情勢，奏請比照赴任違限之例。有疾病事故，許取具地方官印結展限。或貧苦無籍，時遇嚴寒，應暫停押解，以免凍餒。至洞庭阻風，歲莫封印，皆當按日扣算。其所敷陳，無非推廣皇仁，深得爲政之大體。

閲一年，庚午調江甯巡撫。時淮、揚二屬涸出積滲田地四萬六千頃有奇，部議一律起徵。公奏言：『新涸之地窪下久淤，畚鍤難施，如按畝起徵，不特在逃之丁觀望不前，久荒之田不能墾闢，卽見在之丁，亦將畏累而去；新熟之田，亦且棄置復荒。』疏二上，得停徵者過半。淮甯濱河廢地千七百餘頃，小河廢地千一百餘頃，缺額丁八千餘名，部議不肯蠲除。公疏争曰：『災患之餘，重累包賠，田賦愈逋，民生愈困。』請自康熙三十年爲始，概與蠲豁並免追徵舊欠，積困頓蘇。漸次招徠，國賦亦日復額。又靖邑坍江田畝包賠累民，公復奏言：『田糧按畝起科，增減不容牽混，遇漲均減，有虧國課；過坍均加，有病民生。從前漲增之田，既不依舊例均減而升科輸賦矣，則歷來坍没之糧，自不宜仍舊均加以貽閤邑之累。』江都有牧馬草場草地，於額編正賦之外，重徵租米；邳州有缺額商税，公俱疏請豁除。其他所陳奏大抵皆以培養元氣爲先，期贊成國家億萬世仁厚之治。上深知公賢，多俞允焉。其治民，以嚴杜好訟爲安養善良之本，教屬吏以平情爲息争之道，耐煩爲省事之源。取與進退，守義不苟。兩淮鹽賈、三關部使例有歲獻，一概罷之。治豪猾，抑權貴，無少假借。以病屢疏乞休，上方欲大用公，不得請。壬申五月薨於位，距生於明崇禎己卯年五十有四。上聞震悼，賜祭葬如制。

公爲學宗朱子，爲政宗新吾吕氏。所輯朱子學歸、政學録，以爲淑身善世之資。撰日知堂文集，具見實行實用，俱箸録欽定四庫全書。公學行大節，卓然爲當世名臣，其奏疏多可箸爲令典，而年不究其施，事蹟未得上諸史館。宗誠令棗强，訪公遺集，版已燬矣，爲之編次，重付剞劂，復考志乘、家傳、本集、南國頌言，纂輯其事略如此，俾後之人可考見云。

卷第十一　傳　記事一

蘇菊邨傳

君姓蘇氏，名源生，字泉沂，河南鄢陵人。父立誠，蚤卒。母王孺人，守節教育，以底於成。君自少嗜學，嘉興錢給諫儀吉主講大梁書院，君從游久，得聞爲學之要。聚書數萬卷，博觀約取，至老彌勤。尤喜讀宋儒之書，毅然以聖賢爲可學而至，反躬實踐，不求利達，亦不爲浮華雜博之文，以競名於時。嘗謂：『學當以朱子爲宗，然朱子所講説皆其所已行，若師其立説而不師其爲人，豈善學朱子者？』又言：『朱子之學有階級可循，陸、王非無足取，然以循序爲支離，非聖門教人之法也。』故其讀書遇事，體察剋治，戒欺求慊，不遺餘力。箸有大學臆説、省身録十餘卷可考見也。

君天性純篤，孝養其親，左右無違，飲饌衣服，出入起居，惟恐有一之不適親意者。母常病，病則晝延醫治，多方言可喜事以娛其心；夜則伺聲息，檢方書，刺血爲文，稽顙籲天以冀神明之佑助，身抱弱疾，不自知精力之不給也。最愛新吾吕氏四禮翼、侍疾事生二篇，以爲於此而不殫其忱，後雖思哀思敬，何補邪？喪祭確守禮經。二十二歲丁祖母劉孺人憂，不飲酒御内者三年，葬日盡除鄉俗用音樂作佛事之陋。母卒，益參考儀禮、書儀、家禮、通禮而折其中。北方習俗簡陋，如葬用灰隔之法。卒哭後，朝夕哭，奠禫後，附主於廟之禮，以及朱子四代祠堂之制，程子所論時祭朔薦之儀，皆曠然無有知之者。君皆力行之，致齊竭誠，不徒具其文也。念母苦節，既請旌建坊，又集海内名賢敘、記、傳、誌、詩文爲貞壽堂贈言一卷，以表母節。

君先中道光丁酉科拔貢生，後中庚子河南鄉試副榜貢生，時年三十四，遂不復應舉，專以養親讀書爲樂。咸豐初，詔舉孝廉方正，邑之人謂非君莫稱也。君固辭，以修城守禦勞，巡撫黃公贊湯上其名，得旨以教諭候選。學使景公其濬舉中州賢士，稱君學養純粹，心體力行，奉旨以訓導用。君皆不謁選人，然君生平無時不以培養元氣，維持風教爲心，固未嘗一日忘世也。

邑有文清書院，幾廢矣。君籌措振興，主講十有五年，一以正學淑士子。刊陳北溪嚴陵講義、薛文清讀書録、吕新吾省心紀、陳確庵聖學入門書、彭訪濂儒門法語，令學者切己體行。又創建朱子祠堂，刻遺像於石，以興學者仰止之思。建志仁堂，集同志倡行利人濟物之事。鄢陵城久頹，君倡義修之。又刊吕氏救命書，勸邑人備防禦。後賊屢入境，安堵無恐，君豫倡完守之力也。推錫類之孝，訪邑中貞孝節烈婦女百三人，亂後又訪不屈死難者男婦百三十餘人，白大府，請旌於朝，君親製木主祠之，復刻名於碑，以垂久遠。賢士大夫官豫者往往造其廬，君無私干，亦不報謁。訪以政者，則必告以一省一邑利弊之所在：問革弊，則曰『去其太甚』；問御胥吏，則曰『正本清源』，又曰『察吏安民，必以無欲爲先』；或屬以事，則曰『本天理以行者，余能代爲謀，非是不可也』。以故賢士大夫益重之。鄒公鳴鶴守開封，請君爲纂道齊正軌一書，又助錢給諫校刊經苑十餘種，皆有裨經術治理。於鄉邦文獻，則撰有中州文徵五十四卷，鄢陵文獻志四十卷；於師友，則多記其言行，表其遺書，有師友劄記四卷，紀過齋文稿二卷，皆刊行，惟中州學案未脱稿而卒。凡君纂集編訂及己所爲書，皆主於明道紀事而不尚浮辭，存心制行，守義介然，不毫髮委阿隨俗。

道光、咸豐間，中州講正學者，首推倭艮峯相國。君與李文園尚書棠階、王子涵觀察檢心，皆負時望。君之學，醇正淵雅，其省身録氣象，蓋與讀書録相近云。君卒於同治九年九月二十日，年六十二。子：志善、志和。

方宗誠曰：咸豐十一年，余客中州。君因太康李又哲以其所箸書屬爲校勘，余與君固未相見也。既爲之敘，還其書，凡余所删削者，君皆從而芟易之，虚衷剋己如此。同治九年，余奉檄來直隸，得君書，言病狀並寄所爲鄒公殉難事，屬余詳載兩江忠義録，以辨朱侍御所言之誣，且曰：『老病將死，平情之言，無毫髮飾僞也。』烏呼！即是可知君之立心矣。十一年，余宰棗强，又哲子選樓書來，始知又哲與君相繼卒矣。余既爲又哲表其墓，因復爲君傳云。

毛先生傳

毛先生名士，字若人，一字夢蝶，直隸静海人。父泰初貢士，母某氏。雍正六年九月八日，先生生。幼穎慧，剛貞岸异，不隨流俗。年十六爲縣學生，其後以學使者不以士禮遇，遂拂衣去，竟被黜。自是絶意進取，潛心於聖人之經，昕夕靡倦。貢士嘗與同室寢，覺而弗見也。起覘，先生端坐月下執春秋一經研究之，頷曰：『匹夫不可奪志矣。』貢士嘗有志於傳春秋，因與講胡文定解春王正月之失，謂先生曰：『諸經惟春秋草昧爲甚，士能繼志昌明之，是吾願也。但訓詁經書非易事，輕議先儒非小失，士其慎之！』先生敬唯。

嘗從貢士游盤山，三年始反。未幾，又游遼東塞外，終設教於正定、無極之間。父卒，奔喪歸，以不得親含斂，服闋仍白衣，老死不釋。其授生徒，衣食外不取一錢絲粟，惟屬門人爲購所欲讀之書，既讀則棄去，館餐麤糲無所擇，惟禮貌疏即謝遣之。其接物也，和氣渾然，教人因材而施。雖遇頑愚，反復啓迪，未嘗倦怠，終無所益，必以素餐爲戒而去，盛禮不足以留也。嘗困無所依，持一瓢乞食郊野間，終日不食，吟詩自若，自號曰『一瓢子』。夜宿破廟中，大風，雪積滿衣巾，聲息不聞。鄉人以其死也，啓視之，面温然無寒色。終身客游，不欲歸，間飲泣私室中而不言其所以然，雖至友門人，亦不能道其故也。

先生博綜經傳，無所不通，而尤深於春秋。其説經以全經之本文爲主，不泥傳説以解經。於公、穀以下數十家皆貫穴研窮，合於經義者録之，不合於經之本義者置弗録。箸諸家解三傳駁語最簡要，其義例具於各書之首。又箸三子傳，三子者，公羊、穀梁二子取其精核而去其穿鑿之言，自爲一傳，以申之曰『泰初子』。泰初子者，託於其父之文也。又自爲注以附於三子傳之下，義精詞奧，語若創獲而實多當於聖人之心。其發明筆削大義細例，及以語、孟綱目貫串證明，皆具於傳前答問一書，以挈其綱而提其要。晚歲館晉州，疾亟，猶自删訂，授其弟子曰：『吾自童冠志於春秋，此傳既成，無遺憾矣。』不藥而卒，時嘉慶四年九月二十五日也。年七十有二。

門人吕八音藏其手稿，竝記其言行。深澤王肇晋好其書，以示桐城方宗誠。貴築黄彭年爲請於相國合肥李公，洎溧陽陳觀察鼒集資刊行。先生於詩文，皆洞穴要眇，嘗手批論語、孟子文法，陶靖節詩，班、范兩漢書，大抵好學深思，心知其意，然皆治春秋之緒餘云。

論曰：燕、趙間傳經大儒，如毛氏、韓氏之於詩，河間獻王、盧尚書之於禮，董子之於春秋，皆所稱千古經師之宗也。近世則劉静修先生之清介，孫夏峯先生之篤行，鹿忠節公之大節，亦皆君子之儒。然孫、鹿之於説經，雖多心得，而不合於聖人之本義者多矣。況如顔習齋、李剛主輩之尤多背謬乎！先生治春秋，無所依傍，獨通貫全經，深求聖人之心，語雖若創，而義理皆本於孔、孟、程、朱之旨要，又皆有根據，不爲臆説。烏呼！是可謂豪傑之士矣。

周氏兩世循吏傳

周君際華，字石藩，貴州貴築人。父奎，乾隆庚子舉人，官開泰縣教諭，孝友篤行，没，祀鄉賢祠。君幼穎，家貧力學，壹以遠大自期。嘉慶辛酉成進士，用内閣中書。以母病羸，請改教職，選遵義府教授。後選都匀府教授，俸滿以薦，選河南輝縣知縣。時父母已俱卒矣。自傷未能禄養，矢終身毋華衣鮮食，訓家人刻勵儉勤，以固植根本。

縣文教久蕪，君置講誦之地，爲學約十則，親教導之。置義塾十餘，分教鄉民子弟，躬稽勤惰，以施勸懲。訟至立判，催科不尚嚴切，雖僕隸亦勖以忠信。繕城濬河，築堰建倉，勸桑教蠶，舉節孝，輯縣志，修理名賢諸祠，凡教養之政，靡不興舉。上官賢之，擢知陝州。直隸州有硤石驛，古崤陵地也。石道崎嶇長五六十里，僨車傷人日不絶。君率一州三縣民，買地别修官道，遂易爲坦途。改官江蘇，署高淳，補興化，調江都，兼權泰州，所至民情説服，如輝縣、陝州時。其宰興化也，以下河多水患，講求利病，請開闌江壩，疏積水。務鋤惡安良，有能知盗賊根株者，必重賞捡治之。又箸勸民十則，以資訓導。自是下河少水患，無盗賊警。其知江都也，沿江洲民連年困水災，勸捐籌振，緩不濟急。君請發鹽義倉中積穀九萬石，別户口，分男女，擇地振貸。逾年，歲大熟，民困以紓，時道光二十年也。又二年，夷船入江都境，民情安堵，無一爲亂者。時皆謂君前振濟之德，有以安服民心故然。嘗奉檄督修象山石隄，高丈五尺有奇，長千餘丈，由此帆檣往來，無風波險，紳民刻石紀事。時總督兩江者爲靖節公裕謙，以君廉能慈惠，崇正黜邪，明揚於上，奉旨送部引見。見君，以子給事中項揀發江蘇候補道，曰：『可以退矣。』遂乞病旋里。

君居官任職，不徇衆情，亦不執己見，務隨事盡心，自奉淡泊，而見義必爲，不惜勞費。始教授遵義時，值亢旱，負米者道相奪，民情洶懼。君請發常平倉以平市價。知府謂當申白上官，然後可行。君曰：『遵義去省三百里，文牒往復須六七日，且上官聽否不可知，擅發常平，不過罷官公罪而已，可以救民，何惜一官爲？』遂徑發倉穀以糶，民賴以恬，年熟歸穀，常平有贏無絀。知輝縣時，水災，請緩徵，不許。君争之曰：『困極之民迫以徵輸，必激而生變。變則有司當其罪，於國計民生兩無所補。今爲國家籌固本之計，必當維持盡善。民情可閔，民勢亦可畏也。』其在興化，議開闌江壩，時鹽務官商以壩開溜急，鹽舟西上，牽曳甚艱，堅不肯。君力争，以鹽務所計不過十四里，牽挽之資以較七州縣田廬場竈之漂溺，蠲免振卹之煩費，億萬生靈之性命，輕重何如？總督林文忠公深韙君言。其遇事敢言，不畏强禦，多此類。江都俗華侈，焚香禱祠，聚人常至千百。或迎神，形飾怪誕靡麗，男女狂馳。君再三戒諭，不從者罪之，前後毁淫祠百餘區，或即其宇改義塾，籍其田爲義學授讀資，改女僧廬爲節孝祠。

君天懷坦適無城府，時以盈滿爲虞。家世自祖、考、伯叔多舉於鄉，兄弟成進士者三人，子六人：項、顥、灝皆進士。君曰：『先世清苦砥礪，鬱積至今，世争羨以爲盛，余滋惴焉矣。』年七十四，道光二十六年卒。後數年，以輝縣士民狀，奉旨入祀輝縣名宦祠。

周君灝，字子純，輝縣君第五子也。道光丁酉順天鄉試舉人，甲辰科貢士，乙巳科進士，以即用知縣分發直隸，權沙河，補定興，調任正定。性廉直愛民，不能俯仰承順上官意，而當官盡職，死生利害，不少動其心。

咸豐三年八月，粵逆自懷慶、平陽竄入臨洺關，連陷沙河、隆平、柏鄉、趙州、欒城，逼正定。文武官弁欲出避其鋒，君持刀坐城門，宣言曰：『吾守土官也，有出者，吾必以軍律殺之。』由是官弁不敢出。君申明大義，稽保甲團鄉兵，誓與死守，四鄉義勇不招而集者數萬人。逆聞之，折而東走，城因以全，民感愛之如父母，而官弁深妒恨之。四年五月，有營兵卧道旁，見君至不起，從者呼之，益狂肆，君怒杖之，因被議褫職。士民攀轅號泣，如失慈父母，集資爲捐復原官，日望君之重臨斯邑也。上官以君強項，置閑散久不問。君雖貧窶，矯然不一往求，遂終不得補官。

同治元年六月，卒於寓舍，年五十三歲。貧至無以爲斂，正定士民復號泣思君，逾數年，爲狀籲總督劉公疏聞於朝，奉旨以君捍大患，有功於民，允建專祠於正定，以塞輿民之思。一子開陽，長蘆鹽大使。孫五人，長祜，中光緒五年順天鄉試舉人。

論曰：北方土鹹，牆壁下多鹻鹻，甚則基日剥削，棟宇雖堅，鮮不傾覆者。州縣牧令，與民最親，國家之牆基也。牧令賢，可以厚民氣而固朝廷之根本，平時能銷患於未然，保邦於無形。有變，遂剋以捍大災，禦大難。甚矣！牧令之不可不慎也。漢世重吏治，馬遷、班固書特立循吏傳，以爲百世式，其以此夫。

聶迂齋傳

君名邦彦，字阿輔，直隸欒城人，姓聶氏。自幼爲文，宕逸有奇氣。年十九，補縣學生，受知於知縣桂公超萬。桂公，安徽名宿，其仕以循良箸稱。大學士左公宗棠督閩浙時，疏陳其政績，請列史館循吏傳者也。

君既受知桂公，益切劘經史，窮老不厭，尤嗜書畫，見名人墨蹟，真僞悉能別白之。所爲書古勁异恆蹊。家有老嫗，夜紡績，君揮毫相伴，漏數下，老嫗紡績不休，君作書亦不休也。晚年苦無紙，日於木板上臨摹古碑帖以爲常，不求人知名。喜作詩攄情，不事涂澤，常謂其子曰：『人生一能一藝，必用志不紛，以求心得。然又不可離古人矩範，自作聰明，至窮達有命，無容意計也。』性方鯁，平生未嘗受人一物，與人交，推誠無二。不諧俗，不理生產，惡衣菲食常宴如。嘗作咏寒菜詩以自況其貧賤不移之樂。

同治癸亥，流寇犯欒城，與其子負祖、父木主及書畫以行。賊馬來，子欲棄以奔，厲聲曰：『棄祖宗木主，何以爲人？書畫我精神所聚，忍棄置邪？』守正嗜古，蓋出於天性。或笑之以爲迂，又或憐其貧。君語其子曰：『否泰循環，如晝夜然，益於此者損於彼，求十全者妄也。』又曰：『凡物速成者易敗。』故遂以『迂齋』自號云。著有迂齋詩稿。光緒四年年五十八卒。子之濬，縣學生，亦篤古安貧，能世其家。

方宗誠曰：余官直隸，訪求篤學好古之士，未得見也。久之，交欒亭史香岩夢蘭、深澤王榕泉肇晉。又久之，得交趙州張菊坪駒賢。張君爲言聶君之學行如是，是皆所謂從吾所好，不從世俗之所好者也。而聶君貧而嗜古，則尤難得者與。張君屬爲文，爰敘述之以爲君傳云。

記新城任孝子事

銅梁黄静軒嘗隨其兄官直隸之新城，每爲余言新城任孝子事，哽咽不能終語已。又復言有足感動人者，孝子在襁褓時，父爲同里馬某所害，年七歲，與鄰兒戲邨中，聞父老竊竊言，歸詢母，母告之故，欲復讎，母止之曰：『獄久定，夫何言，徒取禍耳！』孝子於是默不語，嘗夜泣以爪刺其胷，深入肉，血出不知痛，自呼曰：『任騎馬，汝爲人子，不能復父讎邪？』久之，指甲痕積滿胷臆間，以故孝子雖盛暑不袒。任騎馬者，孝子自號，以寓降伏讎人之意也。外人不知，因亦呼之曰『任騎馬』。又恐讎人疑之，因名騎馬，字伯超，蓋以馬超自況云。年十三，傭於鄰，營薪米以奉母。母爲議婚，婉謝之，獨身養母。數年，母卒。既葬，時孝子年十九矣。

始孝子雖懷復讎志而外習馴謹，每遇馬，以叔稱。馬謂其少而懦，不之疑，間飲馬，馬益狎之。及葬母畢，營祭田，而陰於外邑製利刃二，埋密室中。里故有廟，每歲四月八日賽神，士女觀者往來如織。孝子料馬必在，尋之無有，急歸取刃懷之，待路側。久之，馬果至，從容詰之曰：『何回邨之晚邪？』笑語如常，指所戴新笠，謂馬曰：『此新市者，估價值幾何？』馬取視之，孝子左手脱笠承遞以蔽馬目，右手抽刃刺之。未及膚，馬瞥見。馬故雄於力者，急格其右手。孝子奮臂大呼，左手已刃中馬，洞胷達脅，血隨刃自背出，馬立仆。孝子連刺二十八刃乃止。始孝子父被戕，亦四月八日，受刃二十有八創也。方孝子之手刃馬也，馬妻適攜幼子自後至，怖不能動履。孝子刃畢，謂之曰：『汝夫與吾有大讎，於汝母子無與也。』急投里長自首。時赴會人衆喧傳其事，夾道觀者，皆咨嗟贊歎，有流涕者。至縣，自稱讎殺不諱，且袒而示之胷爪甲痕殷殷然。縣令欲生之，曰：『彼欲殺汝，汝奪刀殺之邪？』孝子堅不承，曰：『吾欲復讎十餘年，今吾事畢矣。將死，報吾父母於地下。若冀幸脱罪，而謂彼非吾讎，死不願也。』獄具，令以孝子情可矜，狀大府，奏讞，得緩死。由是在獄二十餘年，去桎梏，爲囚長。

孝子性慈愛，凡獄囚相爭，必泣勸。不從，則長跪請解。得食必分與諸囚，於是囚皆感服，無爭鬨越獄者。分別男女監犯，尤斤斤有法，獄囚有畀以錢者，辭不受。静軒之兄爲令時尤矜之。一日，獄壞當修。故事，必送囚羈鄰縣獄，獨留孝子公堂旁室，曰：『吾信任某不逸也。』孝子飲食溲溺不出户，曰：『官雖信余，余敢踰尺寸以累官邪？』令與錢使買酒肉往墓祭，泣謝不可。令怪之，孝子曰：『曩者，已乞親戚代祭矣。人之慟其親，誰不如我？我欲報父讎，烏知人之不思報其父之讎？我死，分也。公因此得罪，我心何安？』令大賞歎，爲之泣下。

新城人無論男婦老少，皆敬孝子，請於令，築室獄旁，爲完娶生子。久之，大府以其孝行疏聞，得釋歸，家貧力食，言行多與古合。邑進士王振綱謂余曰：『有某爲新城令，欲見之，不可，曰：「吾死囚，蒙恩釋歸，可與官府往來？」又有令知孝子善形家言，延相宅，不可，曰：「官宅不同於民，若言不利，必興役動衆，是以吾言擾民也。」』年七十餘歲卒。後數年，湘鄉曾相國總督直隸，旌其廬曰『孝義剛烈』。邑人士爲泐石冢上，曰『任孝子之墓』云。

記劉孝子廣興復姓事

劉廣興者，衡水蓋邨人。生歲周，父母貧，鬻於棗强民南敬，得資遷涿州。敬無子，撫以爲子。時敬寄居蓋邨兩世矣。廣興初不自知爲劉氏子也，事義父母克順其教。義父没，爲木工以養義母，久之積所余買田廬於棗强故居曰梁家寨，奉義母以歸。又遷其義父兩世喪歸，葬於南氏祖塋之下。於是邨人咸稱之曰『孝子』也。

或謂之曰：『爾非南氏子也。』廣興得其實則大慟。時父已没，遂歲一省母涿州，或不得往，則遣其子獻服食焉，而孝養義母不衰。義母没，既葬，乃與其婦謀曰：『吾事義父母畢矣。吾生父母在涿州，雖有弟行傭，不足供母之養。今欲迎母歸，汝能孝養，則吾婦矣。』又諭其子皆從之，乃躬往與弟謀，迎母歸就養。然猶念邨居遠市，母所欲食或不便，且慮妻子之不善承母志也，時時迎居己市廛中，朝夕親侍養之。一日，母念父殯涿州，恐身没不獲合葬，意愴然不樂。乃請於母，迎父喪歸，別買地數畝，立劉氏塋以安母心。同治元年，賊至邨，邨人皆走。廣興獨守其母不去，賊義之，無所害。事母十餘年，母年八十餘卒，遂得以合祔於父，歲時祭祀兩姓墓地，孝思不忘，於是遠近益稱之爲孝子也。

同治十三年春，邑人合詞籲余爲請旌。余曰：『廣興誠孝也，然不復姓，猶不足以盡孝子之道。』乃命復姓劉氏，而義父母無子，且養育之恩同於所生也。南氏既別無可嗣者，廣興宜兼承義父母南氏之祀。廣興子三人，以一人承南氏後，以二人後劉氏，其永無替。或曰：『禮乎？』曰：『記有之，協於義而協則禮，雖先王未之有可以義起。蓋古今事變無窮，先王制禮之時，固有所不能盡也。若此者，或亦可謂亡於禮者之禮乎？』於是復姓劉氏，余乃爲狀上大府，請旌於朝。廣興不識詩書，刻苦自立，居鄉多善義行，然比於孝，皆其小者，故不具。

馮烈婦傳

烈婦姓閔氏，儀徵人。父崇熙，以諸生援例爲直隸巡檢。母某氏，治家有法。婦之始生也，崇熙愛之甚，欲其德比於玉，爲名之曰玉瑩。及長，字之曰蘿卿，而歸於湖州馮文炳。時年十有八歲矣。

婦幼習家範，知禮教，嫁夫八月而文炳以治刑名，客任邱，得腹疾，還保定，遽没於寓舍。時烈婦適歸甯，聞訃，倉皇歸，懼姑之慟也，哭其夫似不甚哀，而事姑倍謹於平日，躬操作，不改其常。母疑之，遣媪隨卧起，而陰爲之防。婦陽陽然毫不形於言面，未幾，竟以飲藥殉夫死。

先是，婦書一紙藏篋中，以慰其姑及父母兄弟。其略曰：『余死無他求，求完乎爲人婦而已。父母兄弟幸勿慟，余心無所苦，惟姑老不能事，是恨耳。』末署正月初八日申刻。及殉節之日，遣媪歸，謂之曰：『余不能甯吾親，汝代余省視，卽旋報余，可乎？』比其反也，烈婦已毒發死，顔色如生，距夫死四十二日，時同治七年正月二十日也。

方宗誠曰：人孰不當愛其死，然有時愛其死而卽無以爲人，則有生不如死者矣。烈婦欲完乎爲人婦而死，無他求焉，何其貞一而勇决也！推斯言也，使爲子者求完乎爲人子，爲臣者求完乎爲人臣。天理民彝，庶幾其不墜也哉！

節孝羅孺人家傳

節婦羅氏，湖南衡陽人。年十七，歸同邑周君省吾，克勤婦職。省吾爲諸生，沈毅好學。父咯血，委頓牀褥間，省吾昕夕侍湯藥不懈。父卒，毁甚，越八日卒。羅氏時年二十八，欲以身殉其夫，念舅没姑老，四子皆孩提，强自抑其哀以慰其姑，遂以冢婦繼姑治家事，自米薪齏鹽之常，以至婚嫁喪祭之節，上事姑，下撫諸子，禮賓延師，周旋族姻里黨，皆條理井然，不遺不紊。每日雞鳴起，夜分而休，率家人讀者讀，耕者耕，婦人紡績蠶織，無游手坐食者，故家計日起，諸子多游庠序有聲。

姑年七十後失明，足躄，寢食動履時需人扶持。節婦年亦漸老矣，與其姒更番入侍，燀潘執盥授巾，寒而鑪，燠而箑，食飲必時，撰具必精，下至中帬厠牏浣濯煩擱之瑣，皆躬親其勞，以慰説姑之心。子婦請代，不許，曰：『惟我諳姑性久矣。櫛沐抑搔，非我無以適我姑意也。』如是者二十有二年，姑得以上壽終。

人咸稱節婦爲孝，婦則謝曰：『吾夫以慟親毁其身，吾代吾夫子職耳，何爲孝？』同治元年，邑人以婦節行聞於朝，得旌節孝如例。子四人，孫十五人，曾孫八人。

論曰：朝廷旌揚之典，節婦必以孝竝稱，明非節不足爲孝，抑非孝不足以全其節也。然余觀苦節之婦，往往性情多剛烈而少和順之行，於孝不無歉焉，故其福澤亦因之而薄。若羅孺人者，其真無愧於旌揚之典也已！

王孝女傳

孝女王氏，直隸棗强人。高祖坦，官甯紹臺道，有政蹟。父濟源，國子監生。女少賦毅烈之性，七歲讀書，尤喜誦孝經，常自引恨身不爲男兒，不得以終身依父母也。寡，兄弟媒妁至，輒涕泣。其後父母益衰老，遂矢志守貞，侍養以終其身。父母卒，盡禮營葬，樹碑建祠，擇族孫以承其祀。同治元年，逆賊竄棗强，人皆憂生不暇。孝女雖倉皇，必親負木主避之境外。年逾六十，遇父母忌日，猶號泣祭墓，哽咽不能下食，其孝思有足感動人者。

先是，道光四年，孝女年方十七歲，有巨盜攻門，禍將及親，女持火槍立暗中，卒斃一人。賊退，親得無恙。咸豐四年，賊竄踞連鎮，僧忠親王統師過縣，孝女捐金餉軍，不求獎勵。忠親王詢知孝女高行，書『孝烈可風』四字以表門閭。同治十年，余爲棗强令，以孝女事聞於制府李公、學使鮑公，得請旌於朝。

論曰：女必有夫，人倫之正也。撤其環瑱，至老不嫁，以養父母，戰國時始有之，非中庸之行。然其終身忍情節性，不肯一日違親之心，固非奇女子不能也，況如孝女之舍身拒賊，捐金以濟國家之難，其義尤足多哉。

楊貞婦傳

貞婦彭氏，安慶懷甯人。祖世彰，副貢生。父德懋，縣學生。女幼許字於同里楊鳳翔，未嫁而夫死，曰『貞婦』者，明婦之志事也。

先是，女父客游粵西，女年四歲，即隨母往依父所。十歲，父母繼没，依其從父德邵、從祖父正楷、外祖母吳節婦，以長以教，得至於成人。正楷以知府權全州牧，攜之官，見女有才德，甚愛之，比於諸孫。函召鳳翔往作贅婿於粵西。時，鳳翔爲邑學增廣生，擅文譽，年少氣豪，鋭志於功名，不欲往也。咸豐二年，正楷遣使送女于歸，至長沙道，梗於賊，回全州。六年，正楷卒。七年閏五月，鳳翔卒。時女依從父德馨，而安慶久陷於賊。八年，凶問始至，女誓以死從，家人持護，復蘇者數四。於是刺血作書上翁姑，自明之死靡他之志。

初貞婦父母無子，客游所積金錢，盡爲女製服飾。而正楷亦盛爲備嫁衣裳，資甚厚。至是盡謝遣之，易服毁容，飲檗茹冰，急謀歸，代夫事翁姑。畜一婢，教之禮義，欲俟歸嫁其夫兄爲副室，冀生子以承其夫之祀。九年，乃偕正楷妾徐氏反安慶。時安慶未剋復，粵賊縱横，轉徙湖南、江西、湖北，適賊上竄湖北，遂流轉陝西之商州。賊竄商州，回匪亂作，避居山洞。久之，復反粵。同治五年，始得歸里拜翁姑，爲夫立主，成婦禮焉。時翁姑年皆七十餘，一子鳳儀，以知州需次江蘇，尚無孫，貞婦夫兄也。貞婦爲夫後計，奉翁姑命親送婢於上海。婢不得志於夫兄，貞婦復買婢與之，生子起聰，承夫後。翁誼高奉檄爲靈璧、鳳陽學官，將獨行。貞婦曰：『翁老矣。獨行，則侍養無人，非所安也。』於是奉姑以從，凡道途逆旅官舍之事，皆親操作，翁姑安之，忘其老。視婦如子，視客舍如家室，而貞婦亦樂之，忘其疲勞。貞婦性剛明而和厚，曉暢事理，終身衣麤食淡，去膏沐服御之飾，娣姒族黨婢僕皆敬之，無閒言云。

論曰：貞婦少而孤，未嫁而寡，顛沛流離崎嶇兵亂之間，可謂極人生之奇阨矣，而卒能全其節，守其身，孝養其翁姑，似續其夫後，使夫死而未死，楊氏絶而復繼，貞婦誠賢矣乎！抑其才大有足稱者也。余寓居懷甯，與誼高爲鄰，知貞婦事最悉，箸之文，以爲世教風焉。

吴節婦傳

吴節婦左氏，名慧芬，桐城人。明天啓時有諱光斗者，死魏璫之禍，贈少保謚忠毅之九世孫女也。年十七，歸同里吴大鏞。時大鏞已以攻苦遘疾矣，婦侍湯藥，未安寢處者三年，大鏞終不起。

時有本生祖姑張氏，年七十餘，本生姑姚氏，承嗣姑張氏，皆病瘵。而本生舅漢廷復客亡於浙江。疾病死喪，閔凶疊至，家無積儲藥餌之需，喪祭之用，皆拮據無所措。節婦慟，欲死，慮無以安諸姑心也；欲生，則又無所賴以爲生。於是晝夜籌畫，送死養生，卒以無憾。

後七年，姑張氏卒。又七年，本生祖姑張氏卒。本生姑姚氏始立嗣子祈昌爲後，祈昌年穉弱，無能爲養。節婦勤針黹課讀，以養其姑。姑善病，棺槨、衣衾之具歲爲之備。及卒，盡禮致哀，閭里戚黨無閒言。又爲姑與夫經營窀穸，皆蕆事。粤賊陷桐城，慮本生舅姑浮厝淺土，或罹賊禍也。得請於從舅，爲葬於祖塋之旁，然後隨從舅姑避地深山數年，賊平始反。同治九年，里人以婦節行狀大府，始得請旌於朝。

論曰：昔孟子言，養生不足以當大事，惟送死可以當大事。此雖孝子慈孫不易盡之職分也。節婦以一寡女子，而承兩姑家事，生者得其養，而死者安其宅，劬心竭力，毫無間然。是非徒貞節之賢，其才智之優不可及也。烏呼！於其祖忠毅公有光矣。

節孝張淑人傳

張淑人，桐城張太傅文端公之六世女孫。父聰賢，由庶吉士散館，仕至陝西潼關廳同知，有惠政，宗誠前所爲循吏張君傳者也。淑人年十六，歸孫氏。夫世洤，監生，贈中議大夫，明末以監楊龍友軍殉難仙霞嶺，國朝賜謚節愍諱臨之六世孫，貴州清軍糧儲道起端之子。淑人生而慈仁，髫齔喪母，未于歸，喪姑，事父、事舅、繼姑，咸致孝養。生一子慧基，甫八齡，贈中議卽世。淑人悲哀絶食六日，復吞金珥，俱不死。一日，令侍婢攜子出游，閉户將自經，糧儲公聞之，諭以鞠孤大義，俛默久之，乃不復求死，日飲泣以終其喪。

先是，隨贈中議奉舅姑官京師，子生三歲，贈中議反桐城。淑人親教子識字，授經書句讀。糧儲公聞而欣然，忘其子之在遠，至是課讀書益力。時爲子講説古人徽言摯行，就寢時必引古來孤兒崛起者，涕泣語之。後雖出就外傅，每歸省，猶諄諄不已。糧儲公知之益慰，忘其子之亡也。繼姑病，常焚香祝天，願以身替。每卧起，躬自扶持，中帬厠牏悉親澣滌。時方盛暑，婢嫗所難爲者，俱身任之，靡厭倦意。糧儲公卒於官，時粤西亂已起矣。淑人率其子奉繼姑行數千里，歸櫬桐城。未幾，繼姑亦棄養。家無期功之親，母子零丁，外侮環起，而粤寇陷桐城，轉徙流離且十年始解。然雖困守山中，猶日督子治經爲文，任卹睦婣不懈。

亂定，子得官庶常，人皆慶，淑人則諭慧基曰：『世皆榮翰林，然清貴易傲物，當守余先文和公之訓，博而習於故，静而達於幾，始稱詞職。』子散館，改知縣，復諭曰：『當以民生休戚爲念。』慧基知武安二年，遇歲大旱，淑人憂民饑如己之饑，令盡出禄所入，不足則稱貸以濟之，曰：『官不能竭力振民困乏，民安賴此父母官爲？』河南巡撫以慧基荒政請敘勞於朝。淑人聞道殣，蹙然曰：『民仍不免於死。』如議敘，何其宅心慈良如此！始淑人節孝事已上禮部，得旌。繼遇覃恩，誥封淑人。慧基奉命服進，蹙然曰：『汝父主未改題，我何敢先？』光緒五年九月，以疾終於慧基官舍。年六十有七歲。

慧基，同治甲子舉人，戊辰成進士，哀母氏生歷艱辛，乞爲傳。宗誠始與淑人弟慕蘧交。避亂時，慕蘧偕淑人母子居其先世龍眠賜金園中，與余相隔一山，旬月中必邀往論學，至則命酒殽，留數日，講道論文，甚樂也。淑人子姪咸侍側聽焉。慕蘧曰：『酒殽皆吾姊所供具也，以子善説經，故款子，俾子姪輩盡析所疑。』烏呼！卽是而淑人賢可知矣。據狀爲書其概，以慰慧基之悲思云。

記棗强二貞婦事

段貞婦者，棗强王房邨盧氏女也。許字宅城邨段永林。同治六年正月，未嫁而永林死，時婦年十九歲，聞之泣，隨其母之夫家吊哭其夫，至則乞爲夫制服，不肯去。母與姑謂其年少，未之許也，貞婦則矢死不移。及葬，臨穴奮身入，欲以殉。族戚里黨觀者皆感動爲泣下，勸其代夫養姑，無同死。母與姑亦許其守貞以終也，乃起而從姑以歸，事姑孝謹。姑張氏，節婦也。家甚貧，無他子女。姑婦二人相憐甚，母尤憐之。夫服既除，母一日誑其歸甯，許字於焦氏，嫁有日矣，婦始聞，逃歸姑家，泣訴於姑之黨，求保其節。或曰：『汝何自苦爲？不從母命，异日得無悔邪？』則誓曰：『雖死無悔！』由是孝事姑不衰，遂不復歸甯母氏。同治九年，族黨以聞於縣令，賜匾以表其閭。

後數年，余知棗强，復有數十人請表劉節婦之門者。余告以年例未符，而來請者益衆，月三至。余异之，詢其狀，則曰：『是文登邨劉清長妻馬氏也。』咸豐七年，清長死，婦年十九，守節以養祖姑。（姑）祖姑氣剛，尤難事，而節婦能婉轉順承，得其歡心。夫僅一弟，娣姒之間雍雍如也，茹苦十餘年如一日。同治十三年，母憐其無子，慮窮老而無依，私爲許字，訂婚約。馬氏聞之，泣告於夫家，得毁其約，遂誓死不入母氏之門。今年三十有五矣。鄰里歎异，故屢爲之請焉。嗟乎！民之秉彝好是懿德，豈不信哉！

二貞婦生長農家，不習詩書禮義之教，而任其至性，矢死靡他，雖以母氏愛暱之情而不顧，是豈慕長吏表厥宅里之榮而爲之與？抑亦聖化涵濡之久，固有不知其然而然者與？段氏女也，未成婦而夫死，稱曰『貞婦』，明其志也。昔明歸熙甫箸貞女論，以爲不合禮經。余觀禮，孔子告曾子曰：『取女有吉日，而女死，壻齊衰而吊，既葬而除之。夫死亦如之夫。』夫死可吊，則亦可守，死不去矣。聖人不言者，不敢强人以難能之節也。然則有能立人所難能之節者，聖人顧不深取之哉！

卷第十三　神道碑

光禄大夫吏部右侍郎王公神道碑銘 代

同治四年六月，前吏部右侍郎歙縣王公卒於里第，時鴻章署兩江總督，以公遺疏聞於朝，上震悼，降諭以公由部曹洊躋卿貳，廉静敢言，忠愛出於至性，加恩賜卹，嗣賜祭葬如制，朝野以爲榮。

蓋公自宣宗成皇帝時登仕籍，卽以忠孝清正上結主知。文宗顯皇帝御極之初，擢爲監察御史。時天下承平久，吏治習爲粉飾因循。言官習爲唯阿緘默，卽有言，多瑣屑無關時務之要。其非言官，則自以爲吾循分盡職，苟可以寡過進秩而已，視天下事若無與於己，而不敢進一辭。釀爲風氣，軍國大事日卽於頽壞而莫之省。公始入臺，粤賊之禍已見端矣。卽奏陳用人理財之道，其論振興人才，尤以講求本務崇實黜華爲先。户部以需餉孔殷，請許士子捐納舉人、生員。公疏争無益目前，徒貽譏後世。且言籌餉之法，不徒在開源而在於善用，若不求餉之用必得濟，委諸盜賊之手，靡諸老弱之兵，銷諸不肖之員弁，雖日推廣捐輸，何濟於事？又極論銀票虧商，銀號虧國之弊，以爲經國謀猷下同商賈，體爲至褻而利爲至微，初時虧不能見，及虧甚，雖重治其罪亦復何補？既其言果皆驗。未幾，公擢至户部右侍郎，兼管錢法堂事。時方行大錢，公奏陳大錢利弊，極言當百、當五百、當千三種，折當太重，分量懸殊，種類過繁，市肆紛擾。及召見，又面陳當百以上大錢之不能行。後又奏稱大錢私鑄繁興，虧國病民，懇請停止。而請暫緩幸御園一疏，尤人所不敢言者。識者稱爲有古大臣格心防微之風。

三年，賊勢日熾，天象屢見。公復疏言：『天時人事，危迫日深，誠得天心一轉，則賊匪自滅，天下自平。然欲轉天心，必求盡人事；欲盡人事，必求協民心。其要一在省己，一在用人，二者皆承於一心，而其樞則繫乎聽言之際。』反復至千百言。文宗卽日降諭，省躬剋己，竝飭中外臣工夙夜靖共，交相儆惕。其他朝政之得失，人才之賢否，軍事之利害，亦皆知無不言，言無不詳，文宗往往虛衷以受，或即時俞行，或付之公議，或始雖留中，既而思其言，然卒皆聽用。公亦自以遇聖主之優容，日夜籌思，盡言無隱，不以非言官而自沮也。五年，公疾，請開缺。十一年，文宗上賓，今上降旨，以公志慮忠純，直言敢諫，將起用。公感激恩遇，且自恨無以報先皇帝特達之知，思補報之於皇上，乃疏陳五事，以端治本。一曰天象示警，急宜修省；二曰責任重大，務宜專一；三曰言官宜務優容；四曰府尹不宜兼部務；五曰奔競之風宜杜其漸。上連降五旨施行。同治元年四月，復奏陳封事，遂奉命權左副都御史，旋授工部右侍郎。二年，調吏部左侍郎。時公以奉命使山、陝差次，丁繼母憂，回籍。越二年，葬親事畢，疾作，遂不起。距生於嘉慶三年三月，年六十有八歲。

公諱茂蔭，字椿年，一字子懷，安徽歙縣人。曾祖某、祖某、父某，皆敦行孝弟，封贈如公官。曾祖妣方氏、祖妣方氏、妣洪氏皆封一品夫人。

公幼敦謹好學，中道光辛卯恩科順天舉人。壬辰成進士，授户部主事，三次乞假歸省。丙午始補授雲南司主事。丁未升貴州司員外郎。戊申二月，以御史記名。三月，聞父病，急歸，至則已前卒。丁憂服闋。咸豐元年辛亥，補授江西司員外郎，八月補授陝西道監察御史。壬子兼署福建、山西道御史，又署禮科掌印給事中、兵科給事中，巡視中城。癸丑署湖廣道監察御史，四月授太常寺少卿，六月擢太僕寺卿，十一月補授户部右侍郎兼管錢法堂事務，懇求解職，不許。甲寅調補兵部右侍郎轉左侍郎。丙辰命充進士朝考閱卷大臣，九月武會試，命充宿字圍較射大臣。丁巳二月，經筵侍班，十一月賜紫禁城騎馬。戊午命辦理五城團防事宜，六月事峻，以疾請假開缺。辛酉今上登極，十一月奉傳知至軍機處察看疾狀，遂再起用至吏部左侍郎。

公識量沈宏，事無巨細，必研究原委，不敢苟且遷就，内行尤篤。居繼母喪年逾六十矣，猶不飲酒食肉，家居言及國事與君恩未報，往往哽咽涕零。居官數十年，未嘗挈妻子侍奉，家未嘗增一瓦一隴，麤衣糲食晏如也。故海内稱大臣清直者，必曰王公。妻吳氏，繼妻洪氏，誥封夫人。子三人：銘詔，增貢生，中書科中書；銘慎，國史館膽録，議敘鹽大使； 銘鎮，監生，早卒。銘詔將葬公於邑之某山，以狀乞文其神道之碑，乃爲之銘曰：

伊古治亂，疊起環生。主聖臣直，靡陂不平。皇路清夷，言官布樹。侍從卿相，衮職是輔。嗟彼斗筲，狃於恬嬉。緘口持禄，盡若痺痿。國家利病，視如秦越。厝火積薪，罔顧顛蹶。主非不聖，臣道謂何？不愧簡書，不畏斧柯。峩峩黄山，來自衡嶽。磅礴蜿蟺，峥嶸卓犖。鬱積靈秀，篤生名臣。股肱良辟，直哉惟寅。言責官守，職或有異。進忠陳謨，義無二致。根於大性，發於至誠。天子嘉之，死哀生榮。昔仲山甫，小心翼翼。輔周中興，式於四國。古之遺直，今有王公。清操勁節，百世可風。

光禄大夫刑部右侍郎吴公神道碑銘代

國朝白平湖陸清獻公以正學清德爲仁廟名臣，論者謂其學之精純，實直接程、朱之統。越百餘年而有少司寇霍山吴公，承清獻之後，而獨有得於程、朱論學之宗。其行身居官，清風直節，又足與之相埒，天下知與不知，皆不稱其官而稱其德，尊之曰『竹如先生』云。公諱廷棟，字彦甫，一字竹如，安徽霍山人，生長桐城。曾祖均，曾祖妣孫氏； 祖鉥，祖妣龔氏； 父正潮，妣蔡氏，三世皆以公貴，誥贈光禄大夫，妣皆贈一品夫人。

公生於乾隆癸丑五月十八日，端重渾厚，聰明内涵。十餘歲時，偶得近思録，讀而好之，雖從科舉師，而超然不溺於文藝之末，功名富貴泊如也。道光乙酉以選拔科貢太學。丙戌朝考一等，以七品京官簽分刑部學習。庚寅、辛卯丁内外艱，又以承重孫丁龔太夫人艱，服闋，入都學習。期滿改官主事廣西司行走。丁未始補江西司主事，明年升福建司員外郎。己酉升河南司郎中。植節嗜學，潛心職守。長官重其才，而尤賢其無一營求。遇優差示意公，而公若爲不知也者。咸豐壬子京察一等，曾公國藩、周公祖培亦特薦引見，記名以道府用。召見，詢在刑部承審私酒案，敷陳反復，毫無瞻徇，且進言治道之要與君子小人之辨。獄得平反，而文宗皇帝之知公守正不欺，自此始。旋放直隸保定府遺缺知府，補授河間府。河間俗好訟，京控省控案充斥。公爲之，訟簡刑清。時粤賊北竄，府當東道之衝。公日夜團練巡防，不震不懋，深得民心，賊屢窺末由入。癸丑冬升授永定河務道。甲寅春署理天津河間兵備道。七月擢授直隸按察使。總督以河間京師門户，公防守嚴，不得驟離河間府任。及乙卯，軍務平，始任按察使事。丙辰大名災，稽察振務，實惠及民，盜賊斂迹。冬，升授山東布政使，明年入覲。時直隸奉嚴旨行使大錢，官民苦之，總督不敢言，公因上問，乃反復開陳，竝及鐵錢鈔票之弊，且曰：『國家立法，必先便於民，而後可行；必先信於民，而後能行。』於是文宗益賢公，而直隸行使大錢之議遂寢。其後布政山東，亦請巡撫疏明不行使大錢，停止鈔票與海口加税抽釐，民免紛擾。爲布政使三年，署理山東巡撫三月，專以察吏安民爲心。己未以代補歷任虧歉未足，部議降一級調用，特旨改授直隸按察使。同治元年壬戌調山東按察使。公治獄勤明，尤慎重服制之案，每平反冤獄，不使有司受過，故人樂從。癸亥内遷大理寺卿，夏升刑部右侍郎，調户部左侍郎，兼管三庫事務。又兼署吏部右侍郎。乙丑復調刑部右侍郎。丙寅春，因病乞假，予告回籍。公霍山無田廬，曾文正公洎鴻章延之至金陵，遂寓金陵七年，以癸酉閏六月朔卒，年八十有一。

公學務實踐，不爲空言，篤守孔子下學上達之序，程、朱居敬窮理之訓，生平進退取與必嚴義利之介，嘗鐫朱子『論是非，不論利害』二語爲印章以自檢。於身心事物之間順逆常變，守之如一；視聽言動，從容中禮；當官盡職，不立异，不苟同，尤不喜急功近名。所與同官上下多薰蕕异趣，而公毫不以賢智先人，律己嚴，待物恕，常存與人爲善之心，潛移而默誘之，故雖异己者，終無不感其誠而服其德，善政亦因之以行。或疑公依違遷就，及觀義所不可，雖王公不能奪也。其論天下治亂，每以君德人才爲根。初，文宗皇帝召見時，方勵精圖治，而疑學程、朱者爲拘迂，公對曰：『此不善學之過也。程、朱以明德爲體，新民爲用，天下斷無有體而無用者。皇上讀書窮理以裕知人之識，清心寡欲以養坐照之明，寤寐求賢，内外得人，天下何患不治？』其後穆宗沖齡即位，公上書宰相，請舉倭文端公任師傅，培養元德，而時詢聖學之進退以爲喜憂。金陵告捷，天下方謂中興大業成矣。公獨憂之，以爲治亂決於敬肆，敬肆根於喜懼。

從古功成志遂，人主喜心一生而驕心已伏，宦寺、左右容説之臣，屏逐之姦，皆將乘此喜而貢其諂媚，肆其欺蒙，巧其夤緣，害將何所不至？ 因上疏請加敬懼，持之以恒，永固長治久安之基。 上嘉納，存弘德殿省覽，竝申戒天下。

蓋公之學所蘊畜者甚深，志量尤極宏遠，其所欲忠於君、施於天下國家者固無涯而靡已也。已見於政事者，特其淺焉者耳。然公知命樂天，雖不能盡行其志，而無愠無悶，惟闇然自修，終其身於學焉而已，故世亦罕知其所至也。公居恒不以講學立名，始在京師，與唐確慎公、倭文端公、曾文正公、何文貞公、竇蘭泉侍御切磋砥礪，而與倭文端性行尤相近。其後再官京師，倭文端公時以首輔爲師傅，河内李文清公以尚書掌軍機，海内翕然望治，稱爲三大賢。公亦深服文清公之德行，而論學則與文端爲最契。公不事箸述，退居金陵時，文端公屬校理學宗傳辨正八卷。桐城方宗誠輯公讀書札記及與人論學書爲十卷，曰拙修集，六安涂宗瀛爲刊行。其於理氣心性之辨，格致存養之功，皎然如日月之明。聖人復起，殆無以易也。

妻葉夫人先公卒，權葬諸城。二子：應熾，早卒；應焯，嗣公仲弟後。公卒之二年，孫兆張將奉公櫬歸葬霍山之東六安州界復覽山麓。應焯以書來，屬爲墓碑文。公與先光禄公同官刑部，鴻章少從官京師，卽得親公言行，義不可辭。公之德行、學術、政事，方宗誠所撰年譜載之詳矣，兹不具，箸其大者。銘曰：

維學有統，維道有宗。卓哉徽國，伊洛是從。千五百年，上纘鄒魯。精理微言，昭晰萬古。异學差謬，小儒和同。不有真知，孰開其蒙？洪維聖清，重儒崇道。哲人挺生，爲國大老。曰潛曰見，未究厥施。闇然下學，終身以之。精純如金，温良如玉。斯文在兹，賴公以續。同時真儒，惟有羅山。體立用行，伯仲之間。峩峩霍山，雅稱南嶽。惟岳降神，生此先覺。歸神天柱，存順没安。我銘其幽，永世弗栞。

贈太子少保江蘇巡撫署兩江總督陳公神道碑銘代

道光十九年，江蘇巡撫署兩江總督江夏陳公薨於位，遺疏上聞，宣宗成皇帝震悼，賞加太子少保銜，飭部照總督例賜卹。逾十餘年，江蘇官紳以公遺愛在民，合詞籲請入祀江甯府學名宦祠。既奉俞允，而湖北官紳復以公孝友睦婣，文學、政事足爲士林模範，請祠鄉賢。時公薨既久，葬十餘年矣，墓碑未立，公子慶滋以知府需次直隸，述公行，請銘諸碑，義不可以不文辭。

公少有大志，爲諸生時，嗜讀先正格言以爲法。協辦大學士文敏公百齡總督兩江，聞公賢，延居幕府。公於三省吏治、河防、漕務、鹽政、營制、海防，莫不悉心講求，蓋已裕經世之略矣。中嘉慶戊辰恩科本省鄉試第五名舉人。庚辰會試，以一甲第三名成進士，授翰林院編修。道光壬午散館，充武英殿纂修，浙江鄉試副考官，記名御史，京察一等，特旨簡放江蘇知府，補松江，署江甯，調蘇州，權蘇松太兵備道，擢江安糧道，改蘇松糧道，洊升廣東鹽運使、浙江按察使，署布政使，旋擢江西布政使，復調江蘇布政使，升江西巡撫。復調江蘇巡撫，權督兩江，踐歷中外近二十年。

公爲政，以教養爲心，務持大體，規久遠之利。守松江時，高堰未築，運道阻塞。吴中議行海運，以創始人多難之。公奉檄駐上海，規畫井然，事遂，以濟海運之可行，自是始。署江甯，值下河諸邑水災，流民攘奪，邨市囂然。公禁止入城，捐俸勸分設葦廠城外，分男女以振。又以流民衆聚則難區處，散則可全其生，檄大縣留養二千人，小縣留養千人，續至者按人資送。白大府檄行，各州縣如法分振，存活無算，而居民無譁。江、浙農田最重水利，署上海道時，以吴淞江口紆曲易淤，議用逢灣取直法濬之，俾水勢迅駛。任蘇藩，議開太倉劉河、昭文白茆河，濬各屬支河，旱潦得備。在浙江、江西亦然。凡沿湖沿江隄岸，督吏稽察，修廢補敗，增高繼長。寶山有海塘，壞五十餘丈。華亭海塘亦傾五千九百餘丈。公籌捐興築，用覈工實，民以永安。蓋凡有利於民生者，公知無不爲，爲之必使可以經久。官上海，察知黄浦江風浪險惡，因仿揚子江之制創造救生船，分置各岸，行旅賴之。撫江西，興復省城，隆冬振濟粥廠。撫蘇州，創建義倉以備凶荒，誠心所孚，神人交應。挑吴淞江時，先築攔潮大壩，將成輒圮。公虔祀周太僕祠，潮退而壩成。周太僕者，乾隆間濬吳淞江以身殉事者也。江西旱蝗，公作文禱神，即日霖雨，蝗盡死。其在江甯亦然，有烏鴉啄蝗之异。又屢降驟雨，驅蝗没泥中，歲以無侵。上爲御書『福佑康年』四字以答神庥。所至尤以敦名節、崇教化爲本。整理各省書院，文風丕振。在蘇、松，修前明忠臣瞿式耜墓道。在江西，修先賢澹臺子墓、漢忠臣陳蕃祠。署總督時，以鄉曲愚民惑邪教，實由正教不明之故，奏請勅儒臣推闡聖諭廣訓中『黜异端』一條，撰爲四言韻文，頒各省鄉塾，俾民間得讀之，以收涵育薰陶、潛移默化之效。奉特旨允行。是時，天下方承平，海波不驚。上知公忠勤，實深倚重，屢奉硃批有『厚望於汝』之旨。公益思致身報國，察吏鋤姦，閱河巡海，整理水陸營務，冒暑往還，積勞成疾，未竟其用，朝野悲之。蓋自公薨之後，不及十年，而時事日亟矣。

公諱鑾，字某，湖北江夏人。祖籍蘄州，自曾祖以下皆以公貴，誥封光禄大夫，妣皆封一品夫人。公持身儉素，有餘則以篤宗親，敦任卹。於蘄州建陳氏家廟，買田四百餘畝，爲祀祖贍族之用。於江夏仿宋范文正公法，置義田，成皇帝御書『義莊』匾額以賜。道光辛卯，湖北大水，公捐金數千振卹，於族媚鄉里，守節婦月送米薪，有子者助資以教育之。配某氏，誥封夫人。公生於某年月日，薨於道光十九年某月日，年五十有四，所箸耕心書屋詩文集若干卷，輯先正格言十卷，三楚歷朝名賢墨蹟撫楚帖十卷。子幾人，某某官；孫幾人；曾孫幾人。咸豐十年葬公武昌城東喻家橋夾山口。夫人附。銘曰：

民爲邦本，官爲民依。吏瘝其職，實禍之幾。小臣不廉，大臣不法。厝火積薪，姦宄萌甲。陳公遭時，海宴河清。人狃治安，公念在氓。農田水利，所至摒營。反經修慝，識深慮宏。仁心仁聞，先帝嘉之。奄有南服，任公設施。剔弊剜姦，文經武緯。惠養士民，培國元氣。天不憖遺，喪此元臣。繼公者何？馴至振衵。撥亂反治，群推能者。保邦未危，吾思公也。魄反其宅，神游學宮。仰公治行，視此碑豐。

卷第十四　墓表　誌銘一

内閣典籍銜河南嵩縣訓導李君墓表

咸豐十一年春，余客豫撫嚴公幕。時兵事方殷，勸公以籌餉、練兵、求才、綏内、攘外、策士，以通輿人之言，亦藉以觀士所藴蓄。得一卷，不署名，其文通達精實，有體要。訪之，知爲太康歲貢生李君也。幕府皆驚爲積學异才，然君生平足迹不入官府，余乃親詣其學舍與談，果有學守君子也。因請君文集盡讀之，曉暢時事，深識政體，敘事凜然有生氣，近時北方學者之文，蓋無有與之比竝者。然君虚懷不自足，昕夕好學靡間，得余文往往手録多至數千萬言。

蓋君雖困於諸生，無所設施，其在里中，於勸農桑，免雜派，設守禦，采訪忠節，凡有益於民生國計者，知無不言，爲無不力，然義所當行，不避難。而非道所當取，不以毫髮苟且。其在於家，以己産讓於弟，而自授經以養妻子。師喪不能葬，鬻田濟之，爲文表其墓道，故舊、子弟、門人，貧無以自立者，資之耕讀，多所成就。其爲人師，口講指授，不倦於勤，而尤以重道義，輕貨利，崇節儉，慎出處爲要。其後爲學官亦然。生平無僞言僞行，故一時賢者，往往喜從之游。余亦藉君得盡交當時賢士。河南學使景公訪余以中州賢才，余以君及鄢陵蘇菊邨、西華于絅齋應，景公疏薦，奉特旨俱以訓導用。同治五年二月，選授君嵩縣訓導，士心説服。八年，巡撫李公奏請賞加内閣典籍銜。

余與君交一年遽别去，客湘鄉曾相國所。同治四年，君應署江蘇巡撫劉公聘，至江蘇，登焦山，去余游焦山止一二日，竟不得相遇。君以書告余，悵惘者久之。既而君去爲學官，余爲曾相國疏調來直隸，音問不相聞者數年。十年冬，余令棗强，忽得君子書，乃知君以正月二十二日卒於學署矣。距生於嘉慶十八年，年六十歲。

君名濬，字又哲，一字秋圃。妻宋氏，子四人。其所箸曰秋圃齋文集若干卷、撚匪紀略若干卷。君教澤在人，門人子弟欲爲刊行其文，子選樓、宣樓、星樓、京樓以余知君行最深，屬爲表其墓。君之文必傳無疑，後世當有知君者。同治十一年春二月，桐城方宗誠表。

遷安李氏先墓表

遷安李氏始於明永樂間，有諱賢者自河南上蔡縣來居。至國朝有諱秀者，拾遺金還其主人，不受謝，而家道日隆隆起。秀生承業，益以善義爲鄉里先。承業生景，景生二子，曰玉柱，曰玉衡。玉衡生三子，曰緒，曰綸，曰縉。三世所爲善行甚衆，而其尤難能者，每饑歲必爲粥食餓者，所全活多至數千人。歷乾隆初到道光癸未、壬辰幾百餘年，家雖中替不倦也。遷安少達者建家塾，立學規，會一邑秀士其中以爲文社，而尤以存心制行爲先。旁縣之士有慕其風而至者，亦始自景，至玉衡擴而大之，至縉益振其緒，有初社、中社、晚社之稱，所成就人才中甲、乙科爲名臣、循吏，號善士者，蓋數十人，文學烝烝稱盛焉。

余與縉之子昌時同官冀州，昌時狀其先世義行與其贈公言行甚詳，乞余爲表墓之文，且曰：『余先世世多積德，至先君子四歲而孤，庶祖母太安人守節教育以至成立，故先君子入學後，不求仕進，就養左右，弗忍一日離太安人。偶不豫，必和顔侍坐側，徐徐談說古今善事，自朝至夕曛，俟太安人色霽而後已。太安人欲有所與，恒先意以圖，拂意事必命家人隱諱之，不使聞。讓產與兄子千金，或稱之，則曰：「余不德，不能事嫂，非讓也，所以自罰且酬兄德耳。」太安人卒，先君子以毁終，葬於先人之壟。昌時不敏，未能善繼述以發前人之光也，敢乞先生文以表諸阡，庶先世懿行可以永矢弗忘乎！』

余惟孔子言『善不積不足以成名』，而又曰：『孝者，德之本也。不愛其親而愛他人者，謂之悖德。』孟子以墨氏之愛無差等爲二本而無親。今李君先世積德累仁幾百年矣，所澤者廣，所垂者遠，而皆本其一門孝友之行而擴充之，以及於州里之間，是誠聖門所謂『本立而道生』者也夫，豈有望報於天、求名於世之心哉！然而天之所佑者，善也；名之所歸者，實也。善作而善成，善始而善終，是固可爲法於後世也已。詩有之『詒厥孫謀，以燕翼子』。又曰：『無念爾祖，聿修厥德。』李氏子孫其念之哉！同治十年春二月，桐城方宗誠表。

虞孝子墓表

孝子姓虞氏，諱朝鼎，字曉東，江蘇金壇人。父友夏，母周氏，生孝子昆弟二人，以兄友文無子，命孝子爲之子。孝子幼有至性，父客游兖、豫間二十餘年，家書不時至，周孺人衣食窘艱。孝子偶過親戚家，爲具飯，卽辭，不肯食。堅留之，則泫然曰：『吾母及兄姊尚未食也。』發憤讀書有成，授經爲養。父歸，左右無違。事承嗣母曹氏怡顔順志，無异其所生者。迨兄朝棟病卒，父母年益篤老矣，曹孺人復病不離牀蓐，孝子以一身就養於兩父母之間，俾繼母忘夫之没且忘其爲嗣子，本生父母亦忘其長子之亡。曹孺人卒，哀禮兼至。未幾，周孺人病創痏，痛甚，孝子求良方，躬侍湯藥爲洗滌，夜不解帶而寢。母憐之，命稍休。孝子潛伺户外，聞聲卽趨赴。否則逾時以藥進，若已寢而復起者然，以安母心。久之，精力疲，終不使人代。一夜，聞母呻吟，急省視，失足墜樓門。家人驚視，頂破氣絶，移時甦，猶呼『母創痛甚，速取洗藥』者三，則又暈仆，未一日而卒。時道光十九年十二月也，年四十三歲。

孝子生平淡名利，喜窮究先儒義理之書，嘗曰：『學期有益身心耳。』其爲童子師，必先教以禮讓，習岐黄術，幼科尤精。貧者不待請而自往，助以藥資；富者不求報。故其卒也，遠近隕涕失聲。里人狀其孝行，請大府奏聞於朝，奉旨旌表，入祀忠義孝弟祠。妻王氏守節，亦得旌。子溶，同治元年舉孝廉方正制科，用知縣，需次直隸。以狀告宗誠，乞爲表墓之文。宗誠無似，實不足以壽孝子於金石也。

然惟孝子之死，非孝子之所及料，而以死稱孝，尤非孝子之所心願者也。今夫人臣事君，受託孤之命，膺專城之寄，惟致身委命以期底於有成，功未成而先死，或效死而事卒無成，後世稱之曰『忠』，然豈忠臣之始願哉！況子之事親，尤有不可解於心者邪。語曰：『事父母能竭其力。』若孝子者，洵可謂能竭其力者矣。後之觀法者，事不必盡同而同其心焉，斯爲孝子之徒也乎！同治十二年冬，桐城方宗誠表。

甯國府儒學訓導黄君墓表

同治七年，余友黄君仲和屬余敘其詩。既別，屢以書來敦促。十年，余奉檄直隸，始爲敘以貽君。君得之大喜，以余敘中有『他日罷官歸，偕游黄山』語，覆書約余异日爲黄山游也。乃逾年，聞君卒。又逾年，君子鄄致君狀，乞爲表其阡。余固深知君者，義無可辭。

君姓黄氏，名德華，字印川，一字仲和，徽州黟縣人。父美輅，贈太常寺博士。君生四月失恃，十二歲而孤。性孝友，事繼母若所生，家事外事必稟命伯兄而後行。弱冠，補博士弟子員，益以學行自繩檢，終身坐立必莊，言笑動止無惰容，與人介而和，處事通而義，不爲禍福利害所惑。以少孤不獲逮事父母爲極憾，遇生辰疏食戚容，終其身不受慶祝之禮。上世停九喪未葬，支裔既繁，多牽於拘忌，謂葬必受其禍。君毅然誓於祖前，曰：『如有咎殃，願加余身。』族衆始默然蕆事。厥後子士幹夭，家人或咎，君弗以爲悔，曰：『義當然，固所安也。況死生，命也，於葬何與？』援例入太學，選授甯國府學訓導。在官四年，摯禮陋規俱不受，惟日以振興文教爲心，誨諸生循循如家人。會有學宫事爲府縣所持，君秉正議争之，知不可回，託病上印綬。諸生挽留，不爲止。歸之日，傾城走送，繪澂江餞別圖，贈詩文成帙。宣城人士至今猶有去思也。

粤賊擾徽、甯間，居人百不存一，君家獨完善。凡戚里流離失業者，君皆竭力營救，俾無凍餒，死者爲斂葬，俾無暴其胔骸。生平好游，凡東南名山水殆徧。尤嗜爲詩，憂時感事，紀載忠孝、節烈及所見兵亂成敗得失，無一不寓之於詩，人稱『詩史』。所箸有瑞竹堂集，已刊行。同治十一年三月四日，無疾而終，年七十有三。子六人。

徽、歙間山川雄厚，士尚樸學，雍、乾以來尤多碩德巨儒。遭亂以後漸陵夷矣。以余所及交周志甫明經之篤行，王子懷侍郎之清節，夏弢甫學正之經學，與君之説禮敦詩，皆易所謂『碩果僅存』也。十餘年間，先後凋謝，而君後繼之，皖以南耆舊盡矣。後之學者可以考焉。桐城方宗誠表。

湖北漢陽縣知縣張君墓表

湖州張敦甫濟康與余同官直隸，狀其先大夫治行，函告宗誠曰：『余無似，作令十餘年，澤不究於民，所兢業惟恐隕越者，先大夫之教也。』屬爲文表諸阡，余不善金石文，惶懼堅不敢承，而敦甫請益力。繼又以其長子振榘訃至，且曰：『此子篤好古文，將卒，猶引領先大夫碑文，以此生不覩爲大憾也。』言之絕慟，令余惻愴不能已。

據狀：君諱中孚，字藹人，祖籍安徽歙縣遷休甯。國朝初，復遷浙江之湖州。祖某，父某，皆不仕。君幼嗜讀書，家貧不能延師。族黨勸易業，持不可，下帷力學。嘉慶己卯舉於鄉。考官王文恪公深器之，時年二十八矣，始成室。公車三上，與戴文節公爲金石交。道光丙戌以大挑知縣，分發湖北。未幾，以丁母憂歸。湖州地窪，下葬不慎，往往置親骸於水。治形家言者多不足恃，君躬自跋涉。服闋，或勸之早出仕宦成，營葬未晚也。君不可，家居十載，始卜得宅兆而安厝之，竝改葬曾祖考、祖考兩世。兄早卒，遺孤女二，撫之如己子，爲擇字，且曰：『兄繼禰小宗，不可無後。』以長子嗣之。家事治而後奉檄赴湖北。

初權通山，地僻訟稀，君視邑事如家事，修其政不易其俗。民亦視公署如家，婦孺常入署檢茶，士子以課文請誨，直入書齋，若不知其爲官長也。補授咸豐，未莅任，調漢陽。漢陽爲附省大縣，政繁事劇，城外漢口尤爲江、漢合流巨鎮。博徒、伎樂、盜賊藏姦，最爲難防，且有富商大賈、縉紳子弟爲之庇蔽賄託者。君一無所徇，躬親檢察，按法鋤薅，姦宄斂迹。故事，衝繁首邑，聽訟必請同官代其勞。君曰：『小民身家所繫，何可委之於人？』日坐堂皇，且詰且判，前者辭窮，後者大畏。承母訓不輕用刑，惟嚴束子弟、僕役，跬步不得妄行。遇檢驗尸骸之獄，尤講求精細。大府重其才，他州縣有控請復驗者，悉以委君，多所平反。戊申調江陵，亦大邑也。未代，而君以中風卒。是日，君晨起謁大府，反署會賓僚，退食，謂家人曰：『姑少需，將處置一公事。』家人以爲常，君出坐外廳，一手摩頂，痰壅，無言而逝。時道光二十八年九月五日也，年五十有七。所箸詩、文、詞、賦、聽訟隨筆，餘姚朱九香侍郎删訂爲十二卷，後燬於兵。君先以本官勅授文林郎，後以子濟康筮仕直隸，恭逢覃恩加級，請誥贈通奉大夫。配謝氏，後君十八年卒，先勅封孺人，後誥贈恭人，合葬湖州之趙灣。子五人，某某官。孫九人，某某。

昔漢楊伯起起家爲清白吏，子孫克守其法，世爲名臣。宋歐陽永叔爲參知政事時，表其父崇公之阡，而述其母之言曰：『利雖不能溥於物，要其心之厚於仁。』烏呼！自古名臣循吏之生，未有不自賢父兄作則以開其先，而亦必賴有賢子孫繼述以承其後也。君之治行如此，足爲後世法矣！爰撰次之，以表君墓道，世之欲爲良吏者，可取則焉。

中憲大夫江西臨江府知府方君墓表

光緒二年，方麟軒太守自蘇州寓書屬傳贈公義行，余牽吏事，辭其請。而是冬，君訃音至。逾二年，君子復函君狀，乞表墓之文。君於余同本徽州，而在桐城爲别族。余少卽聞君幹濟才。後與太倉錢調甫中丞交，中丞每言君治行之善。君又嘗屬其友道意，命爲行年録敘。行年録者，君歷歲利濟家邦事也。余爲敘勖君謂當日加積累，不可以前所行自慊。君得余文大喜，爲善義益力。時君與余未嘗相接見也。久之，始相晤於蘇州，謂余曰：『人謂君儒者，吾知君非迂儒也。』勸應辟入官，意甚篤。烏呼！卽是而君之好善可知矣。讀君狀，又與錢中丞言不謬，其敢以不文辭？

君諱錫慶，其初諱傳書，以居桐城之浮山，自號浮渡，麟軒其字。世爲江南箸族，曾祖以下三世皆以君貴，贈榮禄大夫，妣皆贈一品夫人。贈公諱秬森，家素豐，而伉直有大節，嘗欲以其田作族義莊，未及施爲，而粤賊陷桐城。咸豐六年，賊竄其家，脅呼爲大人。贈公駡曰：『吾兒真大人也，爾逆賊，何得妄自尊？』舉杖擊賊首裂，賊怒，折贈公臂，駡不屈，遂以創重卒。事聞，詔祀昭忠祠，鄉里傳其語者，逮今猶以爲美談也。

先是，贈公年四十未有子，買妾。既至而泣，詢其故，賣身斂姑也，立返之，俾得以孝自全。逾年而君生。

君之少也，贈公知其有吏才，入貲爲兵馬司正指揮，以杜私請，批太監王成頰，巡城御史以聞，上詔優敘之，置成於法。由是箸能京師。道光二十五年，改知縣江蘇，先知沭陽。六塘河隄久圮，君請築隄堰，開支流，下流七州縣民獲其利。邑故不産棉，民不知紡織，君出貲本教之，久相習成俗，邑以富饒。咸豐中，官兵圍金陵，大吏令君勸富民助餉。君去沭陽十年矣，至則富民程氏曰：『公前宰吾邑，有惠於民。』立輸萬金，且爲公壽，君卻私贐而大賴其輸以餉軍。其爲民之不忘如此。君之去沭陽也，調知江甯。江甯附治行省，劇邑也。值連年大水，舟行市中，君造筏以拯溺者，擇浮圖、老子之宫以安集流民，計口授食。寒者衣之，病者與醫藥，水退資歸謀生，多賴以全。調權通州，有竈户爲草地與農民聚衆持械，場官庇竈户，將興大獄。總督檄君往治之，君廉得草地實民業，明辨曲直，活數百人，擢知太倉州。

君前後兩知太倉，爲時久，惠利於民事尤衆，故錢中丞亟稱道之以爲能。其前在太倉也，察知社倉、常平倉流弊日甚，易積穀爲積錢，權其子母，三年中得億萬。後咸豐三年，土寇作亂，陷上海、青浦、嘉定，凡七城。太倉聚民團練，藉此以充軍實，事平而民不擾。其後任太倉也，際離亂之後，凡休養生息之政，百廢畢興。同治四年夏，霪雨災田。巡撫欲用新章，錢漕竝徵。君力陳科則未定，萬難臆算，且灾田薄收，竭所入不足供，力請緩。太倉不産米，民種棉織布爲生，每賦期，輾轉運納甚苦。君白大府，疏請改徵折色。部議阻之，乃復請優減瘠田賦四千石。箸爲令。君之未復任太倉也，先權知松江府兩年。時蘇、常兩郡猶陷賊，今相國合肥李公巡撫江蘇，君請李公乘兵燹之後，覈減浮糧。其時蘇松糧道郭公松燾亦請蘇吳民永遠之困。李公後采其議入奏，得優詔減蘇、松、太三之一，常、鎮十之一。知者謂君他惠政所及，止一州一邑，而隱德所被，蓋不止一郡云。君前去太倉，以安徽失守，奉太夫人歸養贈公。未幾，丁内外艱。後去太倉，以簡授陝西鳳翔府知府，改放江西臨江府知府開缺。同治六年也，以老疾未之官，寓居蘇州。

先是，君承贈公志，以其田捐爲義莊、義塾，規畫條制，白大府，爲贈公請旨建坊，至是，復捐貽謀堂義莊以敦小宗。同治八年，桐城大水，十一年，畿輔大水，皆捐數千金助拯之。其時已去官矣，非由上官之勸勉也。

君爲人多智。咸豐三年，粵寇陷江甯，蘇、松州縣徵漕不起，而海運期迫。布政使將舉十餘州縣盡劾之，君時已告歸養，入見，曰：『新章截留漕米二十萬濟軍。若能以已徵者兑海運，續徵者濟軍。一轉移，於事有濟。』布政使然之，諸州縣始獲全。君在官，催科不責一人，倡議年前完納者，每石減賦費錢五百。大吏始謂紊舊章，迨見漕先畢而民不擾，令州縣取爲法。其善通變宜民多此類，不具載，載其利濟之大者。而贈公義行亦即備箸於此，以表君之阡，其亦可慰君孝思於九原也夫。

君卒年六十有一。同治二年用守松江功，賞戴花翎，以道員用。今上即位，加五級，覃恩賜一品封。元配吳氏、繼配李氏、張氏、戴氏俱贈恭人，晉贈夫人。子二：長寶善，同知銜直隸雄縣知縣；次寶三，刑部郎中，承君弟傳理。嗣孫三人，某某某。

孝廉方正吳君墓誌銘

咸豐元年，文宗顯皇帝詔各直省察舉孝廉方正之士，於是吾邑舉者六人，其學或以考據得名，或素講習宋儒之説，或工詩文，或尚氣節、經濟，又皆各有内行足稱。獨育泉吳君不事撰述，闇然篤修，粥粥然若無能，呐呐然如不出諸口，舉人世所爲博聲華、動遠邇者，皆退然如不勝衣。惟其孝友質行，宗族鄉黨稱之無异辭，而君則習之爲固然，行焉而不覺。第求其心之所安，而初不知以此取令譽於世也！

君少喪母，事父無幾微不先意承志，父安其養，屢見之於詩辭。然君猶恨不逮事母，遂推所以事母者事庶母及諸姑、姊妹、甥舅之屬，以慰母九原之心。父没，兄弟數人遂推其事父所不能盡者，以及於諸父昆弟諸子漸次推之，以至於宗族兄弟議析居，用爲大戚，卧數日不能起。悉推田宅以與諸弟；田宅失，復贖而歸之；繼不能贖，則召而同爨，終世怡怡，無詰責之辭。家赤貧，授經爲生，待而舉火者十數家，修脯一入門輒盡，專自苦而不以苦人也。或不諒其苦，亦甘之而不形於言，待之如初。終其身如是。

君體癯神清，恬静寡欲，詩文守先正矩矱。爲諸生，屢試不中，遂專修行於家。邑中有大事，亦必以身任，不求名，不避難。咸豐三年，粵賊陷桐城。君遯迹窮鄉，每官軍至，必聯結義民徵餽軍食。家人乏食，遮道以告，不顧。或隔絶久，亦不寄家人一書。刻苦自勵，惟恐浪費鄉里一錢。席地而卧，市餅而食，貧人所不能堪，而君固忘之也。安慶既剋，大吏敘紳士籌餉之勞，君獨不請，曰：『豈可以鄉里膏血爲吾利邪？』故上自諸將帥，下及里黨，皆信君廉正而服其誠。

湘鄉曾文正公駐節安徽時，極賞君制藝文。其後召君子汝綸贊畫幕府。又以君制行廉正，客而館之，家食稍給矣。而君益以贍養周親爲事，刻苦自若，衣履薄惡如寠人，不以窮通而异其情，不以常變治亂而易其節。若君者，可謂信厚長德矣。同治十年，汝綸知直隸深州，迎君就養。十二年三月十四日，病卒於州署，年六十有五。君名元甲，字育泉，姓吳氏，桐城世族。同治二年歲貢生，以前舉制科賜六品服。曾祖某，祖某，父某，皆諸生。妻馬氏，進士名璜之女。子四人：汝經，縣學生；汝綸，同治乙丑進士，内閣中書，以薦出爲直隸州知州；次某某。孫二人。汝綸將歸葬君某所，屬爲銘，義不可辭。銘曰：

文足以名一世而視之若無，行足以敦薄俗而守之如愚，仁及三族而不私其帑，勇於拯衆而不計其身之痛。其形則癯，其精則枯，而其神則腴，其道似墨而其實本於儒。世有治亂，遇有亨塞，而素履無或渝，全受全歸。俯仰愉愉，永奠幽宫。是爲善人，君子之瑜。

卷第十五　墓表二

周烈婦方氏墓表

烈婦方氏，祁門人。父濟南，母某氏。幼嫁同里周純。同治元年十一月七日，賊古隆賢犯祁門，方氏守節死之。先是，祁門屯重兵，徵調四出，古隆賢欲乘虚襲之。觀察使檄兵未至，城中人鳥獸散。純令婦急避出，時婦生子甫一日也。出城，坐水濱，夫抱子前行呼舟。觀察使出城，婦見旗，以爲賊將及矣，不可待也，急赴水死。舟至，不見婦。賊退八日，得其尸，貌如生。年二十六。

婦素畏慎，夫嘗謂之曰：『時事若此，賊來，將何如？』對曰：『吾婦人，一死耳！君第自重，吾斷不辱君也！』夫曰：『言之易，行之難。雖男子幾見抱節而死者，况婦人邪？』婦曰：『君後當知之。』及是，果踐其言不妄。或謂婦宜少需，賊及而後死可也。烏呼！此婦之賢所以不可及與！

純字際文，以襄籌餉勞得官直隸，補用府經歷加州同銜。婦例封孺人，葬祁門之五都黄抗。大學士兩江總督曾公前既以婦節烈上聞，得旌。余客直隸，純屬爲表墓之文。因掇其大節，使歸以表於阡。

誥封夫人吳母孫夫人墓表

沅陵吳桐雲觀察自上海以書來，告其夫人之喪。既又以其子文元所爲行述至，曰葬有日矣，屬爲表其阡。桐雲固以文章名一世者，不自爲之而以屬於友，豈以自言之或出於私，人言之乃爲公言，而可以示信於天下後世與？

謹按：夫人沅陵孫氏，幼失怙恃，克自檢持。年二十歸桐雲，甫二日，姑鄧太夫人棄養，執喪唯謹。小姑方八齡，撫而教之，以至於字，俾忘太夫人之亡。事舅資政公，任婦饋，順適其性，克儉以勤，桐雲得專心問學，於家事一無所問。道光庚戌，桐雲以拔貢生丁外艱，服闋，補應朝考。居京師五年，家貧，教子女，寇亂遷徙，以安以全，皆夫人是賴。嗣中咸豐乙卯順天舉人，官内閣中書。夫人始挈子女至京師，二年復旋里治家計。桐雲後奉旨出内閣，贊畫幕府，爲福建鹽法道、臺灣兵備道。夫人皆家居教子，未曾一日隨任所。桐雲之靡室靡家，能以訏謨大猷贊諸賢帥，籌畫治平之業，才望箸於中外，又以其餘力窮經箸書，而無内顧之憂者，以有夫人操持内政之力也。

往者余與桐雲結交安慶，涇縣洪琴西太守爲言桐雲夫人有不妒忌、能逮下之德。後客和州，新化游子岱刺史言與桐雲同居京師時，知夫人之賢合於古訓，敬戒無違。二君非妄言者，而桐雲與余交十餘年，獨未嘗一言及之。今夫人卒，桐雲始屬爲表墓之文。烏呼！即是而夫人之賢可知矣。

夫人以嘉慶戊寅生，同治壬申卒，年五十有五。初封恭人，晉封夫人。一子文元，縣學生，分部行走郎中。女一，適湖南候補縣丞李華堂。孫男二人。桐城方宗誠表。

卷第十六　碑記

安徽旅殯原碑記代

三代之時，仕者不越其國，民鄉田同井，死徙不出其鄉，養生送死之具有制而無憾。又設墓，大夫掌，凡邦墓之地域，爲之圖，命國民族葬，而掌其禁令，正其位；掌其度數，使皆有私地域，帥其屬而巡墓，厲居其中之室而守之。先王仁義之政，至於斯極矣！士民之生於此時者，亦何其幸也！逮秦罷封建爲郡縣，天下統歸於一，由是仕宦、軍旅、游學、商賈，始不免爲四方千萬里之行，甚有去鄉久遠，老死而不復旋歸故廬者矣。秦、漢間，儒者記禮於月令，有孟春『掩骼埋胔』之文，殆猶先王布德施惠之遺意與？記曰：『樂樂其所，自生禮，不忘其本。狐死，正邱首，仁也。』今客游遠方，生或不能旋其鄉，没又不能反葬其祖、父之邱墓，已極人生之不幸矣；乃至暴露數千里外荒煙野草之間，白日黄塵之下，而骨肉不得歸復於土，游魂滯魄，靡所憑依，此在孝子慈孫，孤窮羈旅，實處於勢之無可如何，而凡塗之人見之，必皆不能無惻然於懷，爲之躊躇莫釋者，矧其爲同州郡、共鄉里之人乎？

保定，京師近畿，爲天下士民所止。吾皖人宦學、商旅萃於此者實繁，因之客死而不能遽歸者，間亦有之。乾隆時，鄉先達方恪敏公總督直隸，倡買義原於城南紙坊頭。咸豐初，吳竹如侍郎陳臬於兹，復於北關外丁家原倡購義地四十五畝，以殯旅櫬。嗣後，江南陷亂，游客不獲歸者益多。余服官直隸數年，今將調任山西。同鄉宦游諸君，咸以義地偪塞告，聞之慨然。適丁君樂山、劉君子務治軍駐此，爰各捐廉俸以倡，屬汪令守惇買地城南八里莊七十五畝有奇，封畛種樹，以正經界，中畫爲三，男婦别壤而葬，搆草舍，召守者佃田納賦，以其餘租修祀事。又有餘，則用備他舉。卽屬汪令與王令立勳司其事。凡葬必先白司事者，循次計簿無失，遵所定行列，丈尺以葬，不得淩亂。將反葬，復依次啓冢，不至游移。司事者出仕外郡，擇人以代，必慎無廢成規。

噫！是舉也，非敢云濟王道之窮也。聊以共篤鄉里任卹之情，庶幾不墜諸先達之遺風云爾。其法之所未備者，則以俟後之君子。既成，因泐石以記，而識其餘事於碑之陰。

修理安徽義地碑記

同治庚午春，丁樂山廉訪與劉子務觀察治軍保定，適張振先方伯陳臬直隸，將移任山西，讌同鄉宦游諸君於官廨，語次余與諸君，以安徽義地偪塞告，方伯欣然捐廉俸以倡，屬汪五峯大令於城南八里莊購地七十五畝有奇，以爲安徽旅殯之原，命余詳定規條，泐石以垂永久。丁公與劉公亦率全軍將士捐資襄成之，復令將士等周圍濬溝築垣，區分内外，召佃人常居守焉。將士多安徽人，故皆不辭，其況瘁也。

先是，乾隆間鄉先達方恪敏公總督直隸，買義地於城南紙坊頭。歷年既久，書契散軼，旁地多爲四鄰所侵蝕，土裂墓崩，棺朽骨見，視之惻然。爰請清苑令李君問渠同往相視，飭取鄰地契，用部頒弓尺量度之，於是審實寶泉寺僧於東偏占地九畝八分九釐四毫，其北偏關帝廟道士占地一畝三分六釐七毫，僉議收回寺僧所占一畝九釐。將士某某等捐資立石其上，以正經界。復率兵士取土河中，築牆四周，修補破壞，其餘仍給僧道士食其租，爲永遠守冢之資，竝請李君示禁，而泐僧道所具狀於石。

夫人之生死，一氣之聚散耳。旅亡异地，無所依歸，若同鄉里共宦游者不爲之掩骼埋胔，聽其暴露飄零，則遊魂滯魄臭鬱神悽，殊足以梗太和而作厲氣。況百年朽骨，既已閉於九原，復爲無知之徒貪利而昧仁，揭諸黄泉而散落於白日之下，其殘忍之性，尤足以干鬼神之怒而賊天地之心，則其感沴戾而召不祥。更爲理之，所必然者也。方伯陳臬於斯，固有理冤澤物之責，丁公與諸軍將士雖治兵事，而亦時體天地生物之心以爲心，伸死者之氣，所以解生者之戹，固非徒爲德於鄉人已也。既成，屬余記其事。余念諸將士之慷慨好義，亦足嘉也，例當泐於碑之陰。

宋文貞公祠堂碑記

今直隸順德府南和縣於唐隸邢州，宋文貞公實生於此，没後邑人思其德，祠祀至今。考唐書稱公『風度凝遠，人莫涯其量』。宜乎，和平温厚，斂鋒鍔，去圭角者。乃觀其生平，當武后時，則力請窮治張易之。當中宗時，則力請以武三思付獄案罪。雖被詰責，不悔不挫，甚且有『請先誅臣，「不然，」終不奉詔』之對。二人以此常欲擠之於死，而公氣益厲，曾不以之少懾於中。其後睿宗朝又忤太平公主。玄宗朝以議皇后父王仁皎葬禮忤皇后。公之嘉猷爲功於唐室者甚衆，故終唐之世，語賢相必以姚、宋竝稱。然當開元初，勵精圖治，公能以直道事君，無足异也。方武后、中宗時，邪臣媚子穢亂朝政，人主又從而信向之，而公於是時卽能毅然特立，不少事委蛇，是誠可謂威武不屈之大丈夫矣！昔孟子言不動心之道曰：『我知言，我善養吾浩然之氣！』吾嘗以是觀之，人之所學，苟未至於知言，則理不明，義不精，固無以知人之邪正，事之是非，而不免爲詖淫邪遯，疑似亂真之辭所惑，不能養浩然之氣，則方其盛時，雖能任艱巨，立奇勳，而血氣一衰，卽不免爲利害所眩，時勢所撓，又何以扶樹道教而立人臣之極？故雖其功烈震耀於一時，而流風餘韻終不足使千載之下頑廉懦立，聞之者爲之感動而興起。公之没也，去今千有餘年，而祠祀至今不衰，豈非公剛大之氣有以持天下之正，能令人久而不忘與？然則世之徒以斂鋒鍔、去圭角爲風度雅量者，其猶辨理之未明，析義之未精也已！

同治九年夏，資江王竹堂鏞權篆南和，重修公祠，以書請余爲文，將泐諸石。竹堂爲人剛正有大節，其子某曾知清豐縣，出境剿賊，没於軍。縣人奉勅爲立專祠。其傳家忠孝，故拜公之祠，有曠世而相感者。修而新之，宜矣！

抑余有深念焉！自古世運之推移，不能有治而無亂。朝廷之上，雖盛世亦不能有百正而無一邪，惟君子克守其正，執德秉義，斷不從之而邪，則其邪終不能以勝正。世雖亂，吾心不因之而亂，則其亂也終可以轉而爲治安。此公之所以能中興唐室也。後之爲人臣者，可以鑒矣！桐城方宗誠謹記於天津道署之西齋。

滄州忠義祠碑記

咸豐三年，粵逆自江南竄豫、晉，轉擾近畿。九月二十五日，陷滄州。知州沈如潮、城守尉德成、吏目孫文聰、北堡千總劉世禄各率其下力戰，不屈死之，殺賊幾四千人。賊歎恨曰：『使郡縣扞禦皆如是，我輩何得至此？』乃屠漢、滿、回民男女守義不辱者萬餘人。先是，賊陷歸德，圍懷慶，入平陽，破臨洺關，勢甚張。至滄州，其鋒始挫。越三日，遂大敗於天津。由是官軍踵至，賊屢敗衄。次年四月，據連鎮不復出。五年正月，僧忠王剋復連鎮，首逆林鳳祥伏誅，磔餘賊三十四人於滄州。粵賊自是無敢復謀北竄者。

嗟乎！粵賊之興，始莫非朝廷赤子也。以去京師萬餘里，天子之德澤不得下究邊徼郡邑，守令多不務宣揚朝廷恩德，以教化養育爲事。堯、舜、周、孔、程、朱之書，所以導人以孝弟忠順之德愛人易使之行者，士子多不習，小民不得聞，商賈、耕耨、傭販之夫，日役其力，供賦税，養父母，畜妻子，又往往受官府之欺淩，胥吏之悉索，無所控告。及窮而爲盜，而官之懦者不敢詰，貪酷者反因以黷貨，誅及無辜。於是民之黠桀者，益肆無所忌；良善者，或反藉黠者爲黨，以庇其身。一二姦民乘間伺隙，遂煽其邪説，惑世誣民，以爲逋逃之藪，而大亂作矣。天下承平久，文武恬嬉，一旦亂起，遂倉皇而莫知所爲。守土之吏，防禦之將，其能率千萬人以死禦敵者，不可一二數也。兩年之間，賊出粵西，躪七八省，犯及畿疆，去京師僅二三百里。向非滄州、天津力遏其鋒，其禍殆不可測。然則諸公守禦之功，死事之烈，與其士民抗義殉難之衆，其可及也哉！

諸公忠義，既旌於朝，俱奉勅予祠。州人董觀察友筠箸失城紀略，於秀才光褒箸兵燹録。其後，葉司馬圭綬復箸滄州殉難傳、王州佐國均復纂爲殉難録，載其事甚備。前刺史聯儁爲刊其書，惟祠堂未建，明禋尚缺，不足以伸忠義之氣。今州人某將建祠，同治九年冬，知州事廬江項君請余爲文，以泐諸碑。余既欽諸公之忠、士民之義有功於畿輔甚大，又喜某某之好義，能不忘前賢之遺烈，因爲記其始末如此，且論述逆賊興滅之由，以爲天下守土者戒也。

慕廬記

古者孝子之於其親，生則致愛致敬，竭力以盡奉養之誠，没則事死如生，事亡如存，善繼善述，而不忍一日違親之志事。故孟子曰：『大孝，終身慕父母。』非惟終父母之身，終其身焉爾！

同治十年，余來知棗强，側聞有臧廷魁者，兄弟四人俱敦孝友之行，而廷魁尤醇篤。親没，廬墓八年，鄉里嘖嘖稱孝焉。又聞其親生平喜施藥於人，廷魁苦身節用以繼其志。其母生前樂聞讀書聲，廷魁日耕墓旁，飲食必獻，出入必告；夜則浣漱整衣巾，跪誦孝經墓前，以慰其親之靈。久之，喟然曰：『是書最足養性情，惜乎今之塾師罕以之教弟子也。』於是積躬耕所入，寄京師刻印萬本，偏散冀州所部五邑邨塾蒙士。又往往於農暇，與邨人講誦孝經，以故其邨中少鼠牙雀角之争。余甚驚异其人，因訪諸墓旁草舍，與之語，信不誣也。

夫廬墓，非古也。孔子曰『葬之以禮』，又曰『卜其宅兆而安厝之』。禮固無有以廬墓爲孝者，然孔子没，子貢築室於場三年。賢者之於其師且然，則孝子不忍離親體魄之藏，不亦宜乎？聖王制禮，但示以中人之所能行，而不强人以難能之事。然有行人之所不能行者，固亦聖人之所許也。

廷魁能繼其親好善之心，久而不衰；又能推廣孝思，其志量尤不可及。余觀其所居草舍，僅足避風雨；衣履麤惡，僅足以蔽其身；讀書僅能分析章句，非多學博聞、深識義理之學者也。而能約其身以及於人如此，非其一念慕父母之誠，擴而充之，有如是乎？余既爲之籲大府，請旌於朝，又題其廬曰『慕廬』而爲之記，非廷魁之志，所以風邑人也。廷魁，字占庵，今年五十有七歲。

河間黄孝子墓碑記

王君倫階宰河間，既周詢苦節之婦數十人及孝女馬氏，籲大府，請旌於朝。復聞乾隆間有孝子黄天梅，乞食爲養，製二囊盛麤糲自餐，而别儲腆潔者持歸奉母，數十年如一日，母賴以終天年。道光三年，母没，孝子年四十有五矣，殯葬後未逾月，以哀毁終。至今鄉里稱道之，遂亦爲之請旌於朝，而捐俸買田立石，以表其墓。書來，乞余爲之記。余時知東强，亦訪有孝子、孝女二人，式其廬，狀於學使，表其宅里。喜王君爲政有同志也，因不敢以不文辭。

夫孝之爲道廣矣，大矣，非一端一節之可言也。然要莫非循吾性分之所固有，盡吾職分之所能爲，性所當盡而職有所不得爲，則亦第竭吾力，殫吾誠，以安吾親之心與身焉而已。聖人固有所不能盡也，故極其量。雖以舜之大孝，武、周之達孝，亦止爲庸行之常，非於孝有加焉。而推其細則，雖愚夫愚婦一節之至行，秉之終身，亦可以對聖賢，質鬼神而無愧。何者，其分止於斯也。

孝子所遭至窮極困，而所行如此，在孝道之中不過萬有一焉爾！然其分之所能爲者止於斯，則其他所不能爲者，於性固無所歉也。觀於孝子，則知天下無人不可自盡於其親。謂窘於遇而力有不能者，其亦孝子之罪人也夫。

創建江南會館碑記 代

同治九年，余奉命持節總督直隸。既一年，安徽、江蘇兩省人士宦游於兹者，相與議建旅館於會城，爲歲時公讌之所。度地庀材，數月告成。復爲堂，祀宋范文正公、子朱子於其中，以興鄉後進高山景行之思。創制之意絶善。明年正月，余與僚屬同讌於此，諸君請文泐諸碑。余惟古者萬二千五百家爲鄉，謂同行省之人爲同鄉，非古也。然自科舉取士以來，三年大比，合行省之士而試之，爲鄉試。其得舉者，謂之舉於鄉。今天下十八行省，獨安徽、江蘇同爲江南總督所轄，又同應鄉試於金陵，則兩省人士相遇於宦學之地，謂之同鄉亦宜也。

昔者孟子言：『一鄉之善士，斯友一鄉之善士；推之至友一國天下之善士，猶未足，必尚友乎古人。』又曰：『舜爲法於天下，可傳於後世，我猶未免爲鄉人，是則可憂！』由是觀之，人無論窮達，要當有四海一家之量，胞與民物爲懷，囿於一鄉，非也。史稱范文正公爲秀才時，卽以天下爲己任，其言曰：『士當先天下之憂而憂，後天下之樂而樂。』朱子生南宋偏安之世，其出也，則時以格君心、育賢才、恢復土疆、報讎雪恥爲急務，志不獲行，則以注經明道、繼絶學、開太平爲心。若夫識趨卑陋，僅欲行比於一鄉，隘矣。不能友天下之善士，進而尚友乎古人，而僅與一鄉之人相比相黨，而無公天下之心，尤爲隘矣。古之君子，群而不黨，周而不比，故曰：『同人於宗，吝。』又曰：『出門交有功。』其在於鄉，儔類相與偕，則必德業相勸，過失相規，以共砥礪於學行。其群聚而仕於朝，或同官於四方，則必各以政事、節義爭自濯磨，一心戮力於王家，而無黨同伐异之見，此其所以可法而可傳也。是以及其學之成，德之尊，勳業炳於宇宙，教澤沛於千載，鄉邦之人相與稱引以爲榮，而要其人之德業所以自樹立者，固非一鄉一國所得而私焉者矣。觀之文正、朱子，不其然乎？

江南人文之地，非徒以仕宦顯也，名賢之箸於史策者，指不勝屈，而二公尤爲百世之師。後之君子幸生兩大賢之鄉，讀其書，考其行，其可不深仰止之願乎？抑余讀小雅燕饗諸詩，而有感也。君臣上下，平日相與勤於職業，無敢逸豫，及歲時清宴，鼓瑟吹笙，獻酬交錯之時，猶必交相勉曰：『人之好我，示我周行。』又曰：『德音孔昭，視民不恌，君子是則是傚。』又曰：『樂只君子，民之父母。』『樂只君子，德音是茂。』是何也？蓋古人居安思危，樂而不至於淫，故無時不以德行相勖如此。春秋時卿大夫相聚會，必賦詩以見志，猶此意也。

余不敏，幸與鄉人之列，值兹館之成，得相與燕樂於此，願與諸君子歌鹿鳴、南山有臺之詩，以交相勉。即以是爲斯館頌禱，可乎？諸君咸以爲然。因命泐諸碑，以示後人。其捐資、監修諸職名，自當泐諸碑陰。同治十一年夏。

重修棗强八蜡廟記

同治十年春，余奉檄知棗强。時去兵燹未久，蝗旱相仍，民氣未蘇，獄訟鬭爭，循生疊起，盜賊間作。思教養之政，無逾於省刑息民。既清積牘，釋滯囚，治姦宄，平反寃獄。至夏，久不雨，民以播種爲憂，率同官禱群神，祝以宰官不職，宜降辜，無罹我民。復遣使祈祀於邯鄲之龍井。使還，大雨時降，歲以有秋。次年麥大熟。五六月之間，旱苗秀而不能實，復禱雨邯鄲，神應益速。先是，邑之東境鄰故城，有黃、瀘河枝流壞二隄防。懼浸民田廬，乘其涸也，董督修築之，因勢利導，增高繼長，彌厚且堅。武邑澤中蝝生，蝕棗强邊，率民撲之，不日殄滅，遂大有年，民氣以和，訟争日少。邑之士民多歸功於余，余曰：『是神之福我民也。如之何其貪神之功乎？』夫古者，聖王之爲政也，先成民而後致力於神，故記曰：『八蠟以祭四方。』四方年不順成，則八蠟不通，以謹民財也。順成之方，其蠟乃通，以移民也。今年豐人樂，宜行蠟祭，以報神庥，且以移吾民倦勤之心，而生其欣羡之意，亦政教之一端也。

縣東門外舊有廟祠八蠟，已圮毁。爰庀材鳩工，爲室三楹，前後爲垣，爲門，如舊規。惟舊皆象設，非古制，因各爲位以依神，祀先嗇一，司嗇二，百種三，農四，郵表畷五，貓虎六，坊七，水庸八。或曰：『康成鄭氏爲知禮之大儒，其注八蠟，有昆蟲，無百種。王肅分貓、虎爲二，無昆蟲，亦無百種。今增百種，去昆蟲，無乃率臆見而非典禮與？』應之曰：『八蠟之祭，始見於禮郊特牲，其言曰：「蠟之祭也，主先嗇，而祭司嗇。」又曰「祭百種」。則百種之祭，記禮者明言之矣。鄭氏以先嗇若神農，司嗇爲后稷，皆始教民稼穡之人，功在萬世，而百種惠養兆民，其利甚溥。是三者之祭，記皆謂以報嗇也。何爲非典禮乎？』記又曰：『饗農及郵表畷、禽獸。』禽獸，即下文所謂迎貓、迎虎是也。又曰：『祭坊與水庸。』是五者，或曰饗，或曰祭，而獨無祭饗昆蟲之語。其曰昆蟲毋作者，蠟祭之祝詞耳。鄭氏注昆蟲爲螟螽之屬，是害農者也。祝神佑其毋作，豈反祭之哉？然則舍百種而祭昆蟲，乃鄭氏注禮之偶疏，王肅知昆蟲不當祭，而亦昧於記有祭百種之文，是不可不援經以正其失也。

今據禮記之本文與其自釋之義，定爲三壇，其曰主先嗇，祭司嗇，祭百種，而釋之曰以報嗇也，是當爲一壇；饗農及郵表畷、貓虎，而釋之曰使之必報之，是宜爲一壇；祭坊與水庸，而釋之曰事也，是又宜爲一壇。三壇同墠，以祀於兩楹之中。

棗强向無田豕之害，而常有旱蝗之災。雍正二年，以元指揮、劉承忠，元亡，自沈於河，其神能驅蝗，世稱劉猛將軍，諭各府州縣廟祀。縣舊祠於八蠟廟，今仍故制，立位於東楹附祀之，以爲民祈福。邯鄲龍神，雖未列各縣祀典，而神靈赫濯。州縣吏禱雨於邯鄲者，環千餘里。京師旱，天子遣大臣祭禱焉。賜金以崇大其宮，褒以匾額。今神既屢降澤於棗强，民不忘其德，故亦爲位於西楹以祀之，從民願也。禮成，進庶民而告之曰：『夫民者，神之主也。故民和而後神降之福。書曰「鬼神無長享，享於克誠」。又曰「黍稷非馨，明德惟馨」。蠟之祭，仁之至，義之盡，記言之矣。然則官與民苟不能仁以存心，義以制事，各盡其職，以承天休，神其佑之哉？』衆唯唯，因記之以示後人。同治十一年秋。

重修棗强縣倉神祠記

棗强舊有預備倉，在縣署西北隅，久廢。其東偏有常平倉，乾隆十三年定制積穀二萬石。又因社倉久圮，穀附存常平倉中。十六年，知縣單作哲復新建義倉十所於四鄉，有義倉圖，貯士民捐輸義穀。其後，義倉俱傾圮，常平、社倉穀久虛，乃移義倉餘穀數千石附貯之。咸豐中奉大府檄撥運深州，又以兵荒團練耗費既盡，而常平倉厫亦遂無人修理，廢爲墟莽矣。

倉旁舊有倉神祠，已毁，神位寄署東關帝廟神像前。縣令循故事，春秋致祭。考古者有神倉而無所謂倉神。記曰：『農事備收，藏帝籍之收於神倉，祗敬必飭。』鄭氏謂『藏祭祀之穀爲神倉』。孔氏曰：『貯祀鬼神之倉是也。』後世有倉之所，必祠司倉之神，非古制。然常平、社、義諸倉皆昔賢創制，以惠濟小民者也。既立倉，即祠倉神，以致出納必質神明之意，且以爲民祈福，法甚善也。

今諸倉既墟，神祠久壞，而神之木主寄祀於關帝之前，反廢關帝之祀。余初致祭，蹙蹙然不安於心，將仍其舊而祀之，則僭越位次，紊亂禮制，非所以妥神也。將毁其主而廢其祀，則禮曰：『有其舉之，莫敢廢也。』子貢欲去告朔之餼羊，孔子曰：『爾愛其羊，我愛其禮。』今諸倉雖廢，而倉神之祀猶存，庶幾休養既久，民氣復元，捐輸積穀，興復舊規，以備救荒之具，是亦餼羊不去之微意也夫。

余宰棗强之二年，爰度舊址，新作一室，移神位於其中以祀之，而復關帝之祀，所以示民禮也。抑吾聞聖王之爲國也，制民恒産，教民樹畜，取之有經，用之有禮，使民皆三年耕，足以餘一年之食，以爲歲饑之備。其後井田之制廢，常平、社、義諸倉之法興焉，亦所以濟王道之窮也。及其敝也，利歸於贓吏蠹役，而害貽於閭閻，民不食其惠而反受其無窮之累，是以言及捐輸積穀之事，多視爲畏途。余不德，承乏於兵旱之後，愧無以爲民興久遠之利也。惟祝神佑助吾民，風雨和，年穀登，千倉萬箱，藏富於民，而不待上之拯救焉，其可乎？同治十一年秋。

彭孝女碑記

孝女姓彭氏，名詠春，安徽懷甯人。父爵麒，官直隸知州。女幼隨母侍父官舍，未嘗一日違母左右。嗜詩書，聞古今孝義節烈事，稱誦不去口。嘗兩割臂肉以療母疾。同治十一年冬，母卒於景州署。女年二十五矣。方母疾篤時，焚香泣誓，必隨侍地下，庶幾報母劬勞之德。至是欲殉母，又懼死之遽，或過傷父心也。起居飲食如常，至百日，晨起沐浴，脱簪珥，更衷衣而密縫紝之，往奠於開福寺母殯之所。寺有十三級浮屠，託言禮佛，攜幼妹拾級以登，戒他人無得入。至十一級，西嚮母殯，泣拜三；南嚮州署，度父所在，泣拜三；復西嚮號『我母』者三，躍而下，暈於地，膚體無傷。父聞，亟舁入署中，氣始絶。時十二年正月二十四日也。衣袖中遺札二，啓匣中，復得遺言五，皆與弟妹訣別之詞，屬斂無更衣，殯必母側，閉寺門，無或使外人得見，且請父無過傷悼。烏呼！是殆所謂視死如歸者邪！

昔子夏言『事父母竭力，事君致身』。古無有必以致身其親爲孝者，然而傳記所載孝義，往往有其事，不可爲天下後世法，而實有可以興起人孝義之心，且可因以感愧人不孝不義之行者。北宫女之撤環不嫁，木蘭之代父從軍，是豈可爲女子之庸行，而書傳稱其孝，則以真性激烈，固足令千載下感動而歔欷也！孝女殉母，其義有類於是。

景州人士欲建坊立碑，而屬余爲記。余懼不善學者，或徒以一死爲孝也，因記其事而發兹論焉。同治十二年夏。

重建棗强火神廟記

棗强舊廟祀火神於城西，縣志不載創自何年。同治辛未季夏，大霖雨，廟久不修，至是盡圮，神像露坐於中庭。時余令棗强甫數月，念爲一邑神民之主，聽其暴露，非禮神之道，且無所以爲民禳災而祈福也。然古之知政體者，必先成民而後致力於神，不務民義，神不歆其祀。既一年，政刑少簡，民氣漸和，歲亦大熟，爰庀材鳩工而重建之。廟惟三楹，不減不增，復其舊制，高其門垣，從其堅實，示民以禮而不示民以美觀也。

考古者有火政，春秋時宋災，樂喜爲司城，火所未至，凡所以禦災之具皆備，禦災之官司各守其職，不專以祈禳爲事也。鄭裨竈知有火災，請先禳之。子産不可，曰：『天道遠，人道邇。』謹修救火防亂之政，君子稱之，誠不欲爲民上者，惑於鬼神之不可知，而遺棄夫救災禦患之實政也。然而天之與人一氣相通，事神亦所以勤民之一道，故樂喜火政亦使二師令四鄉正敬享，使祝宗用馬於四墉，祀盤庚於西門之外。子産既火之明日，亦令郊人助祝史除於國北，禳火於玄冥、回禄，祈於四墉。既又爲火故，大爲社，祓禳於四方，振除火災，君子亦以爲禮焉。民事既修所宜致力於神者，亦不可得而廢之也。然余又以爲禳災既古人所有，則與其既火之後祓禳振除，何如於未災之先敬修明祀，以祈福於民爲善與！

或謂火星天神似不得祀以人鬼之像。考春秋傳曰：『古之火正，或食於心，或食於咮。』杜元凱以爲古之火正，掌火有功，封爲上公，祀爲貴神，故或以配食於大火之心星，或以配食於鶉火之柳星。今所祀者，古昔火正之官，生爲功臣，没爲明神，固可以象設也。宋仁宗慶曆中修大火祠，以閼伯配。

今制：以六月二十三日祀火德之神，雖未載入各州縣祀典，而京師固已祀之矣。廟而新之，有舉無廢，不亦宜乎？既成，率同官致祭，祝之曰：『官政不修，惟神直之。民生蠢愚，惟神翼之。保其室廬，扶之植之。

如有凶殘，惟神殛之。億萬生民，其永德之。』因書之以俟他日泐於石。

重建棗强名宦鄉賢二祠記

同治十年仲春，余作宰棗强，首謁學宮，見有名宦鄉賢木主位，置於先師孔子之旁，大驚异。詢之司宮之胥，知二祠久圮，春秋上丁張葦席致祭，禮甚苟簡。祭已，神位無所棲，故寄於此。爰擇大成門外空室遷置之，春秋即明倫堂行禮以祭。涖任方始欲作二祠，力未能也。

古之記禮者曰：『聖王之制祭祀也，法施於民，則祀之；以死勤事、勞定國，則祀之；能禦大災、捍大患，則祀之。』是以後世官斯土者，果有功德於民，没世不忘，朝廷許各直省大吏順民之情，疏請祀爲名宦。其生於其地之賢士大夫，或德學足爲鄉里儀型，或仕宦德澤被於他邦，譽望重於閭黨，所謂鄉先生没，而可祭於社者，朝廷亦許奏請祀爲鄉賢，皆列祠於學宮左右，所以崇德報功，亦所以興起人士慕古學道之心也。聽其久圮，非惟違失典禮，無以感興斯人，亦非所以宣揚朝廷德意。古之善爲政者，事無妄舉，舉必以教養斯民爲心。

邑中兵燹之後，社稷、神祇、先農、八蜡諸壇廟皆頹壞不修，蝗旱相仍，民氣凋敝，獄訟滋多，禮教衰失。爰先與吏民約：無終訟，無留獄，無剥喪元氣，無從外方之民習其异教。繼築隄坊以備水患，修壇廟以爲民祈年。既二年，政刑漸清，歲亦屢稔，於是乃命工庀材新作二祠於舊基之上，其前忠義孝弟祠後崇聖祠，有不合禮者，亦爲更易如制。既成，稽舊志作新主，又詳考諸公學行政蹟，書於主之北，率同官邑人士循時代先後安位設祭。祭畢，進邑人士而告之曰：『學校，禮義相先之位，故古者以大賢大儒配享從祀於孔子。其次則各祀於鄉，或祀於所官之區，不可紊也。然皆得千秋俎豆於學宮之旁，豈不偉與？是以周子曰：「士希賢，賢希聖，聖希天，希天至矣。要必自希賢始。」士君子尚論古人，以天下之士爲未足，豈可囿於一鄉？然而鄉先生與官兹土之賢大夫，固切近之師範也。諸君子尚其勉之哉！』同治十二年秋。

正誼講舍記

棗强故有大原書院。舊志謂：『明萬曆時江陵張文忠爲政，檄毁天下書院，自是遂廢，三百餘年無興復之者。』考古者，君師之職不分，凡有父母斯民之責者，既當兼行教養之政。自宋以來，詔天下皆立學，設學官以造秀士。又自各行省以至府、州、縣，往往別立書院，延賢士大夫之退居於鄉者爲之師，以作育人才，所以輔學官之不足。法甚良，意甚美也。惟書院之興，始於宋世，儒者與士友共講所聞。其後乃降而爲課文之所，非立書院之本意也。明之儒者如顧端文、高忠憲之興復東林書院，仍以講學爲主，其所爲固無倍於古義，而議論間及朝政，則與思不出位之訓或稍戾焉。然其修行明經，砥礪名節，忠君愛國之忱，足使頑廉懦立。明季氣節之盛，不減漢、宋，寒權姦之膽，扶國祚之衰，不得謂非諸君子講學之功也。

江陵不知爲國之本，乃惡書院之講學，而創議毁之。昔子産不毁鄉校，孔子稱其仁。原伯魯不説學，閔子馬憂之，以爲不學，將落下陵上替之漸，因以嘆周之將亂，而原氏之將亡。江陵號爲救時之相，何不以子産爲師，而乃以原伯魯之不説學爲法也？夫秦禁挾書而秦亡，宋禁道學而宋亡，明排首善、錮東林而明亦旋亡。江陵雖才，而不知爲國家固根本之計，其毁書院已開排首善、錮東林之先聲矣，殆所謂未聞君子之大道者與！近世書院雖興，而猶習其餘論，但以爲課文之地，而學之不講，曾不知以爲憂。

同治十年，余來令棗强，欲興復書院而未遂，乃於月朔、望集諸生於明倫堂，講學會文一年，諸生頗相親也。其明年，始於署之西偏搆草廬五間以爲講舍，仍以朔、望課文於此，示以學規。公暇則與之講論爲人之道，其文則躬爲改正，教以準繩。時時頒賜書籍，導之從事於實學，而不徇俗習，以利爲誘。棗强爲漢廣川地，大儒董子實生是邦。余時爲諸生誦董子之言曰：『正其誼不謀其利，明其道不計其功，是爲學之正軌也。』今因取『正誼』二字以名斯舍，願學者時思其義以爲學焉，庶無戾於古人立學造士之本意也夫。同治十二年冬，桐城方宗誠記。

重修縣署後樓記

東强縣署居城之中，其前爲南城門，左右爲東西門，闉臺高聳，獨無北門，故前人於北城之上作樓以配之，於是四方皆有居高臨下之勢。署前爲鐘鼓樓，昔人因作重樓於署後，以與之相稱，亦所以時觀游、節勞逸、望雲物、察災祥也。惟樓無階梯，人不得登臨。又少牖户，不能通天日陽明之氣。晦塞既久，相傳有鬼物據其中，呼之爲仙。朔、望官禮拜之，否則見怪异。數十年閉其門，無敢入者。聞直隸公廨中往往若是。

同治十年，余來令是邦，以爲非典禮，罷其祀。未幾，天霖雨，樓圮其東偏。余方念民生凋敝，思所以培養之而未能，無暇理及於此。既二年，民氣稍蘇，官事日簡，乃用俸錢修復其舊規，爰於樓之東壁啓牖一，樓之下亦然。日出射影其中，光明洞達，居之可以習静，登之可以眺遠，時與賓僚憑而樂之。春秋傳曰：『妖由人興，人無釁焉，妖不自作。』記曰：『非所祭而祭之，名曰淫祀。』爲官者，違戾典禮以祀淫昏之鬼，則妖由是興焉，非果有妖也。人心恐懼惑亂，則目失其明，耳失其聰，眩焉熒焉，遂若見怪异而以爲鬼物也。易之道，以陽爲君子，陰爲小人，故聖人參贊化育，必以扶陽抑陰爲心，積陽生明，積陰生暗，暗則致邪。陽明之氣伸，則陰邪自末由而作。是以君子作事，務求其本而治其所以然。彼夫姦宄之敗常亂俗，邪説之惑世誣民，皆由陽剛之德先靡焉，而後得以乘間而入。

往者邑有習邪蘇之教者數百家，横恣閭閻，莫可誰何。余因事循理，按法治之，遂無一人入其中者。久之，舊染污習亦爲之一變焉。孟子曰：『君子反經而已矣。經正則庶民興；庶民興，斯無邪慝。』豈非爲政之首務與？余因重修是樓，發兹論以待後之君子是正云。同治十二年冬，桐城方宗誠記。

創建敬義書院記

東强漢屬清河郡，與廣川鄰，歷代沿革分合，遷徙不常，名屢更，遂與廣川相雜，故今猶稱古廣川云。漢大儒董子蓋生是邦，今縣城中有董子祠。舊縣邨、王善友邨多姓董氏者，亦有董子祠三焉。又相傳爲古棘津地，司馬遷史記游俠列傳謂『吕尚困於棘津』。集解徐廣曰『在廣川』。司馬彪續漢書郡國志於冀州清河國下稱：廣川故屬信都，有棘津城。今縣舊有太公祠，蓋用史記集解之説，且棘與棗相類，故援引太公以爲地重。而劉昭續漢志注補則謂：太公棘津，琅邪海曲，非此城也。夫太公之果嘗困於此，事遠難稽，卽董子之生果爲今棗强境與否，亦未可定。然人心秉彝好德之良，與學者慕古希賢希聖之懷，有非口舌所能奪者。是固可以置而不辨也。

縣故有大原書院，近董子祠。舊志載明萬曆初張江陵爲相，檄毁天下書院，遂改爲北察院。今察院已毁，舊址無可徵矣。惟董子祠如故，太公祠亦久圮。春秋，有司張葦席城外致祭。書院曠廢已三百年，學之不講蓋亦久矣。考太公曾封武成王，蓋以詩有『時維鷹揚』之語。又以世稱六韜、陰符爲太公之書。余謂太公於古，實聞道之聖人，其告武王以丹書之言曰：『敬勝怠者吉，怠勝敬者滅，義勝欲者從，欲勝義者凶。』實與虞書『危微精一』之傳，成湯『以義制事、以禮制心』之論，若合符契。其後孔子作易傳曰：『敬以直内，義以方外，敬義立而德不孤。』其言與堯、舜、禹、湯同揆，而實則太公已先發之矣。是以孟子歷敍道統，於太公望稱爲見而知之。推重如此，誠百世之師也。後世不考六韜、陰符皆周末、秦、漢人所附託，而鷹揚之績亦止言其一端，封爲武成，不亦陋乎？當漢武帝時，功利横流，學術淆雜，而董子獨抱仁義、禮樂、道德爲學，其對武帝之策曰：『仁人者，正其誼不謀其利，明其道不計其功。』又以爲諸不在六藝之科、孔子之術者，皆絶其道，勿使竝進。其旨與太公所以告武王者無以异也。故劉向稱其有王佐才，雖伊、吕無以加。而劉歆獨不然其父言，劉龔、班固附而和之，是皆未聞乎大道之要者也。

夫爲學而不知道，求道而不得其要，其論古固涉於偏陂，其所以致知與力行者，亦必散漫而無紀，雜陋而鮮當。其處困窮，既不能隱居求志，以期道集於厥躬，其用於世，又何能行義達道，以佐君而致治？況欲其或濳或見，立德立言，使百世之下聞風而興起，不亦難乎？甚矣！學不可不知道，而求道不可以不得其要也。且夫古之聖賢亦人也，余亦人也，所貴乎慕古之人者，求其所以爲古人者而師之也。誦古人之言，行古人之行，則余亦古人而已矣，豈徒攀引古人以爲州里之榮哉？

同治十年，余來宰棗强，構講舍五間於署之西偏，立學規以課士。又二年，得前邑令張君所購宅基一區在董子祠前，爰籌資創建書院。因取太公所述丹書之言，名之曰『敬義書院』，而講堂則大書董子正誼明道之訓，以爲諸生觀感之資。誠以之數言也，乃大道之要而學之所當法守者也。每歲課士時，率諸生拜董子之堂，而春秋太公之祀，亦卽於講堂設位行禮，以革除野祭之非。願諸生肄業其中，無徒囿於世俗科舉之陋，而必以太公、董子之所以教者爲師，藴之爲德行，行之爲事業，庶無負區區創建之意也夫。同治十三年秋。

新作考棚記

棗强故無考棚，歲科試張葦席於縣署儀門內。風霾雨雪，往往飄捲壓墜，欹側滲漏，無安坐之地。祁寒溽暑，不能蔽風日，士甚苦之。同治十三年春，余因前令張君士銓所購宅基，創建書院講堂二重。既成，將修肄業之舍，邑士李氏父子、兄弟來請曰：『願以西偏宅房基址輸入書院，庶可多建齋舍，以爲縣試之資。』余聞而善之。其明年，邑士王氏兄弟諸子亦相與來請，願鳩工庀材於前後講堂之中，捐建齋房十八楹，前爲長廊，橫列窗櫺，高明爽塏，由是闔境士民咸樂與觀成，共捐制錢萬八千緡有奇，遂增建廡舍十五楹，於西偏講堂前新作精舍四楹。李氏宅基前舊有瓦房六間，後有小閣一座，平房四間，俱修理整齊，各爲院落，務堅無華，四方壘甎爲牆，上立雉堞，高二尋，寬三尺，長各十餘丈，重門稱是以謹關防。遂定議於其中分立義學二，書院一，每年延經師居其西，蒙師居其東，專主教育寒素子弟。又延院長居後講堂，聽士子聚居齋舍，考道問業，而月課之，第其高下，覆試其真僞，而獎以膏火之費。以後平房四間，又新建瓦房一間，爲庖湢之所。凡爲屋五十四間，平時爲諸生肄業者之所居，歲科試時，卽以爲縣試之用，而前後講堂不與焉。洵一舉而數善備也。

縣舊有太公祠在西關外土岡中，久圮，有司春秋猶致祭於野。余謂野祭非禮，重新其祠則多費，因太公所引丹書『敬義』二言有合於孔子易傳之旨，遂取以名書院，爲諸生勖。春秋有司卽設主於講堂以祀之，祭畢，安其主於小閣之上，名之曰『見知閣』，以太公於文王爲見而知之之聖人也。閣之下空其地，縱今尺三十二步，橫丈八尺有奇，以爲歲試武生之射圃。納射圃於書院中者，期以詩書之澤化武人桀悍之風，又所以振文士委靡之氣也。修建將畢，以餘財買地九頃有餘，命紳士經理之，以爲師生束脩膏火之所自出。又備經史數部及余所校刊縣志、鄉賢諸公集，版俱弆其中而令義學師主守之。

是舉也，余經營二載，得李、王諸君爲之倡，又適值時和歲豐，政刑清簡，始克聚合邑之力以底於成。後之司事者念創建之艱，必時省而歲修之，無至於廢壞而不覺。而有教士取才之任者，必務敦實學而無徒事浮華，俾士皆經明行修，緯武經文，以無負國家之録用，是則余所厚望者夫。

親民書屋記

余讀書治事之所在縣署靜治堂東，重門洞開，時時與吾民相見，因題『親民』二字於門楣之上。自晨起至夜分，兀坐其中，無事則流覽群籍，事至則立起以應之，不逐事而廢學，亦不貪學而厭事。廢學則治民無本，厭事則民恒有受其病者矣。

夫州縣親民之官也，能日與民親，斯壅蔽者或少焉，且官民相親而後知民間之疾苦，惻怛痌瘝之念，自不覺其隱然而內生。噫！官之初，民也，官之子孫亦民也，可不念哉！可不念哉！同治十三年。

敬義書院膏火地記

同治十三年，余創建敬義書院。既成，乃以紳士商民捐輸餘資，議存爲肄業生延師束脩膏火之用。又慮發商生息不可以持久也，於是買上地召佃人耕種之，戒以每年登麥登穀之期，分兩季納其租，不由胥吏，不入官府，而擇紳士司其出入之數，以綜理其成。

棗强保甲舊章，一邑分爲六路，曰縣前，曰南關，曰縣東，曰東關，曰縣西，曰西關，六路各有長，謂之分管，居城中應官府之召令。其鄉邨亦各有長，謂之地方，以六路分管統之。縣有事，召分管，分管召地方，不日而辦，其法絶善。余爲書院買地，必其地畝所在之邨，有紳士爲相視地之肥瘠，選擇佃人之勤惰，然後書券成契。一邨之地，以一邨之地方司其租；一路之地，以一路之分管司其租。每及期，書院綜理紳士召六分管，告之曰：『時至矣，速催租無怠。』於是各路分管召各邨地方，而告之如其言。地方催佃人，佃人隨地方，入城由分管以交於綜理之紳士，登諸簿以待用。其佃人之骫疲者，令分管自往催之，甚則令其邨之紳士更擇一人命之佃，不必白官府簽差役，慮擾農民也。其分管、地方、佃人之姓名與租入之數，具載於契，不必記，且亦時有變更，不能終古如一也。惟地畝之數與所在之邨落，不可不志之以垂久遠。其縣前路所轄之邨三，曰黑蟒邨，曰楊蘇邨，曰魏家莊。其南關路所轄之邨一，曰趙家屯。其縣東路所轄之邨三，曰八里莊，曰郭家莊，曰趙林邨。其東關路所轄之邨四，曰危家屯，曰南瓮口，曰良黨邨，曰後王善友邨。其縣西路所轄之邨二，曰崔家莊，曰劉邨。其西關路所轄之邨二，曰蕭張邨，曰杜煙邨。凡爲邨十有五，爲地九頃三十二畝五分五釐八毫四絲七忽，其地縱横長闊、丈尺之細數，具載於契。凡用制錢一萬六千餘緡。每豐歲地租所入，計制錢一千緡有奇。

六路分管及鄉邨地方時有更革，必令繼之者具承催狀，存於公牘。契之正者存於綜理之紳士，其副本亦存公牘。縣禮吏司之紳士綜理者有更易，必檢契驗地，無厭煩勞，致日久或乾没以壞成規，是則邑人士所重賴者夫。同治十三年冬。

棗强改建神祇壇記

國家之制，天下府、州、縣，必廟祀孔子、關帝以逮歷朝循吏、名賢、忠孝、節烈，皆有堂，春秋祠之，所以明教化也。又必分立三壇以祭風、雲、雷、雨、山川、城隍、社稷、先農諸神，蓋民事莫重於教養，仰事俯畜不贍，奚暇治禮義？聖王立政，雖曰先成民而後致力於神，然使神無所依，將何以爲民祈福？ 立三壇者，所以重農事、厚民生也。

棗强典禮所在諸壇廟，余莅任後既皆次第修建以飭祀事，惟風、雲、雷、雨、山川、城隍一壇，地近民居，未能爽塏，市廛集聚，囂而不静，屢思卜地易之而未得。光緒三年秋，歲旱民饑。余惟孟子言旱乾水溢，變置社稷，此謂祭祀不失其禮而神未能捍災禦患，則毁其壇壝而更置之。若壇墠失禮不修，神不歆祀，年不順成，是乃有司不重民事之咎，非神之不降福於民也。四年春，余始擇得南門外故玄壇廟之南有地數畝，相其陰陽之寬朗，觀其流泉之環帶，去民居市廛絶遠，蠲潔静穆，庶爲神祇之所憑依，乃屬紳士王君建壇如制，輿舊壇之土築垣四周而封樹焉，昭誠敬也。其夏久不雨，余晨夕禱於壇下，應時而雨，歲以有秋。考禮記，古之雩祀，惟曰命有司爲民祈祀山川百源，大雩帝，用盛樂。又曰雩祀，百辟卿士有益於民者，以祈穀實，此典禮也。

後世禮教不明，釋老之宫，异端之鬼，日以繁興，而聖王所制明神之祀，反成具文，甚至聽其廢壞而不爲之所。夫不修民事而惟祈福於神是爲誣，不修典禮而曰吾惟民之勤是爲慢，二者皆非所以居民上也，必也交修不怠，俾民爲神主，神爲民依，庶幾無慚民之父母也夫。後之君子，其時省勿壞也哉！ 光緒五年正月人日，桐城方宗誠撰。

創建棗强義倉記

棗强故有預備、常平、社、義諸倉，皆久圮，無一粟存，舊基廢爲墟，或爲坳堂，不可識辨。余前爲倉神祠記言之詳矣。常思用豐年補敗之義興復之，而事之待整理者多，不可不循其序，遂遷延久不就。

光緒二年夏不雨，富民畏旱，粟不糶，貧民無可糴，勢岌岌不知所爲。未幾，得雨，歲幸有秋。余延耆老謀積穀，罕應者。三年春，乃擇城隍廟之東，地勢爽塏，捐俸搆倉厫六間。既成，復旱，積穀之謀又不遂。其秋，秦、晉、燕、豫皆大饑，民之待糴者邑以户數萬計，而千里之内無可糴。余既以災狀大府，請蠲徵糴奉天粱，截留南漕米，報可，余乃躬親稽户口，走天津貸軍需銀七千，購奉粱二千六百石，轉以拯民。大府以畿輔饑上聞，詔賜金撫卹，而吾邑以先貸軍需錢糴粱，後以撫卹金償軍需，民得粱勝得金，少緩須臾死。四年春無麥，余復籲請蠲徵自光緒元年以後民欠，盡除之，借子種，發奉粱、漕米六千石，麥種千石，舟車轉運，數月不絕。又勸富民分錢萬緡，各自散其近邨之族黨，以助官糧之乏。其發糧也，用富户車運至鄉，分極貧、次貧，不分男婦大小，由其本邨計口授食，周而復始。其孝子、節婦、貧士、病民加矜卹焉。其播種而力不能耨者，復以粱貸。凡糧至，皆先入倉而後發，無暴露之虞，盜竊之患，於是民皆知倉之爲用大也。

先是，冬春民艱食，瓦木甎石售無顧者。余乃倍價易之，寓以工代振之意，復捐俸增作倉厫十三間，門堂數間，樸巍堅實，與前相稱。夏六月復旱，既而得雨，遂以有年，於是聚邑民而告之曰：『九折肱然後知爲良醫。往歲豐，未能預爲補敗之計，致吾民受此重困，此余之辜也。今春奉詔令富民修倉聚穀，余深知民艱，修倉自任之，不以勞民，穀則官民兩任之。又減免徭役以紓民力，何如？』皆曰『諾』。於是共捐穀市斗七千石有奇，較倉斗萬石有奇。相國合肥李公總督直隸，聞而善之，書『有備無患』四字，榜於門上。復爲規畫制度，令邑紳士綜理之。每歲必視燥溼，慎防守，非年饑不得輕議出納；遇凶歲，紳與官合議出其半，留其半，無地者振，有地者貸。貸者加息歸倉，以補振者之不能償。市穀貴，平其價以糶之，儲其價於富者；豐年穀賤，買補之，其贏餘亦以補出振者之不足。果如是，永無匱乏矣。皆曰『善』。余又告之曰：『天下事可與樂成，難與圖始，然而守成亦非易也。孔子言「人存政舉，人亡政息」。夫人非亡也，所患者人存而心亡。人人但顧其私而無民胞物與之量，此天下事所以廢壞也。苟人皆保其仁民愛物之心，視一邑事如其家之事，視鄰里鄉黨之困戹皆如其身之顛連，而官斯土者，復以慈惠爲之師，廉明爲之主，又何斯倉復廢之足慮哉！』光緒五年正年八日，桐城方宗誠撰。

增建東强義倉記

光緒四年秋，余創建義倉於縣城隍廟東。既成，積穀石以萬計。隘於地勢，厫少穀多，充棟塞户，慮損牆屋，於是復節省煩費，庀材鳩工，於縣署前科房舊基又創建義倉二十六舍，東西對列，而東長四舍轉而南，爲倉神廟三間，以固全倉之氣，俾形勢無散漫，各倉皆有户牖廊檐。倉中環席作囤，其前門則縣儀門也。兩倉四周復壘甎石以衛牆壁。既固益堅，期經久遠。五年九月既卒工，取『官民』二字以名於兩倉之門上，爰命邑人士出倉穀，較市量分盛之。城隍廟東義倉計石四千三百，縣署前義倉計石二千九百，總計市量石七千二百，合倉量爲萬石，折耗者補足之。

東强城鄉向以六路分曰縣前，曰縣東，曰縣西，曰南關，曰東關，曰西關。今擬以二倉所積之穀，爲城鄉六路分積備荒之用。縣署前義倉穀數七分之，城關五百，六路各四百。城隍廟東義倉穀數亦七分之，城關五百，六路各六百，總計城關、六路各千石，其餘二百，備折耗以免争端。遇歲祲，何路災重，由何路士民具狀請於官，官察虚實，核户口白大府，即以何路之穀按災邨人數多寡分出之，無地者振，有地者貸，如前議。歲轉豐，貸者加息償倉，振者由官紳富民籌補之，以無廢前規。察不實者，不得發。其出穀也，必城鄉六路正士公議之；其歸穀也，亦必城鄉六路正士公監之，啓閉出入，官與民俱不得私擅，以杜流弊。每歲夏，必令邑人士公視燥溼，察滲漏，勤修補以爲常。

嗟乎！官與民本一身也，官以民爲體，民以官爲心，如家人父子，血脈相通，休戚相關，無相欺隱，庶可以感召和氣，銷弭災患。民爲一鄉計，如一家之計；爲鄉人計長久，即爲子孫計長久也。官爲民計，如一家之計；不爲百姓計長久，即不爲子孫計長久也。是則余區區取名之意，後之君子其尚顧名思義也夫。光緒五年冬十月。

文安蘇橋程善人祠記

光緒六年秋，余自保定過文安蘇橋，見有所謂程善人祠者，詢之，知爲安徽休甯人，名仁恩，字竹溪，僑居蘇州，可以爲荒政法。君羇蘇橋，一妾一女寓於吳。光緒二年冬疾革，以拯餘屬同事者爲善其後，曰：『我死，不得以公款買棺，可以葦席斂，力不能歸骨，卽稿葬此，可也。』烏呼！觀君遺言若此，此其所以能與人爲善之根本也。而自南至北，自大府以迄紳民，亦無不樂與君爲善，其以此哉！孔子曰：『善人，吾不得而見之矣；得見有恒者，斯可矣。』孟子論善人、信人曰：『可欲之謂善，有諸己之謂信。』夫惟有恒而後可進於善，惟有有諸己之信而後可全其可欲之善。若程君者，非由有恒而進於善人者邪？非以信而全其性之善者邪？

夫善人教民七年，可以卽戎爲邦百年，可以勝殘去殺，安得如君數十百輩居位任職，養宇宙太和之氣，爲斯人銷災患於無形也！君卒年六十三歲。余既謁其祠墓，因括其所爲善記之，以示後之人。光緒六年秋，桐城方宗誠撰於静海縣舟中。

卷第十七　雜記

思古圖記

同治己巳，余與金君鷺卿同被湘鄉相國辟至直隸。鷺卿仕江南以能名，及來佐相國治案牘數月，有訟平政理之效，每與余論事，甚相得也。鷺卿嗜學好古，嘗於揚州市肆中購得班固玉印一方，形制隸法考於古皆合，既屬其友爲之記矣，復作思古圖以誌嚮往之情，而命余記之，且爲揚搉其義焉。

余觀固之印所以寶於世者，非以其玉，以其名也。而固之名垂於億萬千年而不朽者，豈不以其所箸之書存哉？固之書，雖法史遷而多更其義例。蓋古之立言者，精麤巨細不必同，而要必有能自樹立不因循者，然後可配德與功，而不朽於後世。遷箸史記，創立循吏傳，先於儒林。固用其法，變而通之，先儒林而後循吏，其意蓋以爲儒者通於世務，明習文法，以經術潤飾吏事，始能上順公法，下順人情，所居民富，所去見思，故所傳文翁諸人，皆以其能好學，興文教，有德讓君子之遺風焉。彼俗吏不考古而徒任刑法，雖以趙廣漢、韓延壽、尹翁歸、嚴延年、張敞之倫之才，皆稱其位，而固終屏之不以與於循吏之數，則以其學不足之故也，矧其徒以武健嚴酷見稱者邪！

書曰：『學古入官，議事以制，政乃不迷。』鷺卿因固印而發思古之情，吾知其將來設施，必能於固立言之指意有合也夫。庚午春三月，桐城方宗誠識於保定寓舍。

劉節婦延嗣圖記

節婦姓張氏，山西平定州人，年十九，嫁同里劉氏子畋，世族也。然宗支單微，惟畋與兄耕分承祖及從祖、祖父祀事。家苦貧，張氏于歸時，繼祖姑尚存，以紡績佐其夫，孝養不倦。生二女一子，而夫遽亡。時張氏年二十有八，忍死育孤，未成室而殞，二女既嫁，生子而復夭亡。時惟兄公耕一子一孫存，病幾殆，兄公子婦亦既先亡矣。

張氏泣曰：『劉氏宗祀繫此二人，敢不瘁心力？』朝夕在視恩勤，兄公子病得痊。鞠育其孫十餘年，爲娶婦生曾孫焉，四世數支之祀，賴以不絶。先是，其二女死，各遺子一人，張氏亦提歸撫之有成。

兄公子壽祺感其德，既請旌如例，復繪柏舟延嗣圖以識其賢。張氏有弟映櫺，以拔貢生判直隸深州，敘其事，乞文以彰之。

余謂家、國之艱難一也，逢顛危之際，皆恃有人焉樹貞固之節，存公大之心以扶持之。彼娼嫉之夫，既自不足有爲，見忠智足以濟事者，苟非附己之私人，則必挫折屈抑之，使不得竟伸其用，甯坐視國之亡，祚之絶，而狹隘忿妒之私必不肯除。觀節婦之存心，不必其爲夫之後己之所出，顧可爲祖宗承祀事者，卽竭智力以長養之，是豈第足爲女婦風哉！秉國鈞者，苟存是心焉，天下其無復有危亡之事也矣！同治庚午三月夜，在保定與陳作梅觀察衡論今古，感節婦事，因太息而記於圖之末。桐城方宗誠識。

譚瀛雅集圖記

自殷箕子以洪範授周武王而不臣，避地朝鮮，由是海外諸國，獨朝鮮衣冠制度有三代之遺。今朝鮮國王李氏自其先王開創於明洪武間，今五百年矣，世世稱藩奉朔於中國，篤恭順，守禮義。其立國、設官、取士、賦税、刑名之制，大約與中國近，而朝野上下所肄習者皆孔、孟、易、書、詩、禮、春秋之教，謂之『大方七書』。於戲，何其懿也！古者洪荒之世，其民榛榛狉狉，中與外無絶殊也。自五帝三王、聖君賢相繼出，道德齊禮，教以人倫，澤以詩、書、禮、樂，法制日備，教化日廣，中國遂爲天下宗，四方萬國重譯而至。其後教衰，而孔、孟以布衣起而修明之，師法百王，洋溢中國，施及蠻貊，從其教者興，違之者覆亡隨之，古今中外一也。今朝鮮享國數百年不衰，往歲西夷欲强行其邪教於朝鮮，敗潰而反，不敢復入，其篤守孔、孟之教之所致哉！

夫孔、孟之教何也？曰仁義，曰信讓。仁義以固國，信讓以交鄰。聖人之道乃天道也。朝鮮奉此以爲治，雖强足以折西夷，而於中國天子則謹守藩服之義，誠畏天保國之道哉！中國，天下宗主，四方萬國之來吾中土者，自皆宜涵育覆幬於至仁之中，嘉其善，而於不能者，含容以俟其化，是謂樂天。彼挾其狙詐貪婪之性而欲行其滅理廢倫之教，是亂聖人之經，悖天者也。悖天者自絶於天，其又焉能久存也乎！

朝鮮使者李敬之鴻臚以請頒朔至京師，貴州黄子壽編修招飲於興勝寺，縱談中外典章、法制、山川、人物。子壽因作瀛雅集圖，各爲詩文以紀其盛。余既喜朝鮮國小而偏，去京師三四千里，能以中國聖人之教自强其國，俾庶民興，而邪慝不作。又嘉鴻臚能通中國之文章，不辱其君之命，於是乎書。

是日同飲者爲福建楊湘筠觀察，江西陳右銘太守、陳洛君大令及宗誠主客六人，期而以病未至者大興劉子重郎中，侍立於側者則子壽二子國器、國璪也。大清同治九年十月二十二日，安徽方宗誠記。

憶舊圖記 有敘

江南多佳山水，余自幼卽喜從父兄師友游覽其中，宦學北來，無復此樂，因倩代州馮君作圖以寫懷思。光緒元年九月。

先君子好游山，每春秋佳日，命宗誠從登高峯，涉谿谷，徧覽龍眠、投子、谷林之勝，而椒園、椒子巖尤爲龍眠深處。有孫翁者，年八十餘，招先君豪飲於此，夜深乘月而返。今先君子卒已三十年，此樂可再得邪？椒巖侍飲圖。

龍眠多瀑，而披雪洞最奇。姚惜抱先生曾作記。幼時從先君子、玉峯許先生往觀之。其後蘇厚子、方魯生、文鍾甫、戴存莊、胡伯良、馬命之每與余挈壺快飲於其下，山川猶在，人物無存，念之慨然。龍眠觀瀑圖。

余與甘君玉亭嗜山水成癖，凡龍眠佳處，無不有余兩人迹。今以薄宦，南北分途，然玉亭宦江南，勝地良朋，足快心目，余則孑然獨立矣。溪山偕游圖。

安慶背龍山，俯大江，而大觀亭最爲名勝之地，下大江六十里，爲樅陽白鶴峯在焉，長江重湖，遠山環列，秀甲江北。憶道光乙巳冬，大雪，與方魯生、江貽之、馬命之登大觀亭，觀雪劇飲。次日冒雪泛舟至白鶴峯，孫礀泉爲主人，復快飲盡日。時江山冰雪，皓然無垠，不復天地之分，安知物我之异邪？江亭醉雪圖。

咸豐三年，余避亂魯谼山之柏堂，時趙介山先生與其子眉徵、余族子鍊秋皆挈家偕隱於此。朱魯岑先生、方魯生、文鍾甫、甘玉亭亦時往來其中。遭時亂離，而會友講學論文之樂仍如平日，人比之魏叔子之易堂云。柏堂者，以前有古柏名也，今柏猶存。柏堂偕隱圖。

余避地柏堂，朱魯岑先生、方魯生隱於龍眠，相去各十餘里。魯岑熟於老、莊，魯生精於易。余一月中必芒鞵竹杖往從之游。魯生所寓有竹萬竿，遇明月之夜，既宿其竹廬中，聽其談易，窮造化之幽眇，間與魯生步月訪魯岑先生。先生善飲，又喜誦司馬子長之文，歌聲徹山谷。雖在亂中，而吾三人之樂，羲皇以上不是過也。竹廬講易圖。

同治壬戌，余從武昌反安慶。節相曾文正公畱居一月，復反武昌，迂道湖口，泊舟石鐘山下，與蘇生子獻登樓遠眺。時兵燹之後，衡陽彭公重新其樓宇，長江千里，澄淨如練，感滄桑之變易，喜日月之重新，致足樂也。石鐘遠眺圖。

金、焦盛時，余未嘗游。同治五年，始與倪豹岑泛舟而往，雖梵宇殘燬，而江山之勝殆無殊於昔時。嗣後復挈次子守彝偕游子代兩覽其勝。憶曩登小孤，歎其孑立江中無所依倚，任江流之衝擊而無損於分毫，焦山亦猶是也。然蹊徑之平易，境象之宏遠，則又過之。噫！人能與造化同游，其日進矣哉！金焦重游圖。

卷第十八　祭文　哀詞

謝雨祭神文

維吾皇之二年，歷春和而首夏。欣雨暘之若時，祝大田之多稼。忽六旬之亢旱，龍不躍而在淵。稺未種而植槁，衆憂心其如然。思天人之感應，本一氣以回旋。非政令之失理，必刑賞之倒顛。積愁怨而相召，致否塞乎地天。是有司之不職，匪吾民之有愆。罰一人而已足，於群黎何辜焉？依禮制以雩祀，求百神之哀憐。誄禱爾於上下，遠走祠夫井泉。古百辟與卿士，幾靡神而不虔！嘆民貧與土薄，閱兵燹之變遷。復旱蝗以相仍，僅生機之微延。雖兢業而休養，終元氣之未還。胡昭回於雲漢，忍再視其顛連。神妙物而莫測，倏氣機之潛轉。雲御風以飛揚，如墨旛之舒卷。山澤交而咸亨，雷雨作而解蹇。絪緼久而始通，理甚微而已顯。信蒼昊之好生，亦諸神之默相。贊化育而莫名，德與功其無量！龍已見而在田，後雖潛而無亢。既好雨之應時，復惠風之和暢。百穀欣欣其向榮，萬類蒸蒸而日上。婦子歌其盈甯，歲歲祝其無恙。與吾民而有約，何以答乎神明？官視民如子弟，民以官爲父兄。上無虐而下順，各相與以至誠。人無剥以肥己，事甯讓而鮮爭。拳服膺乎仁孝，心勿戕其公平。釀宇宙爲太和，一善氣以相迎。神聰明而正直，日降鑒乎言行。各修德以薦馨香，神其永祐夫民萌！

祭丁樂山廉訪文

烏呼！余初見公，保陽軍次，契同布衣，忘其分位。軍暇過我，善氣誾誾。諏公往事，語不及勳。維時津門，華裔决裂。公隨使相，往彌其缺。相侯召我，公留使署。日親公顏，氣鬱神慮。變不失正，權不戾經。張弛從宜，泯禍無形。相節南移，公巡海疆。我宰下邑，遂各一方。凶問南來，星寒岳震。傅説騎箕，慟亡忠藎。賴有合肥，繼我湘鄉。公列三司，以贊以襄。我繼見公，公適服闋。時歲大祲，萬姓食絶。伯相知我，有請無遲。意或難達，公通其詞。己溺已饑，公之素抱。匪以私交，小民懷保。客歲今春，兩年疊見。衰病乞休，公意益戀。推我挽我，欲遲吾行。諷以大義，感以至情。別未二時，手翰屢至。世不可忘，公何遽棄！烏呼！天之生才，以爲天下。時事多艱，公年不假。

憶昔江淮，大亂方始。群寇如蝟，王室如燬。北旅阻絶，南師鮮通。如坎一陽，陷二陰中。洪水横流，汎若滄海。廬六之間，有砥柱在。蟜蟜豪傑，嶽嶽儒生。共倡義旅，保聚群英。公以韋布，持籌參贊。風雨雞鳴，如晦待旦。龍蟄蠖屈，致用求伸。一朝飛躍，澤及群倫。湘師既東，淮軍繼美。溯其厥初，公與數子。湘鄉鎮皖，合肥下吳。公從之東，粤寇無逋。南方既平，復從北代。底定中原，忠智俱竭。公之治軍，有翼有嚴。仁廉義信，淮軍之先。同時諸君，多秉節鉞。公獨歸田，功成不伐。湘鄉薦賢，疏公稱首。詔來畿疆，如左右手。人之爲才，各有偏長。能文鮮武，智圓寡方。有猷有爲，有守三者。卓爾不群，曰惟大雅。公巡天河，屢振凶災。視彼窮黎，如己嬰孩。津民親公，如同父母。生佛之稱，萬衆齊口。丁丑戊寅，山右大饑。公爲轉粟，畛域無私。公之陳臬，積獄滯囚。疏決開通，惠澤遠流。積勩瘁躬，公不爲意。食味鮮甘，寢息無寐。以公之仁，壽考必然。胡施未究，奪之自天。

從古中興，端賴元輔。湘鄉公薨，合肥獨拄。匠石作宫，多儲棟梁。群材輻凑，邦家之光。海寓澄清，隱憂猶伏。衆正盈廷，乃世之福。如公忠孝，文武兼資。天祚下民，奚不慭遺。天子震悼，窮黎含悲。念我元輔，益增憂思。我雖末僚，心繫區宇。雖遂初服，志非農圃。爲天下慟，匪感公知。公精在天，庶鑒此辭！

邵子齡哀詞

子齡，吾友仁和邵位西子也。位西明經修行，仕止刑部員外郎。咸豐十一年，杭州再陷殉節。生爲賊所掠，以不得父母與弟消息，忍不即死。未幾，知母所在，乃逃歸奉母挈弟至上海。湘鄉相國曾公，位西石友也。召至安慶幕中，教育之。時杭州未復，生知父必已死節矣，然傳聞未審，不忍遽死其父，以傷母心，而中心時蹙蹙然，體尫多疾，慟深創鉅，鬱而不得發，遂得咯血疾，幾不起。稍愈，則從余游。見余所箸文章本原，甚愛而手録之。經傳有疑，每從余質問。余與位西生平屢通書論學，而未獲接見往來。生事余以父執，余嘗録藏位西文三十餘首，生手寫去，又徧訪得禮經通論之半，俱録寄父友高伯平。伯平以視漕督吴公仲宣，遂爲刊行。位西箸述多發經傳之藴，古文足以名家。杭城陷，盡燬其稿。生汲汲以收拾遺編爲事，可謂孝已！同治三年，杭州復。生馳往尋得其父殉節實蹟，乃歸發喪，以狀上大府，獲奏請旌卹於朝，竝得以事實發史館立傳。而生哀鬱久，疾復作，未幾竟卒於金陵。方生寢疾時，余往視，生羸憊不可支，猶手持父書與余校也，傷哉！

生妻錢塘舉人伊遇羹女，先以杭州破，殉節。無子。遇羹亦通經篤行之士，守節不屈而死者也。生嘗持其師袁鳳桐所爲伊先生行狀，竝自述鳳桐節行，屬余作傳。其篤於師誼如此！生名順年，卒年二十餘。余惜其學未成而早卒，爲詞以哀之。詞曰：

聖人言孝，特重顯揚。繼志述事，厥爲宗光。吾友邵君，遭時之否。生爲碩儒，没爲烈士。遺文聖藴，灰燼之餘。賴有賢嗣，永其令譽。忠臣之門，宜生孝子。夭壽何貳？但求一是。孝思純篤，貌毁神傷。志事既畢，死而不亡！

蘇子獻哀詞

蘇生子獻病卒於棗强既數月，余屢思爲文哀之，神傷氣沮，不能成章。蓋子獻幼孤，自十五六歲時即依余受學。嗣後迎余至其家同居五年，余挈眷回毛溪故廬，旋僦居張氏五畝園。生亦奉節母相隨於其側，授徒養母，朝夕聽余講論不懈。迨余避亂柏堂，生始歸，然亦時不遠百里，往來省余於山中。

生性謹飭，善營度事理，凡事親從兄之事，必以諗余而行。余家事亦多賴生以辦。俗之偷也，雖同懷昆弟，常視之若塗人然。而生之於余，雖兄弟之親不逾是也。咸豐己未，余游山東，始與生相别。踰三年，余客中州，生爲余送眷至許，旋依余客武昌。又二年，余反安慶，生捧檄之江西，於是復與余别。越六年，生自江西歸，余適於役直隸。生送余江上，始别去。次年，生爲余送眷北來，因亦挈眷相隨於棗强。生持己廉，存心厚，爲人謀必忠，有理煩治劇之才。其奉大府命榷商税於饒州也，處膏腴之地而毫不以潤其私。其歸也，至無舟車之費，家無一瓦之覆，一隴之殖，然饒之商民無不謳思至今。歸之日，製匾傘頌德者數十百人，雖大府亦皆賢之。在棗强，凡興利除害之政，無不助余經理，訪察民隱必以告，唯恐余有一民之冤抑也，故其病也，士民致方藥者不絶；其卒也，莫不悼惜焉。烏呼！余與生之在此也，俱寡兄弟之歡，獨生視余如兄，余視生亦若弟，相助爲理，而忽中道棄余以去，其能無慟於懷也邪？

君篤於孝友，喪父時歲僅周，前母汪孺人二子皆成立授室矣，主持家政，未數年家中落，遂與生分异，獨恃節母昕夕紡績以爲生，以長以教，以至於成人。薄田數畝，復推與長兄鬻以償責主，獨身訓蒙童以爲養。母病，與妻侍藥餌，傾刻不離左右，終夜泣禱於神者幾一年。母汪孺人明大義，常命之曰：『祖父母、汝前母未葬，毋先爲成室家計。』生益自刻苦，營葬祖父母。洎母卒，復營葬父母。三喪皆獨力爲之，不以諉諸兄也。

其後客江西，薪水餘資盡以畀其兄子立門户、治生計，兼以潤其功緦之親，不以一錢私其孥人。或過之，亦不聽，曰：『吾以安吾父母之心也。』烏呼！是可爲難能也已。今余將歸生之櫬並其妻子於桐，爰述德攄情以哀之。詞曰：

兄弟相好無相猶，此風邈矣孰能儔？孤兒特起内行修，誰謂今人古不侔！親我如兄意綢繆，生相倚兮忽不留，飲淚送君君知不？

鄭容甫哀詞

光緒二年夏，兒子守彝自皖來省吾棗强，道容甫嘔血甚劇，心深以爲憂。迨歸皖，寓書慰之，且勸以無劬神文辭，家事勿以念。書至，則容甫前卒數月矣。訃聞，哀悼久之。

容甫性聰穎。甫成童，即好爲詩歌，吾師植之先生見而訝之曰：『何童子出語竟似黄山谷也？』初，從吾友江待園游，繼復從葉翰池棠講天文、算學。性有玄悟，凡梅氏書中人所不解者，容甫俯讀仰思，即能發明其幼眇。海甯李壬叔以精中西學名天下，曾相國延之江甯，命衍西人幾何原本。成，讀者鮮能以句，容甫一思而得之。余因介之與壬叔討論，壬叔大驚异，以爲從未見有如此穎慧者也。

以貧未能多購書，又以教童蒙，授舉業，不得專功，故未竟其學。善校勘書籍，喜讀漢學考據家言，然於其背義理者，皆能抉摘其非，而不沿其謬。於鄉先輩書治之尤勤，余編次植之先生集，合肥李相國刊行，皆容甫手寫清本而精校之。又爲讎校漢學商兑、書林揚觶二書，盱眙吴尚書取而刊之於蜀。皖撫英翰公搜刻桐城劉海峯詩文數十萬言，亦容甫爲校訂焉，世皆稱爲精善。嘗箸姚惜抱先生及石甫廉訪年譜，姚慕庭爲刊行。植之先生年譜亦附刊集後。

容甫虛心好問，少余十餘歲，而與餘同受知於學使羅公，事余介師友之間，凡考校諸書義法，無不惟余言是聽。余命守彝從之游，亦時敦率以古學也。又任爲余校刊説經諸書，甫成詩書補義二册，而容甫遽没矣，傷哉！

容甫名福照，縣學生。少孤。祖連，有孝行。咸豐三年，桐城陷，殉節。母邵氏，弟福泰皆罵賊死。容甫卒年甫逾四十。余生平師友，多好古篤行之士，亂後喪亡略盡。容甫晚出，而不得成其所學以死，烏呼惜哉！因爲文以抒哀，詞曰：

嗟余少湛經術兮，幸多切瑑之友朋。繼交游半區宇兮，終無若故舊之勸懲。恨馳逐於宦途兮，學日頹而齒日增。將歸山以理故業兮，庶余友終日相糾繩。何天之不假余兮，奪吾子而斷吾肱。痛撫棺其未能兮，望故鄉而捶膺。

卷第十九　附告神文

告先師孔子文

維大清同治十有一年六月初四日，棗強縣知縣方宗誠等謹告至聖先師孔子，曰：

惟先師德配天地，道冠古今，删述六經，師表萬世，故歷代帝王制禮崇祀，竝以先賢先儒從祀兩廡，典禮至隆，罔敢不敬？今於三月奉旨以先儒張履祥有羽翼聖經、維持文教之功，用浙江學政及禮部奏議，允其從祀先師廟之東廡。宗誠等謹尊旨，擇日奉先儒張履祥之主入廟從祀，敢告！

告先儒張子從祀文廟文

維大清同治十一年六月初四日，知棗強縣事方宗誠等謹致告於先儒張子楊園先生之神前，曰：

伏維先生志存西銘，行履中庸，憲章程、朱，祖述孔、孟。循下學上達之序，致居敬窮理之功，采善不遺細微，畜德必期光大，故能隱居求志，遯世闇修，知見日極於高明，踐履日歸於篤實，近接薛、胡之正脈，遠紹濂、洛之心傳，敦行不爲空言，箸書皆裨世教。今逢我皇上崇儒重道，稽古右文，於今春以禮部議准浙江學政徐樹銘奏請，以先生從祀文廟。奉旨依議，飭各直省、府、州、縣學奉先生主從祀至聖孔子廟庭，其位次在東廡先儒孫子奇逢之次。宗誠少讀先生之書，潛翫服膺，遵爲師範。今忝爲邑宰，謹遵旨虔恭立主從祀，敬以牲帛酒果致告。尚饗！

告宋儒袁子從祀文廟文

維大清同治十三年四月十六日，知棗強縣事方宗誠等謹致告於先儒袁子正獻公絜齋先生之神前，曰：

伏維先生幼以名節自期，長得金谿指授，立身具有本末，學問確有淵源，稽古博文，反身實踐，精思窮原而不滯於師說，兢業守道而不蹈於空談。箸書垂世，則剖析義理之精微；正色立朝，則敷陳時政之得失。危言讜論，愷切詳明，出處進退，恬淡静默。教諸生於太學，則以切己反躬、忠信篤實爲根本； 格君心於輪對，則以法天仁民、進賢遠佞爲治原。當時既尊爲醇儒，後世實堪爲師表。是以高宗純皇帝既命儒臣箸録其書於四庫中，復命史官纂刻其集於武英殿，稱爲體用兼符君子之儒。聖言煌煌，萬世瞻仰。

同治七年冬，禮部議准浙江巡撫馬新貽題請，以先生從祀文廟，奉旨依議，飭各直省、府、州、縣學，奉先生主從祀至聖先師孔子廟庭，其位次在西廡先儒吕子祖謙之次。宗誠忝爲邑宰，檢察舊卷，謹遵旨虔恭立主從祀，敬以牲帛酒果致告。尚饗！

告先儒陸子桴亭先生從祀文

維大清光緒二年六月二十四日，知直隸棗强縣事方宗誠謹致告於先儒陸子桴亭先生之位前，曰：

伏維先生生世丁剥復之交，潛德處貞元之會，不求仕進，闇室純修，篤志聖賢，聞道甚蚤，紹程、朱之正學，闡孔、孟之遺書。本居敬窮理爲課程，毫無心學躐等之弊； 求濟世安民爲實際，不涉俗儒隘陋之規。博大何亞於亭林、船山，而加之以純一不雜； 奥衍且過於黎州、二曲，而進之以純粹以精當。時石友見重於盛、江，竝世名賢交推於張、陸，箸述洵堪羽翼經傳，德行尤足師表人倫。

我朝稽古右文，崇儒重道，高宗純皇帝既采先生思辨録箸録於四庫之中。今皇上於元年十一月十五日復用禮臣言，以先生從祀文廟西廡先儒黄子道周之次。宗誠少嗜讀先生之書，恨不能爲先生之學。今爲邑宰，謹率官紳尊旨虔恭奉先生位從祀。敢告。

告先儒許氏從祀文

維大清光緒三年正月二十六日，知棗强縣事方宗誠等謹致告於先儒漢大尉南閤祭酒許子叔重之神前，曰：

伏以性道義理，端由訓詁以明； 成德達材，必自小學爲始。惟先儒性篤學博，載在漢書，五經無雙，播諸輿誦。生當秦火焚書之後，力任經師守闕之功，博采通人，網羅古訓，所撰説文解字、五經异義，究六書之旨，分部類從；考諸經之文，旁搜遠紹。鄭氏雖有駁義，實重其書；朱子所箸群經，常引其說。洵爲聖經之羽翼，實係後學之津梁。生不愧聖人之徒，没宜隆明禋之典。

我皇上崇儒重道，稽古右文。光緒元年八月國子監司業汪鳴鑾奏請以先儒從祀文廟，欽奉上諭，飭禮部議，奏議上，奉旨從祀東廡先儒後氏之次，謹擇吉日，恭立神位，入廟朝見至聖先師，永安東廡，箸爲令典。敢告尚饗！

告先儒劉子漢河間獻王從祀文

維大清光緒四年二月朔，知冀州棗强縣事方宗誠謹率同官紳致告於先儒漢河間獻王劉子之神前，曰：

伏以道藉聖經而傳，經因賢傳以箸。昔當秦火焚書之後，全賴漢儒抱殘之功。維先儒生爲帝室之英，志纘儒者之緒，修學好古，富貴不淫於其心；説禮敦詩，實事必求其至是。招致四方道術之士，搜羅六藝經世之書，始立毛氏詩、左氏春秋於學宮，復傳禮、禮記、周官、尚書於後世。凡七十子之徒所論及孟子、老子之屬，莫非賴先儒之傳寫，始能致千古之流傳。迹其事君也，獻雅樂，推道述，文約而指明；考其束躬也，守温恭，修禮樂，身端而行治。是誠被服儒者之道，實有羽翼經傳之功。生既共推爲純儒，没宜崇報以祀典。

光緒二年六月，河南學政費延釐奏請以先儒從祀文廟。三年九月十二日，由禮部議准復奏。是日奉旨以先儒從祀西廡，位在先儒董子之次，謹遵旨虔恭奉先儒位從祀，敢告。

告先儒張子清恪公從祀文

維大清光緒五年閏三月朔日，知棗强縣事方宗誠等謹致告於先儒張子清恪公敬庵先生之神位前，曰：

伏維先生生稟乾剛之性，學以聖道爲宗，行己片念無欺，當官一介不苟。遭逢聖明之世，體立用行；幸事堯、舜之君，德修名立。其始治河也，蒙御書『布澤安流』之褒；其後撫閩也，荷御書『廉惠宣猷』之賜。其在江南被劾也，聖祖稱公爲『天下清官第一』，而責諸臣變亂是非之真；其長禮部議政也，世宗賜公以『禮樂名臣』

御書，而倦念公崇正勵直之奏。險夷一節，朝野同欽。入仕不以利害動其心，剛大之氣塞乎宇宙； 論學惟以程、朱正其軌，异端之説棄如土苴。侍直經筵，必本修齊治平之道以爲啓沃，精心編纂，闡發濂、洛、關、閩之書，播於士林，洵稱一代之儒宗，足紹千秋之正軌。

光緒四年九月二十日，奉旨以先生從祀先師廟之東廡，用河南學政費延釐及禮部議也。宗誠謹遵旨恭立神位，入廟朝見至聖先師，永安東廡位次，敢告。

告宋儒輔子漢卿先生從祀文

伏維先儒性生倜儻，趨向堅貞。始從事乎東萊，已抱希賢希聖之志； 繼受學於徽國，遂成淑身淑世之英。居都城聲利之場，闇室潛修，味衆人之所不味； 當姦臣僞學之禁，忘身守道，爲舉世之所不爲。洵剛毅而近仁直，夷險之一節，識真守正，不少淫於异説，較前賢似勝游、楊； 切問近思，能倡教以躬行，於師門竝稱黄、輔。力辭禄仕，心醉聖經。論孟答問諸解、纂疏集議諸書，既見采於我朝欽定詩禮之中，復箸録於四庫全書總目之列。凡此翼經明道，信足繼往開來。方今稽古崇儒，自應明禋典祀。

光緒五年十二月，奉旨依禮部議准浙江巡撫奏請，以先生從祀文廟西廡，位在黄氏之次。宗誠奉文後，敬請先生位入廟謁見至聖先師，永遠從祀，敢告。

創建敬義書院落成祭太公董子文

維大清光緒二年二月癸亥朔，知棗强縣事方宗誠等因大原書院久廢，創建敬義書院。既落成，謹率同官紳致祭於周聖師太公、漢大賢董子之神位前，曰：

伏維太公紹見知之真傳，闡丹書之大訓，敬勝、義勝二語，實爲王者之師。考其先，困於棘津，箸在史册；至於今，祠宇久毁，野祭不經。是以宗誠取丹書之言爲書院之額，恭立神位於見知閣，即永爲太公之祠。

惟先賢董子籍箸廣川，學貫天人之奥，正誼明道，德爲後學之型。邑中原有專祠，書院尤宜報本，故復立董子之位以配太公之祀。兹當仲春，敬修典禮。尚饗！

告崇祀名宦曾公文

維大清光緒二年二月癸亥朔，知棗强縣事方宗誠等謹以清酌庶饈率同官紳致告於奉旨從祀名宦故武英殿大學士、一等毅勇侯、前直隸總督曾文正公之神位前，曰：

伏維我公勳高日月，學貫古今。葛、陸、韓、范曠百世而功烈齊肩；馬、鄭、歐、王亘千古而文行接武。埽蕩十餘省首逆群凶定安社稷；薦拔千百人文武英傑重整乾坤。爲國家養賢育才，不啻師傅之訓誨子弟；爲百姓興利除害，真如父母之保抱嬰兒。即就直隸一省論之，黜貪猾，舉賢員，吏治大轉；振凶饑，清獄訟，民氣以蘇。練兵緝盜，保護善良，尚儉習勤，力挽積習。在天津，審時度勢，不爲禍先，俾朝野蒙其福於不覺；回江南，籌款濟荒，以助後任，使愚民食其德而不知。上爲一代之重臣，下爲萬家之生佛。德既普於四海，禮宜報以明禋。各省既已特建專祠，直隸復請崇祀名宦，已於上年奉旨俞允。茲當仲春，謹奉神位入祠以昭朝廷尊重之禮，而伸士民崇報之恩。尚饗！

告崇祀鄉賢鄭公文

維大清光緒二年二月癸亥朔，知棗强縣事方宗誠等謹以清酌庶饈率同紳士致告於奉旨崇祀鄉賢前江寧巡撫鄭公司直先生之神位前，曰：

伏維先生學術確宗朱子，正大精純；實政效法新吾，清廉仁惠。兩湖、三江治績永傳爲仕譜，四庫、七録箸述嘉惠於儒林。後學既奉爲典型，崇報宜光諸典祀。宗誠職在守土，誼當以風化爲心，欽仰高賢，恨不獲同舟共濟，爰爲先生校刊文集，撰次事略以爲法。於將來復同官紳臚列事實，詳奏明庭，以争光於典禮。已於元年十二月十四日奉聖旨准以先生崇祀本邑鄉賢祠，茲當仲春，敬奉先生神位入祠，以昭朝廷尊禮賢良、師表人倫之至意，每歲春秋上丁永遠從祀於學宫之旁。敢告尚饗！

告湮没未報陣亡團丁殉難士民立總木主入祠文

維光緒二年五月十二日，知棗强縣事方宗誠謹告於棗强忠義祠諸君，曰：

伏以仗節守義，士民報國之宜；　卹死褒忠，朝廷旌揚之典。諸君子之死難者，既皆久蒙恩旨，享以明禋，其尚有湮没未報陣亡團丁、殉難士民之忠魂，我皇上於光緒元年八月以翰林院侍講學士、編修吴寶恕等奏交禮部議覆，奉旨准立總位，附祀昭忠祠，庶幾靈爽有憑，幽光亦闡。宗誠奉文之後，謹遵旨設立棗强縣湮没未報陣亡團丁、殉難士民之忠魂總位，送入祠中，春秋附祀。敢告！

告湮没未報節烈殉難婦女立總木主入祠文

維光緒二年閏五月十二日，知棗强縣事方宗誠告於棗强節孝祠諸貞婦，曰：

伏以守節立義，婦女之常行；　發潛闡幽，國家之大典。諸節烈婦既皆久蒙恩旨，享以明禋，其尚有湮没未報節烈殉難婦女之貞魂，我皇上於光緒元年八月以翰林院侍講學士、編修吴寶恕等奏交禮部議覆，奉旨准立總位，附祀節孝祠，庶幾靈爽有憑，幽光亦闡。宗誠奉文之後，謹遵旨設立棗强縣湮没未報節烈殉難婦女之貞魂總位，送入祠中，春秋附祀。敢告！

告漢儒董子以三先生附祀文

伏惟大賢董子學究天人，躬秉德禮。正誼明道之訓，洵稱王者之師；　漸仁節禮之言，永爲後學之式。典祀久從乎文廟專祠，尤著於廣川，流風餘韻，衣被後賢，碩學耆儒，多堪步武。我國家尊崇聖道，文教昌明。康熙間中丞鄭司直先生學宗朱子，治效新吾，清端錫於朝廷，著述光於四庫。乾隆間孝廉劉仲肩先生、茂才劉獻白先生，雖窮居獨善，學未見諸施行，而經明行修，日殫心於述作，易通象數，不遁玄虛；　詩守古訓，不失穿鑿。説春秋，以綱常名教爲本；　解論、孟，以訓詁義理爲歸。是皆有功於聖教，無愧於前賢，是以於光緒五年冬，稟請以三先生從祀董子祠中。茲當仲春，敬修明祀，景仰前哲，興起後賢。尚饗！

先賢先儒奉旨從祀文廟，故事，知縣奉文後移知儒學官而已。學官令工製木主，不論何日，送入兩廡，甚有不躬親安位，以致位次紊亂者，且有奉旨多年而未製主從祀者。宗誠在官，時念從祀文廟大典也。州、縣當行何禮，例無明文。同治十一年，因奉文以先儒張履祥從祀東廡，竊以禮意通之，先製神主於明倫堂，擇日率同官紳致祭，讀祝文告以奉旨從祀月日，然後奉神主由廟之東角門舁入大成殿階下，官紳步從，以主北鄉至聖先師孔子。知縣率同官紳階下行三跪九叩首禮。禮畢，詣先師前，跪讀祝文，敬告以某月某日奉旨以先儒某從祀先師廟之東廡。祀畢，復下階，然後奉先儒神主安於東廡位次，退至階下，復向東廡行兩跪六叩首禮。禮畢，乃退。其前奉旨從祀之先儒，未經奉主入廟者，皆用此禮補立之，且凡奉先儒從祀文廟及鄉賢名宦入祠，皆擇縣試或書院課試前一日出示，令士子皆隨後行禮以資觀感。又鈔各本傳事實，俾之傳誦，以資效法。附識之，俟知禮者考得失焉。

卷第二十　附詩

六十述懷示兒子培康培蔭兼命培康歸里

老大役簿書，終夕形鞅掌。舊學日以頹，歲月傷既往。憶昔少年時，抗志空徒黨。世味靡所甘，昕夜坐書幌。冥契古聖賢，如親接音響。興來發高歌，乾坤若無兩。維時世承平，江淮鮮伏莽。父母樂俱存，倫類無搶攘。養志苦未能，學思期無罔。節礪金石堅，襟抱秋月朗。風雲忽變幻，身世成漭泱。譬入大海中，孤艘失櫓槳。把柁任顛危，王道終蕩蕩。妄抱饑溺心，生民切痛癢。惟懷風木悲，禄仕絶虚想。知己感賢相，誤牽入塵網。學古素未優，賦性況木彊。安能康世屯？徒令心失養！日月不我與，計齒又增長。五十未知非，踰九益昏恍。寡過謝蘧賢，天人慚俯仰。兒輩不解事，稱觥古模放；賓朋入座歡，一室如春盎。感觸平生心，轉使神惘惘。

人生少至樂，至樂惟天倫。小宛歌明發，不寐懷二人。念我親在時，志意鬱不伸。恩斯勤鬻子，終世常苦辛。望我以善養，勖我曰親仁。鶉衣忘百結，病眊甘食貧。缾罄悲虚罍，銜恤成鮮民。有姊早去室，弟妹相依因。中年忽喪亂，飄散如飛塵。我以文字役，謬作諸侯賓。浮雲善變化，幻見宰官身。禄豐養不逮，顯揚徒虚諲。妹寡似續已，昕夕難舒顰；姊老喪其夫，白髮愁如新；弟亦哭其子，孫孤與姊鈞。喪明孰扶顛？痛苦連宵晨！我爲官事累，未能親拊循。昔如形與影，今若越與秦。急思罷官去，庶免恨無垠。

我生四男兒，二子命不淑。同我遘艱危，不獲食吾禄。憶困豺虎中，繞膝伴吾讀。夜半金石聲，激越出林谷。我有燕齊行，長子征途逐。好古肖乃翁，作文驚耆宿。身屯氣倍豪，謂可大吾族。何期岱嶽東，一往形不復！維時二與三，隨母草間伏。露處衣無鶉，日莫食無粥。九死餘一生，一生況難卜？我聞急南轅，淚積珠千斛。行至豫楚間，始復聚骨肉。三兒病苦沈，一載命復蹙；穉子尚未生，心傷阿二獨。天也復何云，不德中自恧。今二已壯大，喜能守書簏。阿四雖童癡，諸經已半熟。復有兩雛孫，何德堪此福！內子今五旬，吾今亦望六。嫁女得君子，願足何局蹐？二兒自南來，稱觴爲我祝。梅老耐冬寒，傲霜如秋菊。我日思故鄉，邱墓縈心目。爲感君相知，忍此勞案牘。兒宜體吾意，辛木勤樹畜。昔同患難人，爲我敦婣睦。吾弟有孤孫，吾孫同鞠育。持身寶儉慈，接物貴雍肅。慎勿忘險艱，御冬宜旨蓄。詩人有明訓，胥樂先貽穀。養志逮親存，無致悲風木！

得彭宫保書見示六句有作賦呈

衡岳高巍峨，氣象千年新。蜿蟺而磅礴，鬱極斯降神。賢豪不世出，天命康時屯。翊贊中興業，度越甫與申。憶昔文皇初，治極亂萌䟴。中原咸震懾，束手嗟朝紳。南山豹隱霧，洞庭龍潛鱗。忠義倏奮發，伊吕起渭莘。脱卻方山冠，改服振振袀。縱横江海上，飛駛萬千輪。救民殷拯溺，逐賊如驅燐。剛大塞天地，奇氣一朝伸。蓋勞十六載，日月淨無塵。塵淨謝時去，浩浩心如奫。當其濟物時，高情故絶人。萬鍾禄不受，在官類隱淪。先憂忘後樂，仲淹猶非倫。東山欣再起，位列要路津。辭榮受艱鉅，義進利則逡。長江萬里險，終歲勤周巡。思枯夜不寐，慮遠眉常顰。人謂已治安，憂患獨切身。竹柏耐冬寒，桂老性愈辛。賤子侍公久，見灼知尤真。疾惡如秋肅，嗜善温若春。世皆頌公義，而未悉公仁。與公十年别，跡疏情胥親。愛我忘分位，書來何頻頻！貽我以詩句，語語肝膈陳。盛德若無有，休休一個臣。我愧非令器，苦窳空陶甄。謬膺賢相舉，無術隆斯民。何當罷官去，隨公山水瀕。名篇歌反復，腹中如車輪。

卷第二十一　附議狀一

上李節相請通飭革弊政狀

敬陳者宗誠作令五年，深知民間之疾苦，第一莫患於訟累，第二莫患於盗賊。訟累之害有二：一則原、被告喜牽連多名；二則差役傳人入城，稽遲稟到，勒令供應飯食，往往破家；三則男子輕於拘押班管，婦女輕於押交伴婆。凡此三者，皆由州縣官不親身受辭，當堂批判之故。

蓋民間呈辭，多由訟師及代書所作，其中作僞之情節，牽連之人名，皆訟師、代書及差役教唆。官或委典史收辭，或由承發房門房傳辭，或至夜晚始收辭，官未見訟者之面細加盤詰，但判日期，送幕友批示而已。幕友但據呈辭加批簽票，往往誤准誤傳，亦或有當准而不准，當傳而不傳者。批判一誤，則姦民訟師更生其巧詐之術，而良民遂被害無窮矣。夫小民初見官府時，尚不能機變百出也。但令牧令每放告之期，必於上午親身受辭，細心研詰，觀色察言，則訟者於訟師之語尚未熟記，代書之詞尚未周知，往往供與呈辭自相牴牾，而真僞可辨其五六，其情節雖真，而牽連之人名又細加窮詰，然後當時批判准駁。其准者，非要被要證皆親筆涂銷，於是傳案之人少，而牽連者蒙其福矣。且傳案之人少，則差役不得藉詞延宕，按地里遠近定日到案。届時不到，即責懲之，一到即訊，一訊即結，於是差役需索之害减矣。至拘押班管，必係賊盗姦拐鬭毆重犯，拘押婦女，必係因姦致命之犯。其餘尋常案件，皆不宜輕於拘押，男則住店，婦女則令其家人照管候訊而已。若輕押伴婆喪廉耻而壞名節，其害無窮，然欲弭此害，非州縣官親自上午受辭，人人躬親審視，事事躬親考察，難除其弊。可否？請中堂通飭各州縣遵辦，以惠小民。有不遵飭實行者，嚴行參撤，風氣庶幾可轉。

其盗賊之害亦有二。一則北方賭博風盛，洋煙暢行，集會期多，無業游惰之民赴集赴會，與外來游民群居聚處，互相起意。由是人少則相與爲竊盗，人衆則相與爲搶劫爲强盜。是賭博、洋煙卽盜賊之根株也。夫洋煙至今日洵難禁矣，賭博之禁亦有所難。蓋州縣官止一人之耳目，而同僚如典史、汛官，往往藉賭爲生，各村各集聚賭兩人皆有陋規爲之包容。及州縣官察知往拏，而伊二人已通信知會矣。其未與伊二人陋規者，又往往藉拏賭下鄉，拘繫平人，以遂其詐財之計，而真賭者反不問焉。此賭風所以熾，盜賊所以多，而良民所以受害也。一則捕役獲一盜賊，必先令其誣扳多人，或曰同夥，或曰窩家，或曰買贓，其實真者十不一二。官如不傳，卽通知事主令其控告，致官有不能不拘傳之勢。及一傳到，大半良民，官之明者及時審釋，而民所費已多矣。何況再拘押乎？是賊所盜者止一家，而被誣扳者數家或十餘家，其破費家資與被盜等，甚且有過於被盜者矣。所以然者，差役解犯赴州赴府赴省，花費甚多。如府、州與省中過堂無期，則不但旅費不貲，且加以各署吏役之需索。此項各省通例，皆由差役賠累，州縣官向不自發，此差役所以不願拏賊，懼其累也。否則拏賊必先令其多扳，固屬詐贓，亦爲解費計也。是惟州縣官與差役約，獲盜重賞，不獲重比。至解府州、解省之費，皆官自任之，不令伊等賠累，而賊有誣扳者，必先密詢其人家資之多寡，與其平日之良莠，然後分別傳否。而重責誣扳之賊與教誣之人，是亦安民之一道與！

伏祈中堂通飭各州縣嚴治捕役教賊誣扳之罪，而重其獲賊之賞，至一切解費，皆由州縣自發。又通飭臬、道、府、州，凡州縣解上之案，速卽過堂，無令解役久候，竝不許胥吏妄有需索。至典史營汛，請嚴札禁其受賄縱賭，亦不准擅自下鄉藉拏賭訛詐平民。如有犯者，許州縣官稟訐。如此，庶州縣不致掣肘而良民可安。宗誠忝爲親民之官，於職分内事尚未能盡其萬一，何敢越分妄論？然謬蒙知遇，愚見所及，不敢不陳於左右，維鑒察焉。

上李節相請速正凶犯極刑以省拖累狀

敬陳者宗誠久疏晉謁，本欲因公進省，親承訓示，惟念鄉曲腐儒，辱蒙知遇，授任一邑，自當以盡心民事，周察民隱，洗冤澤物，明慎用刑，爲報國之實際，而不在趨承恐後，奉令奔走爲酬知之虚文。

查井汶清一案，前奉憲批，以案情重大，飭宗誠帶犯進省。誠以井汶清殺死三命，慮其逃逸，致死者含冤不伸，故令宗誠慎重其事。宗誠深體憲意，多派家丁、差役，既已解省無誤，似可無用親行。又憲批飭宗誠傳集人證解省，亦因井繼元父、母、兄三命被井汶清殺死，誠恐尚有餘犯漏網，致死者銜恨無窮，厚德深慈，欽佩何極。

惟查井汶清殺死三命之後，隨卽持凶器赴縣自首。宗誠反復研訊，供情確鑿。井汶清投首之後，尸幼子井繼元先因驚嚇逃走，經該族長聞知，徧尋，得井繼元，帶其到縣。宗誠當提井汶清質訊，供辭合符。宗誠反復研訊，井繼元供稱止見井汶清一人，竝無餘人，漠野地中亦無外人看見。似此在井汶清固死有餘辜，卽在井繼元之父、母、兄三人，亦無別有冤，抑又何用押解人證到省？如必須宗誠押解人證到省，則惟有尸幼子井繼元一人是爲要證，傷弓之鳥，驚魂未定，加以貧病孤稺之孱軀，沿途押解受嚇，必致拖累斃命。是井汶清已殺其一家三命，宗誠又殺其一家一命也。如必傳尸長子井吉泉到省，伊當時本未親見，無以憑質證況。伊家見存三人，全恃井吉泉手藝養家。井吉泉解省，則其少妻、幼弟必致寒餓而死。是井汶清殺其一家三命，宗誠又殺其一家三命也。

宗誠忝爲一官，深知民間疾苦。在任五載，不敢輕傳一人，不敢輕動一刑，總期案無積牘，獄無冤囚。今井汶清愚惷凶頑，以私嫌殺斃三命。宗誠方恨無權，不能卽刻置之於法，以洩良民之冤憤。若徒遵奉憲命而不善體憲心，傳解尸子，拖累無辜，致生他故，上負憲眷，下負寸心，宗誠實不敢從令。惟有仰祈憲臺，俯念小民之苦，速飭首府早定斯獄，無令凶犯日久變生，致稽顯戮，實爲德便。

籌增營學生計狀

敬陳者，前光緒三年正月初六日，宗誠以卑縣城守營外委一缺，俸廉本薄，又無衙署食用房租，窘苦异常，窮則難保不設法擾民，因查卑縣徵收舊章，每徵銀一兩，有庫書紙筆、飯食費銀一分，擬於津貼庫書一分銀内扣除二釐，合計一年約有六十金，作爲津貼城守營巡夜、巡城、解差、解糧以及房租、食用，於向例絲毫無增，於汛官辦公有益。竝立定章程，每月半由營汛備具印領，由庫書按月給發，以杜前後任預支之弊，稟請督憲，批示遵行。旋於正月二十八日奉督憲正月十八日批：『辦理甚是，應卽照行。』卑縣當卽移知汛官，遵照在案。又卑縣儒學教諭、訓導奉薄缺苦，例無養廉，學田不足數月之食。訓導衙門久毁，賃房以居，生計尤絀。

光緒四年八月，查縣境站里四村有觀音廟，在村外二里，與景州毗連界中住僧、工人俱是景州故城人民，往往窩藏匪類，致生事端，因傳集本村紳董議定，將住僧、工人逐回原籍，將廟改爲義學。廟地八十餘畝，分五十畝爲義學地，召本地良民居守，耕種納租，延本地生員開館其中，教訓四村子弟，卽以地租爲師生脩金膏火之用。又分三十畝爲儒學訓導學田，卽請訓導每年察理義學師生功課，無許有名無實。紳董皆以爲然，當卽稟明督憲。八月二十四日，蒙督憲批：『絶盜匪藏身之所，開村民向學之風，辦理甚是，應卽照行。』

又光緒四年十一月，北流常村武生張光烈，因事捐地二十八畝一分九釐爲書院膏火。查宗誠創建敬義書院置買地畝，足敷膏火之用，因令改爲儒學教諭學田，庶與訓導畫一，不致或形偏枯。張光烈當卽立契交地，宗誠因移知儒學教諭、訓導各自赴站里、流常兩村，會同紳董按契清察地畝，丈尺界址，派人耕種，竝鈔存底簿，永歸交代，不得或有當、賣。縣署與學署皆已立案，惟事歸永遠遵行，慮日久或生弊端，理合通詳，立案伏候批示，分别移知遵行。

創建孤貧院竝捐建惠濟倉散放流民狀

敬陳者，同治十年奉憲札爲通飭遵行事，照得郡守牧令，有父母斯民之責，除刑罰催科之外，教養是其專職。其最要者二端：一曰書院，一曰貧糧。各屬舊有孤貧口糧，惟日久弊生，所贍亦狹。今應於各府、州、縣酌量置備寬大房院，設立留養局，寬籌外額，訪收無告窮民入局贍養，給與生業，按月稽查點發，嚴杜冒領刻扣諸弊。邑治多一貧糧，則四境少一餓殍，此尤爲父母斯民所當加意者也。書院、孤貧院所需經費，應由該守牧令或勸捐殷實紳富倡同捐輸，抑或另有公款可籌總。在司牧者因地因時，畱心盡力，等因蒙此，宗誠當查本地久無書院，業已倡捐創建成工，另文詳報。

其孤貧院年久傾圮，惟有平房六間，破壞難住。宗誠先行改作堅好。既又逐年添造堅實平房十二間，一共十八間，牀炕、鍋竈、門户皆備。查卑縣向放孤貧口糧，分額内、額外二簿，男婦殘廢雜亂不分，頗形擁擠，亦間有不公不平之處。宗誠改爲男、婦分點，無論額内額外，凡有瞽目、殘廢、孤寡、老疾者，盡行提入額内。之前，每月比向章加錢散放，次者照向章額内散放，又次者照向章額外散放。向來各縣皆有一定額數，缺一名始補一名。宗誠每次散放，不拘額數，來者如係殘廢、瞽目、孤寡、老疾，卽行增入，不候有缺始補。或訪知有孤窮無目之人，卽令地方開名補入。至院中所住，盡是瞽目男婦，所散口糧例不能敷，必待出外乞食以資補助。惟久雨沈陰、大雪嚴寒之時，不能出門，宗誠必親察人數，另給米糧，俾無失所。至畱養局久已圮廢，地基亦無從察考，每年冬間，照向章畱養外，其平日水旱之歲，過境災民以及年熟災民，由外回籍過境者甚多，勢難人人畱養，宗誠必按口發給川資。查有帶鍋碗者，卽與以米糧，不拘畱養之故例，但期有濟於流民。俱經稟明憲臺竝奉札通飭遵行在案。

今春，宗誠又在大堂西創建惠濟倉房一間，四面上下用甎壘成，堅實可久，畱作每任知縣逐年節省浮用及辦公餘資，收買米糧存貯其中，爲散放外來災民、病民及孤貧院内陰雨、冬雪加散口糧之用。此係遵奉憲臺通飭籌畫辦理，永遠之事，自應通詳立案備查，以期無廢。伏乞，照詳施行。

上李節相請以鄭劉三先生附祀董子祠狀

宗誠在任以來，務以維風正俗，講明實學，振興士氣爲心，故常彰善癉惡，樹之風聲，顯微闡幽，表揚前哲，以立後學之準。

查棗强士風，樸實有餘，文采不足。康熙間有鄭中丞端，學宗朱子，治效新吾，箸有日知堂集、朱子學規等書。雍正間有劉茂才琯，潛心易學，實踐篤行，箸有大易闡微録。劉孝廉士毅經明行修，志超識卓，箸有讀詩日録、春秋疑義録，皆以明人倫，闡義理爲心。鄭中丞、劉茂才二書前已刊行，采入四庫提要，板片早毁，宗誠俱籌貲請黄子壽太史重校刊之。劉孝廉二書，前未刊行，亦未得收入四庫，宗誠見其發明經義，洵有補於先儒，有埤於來學，亦籌金請子壽太史爲校刊於通志局。凡此於前賢已成之實學，無關重輕也，不過藉以興起邑之後進，俾知所嚮往耳。

鄭中丞前已稟，蒙中堂奏請入祠鄉賢。至兩劉先生績學躬行，箸述足以輔翼經傳，佑啓後人，皆應入祀鄉賢之列。惟請祀鄉賢，必須具事蹟節略入奏，而兩劉先生闇修潛德，白首窮經，邑志只傳其孝弟忠信，經學修明，而他無可述，請祠鄉賢，慮被部駁。棗邑係漢廣川大儒董子實生是邦，故有董子祠四，城内居其一，在舊大原書院之旁，今敬義書院之後，每年由知縣春秋致祭，書院開課時諸生致祭，此蓋邑人士景仰先賢德行學問而祠祀之數百年矣。宗誠考各直省府、州、縣書院，祀本地先賢者甚多，如紫陽祀朱子，東林祀高、顧，桐鄉祀張楊園，山陰祀劉念臺，皆以本地先儒從祀。今蓮池書院亦祀鄉先賢多人，欲請以鄭中丞端、劉茂才琯、劉孝廉士毅三先生有箸作者附祀本城書院後董子祠中，春秋仍由知縣致祭，開課時仍由諸生致祭，擬將三先生箸作書板藏於書院。其三先生行誼皆考之各書及邑志列傳，刊於箸述各書之首，以爲士子之法。此非載在祀典之祠，附祀於例無礙，而於興起學術，未嘗無補。伏祈中堂核示遵行。

復任方伯問地方事宜狀

竊蒙憲札，以州縣爲親民之官，欲求盡職，先在盡心。地方利弊，各有不同；風土人情，彼此互異。所有一切地方事，宜先舉數端，各用手摺詳悉臚陳，具見大人胞與爲懷，察吏安民之至意。宗誠才疏學淺，在任九年，報稱毫無，實深惶恐。惟閭閻利弊未敢或忘，而愛民有心，保民乏術，惟於憲諭『不躭安逸，不尚粉飾，行以漸而持以恒』三語，平素尚能操持，奉諭愈加奮勉而已。謹以憲札下詢所有地方一切事宜，詳悉臚陳，恭呈鈞鑒。

憲札下詢一切地方事宜何者當興？何者當革？何者當先？何者當緩？各牧令抵任以來，或見諸施行，或尚待舉辦。宗誠竊以爲興利之事，當規其遠大而又須不違民情，不貽後累。《記》所謂『行必慮其所弊也』。革弊之事當去其太甚，而又須斷之以決，持之以久。《記》所謂『言必稽其所終也』。而先後次序，尤不可紊，見小欲速，聖人所戒。大概革弊在興利之先，而興利革弊之中又各有當先當後之條理，總之在審其事體之大小、輕重，與體察地方民情而行之，庶幾有益於民而或不致貽害於民矣。

憲札下詢如何體恤民艱？宗誠竊查棗邑地小人稠，貧多富少，本地出産不敷食用，全恃出外商賈手藝以助生機。自咸豐以來，兵燹、旱、蝗、瘟疫相繼，民生凋耗。至光緒三、四兩年，大旱大疫，困窮喪亡，更不忍言矣。宗誠思古者爲民制恒産之法，今勢不能行，惟有清訟獄，省刑罰，薄税斂，寓養民之意於聽訟、斷獄、催科之中。莅任以來，先清積案，嚴禁誣告，訟事則少准少傳，隨到隨結，不敢拖累一人。錢糧則先徵大户，按市報價牌示，不敢少違舊章。差徭則稟請督憲批示，按畝均差，不准豪强欺累良懦，遇災則示免差徭，請蠲請撫，至再至三，按户親散，唯恐遺漏。籌借子種口糧，不使荒蕪寸土。鬬毆被傷，賜藥醫治。疫氣流行，賜粱養贍。因公下鄉，輕車減從，自發工食。災年連春苗當賣地土者，秋收時稟明督憲，批准與原主一半分收。其賤價售地者，虚寫多價者，稟明督憲，以六年爲限，准以原價歸贖，俾貧民不致盡失恒産。至於富户，不輕向其勸捐，惟創建書院、考棚、義倉時，買膏火地，收積倉穀，不得已使富户捐款，仍歸本地之用。荒年奉大府札，勸捐散放災民，以補官賑之不足，然一錢不入官府。卽令各村富户自散與本村貧民，蓋安貧所以保富，保富亦卽以安貧。自愧才力疏庸，不敢言體恤民艱，惟謹凛盡心之訓。

憲札下詢如何扶植士類？宗誠竊以士子固須培養，尤宜裁成。棗邑舉貢生員寒素居多，類皆半耕半讀，少有實學。宗誠到任以後，創建書院，多藏經藉，延師主講，勉以明經敦行，置膏火地以爲每月獎賞。又創建考棚，免歲、科兩考席棚風雨之苦。又籌捐京錢一千串，銀三百兩，發商生息，以助鄉、會試盤費。又興起義學十餘所，以養童蒙。又刻康熙、雍正間鄉前輩鄭中丞端日知堂集、劉茂才琯大易闡微録、劉孝廉士毅讀詩日録、春秋疑義録四種布之士林，以倡經學。又刻印聖諭廣訓附律易解、小學、經正録、弟子規、治嘉格言數百千部，勸民歌、懷刑歌分散村塾以興志行。每奉諭旨送先儒主從祀文廟與鄉先生從祀鄉賢祠，必傳集紳士數十百人恭送入廟，示以史傳，俾資觀感。邑中名宦、鄉賢二祠圮廢數十年，籌畫重建。縣志考覈重修。訪報孝子二人，鄉賢一人，節婦二百餘人，貞女、孝女三人，請旌之後必榜示通衢，以資效法。又皆爲傳列入縣志。災年於孝子、節婦、貞女、寒儒另加餽贈，極貧者爲置買田畝以厚其生，而士子中有行爲不謹者亦必戒懲，甚則黜革。自愧德學不能扶植，惟不敢不存與人爲善之心，而職分終不能少盡也。

憲札下詢如何清結詞訟？宗誠竊以爲聽訟之道，要在時時與民相親，不可假手於人。受辭不可委之典史，批辭不可專恃幕友，簽差不可聽書吏、門丁之言。當堂受辭細審，則情僞已得其大半，宜准宜駁，卽時批示，使之聞知其真。妄控者當卽懲責，則無情者漸遠。可和者批令和解，卽當准者亦必删去牽控人名，只傳原、被要證，按地遠近爲限期，過期卽懲；自立一簿，到限卽催，一審卽行結釋辭訟，不押班房婦女，不押伴婆。命、盜、姦，拐諸案，細心研求投間抵隙，不敢專尚刑求。盜賊凶犯供出之名，必須細訪其人平日安分何如，而後分別傳訊，不敢輕信妄傳，以致牽連無辜。然案件雖日少一日，民氣雖藉以稍蘇，而不能使之無訟，終不敢云能盡職也。

憲札下詢如何整頓緝捕？宗誠竊以爲緝捕之法莫善於嚴行保甲，尤無過於信賞必罰。鄉民有公舉窩家賊匪不法之徒，必爲作主，不使受訟事之累；有格殺格傷賊盜者，不使受羈禁之累；捕快拏獲正賊、正盜、正凶，既重賞之，又發盤費，不使受解州、解省之累。所以到任以後，拏獲正法之犯甚多。其巨盜在鄰封者，必密禀督憲派兵搜捕，以除民害。惟官之捕賊，欲以除害；役之捕賊，利在教扳。要必不可遽傳，務須細心訪察。棗邑界連八邑，賊盜出没無常，宗誠自恨不能絶其根株，亦惟不敢不盡心而已。

憲札下詢如何籌辦水利？宗誠竊查棗邑地高，時慮乾旱，告以開井，則水泉太深，開之往往不能得水，且沙地易於崩圮。水鹹不利澆灌，土井不能經久，甎井工本太多，一遇旱年，井中仍然乾涸。是以勸諭不從，惟邑有黄、瀘河隄二道，曾督修之以禦水災，已載邑志。

憲禮下詢如何講求積儲？宗誠竊查棗邑常平、社、義諸倉久已片瓦不存，積穀一無所有，屢次勸諭紳民修復，皆言無利有害。往年，鄉間義倉所在有穀，人人願借，不借則窮民讎視紳董。借去不還，則貽累紳董。有穀不盤，積久糜爛，紳董須賠。盤有折耗，並工食各費又須賠累。出陳易新，錢存紳民，往往借用不還。錢存官府，往往挪用不繳。虧空入於交代，實惠何能及民，紳董又須賠累。且往年訟累多年，斷不肯重行修復，因此上年大荒，公私困乏。宗誠先函借糧臺軍需銀六千餘兩，赴天津買粱散放，稍濟一時之急。因此發憤挪用歷年畱存攤捐未解之款，在城捐建義倉兩座，共五十餘間。於光緒四年春間，請免合境上忙糧銀正耗二萬餘兩，請免三年歉收帶徵糧銀數千兩，請免歷年民歉帶徵銀數千兩。冬間，又請免山陵大差錢萬餘串。民間感激，按地自三十畝以上者，畝捐一升；五十畝以上者，畝捐二升；百畝畝捐三升。紳商富民另行加捐。宗誠又自行籌畫捐補總共鄉市斗七千二百石，合倉斗一萬石，存於城，不存於鄉，以免鄉民之受累。官紳公同鎖封，匙存紳士收管，每年開視一次，官紳俱不得動用。每逢災年，方准有地者借，無地者放。借放之法，先察災情，次查户口，定期定數，由各村富户捐車運到鄉村，按户散放。其詳已有義倉志呈案。又另建一小倉，畱備積穀，散放養濟院孤貧、殘廢及外來過境災民。

憲札下詢如何約束書差，懲治匪徒？宗誠竊查書吏之蠹民在積壓，差役之蠹民在牽連。宗誠每案必親，自限日所傳人名，多從删減。又一到卽審卽結，尚不致肆行欺罔。稍有不法，卽行責革，毫不姑容。惟於紙筆、工食費用，亦必體恤，不使枵腹從公。又常常訓教以存心積善之言，大致皆知感激畏懼。至於匪棍，無不嚴懲，懲一人未必人人皆懼也。宗誠每於應懲治者，必候每月各鄉地卯期，或三八告期，在大堂明正其罪，曉於大衆。或枷示次卯復然，笞責不多，而卯卯如是，則人人知警。或枷示四鄉游集，俾合縣皆知。懲治之後如有保釋者，再苦口教訓，或與以資本，使爲資生之業。故匪棍亦多斂迹，然不能教化而示刑威，私心終多愧怍。

以上各條，宗誠雖不敢稍事粉飾，稍貪安逸，然於民生究無所濟，即不敢謂能盡職分所當爲。憲諭謂能盡一分心即收一分效，宗誠環視民間窮困顛連者甚多，幸遇豐歲，尚可圖生，一遇災荒，仍然難保。既無一分之效，敢謂能盡一日之心？蓋興利必須正本清源，革弊必須拔本塞源，本源上不能施工，而徒於末流爲之，終不敢謂職分中有毫末之盡心也。理合遵札稟復，敬求訓示。

卷第二十二　附議狀二

上李節相籌濟民食狀

卑縣去秋今夏，收成減於前數年，故今夏旱時，穀貴錢艱加去年旱時一倍。得雨之後，仍復如是。今秋收成比去年更減數等，收割之際，貧者或暫得一飽，一交冬春二季，必皆十室九空。此時穀價已至斗米千六七百文，冬春之際必更加貴，且恐無穀可買，亦無法能買。盜賊縱横，必更加甚。衆强情形如此，他處恐多相同。愚見欲請中堂以民食之艱痛切上陳，請截留南糧竝山東漕糧，或設法採買關東小米，或奏請免税，招海商運津分布各水馬頭，聽各處販買販賣，以濟民食，實爲德便。

上李節相請蠲賑救災狀

宗誠前以卑縣受旱甚重，百姓困苦异常，下忙錢糧難以徵收情形據實上稟，兩蒙中堂批示，業已遵批親赴四鄉勘實各村受災分數，竝與南宫張令復行會勘通稟，經本州以與例未符批駁，竝恭録憲札飭遵復與南宫會議稟復各在案。

惟畿輔重地今年旱災甚廣，民不聊生，見在天氣晴暖，尚有山東、天津粱穀可以販買販賣，民間牛、馬、騾、驢賤賣於屠宰，房屋、樹株賤賣爲柴薪。富家大户收成不豐，所有餘財秋冬之間，尚可圖謀便易賤買田宅、家具，而窮民亦藉以資旦夕之生。一至冬間雨雪，河凍路冷，米販不能往來，且山東、天津客糧有限，亦何能應數府州百萬生靈之販買？而災區富家大户餘財用盡，冬間明春田宅雖賤，必更無售處，見在霜降已過，二麥萬不能種，周圍千里之中一片白土，真有室如懸磬、野無青草之景象。財爲民命，食爲民天，民窮如此，將何所不至？見蒙中堂嚴札催令各州縣據實報災，分别詳請停緩、蠲豁，極重者可以請賑。具見我中堂推廣皇仁厚德深慈，讀之令人感泣。惟杯水車薪，救之不易。愚見今年秋災猶可以成數分，二麥不得下種，明年春災直無成數可分；今年秋災可以分别徵、緩、蠲、賑，明年春災直不可以分别徵、緩、蠲、賑。恩施於受災之後，固可以助造物之生成；恩施於受災之前，尤可以贊天地之化育。今年旱災頻仍，既無秋收可登，明年春荒又無寸麥可望。據父老言，爲百年所未有如此乖戾之氣。惟有奏請皇上深仁厚澤，大沛覃恩，庶或可迓天和而銷災禍。見在百姓麥秋絶望，所望者冬有大雪，春雨早來，可種植穀。然即植穀能種，必至明年七月後方可有收。民間見在缺食者已不止十室九空，日久月長，將何以待？又況貧民無食者，見將牛驢售盡，穀種食盡，田器賣盡，富民無穀草者，亦半將牛驢出售，竊恐冬間即有大雪，春雨即能早來，而無子種、牛驢、田器可耕者，不知其幾矣！況冬雪、春雨尚在未定之天乎？

惟有此時急疏請皇上特沛恩綸，上順天心，下和民氣，今年受災之區照例分别停、緩、蠲、賑，明年凡未種麥之州縣，預先降詔豁免同治四年上忙錢糧。詔旨一下，必然萬衆歡騰，民氣之所喜悦，天心之和氣必應。且災區中富民大户見今年下忙停緩，明春上忙蠲免，苟有餘財，必可分借於鄉里親友，以及買賣交易尚可活動，不致死守其錢財。貧民見下忙徵緩，上忙蠲免，亦必苦守本業，不致全行荒棄流亡，兼之爲匪者可少。蓋貧民衆多，全靠上之賑衈所及有限，不如留富民有餘之力，使之自相通融，所救者多。

宗誠鄙見出於憂國憂民之誠心，並非爲一己起見，亦非爲一邑之貧民起見，感中堂知己之恩，故敢陳之。去年夏旱，閏五月初中堂疏請蠲免同治十三年以前民欠各項錢糧，奉旨之後大雨即降，轉歉爲豐，不得謂天人之理相遠也。是否有當，伏祈憲鑒。

上李節相請籌賑撫狀

宗誠上月二十六七日以地方災歉情形親叩憲轅面稟，備蒙訓迪，感佩殊深。稟辭之後，星夜馳歸，於本月初三日抵署，查明前次借銀錢所一款所買高粱業已到縣，計有津斛二千五百餘石，借款六千一百四十兩，來往盤費並陸路車脚在外。惟宗誠借款買糧在八月間，尚望得雨種麥，民間稍有生機，即以所糴之糧俟嚴寒之時減價出糶，接濟民食，再行易銀歸款，折減者由宗誠賠出。

此本意也。不料二麥稞粒未種，至今雨雪未霑，四民無業，日夜皇皇，挪借無門，當、賣乏主，被災村莊計二百有餘，極貧人户有數萬之衆，窮民始食糠粃、麥麩、草根、樹皮，見在求此亦不易得，惟買棉餅，炒麥稭以爲食。不但户多苦飢，甚至窮愁自盡，是卽減價平糶，亦無有能買者。左右思維，非照例賑撫，萬萬不能稍濟於民。

宗誠忝膺一邑，既不能早爲民籌積穀之方，又不能感召天和，致民間受此災戹，若再戀此一官，不能爲民請命，求賑求撫，不惟上無以報憲眷，亦下無以服民心。且在任七年，正雜正耗竝幫辦大差所取於民以上供者，將近三十萬兩，今若不求損上益下，實無顔以對百姓，又何敢一日曠居末職？是以遵命肅稟，仰求發給撫恤鉅款以救民命。

宗誠深知中堂籌賑之艱，各州縣請賑之衆，斷不敢專顧一邑，惟阜縣地面受災實重，宗誠不敢多求，擬請酌發銀兩，撥歸借銀錢所買粱之項，准宗誠卽以所買高粱按户按口散爲撫恤。時届嚴冬，百姓命在旦夕，如此通融，免致領解往返，庶幾少花路費，卽可多救民命，以期無負憲臺德意。伏希鑒察。

上李節相請弛災年鹽禁狀

謹按：冀州一帶，地産硝鹽，天旱尤甚，加以各屬皆成災區，貧民無所得食。在産鹽之地，勢難免販賣爲生。在饑饉之區，亦難免圖賤買食，而鹽鋪以國課爲重，勢不能不令巡役查拏。惟拏獲例應交官，按情按法處置，不取其財，方服其心，不得藉此搶奪車輛竝車上錢文、衣物。餘鹽入己，竝不告官，卽或告官，而先將錢物奪去，名爲國課起見，實是假公濟私，損人利己，以致積爲讎恨，將必激成事端。

當此奇荒，鹽犯聚衆持械横行者，自應重辦以伸國法，至災民無計求生，借小本求微利以爲事育生計，情殊可閔，巡役查拏搶奪，必致聚衆激禍。人無生機，將不畏法。因時權變，冀州一帶如此奇荒，似宜稍弛鹽禁，俾窮民生路不致盡絶，庶幾賊盗不至日多。

鹽鋪巡役如遇有大股鹽犯，自應告官，飭差會拏，不得私藉巡查搶奪錢物。其餘貧民，或肩挑背負，或單車買賣，竝無聚衆，似可從寬。不惟恤民困，亦所以安民心也。至鹽鋪賣鹽攙和泥水，短少斤兩，以及鹽巡藉查鹽爲搶奪，皆應歸地方官重懲。宗誠爲防階亂激禍起見，是否有當，伏乞訓示。

上李節相籌畫賑撫事宜狀

前蒙憲恩，批給撫恤災村銀四千兩，又蒙飭藩司批准加撫恤銀一千兩，數萬生靈感激無已。宗誠因領解需，時窮民嗷嗷待哺，擬以借款所買之高粱先行散放，作爲撫恤，庶於民生有濟。

查武邑僅稟報被災五十餘村，大口或給銀二錢，或一錢五分，或一錢，共分三等。小口或一錢，或七分五釐，或五分，亦分三等。卑縣稟明被災至二百八十餘村，極貧户口將至數萬。宗誠細心分別，親自下鄉點明口數，查驗面色，給與糧條，註明口數、糧數，交與本饑民收執。復寫一村總條，註明一村總數，交與村董收執。定期由村董捐車持總條赴倉請領，饑民持名條赴村董家分領，免致饑民往返勞費。竝因各村升斗不同，即令各村董帶斗赴倉，以便原斗分散，免滋蒙混。每口無論大小，皆給高粱五升，計合見在棗强市價京錢六百文，不止銀二錢之數。小口亦與五升者，以小口牽補大口，庶幾多救幾日之饑。各村散畢，即貼村榜。粱數計合錢數、銀數，皆詳細註明，曉於大衆。本應按例分冬、春兩季散放，無奈嚴冬苦寒，日有餓殍，不便拘定常例，只得按五千銀之粱全行散放，其每日聞撫歸來，竝歉收各村饑民求撫者，亦復不少。竝有寒士求撫者，宗誠情願以五千銀之外所買餘糧陸續散放，惟冬雪毫無，春荒必甚。前在崇轅，仰蒙中堂俯念災黎，准待明春由津給粱作撫，將來惟有仰懇恩施，再准給粱，以救災民，實爲德便。

卑縣今春捐建義倉六大間，此次借款買粱，幸有此倉可以收放，惟向嫌不廣，擬明春再捐千金增建，此時民食維艱，木料甎瓦甚賤，人工無處求食，亦藉可以工代賑，多活數人之命。伏求鈞鑒。

上李節相請豁免被災州縣上忙狀

敬稟者竊照卑縣去歲秋禾被旱，當將合邑災歉分數造具村莊册結，稟報在案。嗣蒙頒發謄黄，將被災六七分村莊應徵上年下忙糧租，全行豁免，歉收四分村莊應徵本節年糧租，及歉收三分村莊應徵節年陳欠，一體緩至光緒四年秋後起徵。其歉收三分村莊應徵新賦隨時徵收，竝蒙發給撫恤成災六七分貧民銀兩，各等因蒙此，均經卑縣將奉發謄黄，挨村張貼，徧行曉諭，竝將撫恤之款按户散放，另文稟明在案。

惟查卑縣去歲被災極重，小民困苦難堪，尚冀秋後種麥，今春庶有生機，乃秋後點雨未霑，合境二麥未降；冬間未得透雪，春麥亦全無補種，野無青草，家徒四壁。去冬民間既蒙蠲緩，又蒙撫恤，尚有房木撤賣作薪，家具賤賣糊口，雖不至道殣相望，仍難免轉徙流亡。今春則不但貧者益貧，卽富者亦多屢空。不但被災六七分共二百八十五村窮不忍言，卽歉收三四分共二百九十四村亦俱成極貧。見當徵上忙之期，宗誠察看情形，上忙斷難開徵，卽請緩至下忙竝徵，民力亦恐不給。前閱邸鈔，恭讀上諭，以去年山西、河南兩省成災州縣饑饉餘生，所有光緒四年上忙正雜錢糧，全行蠲免等因欽此，仰見皇恩浩蕩，保民無疆。

宗誠竊念山西、河南被災固重，而平時尚屬殷富之區，直隸則地瘠民貧，豐年尚少蓋藏，凶年更形窮困，且是畿輔近地，關繫尤重。去年被災比山西、河南雖屬稍輕，而晚穀分毫未收，二麥子粒未種，餓殍流亡，所在多有。京城、保定、天津三處粥廠，餓民至有數十萬之多。愚見欲請中堂爲民請命，援山西、河南兩省之例，疏請皇上一體加恩，將直隸被災州縣凡未種麥之地上忙正雜錢糧一體豁免，免致下季以饑饉餘生重受追呼之苦。是否有當，伏乞垂鑒。

上李節相荒年賤售産業准贖議

正月二十日接本州札飭，以奉到中堂去年冬札飭，民間地畝因荒賤售於富户，百年産業，一旦無餘。此後雖雨暘應時，亦無地可耕，束手待斃，援照嘉慶十年奏奉諭旨，准其回贖，竝限自光緒三年秋季起截至四年夏季止，絶賣契據一概作爲活契，典當暫緩，過割投税酌定兩年爲限，按原價加利回贖。其有先經過割投税者，竝令認過割投税之費。有限内加價轉賣者，竝准按限回贖。除原賣價仍由原業主付過外，下餘所加之價，原業主與原買主各半分繳，歸還後買之主。如逾兩年之限不贖，卽由買主過割投税永作絶産，不准再贖。仰見中堂爲地方久遠之謀，民生衣食之計，安貧卽以保富，處置一秉大公，實深欽佩。宗誠愚見，久有此意，擬俟今年秋成豐稔，稟請中堂定章奏明准贖，再宣示遵行。今蒙憲慮周詳，預定章程，惠濟窮民之意，實已無微不至。惟見在民間困苦情形與富民之情僞，中堂尚有未盡知者。知之明而後處之當，若有一毫情僞未明，恐窮民未受准贖之利，而先已受抑勒之害。宗誠謹密陳之。

一、出示太早之非宜也。直隸富民與南方不同，貪利者多，好義者少。平日尚不能有無相通，凶年更何望緩急足恃？自光緒二年四、五月亢旱，米價頓長，買賣不通。貧民懇求賣地於富户，價值已減十之四五。至三年四、五月間復旱，地價日減一日，始猶可以十之三四，繼乃不過十之一二。有買地許原主耕種一年，卽於買價之中先扣一年租價者；有買地恐其异日回贖，加價勒於賣契之中多寫價值者；有將平日所借之本利滚算，找價細微，勒令立契者。挪借典當之事曠焉無聞，非寫賣契，毫無生理，甚有賣亦不要，跪求言情，賤而又賤，而且自以爲行善救人者。見在民間之苦更勝於前，無地者固無生機，有地者尚須再賣。去冬不賣之家，今春亦必須賤賣。若此示一出，則富户知買地准其回贖，必更不肯通融。二麥既毫無收成，春夏之間米糧必更加艱貴。無地者固坐以待斃，有地者將何以爲生？勢必至賣價一千勒寫十千、二十千，然後肯買其去年賤買之地，貧民無法救生，必救加價一千或數百文，卽寫作一二十千改換文契者。逃亡之家已賣之地，買主必至改寫文契加價投税者，是不特絶此日賣地之生機，竝絶异日回贖之生路。『民可使由之，不可使知之』。宗誠愚見，春夏之間此示不可宣示，聽其賤買賤賣，過割投税，以救貧民目前之性命。秋後再由中堂定章奏奉諭旨，頒示通省之災區，則貧民可沾實惠，富户無可挾持矣。

一、限期太迫之非宜也。貧民土地不多，既已賤賣，兩年之中，卽遇豐年，無甚出息。況災荒之時，衣衾當盡，家具賣盡，房屋撤盡，力作稍有餘資，一切俱須添補，勢難盡回地畝。予限兩年，富户必故意留難。一轉瞬而限期已過，且有賣地逃亡者，限期太近，何能復歸故里？擬請於秋成後定以自光緒三年四月起至四年秋季止，期内所買地畝，准原賣主於六年之内不拘何時備價回贖，至光緒十年年底始行截止，不必預禁過割投税，但定以過割投税之費原業主認還。至富户賤買地畝，既已每年得租，不必再令贖者認利。如限内富户有事欲行轉賣，先令原業主贖取，如不能贖，准其照原價轉賣，不得加價。倘或加價，原業主回贖之日其所加之價，仍令轉賣者退還。如此方無弊端。若轉賣者加價，令原賣者一半攤還。此示一出，富户必皆作僞，搆結親戚以爲已經加價轉賣，令原業主攤還一半。如此留難，終無回贖之日。凡此情僞，勢所必然。

宗誠體察情形，不敢不盡言無隱，且此事非於秋成後奏奉諭旨，由中堂刊刻告示，頒發一縣數十張，徧行曉諭，使貧民人人皆知，則富户與官府書吏交通，仍然貧民難沾實惠。宗誠感中堂知遇，事關民瘼，不敢不密陳之。是否有當，伏祈鈞鑒。

上李節相再請全免上忙錢糧狀

宗誠奉到二月二十九日鈞札，敬悉中堂仰體皇仁，奏請將災區上忙糧銀分別豁免，下情得以上達，上恩得以下究，惠澤旁敷，必足以感召天和，消弭災沴。

惟宗誠静觀天象，殊有可慮者。上年二月初六日，大風晝晦，黄塵塞天，宗誠卽心憂之，不料果成旱象。今年二月二十二日亦復如是。每有雨勢，旋卽變爲風霾。當此饑饉之年，不但向來匪徒肆行搶奪，卽平日良善多相從爲盜。如再不雨，春苗不得下種，民心必更皇皇。竊念上年秋收可分災歉，今年上忙不當分災歉，但未種麥之地皆屬災荒。況上年報災多有不實，不但所稱歉收三四分者多應在成災之類，卽報收成五六分者，亦間有實在災區。特州縣不肯盡情上達，又或爲本府州所牽制，致令民困不能上陳，錢糧既不蒙蠲豁之恩，饑困又不在應撫之列，情殊可憫，事實不平。且上年歉收之地早穀或比災區稍多，而晚禾一律未收，二麥一律未種，糧貴錢艱，耕織歇業，皆與災區無异。若今年上忙蠲緩，仍以上年所報災歉分數爲憑，則民間愁苦之氣仍多鬱積而莫解。

夫遇非常之天變，必沛非常之皇恩。可否請中堂札委仁廉之吏，分路巡察，不問上年災歉之分，但以春麥有無爲斷。凡無麥之地，再請皇上大沛恩綸，將本年上忙錢糧全行豁免，庶可以迓天庥。皇太后、皇上既遇災修省，引咎責躬，願降罰於宫廷，祈免民生之厄。仁厚如此，無不允行。伏念中堂有燮理陰陽之責，裁成輔相之宜，謹陳愚見，伏祈裁奪施行。

上李節相勸捐助賑各散本村議

本月初四日，直字營劉鎮巡防過談民情，甚爲熟悉各種利弊，亦能留心訪求。據言，今春民間困苦更甚於前，蓋上年尚可賤賣地土延生，今則各州縣傳出買地准贖之條，富户盡不肯買，加以勸捐，則富户益復閉藏，以避富户之名。當、賣更覺無主，聞之實可矜憐。

宗誠竊謂勸捐之事止當行於無災歉之州縣，令其以餘力恤鄰，或擇大紳、大富、大商勸之，或勸官府節省浮費捐之。至災歉之區，不宜勸捐，留富者之餘力，使其自相通融，或可有濟。

宗誠今春念貧民甚多，官力不足，擬傳諭各村紳士、殷實之家竝地方保長，令各村自相商議，開列應捐之户，寫明捐輸之數，呈官入册，卽令其自相清查本村窮民户口，開單呈官入册，所捐之錢一文不入官署，但由宗誠將口數與捐數核計，一口應發若干，卽由本村捐户散放本村窮民。其大富户捐數多者散一保之窮民，不足者由官撥補。既使富者曉然於官吏之無侵，又使窮民曉然於富户之可感，庶幾多活貧者之命，亦可藉保富者之家，名爲勸捐，實與勸其自相通融無异，將來如有適京錢三四百千者，欲爲請奬，以示鼓勵，未知可否？

上李節相籌借子種狀

本月二十日奉到鈞批，准於前撥高粱二千石外加撥高粱一千石，以作卑縣災歉各村口糧，仰見仁民之心有加無已。

卑縣本月初五日得雨二寸，民間卽有播種者。十六日又得雨二寸，十八日得雨三四寸不等，合之有五寸溼土。差查四野，一律均沾，卽刻傳諭各地方保長，面諭催民間乘土溼播種，植穀植粱。無子種者卽來縣一律借發，無牛驢者勸諭紳富借用，竝在各集張貼告示，曉諭不許有寸土閒曠。見在民間皆已來縣借發子種銀，日夜播種，大約儘三月内植穀可以種完，嗣後但得雨澤應時，可望豐收以補元氣。

宗誠因今春木料甎瓦甚賤，特加價買之，以惠窮民。又因瓦木工匠毫無生計，因挪借雜款再建倉房，以爲下年積穀之計。合並陳明。

上李節相請采買子種禁止刑追錢糧狀

恭讀邸鈔，具見皇太后、皇上之憂念民艱，從善若流，各京官之盡心籌畫，直言無隱； 外間各督撫之救災弭變，皆可謂盡心竭力。而天象尚多變异，天心似未轉移，殊爲可憂。上年六月二十五、六日之雨，洵爲甘霖，普徧乃播降晚穀之後，復然大旱，反致子種工本淨盡，民間窮益加窮。今年三月十八日之雨，雖未深透，尚可播種，乃播種子之後屢次風霾，復致旱燥，種者俱不能出土，窮民子種工本口糧如此之艱，何能再行補種？且月餘之中晝晦四次，四月初四日青天赤日，毫無風雲，忽然東北風沙蔽天而來，頃刻之間白晝如晦，數時不止，雨沙雨土，前日所種未盡壓壞者，今復一網打盡矣。人窮如此，天象如此，何以能救民命而静人心？是固非一邑之事也。

然卑縣如此，則宗誠亦應有罪焉。書曰：『蒙，恒風若。』是豈臣子尚有蒙蔽君父？屬吏尚有蒙蔽大府之所致乎？宗誠聞有未報災州縣，今年二麥毫無，糧貴錢艱，而官府刑追錢糧，至民有愁苦欲自盡者，是不可不嚴行禁止。又見蒙中堂購買奉粱，截留漕米，徧行撥給各州縣加放賑撫，仁恩普被，噓枯吹生，可謂至矣！惟去年晚穀分毫未收，則無晚種可知，早穀雖降遭此風沙，十不存一，民間亦有以晚穀種早地者，受風亦不能成。將來得雨如遲，必須補種。民窮如此，何處購買子種？宗誠欲請中堂於奉天、山東采買晚種，或招商運販來直，令各州縣買回散放，實爲德便。

上李節相請加撫節孝及寒士狀

前蒙憲臺軫念災區，飭發冬撫、春撫銀兩，業經羅粱，按口散盡，報明在案。嗣於三、四月間，復蒙兩次憲恩札飭籌賑局發卑縣奉粱、漕米各三千石加撫災民，愷澤覃敷，至優且渥，實深欽感。

宗誠一面再清查户口，一面籌資選派紳董赴津請領，已於四、五兩月陸續運到，當卽督同教佐紳董分路分村，按口散放，計極、次貧民户口十萬有奇，所領粱米倉斗六千石，合東强市斗四千石有奇。若卽以倉斗倉升散放，恐鄉村無倉斗倉升，不肖村董易於弊混，是以盡用市斗散放。無地者爲極貧，共四萬餘口，不分大小，每人五升。有地一畝至七八畝者爲次貧，共六萬餘口，不分大小，每人四升。其不分大小口者，以小口彌補大口之不足也，共散粱、米四千餘石，合倉斗六千石有奇，所領不敷，卽以各村捐項由捐户自行買粱補散。宗誠不立總局、分局，事事躬親，一則恐立局則用人必多，不免耗費捐款，於貧民反無實濟。一則恐立局則用人不一，深慮稽察難周，於米粱或有偷漏，故凡去冬所買及此番所領之米、粱，皆運歸新倉，先散粱條與貧民，復發總條與村董，由村董借車赴倉領回，貧民各持糧條，卽在本村領取，以省道途之苦。又令教佐幕友分村監散。散放之後，童叟歡呼，無不歌頌皇仁，竝感戴中堂之大德，人心協和，天心之和氣必應。春夏之交，雖有風霾冰雹之异，而自四月十五六日以後，風雨調和，合境深透。宗誠先已籌借子種，馳驅四野，不許有尺寸曠土。見在禾苗發，但使六月有雨，可上豐登，足以上慰憲廑。

惟卑縣去歲合境災歉，今春毫無麥收，除十數家真殷實而外，無一不缺食者。當此耘耔之時，無力傭雇工人，深恐非種不鋤，嘉禾難期茂實。加以瘟疫盛行，十室而九，既無醫藥之資，又無饘粥之養。離秋收尚有兩月之久，應領撫糧者固無以爲繼，其例不應領撫者亦生計維艱。又寒士向來以館爲生，今則無一不失館，全家餓殍，無不來縣哀求。宗誠雖竭力資助苦難盡應。又有行孝之子，守節之婦，曾經旌表者，宗誠雖加意拯救，終難人人成全，不知憲局賑糧尚有多餘未發者否，如有多餘未發，不過兩月卽已無所用之，欲乞中堂加惠災民，批發若干，竝乞札飭津局司道發交去使，就便領回，由宗誠擇其貧病之家加意撫恤，兼散失館之寒士，守節之寡婦，庶幾救困扶危之中，可以培養士氣，崇獎節義，竝乞中堂札飭各州縣於病民貧士皆加撫恤，孝子節婦更加矜憐，實爲德便。

上李節相議典青苗地畝應准分收秋糧狀

卑縣合境自去秋晚穀分毫未收，二麥分毫未降，延至今春夏之間，仍是一片白土。每至鄉散放撫粱，實屬蒿目傷心，深慮窮民無耕牛、子種，致地畝荒蕪，故以正月稟明各款散放口糧，令其以人力耕耨，以故地土皆得耕種。不料始爲風沙所壓，繼爲冰雹所傷。又復散放子種令民補種，款項不足，則極力勸各村富户或借貸，或散放，以此四境之内，幾無尺寸荒蕪。仰蒙憲恩，加發高粱、漕米二次，陸續領散，由是糧價頓減，貧民得此撫糧，攙和樹葉、野菜，皆得肆力於田畝。惟十畝地以上者，概難與以撫粱，無力鋤芸，深恐苗而不秀。又設法借款貸民爲鋤芸之資，幸而四、五月內雨澤應時，禾苗秀發，萬民慶幸。乃自五月中旬以後，仍然不雨，米價復貴，至六月中旬以後，禾苗漸稿，人心皇皇，舊衣破器，無不出賣，號飢之聲耳不忍聞，兼且瘟疫盛行，死亡相繼。宗誠率同官紳日夜祈禱，又命紳董在各村清查病民口數，設法接濟，幸於二十三日得雨深透，禾苗滋潤，可以復原，但得七月再有雨一二次，必可有秋矣。

惟今年民間之苦异乎尋常，父老皆言百餘年來未見未聞者。其典賣地土者，一畝止京錢一二千，將來秋成之後，非得中堂出示，限於六年之内，准貧民不拘何時，備價回贖。嗣後窮民太多，大非地方之福。又有地已耕種，青苗在地，連青苗一畝典京錢一二千者，尤爲可慘。查上中地一畝，雨澤如果應時，秋成可收一石，或七八斗、五六斗，兩月之間利過於本數倍，而窮民喫辛受餓，始能耕種，盡爲有力者賤價當去。秋成之後，貧民毫無生機，實爲不公。

卑縣如此，想他州縣亦有然者，欲仰求中堂出示，或札飭各州縣出示，凡連青苗典當之地，秋成之後必令其與原地主分收地利，竝准原地主卽行回贖，不計以年分爲限。如當主已將地利全收，卽准其以所收秋穀作爲當價，將契發還，地歸原主耕種，不得再行霸種。此於富民子本無虧，利息已厚，而於窮民可以不至年豐而無穀可食，人存而無地可耕。宗誠爲安民起見，是否有當，伏祈酌核施行。

上李節相再請全行豁免狀

再直隸去年之旱，雖若輕於山西，而晚穀未收，冬麥未種，則與山西無异。所幸離水路稍近，米糧尚可販買販賣耳。自去夏至今，貧民皆恃土地、房木、牲畜、衣物以苟求旦夕之生，今年卽獲有秋，而春麥既無，晚穀難種，不過稙粱穀一季收成而已。以一季收成供一歲之食用，在富者已不能有餘，在貧者不過落收成時一飽，況貧者田地已陸續賣盡、當盡，或逃亡在外，或雖逃歸，無安身之資，若復責令完上年歉收之下忙，今年停緩之上忙，其將何出？卽或尚有十畝八畝，亦止能完本年下忙一季之糧銀。若帶徵三季，其何以堪？沿門追呼，勢必更加逃亡，卽數十畝之家，收成一季，而去今兩年典衣待贖，借項待還，牛驢必須再買，子種必須清還。若再令其完三季之糧銀，亦屬力所不足。山西今年上忙錢糧已奉特旨豁免，直隸僅有十七州縣成災之村莊奉旨免完今年上忙錢糧，其餘歉收村莊，仍須於秋收後徵一年之錢糧，竝帶徵上年停緩之錢糧。

竊以聖德如天，無不在覆幬之內。各州縣上年災歉雖有等差，而今年民間之苦則無等差，元氣大傷，非求皇上大沛恩綸，何以寬民力而養民氣？惟有求皇上於今年下忙開徵之前，特降恩詔去年災歉之區，今春無麥之地，但徵本年下忙。其去年停緩之下忙，今年停緩之上忙，全行豁免，以養民間之元氣。如或不能全豁，亦宜請今年只收下忙。其去秋今春所停者，緩至來歲以後分年帶徵，亦可以寬民力。如此則小民饑饉餘生，少一分追呼之慘，卽可少一分逃亡之憂，且爲國課起見，不帶徵停緩之錢糧，民間尚易於完納。若帶徵上年竝去年之糧銀，百姓更退阻不前，反致本年下忙難以全完。伏惟裁之。

上李節相再請全行豁免狀

前日肅稟二件尚未奉到鈞批，昨閱邸鈔，恭讀六月二十五日上諭，朝廷軫念災黎實深廑系，見在將届下忙開徵之時，小民困苦顛連，何堪追呼偪迫？所有直隸、河南被災等處，本年下忙錢糧如何分別蠲緩，令中堂奏明辦理，仰見皇上厚德深仁，無微不至，而所以重任中堂者，亦可謂知之明而信之篤矣！萬億生靈疾苦，系於中堂之一言，宗誠何敢越分妄參末議！

惟一縣之困苦有不敢不上達於中堂者，竊以上年災歉雖有輕重之分，然餓殍流離，在歉收之地不過稍遲稍少，至冬春以後則各村皆然矣。今夏瘟疫大行，死亡甚多，今尚未已。幸自六月二十三日以後，風雨調和，禾苗先雖被旱，後皆轉秀，可望有秋。惟如久病之人，氣尫極矣。查康熙間屢有預免天下第二年錢糧之詔，培養民氣，卽所以培養國脈。今縱不能如康熙間故事，而皇上諄諄念切民艱之仁心，欲免今年下忙錢糧，屢降詔旨，惟恐澤不下究，則與仁皇帝無异。此所以能感動天心，挽回氣運也。竊以近年庫款支絀，凡今歲年穀順成之區，縱不能施蠲緩之恩，而去年停緩之下忙，今年停緩之上忙，以及歷年之民歉例應本年帶徵竝徵者，急宜乘此機會奏請豁免，以廣皇仁而培元氣。且此番百姓逃亡死絶者甚多，田地半已易主，而帶徵竝徵於國稞無補而徒滋搔擾。

伏讀皇上諭旨，尚欲免今年之下忙，斷無不允免帶徵竝徵之理。宗誠感中堂之知遇，憫民生之顛連，不得不再陳下悃。前奉憲札，荒年賤賣之地，許原業主贖回，極爲仁民之實政，善後之良謀，惟富民有勢有力，必至興訟，以累貧民。加以官吏或受賄託，難期實濟，惟有請中堂援嘉慶間之諭旨，而少變通之切實，奏請諭旨，出示頒發各州縣，實力奉行，則富民不至把持抑勒，可絶争訟之端，庶於貧民生計有裨，而於富民亦可保其家業。是否有當，伏惟鈞裁。

上李節相捐建義倉積穀狀

竊宗誠莅任以來，志在爲民，修廢舉墜，興利除害。查縣志，所有常平、社、義諸倉，久無一瓦一粟之存，即地基亦多廢爲民間取土之坳堂，一時難以興復，且查縣内祀典所載之壇廟、祠宇，與夫考棚、書院、義學、養濟院、河埝、志書，事事皆關緊要，必須循次修理。至光緒二年，諸事皆已倡辦就緒，始欲專力修倉。

查棗强舊有義倉八座，分在四鄉，當時原是惠政，後來官府出陳入新，漸漸動用穀價派捐彌補，民間視爲畏途。又奉文撥運深州，從此遂無倉穀。且凡有義倉之地方，向章免應縣中雜差，改爲歲修一差，每年一處五十千，後減爲三十五千，各處倉正經管修理。後來倉穀既空，歲修一款由地方交一半於縣署，以資辦公，仍如差徭之例。倉正所留一半，亦不修理，由是倉厫盡壞矣。

宗誠到任以後，每年義倉地方所交歲修一項，除倉正所扣外，約交一百餘千，存庫不用。積至光緒二年，已存九百餘千，遂於去年擇城隍廟東空地一片，在前創建考棚、書院，之後地勢爽塏，建成倉厫六間，四面上下盡用甎壘成，高大堅厚，用京錢二千六百餘串。今春因災民無食，木料、甎瓦難售，加價購買，增建倉房。甎瓦不足，適值河西廟塔山門爲雷震倒，即雇附近貧民搬運入城，以無用之物爲修倉之用。棗强地面向分六路，曰縣前、縣東、縣西，曰南關、東關、西關。今將倉厫分派六路，各路之穀藏於各路之倉，榜於門楣，以免争端。業已修造落成，連上年所修，共成倉厫十九間，官廳三間，大門一間，統共用錢七千餘串。此宗誠修倉之章程也。

查上年二月奉憲札飭各州縣於歲收豐稔之後，諄勸有力紳民量資集助，先修義倉，後積穀石。本年二月，又兩奉憲札飭知奉上諭以給事中崔穆之等奏飭各州縣，設法整頓倉厫，勸諭紳董經理義倉。宗誠念大荒之後，民力維艱，故修倉一層，應由宗誠自行籌辦，惟積穀不得不藉資民力，且今秋歲收中稔，穀賤錢艱。卑縣辦公差徭每年約有三千餘串，自去年夏旱以後至今年秋收，已免民間差徭錢四千餘串。秋收以後應令交差，各州縣皆然。宗誠體恤民艱，仍行出示停免，分文不取。加以憲臺屢次奏免錢糧，又免徵本年上忙糧錢，停徵下忙三分糧銀，小民無不感激天恩。

又見宗誠日夜督修倉厫，亦皆知感，俱願量積倉穀爲備荒之計。見在各村有力紳民自行開單報捐者，共有稟强斗四千石，合倉斗五千餘石，擬以六路之穀各收各厫，將來何路村莊災荒，仍由各本路倉穀中借濟民食。俟收齊之後所空倉厫，宗誠擬再自行捐補。收穀之法，擬定日由富户用車交倉，每路擬派紳董四人監收，各收各路。收齊之後，各路穀數，官中存一簿，紳董存一簿，封條由官用印固封，各路紳董亦墨寫一封條，畫押固封。每路厫中穀數亦必寫明封條之上，鎖鑰由各路紳董經管。每遇何路有荒，必由何路紳董稟請，傳集六路紳董商議批准具領，官紳俱不得私自動用。何路借出，豐年之後應仍由何路歸還，以免争端。此是民間捐穀備荒，與宗誠自行捐湊存與民間之款，官府固不得藉公動用。卽鄰邑有災，亦不得借撥以致歸還無著。每遇官府交卸之日，必傳諭各紳董至城驗倉加封，前後任無庸盤倉，以節靡費。如當出風之期，亦必傳諭各紳董公驗公看，總不許藉口出風，私自開封，以致有失。每遇荒年，由本地紳董與地方官商議領發，但以數目報明上憲。收還之後，亦以數目報明上憲，以備案卷。此宗誠辦理積穀之章程也。是否有當，理合稟明憲臺鑒核。如以爲可，謹求頒發告示，永遠懸掛倉中，補載縣志，實爲德便。

上李節相籌加捐倉穀狀

宗誠去今兩年，因卑縣義倉久廢，屢奉憲臺札飭，勸諭有力紳民修倉積穀。宗誠以民力維艱，稟明省積辦公餘款，並挪用攤捐未解各款，自行捐建義倉十九間，官廳三間，大門一間，業已稟明憲臺，竝蒙頒發匾額在案。秋成之後，幸獲中稔，遵照憲臺前札，示諭各村有力紳民捐穀存倉，當由紳富自行開單報捐者四千石，亦已將收穀竝籌辦永遠章程稟明憲臺，並蒙頒發，告示在案。至宗誠今春正月稟請以上年災村紳富預完糧銀，借作合縣民間耕種子種。蒙憲臺批准，散給民間，因此地畝毫無荒蕪，秋成幸獲中稔，理應徵還，爲紳富留抵今年正賦。旋因紳富聲請，情願作爲捐款，毋庸追還留抵，亦已據情稟明憲臺，蒙批應准，照辦在案。

八月以後，宗誠念國課爲重，自應先徵解正賦，茲於十一月終已將今年下忙七成正耗銀徵起，儘數批解。旋卽召集各鄉紳董來城，公收捐穀入倉。自十一月二十日起至十二月十日止，前所稟明各村捐穀四千石，業已收齊。紳富因空廒尚多，又捐穀四百石，共城斗四千四百石，皆過扇車堅實乾淨，拂數入倉。所空倉廒，尚可盛城斗二千六百石。見在上穀每城斗一石，合價京錢四千五六百文。宗誠又挪動歷年攤捐未解之款，買穀一千八百石。其前借子種之家，宗誠業已遵照憲批出示曉諭，無須歸還，民間無不感激憲恩。是以下忙錢糧皆照七成如數完納，惟其中亦有貧苦、殷實不等，其殷實者既感紳富好義之誠，又念積穀備荒之善，且見紳富及宗誠皆竭力捐穀存倉，以爲永遠之計，子種既免歸還，亦情願各捐穀數斗存倉，約計共捐八百石，統計共收入倉者棗强城斗七千石，合倉斗一萬石，於十二月二十六日一律收齊，各廒皆已充實，俱照憲示由紳士眼同鎖固，開列穀數，公寫封條。除將各章程竝各村捐穀數目分晰造册，通詳立案外，理合先行稟報中堂查核。

上李節相籌城工書院考棚義倉名宦鄉賢祠歲修費狀

宗誠所修書院、考棚、名宦鄉賢各祠、義倉皆高大堅實，一時不用修理。惟城工係前縣李牧經手，修築歷久，必須歲修。宗誠屢思籌一長久之計，而勸捐存放亦覺煩瑣有弊。查棗强向章，各地方皆有應辦雜項差徭，以爲縣中辦公之需。惟有義倉之八地方，以縣差改爲倉差，名爲歲修。後義倉既廢，每年歲修一項，除扣倉正工食外，仍交縣署辦公，一如雜項差徭之例，歷有年所。

宗誠到任以後，所收義倉歲修差錢積存庫中不用，留爲重建義倉之根基。今宗誠在城捐建義倉已成，鄉間竝無義倉，所有八地方歲修差徭，應照舊章改爲雜差，與合縣地方事同一律，方爲公允。惟念城工歲修無款可籌，卽宗誠所修書院、考棚、義倉、名宦鄉賢各祠，將來亦不免有歲修之處。與其後來籌款又費周張，不如卽將此義倉歲修一款，改爲義倉、名宦鄉賢兩祠、城工、書院、考棚各處歲修之用。

鄉間既無義倉，應革除倉正名目，每年照章，秋後由縣催八地方交齊，由管理城工、書院、考棚、義倉等紳富具呈請領存商，以爲各項歲修之用。此在八地方係照章應出之差徭，且比改縣差較少，於民甚便，而於城工、書院、考棚、各祠有此一款，每年歲修，可以不致圮壞。即在歷任知縣，每年少收此歲修一差，亦無大損於己，而永遠有利於民，有益於公。愚見籌畫如此，是否有當，恭候鈞示遵行。

上李節相差徭宜按畝均勻議

前奉本州轉蒙籌辦助賑局札，以奉中堂札，發山西撫院曾奏稿一件，竝飭各屬體察情形，酌仿晉省章程，至差徭雖迭經定章酌減，恐亦有飛灑詭寄，張冠李戴之弊。衿監廟職、功牌等類不按章程，任意圖免，甚或從中包攬，致使小民重受差累，應飭各屬認真整頓釐剔，務歸平允。其非定例定章應派者，概不准藉端苛派，以資休養。

遵查卑縣辦公各差向章本輕，同治元年前縣李牧勸捐修城，因公減免差徭三分，更較他縣爲少。宗誠到任以後，查皆係卑縣中辦公之需，不便再行減免，以致异日諸事棘手。惟自上年夏初不雨，以後卽全行停免，至今年秋成雖屬中稔，宗誠體察民艱，仍復全行停止。計兩年之間，免民間差徭約四千餘串，冀可稍培元氣。

今奉憲札飭，令認真整頓。查棗强向章差徭，各村皆按牌甲分定成數斂交，歷有年數。在當年成數，係按地畝之多寡，户口之貧富均分，原無不公不平之理。數十年以來，或此牌先貧後富，或彼牌先富後貧，或此牌人户先多後少，或彼牌人户先少後多，而差徭竝不隨地均攤，仍按昔年各牌成數斂收，實有多寡不均，苦累貧民之弊。至去今兩年大荒之後，地畝更多變遷，瘟疫盛行，人户尤多寡不等。卑縣如此，他縣想亦同。

然宗誠見在兩年，雖已停免差徭，將來必有出差之時，若仍照向章，貧民必多受累。不照向章，刁民必起爭端。可否請憲臺定一章程，札飭各州縣差徭一項不准於向章絲毫有加，但令各村牌甲必須察照見在地畝分派，不得照昔年成數，致令户單地少之牌爲地多户衆之牌受累。愚見是否有當，伏候尊裁。

上李節相請災區停派大差狀

再查直省上年秋災，今春無麥，夏秋之間，瘟疫大行，民間之苦慘不可言。幸遇中堂仁心爲質，請蠲請賑，救困扶危，上感天心，得以有秋。然民間之苦恐尚有未盡知者，謹詳陳之。

上年大旱之時，民間富者尚有歷年存餘，可以營生，貧者尚有宅地、牛驢、衣物可以賤賣。自去夏至今秋，年半之間，糧價昂貴异常，無論貧富，皆須糴糧度日。富者歷年所餘漸已用盡，牛馬亦多出售。貧者室如懸磬，度日如年。所以去秋雖未種麥，而地土多已耕犁，以牛驢向未盡賣也。今春瘟疫未行，但得口糧，尚可以人耕耨，但得子種，即可不致荒蕪，以人口尚少死亡也。今秋則不然。以卑縣而論，宗誠春夏之間，日夜籌借口糧子種，又勸紳富捐散子種，地土毫無閒曠，秋成亦獲中稔。不料秋收之時，瘟疫大行，病者十人而九。計一村喪亡者多至一二百口，少者數十口。既無人力，又無牛驢，收割之時，粱穀無力搬運入場，加以陰雨太多，在場園者亦無力斂聚入家。地無人力，牛驢不能耕，麥因子種過貴不能種，穀賤錢艱，非穀之多也。死者須買棺木，生者須製冬衣，貧富皆須賣穀，而一無屯積之家，所以民間苦況格外艱難，即錢糧正款除已減成尚徵不起，鄉間地土以十分計不過耕有三分，種麥者不過一二分，約有七分尚未耕犁。明春天氣回陽，人力既少，牛馬又單，欲求如今春之無荒地，恐必不能見。

聞明春有山陵大差，以宗誠測之，恐被災各州縣俱未必能辦。往年大差，無論修道及幫辦支應，大縣須出萬緡，小縣亦數千緡，不過十日之内，即須措齊，皆賴各鄉富户先墊，然後按牌加利歸還。今富户皆無寬餘，貧民斷難攤派，至修道必須人力，鄉村農民死亡逃絶者十室而五，耕地尚屬無人，夫役從何而出？至於馬差，向皆僦耕地之馬，來往按日計算，一馬一夫，每日一千五百文，若一縣派二十餘匹，民間又須派一千餘串。耕地既無馬驢，差馬又從何辦？山陵大差萬無可推，而就見在情形論之，恐被災各州縣與附近災區斷難承辦，想中堂痌瘝在抱，必籌所以權變之方。

宗誠愚見，修理道段，能否如前次修河辦法，暫調各營兵勇修理一次，即差馬亦可調營馬權應大差，以抒民力。至幫辦一項，或於通省州縣中擇其未被災地方酌量勻派，或另設籌捐之方，不令派之於民，以抒民間一年之力。嗣後永不爲例，仍照舊章。是否有當，伏候鈞裁。

上丁方伯增倉未成不願升遷狀

本月十七日奉到初五日手諭，以中堂擬升誠開州令，即請咨引見。拜讀之下，感悚難名，自顧衰慵，何堪任此策勵？雖在大府擇吏安民，原屬至公無私之見，而在菲才末吏則當守分安命，豈可稍存趨避之心？去冬災事已終，倉穀已積至萬石，地方正雜内結各款尚無虧欠，訟獄之事亦無留牘，故屢思請假南歸。年逾六十，戀官不已大非初心，且恐爲天下後世學道者所笑也。乃未蒙各大府所許，是以姑少待之，定於今春眷屬先歸，即稟請開缺。

不料五月内大雨時行，倉穀太多，積壓太重，上積壓則下擠滿。倉厫牆壁雖云堅厚，據紳民僉稱：入伏以後，暑溼上蒸，穀子上壓下漲，或有傾倒。加以大雨，其何以善其後？宗誠南人，未知北方穀性，聞之心悸，是以急借書院、考棚竝附近閒房，搬運出風，幸無損壞，計非經營添造倉厫，分盛積穀不可。見在仍不勸捐，擬以今年差徭及錢糧平餘。辦公一款，向來爲署中食用及解攤捐之用者，今加省節，收買瓴瓦、木料、石灰、土坯，候七八月間天氣晴穩，即行借用縣署前空地，添蓋瓦房二十六間，竝修補前倉大門前二間，告成之後，將原穀分盛兩倉之中。又買席數千張，每厫中做席囤，讓開牆壁，使穀不得擠墻，如此方可經久。通計添瓦房二十六間，修補前倉二間，以及買席做囤，搬穀出入，時須三月，方可一律竣事。

東坡論漢晁錯能發之，必能收之。宗誠創建倉厫積穀，本非紳士所願意，宗誠一力捐建，伊等不得不捐穀以助。今若請咨引見而去，增倉未成，穀有失少，誰任其咎？自今而後，知善政之不易爲也。既已爲之，惟有始終成全，無累後人，無累百姓而已。定計倉穀歸原之後，即爲請歸之計，至於升遷，雖蒙憲恩而義命不可不安，職分不可不守。君子思不出位，鄙陋之見，伏維鈞鑒。

上李節相請假回籍狀

宗誠皖北迂生，才庸學淺，是以少安愚拙，曾無干祿之心。繼因遭際時艱，不得已歷游幕府，雖亦志存利濟，而始終不爲仕進之謀，乃蒙前憲臺曾於奏調人才摺内謬列賤名，奉諭旨發往直隸，以知縣補用。自顧愚陋，辭謝不獲。又蒙憲臺奏補棗强實缺，感激知遇，惶恐殊深。奉札於同治十年二月十五日到任，視事州縣，爲親民之官，時慮不能報稱，上負憲臺及曾文正公知人之明，屢次上稟乞休，皆荷降函不允，竝蒙大計之年，登諸上考，又以辦賑微勞，疏請議敘，名過於實，益切悚慚。且莅任以來，凡有刑名之案，曾無駁飭；凡有條陳事件，罔不褒嘉；凡有興廢舉墜之事，無不曲賜成全，俾無棘手。知遇如此，何忍遽萌自逸之私！上年蒙諭令久保卓异，應速請咨引見，可得升階。宗誠適以增建倉厫尚未竣工，義當素位而行，不敢存進取之念，據情稟覆，仰蒙憲臺函示，准與從緩。見在經手事件雖已完竣，而精力衰鈍，難任馳驅。

查宗誠在任九年，事事躬親，舊案新案，隨到隨結，無一留存之積牘。經徵錢糧雜税，儘徵儘解，無一留存之庫款。惟前因荒年捐賠撫糧，創建義倉，積穀萬石，曾先稟明憲臺，係挪動未解攤捐之款，後復通詳立案，故今惟有攤捐項下欠款，實在無力清交，餘無經手未完之件。前月晉省謁見憲臺，屢以精神罷敝，乞准假歸，仰蒙獎飾有加，慚感交集。

宗誠今年六十有三，歷年盡心辦公，時守先勞無倦之訓，幸少貽誤。惟自恨學未優而入仕，是以仕未優而仍學，教養諸政，未敢倦勤。窮經考史，公餘不懈。勞心過甚，目疾時發，頭暈心眩，記性全無。近則目疾益昏，精神益散，實難勝州縣之任，且官久民骫，心力尤難照顧，深恐戀官不舍末路，貽譏尸位素餐，於出處進退之義，未能無愧。少年時存恬退之懷，老至乃忘貪得之戒，言不顧行，將爲學術之羞。是以縷陳實在情形，伏乞憲臺俯賜，擇委賢員來縣署理，竝祈諭令接算本任交代，無得遲延。

俾宗誠得安愚拙，無負初心，且離家十餘年，墳墓多未修理，欲請交卸之後回籍省墓，藉以休養月餘。如精神尚可任事，自當速卽銷假，備文請咨，送部引見，再候差遣。如實在精力日罷，難期振作，屆時自當申請開缺，固不敢存偷安之意，亦不敢存戀棧之心。伏希鈞鑒。

柏堂集前編跋

予幼承先考鶴棲府君庭訓，謂『世篤古學，不可荒失』。少長，師事玉峰許先生，又從從兄植之先生遊，始稍稍知所嚮。方於諸經外，喜讀周、程、朱子之書，賈、董、韓、歐、曾氏、明歸氏之文。於近世儒者義理、文章之學，則好翫味薛文清、張楊園、陸清獻、方望溪、姚惜抱諸家之言。授經養親，牽於時藝，未能深造有得，而變亂及矣，避地柏堂，年已三十有六。爰取自道光丁酉迄咸豐癸丑冬十月以前筆記編次之，復取所撰文，删次爲一編，别類爲十四卷，留示子孫，庶不忘先考先師之遺教云爾。

柏堂集次編跋

咸豐癸丑十月十四日，桐城陷。予避地先世之柏堂，荒山寂寞之中，傾覆流離之際，幸全家俱出於險，仍以經史、儒先諸子集自娛。時父師已先棄世矣，諸友門人子弟好古學者，時往來山中講問學業，予間亦出山授經窮鄉僻壤之間。越五季，霍山吴竹如先生聘之山東藩署，遂於咸豐己未二月十五日至濟甯，時年四十有二矣。居數月，既編訂亂中所著俟命録爲十卷，復取山中所作雜文删訂之，次爲十三卷。文無足存也，聊以存蒙難遯跡時之梗概而已。

柏堂集續編跋

咸豐己未春，予始出險，客山東藩署。其冬，吴竹如先生改官直臬，復從居保定一年。時安徽寇亂未已，湘鄉曾文正公、益陽胡文忠公圖進取江南，俱致書速予歸。辛酉春啓行，過大梁，阻撚寇，遂爲新繁嚴渭春中丞所遮留。同治壬戌，嚴公改撫鄂，復延予之武昌，遂謁曾文正公於安慶。反，客武昌一年，文正公復命歸安慶，次年遂旋寓安慶，往來金陵、濟甯、杭州、上海，追隨於戎幕之中，遊覽夫吳越、齊魯之勝，舟車靡定，學殖日荒，文正公命作令江南，不敢應也。同治戊辰，文正公移節直隸，疏調八人，而予名濫列其間，生逢世變，精力早衰，年已五十有二，無復經世之志矣。然奉朝命不敢違，遂於己巳冬十月重至保定。寓中多暇，既删訂諸經説、筆記若干卷，復檢客遊十年所作雜文，删録之，次爲二十二卷。雖空言無施，豪不足以濟實用，然歷世艱危，復睹承平，亦鄙儒遭際之幸也。聊籍文以存世運之反易，遊踪之所至云爾。

柏堂集後編跋

同治己巳冬，予奉曾文正公辟至直隸，遂從居保定、天津，復隨之京師。庚午冬，文正公回節江南。繼督畿輔者爲相國合肥李公，疏請以予補授冀州棗强縣令，遂不得從歸江南。辛未春二月望視事，光緒庚辰夏六月望前一日，始得以病乞假歸，冬十一月至安慶。夫學優而仕，予憾未能矣。仕優則學，更不逮焉。然十有一年中，讀書從政之餘，有不能不見諸文者，雖去古作者遠矣，而議論、敘記，間有必存以待考證者，固未可盡棄之也。既删訂所著春秋集義成書，復取雜文，次爲二十二卷，總前後爲四編，命次子守彝校而藏之，以俟正於後之君子。其書牘別爲外編，歸里後所作者，擬爲餘編云。光緒六年冬時年六十三歲，宗誠識。

柏堂集餘編

柏堂集餘編敘

右文數十篇，方君存之歸田後所作。柏堂集久已刊行，故爲餘編。子國璸過鄂，奉寫本以來，錄存予所喜者而歸其稿，因敘其後曰：文與道一，離道非文也。而空談道者，亦不可以爲文。道也者，兼理與事言之也。大者在方，小者在策，事有小大，理卽寓焉。其爲道一也。識之曰學，行之曰政，著之曰文。文也者，兼政與學言之也。

吾見存之之學矣。其說經，於諸子百家靡不採摭而衷諸程、朱，則有詩書傳補義、春秋傳集義；其記事，於亂離見聞，靡不詳紀而衡諸道義，則有俟命錄；其論文，於源流義法，靡不精究而歸諸正學，則有斯文正脈、文章本原；其他著述，皆本三者以推廣之。

吾見存之之政矣。存之宰棗强，斷獄以情，教民以禮。舉典祀、儲穀、試士之所修之；先賢之遺書刊之；男有忠義、女有節孝，旌之；士之好學者進，不肖者屏，秩然其備也，紛然其繁也。而行其所無事，且以餘力爲當路者籌治世之略，論濟變之方。是其爲學也，言理必徵諸事；其爲政也，行事審諸理。

餘編之作，在仕學既成之後，更事多而析理明，是則所謂載道之文也。作者學道而發爲文，讀者因文以見乎道，爲學爲政胥於是得師資焉，豈獨文之可法哉？光緒十年七月貴築黃彭年敘。

卷第一　解辨論

禋於六宗解

六宗之説，孔傳本禮記祭法：　四時、寒暑、日、月、星、水旱。蔡傳因之。蘇氏及朱子皆同，謂祭法所敘可爲舜典之義疏。考有天下者，職在敬天勤民，以參贊化育而已。舜初攝位而類於上帝，四時、寒暑皆天道流行發育，有生長萬物之功；　日、月、星在天爲七政，所以贊天地，司造化，人物之所不可一日無者；　水旱則億兆黎民之命所繫焉。上帝者，天之主宰，而四時、寒暑、日、月、星、水旱，則所謂造化之迹也。聖帝明王之制祭祀也，不外於天神、地祇、人鬼三者，而天神爲最尊。故先類上帝，次禋六宗，而後及於山川、群神。朱子稱古注之説，以爲敘次皆順者此也。後世制禮所謂大祀、中祀、群祀，亦皆取法於此。

若夫伏生、馬融之説，則以天、地、四時爲六宗。四時之説，孔傳所本，然祭法只謂祭時耳。伏、馬分四時爲四宗，則當分四時而祭。舜初攝政，所禋之六宗，謂一時所舉之祭耳，豈可分時爲四宗乎？以天、地爲二宗，不與類於上帝重乎？類於上帝自兼地言，不言后土者，省文也。劉歆、孔、晁之説，則以水、火、雷、風、山、澤爲六宗。賈逵則以日、月、星、河、海、岱爲六宗。山、澤、河、海、岱不與望山川重乎？至歐陽和伯、夏侯建之説，則以爲在上下四方之間，而非上下四方者。其言大而無當，虚而無據，不如古注。時與寒暑、日、月、星、水旱在上下四方之間，爲實有所指也。其謂星、辰、司中、司命、風師、雨師爲六宗者，鄭康成之説也。然星與辰不得分爲二宗，司中、司命亦即星也，不得分爲四宗，風師、雨師亦即在祭法水旱之類。論天生人之功，星辰不及日、月之大，一星而分爲四宗，而反遺日、月之祀，是其立説之疏，固不如孔傳之密也。

或謂孔傳本祭法，祭法漢儒所記，不足信。或謂孔傳本家語，家語乃後人之僞書，且孔傳亦是僞書，然古事久遠，亦止能據聖人之理與尚書本文以斷耳。堯在位而曆象日月星辰，敬授人時，使鯀治水。舜攝位而首齊七政，命禹修六府，則以日、月、星爲宗，以時與寒暑、水旱爲宗而禋之，皆授人時，釐百工，熙庶績，齊七政之大祀也，而可不備舉之乎？ 或謂舜始攝位，不應禋及水旱，不知此之禋於六宗所謂時、寒暑、水旱，蓋皆祈神福民之意，祈寒暑之得時，祈水旱之不爲災耳。祭法雖漢儒所記，然皆必有所本，與諸儒之無本而臆說者，不有殊乎？至司馬紹統以爲天宗日月、星辰、寒暑，地宗社稷、五祀，四方之宗四時、五帝，則又合六宗及徧於群神，而渾同於六宗之內，更爲不倫。 至晉張髦又以爲祀祖考，所尊者六，三昭三穆是也。 夫祖考之祀，上文已言，格於文祖矣。 類上帝而復禋於祖考，不近於黷祀乎？ 且天神、地祇、人鬼之祀，不容相淆，但類於上帝而尚未及天神、地祇之祀，復以人鬼之祀間之，不特治理未宜，卽史官記事之文理，亦爲不順，且何不書曰『禋於宗廟』而曰『六宗』也？ 宗廟之制，或五或七，何有六宗？ 以爲舜之六宗歟？ 舜是時，固無宗廟也。 以爲堯之六宗歟？ 則又何所據哉？

近儒姚氏鼐則取伏生『四時』之說，而以『稷』易『天地』，謂合虞書水、火、金、木、土、穀六府之制，其言曰：按左傳蔡墨曰：『木正曰勾芒，火正曰祝融，金正曰蓐收，水正曰玄冥，土正曰后土，田正曰稷。』此六者在天地間爲大神，其五者分爲四方、四時，而其一主稼穡。古王者依其名設官，曰五官，曰后稷。五官、后稷有大功於民者，則配食於神，故曰『后稷、五祀』。是尊是奉，其言最爲有理。 然六府孔修在舜攝位後之事，以五官、后稷配食於神，是乃人鬼之祀，恐當在徧於群神之列，上文類於上帝，尚未及天神、山川而遽及人鬼，恐非古帝祀典之次序，且如祭法時與寒暑、日、月、星、水旱之說，何莫非五行之神，卽何莫非生長百物以養育群生之神。 今必以祭法爲不足據，而以六府及五官、后稷爲六宗，亦於古未有稱此爲六宗者，似不必生今而臆古也。

讀檀弓

禮記檀弓篇子游答有子曰：『人喜則斯陶，陶斯詠，詠斯猶，猶斯舞，舞斯愠，愠斯戚，戚斯歎，歎斯辟，辟斯踴矣！品節斯，斯之謂禮。』陸氏釋文以『舞斯慍』句系衍文，孔疏謂鄭他本或無此句，陳氏集說以此爲言樂極生哀之情，所引劉氏、孫氏之說，皆各增減字句以就己意。

愚反復玩味通章，而知其語脈之所在，不如諸家之說也。『人喜則斯陶，陶斯詠，詠斯猶，猶斯舞』，此卽人情自然之流動以指示也。然若無品節而徑情直行，則必至於『舞斯慍，慍斯戚』矣，所謂樂極則哀必來也。人『戚斯歎，歎斯辟，辟斯踴矣』，此亦人自然流動之情也。聖人因制禮以品節之，使其情有所止而不過。若不制品節之禮，則徑情直行，不至於過哀，必至於怠而忘焉矣。此節是明聖人所以品節斯之，故『人喜則斯陶』數語文勢，特借賓以形主耳。『舞斯慍』二句，非言哀樂循環相生，乃明不品節則必至於樂極哀來，因可見哀之不可無品節也。

凡說經傳之文，必通貫其全篇語脈，而後可以得其意。若止就一節一句以說之，往往有窒礙而不能貫徹者矣。

讀內則

內則一篇，首言子婦事父母、舅姑之道，而末歸於男女之別，夫婦之禮，父母教子女之道，何也？蓋以其爲子婦之根本也。男女有別而後夫婦有禮，知盡夫婦之禮，然後知教子女之道，然後能培養成孝子孝婦，以厚人倫，非齊家之根本乎？

中間記飲食之法，非極口體之奉也，使爲人子者，知所以養其親也。況婦主中饋，可不知飲食制度品節乎？惟忽夾入養老之禮於中，似乎不倫。詳記者之意，蓋因子事父母而推及之，又以見老者，五帝、三王皆尊養之，何況爲人子婦而可不知孝養之事耶？且上老老，而後民知興孝。記五帝、三王老老之禮，正所以教民之孝，卽所謂降德於衆兆民之事也。記曾子論孝之言於中，正以見前後所記飲食之法，乃孝子事親以其飲食忠養之道。篇中所記子婦之道，夫婦之禮，飲食居處之節，自天子、諸侯、大夫、士庶之禮，皆在其中，修身齊家，無貴賤上下，一也，惟制度稍不同耳。

讀經解

瑞安孫氏希旦著禮記集解，博通古注，兼精考宋、元儒者義理之書，其書較陳氏爲詳，而比衛氏爲精約，惟於經解一篇，謂篇凡三段，義各不相蒙。蓋記者雜採衆篇而錄之，其說善矣。而於記者聯綴爲一篇之意，則尚未能融貫之也。

此篇蓋論教化之道當以禮爲主耳。首段總言詩、書、禮、樂、易、春秋六者，皆教民之具，而皆不能無得失，惟深知其義者，始能有得而無失焉。二段『天子者』以下，言人君當以身教爲要，德配天地，明照四海，居處有禮，進退有度，有治民之意，然後可加以治民之器。治民之器，卽所謂教民之具也。若不能以身教，雖有詩、書、禮、樂、易、春秋教民之具，何益於治？二段『禮之於治國』以下，則專明禮教之重，以詩、書、禮、樂、易、春秋六者之中，禮於教民尤切要，是乃此篇之宗旨也。

章首『入其國，其敬可知』與篇末『禮之於正國，禮之教化也』微皆相呼應，故知其意以禮爲主焉。周、秦、兩漢人之文，往往意若不相蒙而實相蒙，以神不以迹也。

詩鄭箋遵養時晦辨

予讀詩毛傳、鄭箋，大抵毛簡而鄭詳。毛之所已詳者，鄭不贅，惟引伸之，其未及者補箋之，不合者另箋之，而不加一駁辨之辭。溫柔敦厚，合於撰述之體。至其兩不同者，則亦往往互有得失而不可相掩。朱子集傳承其後，采傳、箋之通訓而去其穿鑿，其精言奧義，發明詩人之本意，而有關於興、觀、群、怨、天下國家之故者，爲大且多。其與傳、箋不同者，亦往往互有得失，然亦第明己說而不辨駁前人，亦猶鄭氏之例也。

惟予讀周頌『於鑠王師，遵養時晦』，詩鄭箋有不可不辨者，其言曰：『於美乎文王之用師也，率殷之叛國以事紂養，是闇昧之君以老其惡，是周道大興而天下歸王久，故有效死之士助之。』此其說失聖人之心，害道傷教，斷非詩人之本意也。昔太史遷謂文王陰行善。夫陰行善，蓋卽孔子稱文王有君民之大德，有事君之小心之意，然謂之爲陰行善，則陷於老氏之旨，非聖人之心矣。

蓋漢世尚黄老家言，史遷亦濡染其學，故其稱文王者，亦墮於老氏之旨。夫謂之爲陰行善且不可，況如鄭箋『遵養時晦』之説，不幾爲陰行惡哉！豈亦不免染於老氏欲取姑與之旨耶？何其倍也！朱子但不取其説，而未嘗明辨其非，以『集傳』説行是固可不辨也。予懼近世爲漢學者，仍祖其義，故不敢不辨。

辨晏子春秋

柳子厚辨晏子春秋，疑其爲墨子之徒有齊人者爲之，而譏劉向、歆，班彪、固父子不應錄之儒家，其言甚辨。崇文總目稱晏嬰六篇已亡，今書出後人采掇。近儒管氏同復據司馬遷管晏傳贊，稱其書世多有，故不論。論其軼事若『薦御者爲大夫』、『脱越石父於縲絏』二事，皆如今晏子所書，司馬遷豈復載之傳中哉？其書自管子、孟、荀、韓，下逮韓嬰、劉向書，皆見剽竊。其詆訾孔子事，本出墨子非儒篇，是此書附於墨氏，而非墨子之徒爲是書也。且其文淺薄過甚，殆六朝人爲之者與！其所言較子厚尤爲博辨。然古書之亡多矣，是書非必太史遷所讀之書，而未嘗非卽劉向所校之書。向事君忠言極諫，其校書蓋借古以爲時君觀感之資。晏子書非晏子自著，觀其記載君臣之辭皆稱晏子，則非其自著甚明也。孟子曰：『子誠齊人也，知管仲、晏子而已矣！』則晏子見重於齊人，而齊人因記其諫君相齊之事，以爲春秋必然之事也。

司馬遷所讀本最早，其書必甚簡約，故遷高之而莫知其所爲書。然軼事尚多，因取以爲列傳。後之人因太史遷取軼事，而又旁搜博采，以附於晏子之書，此劉向序錄所次。又有復重文詞頗異，不敢遺失，復列爲一篇。又有頗不合經術，似非晏子言，疑後世辨士所爲者，故亦不敢失，復爲一篇。是則劉向非不知其書之駁，而能辨別以慎取之，此其所以爲大儒也。

然其內六篇皆忠諫其君，文章可觀，義理可法，無倍儒者之義，所以向入之儒家。夫儒家之道，莫大於忠君而愛民，進退取與必以義，利害死生不爲變。晏子所載諫君之言，大都類此，足爲後世人臣事君與君人者治國之法也，胡爲不應入之儒家哉？惟向之知言不能及孟子之精，内六篇亦有不盡合聖人之旨者，或向所未擇別，抑或後人又有采掇攙入之者。直謂爲六朝後人爲之，吾不敢信。柳子厚謂宜列之墨家。夫墨子之道，果如今晏子内篇之所言，孟子何爲好辨哉？

學者讀古人之書，所貴取其善而析其非，不可因其非而並棄其善。如劉、班者，洵足法哉！

乾坤六子論

易系傳曰：『天地之大德曰生。』又曰：『生生之謂易。』天純，陽象也，陽德健，故爲乾；地純，陰象也，陰德順，故爲坤。天覆地載，萬物並育於其中。乾剛坤柔，震、坎、艮、巽、離、兑交錯於其中，所以有父母六子之象也。乾坤者，六子之本體也；六子者，乾坤之作用也。乾坤不能自用，必得震、坎、艮、巽、離、兑以爲之用，故曰天地定位而已。而其所以成化育之功，則必賴山澤通氣，雷風相薄，水火不相射，而後四時行，百物生，歲功成焉。

六子無體，以乾坤爲之體。震之一陽生於下，即乾之陽生於下也。坎之一陽生於中，即乾之陽生於中也。艮之一陽生於上，即乾之陽生於上也。無乾，則震、坎、艮無陽也，是以乾之陽爲體也。巽之一陰生於下，即坤之陰生於下也。離之一陰生於中，即坤之陰生於中也。兑之一陰生於上，即坤之陰生於上也。無坤，則巽、離、兑無陰也。是以坤之陰爲體也。乾坤純陽純陰，是統體之陰陽；六子一陽一陰，是分體之陰陽，猶之子女無體，分父母之氣血以爲體。父母不能自用，待子女之分職以爲用。子女不能分任其職以爲用，則父母之生理絶矣。震、坎、艮、巽、離、兑不能相得，而各有合以爲天地之用，則乾坤或幾乎息矣！

是故家人之道，父父子子，兄兄弟弟，夫夫婦婦，而後父母不勞而家治。天地之間，山、澤、雷、風、水、火，各當其位。得其時，則天地和而萬物順，大順大化，不見其迹，莫知其然之謂神。生生不窮之理，不於此可見哉！

卷第二　說

適子不為人後說 與黃子壽廉訪論以經斷獄事

儀禮喪服「爲人後者」，傳曰：「何如可爲之後？同宗則可爲之後；何如而可以爲人後？支子可也。」又曰：「爲人後者孰後？後大宗也。曷爲後大宗者？大宗者，宗之統也。尊者，尊統上；卑者，尊統下。大宗者，尊之統也。大宗者，收族者也，不可以絶，故族人以支子後大宗也，適子不得後大宗。」

按：古者，天子之適子，世爲天子；諸侯之適子，世爲諸侯。其支子之始封爲大夫者，所謂別子爲祖。別子之適子繼爲大夫，則所謂繼別爲宗，此大宗之說也。其繼禰者，則各爲小宗，故有繼父之小宗，有繼高、曾祖、祖之小宗。後世宗法雖不立，然各姓皆有始遷之祖。其繼始遷之祖適長子，當世爲大宗，以主始祖之祀，以統一族之人。非是，皆小宗也，不得謂之爲大宗。聖人制禮，本乎天性，達乎人倫。大宗不可以絶，以其爲始祖之嫡傳也。大宗無子，族人必以支子後之，所以尊祖也。然始祖雖尊，而親莫親於父子。適子承吾父之重，必留爲吾繼禰之宗，而令爲大宗之子乎？又況非大宗乎？故禮曰：「何如而可以爲人後？支子可也。」是乃仁至而義盡也。若舍吾繼禰之宗而令爲大宗之子，是所厚者薄，所薄者厚，不惟未合於義，實且大傷於仁。

儀禮疏曰：「適子當家，自爲小宗，不得後他，故取支子。支子，則第二以下庶子也。不言庶子，云支子者，若言庶子，妾子之稱嫌。謂妾子得後人，適妻第二以下子不得後人，是以變庶言支。支者，取支條之義，不限妾子而已。」

按：不限妾子云者，妾子亦在支子之中。言支可以包庶，言庶不可以包支，庶子可以後大宗，則使大宗雖無適子，或適子亡，無適孫，而自有庶子，則自可以後之。豈有族人可以支子後大宗，而大宗自有庶子，反不可以後其父？古者，天子、諸侯以庶子繼大統者甚衆，安在庶子不可以承其父，而必取旁支之適子以承其重也？

斷獄者，其可不通於經術也哉！

庶子可以承襲蔭說

或曰：庶子可以承襲蔭乎？曰：古者，聖王制禮，天子不止一后，諸侯不止一夫人，大夫不止一妻，所以廣嗣續也。后、夫人無嫡子得以繼統而爲君，庶子得以爲君，何以不得承襲蔭？

律載：庶人無子，許取妾。若庶子不得爲父後，何以妾爲？今律載：凡文武官員，應合襲蔭者，若無適長、適次、庶出子孫，許令弟姪應合承繼者襲蔭。襲蔭之例，國家所以酬功臣之庸，旌忠臣之節，故襲蔭必其親子孫承之。有嫡長當承之以嫡長；無嫡長，有嫡次，當承之以嫡次；無嫡長、嫡次，有庶子孫，乃有功與盡節者之親骨脈也。揆諸制律之精義，無非準乎天理之正，卽乎人心之安。弟姪雖親，究不如親生之子，推有功之臣與盡節之臣之心，其愛庶出之子孫，必過於弟姪應合承繼者也。

故國家定律，必無嫡、次與庶出子孫，然後許令弟姪應合承繼者襲蔭，所以安死者之心，亦所以絕生人之爭也。傳曰：『律設大法，禮原人情。』其實律出於禮，不合人情，卽不可以爲大法，又胡以敦人倫而正人心哉？是故斷獄不可不知律意！

立孫說

或曰：有適子蚤死，無適孫而有庶子，其父之襲蔭當立適孫承之乎？抑以庶子承之乎？曰：適子成人而死，自當爲之立後。卽已立後承重矣，則襲蔭自當以承重者承之。孔子所謂立孫是也。然必有功者與盡節者，先已爲適子立後以爲己之承重孫，而後有功者與盡節者死，承重者爲服斬衰三年，名分已定，而承其襲蔭，禮也，亦情也。

觀公儀仲子之喪，孔子曰『立孫』，則知古人立孫，謂當喪次主喪而言。既爲祖之喪主，自可承祖之襲蔭。若其人未爲適子立後而死，其死時無承重孫，而庶子爲之喪主，服斬衰三年，則襲蔭卽以庶子承之，律也，亦情也。

或庶子不肯自承襲蔭，願爲其兄立後以承之，則當立庶子之子爲適子之後。律曰：無子者，許令同宗昭穆相當之姪承繼。先儘同父周親，次及大功、小功、緦麻。所謂同父，則不必同母，且不問庶母，所謂兄弟之子也。今庶子與適子實爲同父周親，適子無子，自當立庶子之子以承其祖之襲廕，亦律也，情也。

如庶子無子，然後可以弟姪應合承繼者承繼。觀律曰：凡文武官員應合襲廕者，若無嫡長、嫡次、庶出子孫，許令弟姪應合承繼者襲廕。是無嫡長、嫡次，當以庶出之子承襲廕；無嫡孫、次嫡孫，當以庶出之孫承襲廕。今律具存，何可紊哉？

立庶子說

或曰：子謂立庶子、庶孫以承其父、祖之襲廕，考之經義，有據乎？曰：白虎通義曰：『始封諸侯無子，死，不得與兄弟。』何古者象賢也，弟非賢者子孫。春秋傳曰：『善善及子孫。諸侯無子，得及親屬者，以其俱賢者子孫也。重其先祖之功，故得及之。』蓋謂古者始封爲諸侯，以其賢而有功也，故有子當立其子，有孫當立其孫，以象賢也。祖、父有功，子孫當食其報。如其無子，不得與其兄弟，以其非賢者子孫，不得食其報也，故引春秋傳『善善及子孫』之文。諸侯無子，此謂繼體之君，非始封之君。繼體之君無子，得及親屬者，以其俱始封之君之子孫也。故曰『重其先祖之功，故得及之』。由是以推古者始封之君，朝廷以其功而封之，故食其報者必其親屬，非賢者子孫不得立。

今制：殉節者有襲廕，朝廷旌殉節者之忠也，亦必其親子孫始得承襲廕。今有庶子、庶孫而不得承，而必立其兄弟之孫以爲其孫，以承其襲廕，又非其人生存之所立也，不亦背於經義哉！

獨子不得為人後說

漢石渠議曰：『大宗無後，族無庶子已。今一適子，當絕父嗣以後大宗否？』戴聖曰：『大宗可絕。禮言適子不爲後者，不得先庶子也。族無庶子，則當絕父以後大宗。』觀戴氏所言，是必族無庶子爲大宗後，然後不得已已絕父以後大宗。其絕父以後大宗者，重大宗也。若族有庶子可爲大宗後，則適子不得爲後者，重父嗣也。蓋父嗣宜重而事當其變，勢處其窮，則當以大宗爲重，尊祖之道也。推吾父之心，甯可絶己嗣而不可以絶大宗之嗣，尊祖正所以申吾父之孝也。大宗宜重而族有庶子可爲大宗，則己又當以父嗣爲重，不得厚疏而薄親。況有功者與盡節者非大宗，又自有庶出子孫可以爲後，則己之適子斷不當絶父嗣以爲之後，即出繼之適子亦不當絶祖之嗣以爲人後。五禮通考載大清律，續增乾隆四年定例，獨子不許出繼。獨子不許出繼，雖非己之適子、父之適孫且不可，況爲父之適孫、己之適子而又爲獨子耶？

聖帝以孝治天下，知人子孫之心，斷不忍爲人之後，而使己之父無獨子；爲人之孫，而使己之祖無適孫。以子爲人後者，亦必不忍使人有後而致己之父無適孫，亦豈真願以子與人爲子而已甘心無獨子？緣人情以制律，所以絶欺詐之姦，杜爭奪之禍也。

然則如先爲人後，而後本生無子，則何如？曰：律有專條，若所養有親生子，及本生父母無子欲還者，聽此。雖爲養子而言，而嗣子固可援引以爲例。適子不得爲人後，儀禮文也；獨子不許出繼，今律令也。先以適子爲人後，誤也。今所後者，本有庶出子孫，義當爲之後，則前之誤以適子、獨子爲人後者，自當遵禮守律，退其繼以承己父之重。各親其親，各子其子，以正倫理，以厚風俗，以絶訟端。其斯爲仁至義盡也與！

父命說

或曰：如奉父命而以適子爲人後，則己雖無適子，父雖無適孫，義似不可退繼，恐違父命也。如奉父命而爲人後，則父雖無別子，惟己爲獨子，而既出繼則父絶，若退繼則違命，義當何如？

曰：父有正命，有亂命。正命可從，亂命不可從，從之則陷父於不義，非孝也。以子爲人後，必守先聖王之禮，必遵我國家之律。適子不得爲人後，古禮也；獨子不許出繼，今律也。如父命以適孫出繼，是不守禮之亂命也。父在，當委婉以陳之；父沒，當從容以改之，不得從父之亂命而以適子爲人後，致父有失禮之名。若父本無是命，而己欲奪人之適，託之於父命，尤不孝之大者也。而可不改乎？如父命以獨子出繼，是不遵律之亂命也。父前當哭泣以求之，父不從，當託父命辭之於族黨，使父不被不義之名，而己得以承祖若父小宗之祧。所爲後者自有同父周親，當仍以應合承繼者承其襲蔭，以絶骨肉之爭端，以全其父之正命。是違父命，正所以爲孝也。

昔者伯夷、叔齊，孤竹君之二子。父欲立叔齊，伯夷讓叔齊，曰：『父命也。』叔齊不可，曰：『天倫也。』伯夷不肯立而逃之，叔齊亦不肯立而逃之。夫叔齊卽立爲君，奉父命也。其不肯立而逃之，是違父命也。然而孔子稱之曰：『求仁而得仁。』朱子稱之曰：『合乎天理之正，卽乎人心之安。』是何也？蓋天倫、父命之説，雖皆有理可憑，然必伯夷以爲父命而讓叔齊，乃爲天理之至。若孤竹君卒時，叔齊卽持父命據位以自立，或伯夷不讓，而叔齊執父命之説起而爭之，是己貪天位而貽父以不義之名，攘奪其兄而委兄以不孝之罪，滅天理而窮人欲，敗常亂俗，傷斁彝倫，罪可勝言乎？是故易嘉幹父之蠱，論語垂幾諫之文，孝經重立身行道，揚名顯親，而不以從親之命爲孝。舜之不告而娶，而孟子以爲如告則廢人之大倫，以懟父母。蓋不告而娶，過在大舜；告而不得娶，過在瞽瞍。舜甯己受『不告而娶』不孝之名，而不使父得廢人大倫之怨。斯其所以爲大孝歟！

君命説

或曰：父命爲人後，而今爲獨子且適子，當委婉以求退繼，是矣。至於襲蔭，則受之於君，先既請於朝而頒受勅命，其何可復退繼而改以與人？於例恐不能行也。

曰：國家襲蔭之典，本爲嘉臣子之庸，卹臣子之節，先以嗣孫請襲蔭，時朝廷不知其爲適子，亦不知其爲獨子也，又不知襲蔭者之有庶出子孫可承也。今若以實情稟父命，或託爲父命，援禮經『適子不得爲人後』之文，引本律『獨子不許出繼』之例，又據『庶出子孫應承襲蔭』之律，在禮部呈請更正，或在都察院呈請部院疏聞於朝廷，朝廷必令禮部議復。吾知既本之禮經，據之律法，部議必無可駁，朝命必無不行，考之古事，證之五禮通考，博觀我朝之掌故，與近今邸抄之所載，其奉朝命更正歸宗者多矣。如此，則祖無適孫而有適孫，父無獨子而有獨子，己得承祖若父小宗之祧，竭誠盡力以報生我之恩，而先所後者，又得以其親骨脈承其襲蔭，奉其祭祀，消家庭之釁隙，全骨肉之至親，絶訟爭之隱禍，保父母之令名。各正其位，各得其所。孔子所謂『名正言順，則事成而禮樂興』，不其然乎？

卷第三　敘

春秋集義敘

孟子曰：『王者之迹熄而詩亡，詩亡，然後春秋作。其事則齊桓、晉文，其文則史。孔子曰：「其義則某竊取之矣。」』是春秋者，孔子明大義之書也。孟子又曰：『世衰道微，邪說暴行有作。孔子懼，作春秋。春秋，天子之事也夫。』所謂天子之事者，卽王者治世之大義也。王者以賞罰黜陟治功罪，春秋以褒貶明是非。王者之賞罰黜陟，非以意爲之也，隨其人之行事功罪大小、輕重而治之，而已固無與焉也！

自王者之迹熄，賞罰黜陟之義不明於天下，於是禮樂、征伐自諸侯大夫出，放恣至無所忌憚。孔子因據魯史所記當時之事，提其要而刪其繁，去其誣而存其實，褒其是而貶其非。夫褒貶者，非聖人以意爲之也。先王之道具在方策，聖人但於合先王之道之事具列焉。其不合於先王之道之事，亦具列焉。不加議論，但據事直書，或微其文，或括其詞，比前後而觀之，而是非自不可掩。所謂斯民也，三代之所以直道而行也，是卽所以明先王之大義，而使亂臣賊子有所懼也。故曰：天子之事，豈如先儒所云『執天子南面之權與王魯之臆說哉』！

莊子曰：『春秋以道名分。』夫名分者，卽義所在也。君臣、父子、夫婦、兄弟、朋友，名也。君臣有義，父子有親，夫婦有別，長幼有序，朋友有信，分也。春秋所記事，大概不越君臣、父子、夫婦、兄弟、朋友之倫，然而義、親、別、序、信者甚少焉，其不合者甚多焉。夫三綱五常之大者，卽所謂義也，合則治，不合則亂；合則存，不合則必至於危亡。春秋屬辭比事而詳書之，使人觀其所行之是非，而考其治亂存亡之所由起，以爲萬世之法戒，是卽所以褒貶之也，非聖人有意而褒貶之也。孟子曰：『孔子成春秋而亂臣賊子懼。』是特就其大者而言之耳。其實春秋所書不專是弑父弑君之事，凡君臣、父子、夫婦、兄弟、朋友之事，悉書之。其不合先王之道，不守先王之法，如朝聘、會盟、侵伐、圍戰、納幣、送女、祭祀、卒葬，一切禮樂、政事，違天子之法制者，皆書之。明此乃弑父、弑君之漸也。迨至弑父、弑君，特亂之極而顯焉者耳！春秋推見至隱，故凡君臣、父子、夫婦、兄弟、朋友交際之事，雖小而必書，所以著亂之自微而至著也。莊子曰：『春秋經世先王之志。』夫經世之要，莫大於五品之人倫，故子思曰：『惟天下至誠，爲能經綸天下之大經。』大經者，五品之人倫也。明五品人倫之義，使人人知正倫理，篤恩誼，然後可以經世而不敝，故虞書重慎徽五典，命契以敬敷五教，凡天秩、天敘、天命、天討，無不緣五典而起，是二帝三王之經世，皆以此爲要端也。孔子作春秋，亦正此義也。

或謂春秋爲尊者諱，爲親者諱，爲賢者諱，非也。夫諱者，特其事本未顯著，聖人因隱約其詞而不忍明言。至其事之顯然者，聖人固不敢掩之，以沒萬世之公義也。或謂春秋責賢者備，亦非也。夫賢者固不可以過而掩其功，而果有過焉，亦自不得以功而掩其過。若因其爲賢者而加責備焉，是刻覈之論，非是非之公，豈義也哉！或謂春秋內夏而外夷。夫內夏外夷者，以中夏有君臣、父子之人倫，夷狄無君臣、父子之人倫，故不得不嚴絕之。然而外夷之所以內侵，實由中夏不明先王之道，不守先王之法，君臣、父子、五品之人倫有所失焉，而後外夷得以乘釁而入，故春秋之所書明中夏諸侯、大夫之是非者爲尤多，定中夏諸侯、大夫之功罪者爲尤著，重內而輕外，所以正其本也，是亦大義之所在也。

春秋本魯史記之名，孔子特據魯史修之，有減而無增。其他不見魯史者，孔子不以入。故韓子曰『春秋謹嚴』。左氏傳春秋，則增入魯史之舊文，又多采取列國之史事，故有春秋所無而爲左氏所獨詳者。因其詳，固可推見春秋筆削之義，然亦往往因其詳，而反沒春秋之義者。至其所自爲說，尤多失之。故韓子曰『左氏浮誇』。公、穀罕見列國之史，其敍事往往得之傳聞，亦或以臆度之，故常不與左氏同。其推明春秋筆削之義，間亦得之，然又往往有以己意裁度爲之說，而失之於穿鑿者。自是以後傳說春秋者，殆數十家，最名於世者程子、胡氏，然程傳本未成書，胡傳多對時事以立論，大義炳然，而於聖人本意則亦有得有失。近時桐城方氏、靜海毛氏，皆就春秋本文以立言，頗合謹嚴之旨，然亦間有求之太深，而於聖人平易坦直之懷，不能盡相似焉。

余窮春秋數十年，考究左氏以下數十家之説，以求春秋之大義。光緒五年宰棗強，將告歸，因取平日所最洽心者，纂爲一書，名曰集義。其所取先儒之全説者，悉著其姓氏，其以意集衆説以爲一説而引申之者，則不細分某氏、某氏，用朱子論孟集注、詩集傳例也。夫讀聖人之經，非心聖人之心，不能得聖人立言之本意，余何能窺聖人之心哉？聊本經世道名分之義，據事直書、屬辭比事之法以求之，庶於春秋大義冀或有一得也夫。光緒九年秋九月，桐城方宗誠識於安慶寓樓。

五修族譜序例

吾家族譜，自道光己亥春儀衛先生更訂義例，法兼歐、蘇，而並用鄉賢姚惜抱先生之譜式。其言曰：『譜以紀世，非以紀貴；譜以紀信，不以紀虛。故歐公不望渤海，蘇公不望武功，姚公不望吳興，皆斷自可見之世，卽以爲祖，而他遠而不可詳者截而置之。其世系則用史家世表之法，而稍加以變通，期於世次易明，文簡易檢，册輕易挾。其傳贊揚美虚詞，盡刪去之，而惟臚列實行質言之以爲家傳。』其法固盡美而盡善，可大而可久也。

粤逆之亂躪桐者八九年，而舊譜幸尚未盡殘失，然而死亡遷徙，往往至於不可稽。吾甚懼焉！光緒丙子，予官棗強，因屬儀衛先生孫濤，歸與族人議重修之。凡生者、死者、婚者、聘者，其世次、名字、生辰、卒月、葬地，父子之相傳，兄弟之相及，遷居流寓之所在，按舊譜尋源流，分房爲卷而詳叙之。庚辰，予告歸，濤纂輯卽成，請加審訂。衡陽少保彭公邀予爲吳楚之游，舟輿之間，攜卷自隨。名山勝境游覽之暇，時用檢校，闕者補之，誤者正之，前增世範，後續家傳，中更詳考儀衛先生序跋，遵其義例而益加精密，以爲世表。念族人遭亂之餘，不忍如世俗之鳩資開局，以節靡費，遂命工至省寓，躬監刊成，分諸族人而謹守之。

夫譜者，敬宗收族之文也。須實存敬宗睦族之意，而不徒有其文。是則吾祖宗所望於子孫者。夫其中新增義例，具識前譜例言之後。

一恭紀制誥。制誥者，所以昭國恩也。族譜，譜合族之世系，非一支一房之譜牒。然祖宗中有因子孫力學，膺一命之榮，恭遇覃恩，錫以誥命封典；有因立德、立功、立言，督撫、部院議奏，奉諭旨准祀鄉賢、名宦；有因身殉節義，大臣奏奉諭旨旌邺。是皆天子綸音，理應登諸譜首，且使世世子孫感天恩之高厚，弘祖德於無窮焉。爰首列制誥一卷。

二世範。世範者，明家教也。宋袁氏世範，欲爲一世之範。吾譜之世範，乃爲世世子孫之範耳。凡六則，一曰敬懔國家典憲。天無二日，民無二王，尊無二上。爲人子孫者，第一謹遵國法，恪守王章，爲朝廷之良民，然後能爲孝子賢孫，不至玷辱祖宗，遺罹父母。君子懷德，守此道也；君子懷刑，慎此道也；君子喻義，明此道也。故首列兩朝聖諭，使世世知所法守焉。二曰謹守聖賢大訓。人生於世，縱不能希賢希聖，必思知爲人之大綱，全性分所固有，盡職分所當爲，然後可以承先啓後，故當謹守聖賢之大訓。三曰恪守祖宗成法。予家自祖宗來，世少顯達，專以耕讀傳家，孝弟力田爲本，至九世竹圃公始延名儒，以朱子之學教子，由是世守其教，雖尚文學，而總以古聖人孝弟忠信、禮義廉恥、勤儉和厚爲大宗，此予族所當人人遵行，世世恪共者也，故詳列其目，而以經傳之言發明之。四曰敬明服制典禮。聖人制禮，所以辨親疏，決嫌疑，別同异，明是非也，而九族三黨服制，尤重於禮經，歷代雖有損益因革之不同，而大綱皆所以明尊尊、親親之義，重三綱五倫之道，即朝廷刑律出入，亦以服制爲兢兢。是以朱子家禮及我朝律例，皆列九族三黨諸圖。今慮觀者未能明曉，因以古禮今制詳列於此，俾我族人咸知守禮遵制，敦親親之誼，免刑辱之慘，以全天性之仁也。五曰申明家政條約。論語曰：『惟孝友於兄弟，施於有政，是亦爲政。』能爲政於家，而後能爲政於國。吾族舊譜首列家政八條，切實淺近，士農皆可遵行。今仍列於世範之中，俾族人申明而共守之。六曰法守前人懿行。大雅云：『無念爾祖，聿修厥德。』無念者，謂不可有一念之或忘也，是以周公作無逸與豳風七月之章，文王、大明、思齊諸什以訓成王，無非述祖德焉。不獨陶、謝諸詩爲然也。吾族少達者，而名德徽行，往往見於志乘及海内諸名人集，因節録於此，俾族人知所法守焉。如能擴而充之，則尤祖宗之所厚望者矣。爰輯世範一卷。

三世表。世表者，明世系也。吾族譜始用系傳之體，自儀衛先生始從姚惜抱先生譜例，用史家世表之法。其言曰：『歐、蘇譜法，大抵就今日所確而可知者斷以爲譜。推其本同，著爲大宗；合其近屬，聯爲小宗。』又曰：『姚譜之法，則各异其房支，使其九族近屬聯以相從。慮不幸而有流離遷徙子孫，便於挾攜，故爲之小字十行本，以易夫方尺之鉅册焉。』予考禮曰：『別子爲祖，繼別爲宗。』鄭氏註大傳曰：『別子謂公子。若始來在此國者，後世以爲祖也。繼別爲宗，謂別子之世適也。』以吾譜論之，遷桐始祖則禮之，所謂別子爲祖者也。其二世分支以下，則所謂繼別爲宗者也。禮有大宗，有小宗，有百世不遷之宗，有五世則遷之宗。吾族二世分支，宣公爲老長房，當爲合族之大宗。憲公當爲老二房之宗，安公當爲老三房之宗。老二房之下至四世，又分爲二支，則二世憲公、三世琇公又當爲老二房之祖，其四世歷山公當爲分支中一房之宗，四世半山公當爲分支中二、中三、中四、中五四房之宗。四世半山公至五世又分爲四支，是半山公又當爲中二、中三、中四、中五四房之祖。其五世守溪公當爲中二房之宗，泉溪公當爲中三房之宗，左溪公當爲中四房之宗，小溪公當爲中五房之宗。是在當時皆所謂五世則遷之宗，而其後各房子孫蕃衍，亦可爲百世不遷之宗矣。舊譜世表皆小字雙行，今於別子爲祖，繼別爲宗者，各房世表皆用大字以別之，取春秋大書特書之意，以提綱而挈領也。如木之有本，水之有原，本原巨而支流細，不亦宜乎？舊譜一世祖、二世祖世系，惟載在老長房卷首，而老二房、老三房分支，卷首但自三世祖敘起，中一房與中二房、中三房、中四房、中五房公共之三世祖世系，惟載在中一房卷首，其中二房、中三房、中四房、中五房之公共四世祖，與各房分支之五世祖，皆非中一房之嫡祖，乃世系亦惟載在中一房卷首，而各房俱從六世祖敘起，反無五世以上之嫡祖焉。有事檢閲，實覺難明。今按一世祖是合族公共之祖，應列於譜首，惟老長房卷内宜詳，二、三各房亦應自始祖敘起，庶各知其所本，但文可稍從略耳。二世兄弟分支，自應俱列於始祖之下，子從父也。惟各房卷首亦應詳敘其本房之二世祖，俾各知其所本，他從畧焉。三世以下類然矣。故今次重修世表，各房俱從一世敘起，公共之祖載在長房卷首者，應詳載在各房卷首，文稍從畧。其分支之祖，則各房應各詳其本支之祖，而他則但載其兄弟之行次，餘不必詳焉，以有其本支詳之也。於是合之爲一族之譜，可知敬宗收族之道；分之則爲各房之譜，可知本末親疏之宜。無事檢閱，固覺縷析而條分；有事考核，亦無庸旁搜而遠討。將來子姓蕃庶，而房分卷帙，究屬無多，變亂遷移，挾攜亦易，洵可大可久之規也。且各房譜首，皆必自一世敘起，仍不越推其本同，合其近屬之意，否則异日族大支繁，譜牒重鉅，雖小字十行本，慮仍難於挾攜。惟各房皆畧敘一世以下世系，則可合而時亦可分，可分而終於可合，册輕固易於挾攜，而有本則不至於遺佚，仍是姚譜之法，特變而通之以盡利，化而裁之以從宜焉耳。爰爲老長房世表四卷，老二房中分五支世表十六卷，老三房世表一卷，共世表二十一卷。

四家傳。家傳者，昭先德也。禮曰：『先祖無美而稱之，是誣也；有美而不知，不明也；知而弗傳，不仁也。』昔正學先生云：『有君子而無祿位，族雖衰，盛也；祿位先榮而君子無聞焉，族雖盛，猶衰也。』今世爲子孫者，但知爭祖宗遺産而不知表彰先德，豈不與籍談數典忘祖同譏哉！吾族自始祖遷桐，食舊服疇，世承清德，昔謝靈運有述祖德之詩，陸士衡有『誦先人』之句，今竊比於是焉。删繁就簡，去文存質，爰述先德一卷，母儀一卷。

五文契。誌文契者，絕訟端也。上古結繩而治，後世聖人易之以書契。書契者，治世之要也。周禮：小宰之職，以官府之八成經邦，治有版圖、傅別、書契、質劑之文。鄭氏註曰：『傅別、質劑，皆今之券書也。』是以先儒論治，皆有明契券之言。祠墓者，祖宗神靈之所憑依，體魄之所藏也。祭田者，享祀烝嘗之所出。爲人子孫，可不謹守之乎？舊譜中所載記議契約，今悉仍其舊，俾世世有所考。其新增者，亦附於篇。先墓圖乃昔道光己亥修譜時，先朝議鶴樓公所親跋涉而繪成者，今仍摹而刊之，留示族裔焉。

族譜書後

吾族相傳明初自婺源遷桐，其在婺源之祖，世遠不可考而知矣。今所傳墓碑、族譜，第知自遷桐始祖以來，至宗誠十三世，下至十七世焉耳。考明世譜牒，遭獻賊之亂盡失。幸中四房八世族祖吉生公曾收藏殘牒，請隱士楊植爲之序。復幸中二房九世族祖子榮公有抱殘守闕之功，老長房十世族祖介祺公承其祖母何太君之命，復加搜討，捐資付梓。由是族中始人人有譜，三公之功也。

惟自明初迄國朝康熙己巳，逾三百年，意何以止歷八、九世，其中世次恐有遺佚者矣。而文獻無徵，徒深浩歎，未可以臆斷也。今幸尚有存者，則惟據其可知者而譜之，是以嘉慶丁巳、道光己亥，皆以吉生、子榮、介祺三公所修譜爲底本，儀衛公但改譜例，歸於古法而已。而闕文終不敢臆補，蓋其慎也。自康熙戊戌至嘉慶丁巳，越八十餘年，相去太遠，中間又恐不免有遺失。自嘉慶丁巳至道光己亥四十餘年，自道光己亥至今光緒癸未又四十餘年，幸相越尚未甚久，然自咸豐癸丑至庚申遭世亂離，死亡遷徙不可知者，已往往有之。設今不修，久之不又將無所稽乎？

今予捐資纂修，校刊既成，爰據舊譜記歷次重修之年月，纂輯之名目，俾後世有所考焉。古以三十年爲一世族譜之修，至遠不可踰四十年，慎無久曠，以墜前人之遺緒也。光緒九年歲次癸未夏六月既望，十三世孫宗誠謹識。

校刊漢學商兑敘代

昔孔子論學曰：『君子博學於文，約之以禮，亦可以弗畔矣。』夫顔子卓爾之後，喟然而歎曰：『夫子循循然善誘人，博我以文，約我以禮。』嗣後曾子傳大學，其要在於格致誠正。子思作中庸，其旨歸於明善誠身。孟子願學孔子者也，其論學之旨曰知言、養氣；曰盡心知性，存心養性；又曰『博學而詳說之，將以反說約也』，發明孔子之言至詳切矣！真所謂同條共貫者歟！後世記誦詞章之學，偏於博而不約，其所博者，亦非孔子之所謂博也。虛無寂滅之教，偏於約而弗博，其所約者，亦非孔子之所謂約也。子思子曰：『君子尊德性而道問學。』夫孔子之博文，道問學之事也；孔子之約禮，尊德性之事也。博文乃所以約禮，約禮必本於博文。尊德性必本於道問學，道問學乃所以尊德性。偏於一端而昧其全體，必將墮於蔽陷離窮而不自知，其又何能弗畔也哉？朱子紹周、程之傳，以明孔、孟之道，其言曰：『居敬以立其本，窮理以致其知，反躬以踐其實，無偏無倚，與聖人之旨若合符節。』維時陸子以易簡爲教，而詆朱子爲支離，遂開明儒心學之宗，其說近似約禮，而實非孔子之約也。明季儒者矯心學空談性命、荒經蔑古之弊，而馳騖博雅，遂至穿鑿傳會，支離瑣屑，逐末忘本，以開漢學之宗，其說又近似博文而實非孔子之博也。自二宗各逞所偏，而程、朱之學晦；程、朱之學晦，而孔、孟之正道以亡；孔、孟之正道亡，則有志於學者歧途雜出，遂茫昧而無從入矣。

永城劉虞卿先生著理學宗傳辨正一書，以明辨陸、王心學之非。桐城方植之先生著漢學商兌一書，以明辨近世宗主漢學之失。二書弗串群言，折衷至是，皆經霍山吳竹如先生校訂，真閑道之書也。予不敏，曾校刊二程遺書、朱子全集、年譜，下逮元許魯齋、明胡敬齋二先生之書，以明正學之所宗，復刊吳竹如先生校訂理學宗傳辨正，以端學者之趨向。今讀植之先生漢學商兌，復重刊之，與理學宗傳辨正可以相輔而行。

夫心學，謂心卽理，以朱子格物窮理爲支離，其流遂至於信心。漢學復以朱子爲空疏，而以言心、言性、言理爲厲禁，其流遂至於駁雜。兩者各有所偏，而適以形朱子爲道中庸之正軌。歧途不塞，正道其何以著也？是書原本四卷，始刊於粵東。後復自補刊誤一卷，行世久矣。自是書行而詆謗朱子之風以熄，亂後版本久燬。先生從弟存之宗誠據刊誤本刪補原書，仍爲四卷。盱眙吳勤惠公重刊於蜀中。其後華雨樓復刊於四明，仍粵原本而遺刊誤，非全書也。今仍遵用吳刊全本云。光緒甲申閏五月。

校刊何文貞公遺書敘

道至孔子而大明，周末、秦、漢之際，復爲异端諸子之説所淆亂。漢惟董子得其醇，唐惟韓子得其正，宋至周、張、二程四子者出，俱稟中行之資，剛健之性，而益之以純粹以精之學，因得不傳之道脈於遺經，藴之爲德行，行之爲事業，著之爲文章。朱子生其後，集群儒之大成，本孔子下學上達之訓，深造自得，益充實而有光輝。其傳注諸經，俱粹然一出於正。由是孔子所傳二帝三王明德新民之學，又復大明於世矣。朱子既没，黄勉齋、真西山衍其傳，元許魯齋，明薛敬軒、胡敬齋及於我朝之張楊園、陸稼書諸先儒續其緒，俱能篤守其正而不失程、朱論學之宗。其行己立身，或出或處，事君臨民，著書垂教，咸能擇善，固執真知，力踐於孔孟之道，而不爲异説之所遷移，是皆所謂言可世爲天下法，行可世爲天下則者也。

嘉、道間，海内重熙累洽，文教昌明，而闇然爲爲己之學兢兢焉。謹守程、朱之正軌，體之於心，修之於身，用則著之爲事功，變則見之於節義，窮則發之於著述，踐之於内行，純一不雜，有守先待後之功者，聞見所及，約有數人。長白倭文端公、霍山吴竹如先生官京師時，與師宗何文貞公、湘鄉曾文正公、羅平竇蘭泉侍御，日從善化唐恪慎公講道問業，不逐時趨。其時在下位者，則有湘鄉羅羅山先生、桐城方植之先生、永城劉虞卿先生，俱無所師承，而砥節礪行，爲窮理精義之學。厥後諸公學成德尊，倭公則完養深醇，近於薛文清。吴公則誠明兩進，近於陸清獻。羅、方、劉三先生閑道距詖，其正大精純，幾於韓子之辨佛、老，朱子之辨雜學，是皆大有功於道教者也。曾公既用其學，撥亂反治，以勳德顯。竇公秉正嫉邪，以直言著。

獨何文貞公高志卓識，實體躬行，毅然有堯舜君民之心。嘗補輯朱子大學講義進呈，又手録真西山大學衍義恭呈黼座，其他奏議，無一不以君德、人才爲心。惜乎年未强仕而遽賫志殉節，不獲盡施其所學於世，著述亦散軼不全，然固已無愧於古之純儒純臣也已。

六安涂朗軒制軍曩嘗從倭、吴諸公游，篤好正學之書。既刻程子、朱子、許文正、胡文敬全集，嘉惠士林，復校刊倭文端公遺書、吳公拙修集、劉先生理學宗傳辨正、羅公姚江學辨、方先生漢學商兑，今復訪得何文貞公遺書，屬宗誠編次，急爲刊行。

夫文貞此書，乃其篤志程、朱之學，欲以道致君澤民而未盡者也。涂公之刻此書，與前所刻諸公之書，非徒篤師友之誼，而欲顯微闡幽也。誠以其皆聖賢之道、正脈所關，故樂爲傳之，使學術不致爲异説所迷誤，而明德新民之學常昭於世也。讀者當有以默識於心云。光緒十年孟冬月。

開縣李尚書政書敘

右開縣李尚書政書二卷，光緒十年公薨，其門生某某取諸文集，節錄爲一編，公子本方郵寄予以乞志銘者也。予因用於清端公政書之例，稍變通之，以爲此書。

公爲人闇然實行，不事文藻。咸豐初，予客開封，聞公治尚慈恕，操行貞介拔俗，事繼母摯孝純誠。時公官安徽，已告假歸養矣。予因爲嚴渭春中丞草薦賢疏，起公於家。公恬退不欲出。次年，公避亂至荊州，嚴公改撫湖北，邀致幕中，與予同居遊者一年。公悃愊無華，性情靜謐，處仕宦喧赫之中，翛然如出諸塵表。然與論世事是非邪正，較然不能欺，利害情弊必推其所由生，而究其所終極，雖恭默寡言，不事表暴，而臨事慎重，觸理洞然，信乎其爲通達政事，有守有爲之君子也。

未幾，曾文正公檄調返安徽，從之江甯，由是洊至大用，終繼文正公兩江之任。公設施張弛，一守文正公之舊。有因時變革者，亦潛移默運，不事鋪張。至憂深慮遠，見幾防微，外至邊防，內及朝政，時蹙然見於其容，侃侃爲政府言之，而不但爲一時之計，一人一方之謀也。嗟乎！清端公仕當承平之秋，而公處艱難之會；文正公當撥亂反正之仕，而公處沖主在位之時。衆皆謂亂賊既平，已治已安矣，然事幾皆隱伏於其中，有潛滋暗長而不覺者。公獨見之明，憂之深，言之不禁其痛切也。公之志雖未竟，而公之忠亦可謂自靖者矣。

予既負沈痾，不獲爲公誌銘，遂告公子，以宮保彭公所爲神道碑文列於此書之首，天下後世讀公政書並彭公之文，已可以知公治行之足法矣夫！光緒十一年四月桐城方宗誠謹識。

勵學室詩存敘

昔予官直隸，震澤莊君子封客安徽，以其所爲詩文貽予，致願交之意。予與君初不相識，誦其詩，知爲溫雅君子也。又讀其所校刊父兄、戚友諸詩，益知其倫理之篤，性情之摯。

光緒六年冬，予謝官歸寓安慶，君居中丞幕府，始訂交。予不工詩，寡交游，日閉戶誦習經史。君至，始開徑一談，互以文字相觀摩。君則喜友朋多談讌唱和之樂。七年秋，以所編勵學室詩存見示，蓋朋儕聚游酬唱之所作也，且多紀載忠義節烈之詞，而屬予爲之序。夫詩之爲教大矣，而其最足以動天地，感鬼神者，尤在於厚人倫。觀東山、破斧、桑扈、鴛鴦、魚藻、采菽、行葦、既醉諸詩，雖上下之交，天地縣絕，而互相酬答，略勢分聯，情誼直如家人父子之親。想其時朋友之交，其信義切偲，鶴鳴子和，更可知也。

曩者，安慶初復，曾文正公駐節於兹，公知人善任，又親賢禮士，以作人爲心。文武賓僚俱一時賢傑，罔不習公之教以成風尚，海内名儒、高才碩學、詩人文士俱以公爲依歸。而在下者，亦各自有其儕，以道藝相切劘。文正公嘗笑謂皖爲君子國也。維時上下之際，幾有泰交之象，正風正雅之遺，朋游聚處之樂，號爲天下極盛。其移節金陵、直隸也亦然。然公所居成聚，公去則人士漸希。

今公薨十餘年，及予之歸，而前時交游諸君子，散亡略盡矣。流風餘韻，其尚復有振起者乎？乃觀君朋儕聚游之樂，談讌唱酬之什，獨不減昔時，諷誦再三，殊足慨慕。惜予學殖荒落，不獲追隨其間，讀其詩而序之，倘亦予之幸也已。光緒七年。

石鐘山志敘

石鐘山之名，始見水經酈道元之註，李渤之記雖不同，然皆謂以聲得名。蘇子瞻親游其地，謂有大石空中多竅，與風水相吞吐，有噌吰窾坎鏜鞳之聲，是亦謂兹山之名以聲傳也。其曰：事不目見耳聞而臆斷之，不可。

予每讀其語，未嘗不歎其義蘊之深，以爲必得玆山之名實矣。

同治元年春，予客武昌，謁曾文正公於安慶，旋反。公命舟師送予，迂道泊石鐘山下，登坡仙樓以四望江山之勝。時兵甲初洗，樓閣重新，波濤不驚，極目千里，至足樂也。方粵賊破武昌，下金陵，復上攻江西，重陷武昌、安慶，而石鐘當鄱湖之咽喉，賊環礮駐其中，屯聚軍火糧餫，以爲上下攻戰之用。我兵久爭不得下，外江内湖隔塞而不通。文正以今宫保彭公統舟師血戰八年，殉士卒數千，始得此關，而後直擣安慶，圍金陵，肅清巨寇，綏定東南土宇。是石鐘一山，非徒足爲游覽之名區，實兩湖三江扼塞之要害也。

彭公既殲賊，建亭閣其上，復請曾公疏建水師昭忠祠於山之中。又立法度，分舟師駐湖口，永爲重鎮，俾外江内湖姦宄不容，洵經國之遠謀，衛民之長計也。彭公嘗言：『予駐師山下久，水涸時環觀上下兩鐘，巖皆有洞，可容千百人。下鐘巖之内，如大厦層累，而上計數重，内有小阜，躡危境，可攀以登，見摩崖擘窠書「丹房」二字。又有詩作仙人誕語，石罅漏天光，中多鐘乳。蝙蝠大者翅紅如團扇，最高處隱隱聞山頂考鐘聲，乃知玆山以形名，非以聲言也。』文正公亦嘗入觀之，嘗記曰：『石鐘山者，山中空，形如鐘。東坡所記非事實，由是知天下事理不可勝窮，雖目見耳聞，而非有真知灼見於胸，不仍難免於臆斷乎？』

光緒七年秋，彭公召游匡廬，往來大孤、小孤之間，住玆山旬有八日，益得盡覽其勝。日登慈蔭閣，望五老峯如在苑囿。益陽丁燕山提軍既從二公成戡亂之功，復作鎮於此十餘年，增修重樓傑閣，剷石浚池，蒔花種樹。又於鎮署後作舸亭，介上下石鐘之間，相爲掩映，蓋慕羊叔子輕裘緩帶之風。繼又考古證今，輯石鐘山志十六卷，屬予爲序。予讀之，幾玆山之勝境名流載於史傳、詩文者，搜羅詳盡，美矣備矣。而其正石鐘之名實，具興復之本末，足以訂前賢之失而資後世守禦之備者，所繫爲至大而且遠也。爰掇其要，以識於篇末云。光緒八年，桐城方宗誠撰於漢陽晴川閣祥雲輪舟。

求可堂遺書敘代

人心秉彝好德之良，君上佑賢輔德之政，與天地福善禍淫之理，常默相感通。此所以上下交而爲泰也。苟人君之好惡賞罰，不當於天心，則天地之氣亦往往爲其所亂而不得勝。歷覽前世昏濁之朝，惡直醜正，忠臣循吏沈寃而不伸，而天亦常若助其凶虐，是豈真氣數使然哉！昏亂之君所爲，勦絶天命，剥喪元良，故天亦若無如之何也！天子與天同體，苟好善惡惡之心，協乎天地，則天地福善禍淫之理，亦自潛爲感應，而與國運相維持。

往者，康熙時兩江總督噶禮嫉湘潭陳公賢，疏劾下獄，又與儀封張公互訐，張公解位聽質。仁皇帝知其賢，命星使三反之。時噶禮氣勢諠赫，雖以遂甯張文端之賢，猶不能無唯阿，故張公卒不得直。仁皇帝特詔責群臣曰：『張伯行，天下清官第一。朕所深知，何不爲百姓保全清官哉？』立反其獄，復命巡撫江蘇。而噶禮拿問後，因事置大辟。當陳公下獄時，迎噶禮意者，欲斃之獄中。仁皇帝令使者過江甯，往視之，呼曰：『須還我活陳鵬年也！』由是陳公得不死。予每讀二公事至此，深歎我聖祖仁皇帝至仁如天，至知如神，雖堯、舜不能過也。

今讀求可堂遺書，又知其時有永定廖瀛海先生，爲吳縣令，以仁明廉正爲張、陳二公所知，噶禮憾其不附己，誣劾罷職。後與陳公同日復官，是固足見當時輿論不没三代直道之心，而我聖祖仁皇帝整飭紀綱，培養人才，實足貽萬世無疆之休也。張、陳二公，既生爲名臣，没祀名宦。張公復得從祀孔子廟庭，而瀛海先生循政，既昭著於當時，子孫科第名賢，世繩祖武。今其來孫轂士兄弟，復説禮敦詩，由翰林躋顯仕，志希前賢。書曰：『天有顯道，厥類惟彰。』要莫非我聖祖仁皇帝德與天合，天心之所好者，亦好之；天心之所惡者，亦惡之。故天地之心，始終與聖祖感應而無間也。轂士以先生遺書相示，謹爲發抒天人相通之理如此，至先生孝友忠信，臨民之清勤，折獄之明慎，足爲世法。遺書具在，不復論云。

希賢錄敘代

光緒七年，予奉命巡閱水師至九江，謁先賢周子墓。先是，咸豐五年，湘鄉羅忠節、李忠武購甓石重修，至是予見其未備也，復令湖口鎮總兵益陽丁義方庀材督工，經營修整，用期久遠。既成，屬予記之。

予維周子之學德行精純，體用具備，上繼文、周、孔、孟，下啓二程、張、朱，宋賜謚曰元，義深遠也。其所著太極圖説、通書與易繫辭、大學、中庸之旨如合符節。經朱子註釋之後，明時取以冠性理大全，我聖祖仁皇帝命儒臣纂修性理精義，復取以弁篇端，循明制，頒之學官，著爲令典，與六經、四子書並垂天壤。其言行、出處、進退，幾於時措從宜，近於君子依中庸，遯世不見，知而不悔。宋史創立道學傳，而以先生爲首，稱朱子、濂溪先生，事實所載特詳。宋史卽據以立傳，其賜謚有禮臣之議，其從祀有理宗之詔，其墓則有潘興嗣爲之誌銘，其重修墓則有羅忠節公爲之記，皆能發明先生體用實學，予無以益也。

夫尚友古人者，不徒在過墓生哀，過廟生敬，尤當奉其德行、政事、學術以爲師法焉。既撰重修墓記以識顛末，復取宋史道學傳、朱子所撰事實以及賜謚議從祀詔、墓誌銘、修墓記，並繪墓圖，彙爲一編，俾仰止先生者考其言行，知其窮理盡性至命之學，實能存諸心，備諸身，發之於事。君行政、濟人、澤物之間，故可爲百世師，而非徒託空言比也。用以自勵希賢之志，且以勵同志云。

昔友箴言敘

吳縣袁敬孫、常熟王敬安嘗爲言其友昭文潘允升之爲學也，年少有高識，踽踽獨行，爲文超异乎恒流，而有鄙夷不屑之志。好窮經，讀先儒之書，期實踐躬行，不苟隨流俗，動履必依於禮，交接必以其道，雖人非毁之，不計也。與朋友處，直諒切磋，無唯阿。家貧，守志節，不爲動。雖不知者誚之以爲怪迂，然久之無不心折。事親誠孝，能喻之於道。其父母素耽佛學，久皆深悟，而棄之不復爲也，以故兩君時樂與之共學。

允升没，思慕之，不能忘。又聞桐城阮生仲勉、馬生通伯、姚生仲實，咸爲予言鄉試時嘗訪允升於金陵，沈毅敦篤，雖甚病而無惰容，即初交而切劘如久故。聽其言堅卓，令人興發，充其闇然務實之心。使天假以年，終成其學，不可爲光輝發越之君子與？嗚呼！天生材之難，生材而尚志好古，爲篤實爲己之學尤難，以予所交桐城劉岱卿、浦江費崇朱皆敦實學而早夭，不獲遂其所志。今聞允升亦然。噫！是豈一人之不幸哉！

光緒甲申，予友宗君思柔以所爲文示予，雄峻奇崛，足發其胸中不平之氣，然言皆有物，不爲浮靡之詞。又嘗篹昔友箴言，皆所録允升相與論學之語。予讀之，益知允升志識之超卓，議論之精實，信乎异於今世之士。而宗君於其平日既相觀而善，今墓草已宿，而猶手録其書，時時展玩，如相對語。允升生平狂簡之氣象，懇直之言詞，他人於其生前或畏忌之，而不願見聞者，君獨時縣諸心目，而不忍一日離。易曰：『同心之言，其臭如蘭』。是真所爲神交心契者與！

允升卒時，年甫三十一，無兄弟之親，惟二女弟能藏其書，爲手録其遺稿。袁君、王君皆欲爲編次，以傳於世。今復觀宗君是書，朋友之義誠可風範百世，而允升之學行，有能令人没世不忘者，其爲人亦可想見之云。

光緒十一年六月。

黄嶽生明經遺集敘

昔孔子四教，首列文，而次以行，至其以身作則，則又抑文而專尚躬行君子。夫文與行豈有二哉？文而必實之於行，行而後著之於文，期謂之躬行君子焉耳。又曰：『善人，吾不得而見之。得見有恒者，斯可矣。』所謂有恒，恒於爲善也。記曰：『敦善行而不怠，謂之君子。』倘即孔子重躬行之意耶？

六安黄嶽生明經稟性篤厚，學尚躬行。居鄉里宗族，敦周禮之六德六行倫紀之間，肫然惻然，委曲周至，必求毫髮無所憾。今觀其遺文二卷，以善自淑，即以善淑人，居窮處亂，抱獨善之操，懷兼善之量，化行一家，漸及於閭里、州邑。曾子曰『士不可以不弘毅』，『仁以爲己任』，『死而後已』。若明經者，其亦可謂躬行善之君子者與！顧予讀太史公司馬子長之言曰：『言不雅馴，縉紳先生難言之。』此言撰著之體然也，故曰：言之無文，行之不遠大。易論立言之道，曰『言有物』，又曰『言有序』。孔子曰：『文質彬彬，然後君子。』浮華巧飾以爲文不可也。樸質而未能雅馴，亦豈立言之善則哉！明經行過於文，集中記事記人詳贍曲盡，而一片愛人利物濟世之心，委婉純摯，成人之美，樂道人之善，誠可師法。惟質勝於文，又以僻處鄉閭，見聞稍隘，未能深澤於古，盡歸雅馴。

今明經之子禮耕介涂朗軒制軍屬予爲刪節存之，後之讀者重明經之行，即重明經之文；而讀明經之文，益足知明經之行，文與行合而一之。古所稱布帛菽粟之文，璞玉渾金之品，明經其庶幾無愧也夫！光緒乙酉五月。

周氏清芬集敘

桐城山川雄傑，盤迴深厚，甲於江南北，磅礴鬱積既久，遂發而爲人文。自唐、宋已然矣。唐曹松著於全唐詩録，宋李公麟見於宋史文苑傳，迨明至國朝，人文尤推極盛。康熙間何芥須輯有龍眠古文，潘蜀藻輯有龍眠風雅，皆纂集一邑之詩文也。道光間徐樗亭、戴存莊復賡續以廣之，曰桐舊集，曰桐城文録，則世家巨族又多裒録一族之著述，以存文獻焉。如方氏之有方氏詩輯，馬氏之有馬氏詩鈔。烏呼盛哉！是皆一邑鍾毓之秀，非徒爲一族之光顯也。今觀周君琴風及其族人所輯鷗石清芬集，不與方氏、馬氏同爲孝子仁人之用心也哉！

且桐之先輩，非徒以詩文著也。其仕者，類多以經濟、氣節、忠義顯；其處者，亦多以通經學古、著述文章、篤行孝友顯，史傳、志乘，代不絶書。周氏自農父先生以明季諸生憂心國事，研求實用，不顯於時。遭國變，隱居土室以終，名高天下，不求仕進，其志行可與古之義士比倫也。筆峯先生生康、雍朝，以名進士爲邑宰，不貪利禄，耽心經學，沈潛性理，尤好朱子之書，兼研究左、國之文，凡异教之言，浮華之文，不以寓目。其所著書，風行海内，可以師表一世。是二先生者，固非周氏一族所得私也，其餘諸先生亦皆學有家法，行誼可稱，其詩文多不失先正矩矱。琴風諸君輯以示族姓，其用意不亦善乎？

凡人之情，於古人言行雖慕之而猶不甚親，見先世手蹟之所貽留，則不禁欷歔而欲涕。里黨才俊之士，於古昔聖賢經術文章，雖敬愛之，猶退讓而不敢抗志尚友。見鄉前輩遺書，則不禁慨焉思慕，奮然而興起。何者？其地近，其人親，故其心易感激而動也。琴風是輯，吾知周氏人才其自此日盛也乎！吾邑人文其因是復盛也乎！

琴風與其族人屬予敘其書，因讀其書而揚搉其義焉，或亦農父、筆峯諸先生之心所深契也。光緒十二年五月。

卷第四　書後

書拙修集續編答問後

右竹如先生答問一卷，石埭楊仲乾明經所輯録也。先生生平不立講學名，惟務窮理精義，躬行心得，遇友朋後進質疑問難，則必切偲明辨，不少和同。仲乾初爲李二曲之學，好善力行，自以爲有所得矣。年六十餘，見先生，乃折節讀程、朱書。時先生年七十五，寓金陵，仲乾特移就居，朝夕相從問難。先生嘗與宗誠書，稱其篤行好學，省察巖，從義勇。專心讀近思録，再三玩味，始記所疑，俾予反復論難，以暢其旨。此卷所答近思録問是也。

往者宗誠編先生拙修集，先生與仲乾重訂，時亦多所問答。仲乾取先生手劄，輯而録之。今觀其書，仲乾問學之勤，窮理之細；先生析理之精，擇善之密，虛衷審是，心氣和平，無毫髮固必之見，而皆本其行道而有得於心之言。是誠足爲後學所效法也。

涂朗軒制軍任蘇松太倉兵備道時，既刊行拙修集十卷。今宗誠於仲乾讀書記中得見先生答問一編，多聖學之微言。仲乾所疑，亦天下後世學者所共疑而莫解者，得先生言，昭然如發蒙矣。因編附拙修集後，以備遺云。光緒八年冬，桐城方宗誠謹識。

書拙修集續編詩後

右竹如先生詩一卷，咸豐己未，宗誠授經山東藩署時，命長子培濬所手録者。先生幼從桐城陳澨臯先生游，陳先生名家勉，工於詩，爲劉海峯先生弟子，有策心子詩集行世。故先生自少亦喜爲詩，及後篤志程、朱之學，又日盡心政事，遂不復多作。然性情沖淡，氣象從容，溫厚天真之趣，間亦流露於楮墨間，則真詩人之詞旨也。先生老年深嗜吾師植之先生昭昧詹言，令仲子應焯手録正副二本，嘗嘆謂自昔論詩，未有如其精深雅正，洞澈本原者。時編摩而諷味之，由是不欲存其舊作。其後自訂拙修集時，以爲無關心得，手自删去。先生之虛心不自足如此，蓋深於詩者也。

望江倪豹岑中丞嘗於大梁得他鈔本一冊，愛其詞合風雅，亟爲刊行。今朗軒制軍自武昌謝病歸，寓居安慶，屬予復取舊藏本，與倪刻互相校訂審求，至是因爲續編於拙修集之後云。光緒九年九月桐城方宗誠謹識。

予校竹如先生詩集成，而識其顛末。朗軒制軍又爲予言：『先生自訂拙修集時，興國萬清軒謂「弟喪，不宜有哭弟詩」。請節去之，先生曰「卽全删之，可也」。以故刻前編時無詩。』予謂此見清軒守禮之正。然聖人論哀樂，必主於致中和。居喪而爲他詩文，是忘哀。忘哀，非禮也。若弟死而哭之以詩，是哀之至，而以詩抒其哀，俾其小弱情事常在心目，逾久而不忘，與爲他詩文不同，且使哀得有所發舒，亦可以無至於傷之過，是哀之中節者也，庸何害乎？先生不欲明辨而全去之，洵足見先生心之虚而動容，周旋中禮，亦於斯而可以想像之矣。因復記於詩卷後云。宗誠再識。

重校志學録跋尾

此予自少讀書至五十以外逐日所記，光緒三年在棗强編次之，以爲是録也。大致仿近思録之序，惟近思録當學絶道晦，异端盛行之時，以明道爲心，故首列道體以立之極。予生聖道大明之世，故以立志爲學爲第一義，非敢云教人，特以自勉耳。

孔子論語、大學皆以學爲始基，則立志爲學，不宜首重與？存心謹言，慎行處境，學之實際，故次之。居敬致知，讀書窮理，則知之事也。知何以後於行也？論語弟子一章固以行爲先也，以存心謹言慎行爲質，而後加以居敬致知之功，則居敬乃不墮於虚，致知乃不涉於泛，由是而存養省察克治，反身體察，正倫理，篤恩誼，則誠、正、修、齊之事也。正倫理，篤恩誼，何以不及君臣一倫？則以治體治法次其後也。治體治法，固君與臣所當盡之倫理也。又以修、齊而後及於治、平，大學之序也。終以從祀賢儒，卽近思録觀聖賢之意，何以無辨异端一門？果能立志爲學，俱以實際爲歸，自不陷於异端矣。

是録多浮光掠影，無躬行心得之實，然於聖學庶乎其無差謬也夫！至八年以後，又有續志學録三卷，因即以綴於是編。光緒十一年宗誠重校，時年六十有八。

重校俟命錄跋尾

是書乃咸豐三年後，避亂五載，每遘一次賊禍，因以胸次所蓄者，私記一卷，以貽後人。大抵每卷首記世所以致亂之由，中籌撥亂之道，後記處亂之策，卷末引古人之言，則所以策勵自守之道也。凡卷皆有論學之語，而卷八、卷九二册，則與朋友論學諸生講經所得。亂中無事，因而記之，以共明聖賢之正脈焉。自始亂起，以至於出游山東止，都爲十卷。其後論學，則筆之經説中，經世之心則見於文集奏議、書劄、稟牘之中矣。

昔讀孟子七篇，首多論治道、論古事，蓋始欲出而濟世之言也。末方論性、論學，純粹似孔子論語，則成德之書矣。是録前六卷，避亂山中，末引孫徵君、魏叔子事以自砥礪。七卷，官軍剋復未成，末引昌黎精衛銜石詩，所以自矢也。八卷，山中無事，一意研學，末引楊園先生語以自廣。九卷，末引詩亦同此意。十卷，官軍又收復未成，予亦將出游矣，末引望溪之言以自明著此書之心。雖是十卷之末，實即全編之書後耳。光緒十一年，宗誠重校，時年六十有八。

書晦菴詩文鈔校本後

常熟王敬安慶長承其先公寶之先生學，宗尚朱子，兼習爲古文辭。一日，以家藏明吳文恪公訥所輯晦菴詩文鈔示予，蓋成化重刊本。寶之先生嘗取宣德原刊本、明刊大全集、宋刊浙本，用硃筆三校之，敬安以手澤所存，裝池成帙，勘定精審，丹鉛爛然，洵希世之珍，傳家之寶也。

古之稱達孝者，曰善繼人之志，善述人之事。寶之先生之校是本，非徒愛朱子之文也，蓋好其學焉。朱子之學，本於韋齋；韋齋之學，淵源伊洛。朱子承其緒，復溯源於堯、舜、禹、湯、文、周、孔、孟，而近得統於周、張、二程，德性問學，致廣大而盡精微，極高明而道中庸。

凡异端曲學，支離駁雜之説，皆析之極其精，而守之極其正，著爲文章，發爲事業者，罔不篤實而有光輝。道統之傳，韋齋啓其端，朱子盡其藴，真可謂集群儒之大成，而足稱繼志述事之達孝也。

敬安好朱子書，當由此本而擴充之，自堯、舜、孔、孟之正經正傳，以及歷代諸大儒之言行，皆日浸淫於其中，藴爲德行，行爲事業，以期不墜寶之先生之學，亦如朱子之能承韋齋者。斯卽謙讓未遑，不敢自居達孝之列，抑亦可謂世德作求者矣。朱子之德業，寶應王白田先生懋竑所撰年譜最詳且精，而所輯朱子論學切要語一册，尤足以爲學的，是又學朱子之學者不可不考也夫。

京師會文册跋

同治九年秋，予至京師，居黄子壽太史興勝寺寓舍。時沈叔眉軍機、廖穀士、李虎峰、曾麓民中翰皆年少，篤志於學，立節概，尚操行，不苟隨流俗。聞予至，皆禮下焉，爲予書此册，所以輔仁也。逾數年，聞子壽言虎峰卒。又逾數年，聞王生敬安言麓民於去歲亡。因及其友潘允升有高志卓行，而惜其短命而死。天生才之難，往往不得其壽。既生之，又奪之，弗使大有所成就，亦獨何歟？孟子曰：『天壽不貳，修身以俟之。』論語曰：『日月逝矣，歲不我與！』君子所以貴惜陰而務時敏也。

光緒八年夏，宗誠識。

滬上觀摩册跋

同治戊午冬，予爲應敏齋觀察校上海志，寓也是園，亭臺泉石極勝，所謂蕊珠書院也。時上海三書院，興化劉融齋中允主講龍門，嘉善鍾子勤孝廉主講敬業。融齋性篤行恭恪，守宋儒之學。子勤好穀梁春秋，作疏以明范氏之説，其人則温恭守禮，近兩漢儒者。友人沅陵吳桐雲觀察別七年矣，適自閩將歸沅州，邂逅於此。桐雲好古文，尤喜研究易、書二經。三人者時相過從，互以所業質疑，而龍門書院好學之士亦多喜從予游，講論甚樂也。將別，各書此册以慰離思。嗣後予官直隸，與桐雲復會於天津。未幾，桐雲卒，子勤繼之。及予謝病歸，將復訪融齋，而融齋復病卒矣。思故人而不得見，展此册，爲之悵然。光緒壬午夏四月，宗誠識。

馬雨農學士書孝經跋

同治二年，予依曾文正公於安慶。三年，金陵復，公移節江甯。時大理馬雨農學士居母憂，公留之主講安徽敬敷書院，遂邀予結鄰於小南門，日夕相與論學，甚得也。

學士天性摯孝，每念母，哀泣動人。令其子從予游，予亦令次子執經侍學士講席。四年，爲予書孝經一卷。時大理陷回逆，學士不得歸葬其母，遂權厝於大龍山之西，築室其旁，時往哭奠，依依不忍去。嘗延予與香山何封公曰愈、石埭楊明經德亨往相墓，孝思綿邈可念也。五年，學士至京。六年，主廣東鄉試，復來安慶省母墓。予以事之上海，不獲見。九年，始復見之於京師。十年，以閣學主福建鄉試，遂視學江蘇，未幾而病卒矣。公妻、子皆先卒，附葬母側。至是其嗣子以遺命，亦權厝公母墓之旁。

公爲人重厚温恭，篤於内行。始奉命視學安徽，至卽丁艱，未獲成其孝養之志。既又埋骨异地，不得遂其反葬之忱。雖生事愛敬，死事哀慼，而揆之孝子之心，終有遺憾焉。嗚呼！天實爲之，謂之何哉？光緒壬午余月，宗誠識於安慶寓舍。

廣川朋來册跋

予生平講明心性之師友，在里則方魯生，在外則吴竹如先生，而在江南、直隸，則依曾文正公爲最久。及官棗强，魯生已前没，吴、曾二公亦先後棄世，不獲再親德教，時用黯然。

曩張生念祖、王君問山、張君菊坪過訪棗强時，屬爲書吴、曾二公詩，魯生遺書數則，簿書之暇，一諷誦之，猶恍惚坐春風也。黄君子壽，亦予心性交二十餘年，嘗延之棗强，不得至，故屬書其文，寄以示予。今又十年，予假歸而四君宦迹分馳，相去復千里矣。講論之樂，亦豈可再得耶？光緒八年夏，宗誠識於安慶。

書孫氏族譜後

曩予校刊陳松田先生遺文，見其孫陳二君進學説曰：『予友孫子舫山、陳子玉田，實用力於學道人也。』又曰：『异學昌熾，正學不明，當今之世，能守道而化物者，舍二君，吾誰與歸？』竊心嚮往其學，而恨不知二先生爲何許人。後予編次孫麻山先生遺文，檢邑乘考之，第稱華農子而無名。及遍考諸前輩書，始知其名學顔，字用克，一字爾堯，號周冕，所居麻山，其室曰『華農精舍』。讀其文，知其學術謹嚴，有秉正疾邪之概，義利之幾，儒、佛、朱、王之介，析之極其精，辨之極其詳，與國初大儒張楊園、陸清獻二先生文相類。因嘆先生學行如此其醇，而邑乘不載，乃作三隱君子傳以表之。三隱君子者，麻山師友方閑阿、胡莫齋，皆邑志所未載者也。然終不知舫山爲何許人。及今讀孫氏譜麻山世繫表下注曰『一字舫山』，然後知舫山即麻山也。譜牒之有關於國聞也如此。司馬子長十二諸侯年表序所以亦有取於歷譜牒與。

劉賡臣墓表書後

清泉劉君賡臣以樸學清德隱居教授，既卒，其門人羅鳳岡誌其墓，徐宗亮表其阡，敘文行特詳。君長子某以表示予，命爲傳。予讀之無以益之也。然竊因君之爲人師而有感焉。

我朝沿明制，以科舉取士。康熙時既命儒臣纂修七經、性理、朱子之書，博采群儒之説而欽定之，以爲士子研經致用，窮理盡性之本。而又嘗命儒臣方氏苞精選自明以來四書文，以爲應舉士子之法程。其文皆取理明詞達、清真雅正者爲之宗，其人皆取名儒名臣、篤行之士、通學之流。文稍背於經義，行不能符於其文，文雖佳卒置不録。此所謂維皇建極，一道德而同風俗也。是以其時文學之士，莫不根柢經術而立身具有本末。雍、乾、嘉、道以來，人才勃興，臣節、士習、吏治、官方、風俗、人心皆有樸厚之氣。何者？其所學有本也。

近數十年間，士子皆習爲速化之術，不惟群經、諸儒理道之書束之高閣，即欽定之文，里塾之師亦罕以教其弟子。問之書肆，亦無有焉。方氏所自爲四書文，號爲大家，前時家弦户誦者，今皆不知其文，甚且能道其名氏者鮮矣。嗚呼！此學之所以日陋而士風之所以日下也。周子曰：『師道立而後善人多，善人多而後朝廷正，而天下治。』師道之失也久矣，豈不重可憂哉！

君爲文，必本宋諸儒之説，而歸於方氏論文之旨，雖屢試不售不悔。其與門人子弟言必稱方氏書，至老不衰，是真能得其所宗矣。使天下爲師者，皆如君之不爲習俗所移，而力挽風氣之波流，人心世教，其有瘳乎！

光緒八年夏五，桐城方宗誠譔。

池上題襟小集圖跋

昔聖門侍坐諸賢，言志在兵、農、禮、樂者，夫子皆相對於無言；志在春風沂水咏歌者，則喟然而嘆，以爲吾與是。豈若後世清談高舉之士，鄙吏事爲俗情，樂游泳爲雅致耶？君子或處或出，或語或默，無非任天而動，與時偕行。有春風沂水之襟，期而後能素位而行其兵、農、禮、樂之實際。若獎獎焉以物爲事，而無超然樂天之懷，又何能循理奉法，有悠然自得之趣於職事之内也？

光緒壬午夏，安慶屬邑蛟暴起爲災，大府以譚令君仲修賢令權首邑。大祲之後，綜理煩劇，稽災氓，勤拯恤，修堤防，備水患，嘗食宿郊坰踰旬彌月，不憚勞瘁，而政暇則稽古考文，喜爲咏歌。癸未三月，天氣晴和，漸有豐年之象，集同人於城南賓館池上，循修禊故事，流連竟日。古者學問之道，有藏修必有息游，以涵泳之。文武治世，張弛互有其宜，所以蠲除煩苛，與民休息，以養元氣，非懈弛也。

令君仕優則學，敬賢好士，吟咏風月，養民以和。吾知其胸中必有所以自得，而非厭棄吏事者流也。是日游罷，君倡爲詩，諸君屬而和之。閻君爲作圖敷敘其事，予幸與勝會之末，因識數語於圖後云。

周孝子遺事記書後

馬平王拯定甫記周孝子人偉遺事，哀其年十七能殺父仇，自首，竟下獄瘐死。謂今律雖無專言復仇事，而稱凡殺有罪者，得無死，矧殺人之曾殺其父而逃大辟者哉！有司者不能善行其意，姦人殺人而得不死，事覺而吏得其情，又牽於前有司者之絓累，不敢反於平，此周孝子所以卒死。其説當矣。

惟疑記曰：『父之仇，弗與共戴天。』而周官乃曰：『殺人而義者，令勿仇。』又曰：『凡報仇讎者，告於士，殺之無罪。』周官之言，疑不可明。夫殺人而義，爲私言之乎？天下無私殺人而義者，雖義亦何可私殺人？爲官言之乎？官殺人未有不義者，誰敢仇仇官殺人者？亂民也不復辨，若報仇讎而得告於士，爲士者固當代雪其仇，何至令報者之自往殺之？此其所疑，殆未詳周官立法之本意也。

夫周官之言，皆爲斷獄者言之耳。殺人而義者，令勿讎。如捕盗而盗拒捕，捕者不殺盗，則必見殺於盗。或人有殺人者，人見之將捦之，殺人者抗拒，其勢又將殺人，人起而殺之，此其勢迫不及告於士。然皆殺人而義者也。義者，謂其人有當殺之罪也。或人將殺其父兄，已往救之，因格鬬殺其人，如其情實，是亦殺人而義者也。何況報仇讎者先告於士，不得直，因伺便而殺之，是尤殺人而義者也。在被殺者之家，必告於士，而士聽之，既得其實情，必當明辨其是非曲直之所在而告之，令其家之勿讎也，故曰此爲士師聽獄言之也。至報仇讎者告於士，殺之無罪。夫家有父子，國有君臣，人之大倫也。父之讎弗與共戴天，報仇讎者必告於士，此天之經，地之義也。告於士，士聽其曲直而爲之雪其仇，殺之無罪，此一定之理也。其或士不能爲之雪其仇，而爲子者伺其便而直殺之。或幼穉羸弱，遲之數十年而後殺之，是殺人而義者也。

周官固未明言，然既嘗告於士矣，則殺之無罪，固已明言之矣。不告於士而殺之，是但知父子之恩，而不明君臣之義，殺之不得爲無罪也，慮開擅殺人之端也。所罪者何罪？其擅殺也，非直以殺人者死論之也。何則以有殺人而義之法在也，況孝子之母既嘗告於士，士不能爲之直其獄，孝子稍長，持弗共戴天之義而殺之，而自首於官，而乃不爲之稽其前獄之曲直，斷罪之當否，以定前有司之罪，而反令孝子瘐死於獄中，是誠有司者昏瞶之罪也，而豈周官立法有所失乎？吾故備論之，以爲有司之斷斯獄者審焉。

書高忠憲公年譜後

明高忠憲公與顧端文公同爲東林之傑，而忠憲之出處進退，守死善道，尤無一不合於時義，其時時以盡忠君國，擔荷世教爲心，與端文同。而其涵養深醇，從容就義，則似猶有過之。雖其論學未能盡脱姚江之藩籬，專尚静坐，以爲七日來復之義，見譏於清獻陸子。然其爲明季之大賢，則固無异詞也。

今讀其門人華允誠所述年譜，有一事可疑者。先生祖静成公生繼成公，名德徵。繼成公生先生，而静成公有弟静逸公，名校，是先生之叔祖父也，無子，以先生爲嗣。萬曆二年丁嗣母朱夫人艱。十七年丁嗣父艱。予始頗疑之，先生之嗣静逸公，乃爲叔祖父後也，不得稱之爲父，朱夫人不得稱之爲母，豈傳寫誤耶？不然，華公學行卽世所稱鳳高先生也，何稱名之不正也？後見毛氏奇齡大禮議有云：今吴陋俗，雖士大夫家亦有以子兄其父、弟父其兄者。動引爲人後者爲之子，以爲之據。然則先生之稱嗣祖父爲父，稱嗣祖母爲母，殆吴中相沿之陋俗歟？夫爲人後者爲之子，以服言也。如以兄弟之子爲後，自當從父子之名。若以兄弟之孫爲後，則當從祖孫之名，而服則如父子之服，猶承重孫之例也。蓋服以承其統，而名必順其序。春秋書仲嬰齊卒，公羊氏曰『爲兄後也』。何氏曰『弟無後』。兄之義爲亂昭穆之序，失父子之親，故不言仲孫明不與子爲父孫也。此父子之義也。然則又豈可以孫爲子哉！吴俗今未知何如，而忠憲明之大賢，華氏亦名儒也，慮讀年譜者借口以爲流俗之法，不可不辨。

予既爲此辨，後讀潛邱閻氏若璩文，有論汪鈍翁立後書。鈍翁以長子筠卒，以幼子穀詒爲之後，名之曰『權』。潛邱譏之曰：『鈍翁長於禮學，而又身爲士夫，不應當哀悼荒惑之餘，任情黷禮若世俗人所爲者。』然則吴俗誠有如毛氏所云也。閻氏又引宋文鑑劉原父爲兄後議而辨之。原父之議曰：『春秋之義，有常有變。取後者不得取兄弟，常也；既已取兄弟矣，則正其禮，使從子例，變也。』閻氏之辨曰：『天下何事不可權？而惟倫關父子，事涉宗祧，天經地義之所在，有必不可以權爲辭者。』觀閻氏之辨，辭嚴義正，別嫌明微，辨上下，明是非，弟不可以父兄孫，又豈可以爲子哉！

書吴文節公年譜後

予讀儀徵吴文節公年譜，公長子養源所述也。其於公事君之忠，謀國之明，任事之勇，備矣。獨其湖廣死事之所以見忌於巡撫者，則未悉焉。當時固有所避而不敢盡言，亦其時養源未從行，實有所不及知也。

咸豐末，予客豫撫嚴渭春中丞幕中，中丞先爲湖北江夏令，述文節事甚詳。其言曰：咸豐三年九月，文節以奉命調督湖廣，至武昌，先馳檄令屬吏無出城迎。至行轅受印，僚屬皆在，署督張公亮基亦在座。公問賊蹤何如，巡撫曰：『在田家鎮，當出城駐營爲防。』公曰：『善。』巡撫遂慫恿公具疏於朝。是時公不知田家鎮失也。次日，田家鎮十三日失守報至，公屬巡撫及守令城守，不可出城。巡撫艴然曰：『翼日公疏請出城駐營，今何忽欲城守乎？』公曰：『昨不知田家鎮之失，以爲駐營城外，調度易，聲勢壯也。今鎮已失。賊上竄，不固守城，將借口出城紮營，爲退逃計乎？』巡撫固争，公謂張公曰：『公山東巡撫，可去。余有城守之責者，出則以國法斬之！』拔佩刀置几上，謂巡撫曰：『例兵歸總督，公欲出，不得以兵從！』於是遂具疏陳固守城池策。是日，遂登城巡防，晝夜駐望樓，不解帶者數十日。賊退城完，而巡撫以爲兵非我事也，安坐衙齋不出。先是，文宗見公前疏，不知公爲巡撫所欺也，怒批曰：『爾輩皆欲出城乎？』及見公次疏，猶怒批曰：『爾等竟不出城乎？』巡撫疾公深，批摺回，益自得。賊退，遂疏令公出城勦賊。公先與曾文正公議，在湖南造師船，增募勇。未至，欲少需。巡撫劾之，反以公爲安坐衙齋，得嚴譴。於是十一月遂遵旨帶兵出省。四年正月，以兵單餉匱陣亡於堵城，巡撫猶以公不知下落爲詞。嚴公性剛直不阿，與巡撫争，巡撫怒，嚴公亦怒，乃得以死事上聞。

後曾公嚴劾巡撫，而文節之忠貞乃白。嚴公屢屬予爲文記其事，今因讀公年譜，爰補識於後。

書朝鮮使臣李敬之鴻臚所書册後

朝鮮使臣李敬之鴻臚，同治九年以請頒朔來京師，與予讌集貴築黄子壽太史座上。鴻臚爲人質而文，温良而識大體，能爲詩歌以自娱。予因咨諏朝鮮之政教、禮俗、兵制、賦税，以擴聞見所不逮。語所不解者，皆以筆答之。敏而有文，簡而有要，同席者咸奉爲寶玩。鴻臚遂索予序其晚香齋詩。子壽倩人作談瀛雅集圖，又屬予爲記。鴻臚得予文喜甚，因書此册寄予，效古人縞紵之誼也。計今已閲十五年。

當時共讌集之友，邵武楊湘筠觀察素剛廉，有大節者，業已先逝。去年廬江吴小軒軍門以朝鮮慮爲日本所侵，奉朝命率師戍之，國乃安。致予書，謂鴻臚尚無恙。今年小軒卒，竟不聞鴻臚消息矣。朝鮮素臣屬中國，服聖人之教。今東洋强行天主教於其國，致生内變，而琉球、越南向之藩服中國者，今皆爲諸夷所侵陵，且擾及中國之邊垂，是皆與鴻臚别後之變故也。撫此册，爲之悄然。光緒九年冬月，方宗誠謹識。

題吴氏世篤忠貞卷後代

昔聖人繫易至坤曰：『地道也，臣道也，妻道也。地道無成而代有終。』明臣道、妻道，固與地之承天一也。然而臣之於君，或遠之而不獲任用，或用之而非其地、非其時，或任之而非其職、非其才，則有雖委身授命而不得終君之事者矣。若婦之於夫，或艱貞苦節以持其業，或忍死育孤以延其嗣，夫之所賫志未終者，罔不賴以有終焉。有較勝於臣之能遂其志者，故易象上篇首乾、坤，下篇首咸、恒，真以夫婦配天地也。

今觀桐城吴氏恒甫、筠生父子之死王事，張宜人、方安人姑婦之苦節全孤，於臣道、妻道咸無憾焉。至張貞女之未字守貞，非有事姑之職，而自不忍重闈之顛連；非有撫孤之任，而自不忍於夫嗣之終札。易曰：『恒其德貞，婦人吉。』又曰：『女子貞，不字。』是誠循其天真之自然，而非出於勉强名義而爲之者。吴氏之忠烈節義，再世而無成，而易之所謂代有終者，其將又在貞女乎？此漢書三老掌教化，扁志其門，以興善行。貞女義婦，所以與孝子順孫並重也。

馬徵君遺集跋尾

予曩編桐城友人馬命之徵君遺集，其子復震既刊行。或謂余不應以經義入之。竊考韓、蘇集中皆有試論，欽定四庫全書中劉左史集，宋劉安節撰有經義十七篇：周禮十一篇、論語三篇、孟子二篇、中庸一篇。提要稱其經義尤明白條暢，蓋當時大學之程式，後來八比之權輿也。又議編次者以祭文青詞冠經義論策之前爲顛倒尤甚，則經義入集自古有之矣。又劉給諫文集，宋劉安上撰其第五卷有經義八篇：周禮二篇、論語三篇、孟子三篇。以予觀之，二劉文皆不及命之義蘊之深也。昔姚惜抱先生云：『國家以經義率天下士，苟有聰明才傑者，守宋儒之學，以上達聖人之精，卽今之文體，而達乎古作者文章極盛之境，經義之體，其高出詞賦、箋疏之上倍蓰十百，豈待言哉！』是言也，惟命之之文真足以當之，何爲不可入集乎？光緒乙酉九月，宗誠又識。

續東軒遺集跋

光緒八年秋九日，予訪孫海岑於淮安，晤山陽高子上延，第好學藏修，不求仕進，談及故友高伯平遺書，因檢此本見貽，讀之如見吾友清介拔俗之氣象也。予年二十餘，卽聞蘇厚子徵君道伯平之學行，同治六年丁卯秋，予游西湖，訪伯平於東城講舍，留信宿，談讌極樂。別後一年，遊滬，其門人袁爽秋於龍門書院言先生復往淮上。又數年，遇爽秋於保定蓮池書院，則言先生已棄世數年矣。撫兹遺文，悵焉忘慕。宗誠寶應舟中識。

同治二三年，予從曾文正公於安慶行臺，遇故人子邵子齡，訪其尊人位西先生遺書，則盡燬於賊矣。因檢平日所抄藏位西文稿示之，子齡喜，卽録副以寄父執高伯平。後又訪得禮經通論之半，亦録寄之漕督吳公，遂並爲刊行。予友獨山莫子偲既卒，其仲子仲武亦校録其遺詩遺文，刊於揚州，並校刊子偲所輯注黔詩，予得之喜而不寐。每思故人，展玩不釋。

今於淮安復得伯平遺集，其子叔遲行篤，所校刊於揚州者。子齡、仲武、叔遲能繼志述事如此，可謂孝子也已，抑亦位西、子偲、伯平三君子篤古立行之報乎！宗誠又識。

陳母楊太恭人行述書後

雲南陳雲溪明府宰桐城，明恕勤能，愛民而疾惡。太恭人迎養在署，尤憂心民間疾苦，常勗明府以兢兢。士民稱明府之賢者，無不歌頌太恭人之仁，謂明府之母亦衆人之母也。乙酉秋，太恭人病卒，民間匍匐弔哭送之於百里外。予聞而心欽之，明府自爲文敘述太恭人徽行，既無不具矣，而予尤嘆其貞静純一之操，爲古今不可多見也。

先是，贈朝議公困諸生，早卒，明府時甫三齡，遺命太恭人讀書世業，不可失也。太恭人遂不茹葷，淡泊明志，以訓其子者二十餘年，卒成進士。雖其後境已豐亨，老遇疾病，氣血耗損，而明府孝養備至，太恭人終不改其常。噫！何其篤也。人之情，不隕穫於貧賤者易，不充詘於富貴者難，而疾病死生之交，尤不易貞一其素守。易曰：『恒其德貞。』孟子曰：『殀壽不貳，修身以俟之，所以立命。』其太恭人之謂耶！宋儒尹和靖先生之母訓和靖曰：『吾願汝以善養，不願以禄養。』古之大孝不以養口體爲能，而必以養志爲歸。孔子稱夷、齊之賢，甘心窮餓，爲求仁而得仁，然則太恭人之行，固士君子之所謂求仁得仁者也。明府其亦可以無憾也夫！

卷第五　記

庚辰南歸記

予官冀州之棗强，屢乞歸，制軍李公不可，任九年餘矣。庚辰春，請假歸省墓且就醫，許之。六月十三日，代者至。予在官，興廢舉墜，凡教養之政，知無不爲，牘無留，囚無滯，賦税已徵者悉數起解，以故交卸之日，不以一事累後人。

先是，游子代觀察、黄子壽太史聞予乞假歸，期至省垣相晤，予義亦當謁李公而後南旋。二十一日起程，過故城，登舟。二十六日未至静海二十里，泊舟南岸，晚大風，沈數船，死者十餘人。予所泊幸避風無恐。二十八日至天津，謁李公，晤吴摯甫刺史、吕庭祉觀察。庭祉自別京師，不見十二年矣。七月二日至保定，子壽先因事之通州，屬其季子國瑄，予至，延居古蓮池，掃榻君子長生館以待。國瑄醇謹溫和，事予如弟子之於師也。次日，予往哭丁樂山廉訪。廉訪，合肥人，有忠孝大節，負文武才，觀察天津，循政著遠邇。及爲按察使，署布政使，勤於政事，以察吏安民爲心。年甫五十，未究其用，遽卒。惜哉！其性情、德業、政事，李公疏陳於朝，又爲表其墓，大概具予所撰祭文中。是日晤丁福田軍門，廉訪從弟也，磊落軒爽，遇事能達大體，無武人之習。予居蓮池，以請假不謁大府，惟晤按察使葉公、知保定府馬公屢枉過先施，一再報謁而已。子壽居蓮池，主講書院，兼總纂畿輔通志，其襄纂校者多一時淹雅之士。其書院中高才生，則有安州廩生陳文煜，字述兹，講夏峰孫徵君之學。新城舉人王樹枏，字晉卿，講考證辭章之學。永平舉人胡景桂，字丹舫；清苑舉人張銓，字衡齋，皆講經學，工文辭。而陳君尤志於身心，日夕與講論，甚樂也。子壽藏書極多，樓上下幾數萬卷。予借得崔東壁遺書、劉霞軒文集、金仁山集、方恪敏詩集、安徽通志、天乙閣藏書目錄、祁刻説文繫傳讀之。十三日，子壽歸書院，日夕講論。志局中涇縣吴蘭石太守焕彩、霞浦吴彝丞大令壽坤、武進丁汀鷺大令紹基、欒城張惇德拔貢、甯津吴棠湖孝廉潯源皆博學能文，亦時過訪。閩林子穎大令穗、羅田周少白大令錦心、昆明戴翊臣縣尉清、光澤何幼原縣丞芳諱、清苑郭瑞田茂才雲豐、貴築周惺吾大使開陽、陽湖趙君堅茂才實，或長於地輿，或長於人物。讀書之暇相與考古論今，極朋游之樂事。惟聞俄羅斯以據我伊犁不歸，將開兵端，而朝議不定，實爲隱憂。先是，朝命侍郎崇厚往議和，未候諭旨，徑許以十六事，中多萬不可許者。朝廷震怒，下崇厚刑部議處以斬監候之罪，而命出使外夷曾劼剛襲侯紀澤復往俄羅斯議之。又命黑龍江將軍協同河北道吳大澂治兵吉林，命山西巡撫曾沅圃中丞國荃治兵山海關，湖北提督鮑春霆超亦統師駐之。八月二日曾公至保定，公與予有故，且知己也。三日，往謁之，病軀當大任，不似當年攻金陵城時之英邁矣。將啓行，子壽及同人贈以詩畫一册。呂庭祉自天津來，贈予詩四章。予因作題蓮池詩册後一首，子壽又屬爲題劉滄州印存一跋，爲子壽校訂古文百餘篇，爲王晉卿校閱所著二册，又作周氏兩世循吏傳。

四日起行，七日過文安縣蘇橋程善人祠，敬其行誼，舟中爲作記。先是，自棗强至保定未攜書，舟中讀李文公集數周，校訂近著春秋集義一周，至是自保定至天津讀陳白沙集數過，復校春秋集義一過。晤吳摯甫談兩日，謁李公一次。出城十五里，往觀機器局，晤故人程曦之、查雲階。過青縣江大令貢琛，屬撰太夫人七十壽序。十四日至滄州，訪丁福田軍門，留談數日，謁包孝肅祠，予最喜謁古賢之祠，以伸仰止之思。居保定一月，未出游，惟謁楊忠愍公祠而已。舟中讀莊子章義、惜抱尺牘、惜抱書錄三種、古文苑二册。二十六日至冀州，謁李鑑堂刺史，良吏也。回，至棗强寓舍。

九月一日，挈眷南旋，車行過泰安，游岱廟、王母池、斗母宮，遂登岱頂。予生至是四登岱矣！咸豐九年八月偕方魯生，同治五年夏隨曾文正偕黎蒓齋、李申夫，八年冬十月偕游子岱，至是偕妻子三人。先是，光緒二年予仲子守彝、族孫濤亦往游焉。予曾作重游泰山記，仲子亦作文記游。一家俱登岱，亦快事也！過郯城，與妻子謁東海孝婦祠。過清江，得故人張鏡堂遺書於書賈，及植之先生漢學商兌、書林揚觶，吳仲仙制軍所刻也。

往歲，同治癸亥，鏡堂以編修督學雲南，歸過皖，曾步行訪予安慶寓中，以所注孝經質正予。後曾文正公令治兵，入陝西，陣亡。予久訪其遺書不得，今見之快然。

十六日至淮安，晤孫海岑太守雲錦。太守仲子名仲平，予女子夫也。讀太守在曾靖毅公軍中時所上論事書及需次金陵時論事稟牘，事理通達，宅心仁厚，深敬服之。留數日，見其二子孝友溫恭，男女雍穆，予女亦知孝敬，生一外甥，殆所謂和氣致祥者與！晤故人子盧江吳小軒提督長慶，談竟夕。時奉朝命移軍山東，籌海防。

二十六日登舟過高郵州，游露筋祠。事雖未見史傳，然固節烈貞女也，命予妻往拜之。過寶應，訪故人鮑花潭中丞源深，未遇。晤方子嚴觀察濬師，贈予詩一首。又讀其蕉窗隨筆十六冊，多記載本朝掌故。又讀其所校刊傅鶉觚集，晉傅元集也。過揚州，謁史忠正公墓，瞻仰其遺像。游平山堂竟日，瞻仰歐陽公遺像。山川平遠，心曠神怡，亦足樂也。泊金山三日，盡覽其勝，瞻東坡蘇公遺像。平山堂、金山，極亭臺之勝，亂時皆燬，前過其處，瓦礫堆耳。別十二年，今至此，已有盛年景象矣。聞彭雪琴宮保駐節焦山，不見公已十三年，往訪之。至焦山，宮保前往吳淞口觀礮臺。以俄夷生釁，朝命公兼轄海口防務。予因泊舟山下，登山眺覽。次早將行，宮保反，不期而遇，真奇緣也。予與曾沅圃中丞別十七年，與吳小軒軍門別十二年，皆不期而遇，以慰離思，倘所謂氣類相感者乎！

十月九日至金陵，晤甘愚亭表兄紹盤，訪舊友江甯汪梅邨先生士鐸、全椒薛慰農太守時雨、涇洪琴西觀察汝奎、武昌張廉卿中翰裕釗、石埭陳虎臣明經艾、甘泉劉恭甫明經壽曾、吳縣朱仲武茂才孔彰、霍山吳畏齋應焯，竹如先生仲子也。梅邨狷介博洽，爲江蘇宿學中第一人，年將八十，貧甚。予欲贈以金，不受。贈以葠，亦不受，乃與洪琴西議助資爲刊其書。虎臣恬靜寡欲，不求仕進，而孝友至性，不減古人。慰農有政事才，守杭州多惠政，以與大府不合告歸，時年甫四十餘耳，放浪山水、辭章之中，主講惜陰書院。廉卿工古文辭，宗法甚正。恭甫，予故友伯山子也，能世守考據之學。仲武孤苦自立，工辭章，其父駿聲精小學，仲武能世其業，賢子孫也。

畏齋謹身安貧，能守竹如先生之教。愚亭宰興化、江甯、崇明三縣，皆有循名。因崇明有假報命案者，愚亭知其詐，不准傳人，欲得其尸以證其誣，而又詭云在海門廳。欲往海門驗之，而又謂已腐爛，請免驗，及未驗，而不得遂其詐財之欲，乃誣訴於上。制府沈文肅公不察其誣，遽入彈章。後審其人，實虛誣，坐以罪。而愚亭已先被黜，沈公不復爲奏白矣。夫牧令者，治平之基本也。朝廷求循良詔屢下，而愚亭以循良被黜。文肅，大府中賢者，初至任，欲黜一二人以立威，未察實，遽入疏劾。後雖知其枉，且知其賢，而不肯上章。任過已私之難剋也如此，惜哉！

十日爲予生辰，飲於愚亭家。十一日過曾文正公祠前，因思是日公生日也，將入謁而不獲。慰農使僕導之，得拜謁焉。久欲謁公祠，在天津因其祠中寓行醫夷人，不願往。今過金陵，得見公祠。又適值公生日，亦一奇也。十二日游愚園，明徐氏西園舊址，亭臺池沼花木之勝，甲於一府。十三日游故朝天宮舊址，今爲府儒學。與劉恭甫謁顧亭林先生祠。十三日游莫愁湖，樓上供曾文正公與明徐中山王像。中山王坐樓前，文正公立樓後，面對湖山，被長衫，不冠帶，鬚眉、神氣、笑容可敬愛，儼如生前。惟比在直隸時容貌稍瘦，此蓋復任江督時所摹。吳竹莊方伯刻公一像於江西，亦長衫，不冠帶，極肖，蓋公未過五十時所摹也。予此行多得古賢像。在山東境，見僧忠王像，今又見文正像，非大幸乎！

十四日，愚亭登舟送予至大勝關，竟夜談。先是，初九日亦來舟談一夕。往年與愚亭好游覽山水，凡桐城佳山水處，皆有予二人跡。相別十四年，今復得尋昔日之樂。然予年六十三，已衰。愚亭年七十而健如少壯，貌加豐，神加王，豈非其爲官時胸少愧怍，罷官時自反無歉使然乎？孟子曰：『養心莫善於寡欲。』又曰：『由是觀之，君子之所養可知！』吾於愚亭見之。愚亭有二孫，能讀書，天或者以此報之乎？舟中讀洪忠宣傳、夷堅志、蕉窗隨筆，評閱張廉卿古文，校改柏堂集十餘册。過采石，阻風，登太白樓。予每過平山堂、金、焦、采石，皆阻風數日，豈性好山水，有神者特縱予之游觀耶？

過蕪湖，訪石埭楊文至，故友仲乾明經子也。仲乾名德亨，好講心性之學，躬行實踐，省察剋制存養之功，雖造次顛沛，未嘗違。六十外從吳竹如先生游，窮理益力。生平剋己爲善，內處家庭，外處鄉黨、宗族、朋友，無時不與人爲善，終身不見有疾言遽色者，予生平惟見竹如先生、曾文正公及仲乾三人而已。萬清軒布衣、汪省吾大令、陳心泉觀察、陳虎臣拔萃亦能之而尚不及也。著有尚志居集十餘册，予索歸舟中爲刪節之。往年曾爲刪節一過，仲乾皆以爲然。別後十餘年，所著尚未盡讀，今校閲之。暮年進德益純粹，氣象和厚，語語動人，誠敬涵養之所得也。擬編校，爲謀刊行。予在棗強，凡師友遺書皆節録編爲數十册，如玉峯許先生、從兄植之先生、蘇厚子、方魯生、姚石甫廉訪、邵位西員外、唐魯泉大令、吳竹如先生、宗滌樓觀察、倭艮峯文端公、李文清公、蘇菊邨教諭、王子涵觀察、萬清軒布衣、汪省吾大令、陳心泉觀察、郭遠堂中丞、曾文正公、竇蘭泉侍御、夏弢甫學正、單伯平學博、劉融齋司業俱已成編，惟仲乾書未得其本。今獲全讀，亦大快也。仲乾生平積德累仁，見其子能守其家，心尤慰焉。舟中涉獵唐孫真人千金方、洪氏集驗方、王伯申經傳釋詞諸書。

十一月三日抵安慶省寓。同行者予與妻及少子培蔭三人，戚黨二人，族黨一人，同鄉里一人，僕三人，婢二人，僕婦母女二人。至寓，見寡妹、子婦、諸孫十餘人皆無恙。未幾，一弟來言與寡姊俱無恙，然皆老矣。光緒六年歲次庚辰冬十一月，宗誠記。

譚藝圖後記

右姚石甫先生談藝圖，道光丁酉再權兩淮都轉時所作。先生文章政事，卓絕當時。又好賢禮士，海內名流多往歸之。圖中所列老少十餘人，皆一時英儁也。先生自爲記，並補敘朋輩之先去揚州不得與於斯圖者數人，是足見先生篤友懷舊之情，根諸天性。而其時天下承平，文采風流之盛，亦足令人嚮往也。光緒辛巳令嗣慕庭大令屬誠爲記其後，時先生卒已三十年，去作圖時四十五年矣。

始先生曾祖薑塢先生與余伯曾祖待廬先生道藝相契洽，既而惜抱先生師事待廬先生，薑塢冢孫問滄又師事吾從祖味書先生，惜抱冢子庚甫洎先生贈公，又師事吾從父展青先生，而展青先生及植之先生父子好古能文，又從惜抱先生問業。展轉師承，加之以姻戚。石甫先生亦從惜抱先生受古文法，以故與植之先生交契尤深。

余生後先生三十四年，少讀先生文，慕之。先生官海外，不得見。歲甲辰，先生自京歸，將之蜀，始得謁先生於其家。先生誘而進之肫如也。逮戊申先生自蜀歸，以所撰康輶紀行屬校訂，時先生舊友植之先生、馬元伯水部、朱魯岑文學、光律元方伯、馬公實通守俱尚健，而蘇厚子、文鍾甫、戴存莊、馬命之皆先生後輩，篤於文行，先生時招飲，談論盡歡，宗誠亦得與末坐焉。九日，先生復招同登邑西山，追念舊游，俯仰憑弔，而回顧後進中有篤志嗜古者，又未嘗不掀髯而樂也。

咸豐辛亥，先生奉命贊粵西軍。時植之先生年八十矣，將赴祁門主講東山書院，蘇厚子、文鍾甫、戴存莊、何眉岡、馬命之、慎甫、光慎伯與宗誠同餞於光氏遂園，先生聞，不速而至，笑曰：『吾來爲諸君增詩料也。』先生時年六十七，鬚鬢大半白，有從軍萬里之行，俊爽剛毅之氣，蓋與少時無异，遂偕植之先生卽席賦詩，諸君亦皆爲詩，而宗誠爲之序。越日，先生與植之先生遂分道行矣。是年，植之先生卒於東山書院。明年，先生以積勞卒於湖南按察使署。自是江淮大亂，前時諸老輩及同游諸君多殉節義，餘皆以世變鬱抑而終。蓋至今日而流風餘韻掃地盡矣！

當作圖時，慕庭年才五齡。今慕庭學行能繼先生志，同余交最篤，因獲展觀此圖，不特當時文采風流之盛邈不可追，卽曩從先生游時耆德群彦相與談讌之樂，今亦不復得矣！低徊久之，不禁慨然欲涕也。光緒七年秋八月，後學方宗誠謹識。

謁周濂溪先生墓記

宋儒周濂溪先生葬母仙居太君於廬山之麓，元配、繼配兩夫人附葬墓右；先生卒，附葬太君墓左。及明嘉靖間，吉安羅公洪先重題墓碑爲記，而泐之石。兵燹之餘，凡廬山名勝佛宇多被殘燬，而先生墓木碑碣獨無敢毁傷。民之秉彝好是懿德，雖盜賊亦有未盡泯滅者。古所謂『不爲堯存，不爲桀亡』，豈不信然歟！

光緒八年，今兵部尚書宫少保衡陽彭公屬所部丁燕山軍門集資大爲修理，壘石爲壙，級石爲道，甃磚爲垣，周圍丈八十有餘，重立豐碑四，建守冢精舍二，且以爲有司祭墓時齋沐更衣之所，刊先生遺像於墓碑，題『濂溪夫子墓』爲坊，以表於門，俾過墓者生欽，聞風者立懦。又考其言行、政績、道德、風節，輯希賢録一編，以興學者高山景行之思。九年春既畢工，夏六月四日公過安慶，邀同謁先生墓，文武賓僚從祭者數十人。先是，數月常多陰雨。是日也，涉長江，泛重胡，波瀾不驚，山峯明潔，赤日當空，無纖雲之翳。禮成而反，致足樂也。

予惟先生所著圖書，發義、文、周、孔之藴奥，上纘顔、曾、思、孟之緒，下開二程、張、邵、朱子之先，論者謂爲三代以後聖人，雖毛、鄭、董、韓皆不逮也。既從祀學宫，謚元公，改稱先賢，凡天下二十行省，府、州、縣二千有餘，有祀孔子之宫，卽無不有先生之位。凡讀孔子六經者，卽無不讀先生之書。且大孝尊親，並其父亦得稱先儒，而從祀啓聖、肇聖、五王之下。先生之道，實與前聖冥契而無間；先生之神，殆與天地渾合而無跡，又豈拘拘於一墓之間哉？然而道不囿於器，亦不離於器；神固不滯於墓，而墓亦未始非神之洋洋如在者也！是以歷朝祀典，凡先聖先賢祠墓之所，皆必令有司春秋致祭，蓋帝王尊德重道之心，不如是不足以昭誠敬、垂法則也。世之有司往往視爲具文，且或不親詣其地，漸致無知者毁傷其宰木，侵蝕其土地，隳壞其祠宇。嗚呼！是何秉彝好德之良，竟有泯沒無存者耶！然則彭公之所爲，固足以發聾振聵，而凡爲民牧者，其尚善養其懿德之好也夫！光緒癸未夏六月，桐城方宗誠撰於石鐘山臥雪吟香之館。

重修四世祖半山公支祠記

近世士大夫家，往往有宗祠，卽庶士庶民之族，亦多斂資竭力以爲之。其制大小不同，視乎貧富。考之禮經所未有，程、朱大儒亦未嘗言之。歷代通典、通禮並無其制，不知始於何時。古者，惟天子、諸侯、大夫、適士、官師得有廟，而等差不同。庶士庶人皆無廟，而祭於寢。然亦惟得祭其近親，而不能上及高祖。程子修六禮，始謂家必有廟，廟必有主。月朔必薦新，時祭用仲月，冬至祭始祖，立春祭先祖，季秋祭禰，忌日遷主，祭於正寢，其所謂家必有廟。

近時民家皆有家堂以祀其先，蓋卽程子之遺意也。廟必有主，則謂高祖以下也。雖言始祖、先祖之祭，然亦無主，惟於廟中正位設兩位，合考、妣享之而已。朱子疑始祖之祭爲僭，不敢祭。其作家禮，首曰：君子將營宮室，先立祠堂於正寢之東，而爲四龕以爲先世神主旁。親無後者，以其班祔，置祭田，具祭器。主人晨謁於大門之內，出入必告。至正朔望則參俗，節則獻以時食，有事則告。或有水火、盜賊，則先救祠堂，遷神主、遺書，次及祭器，然後及家財。易世則改題神主而遞遷之，所謂遷主者以高祖，親盡則遷其主而埋之也。今人家必有堂奉四代神主，亦卽朱子祠堂之遺意。朱子之祠堂，卽程子之廟也。然而遷主埋之，是竟廢高祖以上之祭，而易世改題之主，與新入祠堂之主，神靈似皆有不安。夫萬物本乎天，人本乎祖。聖人制祭禮，原欲使人人知報本反始之義，貴賤有等，親疏有倫，此分義不得不然，而追遠之心則固人性之所同然也。尊卑貴賤但可分品物之隆殺，禮儀之多寡，而始祖、先祖之祭，則無論尊卑貴賤之分，皆當行之。程子之意，固協於人性之同然也。朱子疑其僭，不敢祭。

竊以爲厥初生民之祖，茫昧不可知，子孫誠敬思慕之心有所不及，不祭是也。若夫始遷之祖，無論貴賤，於其子孫皆有創業貽謀之功。鄭氏注禮『別子爲祖』。曰：『別子，謂公子若始來在此國者，後世以爲祖也。』是凡始遷之祖，亦在別子爲祖之列，其烏可以不祭乎？始祖以下，高祖以上，遷主則埋之，誠覺未能犂然有當於人心，然亦別無藏主之所，似亦制禮之時所未備也。記曰『協於義而協則禮』。雖先王未之有可以義起。近世宗祠之制，中祀始遷之祖，其二世以下之先祖，依昭穆祀左右。凡子孫於高祖以上遷主，多入宗祠祔祀之，倘亦所謂『亡於禮者之禮，其動也中』之類乎？近儒江慎修先生曰：『程子主追遠，朱子主限制，學者擇焉。今人祀祖即從始祖祭之，其禮簡略，似亦無害，因是使人不忘其祖，亦可以勵薄（浴）［俗］也。』誠哉是言！　其善折衷也哉！

予家無大公宗祠，而四世祖半山公墓麓有支祠。推半山公之心，追祀一世、二世、三世以至四世，其五世以下，凡祧主皆祔祭焉。咸豐間燬於賊，同治間重修。光緒六年改作後堂，立三龕，七年復改作前堂，旁廡門垣，巍煥一新。予因率族人據譜牒考世次，始無紊亂，一世、二世、三世、四世神位居中龕之上。五世祖兄弟四人，長房守溪公從祀四世祖中龕之下；二房泉溪公無嗣，例應附祀其旁；三房左溪公從祀左龕之上；四房小溪公從祀右龕之上；三房子孫遇親盡當祧者，皆各奉其主祔祀其本房五世祖之下。以次序列，有秩無紊。春秋祭時，則分三筵以饗之，以妥以侑，近於同堂合食之義。吾家無顯達者，然在桐兩朝以來，世世耕讀，忠厚傳家，好古能文，力學不懈者數百年不絕，未嘗非祖宗之貽謀者遠也。詩曰：『無念爾祖，聿修厥德。』禮曰：『尊祖故敬宗，敬宗故收族。』曾子曰：『慎終追遠，民德歸厚。』入斯堂者，其可不共懔此意也哉！

既畢工，予因考論古今禮制之宜，以爲族人告。其始終經營，監工不懈者，十四世孫某某，例當書於碑陰。

光緒九年二月十三世孫宗誠謹記。

紀災

光緒十一年三月十九日，灊山蛟水暴發，決境內興里六甲逃戶埂、桐城小河沿保大王廟埂二道。五月十三日，桐城甘家茶園埂又決，遂連破以下四十八口，上下計五十餘里至練潭止，共壞民田二萬餘畝，決口橫縱六七里，沙淤高四五尺房屋數百間，死者共二十餘人，壞墳墓厝室以萬計。

有涇縣張子揚者，其時蒸飯食難民，收尸骨數千，作二大義冢。又有桐城武舉何伯樂倩竹筏撈浮柩計八九十。江甯知府孫海岑太守聞之，籌捐洋四千餘元，爲以工代賑之計，修築三埂三百餘丈，堅實加高厚焉，使民得種麥。其被沙壓之難民與無廬舍者，復沿戶賑散之，兼及老梅樹街被水之民。襄辦此事者，汪屺堂名兆柳也。

先是，老梅樹街蛟水夜暴發，壞其隄，淹斃十餘人。知縣陳兆慶馳往賑之，以狀白大府，修復其隄，故得不再決。

夫水陰氣，蛟陰類也。宋李忠定公每遇京師大水，則慮有夷狄兵戎之禍。光緒八年五月五日，灊山蛟發，決隄壞城，江南北十餘邑同受此害，江西、福建亦然，其蛟發之日多同。十一年，四川、廣西、廣東亦多蛟患，至敗其城池。此非常之災异，君子不可不恐懼修省也，故記之。

卷第六　傳　狀　記事

贈大夫唐君傳

君諱允球，字右琳，號石亭。當塗唐氏，北宋時有泰承者，自山東高唐來官太平，子姓世居焉，遂爲今當塗人。君曾祖維翰，祖嘉猷，父鐸，皆籍學官弟子，以文行知名。

君天性孝友，伯兄允彬早卒，仲兄翻嗜學，不理家人生産。君年十四，遂廢學習賈以奉親旨甘，父、兄顧而樂之。其後，既盡禮以終事二親，贏餘所積，買田廬析與伯仲諸子。仲兄以非其力之所致辭，君亟請而後可。時人兩賢之。郡守陳公高君行，訪君，謂君：『其有隱德耶！何子姓之舉手而生靈蒙澤矣！豈第福子孫哉？』太守韙之，由是修廢舉墜，凡利益於民之政，多倚君興行。府東有平湖埠，爲諸鎮通衢，夾溝渠而土單薄，行人不能容，往往顛躓沈溺。君請買田別築之，寬廣十倍，植柳數千株，今所謂『陳公隄』也。

君奉身儉約，施舍無吝，族戚貧者或歲周錢米，或養之終身，至爲殯葬，未嘗有倦容。鄉俗：生日必稱觴。君自五十後，每歲必節省其費以振孤窮，負責者不能償，君焚其券曰：『無爲後人累也。』道光九年，年七十有二卒。子瑩，舉人，同知銜懷甯縣儒學教諭，君得誥贈奉政大夫。子五人，孫十一人，曾孫□人，多科第，有聲庠序。長子金科，本君仲兄第三子，嘗以嗣君。

金科字佩文，號莘田。父翻，太平府學廩膳生，昆弟三人，君奉父命爲叔父允球後。君生有至性而資不敏，苦心深造，以求自得，爲文情辭肫摯，師閱之往往流涕曰：『我聞此語，心骨悲也。』當塗自道光辛卯後，頻年水災，穀不登，食指既繁重，以婚嫁、科名、殯葬用益窘，不得已，割棄田畝。君引咎責躬，深慮負先人寄託，且恐無以博繼母王太宜人歡也，每飯必親視膳，食已必親煎茶，侍飲侍食，道家常，牽引古今事，以娛樂之。視諸弟如孩提，勸勉殷勤，未嘗一語譴責，有求無不委曲以應。家雖拮据，不令繼母與諸弟知；即知之，亦不能盡也。

君貌古樸無惰，其可謂竭力事親，有色養怡怡之風者矣。

君好善亦如贈大夫，嘗訪察貧苦之家，默識其所居，於除夕前叩門遺錢米，不告以姓氏而反。爲太宜人買婢，後知其有夫家，資遣歸，不取其直。横逆之來，受而不報，且厚恤焉。道光戊戌病卒，年四十歲，以弟瑩官，得貤贈奉政大夫。君行誼與贈大夫及高祖維翰俱載安徽通志。

方宗誠曰：昔孔子論德行，必曰『庸德之行』。周禮六德曰『知、仁、聖、義、中、和』，六行曰『孝、友、睦、婣、任、卹』。聖人立教，固無取乎奇絶之行也。後世子家所記載、文人所傳述，往往略庸德而不言，而豈知庸德之行，固世之所難能者哉！予去鄉里十餘年，風俗之醇澆日异矣。歸皖，獲與唐子瑜先生友善，篤行不欺君子也，聞贈公父子厚德之行，爲之傳，以風世焉。

張大令傳

張君瑞生，名榮光，河南固始人也。少孤窮，負奇氣，好讀史，尤喜談兵。於民生利病、吏治汙隆皆鋭意講求，惟使酒嫚罵，疾惡如讎，有睥睨一世之慨。然遇有道之士以義理之説繩之者，亦未嘗不虚衷以受，久而益親之不衰。

咸豐中，粤、撚禍起，及固始，圍其城數重。君自請縋城乞兵，犯九死，以解全城之厄。最後豫撫嚴公知其賢而用之。同治元年，賊圍西安，嚴公撫鄂，使往迎其家數十也，果拔而出之於險。後隨曾文正公勦撚徐、豫之間，公嘉其義俠，置左右，回督江南，亦不使一日離。君遇事盡忠極言，勤於其職，公知其性雖躁率而廉明公正，貌嚴而心慈，薦舉以爲縣令。及移督直隸，遂檄使至安徽。然大府無知君者，文正公復督兩江，君始得權令廬江。勤政愛民，民德之，稱爲『張父』。文正公聞之大喜也。君往見，待以殊禮。文正公薨，李雨亭制府繼督兩江，君復得權知天長。又久之，復權霍山、宿松，所至皆以除强梗，安良善爲心。訟至立斷，案無積牘，好訟者嚴懲之。有武斷鄉曲魚肉良民者，雖貴顯，里人銜之刺骨，君不肯阿其意。每有事，必辨曲直而力爲和解之，以故良懦民德君，而武斷者意不遂，遂肆其謗毁，致書大府解君任。廬江士民思之，謠曰：『張父若來，天有眼也。』欲懇大府再令君權廬江，不可得，而君亦以積勞久疾矣。方病甚，特招予至榻前與訣。予曰：『察吏安民，大府任也。勤政愛民，牧令職也。君子素位而行，不願乎外。爲牧令者，當自盡心民事，以期無愧於衾影焉耳。人之知不知，何容心哉？』君以爲然。光緒辛巳十月十二日，卒於安慶。

嗚呼！死生有命，君固不以解任而病而卒也，然而斯人也，良民之所恃爲父母也，不畏强禦，不侮鰥寡，而竟不得爲民父母而死，誰之咎哉？

楊明經傳

君姓楊氏，名德亨，字仲乾，池州石埭恩貢生，候選教諭。祖若父俱有隱德。君少窮經修行，孝事親，先意承志，左右不離者八年。弟治生計於小丹陽，負責千金，君慮親知之意弗舒，請往代，而令弟歸養。居五年，盡償其責，家益起，親心安，仍歸就養親，壽至九十餘乃終。兄弟之間怡怡如也。咸豐初，粵逆圍攻長沙。君曰：『亂將至矣！』盡斂生産，散其餘千金與族婣故舊，爲避亂計。後多賴以全活。逮賊入皖南，君遂避地江右之餘干，造次顛沛，篤學不懈。

初喜玩味陽明王氏、二曲李氏之書。感念時艱，又日熟讀籌海圖編，以求明體達用之實學。曾文正公聞其賢，屢招致之。君遂上書文正，謂『當以整頓學術爲撥亂反治之本』。文正益重之，令移寓安慶，屬爲訪求人才。君憫時憂亂，感激知遇，凡兵政吏治、國計民生、人心風俗，知無不言，言無不盡，而泊然寡營，蕭然遠引。文正雖欲以館穀處之，不得也。喜與人爲善，汲引賢俊，四方宦學之士願交者，必與講明體用實學，肫切周至，得古人『與父言慈，與子言孝』之意，一時大府如香山何公小宋、閩陳公心泉、開縣李公雨亭、大理馬公雨農，皆忘貴下交，君亦忘諸公之貴，而惟以政學相砥礪也。久之，讀近儒羅忠節、倭文端、吴竹如侍郎書，歎曰：『是學問正脈也，吾當反而求之於程、朱全書。前此得毋尚近於張皇務外乎？』於是益勵闇然下學之志。時吴公致仕，寓金陵，遂往謁之於金陵，一見曰：『此真醇儒也！』遂移寓金陵，左右朝夕請益，日取近思錄，精思不懈，盡棄舊所學，醇如也。時年已六十有四矣。文正公歎曰：『勇徹皋比，張橫渠豈能過哉？』數年，曾公、吳公繼卒，君乃移寓蕪湖。

初君寓安慶時，日一飯一糜，夏無帷幕，刻己以濟三族之窮者。至是復獨修宗祠，爲近支主婚嫁、喪葬之無力者。既竣，年七十二而卒，光緒二年十一月六日也。卒之前，部署家事，告誡諸子條理精密，而孝友慈仁之心與大公無私之量，實可爲後世法。坦然瞑目，無疾而終。所著書曰尚志居集十餘卷，友人桐城方宗誠刪訂爲八卷，補遺一卷。又編次讀書記四卷，其友涇縣洪汝奎、遵義莫祥芝、新化游智開、鳳陽萬葉封爲刊行。其讀籌海圖編拙語藏於家。子四，文至、文臺，縣學生。

論曰：吾所交講學之友多矣，惟桐城方潛魯生、宿松汪維城省吾，興國萬斛泉清軒及君四人，皆遭亂流離，而窮理精義之功未之或間，殆所謂樂善不倦，敦行不怠之君子耶。君學已足爲人師，而遜志時敏，主善爲師，歉然不以舊學自是，其尤不可及也夫！

刑部主事王先生傳

王先生名柏心，字子壽，荆州監利人也。所居地名螺洲，故遂以之自號焉。幼岐嶷不群，七歲即通經史大略，長漸爲詩古文辭，老宿皆詫曰『奇才也』。性純篤，事親能承顔順志，不忍一日離。爲學主篤實，期於有用。生平宗尚范文正公，殷然懷濟世之志，然恬退廉靜，不急進取。道光癸卯舉於鄉，甲辰成進士，以主事籤分刑部，乙巳省親歸，遂以授經養親，垂三十年不出仕。

當道聘主本郡講席，每春往夏歸，秋往冬歸，歸則色養如孩提。粤賊索之，展轉徙避，脱親危險，卒亦自免於禍。方伯連帥常欲以禮延致，且先後疏薦，皆以親老不赴。年逾七十，母卒，哀毁孺慕終制，未嘗有嘉容。然先生雖不仕，而學識遠大，憂樂恒以天下爲懷。遵義唐威恪公樹義、閩林文忠公則徐俱嘗禮致之，使範其子，稱曰：『子壽，乃黃叔度、郭林宗之儔也。』

咸豐初，奉上諭在鄉辦理團練，其時制軍徐州張公、撫帥胡文忠公、相侯曾文正公及李武愍、羅忠節、李忠武諸公，大學士左文肅公俱時以軍事諮訪，先生每畫機宜，多見采用。穆宗御極，制軍張公爲上其尚書八論、封事八條，蒙諭旨有『言皆忠告，具見悃忱』之褒。其經論，存記弘德殿以備乙覽。其封事八條或降旨交部議奏，或奬所言多可采取著留中。蓋先生好古篤行，關心世教，凡有裨時事者，言之無不深切著明，可以見諸施行。平生抱負往往流露於楮墨中，所著樞言、漆室吟，舉念不忘君國，而於治亂得失之原，倫紀風教之大，尤三致意焉。他撰述多類此。

先生視諸弟極友愛，學則親爲講授，貧則分以館穀，卒則撫其遺孤，其待諸從兄弟亦無親疎之間。於師友誼尤摯，或殉難職守，或病歿逆旅，左右無親屬，先生必爲之經紀其喪。居室濱大江，道光己酉歲巨浸，唐威恪公爲楚藩，餽米百石，先生曰：『仁人之粟，當公之於同厄者。』減價平糶，循環轉運，錢盡乃止。居鄉不干與公事，惟遇水潦饑饉，必寓書當道，力陳民間疾苦。胡文忠公新復鄂省，銳意首清漕弊，先生極力贊畫，遂人有再生之慶。主講荆南二十餘年，其教學根柢先儒，不務新奇，首勵修行。問所治經心得、詩文，必授以法度。明張文忠公裔孫貧困多失學者，先生惻然曰：『名臣之後，胡可聽其式微？』捐貲勸就塾，自是有列膠序者。其他忠烈子孫亦然。同治癸酉，卒於荆南書院，年七十有五。所著尚有導江三議、百柱堂詩，俱刊行。文集尚未授梓，所纂修則有黄岡、東湖、宜昌、當陽、漢陽、臨江、監利諸府縣誌。弟柏理，亦尚學行。

論曰：予少久聞先生名，及長，游四方，喜交天下賢士。嘗游武昌，所交楚北之士二人，興國萬清軒布衣及先生也。清軒專宗宋儒義理篤行之學，不尚文采。先生則博學多文，力踐於忠孝倫紀之際，以清節風義維持名教，詩文流布海內，有揚清激濁之風。宗尚不同，其爲君子則一也。今去官歸，先生已久故，惟清軒存，然已老矣。先生卒後，大學士左公奏陳事蹟，請宣付史館。今先生孫傳喬復寄其邑人公請崇祀鄉賢事實，屬爲傳，藏於家。雖其鄉人之言，實天下之公言也。因不辭而綴次之。

張編修傳

張君錫嶸，字敬堂，鳳陽靈璧人。未第時，堅忍力學。家貧，數日不舉火。咸豐壬子舉於鄉，癸丑成進士，入詞館。嘗充四川鄉試卷磨勘，人多奉行故事，君獨孳孳不稍假簽出違背朱註者，爲同館所忌。己未，主山西鄉試，忌者亦嚴磨勘之，竟無疵。庚申，分校禮闈。是年秋，奉命督學雲南。同治壬戌，以奏議失當，忌者遂乘釁劾降其官，旋丁艱歸。曾文正公深知君學行誠篤，能堅忍耐勞，乙丑奏委募練淮北一軍，駐防周家口。丙寅冬，髮、撚再竄陝西，奉命督師赴援，至未旬日，與賊大戰於西安城西之魚化寨，力竭死焉。卹贈如例。

君在都中，清節自持，公餘恒執卷不輟，日鈔書數十紙，雖盛暑嚴寒疾病，無稍懈。京職祿薄，常日一餐，從無一介乞助於人，都人士詫爲近今罕覯也。見義勇爲，不計利害。滇中賊勢蔓延，蜀地逆氛亦熾，前銜命者畏途阻，率不至境即乞疾歸。君毅然曰：『吾家貧親老，陳情何難？所惜者，天子之命廢於一朝，邊方之地竟視同域外棄置之，滋吾疚耳！』至則不能考試，因著學規一編，以正學者之趨。君平生研窮孝經，謂：『學者苟深味夫是經，而會通於本原之地，則知性中之善，達乎百爲，貫乎萬化，無不以孝爲本。即極之踐形盡性，經綸參贊之全，亦祇完此孝之分量，此入德之基址，六經之體要也。』著有孝經章句、孝經問答、讀朱就正錄，盱眙吳勤惠公棠爲刊行之。

論曰：同治癸亥，予寓安慶，君徒行訪予及楊仲乾、陳虎臣，示以所著孝經章句，虛衷請益如諸生，不知其曾爲試官、學政也。其後治兵淮上，風雨泥淖中，日夜蹀躞周巡，訓練不懈，人亦不知其曾爲文學侍從之臣。以故曾文正公欲造之爲經世才，乃磨練未深，一奮而蹶，惜哉！

新城王先生傳

先生諱振綱，字重三，直隸新城人。父懋，業農，嚴正好施，能以德化其鄉里。先生生而敦厚，勵學苦行，凡兵、農、禮、樂、河渠、地理之書，旁及堪輿、卜筮、釋老家言，靡不洞究。已而讀大學中庸序、朱子近思錄，爽然曰：『學不本居敬窮理，而遽從事於天下國家，則知之不真，行之無序。』於是切己返求，謹言動，忍嗜欲，勞筋骨，入孝出弟，一要諸實行。復以餘力學文，經經緯史，抉其精蘊。道光辛卯中副榜貢生。丁酉中順天鄉試舉人。戊戌以會試第一人成進士，卽用知縣。先生以父母春秋高，又恐學未充，乞歸，教士以供甘旨，自食粢糲，執苦身之役。嘗言『立身必自節用始，幹事必自事親始』，介潔自好，終歲不入城市。冢宰穆公三致書勸之仕，復以重金延教其子，皆婉言謝之。

先生事親，能以善養其志。父病，衣不褫帶，目不交睫，廁牏溲溺必躬親浣滌扶持，喪祭一遵禮經。母患痢六載，繼傷足，不能行。先生日夜坐膝下，讀裨官野史以說之。夏秋舁以肩輿，徒步扶掖，以徧游園里爲樂。如是者二十餘年，壽至期頤。合肥李相國牒禮部，請以五世同堂旌。貴築黃編修作兩壽母記以志其盛。兩壽母者，其一樂亭史孝廉夢蘭之節母也。夢蘭亦自少不求仕進，養親至上壽，故並及之。

先生雖乞歸養，不入宦途，而朝政之得失，吏治之興廢，民生之休戚，與夫中外離合强弱之故，未嘗一日釋諸懷。每遇兵戈、水旱，必積誠慎以答天戒，可振救者，必力爲營救。謂門人曰：『中和位育，本儒生事也。』咸豐癸丑，清河漲，南決青淩口，三年未塞，先生佐邑令築映水壩二，兩月而成。同治己巳，河決南，任亦如之，省公私財力無算。辛未、壬申，清河連歲潰決，先生獻策，雖不行，其情殷利濟如此，尤以表章忠孝節義爲心。同邑任奇馬復父讐，將具死獄，先生爲營救，得生，並爲文以揚其孝行。馬鎮篤孝，先生爲請旌其門，以厚風俗。教士首志節，以聖賢經世之學爲程，嘗書顧亭林『恥作文人』、王白田『戒爲名士』二語以警學者。生平心氣和平，無疾言遽色，樂導人爲善，雖傭工下隸皆引之向道，循循矩矱。教子孫當爲實用之學，曰：『以有用之居諸，荒耗於纖靡綺麗、無益身心之事，此輕薄習也。』說經無偏袒，博探漢、宋諸家之說，以折其衷。著有禮記通義四十六卷、先儒粹語四卷。光緒丁丑，年七十有二卒。子五，鑑、銓俱舉人，鍔拔貢。孫十六人。樹枏，進士，好經學。

方宗誠曰：予被曾文正公薦辟至保定，聞先生學行，未之相見也。文正公求可爲一省人士師者，未得，以問於予。予對以先生純孝摯性恬退之行，足以厚人倫而敦薄俗，文學又足模範士林。文正公然之，延主講蓮池書院，士心果說服。先生行近宋儒，而不立講學名，嘗爲文，欲請元儒劉靜脩從祀，屬予點竄。予改爲之，先生卽下拜，碩德耆儒遜志嗜善如此，所以尊崇正學，維持風教之意，至老而彌勤，是可見先生之學養矣。先生沒，衆請祠鄉賢，以新例宜有待。孫樹枬請爲傳，病中因次其學行，以慰學者之思焉。

王君樸臣行狀

君名炳，更名炳燮，字樸臣，江蘇元和人。曾祖廷橋，祖大燧。父世筠，力學修行，不顯於世。君幼誠慤，無妄語，家貧，刻苦自成。父嘗以張子西銘授之，補博士弟子，授經爲生，益用力於居敬窮理之功，潛心經世之務，不屑屑帖括章句之學。父患喉痺，割股肉和藥以進。比卒，哀毀骨立。母卒，亦如之。君中同治甲子江南鄉試舉人。光緒丙子成進士。

先是，咸豐初，賊陷金陵，當道延與共圖防。君見章法散亂，召募者率游民，謝弗與，奉母鄉居避寇。精醫術以活人。間上書言守禦攻戰之策，並陳吳中利弊興革所宜，不能用。然其言卒皆驗。

君嗜學罔倦，不以顛沛貳其行，時以濟人利物爲心，維持風教爲重。亂中勤訪忠義節烈數百人，手錄之，後俱得奏聞旌卹。同治初，蘇城復，蘇、松賦額繁重，吏胥因緣爲姦。君嘗致書巨公，痛言其弊，惓惓於中者垂二十年。至是復慨然謂：『當此兵燹之際，宜亟清之，以迓天和而定人心。』赴都時向部中鈔道、咸以來歷年蘇、松實徵解數，以備呈請入告，其後得詔減蘇、松賦，則君始爲之快。然護撫劉公以賦減，則租亦宜減，富人或不悅。君與往復論難，卒議行。凡蘇、常創設諸義局，君皆爲之創立規模，靡弗興辦。鹽城、興化水災，君任撫卹事宜，全活無算。自剋復後，大府興典禮，除弊俗，皆延君爲之修理。見貧苦子弟無力讀書，請於當道，設社學以招來之，使不陷於匪僻。更舉端方之士周歷四鄉宣講聖諭，將以輔翼世教而正人心。蓋君惡邪教至深，嘗縷言於倭文端、曾文正二公，謂『不以倫常大義開其蔽蒙，非端本澄源之計也』。其志切匡時如此。持守端嚴，進退必以禮義。

始辛未禮闈報罷，以揀選知縣，乞假歸。合肥節相留辦賑撫開河事宜，將保獎，君遂謝去。迨後以進士分發直隸，即用知縣。君素講求經國之學，至是益殫心畿輔民艱吏治，思所以補救於時。署理天津，適值旱災，以清釐戶口爲先，稽察散放，不遺鉅細。每見災民，輒蹙然若疾痛之在身。於籌款爲民請命之書，不惜一再瀆陳，必得請而後已。大府器之，見他牧令皆諭以君爲法。後辦河工，則親詣河干，與夫役共勞苦，祁寒暑雨，不少懈其心。鉤稽土方，綜覈纖細，期工歸實濟而費不虛靡。又以餘款存息立義塾。有內監家居，出撓公事，君詳請究治，懼而逋。遇事詳求，不憚咨考，雖販夫河卒，牧豎耕農，必誘之盡言以決從違，故所辦悉扼要領。俗習健訟，君積誠開道，决囚定讞，尤推勘入微，裁抑蠹胥，消弭盜賊，訟牘寖少。他郡縣饑民至津，匪人因乘爲姦宄，君設局收養，而痛懲拐販之謀。粥廠被焚，議散遣，老弱病廢者號泣無歸。君竭誠上言，得緩期，保全無算。南鄉引河久淤，無所宣洩，田廬輒致湮數十年，屢議開濬，卒不果。君以民生所係，陳請撥漕米數千石，銀數千兩，並修建各處橋梁涵洞，爲以工代賑之舉，勞瘁過甚。時已補授邯鄲，未赴。君前已擢直隸州知州，後又保升補用知府，而遽卒矣。時光緒己卯，距生於道光壬午，享年五十有八也。

君事親行己，應事接物，一本於誠，表彰前哲，誘掖後進，拯卹孤寒，無微不至。平生雖燕處無隋容，縱遇情僞百出相嘗，而無妄之真終始不變。名其室曰『毋自欺』。嘗爲日記，凡所言行及讀書心得，悉筆之以考敬怠。接人和易，而論列是非，辨別學術治體，雖遇長官，無所屈撓。至於國計民生之大，中外交涉之經，尤無刻不深憂切慮，抗言直陳，蓋其剛方之概，肫摯之忱，率於性，成於學者，深也。其治津也，重節義，崇節儉，懲姦惡，除大猾，不畏强禦，愛民如子，津民呼爲『青天』云。所著國朝名臣言行錄十六卷，毋自欺室文錄八卷。子屋，附貢生，四品銜候選同知，能守其學，校刊於天津廣仁堂。予與君同學同官，君子屬爲編次其書，論次其學行政績。予以君之學醇正無疵，其仕實死於勤民，足稱循吏，爰敘其行，俟史館采錄焉。桐城方宗誠謹狀。

黄貞烈女傳

禮曰：『婦人從一而終。』又謂『女子有三從之義。嫁，從夫；未嫁，則當從父』。明歸熙甫爲貞女論，以女未適人而夫死，而女爲之守，爲之死，有背於禮經。嗚呼！是未通於制禮之微義也。夫女子之字人，自字乎？抑父母字之也。父母字之，則是父母命之矣。未婚夫死，而女爲之守，爲之死，是從父母之先命也。極至之行，不必强人人能爲之，而烏可以能是者爲背於禮經乎？歸氏後爲張氏女貞節記，有曰：先王爲中庸之教，示人以人性之可循，故禮以率天下之中行，而高明之性，有出於人情之外，此賢智之過，聖人之所不禁。伯夷、叔齊未有祿位於朝者也，於君臣之義，[分]亦微矣，而恥食周粟而死，聖人亦謂之仁。世之論人者，取法於孔子而已矣。然則歸氏蓋亦自知其前論之失，而爲此記以補救之歟！

今夏游金陵，合肥黄佩卿觀察以其女貞烈事屬爲之傳，予嘉其無背於經義，因爲詳書之。

貞烈女黄氏，合肥之石塘鎮人。幼隨父瑞蘭官京師，天性孝摯。父以許字同邑山東布政使余思樞次子曰受祜。光緒九年，年十九矣，父由天津送女歸，諏吉以十月二十日于歸。余氏抵金陵，得受祜凶問，女佯不知，潛斷釵以誓必死。至家，以父久客歸，親朋畢集，不忍遽慟沒以傷親心也，强食飲，舉止如平時。十八日清晨，乃哭告其父曰：『昔吴季子掛劍，不忍以死背徐君。今父以女幼字於余，不遠數千里送女歸於余，行有日矣而夫死，豈可以死相背負乎？』固請奔喪，取斷釵以呈父座。父知女意決，使告其姑，遂於原卜吉期，載木主，親迎吉凶如禮。女既歸，哭請於姑曰：『女子從一而終，有死無二，禮之則也。婦聞冢婦賢能，孝養姑，婦可從夫地下矣。惟求立嗣以延夫後耳！』姑泣諭之，不可，乃立兄公子文錦爲夫後，貞烈乃謂姑曰：『姑見孫，當如見兒，幸勿以兒與婦爲念。』謂文錦曰：『幸讀書，善事大母。』絶粒十三晝夜而卒。是月之晦日也。豈非從父之命，有合於禮經者耶！

先是，貞烈有從姑董烈婦者，縣學生黄承谷之女也。素嫻禮訓，聞人言節義事，輒心傾，惟恐其語之不詳。有從嫂龔氏姊，歸於楊，夫亡不食死。烈婦在家歷詢之，如將奉爲女範也者。其性情如此。年二十于歸董夫曰經謨，家中落，經謨抑鬱死。方經謨之未病也，婦歸母家，謀移居，計甫定，而訃至。婦慟幾絶，請於叔父曰：『董氏已矣，兒必死，惟受父母恩，無以報。今父嗣未立，母喪未葬，叔父能憫兒，終此二事，兒自瞑矣。』又遍拜其家人，乞爲春秋上父母冢，又乞其叔母送之歸，遂奔喪，斂其夫，哭奠，絶粒十四日而卒。時年二十有六，事在道光二十年也。

而黄氏之族又先有烈婦二人，曰魯氏，黄應祀之妻。應祀，字茂南。貞烈之族高祖母也。魯氏父延周，母張氏。年十八歸於黄，生二子，而茂南疾不起。魯氏素與姒孟氏和，無閒言，泣屬之曰：『姒之賢必能孝養姑，吾之子卽姒之子，未亡人無用生爲也。』不食十日，没，時乾隆十九年十月十九日也。曰李氏，黄紹友之妻，貞烈之族曾祖母也。嫁夫數載，夫卒，時舅没而姑存，家甚貧，紡紝以供饔飧，而自食豆糜，恒不飽，姑憐之，爲立嗣子，常背泣曰：『婦賢如此，而貧寡無依，將何以自存？』夫兄弟聞，因爲他計。氏聞，急奔母家，苦無母兄弟可以依，遂復歸，過鄰，婦哭屬之曰：『吾始欲撫子養姑，雖行乞，不令姑餒。今遭此，非死不可。顧吾姑耄矣，昔勉製一棺，爲姑備。吾死，幸語吾家，勿以姑棺殮吾，死無遺恨矣！』歸自剄，血濺壁上，紡具盡赤，是爲嘉慶八年八月十三日也。里人稱魯氏爲節烈，李氏爲孝烈云。

嗟乎！貞烈豈聞其風而慕傚者耶？何黄氏女婦之多賢也！觀察言三烈婦事久淹，因爲連類書之。夫女子之殉夫，洵烈矣！然或處於孤貧，煢獨無所依，或窮於事勢之無可如何。若貞烈女生長富貴之家，而非有迫之死而死者，誠所謂高明之性自率其心之所安，然又豈可謂之賢智之過與！

吳氏三世忠孝貞節事實記

吳君沖謨，字士衡，一字恒甫，世爲桐城著族。曾祖諱貽詠，乾隆癸丑第一名進士，官吏部驗封司兼文選司主事。祖諱賡枚，嘉慶間由翰林轉御史，皆有詩文集行世。父琨，以副貢生爲縣令，有聲家世，勵名檢，敦文行，雖累葉掇巍科，登仕籍，而清貧勝於寒儒。長幼内外，謹秉禮則。恒甫叔祖蝠山先生，諱庭暉，以進士知涪州歸，醇德至行，爲鄉大老，里中稱有萬石君之風。恒甫日侍側，岐嶷醇懿，與兄名鴻謨字儀吉者俱嗜學，工爲館閣書、賦、詩文。弱冠同入郡縣學爲諸生，歲科試必高等，見者咸以爲國器也。

壯歲游四方，咸豐三年同里徐勇烈公豐玉爲湖北督糧道，延掌書記。粵賊自江西回竄武昌，勇烈統兵守田家鎮，恒甫偕行，戰不勝，勇烈勸恒甫去，曰：『子無官守也。』恒甫曰：『謀人之軍，可不同患難乎？官死職，士死制，義也。』九月十二日，遂同殉節。後奉旨附祀徐勇烈公桐城專祠。恒甫妻張氏，明史循史傳張公淳之裔孫女也，通詩書，家居課子。聞難，忍死撫孤，未幾，桐城陷，攜避深山，食茶，傭女紅，冀延夫之一綫，日夜勤課誦，雖傾覆流離，不令廢家學也。

子曰兆蕙，字芸生，亦慧而好書，年十四，令負父遺文往依伯叔父於越中，最後入閩，已能爲大府司記室矣，乃迎養節母於閩，母子不相見者已越十年。繼乃謀積館穀，援例以布政司照磨，分發福建，旋以通判入覲回省，意可爲將母長久計也。光緒三年，船政大臣吳公贊誠經理海防，檄從行，兆蕙以母疾辭，不得，母曰：『既策名仕版，義不可顧私親也，況爾忠義之後乎？』乃從渡臺，奉委點檢軍裝，受傷死，七月十六日也。大府以没於王事，疏請贈實職通判加道銜，附祀前巡撫王文勤公祠，蔭一子，入監讀書，期滿以知縣歸部選用。芸生妻方氏，明史死建文之難，附方孝孺傳名法者之裔孫女也。隨夫在閩，嘗割肱以療姑疾，卒聞夫變，欲殉，而姑老矣。子福年方十齡，夫骸未歸，不得已忍死奉姑，姑亦不得已，遂以撫子者率孀婦撫孤孫焉。

既聞關歸桐城，而福年頗好學，每聞祖若父死事之慘，恒涕泗。見祖母、母兩世劬勞，誓力學以圖報也，乃年十五不幸以弱疾殤。先是，福年有聘妻張氏，文端公英之裔孫女也，年十六，家人祕之不使聞，久而聞之，號泣繼以血，欲奔喪，侍養守貞於吳氏之門。父母勸沮之不可。或曰：『吳氏家散矣！兩世死王事，苦節而夭札其後人。往豈有生人氣乎？』張氏、方氏聞，亦遣嫗慰止之。女曰：『吾生爲吳氏人，死當爲吳氏鬼。但得事重闈，足矣！他何知於是？』光緒十年三月，遂歸吳氏。貞女歸，孝敬備至，三世孀相守也。

往者吾鄉方忠烈公殉建文之難，夫人鄭氏守節撫孤。孫節愍公死節浦城，夫人方氏冒死撫孤歸桐城，後子姓皆蕃衍鼎盛，爲世名族。吳吏部公之高祖母姚氏，明神宗時清吏湘潭公之騏之女也。夫亡守節育孤，後嗣稱昌盛焉。今觀張宜人自記守節育孤之慘，與孫節愍方夫人寒貞閣命二子說，幾無以异也。何天之所以報忠節者，與古有殊耶！孔子繫易曰：『易窮則變，變則通，通則久。』夫氣運之窮，有時而變，此天道之無可如何者也。變則賴人有以通之，所謂以人補天也。人道既立，則能通天之窮，通則久，是以自天祐之，吉無不利。吳氏兩世忠節之裔既札矣，而張氏幼女子乃能守貞孝養，將立嗣以補天之窮，是卽易『窮變通久』之象也。天其於吳氏繼續之後祐之使昌熾也夫。光緒甲申七月，同里方宗誠敬譔。

方慎齋傳

方君慎齋，名忠軾，一名式，字可憑。先世自婺源遷太湖東鄉抱佳山居焉，遂爲太湖人。曾祖化溥，以儉勤起家。祖正校，父美瑞皆有厚德。君生道光乙酉，自幼讀書魯鈍而會悟絶人，厚重，不與群兒戲。稍長，卽能觀算法、等韻、卜筮諸書，尤嗜小學、性理、詩古文詞，玩索至忘寢食。性孝，父卒，哀毁骨立。事後母如母，愉愉然能得其歡心。家事必禀命而後行，母怒，爲笑言以對。母所愛者必親愛之，所欲行必勉從，一以養親之志爲樂。遭亂，人多憂歎，君獨泰然，日觀經史諸子，遇嘉言善行，必手録而條分之，以資涵泳，尤通邵子皇極經世，明治亂興衰之數。亂後益發憤讀書，辨别經傳之真僞。光緒元年，鄉先達皆欲以孝廉方正舉君，曰：『無實行而受虛名，糜費應舉，與捐納求名者奚异？』二年，病篤，猶復披覽記録，歎曰：『人皆有死，所恨者未送母終耳！』戒其子：喪毋用僧道，無庸廬墓，惟以繼志述事爲心。秋九月卒。

君舉止端嚴，待人厚而處己薄，居處不求安適，平心接物，不假修飾。凡所行，慎之於始，加之以讓，故生平與人無争，鄉黨有事不决者，皆取信於其言。君好學，有堅卓之識，能開群籍之榛蕪，明聖賢之真諦，嘗曰：『聖人之道，寓於諸經。諸經亂，大道因之而晦矣！今承漢所傳經籍，非盡孔門之舊，讀者不可不審也。』又曰：『爲人須求別於禽獸，爲士須求別於凡民。』又曰：『學爲己則得己，財爲己則失人。』又曰：『君子之學，博而不雜，約而不偏，其深非鑿也，其淺非畫也。』又曰：『父子兄弟之恩篤，而後家道興；君臣朋友之誼盡，而後國運隆。』又曰：『天屬之親，相安則定；人合之倫，相擇則得。』又曰：『彝倫之不敦，須剋去財力之己；物則之不明，須剋去意見之己。』又曰：『注經不難，明道爲難。』所著有易卦圖象數卷，周易尚書春秋孝經論語子思曾子原本發明以及諸經諸子辨說、五倫雜述、匡俗諸書。子二人：良寅，縣學生；良縠，業儒，皆能守君之學。

論曰：予居安慶，識慎齋，篤學潛修，特立獨行，於舉國不爲之日，而能辨古書之真僞，尋墜緒之茫茫，洵奇傑之士也。惜僅一再見，遽爾遠別，旋聞君已卒矣。今得讀君行狀及良寅所録君遺書，其論經傳之有增加，不敢盡從，而其卓然之識，好學深思，真韓子所謂『信道篤而自知明』也。良寅兄弟手録其書，乞予爲傳，其亦可謂善繼其志，善述其事者哉！

循吏廖君傳

廖君諱冀亨，字瀛海，世居福建永定之清溪。少以家貧，廢讀而耕。稍長，更以學自勵。康熙庚午舉於鄉。丁亥謁選，授江蘇吳縣知縣。時值歲旱，奉恩旨留漕振饑，前令冒侵過半，公上書請追案之，上官怒不許，乃貸金買二千餘石。逾年復饑，詔設粥廠，三月未兼旬，米罄，復上書請米，不得。君曰：『爲民父母，無坐視理。』

復貸金五千餘兩以振之。

當是時，噶禮新授兩江總督，而儀封張清恪公自福建調撫江蘇，湘潭陳勤恪公知蘇州，兩公者皆以清節稱當世，察君爲人，深器之。君亦彌自惕厲，惟恐無以稱所職也。噶禮者，素張威福。既莅任，首劾布政使宜公貪酷，上命户部尚書張鵬翮、總漕桑額會審。宜故有所恃，噶恐不勝，誣以勒索節禮，迫寮屬證之，皆署稿。君大言『實無此事』，卒不署。宜興令胡某，噶之素好也，以嫌誣典史王某用刑夾良民致死，王亦互訐之。清恪公委君往驗，噶使人風君，君固知典史無罪，至則命啟棺，使驗踝與足，無致死狀。役以微傷對君，復親檢之，役知不能欺，乃吐實。君急召同城諸官至，大聲詢之曰：『無傷乎？』僉曰：『諾。』又曰：『果病死乎？』僉又曰：『諾。』君遂以其事申大府。清恪公大悦。噶怒，屢駁詰，咨參嚴訊，卒如君議。噶深銜焉。其後卒以事劾陳公去之，而君亦相繼罷職矣。

君爲人篤厚，居官尤矜慎刑獄，務得其情。嘗有某與富人争水利，君據詞直富人。後行縣，過其地，聞數人竊語其事曲在富人也。君親往周視得其實，簽兩造至覆審。富人恃前斷，且曰：『案立如山。』君曰：『理方是案，無理豈可爲案耶？』富人乃屈服。其虚懷勤慎類此。所平反冤獄尤衆。有東山司受賄，誣報人二子弑父屠嫂自盡者。君炎暑冒大風，過湖往驗，白其誣。吴縣丈量蘆洲，官吏一大利藪也。君俯念民艱，不欲因其利而增民糧，無益於國，有損於民，爲盡除其積弊。凡民隱無不達者，以故人人感君最深。既罷，出署之日，惟餘青錢十九枚。吴人德之，爲作十九青錢歌紀其事。噶禮旋以墨敗，其黨皆罷黜，君與陳公同時開復，天下頌聖明。君以病不復赴官，家貧甚，不能歸，流寓於蘇，賣卜自給者二十年。蘇人時時餽遺之，後復集貲送君歸閩。聞君卒，乃建百花書院以祀君。君著求可堂家訓自記一卷行於世。其吏治多可取者，原書在兹，故不具云。

論曰：以君之勤政惠民而不得竟其施，豈非命耶？君子之於世也，盡其在我者而已。故澤之加於民者，有時而窮。而其愷悌惻隱之誠之藴於心者，固無已也。彼豈以命之懸於天者爲增損耶？自君卒後，其子姓益光大，掇巍科，躋顯仕者踵相接也。然則天之報施善人，又豈有爽時哉？君來孫縠上觀察屬爲君傳，予以君前輩也，懼不敢爲。及見阮文達公集有循吏汪君傳，乃用其例而爲之，俟史官採擇焉。桐城方宗誠撰。

卷第七　權厝誌　墓表　哀詞　神道碑

甘君愚亭權厝誌

君與予少同學，長相師友，當平世，遭亂離，會文講學，遊山水，玩景光，無時不相與偕。所處境困蹇艱，屯邅人世，謗毁非議，往往多同，而時有奇遇亦似之。將老，各得一官，始南北相隔絶。光緒六年，予謝病歸，過訪君金陵寓舍，蓋不相見者十三年矣。予年六十三，君年已幾七十，精神意氣豪健如壯時，期逾年歸，同遊龍眠諸山。君又擬爲泰山之游，乃别甫兩月，忽聞君竟棄我而先逝矣。卒前數日，得其書，字迹秀潤，意興猶勃勃然也。嗚呼痛哉！

君少孤，傲岸，然有至性。粥田買山，獨力營葬祖棺。又盡推其餘以奉叔母與從弟，妻子號饑寒，不復計也。與予從游植之先生，文學不及同門諸子，先生獨稱之曰：『忠信愛敬之無與比。』唐魯泉明府知祁門，君從植之先生於東山書院。先生卒，君歸其喪數百里，逾嶺，遇雨雪，徒步扶持，櫬無損汙焉。粤賊將及江南，唐明府故君師也，再延之祁門，謝不往。資之金，不受，曰：『既不往，義不受餽也。賊必犯祁門，吾師必盡節，予不從殉，非義也。從殉，則一幼子無所恃以爲生。吾父母之祀其絶矣，亦非義也。』後明府死節祁門，君屬予爲傳，校刊其遺書以行。

亂將及桐，友人文鍾甫數喪未葬，君分祖山以葬之。張小嵩殉節後，君助予營葬其七喪。亂中又爲親故營窀穸者數十家，其篤於行義如此。

始君慷慨，有濟世志，時平無知之者。忠武公多隆阿之攻賊桐城也，召君與計事，軍中每有急需不獲，以屬君卽立辦。糧餫乏，屬爲購之舒南山中。時桐城未剋復，舒城尚爲賊所據，君往，卽如數應期而至。蓋君忠信廉潔，素孚於人，故言出而人信之。益陽胡文忠公尤知其賢，使訪之，稱之曰『甘布衣』。湘鄉李勇毅公亦敬禮之，俱嘗延之軍中。文忠欲官之，不可。餽之金，辭不獲，因買田山中，曰『胡公田』，將爲歸隱之廬。其後湘鄉曾文正公剳安慶、金陵，知君宅心慈仁，委以普育堂難民數千，咸獲其所。令出訪吏治民隱，皆得其情。合肥李相國薦爲知縣江蘇。荷澤馬端敏公、開縣李雨亭制軍皆賢明，精吏治，先後委君權知興化、江甯、崇明，補授金山，未莅任，以崇明案罷職。時已薦擢直隸州知州矣。興化劉融齋司業、江甯汪梅村孝廉，樸學耆儒，不輕許可人者，獨皆稱君賢，曰『數十年來所未有也』。崇明地介海中，俗多誣訟，君勤政愛民而畏涉風濤，大府至蘇，往往不上謁，多不説君者。適有人控命案，謂尸在海門廳境，腐爛不可辨。君知其誣，不爲傳人，亦未往會驗，坐是被劾罷。其後大府質訊，明抵誣告者罪，而君職竟不復，遂客死金陵。光緒庚辰十二月二十五日也，距生於嘉慶辛未年，年七十歲。

君誠樸無僞，政蹟予不具知，惟宰棗强時，君以其限日斷獄格式貽予，予仿而行之，果無留獄。君之惠澤及於遠縣矣。江甯有無名人被殺，制府沈文肅公治尚嚴明，急捕治，得三人。問官務迎上官意，日刑求。君時已罷官，知其誣，日夕皇皇，匃相知者白其冤，不得，竟枉殺二人。後二年獲真犯，朝廷怒，嚴治承審者之罪，申飭天下督撫，無得以人命爲草菅。即是見君平日斷獄之不苟矣，而乃以辨誣告獲咎，命也夫。

予故舊凋零，在官恒獨居而寡歡。幸歸，見君聰强如昔，乃一見而遂不得再見。今哭君權厝之所，知君之神亦繫戀予也。君幼失父母，時至墓，依依不忍違。官興化時，贖前所粥田爲墓田。今權厝之室，即君所贖之墓田，與君父母墓相望也。君亦可以無憾矣！君名紹盤，贈奉直大夫。祖某，父某，俱誥贈朝議大夫。一子恕，江蘇候補通判。二孫。

記名提督丁公墓表

光緒九年八月，大學士直隸總督李公鴻章上言：『滄州官紳士民合詞稱記名提督丁德昌帶隊駐滄，巡防十有餘載，功德在民，以六月十五日在營病故。士民感德，莫忘臚舉事實，環懇奏請建祠，以伸報稱。』疏入，奉旨俞允，遂議於滄州包孝肅公祠後爲公建立專祠，地方官春秋致祭。十年冬，公弟義昌既葬公於六安東鄉，以宗誠知公深，屬爲文表其阡。

公名德昌，字福田，廬州合肥人。少勤苦耕讀，嶽然自立。同治元年，李公創募淮軍，公從兄直隸按察使贈太常寺卿壽昌赴之。壽昌字樂山，先以戰功治績建立專祠於天津者也。公從之，始由上海奮勇剿粵逆，屢著奇勳。後遂帶練從征，自成一隊。李公稱其『樸勇勤能，深明紀律』，遂襄成剋復江蘇之功，洊保以總兵記名。後又以從勦捻匪功，擢至記名提督。太常公備兵天津時，所募樂字營，屬公統領。適夷務不靖，李公以滄州濱海之區，民風强悍，飭公駐防，爲津沽後路接應，兼分巡河間、東光、南皮、鹽山、慶雲各路，約束兵勇，威惠兼施，群情翕和。十年，疊獲巨盜梟匪及山東齊河縣行劫貢差盜首，由是商民安堵，行旅肅然。

公性尤好爲善義行，常謂：『嚴治姦民，散盜黨也。矜全窮民，尤弭盜源也。』十二年，滄境被水，設廠放粥。光緒二年，旱災，會同州官親查，撫卹不濫不遺。又因鬻女者多，倡設寄嬰局，保全無算，歷年施發棺木、棉衣。六年，挑濬唐官屯減河，親督營勇駐工，躬操畚鍤以卹民力，歷年修理滄境鹽廠，前及流佛寺河隄，期鞏固以保衛田廬。又嘗倡修包孝肅公祠，立義學，議訂條規，刊碑立案，謂紳民曰：『人知慕義向學，則自無作非分者矣。此清盜之根本也。』治軍法紀嚴明，馬步隊雖分駐外縣，離公稍遠，而整肅安静，遠近交孚。公與太常公友悌如同懷，太常公卒，公哀之若喪所親，謂兄磊落英多，義不可受人賻賵。治喪歸櫬數千金，皆身任之。時事方艱，需才孔急，方冀爲國宣勤，大有所施濟，以繼太常公之志事，乃未幾而又齎志卒矣。時公年方五十有二也。然公與太常公俱以布衣從戎，戮力王事，南北馳驅近十年，盪平諸逆，克成大勳。及恪供官守，駐防海疆，又以慈惠廉明得民心，没世而不忘其德，數百里之間，昆季兩祠並峙，以食俎豆馨香之報，立身揚名，以顯父母。嗚呼烈哉！公亦可以無憾矣！曾祖周雲，祖聖占，父春華，皆以公貴，誥贈建威將軍。曾祖妣常氏，祖妣方氏，俱誥贈一品夫人。母李氏、妻金氏俱誥封一品夫人。子三：長功懋，河南候補知縣，先公卒；次功顯，廕某官；次功齡。孫某。

予與公同官畿輔，論事極相契合。光緒六年，予歸，過公滄州軍次，晤談數日，深知公明於大體，遇事不以利害義，因不辭而表其墓上，俾後之人有考焉。光緒十一年乙酉夏五月。

唐先生哀詞

皖有賢師唐子瑜先生，今之人師也。世爲當涂詩禮望族，與予久相知而未得見。光緒庚辰冬，予歸皖，始相交如平生歡。先生少有摯性，以孝友世其家，篤學能文。及長，以優行貢太學，旋由鄉試第五名舉於江南，五上春官，三薦不得第，遂謝去。揀選用知縣，自以親民之職，未之能信也，請改選儒官。遭亂，流離吳、楚間，大府重其行，或延司榷政，或聘主講席。後纂修安徽通志，晚始得選懷甯儒學教諭，年幾六十餘矣。

先生爲學，不言而篤内行，純粹猶金，温良似玉，聞見精博，昕夕敏書，而不事篹述以鶩名，詩文曾不以自張。其爲人師也，持清操而口不及貧，礪廉節而不露圭角。論文一本經義，而不苟隨流俗。與父言，言慈；與子言，言孝。飲人以和，養人以善，而不爲峻絶之行，以故人皆樂親之，唯恐有非，爲唐先生所知也。先生體羸多病，而刻苦不自安逸。學署例役民夫爲肩舁，先生造訪諸友，必徒行。予勸之，曰：『非公事，不可役民夫也。』學使至，趨公晉謁，雖雨夜常蹀躞泥淖間。輿至，不乘，曰：『朋輩多步行，我敢以老獨倨耶？』即是而先生之德盛禮恭可思矣。然先生雖恭默温和，而感憤時艱，恒鬱鬱不自得，往往發之於詩歌。歲甲申四月二十五日卒，年七十二。時予偶之江甯，未及造先生廬與別。及歸，而先生先一日卒矣。

予少喜親賢師友，中歲遭亂，離游四方，宦學燕、趙間，亦多獲事賢友仁之益，而海内碩德老成、篤行多文之彥，亦往往折節願與予交。謝官寓江干，鄉邦故舊，零落幾盡矣。即前所獲事海内耆碩，亦多喪亡。幸得常與先生游，足慰孤陋寡聞之寂。乃歸皖四年中，而舊時講學之友，甘愚亭大令最先逝，南陵何子永中書次之，興化劉融齋司業、寶應劉叔俯孝廉、成芙卿明經又次之，及是先生終，遂無與賞奇析疑者矣。悲夫！先生既卒，懷甯學者群請於有司，設位立主，祀之於鳳鳴書院。今哲嗣汝環將扶櫬歸殯，爰爲詞哀之，以張於殯宫，用曾子固哀蘇明允例也。詞曰：

慨淳德之日瀉兮，如江河之東之。孰反樸而回狂瀾兮，伊惟大雅之扶持。嗟士習之日非兮，豈真古今之不可及。冀善人之日多兮，維師道之能立。仰青山之秀矗江表兮，恨不作底柱於中流。歷洪濤之汎濫兮，曾不少與之爲沈浮！猗哲人之挺生兮，信經人之師表。胡天之不慭遺兮，詎惟予心之悄悄。

誥授光禄大夫兩江總督兼兵部尚書李公神道碑銘代

同治十年夏，大學士兩江總督曾文正公薨於位，天子以兩江被禍深，文正公恢復經營，如同創造，非與之同德一心，不能善守其成法，乃懸缺以待。久之，山西巡撫李公丁内艱，服終，特命繼文正公之任。

公名宗羲，字雨亭，夔州開縣人。鄉舉時，文正公實爲正考官。及文正公奉命爲欽差大臣，駐節皖南，公實總理營務處。金陵既復，奏以公署兩淮鹽運使，旋爲江甯布政使。凡文正公訓吏治兵、理財用人、興利除弊、培養民氣者，公無不目見而左右之；仁育義正，張弛之宜，公無不心知其意。當爲運使時，兼司江北釐捐局，革除冗費，裁併雜捐，文正公稱爲廉正明慎，能持大體。淮南鹽艘因亂改道泰興，公請浚瓜洲舊河，停泊臨江，築隄建倉，改道新河，爲沿革之一大政，商民賴之。爲藩司時，創辦招懇法以安殘黎，圖籍無存，請無論民衛丁漕，按各縣科則，酌中折徵錢文，以供軍國之用。民皆以爲便。清水潭决口，籌款工賑，活三十餘萬人。淮軍勦捻北行，公督後路糧臺，歲供餉需四五百萬金，大功以濟。及任總督，尤以卹民艱，正風化，儲將才，理國用爲兢兢；禁止節壽浮文，嚴絶苞苴，崇實黜華爲根本。江甯府屬尚多荒蕪，公兩疏請酌減熟田科則，俾農民聞風歸耕，以期實濟。黄河自東明漫口，水漸南趨東。撫諉缺口難施工，請令公豫籌防範。公以自古宣防之方，不外審地形，順水性，而捍災禦患，則以堵缺口爲要工，從未有上游缺口不堵而下游能防範者。兩疏力争，卒如公議，而河患以塞。

時日本尋釁臺灣，力籌海防。又發帑以賑江北災民，助款以堵山東決口。直隸大水，資賑金十萬，以消亂萌。洋務棘手，有覆奏總理衙門六條，籌畫機宜，洞中利害，而尤以修政事，造人才爲萬事之根本。洋人以吴淞漲沙，議挑挖。公以關繫海防形勢水利大局，逐層駁斥，得不行。或議於祠山開煤，用輪船運鹽，公力陳其弊，事得已。生平沈實寡言，而於事關民生利害，侃侃不橈如此。身在封疆，而君德朝政時營於寤寐，聞有修理圓明園之説，歷陳外侮内患，天時人事可慮者多，請以憂勤惕厲之心，爲補救維持之計。因星變，陳言安内攘外，必先富强。强莫大於修德，富莫善於節用。修德以堅庶民之信，免外人之譏；節用以儲備巨款，免致臨渴掘井。内政修明，外侮自戢。又嘗言臺灣緊要，宜擇有幹略者駐節，假以便宜，俾之輯和民番，據其地利，開制造之局，練海防之師，爲沿海各省之聲援，絶東西各國之窺伺。識深謀遠，愷惻直陳，多人所不敢言者。及以病乞歸，而於聖學人才猶三復不置。光緒元年去任，十年病卒於里第。遺疏謂天下雖大，不外用人、理財二端。用人莫急於儲才，理財不宜於苛斂。言路不可不開，而攻訐之風不可長；和局不可不守，而江海之防不可疏。皇上沖年踐祚，大學衍義、帝鑑圖説宜日令師傅進講，開拓心胸。閭閻疾苦，古今治亂之原皆宜周悉，將來親政，必能勵精圖治，以弘丕丕之基。嗚乎！公之陳謨如此，則公之設施，猶未足盡其藴也。不誠文正公所謂能持大體者乎！聖天子用以繼文正公之任，洵知人哉！

公道光甲辰舉人，丁未進士。始以知縣分發安徽，署英山，補太平。兩爲鄉試同考官，潔己勤民，一塵不染。軍興，檄隨大營，洊保至知府，委署安慶。又以鄂撫保人才，委代理荆州。公皆堅辭，去職後，以江甯布政使奉旨入覲，放山西巡撫。

公素性恬淡，有持操，不務進取。在軍中，大帥稱其有介子推之風。在運司，朝議將令署漕督。在藩司，曾文正公以病欲奏請護理總督，公俱執義堅辭。巡撫山西，首劾藩司不職，以肅吏治，嚴禁唆訟、溺女、厚葬輕生澆俗，以正民風。力禁罌粟，定栽種有無爲州縣黜陟，以裕民食。回氛方熾，力圖河防，以固京畿。未幾以丁繼母艱，去任矣。公內行純篤，事繼母如母，异母弟教育如同懷。守正不阿而宅心仁厚，貞介不拔而平易近人。勤政愛民，事必躬親，而無急功近名之念。利不趨，害不避，量而後入，時存難進易退之心，言必顧行，不能行者不輕言；行必顧言，不可言者不敢行，洵乎其爲慥慥篤實之君子矣！

公曾祖某，祖某，父某，皆以公貴，贈光禄大夫。妣皆贈一品夫人。公生於嘉慶戊寅某月某日，享年六十有七。妻某氏，封一品夫人，先公卒。長子本廉早逝。次本方，光緒己卯舉人，員外郎銜，分部行走主事。側室某氏，生子本康，同知銜；本侗，出嗣公弟宗道；幼本謙。孫大防、大臨。本方等以公卒之年葬公於某邑某鄉之原，寄公行實政書，屬爲文其外碑。予與公同事曾文正公，在江南共事，交久，知公深，義不可以不文辭。銘曰：

制治有本，弭亂有機。秉國之鈞，貴識於微。政事修明，群才輯輯。內蠹不生，强鄰斂戢。庸人謀國，動曰憂貧。苟飾眉睫，厝火積薪。哲人陳謀，仁民節用。旁求俊彥，邦家是重。不虞之備，地利爭先。失前彌後，勞倍萬千。聖學之成，君德所本。死不忘君，款款悃悃。人謂公德，實勝其才。吾觀鄭僑，識遜公恢。公之吏事，循良之選。燭照先幾，如公尤鮮。進難退易，大智若愚。身居崇高，神遊江湖。忠誠之懷，寤辟有摽。身歸園田，心繫廊廟。蓋棺論定，公人則完。誰嗣遠猷，障此狂瀾。

卷第八上　奏議

代彭宫保遵旨查覆疏在湖口石鐘山作

奏爲遵旨，確切查明，據實具奏，仰祈聖鑒事。

竊臣於光緒七年七月初五日，在江西鄱陽湖口巡次，承准軍機大臣字寄六月十三奉上諭：『有人奏「兩江總督劉坤一嗜好素深，又耽逸樂，年來精神疲弱，於公事不能整頓，沿江礮臺多不可用。每一發礮，煙氣迷目，甚或坍毁。」又有人奏：「該督嗜好過深，廣蓄姬妾，稀見賓客，且縱容家丁收受門包。在廣東所築礮臺，一經霪雨，盡行坍塌」各等語。現在東南海防正關緊要，所奏是否屬實，著彭玉麟按照所參各節確切查明，據實具奏，毋稍徇隱。江海防務，辦理有無把握，著彭玉麟擇要駐紮，將水師各營認真整頓，不必拘定巡視長江原議，以專責成。原摺著抄，給與閱看等因。欽此。』臣素性迂謹，恭膺巡視長江之命，惟期與沿江文武諸臣和衷共濟，思患豫防，職任之外，不敢與聞。今奉諭旨，查明督臣劉坤一被參各節，自應據實覆陳，不敢稍有徇隱。

查劉坤一心地寬平，向無嗜好。始隨江忠源征勦粤逆，歷樹戰功。及任封疆，勤勞素著，皆在聖明洞鑒之中。惟勞瘁多年，體氣漸弱，前在廣東復受瘴濕，致有脾瀉痼疾，粤醫爲言洋煙有升提之力，因而夜吸數口以期止瀉。辦公久之，欲禁則舊疾復，然畏疾，故遷延難斷。劉坤一常自怨艾，尚非貪於逸樂。又查劉坤一年逾五旬，未有子息，置妾爲嗣續計，亦誠有之。在言者未嘗無因，在劉坤一勢不得已，與耽於逸樂者情有不同。劉坤一到任之始，公事原欲整頓，客至應時立見，家丁嚴行管束。惟兩江總督公事浩繁，非精神，四周整頓，實大不易。非因公來見之客，亦不無謝絶之時。家丁收受門包，各省已成陋習。往者，惟閣督臣曾國藩、前督臣沈葆楨所官之處真能弊絶風清，餘則精神一有未到，積弊卽有難防。若縱容家丁，細訪尚無此事。至諭旨飭查『劉坤一在廣東時所築礮臺，一經霪雨，盡行坍塌』一節，臣相去甚遠，無從訪查，竊思海防礮臺，關繫緊要，兵可百年不用，不可一日無防，防備不實，與無備同。應請諭令兩廣督臣張樹聲確切查明始事。如有未周，繼任卽宜補救，封疆大吏責無旁貸。應改造者，力圖改造；應修整者，力圖修整，必思於國事有濟，豈得以前後相推？張樹聲素性公忠，曉暢軍事，自能熟籌盡善，防患未然。至諭旨飭查『沿江礮臺多不可用，每一發礮，煙氣迷目，甚或坍塌』，『江海防務究竟有無把握』一節，查沿江礮臺非劉坤一一人任内所辦，前督臣李宗羲於同治十三年實始經營，以固海疆之防。惟礮臺之設，首在得地，次在得人，次在得法。李宗羲忠清端恪，吏治足以表率群僚，而兵事、夷務閱歷較少。當興礮臺之時，商臣勘擇要隘。臣愚以爲礮臺守險，須在緊束易守之處，可省兵力爲要，不宜在散漫難守之處，貪多以壯觀瞻，再四詳勘，謹擇海舶由狼山、福山口入江之江陰鵝鼻嘴、劉聞沙，南北兩岸，對照可守者爲第一重門户。次則圌山關、東生洲，南北兩岸，江面最窄，有險可扼者爲第二重門户。再次則象山、都天廟，南北兩岸，焦山雄峙中流，相爲犄角，有險可守者爲第三重門户。江陰以下，形勢寬漫，似可無庸浪費。焦山而上險隘雖多，然皆長江之堂廡，金陵之卧榻矣。李宗羲復委司、道、軍需總局各員往勘數次，定議興工，乃局員專司其事，只修焦山象山、江陰兩處，至圌山關並北岸各隘棄之不築，所築者多用暗礮臺，故每一發礮，煙氣迷目。事屬成然，復於鵝鼻嘴之外大小石灣、黄山港等江寬散難守之處，修築多臺，不問有礮無礮。焦山而上至金陵，亦復如是。所謂『發礮墜土坍塌』者，卽此等處也。沈葆楨總督兩江後，北岸各隘礮臺，臣復商之沈葆楨親往察看，始修成之。焦山、象山礮臺之不善者，始修固之。去歲劉坤一到任，臣約其親赴下游查閱，操演臺礮，目見其弊。經守江陰統領福建提督唐定奎公同酌議，拆去無關緊要之礮臺三十餘座，移出礮位，以實無礮之臺，復修改明礮臺數座，以免煙迷木榻石墜傷人之弊。且礮臺操練，以子藥爲先務，戰船相輔，拒敵以火器爲急需。江甯總局子藥稀少，領取不易，如潰同、火蛋、火毬、火箭、火包之類，皆水陸諸軍打仗之急需，乃該局全無制造。時際艱難，經費原屬支絀，然似此要需，豈可概行節嗇？且善籌畫者，凡事必擇輕重緩急之分。

彼無益之工，不急之備，往往縻費巨萬，置諸無用之地，又復聽其損壞。而應急備者，反委以無欵可籌，名爲撙節，實則因循，雖有礮臺，徒壯虛聲，難期實濟。臣未敢言有把握也，欲求實有把握，仍以得人得地得法爲先。要隘之臺，須常增築加修，添置礮位。製造之法，尤須精益求精。封疆大吏固須得人，委員辦理亦貴得人。

劉坤一秉質素弱，前在廣東時奏懇終養，未蒙俞允。時會艱難，受恩深重，遂不敢復上乞退之章。上年與臣察看圖山關地勢及各礮臺操演水陸兵勇，並出洋一次。終日登山陟險，履步尚健於臣。惟難耐勞，勞則疲倦，精神稍不如前。兩江地大政殷，慎海疆之重防，全該督臣之晚節，出自逾格鴻施，微臣未敢妄請。

伏讀諭旨，令臣『擇要駐紮，將水師各營認真整頓，不必拘定巡視長江原議，以專責成』一節，查巡視長江，是臣職所應盡之事，不敢不竭盡微忱。惟整頓水師，必須巡閱往來，查訪方周，操練方熟，勢不能擇一要地駐紮，反覺散漫難稽。見在俄事已結，海宇澄清，而防患未然，正當乘此無事之時，力固海疆之屏障。臣久病之軀，難兼海防重任，仍請天恩，派南洋大臣專辦海防，俾微臣專巡長江，免致貽誤。所有遵旨確切查明，各節恭録，據實覆奏，伏乞皇太后、皇上聖鑒。謹奏。

代彭宫保復查兩江疏 在江陰舟中作

奏爲遵旨，確切查明，據實覆陳，仰祈聖鑒事。

竊臣於光緒八年七月十四日承准軍機大臣字寄六月十九日奉上諭：『有人奏「劣員招權納賄，有損勳臣聲望，請旨飭查」一摺，據稱：「兩江營務處道員王詩正、知縣柳葆元狎妓浪游，權勢熏灼，賄賂公行。又有游客、道員張自牧、知府郭慶藩，外内串通，招摇撞騙，揑報商名，請引漁利」等語，著彭玉麟確切查明，據實參奏，無稍徇隱。原摺著抄給閱看，將此諭令知之。欽此。』臣跪讀之下，仰見聖主信任勳臣，扶正黜邪，以示保全之至意。

臣伏思自古君明臣良之世，上下相與以誠，臣責難於君，君責善於臣，開誠布公，盡言無隱，此所以上下交而爲泰也。左宗棠忠直性成，勳績卓著，久在聖明洞鑒之中。方今海宇清平，封疆任重，皇上以兩使相分爲南北洋大臣，如周、召之分陝而治，知人善任，媲美成周。左宗棠職任兩江，兼奉命爲南洋大臣，則察吏安民，籌餉練兵，鹽漕河務，江海防營，地大事殷，固皆責無旁貸。然年逾七旬，雖盡瘁殫誠，而一人之精神自難周密。況到任未久，人地生疎，須用向來親信之員，以資任使，此亦勢所宜然。惟朝廷貴慎簡大臣，而大臣亦必慎簡僚吏。得其人，庶足以資佐理；不得其人，卽難免受欺蒙。昔尹吉甫佐周中興，成功之後，必以孝友之張仲爲賓僚，然後足以受多祉，此萬世勳臣之法則也。道員王詩正係前道員王鑫之子。當粵逆初起之時，王鑫以諸生首練湘軍，歷樹戰績。後以帶勇進勦江西吉、撫、瑞、臨等府，受傷病亡。蒙文宗顯皇帝賜謚壯勇，優予蔭卹，而其所遺老湘營東征西勦，勳勞大著於天下。王詩正以難蔭從戎陝甘，左宗棠以其年少有才，久習戎事，又以其爲忠藎後嗣，派委總辦兩江營務處，以造就之，出於公忠之誠，無私意也。兩江營務繁難，爲吏治、軍政、上下公事之樞紐，文武員弁交涉事多，權勢所在，趨承者半，謗議者亦半。王詩正初到江南，資望本淺，少年意氣，難免驕矜，言者謂其放游狎妓，招權納賄，臣查尚無確據。然舉錯頗多輕率，言語不無放誕，矜才使氣，行事不檢，用致物議沸騰，實不得謂無因而至。前知縣柳葆元係留甘補用之員，左宗棠以其嫺於詞章，派司文案，帶至兩江用資熟手，此不過隨材器使，無甚事權。查柳葆元文采翩翩，不致如言者之所詆。惟江南風土景物，素號繁華。左宗棠巡閱之時，署中文案事少，柳葆元偶爾閒游事亦有之。不思節署關防甚嚴，何得任意游覽，致生疑謗？是二員者，皆不免負左宗棠之任使。至道員張自牧、知府郭慶藩均在湖南本籍，且郭慶藩有奉參贊日本之行。臣再四訪查，實未來游兩江，則『串通外内』、『請引漁利』之說，係言者得諸傳聞之誤。

惟查有廣西候補知府，聞於貴州案内保升道員張崇樹，少年寡學，貪鄙性成，慣事蠅營，放達不檢。當左宗棠整頓鹺綱，奏請添票添引之時，張崇樹聞之，意圖買票充商漁利，遂在長沙商同饒太和錢舖，代向銀號挪借銀六十萬兩，匯兑親來兩江，捏報賀全福鹽商牌名，請運湘、鄂鹽三百票，每票銀五千兩，設法鑽謀。先交現銀六十萬兩，希圖撤票到手，在外招摇，加價賣與人，不須真運鹽行銷，而本利先已俱獲，然後繳清票銀，歸還錢舖，而彼收無本之利。左宗棠籌畫軍國大計，鹽政係其職分所當，經營整頓鹺綱，收回楚岸引地添票添引，皆前督臣曾國藩、沈葆楨所欲爲而不能遽爲者。左宗棠曾面奉皇太后諭旨，並非不候旨遵行，故見有來案禀請買票行鹽者，先交現銀，後交欠銀，似在情理之中，自應照例批准，毫無私見也。惟求效太急，奸巧小人乘間而入，從中漁利。左宗棠偶被其蒙，所謂君子可欺，以其方耳。又查有武巡捕參將柳國瑞，前投効甘肅充當勇丁，打仗尚能出力。左宗棠保至今職，派充巡捕，原冀感激知遇，實心從公。不意小人得志，昧良喪心，與稿案門丁唐鈞陽爲謹慎，陰爲鬼蜮。又有游客附貢生王代英，湘潭縣人；附生蔡熙林，長沙縣人，至兩江圖謀館地。左宗棠念係故舊子弟，留食署中，並未授之以事，乃乘左宗棠閱兵外府，遽勾引交游少年，肆行不謹，在外招摇。原奏所謂『狎妓浪游』『内外串通漁利』者，實皆張崇樹、柳國瑞諸人之所爲。言者因姓氏多同，故風聞不無訛舛。現在諸人多已爲左宗棠查知屏逐矣。

臣維近君子，遠小人，自古聖君賢相莫不守此爲兢兢然，豈有知其爲君子而不親，知其爲小人而不退之理？大抵君子多直，小人多佞；君子多正大，小人多回邪。左宗棠勳高望重，齒邵位崇，苟非有碩德耆儒參其幕府，直節正士爲其佐僚，而又虚心訪求，獎進直諒，則用人行政之是非，孰敢盡言無隱？彼二三小人，或貌爲謹願於其前，或外似有才，故作忠言至計，以投其所好而實假公以營私，所以左宗棠受其蒙而不覺。昔漢臣諸葛亮下教參軍曰：『願諸君勤攻吾短。』明臣王守仁懸牌示衆曰：『求通下情，願聞己過。』古之名臣大儒，深防壅蔽也如此。即前督臣曾國藩亦諭僚佐曰：『願諸君常攻吾短，勿事迎合，以壞公事。』是可法也。王詩正職司營務，爲左宗棠信任之人，當如何感激報効。乃如張崇樹之奸巧營謀，柳葆元之外出游覽，柳國瑞、唐鈞等之昧良喪心，王代英、蔡熙林之在外招摇游蕩，豈得委爲不知而互爲蒙隱，實孤左宗棠裁成委任之心。言者謂令左宗棠數十年重望爲之頓損。夫左宗棠清操大節，偉烈豐功，信及豚魚，忠貫金石，固已中外咸仰，士庶皆知，卽令僚吏一時行檢有虧，而左宗棠心跡雙清，自仍皎如白日。然不卽遵旨參奏，則不惟慮損勳臣之聲望，誠恐墮我國家之屏藩。道員王詩正以忠藎子孫，不知自重，年少氣輕，致招物議，應請旨恩施格外，暫行革職，撤去營務處差使，交左宗棠嚴行管束，不假事權。如能降心讀書改過，謹言慎行，再准左宗棠奏明，候旨加恩録用，以示曲全。知縣柳葆元職司文案，雖無狎妓納賄情事，究不應私出閒遊，應屏出督署，仍至甘省候補，以示薄懲。知府張崇樹既作奸商，巧謀漁利。參將柳國瑞身充巡捕，貪鄙卑污，昧良之極，皆有玷縉紳，均應革職，永不敘用，以儆官邪。附貢生王代英、附生蔡熙林，既居督署，何得浪游招搖？雖經左宗棠斥逐，不足示警，王代英應革除附貢生，蔡熙林革去附生衣衿，以端士習。門丁唐鈞已經左宗棠嚴辦，逐解回籍，應不准其再至江南，文武衙署俱不准收用，以生弊竇。道員張自牧、知府郭慶藩，查明實在事外，應均免其置議，並請諭令左宗棠凛亢龍之有悔，審勞謙之有終，求賢才以爲輔佐，采直言以通下情。凡僚屬僕隸游客，有似此類者，皆屏斥勿用，俾勳臣之令譽永終，而國家之封圻永固，庶聖主賢臣之頌萬世垂型矣。所有微臣遵旨查明，分別參辦緣由，理合據實，恭陳皇太后、皇上訓示。謹奏。

再臣敬閲飭發原奏，謂『大吏聰明，宜防壅塞；勳臣聲望，務示保全。』誠如言者所云，實大有關於國體。臣既確切查明，盡言無隱，惟原奏謂『左宗棠於淮軍有心裁抑，將士各懷疑慮』一節，臣查實無其事。惟淮軍往年在北地米糧最貴，所折米價稍多，今駐紮江南出米之區，糧價稍賤。左宗棠因餉絀，爲節用之計，諭令各將士折減米價，各將士亦皆輸誠。臣此次巡閲，已抵江陰，沿途接見江南北淮軍將士，均能振作精神，操防結實。於左宗棠開誠布公，亦皆心服，毫無异詞。適李鴻章奉命馳往北洋，過此亦所親見，則謂『淮軍將士各懷疑慮』，殊屬傳聞失實。原奏謂『員缺補署悉不由司申詳，徑自牌委，盡屬同鄉』一節，臣查亦無其事。惟高郵州因案撤委，該缺虛懸無人，值左宗棠大閲過州，時江水與洪澤、邵伯等湖泛漲，正治淮堤工程緊要。左宗棠慮堤不及修，將成澤國，急不能待，卽在巡次徑札候補知縣龔定瀛委署修堤。以該員素稱勤慎，能耐勞苦，適是同鄉，故致人言，其各缺並無不待司詳之事。

臣伏思朝廷之於封疆大吏，無不信任不疑，而大臣之職任疆寄者全在行事適合機宜，而不在顧避小嫌，以致貽誤。米價如果當減，豈能因是淮軍而不隨時以變通？員缺如果需才，豈能因是同鄉而不因才以器使？補署固需由司申詳，而時有緩急，則道有經權，不可拘執定例以致事機之遲誤。存成心私也，避嫌疑亦私也，要在一秉大公，事事爲君國生民起見耳。然在言者，雖係傳聞之訛，而在左宗棠正宜慎益加慎。臣愚昧之見，有前奏所未及者，理合再陳，伏候聖鑒。

代彭宮保查復湖北疏 在湖口石鐘山舟中作

奏爲遵旨查明，恭摺據實覆陳，仰祈聖鑒事。

竊臣於光緒八年十一月初六日在浙江承准軍機大臣字寄十月十九日奉上諭：『前據涂宗瀛奏，湖北操防營兵丁滋事，當諭令涂宗瀛等將實在情形查奏。茲有人奏「此案把總楊姓與錢舖商人口角，江夏縣知縣袒護商人，以致衆軍鼓噪，民心摇動。涂宗瀛、彭祖賢竭蹶張皇，辦理不善，請飭查參」等語，著彭玉麟將此次滋事及辦理各情，確切查明，據實具奏。原片著鈔給閱看等因。欽此。』復於十一月初九日承准軍機大臣字寄十月二十四日奉上諭：『前因有人奏湖北營兵滋事情形，當諭令彭玉麟確查具奏。茲又有人奏此次滋事，由江夏縣知縣蔡炳榮暴虐所致。涂宗瀛前既剛愎自用，辦理操切，事後又不將蔡炳榮撤任，敷衍了事，請飭查辦。著彭玉麟歸入前奏，一併查明，據實具奏。原摺著鈔給閱看等因。欽此。』

臣伏思此案既已諭令該督查奏實在情形，該督近在同城，職任所在，自應據實覆奏，不敢欺蒙。其如何復奏之處，臣無從過問。謹遵旨於十一月初十日恭報起程，卽乘小舟沿河出江，所過各省謡傳不一，臣俱不敢輕信，謹按照所參各節嚴密確查，得其底裡。先咨令將啟釁之知縣蔡炳榮、督標中軍副將鳳昌摘頂以靖民心。十一月二十四日，馳抵湖北省城，復詳查確實，不以謡傳爲憑。謹以共見共聞，公是公非者，爲我皇太后、皇上陳之。

緣本年八月二十八日，有湖北撫標右營把總楊得魁，因父病危急，便衣往就近營務處候補道程春藻所開同利昌錢鋪换銀，錢鋪壓平，互相喧争。適江夏縣知縣蔡炳榮路過查問，該鋪聲稱痞棍鬧事，並不言其壓平之由。該縣知是程春藻之錢鋪，不免意存見好，當於街市喝令笞責。經該把總訴辨，自言銜名，及路過衆人俱爲乞恩，該縣不照章稟明營官，遽行掌責。此始初聽斷未公，任性徇私，擅責把總之實在情形也。該把總受責回營，一城傳播，闔營或爲憤憤。撫標中軍參將焦克勝、右營游擊周禮並城守營參將樊國泰出爲調停，該把總自覺慚愧，稟求撤差，而衆兵嘵嘵不已。督標中軍副將鳳昌係該營統領，明知衆兵不平，既不善於教道，又不以蔡令任私擅打把總之事代達督撫，以求持平辦理。九月初四日，該縣拜客路由閲馬廠時，值鄉試武生雲集。先是，該縣曾在外縣因案慣責武生，諸多怨恨。適值擅責把總，衆武生藉鳴不平，衆口沸騰。該縣恃氣，見有在道旁詈罵者，飭差拘拿，遂被瓦石擊損肩輿。該縣及輿夫均帶有傷。樊國泰、焦克勝等聞信馳救，幸而獲免。此該縣擅責把總以後所以致毆之實在情形也。該縣被毆之後，不言當日積怨於武生，但稟是操防營兵滋事。督標中軍副將鳳昌前既未稟督撫，致督臣於啟釁緣由未能周知，僅憑該縣之詞，批飭養傷，將該把總楊得魁發交武昌府管押，令焦克勝交出滋事之人。惟時兵、民、考生烏合之衆，無從查出。逾數日，焦克勝撤任，所有該(管)[營]操防哨官四員全行更换，而蔡令始終未撤。查焦克勝廉明正直，輿論照彰，今見撤任，兵心愈爲不平。經武昌府知府嚴防將該把總轉交城守參將樊國泰管押，蔡炳榮總未撤任，仍令兼署撫標營中軍參將璞玉交人。嗣經鳳昌、璞玉交出四人，並非確切查明，不過聊以塞責，亦交樊國泰看守候審，實無非刑拷問之事。十八夜二更，外間忽喧傳督臣欲將此四人交親兵丁正法。謡言一播，合城譁然。該營兵丁情急，齊赴統領鳳昌衙署，爲四人鳴冤。時鳳昌及眷口已先得信趨避，衆兵見署内無人，並未動及物件，惟門户稍有擠損。復赴城守營衙署，求將在押四人放出，並呼該把總楊得魁同行。該把總長跪不行，樊國泰以衆情洶洶，諭使暫去，再行請罪。督臣聞知，急欲親出鎮撫。經文武各員並在籍紳士勸諭，衆兵登時歸伍，人心始定。督臣至此時始知啟釁之由，旋即出示曉諭。次早，督撫臣又同出示曉諭。二十一日，牌撤江夏縣知縣蔡炳榮任，衆兵立即心服，旋具公稟乞恩，並有在籍紳士帶各營官隨率哨弁等赴督轅請罪，督臣面加訓諭，均已俯首無辭。繼復往各署謝罪，照常回營差操。當十八日以後，訛言四起，民間實有冒雨遷徙者，嗣經督撫臣出示曉諭，人心已安，此又滋事及辦理之實在情形也。

臣伏查朝廷設官，文武並重。辦理案件，貴持正，尤貴持平。持正則不致粉飾目前，釀成异日之禍本；持平則不致徇私任性，激成當下之争端。查此案决裂之由，一誤於蔡炳榮負氣任性，徇私見好，不遵定例，當街擅責實缺把總，致動衆怒。又執性徑由閱馬廠行走，致攖衆武生報怨之鋒，乃又不肯據實稟請查辦，徒欲歸罪武營以洩忿。再誤於該統領鳳昌平時既不善訓教兵丁，有事又不以下情上達，致督臣不知啟釁緣由，幾至釀成大患。若不從嚴參辦，則爲州縣者徇私生禍，無所懲戒，將致人人效尤。爲統領者粉飾釀禍，無所畏懼，將致事事欺罔，幸而敷衍了局，一時偷安，而吏治軍政毫無實心爲國爲民，終將日即於敗壞而不覺。應請旨將啟釁之江夏縣知縣蔡炳榮、釀禍之兩湖督標中軍副將鳳昌一併革職，以爲文吏武弁罔上徇私之戒。其兵、民、武生烏合之衆，均應請飭該督撫從容詳查，平心辦理，寬其既往，警其將來，確懲其一二實在倡首滋事之人，其餘明示寬宥，確守憲章，嗣後有犯，定即照例嚴辦，以正嚣風而肅軍政。至程春藻以司道大員，既爲湖北省城之官，身領要差，何得謀利，在本省又開錢舖當舖多家，以致官吏迎合，激成事故。現又改換舖號，意在巧避名色，以欺輿論，亦應請旨交部議處，以挽官員營利之風。其撫標中軍參將焦克勝，向來樸實，操練認真。楊把總被江夏縣掌責之後，焦克勝稟請鳳昌轉詳，並爲該把總認過。其後江夏縣被衆生報怨，焦克勝實無從查人交辦，以致撤任，不但兵丁不服，公論亦咸爲喞冤。至十八夜間之事，焦克勝先已撤任，更非其罪，應請免其處分。

至臣初次欽奉諭旨，飭查涂宗瀛、彭祖賢竭蹶張皇辦理不善，臣查涂宗瀛正直有爲，清潔有守。彭祖賢勤慎精明，士民稱頌。該督撫久任封疆，向無貽誤，此案顧全大局，安定人心，雖難免竭蹶之情，實無有張皇之事，似尚可免辦理不善之咎。二次欽奉諭旨，飭查涂宗瀛事前剛愎自用，辦理操切，事後又不將蔡炳榮撤任，敷衍了事。臣查涂宗瀛向來辦理認真，持躬穩慎。此案係誤聽鳳昌之言，始之認真，近似操切；後之穩慎，近似敷衍。然始而聞兵丁滋事，爲整飭軍政起見；後則人心摇動，爲鎮静兵民起見，尚無剛愎自用之事。竊以湖北爲長江之上游，中原之屏障，非有威望知兵而又能通經達權者，頗難勝此重任。軍政不可不整，軍心不可不固，而刁風亦不可漸長，紀綱亦不可不存。伏求皇上嚴加訓飭，凡事當持平守正，謹始慮終，勿存己見。用人聽言，尤須精密。威克厥愛，必須公乃生明；廉以持躬，必須寬則得衆，庶不負朝廷委任高厚之恩。臣迂拙性成，不敢稍爲蒙蔽，理合將遵旨查明辦理，緣由是否有當，謹據實恭摺復陳，伏乞皇太后、皇上聖鑒訓示。

再臣此次拜摺後，仍回浙江，以便明年巡閲五省，出海入江，查察水師各營，上馳以符定制，合併聲明。謹奏。

附奏片

再密陳者：臣今年八月於吴淞海上，忽見長星光如噴瀑，憂心如擣，驚异非常。又前五月間各處蛟災，至有穿城垣，破鎮市，毁村莊。且在端午前後兩日，各省皆同。不但爲災，實亦异事。大雪後冬至前，雷聲復大作，亦非時令所應有。上天示警，必有由然。凡我臣工皆宜深加儆懼，務求各盡職分，潛感天心，憂民忠國，勤政明刑，總期弭患於無形，制治於未亂。南省剋復至今，元氣未培，風俗日靡，人心日薄，往往易動囂争。吏治兵事，在在皆關緊要。伏求皇上念南方收復之功同於再造，武漢爲長江之要害，南北之樞紐，必須威名素著，德望允符，方足以整兵保民，控制全省，關係半壁安危甚重。此番營兵滋事，急切整頓，慮生變故，敷衍苟安，亦釀禍胎。一處如此，他處恐因而效尤；小事如此，大事將何以調度？是皆足爲隱憂，不能急，而亦不可不早爲籌畫者也。經權悉當，恩威並濟，要使兵畏民懷，足以禦寇而不爲寇。是全在督撫之行事適機宜，風裁可畏愛，庶幾可以長治而久安。是否有當？臣戇直無知，謹密爲我皇上陳之。伏乞聖鑒。謹奏。

代彭宫保續行查覆湖北疏 由安慶至石鐘山舟中作

奏爲遵旨續行查明，據實覆陳恭摺，仰祈聖鑒事。

竊臣於去年十月初十日奉旨往湖北省查覆操防兵丁滋事一案，事竣回浙。至十二月二十五日，始抵西湖退省菴，即於是日承准軍機大臣字寄十一月十一日奉上諭：『前因有人奏湖北營兵滋事一案，疊經諭令彭玉麟確查具奏。茲又有人奏「涂宗瀛專以封殖爲務，揚州、上海暨安徽本籍貿易産業甚多，江甯藩庫存銀十六萬兩，交藩司梁肇煌經管。其在湘撫任内，於保甲緝捕並不認真辦理，惟事調勇自衛。正月初二日，撫標聚衆折毁中軍衙署，亦不拏辦一人，敷衍完案。及任湖廣總督，收受川鹽陋規，新堤關税仍蹈舊習。秋間，鄂省兵變，該督首將眷屬私送過江，以致民心驚惶」等語，著彭玉麟按照所參各節，歸入前奏，一併確查，據實具奏。原片著鈔給閲看等因。欽此。』

查前次諭旨，業已於去年十一月二十八日覆奏在案。此次諭旨，因臣赴鄂，往反數千里，行踪無定，驛遞轉折，是以奉到稽遲。臣病軀衝寒，怔忡咯血，筋骨疼痛，益加觸發，眠食短少，交春更甚。受恩深重，未敢偷安，復於本年正月初四日出江沿途訪查。謹遵旨續爲我皇太后、皇上陳之。

查涂宗瀛係由舉人於同治元年大挑知縣，分發江蘇。前任大學士兩江督臣曾國藩先官京師，留心人才，即已賞識。及督兩江，駐節安慶，軍務糧運，最關緊要。因涂宗瀛樸實廉幹，委司穀米局三年，籌辦數百萬石軍糧，轉運前敵，絲毫無誤。金陵克復，委總辦金陵城内保甲局，署理江甯知府。復經前任大學士署兩江督臣李鴻章奏補江甯知府，辦理善後事宜。是時大亂初平，兩督臣興廢舉墜，利民除弊，諸政如同再造。涂宗瀛皆矢勤矢慎，盡力匡勷。一府之事，亦毫無遺誤，至今口碑載道。兩督臣屢次列保人才，由是上達天聽，洊擢今職。其任上海道，湖南藩司，廣西、河南巡撫，曾無貽誤之處。此其出身升用之所由來。言者乃謂由報捐同知升用，是其履歷尚未深考。謂涂宗瀛專以封殖爲務，揚州、上海、安徽本籍貿易産業甚多。臣查涂宗瀛生平最講操守，歷官數省，同官屬吏共信共知，何有專務封殖之事？揚州、上海貿易産業者，原自有人。涂宗瀛廉恥自將，謹小慎微，實不爲此。惟其歷任缺分尚優，居身過於節儉，在六安州本籍鄉間買有莊房兩所，田數百畝，分與胞姪爲世業。本身子孫兩房，鄉間有老屋一所，城内新架住屋一所，買田計不足千畝，留爲退老及子孫教育之資。此皆人情之常，且從節嗇而致，似亦不足爲异。六安州亂後，書院並考棚防雨公所片瓦無存。涂宗瀛倡首捐建成工，或因此遂訛爲置産甚多歟？

至謂『江甯藩庫存銀十六萬兩，交藩司梁肇煌經管』，查藩庫非代人存私財之地，藩司非代人經管私財之官。涂宗瀛久離江甯，梁肇煌非其舊屬，未謀一面，未通一音，何至輕相許與？此不辨而明者也。惟查涂宗瀛在上海道時，前運司洪汝奎管理金陵軍需局兼書局，涂宗瀛與之同鄉同年，寄存銀一萬兩，託其代刻朱子大全集、二程全集、近思録、朱子年譜，元儒許魯齋、明儒胡敬齋集，理學宗傳辨正、倭文端遺書並醫書多種。又因前刑部右侍郎吴廷棟是其同州先達，涂宗瀛少年嘗從問學業。吴廷棟清德冠時，年逾七十，告歸之後上無片瓦之覆，下無一隴之殖，流寓山東。曾國藩、李鴻章迎居金陵，清操飲冰，安貧樂道。涂宗瀛託洪汝奎爲刻其書，並經理身後及祀鄉賢祠，一切用度所餘不足二千。涂宗瀛調河南巡撫，已將廣西、湖南積存廉俸一萬兩奏明買米捐賑，因提前存洪汝奎余欵帶至河南應用。言者又或因此而傳訛歟？

至謂其『湘撫任内，保甲緝捕並不認真』，查涂宗瀛向來辦事結實，撫湘未久，升任而去，自未能從容辦理。又謂『調兵自衛』，查各省督撫年節頭門左右支帳住兵，以肅體制，係屬實情。撫署圍牆素矮，涂宗瀛不肯因陋就簡，加高數尺。外間稍有議論，然實是理所應爲。至謂『正月初四日撫標聚衆』一節，查中軍參將施洪恩，素行約束兵丁甚嚴，冬季派兵協同更夫看守各街巷木柵，該兵丁以爲非其本分，多出怨言。新正飲酒戲賭，營兵以爲歲時伏臘，不在禁例之列。施洪恩必欲嚴責，以整營規。該兵等遂逞醉滋鬧，事誠有之，爲數無多，尚無聚衆拆署之甚。涂宗瀛聞之立卽委候補道劉鎮、長沙協副將春祥查辦。該兵丁酒醒知罪，共舉四人，杖責收監。正擬嚴辦，經在籍紳士憐該兵等悉有老親，懇求保出約束，復行重責枷號，革糧釋回。該（管）［營］官千把總游定澤等俱已摘頂撤任，此係照例外結，並非未辦一人，敷衍完案。

謂『任湖廣總督收受川鹽陋規，新堤關稅仍蹈舊習』一節，查涂宗瀛素慎操守，亦時以操守繩人。其任內分所應得，未必能一介不取，其同流合污舊規，當不至仍蹈故常。所參『川鹽收受陋規及新堤關稅』，細查與收過付，無有實據。謂『鄂省兵丁滋事時，首先將眷屬私送過江，以致民心驚駭』一節，臣前次往鄂查覆，據通省官民謂：該督臣治兵過嚴，辦理前事稍近操切者有之，未嘗聞有人言其眷屬首先私送過江者。耳目衆著，公論昭然。臣督辦長江水師多年，涂宗瀛始以大挑知縣到省，其後洊至大用。臣與之但有公事相接，並無私交，深知其居官爲人辦事勤慎，治躬清儉，居心正大，與人誠樸。廉於取財，而未能惠以濟衆；嚴以守己，而未免苛以繩人；愛民敬賢，而惡惡不無稍過；隨材任使，而知人未能盡明。於吏治是其所長，於兵事是其所短。往者，督撫中如曾國藩、胡林翼體用俱備，文武兼資，而又能尊賢養士，知人善任，識量宏遠，不計身家，加之軍務雖繁，而學問進德，日勤不懈。敷求哲人，博訪周咨，以爲輔益，虛衷納善，毫不自矜。所以能爲我國家撥亂反治，襄成中興大業，洵足爲督撫將帥之法也。涂宗瀛局量規模不能及此，然在今日督撫中，實爲廉正老成，精勤任事之員，其才具品行，固久在聖明洞鑒之中，臣不敢稍爲徇隱，理合將遵旨查明確實緣由，恭摺復陳。伏乞聖鑒。

再臣於去年往返湖北，發咯血、怔忡諸症，至今疲困，精神衰頹。此次行抵安徽省城，咯血怔忡更甚。春愈深，病愈劇。拜摺後仍回浙江調理，俟舊恙痊可，方能出海入江，合併聲明。謹奏。

保舉將才片

再臣於光緒八年十月二十四日、九月二十四日上諭：『各省堪勝總兵人員，向令各該督遴選保奏，候旨擢用。現值整頓江海防務，操練輪船水師，尤爲緊要，必須簡任得人，方足以資整理。著李鴻章、左宗棠、曾國荃、何璟、涂宗瀛、彭玉麟各就所知，出具切實考語，秉公保奏，以副朝廷攬將才之意等因。欽此。』

臣查總兵爲專閫之大員，水師扼江海之要害，必須身經百戰，胸嫺將略，忠義奮發，謀勇兼優，而又熟悉江海之情形，湖河港汊之路徑，且能操守清廉，勤於訓練，知人善任，賞罰公平，實心爲國者，始堪備干城而資表率。無事，庶可緝盜賊，以爲商民之保衛；有事，庶可任戰守，以扼疆宇之咽喉。況總兵即提督之階，不敢不慎舉也。惟時際艱難，用人爲重，邊防疆寄，均關緊要，武員固宜得人，文員更宜得人，庶幾吏治軍政互相講求，而士習民風方可挽回，以立自强之根本。內患外侮，庶有恃乎！否則，武員得人，文員不得其人，督撫與提鎮不能和衷，動因小事過節，嫌疑掣肘，提鎮雖有將才，亦終屈而不能伸矣。此情勢之所必至，應早在聖明洞鑒之中。

臣閱歷既多，深慮其弊。前經遵旨歷保文武十數員，如道員李概、李鎬、馮譽聰、知府麻維緒、記名題奏提督王吉、記名提督王有章等，均才堪大用，今皆積勞病故矣。人才愈用愈勵，久則氣血衰老，筋骨懈弛，難勝重任。臣老病頹唐，一絲殘喘，於時無補，倍切悚惶，惟願以人事君，聊抒愛日之忱於萬一，不敢蔽賢，亦不敢徇私濫保。除前文武各員外，今就所知再三細察，查有記名總兵現署浙江海門鎮總兵彭大光、記名提督現管帶湘江水師張彪，該二員均精明强幹，廉潔奮勇，身經百戰，熟悉水師。又文員江蘇藩司譚鈞培剛毅廉明，肯任勞怨，辦事勤敏，有守有爲。浙江藩司德馨器識閎深，公平廉重，勤惠感民。升用道安慶府知府沈鎔經廉明剛正，勤奮有爲，通經達權，深識治體，似皆可勝重任，不致孤負朝廷。謹以覆陳，伏祈聖鑒。

代彭宫保辭謝兵部尚書疏由安慶至瓜州鎮舟中作

奏爲欽奉聖旨，恭摺叩謝天恩。謹瀝陳下情，伏懇收回陳命，以重兵樞要職，以全微臣病軀，仰祈聖鑒事。

竊臣於光緒　年　月　日在承准吏部咨光緒九年正月二十四日奉上諭：『彭玉麟，著補授兵部尚書，未到任以前，著閻敬銘兼署。閻敬銘見在出差，著張之萬暫行兼署等因。欽此。』

自天降命，悚惶靡安，臣當即恭設香案，望闕叩頭，祇謝天恩。伏念臣以一介書生，素非有經世之略，祇以時艱，感激慷慨從戎，渥被鴻恩，屢授實職。臣非不思高官厚禄，上可光榮祖、父，下可貽穀子孫。政典攸關，敢自立异？惟菲材大受，實慮曠官，病軀重任，尤虞失職。是以疊次陳情，俱蒙朝廷矜全，俾得安其素守，惟一念舍身報國，未忍自安，故受巡閱長江並出海操練輪船水師之命，而不敢辭。衰病日增，時憂隕越。去年八月，巡閱江海事竣，奏明遵旨在西湖調理。未幾，兩奉查辦湖北撫標滋事之旨，遂不及養息，帶病馳往湖北。事竣，咯血、心忡症發，奏明旋浙就醫。乃又奉續查湖廣督臣被參之旨，本年正月遂復帶病馳往江蘇、安徽，沿途咯血更甚。經年往返於風濤之中，而病不得息，血不歸經，心神不交，眠食日减。急思奏請恩施，另簡大員，放臣回籍，俾兵政不致廢弛，而臣命亦或可苟延。因此次巡閱未周，擬在浙養息數月，醫治稍痊，勉力出江巡閱周回，然後請旨加恩，開除差事，庶幾成始而成終。乃忽被寵命非常，幾至震驚莫措。

伏思我皇上用舍黜陟，自有權衡。或以臣補授兵部侍郎在金陵未復以前，至今已廿有餘年，資格似應與考績之例。或以臣辭兵部侍郎，奉巡閱長江之命，至今已十有餘載，叙勞似當在升擢之中。此自朝廷論官授職之宜，至公無私。臣豈敢但爲身謀，而不對揚天子之休命。且蒙皇上知臣痼疾已深，未能到任，特簡大臣署理，是欲以榮名寵臣，並不責以實任，俾臣職守無虧，仁至義盡，體卹周全，臣更不敢固執成見。苟能圖報，何忍偷安？况以臣十餘年戀闕之情，亦正思入都，仰覲天顔，時依堂陛。惟臣前此之微績，既已由諸生擢至卿貳，加以賞賜疊至，久被曠代之殊榮。後此之馳驅，則係臣所當爲，在病軀雖盡瘁殫誠，而於國事實絲毫無補。方今民窮日甚，人心日偷。竭正供以養兵，兵未見能掃穴犂庭，而多耗國計；取蠹捐以養勇，勇未見能安内攘外，而徒索民膏。吏治與疆事，相輔而成，苟非大法小廉，何能使元氣不虧，足以禦風寒之漸入？國脈與民生相須而治，苟非心勤民瘼，念切民依，俾民情無隱，而不可以上通，上恩無時而不可以下究，何能使民心安静不擾，而邦本日固，外侮自消？臣雖巡閲江海之防，究皆僅治其末而未能治其本，日夜疚心，深虞罪戾。若復加官進秩，豈不致朝廷有濫賞之愆？左右思維，功既不足以掩罪，何敢復飾罪以爲功？才既不足以當官，何敢復受官以溺職？病既不足以履任，何敢復虚職以忝榮名？

臣聞德高者福厚，祚薄者禄微。臣無德可言，斷不足以享厚福。一子早亡，四孫孤弱，年方老而病日集，志雖壯而體已衰，禄祚之薄已可想見，不但難膺朝廷之艱鉅，實亦難承聖主之寵榮。且兵部綰天下之軍政，尚書總一部之紀綱，豈可以微臣朽才，曠國家之官守？惟有叩懇皇上明目達聰，知人善任，特簡賢才以重要職，俾聖恩不致久負，庶臣心亦可稍安。臣衰病已深，難期振作，使稍就痊可，勉力上馳巡閲。既畢，再請天恩開除差事所有。微臣感悚下懷，謹披肝歷陳。伏乞皇太后、皇上聖鑒。

代彭宫保再懇辭尚書疏 杭州西湖舟中作

奏爲疊奉恩旨，謹再歷陳下情，仰祈聖鑒事。

竊臣於前月奉命補授兵部尚書，比即恭設香案叩謝天恩，奏明老病頽唐，不能勝任，懇請收回成命。未蒙俞允，且仰荷『宣力有年，用資倚任』之褒嘉。繼又奉『該尚書病未全愈，仍著加意調養』之温諭，祗承恩眷，感悚莫名。

竊念臣以朽木之廢材，辱朝廷之倚畀；以膏肓之弱質，荷聖念之縈迴，悚惶彌甚，感激涕零，急思就痊，兼程陛見，以遂犬馬依戀之忱。無如三十餘年奔馳江上，暑寒燥溼，侵削已深。兼往歲三次受傷，年力壯時撑持不覺，今勞傷過甚，氣血全衰，且不時咯血，神智恍惚，心忡氣逆，筋骨疼痛，目昏足軟，治理善忘，語言滯澀，酬應紛煩。臣未延請幕賓，案牘事事皆須親理，静養則勢處不能，參苓則虚難受補，洵非一年半載所能就痊。況臣拙性褊急，遇事不敢因循，尤不敢顢頇一日。巡閱差事未撤，則病體斷無能養之時；一日兵部實缺未開，則臣心實無能安之日。臣一介書生，德薄能鮮，知識淺陋，謬蒙天恩高厚，爵禄疊膺。然臣自始至今，累官均陳情力請開缺，未能履任治事者，非敢辜負裁成，近於矯飾也。誠以父母之恩本於性生，而臣則性分之内缺陷已多，撫心實無可解免之地；忠孝之倫必當盡職，而臣則職分之中罪戾日積，撫躬實無可報稱之時。謹以臣生平苦衷，爲我皇太后、皇上陳之。

臣生不幸，少遭閔凶。臣父彭鳴九，嘉慶年間由實録館供事，議敘選得安徽省懷寧縣三橋司巡檢，年過五十始娶臣母王氏，生臣兄弟二人。道光初元，調合肥縣梁園巡檢，丁艱歸里。值族有忘負恩義者，横逆相加，致臣父以疾棄養。時臣未成童，臣母念係一脈之親，體臣父友睦之意，不可圖報，隱忍終身。此臣之大不孝一也。臣母貧寡撫孤，家難疊至，鹹齏度日，勉臣苦讀，期慰臣父冥漠之心，乃僅得一矜，謀館養母。既不能常依膝下，時承臣母之歡，又不能幸獲科名，稍吐臣母之氣，鬱抑至老，勤苦以終。此臣之大不孝二也。道光丁未年，新甯李沅發作亂，臣奉母命從戎，以資菽水。及道光三十年四月，李沅發就擒，事平敘績，帥臣擬以藍翎訓導儘先選用列保。臣母命臣曰：『汝司文案筆墨，而冒前敵將士功，不可！』臣遵母訓，具呈辭卻，而臣母旋即棄世，未獲禄養一日，抱恨終天。此臣之大不孝三也。臣有此三不孝，不可以爲子，又何可以爲官？清夜疚心，涕淚常溼。及咸豐初，前大學士曾國藩召臣從戎。臣不學無術，實不知兵，兼母服未終，不敢應命。曾國藩勉以大義，遂奮血性之勇，隨曾國藩效力疆場，言明事成不受爵禄，惟願盡心竭力圖報國家。曾國藩亦概然許之。會逢盛世，身見承平，附驥顯名，因人成事。朝廷鼓勵群材，録長棄短，遂奉累朝恩命，上賞疊膺。然臣區區愚衷，終不敢自欺素志。所擢實缺皆不敢任，養廉公費亦不敢領。良以禄既不足以逮養，何可貪厚禄以肥身家？功既不足以濟時，何可忝高位以速官謗？況少不如人，老當戒得。臣以寒士始，願以寒士終，非有家室之可念，更無田園之可享，早經奏明在案。臣孑然一身，無德爲官，有心效力，每年奔波江海萬有餘里，特盡犬馬之勞，以冀稍報皇太后、皇上高厚天恩於萬一，實事求是，但求於事有濟，臣竭其力爲之，不敢避難就易，孤負朝廷，此臣素願也。無如近年心動神疲，五中無主，實因心神不能貫注。每治一事，忘前失後，似此何能裨益防務？清夜自思，寤寐凜凜，實年力衰頹，病軀難振。奉召命而緩於陛見，有失臣子事君之節；受恩命而怠於任職，有損朝廷命官之宜。且臣以虛名而縻實缺，致閻敬銘以一身而任兩官，左右思維，義無一可。臣是以屢陳下情，懇請皇太后、皇上鑒憐愚忱，速開臣兵部尚書實缺，並請開除巡閱江海差事，庶不致貽誤江海要防，俾臣安心調理一二年，苟餘殘喘。遇有緊要事件，臣無論何時，立卽應命奔馳，斷不稍戀故土，稍圖安逸。倘或病速就痊，臣亦無論何時，立卽來京陛見，叩謝天恩，用表微臣感戴戀闕之忱，斷不敢自昧天良，自深罪戾。所有再陳請開缺緣由，理合恭摺具奏。

再臣昨於長江巡次，奉光緒九年五月十六日上諭：『飭李鴻章、左宗棠暨臣等將沿海防務實力籌辦，不可虛應故事等因。欽此。』臣已面晤左宗棠，並長江提督李成謀、江蘇提督李朝斌互相籌商，就現在所有之水陸軍力認真布置，以慰宸廑。由左宗棠具奏，合併陳明，伏乞皇太后、皇上聖鑒。謹奏。

請賞給先賢周子守墓奉祀生片

再臣往來治兵江上，過江西省之九江府德化縣廬山之麓，有先賢宋臣周惇頤之墓，歷代雖經修理，兵燹已多頹塌。前賜謚忠節巡撫銜臣羅澤南駐兵九江時，又經重修。然當軍務孔急之時，未能大爲修整。上年，臣巡閱長江，至江西湖口，與鎮臣提督丁義方言及集資鳩工督修，堅固堂皇，頗稱大賢塚墓氣象。壘石爲壙，甃磚爲垣，立豐碑坊表，建守塚廬舍，培植松柏，今年夏工竣。六月初四日，臣過九江，率丁義方並九江鎮道以下公同致祭。惟聞該先賢裔孫住湖南道州本籍，及九江德化縣墓旁皆有奉祀生。今墓所後裔並無奉祀生，實爲缺典。又每年春秋祭祀，地方正印官並不躬親致祭，苟且草率，虚應故事，以致牆垣頹壞，墓道荒蕪，殊不稱朝廷崇儒重道之意，且無以興士民高山景行之思。理應請旨飭下江西巡撫查明，向有奉祀生與否。如無奉祀生，應請飭部查照先賢祠墓之例，給與守墓奉祀生一名，以昭我國家崇祀先賢之盛典。謹附片陳明，伏乞聖鑒。

卷第八下　附辛巳游廬山詩

江中望小孤山

藐姑仙子淩波立，石骨嶙峋氣慨殊。傳語蛟龍應早避，江神到此已旁趨。莊子：『藐姑射之山，有神人居焉。肌膚若冰雪，淖約若處子。』後人以小孤山爲小姑，作神女象祠於上，殆出莊子而傳訛也。

謁石鐘山水師昭忠祠

江上當年苦戰爭，至今重見海波平。人生有死終須死，畱取精誠宇宙撑。彭宮保率同坐小舟，周游上下石鐘山麓，指示石洞，謂當年曾與吳竹莊方伯駐師於此，水涸時入洞尋之，中空，深入數重。每進愈上，石罅露光，中有前人題詩極高處，聞山頂鐘聲，乃知其形似覆鐘，故名。非以水聲然也。

巨石中空似覆鐘，獨從千載覓奇蹤。坡公一記猶難信，畱與奇人決臆胸。坡公記云：『事不目見耳聞而臆斷之，可乎？』不知仍未目見其實也。

自謝師塘入廬山白鹿洞書院

白雲封裏認廬山，松徑回環水一灣。行過小橋疑面壁，中開坦道是賢關。一路松徑，忽見一橋，泉石極佳，而山環之，若無去路。過橋，有一坊，上泐『聖域賢關』。

水曲山環一洞天，重門深邃路盤旋。我來獨對亭邊立，萬壑千崖面面圓。是日，白雲封山。及至白鹿洞，則雲斂，五老峯俱見。鹿洞外，山環水繞。三石坊爲門，皆相去里許，氣局深邃宏敞。至獨對亭，泉石尤佳。

鹿洞流芳萬古傳，名山端賴主人賢。昔時精舍今塵土，堪笑儒門不及禪。鹿洞外有流芳橋，内有書院，規模宏敞，由朱子知南康始大盛。粤賊之亂，僧寺皆燬，而洞獨全。今僧寺多興復，而書院無人主持，反多蕪穢。陽明有詩云：『莫怪崖僧木石居，吾儕真切幾人如。』信然。

游三峽橋

三峽泉源通玉淵，神工鬼斧一橋懸。名山招隱難留隱，且飲人間第六泉。三峽橋旁有泉，極清甘。摩崖泐『第六泉』三字。又有『招隱』二字，其橋懸崖對立，中有深潭，泐『金井』二字，橋之工巧，似非人力所能爲。峽内飛瀑如龍翔舞，蜿蜒數十丈，是日雨後尤佳。

萬杉寺

兩山環繞百千回，鷄犬桑麻一境開。忽見虬松蟠磴道，居人謂是劫餘來。寺在深山之中，平夷宏敞，石磴旁古松如龍，殆數百年矣。

秀峯寺漱玉亭觀龍潭 秀峯即古開先寺也

匡廬懸瀑古今奇，飛入龍潭便委蛇。我欲摩崖嫌好事，苔問姓字幾人知？龍潭泉石極廬山之奇觀，旁有石亭可坐，摩崖者數百人，多不知爲何如人也。

秀峯寺昭明太子讀書臺

六代烟花久劫灰，昭明尚有讀書臺。高樓幾處題文選，千古名區總愛才。昭明文選樓，襄陽、揚州俱有之，殆皆以昭明文人，故争之也。

觀王文成紀功碑

王公勳業高千載，石泐崖穿名不亡。風雨空山誰作侣，昭明臺畔米襄陽。紀功碑在昭明臺下，摩崖上有米襄陽題詩，是

聖祖仁皇帝御臨。

歸宗寺門觀荷

籃輿一到絶塵氛，緑沼紅蕖映夕曛。莫向金輪誇鐵塔，蓮峯對此少清芬。寺門池荷極佳，寺後有金輪峯，上有鐵塔，寺僧誇其奇。余不能攀躋，然以爲不如荷池之佳也。

歸宗寺王右軍墨池

子固臨川記墨池，傳聞是否到今疑。高人韻事争相耀，一藝猶能萬古垂。臨川有墨池，歸宗寺亦傳羲之有墨池，蓋文人勝跡，故争之耳。

舟行望大孤山

秋水湖心似畫屏，四山外繞一山青。可憐孤性真孤絶，來往風波不許停。彭公屬游大孤，而往來風順，竟不得停舟一游。

自盧山反石鐘山話盧山之奇

小住鐘山興欲飛，匡廬好客也堪思。北風迓我南風送，夜雨朝晴瀑更奇。

游廬山偕何丹臣趙紫垣

山下來三老，爲參五老峯。匡廬真面目，到處若相逢。五老峯正面在白鹿洞，觀之如在院中。及游棲賢寺，又如在寺庭院之內。方向不同耳，真奇聳峻峭可愛。

游玉淵

玉淵一潛龍，昨夜興風雨。爲有知音來，故作飛龍舞。

宿棲賢寺

我來棲賢寺，面面匡廬抱。須臾雲氣生，變幻成瑶島。

蚌佛頌

彭宫保巡海防，得蜕蚌之半，内具彌勒十二尊。三行，趺坐如負圓屏，眉目臍腹笑容可掬，天生奇异也。宫保作玻璃龕供奉之，因為作頌。

闔户謂坤，闢户謂乾。闔闢之中，萬象呈焉。怪怪奇奇，實非奇怪。造化無窮，小知自隘。古稱佛者，西方聖人文中子語。今兹蜕蚌，東海之濱。彌勒十二，胡誕於此？自然莊嚴，雕飾不俟。是慈悲心，見身說法。大海之中，歷無量劫。何有苦海？何有西天？法身不滅，變任萬千。蚌開隨開，蚌合隨合。笑而不言，如坐禪榻。寂然不動，感而遂通。方以類聚，皈依彭公。彭公儒者，具金剛相。力撑慈航，乘風破浪。既挽狂瀾，普濟群生。普濟濟己，海静波平。彌勒出世，相視而笑。我潛公見，同爲一妙。潛亦是見，見亦是潛。卽潛卽見，任天而然。過去未來，無挂無礙。不昧見在，是大自在。

柏堂集補存

卷一　論書

續方正學論

戴氏刻方望溪先生集外文，有方正學論，以爲道之不聞，與粗知其大體，而察之未精，操之未熟，其遇死生患難之交，未有不震於卒然而失其常度者也。旨哉斯言，君子所以貴有存心養性之功與！

然其所以咎正學者，則在『何不立成王之子』一語，是大不然。燕王姦欺掩飾，篡取天位，而乃以周公輔成王自比，故正學詰之曰：『成王何在？』曰：『成王已死。』則又詰之曰：『何不立成王之子？』是正窮其姦欺之心，發其掩飾之隱，使之無可逃其篡奪之罪，以明君臣大義於天地之間。當是時，身之生死，國之存亡，皆已付之度外，是明知其無益而言之，以申正義耳！豈真望其能取諸懷而與之哉？燕王殘賊凶狠，篡君奪國，以爲子孫萬世之業，卽正學委曲求之，亦必不能存其君之子也。望溪乃謂當勸燕王卵翼其君之子，比於諸孫，不當以輔其子爲言，是置其君之子於鼎俎之上也。豈不謬哉！

且夫人性有五，發而中節，皆謂之中庸。當寬裕温柔而寬裕温柔，中也；當發强剛毅而發强剛毅，亦中也。不得概以寬裕温柔爲中也。賊臣篡國，此正忠臣義士發强剛毅之時，而乃欲其從容委婉，以求保全其君之子。保全未可必得，而存此意於心，則謬矣。此古之君子所以不求事之成，而必求得其理之是，心之安也。望溪以此爲正學之震於卒然而失其常度，非以成敗論是非耶？

夫正學激烈之過，乃在『十族何妨』之語。當是時，使平日存養之功深，則聞燕王誅汝九族之言，必曰：『此於九族何與？王既篡取天下，而又欲以威虐横及無辜，不特上干天怒，亦且下失民心。君臣之義，有死無二，殺某足矣，於九族何與？』如此，庶可爲從容就義者矣。然而事後之論人則易，臨時之抗節甚難。今居安閒之日，爲正學從容計議，可以無疵。而當其時，恐反不如其慷慨而激昂也。君子之立言，亦慎矣哉！

李斯論

嗟乎！人之本心，雖在至愚極惡，其初未有不善者也。惟其汨於利欲之私，惑於禍福之見，而邪説暴行得從而中之，遂至喪失其是非之心，滅天理，敗人倫，陷於大惡而不顧，卒至殺身亡家，爲世大僇。要其初，何遽至是耶？一念之不謹，而禍極於滔天，不可不懼也。

昔秦趙高欲矯詔殺扶蘇，立胡亥，以告李斯。李斯曰：『安得亡國之言？此非人臣之所當議也！』及高反復勸之，斯一則曰：『斯奉主之詔，聽天之命，何慮之不可定？』再則曰：『斯上蔡布衣，上幸擢爲丞相，封爲通侯，子孫皆至尊位重禄者，固將以存亡安危屬臣也，豈可負哉！』至其三則曰：『吾聞晉易太子，三世不安；齊桓兄弟争位，身死爲僇；紂殺親戚，國爲邱墟。三者逆天，宗廟不血食。』由是觀之，斯於臣子之義，宗社之計，亦可謂見之極明，守之極固矣。當是時，斯之執國之權如故也，使終能確乎不拔，毅然召百官而斬高，以迎立扶蘇，豈非千古人傑哉？乃竟以高『世世封侯稱孤』之許，及『不從，禍及子孫』之説，遂仰天而嘆，垂淚太息而從之。所謂失其本心者也，後益阿二世意欲求容，上書説其行督責之術，昧天理，害大義。孔子論鄙夫患得患失，則『無所不至』，其斯之謂與？嗟乎！利欲之根據於人心也甚矣！

斯嘗從荀卿遊，於先王禮義之教，君臣之義，未嘗不有聞焉！惜其心術之微貪，嘗於功利。觀其始辭荀卿即曰：『詬莫不大於卑賤，而悲莫甚於困窮。』欲利之心藏於中，故其出也，無非逢君之惡，以遂己之欲，而高之言遂得而中之。雖亦自知其無所税駕，然終不能止焉。其所學於荀卿者，適足助其爲惡之資，以文其姦言而已。

昔曹操作蒿里行曰：『勢利使人争，嗣還自相戕。』其言亦非無見者，而卒爲篡賊，與李斯事殆相類。後之學者，莫不惡斯、操之亂天下，而咎其自取禍敗，不知人於心術之際，苟懷利欲而不自省剋焉，其究未有不爲斯與操者也。特其才不如彼，故害不能及天下，而徒自殺其身，禍及子孫而有餘，可不戒哉！

與何君書

來書問：『孔子論損友曰：「便辟、善柔、便佞。」是三者足害吾身心德業，誠不可以與處。若夫不如己者，無甚益，亦無甚損，亦何必禁絶大過乎？』嗟乎！是未深思聖人析義之精，檢身之密，防微杜漸之至意也。

人情必有所愧恥畏憚而後其志益奮，必有所講辨論難而後其業益精。與不如己者友，則惟見己長，不見己短，而矜肆懈怠之心生矣，於是則志荒；過無與規，疑無與析，而觀感切磋之益少矣，於是則業廢。且吉人爲善，惟日不足。禹，大聖也，而惜寸陰；周公、孔子，大聖也，而夜以繼日，發憤忘食；顔子，大賢也，而夙興夜寐，諷誦從禮。誠知時之不可失也。若日與不如己者遊，肆爲無根之談，放浪形骸之外，於是則時棄。荒志、廢業、棄時，人之害莫大於是矣！而可謂之無甚損乎？

且夫人心之易下流也，其始不禁絶不若己者，其終未有不友便辟、善柔、便佞者也。而便辟、善柔、便佞之易與爲緣，又甚於不如己者。蓋其聰明才力，往往足以動人，而又善伺人意，以投人之所好。其始不遽行其便辟、善柔、便佞也，致飾於外，務以欺人，言論文雅，使人不覺與之相近。及其親近之久，自使人墮於其術，喪心賊德而不自知，而與之交者，亦非盡庸陋不才之輩也，其始亦非全不知其便辟、善柔、便佞，不可與之處也，往往愛其聰明才力而姑與之相近，又自恃吾之學識終不至爲其所紿。然而始也愛其才，猶知其惡；繼也愛其才，遂護其惡；又繼而愛其才，遂忘其惡；又繼而未能取其才之益於己，而遂陷於同惡而不自知矣。

余觀書史所載，有過人之資而終不克成就，甚至德敗業隳，取世譏笑者，大都妄交非人，自貽伊戚也。可不懼哉！可不戒哉！孟子曰：『一鄉之善士，斯友一鄉之善士。』然第友一鄉之善士，則亦終爲一鄉之善士而已。『一國之善士，斯友一國之善士』，然第友一國之善士，則亦終爲一國之善士而已。若欲爲天下之善士，斯必求天下之善士而友之，而一鄉一國之善士，皆有所不屑焉，然第能友天下之善士，則猶終爲天下之善士已耳，又何能抗懷古人，而爲千百載不可多得之士哉？是故有志者，雖友一鄉一國天下之善士，而猶以爲未足，必尚友乎古人，且其於古人亦非盡尚友之也。孔子『祖述堯、舜，憲章文、武』而已，其他雖有所節取，而終不欲與之爲徒。孟子之於顏淵、閔子騫、冉伯牛，且曰『姑舍是』，而於伯夷、柳下惠，則曰『君子不由』，而直曰『願學孔子』。夫孟子終未能及孔子也，不過與顏淵、伊尹之徒頡頏而已。然惟始不屑與之爲徒，而後僅足以相抗。

今之人，卽一鄉一國之善士，且未能與之交，而乃日與不如己者遊，甚且與便辟、善柔、便佞者相友善，吾恐其所成就，必不足爲一鄉一國之善士也已。足下其詳察之。

與甘玉亭書

玉亭足下：接手書，知魯泉明府以國士相待，命日從植之先生講學於書院中，又有鍾甫切磋琢磨，明師益友萃於一堂，而令子嬉戲於側，無内顧憂。天下之玉成足下何厚耶！神往不已。

弟葬親事急，然亦不敢草草塞責。今承尊諭，感激無已。弟之所處，惟足下實深知之。先人在日，何如而今凋敗至此？左支右詘，終難興復，大厦既傾，一木獨支，而斲伐摧折之者，又不遺餘力。足下謂弟心能晏然耶？

舍弟悻直自遂，不善治生，債負山積，而女兄弟二人，復皆貧窶。弟雖竭力周之，終覺無補，内愧不能盡己心，外又不能如其願，反躬自問，無可如何。足下謂弟心能晏然耶？

民生於三，事之如一。弟草茅賤士，固無事君之責，而先人早世，又未獲稍展愛敬之忱。所可盡心者，獨一師耳。況植之先生待弟極厚，弟於學問，實得其力。今以八十老翁，遠客數百里外，既無力留挽，又迫生計，不能隨侍其側。弟合族數百人無讀書者，知愛誠者，惟先生，知敬先生者，亦惟有誠。今遠隔如此，足下謂弟心能晏然耶？

天倫之樂，弟一無之，差强人意者，惟朋友一倫耳。然而論道者有人，談文者有人，尚氣誼者有人，而至於心同，道同，識同，學同，性情同，意見同，乃至困阨苦艱，遭怨受謗，無一不同，則惟與足下爲然。以故在家，則無旬日不見，見則兩忘。其所趨不見，則中心恍惚，如有所失。清風朗月，名山佳水，以至深林絶谷，溽暑冱寒，風雨昏黑，無地無時不有我兩人踪迹。時其得意，則宇宙俱忘，何論身世？有時感觸，則相對而哭，哭已復相慰解。人或詫爲怪，而豈知我兩人之心哉？無論他人，卽相知深者，亦豈知我兩人之心哉？嗟乎足下！惟子知我，惟我知子。今子遠隔，無可與語此心者，足下謂弟心能晏然耶？

誠家自高祖以來，篤尚古學。及植之先生益開大之，爲前人光。先君子學雖未成，而眷眷以正學相望，不類世俗人之教子。弟者乃性質昏懦，不克自立，今年已三十四矣。自顧所學，尚未有可以卓然對古人者，卽古文一事，亦不足登作者之堂階。柳子厚云：『人生少得六七十者。大低數十寒暑，卽無此身矣。』恐此志無成，何以見先人於地下？既限於天，又迫於人事，卒卒未能專力，足下謂弟心能晏然耶？

且以葬親一事論之，欲尋山則不能授經，欲授經則不能尋山，而家徒四壁，厨無隔宿之糧，一家數口而外，待弟接濟者復有數家，則欲不授經爲生不得矣。而授經則無暇尋山，草率葬之，於心不安，久淹親柩，又於理不順，且又不如足下所處可以自主，無牽掣之累。日夜惶恐，不知所爲，足下謂弟心能晏然耶？

來諭勸弟應鄉試，助弟資斧。前日鍾甫、命之亦有此意。弟菲才，曷克當此？然以義裁之，與者、受者皆可不必。足下久淹親柩，倘有餘積，宜謀歸畢此大事。鍾甫家貧親老，遠客數百里外，不獲侍養，又兩世停棺未葬。弟非寒餓至死，義不可受足下兩人之惠也。且命之、鍾甫好善性成，平日因弟一言，解囊以濟人急者，不少矣，可又自累之耶？是皆於義大不可者也。宗誠頓首。

與徐晉生書

誠白晉生足下：去冬兵潰，倉卒流散。誠攜家星夜流轉懷甯山中，幸未與賊遇，行篋中所帶諸書，亦幸未散失。數日後回依西鄉長姊家，尚得與兒輩温習舊業。續著俟命録一卷，編輯顛沛餘生録二卷，詩文十數首，凡四十餘日，道路通乃回柏堂。

久不得足下消息，在西鄉時，得甘玉亭舒城山中，曾道足下由霍山之湖北，懸念稍慰。誠開歲八日啓行，二月抵山東，初冬復隨竹如先生之保陽，見貴族鵬南，始知足下流寓關中近況，並聞將爲出山之計，欣慰無已。十二月二日復奉到手書，久不與足下快談，得之不啻英爽之氣落我前也。足下閱歷既久，深知世事之難爲。近以『「立定脚跟，竪起脊梁」八字爲真實下手之地，窮通得失，澹然寡求』。讀至此，欽佩無已。鄙儒寡識，豈能更有所以策勵於精進者？然承厚意，不敢默默。

竊以爲學問之道，必先致知窮理而力行之，理未明則義未精。所謂立定脚跟者，不免於執拗；竪起脊梁者，不免於意氣。理明義精而力行之，循吾性分所固有，盡其職分所當爲，則立定脚跟者，乃可謂特立；竪起脊梁者，乃可謂當仁。果如是，則凡遭時處變，自不過素位而行，而不爲好高。苟難務外求名之事，自必能安時處順，度德量力，而不爲計功謀利，行險徼倖之圖，是豈忘懷世事哉？君子篤信好學，守死善道，其當隱當見之時，義固如是耳！至於用世之大經，尤以知人爲要，而知人不易也。君子率性直行，務求心之所安，而不飾於外，往往不滿於小人之口。小人善爲媚悦，一切順人之意，故雖自古才智之士，見小人則易悦，而見君子則心疑，往往不觀其實行卓然可師，而但見一二小人詆毁無根之談，遂不以其平日之言行相較而決其必不然，而反隨聲附和，淆亂是非。此古之君子所以難行於世也。以司馬公之忠而目爲姦，以程、朱大儒而毁之至不可爲人，其他則又何説？

今之才智之士，自負欲擔當一世，然吾見其喜與媚己者處，而且或附和小人無根之言，以詆毁君子。吾不知其設生於宋之世，見詆毁司馬、程、朱諸子之文，言之鑿鑿，其果能不致疑於諸公否耶？其果能不附和之，以爲談笑之資否耶？此於君子無損也，而於知人之明，則大有缺陷矣。幸其未能用於世也。設以斯人當國家重任，其果能辨别忠邪，而不爲小人流言之所惑耶？以君子之特立獨行，彰明較著者，且或爲小人所毁而不悟，彼未成名之君子，其又能真知其賢耶？吾深爲之愳也，是其根源無他，致知窮理之功，未嘗實加之意耳。

足下才智，私心實深重之，往在山中諸與足下書，所以箴砭足下者，莫非本原之論。今足下將出而問世，故復以窮理知人之言進。其言似迂，而舍此皆浮末也。宗誠文章、學問，全不足言，立身本末，願承來教，益加勉勵以副厚望。然人之立身本末、文章、學問無二道也。學問所以精求乎理義之原，文章所以發揮乎理義之實，然必立身本末，依乎理義而行，然後其見之學問、文章者，理義充沛而真氣彌滿，可以歌泣乎鬼神，而感動乎人心之善。若立身無本末，則其學問必偏僻不中，而其文章必客氣虚憍，外强而中乾，斷無義理之光精，忠孝之深情悱惻，足以闡發藴奥而深入人之心脾也。孔子曰：『不知言，無以知人。』孟子尤以知言爲學術之大端。是則善知言者，即其文章、學問可以知其人之立身本末。畫而二之，非知言也。

宗誠初爲學時，本不愛文字，以爲文者，明理而已矣。理足則辭文，故專爲窮理之學幾二十年，因之以悟文章之妙。然所見於文者，不過讀書有得，與見聞忠孝廉節、名儒循吏之事蹟，骨肉朋友之至情懷不得已，因本其中心之誠而發爲文，冀以激勸於後世，久之成帙，人遂以爲能文。其實非也。少遭閔凶，先人早逝，遺喪六、七，心志枯槁，遂絶意功名，尤寡交遊，喜往來山林寂寞之地。往歲居毛溪，每逢明月之夜，即往登城西北一山。古冢累累，殆千萬計。予獨行獨止，蕭然意遠，以爲上天下地，與吾此心同一光明，不覺大樂。登眺嘯傲，聞城上鼓四擊始返。又或黑夜居先人厝室中，四無人聲，獨俯仰自如，如依膝下。葬事既畢，避亂山中，生死久付之度外，惜義憤鬱積，無可如何，不免見於文字以發其憤。久之意氣銷磨，遂專力窮經著書，積至數十卷。此皆無聊之極事耳。足下以爲千秋大業，尤悞也。性喜扶持善類，培養人才，以助天地之正氣。在山中，日則與諸生講論，薄暮卽詣族孫和甫家與其父子、兄弟暢論天道之消息，人事之感應，學術之原流，文章之奧妙，與夫家常情話，無所不有，亦至四鼓始返。山徑間隔二里許，中無居人，常跣足越三深溪，山曲迴環，前後呼之不相應。性又不喜燭照，喜黑夜獨行，遇大石卽仰天而卧，時撫心自問，可以與天相對否？山中人無不以爲奇，壯誠之膽，誠亦不言其所以然。嘗笑世人多畏鬼，見鬼則號，不知鬼何足畏？世有殘害君子之人，未嘗聞有妄擊君子之鬼，可謂不知所畏也。誠之行身本末如是，惟生平率意直行，好盡言，勇擔當，以此常爲時人所忌。然自反，誠不免意氣用事，有自取之道，非盡人之不當也。

近來於理氣理欲之分常深體驗，更覺親切。欲不必私欲，氣不必亂氣，卽人理之所當爲當言，而吾分際之所不當爲，不當言，而有意爲之言之，雖似公正，而實動於氣，雜於欲，非循於天理之自然也。理之自然者，行所無事，因乎時。義之不容已，徒以一己之意而强爲之，非氣與欲而何耶？辨之不明，尅之不力，雖能殺身，未足以成仁；雖能舍生，未足以取義。自謂剛强不屈，實皆悻悻自好之類也，於聖人之道奚當耶？然誠雖知此，終不能自制爲人之熱念，有觸卽發，卽不感觸，亦時往來於中，不能自已。足下其何以教我也？

誠與竹如先生久處，涵泳義理之功，深得其益。玉亭超然名利之外，洵吾輩中畏友。誠有書與之，未得其覆函。里中七月間，東鄉殺賊數百人，旋遭大掠，未審斗垣、心鍇家消息。和甫窘狀，誠所深知，然惟望其立足堅牢，宅心仁厚，無以謀食遂廢先世之學，無私妻子而忘兄嫂、兄子之困厄，是卽所以援之於道岸也。

足下與心鍇、敬甫、和甫、山如文字，皆嘗以呈於竹如先生，亦頗稱以爲才，望益進之於道，無遂止也。

卷二　敘　贈敘　傳　墓表　墓誌

衡陽彭氏族譜序例

衡陽彭氏族譜，雪琴宫保所修，命予校閱，爲定序例。謹删繁就簡，變其舊例爲四，而各繫以子目。首歷代源流，使彭氏子孫考得姓之始，遷徙之由，與夫前代名人、近支人物，庶幾時深木本水源之思也。次傳家禮法，蓋古稱名族，不徒在富貴顯赫，必在於禮義之無愆，上敬乎君，下尊其親，遠法先賢，近守祖訓，斯不愧爲孝子慈孫也已。次祠墓圖記，次世系表録，蓋祖宗者，子孫之根本也；子孫者，祖宗之枝葉花實也。根本厚則枝葉盛，根本傷則花實萎，故曰：『天之生物，必因其材而篤焉。栽者培之，傾者覆之。栽自栽，傾自傾也，非人之所能爲也。培自培，覆自覆也，亦非天之所能爲也。』讀斯譜者，知祠墓之重，則宜時存報本反始之心，知世繫之所以蕃，則尤當共懔一本九族之義。是則宫保體祖宗之意，以望於族人者。夫至其子目，或曰考，或曰誌，或曰録，或曰署，或曰表，或曰記，或序於前，或跋於後，大都取諸史志義法，不敢盡泥古以乖乎今，亦不敢盡從俗而傷乎雅。彭氏其世守之。

一歷代源流。昔大禹治水，導山、導河、導江，皆必溯其所自始。不窮其源，則其流派不可得而治也，況人本乎祖，若不考其一本之所自來，與夫分支之所由別，則一家之不能治，又何言乎治國、治天下之道乎？譜爲彭氏衡西一支之族譜，而考得姓之始，何也？原其所自本也。考歷代遷徙之地，何也？明其所由分也。考前代名人，何也？同姓共祖之人，雖非本支近屬，而實爲一姓之光，詳之，使子姓嚮慕效法，勉爲立身揚名之事也。昔司馬遷作史記，於二千餘年帝王、公侯、將相世族，皆能網羅放失，詳著於本紀、世家、列傳之中。若一姓歷代之人物，尚不能知，不已陋乎？然而譜爲衡西一支之譜，故必以前代二字別之，明其非遠引名人以自重也。至本支職官，別自爲表，本支誥、敕、傳、狀，別自爲録，何也？所以著衡西一族之簪纓世澤也。夫人之立身，貴修德行道，豈必以簪纓爲榮？然卽簪纓觀之，亦可見祖宗世德之長，子孫不可不思繼述也。矧誥、敕之榮，乃所謂國恩家慶載之，使爲子孫者，知朝廷因忠以教孝，臣庶當移孝以作忠，非徒爲譜牒之炫耀而已。傳、狀則祖宗之德善、言行在焉，尤不可失之於誣，故君子愼之。嗚呼！人性有五，而仁、義爲太端。仁者，渾然而大同；義者，燦然而各别。觀斯譜者，仁、義之心可以油然而生矣。

二傳家禮法。人有禮則安，無禮則危，故敗國、喪家、亡人，必先去其禮。禮本人性，順人情，辨上下，定民志，所以篤父子之親，正君臣之義，明夫婦之别，辨長幼之序，聯朋友之信。是禮者，五倫之經緯也。然禮雖本人性，順人情，而人往往以縱欲敗度佚其情，戕其性，不肯循守夫先王之禮，是以歷代帝王又制爲法律以防之。伊古以來，名賢大儒亦各立家法，以教戒其宗族子弟。法者，所以輔禮之所不及也。夫禮、法之大，莫要於忠、孝兩端。今彭氏譜恭録聖諭十六條，何也？欲使族衆常誦習之，凜尊王之義也。恭録欽定大清律例中常人所易犯者，何也？使知遠罪辟刑，保父母之遺體而不敢毁傷，所以教孝也。敬録前賢治家格言、司馬温公家範，何也？使知多識前言往行，以畜其德也。禮之爲義，莫重於謹始而愼終。冠禮者，所以謹成人之始；婚禮者，所以謹夫婦之始；喪禮者，所以愼父母之終；祭禮者，所以報本而反始也。四禮明，人道備矣。惟禮文歷代變易，各地俗尚异，宜有可行，有不可行，故記曰：『禮從宜。』今但録其大畧，使人人可以通行，不致畏難而苟安也。復録家訓、家規者，是皆彭氏祖宗相傳教家之法，所以爲子孫告者，至詳切矣。詩曰：『無念爾祖，聿修厥德。』又曰：『夙興夜寐，無忝爾所生。』

三祠墓圖記。人本乎祖。墓以藏祖宗之體魄，祠以萃祖宗之靈爽。祠廟不修，則祖宗之神靈無所憑依；冢墓不修，則祖宗體魄之藏，久將化爲野土而莫辨，甚非追遠報本之義也。先王制禮廟制，以貴賤分等殺，所以辨上下，定民志耳。而其不可不誠敬以將事，則一焉。周禮特設冢人墓，大夫以司自天子至於庶人冢墓之事。顔淵、子路相贈處，一則曰：『去國，則哭於墓而後行。』

一則曰：『過墓則式。』孟子時亦有墦間之祭，則墓祭之重，自古然矣。後儒好爲記醜而博，以謂古無墓祭，殊妄説也。夫墟墓生哀，宗廟生欽，此凡人天性自然之流著，有不待勉强而後能者。苟爲人子孫，於祠墓不知修易，或聽其損壞，與夫强暴之所侵陵，或惟思積私槖以遺子孫，而不知立公田，寘義莊以爲祭祀經久之費，不孝莫甚於是矣。彭氏先世，惟一祖堂。今宫保自以蒙祖宗之庥，遭遇國恩，位列卿貳，督師十餘年，未能時謁祖宗之祠墓，常深悽愴怵惕之心。爰遵典禮，創建家廟，增捐田畝以爲祭祀之資。又立義塾以教族之群子弟，創始維艱，因各立規條，使後世知所法守。凡祖堂、家廟、墳墓及祭祀儀式，皆爲圖列之於譜，使子姓人人了然於心目之間，不致有所隕越。而祀田、墳山契附著於後，亦使後人可以考焉。

四世系表録。祠祀所以尊祖，譜牒所以明宗。古者有大宗，有小宗，有百世不遷之宗，有五世則遷之宗，然此皆爲天子、諸侯、大夫有世禄者言之也。自封建改爲郡縣，而大宗法廢，無百世不遷之宗。凡始遷之祖，皆所謂『别子爲祖』，自二世以下則所謂『繼别爲宗』者也。後世儒者之論，以爲始遷以上之祖多不可考，不可考則卽以始遷之祖爲大宗，合族立宗祠祀之，以爲百世不遷之宗。其分支以下之祖爲小宗，各房子孫祀之。是亦亡於禮者之禮與？夫禮，雖先王未之有可以義起，但求合乎天理之正，以卽乎人心之安，固聖賢之所許也。然自始遷之祖以下，或十世，或二十、三十世，族姓日繁，支派日遠，不有譜以明之，則雖同族共祖之人，尊卑莫分，親疎莫辨，有相視如塗人者矣。惟有譜以明之，乃知相視如塗人者，其初皆一人之身也。由始祖而下推之，如木之有支，水之有派，孰爲近親，孰爲疏遠，班序林立，等殺易辨，於是可知恩禮之有倫。由本身而上推之，如因支尋幹，從流溯源，一本散爲萬殊，萬殊復歸於一本，由是可知恩誼之宜篤。然則譜之所繫顧不重乎？又況祖宗日以遠，子孫日以繁，其名字、官階、妻妾、子女、生卒年月、葬地以及族人之名，非譜則斷不能悉記，其何以敬宗而收族也？不能收族，卽非所以敬宗；不能敬宗，卽非所以尊祖。故今仿史書表、志之例，先以世系横列爲表以便檢覽，再人自爲行，注其名字、職官、妻妾、子女、生卒、葬地於下，謂之世系録。每卷皆分房以次之，分代以序之，由是大宗、小宗之統緒辨焉。末附生生録一卷，令各房子姓嗣後生子，卽報於宗祠族長，注名其下，無致積久遺忘，此則宫保之創例也夫。

同治上海縣志目録序

右同治上海志，永康應敏齋兵備分巡蘇松太道，命邑士設局纂修而成者。首末三十四卷。縣之有志，創於明洪武間顧彧，至弘治間郭經成之。其後鄭洛書、顔洪範、史彩、李文耀、范廷傑重修者五，而嘉慶十七年，李農部林松復編纂焉，是爲嘉慶上海志。既成，邑人陸慶循援古證今，著嘉慶志修例一卷，頗訂其失。迄今五十餘年，兵燹頻經，典文散佚。觀察以爲不及時蒐討，慮愈久而文獻益無足徵，故參稽諸志，旁搜博采，反覆究論，以成茲編。復延予爲校勘，且正其義例。

予考郡縣志體例，本於史部之地理，而其後乃附益以傳記，故謂之圖經，亦謂之圖志，今故首圖說而冠疆域。疆域既定，則建立城池，官司以經理之，故次建置。先王體國經野，敷土立官，首重明農。而農事以水利爲最重，堯、舜治天下，平水土，而後定貢賦，故次水道，次田賦，是皆地理之大綱也。有土斯有財，有財斯有用，地理治而後物産出焉，故次食貨。孔子論政，富之而加以教，足民必繼以禮樂，蓋本於後稷播時百穀之後，卽命契敷教明倫之意也，故志食貨，卽繼以學校焉。夫學校，禮義相先之地。古者始入學必釋奠於先聖先師，後世學校中崇祀孔子，以爲萬世禮義之宗，則亦所以著崇德報功之義也，故郡邑之祭，莫大於孔子，而他秩祀、群祀次之，今故次以祠祀。

舊志或以學校入建置，不立專門。又或以寺觀入祠祀，與文廟並列，皆謬矣。禮樂既重，亦不可以無兵刑，故兵防次之。然而先王經世之道，有治法，尤貴有治人，故次表職官而記宦績。官司得人而後人文興，故次表選舉而志人物。夫職官不盡有宦績可著也，選舉不盡爲人物可傳也。没世無稱，君子所疾；而聲聞過情，又君子所耻，不敢遺，尤不敢濫也。人物不分門目，但按時代，蓋遵大清一統志之例，而别以藝術、流寓，及列女次之。舊志又有方外傳，雖本於劉向列仙、寶唱、名僧之類，而究非經常之典故，不專立一門。惟去其荒誕，取其行義、文學可紀者，附入於雜記、遺事之中，亦采善不遺細微之意也。人物之可法可傳者，必先行義而後文學，故藝文次之。古蹟皆地以人傳，故名蹟又次之。

舊志以第宅、冢墓與壇廟並列，失其序矣。至於祥异，非人事之經務民義者所不道，寺觀爲儒者所不取，故陸清獻靈壽志屏而不書。然五行志傳、洛陽伽藍、京師寺塔諸記，古固有爲之者矣，是亦觀時考古者所不廢也，故類次於雜記之中。西人教堂一事，世變攸關，當遵日下舊聞考例，志於寺觀之後，從其類也。其餘軼聞遺事，雖不足入正志，而或有足資掌故，備法戒者，亦入雜記之中，俾邑人士無忘故老之所傳。惟輕重、大小、本末、先後之序，是則予編次之微意也。

夫是編雖不盡同前人，而前人纂修之功，實不可没，附録舊序終焉。同治七年十二月。

徐椒岑文集序

桐城古文名天下，則以方望溪、劉海峯、姚惜抱三先生實爲海内文章之宗。承學之士，濡染日深，往往喜以文辭自見。曩者，不自揣量，與予友文鍾甫、戴存莊、馬命之以經學行義相砥礪，而又以餘力從事於辭章，以爲文者道之末，而要亦學中所有事也。其後又得徐子椒岑。椒岑生世家，年甚少，才氣卓越，耻與庸俗伍，諸君皆與爲忘年交。咸豐四年，過訪予柏堂。時其先觀察公殉節楚北，椒岑誓不與賊共天，徒跣往來廬州、臨淮，上書帥府，陳進兵機宜。生平所愛諸文字皆束之，不一寓目。久之，事不成，以積勞病風痹，卧牀席間，不能自轉側。予致書以爲『此天所以甯静子心，而養子以學也』，因勸其讀六經及朱子文、望溪先生集，然後可以知道德、經濟之有本，而文章之原亦可因以識之，事功、節義皆不可以躁率而爲之也。椒岑以予言潛心學術，間作文一二首以示予，果大异。病既愈，侍母避地秦中，益肆力於文學。椒岑於時人少所可，獨喜與予論文。予所不可，即裂去之，不少吝。間爲點竄，未嘗不稱快也。

然椒岑爲人氣甚高，不受羈勒，好大言天下事。往者胡文忠公、李希菴中丞、今節相曾公，皆天下人傑，椒岑每上書，指陳得失，無唯阿。予視椒岑若弟，椒岑雖以文字相師友，然每規予以晚節末路之難。予得椒岑書，未嘗不深警於心，嘗謂之曰：『人必志大而後其心虛，亦必識高而後其虛也無所限量。心之不虛，虛而有所止，皆志卑而識陋然也。』又曰：『莊子言大鵬之圖南也，必先培風；風之積也不厚，則負大翼也無力。是說也，可以悟學養之道焉。乾之六爻，既先潛而後見，而九三又曰「君子終日乾乾，夕惕若」；九四曰「或躍」矣，又曰「在淵」，是知養之不深，則其積也不厚。氣節、經濟、文章之著者，皆見也，而其本則先在於潛。』椒岑聞予言，又未嘗不稱善也。

予與椒岑别數年，同治初始復相見於皖，其後屢見，而文日工。回念鍾甫、存莊、命之諸君子，既皆以守義終，不獲大成其所學。予少氣盛，不欲以三先生自限，今年未老而身已衰，望三先生之墜緒，亦覺無能爲役。獨椒岑年甫壯，謝絶人事，屏處湖山之間，養親課子，以文字自樂，然則椒岑殆有意於易之潛其見也，豈可量耶？椒岑欲予序其文，因書此以俟他日驗之。同治四年秋七月。

重刻牛痘新書序代

古書無『痘』字，痘卽豆瘡之譌。外臺秘要、巢氏病源論、千金方、本草綱目載瘡名，或曰『豌豆』，或曰『麻豆』，或曰『班豆、麩豆』，皆以形相類也。其證之源，始於胎毒，感時氣而發，世謂之『天行』。不待天行之時，而以痘痂塞鼻中，引其胎毒，使早發以解散之，而使不爲大害，世謂之『種痘』，謂之『鼻苗』，又謂之『放花』，曰種、曰苗、曰花，仍與『豆』字之義相生也。天行始於東漢，種苗昉自宋代，意欲竊造化之機，以爲保赤之術，然亦往往有險證，以其術之猶未得其精要也。

嘉慶初年，復傳牛痘方，其法備，著於南海邱浩川先生牛痘新書，活人最廣。涇縣查君吉人最善其技，宦游所在，設局佈種，傳法門徒，百不失一。蓋天下之患，待其蓄積既久而後發焉，不如乘其未發而引動之，使早發而早治之之爲愈也。乘其未發而引動之，使早發，又不如得其關要之處而宣導之，使順其自然，行所無事之爲愈也。

予權守江甯，請於爵相湘鄉公，屬查君開局施方以濟嬰兒。黄冠北觀察重刊是書，查君乞爲序。予深喜牛痘之方，實勝於鼻苗之法，又懼時人之不能盡信也，因爲是説以歸之。讀是書者，使皆求精其術而篤信不疑，則仁，其可勝用已乎？

重刻感應篇暢隱跋尾 代

感應篇隋以前未見於世，玩其辭不類古書，大約隋、唐之間，爲儒、道兩家之言者爲之。宋理宗時實始尊信，嘗書『諸惡莫作，衆善奉行』二語以示群臣，由是行於天下。

予觀其書，託太上以立言，求天仙、地仙、三尸神諸語，不免雜於道家不經之説，然其論天人感應之理，吉凶存亡之道，則與書『惠廸從逆』、『降祥降殃』之訓，春秋傳『福仁禍淫』之文，若合符節。昔舜察邇言，詩詢『芻蕘』。君子讀書求益，第取其言之足以訂頑而砭愚耳，豈必盡出於古哉！

是篇註釋甚多，近世惟惠定宇先生棟集經史百家作註，以明其不悖於古，詞旨極爲雅瞻。植之先生是註，復考正其本書之失，分章析節，綱舉目張，有條而不紊，引經據史，博取百家事言以暢其隱，尤有切於民用。兩先生皆博學名儒，而皆有取於是書，爲之訓釋。甚矣！君子之取善宜宏也。是註曾有三刻本，皆毁於兵火之際。予取最後完善本三卷重刻之，既成，因附識大略如此云。

送蔣生之永平序

韓子曰：『古之學者必有師。』然伊尹則曰：『學無常師，主善爲師。』孔子亦曰：『三人行，必有我師。』此其所以爲聖人也。漢儒重家法，各守一師之説而不相通。沿及宋、明，儒者亦往往分别門户，雖其師傳之誤，亦不肯破除己見而互相争執，以爲是非。噫！抑何所學之小也。

夫士希賢，希聖，希天。孟子曰：『一鄉之善士，斯友一鄉之善士；一國之善士，斯友一國之善士。』卽至友天下之善士猶未足，必尚論古之人而友之。古之君子不安於小成如此，非貪多而務高廣也。道無窮，學亦無窮，故不欲得一自封，守一先生之説而不相通也。雖然，又有説焉。孔子曰：『篤言好學。』又曰：『信而好古。』故親師非難，信師爲難。樂多師友而不能篤信師友之言，則與泛濫而無歸者何以异與？

河内蔣生，李文清公高第弟子，又嘗不遠千里至直隸，聽予友祝爽亭、黄子壽及予講論。今聞游子代太守之賢，擔簦二千里欲往從之游。予因爲師説，以贈其行。

陸桴亭先生傳 仿阮文達擬國史儒林傳體

先生名世儀，字道威，江蘇太倉州人，爲明季諸生。自少卽志於聖賢之學，心體躬行，未嘗敢懈。錢忠介公肅樂牧太倉，一見奇之，曰：『他日必以魁儒名世。』劉念臺先生講道蕺山，先生嘗往受學，見國朝先正事略既而與同里陳確菴瑚、盛聖傳敬、江藥園士韶諸君子互相講求體用實學。見盛聖傳、沈維鐈思辨録序時流寇日熾，先生謂『平賊在良將，尤在良有司。宜大破成格，凡進士、舉、貢、監諸生，不拘資、地，但有文武幹署者，輒與便宜，委以治兵、積糧、守城之事。有功卽以爲其地之牧令，如此則將兵者所至，皆有呼應。今拘吏部法，重以賄賂，隨在充數，是賣封畺也。』時不能用。明亡，嘗上書南都，不見聽。又嘗參人軍事，既解，鑿地寬可十畝，築亭其中，曰『桴亭』。由是不求仕進，終身以講學爲業。見先正事畧。

先生性通明，器識高遠，其於聖人之道篤好，出於天性，一言一動，必則古昔。薄聲華，不耽舉子業，讀書喜談大義。時大道久息，絶學初興，先生慮驚世駭俗，深用韜秘，與盛、江諸子或横經論難，或卽事窮理，反復辨析，要歸於至是。其或商榷未定，徹夜忘寢，質明而後斷，或未斷而復辨。既而同志漸多，設規立約，旬月皆有會。每會期必講貫終日，凡身心性命之奥，天文、地理、河渠、兵法之學，太極、陰陽、鬼神之秘，儒、釋之辨，經史百家之蹟，無不根究本末，要於中正。退則仿先儒讀書記之法，各有所根。旬日不記，卽互相糾虔，以爲學問進退之別。見盛聖傳思辨録序先生教人，先小學而後大學，以立志居敬爲本，而以聖經之八條目爲程，然後漸及於天人之微，旁及於百家之言，其先後次序，悉洛、閩之遺法。見陸清獻公思辨録序隱居授徒，無當世之責任，而内聖外王之道，存之不忘於心，談之不離於口。見張清恪公思辨録序。所著思辨録皆十餘年間左右簡編，俯讀仰思，有見則疾書以自識其所得也，未有倫次。藥園乃纂輯精要，分而書之，以小學、大學、立志、居敬、格致、誠正、修齊、治平爲一集，凡二十二卷。又以天人、儒釋、經史爲一集，凡十三卷。見盛聖傳思辨録序。

當明季心學盛行，先生之書辨同异，析疑似，一準於程、朱。其於金溪、新會、姚江，雖未嘗力排深拒，而深知其流弊之禍世，卓然有以自立。見陸清獻公思辨録序嘗作格致篇曰：『敬天者，敬吾之心也。敬吾心如敬天，則天人可合一矣。』故其論學問宗旨，必以敬天爲入德之門。本朝諸儒恪守程、朱家法者，世皆推二陸先生爲正宗。二陸者，清獻公及先生也。見先正事畧。清獻公於先生生少後，最服膺先生之學。

先生所著思辨録外，尚有宗禮典禮折衷、治通治鄉三約、甲申臆議、八陣法門、城守要畧、先儒語録集成、明儒語録集成、禮衡、易窺、詩鑒、書鑒、春秋討論、讀史筆記、考德録諸書，見唐恪慎公學案小識及先正事畧。而思辨録最名於世。陸清獻公、張清恪公、嘉興沈侍郎維鐈皆嘗重爲刊行。乾隆時著録於四庫全書。先生行誼，見國史儒林傳。光緒元年，禮部議覆江蘇巡撫張樹聲疏奏，奉旨以先生從祀孔子廟廷。

方展卿先生傳

先生諱績，字展卿，晚自號牧青，桐城縣學生。祖諱澤，字苧川，乾隆丁卯、戊辰以優行貢入成均。子東樹儀衛軒文集族譜後述下篇。有异才高識，爲八旗生教習，歲滿以知縣用，不樂就。生平信道篤，知所守，言學宗朱子，詩似宋楊秘監，爲文高言潔韻，遠出塵壒之外。有詩文集行世。同里姚惜抱鼐實受業焉。孫、曾能世其家。姚鼐惜抱軒集方侍廬先生墓誌銘及安徽通志文苑傳。

先生少有异禀，十歲能讀項羽本紀。姚編修範贈苧川公詩所謂『千言畢覽十齡孫』也。其爲文清深雄傑，詩學退之、山谷，創意造言，必出於常人之境。坎軻貧困，抱志以終。子東樹儀衛軒文集族譜後述下篇。門人姚景衡，惜抱伯子也，嘗稱先生文『勁峭邃折，如入窮巖深谷，草石皆幽异；如涼飈悠然之散積暑；如卧鼓旗，縋勇士於嶺巖而捷要害也。其詩如噴雲霧，如錯采金，如蛟虬夭矯天半，來不可期，去不可臆度也。其誨人也，如行蟻相續而逾危垣、積石間，不失一線；如蕙蘭馨不可擬議，沁人心脾，故多所成就』。姚景衡思復堂文存展卿方先生傳。居恒校正史、傳，諸子百家，鈔録凡數百卷，著經史劄記十二卷，屈子正音三卷，牧青詩鈔六卷、古文一卷，貧未能刊。安徽通志文苑傳。同里光方伯聰諧嘗謂先生詩『其體導源於韓，其創意清而愜，其造語堅而從，其隸事敏而給。有後山之沉鍊而去其拙鈍，有誠齋之警健而去其粗厲，使讀者如游芳林，玩琪花，有愛賞而無厭憎，殆半山、山谷之亞也。』道光十七年，以貲促先生子東樹刊於嶺南。先生嘗曰：『昔人有稱鶴立鷄群者，世幾習聞其語，而莫喻其興物之妙也。如鶴也，則雖折足塌翼病頸，一望而知其鶴也，卽三尺童子，不能謾之。如鷄也，則雖爲之金距赤幘，而其德、情、才、性，終不能改其爲鷄也。夫爲人與爲詩文，亦若是焉，則已矣。』東樹遂取其言以名集曰鶴鳴集。子東樹先集後述。已選入國朝正雅集、桐舊集、古桐鄉詩選。鄭福照儀衛先生年譜。

先是道光七年，江甯鄧嶰筠中丞廷楨以楚辭之書世所通行者，王逸、晁補之、洪興祖、朱子之注而已，而釋音則自徐邈、諸葛氏孟奥、釋道騫外不多見，朱子集注專用吳才老韻補，明陳季立屈宋古音義已辨其非，然陳書簡略，尚多不盡。國初至今日，音學大明，其專爲楚辭音者，有毛晉、屠晙、錢澄之、張德純等諸家，然皆不合古音。先生屈子正音三卷，其恉據韻補以正唐韻之誤，而於吳説之疏謬者，復引經傳及西漢、先秦古書疏通以證明之，庶幾讀應雅，故足爲屈子音讀善本。間有不能無小失者，用朱子韓文考异例，以墨圍『今按云云』識别之，爰爲雕刻以傳於世。鄧中丞屈子正音敘。

子東樹，字植之，自少好爲深湛之思。鄭福照儀衛先生年譜。年二十餘，用功心性之學，姚鼐惜抱軒尺牘與胡雛君書。

意欲窮理盡性。管同因寄軒集送姚石甫敘。其學出於朱子，著書明正軌，闢歧涂，庶幾古立言者。管同因寄軒集方植之文集敘。有漢學商兑、書林揚觶、辨道論、跋南雷文定、大意尊聞、一得拳膺録、進修譜、待定録、文集、詩集。安徽通志儒林傳。光緒四年，崇祀鄉賢，安徽巡撫及禮部奏議。姚惜抱先生曰：『方先生讀書，三代後當有興起者焉。』姚景衡思復堂文存展卿方先生傳。再從子宗誠謹述。

誥封宜人李母高太宜人墓表

高太宜人，渭南李竹儕大令母也。久著賢聲，今年予客豫撫嚴中丞幕中，竹儕與焉，出行狀屬爲表墓之文，讀之足爲母範女宗，是誠不可不紀述爲後法也。

太宜人姓高氏，世爲詩禮名族，居渭南民地里，歸贈奉直大夫容若先生爲繼室，持身守禮法，與娣姒敬以和，待從子婦恩以義，處族婣、賓客、鄉黨，下及傭婦、匠作慈惠仁恕，俱有條理。佐贈公持家儉勤，綜核精細，然性喜濟人，篋無私積。歲祲，糴麥周貧乏己，與家人惟粟菽充饑。生平不觀劇。年七十，竹濟已貴仕矣，猶日坐機織，子婦以節勞請，曰：『吾逸則病，有事不覺也。』竹儕將官閩中，太宜人告以閭閻疾苦、屈抑難伸之事，戒曰：『聽訟協乎理則爲至情，乖乎理則爲私情。慎無粗疏受蒙蔽。』每見竹儕以廉俸寄養，諭之曰：『汝居官，持之以慎，勵之以勤，斯爲養志，孝固不在以禄養也。』以故竹儕當官廉謹，及告歸，囊無一錢。嗚呼！世之教子者，無非望之以榮利，而太宜人所以貽謀者如此，雖古賢母何能加玆？余嘗慨人才之日下，多始於女教之衰。女教明而後婦道立，婦道立而後母德成，母德成而後賢子孫興焉。地之沃者，其物植根之厚者，其實繁，理固然也。

今觀太宜人遭際隆平，所行皆庸德庸言，非有奇節畸行可以震耀人世。然風氣日降，數十年來，望之已邈不可企。予故特表其行，以維世風而立母教焉。太宜人生卒、世次，詳行狀、墓誌中，玆不具。

洪母蕭宜人墓誌銘

宜人姓蕭氏，湖北漢陽人。幼敏悟，其父鍾愛之，嘗手鈔孝經、小學諸女訓授之讀，頗能通其大意。年二十一，繼室於洪夫汝寬。洪故世族，家範極嚴，宜人動止中禮，以勤儉率下，能佐夫，得其父母歡心。前婦遺二女，愛逾所生。有從叔早卒，遺孤二，亦賴宜人撫以成立。歲時祭事，凡族人無嗣者皆親祀，率以爲常。鄰里有貧不能具婚嫁者，則多方以贊成之。

道光末年，歲大水，漢陽瀕湖，數十里廬舍多漂没。宜人居宅最高，樓臨市，不可通購食。鄰有安氏、馮氏者，風濤阻户不得出。宜人度其食已罄，命鑿壁以粟濟之，兩家男婦咸泣且謝曰：『夫人活我。』遂賴以全。後歸涇，時值奇旱，米石萬錢。宜人猶竭力以應窮困，己惟市豆麥以食，曰：『盡人皆苦，吾何以甘？』僕婦陳夫死，遺二子，宿累無以償，其叔趣再適取值，婦難之，泣陳所苦。宜人傾篋入質庫以助，而留養其二子，得終全其節。有蔡氏少寡無子，宜人時舉『守義獲旌』以爲告曰：『富貴榮華，没則已焉。千古不朽者，獨名節耳。』蔡感其言，立志無二。聘婦胡氏有廢疾，或勸其别擇配，宜人曰：『聘後得疾，義不可棄。』亟迎歸，愛如群婦。其他善行，多類此。

初洪氏世居安徽之涇縣，自宜人之舅移居漢陽，遂家焉。咸豐三年，粤賊犯湖北，躪漢陽，復移家歸涇。越五年，仍反漢陽，旋因亂避居荆門，又遷於漢口。蓋自亂起，家凡九徙，其母家喪者七人，次子復卒，家計又中落。生死離别之感，經營困苦之勞，宜人以一身搘擋其間，積憂於衷，竟得氣虚疾，卒於漢口寓舍，享年五十有一。長子子彬，廩貢生，候選訓導；次子椿，早卒；次子杭，國學生。女二，適朱，適賀。孫三，女孫二。今其孤將扶柩歸葬於涇，乞文以彰其美，乃誌而銘曰：

敬親教子，恤鄰睦族。名節克敦，儉勤是式。殁而有稱，視兹兆室。

卷三　續擬疏　擬示諭

代嚴渭春中丞奏參劾大臣養癰遺患疏

奏爲大臣養癰遺患，驕縱自恣，據實密陳，仰祈聖鑒事。

竊以用舍進退，朝廷之權，非臣子所得與也。竭忠盡言，臣子之職，亦臣心所不能已也。臣受大行皇帝特達之恩，由縣令十年洊升巡撫，兼命督師。一介庸愚，豈堪此任？惟念國步艱難，願以忠清自矢，力不敢不盡，知不敢不言，以上報大行皇帝知遇之恩，卽以仰答皇帝倚畀之重。

前於陳州行營接據署安徽撫臣賈臻函，稱奏請□□督辦皖、豫軍務，旋接部咨，奉旨允(淮)[准]。在大行皇帝知人善任，自以□□久歷戎行，又因苗沛霖是其收用之人，欲藉其駕馭之。方恭繹綸音，俟北路肅清，再令該大臣統兵南下，仰見廟謨深遠，於選將出師之際，寓操縱緩急之方。□□自當兢惕不遑以圖報稱。臣查□□前辦皖、豫軍務已歷年矣，雖有擊賊之功，總以招撫爲事，始之不過籍招撫之人爲剿賊之用，而欲擁兵自衛，以坐收成功，故一味將就，致貽今日之患。譬如遏火以掩目前，初不計燎原之禍也。且訪其軍營之弊，有五濫焉：一曰濫耗軍儲，供帳之費務爲華侈，不知節惜帑項以資兵食；一曰濫用員弁，奇邪雜選，流品混淆，强者以貪詐爲功，弱者以柔媚取悦，狼狽相倚，肆爲姦欺；一曰濫招匪黨，元惡大憝，並未受創，輒遣人許以官職，誘以投誠，使之帶勇搶掠肆擾，反側無常，今大股捻首多其舊部；一曰濫報勝仗，小勝之師告以大捷，脅從之賊飾爲渠魁，名爲剋寨剋城，實則縱賊他適；一曰濫開保舉，請託賄賂，列諸首功，伺候趨承，登諸上賞。具此五濫，故在皖省已受其糜爛，在豫省亦釀此頹風。前以三省剿匪之權，而所辦止此，其無成效已可概見，乃□□猶敢爲大言，妄自尊貴。卽如收用苗練，招降賊首，屢出示矜爲奇功矣。其實收用之人，卽寄以所降之地，隸以所降之衆，雖其人間有擊賊之功，然皆蠶食以自封，罔利以自肥，豈真竭忠以衛國？地廣人衆，禍將不可勝言。苗沛霖之事，其明驗也，而□□猶以招撫粉飾，謂已悔罪自新。今苗沛霖之黨，實猶肆出侵掠逼脅寨圩，官民日受其害。以朝廷命官而縱其叛亂，何以肅法紀？何以警官邪？捻匪之亂，名之曰賊，猶可以防；苗練之亂，名之曰官，其何以制？見在豫省參罷之官弁，裁汰之濫勇，多以□營爲壑，其未及往者，亦無不望其來而歸之。易師之象曰：『開國承家，小人勿用。』孔子繫之辭曰：『必亂邦也。』臣恐亂賊小人，此時藉□營爲逋逃藪，他日□□必藉亂賊小人爲護身符，兵柄不撤，權勢日尊；兵柄一撤，亂賊肆出。國家受害於粵賊、捻匪者，猶皮膚之疾也；受害於□□收用之人，乃骨節之疾也；受害於□□之驕汰欺詐，藉賊自重，將爲腹心之疾也。今□□未至河南，而行文各府州，飭屬呈地畝、錢糧清册。夫兵事、疆事，各有專司。□□受命治軍而索地方賦籍，意欲何爲？河南軍興以來，地方疊遭蹂躪，徵收短絀。臣於各省協餉，昨經奏請，停緩在案。現仍除解京餉之外，本省軍務月餉七萬兩，臣力求樽節，已萬分難支。而□□來河南，驟添兵勇多人，餉需必不能給。且□□所部，半屬降人，慢無紀律，悉索不遂，勢必滋事。是地方既受捻匪之擾，又將受兵之殘，是驅之皆爲賊矣。若勉强搜括，於七萬之外再月籌鉅萬，則應解京餉必缺，其害先在外省，將終及於朝廷。又如已革游擊王天保，殺死同官。經臣參辦，在押脱逃，並將管押之縣令茅豫春奏參摘頂，勒限嚴緝，乃□□濛混收用，奏請開復，令其領濮、范降人馬步五千，由曹縣渡河，先行到豫。將來尋仇搆怨，恃衆作威，是□□但欲速報東省肅清以欺皇上，而實使之去東入豫，以爲民害耳。夫自古窮寇投誠祇可安插解散，使之爲民，豈可盡籍爲兵以耗帑項？愈聚愈衆，軍食不給，籍官兵以制良民，驅良民以爲賊匪，又使之與苗黨聯合，是爲國家聚賊，非剿賊也。□□但欲欺飾目前以貪功，不顧養癰以貽患。今所招之人，所降之衆，心皆知有□□而不知有朝廷。皇上但聞諸人畏服□□，故使□□往鎮壓之，而不知□□與諸人實交相爲用也。以志滿氣盈之人，領朝降夕叛之衆；當時艱事棘之會，而假以外重内輕之權。臣知□□斷無异志，而杜漸防微，實國家不易之典。

臣與□□系同年舉人，素未謀面，並無嫌忌，實爲朝廷深憂過計，兼欲爲□□全其晚節功名，非有毫髮私意也。臣明知言出忌生，然事關中原成敗大局，臣職膺疆寄，確有見聞，不敢隱忍避嫌，貽誤國事，謹由驛據實密陳，恭懇皇上聖裁。謹奏。

在天津為廷臣擬叩懇天恩矜全良吏以固正氣而培國脈疏

奏爲叩懇天恩，矜全良吏，以固正氣而培國脈事。

竊我朝仁厚開基，力矯前朝薄待臣民之意。數百年來，雖百姓犯罪，必再三審訊，惟恐情罪失當，冤一無辜。至於臣下有罪，尤必力守祖宗成憲，一秉至公，曾無有曲法以誤加重者。若遇良臣循吏偶然過失，則爲之曲全。此我朝正氣所以長存，國脈所以永久也。

竊聞天津知府張光藻仕直多年，循聲素著，曾國藩曾經保奏在案。近因教民滋事，先被崇厚奏參，與知縣劉傑俱以辦理不善，奉旨交部議處，先已降級留任矣，後因法國誣其指使，曾國藩誤聽崇厚之言，奏參革職，交部治罪，意在稍事委蛇，曲全和好。中外公論，群起而非之，曾國藩深自悔恨，致書總理衙門，有『內慙神明，外愧清議，聚九州鐵不能鑄此錯』之語，力持正論，請其代求曲全。旋經奉旨，著直隸臬司改解天津質訊，所具親供送部核議。命下之日，不特曾國藩感戴恩施，凡中外臣民，無不仰聖主之神明，矜全小臣，正所以保全國體。繼而曾國藩會同毛昶熙、丁日昌、成林等取具親供，奏交部議。忽奉上諭，解交刑部。中外人心皇皇，深恐二臣入於冤獄。

臣深知我列祖列宗開國以來，未嘗有枉罪臣子之事，況天津一案，公論昭彰，守令之辦理不善，勢亦處於無可如何，並非指使。張守循聲素著，皆久在我皇太后、皇上洞鑒之中。往者，林則徐、姚瑩、達洪阿之獄，事情重大十倍於茲，我宣宗成皇帝雖爲息事安民，稍施薄譴，旋以民望所歸，復職大用。我文宗顯皇帝登極硃諭，猶稱諸臣盡心盡力，深責當時宰相不能扶持，故至今天下，猶莫不仰嘆列聖之明如日月，恩同覆載。今我皇太后、皇上雖亦欲息事安民，亦斷無不思祖制、罔顧憲章之理。況曾國藩爲我朝重臣，始參守令，係誤聽崇厚之言。後蒙舉世清議，中心自疚不可爲人，屢次函商總署，深自引咎，竟不推過於人，惟乞恩免解。我皇上之待大臣有禮。豈有因其一時誤聽人言，而忍其終身之大耻？向使天下稱冤，令曾國藩不可爲人，即國家亦將耻不可爲國也。且自古朝有忠臣，仇敵所忌，善謀國者，斷不肯喪國家忠臣之氣，以遂仇敵忮害之心。漢殺鼂錯以悦吴、楚，究不能止吴、楚之叛，而徒貽景帝以刻薄之名；宋殺岳飛以悦金，究不能禁金人之欺，而徒貽高宗以忘仇之罪。我皇上自必上法祖宗，豈肯襲漢、宋之誤？今日重罪守令，以謝夷人，將來此端一開，何以立國？惟有仰懇天恩，交部核議。在守令，自當爲國家受過；在議臣，自當執法不移；而在皇上，自當施格外之仁，以存正氣而培國脈，於一時權宜之中，仍爲百世不拔之計。伏乞聖鑒。

代嚴渭春中丞諭抽丁守城事宜

爲勸諭『公出户丁慎守垛口，以重保障』事。照得自古制寇之方，干城乃所以禦侮防守之計。地利尤在於人和，干城固，則根本不摇，外侮自無間而入。地利得，則形勢既據，人心始有險可憑。然非衆志齊興，群力合奮，破除意見，屏黜偏私，各懷急公赴義之忱，共圖長治久安之策，則内氣不固，外患難除，民情不齊，賊勢易熾，此不可不深思，不可不早慮也。豫省地處中原，賊窺四境。頻年堵剿，尚且防不勝防，稍事疏虞，必致困益加困。

本部院莅任方始，圖治維新，值逆氛逼處之時，當軍務積疲之後，雖才庸學淺，韜略未嫻，而國計民生，憂勤罔倦，冰淵自懔，膏雨情殷，急思練兵選將，除暴以安良，尤期開誠布公，同舟以共濟。門絶苞苴之人，户蠲徭役之煩，肅軍政以整戎行，崇實學以勵士氣，無非欲爲吾民撥亂而反治，轉弱以爲强。初非有自私自利之見也，惟是忠義之氣，在上者倡之，亦必在下者和之。防剿之事，有兵以任之，亦必有民以助之。上勞其心，下策其力，則衆志可以成城； 兵戰於外，民守於中，則合謀可以集事。

本部院躬膺疆寄，自當通籌全省，而不得僅守一城。爾居民俱有身家，則當共保城池，而不得專顧一己。本部院現已調將選兵，籌餉練勇，雄師數萬，分布諸方，扼守沿邊之要害，以防賊之窺伺我藩籬，駐營附郭之原田，以防賊之擾亂我城邑。爾居民亦宜按户出丁，編伍成列。平時仍各安生業，鄰里有相親相愛之風，聞警則鳴鼓登陴，編氓具同袍同仇之慨，民藉兵戰，兵資民守，官因民力，民仗官威。賊盛則嬰城捍禦，如虎負嵎； 賊退則出城追奔，如石壓卵。務使野無所掠，城無所依，有不日就窮蹙者乎？ 但恐愚人好逸而惡勞，鄙夫先利而後義。 謂晏居安而城守爲苦，不願履危險而離室家； 謂兵有餉而民夫無糧，不欲執干戈以捍牧圉。抑知城保而身命可保，是謂一勞永逸之圖； 城存而家貲俱存，是爲遠害全利之道。不然，苟且偷安，必大不安； 儌幸蒙利，終大不利也。試觀逆賊竄擾以來，粤西、湖南、江西、河南四省城，兵民固守，至今猶享其休； 安慶、江甯、廬州、蘇州四會垣，兵民懈弛，至今猶受其毒。前者懷慶之民以守而安，歸德之民以不守而敗。明鑒不遠，禍福難誣！ 居今之世，爲今之民，惟拚命乃可救命，惟舍生乃可全生。濟己必在於濟人，保家必先以保國。鼓其正氣始可以銷戾氣，存其仁心始可以格天心。若偷旦夕之安，爲私便之計，自貽伊戚，不亦愚乎？ 況我朝深仁厚澤二百餘年，吾民安土重遷亦非一日，受恩既深，豈可不思毁家紓難，稍報涓埃？ 安居既久，豈可不懼破卵覆巢，致滋後悔？

本部院痌瘝在抱，胞與爲懷，惟恐一城不得其安，一夫不得其所。爲此，剴切曉諭，仰居民人等知悉，無論爲官爲幕，爲紳爲士，爲商爲賈，爲百工，爲胥役，皆必按户口以出丁，聯市巷以成隊，册記名姓、旗幟、腰牌，分定城門，認定垛口。平時秩然而不紊，臨時自井然而有條，助官府之威聲，補兵力所不及，不責以攻戰之事，但期成守禦之功。功成一體保奏，同膺懋賞。自示之後，如有不顧大局，不遵約束，則是爲徇私背義之大，必治以犯令違上之罪。今將所有規條開列於後，懔之慎之！

計開：

一、汴城垛口，計七千七百有餘，每垛須派二人，以便食宿，便溺，輪替歇息。

一、城中大户出數丁，小户出二人，按户派丁，按丁入冊。街市衖衕，編成隊伍，鄰里鄉黨，通同一氣。則無事時易於盤查，上城時易於齊集，守城時易於聯絡。

一、每丁必自備小旗，旗上書『某市、某巷、某姓名、派守某城第幾垛』，旁書『歸某隊長領』。又官給一腰牌，所記照旗，一律由官用印，官有號簿，以便稽覈。

一、二十丁必有一隊長領之，隊長自備一中旗，上書『某市、某巷、某姓名、守某城』，下書所領隊下垛夫某某姓名。官給一腰牌，亦然。

一、十隊長必有百長領之，一正一副，官給一大旗，上書『某市、某巷、某姓名、守某城』，下書所領隊長某某姓名。官給腰牌，亦然。一副，亦然。

一、十百長必有千夫長領之，一正一副，官給一大旗，上書『某市、某官、某姓名、守某城』，下書所領百長某某姓名。官給腰牌，亦然。一副，亦然。

一、隊長、百長、千夫長，即以本街市、衖衕官紳耆董中精明老成厚重者爲之。

一、城中某街某市某衖衕，户丁平日本同居，聯絡派城派垛，仍照户鱗次派定。居東城者派東城，居西城者派西城，易於上城，易於送飯。

一、城上垛口，凡垛夫、隊長、百長、千夫長姓名，皆照旗上、腰牌一樣，先行用粉字書明，派定之後，須上城認定記清，免得臨時忙亂。官先帶千夫長認之，千夫長帶百長認之，以下如法。

一、城上雨衣、雨繖、燈籠、小刀，均須自備。所費無幾，又可爲平日留用之物，官備則所費不貲矣。飯食亦自備。

一、省城外駐兵數千，迎擊追剿，垛夫不用出城。

一、城上大礮、大鎗，另派兵弁施放。垛夫衹嚴守，扒城抛擲灰罐、磚石、斷手、砍梯諸事。

一、垛夫上下必聽隊長號令，隊長聽百長號令，百長聽千夫長號令，不得自行回家。回家必分班，定時刻，不准踰期。

一、垜夫守城時，飯食必二人分班代取，或有家中送食，不得有一垜一時無人看守。每隊必備一長繩、竹筐，以便縋城下取飯食之具。公用。

一、垜夫牢守一垜，隊長巡查各垜夫，百長巡查各隊長，千夫長巡查各百長。如有違令下城，或争鬭、賭博、昏睡，卽加申飭，記過一次，再犯則重懲。

一、每城另派官數員總司巡查，千夫長、百夫長皆歸管轄。

一、城中老、弱、殘、疾四窮之民，不得派夫； 極貧、單丁，許富商紳士傭僱守垜。

一、巡查領隊之官長，如有詐索垜夫一錢者，立許禀究。

一、賊未來時，每月須分數日，分門按隊上城認識垜口一次，藉以練習熟悉。

一、賊退不可遽歸，必城外官兵追遠，方可解嚴，然猶必時時偵探，防賊乘我之懈。

一、守城之時，如東城驚擾，西城不得擅動； 一隊驚擾，諸隊不得擅動。各城皆然。恐賊聲東擊西，以乘我之隙。

一、巡查之官，命一人手執號簿、筆墨記功過，以便賊退時行賞罰。如巡查之人有所徇私，卽予參革。

一、黑夜燈籠須懸於垜外城垣之半腰，則我見賊而賊不見我，可以防賊之偷城。

一、城上鎗、礮、石灰、火罐、濆筒、人箭皆不可早發，候施放得著，再爲施放，乃不落空。城堅垜厚，賊一時豈能飛升？何必忙亂急放，爲賊所擾？

一、守城無他法，止是鎮静，不嘩不懈，則任賊千方百計皆不能攻。伺賊攻懈逃遁，而後開城追剿，無不勝矣。

一、省城居民衆，垜口多，其餘外府、州、縣城居民少，垜口亦少，皆可仿照辦理。

一、凡城外居民有欲入城避賊者，皆必於平時註名入册，臨警時委官執册坐城上，欲入城者城外報名，查册准其入城。

一、城外遠鄉及過往客商，平時未經註册，臨時欲入城避亂者，必問其城中有熟識者，能保則准入。

一、城中居户平時須多積穀，富紳富商尤宜多餘米、粟、麥、豆雜糧。守城時官照時值定價，既可獲利，又可濟人。若不肯積穀，則危急時縱有銀錢，無所得食，何如多積米糧，後來仍可易爲銀錢，並不虧本也。

一、將閉城之先，凡城中先自外來之商賈、工作及肩挑貿易之客民，欲出者俱准其速出，免得以後在城驚擾。一聲閉城，須急令各户查各户，各隊查各隊，各街巷查各街巷。凡面生可疑之人，皆須根究，以防姦細窩藏。再行整隊上城，到城上守定垛口之後，巡查官仍須按隊按垛點驗，以防姦細攙入其中，然後鎮静以待。

爲朱九香學使到任正學術示在安慶公致函曾公轉屬

竊維督學之職，所以扶正學而培世教，非徒以衡文爲事也。學術不正，安有人才？人才不興，安有吏治？吏治不講，安有民生？民生日蹙，國本安繫？歷觀三代盛時及漢、唐、宋、明以來郅隆之世，學校之教，莫非使士務實修，人求實用。故其時，達而在上者，本學以出治，即可以輔襄鴻烈；窮而在下者，本學以淑己，亦可以師表人倫。上下感應，天地交泰，民安物阜，禍亂不興，職此故也。迨其中葉，政教頹而變亂作，猶賴學術昌明，遺風猶在，一二素有實學之士，守正植節，死生不渝，持危扶顛，於以奠民生而安社稷，世運賴以長久，國祚賴以中興，是皆學術猶明之效也。至其久而衰也，人尚浮華，士習巧僞，經、史、子、集，不於其中求明體達用之實際，而但掇拾其詞藻、故事之萬一，以爲掩取名利之階梯。凡古聖賢修身治世之大經大法，與夫歷代名儒名臣之善言善行、嘉謨嘉猷，畧不知存諸心，見諸行，推而致之於實用，甚且詆諆而迂笑之，以故窮則鄙陋自安，無足以興起後學；達則惟知趨利取巧，粉飾因循。迨至百度廢壞，萬禍萌芽，而猶醞釀蓄積，苟且欺蒙，全不修省。一旦禍發，遂如火之燎原而不可驟熄矣。論者或委爲氣運使然。噫！豈盡氣運使然耶？實學不明，人才敗壞，漸積而至然也。夫亂必有所由起，亦必有所由止，知亂所由起，則知亂之所(所)由止。

今天子嗣大統，深達撥亂反正之原在振興學術，培養人才。特命儒臣輪班進講，懋成聖學，以裕出治之源。

又屢奉諭旨，命翰林院、國子監掌院堂官，身率諸生，講明實學，課試以經史、性理、時務諸論策，俾各達其所見，以期學有本原，不專以時文、詩賦爲重。又諭各直省督撫及内外三品以上官，皆以人才爲心，而凡天下碩德重望之臣，俱蒙召起大用，共圖至治。其績學篤行之士，伏在下位者，猶懼其不得上聞也，亦屢奉諭旨，命各省督撫、提學訪求薦舉，以待破格録用。是所以振起士心，培養正氣者，至矣！盡矣！無復有加矣！夫在上好尚之所注，卽爲在下風化之所趨。今士子當變亂之後，幸遇朝政清明，德教誕敷，可不知所以奮興也哉？

皖江爲大儒朱子之故鄉，歷代名賢叠出，遭亂十載，文教蕩然。賴節相曾公奉命督師，肅清數省以及於皖。長江數千里，既底於蕩平，崇奬節義，網羅賢才，興復儒學，使皖人士得重睹衣冠文物之盛，再聞詩書絃誦之聲。本院幸於是時奉天子命，視學兹土。自顧德薄齒衰，不足以任斯職，第念國家所以試士之意，原欲學臣選取英俊於學校之中，使共讀聖賢之書，窮聖賢之理，儲成興道致治之才，用獲濟世安民之效。爾皖人士，前受蹂躪之慘，今幸恢復之初，尤不可不追尋禍本，思弭亂源，振拔精神，激昂志氣，各求心身性命之實學，裕經綸參贊之宏規，以上赴聖君賢相咸與維新之治。本院校士才疏，求賢念切。往嘗典試粵東，視學楚北，禮闈分校，多士盈門。雖知不足以識真，要無不以學行兼優爲多士勖。況今當聖主沖齡踐祚，奉旨起疾出山，委以督學重任，尤思今日爲庠序中儲一真士，卽爲异日廊廟中得一良臣，共濟大難，共享隆平。爾皖人士，其各勉之無違！特諭：

一、重根柢。國家以四子、五經命題試士，原冀士子涵濡於聖經賢傳之中，庶幾義理之學熟於口，存於心，藴之爲德行，發之爲文章，見之爲事業。學者誠能沈潛反覆而有得焉，本精義以著之於文，方不愧朝廷因文取士之意。乃末流之獘，專揣摩時文以應舉，而於四子、五經聖賢所以立言之旨，全不知心體力行，甚至束之高閣，視爲迂遠，日趨爲空疏浮僞、無本無用之文。學無根柢，异日爲官，安有經濟？近年奉旨以孝經、小學、性理試士，蓋添此一場，欲以反積習，使共講求根本之地，以懋實修。乃府、縣考試，全不重此，虛應故事，何能端士子之趨向，而稱朝廷良法美意哉？本院恪奉成憲，專以孝經、小學、性理論、經解、詩、賦作一場，題必正大，文必實有發揮，以期搜求實學之士； 正場試四書文，覆試五經文，皆不出割截無理之題，以侮聖言而壞士心，總以能發明義蘊，無歉理法爲主。其或好异喜新，背叛朱注者，决不録取。要在卽文以求人，使士子皆知因文以見道。至平日未試之前，既試之後，諸生務當潛修於家，講實學，求實用，操守端嚴，不可干預外事。本院每月觀風一次，亦皆以經史、性理要義出論題，時務實濟。出策題以觀士子之學識，題與文皆由各學官收發。學官本專爲教士而設，每月必須課試，具有成規。近來積弊，惟知争較贄敬，而平日與諸生全不講習，殊負職守，飭各學官當修行明經，重義輕利，以端表率。常與諸生砥礪實學，以正風化。觀風、月課、發題、收卷，學書門斗不得向諸生需索。本院將來卽以諸生學識之長進與否，定各學官課績之上下，切勿視爲空言也。

一、正名義。學校之設，所以明人倫也。人倫之大，莫重於君父。讀聖賢書，所學何事？名節不立，禮義消亡，廉耻不知，勢將何所不至？皖省遭亂十年，忠義殉難士民，既經曾節相開局采訪，叠次奏請旌卹矣。見在士子之中，如有平日抗節不屈，甘心窮餓於空山，與逆賊全不相沾染者； 或更有仗義請兵，助餉出力，家受賊禍，身餘一死者； 或更有團結堡寨，保障鄉里，屢與賊戰，不受屈辱者，仰各學官及地方官訪求真實，稟報本院，待考試發放之日，當堂奬勵，使正氣伸而大義明。夫逆賊久據城池，不特小民受其摧殘，卽貢舉生監被脅受屈者，皆覺情實可憫。惟有無耻喪良之徒，既列膠庠之内，而或反受賊之僞職，應賊之僞試，爲之協理奔走，與之交結，以害鄉間。此一種人，實爲士林之玷，仰各學官及各學廪、增、附生確實查明，不准復入衣冠之内與考試之列。雖國恩寬大，不過追求，而濫列冠裳，實非旌别淑慝之道。公論所在，名義所關，爾等不得殉私庇護，亦不得藉私污衊，總期正名定分，以警人心。

一、安義命。進禮退義，士人大節。苟且以得功名，耻莫甚焉，况得之，不得曰『有命』。寡廉鮮耻以徼幸者，亦未必盡得也； 守分安命而不妄爲者，亦未必不得也。

士子平日務當講求實學，不可臨考試時爲欺罔之計，鎗冒、夾袋、夤緣等弊，例有明禁，本院矢心清慎，弊絶風清，一經查出，斷不姑貸。蓋朝廷設科取士，原期得績學篤行之士，以待大用於將來。若不知禮義，不顧廉耻，干法犯紀，以求苟得者，异日爲官，有不肆行欺罔者乎？有不敗壞風俗者乎？本院爲掄才起見，決不姑寬。至點名入場，當雍雍有禮，挨次聽點，不可擁擠，此亦守禮安分之一道也。

一、慎甄録。設科取士，冀得真才，録取不慎，則賢否混淆，是非倒置。士之文風，往往以上之所取爲效法。謬種流傳，風氣不愈趨愈下乎？皖省久停考試，遭亂既久，荒廢詩書者多，而苦讀不懈者當亦不少。今年本届歲試，兼奉旨補行歲科兩次。若一案一試，恐士子旅費維艱；若但併於一堂，恐徼幸者多而真才反或被黜。本院闈防考試，精心鑒衡。如正場佳文，足滿四案之額，則分四案録取；如不足額則但録取本届，或兼補一次，其餘再行闈防考試録取，庶不致下才倖得而真才向隅。本院有掄材之責，斷不敢草率從事也。

一、訪賢才。科舉求才，原爲常典。第人才有非科舉所能盡者。近屢奉諭旨，內外三品官以上，皆須薦舉賢才。同治元年，又奉旨，有孝廉方正制科之舉。誠以賢才之興，上可以備國家之需，下可以振士林之氣，惟是真正賢才，必不自出以求薦，全在上之人加意訪求。近來地方官、各學官積習，類非請謁不舉，加以學書及各衙門書吏，又每多所邀求，如是豈能得真士乎？皖省素稱文物之邦，遭亂以來，老成凋謝，然名師宿儒學行兼優，經術修明，足爲後學儀型者，必尚有人；專心先儒之學，心體力行，著書明道，以輔翼世教，而闇然不求人知，不急世用者，必尚有人；學問博雅，留心時務，講求經濟實用者，必尚有人；篤於內行，至性純篤，宗族鄉黨稱孝稱弟者，必尚有人；好善樂施，惟日不足，睦婣任恤，剋己濟人者，必尚有人；廉節自持，一塵不染，居鄉任事，守正不阿者，必尚有人。仰各學官會同地方官確切訪求，如有此種人才，務須致敬盡禮，備文舉報。有著述者，即訪求呈覽。其有名儒、循吏、孝子已故者，亦須訪求舉報，以樹風聲。蓋凡遭亂之中而能金石不渝者，是碩果之陽，不可不厚加培養也。其各慎之！

一、舉節孝。婦女守節不二，大義凛然，表而揚之，不特可礪閫範，亦可以愧士子之懷二心以事君者。皖省遭亂以來，婦女殉節者，既經曾節相采訪彙奏矣，其餘夫死不嫁，守義合例者，及以死從夫，性情尤烈者，例宜由學官稟報。近來惡習，各官書吏非錢不行，以故貧乏苦節遂多淹没，殊失維持風化之道。仰各學官及各學生員各就所知，訪求稟報，書吏不准需索。本院會同督撫彙案，依總旌例，奏請旌表，以闡幽隱而宣鬱湮。其各盡心，慎毋虚應故事！

一、禁邪教。邪教之興，乘正教之衰而入。古所謂异端者，楊、墨、佛、老皆乘聖教不行而後其説始熾焉。今則楊、墨、佛、老不足爲害，而别有一種邪教惑世誣民，姦人因之以聚衆煽亂，是亦由儒者不講明正學，但爲浮華駁雜之學，以逐時趨。小民不知孔、孟正道之可樂，而後群入於邪也。恭讀聖諭十六條，以黜邪教諄諄告誡士子，安可不遵？仰各學官教訓諸生，諸生教訓其子弟生徒，皆以聖賢正學爲宗，人倫日用爲重。所讀之書以孝經、小學、四書集註、欽定七經性理精義、程朱全書、近思録、文公家禮、資治通鑒綱目、大學衍義、衍義補諸類之書爲主，則明體達用，修己治人，具有規模，再能博考注疏、全史、通典、通考，以及歷代名臣名儒各大家全集。國朝講求時務諸書，則學識益加宏遠。其它如駁雜浮華之書，俱可不藏不讀，何况异端邪説害倫傷教，爲士子者尤宜視爲酖毒，永行屏絶。夫士學之純疵，即爲民風之瞻視。孟子曰：『君子反經而已矣。經正則庶民興，斯無邪慝。』豈不信哉！又曰：『上無禮，下無學，則賊民興。』夫無學，豈果無讀書之人耶？無講求聖賢之實學者也。方今賊民之禍，由於邪教之興。賊民之禍雖漸衰，而邪教之入其孽芽深可懼。凡我士子，當力守正道，訓教鄉閭，深擯而痛絶之也。

一、厚風俗。士子爲讀書冠戴之倫，小民矜式，有轉移風俗之責。大亂之來，半由風俗浮靡奢淫、争奪貪汙所致。皖省人士遭荼毒之後，當互相勸勉，力改積習。富者敦尚節儉，修明禮讓，以積德累仁爲心；貧者廉潔不苟，發憤自强，以務本守分爲要。宗族鄉黨亂後存者無多，仁人君子觸目心傷，宜敦和睦，厚任恤，斷不可争較長短，以啓訟端。田地、錢財，宜學吃虧，勿好争奪。平日小嫌，均當和解，各安本分，勤本業以復天地太和之氣，庶幾災沴之數可以潛消。至於君民大義，士子尤宜謹守，並各勸諭同鄉共族之人，不可隱瞞錢糧，不可抗欠國課。蓋士民食毛踐土，受歷朝養育之恩，而大亂之興，聖天子命將出師，宵旰不遑，始有今日之安居樂業。士民所以報皇上者，止此涓埃之賦税耳，況現倚是養將養兵，爲爾等剿賊安良之用，士民可不盡心乎？夫禍亂生於人心，人心之蟊賊既平，而後外賊無從而入。然所以挽回風俗，反樸歸厚者，尤在於讀書士子爲表率也。其各勉之！

為孫琴西觀察到任正民風示

爲通行曉諭以正民風事。照得廬、鳳、潁、亳爲古淮南地，民風勁直强悍，良吏導之易以從善，姦人煽之亦易以爲暴，習俗然也。今自粤逆倡亂以來，淮南北捻匪乘機四起，不惟山東、河南、楚北之交受其荼毒，即凡皖北四府一州之地，亦鮮不被其蹂躪，焚人之居，刼人之財，掠人之妻，絶人之子，傷天害理，靡所不爲！於是皖捻之名，聞於天下，著於公牘，此誠天地鬼神所同憤，亦皖北遺民父老所共痛心疾首而深讎大恥者也。聖天子軫念其民之困苦也，日夜焦勞，選將礪兵，救民討罪，歷兹十載，始克蕩平。凡從前著名捻首逆練，盡皆誅夷，實足以伸天怒而快人心。又推寬大之恩，赦脅從之罪，俾民舊染汚習咸與維新。

本署道奉命觀察一方，入其境，見田野荒蕪，人民寥落，實切傷心。思欲與民更始，以無負朝廷德意。願吾民痛悔既往，奮力改圖，滌慮洗心，以向聖化，庶幾永離水火之厄，而咸登衽席之安。至其所以教爾民者，約有數端，願吾民熟玩而深思之。

一曰畏天。天道福善禍淫，無往不復，雖時有遲速，而理無改移。觀之往古，漢淮南王安之叛，唐吴元濟據淮、蔡而反，終皆身首异處。觀之近事，張落刑、張瀊、孫葵心、龔德、龔瞎子等著名者數十百人，類皆聚衆數萬，横行殺掠，今皆無一漏網者。苗沛霖、苗金開等擁練衆十數萬，受朝廷高官厚爵，不圖報効，而反易天常，妄自尊大，今各不保首領，無有遺類。其他聚黨或數千或數百，率多破滅者，更無論矣。是皆爾所親見親聞者也。不特此也，粵逆楊秀清、韋正、石達開、四眼狗等皆著名首逆，梟悍异常，以彼勇力智謀，使知去逆効順，爲國殺賊，何嘗不可立功？乃甘心爲洪逆所用，率皆滅族。洪逆孤守金陵，亦不久卽服天討矣。可見天道助順，而犯順者必誅；天道好生，而戕生者必戮，是不可不懔懔危懼者也。爾民或有從前昧於天理，刼於賊勢，不敢不從者，今豈可不畏天之威，而思所以保壽命，安子孫，長邀天佑也乎？

二曰敬上。我朝深仁厚澤二百餘年，薄賦輕徭，古所未有。試問爾皖北居民，當明季大亂，遺黎有幾？非我朝休養生息，人民富庶，何以百倍於明季？近十年來，不服王化，死賊死兵者，不下數十百萬人，而今日孑遺之民，猶得安土復業，重見天日者，皆非聖天子命將出師，爲爾等驅除殘賊，不克有此！爾等受恩深重，豈可不知所報耶？況今者兩宮皇太后垂簾聽政，皇上天亶聰明，延訪人才，勤求民瘼，賞罰明信，將相和調，内賊漸平，外夷就撫，中興氣象，焕然一新。爾等大刼之後，幸留殘喘於光天化日之中，可不士勤其學，農服其田，工習其技，商安其業，無好爭鬭，無啓訟端，無抗錢糧，無習奢侈，父子兄弟、鄰里鄉黨熙熙皡皡，爲中興之良民，以常享昇平之福乎？夫離亂賊之禍，受浩蕩之恩，而猶不思報者，是梗化之頑民也。料爾等必不如是也。

三曰興學。孟子有言：『上無禮，下無學，則賊民興。』孔子曰：『君子學道則愛人，小人學道則易使。』是故民風之悍戾，由於士習之浮囂，士習之不端，由於學術之不講。現在朝政清明，興起正學。節相曾公駐師安慶，善後事宜亦以興學爲先，崇奬節義，振起文教，扶持善類，培養人才。中丞喬公、學使朱公皆同此志。本署道少官詞翰，出守大府，亦無日不以人才學問爲心。爾居民雖遭亂之餘，然老師宿學，必尚有人，務各教其子弟，勸其鄉里，諭其生徒，稍有衣食之資，卽當從事學業，以詩書化其氣質，以禮義養其性情，以文詞鼓其志氣。學成之後，出可華國，處可儀型，豈不快哉？至十餘年以來，抗節死義之士女有來報者，本署道卽爲表章；讀書立品，不汙之士，有來見者，本署道必加敬禮；好學能文之士，有求正者，本署道必爲評閲；孝子、節婦、名宦、鄉賢，未經闡揚者，本署道必爲詳請旌表。總期化干戈之氣，爲禮樂之俗。爾居民當共成此雅化也。

四曰安分。皖北向多莠民，聚黨掛刀，結會拜盟，名爲『光棍』，以欺良懦，積爲風氣，釀成大刼。良民受害固多，而莠民亦十不存一，未嘗非天心震怒，藉此以洗滌而擴清之也。今爾民當追念禍始，力清亂原，散黨解仇，毀寨釋怨，無爲游民而廢正業，無好武事而啓爭端。常以忠恕存心，禮義爲本，父安父之分而止於慈，子安子之分而止於孝，兄安兄之分而止於友，弟安弟之分而止於恭，宗族鄉黨各安其分而止於睦婣任恤，貧富貴賤各安其分而止於勤儉温良，做百姓則安百姓之分而聽官長之約束，做紳士則安紳士之分而無武斷之行爲。如是則可召迎和氣，而永消禍本矣。

凡此四端，皆今日切實之務，爾居民宜兢兢守之。本署道昔讀漢書，見黄霸之治潁川，尚教化而不專以刑法，必竊慕之。今承乏兹土，亦不敢效古酷吏之所爲，故不惜諄諄告誡，欲與吾民共享郅治也。如實有莠民梗化於其間，則有天子之法，在本署道亦不敢爲煦煦之仁。爾民其慎之懍之！特諭。

方存之先生文稿序

君子之有言，非得已也。其言有二，曰救世，曰策己。今夫去聖久遠，人心陷溺，猖狂妄行，泯泯且入於大亂。於是君子爲之述百王之典，闡五常之原，距淫詖，卑霸顯，判別於人禽，操存於幾希，汲汲辨論不少休，凡以救世爾。又謂：『託空言不如見行事也。』凡道德仁義、孝弟忠信之實，一一踐之於己，而又講求輔世長民之具，用則天下舉安，不用以待後之學者夫。然而其言出能使邪説誣民之焰熄，人心由亂而之治，雖歷千百世，其大防猶屹然而罔敢踰，不亦救世者切而策己者重矣乎？昔者孟、荀、韓、歐之言是已。今之世，人心陷溺，視周末、唐、宋又甚焉。周末、唐、宋之亂人心者，非楊、墨卽佛、老，皆异端之顯，與吾儒敵者也。今之亂人心者，則起於吾儒之中，同途而异趨。其侈者矜博辨，其放者祖玄虛，相與譏斥先儒，滅裂微言，舉切近篤實、身心體用之學而厭薄不道，至其末流，正學汩没，大道榛蕪，於是浮游庸闇者，挾其希世詭遇之術，乾没榮利，一切學術、節行、人才、政事，日相從而入於齷齪卑陋，甚者舉四維之防而決裂之。嗟夫！盜賊之敢於陸梁，四夷之敢於交侵，豈非乘人心之自亂，而咆勃悍驁遂至此極歟？然則君子處此，又安能忍於無言歟？

桐城方君存之，蓋亦不得已而有言者也。君性行近古狷者，其用世之心與經世之願獨摯，而尤刻於繩己。身處喪亂，推其故，以爲由人心之自亂。人心之自亂，以爲由僞儒力詆宋學而自亂其學，因以亂及人心。所著柏堂文諸稿、俟命録掇拾煨燼，什存三四。柏心雅聞君名。君一日者封題其稿，貽書徵序，柏心受而讀之，清厲廉刻，往復有深致，其要歸於救世與策己而已。

嗟乎！天閔人心之亂，隨以大亂警之，將欲變亂爲治也。迷者不知警亂將何由而治，君子不幸在下，力不能撥亂，則以言助天之警之，或者人心可返於治。卽不遽返，而一君子倡之，凡爲君子者相與和之，徐待天心之厭亂，是亦治人心之大機也。不然天下之亂可治，人心之亂不治，恐洪水猛獸且接迹於無形也。彼孟、荀、韓、歐之言，亦豈得已哉？然以君視四子者，則心彌苦而力彌艱矣。同治壬辰監利王柏心。

柏堂集前編次編題辭

議論敘事，兼擅其長，文家所難也；議論開拓而能謹嚴，敘事詳贍而能簡潔，尤難之難者也。衆謂『桐城正脈，今在柏堂』，讀大稿益信。亂後所遭，更足發其鬱勃之氣，一時忠節，亦賴以傳。雖一家之集，實史籍之資，以視託諸空言，徒事馳騁者，尤大遠矣。同治癸亥，嘉興七十三歲甘泉鄉人錢泰吉，讀於舒州寓舍。七月望前一日識。

書柏堂文集後

歲癸亥五月之朔，因年家子徐生厥修獲讀方子存之柏堂文集，所言皆切於當世之務，而可見諸施行。其論事也，常有以察其受病之故，籌其所以施治之方； 其稱人也，不爲溢美之辭； 其督人也，不爲刻深之論。 要其立言大旨，則一以理道爲宗，如大河之水之託始於昆都崙，而挾千七百一川以東注也； 如草木之萌而葉，葉而華，華而實，其元氣未嘗不稟乎本根也。 韓子云：『氣盛則言宜。』吾以爲非專恃氣也，有理以爲之帥也。 存之其庶幾乎！ 存之又有所著俟命録十卷，多言時事，而不佞以疾惡大甚，爲脩怨者所中傷，方用自懲，不敢與知人臧否，故不復贅一辭。 而於斯編，獨三致意焉。 侯官郭柏蔭謹題，時在皖江軍次。

題方存之舍人柏堂文集後

昔余待罪諫垣時，同里楊湘筠觀察官農曹相善也。及出守安慶，湘筠以書來示予，以贈方存之述交文一首，予始識先生名，恨未得見也。

越二年，先生自鄂旋皖，始得繼見，屢承教益，因請先生所著柏堂文集、志學録、俟命録諸書讀之，見其義蘊宏遠，辭旨醇厚，凡指事陳說無不根極理要，而於忠孝義烈之行，尤極意摹寫，使其人之精神躍躍紙上，讀之懍然如有生氣，可以廉頑立懦，洵無愧於古之立言者。 蓋文者，載道之器。 聖賢之文，無不本躬行心得之蘊，以垂訓後覺，使不迷於道之所在，故古之學道者，必自博文始。 後世之文則异是，文愈多而道愈晦。 高明之士遂欲掃除文字，別求神悟，雖其所見之偏，亦勢之有所矯而然歟？

予素不能文，然竊嘗自思：『吾之不如人者，非不工於文之患，而無聞於道之患。』故恒兢兢焉反求其本，而不暇爲尋枝摘葉之學。 蓋自知性質庸拙，不能與古今才士相頡頏，非敢有掃除文字之見也。 今先生之文如是，猶研精躭道不已。 他日所造，益深如江海之浸，膏澤之潤，涣然冰釋，怡然理順，所謂天下文章莫大於是矣！ 豈予之淺陋所能窺其萬一乎？ 同治癸亥閏陳濬識。

讀方存之文集題後

出則束於法制，處則困於齏鹽，俱不能自攄其胸臆，能自呈其心之所得者，惟詩與文。 然詩華而文質，而贈序及上貴人書，其弊一同於詩之浮靡。 至其論學、論人、記事，則並其心之所得力，及其所得之純駁，趣嚮之是非；其編年者，又並其學之次弟進退，而自舉以示人，炳然若丹青焉。甚哉！文之不可掩也。

海内言文者，推桐城。其大宗，惟望溪近學人，劉、姚不能無犯詩人之弊也。而方君存之偉爲知人，其論學亦與望溪近，故其言學則精而切，記人、記事皆覈而該，一洗修飾聲色之習，而自抒其性情斷制，而其所得力之深純，與今昔所造之日深，遂皎然示人以不欺。烏乎！千載以上有文焉？吾不敢盡信也。千載以下，有讀存之文者，吾知其頫首歎服矣。吾與存之並世，則更何言哉！君嘗令棗强，其治行見於後編。兹獨論其文云。

光緒十年，江甯汪士鐸謹識。

柏堂集外編

卷一　書札

與劉岱卿

宗誠自幼闇昧，於學一無所窺。少長，從玉峰先生游，始克粗聞先賢緒論，然進修不力，所爲日記，不過讀書窮理之時偶有疑悟，録之以備問難耳。

足下既不我棄，當以言易行難爲戒，何可過爲稱揚，增誠行不踐言之罪，長好名務外之心耶？誠近來學不加進，正以浮名日盛，惰其實修。足下時以言過其實警之，猶庶幾知以名勝爲憂，而日切純盜虚聲之恥，若又稱揚過當，有不長誠虚憍之氣也乎？

至古文一事，本非所長，特以先世世敦古學，不敢不講究之以娱家君之心耳！實無足道也。

答劉岱卿

承詢進詣，殊深慚怍。黄勉齋先生曰：『應舉工夫，不可不勉。至得失窮通，則勿以累其胸次。』誠前日考試自省，徼幸苟且之心易制，得失計較之念難忘。平時所志所言，臨時往往變易，尚何進詣可言？

足下自謂不能立志，又無師友觀摩之益，此實可慮。然惟有日讀聖賢書，切己體察不懈耳！蓋日親聖賢之書，義理灌溉於心，自能扶植剛大之志，而切己觀省，亦不异師友之在前矣。

與胡伯良

出處進退，儒者大節。古人行一不義，得天下不爲，況區區名場耶？或以爲小節無妨，不知君子行事，必求當於理，安於心。如其非天理所宜，人心所安，則必毅然不爲，豈計事之大小耶？況充其不爲之心，則義不可勝用，充其無妨之心，亦將何所不至耶？

凡君子之學，以爲己也。應舉所以盡君臣之義，娛父母之心，此學者分内事也。第盡吾分而已，得與否，豈可必耶？行法俟命，得固爲得，失亦不謂之失也；行險徼幸，失固爲失，得亦不謂之得也。矧其未必不兩失之耶！

與吴蘭軒

陶庵黄氏有言，『脱灑』二字最粗，然學道宜從此入。愚謂脱灑之實，亦非易言。蓋必至周子之胸次，灑然如光風霽月；延平先生之冰解凍釋，觸處洞然；念臺先生之胸中渾無一事，浩然與天地同流。然後足以盡之是非，剋己勝私，使人欲淨盡，天理流行，不足以語此，豈可謂之粗乎？

若世之號爲脱灑者，縱情詩酒之場，肆志禮法之外，放浪形骸，習爲無益，斯卽脱灑日甚，違道日遠矣。是豈陶庵之意也？

答戴存莊

承示近詩，言中有物，意味深曲纏綿，足令讀者感發。第必根心而生，將來發之事業者，能實其言，乃爲立言，不然猶僞詩也。

答蘇厚子先生

得書知旅困杭州，沈痾未起，謂雖聖賢處此，亦不能泰然無憂，誠然。顧困阨者，君子小人所同，而能安與否，則君子小人之所以异。寒士無恒產，而客游以謀生，原非善策。今在己，既謹身節用，敏事慎言，而知己不逢，託身無所，則亦命焉而已。人事可以自盡，若命豈能必得之於天！愚意聖賢處此，亦惟於人事之能盡者，盡其分而爲之，其心之泰然無憂者，原不稍動也。先生以爲如何？

與孫礀泉

足下慷慨性成，誠所佩服。然古人曰：素富貴行乎富貴，素貧賤行乎貧賤。博施濟衆，聖人難之，惟有親親而仁民，仁民而愛物，自本及末，然後無憾於心。

足下祖棺浮厝郊外，妻子一貧如洗，而見人之急，甚於切身，推食解衣，不計家事，不幾犯愛無差等之病乎？夫輕與者必輕取，不審厚薄輕重之分，其所與者必多傷惠之舉，一旦衣食不給，家室無依，勢不得不仰求於人，則又不免傷廉矣，似非君子立身之道也。惟察之。

答潘子慎

人之患，不在志不大，才不美，特患志大而不能深沈果確，以成其志；才美而不能篤實勇往，以造其才。昔歸熙甫謂顧懋儉甚麗於才，而望其切實用功，以爲根基田地。此言可深長思也。人之爲學，須如千里平原，拔起萬仞高峯，然後謂之豪傑。若止如在大海中浮浮沈沈，頭出頭沒，則亦終於淪溺而已。

與徐宇陵

自關中來者，多述循政讀鎮安學治録，信乎，其非虛

矣！或者以爲好名，某答之曰：『當今居官者，患好利不患好名。好利則害及於人，好名不過有損於己，而於人固大有裨也。即如前日吾邑大災，徐君遣人以五百金歸振之，是即出於好名，桑梓流民受賜不已多乎？』其人語塞。小人忌君子，往往以好名二字抑之，非剛毅其心，難免退阻也。願閣下益勵精圖治，但去好名之心，無避好名之謗，則所及於民者曷有窮哉！

與徐毅甫

許魯齋先生言：『學者以治生爲急。』愚意此不過一時有爲言之耳。治生特學中一事，使終日營營於此，則大有害於心性。君子存心，當以學術之明晦，世道之污隆，人心之醇灕爲憂樂，不當以貧富貴賤爲憂樂。若遠之不思濟天下，近之不求修一身，但以口腹之無以養、妻子之無以畜爲懷，此與庸庸者何异耶？

與喬頌南

足下任俠使氣，急人之難，必期於成，誠厚也。然竊

以爲足下之病，亦正在此。

天下事但可順理而行。臧文仲曰：『以人從欲，鮮濟。』大凡處己必一準天理，行事必曲盡人情。家庭朋友間徑行自遂，异日居官臨民，事上接下，不拂人情以從己之欲者，鮮矣。孟子曰：『我善養吾浩然之氣。』若任性使氣，是血氣也，非正氣也；是暴其氣也，非善養之謂也。

足下常欲以氣節自礪，弟以爲當先講明道義，培養性情，人果有真道義、真性情，自然有真氣節。若道義未明，性情乖張，則所謂氣節者，特戾氣耳。望静心察之。

與文鍾甫

行仁不可無術，誠然。然仁術與權術幾微，疑似之間，不可不辨。自古德大者不用術，誠至者不施巧。用巧與術以求濟事，皆德不足，誠不至，勢不得不然耳。可自矜其術，自喜其巧耶？孟子謂德、慧、術、知，德、慧，吾心之體也；術、知，吾心之用也。分而言之，德其體也，慧其用也，術其用也，知其體也。體不離用，用不離體。若外吾本心自然之體用，而别求術與巧以施之，縱於事有濟，而害心之德甚矣。其察之。

與馬命之

作文趨時，洵未免患得患失之心，同流合污之習。志士甯終身不遇，豈屑巧言以干世耶？雖然，居今之世，反古之道似亦不可爲也。夫文期於發明聖人之本意而已，理明辭達，使試官不駭以爲怪，亦似無害於聖人之道。若過於渾古，令淺學者不可以句讀，恐亦非時中之義也。孔子曰：『父在，觀其志。』謂之志固有不可徑情直行者矣。又曰：『爲人子，止於孝。』謂之止則求得親順親之外，他無所用其心矣。朱子曰：『析理不可使有毫釐之差，處事不可使有過不及之謬。』惟察之。

答甘玉亭

得祁門來書，欲與鍾甫助弟試資，甚荷厚誼。然誠不應鄉試，非盡由資斧無出也，以繼祖母、父母浮厝未葬，欲積館穀以營大事耳。又自知才性拘迂，應試亦未必得中。卽使幸獲一第，亦不足以報國家，故遲其行。

今足下與鍾甫亦尚未終送死大事也，似宜積貲圖畢此事。若徒篤於友誼，未免爲施之無本，用之無節。弟自欲積館穀以葬親，乃取友人葬親之費以圖仕進，亦不恕之甚矣。

君子處事，順時而已。莊子謂『依乎天理，因其固然』。非有大不得已之舉，而輕受人惠與輕施惠於人，不且於義兩失之耶！

與趙眉徵

貧而無諂，吾弟能之。然無諂可，若貧賤傲人，則不可。後世諂媚成風，故以有傲骨者爲志節之士，其實傲豈美德乎？君子之道，在戒懼慎獨，以致中和，傲則非偏倚卽乖戾也。孔子所謂貧而樂者，非曠達之謂，安處善、樂循理之謂也。家貧親老，不求館穀以養親，可謂之安處善乎？任一己之性情而與人不合，以致親日受寒餓，可謂之樂循理乎？莊子曰：『未事其親者，不擇事而安之。』其詳察焉。

與文鍾甫

聞喀血疾屢發，想日爲人事牽擾，勞心過度耳。吾人此身在家，當一聽命於親，在國當一致命於君。非君、親之命，固有不可不自愛惜者，徇吾私與徇人情而用之，精竭神耗，一旦君、親有命，反不得效涓埃之報矣。曷輟外事以爲養心之助乎？

與何生衍祺

尊嫂殉節，令人起敬，殮時衣衾，宜用素不可用吉。親戚中宜以大義曉之。禮：子婦死於喪服之中，斷不可以從吉。況尊嫂以殉夫死，不以喪服成殮，其心何以能安也？

答某

祭文之體，原以敘情抒哀，奠於亡者之前。今世乃徒張於庭，爲陳設之具，已失祭文本意。又況託名代撰乎？鄭康成注戴記有言曰：『哀感之事，不可虛。』顏氏家訓亦曰：『哀傷凶禍之文，不可以輒代。』此修辭立誠之一端也。至爲人子，居喪當哭不偯，言不文。今世乃於成服日，自撰祭章，亦或使人代之，殊失禮意。誠不敢以非禮自處，望原之。

與戴存莊

昨見足下團練局章程，頗詳密，惟籌費一條，似未盡協功令。團練事宜令富者出財，貧者出力。今使佃人田種一石者出錢百，畜黄牛一頭者出錢百，則是貧者既出力，又與富者同出財矣。必不足以服其心，將致人情解散。而所云團練者，不足恃矣。且貧户佃人田種二三石，畜牛一頭，每歲所入，除田主租課、官府差徭，恒不足半年之食，其餘全恃傭力轉徙，始不至於餓莩。今團練事行，已無暇傭力求食，又使其出財助費，貧者其何以安乎？夫欲民有勇知方，當先以能安貧民爲本。請再商之。

代馬命之上李撫軍

本月二十四日，逆賊自江西潰散，復至皖城，封築四門，僅留小南門出入。安慶殘燬之餘，勢難久住，不過暫爲巢穴，俟大股會齊，計定後發，恐其意深在廬州。

竊意制寇之道，必先能進攻而後可以退守，而守備之法，亦必先在要隘而後可保城池。全州不救，禍及於長沙；岳州不扼，禍及於武昌；小孤山不禦，禍及於安慶；而安慶又棄城不守，而後及於江甯、鎮江、揚州，此明驗也。今賊窺廬州，則必由桐、舒，而桐城逼近省城，陸路只百二十里，又外江内河可以通舟，尤爲要害之地。桐城能守，則舒、廬之聲勢乃壯，人心乃固。桐城不守，則逆賊之凶焰必盛，虚勢必張，是以前此五月三日賊到皖城，局中諸生張勳等即統鄉勇至練潭防堵。七月十五日賊到太湖，張勳及三俊等又練鄉勇至陶沖駟防堵。旋聞賊至石牌，張勳又統鄉勇至西鄉一帶防堵。是非徒欲保此區區一城也，亦以桐城地勢關係北路頗重，故常冒險以阻遏賊勢。惟是桐城向無重兵，自去歲冬議行團練，竭蹷養勇數百，稍備火藥兵器。防堵要隘，則城守無恃；專顧城守，則防堵無資。前此賊衆不多，猶可勉强支柱，今則團練之虚聲，雖可懾敵，而兵餉之實用，慮難奏功。

三俊迂腐書生，荷蒙教育裁培，待以國士，中夜感激，不敢怠荒。遭際時艱，雖無職守，常欲竭兹微力，稍報涓埃，上以伸國家之威，下以振綱常之氣。自去歲至今，未遑安處。今者不揣冒昧，敢將桐城地勢軍情呈明左右，佇望委一奮勇將弁，統兵來桐，迅速防剿。三俊與在城紳士，嬰城固守，互立聲威。如賊鋒在桐城一遏，則畏大人調度有方，而覬覦舒、廬之心必不敢起矣。且某統觀近日賊情賊勢，大半利於水，不利於陸。我之所以備賊之法，利於守，利於戰，而獨不利於退避。自粤西起事以來，賊之所破，皆我不守而破，非固守而破也；賊之所敗，皆我不戰而敗，非力戰而敗也。即如廣西、湖南、河南、江西四省城，苟肯固守，賊未有能破之者。六合小邑，奮勇殺賊，不敢再至。江浦、含山、巢縣皆然。賊衆雖號稱數萬，然多虜脅之民，非素嫻弓馬者比。每有侵掠，全以虚聲恐嚇，使我兵先潰，我民先散，而彼遂長驅直入，飽其貪婪。向使守土之官，統兵之將，真肯固守決戰，豈有遺類哉？被虜之民，或尚念室家，欲逃而不得間；或苟延性命，欲報而無如何；或利其分給錢財；或藉以搶掠衣物。又見我兵畏懦不戰，雖從彼而不至於死，故延挨附和以至於今，其實非人人心服而甘爲之出死力也。觀河南一股數經破滅，即多解散，則賊之伎倆可知。今逆賊此來，如以重兵進攻安慶，扼守桐城水陸要隘，與之決戰，此處堅拒，則賊知陸路難通，必不敢窺伺舒、廬，永絶後患。且江北全勢，此時尚屬完固，其中虚實，未爲賊覺。若不急於此時扼定要隘，俟其窺破情形，竄桐、舒以入廬州，則北匪勾結，勢難阻遏，所以軍法貴先幾，誠以先人則有奪人之心也。

凡此皆切要情勢，故敢越分呈之。爲桐城生民請命，即爲江北郡縣生民請命，不勝急切翹企之至！

卷二　書札

與魯生先生

別後忽遭此變，聞先生卧病山中，夜間時時痛哭。世事如此，有心者能不痛哉？前所述田家鎮殉節諸公事狀，望速寄來，擬乘暇各作一傳。當今氣節陵夷，廉耻道喪。宗誠迂腐之徒，不堪任濟世之責，然表章忠烈以風後人，又烏得不引爲己任也。

與蘇子獻

忽遭此變，相會未知何時。足下平日孝友存心，當可免屯難，但在自立不懈耳！愚家累甚重，日後恐難安全，惟此心已定，做一日人則存一日心，盡一日分。到分無可盡之時，亦惟有以乾淨一死對上蒼而已，無復計慮也。

與吳子諧

聞子明兄罵賊殉節，真不愧孝廉方正制科矣！賊雖在城，聞尚可微服入城收殮遇害之尸骸，不知子明兄殮否？足下同胞至親，想已急圖此事。如無棺，望持弟此札赴孔城見趙野卿，或赴金神墩見蘇子獻，託其代辦。其價弟等遲日籌畫可也，事不可緩，急望圖之。

與馬命之

尊公厚德，遭慘禍，慟何可言！然完節全貞，亦復何憾！足下家國之仇，義難共天，聞將赴廬州江中丞營中，則賢郎不必攜往以爲己累，可交去足攜回。弟見在避亂魯谼山中，可以代爲教育。足下致身報國，以復父仇，無以爲念。

與方子觀

聞魯生先生困餓山中，足下與有師生之誼，兼屬一本至親，想必有以濟其厄也。桐城學問一脈，近惟魯生先生碩果尚存，是亦天心所愛惜者。足下可不順天地之心哉？夫仁者，天地生物之心，而人得之以爲心者也。人能時存此心，則是生理未斷。若失此心，則生理絶矣。此弟之私衷所請，魯生先生初不與聞也。

與馬秋槎

去冬聞山中之變，以尊公厚德，竟遭慘禍，慟何可言！吾桐老成凋謝幾盡矣！朱魯岑先生受禍後困居危城，不得出險。先生性氣方鯁，雖餓死不肯求人，吾輩稍有人心者，豈可聽善類無依而不思爲之所？足下與先生師弟子也，其有意乎？

夫天道雖當秋冬肅殺之時，而生物之心未嘗或息。吾輩雖當顛沛流離之際，而愛人利物之念，又何可一息不存哉？此心乃自己生機，生機不絶，縱遭災禍，終能大振。如樹木之生意凝固，雖遭秋冬之剥落，遇春卽又發生矣！造化至理，毫髮不爽，足下當亦深會也。

與張小嵩

前日劉伯秀云：翟烈婦存款百金，足下欲盡用之爲烈婦母女改葬。僕以爲過矣。烈婦子陷賊中，若用盡，其子逃回，何以爲生？非烈婦九泉之所願也。君子作事，當慎始慮終，順理而行，不可任一時之意氣。愚見以爲烈婦見在藁葬，自當爲之買山、買棺，改葬高阜，題其碑曰『某烈婦洎烈女之墓』，其餘仍存留以付其子。如其子終不得歸，將來爲買祭田及請旌之用，何如？

與張小嵩

聞命之殉節舒城，志事未申，死不瞑目，然固可無愧於君父矣。足下與命之忠義之性，百折不回。今命之以起義師陣亡，足下一諸生，家有老母，似宜野處以待時，不必急欲以一木支大廈。況人心不悔禍，天心終不厭亂。譬如癰疽，内毒不消，而强欲結瘕，雖良醫無能爲力。君子見幾而作，既無權位，自當審時度勢，守死而善道也。

與馬生復震

劉念臺、張楊園、李二曲、湯潛菴諸先生皆無父之子也，二曲之父於明季殺賊陣亡，潛菴之母於明季罵賊殉節，與生所遭尤相類。然四先生皆自幼立志求道，終爲名臣大儒，顯揚祖德，不愧其先，故今特以四先生集與生讀之。詩曰：『高山仰止，景行行止。』又曰：『夙興夜寐，無忝爾生。』惟察之。

與張小嵩

聞臧牧菴孝廉統忠壯營義勇，奉命欲攻復桐城，不勝欣忭。顧桐城事勢非前可比。前此賊踞城者少，民心日望大兵之至。自廬江、太湖收而復失，大帥擁兵不救，民受殺掠更慘，元氣大傷，愚民於是乎懈志矣。非不望官兵之至也，慮兵少勢孤，收而復失，受害更深，不如遲收復之爲愈也。

見在賊據城者千人，若兵勇多，分作三路前進，正兵故作聲威，自大關來誘賊抗拒。奇兵一由岐嶺以塞大關後路，與正兵夾攻；一由廬鎮關西來襲城，大關賊營被前後夾擊，勢必潰敗，不能回救，城中之賊見官兵由西路來攻，又聞大關潰敗，其勢亦必潰散，可以一到得手。既得手，則率鄉民團練以助之，一面分兵作東取廬江之勢，一面分兵作西取潛山之勢，一面分兵作進攻安慶之勢，則江路之賊聞各縣有兵，不知我兵虛實，其勢必難兼顧矣。

桐城地勢當衝，爲逆賊所必爭。如兵少力單，則安慶之賊必自南來，潛、太之賊必自西來，廬江之賊必自東南而來，舒城之賊亦恐自東北而來。四面受敵，城賊固守不得破，內應外合，而官軍危矣！官軍危，則辦事之家必皆大受賊害。他邑聞之，必謂官軍不足恃，而唯恐其至。嗣後無一肯辦事，無一肯助餉者矣。

望足下以此意陳明臧公審之，兵少則且助秦提軍力攻舒城，待剋復後，再邀秦提軍共攻桐、懷，聲威乃大，事易爲力。足下以爲何如？

與甘玉亭黃南山

存莊來山中，言臧公及小嵩陣亡，聞之慟哭。自軍興以來，凡著名果毅之將，忠義之士，多以身殉，不能成救民之功，殊可傷也。

今江北諸帥，惟袁副憲有肝膽，臧公與之戮力同心，故奏請統男來桐，以圖收復。公之來也，秋毫無犯，匹馬當先，十日內三戰三捷。乃舒、廬大帥坐觀不動，致賊得專力來援，又復不相救應，以致成孤軍之勢。隨行之將又怯懦不能見敵，聞戰即逃，而臧公及小嵩遂致命遂志矣。人之云亡，能不慟哉！

據黃某云：親見臧公及小嵩在城南四五里竹林外戰沒。弟短髮在山，日中不敢出，夜行不得至。兄家去陣亡處二三里，髮雖短，夜行晝伏，尚可尋其忠骸也。望急留意。

與戴存莊

臧公一死，江北大局一時難以有爲。足下能否往謁袁公，略言天下大勢，請其嚴行賞罰以大振軍威，奏請皇上特用經略一二人，以總統諸將。

北方則命僧王急剋復高唐、連鎮，使北路肅清，絶逆賊北竄之心，隨即統兵南下，督率各軍，剋復舒、廬，以圖會勦於北。南方則請以曾公爲湖北及江西、江南諸路經略，總統諸軍，以會勦於南。兩公威名偉略，今世所希。如假以大權，使之南北合力，庶大功可成也。不然，但令曾公一人順流東下，而高唐不剋復，僧邸不能來，舒、廬大將泄泄沓沓，其禍豈可勝言？

袁公如不能行，則望足下由間道見曾公，與之商論大局。若皆不行，則不如寂處空山，養親讀書之爲得矣。人生當此之際，與其没没而生，不如烈烈而死，庶可報天地父母生成之德，斷勿悠悠忽忽，出不成出，處不成處，孤負生平志氣也！

與方召青馬秋槎馬慎甫方子觀

前月十七日之變，誠於二十夜與戴存莊作書，託甘玉亭、黃南山尋臧公及小嵩忠骸。諸君晝伏夜動，訪問消息，二十七日始得之於南城外五六里田中。臧公面傷甚重，小嵩又被火焚。先用小櫬斂藏於五嶺詹姓山麓。玉亭邀誠及魯生往啟視，真確無疑。誠手撫其面，鮮血涌出，令人心惻。先欲與玉亭即在桐境改殮設祭，而山中無良之徒有欲告賊者，不得已，將臧公暗送舒境。文鍾甫、戴存莊、徐晉生爲之棺殮，送至六安矣。惟小嵩淺葬黄草尖庵地，因其祖宗木主在是也。殯殮之貲全無所出，蓋必小嵩至好及素敬服小嵩者方可受其賵賻，否則小嵩之心不安矣。望共圖之。

與趙野卿

小嵩改殮之貲，得諸友賻助粗備，惟或欲不用冠服，誠以爲不可。小嵩一腔熱血，只是不肯屈於賊耳。今畏賊禍，不用冠服，則小嵩之心不甘。大義所在，弟力爭之，如斷不許用，則甯可任其暴露，猶得存其不忘溝壑之面目也。夫殯殮尸骸，不過存朋友之情。不用冠服，則廢君臣之義，小嵩不安，弟輩之心亦不安也。足下見諸君，望以大義開之。

與甘玉亭

前月，弟與胡伯良、胡謙益、舍弟進之親將小嵩改殮安厝於船形地。足下因小嵩祖母及其夫人淺葬平地，慮爲水蟻所侵，急爲啟遷權厝小嵩柩側，誠盛德事也。今又欲爲其祖父及叔父啟遷，此尤可嘉，特恐力有所不及耳。

小嵩之從弟與其孤子，誠已攜歸柏堂，意欲教之成人。張宗翰、幼青諸君亦爲籌膏火之貲，拙荆親操井臼，躬執爨以養之。力小任重，自知不能，然亦無可辭其責者。莊生所謂『知其無可奈何而安之若命』而已。

與馬生復震

尊公殉節將一年矣，家中猶未發喪，蓋恐母夫人聞之復以身殉耳。然安有爲人子聞父喪將逾年，而猶祕不發喪之理？母夫人前，止有慟哭哀求，多延親戚泣勸，晝夜守視不懈而已。焉有久不發喪之理？況發之逾遲，慟悼愈甚，何如早發之，猶可勸慰之耶？

上吳竹如先生

宗誠，桐城下士也。自少窮經制行，留心當世之務，卽側聞京師人文淵藪，而先生學宗五子，暗室不欺，德行純誠，體用兼備，尤爲賢士大夫之領袖，私心向慕久矣。其後戴孝廉鈞衡又屢爲宗誠稱述盛德、樸學及立朝風節，恨道遠分卑，無由謁見。旋聞先生由郎官被聖主特達之知，出守大府，洊任屏藩。小儒末學，尤不得以無端仰接光儀，然而並世有大賢，又屬同鄉先輩，雖不敢率然請見，而竟不以所業就正其是非，則又未免爲自暴自棄。

宗誠幼無他嗜，獨好讀古大儒之書，並秦、漢以來文章之學，以爲明體達用。非研窮宋儒之書其道末由，而欲發揮義理，暢論事情，紀載古今忠孝節義之奇蹟，則文章亦不可不稍加意也。十餘年來，教授爲生，未嘗稍輟其業。卽避亂深山，亦無敢一日廢學，所著經說、筆記、古文，凡數十卷。恐先生勤勞民事，未敢瀆呈。惟遭亂以後，雜記天時人事致變之由，行己立身弭變之道，凡數萬言，名曰俟命録，雖屬空言，無裨實用，而濟世康民之策，亦間有一二可采者。特恐見聞隘陋，學識偏頗，將來流傳，爲世道人心之害，故敢因敝友某晉謁之餘，乞爲呈削。

夫學之不講，人才之衰，非一日矣。當今急務，有民社之責者，自以成就人才，提倡實學爲第一要務。先生倘以爲可教，賜書教育之，不勝大幸。

附答書

六月三十日接奉手教，並俟命録三册、柏堂文集一册、許玉峯先生集一册、戴存莊孝廉文二册。發緘急讀，乃知兵燹之塲，竟有匿迹韜光爲爲己之學如足下者，爲之欣慰過望。

復窮日夜展讀俟命録一過，則精深平實，無一語不衷於道，而憂世之深心，時流露於筆墨之外。參之所著雜文，又略得學問淵源之所自，懷抱藴蓄之所存，不禁起而歎曰：『吾道之衰極矣！並吾世而得見一篤實闇修，能肩斯道者，詎非斯世之幸哉！』

惟是來書過自貶損，固徵若無若虛之盛節，然以鄙人過情之聲聞，竟誤爲於學真有所得，凡所獎借，適增夙夜之慚耳。某生處僻陋，學無師友，只以素性淡泊，不近聲利，遂妄有意於没世之名，而未知所致力。繼讀朱子之書，知所謂名與利，雖有清濁之殊，其爲利心則一，故更以近名爲大戒，因取朱子『論是非，不計利害』之語私鎸一印章以自警。此則生平所以不致見棄於君子者。祇此時自檢束之一念而已，惟自審所學，未足見諸推行，故不敢馳騖於外。而視世之群詫爲才者，亦竊病其無本而多近浮囂也。嘗謂『世無無體之用，亦無無用之體。有用而無體，其用只是詐僞；有體而無用，其體必多缺陷。知體用一源，則所當致力者，宜知所先後矣。』奈氣質昏惰，不自振拔，雖於道理有所窺測，而踐行不力。初無實得，反之此心，正是未能拔除自欺之根。揆之足下之所稱道，竟無一克副也。

第學之不講久矣，人才之不振亦非一日矣。當今世而得足下，其即碩果之僅存，而爲天心之所係乎！僕雖衰暮，尚將繼此，而奉大教以共砥礪於修途也。俟命録中説道理處一字不苟，惟敘事不免間有傳聞异詞，須得面論，以求允當。從拙修集節録。

與馬生復震

聞足下欲赴廬州大營効力，竊以爲不可。尊公一優貢生，致命成仁，已足上報君父。足下年未弱冠，文學武事皆未精熟，輕於一出，以爲報國乎？恐足下力不足以滅賊也；以爲報父乎？而祖棺未葬，父骨未得，學業未成，所以報父者，自有在也。孔子曰：『夫孝者，善繼人之志，善述人之事。』所謂善繼善述者，豈必盡循祖若父之迹哉？惟務求合乎祖若父之心耳！或者謂藉此可以出身，則父死之，謂何又因以爲利乎？

當今天下之亂，未知底止，努力進學以俟時，可也，豈圖仕進之日哉！出處大節，未可草草。試觀廬州大帥，無不庸懦，足下投營効力，設有不幸，從之逃乎？玷尊公之忠孝矣。舍而死乎？則亦如鴻毛而已。非死所也，故不如進學養晦，俟時之爲是也。

與魯生先生

天久不雨，不止關一身一家事也。植之先生詩云：

『我無半畝田，心憂萬家哭。』念之惻然。近讀大著心述數册，於聖經大學、中庸、繫辭傳三篇，多用佛典以釋經文，殊覺有害於道。且如今之翻譯外國文字者，以漢文譯之也。若反以外國文字翻譯漢文，不轉令學者茫昧乎？古書之流傳，必當乎萬世之公心，不合於人之公心者，其書必不傳，傳之適有害於世教。惟察之。

與文鍾甫

大兵入境，萬姓歡呼，攻取之具，籌餉之方，想足下胸有成竹。區區之見，竊以爲今之上策，莫要於大捷乘勢因糧於敵一法。古人云：『知己知彼，百戰百勝。』蓋攻城之法，我糧足，彼糧匱，可以持久困之。彼足我匱，則斷不可持久，以自取困。足下不可不力言於秦軍門也。

復徐晉生

使來，知病體漸起。倚枕觀書，是亦安心養氣之一法。誠困守山中，惟日爲門人子弟講授四子書。詩、書、春秋、左氏傳四經已畢，又爲講授莊、屈、賈、董四子之文。蓋學者窮經之後，讀莊子，可以豁胸次；讀屈子，可以厚性情；讀賈、董二子，可以明經世之大略，識時務之實用。

足下負超越之才，惜不能深潛學養。今特以朱子文集奉覽，可觀其經濟之有本原，有實際，非小儒空談性命者可比也。陸忠宣、李忠定二公集，亦千古撥亂反正之才，最切時務，惟三復焉。

答邵位西刑部

七月下旬得賜書，如從天降。宗誠城陷後遁迹空山，雖學業未荒，殊少進詣。兼以八口之家，無寸土可躬耕自養，而豺狼在邑，時復搜尋山林，故不得不思遠游以脱虎穴，且得遍交四方英傑，正其言行，擴其聞見，覽山川之奇勝，窺天地之方圓，庶不負此生也。然性行孤介，非真君子之門不敢輕投。伺候公卿，奔走形勢，素心竊以爲恥。惟先生素有中心之好，時欲溯游以從，故前書謀出游貴地，乞爲覓一枝之棲，藉以平生論著就正有道。

之前並得細讀大著，以慰十餘年仰止之願，此本心也。

宗誠一布衣耳，出處進退，原可裕如，然久困窮山，不得見天日之明，衣冠人物之盛，心實鬱鬱。往年避居之地爲逆賊所未經，猶可薙髮衣冠，私守王制，歲時祭祖，得展孝思。今自二月秦、鄭兩軍門潰後，冠服盡爲賊掠，而深山窮谷，時有賊蹤。辛木既爲所侵，薙髮頗難藏匿，故宗誠之欲出，非徒爲謀生計也，直以君臣大義，不能忍於心耳！且宗誠氣質剛方，惟深避不與逆人相見，乃爲幸事。一與之遇，言辭不屈，必罹其毒而徒死，又覺無益，故惟有遠走他鄉，爲全生取義兩得之道。四顧茫茫，無可告語，先生以斯文爲己任，其有意乎？蘇厚子先生窮病交加，年荒時亂，不堪言狀也。

附答書

十一月杪，陳冰玉兄來交中秋日手書，展誦之下，爲之神往愾咽無已。現在瓜洲、鎮江剋復，官軍會攻金陵，楚師又自上流直達安慶，此賊之滅當可期待。吾兄意欲出游，或少待事定，東南之路大通；或恐賊困思鬥，則必四野掠人爲助，早出亦非無見。相隔遠，難以代爲揣度。吳竹如方伯素講理學，爲當世大君子，足以依歸。弟自出京至今，並未與通音問，道義之交，不徒形迹。今謹作書一通併寄，如東游可面致之。

俟命録好到極處，想爲刊刻行世，尚未果。所言上及君德時務，世道人心，及處身立己之方，無不精切懇至，真按切時世之談，非空空爲格言，而筆力緊峭沈摯，令人竦動，開沈痼而受藥石，大有補於世教。易曰：『益用凶事。』又曰：『動乎險中。』兄輩所處之境極苦，然因是動忍堅定，成就可觀。如弟者學力本未深純，且居省會繁華，戚友酬應，殊傷道心，用自懼也。從邵位西遺文刻本節録。

示馬生兄弟

人生第一要，無忝所生。汝家世代渾厚，又著忠孝之節。爲子孫者繼述之道，不外立品存心，讀書求道。汝輩果能立品存心，讀書求道，則人必敬之愛之，曰：『此某公子孫也。』豈不榮哉！若不能立品存心，讀書求道，庸庸碌碌，泄泄沓沓，則人必指之曰：『此某某子孫也。』豈不忝所生哉！且近世人情衰薄，其稱與譏多存勢利之見，汝果能發憤讀書立品，則人之見汝者，不但稱汝，並以爲此某公積德之報也，某公忠孝之報也。不但父、祖無缺失可指，即稍有缺失，人亦棄其短而稱其長，是因子孫既賢而父、祖之德益顯，父、祖之過益隱。如不能發憤讀書立品，則人必輕之侮之，並且追咎其父、祖。其父、祖雖賢，人以爲必有隱慝焉。或稍有小過，則人更没其長而摘其短，以爲此果報也。是因子孫不肖，而父、祖之德益隱，父、祖之過益顯。嗟乎！爲人子孫，不能顯親揚名，而反累及父、祖，尚得爲人乎？汝輩果將此言深心體味，自然立志有恥，不甘人下矣。

昔吳王闔閭見傷於越以死，夫差使人日謂己曰：『汝忘越之殺汝父乎？』對曰：『不敢忘！』如此勵志，然後能報仇雪恥。今汝父、祖、兄弟俱死於賊，汝輩雖幼，不能荷戈從戎，殺賊報仇，然此恨何可一日不在心中？吾願汝每日清晨一醒，即將父、祖遇害慘狀從心眼中一想，必然寢不安，食不飽，一定要做一賢子孫矣。夜將寢，又將此情狀想一番。凡遇嬉游之事，即時將此一想，自然發憤不暇，焉有心游戲乎？汝父、祖忠孝已達帝廷，汝縱不能荷戈從戎，殺賊報國，亦必讀書立品，以求上進，俟收復後爲父、祖遵旨立祠，以光泉壤，方不愧爲人子孫。若不能讀書立品，漸成下流，家業日漸敗壞，連忠孝祠堂亦不能建，使父、祖忠義雖顯於天廷，仍湮没於子孫，豈不可慟？深言至此，諸生念之。

人之一生，必思上承前聖，下開來學。即或不能，亦當思上承先祖，下開子孫。今汝家世業遭亂中落矣，然天道循環，無往不復，絶續之幾，全在於人。今汝輩去先德未遠，流風餘韻尚在，祖業尚可爲讀書養命之資，而又嘗從名師游。乘此機會，發憤讀書立品，三五年後即可自立，大振家聲矣！雖或命運稍乖，不能上達，而讀書立品，亦可教授爲生。汝輩不絶讀書種子，將來子孫又可接續，綿綿延延，不斷詩書之澤矣！若汝輩不發憤成人，將來家業必愈落。家業既落，自己讀書不成，必致流於污下，子孫更無基業可以讀書矣，豈不可傷？且縱不上爲父、祖計，下爲子孫計，獨不爲身計乎？是不可不深長思也。

居家居鄉讀書爲人，第一要親師取友，分別善惡。人性皆善，往往陷於下流者，多因不能擇交。況今日人心敗壞，士習澆漓，邪説詖行，無所不至，尤不可妄與相接。吾今教汝總宜閉户讀書，少外出爲第一務。毋管閒事，接閒人，説閒話，致惰慢正經事業。大約擇交之法，必其人正直篤實，樸誠好學，肯勤善規過，不承奉我者，是好人。其浮華詭譎，賭博戲游，阿諛逢迎，誘我作惡，輕佻獧巧，刻薄猜忌，不顧廉恥禮義者，即是小人，斷不可與相接也。

人之大倫有五，汝輩近日所當盡者，只是孝父母和兄弟兩大倫。況汝輩嫡母、生母孀居操勞，不過欲汝輩讀書成人耳。發憤二三年，立志立品，務將書理講明，文理清通，可以上達，可以營養，方不孤負寡母之心。蓼莪、凱風諸詩宜日三復也。古人之孝，只是養口體、養志二者。發憤爲人，讀書作文，即是養志之學。今日能養志，後來方能養口體。不然使兩親心焦氣鬱，既不能養志，將來又無以養親口體。爲子如此，尚何顏立於天地中哉？讀歐陽公瀧岡阡表，彼亦寡母之子也。明儒劉念臺、張楊園兩先生，皆寡母之子也，何以能成大賢？即近人汪龍莊刺史，洪稚存、張皋文兩編修，皆寡母之子也，又何以能成令名，爲循吏，爲文人，揚親於百世之下？汝可不以此爲法哉？至於兄弟，不可有异同之見。同一父也，如存意見，便是知有母而不知有父矣。互相砥礪，互相約束，互相講論，亦如程子、陸象山、蘇東坡、蔡仲默、柳公綽、公權、方百川、望溪諸公兄弟，則可謂友於兄弟矣。杕杜、常棣、角弓諸詩，當日三復也，不可爭較彼此。或偶有不合，必互相容忍，互相遜讓。余觀古今，兄弟和未有不興，兄弟争未有不敗者，可不戒哉！

人之爲學，第一要變化氣質。予觀三生皆可讀書，惟好學之心不篤。履豐喜問外事，且性情剛暴，宜切戒之，一味閉户讀書，少與流俗人相親，氣質自變。由豫有聰明，然氣質少浮，於道理文章不免浮光掠影，宜切戒之，一味篤實，行舉動静要莊重，凡所見聞必求真明諸心，真熟於心，乃有實得。敦臨於書理、文理尚未甚了然，宜一味玩索研窮，凡予所講授者，熟讀精思，不明者卽記於册，以問師友，句句字字，不肯放過，必然有成。

經書每日清晨起須温一册；四書每日須熟玩數章，朱注亦然；史、鑑每日夕看十葉，斯文正脈必熟讀精思一二篇，古文、時文必熟讀一篇，温數篇；陶詩、杜詩必熟讀一首，温數十首；綱目必看得數條；楷書必寫三數百字。如此兩三年，發憤不懈，必然有成。凡讀書、讀史，宜有日記。悟者、疑者，皆記之，俟與師友講問。凡讀文，先須求其一篇主意，再詳分其層次意思，再看其氣勢、筆力、句調。詩亦然。凡寫字，先須端正成行，有間架，不可潦草歪斜。凡看史，必觀其何以成，何以敗，以爲法戒。餘功亦須看試律詩一首，此亦應試之不可少者。三八日作文，須清晨卽起，得題卽端坐沈思，務求此題意旨所在，然後想意思，布局格，分層次，做完又將文細讀以審氣脈、字句之不穩者，古文、時文皆然。每日讀經、讀史，凡有感觸卽記之，如此則雖無師出題，而經史之可論辨者不少矣。予所編斯文正脈，乃聖學相傳之正道，周子太極圖説、通書，張子西銘，程子定性書，顔子所好何學論，朱子仁説、與陳器之書、大學中庸章句二序，張南軒孟子講義序，陳北溪論道學體統工夫節目，蔡仲默書傳序，真西山大學衍義序，張楊園與沈尹同書、陸稼書、太極論、朱子五贊，凡二十一篇。説本體，渾融而昭明；説工夫，簡切而詳備，皆載道之文也，不可不熟讀而詳玩之，以爲義理之根柢。

經書不可不温，乃道理之源頭，卽學文亦有根柢。詩中如二南、及凱風、柏舟、淇澳、抑、武、出其東門、杕杜、常棣、鳲鳩、蓼莪、文王、敬之、閔予小子、板板諸篇，尤宜熟讀而時三復焉。書中如五子之歌、伊訓、太甲、咸有一德、説命、旅獒、金縢、無逸、蔡仲之命、冏命尤宜熟讀而時諷誦之。易中如六十四卦大象，並謙卦、家人卦尤宜熟玩而時三復之。左氏傳如『宴安酖毒，不可懷也』。『懷與安，實敗名』。『敬，德之基也；禮，德之輿也』。『民受天地之中以生，所謂命也。是以有動作禮義威儀之則，以定命也』。『能者養之以福，不能者敗以取禍』。『儉，德之基也；侈，惡之大也』。『勤禮莫如致敬，盡力莫如敦篤』。『季孫之愛我，疾疢也；孟孫之惡我，藥石也。美疢不如惡石』。『兄弟雖有小忿，不廢懿親』。『親仁善鄰，國之寶也，無德而祿殃也』。諸如此類，須熟記之。禮記如曲禮、內則、學記、儒行，宜常熟玩之。凡讀他書，皆以此意相求，則不至泛濫而無主矣。凡此類之切身心者，能熟讀玩味，則其他亦易記易明。

陶詩可以養性情，溫厚和平，恬淡甯静，近有道者氣象。杜詩可以厚性情，愛君，憂國，思親，念兄弟，篤故舊，近於仁人之用心。李詩五古放曠近於狂者，誦之可以擴胸次，化鄙吝。陸詩七律近於忠憤，誦之可以激昂志氣，振拔精神。古文如大蘇之論，可以開筆力，策可以長筆勢筆氣。其餘如秦、漢以來奏疏、書説，尤關經濟切世用。古文辭類纂中所選者，皆宜熟讀。再如陸宣公、李忠定、朱子、王陽明奏疏、封事，皆當選而讀之，最有益於世用。

孟子曰：『人之有德慧術智者，恒存乎疢疾。』又曰：『生於憂患，死於安樂。』古人遭一番困苦，必有一番動心忍性，增益不能工夫。自來大聖大賢、忠臣孝子、名臣循吏、名儒獨行以及文家詩家，未有不經困難中來，卓然自立而能有成者也。予嘗曰：『窮不妨，怕窮斯濫；困不妨，怕困而不學。困而不學，必至於窮斯濫矣。』

學問之要在存其本心，所以存心之法只在人倫日用、謹言慎行之間，內之喜怒哀樂不可乖戾，外之視聽言動不可放肆。大而事父母，處兄弟，交朋友，待宗族鄉黨，不可無真性情，隱而暗室屋漏之地，不可無真工夫。至於所以明理之法，舍讀四書、六經、宋五子書，無他道焉。此是平平實實，可以有守有爲，處不失爲端士，出不失爲名臣循吏矣。

易之震象傳曰：『君子以恐懼修省。』蹇象傳曰：『君子以反身修德。』坎象傳曰：『君子以常德行習教事。』困象傳曰：『君子以致命遂志。』損象傳曰：『君子以懲忿窒慾。』否象傳曰：『君子以儉德避難。』此皆示人處憂患之道，須守此，刻刻不忘也。

亂世做人，真是不易。人心壞極，真不易處。大要總以和平收斂，謹言慎行，懲忿窒慾爲本，自己方立得住。一意向上，口中不必多言，與人總宜寡交，見人則一味渾涵，不可露才揚己，尤不可議論人非，招尤啟侮。

中庸言：『君子之所不可及者，其惟人之所不見乎！』大學言：『十目所視，十手所指。』文王所以成德者，在不聞亦式，不諫亦入，不顯亦臨，無斁亦保。衛武公所以成德者，由相在爾室，尚不愧於屋漏，或立之監，或佐之史。今汝輩無師須常如師在前，無父須常如父在上。常將父、師所言，在心頭想，口頭念。對孔子書，即如孔子訓迪；對孟子書，即如孟子教導。凡聖賢皆是我師，臨之在上，質之在旁，不患德不進也。若止於師前用功，背師則不然，是所謂小人閒居，爲不善矣。夫閒居爲不善之小人，久則必爲無忌憚之小人，是故君子慎其獨也。

聖門惟顏子聞聖人之教，即能亦足以發請事斯語，語之而不惰；惟曾子聞聖人之教，即能以傳不習自省，尊所聞，行所知，故二子爲傳道之大賢。下此如仲弓，亦能請事斯語；如子路，亦能聞斯行之，故亦皆爲聖門之傑。昔趙簡子書二策付二子，三年而問之。長子伯魯全不省記，問其策已失之矣。次子無卹述之一字不遺，問其策則時置懷袖中。願諸生之於吾言，無成爲伯魯之策也。臨別依依，不盡欲言。

答章生

所言守此心而不失，明此心而不昏，實得爲學之要矣，然須先知得心之所以爲心。孟子曰：『仁人心也。』又曰：『心之所同然者，理也，義也。』須要識得仁，明得理義，窮理精義，乃能明此心而不昏；居仁由義，乃能守此心而不失。窮理精義之功，必實在讀書格物、審問慎思上做工夫；居仁由義之功，必實在反身實踐、倫常日用上做工夫。庶物人倫之理無不明，然後可謂明此心而不昏；庶物人倫之理無不盡，然後可謂守此心而不失。但空言心，則恐惑於异端之説矣。

答蘇强甫

筆記中謂『初學不妨有好名之心，以堅求道之志。』此語有弊。好名之心與求道之志是兩條路。一好名則求道乃是務外，其志必不能堅，縱終身發憤，總是爲人。縱或能見道論道，終是外面工夫，中無實得。此『闇然』、

『的然』，必於下學立心之始分明之也。

學韓、歐之文，必先學韓、歐之爲人；學陶、杜之詩，必先學陶、杜之爲人；學顔、柳之書法亦然。正其行，養其氣，而又觀玩其法，以涵泳於心，自然能得其妙。有時而見之於詩文，見之於書，不過自寫胸臆，自然滿紙天趣。若不如此，雖宗法正大，仍是摹擬而已，其去道也遠矣。

所謂但躬行不要講説，此語近裏著己。然不講説如何得明？惟講説時須以求得實理於心，反己自盡爲主，不可口説了事耳。足下疑周子主静爲偏於静，馬君疑程子居敬爲外面整齊嚴肅，皆誤也。主静居敬，皆兼内外，貫動静。而言周子天資高，心中本無人欲，故但主静便是其主静亦兼動静之時。而言程子恐静字工夫太高，故説居敬，使人有所執持，皆是心地本原工夫。静非偏内，敬非偏外也。

當晦盲否塞之際，而以講學爲事，正學苟明，則士習人心必變；士習人心變，則氣運之衰卽可因以轉移，此真救世之微權也。然講學所以修德，非以爲人，斷不可高自位置，標榜門户，須有取人爲善，與人爲善之心，有以善養人之氣象。易曰：『居德則忌。』又曰：『教思無窮。』有標榜之意，不免居德則忌；有門户之習，則不能教思無窮。

答王生

筆記中所謂心不純明而徒汩没於故紙堆中，恐無所成，誠然。但須思心何以能純明，必讀書格物、窮理精義到極地，然後能明。必省身克己，去私寡欲到極地，然後能純，非空言所可承當也。今謂不可汩没故紙堆中，恐不免有厭棄讀書之意。窮經以明其體，玩史以達其用，循序致精，以期於表裏精粗無不到，然後吾心之全體大用無不明，不可大言欺人，襲六經皆我注脚之誤也。

與蕭敬甫

誠十月十九日挈眷啓行，將之山東，不料大兵潰敗，車子逃散。現尚住西鄉高伯姊家，轉徙流離，幸此心此學尚無少間也。大凡人爲學，不可無本，四書、五經、朱注及程、朱書乃根本也。

足下質確志篤，然不免有博覽之意，無本末之序，枝葉太繁，則根本傷矣。每日當先以半日玩味性理經書，以反求諸心。又以半日讀史，考求經濟之實，而文字則晚間游泳，以博其趣，可也。

與劉悌堂先生

三河一敗，吾邑大兵盡潰。聞先生安抵東鄉，喜慰之至。宗誠挈家轉徙，自覺此心頗能不動。每望見賊，則攜諸兒並書册一二部，坐卧樹林中，或田塍山麓塚墓之間，玩味書卷，隨興游咏而已。『盡人理以聽天命』七字毫髮不疑，然賊無地不到，而宗誠避亂之村幸而未至。宗誠去而賊乃來此，亦天數也。

吳竹如方伯前歲以書邀往山東，是以去歲專爲朱魯岑、趙介山二先生並故友張小嵩三家營葬數代十餘喪，惟先師許玉峯先生及東山太夫子四棺未葬。往歲先生許送葬地，先生平生立心忠厚，於東山先生父子既爲至戚兼有師友之情，買山之約當不食言。宗誠開歲八日啓行，謹遣舍弟送青錢三千，助備石灰之費，望先生山事成，即爲了此大事也。

人在世上，恩義二字不可不時存於心，在國當念念不忘君父之恩，在家當念念不忘父母、師友之恩。此人性中之大義，失之，何以立於天地而爲人也？

與馬生復震

去歲十月，始與生尋得尊公忠骸，未及啓扦而舒城復陷。不數日，桐城復敗潰，生倉皇奔回東鄉，誠亦挈家避之懷寧山中，遂不得辦理此事，心中無一刻不煎熬也。誠生平諸友，惟與尊公爲莫逆，義理文章之學，德行心術之際，兩相砥礪，契合無窮。骸骨未有著落，蓋每念不忘也。今既得其藁葬之所，復爲賊所阻滯，何恨如之？願俟二三月官軍一到，即往啓之。如春間官軍仍不到，四月必由間道往啓之。想此時賊踞城久，凶焰當亦稍衰，不至受禍也。但宜多辦綿、紙、麻、繩，啓出認之，能分別清楚，則以尊公一人回桐棺殮，葬於祖山之側，而以同難諸骸骨改葬遇害之地高阜之上，可也。如分別不清，當俱啓回桐棺殮，同葬一穴。題碑曰：『馬某之墓』，旁書附葬同難者數人，蓋此同難諸人，莫非尊公召募以圖報君親之人也。是其死，乃爲尊公而死，卽同葬亦無不可，願足下坦然由之而無疑也。

卷三　書札

與蘇强甫

開歲八日啓行，二月十四日抵山東，竹如先生即日延課其孫。先生往歲見尊公楊園年譜，深佩守道之正。近聞誠言四禮從宜簡當，欲與同輩行之，祈多寄數本來。子孫於先集，不徒貴保守，貴能闡揚也。竹如先生辨理精細，德性中和，有與魯生先生論學書，平實精純，於衛道嚴毅之中，具一片虛沖無我氣象，特寄覽以廣學識。足下嘗欲振作人才，竊謂必先振作自己之精神，勇往精進，然後能振作人才而鼓勵之。至鼓勵人之法，全在講論經書與程、朱之書，使之反求諸身心性情、倫常規矩之地，不可涉於空談，騁其虛見。足下以爲然否？

與蕭生敬甫

足下有樸茂之資，又處窮鄉，遠賊禍，得以安心爲學，天之所以厚足下至矣。望專精致力於四子、五經及大儒書，實爲窮理盡性之學。至諸史、諸子及各大家詩文，亦不妨作游藝觀之，將來成就必有自得之趣。小儒雜家之書，俱可不寓目焉。蓋人生精神有限，不求爲明體達用之學，而誤用無益之功，何能實有所得也？世道之衰，其根源實由浮文之盛，去浮反樸，鞭辟近裏，可不務乎？

與馬生復震

別後數寄書，尊公骸骨已啓否？此時不在從厚棺殮，但以早啓出泥沙水土爲是，縱薄棺薄殮亦可稍盡人子之心。天下事必到充足時纔辦，恐後來有遺恨也。侍奉之餘，望日加砥礪，以成有體有用之學，勿以胸中鬱結，遂以詩酒自放。又勿以忠孝性急，冒昧一出，徒喪己而無益於事。諸從昆弟宜教之，不可存形迹。大丈夫當爲天下任事，爲萬世任事。以同祖兄弟不肯愷切教訓，認真擔當，尚能爲天下任事耶？凡能擔當事任之人，其心止求於事有濟，於人有益，理得心安，他何卹乎？

與許生

鄉間無師，當立志以古人爲師。每日取四書、五經、諸大儒書循環理會，有得有疑，則記之與師友互相質問，自然日有進益。文字亦不必廢，但每日閱一二篇大家古文、時文，得其命意、章法、氣勢、筆力、情致、神韻，足矣。專以窮理力行爲本，義理充足，實有得於身心，則發於文者自然不同也。讀書講學，不可務名，一味踏實用功，雖無譽亦無謗。其尤要者，須在家庭倫常中盡心盡分，誠意充積久，未有不感動者。或不能感動，仍宜自責自盡，不必他求也。教讀一事，當作自己用功，一般不可分人、己爲兩事，大要以勤講解、守規矩爲主。足下氣質嫌局促，宜以詩書義理開大之。

與吴生少桓

展讀筆記，似未免有懈怠間斷，此恐大爲德業之累。義理無窮，學問無盡，一有懈焉，前功墮矣。所以魯論開首論學，即以時習爲第一義也。推其病根，由前此未嘗日窮程、朱義理之書，以扶持此志，培養此心，第就史傳中窮其是非，則根基淺薄，栽培不厚，進修志氣，所以易於倦怠也。程、朱之書處處令人反求諸身心，讀之不懈，則義理日積，剛大之氣日生，私欲不覺退聽。若但看史，則惟知論古人之是非，而於自己省察存養之功反疏畧，所以易外馳而生厭倦也。

與族孫和甫

聞得一子，此先世積累之報願，益培植之結實。做工夫勿以處貧而慕浮僞之風，勿以處亂而存泄沓之意。啟後之道，必能承先。祖宗積德力學數十百年，一旦自我而墮，縱有賢子孫何以教之？設其上達，隨俗所爲，反將祖宗培植之根基剥喪，其害更大。是豈子孫之咎耶？由爲父、祖者，上不能修身力學，無培養教育之道也。君子存心處事，必求念念可質鬼神。誠自恨未能如此，唯恐有玷於祖宗。遭際亂離，幸得未與賊禍，今既得舍館於外，持心愈定，見理愈真，好學之心益不敢懈耳！

與魯生先生

聞竹如先生薦主膠西書院，此興起後學，昌明正學之機也。竊以先生爲諸生講論，宜抱定三綱五常發揮，卽以此爲窮理盡性之事，不必空言理，亦不必空言性也。學問之道，全在尅己虛心，氣質之累，真不易去。苟不從尅己用功拔去私意病根，學問長一分，卽增一分勝氣，有勝氣卽事不順理。惟先生教之。

答吳少桓

學問之道，宜以尚志、闇修爲主。至工夫次第，不外於大學一書。足下以『理一分殊』爲疑，竊以人同此心，心同此理，故理無不一，而自少至老，所處時、地、勢、位，各有分際之不同，故曰『分殊』。於分殊中一一做得，篤實周到，無稍苟且，而後於理一上始能融會貫通，無所歉缺。爲臣必敬，爲子必孝，爲父必慈，推之五倫無不然。素富貴，行乎富貴；素貧賤，行乎貧賤；素夷狄，行乎夷狄；素患難，行乎患難。推之境遇無不然。理做不盡，必在分上做，果能循分自盡而理之全體，固已無虧欠矣。窮經考史，熟讀精思，以至應科舉，處事接物，訓課生徒，皆是理一分殊中事也。窮經以求實理，考史以觀世變，原是一以貫之，豈二道哉？但須有先後耳。經之理可以史證之，史之事當以經衡之，要在以明體達用爲歸，非謂不當讀史也。

至於館課之煩，須認定修己教人是一事，不可以自己讀書爲用功，而以課人爲荒棄功課也。如課徒能盡心盡理，卽是自己用功實際。如讀書不能反身體察，雖朝夕記誦，又何莫非荒棄日月耶？

應試之事，惟有循分盡理而已。自顧時勢學問，可應則應之，不必以不應爲高。如學問尚未到，時勢所不能，則專心致志於學問之中，不必以不能應試擾擾於胸次也。

足下疑勉强矜持近於作僞，此大不然。誠、僞二字，當在此心理欲上分，不在安勉上分，惟恐失理而勉强矜持，正吾人戰兢之心，非僞也。若惟恐不悦於人，而勉强矜持以事修飾，則不免爲作僞耳！惟深察焉。

復吳少桓

學問之道，不可忘，亦不可助長。處己宜一味闇然下學，不求人知；與人則謙謙溫溫，不先人以賢知。受人之託，第盡己之職，豈可存畏首畏尾之見，懷患得患失之心？然而行之有節，施之有序，夫子之教循循然，亦未有望之太深，求之太切之道也。孔子曰：『質直而好義。』又曰：『察言而觀色，慮以下人。』『君子義以爲質。』又曰：『禮以行之，孫以出之，信以成之。』不能質直好義而徒察言觀色，慮以下人，恐不免有枉己徇人之弊，不可也。但質直而不能好義，察言觀色，慮以下人，又恐不免有以人從欲之弊，亦不可也。不能義以爲質，則是無本無體。義以爲質，而不能禮行孫出，又不免剛愎自用，好勇而無所取裁，皆不足以善其用也。易之道，貴乎體剛而用柔，內文明而外柔順，況處今之世乎？

總之，學問第一在窮理，理之所在，順而行之，不可畏人，亦不可徇己。責己貴嚴，待人宜恕，不可遽以聖賢之道繩人也。至時勢所不能行者，則有義存焉，必能隨時隨勢，審其義之所在而處之，然後爲善。義是一定不易之理，又是隨時隨勢，變動不居之理，豈可執一耶？惟察之。

復吳少桓

展讀日記，知近日用功實際。境遇所迫，必有所以處之之道，求盡其道而後能內省不疚，徒憂何益？倫常內應盡之事，宜竭力經營以盡之；性情內應盡之心，宜誠意懇到以全之。天下事不可知。性分內事不可不早盡力也。凡己所當爲之事，不必求人知，不必與人辨，不必傷天命之厄，怨遭際之窮。既知理一分殊，卽就見在己之所遭，天之所命者，盡分焉可也。盡分非易事，理有一毫未明卽處之，有不能盡分者，不得謂能循分卽是盡理也。日記省察處多，而未言近讀何書，豈程、朱性理及經書傳注尚未潛玩耶？必能於此種書日日玩味而有得焉，庶能無入而不自得。日用間涵泳義理工夫多，則省察剋制之功亦易爲力，不然縱省察剋制，病根究難淨盡耳。

復吳少桓

代購書籍，已得有近思録、朱子全書、陸稼書先生集三部，此理學之的也。望溪集一部，此古文正宗也。欲明聖賢之道，真能即近思録、朱子全書潛玩而力行之，又以稼書先生書輔翼之，則自然不入於异端邪説，確然有得於身心。文章之學，真先即望溪文熟玩之，則自然義理正大，性情篤厚，氣格醇古，筆法簡當，所謂『有物有序』者，自無不可以得之也。否則，非誤於詖淫邪遁之説而不得其真，即墮於浮華藻麗之辭而不得其實。惟察之。

與王子懷侍郎

宗誠僻處鄉間，未曾與賢士大夫相接，然於當世賢者，未嘗不樂聞其行事，而心慕其爲人。數年來，聞先生風節自持，仁心爲質，遭際時艱，所言所行大都上輔君德，下益民生，豈惟鐵中錚錚，實屬人倫之冠冕也。今年於吳竹如先生所聞先生出處進退之詳，彌覺欽仰無已。

宗誠自少不樂仕進，而於學術治道、國計民生，則無一刻忘於心。二十年來專心講明義理、經濟、文章之學，以爲義理所以立本，經濟所以濟世，而文章可以發揮道蘊，推明事理，紀載忠孝、名儒、循吏之實蹟，以感人心而振士氣，是亦義理之用也。遭亂之後，避居窮山，益以勵廉恥，正學術，扶持善類，培養人才爲心。

今三月，友人方子觀自京師寄來先生訪求忠義節烈啟一篇，屬誠代訪。讀之深服先生顯微闡幽之盛心，崇尚名節之至意，謹以避亂時所撰忠節傳誌呈覽，又屬友人涂孝廉宗瀛記其六安、霍山所見聞者附呈，其他友人及兒子培濬、族孫濤所作皆寄上，惟采擇焉。

答邵位西

天下事因循者主之，固足以釀禍；急迫者主之，亦足以致禍。欲捍外寇，先安内民，正官常之結習，使之潔己愛民，内姦不生，庶外患漸弭，是安民即所以裕國也。察吏即所以安民也，潔己又所以察吏之本也。若徒以籌餉爲急，利源日開，姦弊日集，民窮則不安，不安則外邪易入，是豈非隱憂乎？因尊論聊妄言之。

與汪穀園

石他山所批拙集，讀之敬其直諒。誠無他長，惟好善言，喜聞過，出於天性，直言未有不受者，竝且心藏而心寫焉。先生前不肯示誠，尚未知誠之深也。義理無窮，知識有限，況各人氣質意見，豈無拘蔽之處，而可自是自足乎？即或人言未必盡然，亦可取爲自反之助。古之名儒，往往不肯取善於人，而固執一己之是，以致處爲學術之害，出爲政術之害。誠敢不師古人所長，而襲古人之所短乎？

答魯生先生

承序拙集，稱譽處不敢當，而勉勵處不敢不致力也。惟於唐、宋以來文家，盡掃而空之，以爲不足法，且謂文無所謂法，此論稍偏耳。八家之文，道不足則有之，至其爲文之法，則實馴雅，可爲百世之宗。學者求孔、孟、程、朱之道，果實有得於心，則有德自必有言，原不宜摹擬古人以爲文。然至於文法，自亦當稍講究之，此格物之一端也。凡論古人，當平心取善，不可有自我作古之心。望察鄙見以爲是否。

復宗滌樓觀察

日昨薄暮，接奉賜函，以中朝宿儒先達而先屈己下交，嘉惠後學之至誼，雖古人中不可多得。惟獎誘太過，辭氣太謙，小儒末生，局促無以自容耳。

宗誠幼有四方之志，弱冠以後，疊遭家難，窮不自振，遂絶意科舉，惟圖葬親力學以繼先志而已。嗣遭賊禍，瑣尾流離，念上既無以報國，而家鄉糜爛，朋輩凋亡，誠家獨獲安全。是以一意讀書勵志，以酬天地生成之德，僻處窮山，教授生徒，不免妄有撰述，何期見許於先生？此誠所以且驚而且慚也。海内君子，心所欽仰者數人，惜多未得相見，今幸親炙有期，不謂又將北行，何歉如之！天豈第欲誠爲一鄉之士，不使遍友天下善士以廣其學識耶？

與左刺史

天下萬事皆不足恃，惟德行學問可恃。即使窮困無得於世，終究有得於心。世人見善人君子遭逢不幸，即以爲善不可爲。試思不爲善者，果皆得耶？即得之而有害於心，已屬得不償失，何況兩失之者多耶！此處須是識定力定，勿爲俗情所惑也。吾兄將膺民社，無事時宜多讀循吏名臣切實於民物諸書，閒散雜博之書，似可不寓目也。

與左刺史

天道盈虛消息之理，絲毫不爽。君子知此，與其躁以求之，不如静以俟之。熱之極，必有大冷之時；冷之極，必有大熱之時。凡由人謀而得者，究不知盡己之道，聽天付與者之可大而可久也。

與吴雋士

所論『窮理要心到，處事尤要身到』二語，親切有味。身到方知其事之難，方知其中如許曲折，方能極其精微，窮其變化。彼世儒之言有不可推行者，由其空中揣度，竝非經歷之語，所以一行便窒礙也。然身到究竟尤心到，學與思豈可廢一哉！

代竹如先生答曾滌生侍郎

大兵四路進攻，自是上策。惟安慶非水陸合圍，恐一時不能得手。賊之救援安慶者，向由無爲、廬江出桐城之東、北、南三鄉到樅陽，以爲省城聲援。大兵宜於安慶分遣一小股水師破樅陽之賊壘，則安慶之賊孤。而進取桐城之兵，一俟破城後，稍留兵以辦團練，即宜乘勢進取廬江而據之，以斷賊援安慶之路，如是則安慶必易破矣。且以收復桐城之兵急復廬江，則與收復舒城之兵可爲犄角，以規三河，前可應廬州，後即爲桐城、潛、太、英、霍之門户，賊自不得上竄。不然，但守桐城，桐城之城乃偏於北鄉一隅，其東、南鄉及北鄉之東境，仍爲無爲、廬江之賊所出没，不但賊可救安慶，且牽制桐城東、南兩鄉之民不能實力團練，又牽制官兵不能與舒城官兵相應，以規三河，則桐、舒二股大兵，於安慶、廬州皆不得力。安慶若先破，則必進兵巢縣、無爲東關以應廬州；廬州若先破，亦必進兵會攻三河以應安慶，如此則上游可以肅清。惟安慶、無、巢收復之後，則不可輕於進取，當先固其根本。凡已收復要害之地，防守周密，使賊不得上竄，然後與江淮各處會攻進勦，以圖金陵，乃爲完善。

又桐城東鄉最强悍，數年來屢次殺賊。若出示獎賞，命其整團以防沿江一帶，竝堵無爲之賊復竄安慶要路，必大得力。桐城孝廉方正殉節舒城馬三俊之子名復震，年甫弱冠，天性醇厚，常欲舍身爲父報讐。今投大營，務乞造就，以成一有用才也。

代竹如先生答竇蘭泉侍御問目

今之士夫祭於寢者多矣，是以天下儉其親也，立廟則祠堂是矣。禮干祫及其高祖，而祠堂祀其始祖，是僭也。祧之不行久矣，合族而公一祠堂，將誰祧也？祭之日以誰主祭？宗子或農而野，或有禄，或行輩卑。李文貞公家以一宗子、一有禄者、一行輩長者三人主祭。夫主者定於一也，三人主之，禮與？然則今日何以立廟？何以行禮？將不立廟，不行禮，而於心安、於理得乎？

庶人祭於寢，士夫之禮家。禮云：『立祠堂於正寢之東，大祭則遷主於寢而祭之，禮也。』然朱子只祭四親，祠堂亦只供四親主。近世合族立一祠堂，雖非先王之禮，實亦當乎人心。況後世宗法不立，全賴有祠堂、族譜以聯屬之，使無此，則路人矣。但始祖只當祭始遷之祖，始祖之嫡子以下及於宗子之五世祖，當居中，宗子主祭。其支子以下各支附祀左右昭穆，各房子孫陪祭。但古者天子之宗子世爲天子，諸侯大夫之宗子世爲諸侯大夫。後世不然。或有農而野者，是又在各族中培植之，使凡爲宗子者，必讀書爲士人，不令其農而野。而主始祖之祭則善矣。如大不肖，則合族公議，於宗子親房中擇立一人爲宗子，似亦可也。

子之所慎疾，氣失其平則為疾。論語記子疾病者二，至於請禱使為臣則亦篤矣。風寒暑濕之感於外與？則是由不慎而致也。七情六慾之傷於內與？則是由失其平而致也。聖人必不爾矣！敢問其何以疾病？

慎疾只就人理上做得無憾，至風寒暑濕，天時不和，或疫氣流行，亦有慎之不能免者。但平日果慎疾，疾終不至大害耳！又如血氣之衰，或受氣本弱，此皆無可如何者，所謂命也。聖人之疾，斷非不慎而得，亦非慎所能盡免。七情六慾之傷於内以致疾，此則聖人所必無者耳！

今之士夫出妻者鮮矣，豈人情之厚於古與？末俗多漓而此獨厚，何也？

出妻之事，後世非無此例。北方民間多行之，士君子總當以正身教家爲本耳。古人七出，亦有可議。惡疾、無子，斷不可出；多言，亦不當遽出。惟不孝、不敬、淫盜、無子而妒四條，御史宜奏請申明以正三綱焉。

伯魚死，其妻嫁於衛之庶氏。鯉也早死，其妻之嫁也，或孔子猶存與？或問孤孀無託者可再嫁否？伊川先生曰：『餓死事小，失節事大。』然程子遺書有『取甥女歸嫁』一條，何也？今士夫有女而寡，教之守節與？抑嫁之也？或曰：志在自立，則有不能自立而請教於父母者，何以教之？教之以正而勢不能行者，如之何？空言以塞吾責與？是偽也。告之以不能守，是導之失節也。

伯魚死時，年已五十，妻年亦大約相等。是年孔子已七十，子思年未成童，而謂伯魚妻後嫁者，記之誣也。以孔子之德，伯魚之賢，其婦年近四五十，上有衰翁，下有稚子，而猶出嫁者，無此情理也。至近世之事，遇此不幸，全在平日居身有法，居家有教，使家人皆觀感講明於禮義，則遇不幸之事，始能自立。或有不甚賢者，父母兄弟自當教之而察其氣質意趣，不能則亦不必十分勉强。朱子注孟子『斯二者天也』，曰『天者，理與勢而已』。可見勢不能行，則亦不能執一理，原是活潑潑地也。不可改嫁者，經也。不願守節而改嫁之，權也。權者，權其輕重也。同一失節而改嫁，與强其不改嫁反致不美者，又有輕重也。是惟以輕重之理權之而已。

父子异宫，君子晝不入寢。古人之宫，前堂、後寢為一宫，外繚以垣牆。譬如一夫、一妻、一子、一婦，父子各居一堂，姑婦各居一寢，内言不出於閫，外言不入於閫，此可行否？古人何其迂也！

父子异宮，古人原以家人易流於狎暱，故异宮以生其敬心。然古今异，宜宮室制度不能盡如古人，但存此意，知其理而變通之，亦不迂也。竹如先生曰：『异宮亦使人子各伸其孝。』

『誰其尸之，有齊季女。』尸主也，非女子為尸也。古者女不設尸交，筵設同几，夫婦共一尸也。然則孫為王父尸，竝為王母尸也。夫婦同几，氣之合也。夫婦共尸，氣何由合與？今日設尸，於心安否？不設尸，於理得否？男可為男尸，女不可為女尸，何也？

孫爲王父尸，卽爲王母尸者，以子孫於王父、王母同一氣也，故但爲男尸，而考妣之氣原可合而享之。若孫婦則系外姓，與祖宗之氣何以合？且夫婦共爲尸，坐於上，不近於褻乎？假如孫無婦或喪妻，又何能以他人女爲尸以配之乎？此古人所以無女尸也。後世立主，似爲盡善，不必復古。

心有主，則能不動矣；心有所，則不得其正。何別？

心有主，是廓然大公，物來順應；心有所，是偏在一情上。靜而有主，則能致中；動而有主，則能致和。一有所，則靜不能中，動不能和，欲去有所之病，全要在有主上用功。朱注：敬以直之，卽有主也。

心是天機活物，周流而不滯於一隅。敬者，主一無適之謂。主一，何以非有所？無適，何以非滯於一隅？

心是天機活物，而實具衆理，故理者，心之主焉。主一，卽常存天理以爲心之主也。靜而主一，則是天理渾然，無稍偏倚；動而主一，則是天理流行，泛應曲當。有所，則滯在一情上，未發而偏倚，既發而乖戾，與主一大不同，正由無主一工夫也。無適，如靜時主一，而無憧擾之情；動時主一，而無過溢之念，非滯於一隅也。總之，主一無適，是存天理；有所，是滯於一偏之情。

蹶者趨者，是氣也，而反動其心。足之不蹶不趨，心能主者也。其蹶與趨，心偶不主耳。目之上下睫或合或開，心能主者也。或顫或不顫，心何以不能主與？

心偶不主，是不敬也，所以蹶與趨。蹶與趨，則氣粗而動其心，所以居敬養氣工夫不可少也。至目之當視與不當視，此心能主者也。或合或開或顫，皆是氣，非心所能主，此處無工夫，工夫在『視思明』、『非禮勿視』上。

涵養於未發之前，則可； 求中於未發之前，則不可。無心何以涵養？ 有心何以非求？ 求中於未發之前，不可； 求和於未發之前，可否？

涵養於未發之前，不過是敬以直內，雖非無心而心無所向，毫無偏倚，卽此是中，故曰： 大本求中於未發之前。『求』字是著力意思，已是發了，已是有所向了，何得爲中？ 且中是大本，不是一箇物事，求中則是以中爲一箇物事，在未發之前而求之，此必墮於老氏『有物渾成，先天地生』，佛氏『有物先天地，無形本寂寥』之旨矣。故程子曰：『不可。』孔子曰：『好古，敏以求之。』求原不妨，但曰『好古，敏以求』，則是就實處求，若曰『求中於未發之前』，則是縣空想像一箇中矣，況未發但當涵養，涵養之道，戒慎恐懼是也。戒慎恐懼，卽是立天下之大本。若未發之前，又有箇中可求，是二本也。此處正是聖賢與异端分路處，能涵養於未發之前，則發始能中節，不必曰『求和於未發之前』。若求和於未發之前，未免意見擾攘，先不能致中矣。

『民，吾同胞； 物，吾與也。』與春秋『內中國，外夷狄』之義礙否？

民曰同胞，物曰吾與，理一之中，原有分殊者在也。春秋『內中國，外夷狄』，亦是理一而分殊之義，原不相礙也。同胞同與之心，仁也； 內中國，外夷狄，義也。居仁不可不由義，義盡正所以全仁。

陽貨以義則不當見，故時其亡； 以禮則當見，故往拜。天下有無義之禮與？ 大義滅親，天下有不仁之義與？ 要盟也，神弗許，天下有不信之義與？ 竊負而逃，天下有不義之仁與？

義是時措從宜，不當往見陽貨，義也，卽禮也。大夫有賜於士，不得受於其家，則往拜其門，禮也，亦卽義所當然也。義緣禮行，禮從義出，原不相礙。仁義禮智信，理一而分則殊，分殊而理則一。有時當盡仁，有時當盡義，原不能一而行之，果得其宜，果盡其分，則天理之全體卽在此一事之中，原無歉闕也。如大義滅親，義也，亦正是仁於祖宗，仁於君國，非不仁之義。若姑息姦亂之人，正是不仁矣。如竊負而逃，仁也，亦正是爲子之義，到此時只當如此做，非不義之仁也。須知分殊中原有理一者在。

天理人欲，同行而异情，一事也。君子為公，小人營私，此同行异情也。然同一貪之情，君子欲仁得仁，小人欲利則利，又豈非同情异行乎？學如不及，猶恐失之；苟患失之，無所不至，行則异矣，情則同否？

同行异情則有之，若謂有同情而异行，則是不知本體也。君子欲仁得仁，小人欲利得利，一欲仁，一欲利，正是情不同。學如不及，猶恐失之，是其情在求道也；苟患失之，無所不至，是其情在求利也。正是情不同，所以行有清濁賢姦之辨，是以人不可不正其情也。

陳白沙云：『戒慎恐懼是本體，不睹不聞是工夫。』此言有病否？其病何在？

白沙謂『戒慎恐懼是本體』，是以常惺惺者爲本體也；謂『不睹不聞是工夫』，是以静坐爲工夫也。白沙之病在認虛靈之神爲本體，致虛守静爲工夫。竹如先生曰：『戒慎恐懼是本體，玩弄光景也；不睹不聞是工夫，歸於寂滅也。此禪宗也，其語尤足惑人。』

『滿街都是聖人』與『人皆可為堯、舜』，何別？

『人皆可爲堯、舜』，雖謂人性皆善而實重在爲字，非謂人皆是堯、舜也。『滿街都是聖人』，則令人猖狂去矣。

『下樓時此理已顯』與『參前倚衡』同否？

『參前倚衡』，謂隨時隨處不忘忠信篤敬，何等切實！『下樓時此理已顯』，則全是禪機，毫無結實用功地也。所謂此理者，謂此昭昭靈靈之神，非聖人天理之理也，不可誤會。聖人天理之理，何處不顯？何時不顯？豈止此下樓時顯？但非盡窮理循理之功，終不爲吾有，豈下樓時一顯而遂可直下承當曰『道在是耶』？談本體而略工夫，而所謂本體者，又皆指虛靈之神而言陸、王、陳三賢一也。

敬者，主一無適之謂；誠者，真實無妄之謂。明德者，人之所得乎天而虛靈不昧。言主一，則無適在其中矣；言真實，則無妄在其中矣；言虛靈，則不昧在其中矣。然則無適、無妄、不昧皆贅文耶？抑主一之外又無適，真實之外又無妄，虛靈之外又不昧耶？抑無適所以申主一，無妄所以申真實，不昧所以申虛靈耶？抑別有解耶？

無適所以足主一之義，主一而非無適，則將認有所爲主一矣。無妄所以足真實之義，真實而非無妄，則將認妄念爲真實矣。不昧所以足虛靈之義，非別有解。

朱子社倉之法善矣，不數十年，其病民滋甚。雖朱子之門人，亦以為不可行也。范希文義田贍族善矣，陳芝眉中丞行之於漢陽，涉訟不休。有治人，無治法，信矣。然當可行法之時，以恐有流弊而不行耶？將行之而不顧其弊也。不顧其弊則病民，恐有流弊而不行，則又何以福民也？

社倉義田之事皆當行。行之後來有流弊，雖聖人亦無如何，然不得以後來流弊而不盡當行之道也。但行之，第一以得人爲本。至於其法，又當因地因時而稍爲變通。苟真思其何以福民而防其何以病民，實心實力行之，爲益於人不少，雖有流弊，又安能因噎而廢食耶？

朱子曰：『須想不學不問時，是將此心安頓何處？』敢問此心安頓何處？

學問之道，當時習時敏焉。有不學不問時，或因事因境有不暇讀書者，而平日所窮之理，常在心上，涵養潛玩，體察力行，卽因事因境處之，求得其當，卽學問也。竹如先生曰：『此儼若思時也，卽靜中之敬也。』

中庸言：『成己，仁也；成物，知也。』孟子言：『學不厭，知也；誨不倦，仁也。』學不厭，非成己與？誨不倦，非成物與？而仁、知不同，何也？

中庸『成己』、『成物』，是發揮性之德，故成己曰仁，成物曰知。孟子『學不厭』、『誨不倦』，就工夫上説，故學不厭曰知，誨不倦曰仁。一論體，一論用，要之原是一理。

論語之書成於有子、曾子之門人，故其書獨二子以子稱。年饑用不足章稱『有若』者，君臣之詞也。然侍側章稱閔子，請粟章稱冉子，豈皆其門人所記耶？聚斂章稱『而求』也，似書名以惡之矣。羿善射章稱『南宮适』、問恥章稱『憲』，書名而非惡之也。子路曾皙冉有公西華侍坐以齒書，閔子侍側，顏淵、季路侍，又似重閔、顏而不以齒書。孟子受學子思之門人，然孟子言居武城則稱曾子，居於衞則稱子思，豈不尊子思而尊曾子耶？抑子思不便稱為孔子也？弟子於師前稱名，吾斯之未能信。不稱名，何也？『邱也，聞有國有家者』，師又於弟子前稱名，何也？孟子曰『人能充無受爾汝之實』，是以『爾』、『汝』為賤稱也。『毋乃爾是過與？』『求！爾何如？』『赤！爾何如？』『女以予為多學而識。』『女器也。』『女奚不曰是與？』『弟子相爾女也。』金縢言：『爾之許我。』且與祖考相爾女也，其故何與？

論語之書，本弟子各記所聞，故記法、稱謂有不盡同。爾、女賤稱，大約在春秋、戰國前後，時古人尚樸，卽周初尚。然爾字本尊卑互用之稱，不爲賤稱。所謂『天保定爾』，謂君也；『爾三王』，謂祖父也；『惟爾有神』，謂神明也。後世既以此爲賤稱，則自不當施於尊者矣。如『朕』字，古者通稱，後世專屬於天子，則常人自不當稱矣。此時也，禮也。

湯、武之慚德，因仁而受不義之過也；舜之不告而娶，因義而受無禮之過也；周公之誅管、蔡，因仁而受不智之過也；孔子之答昭公知禮，因義而受不信之過也。不知五德何以相戾若此？

湯、武之慚德，舜之不告而娶，周公之誅管、蔡，孔子之答昭公知禮，皆是當此時，只有此樣處置之理。聖人因順其理以行之，不得以爲五德相戾。五德原是各因時而發，因事而施，當仁處卽仁，當義處卽義。雖是一德，實不相礙。竹如先生曰：『五德非惟不相戾而適相成。征伐得時措之宜，正是義以成仁。廢必告之小禮，而免無後之不孝，又是義以制禮，而周公、孔子可推矣。若以煦煦言仁，孑孑言義，安往不相戾耶？』

心有所，則不得其正。心無所，則得其正否？無所與心不在焉何別？若言無所而有主，乃得其正，則有主與有所何別？若言有主是主於理，則黜舍亦是主於理否？

有所，固不得其正；無所亦何可爲得其正？如無適無莫而非義之與比，尚爲得正乎？心有主，是謂常主於理，卽主敬，亦謂常敬，則理常存耳。黜舍是主於氣，正所謂心有所忿懥，則不得其正者也。此亦何足疑乎？

卷四　書札

與吳少桓

時事不可知，卽身家後事亦不可必。惟有乘此稍安之時，努力進修，抱定『篤信好學，守死善道』八字，是切務耳。昔宋胡安定先生布衣時，流寓泰山讀書，攻苦食淡，十年不歸。得家問，見平安，卽投澗下，不復開視，卒成名儒。孫明復先生舉進士不第，亦退居泰山。家貧，年四十未娶而不動心，篤學不舍，晝夜著春秋尊王發微，教授學者，道德高邁。石守道尊以師禮，亦成名儒。宋初師道之立，開程、朱之先者，此二人也。元許魯齋先生遭亂逃難徂徠山，得王弼易說，夜思晝誦，心體而力行之。其後遂接朱子正傳，開元、明理學之首。古人當窮困時自立如此。足下今流寓三先生之地，亦望如古人壁立千仞，不以窮困懈其進修，斯爲可敬耳。

答魯生先生

聞主書院，時勤講誘，敬佩。惟說經論文須分二事，講文之時，必因文而指點其本原所在，使人知反求諸六經，反求諸身心。至講經之時，則必專講經義，而推之身心事物，使人知實求諸身心，實驗諸事物，以爲明體達用，躬行實踐之學，不可夾雜講入時文，使學者將經書義理作時文題料觀也。孟子所以不許宋牼以利說秦、楚之王罷兵也，大匠不爲拙工變其繩墨，先生以爲何如？

又前書云：『誓終此身，求至於天人合一。』竊以天人本一，不必言合。去人欲卽是天道，盡人事卽是天理，有心求合，反成爲二。不必求合，只專一於分別理欲上做工夫，做到人欲真去，人事真盡，不二不雜，純一之地，固不期合而自合矣。是否？惟教之。

復王子懷侍郎

承賜函，知前呈節義、貞烈諸傳，俱蒙采録彙奏。先生顯微闡幽，振人心，伸正氣，是大有關於名教也。當今大賢君子，進則以君德時政爲心，退則以激濁揚清爲任，舍先生，其誰與歸？謹復以近著節烈傳竝兒子培濬文五首，涂孝廉宗瀛六霍聞見續録一册呈覽。

與黄子壽太史

前日得見尊公虚己下士之風，令人欽感。山西復有勸捐之舉，尊公不以爲然，而制軍已奏請令尊公往任其事。竊以國家仁厚，輕徭薄賦二百餘年，藏富於民，未嘗苛取。今因軍興未靖，勸捐以助軍需，實亦勢處於不得已。而爲臣民者，急公赴義，毁家紓難，以報朝廷恩德，亦義分所當然。況救災卹鄰，鄰省安則本省亦安，不然賊勢蔓延，終無安土可以自保，此更臣民之所當深思者也。但教化不行，人心私小，知大義者鮮，每聞開捐之令即嘖有煩言。

竊以爲攘外之道，必以安内爲先。方今民心易於動摇，豪强易於煽惑，内地稍有不安，外寇即乘間而入。尊公如奉命而行，盛德所感，自足以激發人心而所以安民弭怨，使民知親上死長者，當必有道。要在上有以益於國，下有以和其民，乃爲得耳。

復呈曾滌生制軍

五月八日，竹如先生由宣化遞到賜書，前呈芻蕘之見，深恐以草茅妄論冒瀆見尤。過蒙獎借，殊非所任，惟箴砭謬誤，實中肯綮，迂生鄙識，得荷大賢之裁成，慶忭曷可言喻？

春間閲邸抄，知潛、太收復後，大軍已進規懷、桐，竊喜敝邑掃盪有期，庶群黎得睹天日，由是乘勝而下，合攻金陵，必可收功於指顧間矣。不料下游潰退，局勢一更。今蘇、常既失，牽掣萬端，九重之上，深知執事有旋乾轉坤之才，特付以砥柱中流之任，東南半壁自可轉危爲安。惟是敝省之望執事，如望歲久矣。廓清在即而旌麾遠移，雖幸得爲部民，而恢復之期尚稽時日，是何省運之厄若斯也。潛、太、宿、望諸縣，胡宫保能代籌防守否？誼切桑梓，深爲隱憂。況欲收復大局，必須四路竝進。今此進彼潰，撤上游之師以救下游之敗，將來下游得手，賊能不復竄否？想執事與胡宫保自先有以備之也。

宗誠迂拙性成，自少授經里中，見聞隘陋。城陷之
後，遁跡窮山，文報不通，雖留心世事，不能不有傳聞失
實之誤。且涵養功疏，義憤激發，氣不能平，言之遂多失
當。此由心地工夫有歉，何敢以石徂徠自況也？拙著
敬求軍務餘暇，盡賜斧削，感荷無既。宗誠去歲本擬桐
城收復，束裝南歸，拜謝執事於軍門，即就近作館以養妻
孥。後家書至云：眷屬在山，時深危懼。此次如不收
復，勢不能不全眷出逃。今承招入幕府，豈非大幸？但
恐敝眷已經啓程，途中相左，則到此無可依恃，不得不俟
之也。且宗誠幼更患難，精力早衰，故自弱歲即無心應
鄉舉。雖好窮致事理，然皆書册擬議，全無閱歷諳練，自
知實非有用之才，荷執事重賜，不敢欺負以蹈處士虚聲
之咎。如敝眷不出，道路可通，將來趨叩節署，藉得以所
業請正奉爲師資，竝得師友幕府諸賢以觀文物之盛，擴
庸鄙之識，是所願耳。

桂丹盟觀察今在上海，似可招之，以訪江南失事之
由。魯通甫前在吳仲宣幕中，亦似有才智者。吳君今觀
察淮、徐，往年為守令，極有果敢之名。杭州失守，未知
邵位西消息。郭筠仙太史告歸楚中，四月尾過直。其氣
象豪毅，似皆可收之藥籠中，無任其閒散也。伏維為蒼
生自玉臨楮，不盡馳依。

再啟者：當今大計，固以進軍剋復蘇、常，以供億
京師為重。然非四路進兵以分賊勢，則賊得調各路之賊
以拒大軍，驟難得手。今臺端統帶楚師而下；上游胡
宮保、楊提軍能仍籌兵進圖懷、桐；北路袁午帥久剋鳳
陽，能命將固守鳳陽，而自進軍圖廬州；張副憲亦必能
固守徽、甯以圖前進。然後賊勢可分，而我軍之氣漸固。
尤以嚴令固守未失與已收復之城池要隘為要著。少失
一地，則賊之裹脅而來者漸少。若此聚彼鬆，此收彼失，
鋭氣不合，從有小勝，於大局終難收拾。歷觀管、樂、諸
葛、范文正攻取之計，皆以内固軍實，外糾與國，合力竝
圖為要。闇昧之見，未審當否，僭越之罪，不勝惶懼。

附來書

曩時得竹如方伯書，盛稱道足下，竝寄示所爲文數
篇，義正氣厲，持論侃侃不撓，心嚮往久之。昨辱惠書及
大著俟命録，於古今治亂得失，人才消長之故，及比年戰

守成敗之所以然，反覆推論，壹歸其本於忠孝廉恥。而秉正嫉邪之氣，凜然不可干，益信學有根柢，方伯所稱為不謬。而桐城文獻節義之邦，處亂離而留心當世之務者，遠勝他縣，益想諸老流風彌久不沫也。

人習於苟且非一日矣，士大夫以不恤國事，同俗自媚於衆爲善；草茅談道藝者，一惟功利是趨。歐陽子云：『五六十年來，天生此輩，布在世間，相師成風。比來大亂，不止職此由也。』足下於揚波導沸之中，能獨挺流俗，力追古人，遭世多難，闇然自守，筆諸書以見志。所謂儉德辟難，碩果不食者，庶幾近之。獨見推過當，是非所任，轉增慚怍。僕力小任重，在軍救過不贍，年志漸就衰退，不可自敦率。近進規懷、桐，屬金陵官軍潰退，蘇、常岌岌，牽掣良多。所賴海内諸君子，匡我不逮，見示八條目，皆救時急務。而擇賢守令以善後，尤弭亂之原，然皆剋城後所宜爲者。城之剋尚難計日待，未卜天心厭亂，果在何時。每念之，輒不禁深矉太息也。

録中於失機敗逃諸將吏，顯揭其罪狀，此誠激揚苦心，惟間有傳聞失實處。又其姓字以稍從隱諱爲妥。石徂徠作慶歷聖德詩，分别邪正，累數百言。詩出，太山孫明復曰：『子禍始此矣！』禍不禍無足計較，獨所稱危行言孫者，乃聖人之道也，盍留意焉。珂鄉比犄敉安，潛、太、宿、望等縣已就肅清，欲懇臺駕翩然歸來，共籌大計。既期卒紓桑梓之禍，仍爲切磋德業之友，俾下走不終於小人之歸，而臺端亦少訂傳聞之誤。欽遲無量，屢以事牽，卒卒無少暇，尊著爲友人傳觀，久未作荅，歉甚。附上四十金，供途次脂秣之資。風雨鷄鳴，願言曷既。從曾文正公求闕齋文鈔刻本録。

上胡潤芝宫保

宗誠自少讀書，卽慕古大儒、名臣、賢豪之風。遭亂潛身澗谷，顛沛流離之中，益自刻勵，惟恐陷於不義，日夜號泣，思有濟世之英，能撥亂反正者，庶幾振救殘黎，復見天日。

維時聞執事及今尚書曾滌生先生廓清上游，提兵東下，雖中道阻礙，不能遽進，而下游居民欣欣向榮，已如枯木有復生之機焉。嗣聞執事開府武昌，當地方屢破之後，獨能剋復省治，掃盪殘孽，整綱飭紀，修政舉賢，崇獎節義，揚清激濁，使吏治蒸蒸日上，士勇軍實，民殷財富。逆賊屢欲上竄，而皆大挫其凶鋒，絶其窺伺。又以餘力進規鄰省，不分畛域。遠近聞者無不望風懷想，恨不得皆為部民，離水火而登袵席也。嘗私擬之古人，雖羊叔子、陶長沙之都督荆州，范文正、韓魏公之經略陝西，規畫處置，當不過此。今春，聞執事與曾公合兵規取安、廬，潛、太、宿、望俱已收復，而雄師已進駐敝邑之西鄉，不勝舉手加額，西嚮稽首以謝。

四月，終得滌生先生賜書，懇懇款款，招入幕府，竝述執事前見拙著俟命録，深蒙獎借。自念末學小生，不知忌諱，蕪雜之詞，惟欲聊盡草野區區之忱，究何敢妄希見取於大君子也！

方欲俟敝邑收復之後，即馳歸故里，進謁軍門，爲闔邑窮黎謝再生之德，而忽得邸鈔，江蘇失陷，曾公調督兩江，聞之不勝憤懣。現在兵力既分，不知執事仍能籌畫前進否？竊以賊衆既竄下游，安、廬之賊或亦漸少，此時安慶水陸之師，果能不退而乘此急攻之，執事或移書袁公，亦乘此時進取廬州，而命英、霍之師進駐舒城，桐城如復，即進兵廬江，則兵勢聯絡，聲威更壯，使賊備多而力分，安、廬庶易剋復。剋復之後，遂以雄師據守，招集流亡，開墾六、霍、廬、舒荒田，以充軍食。而進規無、巢、蕪湖，俟江南北得手，合力前進以取金陵，則掃盪庶有期矣。不然久久駐師，恐江蘇賊仍行上竄，更難得手。執事調度動合機宜，鄙淺之言，出於縣揣，未必有當萬一也。

復胡宫保

頃奉鈞函，荷蒙原恕。且指示軍事，動合機宜，其支拄之艱難，調度之有方，雖古名將無以逾此。至於忠愛惻怛之深懷，不忍退保所轄，必力圖拯救鄰省糜爛之民，尤足令顛沛餘生感激無既也。安徽上游既得執事力謀進取，江南下游得曾公砥柱，當可漸收恢復之功。

惟是夷務決裂，多有可慮，安得有如執事及曾公者，秉國之鈞，上輔君德，下攬人才，爲正本清源之規，以振起氣運乎？承命從戎，非無此志，況當今之世，得執事及曾公公忠體國，禮賢愛才，苟有微長，豈甘自外生成，不思報効？

惟自忖所學，實非有用之才，且精神尩弱，目疾時發，尤不足効軍營奔走之勞，不得不量而後入，致負厚望。惟專心學業，期小有成，是卽所以報執事也。

答王生

温經讀史，窮程、朱講明性理諸書，而躬行以求心得；考歷代興衰治亂之所以然，與所以撥亂反正之方，務爲有體有用之學。此今日要務也。天下大亂，空文無益。實爲爲己之學，實講救世之策，務明理精義，多識前言往行以畜其德，總期處可以修身，出可以濟世，方不孤負此生，孤負此學也。

與山如族孫

我家世代讀書敦行，故遭此大亂，尚荷祖宗庇廕，未受凶禍。今所望者，賢兄弟及兒輩能續家學一脈耳。賢資質聰明，然少厚重沈毅之氣；文筆亦佳，然根柢尚薄，義理未明，書史未博。予家中藏書頗富，何不日夜奮發，求爲有體有用之實學耶？性情要厚，心地要實，學問要正大純粹，行止動静要沈重安詳，不可薄，不可浮，不可一得自安，小成自足，不可矜詡才智，不可狃於宴安，不可因窮而喪志節。凡此皆可恥也。行己有恥，士君子之大介，不然卽文辭工於揚、馬，猶不足重，況其不能耶？

與黄生鐵生

聞近讀呻吟語，日有疑悟，欣慰何極！大凡讀書先須立志，大學所謂『知止而後有定』，是也。所謂止者，至善之所在也。所謂至善，明德、新民之極處也。明德爲體，新民爲用，故學問之要，不過求明體而達用。格物致知，誠意正心，所以明體也；修身、齊家、治國、平天下，所以達用也。

今日讀書乃格物致知中之一事。凡書中所言，必内反之身心，外察之事物，實見其可行不可行而取中焉，然後體可明；必内省之身心，外驗之事物，實見其能行未能行而擴充焉，然後用可達。論學之言，必求其親切篤實，而可踐之於己；論治之言，必求其協情當理，審時度勢，而可推之於世。如此窮致，則讀一書得一書之益矣。蓋讀書求實得，猶入市者必先定所欲得之貨，然後精神氣力有所歸著。不然則萬貨竝呈，徒耗目力而已。

然而規模須宏，志識須卓，又不可一知半解，少得而自安也。曾子曰：『士不可以不弘毅，任重而道遠。』子張曰：『執德不弘，信道不篤，焉能爲有？焉能爲亡？』此立志之要也。子曰：『温故而知新。』子夏曰：『日知其所無，月無忘其所能。』子曰：『多聞，擇其善者而從之；多見而識之。』此致知之要也。子夏曰賢賢易色一章，樊遲問仁，子曰居處恭一章，子曰富與貴是人之所欲一章，力行之要也。人能如此，則大本立矣。至於文章，乃學者之末節，理明則辭自達，誠立則辭自修，和順於道德而理於義，則英華自然發外。中庸曰：『誠則形，形則著，著則明。』又曰：『闇然而日章。』易曰：『剛健，篤實，輝光。』從此立脚用功，則規模方能宏遠，根本盛大而出無窮矣。

至於文章之法，不過二端：曰敘事，曰議論。敘事之中，有記事、敘情二類；議論之中，又有説理、論事二類。記事宜簡而明，因其一節而可具其本末；敘情宜雅宜真，不宜鄙瑣；説理宜親切通達，不宜陳腐；論事必先明其義理而後明其利害，宜通達人情物理、時勢地勢，不宜泥古，不宜隨俗。大要如此。而其體例義法，則熟讀古人文字自知之，不待詳也。文者，明體達用中之一端，不可荒，亦不可溺，溺於此則止爲名士文人而已，非弘毅之學也。

天下事變方生，見在有一日之暇，卽斷不可廢時玩日。況爲人子孫，總宜立善繼善述之志，爲立身行道、揚名顯親之人。然繼述於中年以後，揚名顯親於既没之時，又不如及親在堂而繼之述之，揚之顯之，使親顧我而心曠神怡，尤爲樂也。

與竹如先生

先生已到古北口辦理兵差兼糧台事務，此處去灤陽行在甚近，未知蒙恩令入覲否？如得召見，方今夷務已和，上下恐有偷安之意，吾恐此後夷人未必遂安静也。務勸上乘此空隙之日，大振精神，力除朝廷誤國諸臣。其開門揖盜者，尤必嚴治其罪。而收召正直老成之臣，以爲輔佐，庶乎有可補救。望先生留意。

與黄子壽太史

聞尊著獻徵録不載魏敏果，蓋爲其以明末舉人應我朝進士科也。誠反覆思之，竊有未安。敏果居身立朝，慷慨有大節，所言所行，大抵清直廉正。至所奏定國初諸法制，爲利於民甚溥，而尤以培養人才，進賢舉能，除姦逐貪爲心。所薦揚者，後多爲當世名臣，則其爲名臣無疑也。朱子名臣言行録於宋初趙普、范質輩未嘗删去，以其功名事業，史官斷不能不爲立傳，自不得而去之。敏果之出，不已高於趙普、范質乎？

且士當改革之際，如曾經仕於前朝，雖爲小官，亦當守不仕二姓之義。如未曾出仕，但得鄉舉，則與女子受聘而未于歸者略同。能守貞者，自爲高節卓行；其不能者，亦不得以爲失節。況名臣與傳道之儒，又有大小精粗之殊。論道統之傳，雖小疵亦不可犯，故如吴草廬以宋鄉貢進士仕於元，雖説經有功而從祀兩廡，終有遺議。何者？學人求道，必充類至義之盡也。若論名臣，不過取其一時功業建樹，則如敏果者，豈可謂非名臣哉？

鄙意大著於國初諸人，當以曾仕於前朝與否爲斷，所以立萬世臣道之防。惟詳察之。

與竹如先生

宗誠相從二年，未嘗一言干預政事。今將南歸，因輿論所苦及目見耳聞與志所願爲者三事，情不可默，特進一言。

竊以聖賢爲治，不過曰平其政而已。平則公，公則民心服而戾氣消，乃省刑之原，弭亂之本也。竊見保定府錢鋪用帖子一事，去年帖子錢一串，取銅錢實數貳百五十，鐵錢實數貳百五十。今正月經官府更定章程，帖子錢一串取銅錢實數四百，鐵錢一百。七月以後，帖子錢一串取銅錢五百，旋又增至實數五百三十，不用鐵錢。

是以去年銀一兩，易帖子錢四串三四百至四串七八百。現在銀一兩，易帖子錢兩串六七百，而典鋪出入，例用帖子錢。是則今正月未改章程之前，貧人典衣得典鋪帖子錢一串者，實只得銅錢二百五十耳。今贖衣之時，必以銅錢五百餘實數，是除息加本錢二百七八十矣。典衣得帖子十串者，實只得銅錢貳千五百。今贖衣之時，必以銅錢五千餘實數，是除息加本錢貳千七八百矣。通計典本去年值銀一兩者，今加二兩而尚不足。事之不平，莫甚於此。貧民嘆息疾恨，無可如何。古之善爲政者，於富民放息錢，不許子逾其本。今可任姦商取貧民之本，倍其所放之本乎？是大不平之法也。何不商之方伯，飭府縣屬吏急出示遍貼城市關門，以改章程之日為斷，去年典衣得帖子錢一串者，仍以銅錢二百五十，鐵錢二百五十贖取。或照去臘之例，鐵錢一百折與銅錢二十贖取。自正月改章程之後，典衣得帖子錢一串者，今以銅錢四百、鐵錢一百贖取。或錢鐵折色者亦聽自七月以後，典衣得帖子一串者，今卽以帖子錢一串贖之。如此始爲公平，於貧民有益，於富商無損。且此事自今正月以來，貧民喫虧已多矣，富商取巧已甚矣。至今始更，已爲遲緩，然至今日而不能贖去年之衣者，其人更苦可知也！如行之，尚可救貧民一半之苦。當寇亂之時，宜以收民心爲急，雖非先生職掌所專，與同寅商之，則職分內事也。

又今年冬寒甚烈，竊見街市中赤身行乞者，爲數不過百餘人，前數十日多凍死者。以皇皇省會，官府富商之所聚，而坐聽其凍死，於心不安，於義未足，卽於分未盡。不特有勢有權者當爲之盡心，卽一介寒儒能言而不言，亦於道未是也。雖聖賢不尚小惠，然斷無見死不救之聖賢。禹、稷思天下有饑溺者，由己饑溺之也。豈惟禹、稷，孔、孟寒儒，以天下萬物爲一體，己欲立而立人，己欲達而達人，是之謂仁，則凡見人之饑寒，未有不動心設法之聖賢也。竊願先生布告同寅各官捐輸，而身爲之倡，不過分一人數金之惠，集得百金，於故衣鋪買取舊綿衣、皮衣百餘件分散之。嘗思爲官者任一省，當思使一省之民得其所；任一府，當思使一府之民得其所；一州一縣亦然。今時勢日非，惠澤難以及遠，而目前之近，固不難辦也。又況今一倡之，安知後來者不踵行之乎？此處倡之，安知他州縣不效法乎？則澤且及於無窮矣！

又往歲家居，竊慕明保定張忠烈公兄弟，以罷職家居之員，當崇禎京城失守之後，兄弟奮起，力守危城，後京城六日而陷，合家二十三人俱死節。此可謂精忠大節矣。及來保定，思拜其專祠，不可得。惟見於清端公於公故居井側，作一碑一亭，欲爲立廟，未成而去，後遂無念及此者。忠烈殉節之地，今爲菜園。先生何不約同官倡捐，並勸保定一府富紳富民，激之以大義，使人各捐數金或數十金，計不過數百金，即可作一小祠宇，祀忠烈公兄弟於中堂，附祀其家人於夾室，以明史本傳刊石立碑，而率同城人拜之，似亦昌明世教，興起人心之一助也。嘗觀朱子爲政，於名賢名臣、忠義隱逸之士，無不訪求而表章之。先生其有意乎？宗誠蓄此意已久，以出位不敢發，反覆以思，覺宇宙內事皆分內事。雖出位言之，似乎越分，而以聖賢之所謂分者衡之，則皆分內之所當言也。惟先生酌之。

與黃子壽太史

得手書，欲明年振興蓮池講席，斯道之幸！後學之幸！竊以振興學術，先須示以向往之人。古者，立學必釋奠於先聖先師。後世學宮專祀孔子，自顔子而下先賢先儒，德足以冠天下，功足以澤後世者，或配享，或從祀，其法至矣，無以加矣。

書院爲興起人才之地，本於宋、明諸君子講學之遺風。近世但以爲課文之所，逐利之場，殊失其實。世道之頽，士習官常之壞，根原皆由於此。足下願振興之，莫如使課文諸生知有本原之學；欲使其知有本原之學，則莫如於課文之後，進諸生之賢者而告之，使其請於大府，立一府先賢之主，祀之中堂。每課期點名後，身率士子肅拜，以興其仰止之思。考徽州紫陽書院中祀朱子，而以其鄉後賢配焉。蕺山書院祀劉念臺，東林書院祀楊龜山、高、顧諸先生，桐鄉書院祀張楊園。如此之類，指不勝屈，有心世道者，當由此類推而廣之。省城書院即祀一省之名賢，一府書院即祀一府之名賢，一州一縣亦然，使課於其中者易於觀感。

蓮池書院爲一省士子觀摩之所，則如容城劉静修、楊忠愍、孫夏峯、高陽孫文正、定興鹿忠節、清苑張忠節，清風亮節，天性忠孝，著於史傳，實足師範百世，而於振起近日人心士風尤切。博野顔習齋、蠡縣李恕谷亦皆名儒，躬行實踐，惟好詆朱子，又多虚誣不實，不附祀可也。如諸生請其附祀，則宜作一碑記，言其躬行可師，而詆朱子處爲不可學。如此似亦有益於學術，並將諸人列傳書之，以張於堂上。因事與諸生會晤時，即可藉以提倡正學，激昂正氣。足下以爲何如？

與黄子壽太史

前讀大著息争一篇，於古人之學棄短取長，不爲固陋囂争之習，佩甚。然誠竊有請者，學問之道，必有所宗。孔子祖述堯、舜，憲章文、武，孟子願學孔子，此大學所謂『知止而後有定』者也。所宗在此，其他前言往行，亦皆可博取兼收以畜其德。是則孔、孟所以爲大乎？然雖博取兼收，而其异乎正道者，亦未嘗不嚴辨之，以防其歧途誤徑。初非不別同異、是非，含混以為大也。吾人之學，當以程、朱為斗極，其餘漢、唐諸儒之傳、注、箋、疏，於訓詁、名物、典章、制度實多有功於經學，為程、朱之先導，自當擇而取之。宋、明以來諸儒之書有補於程、朱與其立異於程、朱者，亦當擇而觀之，析其非而取其是。至於近世為漢學者，其中亦有可取，而要其本原，則非足下以為義理者道也。考據此道，訓詁此道也。

竊以為孔、孟而後，訓詁考據，則漢儒及今世為漢學者，頗有所長，然亦間有穿鑿附會細碎之失，正以義理不明故也。義理之學，惟程、朱所言精微中正而真實無妄。其所考據、訓詁之處，乃真為考據此道，訓詁此道也。漢儒之考據、訓詁，雖為明經，實亦有破道之處。而況今之為漢學者，力詆程、朱，其考據、訓詁，雖可節取，而其害道之言，有不可不辨者。若混而言之曰『漢、宋無分，精粗一貫，殊途同歸』，則恐入於駁雜粗疏，豈能與於大道乎？

足下謂『學以言乎道也，期於實踐而已』。誠然！誠然！然實踐必先真知，真知必由於講學之不誤。不然其為實踐同，而是非精粗，固有大不同者在也。足下又謂『今嚮學者寡，舉世以儒為詬病。异端之熾而為吾儒害者，猛於佛、老，烈於楊、墨，於是作息争』。然足下亦知今世以儒為詬病，起於何時何人？异端之熾，如天主邪教之入中國，争相傳習，國勢之弱，受制於外夷，何故？竊以為漢學諸公，亦不得為無罪也。蓋自國初毛西河輩，力攻道學，而尤詆程、朱，著書以倡邪説。嗣後海内高才碩學，皆染其風。沿及乾、嘉之間，朱笥河、紀文達、阮文達輩，又以漢學爲大官。以名利勢位奔走一世之名士，專與程、朱爲難，於是程、朱所著諸經，不過爲科舉業之用而已，舉一世未有講求其實理實用者也。正道衰而後邪教入，舉世以道學爲迂闊，所以忠孝不知，經濟不講，以致釀成大亂而不能制。足下可不求其端而反其本乎？是否，惟教之。

卷五　書札

復胡宮保

屢承函召，開歲正月十日，由保定啟行，道經濟甯，曹單梗塞，繞道大梁，賊擾南陽、汝甯、光、固之間，行李相戒。嚴渭春中丞留住幕府，俟道路疏通，再定行期。

宮保公忠體國，不分畛域，力籌全局。既安楚疆，又欲挈皖、吳涂炭之民，登諸衽席。乃昨聞逆賊陳玉成乘隙上竄黃州，宮保已請李希菴中丞拔營回楚。朝命駱中丞以援蜀之師先行援鄂，駱帥遏之於上，李帥扼之於下。鄂省防守向稱嚴密，逆賊入我腹地，當可就擒。而宮保駐兵太湖，又以偏師截剿於英、霍、麻、黃之間。或者天心厭亂，逆罪貫盈，使之殲於楚、皖間乎！由是乘勝而下，以收皖桐，想俱在宮保調度中也。南望鄉閭，不勝盼切。

曾公仍在祁門，未免坐困。鄙意祁門或以一大將據守，曾公仍由北岸前進，似乎可以展布。宮保以爲何如？

復毛旭初節帥

前客保陽，友人黃子壽太史具道宏才，私心景仰。嗣因曾滌生制軍、胡潤芝宮保招誠南旋，擬道出陳、宋之間，藉趨節下。行抵大梁，首途戒嚴。昨承鈞翰先施，蒙命效用幕府，且感且慚。

宗誠質魯才庸，少爲諸生，未嘗一應科舉，徒以家世儒素教授窮經，枯槁山林，其不足爲世用久矣。避亂以後，益復荒陋，雖好學守死之心未嘗變節，而實非有用之才，軍旅之事，尤非所習。往者，吕文節公、徐鏡溪司馬駐節桐、舒之間，託人延訪，宗誠皆未往見。曾公去歲之招，亦以書辭。蓋自顧菲材，不敢不量而後入，以貽誤知己。後胡公書來，以書院主講相待。曾公又以書屬竹如先生勸駕，並寄送行貲，胡公又以敝眷在山，託人送置楚省。誼篤情厚，感激實深，義固不可不往見之也。

明公不知誠之愚下，以禮爲羅，具見集思廣益之盛心，然益增宗誠聲聞過情之恥矣。承明公高誼，願效一言。今天下之患，不在寇賊而在夷狄，不在疆埸而在朝廷一二姦佞不除，乘輿不歸，言路不開，老成重望不召居左右，誤國庸臣不屏諸四裔，猶病入膏肓，終難振人心而興士氣。臥榻之前，逆夷鼾睡，一旦反覆，根本空虛，縱有忠義之臣，無所措手。故欲持危扶顛，成中興之局，必先自本原之地做起，不然就位言位，就職言職，力圖賊寇，舍身忘家。外寇去，則逆夷將有所顧忌而不敢生心；疆埸安，則朝廷恃有所屏藩而自能鎮静。由是内清畿甸，整飭綱維，亦豪傑之事業也。二者明公必有以自處矣。大亂日生，君國安危，在此數載之間；臣子身家之安危，亦即在此數載之間。當斯時也，惟有舍臣子之身家，而專力於君國。君國安則身家亦安，不然未有不隨之而危者也。故人必有真忠誠而後有真氣節，有真氣節而後有真經濟，有真經濟而後有真功名。

宗誠情質迂直，感明公知愛，惟祝明公爲一代中興賢佐，反委靡粉飾之風，振宇宙綱常之氣，宗誠不肖，與有榮矣。肅復。

答吴生兆張

所論處世之道甚是，望力踐所言。須知有顔子之慧心，必如顔子之深潛純粹，方能成德。足下侍令祖之側，當時觀其言語動静之厚重敬静，以化其輕忽浮動之習；常將四子、五經、朱子及張楊園先生訓子書玩索之，以存養心性，收拾精神，沈潛義理，則善矣。勿與僕從閒談而妄出入，尤爲至要。

與吴生兆學

天下之變日生，承先啟後，持身、保家、涉世皆大不易。現在有一日之安，即當乘時力學，免至變故不測之時，有難以自立之勢。夫盈虚消息，天理循環，大而一時之治亂盛衰，小而一身之貧富安危，皆有循環之理。以予觀之，各地劫數千形萬態，要皆有至理存焉。

生今承祖父之蔭，安居十餘年，以人生循環之理測之，未有能終身安居飽食者也。君子持盈保泰，憂盛危明，當安居之時不肯一日安居，早起宴寢，孜孜汲汲，以成德成才爲務，必求德日進，業日修，上可以繼祖武，下可以啟後人，時抱戰兢惕厲之心，則此日處安樂而未肯安樂，後日卽遇危難，亦斷不至於危難矣。

學問不僅在文字，而學文字亦可爲收心明理之一助。心存理明，大本乃立，竝可爲後來避世處亂之用。凡讀諸名儒名臣及古大家諸集，先須讀其書札，蓋書札多是論事，閱之久，則事理明。且爲世上必不可少之具，日用所需，卽應世治生所必賴也。

答張舜卿

賜示大著，誠學識庸淺，於經術毫無所見，惟生平一味體玩朱子之書而已。中庸『尊德性』章，素心所解亦與大論相似，後覺朱子致知、存心二義，卽居敬、窮理二者不可偏廢之意，果能遵以用功，自可凝道而至德，故不欲多起疑義，別生枝節。卽大學次序，依朱子所分經傳及補格致章，心體而力行之，自可體立而用行，似不必翻已成之案而定遵古本。此鄙人守拙之見也。如足下所解大學，雖宗古本，仍以朱子之解貫通之，『尊德性』節以『道問學』爲工夫，『致廣大』四句爲『道問學』之目，一句屬知，一句屬行，皆所以尊德性也。雖异於朱註，究不外知行竝進、先知後行之説，是欲合朱、陸之學，守孫、湯之訓，洵可稱好學深思者也。然理既同，終似多此一番議論耳。

與嚴渭春中丞

承以道阻，留住幕中，又辱虛衷下問，鄙人迂拙，何以堪此？竊以豫境兵事與皖、楚、東省三路相連，千里平原，防剿不易，惟念攘外之道必先安内，則察吏安民，教士訓俗，其根本也。選將練兵，信賞必罰，聯合團練以壯聲勢，求言求才以通下情，其機宜也。謹列所當行者十餘則，祈裁酌之。

一、請接手後，賞罰宜嚴明決斷，如西股捻匪回巢，此次攻剿不力之將，如成鎮者，宜大加懲創，以警將來之代其任者。

一、河北關繫甚重，宜嚴飭河北鎮、道、府、州、縣嚴爲防守，三令五申，言明再有失事，卽奏請治罪，必不以革職虛文了事。

一、請汝甯股匪宜以一切兵勇歸張道統帶，相機調度。宜乘捻匪回巢之隙，迅速剿滅，免致後來捻匪再出。張道兵力仍爲汝甯土匪所牽，不得策應各路。

一、請凡報仗者，皆必察其虛實，然後奏保，免其以虛仗粉飾。

一、請將勸諭守城告示，刻一小本，頒發省城各居民竝各府、州、縣，又多寫大告示張掛通衢，以便各路照辦。省城先行辦定，然後出省，則根本固。

一、各府、州、縣官，未經上省，難以察其才否。宜札諭通省官各以吏治、兵政、團務、餉事、教士之法、養民之術、戢盜之方、息訟之道、禦寇之策，條列以聞，竝通札各州縣捐資刷印陳文恭四種遺規，時時玩索，觀其條陳中明白曉暢者。其人自是留心之人，再察其政蹟，觀其誠僞，而黜陟之似有把握。天下有能言而不能行者矣，未有不能言之明而能行之著者也。如此考驗，加以使之讀書稽古，庶可造就人才。

一、各府州縣新案，限其隨到隨結，舊案限其每日帶結，不准延閣拖累。必使訟無留牘，獄無滯囚，平人不受拖累，則賦稅捐輸亦易集事。曹劌以魯莊公忠於聽訟爲可以一戰，良有以也。

一、請札飭通省州、縣官訪察孝子節婦，無論生存已故，但有實跡，卽呈請彙奏，以勵風化，不許書吏需索。

一、請札飭通省州、縣官訪聞有奇才异能、智勇謀畧之士，先自招致，與之講問，以試其才。如真可用，令其到省察看，可者用，不可者去。

一、請將前日修理學宫、忠義、先賢等祠，不許兵勇摧踐之示札飭通省州、縣照辦。

一、請訪察有學有守之賢士，無論已仕未仕、已達未達者，延請主講書院，以培養人才，不得以書院爲應酬達官之具。

一、請命前日書院獻策超等諸生來署接見，勸導之以正學。

一、請出示西路軫卹，前日被匪竄擾之村團，其善守者，給董事以功牌。其婦女懼汙自盡，士民抗拒被難者，令其呈報，加以激厲，庶嗣後民團出力防守。

一、請每月出策論題，頒布通省州、縣學官，許生童做成，交學官封遞，以開講明經術、治理實學之風氣，竝可於其中留心拔取人才。

一、請將學宫從祀賢儒位次刊發各州縣，使當改正者改正，當添入者添入。

一、請札飭州、縣官將所轄州縣村莊、集鎮、城鄉方位，道途險隘，畫一地圖，知府將所轄各州縣畫一總圖，直隸州亦然。皆用方一尺紙爲之，以便帶入營中稽查熟習。紙旁必留餘紙可以裝訂。以一府在前，卽以所轄州、縣在後。每圖須呈二分，一留營中，一留署中。

一、請麥秋將至，曉諭各城户積穀。

一、請札州縣時時訪察訟棍、邪教、土匪，不待其發，密行擒拏。

復胡宫保

宗誠鄉曲腐儒，室家困頓於豺虎之林而不得出。宫保與宗誠竝未一見，屢降手書，念其艱危，欲拔置之於安全之域。仁風所播，能不依依？今當逆賊突冲楚、皖之交，玉體違和，軍書旁午，他人處此卽不驚惶失措，亦豈復有心噓植枯朽，綏懷流人，無微不入哉？乃承手筆下頒，勤懇周至，其從容鎮静，神閒氣定，固足覘大功之必成。而卽鄙人私情論之，亦感激無地矣。前得楚中諸報，知宫保近已無恙，天下幸甚。宗誠得書，卽欲由襄陽南歸，而渭春中丞固留暫爲襄助，於吏治、學校、團防以及緊要疏草，每使商榷。宗誠本草野迂生，不習世務，況遭家顛沛，思以授經苟全性命，何敢妄參軍謀，貽誤事機？然承嚴公虚衷下士，亦義不敢默，加以幕府中止宗誠與倪豹岑主政二人，諸事皆未就緒，義固不可遽去。俟其得一二賢士後，卽趨侍麾下，敬領誨言。

來書述軍中情事云：『濟則天也，不濟則吾謀之不臧，而非他人之尤也。任百折千磨，總不恇惑。此古純臣之心，敢不北面奉爲師法乎？』天下事固有氣運主之，非盡人力所能挽回者，而仁人志士所以必與氣運争者，乃參贊化育人道之當然也。人道既盡，天必從之，所謂致中和，則天地自我而位，萬物自我而育。今天下疲弱既久，非至大至剛之氣不足以舉之。宮保金石之心愈挫而愈銳，寬大之德愈危而愈和。人定必能勝天。凡不能勝天者，仍是人不定耳。不定則智惑力搖，不能理一身之亂氣，何能理造化之亂氣乎？因挫折紛擾而衰餒怯懦焉，是亂氣也；因挫折紛擾而憤激決裂焉，亦亂氣也，非至大至剛之謂也。若宮保之言，其近之矣！乃猶降尊相招，欲與鄙生共礪講學修德之事。勞謙君子有終不於此可見乎？臨楮神馳，不盡欲言。

復張舜卿

承示大著四篇，皆聖賢論學要害之處。鄙人闇昧，何足相質？顧蒙下問，不敢不以臆見相參也。謹書於後，惟裁酌焉。

大學圖說。明德新民，止於至善，是一貫到底學問。今以明、新竝列，反似支離。又單以致知格物爲止至善之功，亦似非經旨。又聖經八條目亦是一貫工夫，豈可平列格物。物字卽承上文『物有本末』之物而言，物兼德與民言之，格物卽格明德新民之理也。致知『知』字卽承上文『知止知所先後』知字而言，非致知不能知止，不能知所先後，卽已知止，知所先後而不致其知，恐於知尚有未盡也。故不格物以致其知，斷不能知至善之所在。至於止至善之功，則必兼誠、正、修、齊、治、平言之，安得獨歸於格物致知一層乎？今曰止至善之功，致知格物而已矣，不將啓後學以不用誠、正、修、齊之實功乎？學問固貴心得，然不可以意見爲心得。古賢之解必其果有害於道乃可辨正，不然，何可不虛中以審是乎？

格物說。格物卽格意、心、身、家、國、天下之理，卽格誠、正、修、齊、治、平之理，此亦先儒之說，誠向亦從之。格字整庵訓『通徹無間』，誠向亦以爲然。後來覺得格物格字指工夫言，通徹無間之說指效驗言，非先有窮致事物之理工夫，又何能有豁然貫通效驗乎？此可見朱子之註篤實精切，非後儒所及也。

致知格物爲止於至善工夫說。得止由於知止，是也。謂致知格物，卽止於至善之事則未盡，格物是格其所以誠、正、修、齊、治、平之理。至意、心、身、家、國、天下止於至善，則必實用誠、正、修、齊、治、平之功而後可，非格之卽得止也。且觀經文八條目中數，先字數而後字工夫，次第顯然。

喜怒哀樂已發未發說。未發謂思慮未萌，渾然天性，故謂之中；發而皆中節，是從性分流出，全是天理流行，故謂之和。學問之功，須從性情作根本，性情中和則事業自然不同，故戒懼慎獨，全是在性情上用存養省察之功。存養省察久，性情極於中和，則天地位，萬物育，功效自見。若但以未發爲未發於事業，已發爲發於事業，則性情根本之地無工夫乎？天地位，萬物育，不專指帝王，孔孟之學未發於事業而天下後世大道賴以明，生民賴以安，是卽天地位，萬物育也。中和是人人性情中所固有、所當然，天地萬物是人人公共之物，天地位，萬物育是人人能致之功效，豈可專歸之於帝王乎？

答黃靜軒

來書勸入軍營，宗誠本無一命之寄，又無濟世之才，從戎非其所長，死難亦非其職。先人既沒，長子又殀，承先啟後，賴誠一人，敢輕身出而問世乎？古人所謂『守死善道』，又曰『君臣有義，守與善與』。義非窮理精義者不能知之，學不知此，而詡詡然以經濟氣節自鳴，是意氣用事，非君子所性分定之說也。子游曰：『吾友張也，爲難能也，然而未仁。』君子求仁而已矣，豈以難能爲貴乎？仁者何？性分所固有之理，職分所當爲之事也。是故當其職者，自不可懷退沮之心；未當其職者，遇可進言之人，言之以備采擇，可也。儒者何地何時無事業，豈必專以濟一世爲事業？濟時之心不可一日忘，濟時之事則必嚮時而動，此義也。敢以質之。

與倪豹岑主政

來書謂『汝甯事漸有把握，惟首逆負嵎霍寨』云云。竊以汝甯首逆而外，諸多裹脅既已數次懲創，當檄帶兵官分遣員弁赴各處無賊之團寨，勸其助力，但能擒獲首逆，賞以千金，許以保舉。凡脅從者皆勿問。督戰之時，必立一大旗，書『投誠免死』四字，凡舍干戈而來奔者，卽勸其持示，到各處解散脅從。軍前捉獲生口，審是脅從，實非頭目，卽密令持示回寨糾衆，獻首逆，散脅從，剿撫兼施，以毒攻毒。彼頭目與脅從必互相猜疑，疑則心力不齊，而攻之易破矣。果能無一村一寨不有賞獲首逆、解散脅從告示，則圖逆賊者必多，而逆賊之勢必孤。若盡恃攻剿，恐難得力。現在兵力不足，外賊未入，若不乘此時肅清内患，則捻賊無畏懼之心，出巢再擾，我兵爲汝甯賊匪所牽，只歸、陳兩處兵，勢必難禦賊。惟乘此暇時，急清内患，聲威遠播，捻賊必不敢遽來，而我兵得以暇力訓練防備。以後賊到，即可大創之矣。大創一次，賊膽必寒，此要著也。

來書謂『苗沛霖爲提督李世忠所襲，聞回老巢』云云。竊以苗沛霖是已形之禍也，李世忠是未形之禍也。我不能制而藉手於人，是前門退虎，後門進狼之計耳。現在宜多張告示，數苗沛霖一人之罪，勸其練衆解散，勿受其愚，有能獻苗沛霖者，必與以重賞。伊平日以威脅衆，我果開誠布公，必多有不附者矣，亦要著也。

來書謂『鹿邑邊界捻匪，聞節帥至即退回。此次兵力太單，萬一有警，不敷徵調』云云。竊以兵力之單，總以急清汝甯一股爲要，尤宜以固結團寨之心爲先。中丞每過一寨，即令人招其董事出見，優以禮貌，恤其前此被賊之苦，賞其禦賊之勞，而鼓其以後殺賊之氣。見一寨長，即令其邀請附近寨長來營接見，令其團寨互相救援，如賊圍此一寨，則此寨固守而旁寨救應。賊走前則前寨守禦，後寨截擊，左右寨夾擊；賊回竄則後寨尾追，旁寨皆可埋伏，出奇制勝，各寨星羅棊布，而大兵攻剿於其間，兵與民團合而爲一，許團寨劫賊輜重以饜其欲，不許兵勇搔擾團寨以固其心。如此則團寨皆我之兵，皆我之營，既可省兵，又可省餉。但請中丞降尊下氣，諭各團首來營，優以禮貌，示以機宜，訪其平日聲名賢否，或賞或勸或戒，未有不心悦而誠服者也。至於添募兵勇，即可向各團寨訪其真有武力，能戰能守能攻者，招之入營，但必寨首出具保結，方可收用。此要著也。

來書謂『太康民寨堅密，竝開路濠，使賊不可馳驟。於無險中設險，頗合古人溝洫之意』云云。竊以此祝爽亭在太康時所辦也。然此只各寨自守之策，我可防賊，而我兵出入亦有不便。當於各寨各團有路濠之地，即招其團寨中人，分布各營以爲嚮導，則我兵追剿時不致悮陷其中，有所阻礙矣。此要著也。

又省城根本重地，人皆云城中無糧，設有賊警，人心搖動。中丞既每月提二萬銀以防不測，何不卽於此項中抽撥一二萬金，積穀以防患。下年無事，仍可賣出以歸正款，有事卽可免內難，又可發兵糧，竝不耗費。此要著也。

凡此五者，俱望爲中丞言之，其尤要者，中丞當以求才爲急。誠近爲中丞訪得數人，皆品行端方，經濟通達，而於河南情形尤爲熟悉，謹臚陳之。又聞柘城竇鉦、永城王相庭、睢州張法，張前此督辦鄉團以助守禦，皆知大義，有幹略，可用爲鄉團表率。凡取才第一要就地取才，則於地方情形熟悉，利弊周知，比他處調來者尤爲得力，望與中丞酌之。

復渭春中丞

聞節麾始駐陳州，威聲遠播，民心大安。宗誠忝叨知遇，竟不能從戎，殊覺內愧耳。

接讀賜函，欲於周口添設礮船，大有裨益。惟此地水勢、河口與湖、湘、江、漢不同，則其船隻兵將，似皆宜有變通。想我公自能計慮周密也。陳州太昊陵圍墻堅厚如城，可以屯兵，爲府城之犄角，惟望嚴飭帶兵官但於其空地駐兵，不可使住殿宇以傷陵寢，尤不可毀傷其古樹。此不但古帝王神靈所憑依，亦實地方之旺氣，稍有損壞，便覺氣象不鬱勃也。

兵勇似宜日日訓練，賞其訓練之精勤、有紀律者，使爲諸營之師。俟陳州一軍訓練既成，卽可分遣至歸德、汝甯，以訓練二處兵勇，爲之師法。兵勇不能過多，不得不藉團練，似宜訪問鄉團中數有聲名者賞之，以爲衆鄉團之法，固結其心，使各縣鄉團聯絡爲一，不必遠調，而官軍所到，卽來助威，賊匪所撲，卽相救應。此因勢利導之法也。

某帥之事似不必再有所陳，專盡己職，一味虛公庸妄者，恐終不能逃聖主之鑒，再言則恐反生主上之疑而任之益堅。此易夬卦論：『決小人不可壯於頄』也。餘俱詳所與豹岑書中。

復倪豹岑

兩得手書，知陳州布置已妥，汝甯霍莊土匪已破，惟賊首陳大喜竄平輿。弟意賊初竄至，未必遽能固守，何不急催得勝之兵進剿，一面宣諭各地獻賊首以爲功乎？

河北賊已肅清，惟有人傳一文，記河北封邱擊賊事，敘滑縣牛氏屯團長武舉于士修謀勇兼全，此次實其首功，未知確否？祈察之，如實有其事，可請中丞獎勵，以鼓河朔團長之氣，竝委辦團防以收其用也。

曾公勸兵士愛民歌、陸軍得勝歌，可請中丞刻印，分散軍士，使人人皆知安營、打仗、練兵之法，愛民之道，爲益實大。其中江南北與此地情勢不合處，因改數句，祈正之。

復竹如先生

往時不知朱子何以屢辭召命，今讀年譜，考其時事，乃知其出處去就，無一不合於時義也。嘗謂孔子之行只一『時』字，孟子之行只一『義』字。時與義實一理，在聖人分上，則謂之『時』；在賢人分上，則謂之『義』耳。朱子亦幾乎時措從宜矣。先生生平最愛朱子『計是非，不計利害』二語爲截斷衆流。誠近玩味中庸『君子素其位而行，不願乎其外』二語，亦深有契於心，謂是截斷衆流心法也。質之先生，以爲何如？

復吴生兆張

嘗謂學問之道，必就各人自己分上切實做工夫，乃能親切而有益。生現在所當致力者，大要四端：曰居敬，曰窮理，曰守身，曰事親。謹就生分上細論之。

人之一生，最患不檢束，故曰敬者，所以成始而成終也。足下有散漫之病，讀書做事有始無終，不耐煩，不耐久，所以難成。今當時思生此亂世，祖年已老，己年已長，宜刻刻存一戰兢恐懼、憂勤惕厲之心，以爲之本。動静語默，事事謹慎，應事接物，事上使下，時時檢察，讀書作文作字，安坐静慮，勿妄出入，勿亂翻閱，沈潛静細，不存一毫潦草心、輕躁心。有事則詳審安重以應之，無事則静處書室，少入内室。語言嚬笑皆自省察，不可任意。

此生居敬切實之事也。

生於道理亦粗識大意，而未嘗按身心事物窮究一番。今日家居，宜思上輩如何事，平輩如何處，下輩如何待，鄉黨如何接，必窮究其中正之道，讀書必按部就班，先玩四書，次玩五經、諸史，既明其訓詁文義，即細思其義理，内反之身心，外推之事物，必求其可實見於行。聖經之言多含蓄，必思所以驗之；史鑑之事，必思其何者合於義理，何者不合於義理；諸子百家之文章、著述，必思其言之有弊無弊，有益無益。總要句句推求實理，而不徒羨其空文。義理窮究，推擴得透，久之則遇事自會應，遇文自會作，此生窮理切實之功也。

生少孤，尊公賫志早卒，令母守節，遺汝兄弟二人，則此身當如何保重？血氣未定，總當守孔子之戒，清心寡欲，懲忿窒慾，保此身以成先人之志，繼令祖之學，不可流於逸欲，以傷元精，耗元神，此生守身切實之事也。

人之事親，有以奉養爲孝者，有以服勞爲孝者。足下處順境，服勞奉養，無須己力，惟抱定『身體髮膚，受之父母，不敢毀傷』，『立身行道，揚名於後世，以顯父母』二語做工夫，臨深履薄，不稍放縱，不敢稍懈其志以墜祖父之學，正其身以爲子弟法，使上人無後顧之憂，此生事親切實之事也。

擇交一節尤爲緊要。誠平生取友，必其德行學問有一可取而後與交，必其人能直言我過而後與交。生有好譽之病，須知凡譽我者，皆其無益於我者也。我有其善，譽我，足以長我之驕心；我無其善，譽我，徒以增我之惰氣。且凡直言責我者，其人必有血性，不但於我德行學問有益，即共患難，歷死生，亦可不變。其譽我者，欲有求於我耳，隨勢轉移，隨利厚薄，交之何益乎？然欲求直友，必自虛心好善始。其詳察之。

復吳生兆學

來書極知前過。生家多藏書，能每日讀之不懈，則古人皆我師矣。令祖德性寬宏簡重，篤實不欺，厚重不遷。生能默識於心，事事奉以爲法，語默動靜皆有現成準繩，是即終身之師也。果能如是擴充得盡，可以爲聖爲賢。即不能擴充，而篤信謹守之，亦可以持身而寡過矣。

生在家，第一要擇人而處。僕輩只供使令而已，寬以待之可也，若與之聚處聚游，最易長人昏惰之氣，浮鄙之識，且亦非所以自重而養望也。鄉人只和以待之而已，亦不可常與之聚談聚游，曠功廢日，壞學識，漸成鄙陋人也。第二要樸素儉約，華衣美飾徒耀人耳目而長浮氣，於德行學問有損無益，況當亂世，鄉間人情鄙詐，衣履炫耀，能不生姦人之心乎？令祖本清廉無長物，生何必愛華飾以取禍也！第三要學習本事，存心立品，窮經明理，此固大端矣。而文理亦不可不求通達，書法亦不可不求整齊。此處身涉世，日日所不可少者。居安思危，有涉世本事，乃可當世變也。

此三者皆切實之事，亦生切實之弊。先去切實之弊，做切實之事，而後可以及遠大之業。念生兄弟，聊復言之。

答張慕蘧

來函述有蔡生者，頗志於學，惟家貧無書。誠意書固不在多，躬耕之餘，每日玩四子及朱註，心體而力行之，作人作事，治家處世之道，無不盡矣。弟有訓俗遺規一部，特以寄贈，亦終身行之不盡者也。人才難得，有志者尤難。蔡生既欲學爲人，此志士也，宜時獎掖之。

與李又哲邊農友

朋友相處，以直不以諛，方可收切磋之益。二君經濟、文章固高出時俗，尤願於程、朱大儒書潛心玩味，以爲根本，乃於身心有益耳。身心是切己之事，經濟只可救時，而有時權位不能行，文章只可傳世，而究屬空言無補，不如身心有實得，乃可隨地隨時、隨分隨位以自盡也。晤王丹君，亦當以此勉之。

凡有學而不自覺其學，有才而不自覺其才，有文而不自覺其文，方爲真實學問。若總覺人不是，自己是，此是大病。至於時事，惟當存悲憫之心，不可存忿疾之心。出處惟當順天守義，不必强求，亦不可執拗，總宜刻刻以義理養心爲本。世上事，看作身心上事一般，順理以應之而已。能爲，不必矜；不能爲，亦不必忿，守分焉已耳。

上曾制軍

去夏辱承賜書，教誨殷殷，讀之感悚。又函囑吳竹如先生厚贈行資，俾趨幕府，以就繩削。聞命之下，實深嚮往。時竹如先生奉使張家口，諸生教導無人，義未可遽辭而去，兼以軍旅未諳，不敢祇承尊命，當卽肅函致謝。冬間竹如先生歸署，潤芝宫保先亦有兩函相邀，許與一書院講席。宗誠私計楚、皖接壤，挈眷爲易。今正十日就道，擬先趨太湖見胡宫保，旋卽渡江至祁閶晉謁我公，祇領教誨，藉觀行軍調度機宜，開拓心胸，一破迂生之陋。而幕府諸賢號稱天下之選，亦欲就見，以收觀摩之益。然後退就講席，抱愚守拙，埋首於經述之中。區區之意，蓋欲如孫明復之報范文正者，以報二公也。不料行抵汴梁，捻匪梗塞。聞楚中復被賊擾，書院一席亦已廢弛，勢難前行。適嚴渭春中丞聞誠至汴，延入幕中，不得已暫爲勷助奏記，豫中稍安，再行趨謁。

春夏以來，曾五接胡公書，知我公已移節東流，而江西復有賊牽制，大軍未能遽進。胡公又回顧省垣，想皖南北剋復之期尚稽時日。回望鄉邦，不勝悲痛！前閲邸抄，知我公設忠義局，采訪各州縣殉節男婦，奏請旌卹。此誠激揚盛舉也。

敝邑自失守以來，被害者多矣，誠問就鄙見所及，作爲傳記，謹錄呈誨正，或可彙案入奏否？其師友中學行卓然者數人，亦謹以傳狀呈覽，或可爲旌別淑慝、表厥宅里之助耶？

答周又川

前校令師徐嘯陸先生歸田自課簽記十餘條，來書甚以爲然，足徵若無若虛之盛德。惟大學必從古本，竊終以爲未當也。蓋大學既經朱子分章補傳後，實覺明白，有條理工夫，有次第。遵而行之，實可以明體達用，希賢希聖，又何必好爲翻案文字耶？讀古人書，苟其言無害於世，而且有益於道，皆不宜爲不急之辨。後世鮮知正學者，一講正學，卽好著書；一著書，卽好抑古人以自伸其說。誠平生最不喜人辨駁朱子已成之說，只在勉勉於實體躬行之間，請再質之嘯陸先生，以爲何如？

復魯生先生

昨接來書，謂世事無可爲者，而引佛氏『惟此一事實，餘二則非真』之言爲有味。竊以爲不然。天下事何一非實理之所存乎？宇宙内事皆分内事，但當素位而行，先求明其明德，不可願外，不可出位耳。若以天下事皆非真，恐仍不免佛氏『掃除一切，以求本性』之旨矣。

與李文園先生

宗誠，桐城下士也。自少惟愛讀宋儒書，窮經考史，以求爲明體達用之實學。惜性質庸愚，未有所得。避亂以後，顛沛困頓於萬死一生之中，而矢志不懈。常欲遍訪海内大賢，聽其講論，以爲師資。迫於家累，不得遂志。前年就吳竹如先生之聘，始至山左，轉之直隸，因得讀倭艮峰先生論學之書，深爲嚮往。今年春南歸過汴，道梗難行。嚴渭春中丞挽留在此，屢稱先生之學爲中州士大夫正學之宗，私竊慕之，恨不得一親道範，藉領教言。

竊嘆天下之亂，起於人心；而人心之失，先由士習官箴之壞；士習官箴之壞，由於正學不講；正學不講，則理不明，心不正，修身無本，濟世無術，苟且因循，粉飾敷衍，遂釀成無節義，無廉耻，無經濟之天下。大家皆苟安旦夕，無爲深遠之謀者，師道不立，善人不多，其害如此！先生早退休林下，修德善俗，以成就後進爲心，豈非古之賢傑哉？夫世有大賢而不就正，是自棄也。謹以拙著數册專函呈正，務乞一一指示謬誤，以開愚頑，並乞示以爲學大旨。宗誠少無他長，惟虚心取善出於天性，從未敢自以爲是。幸先生勿棄之也。

附答書

六月二十四日，接奉手書，反復讀之，如侍左右。棠階雖粗知向學，實未有得。先生殷殷下問，若無若虚，懇款不已，且自謙曰『後學』，若以爲與聞乎道者，而不知其中無所有也。連日快讀大著數種，忠孝之思，任卹之誼，論學之平允，認道之真切，藹然流溢於楮墨間。尤難者，流離困頓之中，無一日廢學，所謂載德與功，與古之立言者相頡頏，所關於世教甚鉅，誠非苟作，此自由躬行心得發而爲言。然更著一鞭，尤願嚴辨乎隱微欺慊之幾，以力達於人倫庶物之際，步步踏實，必至内省不疚，猶戰戰兢兢不敢自足，方爲無負所言。至論事慷慨激烈，雖義憤所藴，不能自已，然於聖賢氣象有不相似者，毋乃向來躁急之氣質，猶有未盡化者耶？涵養深沈，惜不貲之身以待將來之用，則棠階所望之大，規之切者也。

嗟乎！世風靡靡，未知所底！先生獨奮然自拔於流俗之外，趨向正，志力堅，確然與古聖賢爲徒，從此勉勉不懈，必能大成，守先待後，以任斯道之傳。微先生，其誰與歸？

棠階老矣，因循作輟，學不加進，而讀先生之書，亦不覺眉飛色舞，神與俱振，猶欲策風燭之光，以追隨於後。倘天假之年，稍有進益，則所獲於先生者，豈淺鮮哉？大著中間有可商者，謹識眉端。不合，乞教之。書院已賓興，諸生皆歸作鄉試計，棠階亦反敝廬。枉駕之説，所不敢當也。謹以此縷布於左右，望先生不棄而教之。言不盡意，不勝神馳。弟李棠階頓首。

與李希菴中丞

宗誠往歲避亂山中，聞我公隨曾侍郎、羅羅山先生俱講程、朱之學，起義湖、湘，殺賊報國，使天下見真儒之效。當是時，粤賊東下，氣節經濟委靡極矣。自得執事及諸公起而振之，湘中人才勃興，忠義奮發，遂平定數省，撐拄東南，數年以來，楚師遂爲天下冠。

宗誠陷處虎穴之中，無計匡時，惟守死不辱，與一二至友講學不輟，意欲俟大兵東下，敝省收復之後，抱其所業，以請正於執事及諸公之門，不料羅山先生未至皖而已殉節。尊兄迪菴中丞至三河，將往謁，而大星遽殞，慟哭久之。山中自此無安静地，不得已遂避地山東、直隸、河南者三年。昨者敝鄉友人甘玉亭來書，極稱我公學術精正，兵謀神勇，益深嚮往。竝道我公時念宗誠，欲歸一見。聞言之下，恨不得卽時往謁，以拓迂儒之心胸也。

嘗慨陽明學問不純而功業奇偉，世遂以此抑程、朱，不知程、朱未見大用於世耳。使神宗大用明道、伊川，北宋何至有南渡之事？高宗、孝宗能大用朱子，南宋何至不能恢復中原？觀其奏議、封事，經濟宏遠，豈陽明所能及哉！今惟望執事及諸公力挽狂瀾，掃盪廓清，爲中流砥柱，一洗陋儒之習，使程、朱之道爲之一光，則豈惟蒼生之幸？後世道學之傳且將賴以復明於天下矣。聞羅山先生遺書，望覓賜一部，以開愚蒙爲荷。

與黄鐵生

去年承不鄙，願依吾門，後因亂乖隔，無絲毫益於足下，殊覺愧赧。近日讀何書？作何工夫耶？少年第一在謹飭有規矩，必去張楊園先生所云『五閒』。五閒者，閒出入，閒言語，閒思慮，讀閒書，作閒事是也。五閒不去，斷送一生矣。凡人功名富貴之念，可以不必有，而承先啟後之志，斷不可一日無，時時抱一承先啟後之志，何能不奮勵自立，夙興夜寐，以求無忝所生耶？

至於讀書，原不在多，當以小學、孝經、四書爲終身之根本，每日玩味，周而復始，字字句句在身心上體驗，躬行實踐，畢生不忘，自有實得。加以吕氏呻吟語爲處世之法，陳文恭四種遺規、汪龍莊學治臆説、佐治藥言諸書爲作官之法，常常玩味，體之於心，踐之於身，自有實用。再欲擴充見識，則通鑑、綱目二書可以觀古人之言行。尊公所輯獻徵録可以觀本朝名人之言行，循序讀之，亦可爲博古通今之基矣。至於文字，不必過求高深，但求通達。每日取前賢及國朝名賢奏議、書札有用文字，玩索數篇，自然通知世故，曉暢文機，不患不能應用也。

足下將來不免仕宦，見在日侍膝下，體驗諸書以涵養本源，擴充實用，雖通儒循吏不難到。望自勉之。

復竹如先生

得書論朱子『計義理，不計利害』二語爲中庸『素位而行，不願乎外』二語著實下手之地，至言也。竊嘗思道統之傳，舜禹授受十六字，實括盡後聖論道之要。朱子此條所云義理，即道心也；利害，即人心也。計義理，不計利害，即精一之功也。變道心而言義理者，因後世禪學、心學皆自謂是道心，而不知外義理而求心，非道心也。變人心而言利害者，以人心千奇百怪，莫非欲趨利避害之心作祟而已，故知『執中』一語，非有虞舜十六字，則學知利行者無下手工夫。『人心』、『道心』四語，非有朱子七字，仍無下手工夫。先生守此體驗涵養之功至矣。

宗誠所以服膺中庸『素位』二語者，乃平日爲己之功不實，濟人之心太熱，刻刻欲救世，而於自己分上有不盡，故喜誦此二語以藥之，亦是對切己之證耳。今卽先生之言思之，仍是義理辨之不精。若義理明，則本分事做不盡，安有工夫願外乎？然位字、外字界限，義理亦不易辨。辨之不清，有時以願外心當素位，有時以素位宜行之事當願外。以願外當素位，其失必爲墨子之兼愛；以素位當願外，其失必爲楊子之爲我。然則不就義理體認分明，何能允執厥中乎？誠受教多矣。

與黄靜軒

去冬讀大集，載保定某孝子廬墓三年，妻病不歸視，死不歸殮，妻兄弟來詈之，亦若不聞。竊以古人居喪，只是不入內，不近色，豈有妻病妻死而不一歸視？任人詈罵而不動心？似於倫常之理有所未盡。作文者表章古人，正爲後人取法。此文但當載其廬墓，而削其妻病、妻死不顧一節，否則傳中載之，而論中必明其行之過當，方有補於道教。不然，過中之行何可爲法後世乎？

寄示全節堂規條，盡善盡美，屬勸胡宫保、嚴中丞行之。弟思此事全在得人，不然流弊何可勝言？況今各省亂猶未已，聚數十百貞節於一堂之中，一旦城陷，反恐俱受賊掠，又不如聽其各自守節之爲愈也。凡興利立法，必審時度勢，謹始慮終。尊意以爲何如？

復蘇菊邨明經

奉到手函竝大學說，屬爲序。讀其書，往往如吾心之所欲言。經學不講久矣，世之所謂經學者，非考古以爲博，卽立异以爲新，或支離蔓衍而去本益遠，究無關乎實用，其孰肯降心抑志，體味朱子之書耶？足下當此時而爲此學，人必以爲無用，不識時宜，而不知其爲救世之本也。因僭爲一序，以發揮之。太夫人節行，名人表章之文備矣。承命爲傳一首，聊以補集中所闕之一體，不足以發揚母範也。承贈諸刻並中州文徵，專取有本有用之文，最合儒者論文之旨。

答渭春中丞

賜書經畫周密，忠勤果鋭，洵有古名臣之風，尚望中丞之心時時戰兢恐懼，不敢一毫自足自恃。精核訓練，不敢一毫稍懈。守此一念，成功必矣。子路治賦之才，使民有勇知方必在爲之三年之後，欲速見小固聖人之大戒也。

復張舜卿

得書荷蒙教益。朋友以直諒爲貴，所切磋者，宜在當身之病痛，不在古人之是非。前論大著『止至善』之説，古人已有定解，弟不過欲盡朋友之道，欲無得罪於先儒，無貽誤於後學而已。以爲是，可以删除；以爲不是，亦無足爲輕重。若必固争，未免爲閒議論也。時事如斯，當各求身心實在工夫，實在受用，方爲自得之學。著述文字於身世實無益處，大抵吾人病痛，總是知過於行，言過於行，縱知得偏，而其所知亦未盡行。此所以不及古人也。果能知一分，行一分，而後言一分，如夷、惠、陸、王所見雖偏，實皆能行其所知，亦何愧爲大賢大儒？否即能知到中庸做出文字，無可駁難，而行之不逮，皆俗儒也。弟心時切悚懼，未知何日方有毫髮實際耳！

復蘇菊邨

承示記過齋集，刊落浮華，一歸本實，儒者之文也。一二疑處，附記於後，敬以質之。

寄李又哲書，謂二曲反身録有功斯世之書。竊謂反身之義固近裏著己，親切動人，惟是書雜禪學、心學，不能盡醇。雖有功，亦有弊，欲刊以詔世，則精選之可耳。

貞孝節烈傳，三伏衣綿，三冬衣單，及躍入火池等事，皆陋俗愚孝傳中載其事，而論中宜明其非，但稱其出於至誠，而言其事之不足爲法，方合儒者立言之體。

記錢星湖先生遺事，謂讀程、朱書謹身寡過，幸矣。其他立説之高妙者，可以自爲而不可以立教也。按：程、朱書固可謹身寡過，而躬行心得之後，實能致廣大而盡精微，極高明而道中庸，非徒謹身寡過而已。其他立説之高妙者，須精辨之，果其是者，可以自爲，亦即可開示中上之人。如其雜於异學之高妙，則固不可立教，亦不可以自爲也。蓋成己成物一也，率性之道，修道之教，一以貫之，豈有不可以立教者而可以自爲哉！

答蘇菊邨

承示師友札記，論學論政多可觀法，文筆亦雅潔可愛。中有所疑，謹條記之以質正焉。

張德長茂才一首：『王荆公三謁濂溪而不見納，奮然曰：「吾獨不可於六經中求之乎？」遂成一種堅僻之學』云云。竊按：此事雖見他書，恐不可信。濂溪性情中正和平，非孤介激烈之士，豈有峻絶人如是耶？讀書師第七、愛敬第十五兩章，可見也。

張德長茂才一首：『伏枕静思，董蘿石見滿街都是聖人，參透此關，與人日親，非甚難事』云云。竊按：學必體認西銘『萬物一體，理一分殊』之義，自然與人日親。孔子所謂夫仁者，己欲立而立人，己欲達而達人。能近取譬二節本體工夫莫盡於此。蓋與人日親之中，自有條理。若滿街都是聖人，是莊子齊物佛法平等之意，但一視同仁而已。與欲立立人、欲達達人之本體能近取譬之工夫，西銘理一分殊之旨，皆不相似，不可不辨。

錢星湖先生三首：『不能，一切放下，此談何容易！要知心本無物，即境感觸，隨時掃除，庶幾漸復空明之體』云云。按：一切放下，聖賢無此學問。心本無物，而實具衆理而應萬事，若但知其無物而不知其有理，欲一切放下，則非聖人所謂心體矣。聖人之心，渾然天理，物交物感，如理順應。順應既已，我則如故，不留滯於胸中，仍是一團渾然天理。若但隨時掃除，以復空明之體，是佛氏之學，非聖人正道也。

任渠生廣文一首：『事親守身，皆自静養，始未有不致中而能致和者』云云。按：養性方是致中，但説静養，則與中庸『致中』，實有毫釐之辨。聖與佛、老不同處在此。

張晉卿孝廉一首：『欲輯中州學案，當知其支分派別，勿有所軒輊於其間』云云。竊按：此説不然，學案之作，自當於先儒各取其善。至其中有大儒，有小儒，有正宗，有雜於异學而不害其爲正人君子者，亦斷不可不分晰之，使後學取其長而知其弊。觀孟子論伯夷、伊尹，於孔子及，一體具體可見。若全無軒輊，是不示後人以斗極也。烏乎！可但非窮理精義，心有定衡，不易軒輊於其間耳！

上胡宫保

前奉到六月十三日賜函，竝致渭春中丞書，命宗誠卽留河南。近聞援皖之師於八月初剋復安慶、桐城，宫保卧疾之中調度機宜，卒就大功，真可爲百世法。吾皖士民世世俎豆馨香，不足以報之也。

龍馭上升，普天悲悼！側聞太后聖明，嗣皇端慧，左右無敢竊政者，真四海生民之福也。前出彗星，古有掃舊更新之一説，而合璧聯珠之瑞，亦與安慶剋復之日同。觀之天象，驗之人事，其中興之兆乎！易『窮則變，變則通，通則久』，世事否剥已極，此殆天道變通而久之時乎！

宗誠今歲爲嚴公留，遵奉鈞諭，不敢遽去。明正決意南歸，再晉謁耳。

與倪豹岑主政

都中大振天威，誅逐權佞，海内悦服。惟此時能將老成碩望諸臣特旨召起，以爲輔相，俾左右前後拔茅連茹，則中興氣象自必超軼尋常矣！天下興衰之機，總在君子小人之進退。小人雖退，而君子之在朝者不多，恐此退而他小人又進矣。至君德之輔導，尤近日之急務，而能知大體以輔君德者，莫如艮峰先生。兄於可進言處密陳之，臣子之道也。此是根本至計，主德隆，君子進，則善政自生，内政明則外間兵事、吏事自日有起色。足下以爲何如？

與竹如先生

昨接倪豹岑都中書，知國威大振，賞罰嚴明，當乎中外臣民之心。今又聞艮峰先生内召矣，軍機處亦多用正人，大是中興氣象也。聖主沖齡，群陰始退，一陽方長，爲臣子者，當盡心竭力，共事扶持，務使君子正氣日盛，主德日成，則根本深固不摇，而可以無後患。萬不可急急告退，使正氣孤而邪氣又入也。況老成碩望之進退，繫人耳目，尤不可輕。昔司馬温公、文潞公於哲宗初雖皆耆老而不肯遽退者，以此想先生自能時措從宜矣。

與黄琴塢觀察

夏間奉到賜書竝子壽來函，知閒情逸致，甚合卷懷之道。昨聞聖主嗣位，不動聲色，立誅姦佞，四海臣民，罔不痛快。即此一舉，已足以懾服夷人之心，而大振中外之氣。江北髮逆已漸肅清，楚兵乘勝而下，則捻匪、苗逆亦當不久延於世矣。出處之道，不可觀時勢之盛衰，當看君子小人之消長。如其君子日進，小人日退，即未盡退而大權已屬君子，則有志斯世者，正當於此時出身以共扶持之，務使正氣日盛，則陰邪日漸消弭，斯世可以長治而久安。若雖去一二小人，用一二君子，而其餘君子不肯出仕以共事贊襄，則君子道孤，恐小人又將潛滋暗長於隱微之地，國勢雖振，終可憂也。易泰卦之初必拔茅連茹，而後泰運大昌，故誠願尊丈及子壽勿存適莫之見，或隱或仕，隨時處宜，斯爲聖人之道耳。

與竹如先生

西華于絅齋茂才名錦堂，志於正學有年。以西華俗淳樸僻陋，常徒步往見祝爽亭太守、李文園先生，問道請業，不事進取，樸實堅苦，真志士也。初亦有得於陸、王之學，今來此訪誠，頗悟程、朱之爲正宗，樂善不倦，欲徒步負笈出關，訪艮峰先生。誠因令其過保定見先生及子壽太史。知者不失人。當今天下，專心致志就正於有道者甚少，望留之幕中，暢論以晰其疑，亦樂育人才之一道乎！

復李文園先生

夏間以拙著請正，深恐以鄉曲鄙生置諸不屑教誨之列，乃承手函告誠竝賜書聯語，導以反身實踐、鞭辟近裏之學，懇切肫誠，真有以善養人之氣象。雖相去數百里，反覆循誦，如坐春風。每當躁急務外之心一發，即循思訓誨，意氣頓消，乃知德人之言，化人最易，入人最深也。

方今朝政清明，誅姦鋤佞，進用君子，氣象一新，惟陽氣尚孤，所望海内名賢蒸蒸進用，以輔聖德而維治化，庶足開中興之業。前日特旨召起先生，意或儲備師傅之選。聖主沖齡，此大政也。使得先生及艮峰諸老儒臣日事輔導，涵養薰陶，俾聖主得先人之言，以爲主明善惡之歸，辨忠邪之分，則後來仁心仁政，自必流惠無窮。若失此一關，根本未立，雖有目前善政，究止爲補苴罅漏而已。是以自古名賢大儒，如司馬温公、朱子輩，雖不貪仕進，而新君之召，未有不聞命趨赴者。誠以初服維新之幾，不可失也。先生恬退性成，然亦不可固守不出之操，以陷於楊子『爲我』之義。宗誠迂直之言，爲天下蒼生起見，想不罪也。

上倭艮峰總憲

往道光三十年，讀邸抄陳言諸疏，始知先生爲當今名臣鉅儒，私衷景仰。前年客吳竹如方伯署中，讀先生日記，親切篤實，正大精純。在昔大儒，惟薛文清、胡敬齋似之，尤覺佩服無已。竹如先生以拙著俟命録呈正，過承不棄，謂有可取，殊增愧赧。宗誠自幼不慕仕進，惟有志求道，然未能下切實之功，兼以避亂流離，雖不肯廢學，而亦時覺荒棄。

近聞先生蒙内召，掌諫臺，前日大臣中有請先生當師傅之任者，聖主沖齡，能得先生爲輔導，自是挽回天下之大機。然用舍之權，操之自上，臣子之義，惟是隨分盡職而已。近來總憲一官，但轉京控呈辭，達於上而行於下，他無建白，殊不稱職。總憲之職，必上輔君德，下爲天下督撫之領袖，京畿之表率，天下事無不可言。觀劉念臺先生爲總憲時，君德人才，人心風俗，軍政吏治，無一不正言極論。洵哉！其爲大儒之學，能盡大臣之道也。望先生正色立朝，以挽世風而扶根本。鄙儒之言，維鑒察焉。

附録倭公答吳竹如先生書

年來輯就帝王盛軌、輔弼嘉謨二册，每條各註數語，冀効微忱，並摘録方存之先生俟命録有關時事者數十條，進呈御覽，容當奉正。從倭文端公遺書刻本録。

與渭春中丞

聞欲敘幕府諸人勞蹟，以宗誠與謀軍事，擬奏保一官，慚悚無已。宗誠感知己之高誼，一知半解，不敢不竭其愚誠，此朋友之交，義當然耳，曷可以此媒利禄哉？且人之才分，各有所宜，而志氣亦各思有所建立。作官非宗誠所宜，亦生平志氣所不存也。望削去薦牘爲幸。

復景學使

學使有培養人才之職，而欲人才之興起，必先留心延訪賢哲，隆以禮貌，力薦於朝，樹之風聲，如是則有志者自鼓舞而效法之矣。況現在朝政一新，求言孔切，正可乘此時扶持善類，以作新政之氣也。

卷六　書札

與吳竹如先生

去冬大梁奉書，今二月中旬抵武昌矣。得李希菴中丞所贈羅忠節公書四種，精實醇正，洵真儒之言。其小學韻語，因小學書難讀，易爲韻語以便童蒙者也。西銘講義則發揮理一分殊，由分殊以推理一之旨。人極衍義則首自天命源頭説到人身心，中則推明天地民物、天下國家之理，以及修己治人之大經大法，末仍歸之於本原，蓋有放之彌六合，卷之退藏於密之規模。讀孟子劄記嚴於義利之辨，近代諸儒自楊園、稼書兩先生外，未有能及之者也。義理精醇，規模宏闊，而文筆又足以達之，使留爲天地間，昌明正學，興起人才，其益於天下後世，豈可量哉？先生嘗稱爲體立用行，洵知言也。

與竹如先生

武昌奉書，計已達。宗誠因受節相曾公知，不可不一謁見以瞻仰勳德。到武昌後，即隨運餉船東下，見節相氣象從容，不矜不伐，接引後進，陶甄人才，洵有古名臣儒將之風。

皖江軍事，日有起色，惟民人凋殘甚矣。誠所言於節相者，惟以出示免荒田賦稅，招人開墾，收庵田以爲義倉；治僞職曾害忠義者之罪，革貢舉生監之曾爲僞職、應僞試者；搜羅節義之士，其死者爲之葬埋，立石以表之；凡幕府及忠義局、書院所養人才，當磨礪以實學實用，月課必別立古學一場，使之窮經考史，精研性理及經濟諸書；教戒州、縣必先嚴禁胥吏欺壓平民，勤於聽訟，勸民息訟，尤宜到處留心人才。至於兵事，則勸節相以急攻廬州爲第一著，蓋廬州拔則安慶固，而髮逆與撚匪乃可隔絶不通，我之氣盛而彼二賊之氣孤矣。

吾鄉朱魯岑、蘇厚子、文鍾甫、戴存莊皆有學行之士，已言於節相爲買山營葬，竝親書立碑以表之。又見李希菴中丞沈毅簡肅，彭雪琴侍郎英姿颯爽，皆人傑也。謹以奉聞。

與孫雨農

閣下氣厚志正，惟宜力求根柢之學，反身循理，不專矜氣節，談經濟，而務篤内行，則所成就乃大也。經濟必得位乘時，然後可行，平日只宜究之於心，豈宜宣之於口？氣節必臨變見危，然後可立，平日只宜剋己去私，變化氣質之偏，一循乎性情之正，依乎義理之中，方是古人爲己之學。若舍義理不窮，性情不養，而以矯激爲氣節，恐動於血氣而不自知也。舍身心不事，氣質不變，而以好論兵事爲經濟，恐陷於務外而不覺也。縱使有成，亦嫌器小。

誠平生最愛大學『古之欲明明德於天下』一節，義理無窮，終身行之不能盡，蓋立心卽欲明明德於天下，規模何其大也！而下手工夫，則從格物致知、誠意正心、修身齊家做起，又何其切近精細、有條理也！此方是天德王道一以貫之，真爲己之學，有自得之實也！

復牆壽陔

來書云：『有志於學，而不免分功於應舉之文。』竊謂此本不相倍也。温習六經，精研朱子之注，固學問與時文兩得其益也。時文原不害道，惟存一患得患失之心，抱一揣摩時風之見，卽害道耳。若以時文爲遵國制，以應舉爲安士子之分，以經書爲根柢，以顯揚爲忠孝之階，至得與否，則安於天命，而毫無熱中之情，則亦何爲害道哉？此時存熱中之念，將來得則必驕，失則必鬱矣。非君子安義命之學也。讀經、學文、應舉，皆義也。吾盡吾之義而已，豈有害於道哉？此處放得開，立得住，則天君泰然矣。

與洪琴西

前見節相示免今春商米釐捐，大有益於皖江饑民。惟止免到四月一日，似尚無濟，須到七月一日止，俟新米出乃可耳。

安徽小試，例補取積年學額，一縣或進一二百名。

竊以近十年來，士子荒蕪甚矣。全數補齊，必致素無根柢、文理荒謬者混入其中，此種人將來爲鄉里師，學術更壞，而後此真用功有學問者，反因額少難於入學，非所以鼓勵士子也。似宜請當事分作二三次補取，則善矣。至學校之興，全在重師儒之選，凡皖省有學行之孝廉明經，不願爲守令者，以及諸生中有學守堪爲教職者，可請節相保奏，以充師儒之職，教以成就人才之法，似亦有補於世也。維鑒察焉。

與洪琴西

聞廬州已於四月十五日子時剋復，此江北大轉機也。惟髮逆分股由河南竄入陝西商南，將來東南之禍雖紓，而西北之憂方大矣。李雨亭太守在鄂，宅心仁厚，事理曉暢，爲吾皖不多得之官。乞節相以書催其入皖，相助安徽。

抵徵四百制錢一畝之説，聞廬江情形不大相宜，蓋桐城畝大，廬江畝小，向來四畝始抵桐城一畝，祈爲節相言之。

與洪琴西

聞涇縣剋復，鮑軍門仍進兵甯國，欣喜之至。甯國與廣德州毗連，廣德州與浙江之湖州毗連。湖州久被賊圍，紳士趙觀察景賢固守至今，待援甚急。廣德州紳民前稟請中堂委一州官到州境，州民願自團鄉兵攻城，不須發餉發兵。當時節相以甯國無大兵進攻，懼廣德民不勝此任，未便准行。今甯國既有大兵，何如乘此機會委一州官，仍用廣德鄉兵攻廣德，則內可以絶甯國之援，而外可以通湖州之氣。未審能與節相言之否？

上羅椒生先生

宗誠受知門下十餘年，未敢以一字上通。今吾師入覲，道過武昌，聞嚴中丞道及宗誠在幕府，卽降尊先施。宗誠尚未報謁，次日又令世叔世兄枉過。及宗誠拜謁舟中，飲食教誨，殷殷不倦，並以大著貭於宗誠。易曰：『以貴下賤，謙尊而光。』吾師有焉。宗誠感激知遇，無以爲報。

竊念總憲之職，古之御史大夫也。内爲六部九卿之紀綱，外爲天下督撫之領袖，上自君德，下及民隱，凡用人行政之是非，兵事吏治之得失，皆當直陳於上，以啓沃帝心。明之劉念臺先生可法也。近世總憲一官，曾無建白，只奏聞民間上控呈詞而已，似不足以盡御史大夫之職也。吾師忠直之性，久爲人倫師表。往者在朝，危言正論，深識遠謨，天下想望風采。今蒙特旨召起，出掌憲綱，必能敬進忠言，以濟艱難，廣攬人才，以成撥亂反正之功。宗誠迂腐無學，懼爲門下之羞，是以甘爲經生以没世，然憂世之心懷不能已。敢以私見數事妄陳於吾師之前，或俟召對後擇取而敷陳之，可乎？

一、賞重罰輕，兵家所忌。我朝寬大配天，然亦有過於仁厚之處。仁之過而罰不行，則庸臣鄙夫皆以苟且偷生，務徼幸以圖功名，而國與民兩受其害矣。卽如金陵圍攻數年，糜餉數千萬計，曾、胡二公東征之師，正可順江而下，乃金陵潰圍。總督何時駐常州，去賊尚遠，聞風卽走。常州士民請其固守，聽兵勇開礮奪路而去，以致江、浙糜爛，東征之師一分再分，兵力日薄，賊勢日衆。故江西、湖北去年又遭賊擾，是皆江督之罪也。向使江督逃時，朝命卽就地正法，則江、浙未失之地，將吏必皆震懼而死守之。乃迂緩至今未到刑部，所以人皆效尤，以徼幸於不死也。官與將不能死守，而士民之死難者，今不啻百餘萬矣。又如今年曾公、多公、李公東征之師，剋復安徽府州縣十餘城，正可會攻金陵，以圖江、浙。乃勝帥名爲督辦皖、豫軍務，不能會勦，放賊北上。豫撫鄭又不能遏其西趨，東南一面勦，西北一面放，賊其何日可滅？秦撫瑛棨居形勝之地，撫富庶之邦，數年來全不籌將練兵，整飭吏治，以致賊一入境，卽竄至腹中，致令分去多公東征之師，將來西北糜爛，而東南急難得手，日復一日，變故又不可測。是皆秦撫之罪也。故勝、鄭二帥，不請嚴加議處，瑛棨與提督孔廣順等不請革職効力，則他省大吏大帥皆將效尤，平日泄沓逸樂，全不思患豫防，賊至則全恃楚師救援，以致掣楚師之肘，不能勦東南之賊。天下之患，其何時已？此近日刑政之失也，可否專摺爲上陳之，請明降諭旨，嚴飭臣工，凡失守者卽嚴行參劾，必使未失守之地能保不失而後已，失守之地可望收復。

一、夷性貪詐，不可輕信。現雖羈縻而禍根仍不可測，全在我之正氣日盛，則彼乃無間可乘。前者沈尚書奏請僱夷船運南漕，江蘇紳士請夷兵收復金陵，賴曾、官二相國奏駁，以後恐有此種議論，必力争挽救。蓋賊據城池，我可漸以兵力攻之，若借夷兵收復省會，彼若據而有之，其何以制？況索報一不如意，釁端又起矣。南漕僱夷船爲海運，設使截留我糧，攻我之城，名爲助勦，實則欺詐取利，其何以制？況中國示弱久矣，見在曾師威聲漸能懾服，若又借助於夷，使夷得輕我中國，且攘我之功，後患不淺，是不可見小欲速，不爲遠慮也。

一、降賊專閫，久必爲患。見在天下大勢，曾帥以選將練兵，招賢求才爲主，勝帥以招降納叛爲主。如今專閫大將，李世忠及從前苗沛霖是也。苗練後叛，今勝帥又撫之，並請復其原官。賴朝議未允，責其勦張落刑以自効。二人狼子野心皆不可恃。如嗣後苗果有功，必請調至他方，離其巢穴，兼使苗、李二黨不得合並，則氣勢乃孤。又凡軍營投誠之賊，只許散其黨羽，遣歸原籍，但留首降者効力贖罪而已。有功然後保官，不得一來降時即加高官，使天下人樂於爲賊也，尤不可仍聽其管帶所部，以致朝降暮叛，藉衆跋扈。即如陳玉成之入壽州，雖爲苗沛霖縛獻，而其死黨千餘皆窮凶極惡，當請旨密令擇尤誅之，豈可復籍爲兵，以留异日之害耶？

一、世衰道微，宜倡正學。見在人才衰少，邪教流傳，當急倡明大道以興世教，正人心，庶足以起衰振靡。京師爲首善之區，更宜講明正學，以爲四方之表率。今倭艮峰、李文園二公既内召，吾師又入長百僚，宜共講明孔、孟、程、朱之學。凡屬吏門生進見，皆諄諄勸以讀四子、五經及宋五子之書，以爲根本。考究通鑑、綱目、通典、通志、通考諸書，求爲明體達用之學，不必避講學之名而並棄其實。天下沈晦極矣，須有大氣力以振動之，非循常習故可以撥亂而反正也。又當招羅賢才，使正氣日盛，凡京外各官有德器學行者，亟宜訪求力薦，召起入京，講明正學，益加砥礪，則才德成就，庶可爲國家柱石矣。

一、吏治人才，須正根本。天下之亂起於百姓，而實由於官司之不職。或以釀而成，或以激而生，吏治不清，亂不可得而弭也；人才不出，吏不可得而治也。人才本於教化而成，應請旨飭令天下督撫留心，屬吏、學使留心，學官勤加教訓，嚴加甄別。竝飭各督撫必於各省翻刻歷代循吏傳及陳文恭從政遺規、在官法戒録，汪龍莊學治臆説、佐治藥言，胡文忠讀史兵畧等書，分布屬吏，時時觀玩，以爲師法。各直省學使亦必出示，令諸生讀歷代名臣名儒傳以爲模範。凡主考學使出題，必其可以發義理見經濟者，庶可因文以觀其人，如此則人才漸有起色，而吏治亦漸可改觀。不然人無根本之學，上無教化之術，卽使參革一二不肖，亦安得人人而參之？惟天下之官皆知讀書稽古，則吏治可興矣！

一、蠲徵墾荒，以收民心。安徽雖經收復，而陷賊十年，民窮財盡，土地荒無，人民餓莩，疾疫殆盡。每縣近城之地，大路之旁，以及兵與賊爭戰之場，往往百里無人，屋宇田器盡爲賊燬，耕牛盡爲賊食。今雖收復，無人耕種，間有遺民，無力興作計。惟有奏請明旨，飭安徽及江浙巡撫速查各縣荒田，招居民復業。無力者自行募人耕種，免其賦税三年，竝須刊刻謄黄，使遺民皆知上恩，則未收復之地方，民心更切歸附。此當今之要務也。

一、請收菴田，以為義倉。安徽、江、浙凡為賊所陷據之地，菴觀寺院盡行焚燬，佛像百無一存，僧皆返爲平民。收復後應請旨，飭令督撫大帥諭各州縣官，令紳士查明寺院之田產、租穀，卽改爲各地義倉。每年租穀收存其中，一有荒歲，取以賑濟；豐年仍復收積，比常平、社倉更爲得力。蓋常平、社倉散出必須復收，無田地租入以爲永利。此則可爲永利，散出者無須復收，更爲得法。天下之亂，起於亂民者可平，起於饑民者難平。見在國帑空虛，收復之後，如有荒年斷難賑濟，富室凋敝斷難勸分，饑民無以爲食，必聚而爲盜賊，則禍又起矣。惟有及今以廢寺院之田改入義倉，則一轉移間造福無窮，又可弭後日窮民之禍。

一、督撫、監司，最貴得人。見在江西、浙江、兩湖、兩江、廣西、四川督撫皆已得人，而閩、廣督撫不稱人望，誠恐江、浙兵事得手，賊勢必入於閩，由閩而廣，禍終無已。西北秦、晉尤不得人，不可不早爲計也。

一、督撫大任，勿用武臣。多將軍入陝後，萬不可用爲總督，恐於吏治民情有所防礙。勝帥督辦皖、豫，養賊自衛，終留心腹之害。宜於多帥平定陝賊後，即請以勝帥之任授之於多，駐紮皖、豫之交，與曾帥、李帥、僧邸會合勦賊，使李世忠、苗沛霖有所畏懼。又藉其威聲以鎮壓西北之亂民，而勝帥調取入京，則西北之禍漸可結局。不然諸帥勦賊，特留一養賊之人駐紮中原，招降納叛，禍終無已。

一、敗國庸臣，萬不可用。都統德興阿前在江南，庸懦無能。温觀察紹原固守六合五六年矣，賊甚畏之。咸豐八年秋，被賊圍，自出請兵，德興阿坐視不救，以致失守，觀察死之。賊遂裹六合劇賊上竄三河，與李迪菴方伯力戰，李公死之。一月之間喪二賢帥，連失十餘城，德興阿之罪也。咸豐十年，僧邸使其帶兵防堵北塘，駐軍新河，日沈於酒，全無紀律。夷到即逃駐唐兒沽，夷至唐兒沽，又復逃走，不開一仗，以致夷人深入為患。現雖未曾外用，設一旦外放，或復命其督師，務須愷惻力陳，無遺後患。

一、幽隱賢才，宜加顯薦。昔堯論舉人之道曰：『明明揚側陋。』天下人才，不盡在仕宦之中也。胡文忠曾保舉興國州布衣萬斛泉，以正士風，此可為法。竊謂當奏請明降諭旨，飭令天下内而九卿，外而督撫、學使，訪求道德、經濟、學行兼優之士，量材特薦，以為士林表率，是亦興起世道之一法也。

復某

大文才氣甚佳，然總以含蓄深厚，不露才揚己傲物為貴。學問之道無窮，有高才，能文章，負經濟，而遂自矜，則德器淺薄，識量卑陋，非所望於賢者也。天下事豈能盡如己意？不在其位，不謀其政，可也。卑以自牧，慮以下人之義，望更加之意焉。

與魯生先生

聞客山東學使幕，藉以游歷山川，亦一樂也。閲文不必拘成格，須於議論筆氣之中，得一二可造之才，爲國家异日之用，斯善矣！尤望勸學使於小學、性理論、經解、史論一場，力加崇重，於此中先拔取一番，然後再觀其時文，則真才可以漸得，而風氣亦可以漸轉。若但於時文中求人才，不亦狹乎？

與某

人才甚衰，總以振興學問爲主，著書不可輕易，貴有心得，尤必明乎天理之正，卽乎本心之安，合乎天下萬世之公。程、朱傳注不可好作翻案，庶使後學潛心於先儒之書，不致開輕議傳注之漸，斯爲善矣。惟足下察之。

與孫雨農

學問之道無多言，只在窮玩四子、五經，句句反之身心，驗之事物，而後大本可立。加以熟讀通鑑、綱目，考究世變及歷代名臣事業、通典、通考，而後大用，可明身心學問，是自己切實之事。至外間時事，各有職分所在，非吾分者，可以安之，不可忿世嫉俗。蓋疾惡當先治己，憂世當先憂己，自己未能循義理，致中和，而暇他及哉？

人之爲學，須知刻刻有切己事在，若舍卻存心養性、省察剋治之功，窮理格物之學，而惟以憂世疾惡爲心，是外馳也，是客氣也。孔門之學，豈若是哉？人每日須玩味論語及朱注，則氣質自變，氣象自純。

近日自反，平日用功全未著實，空過四十餘年，殊覺可嘆。外人不知，或以爲能文章，富著述，有經濟，皆俗見也。人生緊要，必求此心於道理真明白，性情不乖戾，言行少悔尤，衾影少慚怍，方是實得。否則文章、經濟日工，而心日放，氣日驕，其害甚大。惟時玩味四子書，反求諸身心，則心始日明，氣始日斂，此爲學大法也。

與和甫族孫

一命之士，苟存心愛物，於人必有所濟。望安分盡職，不可得一步進一步，貪心妄想，惟當安於義命，盡人事之職，以求無愧，可也。明道、陽明、椒山諸賢，皆曾爲小官，何嘗不爲大賢事業哉？

復吳竹如先生

宗誠近專讀四書朱注，覺得義理精實平正，意味無窮。此外則五經亦循環温誦之。嘗思學問之方，惟致知、力行二者而已。致知要在每念每事上，分别是天理，是人欲。力行要在念念事事上，遏人欲，存天理。除此皆非學。古書惟四子、書經、易經句句事事皆從天理發出，其餘如詩、禮便有不盡合天理者矣。左傳、史、漢尤易引人心入人欲。文家之言，粗讀尚悦心，若將本心、天理一體察之，覺得多無歸宿，惟記忠孝、節義、名臣、循吏之事狀，尚可動人。至議論處，多是空言，説理多覺浮淺，説事多重功利，長人浮囂之氣。以此近來全未誦讀，亦未輕作文字也。

近又思人之學問有四關，先是一團私欲難去，繼是一團私意見難去，繼是一腔客氣難去。如能極力掃除，又往往落到空虛、豁達、靈妙上去。必能一切不著，樸樸實實，自始至終抱定一讀書格物以明天理，誠意、正心、修身以存天理，期至於人欲浄盡，天理渾全，庶幾不倍於聖人之道乎！

復魯生先生

承示易『庸德之行，庸言之謹，閑邪存其誠。』三句爲學問之切要，真見道之言也。道不可須臾離庸德之行、庸言之謹，方能無須臾離道。君子無終食之間違仁，造次必於是，顛沛必於是，只是時時不放過庸德、庸言而已。『庸』字只在人倫日用間，乃素位而行之道。性分所固有，職分所當爲者，自反多做不盡，看是平常之理、平常之事，而處得盡道甚難。世人全不知性分固有之理，職分當爲之事。一生總要作分外想，行分外事，不肖者無論矣。其賢者看似奇特，實則陋甚，於性分無干涉也。『庸』字不是一味平庸，性分所固有之理，職分所當爲之事，無時無地不當自盡，故謂之庸。有時安常處順，卽安常處順是庸德。有時處變達權，卽堯、舜之揖讓，湯、武之征誅，夷、齊之讓國而逃，諫伐而餓，微子之去，比干之死，箕子之奴，亦庸德也。凡是性分中固有之理，職分中當爲之事，雖奇亦庸。孟子看禹、稷之大事業，顏子之無事業，曾子之重其死，子思之輕其死，皆是同道。此真知中庸者也。

後世好奇節者薄庸行，而儒者又多不取奇節，皆偏也。庸只是性分、職分中當如此，即如此行之而已。天大事亦平常事，平常事即天大事，無分別也。人但無一刻不理會職分之所當爲，無一時不涵養性分之所固有，必求無愧而後安，斯所謂庸德之行、庸言之謹也。乞教之。

復李文園先生

接讀七月賜書，銘感曷極！ 當今朝政清明，衆正盈廷，天下之幸，社稷之幸。

然每觀内外議論，大都以貧爲憂，以賊爲慮，以籌兵籌餉、議勦議撫爲謀，曾無有以根本爲計者。是不知貧之所由來，賊之所由熾，兵餉之所以不足，勦撫之所以難於成功。其病源何在也？夫治病不求其源，縱有小效，元氣終無由而固。然則根本之計，世共以爲迂者，非救時之切務乎？夫根本之地無他，君德、人才而已。君德在擇輔導，人才在振學術。前讀邸抄，知先生上疏，首以輔導君德爲言。誠深識治本之論。見在艮峯先生職輔導，君德之成自可無慮。惟當專於其職，不必以他差事分其精神乃為善耳。

至振興人才之法，愚以爲有激勵之道，有培養之方。激勵不外於舉直錯枉，信賞必罰，内而軍機臺長、部堂，外而督撫及統兵大帥，一味留心人才，於僚屬之勤惰、明暗、貪廉、能否，時刻留心考察，嚴行甄別。保舉參劾，一秉至公，一歸誠信，而不稍參以偏私，稍存以姑息。必使舉一人，僚屬足以勸；劾一人，僚屬足以懲。所以舉之劾之之故，皆足以告於天下後世，必期所舉者，真是爲朝廷拔一真才；所劾者，真是爲生民去一大蠹，庶合於賞善罰惡、激濁揚清之道。見在仕途之雜，不外科舉、軍功、捐例三門。是宜飭督撫、大帥嚴行考核，無論何途，總以有實心實政者而後可舉。其餘則先教之，教之不能，必參劾而後已，不必存成心，不必顧情面。果内外大僚皆如此勤求吏治，則人才有不激勵者乎？

培養不外於興學立教，兼開選舉一門。夫朝廷設翰林院、國子監、府州縣學，置立官師，原以培養人才。然徒課詩、賦、時文，而全不教以經史根柢有用之學，府州縣學官更不知教導一事。至内而臺長、都堂、卿貳之於僚屬，外而督撫、司道之於僚屬，學政之於學官，本皆有正己、率屬、教化之責。其在下者，非無美才嚮學之士。父兄師長既不知教，官府又不知重，往往頹惰，中道而廢，不然亦但獨善其身而已。無由以善及人，豈非向來正學不明之故乎？正學不明，朝廷無培養人才之方，則人才何自而出？今當請旨，令内外長官皆以教化僚屬爲事，務使公事之餘，必讀有體有用之書，共相講習。其翰林院、國子監及天下學官，務以經史實學成就人才。有不率教者，必嚴加訓飭。長官不善教化，則朝廷必加黜罰，總期實學昌明，人才乃有起色。

至我朝用人，不外科舉、議敘、捐例、軍功四門。愚以爲當添用選舉之法，飭各督撫令各州縣勤加訪求，無論已仕未仕紳士、布衣，真有經明行修，學成德尊，足爲士林之望者；賢良方正，才具優長，足爲國家之用者，必各舉所知，以待徵辟。於培養人才之法，必大有裨。夫人才興，用得其當，任以親民之職，自能使民不爲賊；任以教士之職，自能使士不爲賊。未爲賊者，能使之不爲賊，則已形之賊，自可漸孤而漸平。人才興，用得其宜，能爲朝廷保全完善，則可裕完善之餉，去完善之兵，而貧不足憂矣；能爲朝廷肅清一方，則可省一方之餉，去一方之兵，而財無足慮矣。昔粤賊竄湖、湘、江、浙以來，天下皆憂兵餉之不足，而曾節相、胡宫保專以人才爲心，所識拔者往往布衣、偏裨薦至將帥，於是起瘡痍之地爲完善之區，裕餉足兵，天下莫能及。良以人才之振興，非他省所及也。若不以人才爲重，無激勵之法，無培養之方，縱使兵足餉裕，終不足恃。先生以爲何如？

來書謂『近事不免敷衍，門面未即徹底掀翻，做得透徹』。鄙見亦然。然徹底掀翻之規模，三代下惟明道先生上殿劄子及請修學校尊師儒取士劄子，方是天德王道之全，制治保邦之要。今固難議及此，姑以補偏救弊之論爲先生陳之。自古絶學之興，全賴一二人爲之倡。今良峰先生及先生在上，而王子懷侍郎、羅椒生尚書亦皆正人君子，望相會之際，必以倡明正學爲己任，不可徒闇修謙退而不肯告於人，致天下後世謂『諸大賢在上而道仍不明』，殊可慮也。誠學無所進，惟自去年得先生之訓，益加內省之功，力去驕矜之氣，文字亦不甚作，專窮四子、五經及程、朱傳注而已。

上曾相國

春間得仰山斗，心切歸依。承賜箴言，時深省惕。昔張橫渠、孫明復兩先生，因范文正公之教，遂成名儒。恨宗誠質劣才庸，不克如古人之精進，有孤盛德耳。

近聞金陵、甯國疫氣流行，士卒傳染甚多，未免有意外之慮。然宗誠以天運人理決之，信其必無大害也。兵戈之後，繼以饑荒；饑荒之後，繼以瘟疫。戾氣發泄既盡，亦必衰竭，而生機漸萌。曩見六安、霍山、桐城、舒、廬各州縣，大疫之後兵禍遂已。剥之爛者復之反，天運固如是也。往者，南中之勢甚岌岌矣，正氣虛耗，陽氣孤微，賴我公起而振之。胡文忠所云『大其道以仔肩，宏其量以開濟。千磨百折，不惑不移。忠誠貫日月，威德動華夏。賢才竝興，正氣復盛』。搘拄十年，南中之賊既挫敗、牽制，不得肆其所爲，卽夷人之闖入京畿內者，亦因外有所顧忌而不敢萌异志。因循遷延，遂得有去歲之一大轉機，宗社已危而復安。我公回天之功，他人或不盡知，而實天心之所佑助也。況今朝政既已清明，皇太后、皇上憂勤治理，南中軍事，關天下之安危，想天心仁厚，斷不至復有變局，雖曰天不可以臆測，而歷觀往古之天究未嘗大遠於人理也。雖古有鞠躬盡瘁之臣，無濟於國之危亂，而考其本末，必由其先君德、朝政爲小人濁亂已極，元氣剥喪無餘，故天不眷念焉。今無其事也，我公可無疑。

惟金陵賊所必爭，圍攻之師與守土之臣，其道不同。守土者以土地爲存亡，圍攻者以量敵爲進退，故易有『師左次，無咎』之文，兵法有『全軍爲上』之說。成敗利鈍，雖非所計，然必至知其不可而爲之之時，乃出於此。若尚有可爲，孔子固曰『好謀而成也』，特其成敗之說，仍以義理爲權度耳。迂愚之見，伏候鈞裁。

與李跂甫

世運之變極矣，推其禍始，實由正學不明，在上者少經明行修之儒，體不立而用不行，泄泄沓沓，釀成寇亂而不知所以救。近者少有轉機，仍由曾節相與前此羅忠節公平日講明體達用之學，而不同流俗之所爲，故各率其學徒及鄉里義士起衰振靡，氣節經濟，遂大有補於天下。胡文忠、李忠武、王壯武、李希菴中丞雖非大儒，而於正學皆粗有聞焉，故所以植節立功者，非前此諸將吏之所能及，亦非他處將吏之所能及。再如左季高中丞、劉霞仙方伯，起家儒生，膺軍旅封疆之重，樹立皆不同於人。彼其學尚不及古大儒如程、朱之精一也，然能習其緒言，則處而成己，出而用世者已若是，何況真以聖學為歸者哉？然則世謂講學為迂腐者，可以廢然思返矣。

足下年少志篤，又得汪澄溪孝廉為之師，希菴中丞為之主，進修不懈，成就當未可量。宗誠學不加進，空負此生，惟望海內英少，抗心希古，則大願矣。

復渭春中丞

承示大疏十二册，敬爲編次。跋一首雖不佳，然閣下設施大節，立身本末，非誠不能知公之深也。尚冀慎終如始，無自滿假，使天下後世讀此文者，信閣下之德業日進無疆，信誠此文非諛詞。藉爲拙集之光，則可永令聞於無窮矣。

答渭春中丞

昨聞尊諭，欲以白金獎賞學宫習禮、樂諸生，誠甄陶樂育之盛心也。然竊以爲教士與練勇不同，禮、樂大典與兵農本計不同，彼可以利誘，此不可專以利誘，但漸引之於禮義、仁讓，使知聖人之當敬，聖道之可慕，禮樂之不可不習，不宜徒使之爲利而來也。若賞之以金，雖可鼓動於一時，究未免爲心術隱微之病，且誘之以利，以後不得利即不爲矣，豈興禮義以化兵争之本意乎？不如即以此款購聖賢大儒之書賞賜之，則人得之以爲榮，可以垂諸久遠，朝夕誦習，較賞金似有益而無弊。

又汪梅邨著胡文忠撫鄂記實足爲天下封疆將帥之法，願校刊以傳世，何如？

上李文園先生

秋間由敖静甫主政奉上一函，計達臺鑒。近聞渥承天眷，政府機務皆取裁於老成碩望，實足以慰四海人士之心。天下之幸！蒼生之幸！惟是任大責重，先生所以上答主知，下副民望者，亦殊非尋常可比也。

宗誠迂腐書生，學業荒陋，惟望治之心，好善之念，無時而忘。去夏承教，如聞晨鐘，益自斂抑，然於世間富貴淡然無求，而於世道、人心、君德、人才、學術、風俗，終不能恝然不存於意念。故居節幕，讀書窮經而外，下而教士之方，治兵之法，守城之制，整吏之約，皆擬稿以告主人，請其刊布所屬；上而薦賢之疏，陳言之奏，布置情形之章，參劾驕帥之舉，皆擬稿以告，請上達於朝廷。其他南中兵事與善後培養之法，亦常通書曾帥，俱蒙不棄，頗有采取。前羅椒生先生過鄂，亦擬數事，勸其敷陳。誠無他志，惟欲藉諸賢之力，稍盡草茅愛國之忱，是以前函妄有所獻，以諸生而好論國事，罪何可言？然忠愛之道，憂憫之懷，原不分貴賤窮達。第自反實無計功謀利之心，此則可以對神明耳。宗誠明歲已辭嚴中丞，歸依曾相，今尚有數事，欲陳於執事之前，謹再布之。

一、慎簡大僚，以正表率。天下人心風俗，必起於吏治之清勤。大臣法則小臣廉，是大僚尤不可不重也。況今軍務之重封疆，藩臬尤在得人。見在督撫中有人望者，曾節相而外，則如福建之徐樹人中丞、江西之沈幼丹中丞、浙江之左季高中丞、安徽之李希菴中丞、江蘇之李少泉中丞、湖北之嚴渭春中丞、四川之駱籲門制軍、江蘇之吳仲宣漕督以及廣西之劉印渠中丞。藩臬中有人望者，如山西之鄭小山方伯、四川之劉霞仙方伯、牛雪樵廉訪、山東之吳竹如廉訪、直隸之石襄臣方伯、湖北之閻丹初廉訪、江蘇之劉郇膏方伯、郭筠仙觀察，是皆有才能清望，其他道遠者未之前聞。竊以求賢之法，當因賢求賢，可否請旨飭下天下有名望督撫，藩臬如以上諸人，令其各舉所知，無論本省、外省官吏以及在籍人員，就其實政實行，臚列明保以待任用。蓋外官之賢才，中朝或未盡知，但令各督撫明保，又慮其識見未盡知人，竝恐意見偏私，所保未當，惟先令賢督撫保薦，似於得人爲易，且不分本省、外省，在任、在籍，可以互相印證，人才多則吏治民安，正氣盛而邪亂可弭矣。

一、慎選將才，以振戎機。天下之亂，非將帥得人不能平，而將帥非久歷戎行，亦末由著勛名而有實用，然而軍營濫保，多不足恃。見在天下將帥號爲知人者，惟曾節相，他如左中丞、駱制軍、兩李中丞亦皆留心人才，洞悉兵事。應請飭下僧王及以上諸著名知兵之大帥，竝多將軍、楊厚菴、鮑春霆二提督，彭雪琴侍郎、袁午橋侍郎，各舉所知之將才，竝歷來戰功卓著之員，臚列其或長於戰，或長於守，或長於攻，以待擢用，庶乎因賢得賢，因才得才，而保薦不至虛濫。若但就各軍功保薦記名者用之，恐尚不可恃也。

一、明獎賢吏，以正仕途。風俗之貪汙欺詐多由吏治，而吏治之鼓舞變化不盡在陞擢，尤在褒以名稱。見在所有大吏之賢者，已陳於前矣。其小吏中就所知者，如河南之歸德守祝塏、湖北之荊州守張建基、前松滋令汪維誠，皆實心實政，惠及於民，以及各賢督撫所保真有足爲良吏法者，請旨褒嘉，發鈔敷布天下，使人皆知所觀感，而諸賢督撫、藩臬亦請每歲降特旨褒之，使他省皆知感發，是激濁揚清之一道也。

一、旌別賢士，以正士習。天下吏治人心之壞，由於士習。士習之壞，由於學術不明。應訪求各省士大夫中有好學求道，甘恬退，守孝弟，躬行實踐，足爲士表，而又素有德望者，請旨褒之。雖隆以虛稱，不必加之官爵，而實足以挽汙世而振頹風。以誠所知，如四川之李西漚庶子惺、江西之劉瞻崖殿撰嶧、河南之王子涵觀察檢心、直隸之徐嘯陸太守棟、廣東之蘇賡堂侍御廷槐、雲南之竇蘭泉侍御垿、貴州之黃子壽太史彭年、湖北之王子壽比部柏心，皆爲各省人望，學問優長，行義清介，爲其一省士子之矜式，而又不急仕進，應先請旨召用。如實不起，降詔褒嘉，令其以各人所著書進呈，使其一省士子知恬退之風與學問之實。至於士子中專心求道實行，孝弟忠信足爲士子法者，以誠所見，河南鄢陵之蘇菊邨明經名源生，孝介仁信，著述純實。湖北興國之萬清軒布衣名斛泉，孝友廉介，闇室不欺，學養純粹，安貧守約。安徽桐城之方魯生上舍名潛，精研性理，窮深入微，饑寒顛沛，不離正學。宿松汪省吾大令名維誠，遭亂避地山中，著歷朝節義録八十餘卷，明守死之志，振忠義之風，胡文忠聞而聘之，後爲湖北知縣，卓著循聲。數君子者，實剥卦之『碩果』，而在亂賊時，尤足爲士子之典型。可否請旨褒之，以揚實學，一以振節義。諸君子皆不求仕進，無須與以官階，但隆以名稱，亦足以正士氣也。其他省之可旌者，又在廣爲采訪矣。

一、講明實學，以收實用。人才雖生於天，實本於學。近日自大吏至士子，皆不講求明體達用之學，何能成材以效用？應請旨飭下各省督撫、學使，必率屬講求實學實用，内自太學、翰林院，外而學官，俱諭令以大學衍義、通鑑、綱目、歷代名儒名臣循吏傳五者爲宗，督撫、藩臬亦率屬考究，庶乎學古入官，議事乃有制矣！至近日所宜急講者，莫如兵事。胡文忠公刊有兵略一書，應請旨飭下湖廣督臣進呈，竝可頒發各督撫、將帥軍營中，使諸將吏幕下士皆稽考古事以爲通今之用。總之，前日天下之亂，一由於氣節之不立，一由於經濟之不講。今果能使内外臣工互相講求，砥礪實用，則人才必多造就可觀。不然，第以科舉之文及捐例、軍功、議敘取士入官，人人不讀有用之書，天下其何能治乎！此五則雖似迂闊，實皆根本之計。亂源日深，非此不塞。維先生察之。

答祝爽亭太守

來書言：『學以中庸爲宗，而專用功於不睹不聞之地。視文章氣節，皆爲粗迹。且以爲中庸不可能，卽均國家，辭爵禄，蹈白刃，皆用不著。』洵探微之論，爲己之學也。惟是中庸之道，並不在均國家、辭爵禄、蹈白刃之外，惟於此中須明中庸之理，不可過，不可不及焉耳。若必曰此『皆用不著』，而但求之『不睹不聞』中，則將有舍人倫事物而高談性命之失，恐非中庸之實際也。中庸原就喜怒哀樂、子臣弟友、達道達德、九經、庸言、庸行上踏實做去，故曰『道不遠人』，豈可以爲此等皆用不著哉？學術中有毫髮之差，卽隱微中藏多少病痛。望察之。

答汪省吾司馬

承示大著歷朝節義録，真得誅姦雄於既死，發潛德之幽光之意。然別嫌明微，尤當精以析之，不可稍爲寬假也。今條記所疑，望裁度焉。

酈食其，功名之士耳。雖死於齊，不必以節義稱之，且食其是時當出城讓下齊之功於韓信，而勸其止兵勿伐齊，乃爲盡善，不當遽就烹也。似可不必立傳。

邴原受曹操徵並從操南伐，此時操雖未篡漢，然固漢之賊也。原與之周旋，即不可入節義傳矣。

晉庾珉、王儁、辛賓之死可愍可敬，然不死於懷愍被虜之先，而從之入北，見其受辱而後死，於義未盡，不可爲法於後世也，不必特爲立傳。

劉宋賀弼爲竟陵王誕記室，誕反，弼再三固諫，不聽。誕兵敗，將佐踰城出降，弼不可，曰：『王舉兵向朝廷，事不可從。荷王厚恩，義無違背。惟當以死明心耳！』乃自殺。竊謂賀弼可以無死，或先力争，爲誕所殺，義也。或諫不聽，則大義已絶，討賊以出降天子，亦義也。或城破，出降以歸順，亦可也。乃不違背而以死明其心，於義未盡，不必立傳。

凡暴君賊君之臣，如六朝、五代之世，當考其曾否助之篡弒，助之暴虐。如不在此類，則有節義，自可取。如其爲黨惡之徒，即有節義，不足取也。陳魯廣達，隋李崇、劉宏，此種人先仕前朝，後事二姓，然後盡節。在修後朝之史者，自不得没其忠於本朝，即綱目記其一朝之事，亦自不容去之。至特著節義録，爲千古之防，則非一朝之史傳可比，必以萬古之綱常爲斷，此種人似不必大書特書，第附之他傳後，褒貶互見，可也。名義大介，不得不嚴。若稍放寬，即爲失節者所藉口。至於先爲盜賊而後爲忠臣者，亦止可節取，附諸他傳，不必特書。

後秦姚平，功名之士，非節義也。節義之士，必爲君守土不屈，使命不辱而死，乃可取也。若無故爲君興師以侵人土地，招禍而死，並殃及百姓，豈可入節義傳耶？

唐呂子臧先仕隋爲南陽丞，夏侯端先仕隋爲大理司直，後雖立節，與李育德、張善相從李密而後投唐者不同。在唐雖立節義，總算二臣，不必特書，附入他人傳論中可也。

唐毛湘爲田令孜死，安師建爲楊晨死，皆是報私恩，未明公義，不必附傳。且毛湘告任可知曰『持頭以歸於王建』，亦不成道理。自己不降而教人降，豈得爲義哉？必如張巡謂：『南八，男兒死耳，不可爲不義屈！』方爲真節義也。五代皇甫遇之事，歐史與通鑑不同，只由遇死稍緩耳。當杜重威降契丹時，遇既不肯與謀，卽可以死矣，何必行至平棘始死哉？

韓通曾仕漢、晉、唐而後效節於周，可附著，不必大書特書。

宋李瓊不宜立傳，因其先曾舉兵內犯，後乃全節也。附他人論中可耳。

明樓連因方孝孺不草詔，罪及十族，遂承命不敢辭，歸語妻子曰：『我固甘死，正恐累汝輩耳。』其夕，遂自縊。此非真剛者也，不必特立傳，附論存之可也。

成祖爲篡賊，凡降成祖者，後來雖立節義，皆不必特書，理無兩是也。

諭民以去可也，諭民以降則不可。曹曾謀知通許投水死，而命百姓以城降，非義也。不可特立傳，附存可也。

凡紀載各异者，必實有辨明證佐，方可大書以辨其誣。若無確切證佐，則第附存可也。

李賊陷都城，下令百官以二十一日入見。陳純德隨衆入，此卽非節義之正矣。其隨入之時，跪耶？不跪耶？罵耶？不罵耶？還邸而後痛哭自經死，遲矣！不必特立傳。

王之仁始有納款我朝事，鄭遵謙始有欲從許都作亂事，其後節義雖立，不必特立傳。

傳鼎銓、張家玉似不可附傳。

張楊園、魏叔子、張白雲皆遺民也，當補入遺民傳中。

卷七　書札

與吳桐雲

讀來書，悉在臨淮權爲統領，遺大投艱，此爲之兆矣。賞不逮勞，似不必在念。天下事皆分內事，但求有補於國，有濟於民，至一己功名之際，聽之時會，則局量乃宏遠矣。雖曰『欲幹事，非得權勢不能』，然在君子，存心養性之功，止有就見在之分位權勢，盡其力之所能爲，何必多所計較以擾靈臺也？

復王子壽主政

嘗慨世道之衰，由士子樂奔競而少恬退之節。而能恬退者，又往往不以世道人心爲懷，僅僅爲自守之學，是亦非聖賢之道也。先生當服官之年，告歸養親十餘載，是乃天經地義所在，與世之偏於高尚者不同。讀大著漆室吟，於天下治亂、盛衰、勝敗之機，無不了然於心目，而一片憂天憫人、仁義忠愛之忱，時時溢於言表，至情至性，與天地民物息息相通，出處之際，毫無間然。此宗誠所以欽仰無已也。

夫天下無真功名，由無真氣節。然欲氣節之立，先在安恬退，慎出處，以人心世道爲己任，而不急急於一己之智勇功名。於是乃有真智勇，真功名，乃能撥亂而反正。

宗誠少不知道，無志科名，惟時欲與海內英賢共明實學，以修一身而已。遭亂入山，遂不得已而有言，荷先生賜序簡端，莫大之幸，惟過獎不敢當耳！漆室吟深似杜公，惟所稱道人處，間有過當。君子立言宜忠厚，然亦不可假借也。

與汪梅邨先生

前讀大著胡文忠公撫鄂記，五年之中，不但文忠之選將用兵籌餉，求人才，整吏治，事事可爲天下後世法，而一時東南大局，以及曾公、羅公、兩李公之經營天下大計，莫不瞭如指掌，是真有關世教之書也。屢借鈔存，先生不許。竊以爲著書圖不朽一己之名，不可也。著書爲學術治道，計安天下，此乃公心。若畏人忌疾而祕之，反不免於私意矣。且非其人而示之，不可也。得其人而傳之，何不可者？望先生益宏遠謀，無矯枉過正爲也。

復吳育泉

得書，悉某巡檢之不職，欲弟言於大府。竊謂察吏安民，大吏之責也；賞罰黜陟，大吏之權也。紳士止當守澹臺氏之風教，以自淑其身。又力勸同人敦禮義，尚廉隅，非公事不入官府，則官府自敬而畏之，不敢肆爲欺虐。地方之事，易所謂『居德善俗』者，此也。至在大府前言本地官吏之短長，似乎越分。維諒之。

復劉庸夫

來書竝大著氣象豪邁，惟不免有忿世嫉俗之心，矜才使氣之意，似乎學識未能沈潛，涵養未能淡定。此蓋馳心於經濟、文章，與時俗人較短長，而未知德性根本工夫，故自不覺其才氣之放軼耳。是不特於德性有害，即經濟、文章，亦必無實際。蓋人一存忿世嫉俗之心，即處處與人不諧，加以矜才使氣，則處處爲人所惡。是所謂小有才，未聞君子之大道者也。望深加裁抑，力求經濟、文章之本，勿逐經濟、文章之名，則成就大矣。與足下素不相識，辱承千里寄書，不敢不直言以爲報也。

復胡伯良

承示文，議論正大，性情真摯，中多格言可以感人。文章之本原，得矣。夫文非一端，大抵以有本有用爲貴，而其義法則在古大家文中求之，辭宜質而不可俚，義宜正而不可迂，敘事宜詳明而不可繁贅，記事宜簡古而不可晦拙，是皆所當留意者。僭易處，希審正之。

上陳心泉太守

前讀公訓士訓民、安分息訟諸條約，實有益於世教。安慶新復，元氣久傷，尤賴賢大府安靜休息，以養此微陽也。惟條教雖善，而知者甚少。竊以士爲四民之首，故教士尤切於教民。見在郡試期近，伏望將諸條約印數百部或數千部，凡諸生文理稍通者，皆賜一部，面諭其持歸，常常讀之，竝勸誡鄉人謹守此訓。如是則德教可以遠敷，雖不能盡善，而善者必多矣。維裁酌焉。

復程曦之

讀大著，欲求爲有用之學，洵雋才也，甚善。惟未嘗深考先儒之書，而以道學爲無用，則未免鹵莽矣。古未有道學而無用者，未有無用而可爲道學者，亦未有學不本於先儒，未能知道而可以謂之有用者。其有用也，特救一時，濟一事之才耳，非聖賢之全體大用也。聖賢之體用，必本於學道。若不以學道爲本，但考史鑑、地圖、兵事、功利、巧詐之故事，以爲此莫大經濟也，則其用亦小矣。夫用有正本清原之用，有拔本塞原之用。亂未起必能正本清原，亂既起必能拔本塞原，方爲大用。但講兵事，亦用中之一端耳，豈本原之計耶？望足下於讀史之外，更深窮聖人之經與先儒之書，而竝考其行事，以爲師法，則庶乎學識宏遠矣。萬不可存迂闊先儒之見，以自蹈於粗浮也。

答鄧伯昭

承訪平典史殉節本末，謹以傳一首呈覽。江方伯既以表章忠節爲心，可否請其立一巨碑於平典史舊署之旁，亦所以激勵人心也。又江忠烈公集有詩無文，宗誠曾得其與吕文節公一書於江北大局，實能見其遠大。今呈上，可否請方伯補入集中。

答某明府

治道不外於潔己愛民，興利除害。明公仁心爲質，其能潔己愛民，不待言矣。然世亦有潔己而民不受其惠者，則以利之未能興，害之未能除也。害不能除，卽興利亦是擾民之政，故除害爲尤先。亂後地方之害有三：一胥吏欺侮鄉民，一訟師架辭唆訟，三不肖紳士出入官府，假勢罔利。如能馭胥吏以明，不假以柄；馭訟師以嚴，有犯必懲；馭不肖紳士以法，無事絕不與之爲緣，而所至必留心訪求正士，加意敬禮，以端風化。正士乃天地之正氣所存，不必其人果有才智也。第取其忠信廉潔，足以儀型閭里，是卽用之大者矣。

至於興利，不外於教、養二端。縣城初復，百廢未興，當以修文廟，積義倉穀爲最先之政事。但經理不得其人，終不能望有成效。明公到任後，欲爲地方興利，不可不收利權與用人之權。如各地歸公田租，必令從前董事將坐落何所、佃者何人，一一開明呈驗，然後親自履畝清查，具册存案。又將各紳士、董事一一訪察，果是公正明達，家計殷實，則發諭帖，令其司每年租事。秋收春賣，出納數目，必呈報核對存案，竝張示通衢。如有不實，罰其賠墊。錢穀俱存公所，不經書吏之手，約計存積一二年，再諭公正勤能之紳士，采買磚瓦木料，動工監修。司租與監修者，各司其事。司租者管進項，監修者管出項。進項必須呈帳存案，出項亦必須具領於官，候官指撥，用畢亦必呈帳存案，事竣亦須張榜通衢，不實罰賠。凡一錢一粟不入衙署，不經吏手，而要必官持其權，一出一入，必報官核計。用人不許紳士自引其黨，必皆由官發諭帖，則紳士不得蒙混，不得把持，此其大略也。然把持、蒙混之弊，積習已深，非不畏强禦，力加振作，不足有爲。維鑒察焉。

復黄曉岱

得漢陽及長沙二書，欲歸家盡讀皇清經解三百六十册以資博識，竊以爲此非學問之要也。夫人之爲學，期於明體達用而已。足下職居清要，异日内擢卿貳、宰輔，外用監司、督撫，皆有致君澤民之職，則所以養其德性，擴其學識者，萬不可不得其綱要矣。

前承詢當讀何書，竊謂當以四子書、朱注爲先務。四子書者，乃孔、曾、思、孟所以發明堯、舜、禹、湯、文、武、周公之道法也。朱注者，乃朱子所以發明孔、曾、思、孟之精義至道，而自漢、唐、宋以來名賢大儒之精言，皆載其中，是真集古聖賢之大成，而天德王道之總匯也。以是書爲本，而加以大學衍義、資治通鑑、大學衍義補爲之輔，則修身治世之法，莫不備具。嗣後於凡經史、傳釋、子集諸家，以及近時適用之書，皆可博觀。要其主意，則必讀一書得一書之益。凡其無補於身心，無關於家國、天地、民物者，皆不必耗精神於無益之地，如是則處可爲醇儒，出可爲名臣矣。

至經解三百六十册，其能補前儒所未及者固多有之，然皆訓詁、名物之小者也。於古聖賢大本大用之處少所發明，而其意多欲與程、朱爲難。泛覽之，固可以長博聞謏辨，而於身心漸弛然自放，傲然自是，故非素有窮理篤行根本工夫，不可先讀此書也。屢承下問，不敢不盡其愚。

復陳俊臣廉訪

春間承先施，及謁謝而公已行，悵歉殊深。得漢陽賜書，復惓惓於鄙人之未晤，欲結爲千里神交，何明公好士如此也！尊意欲宗誠出山，乘時進取。宗誠本非入山，無須言出。性情迂拙，學識淺昧，志欲讀書窮理，以求内明乎身心之要，外明乎事物之宜，此士子分内事也。雖不能至，不敢不勉。至出處進退，自有義存，斷不敢萌一欲仕之心，以失出處之正。感明公高誼，惟謹身以報。所示乘時進取，非所願也。惟諒察焉。

復朱九香學使

前承都中致節相書，奬飾宗誠過甚，屬爲正風化，示稿八條，竟用其七。塲後又復先施，以中朝碩望名卿，而下交一素未通謁之布衣後進，雖古人好賢若渴，不過如是。惜宗誠非賢，不足以當之耳。

宗誠迂拙性成，於當世賢士大夫未肯輕於晉謁，然每承下問，亦不敢不竭忱以報知己。蓋天下事皆分内事，遇賢公卿咨詢而不告，是避嫌之私心，非關心世教之正義也。昨承惠問，皖省賢士命宗誠盡數以報。夫惟賢知賢，宗誠之愚固不足以辱明公之問也。雖然，平居求友以爲切磋之助者，亦得數人，謹爲明公陳之，惟加察焉。

與李實夫邑侯

聞明公將有事於敝邑之東鄉，荒陬遐僻之地，勞頓車馬，殊不安也。東鄉風俗樸直，尚氣矜雄。近年有三孝子，一王姓，一左姓，皆讀書人也；一劉姓，乃窮而乞者也，終身孺慕，出於天性，鄉人莫不稱之。左已舉報，王與劉尚未舉報也。大駕到東鄉，如能行式閭之禮，贈以匾額，使鄉人皆知孝弟之可貴與明公之好尚，亦正風化之一端也。孝弟之俗成，亦可銷弭争奪之習，惟明公酌之。

與朱九香學使

石埭沈槐卿太守，名衍慶，道光乙未進士，宰江西鄱陽縣數年，治行爲江西第一。後以守城力戰殉節，家貧子幼，顛沛流離，寄居江西。曾節相念其忠義之裔，給月費教養之。今其二子皆已成童，可應試矣。賢者後嗣之成敗，風教攸關。明公有造就人才之責，希留意，幸甚。

宗誠居江北，與槐卿相去六七百里，生平未嘗一見，與其子亦未嘗往來，竝不知其名字，不過敬沈大令之忠，欲其子之成立，使人羨循吏之可爲，忠義之可貴耳。惟察之。

與吳生

近年大吏奏設釐金局，取商賈之贏餘，以養兵擊賊，復城救民。此因軍餉不足，不得已而然。足下奉大府委司其事，義當潔己勤勞，剔除弊端，無爲胥吏所中飽，此分内事也。至於格外增加，取好上官，不念小民之重困，徒爲國家剥削元氣，則陷於聚斂，小人之所爲矣，是不知大體。望慎之。

與蘇子獻

貧士客游營生，當以節用爲主，能節用則自不妄取以害廉潔。且館事得失無常，能節用則有以自立，不致僕僕求人。士君子修身，以廉潔爲立脚之地，而要必自節用始。易曰：『不節若，則嗟若也。』然非力除俗情俗見，萬無能節用之理，須知求人不如求己也。

復黄曉岱

得都中書，下問之忱，何其委婉而深至也！凡人不怕無才，最怕急欲以才自見；不怕無知己，最怕急欲求知己；不怕功不成，名不就，最怕急於功成名就，則局量淺狹，而進退之際，必有失其當者矣。感足下高誼，願專心德業，慎於交游，無急急於功名，進禮退義，淡定自守，則將來做出事業，必有迥出尋常者。惟鑒察焉。

上節相曾公

中堂移節金陵，忠義局亦改設金陵，同事諸君皆願終始相從。宗誠奉中堂爲依歸，尤不願一日違教者也。惟是局移金陵，則安徽外州縣相去太遠，其未報之忠義，恐因是而不復請旌者多矣。中堂特設局采訪數年，一旦盡行遠移，致忠義或有湮没，殊失中堂崇獎節義之初意。宗誠竊欲總局移設金陵，而安徽酌留數員以爲分局，宗誠亦請留此以司其事，似乎曲盡。伏惟尊裁酌焉。

復吳竹如先生

來書謂都中議論沅浦中丞未能推功讓能，竊以爲此種議論，乃君子自修之道，而非所以責功臣也。在沅浦中丞，固當推讓大功方爲德量，而朝廷論人則止當問其果能立功與否耳。如其不能立功，則雖有推讓之美德，亦無關於輕重；如其果能立撥亂反正之大功，爲天下捍大患，除大害，則雖德量不足，亦當略而不論，豈可過求其疵乎？東南大亂十餘年，曾公兄弟獨任其難。大功甫成，卽持苛刻之論以議之，不亦灰志士之心乎？望先生力持正論，保護功臣，天下幸甚！

與徐太守

明公有察吏安民之責，仕優而學，當讀有體有用之書。若莊子荒唐之言，放浪形骸之外，似不可寓目以喪志也。朱子名臣言行録一書，以及後人所續，雖不盡出朱子本意，然嘉謀嘉猷，多足養德性而擴學識，而其至行苦節，亦多足爲師法。謹奉玩索，受益當不窮矣。

與李大令

昔孔子言仕優則學，學優則仕，仕、學二者不可偏廢。成王命百官曰：『學古入官，議事以制。不學牆面，莅事惟煩。』今天下大亂之起，由吏治不修；而吏治不修，由平日不學之故耳。明府需次省垣，須常考古今循良政績以爲師法，則异日臨民，心中始有把握，可爲斯世造福，亦即所以爲子孫造福也。桂丹盟觀察近時循吏，有宦游紀略一書，可資治理，謹奉閲，如何？

與徐太守

來示知名臣言行録讀竟，古人可師法者，明公既識於心矣，似當兼取近時名臣集讀之，蓋古事有不可行於今者。觀近時名臣議論行事，則更切於實用，其實皆從古人事理中變化而出也。胡文忠公爲近來第一名臣，其集八册，乃江甯汪梅村先生爲嚴中丞編輯，所取甚約，然兵事、餉事、吏事可師可法者，皆在其中，讀之實足啓發志氣，擴充學識。今奉上一讀，將來政蹟，必不同流俗矣。

上陳心泉觀察

民風之薄，由上無教化使然。然教化不能家喻而户曉也，惟刻一二種切實淺近、日用不可少之書，布散各地讀書識字之士子，俾其講説，以曉愚蒙，是亦教化之一術也。當涂夏弢甫學博前任婺源教官時，曾刻有聖諭十六條，附以淺近簡明講章，竝附大清律中民間不知而易犯者各條，實爲教民之善法。今呈覽，如能翻刻散布各屬民生，幸甚！

與陳虎臣

竊觀古人於知遇之感，去就之間，多泯然不著迹，相進退以義爲衡，尤必以仁爲本。天下事皆分内事。天生我以辦事之才，又有賢相之知己，無不得行其志之處，而必毅然辭去，以不肯爲人屬吏爲高，於仁歉矣，於義亦未爲盡也。望告令弟，以爲何如？

前承命讀書，宜愛惜精神。宗誠自覺讀書多樂趣，不以爲苦，一日不窮玩經書，反覺心神散漫不快，惟夜間遵教不敢過勞目力耳。

答游子岱刺史

承詢窮理之説，竊以爲學問不可止窮籠統之理，必於事事物物之間，窮其各當之理，然後能條理精密，知之明而後處之當。此朱子所以解格物爲窮至事物之理也。如爲子但明當孝之理，而其所以孝之事，則各人時地境遇不同。若不就其事理細體察之，以求於各人分上無所歉缺，吾恐自以爲盡孝而其理之未盡者正多也。朱子曰：『當理而無私心，則仁矣。』又曰：『無私心而當於理，然後爲仁。』學者必於此盡心焉。

與陳心泉觀察

涂朗軒刺史署江甯府，刻有牛痘新書，屬誠代撰序文。竊以痘證乃童穉一戹，牛痘之法實是萬全無弊。宗誠游山東、直隸，所見多矣。近中堂設局金陵，委員辦理，全活甚廣，而每月費不過二十餘金。明公如能籌一公款，在安慶設局施行，其功實足以贊化育也。可否？惟裁之。

復何小宋方伯

承詢涇縣稟請以三國吴時洪矩祀鄉賢，喬中丞駁回，謂非有功德在鄉，慮被部駁。宗誠遍檢故籍，實無可稽。

惟考國家舊制，請祀鄉賢與祀名宦不同。名宦必臚舉政蹟，實有功德於民，鄉賢則凡有德行學問，足爲一鄉之表率者，皆可請祀於鄉，不必定有功德利益於鄉，而後可請祀也。如桐城方百川先生名舟，寄籍上元，廪貢生，年三十七而卒。寒儒何功德於鄉？惟以文行高邁，天下宗仰，遂於没後入祀鄉賢祠。其弟望溪先生名苞，少爲桐城諸生，後官京師，老居金陵，未曾居桐城一日，其無功德在桐可知，亦惟以經學文章師法一世，居官又爲名臣，遂於咸豐元年，請祀桐城鄉賢祠。其他如宿松朱字緑太史名書，桐城姚薑塢太史名範，姚惜抱郎中名鼐，皆非有功德於鄉，止以博學高文、品行端潔爲後生典型，道光中鄧嶰筠中丞奏請入祀鄉賢祠。婺源汪雙池先生名紱，窮老著書於鄉，非有功德，止以學行無疵，嘉慶中朱竹君學士奏請入祀鄉賢，皆未奉部駁。

今洪矩清風亮節，爲涇縣人望，實足以師表後世，似可援諸賢之例以請，不必有功德在鄉而後可也。且學者之事功，在得位乘時，而德行學問，氣節品行，則不論窮達。若必有功德於人而後爲鄉賢，則鄉賢之途隘，而後輩之師法前賢者，其道亦隘矣。恐朝廷立法之意，不如是也。

與王子敷

足下以仁存心，所至有惠澤及人之實。然仕優而學，聖人之訓。好仁不好學，其蔽也愚，所當潛玩也。蓋凡人之生質雖美，斷不能無所偏蔽，好學則理日明，養日純，應事接物方能知明而處當，不至有偏倚拘滯之失。否則愛民惡惡之間，恐有過當失中之病而己不覺，反自信爲無私者，故記曰：『學而後知不足也。』望鑒察焉。

答游子岱刺史

承詢李二曲先生不肯就仁皇帝之徵，揆以箕子陳洪範之道，似覺太過。竊以古聖人之事，後世儒者不可以之自託。傳道者，聖人之事也；守道者，儒者之責也。忠孝節義，道之大綱；出處進退，學人大節。於此不能堅守，則是學已絶，道已喪矣。何傳道之足云？揚雄詘身信道之言，此其所以得罪名教也。

答某

承示諸序、傳，下語有過重處。修辭立其誠，君子於人毁不可，譽亦不可。立一言於此，千百世之下，皆信吾言之不妄，而後爲不朽之言。論兵事諸書，雄偉條暢，惟嫌議論多而實際少。古名臣立言，必綱舉目張，條理燦然，真可見之行事，不徒貴文辭之瀾翻也。又孔子曰：『不學詩，無以言。』朱子注之曰：『事理通達而心氣和平，故能言。』今事理通達矣，而辭氣往往不平，此性情上欠涵養，氣質上欠變化之功耳。望益體玩經史，以務根本。

與汪仲伊

前承節相以足下大著見示，議論精卓，於經史義理頗有心得。惟間有不自然處，則似急欲立言，而窮理精義之功未熟，又存一創言造意之見，不肯依傍前人，所以不免有穿鑿耳。欲去此病，須知學問之本，當求自明其德，以達於天下國家之用。日用工夫，須專務居敬窮理，謹言慎行，存心養性，不可先存一立言之見也。學問斷不可雜，如奇門六壬、術數之學，致遠恐泥，非君子之大道，何必爲之？此尤當自剋者也。道之不明，無志者不足言，有志者又多誤入歧途，不得收明體達用之實效。望足下裁之。

與游子岱刺史

大學不曰致知在窮理，而曰『致知在格物』者，但說窮理，恐人懸空想像，不能脚踏實地；惟就物上窮究，則理乃實理，而知乃真知。由是而誠意、正心、修身、齊家、治國，皆實行實事矣。顔子先仰鑽瞻忽，有懸空思索之弊。孔子教以博文約禮，然後如有所立卓爾，亦是引其在實地上窮究也。然大學曰：『致知在格物，』而朱子解之曰：『窮至事物之理。』蓋不以窮理解格物，恐人又滯泥於象數、事物、文字之中，而不知求物中之理，以爲應事接物、修己治人之道，則是博雜之學，終不可與入堯、舜之道矣。此朱子所以有輔翼經傳之功也。

與游子岱刺史

程、朱性卽理也，陸、王心卽理也。二理字似一而實不同。程、朱看仁、義、禮、智、惻隱、羞惡、辭讓、是非，凡有條有理者，謂之理。此理皆根於性，故曰性卽理。陸、王看理字，是虛靈物事，但將虛靈之心收攝，光明則發出來，皆是理，故曰心卽理。理字雖同而實有毫釐千里之辨。望察之。

與李大令

桂丹盟廉訪宦游紀略想已閲，近又檢出元張文忠公牧民忠告，我朝陳文恭公手札節要、從政遺規三種，親切簡要，於吏治極有裨益。謹送上，暇時讀之，實足啟聰牖明，振起神智。异日得缺，遇事自更有把握，吾皖孑遺之民受澤多矣。做好官全在此心，然心不可不以嘉言善行培養之，故敢以此書獻也。

與游子岱刺史

張文忠公風憲忠告、牧民忠告二書，實有益於官方吏治。明公既受讀之，將來委署後，卽可捐廉俸刻出以贈僚屬。誠者，非自成己而已也，所以成物也。不能成人，卽己性之德有歉，豈聖賢成己之學耶？ 夏廣文講約十六條附律易解實有益於人心風俗，到任後卽訪察各地生監耆老，諭其到署，與之講論孝弟忠信之道，令其持歸，與子弟、鄰里、鄉黨、族戚互相講明，於人心風俗必有所益。 近世聖諭廣訓廢焉不講，卽有講者，不過委教官到各地宣講一過，聽者不過百餘人，又多不解其何謂，而車馬飲食，隨從胥吏之費反多擾民，甚無益也。不如刻此書散各地讀書士子，令其互相講論勸導之爲切實也。

又羅羅山方伯小學韻語一書，最有益於養蒙之道，可在長沙印出千百本，分布村塾，亦教民之一端乎？

與游子岱刺史

仁、義、禮、智四者，吾性之全體。若偏於一德，則於性分皆爲欠缺。凡事必四德備而後能止於至善。譬如聽訟一事，慈祥、愷惻、哀矜之念，仁也； 審之有條有理，細微曲折皆盡，禮也； 審定後賞罰分明，處置悉當，不可有一毫之過不及，不可有一毫之姑息，亦不可有一毫之忿嫉，無偏無倚，義也； 此一事始終細微，無不了然於心，智也。四德全而後聽此一訟辭，乃能知明而處當。若偏於仁，則流於姑息； 偏於禮，則流於瑣碎； 偏於義，則流於慘刻； 偏於智，則流於苛察。卽此推之，而凡事可知矣。孔子專提仁作主，以仁包四德也。究竟必禮、義、智皆盡而後仁始全。孟子兼言仁、義，以仁、義爲四德之綱領也。究竟工夫，必禮、智俱不失毫釐而後仁、義始全。分之是四德，合之止一性也。

答游子岱刺史

人之身卽地也，人之心卽天也，心雖具於身之中，而實則天地萬物、上下古今之理，無不備於一心，而心之神明無所不貫。學者往往大視天地，小視身心，不知吾此身心即合天地之全而毫無虧也。崇效天，卑法地。『天行健，君子以自强不息；地勢坤，君子以厚德載物』。立天之道曰陰與陽，立地之道曰柔與剛，立人之道曰仁與義。學者其可不盡心乎？

答姚慕庭

承賜書竝尊公遺稿，足以表揚尊公在粵西志事，足下可謂賢孝矣。惟尚有致烏都統一書最詳贍，關係尊公大節，宗誠往鈔入桐城文録，而此刻未載，何也？又宗誠見尊公時年二十六，以文呈正，尊公作跋。其論文之道極精切，可爲學者法。前刻亦遺之，今俱録去，可補入之。

與馬生復震

別七年，忽得聚談十餘日，何樂如之！足下以孤童子馳驅戎馬之間，報家仇，雪國恥，可謂傑士矣。尚望加剋己復禮之功，折節讀書，窮理以致其知，養性以勝其氣。

足下於聲色貨利，皆能不染，惟尚不免於用氣。須知正氣不可不存，客氣不可不去，有一分客氣，即損一分正氣。凡不能屈，不能下，皆客氣也，皆識小量淺，不足以當大任也。夫當大任之人，必能伸能屈，能大能小，不動於氣而一循乎義理之當。然至於鄉黨之中，尤宜思孔子恂恂似不能言之氣象。恃氣淩人，乃北宫黝之氣，非孟子浩然之氣也。浩然之氣，乃事事循理剋己，自反而縮，則正氣自生，勝人不足爲大勇，能以義理自勝其血氣，斯爲大勇耳。足下其審剋之！

復陳心泉觀察

昨承尊諭，欲以夷人賄買之房，贖回爲講約堂。夫驅邪之道在乎反經。經正則庶民興；庶民興，斯無邪慝。甚盛意也。

竊以夷人先用鴉片煙綑中國之利，以敗壞中國人之精力，復以天主邪教誘中國之姦民，以敗壞中國之人心風俗。今且於各口岸通商，可以據中國之要害。各省城立堂，彰明較著講天主教，可以收中國之姦徒以爲羽翼，將來徒黨遍布中國，可以覘中國人才、兵力、財賦之盛衰，以施其挾制之術。是誠中國之大患也。然勢已積重，無可如何，惟有扶持正氣一法。明公仁心爲質，學有本原，力扶正道，以開風氣，幸甚！幸甚！

聞何方伯卽刻成聖諭廣訓直解，馬雨農學使前刻上諭黜异端四言韻文似可多印，以廣傳布，俾聖教淪肌浹髓，則邪教自不得入。此拔本塞源之計也，是否有當，伏候尊裁。

復游子岱刺史

讀新到和州任章程示諭，真古循良之用心也。而來書云近乃以酷吏聞，心竊傷之。宗誠思明公豈弟君子，斷不至爲酷吏，不過新涖任，驟難德化，不免尚用刑威，遂自覺爲酷吏耳。雖然，用刑當嚴明而不可酷，酷不在大也。刑而當罪，雖在殺人不爲酷，苟或不當，卽一笞一杖亦爲酷。是故獄未定之先，必安詳精審，不可輕用刑威，恐失之於迫脅。獄既定之後，則必按律施刑，不可流於姑息，馴至於容惡而養姦，望明公之更加精細也。書曰：『惟明克允。』明則不冤，允則不縱，其仁義之道乎！

答程曦之

承示文，辭氣甚暢，惟與人論學之書，道理不妨明辨，辭氣不可不和平。爲道理辨則可，爲自己辨則不可。若於自己不免有矜張之語，於朋友不免有訕笑之辭，於意則快矣，非君子克己之學，亦非以善養人之道也。雖文字之疵，實爲心術之蔽。維察之。

復曾節相

昨奉到徐州鈞示，以宗誠文琢句鍊字，每失之率易。須講訓詁，則下字不苟；精詞章，則造句不苟。微言切論，精鑿不磨。且當軍務倥偬之中，猶復從容閒暇，指示文章之利病，謝太傅、羊叔子雖風流千載，恐尚無此精實也。

宗誠志廣而才拙，氣强而質弱。少時讀書，見古人立德、立功、立言，皆心焉慕之。後遭家難，逢世變，知立德、立功不可幾及，始欲專事立言一途。初亦深知立言之道，必義理、訓詁、辭章三者兼備，然後可蕲至於古。無如體氣薄弱，不能博聞强識，於是於三者之中，又以義理爲修身接物之大務，當專志於此。經史百家之書，雖無不好，然第究其大經大法與北宋以來儒者之精言奥義、源流派别而已。訓詁、辭章，雖亦兼習，實未能致力焉。蓋稟賦既偏，不得已而擇一以從事也。文字率易之病，正坐乎此。今讀尊諭：『不刮磨陳言，醫下筆率易之弊，則講説義理之文，不能堅凝而失之浮。』誠哉至言！小儒所不識也，敢不勉力以副所望！

惟是行年四十有八矣。『聰明不及於前時，道德日負乎初心。』每讀韓公二言，心神悚惕，又安知果能副厚望否耶？且宗誠自反率易二字，不特文辭之病，性情、學術大都犯此，所謂苟者動静語默，往往類然。豈止下字造句之間耶？則所當刮磨者，似尤有本原在，而不徒文字，當懔尊訓也。

復夏弢甫先生

承惠書竝過庭聞見録，拜讀一過，仰見太先生學行性情，無一不可師可法，而先生之記録純實不浮，真孝子仁人之用心也。宗誠於凡海内忠臣義士、名儒名臣，皆往往喜讀其書，考其行事，或作傳記、序、跋以誌景仰，而況太先生爲鄉邦之泰岳乎？鄙意此録必當付梓，較行述、行狀尤能行遠，後世采嘉言善行者必及之。卽日下宦遊二録亦當竝刻。

卷八　書札

復何小宋方伯

承賜賸儀，義不敢辭。惟宗誠在皖，薪水足以自給，今往謁節相，乃彭宫保以舟相送，無須多備資斧。明公廉潔清苦，受之實不安於心。上下之交以道，不在貨財也。

貴同年廬江姚紹泉司馬行身端恪，居官循良； 太公毅圃先生績學篤行，爲廬江醇儒，兩世四喪，至今未葬。紹泉一子穉幼，今久不相聞矣。無人扶植，誠欲請執事與心泉觀察商榷，共助若干，以成義舉，則不特篤年誼私情也，將使敝省人士聞之，知正人廉吏身後尚有爲之經營者，於風化甚有裨益耳。

復某大令

承問到任所宜，宗誠何敢妄言？惟地方自兵亂後，民氣凋敝，士習囂張。欲得民心，必以嚴禁胥吏之欺詐，密拏訟師之唆使，清積案，審滯囚，訟來卽審，審明卽結爲第一要務。欲得士心，以請賢士爲書院山長，諭城鄉士子每月課文講學爲第一要務。尤在清查田畝之浮收，和合城鄉之紳士。聖廟、義倉，從前節相立有章程，宜清查辦理，是爲至要。

與楊仲乾明經

夏弢甫先生爲婺源學官時，刻有聖諭附律易解一書，簡明親切，望付梓人印千萬本，頒發各鄉各族士子，令其爲鄉族四民隨時講説，亦變化風俗之一端也。惟裁之。

先生學養粹然，和易感人，惟好以陽明、二曲兩先生書引誘後進，蓋取其親切警醒，足以振起人心。然宗誠以爲其書固易興起後學，而其背叛程、朱與强經就己之弊，亦足迷惑後人，有害學術。先生當專精删節一過，但取其親切有味各條，而去其背异程、朱之處，則以之提振人心，乃有益而無害耳。至先生著作，不以文字見長，而論事説理篤實懇切，足以鼓人志氣，亦望大加删削。書貴精，不貴多也。

與何小宋方伯

前承以白金五十兩爲姚紹泉司馬經營葬事，竝許告心泉觀察及廬江黄令君共資助之，扶持善類，可感可泣。昨到金陵，白於李雨亭方伯與李宫保，皆許厚遺。抵濡須口，與彭宫保談及，宫保亦以五十金相贈，謹寄呈貴署，望函告廬江黄令君託邑士黄仰範代爲買山營葬，餘卽買田，以爲其子讀書成室之基。俾敝省人士知之，皆以爲廉吏尚可爲，善人終有報，於人心風俗大有補也。

夏弢甫先生述朱質疑一書，於朱子之學術原原本本，精博詳明，可以辨正心學、漢學兩家之詆誣，而於其出處仕止之時義，内任外任之政績，尤詳著之，條分縷析，可爲天下後世法。世多言理學無用，何不觀朱子之經濟燦然如此耶？奉上一部，政暇讀之，必能廣益。

復彭雪琴宫保

承示族譜凡例，竊以爲繼母如母，子孫不可存分別心。今譜中元配大書，繼配細書，似非可以爲訓，宜改歸一例。舊譜前代名人與本支人物合爲一卷，前代誥勅與本支誥勅合爲一卷，似皆非古法。譜止當紀本支，前代似可盡去。如族人必欲存之，則宜分前代與本支各爲一卷而敘明之，以遠攀援名人之失。義塾章程於入學中鄉、會試之賀儀似皆太厚，恐日後經費不足，徒啓争端，且非可大可久之道。族中節義宜重，如少年矢志苦節者，當立一定例，每年於義莊中送紡織資，每一人若干，以助其衣食。卽殷實婦女少寡守節者，不須補助，亦必於義莊中每年一人送若干，以將敬意，是所以崇風教於一家也。遵命酌訂譜中體例，謹以序目五首呈覽。

復閻丹初中丞

山左積習，吏治務欺蒙，兵事務粉飾。中丞清操飲冰，日以察吏安民爲己任。又時躬親甲冑，籌辦防勦事宜，心瘁力殫，天人共鑒。

去冬髮逆殘孽已殲滅於嘉應州，此後惟須大府皆得如中丞之清勤仁明，整頓吏治，振興士習，以求長治久安耳。第恐地方甫平，而吏治復漸染太平之習，士習人心，不知振作，全不思當日生亂起禍之所由，則可憂者，終萌動於偷安之中矣。撚匪有曾節相重兵扼於東、豫之間，當可無事。惟欲收肅清之效，總須鄰省諸大府同心助勦，始可成功耳。

前讀大疏，薦舉單伯平學博之學行，激濁揚清，實當今要務。東省乾隆初有韓理堂、閻循觀二先生，學問、品誼、著述皆爲世所推，未知已入祀鄉賢否？表揚前賢，卽所以率勵後進。伏惟中丞訪之。

與游子岱刺史

前日過訪，獲益無窮。閣下仁心善政，專以教化爲懷，不徒爲一時功利之計。近世講吏治者，罕能及此。尚有一二愚見，欲以補助高深，謹條列以聞，惟諒察焉。

一、台命總甲呈户口册，各都士子呈分地圖一事，士地、人民瞭如指掌，誠得爲政之要矣。望更命總甲開列其都中游手無業者何人？素行爲非者何人？素行立品正道者何人？無論紳耆士庶，開一小册密呈。下鄉時順加訪察，或聽訟畢，亦留心訪問，一則可考總甲之信否，一則可使賢、智、愚、不肖咸知悚懼。訪察真賢卽於人前賞贊之，真不肖卽於人前警戒之，勸其改行，犯則必懲。自然且感且懼，可以銷惡於無形，而興善於不自知矣。

一、每仲月課文兼課童蒙讀書，誘掖獎勸，不許士人干預訟事，有品學者親往拜之，誠得教士之道矣。然此但能興起於明公在任之時，而不能興起於明公去任之後，望更於課期懸示朱子白鹿洞學規於書院，延見士子，告以正學。下鄉所到亦請士子相見，告以正道而聽其議論，觀其氣貌，或清或厚，或正或樸，异乎庸俗者尤加意培養之。朱子小學、聖諭廣訓必多頒發鄉塾，示令士子熟讀，庶幾聞見既熟，濡染既久，士品不患不端矣。

一、訟到卽結，案無留牘，獄無滯囚，嚴於吏役，惠以治士民，誠仁政之大者矣。更望審案時專以禮義、廉耻、信讓、勤儉、孝弟、仁厚激勸四民。凡争婚姻之事，既告以定例，又必示以廉恥節義之道，使無理者受刑罰而知愧，有理者雖得勝而不可恃。至當刑之人，又必分其人素愛體面與否。素不愛體面者，必枷示而後責釋；素愛體面者，但令其跪於大堂之上愧之，既可生其畏耻之心，又不令受刑以爲一生之辱。判語宜懸示署門，末加勸戒，尤足以感動人也。至骨肉親戚争訟，總以勸息爲上。真桀驁者，令其族黨平之。再不能，然後重懲。惟欺孤寡老弱者必嚴治之，至惰游、賭博、和姦與吸食鴉片者，必出示教戒，有犯必枷責，俟有保人具結改悔，然後釋放。蓋惰游、賭博、鴉煙，即將來偷盜之根。食鴉片者鎖署柱，必其戒而後已。和姦之案，律例甚輕，而實則敗壞廉耻，污穢人倫，傷害風俗，蕩廢家業，故宜重責。偷盜有兩種，果係饑寒貧民，又係初犯，則責之宜薄，必有保人而後釋放；如爲惰游、鴉片累次作賊者，則非重責不可以懲。差役、書吏犯事必責，當使權操於我，不可操之於民。民有訐告差役者，姑令民去，然後訪察得實，再加懲責，一則不開小民告訐之風，一則不使官役與民爲仇，致他日有報復之事。且當時時告以存心積德之報，使無自棄。蓋凡事適中則其心平，激則終有反夷之勢。

一、八十、九十者，餽酒肉以示養老之義；貞節婦女餽布疋胙肉，以示崇獎節義之誠。此古儒吏之所爲也。惟老人必訪其素行如何，分别致饋與否，則於尊老之中，仍寓風教之意。貞烈節孝事蹟可紀者，作文刻出以表彰之，即無事可紀，亦不妨附名他傳之末。其最貞烈者，或賜以匾額。古人所謂『旌别淑慝，表厥宅里』也。況文字傳布，不但可鼓勵一時，且可激勸後世，將來即爲州志之所采取也。孤貧銀一毫不減，而又善於變通，俾得博濟真仁人之用心。惟名不在册中者，真孤貧，自可分給；如察其爲吸食鴉片，好賭博以致窮困者，則不必給，待其改而後給之。寬厚慈惠之中，仍須有激勸之意。城中棺柩暴露者，令總甲查明。有子孫者，令其掩蓋；無子孫者，令總甲爲埋葬之。

一、罰款盡用以修路與培養書院士子，固籌畫之良策也。至文廟之修，義當合州竭力畝捐，不可用罰款。蓋凡屬士子，無不涵濡聖人之德教，始得各遂其性，各安其生，故人人當盡心盡力，庶合尊敬聖人之義。其宫牆制度，原有一定，載在典禮，須行文與懷寧縣及江寧府查取尺寸制度，不可因陋就簡，至從祀賢儒位次，有部頒程式，皆宜檢察。

大學之道：『在明明德，在新民，在止於至善。』是故君子無所不用其極。凡事必爲久大之規，不可徒爲一時之善政而已。行政愛民之事，不必與外人言，而要不可不使吾民知其義，是卽新民中道理也。小民無知，若不諄諄告導，雖此時服明公之仁愛，而自己究不知所以爲人，故大學『欲明明德於天下』。朱子注曰：『欲天下之人，皆有以明其明德。』此何等規模，何等胸次。其實欲天下皆有以明其明德，正是吾明明德中之分量，不如是，則明明德工夫分量有歉也。當今學術沈晦，正道榛蕪。明公既有仁心仁聞，更望口示指畫，誘人爲善，開出幾個正學種子，方是聖賢真血脈。所謂『己欲立而立人，己欲達而達人也』。講學不必高遠，專説平實道理，倫常日用爲人工夫，縱事不從心，而吾心必要貫金石，況至誠未有不動者耶？充實自有光輝，無光輝仍是未能充實耳。惟明公諒察焉。

與涂朗軒太守

去秋見責，以爲至交不宜用虚文，當有勸善規過之語。讀之深懍於心，且甚敬足下之開懷納善也。謹以所知一二詳陳之。

一、宜去驕心。位不期驕而自驕，固當深戒。卽自謂吾勤於辦事，廉於取財，此亦驕心也。蓋自信爲正人君子，不肯以聖賢之道，反求其所不足；不肯親近嚴憚之友，以切磋其所未能，皆驕矜也，不可不省。

一、宜去忌心。妒嫉乃女子之恒情，未有君子而萌忌心者。然自滿之意一存，則聞人之善，有不自覺其忮克者矣；見人之才長於我，有不覺其難容者矣。是豈不爲心術之害乎？君子觀人每於其微，剋己每於所忽，不可不省。

一、宜去躁心。聖賢之學與俗吏不同，俗吏尚才使氣，聖賢之學必求得天理之正，以卽乎人心之安。孟子嘗曰：『以善養人，不可以善服人。』吳竹如先生曰：

『天理外之人情不可徇，天理中之人情不可逆。』遇事執法，能吏可能於執法之中，必求得天理之至善。卽人心之所安，則非學養不能也。總之非居敬窮理，必不能躁釋矜平。若自以爲公正，實恐多有不安詳處，須自省之。

一、宜去吝心。人能存大公無我之懷，利人濟物之志，自不至於有吝。吝者，私也。或吝於財物，或吝於教誨，皆非天理之公，實出於人心之私。孟子曰：『君子莫大乎與人爲善。』又曰：『分人以財謂之惠，教人以善謂之忠。』易曰：『曲成萬物而不遺於善類。』須有委曲成全之心，方是仁者之用意。足下事事認真，是矣。然認真非難，明理爲難。若不明理，則認真亦非也，不可不省。

一、宜去僞心。凡人作一事，說一語，不本於實理，不出於實情，卽是作僞。足下責弟以不能勸善規過，令弟直指足下病根。如自反自尅，卽爲真君子，否則不免猶有僞心藏於其中也。望自省而尅之。

朋友爲五倫之一，見朋友有過而不言，卽是倫常中缺陷，成己成物道理俱未盡矣。誠生平最喜直諒多聞之友，以爲輔仁之資，亦以直諒多聞自任，而不敢爲善柔便佞。足下今爲太守，朋輩中未有敢進言者。誠忝爲布衣，交有年，故敢直陳一二，惟諒察焉。

與陳松如

承詢出處，當一以義斷之，不可存毫髮之私。立意欲出，私也；立意不出，亦私也。此當審之於天理，察之於親心。如自反真無治民之才，出無補於世，自不可出。如自審可以有爲，是天以治民之才與我，又以治民之官與我，而我乃以不仕爲高，卽是棄天職矣，非天理之自然，乃私欲之自遂也。又如祿不逮養，心所不安。或親老待我而養，不願我入仕，卽不可出。如親在，尚未衰老，又有代養之子弟，而親心又急欲我一仕，則捧檄而喜。古人自有明法，必違親之心以遂一己之意，卽此是徇私欲，非循天理也。足下以此自審度焉，可矣。

與倪豹岑主政

近代說經者多主張漢學，以致犯穿鑿破碎之獘。而講宋儒之學者，亦多不能博觀詳考，以致有偏滯固陋之失。其實朱子之學不如是也。弟窮經以程、朱之義理爲主，間有疑者，必取古人諸説考核之，而尤必貫通於本經上下文義，期於歸義理之極，而不專守一先生之説。且又必其有關於身心之學，家國天下之務，綱常名教之大閑者，然後發揮之，辨明之。其無關緊要者，則不敢爲不急之辨，總期至於明體達用而已。拙著求細正之。

上彭宫保

濡須侍教一月，深知我公英爽豁達，誠不亞古之名臣。而虚心好善，忘懷勢位，推誠心與人，則非親炙之久不能知也。敬服無似。別後一月，貴軀何如？

竊以人生氣血，不能不與年爲盛衰。而當其盛也，貴持滿盈；當其衰也，貴振頹靡。我公剛正之氣塞乎宇宙，尤望深加涵養義理之功，凡好賢惡惡，不動於氣，惟順乎理。事事平心静氣以處之，則血氣自不爲所擾。至於好客善飲，固豪傑胸次，然年過五十，亦不可近於强勉，恐氣不足以勝之，則有傷於身體矣。我公之身，關繫國家甚重，維珍攝不宣。

與吳仲宣漕督

尊刻邵位西員外遺文，謹校出誤字十餘，請飭工剜改爲幸。拙著誤謬，敬乞改正。

竊以人生天地間，當爲天地任一分參贊之責，撥亂反治。明公及當今諸賢帥，既任之矣，而講明經史以求義理之歸，表揚節義以激頑薄之俗，經濟必窮其本，文章必尋其源，義理必究其實，不爲無用之學，不著無益之書，扶植綱常，維持世教。區區微志，頗欲以此自任。然考察一有未精，傳聞一有未實，皆内害乎身心，外貽誤於後世，不敢不慎耳！

此次舟行，見運道灘上水淺，似宜急籌費開通河路，以加高兩岸之堤，而補其敗闕，則於河漕防務俱有裨益。漕標水師屯駐之所，似宜申明約束，不許離船散居鎮市，歌唱逍遥，恐有警信，倉皇失措。徐州微山湖中至許家營防，常有小船劫人，向來設有釐局，委員練水勇，專司巡察。而今所巡察不過釐局前後二三里，似宜飭令每日上下梭巡。鄙見惟裁酌之。

答涂朗軒太守

前月妄有陳說，深恐冒昧獲罪，乃蒙賜書引爲自反之端，謙抑之衷，欽仰曷極！大凡人居高位，又有勤能廉正之名，則平生朋友及一時僚屬莫不進譽辭於前，曾未有肯陳善納誨，以輔其所不足者矣。久之，遂自以爲已足，又久之，亦遂不喜聞有直言，所以成就不能遠大者在此。閣下當今正人，凡事裁之以義，毅然決然，而於肫肫其仁，天地生物之心，萬物一體之念，微覺不足。曾子曰：『士不可以不弘毅。』先必執德弘以擴其心胸，而後加以信道篤以堅其力量。弘而不毅，固難立毅，而不先以弘，則隘陋而無以居之。閣下時諷誦先賢斯言，必更有進德之境矣。

與魯生先生

剋己去偏四字，爲學問大關鍵。昔陸、王之道學，荆公之經濟，其才識豈常人所及？惟一味自是，不肯虛心集思廣益，剋己以從善，任其一己之偏而執之以爲大道，且牽强古經以就己說，此所以一則貽當時治法之害，一則流後世學術之獘也。夫君子之存心在辨理欲，君子之處事在辨公私。若心不能遏欲以存理，而且强理以飾欲；事不能化私而從公，而且假公以濟私，則又何學問之足云？

與萬清軒先生

鄂城別後，清風朗月，無日不思。聞上海道應公延先生主龍門書院講席，滬人可謂得賢師矣。方今夷人倡行邪教，無識之人多起而從之，日漸月積，不特今日天下之憂，實後世無窮之禍也。全賴吾儒有倡明先聖之道者距淫放詖，以延正學之一脈，庶人心漸正，人才漸興。人心正，然後不爲邪教所惑；人才興，然後文事武備有以自立，而行内修外攘之政，此實致治之源也。

上海濡染夷俗尤甚，望先生力障狂瀾，講義理之歸，明利害之實，使人人皆知廉耻禮義，而不屑爲苟且卑污之行，則於世教乃有裨益。見在中外頗有好正學者，大吏多有保舉賢才者，其風皆自胡文忠及今節相曾公倡之，而邪教之盛亦正在此時，則又龍戰於野之象也。然邪終不勝正，全賴講正學者以力行爲本，以有耻爲要，以有用爲歸，毋徒爲拘迂之迹，使人畏難而不爲。而讀書做人，總期於明體而達用。此風果開，則邪終不能害正矣。祈先生弘遠謨以肩重任也。

與吳桐雲

粵逆既平，南方當可稍安，惟望各省多循良之吏，以培養元氣爲務，重農桑，崇節儉，興學教士，緝匪安良，除禍於未形。使東南長安，則可分兵餉、人才以爲勦辦西北回逆，肅清中原撚匪之用，庶不致掣其肘。然欲多循良之吏，又全在爲大吏者專以察吏安民爲心，以訪求人才、興廉、舉賢、劾貪爲急。吾兄素抱大志，今得與左公共事一方，當可有爲也。

與何小宋方伯

台旌移藩鄂省，甘棠之德，能不依依？敝省孑遺之民凋敝已極，賴今節相曾公與沅浦爵帥、胡宮保、李希菴中丞、多禮堂將軍、楊厚菴制軍、彭雪琴宮保、鮑春霆提軍諸賢帥克復於前，又賴執事及馬穀山中丞、陳心泉觀察襄助節相以培養於後，察吏安民，敬賢愛士，痛除積弊，籌定新章，以復地方之元氣。雖殘破之後，驟難復元，而休養生息，氣象已焕然一新，昆蟲草木皆有欣欣向榮之樂。使皆得久於其任，則遺民之受福者更無涯量矣。乃馬公先去，執事繼之，今陳公爲喬中丞甄別去位，皖省人心皇皇，如嬰兒之失慈母。甚矣，善人君子之難得而易失也！天下事成之甚難，敗之甚易，成非聚數十人之精力，又漸歷歲月之久，不足以有爲。敗則以一人主持於上而有餘，可勝浩歎！夫吏治不清其源，兵事遽難底定，故循吏與名將必相輔而行。名將滅已形之賊，循吏銷未然之禍，否則一波未平，一波又起，亂其何日止也？

在濟甯接家書，知執事起節時，以宗誠與楊仲乾二人稍有學行，厚賜刻書之資，以爲激揚之舉。局促不安者屢日，惟戰戰兢兢，益自砥礪於學行，以報知己之德而已。

與馬生復震

足下少年孤苦，矢志忠孝，馳驅戎馬之間而不染營中積習，聲色貨利，淡然忘懷，論古衡今，具有特識。誠之所以愛足下者，此也。愛之甚，故責之深。深望以理勝氣，養孟子浩然之大勇，不願爲北宫黝之小勇也。夫能伸而不能屈，能大而不能小，此小丈夫之所爲也。古之大人，則能伸能屈，能大能小，譬之龍蛇之辨焉。蛇則但能伸而不能屈，能大而不能小；龍則變化無常，潛見飛躍，任其天而順乎時，初無一定之成形。

孔子論南方北方之强，皆務勝人，惟君子之强，則務自勝。老子亦曰：『自强者英，自勝者雄。』顔子剋己，故能使子路無所用其勇。孔子曰：『君子有勇而無義，爲亂。』所謂亂者，豈必作亂之謂哉？舉事不得其當，發之不中乎節，卽死忠死孝，猶未免於亂也。亂對順以爲言不能順天理之自然，徒出於一己之勝氣，卽不免於爲亂，可無慎與？

在幕府，當一以讀書明理，剋己守約爲歸，養義理之勇，以爲天下國家用。飲酒須節，恐於體氣有傷。大丈夫必看得死生輕，然後能舍身以全忠孝；亦必看得死生重，不敢輕傷其身，而後能出身以當天下之大任，立天下之大節也。

上曾節相

到金陵，聞七月十五日臨淮暴風，中堂座船幾於危險，舢板船多翻溺者。中堂一身，君國人民之所倚賴，天地神明自必陰有以相之，然望益加慎重爲荷。宗誠感激之私，非以受薪水，蒙保薦也，實以祖宗鄉土陷於賊中，賴中堂剋復江南，俾登樂國，實與天地父母同其恩德。又親承教育數年，凡中堂德量氣象，修身齊家，好學力行，尊賢容衆，處心積慮，深識遠謀，無不可師可法。餘事論學論文，亦皆足以砭愚訂頑，開拓神智。宗誠雖不能希其萬一，而心實奉以爲師。惟中堂拔宗誠於危難，而置之安全，今中堂日處危難中，而宗誠毫不能分其艱苦，自反實不可爲人計。惟有窮經好古，以求明體達用，自守淡泊，而軫念天地民物之心，不敢一日忘。文章、經濟，必求本源；身心性命之學，必求能致之於用；考證經史，精神不能遍及，而必求通其大旨要義，日就月將，不敢稍懈，聊以報教育之德耳。至用兵之道，不敢妄爲陳說，而敬愛中堂之心，亦實有不能自已者。謹略陳之：

一請大軍駐紮周口，中堂幕府宜住陳州調度。二請戰守諸將各加責成，至進退之際，不必其事事禀承，反致遺誤。三請河南、山東氣節經濟之士，剛直敢言之人，雖不盡可用，而肯留心世道者，大半在可造之列，宜多搜羅，或置幕府，或與差委，上可集思廣益，輔中堂知慮之所不及，下可以造成人才，延攬民望，以收拾所到之人心。四請凡各官紳士民之條陳，可采者采之，如晉文之聽輿言；不可采者置之，如大舜之隱惡而揚善，似不必條駮其非，使人不敢進言，而後可收愚者千慮之一得。五請保獎地方中素能殺賊之人，周卹死難之義士，以收民心。六請延訪圩寨中或有謀，或能戰，或知義理、識順逆之士，分布各營以爲嚮導，藉以通大營與圩寨之情。七請左右宜多延留心時務、盡心籌度軍事者，或專心學問者，則於成己成物兩有裨益。八請鳳、潁、徐、淮災民宜咨各督撫設法振救，無使散而爲盜。

凡此數端，皆中堂心思所已及，特微忱不能自已，惟中堂裁之。

與吳摯甫

足下天才卓犖，資性疏宕，論文論事頗有特識。惟望廣虛懷好善之量，篤博文約禮之心，守己介而不失於傲，與人和而不失於流，信道貴篤而不可失之於偏執，德貴宏而不可失之於隘，處境則隨遇而安，受事則隨分盡職，讀書稽古宜知所先後，循序漸進，不可窮大而失其居。遭際時艱，宜留心人才，洞達時務，不可傲慢懶散，沾沾一得以自足。眠食起居，行止動静，宜加檢束，不惟養德，亦以養身。若一切不自檢點，積慣成性，恐受病深而不覺。讀書爲學，宜有師承。與先生長者處，宜若無若虛，聽其言而取其益，不可自以爲是而不服善。年華易逝，誠如足下之年，學識亦不減於人，乃至今忽忽無成，故少年之精力宜惜也，少年之歲月宜惜也，少年之才識聰明不足恃也。相契深，故詳言之。

上李雨亭方伯

今年江甯布政使之職，竊以爲振救裏下河災民爲第一要政。宗誠由濟甯回，目見災民之苦。前在金陵，與李宫保及我公言之已詳，惟救災之款，無可籌撥，宗誠意以蘇州、江甯兩府城内外見無坐賈釐金，可否請宫保設立章程，派員收取，示以專爲救災民之用，明年夏間卽行裁止，裒多益寡，稱物平施，似乎於理無害，於人有濟。雖兩府凋敝之後，元氣尚未盡復，然視裏下河災民則已不啻天淵矣！況當粵逆竄陷兩府城時，兩府城之流亡，大抵避亂於裏下河以延殘喘。今兩府已復，取坐賈釐金以救之，正所以報之也。計兩府經理得人，可收十餘萬金。卽爲裏下河移民移粟之計，其壯者卽招至決口以工代賑。俟水涸時巡視運河察看，凡淺灘之處，卽掘取其土，以加於兩岸低塌之堤工，一則疏通運道，一則可以防賊之偷渡，一則培補低塌，可以防來年潰決之患。謹陳鄙見，伏維裁之。

上曾節相

蒙賜示幾何原本，聞此爲算學極精之書，通乎此，可以無所不通。往者梅氏尚未見其全書，今李壬叔譯之，節相爲刊行，真有用之書也。惟西人序中極推崇天主教爲聖教，荒誕之言似宜删去。卽論本書序之體例，亦止當發明算學，不當支蔓及天主教也。望飭李壬叔删節之。

上曾節相

奉到八月二十六日周口賜函，備承訓示，欽佩莫名。搜求人才，容納衆議，此是中堂生平最得力處。前者，竊見中堂北征以來一年矣，東、豫之士竟無一人蒙收用者，以此頗失士心。宗誠在營聞之，故不敢隱諱不言，而私心亦微覺中堂取士之精神，不比往日之足以鼓舞群動也。空言泛論者求之固易，然宗誠所請，非取空言泛論也，亦謂其德器深厚，局量宏遠，於軍國之事肯盡心籌度，於所知所聞肯直言無隱，忠於所事，無畏葸之情。此種人果添一二人於左右，偶然談論，未爲無補，卽或志大才疏，而使之依侍，教育既久，閱歷既多，亦可以成其才質，歸於有用。孔子論舉錯，不曰『舉賢舉能』，而曰『舉直』，蓋不直則雖有賢能，於我無補也。論益友，第一在友直，蓋不直則雖諒與多聞，亦與我無濟也。論傳道，不得中行，必求狂狷，爲其有志節可造也。彼非求差委，圖保舉，而肯籌畫軍事，來謁上書者，志節之士或在其中，豈可以爲空言泛論而忽之乎？妄言之罪，實出於愛敬之心。伏求鑒恕。

答馬穀山中丞

姚紹泉司馬後事，既承厚贈，已彙成三百五十金。宗誠函託廬江士人黃仰范爲買田數十畝，既可爲紹泉嗣孤讀書成家之資，又已買山葬紹泉尊人及紹泉夫婦矣。謹奉聞以慰高誼。古人云：『一生一死，乃見交情；一貴一賤，交情乃見。』如明公及諸公，真可謂不以死生貴賤易其心者！是可爲百世交道法也，豈特紹泉一家人生死感德哉！

杭州伊遇羹孝廉經明行修，與邵位西員外齊名。杭州陷時，位西殉節，孝廉奉母出城，守節餓死。今其母孤苦無依，明公素以保全善類爲懷，望飭官局時周濟其困乏。秀水有陶模秀才，篤志好學。賊據城時不肯蓄髮，竄之遠鄉，通經好古不懈。嘉興高伯平均儒敦品有學，是皆浙之讀書種子。明公如招而培植之，是卽扶持元氣之一端也。宗誠與三君未嘗一見，不過慕其學行，欽其節概，故聊爲明公言之。會稽宗滌樓觀察，厚德碩學，爲越中老成典型。家貧子幼，明公能延之主講，以儀型後進，是亦仁政之一也。伏惟鑒察。

與游子岱刺史

爲政欲民風之厚，必先士品之端。而欲端士品，尤莫先於正蒙養之道，則朱子小學其要矣。宗誠曾編有養蒙彝訓一書，皆先賢嘉語，括盡小學之要，而易於誦讀。又嘗著有人譜補正一書，論學之道頗覺簡切，謹以呈上，或可爲書院及村塾之助乎？

上吳竹莊方伯

前日言士習不靜，欲有以正之。竊謂書院中專課時文而奬之，以利士心，只知爲利，自不能不與人争名，此士習所以不靜也。又其平日全未讀先儒理道之書，故不知禮讓廉恥爲何事，是當刊刻正學術之書以誘導之。朱子白鹿洞學規、陳文恭公豫章書院學約皆簡明易知，親切易行，望付剞劂，以爲書院肄業者之法，是亦正士習之一端也。

與游子岱刺史

大學『上老老而民興孝』三句，章句訓『老老』，所謂『老吾老也』。則『長長』當卽指『長吾長也』。『卹孤』又當作何解？竊謂此章論平天下之道，承『治國』來，上文明云『所謂平天下在治其國者』，則老老、長長、卹孤，必是治國中實政，非空言孝、弟、慈也。『上老老』者，推自己之孝以行老老之實政焉；『長長』者，推自己之弟以行長長之實政焉；『卹孤』者，推自己之慈以行卹孤之實政焉。我真有老老、長長、卹孤之實德，及民久之，則民見上之人尚老其老，長其長，卹其孤，豈有己不興孝、興弟、興慈者？非徒自己孝、弟、慈於家，而卽能化行天下也。自己孝、弟、慈之根本，已具於修身、齊家之中，到治國、平天下，又必推之以行孝、弟、慈之實政，然後功德有以及人，而民自感動而興起。又大學『大畏民志』，朱注云『我之明德既明，自然有以畏服民之心志』。『明德既明』四字，非空言也，必其明德真能見之於行事，施之於政教，足以令民心悦誠服，然後無情者不得盡其辭也。

與張舜卿及方魯生先生

天之生人，原賦以仁、義、禮、智、信之全德，是之謂天命之性。是性也，廣大無際。人讀書窮理，於經史上見得一二分，只是知之德中露得一二分之明耳，其他昏蔽處尚多，但當精益求精以致其知，何可自矜其知之過人也？人肯力行，於職分中盡得一二事，祇是仁之德中稍有一二分之是，其他欠闕處尚多，但當勉益加勉以求其仁，何可自矜其行之過人也？人能知己性，原是無方體，無涯量，則自然但覺不足，不見有餘，故大學以致知爲先。孟子以知性爲本，知性則知天性與天同其廣大高明，體物不遺，而奈何一得自喜，欲上掩古人乎？多見其自小耳！

答劉叔俯

承示大著，深於經術，非浮華淺薄之士可比。間有疑者，謹别紙陳之。朋友切磋以相反而成，不以相稱譽標榜爲事也。

論禮雜述中有云：『恭慎勇直，雖爲德行之美，猶必依於禮以爲之，所謂道德仁義，非禮不成者，此也。』竊謂恭慎勇直，乃是氣質之美，周子所謂『剛善、柔善』是也，必依於禮，始成爲德行之美。單言恭慎勇直不可，便以爲是德行之美也。道德仁義非禮不成，言非禮則不成爲道德仁義。非謂道德仁義有所不足，必待禮而成也，有不足則不可謂之道德仁義矣。

又云：『禮記中如仲尼燕居、孔子閒居、坊記、表記、儒行諸篇，皆專言德行，與大學、中庸同。』竊謂此數篇與大學、中庸精粗、純駁、偏全、大小，氣象迥别，熟玩精思，平心察之，自不能等量而齊觀。近時講漢學者惡宋儒，遂謂大學、中庸不過記中之一端耳。此種粗獷之見，似不必附和之也。

又云：『漢儒解經，詳於名物制度，而於義理不備説者，名物制度非詳解人莫能知，至義理，禮經已明言，無煩訓釋。』竊謂漢儒生秦火之後，三代之名物制度漸就湮滅，故於此二者特詳考而訓釋之，用心偏重於此，故於聖人義理之精微，遂不能深窮之矣，此則時爲之也。今謂義理，禮經已明，無煩訓釋，似是袒護之見。漢儒於義理實多疏略也。

又云：『宋儒始專以義理爲學，其見自卓然。於名物制度略焉弗道，且視爲無用之學，未免矯枉過甚。』竊以宋儒雖專以義理爲學，然張子以禮爲教，程子以敬爲主，何嘗廢禮？至説經於名物制度略焉者，以既有注疏在也，且以學者多汩没於注疏名物制度之中，而不知切問近思身心性命之理，修齊治平之道，故專研究義理，以補漢儒之闕，竝非矯枉過甚也。末流相沿，漸至有空談義理之失，則誠所當戒耳！

又引阮氏元書、東莞陳氏學蔀通辨後云：『朱子中年講理，固已精貫，晚年講禮，尤耐繁難，誠有見乎理之必出於禮也。古今所以治天下者，理也。五倫皆理，故宜忠、宜孝，卽理也。然三代文質，損益甚多，且如殷尚白，周尚赤，禮也。使居周而有尚白者，若以非禮折之，則人不能爭；以非理折之，則卽不能無爭矣。故理必附乎禮以行，空言理，則可彼可此之邪説起矣。』竊謂阮氏是説，似乎精實而實非也。禮者，天理之節文。如子本有敬愛父母之天理，聖人因制子事父母之禮，以爲之節文；臣本有敬君之天理，聖人因制臣事君之禮，以爲之節文。凡日用倫常之禮，皆因夫天理之自然，而爲之節文，故謂禮必出於理則可，謂理必出於禮則傎矣。殷尚白，周尚赤，禮也。使居周而尚白，卽是違王制，失臣子事君之天理也。何謂以非理折之，而人不能無爭乎？今天下斷獄者，持先王之禮以斷之，或不能無爭，但就其事之理而平心以斷之，則人無不服。可見禮有時而改移，理則具於人人之本心，不可没也。理爲禮之體，禮爲理之用，體用一源，固不可離禮而空言理，然理能運乎禮，禮不能賅括乎理也。如孔子曰：『麻冕，禮也；今也純，儉。吾從衆。』若就禮而言之，從純，非禮也。然聖人曰『儉，吾從衆』，非審之於理而可從乎？檀弓曰：『亡於禮者之禮也，其動也中。』禮運曰：『協諸義而協則禮。』雖先王未之有，可以義起，非以天理審度之乎？然則理固必附乎禮以行，而禮也者，尤必求準乎理而後可行也。朱子曰：『卽物而窮其理。』原無空言理之事，且如論語之書，謂無非發明義理則可，謂皆發明禮，則不可通矣。豈亦可謂其空言理而爲可彼可此之邪説耶？阮氏蓋惡理學，故爲是似是而非之論耳！不敢附和也。

論欲字義中引段氏玉裁説文注：『感於物而動性之欲也。欲而當於理則爲天理，欲而不當於理則爲人欲。欲求適可斯已矣，非欲之外有理也。』竊謂此段氏之邪説也。天理人欲是學問第一要害，所當明辨者，乃曰非欲之外有理，是混人欲爲天理，降天理於人欲也。且使非欲之外有理，則宜其欲皆當於理矣，何以又有欲而不當於理，則爲人欲之欲乎？

又云：『欲初無害於理，其害於理者，則欲之過乎中也。害在過乎中，不在欲也。』竊謂此亦似是而非之論。飲食男女，人之大欲存焉，故聖人特制禮以防範之，非防範其欲乎？若欲無害於理，何必制禮以防範之也？富與貴是人之所欲也，然君子則能不以道得不處，不徇其欲而必準乎道，誠恐欲之害乎理也。富貴、好色，人悦之，人之所欲也。舜則惟順於父母可以解憂，否則如窮人無所歸，不徇欲而害理也。常人知好色，則慕少艾矣；仕則慕君，不得於君則熱中矣。是皆欲之害也，可曰『欲初無害於理』乎？生亦我所欲，然必所欲有甚於生者，不爲苟得，方是不害於理，但欲生，豈得曰『無害於理』乎？從心所欲，重在能不踰矩；欲立欲達，重在能立人達人。若不能不踰矩，不能立人達人，則皆是私欲，豈得曰『不害於理』乎？我欲仁，貼在仁上説，方是好欲；子欲善，貼在善上説，義亦我所欲，貼在義上説，方是好欲。單言欲字，即是虞書所謂『人心惟危』，豈得曰『於理無害』乎？足下云『害在過乎中，不在欲』。似也。然抑知所以過乎中者，正爲有欲之故乎？如饑而欲食，寒而欲衣，雖是當欲者，而或過，貪夫飽煖之欲，亦即此欲食欲衣之欲流下去，故君子必寡欲以清其源也。且不必過貪飽煖之欲，始爲害理，即饑欲食、寒欲衣之欲，亦易害理。如饑寒而起盜心，或卑屈諂媚於人，以求衣食，即不得曰『是當欲者，初無害於理』也。又謂『棖也，慾本作欲，後人乃加心字作慾』。竊以即作欲，焉得剛？亦可見欲之有害於理矣。

又云：『人有欲，即有不欲。子曰「己所不欲，勿施於人」。子貢曰「我不欲人之加諸我也，吾亦欲無加諸人」。欲與不欲，皆是人情，亦皆是天理。後儒以天理爲公，人欲爲私，未確。』竊謂此尤不可不辨。己所不欲是人情，勿施於人方是天理。我不欲人之加諸我也，是人情；吾亦欲無加諸人，方是天理。豈可曰『皆是人情，亦皆是天理』乎？出於公爲天理，出於私爲人欲。後儒以天理爲公，人欲爲私，教人遏人欲，存天理，正古聖相傳之大道也。何乃以爲未確耶？

又云：『先王之於民也，養其欲，給其求，故民之所好好之，民之所惡惡之，凡以與民同欲而已。』竊謂先王於民，不外教養二端，養其欲，給其求，亦謂養其天理中之欲，給其天理中之求。若不合於理之欲，不合於理之求，聖人固有禮樂刑政以治之，非一味養之給之而已。民之所好，公好也；民之所惡，公惡也。好之惡之，謂順民之公心，而不徇一己之私也，與民同欲，謂天理中之欲，非嗜欲之欲也。嗜欲之欲，先王自己剋治之，又立法以教化斯民，共剋治之。豈與民同在嗜欲之中，而可謂之治道哉？

又云：『後人別製慾字，但以慾爲情慾而諱言之。於是日用飲食之奉，皆若損德。清静寂滅之教，遂以風行。經義之不明，其害於人心有如此！』竊謂此更誣也。清静寂滅之教，其病根在滅絶天理，不在滅絶嗜欲。使知天理人欲之分，則知君臣、父子、夫婦之倫皆天理也。人事日用之經，皆天理也，烏有求清静寂滅之事哉？且清静寂滅之教，出於外夷，非因經義不明之故也。以上二篇，一貶理字，一崇欲字。貶理字爲空言理者發之也，崇欲字爲清静寂滅者發之也，是皆祖戴東原之邪説而不知其非耳！千古聖學，不外辨天理人欲，不外存天理，遏人欲。今必反其所言，恐流爲學術之害矣。

宋儒實無空言理之事，如周、程、張、朱發明義理之學，而一生語默、動静、出處、進退、修身、齊家、事君、臨民、交友，無一非理之行。其所明之義理，皆踐之於身，見之於事，何得爲空言理也？阮氏所云禮，特考制度名物耳。究竟古之名物制度卽考之不誤，亦不盡可行，豈非空言禮乎？卽問其一生居身、居家、居官，取與進退之間，豈能無一非禮乎？吾恐其不免於空言禮也。空言與不空言，只看行不行耳，豈在禮與理之辨哉？

才難講義云：『有德者未必有才，有才者必非無德。』按：有德者未必有才，仍是德之分量有未足耳。果德真足，則才自充。才不充，仍是德未至。有才者必非無德，此惟堯、舜、三代之所謂才則然耳，後世則不然矣！

道問學，當以身心性命爲主腦，故先曰尊德性，而後曰道問學。至名物、訓詁、制度、禮樂，亦問學所必宜及之者，蓋皆所以爲身心性命之用也，固當兼之，然卻有本末不可倒置。

廣經室記云：『金壇段若膺先生謂「十三經外，宜益以國語、大戴禮、史記、漢書、資治通鑑、説文解字、九章算術、周髀算經爲廿一經。」嘉興沈匏廬先生又以五經合諸緯書，取周續之言爲十經。若膺先生爲之記。予則取國語、大戴禮、周髀算經、九章算術、説文解字而益以逸周書、荀子，如是而經學始全。』竊謂此大不可也。經者，周、孔大聖人所定以爲萬世常行之道，故名之曰經。後儒輔翼經訓之書，謂之傳、注、子、集可也。直欲廣之於經，毋乃僭乎？何況其駁雜不純之書也。竊謂易、書、詩、周禮、儀禮、禮記、春秋七經，加以孝經、論語、孟子三經，大學、中庸本在禮記中，此皆可以爲經。至三傳爲春秋之傳，爾雅爲各經之訓詁，已不得爲經矣。何況他書乎？

答楊見山

承小荃中丞屬賜手書相召，何幸如之！但宗誠既蒙節相委修忠義小傳，義不可以他適也。宗誠近年窮經，成有四書五經諸説二十餘卷，大要必有關繫者，而後疏通證明之，固不專主一家。然必以益於身心性命、家國民物、綱常名教者爲主。近又編文廟從祀賢儒言行録一書，自顔子起至湯、陸二公止。意在著其實行爲學者法，免得講理學者徒侈言心性而墮於空虚，講經學者徒局於注釋、訓詁、名物而無關於身心之實、家國之故。當今士子莫不自謂是學中人，而究竟學宮從祀諸賢儒名姓、籍貫、朝代且不知，何況其言行大節耶？胸中無古人，作事焉得有準則？正道虚懸，邪教焉得不熾？人心、士習、風俗、官方吏治焉得不日下耶？近因彭宫保、何方伯贈貲屬刊拙集，宗誠文不足存，乃校刊先師許玉峰先生集，從兄植之先生大意尊聞二書，皆格言至論，有裨世教。又校訂植之先生漢學商兑、書林揚觶，吳仲宣制府爲付梓。宗誠才不足以濟世，惟願修輯前賢文字，或小補於天地之間也。

復馬生復震

誠前言『卽死忠死孝，猶不免爲亂氣』，專對針吾賢氣質而發，下語過重，足下辨之是也。然忠節二字，有淺有深，有從理道上發出者，聖賢之忠節也。有揆之聖賢，時義或過，而要皆本於至情至性不容已者，如屈原之忠是也。有非純出於忠君愛國之心，其發亦不盡合道義，特其氣剛毅不可屈撓，而慷慨就死者，則所謂氣節是也。有不盡出於剛毅之氣，特以顧名懼罪，畏人笑駡而死者，則所謂名節也。大概論之皆是正氣，而就各人分上細論之，則不能無差等。又有於國事全不深思審處，而冒昧一死者，又有逞氣徇私、激出禍亂而卻能全節於終者。在君子成人之美，必歸之以忠節之名，而在其人之本量，不得謂非出於亂氣。此無他，平日讀書窮理之功未深，往往認私爲公，認氣爲理，而存心養性之功又未盡，則有發於亂氣而不能自剋，反自以爲是正大之氣也。是豈可不戒哉？

且論人與修己不同。誠前所論乃欲足下養浩然之氣，無爲血氣所亂，深恐自以爲忠節而實非聖賢之真忠節耳，豈以是語貶斥古今已成之忠節哉？夫已成之忠節，無論真合於道義，出於至性者，可貴也。卽名節氣節皆可敬也，卽始而冒昧僨事而終能以一死晚（蓋）［節］者，亦可節取也。至君子之講學，則必取其上者師之。不當但自負我能死忠死節，遂以一段勝氣加人也。

足下欲取二十二史遍讀之，誠以爲當每日讀四書，或十章，或八章，循環玩味，以爲存養之根本，則於心性方有益，再逐日讀史傳或一篇二篇，以觀其人何事合於義理，何事出於亂氣私心，一一分析，了然於心，以爲法戒，然後不爲玩物喪志也。且二十二史盡讀亦難，不如先取其一朝中大忠大姦、名臣循吏、名儒傳先讀之，然後偏及，乃有次第。人之爲人，規模要大，而要必循序漸進不可。先泛濫無歸，以致窮大而失其居。惟察之。

卷九　書札

與王子章

得子獻書，知已需次江西。當今東南肅清，全賴得賢牧令厚加培養，以復凋敝之元氣，大施教化以正亂後之人心。第未知補缺何時耳？然既入仕途，則當以守義安命不妄求爲根本。諸葛武侯云「甯静致遠」。望閣下勉之。

上曾沅浦中丞

近聞鄂境肅清，藉可養息精神，整理庶政，選將鍊兵益固軍實，察吏安民益厚根本，則有備無患。將來賊必不敢再入，即或窺伺，亦必有以大創之矣。往者中丞以百折不回之節，立百世不二之功，其原在於堅忍沈毅，不以小挫而餒，不以大勝而驕，誓必不與賊共戴天，故能誠貫金石，義感三軍，下拯數百萬之生靈，上爲我國家立中興之業也。尺蠖之屈以求伸，龍蛇之蟄以致用。天下事變尚多，固非淺露者所能勝任。願中丞益宏遠猷以副天下蒼生之望。

復吳仲宣制軍

屢辱賜書，欲代刊先從兄植之先生漢學商兑、書林揚觶，具見遠謨宏量，肆應裕如，雖政務紛繁之中，猶不忘儒生之業，爲學術人心計至深且大，真可法可傳也。

莅閩後政教以何爲先？閩中自楊龜山、朱子倡道以來，代有名賢。今其士習尚知崇重正學否？李忠定及近儒李文貞、蔡文勤之遺風，猶有存者否？吏治民情尚易整理否？想閣下所治自必有迥异尋常者，瞻望之下，曷勝欽企？植之先生大意尊聞已刻成，足資政理，謹附呈台覽。

致劉中丞

承欲召至幕府，不勝慚感。迂拙鄙儒，毫無才學，自知不堪世用，乃承齒及，能勿汗顔？江右爲兩江之上游，今東南數省已就肅清，則察吏安民，培養人才，興起正教以固根本，當爲第一義。當涂夏弢甫學正有述朱質疑一書，於朱子出處政蹟考之尤詳，分門别類，最便學者。今呈請鈞覽，如將政蹟一卷刻出，以示僚屬，俾知效法，亦善政也。餘干明儒胡敬齋先生居業録文集皆精粹醇篤，爲洛、閩之正傳，近鮮傳本。中丞如能爲重刊，以惠後學，幸甚！

復馬雨農學士

七月，接廬州旅次賜函，知奉命典試粵東。想南海明珠，必盡歸象罔矣。今日大臣之職，所以上報國家，下安黎庶者，其道無他，惟在多拔取人才，斯爲第一要務耳。宗誠近日專考核歷代先儒之書，用伊雒淵源録體例，采取史傳及各家傳、狀、誌、表中所載先儒言行，修成文廟從祀賢儒言行録一書，以爲觀法，且欲救空談心性之獘。草創已定，尚待博考耳。又刻成先師許、方二先生遺書，皆持身處世、親切有味之言。謹奉上與賢郎閱之，可爲身心之助也。

復曾沅浦中丞

承賜王船山先生遺書，曷勝感佩。宫保抱濟世安民之略，當撥亂反正之任，前攻金陵，危苦萬狀，乃於杖節麾戈之際，猶復從容閒暇，表章前賢之遺書，發潛闡幽，嘉惠後學，誠盛德之舉也。羊叔子緩帶輕裘，謝大傅圍棋賭墅，雖有我公之鎮静，究不聞其如我公之闡揚絶學，經經緯史，足以餉遺千載，風範百世也。

復吴仲宣制軍

承示漢學商兑、書林揚觶二書，實爲我朝二百年來學術中流之砥柱，任爲刊行天下，後世皆受其賜，豈惟宗誠一人感激耶！惟二書植之先生皆有刊誤，曾刻單行本於粵東。宗誠近命其孫取原本照刊誤增删，繕成清本，又與吴竹如先生在金陵校對無訛。今特求曾節相寄上，如以此本刊行，似更精善矣。此書定漢學、宋學一大公案，爲朱子之功臣。我朝稽古右文，尤尊崇朱子。今我公表章此書，實足以贊助王化，刊成之後，具疏進呈，並請采行狀所言，稍具事蹟，何如？

亡友戴存莊書傳補商集漢、宋以來迄我朝儒者之長，以疏通周誥、殷盤之詰屈，最爲讀盤、誥之善本，謹以一部奉覽。

與李都轉

中庸論德曰『發强剛毅』、『齊莊中正』，而終之曰『文理密察』。孔子曰：『君子義以爲質。』而又曰：『禮以行之，遜以出之，信以成之，君子哉！』告子張曰：『質直而好義。』而又曰：『察言而觀色，慮以下人。』是非徒慮獲咎於人與計事之成敗也。不如是，則擇理不精，養德不醇，所以修身處事與人之道，固未盡善耳。且官居上下之間，則有事上接下之事，一有不細，則上之不獲於上官，下之爲僕從所蒙蔽，自謂無私而因人受累者，恐不免矣。

致楊石泉方伯

前游西湖，承賜三魚堂集，舟中細讀，校出誤字，別紙奉覽。我朝名儒之集，私心獨愛張楊園先生及清獻之書。其後則羅忠節公遺書，精粹純正，可與張、陸二先生竝駕，將來與楊園先生俱可請從祀孔子廟庭，爲後學之宗師也。我公倡明正學，既刻清獻全書，鄙意欲請並刻楊園先生集以嘉惠後來，而忠節遺書亦望多印，以贈好學之士，庶使正學日明，於治道不爲無補世教。幸甚！

與成芙卿

足下純孝至性，篤行闇修，實深欽仰。惟謂學問不可偏有所主，以起門户之爭，欲和合漢、宋以息辨論，誠爲遠大之識。而宗誠之意，則以爲門户不可分，而是非必當辨。漢儒、宋儒之可師可法者，皆當取；其不可法者，皆當去，固不可有所偏主。然而孰爲一節之師？孰爲全體之師？則亦不可不審所依歸也。

今日論學問之大宗，自當以孔、孟、周、程、張、朱爲師。而凡漢以來儒者，一言一行可以觀法，亦皆吾師也，而要不可與程、朱竝，即近世漢學家釋經考古，亦豈無可取？乃遂欲攻倒程、朱，則誠妄人也已。取其有補於考訂可也，而烏可不知其非乎？李次青著國朝先正事略，博覽兼收，可備一朝之掌故，然議論多有未當。如宗朱子者之攻陸，宗陸、王者之攻朱，宗漢學者之攻駁宋儒，皆推之以爲發前人所未發，則究竟孰是孰非乎？足下推爲無門户之習，過矣。維詳察之。

答應敏齋觀察

承示書院章程，屬宗誠商定。竊以丁中丞欲創建書院，講明體達用之學，甚盛舉也。所定學規，大致已善。惟『有真能學古力行，講求實用者，將來必加特薦』一條，嫌其近於利誘，非正誼明道之旨。蓋學行已成者，後來原不妨特薦，但不可先懸此爲鵠以誘人。且特薦一層，恐未必行，反無以示信，不如直從振興學術人心起見，所謂中道而立，能者從之也。今天下人心、士習、官常之壞，皆由一利念太重，則辨義利尤今日興學之首務，而可先開此利誘之風乎？維鑒察焉。

答應敏齋觀察

承示祭文廟儀制，皆守定會典、通禮舉行，誠盛事也。惟幣帛，通禮以織文爲之。今上海所用乃洋布，似乎不可。織文或一時難得合式，卽用中國幣帛代之尚無妨。洋布乃外夷之物，揆諸聖人內夏外夷之心，斷不可用也。伏維裁之。

答劉融齋中允

承示持志塾言，篤實精切，氣象極似胡仁仲、胡敬齋諸先生，具見用心。於內間有疑者，謹識之以求商酌。道理當精益求精，愈研窮而愈出，惟先生有以教之。

『有真知斯有真行，有不知斯有真知。嘗謂在横裏學，不如在竪裏學。横務多，竪務徹，務徹則不知者出矣』。愚按：數語理精而辭未豁。收句『不知』擬易『真知』，何如？

『先儒教人静坐，坐字不必過於著迹。苟作止語默處處能迴光反照，卽無往不可當。静坐工夫不待閉門卻掃始爲静也』。愚按：迴光反照爲二氏之學所假借，不如處處以反身循理爲工夫。何如？

『存察非相爲代謝之事，存是個常主意。當察之時，而存者未嘗少動』。愚按：存察止是一心，存是常常操存涵養，察是方動之時更加提撕警醒。其提撕警醒，卽此常常存養之心所發也。謂當察之時，存者未嘗稍動，則似有兩個心矣。

『妄念起而與之争，勝不勝尚在未可知之數也。若看破那妄甚没來由，妄自立脚不住。檢身之法，目當自視其形，耳當自聽其聲；審幾之法，目當自視其形形者，耳當自聽其聲聲者』。愚按：二條恐爲佛學之所假借，工夫惟居敬窮理是根本。能如是，則妄念一起便易覺，省察剋治皆易爲力。若但曰看破那妄，而非有居敬窮理之主腦，其流必成爲釋氏之觀心法矣。檢身當如顔子『四勿』、曾子『三省』，審幾當如中庸『戒懼愼獨』，工夫始爲平實。

『教人者，使之悟得所性之本然，乃可望其自爲正而終不走作。不然，如瞽一日離相，依舊有顛危之患』。愚按：『悟得』二字擬易以『明其』二字，大學章句序立言如此，否則恐爲心學『頓悟』之所假借。

答費崇朱

足下生浦江久不知正學之地，而獨好古大儒之書，剖其是非，辨其精粗，不求利達於時，而不遠千里，以就正於有道。昨聞敏齋觀察言，極爲歎服。今承示大著筆記，於宋以來先儒之書披讀殆盡，而皆能得其旨趣，分其邪正，實爲難得。

惟鄙意讀古人之書，須擇其是者涵泳，而存諸心，體諸身，驗諸事，爲徵諸日用，不徒筆之於書，又不可徒辨其宗旨之是否，而不切己存養省察也。孔子戒子貢方人，以其心向於外也。讀古人書而專論古人之是非，恐久之亦不免於外馳，而不能近裏著己！此非小病。又凡論古人辭氣，宜含蓄，不可攻訐。望更切實用功，則成學不難矣。

答張欣木袁爽秋

欣木近沈潛，爽秋近高明；欣木質勝於文，爽秋文勝於質，皆异才也。惟學問之道，當與世爲變通，又當審己所能爲者爲之。爽秋好讀古書，予以爲居今之世與承平之世不同，當讀有用之書，訓詁名物、博雅辭章，可以餘力爲之，而不必專力於此，以於世無大益也。況爽秋體非壯實，讀義理之書，可以檢攝身心，涵養性情；讀正經正史，可以明理應事；讀有性情有義理文字，可以完養心力。其餘皆當裁省，不識以爲何如？

答袁爽秋

函示大作，過承推重，愧不敢當。某於學一無所知，生平好讀義理及經濟書，文章殊非所尚，而論文之旨，大致以六經爲根本，以程、朱義理之書爲質幹，以漢人爲氣骨，以韓、歐八家及明之歸氏，近方氏、姚氏爲門徑，歸於有物有序，而不喜無理無用之文。然未能專用功，故毫無所得。間有所作，止求理明詞達而已，無所謂文也。近年好窮經，精力日衰，尤不欲溺志於文以荒德業。

足下之文，氣味古茂，體勢堅重，恢詭奇肆，不可方物。惟未嘗由八家門徑而遽學兩漢，又雜於選體，則於古文義法尚須講究，望更湛深經術以裕其本，研窮義理以厚其質，熟讀史、漢、昌黎以凝其氣，細玩唐、宋大家以求其法，博觀經世之書以實其用，則於文事思過半矣。

答戴子高

來函借李恕谷年譜，欲表章之。竊以恕谷質行經濟，亦可謂君子儒也，惟好詆程、朱，似未嘗潛心玩索其書而輕於立論。學者師其長，必知其短，斷不可護其短以爲長。若如是，適足以播其短矣，且於世教有流弊也。其審之。

與應觀察

承以新修上海志稿屬爲訂正，詳贍周密，惟體例間有可商，冗文間有可節。謹陳鄙見，伏維裁酌。

卷首當有目録，附存者，即附於子目之下，而每卷不必另列子目，以省煩冗。

卷首當有凡例或序例，不必每卷首有序。志有大書，有分注。大書以識其要，分注以盡其詳。其大書下有舊志按語，有今新志加按語者，卽可連書於大字之下。其分注下有舊志按語，有新志加按語者，卽可連書於分注之下。惟新志按語，宜加今字以別之。

水道、田賦二項極詳贍，無可疑議。但宜移在疆域之後，蓋水道、田賦與疆域相連也。

建置中附録外國天主堂於各國通商之後似不宜。今移附寺觀之後，歸於雜記一門。舊志附學校後，尤非宜也。

學校一門，當次於建置之後，而祠祀又當在學校之後。蓋學校爲建置之大宗，而祠祀諸神皆比文廟爲小也，故當移於祠祀之前。學校類中所載鄉飲大賓名，皆當低格寫，以前鄉賢、名宦皆低格寫，則此不當頂格也。附録本學盛事當删去，或附選舉類後，或附志餘亦可。蓋學校所以明人倫，凡邑中忠臣、孝子、名臣、名儒、循吏，皆學校中盛事，而第取三代進士重游泮水爲本學盛事，則陋矣。至本非鄉賢似宜删去。

祠祀一類，宜改爲秩祀、群祀。官祀、私祀四字不典。至寺觀一門，斷不可載入祠祀，況此志稿祠祀在學校之前，則是以异端之祀先於孔子矣，其可乎？陸稼書先生靈壽志削寺觀不書，今卽不能從，當與天主堂竝列雜記類，可也。

兵防一類，無可疑議，惟『西國西兵』西字，不如直書外國各國名之爲核實。

職官表、選舉表皆可仍舊。惟博學鴻詞科、孝廉方正科乃是國朝創典，特詔行之，破格用之。名爲制科，與他薦辟不同，當列於貢生之前，分兩格，上層博學鴻詞，下層孝廉方正，使人知學問德行之爲重也。

宦蹟二字不典，當改爲官師志，乃合古法。

列傳一門不典。史記以來稱列傳者，皆是大傳。若連數千百人記之，只可名爲人物志，不得曰列傳。又人物志中不分類，固可。或略分名臣、名儒、循吏、獨行、忠義、孝悌、文苑、方技、寓賢、列女亦可，或暗分而不明題，但總題曰人物志亦可。

方技中必有益於世者乃存之，怪誕之事宜盡删去。

方外不必立傳，但擇其有行義文學者，或附寓賢之後，或附存雜記中寺觀之後可也。即有取者，亦必其行義文學可傳，怪誕之事皆不必存。

藝文當在人物之後，以藝文由人物出也。古蹟當在人物、藝文之後，以古蹟、廬墓皆由人物出也。人物、古蹟、第宅、冢墓俱宜删節。其不關緊要之人與地，均可去之。其分注者如無甚緊要，皆可節去。至怪异之事，斷宜删淨。志餘一門，凡有關繫者，即可附入以上各類中。其怪誕似小説者，皆可删去。其可爲法戒，備掌故，而無類可附者存之，改名曰雜記可也。

復吳桐雲

承示易説，專發明程傳涂徑，甚正。臺灣告病後文字，間有揚己之語，似涉矜誇，不特非處世所宜，君子省身剋己之學，似不宜如此也。閣下才氣過人，又肯任事，尚望力除客氣，時時以經書義理與自己言行相檢束，則進德修業，必更月异而歲不同，將來發諸事業、文章者，必更光明俊偉。惟諒察焉。

與李季荃觀察

承命訂正貴族譜例，貴族本舒城許氏，以出繼合肥李氏，遂冒李姓。今已十餘世，子姓蕃衍盛大，勢難再復本姓，即以初姓李氏之祖爲一世祖，甚爲合義。而舒城許氏族欲與此譜合爲一族，則似未可。何也？能復姓則可合爲一族也，既不能復本姓，則但當於舒城許氏譜中，綴貴譜始祖之名，下注明出繼合肥李氏某爲子，於貴族李氏譜中始祖名下，注明本舒城許氏始祖某、二世祖某，歷數致父某，生幾子某某，某朝某年以公出繼於合肥李某爲子，遂冒李姓。如此則姓氏源流，支派分合，有條不紊而各自爲譜，方合義法。祈與相國裁之。

上吳竹莊中丞

安徽省治改於安慶，上接楚鄂，下連吳會，居中扼要，實爲長江之鎖鑰，中原之咽喉，山川雄厚，風氣樸茂，經文緯武，人物之盛，傳記不絶。固地脈使然，亦歷代賢大府興建培養之所致也。前者粤賊蹂躪，百度凋耗，收復之後，賴各大府體皇上如天之仁，奏請薄賦輕徭，一意休養生息，培補元氣。及我公陳臬翰藩洊歷開府數年以來，恩威竝用，内姦不生，外寇悉遠，乃謀興建學宫奎星閣以振文教，設通志局以徵文獻，重建大觀亭，刻印乾坤正氣集以顯忠義，重建各衙署以肅觀瞻。整齊道路，疏通溝洫，以除壅塞，巍焕堅實，鬱乎有文，洵振興之氣象也！

惟是省會尚有應興建一事，請爲我公陳之。安徽爲宋大儒朱子篤生之鄉，素明禮義，忠孝節烈，史不絶書。自咸豐三年至同治三年，所有官紳士民婦女殉難者，無慮數十萬人，幽忠奇節，湮滅者多。而前給事中吴焯、林之望、御史薛春藜等在京兩次訪明，奏請旌卹者數千人。兩江總督曾公於咸豐十一年奏設忠義局，委員采訪歷案，奏請旌卹者數萬人。又歷任督撫奏請旌卹者亦不減千百人。皆奉旨分别旌卹，立祠建坊。國恩高厚，崇奬節義，有加無已。然遠州下邑被賊禍久，民氣未蘇，多有不能建祠及坊者。忠魂義魄鬱而未章，何以顯大義而維風化？往見江西石鐘山、蘇州惠泉山皆自古名勝之地，兵部侍郎彭公奏請建立水師昭忠祠於石鐘山廢址之上，江蘇巡撫李公奏請建昭忠祠於惠泉山廢址之上。去年節相曾公亦奏請建立總旌祠於金陵名勝之區。

今安慶迎江寺廢墟，亦往日游人登覽之地也。江山之勝，載在志乘，欲乞我公相度寺旁隙地，奏請建立忠義節烈三祠，一祀全省殉節官員，一祀全省殉節紳士庶民，一祀全省殉節婦女。中立總位而臚列其名於匾額以懸於堂。不特廉頑立懦，可贊王化，亦且宣導幽鬱，足和神人，將來省會之地，大江之濱，登覽名勝者，皆知觀感興起，仰思皇仁，而不僅爲游覽之勝事風化。幸甚！

卷十　書札

與蘇菊邨

得書，以衰病益甚，欲日了其所當爲之事，唯恐稍留缺憾。此一息尚存，不敢稍懈之心也，欽佩無已。惟著書之事，似可輟業，讀書之功亦宜稍減。日將所熟之書如四書、五經中切近篤實之語，及古人詩文中可以涵泳性情者，静坐默誦，以爲存養之資，則於心性既得勿忘勿助之功，而於病體亦得優焉游焉之益，萬不可以將衰之年，尚貪多而務得也。至以傳誌相屬似可不必。前者吾鄉碩儒夏弢甫先生亦然，誠復書以爲做人是自己事，作傳是他人事。撰著之存亡，名字之傳否，皆有天焉，於己無與，何必以此掛懷？今亦以此言進於足下，惟裁察焉。

與游子代刺史

別後聞深州循聲，士民感戴。惟思興利除害之事不可過驟，即察弊之事亦不可過苛，過苛則一時迫於勢，不能不從，將來閣下去任，其反之也必更甚於前日。書曰：『明作有功。』又曰：『惇大成裕。』始非明作，不能振起頹惰，正氣將鬱而不伸，終非惇大，不能垂諸永久，元氣將灕而不固，故曰：『一張一弛，文武之道。』又曰：『猛以濟寬，寬以濟猛。』總期得其平而已。凡處事太察，求治太急，少温良寬裕氣象，則人必難受，後必難繼，故易曰：『乾以易知，坤以簡能。』易知則有親，易從則有功。願與閣下共勉焉。

與史香崖

來書欲考求粤賊本末，訂爲一書。竊以爲足下處北海之濱，粤賊事未曾目見，不過得之傳聞與當時奏報之言，恐不盡可信。縱欲極力搜羅，終是掛一漏萬，不如專用功於經史，內求有益於身心，外求有益於人世，方為為己之學也。

答尋錫侯

僚友相處，所望在直諒相加，庶可收切磋觀摩之益。來函稱譽太過，非所敢承。惟謂：『人生才力聰明各有不同，根本之地必須結實可靠。歷觀古今名臣，無不從腳踏實地做起，無本之泉立見其涸。』誠哉是言也！

竊謂人有才力聰明，加以根本結實，必能堅卓發越，可以有濟於世，否則根本未結實，則其才力聰明不但於世無濟，甚且反害於身。至於根本之結實，全在栽培深厚。經史、名臣名儒之書，其所發明義理，經濟熟玩之，皆可以栽培吾之根本，而使之結實也。諸葛武侯曰：『非學無以廣才。』范文正公一見張橫渠，勸其讀中庸；一見狄武襄，勸其讀春秋左氏傳。二公遂一成大儒，一成賢將。蓋才力聰明，功名事業，譬諸樹木之枝葉花實也。枝葉花實之茂密鮮明，則全在根本之堅實盛大，而根本之堅實盛大，則在土壤之厚，培植之深，加以歷年之久，暴風日，受□雪，以凝固其精華，而不過泄其氣。使精氣得貞固於根柢，始能可久可大而成爲良材。此培養根本之功，所以爲第一要務也。

足下虛懷好善，宜乘此需次閒暇，讀有用書以拓神智。願共勉焉。

答丁刺史

近日民生凋敝，加以兵荒之餘，除國課正賦而外，當事事於奉公之中寓卹民之意。若必事事執法，則亦有難行者，且反之自己，亦不能事事依法，而何能專責小民之依法？故凡事不但求可以對人言，尤當求可以對自己隱微之心。天下事固有反之幽獨之心而無愧，而不可以白於人者，亦有可以質諸大庭而不懼，而反之自心之隱有難安者。閣下謂生平以真西山『我輩當如漢吏循』之句爲法，又欲以子產『養民惠，使民義』二句爲師，果能實行此言，則上有裨於君國，下有濟於民物，豈不善哉？

又謂天旱如此，擬申行保甲，防弭盜賊，預備振卹地步，尤可謂實心任事。惟凡善政皆不免有弊蠹藏於其中，更宜體察。果真如此存心，亦將可以感格太和。蓋天地不交，陰陽不和，實由於官民之情不通，故易曰：『上下交則爲泰，反則爲否。』至於風狂太甚，每有雨意卽爲狂風飄散，於洪範咎徵曰：『蒙，恒風若。』吏役蒙，則能使官民之情不通；臣子蒙，則能使君民之情不通，民隱不得上聞，上澤不得下究，故致狂風蕩於空中，使天地不得交泰，陰陽不得和合，易所謂『屯其膏』者，此也。可不警乎？

答甘玉亭

來書詢誠在直隸仍講學耶？抑欲爲官耶？當頭棒喝，令人警醒。夫學之不講，聖人以爲深憂。講學乃修德之實功，固無論出處而皆不可以一日忘者。第古人講學乃唯恐理之不明，行之不力。若標講學之名以馳逐於外，則犯孔子『道聽涂説』之戒，孟子『好爲人師』之患矣。誠在此無事則閉户讀書，其上司、同寅中有虚己好學下問者，間亦與之講論切磋，以互收觀摩之益。成己成人皆成德中之實事也，不敢立講學之名，亦何必避講學之誚哉？但不空講心性，惟就各人職事，勸其讀書明理，盡心供職，潔己愛民而已。至於爲官，則誠實無其才。然既奉旨來直，則君命不可不遵，況曾相國知遇之隆，亦不可不思所以報效之理。惟仕止久速有命有義，義當盡之於己，命當聽之於天。宗誠奉旨而來，守臣子之義也，至於補署之久速，則聽上官之權衡，而己固無容心矣。夫用則行，舍則藏，乃聖人大賢分上事。宗誠無行藏之具，豈敢希此？惟『進以禮，退以義』二語，則不可不謹守之，以立廉恥之大防也。所見如此，惟足下教之。

復劉崑圃太守

承示良知之説，以爲欲驗其知不知，先驗其良不良，反復開示，洵爲至論。然何以能驗其知之良不良耶？則必合理者而後爲良，不合理者卽爲不良，而理之中又有精粗純駁之分。其純乎理而精一不雜者爲良，否則雖傍乎理而尚有夾雜不純者，卽不得謂之良也。此所以格物窮理之功，當在致知之先也，非明理以爲權衡，守理以爲宗主，則又烏知其知之良不良耶！陽明致良知之言，非無可取，其病在破程、朱格物窮理之説，以爲心卽是理，良知卽是天理，不知知也者，吾心之靈明也。以靈明爲天理，而不用格物窮理之功，則安知不以人心爲道心耶？朱子格物窮理之説曰：『或考之事爲之著，或察之念慮之微，或求之文字之中，或索之講論之際。』又曰：『析理則不使有毫釐之差，處事則不使有過不及之謬。理義則日知其所未知，節文則日謹其所未謹。』觀是二則，内外本末俱到，豈徒教人外面考較已耶？

來函謂氣質、法律、學問，皆以真爲要，洵屬至論。而宗誠之意，終覺三者必以學問爲規矩，而學問尤必以義理爲權衡。若不明義理之真，則所謂真氣質真法律，亦終未必爲盡善。更希教誨爲荷。

答蔣友石

承詢作官之道，竊以爲足下學優而仕，則所以施於政事者，自不同於俗吏之所爲，無已則仍與足下論學，可乎？

足下才高學博，文辭典雅，唯稍有駁雜之病。既已臨民莅政，則與詩人文士不同。從政餘暇，似宜玩索聖賢切要之書，歷代名臣循吏之傳，内可以存養心性，外可以經綸事物，其他詩文足以涵養身心，游泳性情者，亦可游藝及之。若夫駁雜之書，似宜輟覽，以省心力。大凡中年之人加以從政，則爲學之功，考古之力，總當擇其親切簡約者爲佳耳。

上曾節相

前日晉謁，仰見德躬，病雖少痊，而憂國憂民，思深慮遠之誠，形於辭色。宗誠受教育之恩，而一無所能，未獲從侍左右，以效奔走之勞，實深内疚。

竊以爲天下事有能成功於一時者，有雖不能成功於一時，而必存其道以示萬世者。頃者天津民夷搆釁，竊謂由平日教堂一事本不協輿情，加以今年拍花一案供由教民給藥，法領事又持洋槍先行傷人，激動衆怒，其釁實由法夷而啓。在愚民無深遠之見，方群以爲大快人心，而斃夷酋，毁教堂之日，卽大霈時雨，尤群以爲天怒人怨至此而銷，足見天人感應之不爽也。向使朝廷卽乘人心之可用，以法夷之曲播告諸夷，謂諸夷自和好通商以來皆無嫌隙，獨法夷傳教不協輿情，常致滋事。此次又以拍花啓釁，先開兵端，以後中國專與諸夷和好通商，而法夷一國必與之辨明曲直，則理直氣壯，中國之人心民氣未始不可振作，而外夷未嘗不心有所攝服。況以中堂之勳德威望，如一切不由中制，悉聽籌畫機宜，則兵心民心，蓋無不唯命是聽。如此則戰既有備，和亦易講，安見不可成功於一時也？乃雖命中堂查辦，而樞府總署唯恐與言曲直，疊寄諭旨，似法夷尚未見大肆猖獗，而我氣之餒，理之曲，已俯伏在地。雖愚人見此，亦必敢於放肆，無所畏忌，而況狡譎之法夷乎？法夷肆則諸夷未有不從中挾制者。我既自認全錯，則將來要求有萬不可應許者，何以答之？浸假而索我百姓償命，甚至索我以官償夷官之命，又何以答之？此不大傷民心乎？民心不願從夷教，此乃國家之根基。民心久傷，民氣久抑，終必有一發而不可制之時矣！

愚見以爲中堂忠君愛國出於天性，既已毁譽死生置之度外，則必守道不移，無論諭旨若何，當執理而争者，仍必執理以争。此次奉旨查辦，仍須查明曲直及辦理情形。雖不言戰，而暗中當何以防備。雖可言和，而有當許，有萬不當許之款，總宜愷惻直陳。雖不可激禍於一時，亦斷不可貽譏於後世。查明復奏之後，仍宜回省布置，如猛虎在山，令人不敢輕入。講和之事，以請旨另派人與講爲宜。中堂似不宜久駐天津，恐夷人輕褻，致失中外之望。道不可行，事有萬不可從者，卽當以去就争之。縱不能救其事，猶可存大義大節於天壤，亦可以振人心，固國家之正氣也。盛衰治亂，理數之常，實賴有人潛移默運於其間，非中堂其誰望哉！

上曾節相

前謁送時，本欲有所陳説，因見中堂憂深慮遠，無微不燭，隨感而應，自合機宜。鄙儒小言，未敢遽爾上達。惟時時與作梅觀察及荔秋、摯甫言之，此事我直彼曲，誤在崇厚一疏再疏，以爲曲在津民及地方官，欺蒙我皇上及在廷諸臣，遂致屢降諭旨，自認全錯，與夷照會，一味乞和。夷人本無理可言，而有此諭旨、照會，反得執爲挾制之具。崇厚誤國欺君之罪，人人痛恨，而又不自擔此責，奏請諭旨，令中堂來津查辦。凡乞和諸款，既先已明奉諭旨，總署又先與各國照會，則中堂奉旨查辦，自不得不遵旨辦理。如此則焉得不内受總理、通商兩署之牽率，而外受夷人之挾制哉？

中堂守經太過專，欲以忠信盛德孚於上下，而反爲其所玩弄。向使受命之日，卽力陳崇厚之言不可聽，地方百姓之氣不可不固，請皇上不專恃和議，但急爲防禦之策，而與之辨明曲直，彼可和則與之和，彼不可和卽斷不受其挾制。正道一倡，雖不能大振威聲，亦未必遽大有敗衄。此關既鬆，於是夷人要殺守令，固不得不遵旨奏劾矣。在中堂，以爲甯使守令受冤，自己受謗，而庶幾免皇上之震驚，受小屈以求大伸，誠純臣之用心也。觀中堂家書，謂：『此舉内負疚於神明，外得罪於清議，而未必於事有益。』中堂可謂洞見垣一方矣。雖洞見其不可恃，而猶委曲從其請，以冀幸無患，此中堂之苦心爲國也。乃夷人得寸進尺，必欲中堂卽殺守令而後甘心。噫！此何言也！中堂，我皇上之大臣，豈夷人所得而指使之？觀此舉動，則要挾之事必多，十許其九，猶恐以不許其一爲我罪也，則乞和豈可恃乎？

宗誠欲求中堂急宜密疏直陳前日不得已而劾守令，意欲委曲求全，而究恐不足恃，急請都中爲守禦計。而後來有萬不可許者，中堂必抗言以拒之。實在不得已，則鼓動百姓及衆兵以禦之，或可少折其驕氣，而和議可成。若不爲守禦計，專欲將就求和，則恐夷人看破機關，一味要挾。不早疏陳，恐以後夷情變詐，内外無備，不但公論皆興責賢之議，卽朝旨亦必歸咎於中堂矣。

竊以爲中堂社稷之臣，皇上深倚以爲重。崇厚欺蒙以致皇上誤降諭旨之罪，總署誤與照會認錯之非，守令之無辜，民情之公憤，中堂委曲求全之心，與和議之不可恃，防禦之不可不備，斷宜愷惻直陳，使皇上知有所處置。中堂疆臣也，自當以守土爲重。宗誠深慮夷人見中堂住天津城，兵船一到，大肆要挾。總理、通商兩署一切推諉，中堂固抱之死靡他之志，然與其憤鬱無聊，奄奄待盡，寒天下功臣之膽，灰天下忠義之心，何如先有以備之？兵端雖不自我而開，要必有以應之，暗傳紳士宣告百姓密爲防御，調兵入城，令道府縣必爲固守之策，而密令城外諸營爲護城之計。彼如大肆欺侮，開礟攻城，即内守外戰，兵民合力，以死拒之。且奏請飭李中堂入衛，飭劉軍門來直治兵，如果一戰而勝，夷人知我不懼，且彼先開兵端，理屈辭窮，和議可成。即或一敗而百折不回，必可以倡忠義之先，而鼓天下豪傑之氣。中堂行事，無論生死，必爲法於天下，可傳於後世，不比常人輕於一擲也。夫國家治亂存亡，固屬氣運，非人力所能爭。第人臣各有一仁至義盡之道，則不可不擇善而固執。義之在我者，當如是則如是耳。成敗利鈍，豈所計哉？

宗誠受中堂獎拔教育之恩，而才庸性拙，不能報效，自違中堂，寢食不安。自以局外菲才，不敢獻言，悠忽至今，實負大德。然輾轉反側，終覺難已。縷陳之。

復吴桐雲

接奉二十三日夜中手書，知前函已達，屢命赴津。宗誠亦久欲相晤，惟洋務一事，宗誠才識迂拙，未能洞悉機宜。又職不居幕府，未敢妄論大政，是月初三日謁見，面請從行，未蒙許可，情不能已。退而作書，又未敢遽上，但於陳荔秋、吴摯甫前言之，意欲中堂奉查辦之命，到津即查明是非，而與法夷爭曲直。

蓋此次津民之殺法領事，實由法領事先持洋槍欲殺通商大臣及天津知縣，以致百姓動公憤。其死也，實法領事所自取，而百姓則出於親上死長之心，固無罪也。其毁教堂，則由法領事激怒，又由教民王三以迷藥與武蘭珍迷拐幼童，反匿王三不與。及搜出王三，有供可據，亦非百姓之罪也。辦理之法，但當照會諸國，皆通好如前，誤傷之人必抵命，誤毁之堂必賠修。而與法國則有戰無和，法夷求和則止許通商，不許立教堂以致滋事，而急調東直各營以爲戰守之資，未必法夷不心懼也。即有小挫而我志果定，未始不終有决勝之時。當日髮逆破鄂，入皖，下江南，愚民無知以爲必難抵禦矣。迨楚師百折不回，未嘗不轉敗為勝而終以有成。蓋人苟志氣一立，計謀一定，始雖不能無敗兵折將失地之事，而久之則奇謀必出，奇才必多，衆智衆力之所聚，自必有破賊之良法。

今日所大患者，自剋復江甯後，中外大臣無有以辦夷事爲念者，勦清撚匪之後亦然，皆以爲和議可以長安，而全不爲正本清源之計。是以今遇夷人開釁，而崇厚兩疏專歸罪於百姓，專歸咎於天津守令，以媚夷人而欺君上。總署及政府既向無求才練兵自强之計，忽聞此舉，心忙手亂，亦以爲百姓之罪，地方官之咎，而一味俯伏在地，自認不是，不顧辱國而但欲求和於夷人，明見於上諭，急與以照會，徑派中堂往查辦百姓及地方官，不准一言兵事以爲防備自守之策。中堂純臣也，内而總理，外而通商，兩署即合爲一氣，持諭旨以制之，政府又全無卓見，則内氣之虚，不可言喻。中堂不遵旨辦理，則事一決裂，都中全無防禦，既恐震驚宫闕，殘害生民，爲禍必速且大。遵旨辦理，則一味受夷人之挾制，受小人之牽曳，内疚於心，外有愧於清議，而禍更深且久。所可恨者，國家有如此之人心民氣而不能因而用之，有中堂之威望，兵民皆服，又當此夷人自行不義以開釁端之機會，而不能乘此與法國争曲直，先驅都城之夷酋以清内患，外逐各省之教堂以除姦民，惟通商不禁，此外皆與之絶約。果能大振乾綱，中堂力不足，即調李中堂及從前成功諸名公賢將以助之，未始不可有爲也。此機一失，以中堂爲天下第一流者，而且受其挾制，以後夷氣愈驕，民氣愈餒，天下事尚可爲乎？宗誠未奉中堂命，不能往津，即此時往亦復何益？惟求閣下時時進見，參贊機宜爲幸。

宗誠竊以爲國可亡而國氣不可亡，人可死而人心不可死，正道雖不能行，而正論不可以不存。前日中堂之劾天津守令，實欲隱忍小辱，此誠無可如何之事也。故中堂家書中有『此舉内負疚於神明，外負罪於清議』等語。惟夷人得寸進尺，此特要挾之一端耳，恐尚有不止此者，何以待之？宗誠意欲中堂雖如此委曲奏劾，而必急上一密疏，言此特不得已之舉，仍當將崇厚欺君誤國之罪密陳之，乞神機營陰爲守禦之計，以防夷情之大變，而天津城亦似不可不密籌守禦之策，戰守備成而後可以議和。

宗誠前已自獻言於中堂，更望閣下争之也。中堂久抱矢死之志，然死非難，所以處死者爲難。區區之意，望中堂之守死善道全在此時也。鄙陋之識，惟閣下裁之。

復曾節相

前以愛敬之忱，憂惶之切，徑出忿詞，上塵鈞聽，深慮以狂妄見罪，乃敬奉尊諭，曲賜含容，竝示近日洋務辦理情形，實深欽感。

夷酋近欲回京，顯因無理之要求，中堂不允，且聞朝命李相帶兵來津，故欲乘其未到，向總署要挾。如蒙應允，則兩中堂皆無如何。此其隱情也。中堂留其在津了結此案，誠爲要計。

宗誠竊以爲制夷之法，必先自備以立於不敗之地，可守可禦，而不為禍始，堅定持重，示之以大信，裁之以正義，令其知我不可動摇，則術自窮。而尤在先除附夷之人，以清我腹心之疾，使彼見我舉錯得宜，賞罰悉當，風裁可畏，庶或有所懾服而不敢肆。今李中堂及劉軍門以及諭旨所調各軍到後，儘可分踞形勢之地，以為守禦之用，而從前明奉諭旨及總署照會所允數事，雖云過當示弱，然既已允之，必不可失信以貽口實而開兵端。至彼於此外過於要求，則必執正義以與之抗，且可照會諸夷，與之説理，謂各國通商多年，此次特教堂與津民滋事，非我中國君臣與諸國有開釁之處，一也。

津民與教堂滋事，本是教民王三不應與藥迷人，法領事不應先持洋槍到通商大臣署激動衆怒。我大國皇帝全不計較曲直，引咎歸己，許治官民之罪，修還教堂，撫卹死者之家，出使通好，事事包容，誓不開兵端以敗和局，所以對外國者無一事之失，二也。

且此事特津民與法國教堂滋事耳，他國竝無釁隙，雖有誤傷之處，諸國皆能諒之，豈可助法國以害和局？三也。

即就法國而論，津民止與教堂滋事，於法國商人無涉，何必助教堂以敗通商和好？四也。

即就教堂論，亦止津民一處，於他海口無涉，他海口已令地方官保護，何必助之爲無理之謀，五也。

我之所以待法國者盡情盡理如此，而法國之要求者無情無理如此，則是法國定欲開兵端。諸國諸商如欲助之，則是諸國諸商自絶和好，非我之咎，將來百姓到處抵禦焚殺，於我無與。事事與之説明，意各國商人重在通商，未必因此一事，遽與我敗盟也。設令夷酋斷欲入都，中堂急宜奏請皇上堅持定見，一面派兵嚴防，一面諭總署勿再有應允，堅守前説，候李中堂至即可帶兵入都，與之再議。至萬不就範圍之時，則亦不必多所計較，祇得先設法驅都城之夷以清内患，而駐重兵以守京城，然後或戰或和，皆可無内顧之慮。内患不除，終為險著。此次諭旨似有振作之意，若一經夷酋入都恫喝，仍然無所不從，飽其所欲，則夷人看破伎倆，中國之氣尚可振乎？

承命赴津，近因受暑，目疾復甚，俟暑退即行上謁。

上曾節相

前覆呈一禀，計塵鈞鑒。近日未審德躬舊疾奚似，想憂國憂民諸事不順於心，一時難以復元也。奏劾天津守令一事，每讀中堂家書及諸與司道書，皆深自引咎，以爲辦理過重，欲助交刑部及發臺之費。昨讀致臬使書，又因朝旨令解守令至津質訊，意欲爲之斡旋，竝深慮其不早到以致難於補救。中堂委曲以求成全國事之心，人所共見，天所共鑒。但咎己而不求諒於人，尤非盛德君子不能也。

惟宗誠私憂過計，竊以爲生殺予奪之權，惟天子得以操之；是非黜陟之公，惟有司得以持之。若是非黜陟不顧公論，而惟小人之意是徇，是亂國也；生殺予奪不歸天子而惟外夷之挾制，是從此危國也。漢、唐、宋、明四朝，亦有小人之禍，然君子生其時有受其害者，而從無牽制君子以入其黨而爲之分謗者；有小人殺害君子者，而從無牽率君子以爲之殺害君子者。若君子是非黜陟之公，惟小人是徇，天下事尚可爲乎？若中國天子生殺予奪之權，外夷得而要挾，此柄一失，何所不至？雖幸免一時之兵争，而必貽無窮之禍亂，又況數小人附之，而即挾君子以從之，天下後世將不咎外夷，不咎小人，而專咎君子。誠令人日夜痛心，寢不能安，食不能飽者也。且刑部慮同夷人會訊以失體統，而推之於中堂。中堂勳德爲我朝第一人，爵通侯位上相，而可與夷人竝坐以質訊守令耶？守令為我中國之臣，豈可令之屈於外夷公使耶？守令若有氣節，必不肯屈，將何以處之？一次如此，後必成例，則我中國生殺予奪天子之大權，彼分其半，而且自中堂首開其端，雖出於朝旨，而中堂不能争，後世其誰諒之？且一會訊，必多方狡駁，中堂雖欲爲斡旋，恐亦不得自由矣。將來中堂欲輕辦，而夷人照會總署必欲重辦，總署必惟其言是聽。或重遣戍，或置於死，天下不知，但以爲此經中堂質訊所定，以成此冤獄也，豈不痛哉？是非之公，一時雖或抑之，終必有大明之日，何況此案今日已無有一心服者矣。中堂豈可再受諸小人之牽制，而不早爲昭雪也哉？

據宗誠愚見，朝旨令解赴津質訊，而守令未到之前，中堂急宜具疏明言：『守令本無辦理不善之咎，當時法領事豐大業激動公憤，聚集數萬人，守令實難彈壓。後十餘日民情洶洶，守令日夜彈壓，方保無事，何能急拿凶手？臣不過仰體皇上寬大之心，欲息事甯民，通好修和，不得不徇夷情奏請革職，已屬過重，無須質訊。況臣斷不能與夷人會審守令，亦斷不肯屈於夷人之前。如斷欲置守令於死，即請治臣前此疏劾過當之罪。況我中國生殺予奪之柄，斷不能自夷人操之，是非黜陟之公，斷不能自臣失之。』抗言以争，或可補救。在夷人，知此爲第一關，必争勝而後許講和。在我，又豈可以此第一關而輕讓之耶？愚人不察，以爲固争則激禍。然激禍於一時，其害猶小，而貽禍於後日，其害更大也。夫中國與外國之勝負，固在兵力之强弱，而尤在正氣之盛衰，公道之存亡，人心之聚散。若自沮其正氣，棄其公道，喪其人心，兵力雖强，亦必散失。若自養其正氣，守其公道，保其人心，兵力雖弱，亦可轉而爲盛强。故易曰：『立天之道曰陰與陽，立地之道曰柔與剛，立人之道曰仁與義。』人果能自守其仁義之正，則天之陰陽，地之柔剛，皆從而順之，此所以人能參天地而立極也。董子曰：『天不變，道亦不變。』宗誠竊以爲道不變，天亦不變。古今亂亡之時，皆由人道先變，而後天因之而變，故君子之欲經綸天下，挽回世運，扶持國祚，無他焉，惟守定正道不移而已矣。守定正道，則正氣盛，公道存，人心聚，即不能一時强盛，而終有强盛之時；即不能一時轉移，而終有轉移之時。縱中外臣工皆不能守，而我必一人守之，縱無救於時，而無害於道。救時之功小，害道之咎大也。今所患者，只計兵力之强弱，而全不保養正氣，不顧天下公論，不懼失天下人心，此特數小人之議論耳。稍有識者皆不謂然，中堂可不力挽狂瀾哉？

昨見總署與錢臬司書，謂守令不赴津質訊爲違抗朝命，内失朝廷之政體，外失夷人之懽心，是該守令自貽伊戚，是將以違抗朝命殺之也。夫中國天子生殺黜陟之大權，而讓夷人操之，夷人欺中國之官民，中國不能辨是非，明曲直，而一味欲殺百姓以媚夷，治官府以媚夷，此不懼失朝廷之政體耶？乃專以守令不遵朝命赴質訊爲失朝廷之政體，亦何謬也！不懼失百姓之懽心，失天下仁人君子、忠臣義士之心，而懼失夷人之懽心夫！既一味欲得夷人之懽心，則將來何所不至哉？

宗誠分位本不當僭妄陳言，祇以忠直之心，出於天性。而祖宗數百年邱墓之鄉土，受中堂拯救之大德，殁世不忘。加以教育之恩，同於父師，故不敢不以鄙見上陳。惟中堂察區區忠愛之忱而恕其愚。幸甚！

復楊石泉中丞

客歲冬杪，在天津接奉鈞函，備承獎飾，望風景仰，曷勝依依！宗誠前肅函請疏請以張楊園先生從祀文廟，承示已會同學使奏請矣。學術風教，實爲至幸！

宗誠前年勸應敏齋方伯編寫楊園先生遺集，方伯函來已刊於蘇州，公見之否？元儒劉静修先生學術正大精純，不亞於許魯齋，而出處大節較吳草廬更無遺議。去冬宗誠亦請於李節相爲之奏請從祀。羅忠節公學問精粹純實，體立用行，我朝名儒自張楊園先生、陸清獻公而外無有及者，雖孫夏峯、湯文正皆不能如其大醇無疵也，而氣節經濟又卓然爲一時名將名臣之冠。門人子弟凡經指授，皆能有猷有守，出爲濟世之英，王文中河汾之教無以過此，從祀之典日久論定，終必及之。前欲我公疏請，而我公自以爲忠節之門人，謙退不敢遽行上奏，留以待天下之公議，是足見我公之卓識。然其著述似可先行進呈御覽。前年夏弢甫學正之著述，其門人胡侍郎肇智以之進呈，尚蒙旌獎留覽，何況忠節公之人極衍義、西銘講義、陽明學辨、孟子劄記，言言心得，體明用達，確爲程、朱正脈乎！以之進呈，不惟上足以資聖學，而多印數十部，分散京師志學之士，又足以興起將來，且可爲异日請從祀之地。愚見如此，我公以爲何如？

右此卷所上曾文正公書，乃同治庚午需次保定，適天津民有憤殺夷人，焚毀教堂之案，公奉命查訊辦理之時也，詞氣抗直而實不曉事體。公含容之，而多采取其說，曾不一語致辨，惟深引疚之言。及至金陵，猶致書宗誠云：『客歲查訊津案，諸多棘手，以致辦理過柔，為清議所不韙，神明内疚，至今耿耿。』是足見公含宏光大，异人之德量矣。然公所以辦理此案，委曲求全之心不以自明，人亦終不深知也。後見復劉霞仙中丞書云：『夏初，感眩暈之疾，請假調理。假期未滿，忽有津門之事，力疾前往查訊。其時群議紛紛，約判兩端。論理者以為當趁此驅逐彼教，大張撻伐，以雪顯皇之恥而作義民之氣。論勢者以為兵端一開，不特法國搆難，各國亦皆約從同仇，能禦之於一口，不能禦之於七省各海口；能持之於一二年，不能持之於數十百年。而彼族則累世尋仇，不勝不休。庚申避狄之役，豈可再見？鄙人為言勢者所惑，以致辦理過柔，謗議叢積，神明内疚，至今耿耿。』公之憂國憂民，深思遠慮，審時度勢，不為悻悻之謀於斯可見，信哉！其為能肩鉅任之大臣矣！計定國家而不知有身，計安君民而不知有名。孔子曰：『君子之過也，如日月之食焉。過也，人皆見之；更也，人皆仰之。』公其有焉！謹識於此，以告後人。光緒十一年三月宗誠補記。

卷十一　書札

上曾節相

宗誠迂拙庸才，謬蒙知遇。去冬杪李中堂奏補棗强，中心惴惴，深恐虚名無實，上貽舉主之羞，惟有刻刻謹慎，事事盡心，以閲案牘，辦公事，當讀書窮理做工夫。潔己率下，清訟愛民，以教士教民，當課生徒子弟做工夫。往見吴竹如先生及中堂居官，皆以應事讀書合而爲一。宗誠竊師其意，庶幾仕學相資，官民一體，不敢枉道求譽，亦不敢矯情立异，以期仰酬至教於萬一。

上吴竹莊方伯

敝省通志之修，想已有緒。忠義、節烈二祠，計早完工。我公之爲德於皖江，不獨生民被澤，雖忠魂義魄、名臣循吏、學士文人，千古之下，猶當感德於幽冥間也。忠義節烈表能否刻成一部，分布各州縣，更爲至幸。兩江忠義録欲乞我公於通志經費之餘，或全取以付梓，或專取安徽一省小傳采入通志，實爲德便。往者，執事印行乾坤正氣文集，復補刊乾坤正氣詩集、廣列女傳，綱常名教，表章扶持，不遺餘力。是書亦乾坤正氣之所寄也。

復張振先方伯

辱蒙賜函，以陸清獻公治行相勉，讀之惶悚。宗誠才質薄劣，自量讀書爲長，應事爲短。忠直之性，遇知己者可以佐治，而不可以自爲治。況今日州縣之難，嘉定、靈壽之治，不易行於今日矣。惟有時時謹慎，事事盡心，不廢學，亦不厭事，不急功，亦不近名，潔己率下，清訟甯民，期於官民相安，去就自如，聊以酬知遇耳。

上曾中堂

敬聞兩江政務殷繁，事端宏大，而尊目尚未復元，加以疝氣時發，此皆平日勞神過度，天下既安一身，不得不瘠耳。竹如先生動履需人，歸老六安，自是正理。鄙意中堂在金陵，竹如先生精神如尚清健，仍望多留住一二年，可以常相談論。早歸六安，一無可語，未免過於岑寂。即中堂少此一老友談心，亦殊覺寡懽耳。

宗誠生平得見當代賢人君子甚多，惟於竹如先生正學清德及中堂之厚德宏量，真中心悦而誠服者，而相從亦最久。今以一官羈守，不能常常親炙，私居懷念，時切依依。二月十五日履東强任，民情尚覺樸實，進款僅可敷用。惟守定中堂『勤儉』二字及竹如先生『寓教養之意於聽訟斷獄之中』二語，實力行之。先慎擇幕友、家丁，次教訓書吏、差役，不致作弊害民，力除疲玩之習，不濫用刑，不留一獄，期於案無積牘，獄無冤囚。稍暇即讀書，不因仕而廢學，亦不嗜學而厭事。如是而已。尚乞時賜教訓爲幸。

復張翰泉

奏請賜環之舉中堂言『一時事機，尚未可乘』。大凡人之仕止久速，皆有義命存焉。即作寓公，當於何地何時可以回里，亦有一定之數，毫髮不能自主。即有大力者，亦不能作主。我公其修身以俟之，安心以順之，或早或遲，或忽然天恩出於意外，自有潛移默運於其間者。禍兮福所倚，一切皆難縣揣，當如賈子鵩鳥賦所云『養空而游』可也。

致劉崑圃太守

爲政之道，仁與義竝行，方能無弊。一於仁，則流爲姑息；一於義，則流爲殘刻。周子所以謂『仁以育萬物，義以正萬民』。孔子曰：『其養民也惠，其使民也義。』義正所以全其仁也。寬以濟猛，猛以濟寬，亦此意。惟仁義兼盡，寬猛相濟，先須有致知窮理之功，務使心地真明，遇人方能分得邪正，遇事方能分得是非，然後宜寬宜猛，施之乃當。若知有未致，理有未窮，心地不明，寬固不可，猛尤不可，皆恐於仁義之道有虧也。

宗誠好善甚殷，惡惡亦嚴，然刑不輕加者，非出於姑息之心，實恐知之未明，致人受屈，故非真知灼見，不敢輕於用刑。蓋刑當其罪，則人心畏服。若不當，則反使姦猾之徒無所畏忌也。又自覺莅任日淺，未嘗有惠民之政，教民之事，而先用刑威，則民之犯罪多陷於不知，必先用教化，手批口說，諄諄開導，宣布告示，當堂對衆講說，下鄉遇百姓聚觀，極力訓導，民心頗有欣然聽受者，因之訟事日少。聽訟曾不用刑，取供審實，果是姦宄之徒，亦必於放告日當衆重懲，枷示四鄉，以警愚頑，固不敢一於寬弛也。今承誨言，以身示教，更可奉爲師法矣。

復吳摯甫

承惠書，知已奉板輿赴深州任，至爲欣慰。誠才學不及閣下，而閱歷稍多，故生平總以謹身節用爲主，抱定立於不敗之地，可進可退，不欲求人。雖在官場，仍與諸生況味無异。理財行政，先在用人得宜。誠於擇人取才處，總以勤謹爲主，幕中朋友三四人，家丁七八人，皆自己留心訪求，不受人薦，到官時自己函致，故尚得力。內治既清，則外而差役、書吏、保甲、鄉長皆視爲子弟，勤勤教訓，寬猛兼施。至於士民，尤先以教訓爲主，不尚刑威。積案甚多，到任之日卽限日傳案，一到卽審，一審卽結，遇事詳情度理，卽當作讀書窮理工夫，必求真是，必求至善。和氣平心，卽當作存心養氣工夫，惟恐百姓一毫冤枉，惟恐百姓稍受拖累。誠無才無力爲民興利，但守吳竹如先生之言『寓教民養民之意於聽訟斷獄之中』，如是而已。

至於理財，則抱定正耗各款，一文不用，儘徵儘解。其平餘、雜稅、差徭三項，問明前任舊章，藉以辦公，勢不能減。惟通盤算計應有若干，先儘署中食用，朋友薪水，上解，攤捐以及委員往來應酬，馬號、監犯、禁卒錢米，驛遞費用六事開銷，再有餘，則爲培養地方之用。其他上司節、壽各處應酬，雖不能省，然姑緩之。至添製衣飾、演戲無益之用，刪除淨盡。大抵不外乎節省自己，不刻薄待人；減去浮文，不吝嗇實政；減私應酬，不吝於公事。如是而已。總之，理財之法祇可節財之流，不可開財之源。一開財源，未有不使百姓受累者。收、呈斷要當堂細研，不可輕准。一准卽傳，一到卽結，是爲至要。與閣下相去不遠，當共勉之。

與吳摯甫

承詢深州義學有廢弛者，擬取其公款歸於城中書院經費。此事必致謗議，然但問於事有益，不復顧也。鄙意廢弛者一經察明，仍然興起，則可。改弦更張，取義學之公款以歸書院，則不可。何者？義學在鄉是古小學之遺風。村莊農夫不讀書者多，前人創立義學，使愚人稍知詩、書之爲貴，聽其廢弛，不可也。取以歸城中書院，不過附城十餘里生童得以考課文字，其遠鄉童蒙不得教育之益矣。況考課文字，猶不過崇長虚文；義學句讀，可以化愚頑之氣，其益較大。且在閣下，不過以廢弛之義學公款，提歸城中作書院經費，將來有貪汙之吏，以足下爲藉口，盡取鄉村義學公款入城充公，義學不將盡廢乎？後人鑒此流弊，再不興建義學矣，似不可也。

與吳清卿太史

前閲邸鈔，欣悉恭膺簡命，視學陝、甘。凋敝之區，兵戈之後，宣揚德教，偃武修文，正足下平日之志事也。弟竊有請者，陝、甘回民此番大創，自必不敢再有异心。然其所以致此者，一則由漢、回之見太分，一則由回民禮拜寺多而無義學教以孔子之正道。愚意欲閣下莅陝之後，相其形勢，勸回村不許立禮拜寺，誦回教經，令各村立義學，讀小學、孝經、四書，合漢、回而一之，不許另成一教，庶可泯漢、回之界限，杜异日之争端。

又聖諭十六條廣訓考試時，雖有默寫之條規，究已成爲故事，邊方士子必令人人知有我聖祖之德教，庶可知皇上之恩威。況十六條廣訓不但理足，文亦條暢，意欲請閣下到任之日，頒刻告示：小學、孝經及聖諭廣訓十六條，必真能背誦默寫，方准入學。或于院考正場，將文理明順者多取十人、八人，但掛牌而不填榜，俟覆試時親自監場，文理既明，必真能默寫聖諭廣訓及孝經者，然後登之於榜，取之入學。庶乎實學可興，人才可振。惟高明察之。

與崔孝廉

讀書士子，即不能有志於聖賢，而處則爲孝子，爲賢師，出則爲名臣，爲循吏，亦斷不可無此志。果有此志，則學問之道，非徒揣摩時文已也。當窮聖人之經以求根柢，考歷代史鑒以求實用。古昔大儒名臣之集，皆可師可法，豈可不講？遇有道德之士，有學問之人，豈可不就正以求廣聞見，開茅塞耶？否則終未免爲鄉人，處不過爲庸人之師，出亦不能爲國家起衰振靡，爲蒼生造福。

足下既年少登科，尚宜奮發其志氣，勿以經史爲難窮，勿以古賢爲難及。平日用功，似宜分一日之間，何時讀經，何時讀史。經史根柢深，希聖希賢志氣立，則時文亦自藴蓄日多，光芒日長，不可自小其志氣，自安於卑陋也。送到北學編二册、養蒙彝訓一册、朱子小學二册，望研窮之，並與弟子讀之。天下人才之衰，正由從小不講究根本也。

與祝爽亭觀察

接讀手函，以河内蔣君相託，具見成就後進之心。蔣君來此留住讀書，其人沈潛篤實，是其所長，惟讀書不能虚心涵泳，切己體察，而好泛覽存心，不能隨事隨處體認義理以爲之準，而但以低頭觀心爲存心，則是以存心讀書分爲二事。非耽寂即騖博，失學問之正道矣。

宗誠惟勸日以讀四書集註、小學、近思録爲主，其他循序漸及。於諸儒之書，不必泛覽，亦不可立意辨駁。四書集註、小學、近思録必熟讀而常涵泳之，則義理可日至於精熟。其餘諸儒之書，不必求精熟，而每條必切己反觀，然後可以爲警省之助。至於存心讀書，應事接物，本是一事。讀書反求應事接物，語默坐立必求是當，是即存心，非低首觀心然後爲存心。總是論語、大學、中庸、孟子中説過的方可行；四書中未説過者即不可行。如此指示未知當否？

今之世肯留心求道者甚少，而一二求道者，又往往走入歧途，既不能明體，又不能達用。騖博則但成口耳之學，無益於身心；耽寂則但爲枯槁之學，無益於世道。甚可嘆也！久不奉教，聊復陳之。

與蔣生一齋

學貴躬行，不貴多言。至於前賢及近世師友，總宜取其長以爲師，不可輕於立論以議其短。蓋議其學，則己之學尚未到程、朱地位，難以定前賢之是非；議其政蹟行事，則非身當其任，未能知其艱難，悉其底里，尤未可以局外之身輕爲譽毀也。至弟子之於師，尤不可輕加議論。孔子於老聃，但述其長，未稱其短。朱子於延平、楊園於念臺皆然。擇其善而從之，可也。

答馬慎甫

令嗣文字大可造就，然願以深潛學養爲務，讀經、史、先儒名臣之集，專求有得於己，有用於世，間以所實得者發之於文，以就正有道，可也。若汲汲焉作爲文章，以偏質於時賢，欲藉揄揚以傳名，不知彼尚不足自傳，何能爲我重哉？識量一小，成就者陋矣。子張曰：『執德不弘，信道不篤，焉能爲有？焉能爲亡？』學者所宜警省也。君子當志其大者遠者，鄙時文而學不時之文，鄙時字而學不時之字，譬如衣服之制，宮室之度，自應隨地隨時，豈必求异於人以爲高哉？人之爲學，不可牽於俗習，卽名士之見，鄉先生之說，亦不可爲其所囿，當以孔、孟、程、朱之言爲準則耳。

答馬生通伯

爲學之道，必先虛心實志，不自足，不自是，乃可有成。觀手書，謙抑之至，其終能有成也必矣。

自古聖賢論學之要，惟有致知、力行兩途。致知之要，在明體達用；力行之要，在進德修業。外明體達用而別求致知，既無當於身心，亦無關於家國。外進德修業而別求力行，非入於乖僻自是，卽入於務外爲人。大學之教，曰明德，曰新民。中庸之教，曰率性，曰修道。而皆以慎獨爲始基，以闇然爲下手之地。易始『潛龍』而後見君子之學，豈可急於自見而不以潛爲根本哉？

足下年方英少，宜沈潛於四子、五經、通鑑及程、朱諸儒之書，不必急急爲文以求知於人，此念一差，恐入於名士蹊徑而不自覺矣。科舉之學，王制也，是亦修業中一事。聖賢論學不過中庸，鄙棄科舉文字，而務爲高世之文，非中道，亦非庸行，特乖僻之見耳。假如人能孝弟忠信，明義理，通經史，達時務，雖習爲時文，何害其爲正學乎？不務講明孝弟忠信之道，涵泳正經正史之義理，而但習爲古文，鄙棄科舉，豈遂得爲君子乎？ 學先器識，吾子審之。

與黃子壽太史

前函妄論先生出處之義，想相契之深，必以爲然。當今之世，中外議論，群以熟悉洋務爲要，而弟獨以無知政體者爲憂； 群以能和撫夷人爲才，而弟獨以無輔導君德，培養人才，察吏安民，保固元氣之大臣爲念。 蓋攘外必先安內，近悅而後遠來，正君以正朝廷，正朝廷以正百官，正百官以正萬民，此老生之常談，實經世之大法。今之大臣，全不講此，開口以熟悉洋務爲事。 所謂熟悉洋務者，仍以詭隨夷人爲主，終不敢稍有振作，而內治全然不講，事事見輕於夷人。 卽熟悉洋務，其能固國家之根本乎？ 故居今之世，與其出而無大濟於時，不如守道植節，不降不辱，爲有關於世教，此不可不審也。

至尊論選刻乾坤正氣集一節，實爲有裨風化之書。惟潘河督所輯原本不惟太繁，亦間有未能精覈者。 竊以爲先生之意，但選其人生平有關節義之文，其他皆可從簡，是矣。 而弟以爲既以『乾坤正氣』名集，必其人實是忠義盡節而死者始可存，若雖屬遇害而非爲忠義大節，或雖是忠義而未嘗遇害者，皆可從删，以爲斷限。 至其文雖非有關節義之文，而或於明道論事極有關繫，亦必入選。 總之貴精不貴多耳。 潘刻自屈原至明末諸忠止，今之選本似當取我朝忠臣義士，有集者選其論學論政及盡忠盡節之文，以補於前刻之後，尤爲有裨於世教人心。以先生聞見之博，知交之廣，搜羅之富，並請合肥公致書各省大府，指名采訪，當不難成也。

復和勉齋

前聞田勵齋、蔣一齋道先生之賢，嚮往久矣。 去春一齋來，奉讀賜函，仰慕道範，無時或釋。 昔子游爲宰而得滅明。 此間士子立品安分者有之，而學問則安於固陋，無有一人可以論經史，講性道者。 雖極力勸誘而不能興起，實深慚怍。 所以然者，師道不立故也。 官與士民相隔，難以振興。 或本地有耆老紳士講究正學，以爲子弟矜式，則易於興起； 或本地教官、山長有賢者，亦可開講學之風。今皆無有，而千里之外有如先生之賢者，可爲士民之師表，兼可與弟切磋德業，又不得來，相須殷而相遇疏，此亦無可如何之事也。

一齋在此日久，學問日近篤實，識見日益開明，虛心好學，不爲貧賤所累，殊難得也。新正回里，屬其二三月再來此讀書，藉以拙著各書奉上請正。寄下書兩種，凡尊批皆正大篤實，不爲騎牆兩可之論，具見識力。衛道編原書有誤字，且其所鈔之體例不甚分明，已爲改正體例，鈔爲二卷，留俟好正學之君子付梓。原書奉璧，空谷無足音，終日如坐井底。先生來此作數日之談，幸甚！幸甚！　日切翹跂。

與吳清卿太史

相别已歷七年，前者左右在京時，猶屢承教言，及督學關隴道遠，未得奉書。惟讀諸大疏，皆關天下政教、學術人心，實深欽佩。近閲邸抄，知使節已旋，曷勝馳依。閣下通達政體，深明道要，又不泥詞臣之習，而敢言天下大政，洵當今之朝陽鳴鳳也。

去年直省五月間大旱，宗誠曾以鄙見所及，密陳於合肥相國之前，卽蒙采以入奏。奉旨之日，甘霖卽降，轉歉爲豐。今年自三月十八九日得雨深透，二麥幸得半收，稙種皆已播降，乃自四月以來至今幾三月矣，未得透雨，自天子以至各縣官民，無不竭誠祈禱。稙苗到處乾枯，晚穀未得下種，百姓號呼愁慘之聲容，幾若無生人之氣。現在民間尚有舊穀新麥可買，然已昂貴异常。農民束手，工商歇業，生意蕭條。若再數日内不雨，稙遲俱已無望，菜蔬又不得種，新舊穀麥無處可買，數千里之民，豈肯甘心餓殍？去夏已各處盜賊肆起，窮民藉荒糾搶，幸得雨而後定。今民窮更甚，旱乾尤烈，思之實可寒心。尤可异者，入夏以來不甚熱，亦久不聞雷聲，狂風時作。入伏以後，正土潤溽暑之時，而天高氣清，早晚寒涼，幾如八九月景象。陽氣早退，金氣發洩太早，尤於雨澤非宜。竊謂事天以實不以文，若非請皇上速布曠大之仁恩，以感召天和，將恐有不忍言、不可言者。伏思閣下懷仁抱義，素以盡忠陳言爲心，謹以鄙見所及，陳其一二，祈閣下速加博采，急陳於君父之前，以救萬民之命。不勝急切之至。

一、直省錢糧本不爲重，小民皆各具天良，每逢完糧之期，苟非孤寡窮民，無不踴躍，但應責令州縣儘徵儘解，不許徵存未解，以致虧空。至實欠在民者，大都孤寡窮民，卽年年春間帶徵，亦衹爲胥吏索費之資，而於正款終未見完納，下累貧民，上無裨於國計。去年閏五月初六日，宗誠奏記合肥相國，以天旱請旨施浩大之恩，將同治十三年以前民欠全行豁免，以召天和。恩詔一降，甘霖大沛，普遍數省，於此信天人感通之理真不爽也。今合肥相國恐未敢再陳，欲祈閣下以感通之理，反復開陳我皇上之前，並引去年之事爲證，請皇上降詔再沛殊恩，將光緒二年以前民欠全行豁免。並請飭直督查明各州縣被旱情形，分别緩徵，其重者分别賑邺。皇上仁民之心，卽天地生物之心，致中和則天地位焉，萬物育焉。如此庶戾氣可銷，休徵可致矣。

一、直隸爲近畿根本，其地又瘠，故錢糧定例較輕，然差徭較他省爲重。卽如每次謁陵，道差、馬差，大縣百姓約出萬餘緡，近五六年中已歷三次，民力所餘有幾，動派萬緡，何能尚有餘積以備荒歉？況每年學棚差以及應州縣聽用諸差，又須數千緡。此數千緡者，皆在錢糧之外也。然上司衙門於各州縣向皆派有攤捐之款，大縣三千餘金，中縣二千餘金，小縣一千餘金。上司攤捐於州縣，州縣焉得不取民間之差徭？源不清而欲流之潔，不可得也。小民日用所需，以布疋爲大宗，鹽爲日食之常。布有釐金，鹽當則藩臬、道有季規，如是則鹽、布價值焉得不貴？當鋪利息焉肯少減？一遇荒旱，當鋪藉口架滿止當，而小民更無生機。惟有奏請諭旨，飭督撫、藩臬、道、府核實，裁汰各州縣攤捐，令各州縣減百姓之差徭以裕民食。飭藩臬、道無許向各州縣取鹽當規，亦不許鹽店賣鹽攙土短秤，當鋪藉口架滿，以利窮民，是亦救荒之一道也。

一、直隸地瘠糞薄，加以天氣早寒，凡地畝兩年止種三季，收成歉薄。又旱地平原全靠牛馬耕種，種一頃地必養三、四牛馬，並僱用牧夫，所費雜糧甚多，故雖種一頃地者，豐年不過養活十餘口。若人口衆多，食恒不足。況鄉村百家之中，種一頃地者不過一兩家，其餘四、五十畝者至多不過六、七家，餘皆不過三、五畝至二、三十畝者，所以蓋藏甚少，全恃商賈販賣，有無相通，一年方可支一年之食，故南中非大荒不食榆葉，直省則雖豐歲皆無不食樹皮、木葉、穀糠、麥麩者。一遇災旱，水路不通，商賈艱於車運，且鄰省亦復缺雨，無可販賣，民人不勝其病矣。地中不能耕種，則農工束手；生意不能流通，則商夥多散。錢穀既艱，則田宅衣物當賣無路；貧者既多，則當鋪架滿止當。富商收帳，不放布疋，不行紡織，歇業民人又不勝其困矣。束手相待，勢豈能久？不兩月後，黠者搶刼一開，愚者相從四起，雖官兵捕而誅之，而誅不勝誅，捕不勝捕，終致貧富皆困，玉石俱焚而已矣。南中州縣良吏尚有法可施，蓋富商大賈尚多，舟楫往來甚易，但使鄰省有豐稔之地，尚可設法招徠。今附近省分皆未收成，又不通舟楫之利，若非奏請皇上降旨，飭將通倉已到漕糧並河運未到漕糧截留數十萬石，交總督設法分布，則窮黎恐無生路。又望奏請諭旨免米穀釐金，飭南中各督撫並關東將軍、都統等招商，由海運至津販賣，並飭總督由司運各庫籌款采買，分運各水岸，札各州縣勸諭各商富自行販賣，於庫款不致大虧，而於窮民實在有濟。縱使有虧，比饑民作亂勦捕之費，省百倍矣。

一、向來省災修政，總以清查囹圄爲要務。而鄙意罪犯之在囹圄者，固宜清理，而尤以聽訟斷獄之際，勤慎明敏，速斷速結。苟非真正命、盗、姦、拐、兇、毆正犯，勿押班管，勿輕羈囚爲先。至鰥寡、孤獨、殘廢之貧民，尤宜令各州縣加意存卹。節孝貞烈之未報者，宜勤訪而舉報之。其至窮極苦者，飭州縣宜存卹之。其有欺陵孤寡者，宜重懲之。是亦可以消解戾氣也。可否？請旨飭督撫諭州縣加意於此。

與吴清卿太史

去夏曾奉一函，妄陳臆見，欲閣下特疏上達，日久不見賜覆。豈以閣下奉命入晉，附書人遂遷延未呈耶？閣下文儒而懷利濟天下之心，不墨守章句之學。往歲棄書局之安閒，馳赴鄂省，從合肥公策馬數千里，遍歷豫、雍並冀山川形勢，以及兵事、吏治、夷務諸大政，無一不精心講求，此鄙人所心欽也。供職京師，能盡拾遺補闕之義，開侍從敢言之風，爲學臣則薦揚潛德之士，表章篤學之前賢，以立後學之準程，不徒如近世學臣第考取文藝而已。凡此皆經國遠猷，非胸襟超越等倫見不及此。往年，近畿水災，募捐施濟。去年山西大旱，又銜命往拯之。盡心竭力，不避艱險。近聞河間一郡災荒，又偕李別駕稽察賑務，俾窮民得沾實惠。昔朱子論學，以『知行並進』爲程，陽明則謂『知行合一』。宗旨雖殊，而皆不貴虚知而重允蹈也。執事其庶幾乎！

宗誠迂拙無能，冒昧出仕，在任七年，毫末無濟於民生。前年夏旱，上書合肥相國，奏請豁免光緒元年以前合省民欠錢糧。去年秋旱，首先報災，雖爲大府所詆以爲見好鄉民，罔顧國課。幸中堂知之甚深，舉宗誠以通飭各州縣令，皆以實情上達。由是敝縣得豁免者半，停緩者半，而合省之報災，實自此始。冬春之間，三上書言今年上忙之徵否，不當以去年災歉成熟爲分，當以春麥有無爲斷。相國然之，通飭各州縣，凡未種麥之地，皆分別停豁。敝縣向無倉廒積穀，宗誠屢思豐年補敗之意，欲創興之，而愚民見淺，無助我者。去年春，捐廉建倉，不料倉成而歲災，志不獲展，深以爲恨。秋間函借銀錢所六千餘金，預買奉天高粱以備冬撫。繼蒙中堂奏發撫銀以歸借款，加發撫糧以濟民食。然而民間之苦，不堪言狀矣。今敝縣田地，幸無荒蕪，稙穀、稙粱，亦皆秀發，而自五月二十日以後，雨澤未降，人心皇皇，且瘟疫盛行，窮病交迫，以數百萬生靈停炊，延領以待秋禾之熟。即使歲果有秋，而不及食新而死者已多矣。況又有旱象乎？

宗誠年逾六旬，精神衰損，自傷無惠政以召天和，內疚實深。與閣下相越不遠，拘於職守，不能走謁一談，謹以拙著三種奉正，並求教之爲幸。

予少絶仕進之心，又自以才力不足，益無用世之志。亂後客山東時，為吳竹如先生所知，致書曾文正公，謂：『他日移師入皖，面叩所學，愛才如閣下，必有以拔擢而登進之，當不使天生斯才，竟淪棄寂寞之濱也。』予聞之悚懼，不敢承其後。文正公召至皖城，同治甲子奏以知縣留用江蘇，而誠終辭謝不敢應命。八年，公移節畿輔，奏調人才，誤以宗誠與名其中，疏稱：『宗誠熟於宋賢之書，素講愛民之道，冀調至直隸，庶吏治可澤以儒術。』並寄贈行資二百金。誠不得已有直隸之行，屢欲謝歸，公未之許也，又贈旅費百金。九年，公移節金陵，囑李節相奏補東强，復宗誠書云：『聞已履任，竊計深仁卓識，剋己勤民，必可與子岱、龔、黄齊美，張、祝並稱，不至讓渠以獨步。到官後有無棘手之處，尚祈示及。』又復李節相書云：『僕向觀人，大抵才短者多。存之清勤刻苦，性情真摯，久為朋輩所信。其在任辦事，似尚振作精神，力争上流。當時勸其服官，許以决不令其負債。尚求左右力踐斯約。』嗟呼！公之愛予至矣！予初不知，今得讀公書札而後知也。予在任十年，凡所為教養刑政，李公罔不應允，無斥駁者。其不以此歟？大計既已登諸上考，函令引見，將擢陞灤州。予以創修義倉，積穀未成，辭不往。公於辦賑後，又疏稱：『宗誠慈祥愷悌，通達治體，案無留牘，獄無冤囚，百廢俱舉。凡有益閭閻之事，迭據議稟施行，又迭捐鉅款，躬親賑濟，創建倉廒，積穀萬石，以備荒歉。』其他批牘獎勵，不一而足。又以經學文學受公知，所篹竹如先生年譜、曾文正公求闕齋文鈔、從兄植之先生儀衛軒詩文遺書，校訂三原劉九畹先生衛道編、静海毛若人先生春秋三子傳，公俱為刊行。又嘗疏稱宗誠『湛深經術，留心濟世』。予自顧菲才，實不免不虞之譽，然其所以有過情之知者，實以文正公之知我也。今編生平書札，在直隸惟存與僚友論學諸書，而東强十年稟牘繁多，不具録於此。爰以吴公、曾公、李公知己之感，識之以告子孫云。光緒十一年三月宗誠補識。

卷十二　書札

致游子代觀察

聞上年擢任河道，或者以爲非宜。誠謂河工所慮，一在河道操守之不潔，無以防河員之侵吞，減料減工，以致工不堅實；一在河道之稽察不勤，無以防河員之怠惰，弗躬弗親，以致或有罅漏。若公之清勤，真河工之福。惟水太清則無魚，似亦不可令屬吏過生疑怨，反生弊竇。古人云：『去泰去甚。』惟閣下察之。誠回桐祭墓後，仍寄居省城讀書。近爲彭宮保招游石鐘山、匡廬白鹿洞，閏月仍回皖城矣。

致張生一峯

棗强別後，曾得惠書。去冬告假回籍省墓，聞閣下已莅任矣。望潔己勤政愛民，不可染時俗人嗜好。初任尤不可不慎。署中節用、擇人兩事，最爲緊要。用不節，非虧空受累，卽難言操守。用人不慎，易壞名聲，彼輩得其利而官受其害。望時加檢察，先宜少用，不可輕信偏聽其言。訟事必當堂受辭，訊供細細察實，得其真假，則可批准批駁，不可但以詞狀爲憑。聽訟事尤以少傳人證，限日必到，勤審速結爲要，審愈遲則訊時更難解釋，傳人愈多則易滋拖累，書吏更藉口積壓。閒時常閱律例，而於粤地積習及民間易犯、常犯諸事，尤宜熟考例案，以備准駁。學治臆説、庸吏庸言、牧令書、歷代循吏傳、經世文编、吾學録皆宜常閲，摘取其中於吏治有關者抄備查考。倫常禮制、服制之案，非考禮書中制度，不足以折服。初任刻刻留心，官聲一振，後來上游器重，民間聞官之聲名，亦易於辦事，最不可聽庸人之言，妄取民間一非分之財。尤不可聽人之言，挪移妄用，以事應酬，究竟無益，反或爲賢大府所棄。作官是苦事險事，惟要自己時凛冰淵，官親、幕友、家丁皆不可恃也。

誠精力衰憊，回思平生，浪得浮名，並無實得於己，實益於人，默默之中，徒自傷耳。粤省及學海堂尚有知學問者否？官場中立品勵節，有志吏治，存心濟世者，尚有其人乎？誠老矣，惟望世有善人君子，聞之心慰耳！

致黃再同編修

聞好學嗜古，風義自凜，實深欽佩。望更恢宏其志氣，砥礪其實用，博學而能純一不雜，好古而能實濟時艱，尚節概而能不矯激以徇名，敢言事而能通大體以立本。實事求是，虛心求善。先去剋伐怨欲之私，繼剋意必固我之見。凡事皆必窮其中正之理義，而守之不移。鄙人之言，未知有當否也。

與黃再同

前致尊公書，並魏將侯文集可選入乾坤正氣續集，未審已達否？閣下文行兼篤，不媿家學，惟當益求根柢而不徒尚辭章，益事身心而不徒矜博贍，益務遠大而不徒立氣節，益務經綸而不徒講近功。總以古大賢、大儒、大名臣自期，而不徒局於一時氣概功名。以足下才力聰明，必可臻於此境，望足下日新又新也。

與馬生通伯

足下勤學好問，至爲難得。近欲求友京師，竊見今之有時名者，大抵浮華博雜，騖名而自是者多。處京師不憂無友，所憂多友。一入聲氣之中，徒然酬應，縱得虛名，無益實學。至於上書求見名人，此爲近名；求見大官，此爲勢利，尤不可作此等文字也。

致陳荔秋總憲

津門送別，倏忽十有三年。前聞公由海外歸朝，今又膺命總憲，想嘉謨入告，必多遠大之規矣。皋陶曰：『在知人，在安民。』知人莫要於進賢、退不肖，安民莫大於行寬大仁厚之政，以惠養四民之元氣。擇勤政愛民之官，以施除莠安良之實濟，而尤在於擇賢督撫、藩臬專以察吏爲心。見在朝廷用人行政似覺清明。我公於斯時佐理其間，當專以網羅人才爲心，尤以造就人才爲念。果精求誠恪忠愛之才爲督撫、藩臬，而以察吏安民、大公無私者任之大吏，亦專以勤政愛民責之州縣，黜陟委署，毫不徇私，專以能得民心、能除民害者膺上考，由此則民氣日固矣。加之以練兵有實用，馭夷有遠謨，庶幾可以長治而久安也。

上彭宮保

近聞安慶屬邑灊、太起蛟，灊山城内外室廬、田地頓成沙漠，人民多已淹没，懷甯之石牌、望江之西圩皆然。大約不下數千家、數萬口。方伯首府聞已略動公款撫卹，然杯水何能救車薪之火？誠欲懇宮保過安慶晤裕撫軍，至金陵晤左節相，並力爲窮民達此苦情，庶幾兩帥多撥一款，卽可多救災民一日之命。大凡蛟水最惡，雖被災不甚廣，而受災之民，田廬沖突，身家無依，不特一時餓莩，卽將來亦無棲身之所，謀生之土也。故欲懇宮保爲窮民達此苦況也。

再者，宮保仁心爲質，厚德在民，凡長江兩岸州縣無不人人尸祝，卽部下提鎮各標營將，亦皆喜加惠貧民。此次欲懇求宮保以身作則，能否撥金貲米撫卹窮民。撫軍聞之，自不敢不盡心以救民，且不敢不以民災上達。水，陰氣也。宋李忠定見水災，慮有兵禍。江南北久少水患，此恐其機之先見。故望宮保以陽明剛大之氣，震掃陰霾，使下情得以上通，上恩得以下究。伏希酌察。

上李中堂

昨讀邸抄，中堂固請開缺兩疏，懇切周至，而朝廷之所以全中堂者，亦仁至義盡，可爲萬世之儀型矣。惟前詢小荃尚書，據云：太夫人葬事須待臘底，如此則百日之期已滿。竊以爲孟子言『養生不足以當大事，惟送死可以當大事』，似送葬爲人子之大節。春秋凡書葬某公，皆由『往會葬』而書『鄰國』，且以『會葬』爲禮，何況人子？天子之崩不送葬，春秋以爲大譏。臣、子之道一也。

宗誠竊以爲百日期滿之後，義宜看海疆靜謐如何，如洋務有難措置之事，中堂自當以國事爲重。孝經首章固曰：『夫孝始於事親，中於事君。』後又特發明事君一章於孝經之中，是知事君之忠，正所以爲事親之孝也。海靜波平，無難區處，似當陳請續假，躬親送太夫人安葬，然後北行，更爲萬全無憾。妄陳私見，伏希酌裁。

至沈芸閣太守

安屬蛟水爲災，既蒙我公稟請方伯委勘賜撫，又蒙中丞歸籌款賑濟，爲以工代賑，架屋安民之計，仁至厚也，法至周也。昨讀左節相批，亦得要領，具見各大憲痌瘝在抱，具己饑己溺之懷。

宗誠竊有請者，水陰氣也，蛟陰類也。宋李忠定見大水，卽言慮有兵禍。其後果然。道光間大水十餘次，識者亦懼生兵戎，後亦然。今江南北已二十餘年無水災矣，今年霖雨過多，未嘗非陰幾之先見。惟賴各大憲大振陽剛之氣，溥施陽明之德，庶足以勝之。陽長則陰消，賢大府之一舉一動，皆足以杜陰長之勢，而助天地之生機。

伏維我公贊助中丞方伯，專以察吏安民爲心，黜貪陟廉爲職，實爲民生至幸。各災區令長及委員須求精明慈惠之人，其嗜好已深，委靡不振，遇事粉飾，不求實濟者，恐於民生未能有補。查户口及辦工程，皆不能不用紳士。紳士中凡向無鄉評及吸食洋烟之人，斷不可用。用之查户口，恐浮開以侵蝕，或徇私以分肥。用之辦工程，恐到工者皆其親故及請託之人，而真災民反多挑剔，且恐工不堅固。是惟擇用紳士，必責成地方官及委員察看，開單具保。如後有侵蝕者，惟保舉官是問。查開户口，責成本地紳士地保，令其具結，後查有遺漏、浮開、冒領者，惟紳保是究。（中）［申］明上年山西、直隸辦災之例，無論官紳，有侵蝕賑銀者皆重治其罪，立卽嚴懲。至於户口，宜先勘定被災之區，分地段以清查。凡來往其地，未受水災者，雖貧户不得一民濫入；卽受災而家道向稱殷實，他處有田廬買賣，可以居處，有生機者，亦不得列入。其餘按户實開人數，其壯丁能做工者幾，其老幼男女有幾，其房屋可居者幾，其無房屋存身者幾。各户開清，再將做工者作一册，歸入作工。其老幼、殘廢、孤寡者作一册，與無房屋存身者作一册，二者皆爲極貧；其有屋可存身，有田可耕，有壯丁可以做工者，爲次貧。分段開清，卽令各紳士、地保自寫一榜，張示通衢。又間一抽查，如有不實，許人控告，則不敢妄開以取罪戾。至於委員舟車、僕從食用，紳士、地保查户及修隄監工工食，宜另立一章程，别籌一款項，無得在賑款内開銷，以杜流弊。其以工代賑所修之隄，必用隄下受水之夫做工，令本地殷實樸誠紳士監工，必先具保固結承修，然後不至懈怠。工用當爲百年之計，不可省小費而但求目前。

至災民之毫無室廬者，中丞欲爲架房，洵屬美政。但恐一時並行爲難，目前自先以撫卹及以工代賑爲急，將來俟秋成、工成，或每户給錢數千，使爲自整房屋之費。或款項不足，卽令各本地殷實籌捐，以分濟本地之災民。但得官紳認真，小民無不感戴，事亦易集。鄙淺之見，譬之閉門造車，未必其合轍也。感我公愛民如子之誠，謹呈鈞鑒。

致黄子壽觀察

先生名山養望已數十年，老始一出，實蒼生之幸。讀爲政大旨，『嚴以治其標，寬以治其本，惜民先須惜官』之語，真仁人之言，亦真識時之俊傑。惟願求治不可太急，處衆不可太峻，時存與人爲善之心，毋存獨行其是之見，廓然大公，物來順應而已。

弟本不願先生出也，既得一出，斷不可抱一退志，必須有濟於世，察吏安民，成就人才，培養元氣，扶持正道，綱維風化，實實有久大之規，然後不負一出。毋但言易退，致人言儒者脾氣傲也。今世欲行一兩件事，惟有和同於衆，默爲挽回，斷不可欲人遽能從我，而誠意感孚久之，必可挽回得幾分，未可急急也。先生以爲何如？

與黄子壽廉訪

前聞擢任，深爲朝廷得人。慶隱居求志多年，漸可行義達道矣。但事權不一，難以有爲。事權卽一，而同寅僚屬非盡同志，亦不易有爲也。此虞書所以論致治安民之要，首在知人，而人心不齊，人才亦不能盡一，則惟在同寅協恭和衷，然後可以有爲。堯、舜、禹、稷、契辦事之本曰『欽』，辦事之法曰『諧』。内欽而外諧，欽以處己，諧以處物。孔子論仁，又易之以『敬恕』二字，敬所以欽之功也，恕所以諧之原也。子思又易以『中和』二字，欽與敬，致中之要也。諸與恕，至和之要也。處今之世，而欲事事如意，人人與己同德，勢必難行。惟抱此數字，存心用力，則内可以進德，外可以廣業，於世事濟得一分，則斯民受一分之賜矣。

致閻丹初尚書

春初，朱孝廉孔陽入都，以彭雪琴宫保所刻拙集呈政，計今當早達左右矣。我公碩德冠時，清操拔俗，中外仰望，朝野傾心。方今言路大開，用人多從人望，洵太平之盛軌也。惟下情仍多壅隔，民間疾苦多不得上聞，是必多得通達治體，忠主庇民者，爲督撫，爲藩臬，究心民隱，勤察吏治，專以洗冤澤物，保養元氣，體卹民艱爲心，然後可以爲國家厚植根本，潛消隱禍。否則民氣刁敝，萬難復元，吏治日壞，人心日偷，莠民日多，良民日困，禍將有不可勝言者矣！

我朝輕徭薄賦，以正賦養兵，兵雖不足用而藏富於民，故粵難之起，添取釐捐以養勇，由是大難悉平。蓋以勇助兵之不足，以釐捐助正賦之不足，雖未免傷民，而實則二百餘年輕徭薄賦之所留貽也。今賊既久平，而釐捐不止，每年正賦三千餘萬，釐捐亦三千餘萬，其中飽及私剝於民者，尚不止此數。是較永遠加賦，不啻加一倍也。民窮日甚，其將何所底乎？永遠太平則幸耳，設有小變，其將何法再取諸民乎？當年，兵不中用，養勇以助兵。今勇糧多於兵，而習氣漸壞，恐亦不盡可靠也。地方多一衙署，多一官吏，則民風必不古。若多一軍營，則風氣更壞。今則釐卡處處，皆是卡員卡勇，多在市鎮，並無地方官譏察，且亦不服地方官譏察，甚且地方官通同作害，而鄉民遂受害無窮。是皆爲國家剥削元氣，而蓄積怨氣也。有心者徒浩歎耳！

第一無人留心造就人才，無關心民間疾苦。不但不留心造就人才，甚且沮喪人才；不但不關心民間疾苦，甚且有言及民間疾苦而恨之忿之者。天下其將何所賴乎？民間冤抑不得上聞，督撫深居簡出，下吏委員害民營利，督撫不但不察，卽知之，仍以下吏委員之言爲然，而不回護之者甚少也。屬吏善彌縫卽爲能吏，督撫善彌縫者卽好督撫，俗流失世敗壞，有心者能不痛哉！

明公剛毅之氣，宏濟之懷，其將何以輔世而長民乎？南方士氣民風，昔賴胡文忠、曾文正兩公振起，始有欣欣向榮之機，今則流風餘韻，幾乎掃地矣！誠歸里閉户讀書，不問公事。以與明公舊相推重，聊爲明公陳之。

復廖穀士觀察

前承賜宋史一篋，並頒到令先德求可齋遺書、南雲書屋文鈔、紫陽書院題辭三種，細心玩味，文鈔理正氣純，格整辭雅，遠似朱子，近似李安溪、蔡漳浦一流；題辭則兼註、疏之考證，程、朱之義理，融會貫通，以此行文，則亦歸、唐、韓、方正軌也。求可齋遺書前爲彭宫保代撰序時已玩數過，其剛正大節固所服膺，而折獄之精細，居心之平恕，操守之清廉，尤可爲天下吏治之師表。今再讀之，義蘊無窮，允宜令子孫世世寶之。

委作傳誌，荒陋實不敢承。然以平生嗜善之心，又不敢卻，謹掇其大端，仿研經室循吏汪君傳體爲之，其事有足爲治譜，而入傳則嫌於冗者，以有原書可傳，故不具此。局於文章體裁，非敢有所去取也。

竊以二書宜多印行。閣下服官所在，於書院超特可造之諸生，以及外府州縣書院中高才生，皆可頒文鈔、題辭二種以爲士子窮經作文之法，於屬吏、府州縣吏可頒遺書以爲聽訟折獄、持身立節之準。非徒廣先集之流傳也，尤在擴前哲之教益，是即大孝顯揚之一端也。

至閻尚書

京師首善之地，非得通達治本，轉世長民之大君子，何能匡翼君德，表率百僚？我公在朝，洵朝陽之鳴鳳也。宗誠心所憂者，天下雖已承平，而民氣實極刁敝，禍機尚多隱伏。

自胡文忠、曾文正兩公之後，竟少培養善類，成就人才之人。近則更罕有以人才爲心者，吏治疲敝極矣。一省之中，自愛愛民之州縣，能通大體，留心民瘼之道府，不可多得。釐金則盡歸中飽，習氣則日益浮靡，士習人心則日益澆灕。董子曰：『正身以正朝廷，正朝廷以正百官，正百官以正萬民。』欲民之安，非多得勤政愛民之州縣，無益也；欲得好州縣，非多得正己率屬察吏安民之司道，無益也；而司道之賢否，權又在於督撫；督撫之賢否，權專在於朝廷。

今者言路大開，盛世之景象也。然亦少留心保全人才之人。夫人才安得盡粹美者而用之？當存節取之心，存造就之心，尤不可不存保全之心。人才衰極，而功臣又多老矣，再不訪求造就，極意保全，則將無接續之人才，何以擔當天下之大事？彼一二空言攻訐，自以爲敢言者，隱有立黨之機，可憂之至，豈果足以任天下事乎？我公正色立朝，是宜有以潛挽其機也。

附録

方柏堂先生傳

馬其昶

方先生諱宗誠，字存之，號柏堂。高祖諱孟晙，以儒學教家。長子澤爲姚郎中師，次子源，嘗徒行千里視兄疾。源子護，護子松，即先生父也。世有行誼，號清門，由魯𩔗遷居附郭古塘。

先生少時家貧，獨自有偉志，日取賈太傅疏及唐、宋名篇誦讀茅屋中。邑先達耆宿皆願與游，高談無所讓屈。始受學許玉峰，繼事族兄儀衛，遍覽宋、元後儒家之言，發爲古文辭。粵寇起，天下大亂，避居魯𩔗，不廢講習，著俟命録以究天時、人事致亂之原，與夫士人行己、立身所由弭變者，大要歸於植綱常、明正學、興起人才以效用當世。霍山吳竹如侍郎布政山東，以方君魯生所得其書，貽書要致大學士文端公倭仁爲師傅，至録要以進經筵。先生既出交侍郎，譽望益劭，曾文正、胡文忠二公皆聞聲禮聘，未往。穆宗登極，河南巡撫嚴公樹森應詔陳言。先生在幕，草奏所舉盡天下賢才，爲時傳誦。曾文正公來安慶，召修兩江忠義録，移督直隸，奏薦爲棗强令。曾公去，李公忠公繼爲總督，皆與先生平交，不待以屬吏，每巡縣，輒避棗强。

先生爲治十年，舉孝子、悌弟、節婦、孝女；設鄉塾，創興敬義書院；祠漢儒董仲舒，又釐正祀典；刻邑先正遺著，修志乘；建義倉，儲穀萬石，事無不舉。值歲饑，陳災手書徑達，旁逮鄰郡邑，不避忌嫌。又再請李公三奏免天下錢糧積欠。先生雖爲縣，其謀慮皆宏遠大計。自其幼時然，及在官以致退老皆然，不以區域自限。遇諸公貴人，必侃侃爲言所當設施者。李公亦破常格，所請率施行。常稱『深州游牧棗强方』，令以諷厲列縣。游牧者，新化游智開子岱，以循吏後爲廣西布政使者也。

先生厲精於學，著述不輟。爲文依理道，主於辭達。

人有片長一善，獎譽之不容口。既致仕歸，徒衆尤盛。東南大府，使幣日至，皆謝不就。喜展謁名賢祠墓，衡陽彭剛直公召游石鐘、匡廬，嘗並立江干劇談，皆修髯洪聲，人欽其風采。光緒十三年，年七十一，安徽學使侍郎貴恒公上言先生學行，得旨給五品卿銜，以旌老學。是年卒。

著諸經説都三十三卷，柏堂集九十二卷，俟命録、志學録、讀書筆記、講義合三十五卷；他所撰及編訂者尚數十種。

子，守彝、守敦，皆能傳業。

方存之先生傳

姚永樸

方先生諱宗誠，字存之，桐城人。少爲諸生，事父至孝。父卒，家有五喪未葬，徒步求墓地，不應科舉。遭粵賊亂，葺柏堂山中，講誦不輟。友人罹難者，躬瘞之，撫其孤。著俟命録，以究天時人事致亂之由，與士大夫立身弭亂之方。山東布政使吳公廷棟見之，延至使署，與討論學術。大學士倭公仁爲師傅，嘗摘其語以進經筵。曾公國藩之規復安慶也，得所論攻守方略，以幣聘，謝不往。旋客河南巡撫嚴公樹森幕，爲草薦賢疏，時争傳誦。同治元年，安慶克復，乃應曾公忠義采訪局之招。其後曾公總督直隸，以人才入奏，補棗强縣知縣。

先生爲政，以禮化民。凡在任九年，舉孝子、悌弟、節婦、貞女，興義塾，創敬義書院，祀漢儒董仲舒，刊其邑先正遺書，修志乘，建義倉，積穀萬石。會歲饑上書大吏，講蠲本邑錢糧，旁逮鄰邑，不避忌嫌。又嘗請奏免天下錢糧積欠。曾公去直隸，李公鴻章繼爲督，皆夙重之，有請無所格，而先生謇謇自將陳事，輒數千言，或用草書函達。兩公亦不以僚屬待也。光緒六年，薦卓异，遽引疾歸。寓安慶，後進翕然從問業。十三年，安徽學使貴恒以其學行聞於朝，詔給五品卿銜。明年卒。

初，先生從同邑許玉峯先生鼎游，既復受學從兄植之先生東樹。玉峯之學宗程、朱，植之兼治經、史、文章。先生合兩師之長，復交當世名公卿，益孜孜於世道隆污，吏治得失，大旨以明體達用爲歸。所著書有周易、孝經筆記十卷，書傳補義三卷，禮記集説補義一卷，春秋正義四卷，春秋集義十三卷，柏堂集九十二集，志學録、俟命録諸書，都數十種行於世。

論曰：永樸謁先生在光緒辛巳歲。後過皖，常主其家。先生雖退休，於天下事措置得失，及閭閻疾苦，苟在位諮訪，必盡言無隱，往往有議已行，而世莫知所由來者，庶幾學道愛人之君子與！

柏堂遺書附録序

姚永概

方柏堂先生所著文，曰前編、次編、續編、後編，都幾十幾卷，既刊行於世。其中子守彝復分類編目，以供讀者之便檢，又取師友所為序、跋、題辭，及分篇評語彙録之。而近日諸家選本所取亦附載其目。嗚呼，可謂勤矣！甲寅夏，持示永概，使綴言於後。永概既卒業作而歎曰：先生之學一本程朱，其為文不屑屑矜能於字句間，而鴻懿開放，讀之可想見其人，官雖止於一令，而所規畫常及於全省。文中所上諸狀是也。

當光緒初，直隸旱，棗強首發災狀。總督李文忠公每得先生論列，頒行屬邑以為法。同僚多妒且忌，而先生不顧也。其後永概客保定，先生前歿久矣。宗人錫九君適署棗強令，因從詢先生治蹟。其言曰：『吾至其邑，問祠宇、廟廨、書院，誰所興造乎？曰先生也。城郭、道路，誰所修葺乎？曰先生也。鄉賢誰所表章，其遺書誰所校刻，孝子節烈誰所舉聞乎？曰先生也。取先生之文，考其實行，蓋有遺而非誇也。然則如先生者，真可謂篤行程朱者，與以視夫空疏而乏明效者遠矣。』錫九君之言如此。

嗟呼！當先生為令時，中興名公猶在列，上之政教未衰，而下之人心未灕也。故得發其所蓄，自見於天下。使今日有如先生者，必為世所醜排惡詆，不止取忌同官而已。然今日之中國視昔何如？不待智者可決也。學術之繫於安危顧不重哉？此永概讀先生書，而不禁喟然者也。